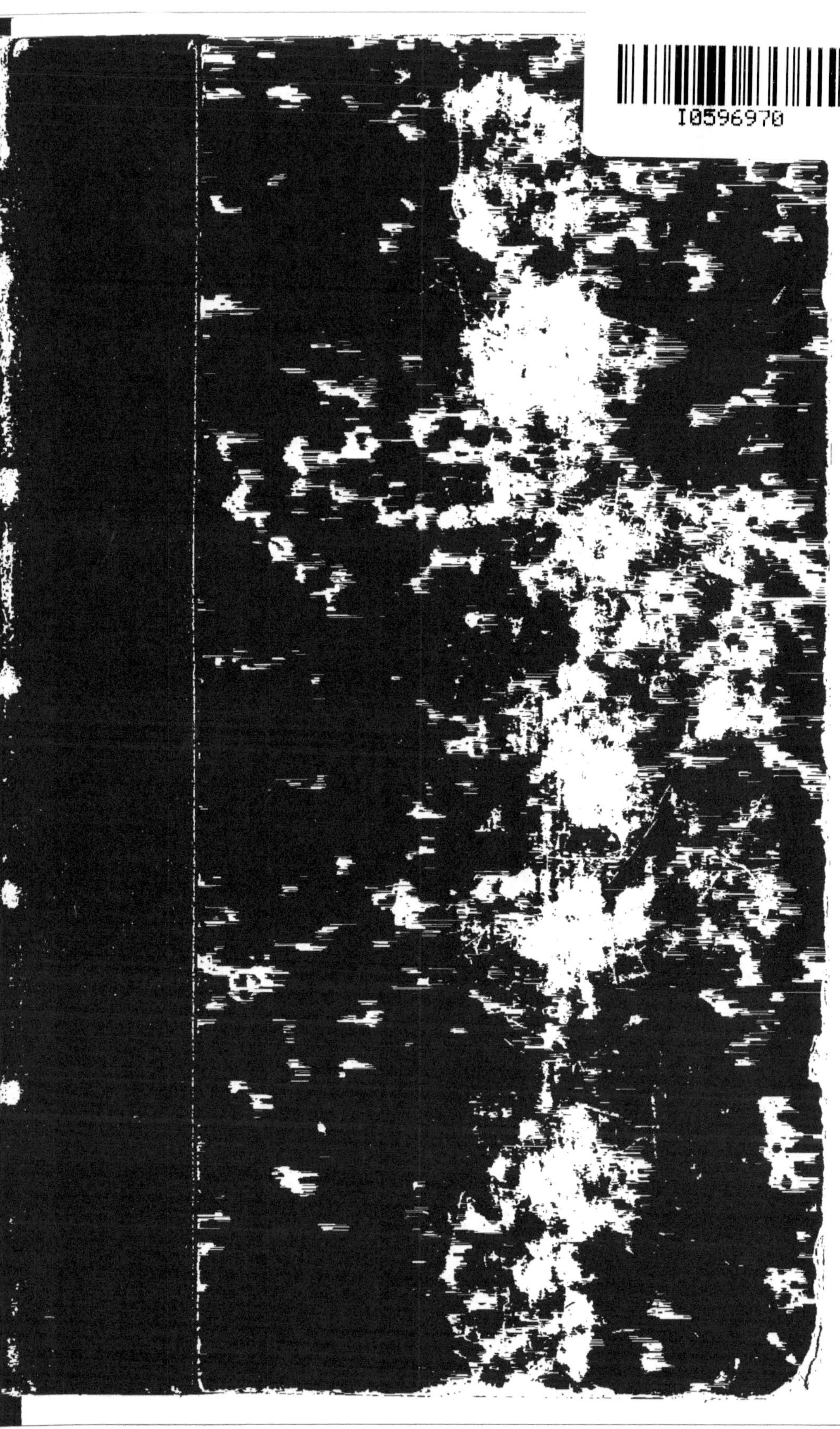

I0596970

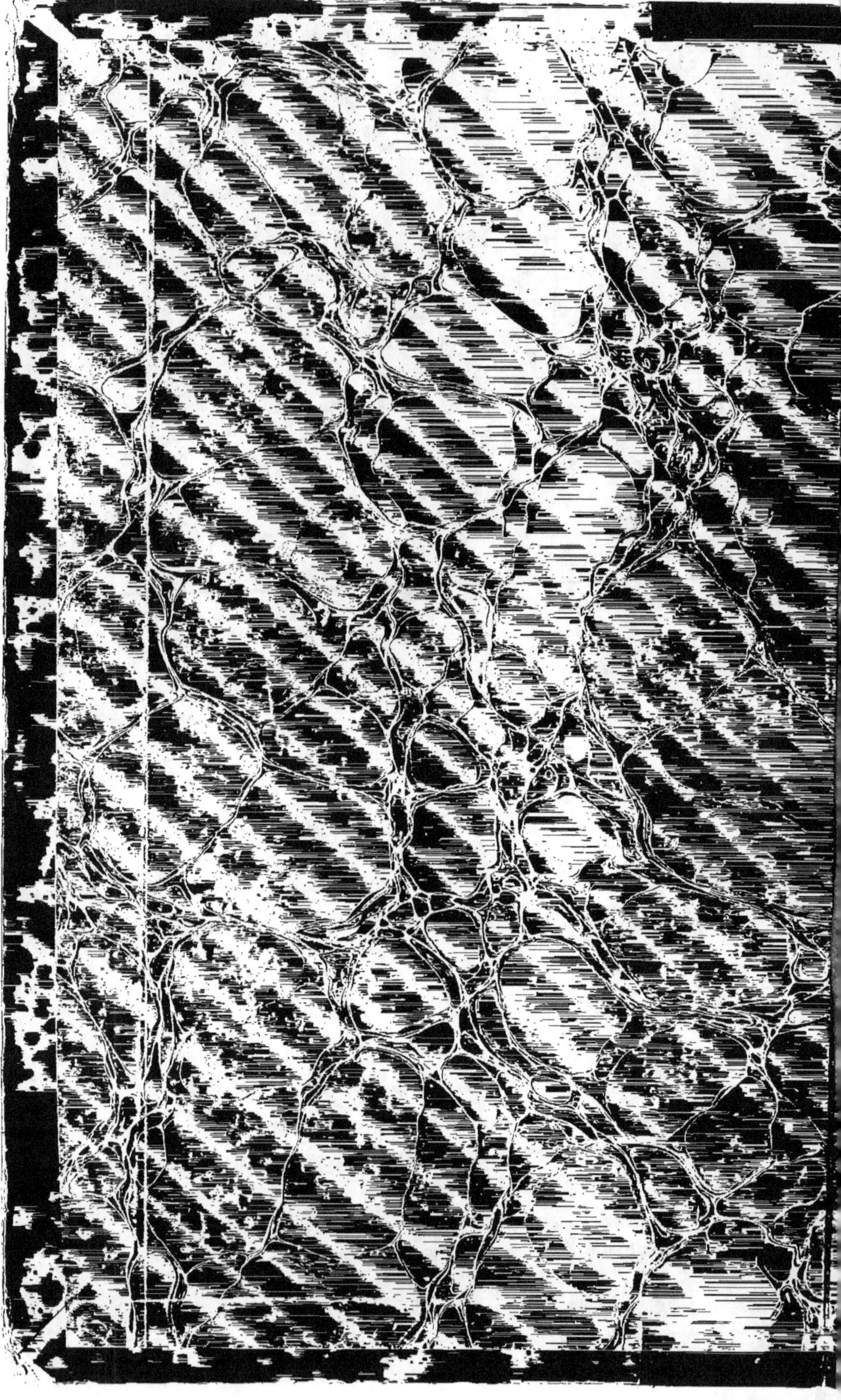

HISTOIRE

LITTERATURE ESPAGNOLE

OUVRAGES DU MÊME AUTEUR.

Condition sociale des Morisques d'Espagne, par D. Florencio Janer. 1 vol. grand in-8°, traduit de l'espagnol; broché. . . . . 3 fr. »

Études historiques, politiques et littéraires sur les Juifs d'Espagne, par D. José Amador de los Rios, traduit de l'espagnol; broché. 7   50

Parallèle entre les Reines Catholiques doña Isabelle Ire et doña Isabelle II, par D. José Guell y Renté. 1 vol. grand in-8°, traduit de l'espagnol; broché. 3   »

Pensées chrétiennes, politiques et philosophiques, par D. José Guell y Renté. 1 vol. in-8°, traduit de l'espagnol; broché. 5   »

Légendes d'une âme triste, par D. José Guell y Renté. 1 vol. in-12, traduit de l'espagnol; broché. 3   »

Traditions américaines, par D. José Guell y Renté. 1 vol. in- 12, traduit de l'espagnol; broché. 3   »

La Vierge des Lis, par D. José Guell y Renté. 1 vol. in-12, traduit de l'espagnol; broché. 3   »

Paris. — Typographie de Ad. Lainé et J. Havard, rue des Saints-Pères, 19.

HISTOIRE

DE LA

LITTÉRATURE ESPAGNOLE

DE G. TICKNOR

PREMIÈRE PÉRIODE

DEPUIS LES ORIGINES JUSQU'A CHARLES-QUINT

Traduite de l'anglais en français pour la première fois
AVEC LES NOTES ET ADDITIONS DES COMMENTATEURS ESPAGNOLS
D. PASCAL DE GAYANGOS ET D. HENRI DE VEDIA

PAR

J.-G. MAGNABAL

Agrégé de l'Université, membre correspondant des Académies royale espagnole,
Royale d'histoire, d'archéologie et de géographie de Madrid,
Chevalier de l'ordre royal de Charles III d'Espagne.

———— ◆ ————

PARIS

A. DURAND, LIBRAIRE-ÉDITEUR

7, RUE DES GRÈS

—

1864

A

M. GUSTAVE ROULAND

Hommage de profonde reconnaissance

et de sincère dévouement

J.-G. MAGNABAL

LE TRADUCTEUR AU LECTEUR.

C'est en 1849 que G. Ticknor a publié, dans l'Amérique septentrionale, son *Histoire de la Littérature espagnole*, fruit de trente années de patientes et consciencieuses recherches. Dès son apparition, cet ouvrage reçoit du monde lettré l'accueil le plus favorable ; il est traduit en espagnol, en allemand ; il fait autorité sur tout ce qui concerne l'histoire littéraire de nos voisins. Ce succès durable et incontesté pendant près de quinze ans m'a porté à entreprendre la traduction française que je donne aujourd'hui. Je me suis mis à l'œuvre avec d'autant plus d'ardeur que ce travail répond à l'idée dont je poursuis la réalisation depuis longtemps, et qui est de répandre parmi nous, autant qu'il est en moi, la connaissance d'une littérature trop ignorée et par conséquent trop méconnue. On ne manquera pas de me dire que je fais un bien grand détour pour arriver à l'appréciation des œuvres de l'Espagne contemporaine, en remontant ainsi le cours des siècles jusqu'à l'origine. Ce détour, je le reconnais, et je le fais, avec Ticknor, d'une marche assez agréable et assez rapide pour que sa longueur ne présente rien d'effrayant. Et comme tout se lie et s'enchaîne, surtout en littérature, les lecteurs sauront mieux, je le crois, ce que valent les auteurs contemporains, lorsqu'ils connaîtront leurs ancêtres, lorsqu'ils pourront juger les transformations diverses qu'a subies la langue espagnole, avant de devenir l'instrument si habilement manié par les nombreux écrivains de notre temps.

D'un autre côté, le livre de Ticknor passe pour le tableau le plus complet de la littérature espagnole. N'aurait-il que ce mérite, il valait bien la peine de fixer l'attention d'un ami des lettres castillanes, de trouver place dans la littérature française où manque un pareil tableau, comme il manquait naguère à l'Espagne elle-même. Loin de moi de prétendre que rien n'avait été tenté en ce genre jusqu'à Ticknor ; mais les diverses études dont les productions de l'esprit espagnol ont été l'objet, tant en Espagne qu'en France, tant en Italie qu'en Allemagne et qu'en Angleterre, ne portent que sur des points spéciaux, ou ne présentent pas un ensemble aussi développé que le travail du savant américain.

En effet, pour nous borner à la période de ce volume, qui s'étend des origines de la langue jusqu'au seizième siècle, où trouver un exposé plus complet et plus rapide sur la condition de l'Espagne, avant l'apparition de la langue vulgaire, ailleurs que dans les pages du premier chapitre et dans la narration historique qui forme le premier appendice ? Leur lecture nous initie à l'état des mœurs et de la société dans la Péninsule ; nous peint le caractère de l'Espagnol indigène, luttant sans cesse, et toujours avec la même opiniâtreté, contre les invasions successives des Romains, des Goths et des Arabes, après avoir reçu les colonies grecques, phéniciennes et carthaginoises. Dans cette lutte constante, les descendants de Pélage nous apparaissent accentuant, avec une énergie incroyable, les principaux traits qui composent encore aujourd'hui le caractère national : la foi religieuse et la loyauté chevaleresque, la fidélité à Dieu et au Roi.

Ces préliminaires nous permettent d'entrer de plain-pied, pour ainsi dire, dans l'examen du premier monument écrit en langue vulgaire, le *Poëme du Cid* ; d'apprécier l'épopée et son héros, et tout ce qui touche à l'histoire de sa langue et de sa composition. Le *Livre d'Apollonius*, le *Poëme de sainte Marie égyptienne*, de l'*Adoration des trois saints Rois*, poésies trouvées dans le même manuscrit que le *Poëme du Cid*, et dont l'auteur ou les auteurs sont aussi inconnus, nous servent de transition pour arriver à D. Gonzalo de Bercco, le premier poëte castillan dont nous savons le nom et qui méritait une étude moins superficielle. Des œuvres poétiques de Berceo nous passons à la prose d'Alphonse le Sage ou le Savant. La lettre de ce monarque à D. Alonso Perez de Guzman nous fournit le moyen de juger la langue castillane, à une époque si voisine de sa formation, en même temps qu'elle nous permet de connaître la situation de ce prince infortuné, de cet empereur élu d'Allemagne, obligé de prendre « ses ennemis pour ses enfants, puisque ses enfants sont devenus ses ennemis. » Ses *Cantigas* en l'honneur de la Vierge, son *Tesoro* ou traité de la transmutation des métaux, la *Grande Conquête d'outre-mer*, le Septénaire ou les *Sept Parties*, la traduction de la Bible en langue castillane, l'introduction de cette langue dans les actes de procédure légale, tous les ouvrages qu'il composa ou qu'il fit composer, nous montrent le rôle intellectuel d'Alphonse et l'ascendant que prit avec lui le dialecte castillan sur le galicien et le portugais.

Dans le *Poëme d'Alexandre le Grand*, ce héros célébré en latin par Gautier de Châtillon, en français par Lambert li Cors et Alexandre de Paris, nous remarquons la confusion des mœurs et des coutumes de l'antiquité grecque avec les mœurs et les coutumes de la religion catholique et de la chevalerie, confusion généralement trop répandue lorsque, au milieu du treizième siècle et à l'imitation des auteurs dont nous venons de parler, Juan Lorenzo Seguro d'Astorga écrivit son poëme sur le roi de Macédoine.

A côté de cette tête de D. Juan d'Astorga, laissée un peu dans l'ombre, se dessine plus en relief la figure de D. Juan Manuel, prince du sang royal, guerrier belliqueux, politique et administrateur habile, digne membre d'une famille qui, durant un siècle, avait cultivé et honoré les lettres. L'analyse des œuvres de l'auteur du *Comte Lucanor* nous fait saisir chacun de ses traits ; et, tout en nous introduisant dans la société du temps, elle nous montre les améliorations dont le langage est redevable à D. Juan Manuel, les tournures et les formes dont il a revêtu la langue castillane, formes et tournures qui lui ont imprimé un cachet national.

Malgré les troubles qui l'agitèrent, le règne d'Alphonse XI ne fut pas stérile pour les lettres. Ce monarque écrivit lui-même plusieurs ouvrages. Mais un des principaux représentants de la poésie, au quatorzième siècle, ce fut D. Juan de Ruiz, cet archiprêtre de Hita, qui nous a laissé, avec ses *serranias* et suivant le goût du temps, de nombreux *Exemples* sous la forme de contes et d'apologues, récits que Ticknor n'hésite pas de placer sur la même ligne que les fables d'Ésope, d'Horace et de la Fontaine et qu'il nous fait connaître par l'analyse d'une des compositions les plus piquantes de D. Juan de Ruiz : *le Combat de D. Carnaval et D. Carème*. Le caractère moral du *Livre des Conseils* adressés par Rabbi D. Santob au roi Pierre le Cruel, le caractère religieux de la *Doctrine chrétienne*, de la *Vision d'un ermite*, se reflètent encore dans la *Danse générale de la Mort*, dans le *Poëme de Joseph*, cette légende biblique, longtemps prise pour une poésie orientale, parce qu'un morisque aragonais l'avait écrite en mots espagnols, avec des caractères arabes. Si le poëme de Fernandez Gonzalez, ce héros de la première période de la lutte chrétienne contre les Maures, nous représente les mœurs guerrières de l'époque, le *Rimado de Palacio*, ce traité des devoirs des Rois et des grands dans le gouvernement de l'État, nous trace le tableau des mœurs et des vices du temps, sous les règnes de Pierre le Cruel, de Henri II, de Juan I et de Henri III, durant les soixante-dix années de la vie du chancelier Pedro Lopez de Ayala.

Cette étude de la prose et de la poésie espagnoles ainsi faite jusqu'au quatorzième siècle, Ticknor revient sur ses pas et recherche la différence existant entre la littérature savante et de cour, et la littérature populaire primitive dont l'expression se traduit par les romances, les chroniques, les livres de chevalerie et le théâtre, quatre genres de productions tout à fait à l'abri de l'influence provençale et italienne, quatre classes qui renferment toute la littérature espagnole du quinzième et d'une partie du seizième siècle. De là l'examen de l'origine des romances, de leur composition, de leur forme métrique, des premiers recueils sous les titres de *Cancioneros* et de *Romanceros;* de là les subdivisions en romances chevaleresques, romances historiques, romances morisques, romances sur les mœurs et la vie privée. Puis, quand arrivent des temps de calme et de repos, Ticknor nous explique comment les chants guerriers, qui avaient entretenu l'humeur chevaleresque dont les romances étaient la plus fidèle expression, font place aux chroniques, genre de compositions où la forme littéraire est plus en rapport avec le silence des monastères et le calme des châteaux et des palais des Rois. Ces continuations des chroniques latines, des légendes monacales, se rédigent d'abord à la Cour et sous les auspices de la royauté : telles sont la *Chronique générale d'Espagne* par Alphonse X lui-même, la *Chronique du Cid.* L'exemple d'Alphonse le Sage donne l'impulsion, et alors naissent les chroniques *royales* des souverains de Castille, depuis Alphonse X jusqu'à Ferdinand et Isabelle, et, dans les morceaux cités, nous apprécions, d'un côté, le style et la composition historique; de l'autre, le caractère des chroniqueurs officiels, chargés d'écrire les événements des règnes, depuis Fernan Sanchez de Tovar jusqu'à Pedro Lopez de Ayala, jusqu'à Hernando Perez del Pulgar.

A côté de ces écrivains de chroniques générales ou royales viennent se placer tous les historiens d'événements particuliers, mais importants : le *Paso honroso,* soutenu au pont d'Orbigo par Suero de Quiñones, pour se délivrer d'un vœu; le *Seguro de Tordesillas,* récit de capitulations et de conférences entre le

Roi et les Seigneurs, dont la direction fut un hommage si éclatant rendu à la probité de **D.** Pedro Fernandez de Velasco, le
bon comte de Haro ; la chronique de **D.** Pero Niño ; celle du
Connétable **D.** Alvaro de Luna, qui joua un si grand rôle à la
cour de **D.** Juan II, de 1408 à 1453, et dont la fin fut si triste ;
la chronique du *grand* capitaine Gonzalve de Cordoue, composée
par ordre de Charles-Quint.

La relation de Ruiz Gonzalez de Clavijo, un des trois ambassadeurs que Henri III envoya au grand Tamerlan, nous offre un
récit curieux des événements auxquels il assista, et de ce nombre est la bataille où Bajazet fut défait ; la description des villes
qu'il traversa, parmi lesquelles nous trouvons Constantinople,
Trébisonde, Téhéran, Samarcande. Cette Chronique commence
la série des Voyages et les narrations de ces navigateurs hardis,
en tête desquels apparaît Christophe Colomb, cet inspiré, cet
élu du Ciel, qui marche à la découverte du Nouveau-Monde
d'après les données de la science, et surtout d'après les autorités prophétiques des Livres Saints, afin de réaliser seul, avec
ses propres forces et ses uniques ressources, la délivrance du
tombeau du Christ, délivrance à laquelle il veut consacrer les
richesses inouïes que ses découvertes doivent lui donner.

Les Chroniques fabuleuses, dont la principale est la *Chronique
du roi D. Rodrigue et de la Destruction de l'Espagne*, constituent une espèce de romans historiques, où des tournois impossibles, des aventures de chevalerie incroyables se mêlent à
la vérité d'autres faits, étalent une richesse et une variété incom-
parables d'éléments poétiques et pittoresques, en même temps
qu'elles respirent les sentiments et reflètent le caractère national
du peuple espagnol. De ces chroniques aux livres de chevalerie,
il n'y a qu'un pas ; aussi voyons-nous arriver après elles, en
Espagne, et par le contact des autres nations, l'histoire d'*Arthur*, des *Chevaliers de la Table-Ronde*, de *Charlemagne* et des
Douze Pairs ; l'histoire du chef de cette famille dont les descendants sont innombrables, au dire de Cervantès, de l'*Amadis de*

Gaule, avec les *Esplandian*, les *Florisande*, les *Lisuart de Grèce*, les *Palmerin d'Angleterre*, tous les représentants de la chevalerie profane et tous leurs adversaires de la chevalerie religieuse, le *Chevalier de l'Étoile brillante*, le *Conquérant du ciel*, et tous les champions de la *Chevalerie chrétienne*, de la *Chevalerie céleste*. Leur analyse et leur étude nous font comprendre leur influence pendant près de deux siècles, dans un pays aussi chevaleresque que l'Espagne; nous expliquent la défense de les imprimer, de les vendre et de les lire dans les possessions d'outre-mer; interdiction que les Cortès renouvelèrent, en 1555, en demandant qu'elle fût étendue à la métropole, et y ajoutant de brûler tous les exemplaires qu'on pourrait rencontrer. Mais ces mesures mêmes témoignent de l'immense popularité de ces romans, dont le *Quichote* a fait justice.

Quelques idées sur la représentation des mystères remplaçant le drame païen, sur l'origine de ces représentations religieuses antérieurement à 1260, sur l'abus qu'on en faisait, comme le prouve un passage des *Parties* d'Alphonse le Sage; quelques notions sur une comédie morale du marquis de Villena, sur des intermèdes d'Alvaro de Luna, sont des données trop vagues et trop incertaines pour connaître l'état primitif du théâtre espagnol, jusqu'à la satire pastorale de Mingo Revulgo. Rodrigo Cota lui fait faire quelques pas de plus, surtout avec la tragi-comédie de *Calixte et Mélibée*, ou la *Célestine*, qu'il commence et que continue Fernando de Rojas. Chez Juan de l'Encina, nous trouvons plus d'action, plus de vie dans ces entretiens où parlent deux ou trois interlocuteurs, six au plus; mais ces compositions, églogues par le nom, vrais drames par l'essence et la forme, quoique manquant de la véritable intrigue dramatique, n'en sont pas moins représentées publiquement, en 1492. De sorte que Juan de l'Encina passe à bon droit pour le premier fondateur du théâtre espagnol et même du théâtre portugais, puisqu'il a servi de modèle à Gil Vicente qui a laissé quarante-deux compositions, parmi lesquelles l'*Auto de la Sibyla Cas-*

sandra. Les vers d'Escriva, la traduction de l'*Amphitryon* de Plaute, dénotent encore quelques nouveaux essais dramatiques; mais, pour obtenir des œuvres théâtrales sérieuses, il faut arriver à Bartholomé Torrès Naharro. Outre sa *Propalladia*, ce dernier a écrit huit drames qu'il appelle *comédies*, qu'il divise non en actes, mais en journées. Malgré ces progrès, malgré le nombre des interlocuteurs que Naharro augmente et porte de six à douze, ni lui, ni ses devanciers n'ont encore la pensée de constituer le drame national populaire.

Après avoir ainsi conduit la poésie et la prose de la langue vulgaire, écloses sur le sol espagnol, jusqu'au seizième siècle, Ticknor quitte la Castille, remonte vers le Nord, et juge l'influence des pays voisins sur l'Espagne. C'est d'abord la Provence et ses troubadours; les troubadours que la guerre des Albigeois et des annexions successives font descendre d'Arles et de Marseille à Barcelone, de Barcelone à la cour d'Aragon, de la cour d'Aragon à la cour de Castille, et qui disparaissent ensuite, malgré les Jeux floraux de Toulouse, le Consistoire de la Gaie science de Barcelone, les Concours poétiques de Valence, lorsque l'idiome castillan acquiert la prédominance que le royaume de Castille s'arroge sur toute la Péninsule hispanique. Rien n'est plus curieux que de suivre cette grandeur et cette décadence de notre langue et de notre poésie méridionales, en même temps que les efforts du galicien, du valencien et du catalan, pour ne pas subir dans la langue la fusion imposée par la politique, surtout après avoir produit les Chroniques de D. Jaime le Conquérant, de Ramon Muntaner, les poésies d'Ausias March et de Jaume Roig.

L'Italie et l'Espagne, si voisines, reliées par la Provence et la Méditerranée, ne pouvaient manquer d'avoir un étroit commerce, que devaient nécessairement entretenir une langue presque la même, une communauté d'idées religieuses et politiques. Ce sont surtout leurs relations littéraires que Ticknor nous fait apprécier par le tableau du règne de D. Juan II et de la cour de

Castille, par les portraits du roi D. Juan lui-même, du marquis de Villena, dont le savoir fut appelé nécromancie, et dont la bibliothèque fut brûlée par ordre du roi ; du marquis de Santillane, ce grand imitateur des écoles italienne et provençale, enfin de Juan de Mena. Mais à côté de ces imitateurs, Villasandino, Francisco Impérial, Rodriguez del Padron, les Manrique, les Urrea et Juan de Padilla, nous montrent le caractère de la poésie castillane, comme Cibdaréal, Fernand Perez de Guzman, Fernando del Pulgar, Diego de San Pedro et tant d'autres, nous étalent le mérite et le progrès de la prose.

Cette première période ne pouvait se terminer sans parler des recueils immenses et précieux qui, sous le nom de *Cancioneros*, nous ont conservé la vie poétique de l'Espagne ; travaux considérables auxquels se sont consacrés Baena, Stuñiga, Martinez de Burgos, Fernando del Castillo. Enfin un coup d'œil rapide était nécessaire sur l'influence exercée par l'Inquisition sur les productions de l'esprit. Ticknor remarque très-judicieusement que le Saint-Office, qui persécuta juifs, maures et chrétiens pour leurs opinions religieuses, ne put que plus tard, et après la Réforme, faire rentrer les livres sous son immense et mystérieuse puissance, parce que le tribunal de la censure, alors existant, ne voulut pas se départir d'abord de la juridiction qu'il exerçait sur les œuvres de la pensée.

Telles sont les lignes principales, tels sont les grands traits du tableau de l'Histoire de la littérature espagnole jusqu'au seizième siècle, que Ticknor nous présente dans les vingt-quatre chapitres de ce volume. Le procédé de la composition est bien simple : le tableau se divise en groupes divers, dans chaque groupe une figure se détache sur le premier plan, et ces personnages sont exposés, analysés, jugés, critiqués avec plus de détails et plus de soin que les autres têtes qui environnent l'écrivain principal. Nous trouvons alors dans cette peinture littéraire des aperçus fins et délicats, des appréciations judicieuses, une connaissance profonde du sujet, un rare sentiment des qualités et des défauts de l'auteur étudié, eu égard à la société dans laquelle il vivait, et aux goûts de son temps. Rarement Ticknor avance ses assertions sans les appuyer par des citations qui les corroborent. Ces citations nous éclairent, tant sur la langue et sur le style que sur les sentiments des poëtes et des prosateurs, des chroniqueurs et des romanciers. Si du tableau lui-même nous descendons à ce que j'appellerai volontiers sa légende, c'est-à-dire aux notes qui, à la fin des pages, expliquent et commentent le texte, jamais le lecteur ne trouvera plus de science, plus d'érudition. Ticknor a vu, lu, compulsé tout ce qui s'est écrit et imprimé sur la littérature espagnole jusqu'à nos jours. Il a rendu tributaires de son histoire, non-seulement l'Espagne, mais la France, l'Angleterre, l'Italie et l'Allemagne. Pas un livre rare, pas un manuscrit dont l'existence lui a été révélée quelque part, qu'il n'ait voulu voir de ses propres yeux, en avoir une copie dans sa main ; pas un mémoire, une revue où se sont discutés les points de son histoire, qu'il n'ait feuilletés, dont il n'ait extrait le passage nécessaire à sa cause.

Que Ticknor n'ait pas donné à ses groupes la disposition que certains critiques voudraient leur voir, qu'il n'ait pas insisté assez énergiquement sur les romances comme expression du sentiment populaire ; qu'il n'ait pas assez considéré les livres de chevalerie, comme produit naturel du sol espagnol ; qu'il n'ait pas peut-être assez montré la forme populaire du théâtre avant les timides essais de Mingo Revulgo, en 1472, c'est possible. Mais qu'on n'aille pas reprocher à l'histoire de cette première période de manquer de lien, d'enchaînement, enfin d'unité. Où la trouver, cette unité, dans l'Espagne du dixième au seizième siècle ? Elle n'existe nulle part : vous la chercheriez en vain dans la population, dans la langue, dans la religion, dans la politique, dans les arts. Comment se serait-elle produite dans la littérature et par conséquent dans son histoire ? Quand sur le même territoire vivaient non-seulement Juifs, Maures et Espagnols, mais encore Catalans, Aragonais, Valenciens et Castil-

lans ; quand chacune de ces populations parlait un idiome particulier ; quand, disciples de Moïse, défenseurs de Jésus-Christ,
sectateurs de Mahomet, s'y livraient une guerre acharnée ; quand
la lutte pour la garde et la conservation des fueros des royaumes
particuliers s'entretenait avec tant d'opiniâtreté ; enfin, quand
sur un piédestal romain s'élevait une colonne au chapiteau by-
zantin supportant un arc mauresque, pouvait-on, au milieu de
tant de variété, espérer l'unité dans les œuvres de l'esprit, et
surtout dans le tableau qui nous en retrace l'histoire littéraire ?
Laissez le pouvoir politique réunir sous un même sceptre les
royaumes divers de la Péninsule ibérique, imposer à ses sujets
une même langue officielle, fondre dans une même nation espagnole les populations disséminées de la Catalogne à l'Andalousie,
des Pyrénées à Gibraltar, ramener, par la ruineuse expulsion
des juifs et des maures, toute la nation à l'unité religieuse, et
alors, quand la synagogue et la mosquée seront partout devenues
des temples chrétiens, quand il n'y aura plus qu'un seul roi,
un seul peuple, une seule langue, une seule religion, parlez
alors de l'unité littéraire. Jusqu'à ce moment, il ne faut pas
demander à l'ordre intellectuel ce que ne peuvent donner ni
l'état moral, ni la condition politique. Jusqu'alors, il ne faut pas
s'étonner que l'historien de la littérature espagnole parcoure
successivement les royaumes et les époques sans s'occuper de
saisir un lien qui n'existe ni entre eux ni entre elles.

Si je défends Ticknor contre ceux qui lui reprochent de manquer d'unité, je ne saurais dire qu'il est irréprochable, lorsqu'il
nous met en face de monuments importants de la langue vulgaire, sans nous expliquer le travail de la décomposition du
latin, sans nous montrer par quelles transformations le mot
latin devient le mot espagnol. Dans le premier appendice, il jette
quelques idées sur les causes de la décadence rapide de la civilisation romaine, sur l'état d'ignorance où se trouva plongée
l'Espagne, avant et pendant les invasions des Goths et des
Arabes ; mais, selon moi, il ne voit que le mauvais côté ; il n'ap-

précie pas le rôle des écrivains de l'Espagne latine au milieu de la lutte morale et religieuse du paganisme et du christianisme, dans les œuvres des Aquilinus Juvencus, des Prudentius Clemens, des Orose, des Idacius, des Dracontius, des Orencius, œuvres qui ont formé l'éducation morale et religieuse des chrétiens espagnols du quatrième et du cinquième siècle, et qui nous peignent la société de ces temps. Il oublie les penseurs de la monarchie visigothe, les Léandre de Séville, les Eutrope, les Juan de Biclara, et tous ceux qui, dans les monastères de Saint-Benoît, dans les conciles de Tolède, ariens ou catholiques, prouvaient une étude sérieuse et une connaissance profonde, tant de la littérature hébraïque que des lettres grecques et latines. Aussi, quand on voit, deux siècles plus tard, Cicéron et Quintilien, Horace et Virgile, Platon et Aristote, également connus d'Isidore à Séville, de Braulius à Saragosse, de Conancius à Palencia, des Ildefonse et des Julien à Tolède, et de tant d'autres prélats éminents dont le savoir poussa les seigneurs visigoths à la culture des lettres, et leur valut la protection des Sisebut et des Chindaswinte, on se refuse à croire avec Ticknor que la tradition des études classiques fût tout-à-fait interrompue, et que personne n'entendît pas même le latin des offices chrétiens. Je regrette donc de ne pas trouver un exposé plus complet du travail des monastères, de l'épiscopat et de l'Église, pour conserver les débris des lettres grecques et latines durant la période qui s'étend jusqu'au onzième siècle.

Un autre chapitre que j'aurais voulu lire après cet exposé, c'est le chapitre des transformations grammaticales. Il ne suffit pas de dire que les Goths prirent *unus* pour l'article indéterminé ; *ille* pour l'article déterminé ; écrivirent au lieu de *amor*, *sum amatus ;* de *vici, habeo victum,* et prirent *esse* et *habere* pour verbes auxiliaires. Il fallait aller au delà, présenter une nomenclature des terminaisons semblables qui conservent la même signification dans les mots latins et dans l'idiome vulgaire, en subissant une légère modification ; montrer que *atus, itus,* utus, deviennent *ado, ido, udo ;* que alis, aris, deviennent *al, ar ;* que antia, entia, se changent en *ancia, encia ;* andus en *ando ;* anus en *ano ;* arius, arium, en *ario ;* aster en *astro ;* bilis en *ble ;* itas en *idad ;* eus en *eo ;* ensis, estris, en *ense, estre ;* tia, itia, en *cia, icia ;* itius, itium, en *icio ;* io, sio, tio, en *ion, cion ;* or, sor, en *tor, dor ;* tudo, itudo, en *tud, itud.*

Après avoir observé que les dérivés espagnols se tirent de l'ablatif des mots latins correspondants, comme l'indique l'accent tonique ; après avoir indiqué ces terminaisons de diminutifs et d'augmentatifs qui donnent tant de grâce ou tant d'énergie à la langue, Ticknor aurait dû montrer la valeur des terminaisons plus propres à l'idiome espagnol, telles que *ada* dans *jornada, temporada, cornada, puñalada ; ajo* dans *latinajo, espantajo ; anza* dans *bonanza, tardanza, matanza ; azgo* et primitivement *adgo* dans *almirantazgo, maestrazgo, mayorazgo ; ego* dans *gallego, manchego ; es* dans *aragones, cordubes ; ez* dans *calvez, doblez, honradez, Lopez, Nuñez, izo* dans *advenedizo, olvidadizo,* etc., etc.

Examinant ensuite le radical des mots, il aurait dû montrer aussi le changement des voyelles et des diphthongues, et faire voir que *a, æ,* se changent en *e, au* en *o,* et qu'ainsi les mots latins *lacte, præsens, quæstio, aurum, thesaurum,* deviennent *leche, presens, cuestion, oro, tesoro ;* que si l'*e* final se supprime parfois dans les dérivés, *dolor, error, cerviz, feliz, nutriz,* de *dolore, errore, felice, cervice, nutrice, e* prend le plus souvent un *i* avant lui, dans le corps des mots, et que *castellum, dextra, dente, festa, melle, tempus, terra* font *castiello, diestra, diente, fiesta, miel, tiempo, tierra ;* que l'*o* se change en *e, fermoso, redondo,* de *formosus, rotundus ;* en *u, cumplir* de *complere ; lugar* de *loco, culebra* de *colubris ;* en *ue, bueno, cuerpo, fuerte, nuevo, muerte, puerta,* de *bono, corpore, forte, novo, morte, porta ; œ* en *e, pena, cena, feo,* de *pœna, cœna, fœdo ;* que *u* se changeant en *o, bucca, currere, musca, lupo, pulvere,* deviennent *boca, corrir, mosca, lobo, polvo.*

Puis, passant des voyelles aux consonnes, il aurait montré comment le *b* s'ajoute par euphonie dans les mots *hombre*, *nombre*, *legumbre*, *lumbre*, de *homine*, *nomine*, *legumine*, *lumine*, et le plus souvent se supprime comme dans *lamer*, *lomo*, *paloma*, *plomo*, *codo*, *duda*, de *lambere*, *lumbo*, *palumba*, *plombo*, *cobdo*, *dubda*; ou s'adoucit en *u* comme dans *caudal*, *caudillo*, *ciudad*, *deuda*, *recaudar* de *cabdal*, *cabdillo*, *cibdad*, *debda*, *recabdar*.

C se change en *ch*, *chantre*, *chabeta*, *chinche*, de *cantore*, *capite*, *cimice*; en *g*, dans *amigo*, *agora*, *hormiga*, *segundo*, *pago*, de *amico*, *hac hora*, *formiga*, *secundo*, *facio*; en *q*, dans *duque*, *estoraque*, de *duce*, *styrace*; en *z*, dans *corteza*, *calzar*, *lanza*, de *cortice*, *calcare*, *lancea*; se simplifie, s'il est redoublé, *boca*, *pecado*, *suco*, de *bucca*, *peccado*, *succo*; disparaît ou se change en *l* dans *lamar*, *llamar*, *llave*, de *clamar*, *clave*; se change en *ch*, s'il est suivi d'un *t*, *estrecho*, *lecho*, *noche*, *ocho*, *pecho*, *provecho*, de *stricto*, *lecto*, *nocte*, *octo*, *pectore*, *profecto*.

D, en *l* et en *r*, dans *cola*, *olor*, *lampara*, de *cauda*, *odor*, *lampada*; ou se supprime comme dans *fiel*, *juicio*, *paraiso*, de *fidelis*, *judicio*, *paradiso*.

F, en *h*, comme *hado*, *harina*, *hacienda*, qui s'écrivaient avant le seizième siècle, *fado*, *farina*, *facienda*; en *j*, *jabla*, *jeno*, *jurto*, de *fabla*, *feno*, *furto*.

G, en *h*, par adoucissement, de *germano*, *hermano*; en *s*, de *cycno*, *cisno*; en *y*, de *gelu*, *gemma*, *yelo*, *yemma*. Le *g* s'ajoute quelquefois, comme *amargo* d'*amaro*, et se supprime dans *frio*, *leal*, *maestro*, *real*, *saeta*, de *frigore*, *legalis*, *magistro*, *regalis*, *sagitta*. *Gn* se change en *ñ*, *araña*, *cuñado*, *leño*, *puño*, *seña*, de *aragna*, *cognato*, *ligno*, *pugno*, *signa*.

H, d'abord inspiration, se change en *y*. *Yerba*, *yedra*, de *herba*, *hedera*; ou s'ajoute comme dans *Huerfano*, *Huesca*, *hueso*, *huevo*, de *Orphano*, *Osca*, *osse*, *ovo*.

L se change en *j* dans *ajeno*, *consejo*, *espejo*, de *alieno*, *con-*

silio, *speculo*; se redouble dans *consillo*, *mellor*; redoublé devient simple, dans *palido*, *iluso*, *mile*, *coloquio*, de *pallido*, *illuso*, *mille*, *colloquio*; se change en *ch*, si elle est suivie d'un *t*, *cuchillo*, *mucho*, de *cultello*, *multo*; en *y*, si elle se mouille avec une autre, *gayina*, *poyo*, *ramiyete*, *muraya*, de *gallina*, *pollo*, *ramillete*, *muralla*.

M s'adoucit en *n*, *asunto*, *ninfa*, *triunfo*, de *assumpto*, *nimpha*, *triumpho*; se simplifie s'il est redoublé, *comodo*, *flama*, *sumo*, de *commodo*, *flamma*, *summo*; se change en *ñ*, s'il est suivi de *n*, *daño*, *otoño*, *sueño*, de *damno*, *automno*, *somno*.

N se supprime, *asa*, *esposo*, *mes*, *mesura*, *no*, de *ansa*, *sponso*, *mense*, *mensura*, *non*; se change en *ñ*, si elle est suivie d'un autre *n* ou d'un *g*, *ceñer*, *lueñe*, *tañer*, de *cingere*, *longe*, *tangere*.

P la forte se change en sa douce *b*, *abrir*, *caber*, *lobo*, *pueblo*, de *aperire*, *capere*, *lupo*, *populo*; se supprime une fois, s'il est double, *aplicar*, *popa*, de *applicare*, *puppa*; se supprime au commencement des mots, *neuma*, *salmo*, *tisana*, pour *pneuma*, *psalmo*, *ptisana*. *Ph* se change en *f*; *pl* en *ll*. *Philosophia*, *filosofia*; *llorar*, *lleno*, *lluvia*, de *plorar*, *pleno*, *pluvia*.

Q se change en *c* ou en *g*, *cuando*, *cual*, *agua*, *aguila*, *seguir*, de *quando*, *qualis*, *aqua*, *aquila*, *sequi*.

R, en *l*, *arbol*, *carcel*, *marmol*, *peligro*, de *arbor*, *carcere* *periculo*.

S, en *c*, *Cerdeña*, *cerrare*, *Corcega*, de *Sardinia*, *serare*, *Corsica*; prend *e* devant elle au commencement des mots, *escena*, *escribir*, *espiritu*, *estabile*, de *scena*, *scribere*, *spiritus*, *stabile*; ou représente l'esprit rude des dérivés grecs, *sex*, de ἕξ; *sudor*, de ὕδωρ; *septem*, ἕπτα; *sus*, ὕς; *silva*, ὕλη; devient d'abord *x* et plus tard *j* dans les mots *sapone*, *salone*, *setabi*, *xabon*, *Xalon*, *Xativa*, et *Jabon*, *Jalon*, *Jativa*; se supprime au commencement des mots dérivés, et dans le milieu si elle est double, *centella*, *cetro*, *ciencia*, *pasmo*, *confesor*, *pasio*, *santisimo*, de *scintilla*, *sceptro*, *sciencia*, *spasmo*, *confessor*, *passio*, *sanctissimo*, et dans les mots qui la recevaient sans raison comme *apresciar*, *rescibir*, *carescer*, de *apreciare*, *recipere*, *carere*.

T, en *c*, *marcial*, *oracion*, *ocio*, de *martial*, *oratio*, *otio*; en *z*, *razon*, *tizon*, *mastuerzo*, de *ratio*, *titione*, *nasturtio*; en *d*, dans *cadena*, *nadar*, *padre*, *sed*, *redondo*, *vida*, de *catena*, *natare*, *patre*, *siti*, *rotundo*, *vita*; il s'adoucit en *d*, à la fin des mots; *beltat*, *equaltat* primitifs deviennent *beldad*, *egualdad*; l'*h* qui l'accompagne disparaît, et alors *Thalia*, *theatrum*, *thesaurum*, deviennent *Talia*, *teatro*, *tesoro*.

V devient souvent *b*, et l'on écrit *bixit*, *Danuvius*, *baron*, *abogar*, pour *vixit*, *Danubius*, *varon*, *avocar*.

X se conserve longtemps et finit par s'adoucir en *j*. On écrit *maxilla*, *exemplo*, et l'on arrive à l'orthographe *mejilla*, *ejemplo*.

Z se change en *c* ou se conserve, et l'on écrit *zefiro* ou *cefiro*, etc.

A ces nombreuses transformations, il faut ajouter les nombreuses suppressions de lettres qui font de *lacerato*, *lazrado*; de *rivo*, *rio*; de *populo*, *poblo* et *pueblo*; de *seculo*, *seclo* et *siglo*; de *tabulato*, *tablado*; de *ingenerare*, *engendrar*; de *honorare*, *ondrar*; de *aliquanta re*, *alguandre*; il faut signaler les formes archaïques qui se sont conservées jusqu'au seizième siècle, depuis lequel on a dit par contraction, *amais*, *veis*, *venis*, au lieu de *amades*, *veedes*, *venides*; *amariais*, *vierais*, *vieseis*, *vinierais*, *viniesies*, au lieu de *amárades*, *amasades*, *vierades*, *viesedes*, *vinieredes*, *viniesedes*, on a substitué les inflexions *ugo*, *upo*, *uvo*, aux inflexions plus rudes *ogo*, *opo*, *ovo*; on a introduit une lettre euphonique dans *morirá*, *placerá*, *placeria*, *pondrá*, *pondria*, *tendrá*, *vendria*, qui s'écrivaient primitivement *morrá*, *plazrá*, *plazria*, *porrá*, *terrá*, *verrá*, ou *porrá*, *tenrá*, *venrá*, *venria*; on a changé l'*r* de l'infinitif en *l*, lorsque le pronom *le*, *la*, *lo* est venu s'y apposer, *decille*, *oilla*, *vello*, pour *decirle*, *oirla*, *verlo*. Enfin il faut expliquer comment dans les siècles primitifs de la langue vulgaire, l'orthographe n'étant pas encore nettement fixée, la réduplication des consonnes au commencement des mots, l'emploi des fortes au lieu des aspirées, ont donné un caractère de rudesse à la langue qui devait être la plus harmonieuse et la plus sonore parmi les idiomes modernes. Par cette initiation grammaticale, Ticknor eût rendu son lecteur capable d'apprécier la langue et le style des nombreux passages qu'il cite dans ce premier volume, consacré aux origines du langage et de la littérature espagnols.

Un silence qui étonne est celui sous lequel Ticknor passe toute la littérature des juifs espagnols. Le *Livre des Conseils* de Rabbi Santob aurait dû exciter son attention. C'est une lacune dans une histoire de la littérature espagnole. Heureusement pour nous, cette lacune a été remplie par D. José Amador de los Rios, qui consacre à cette étude deux intéressantes parties de son livre intitulé : *Estudios históricos, politicos y literarios sobre los Judios de España.* Comme j'ai déjà traduit cet ouvrage, qu'il me soit permis d'y renvoyer le lecteur.

Un autre oubli, c'est le silence sous lequel il passe toute la littérature arabe. Je n'ignore pas que dans le premier appendice, après l'exposé de la conquête rapide de l'Espagne par les armes musulmanes, se trouve un curieux tableau des efforts des conquérants pour fonder des écoles, pour introduire leur langue et leur civilisation parmi les populations chrétiennes. Si, dans le huitième siècle, les Espagnols fréquentaient ces écoles, si Alvaro de Cordoue, dans son *Indiculus luminosus*, nous affirme, en 854, que les chrétiens avaient oublié le latin et rivalisaient avec les Arabes eux-mêmes pour la composition poétique dans la langue de ces derniers; si Juan, évêque de Séville, fut obligé de faire traduire la Bible en arabe, parce que ses fidèles ne comprenaient pas d'autre langue; si dans le quatorzième siècle les actes et les documents publics de l'Espagne maure étaient rédigés en langue arabe, comment ne pas trouver des traces plus nombreuses de cette civilisation dans le livre de Ticknor? Nos lecteurs feront, je n'en doute pas, à cet égard, la réflexion que

j'ai faite moi-même en comparant les pages où il est parlé de
la décadence, de la corruption et de l'oubli de la langue latine
avec la citation que nous donne D. Pascal de Gayangos, lorsqu'il nous montre, en 1602, un alfaqui déplorant l'oubli de la
langue arabe chez ses coreligionnaires qui ne peuvent comprendre le dogme musulman, s'il ne leur est expliqué dans la langue
de leurs tyrans et de leurs oppresseurs. Il est donc possible que
les causes qui ont fait négliger par Ticknor l'état ou la condition du latin, durant l'époque des invasions et de la conquête
barbare, aient agi aussi, par la destruction, sur les œuvres des
écrivains arabes, et que Ticknor n'ait pu les étudier. Peut-être les
a-t-il regardées aussi comme étrangères à son sujet. Félicitons-
nous toutefois qu'il nous ait au moins donné un échantillon de la
littérature morisque dans le *Poëme de Joseph*.

Ce poëme constitue un des appendices ; les autres roulent sur
les origines de la langue castillane, sur les romanceros, sur le
Centon épistolaire du bachelier Fernan Gomez de Cibdareal, sur
le poëme de la *Danse générale de la Mort;* sur le livre de Rabbi
Santob. Il serait trop long d'analyser chacun de ces appendices
et de faire ressortir leur mérite. Je ferai seulement remarquer
au lecteur que le *Centon épistolaire* ayant donné lieu à une
discussion littéraire des plus intéressantes entre notre auteur
et les traducteurs espagnols, j'ai jugé à propos d'ajouter l'étude
faite à ce sujet par M. le marquis de Pidal, étude qui prouve
que le véritable auteur du *Centon* n'est point, comme on l'a cru
jusqu'ici, Fernan Gomez de Cibdareal, mais bien D. Antonio
Vera y Zuñiga, comte de la Roca, et j'appelle l'attention des critiques qui aiment les réhabilitations littéraires sur ces pages que
j'ai traduites en même temps que les notes et additions des traducteurs espagnols.

Pourquoi ajouter ces notes aux notes déjà si nombreuses de
Ticknor? C'est qu'elles ont une valeur réelle, qu'elles nous apprennent des faits que Ticknor lui-même a ignorés, malgré tous
ses soins et toutes ses recherches, sur l'existence de manuscrits,

sur les éditions diverses qui ont été données, sur la différence qui existe entre les manuscrits et leur impression ; qu'elles résolvent des questions de la plus haute importance pour l'histoire des lettres ; énumèrent les ouvrages inédits de certains auteurs, font connaître des poëtes jusqu'ici ignorés, redressent des assertions erronées, répandent sur le tableau de Ticknor une lumière qui peut nous permettre de saisir quelques défauts de l'original, tout en nous faisant mieux apprécier la vivacité de ses couleurs, la valeur et le mérite de sa composition.

Cette composition, comment l'ai-je rendue dans cette traduction française ? Inutile d'observer que j'ai cherché à la rendre la plus conforme à l'original. Je sais bien qu'en fait de traductions, on parle beaucoup de la traduction libre et de la traduction littérale. Pour moi, je me suis tenu au système que j'ai déjà adopté dans la traduction de la *Condition sociale des Morisques en Espagne ;* des *Études historiques, politiques et littéraires sur les juifs d'Espagne;* des *Pensées chrétiennes, politiques et philosophiques,* etc. En effet, j'appelle plutôt imitation que traduction le travail qui prend dans une autre langue le fonds de la pensée, sans trop s'inquiéter des mots qui la rendent, qui donne aux mots de la version la place qu'il veut, sans tenir compte de leur ordre et de leur disposition dans la langue à traduire. La traduction libre est, pour moi, celle où le traducteur prend la liberté de couper, dans le texte, une phrase trop longue, une période indigeste ; de mettre un substantif à la place d'un adjectif, un verbe à la place d'un substantif; d'employer la voix active au lieu de la voix passive, un mode impersonnel au lieu d'un mode personnel; d'ajouter parfois une conjonction, de la supprimer le plus souvent, pour donner à sa phrase l'allure et la tournure de sa langue, tout en respectant scrupuleusement le sens des mots. C'est ainsi que j'ai procédé, dans la traduction de ce volume, en me gardant bien d'oublier que je traduisais principalement pour des lecteurs français. Anglais et Français cependant, et ceux qui voudront étudier la langue française ou la langue anglaise, pourront, si je ne me trompe, retirer un double profit de mon travail. Les uns et les autres pourront, avec lui, suivre les développements de la littérature espagnole, puis étudier, les Anglais, la langue française, en comparant le texte anglais à la traduction ; les Français, la langue anglaise, en comparant la traduction à l'original anglais. Les uns et les autres liront, en espagnol, les passages cités par Ticknor. Je les ai extraits de la traduction espagnole de D. Pascal Gayangos et de D. Henri de Vedia. Rarement j'ai négligé d'en donner le français en note. Il n'en est pas de même pour certains passages des appendices et pour les poésies qui en forment plusieurs. Sans compter que la traduction de ces poëmes de longue haleine aurait augmenté ce volume outre mesure, je n'ai pu oublier que si, dans toutes les langues, les vers sont enfants de la lyre, s'il faut les chanter non les dire, c'est plus vrai de l'espagnol que de tout autre idiome. Je me suis donc interdit la version française de morceaux, éminemment poétiques dans l'original, mais dont la pensée et l'expression auraient tout perdu en passant de la langue castillane dans la nôtre.

Ticknor avait rejeté, à la fin de son ouvrage, les appendices se rapportant à son premier volume, j'ai cru à propos de ramener dans ce volume les appendices relatifs aux vingt-quatre premiers chapitres de son histoire. Par cette disposition, le lecteur aura ainsi dans sa main tout ce qui se rapporte à cette première période, commençant aux origines de la langue et de la littérature espagnoles, et finissant avec le règne des Rois Catholiques.

Si je suis heureux de publier ce livre au moment où, par sa circulaire du 29 septembre, S. Exc. M. le Ministre de l'Instruction publique vient de développer l'enseignement des langues vivantes dans les lycées de l'Empire, et de placer surtout les langues méridionales, ces sœurs si intimes de notre langue française, au même rang que les langues du Nord, je le suis encore plus de pouvoir, par lui, répondre à un besoin du cœur, en réitérant ici tous mes remercîments à M. Gustave Rouland, pour les encouragements littéraires qu'il n'a cessé de me prodiguer, tant qu'il est resté Secrétaire Général du Ministère de l'Instruction publique et des cultes ; en témoignant toute ma gratitude à Sa Majesté la Reine d'Espagne, Isabelle II, pour la haute distinction dont elle a daigné honorer mes précédents travaux sur la littérature espagnole, par ma nomination de chevalier dans l'Ordre Royal de Charles III.

J.-G. MAGNABAL.

Paris, ce 10 décembre 1863.

PRÉFACE.

En l'année 1818, j'ai parcouru une grande partie de l'Espagne et j'ai passé quelques mois à Madrid. L'objet de mon
voyage était d'augmenter les faibles connaissances que je pos-
sédais de la langue et de la littérature de ce pays et de me
procurer des livres espagnols, toujours si rares sur les grands
marchés de la librairie de l'Europe. A certains égards le temps
de mon voyage fut favorable au but qui me l'avait fait entreprendre ; sous d'autres points de vue, non. Quelques-uns des
livres qui me manquaient étaient alors, il est vrai, moins
estimés en Espagne qu'ils ne le sont aujourd'hui, dépréciation
dont il faut chercher la cause principale dans l'état d'abaissement anormal où se trouvait ce pays. Et, si ses hommes de
lettres étaient, plus qu'on ne le voit communément, disposés à
satisfaire la curiosité d'un étranger, leur nombre se trouvait
matériellement diminué par les persécutions politiques ; il était
difficile, en outre, d'entretenir quelque commerce avec eux,
parce qu'ils avaient peu de rapports les uns avec les autres et

qu'ils vivaient entièrement séparés du monde qui les environnait.

C'était, en effet, une des plus tristes périodes du règne de Ferdinand VII, quand le désespoir semblait faire croire que l'éclipse n'était pas seulement totale, mais « qu'elle éloignait toute espérance de lumière. » Le pouvoir absolu du monarque n'était nulle part encore tombé dans le domaine de l'examen public ; son gouvernement, qui avait fait revivre l'Inquisition et qui respirait le même esprit, imposa, pour la première fois, silence à la presse, et, partout où il étendait son influence, il menaçait d'éteindre toute espèce de culture. Quatre ans s'étaient à peine écoulés, depuis la restauration de l'ancien ordre de choses à Madrid, que les hommes de lettres les plus distingués, qui habitaient naturellement la capitale, gémissaient dans la prison ou dans l'exil. Melendez Valdés, le premier poëte espagnol de son temps, venait d'expirer dans la misère sur le sol, alors peu bienveillant, de la France ; Quintana, sous de nombreux rapports l'héritier de ses honneurs, était confiné dans la forteresse de Pamplona ; Martinez de la Rosa, qui s'est placé depuis à la tête de la nation comme à la tête de la littérature, était enfermé à Peñon de Velez, sur les côtes de Barbarie. Moratin languissait à Paris, pendant que, dans sa patrie, ses comédies étaient couvertes d'applaudissements sincères, même par ses ennemis. Le duc de Rivas, qui, comme l'ancienne noblesse des jours les plus orgueilleux de la monarchie, s'était à la fois distingué dans les armes, dans les lettres, dans le gouvernement civil et la diplomatie étrangère de son pays, vivait retiré dans les terres de sa noble maison en Andalousie. D'autres, moins illustres et moins connus, partageaient un destin aussi rigoureux ; et si Clémencin, Navarrete et Marina pouvaient traîner une existence tranquille dans la capitale dont leurs amis avaient été bannis, leurs pas étaient surveillés, leur vie pleine d'inquiétude.

Parmi les hommes de lettres que j'ai d'abord connus, à

Madrid, je dois citer D. José Antonio Condé, savant retiré, aimable, modeste, s'occupant rarement d'événements d'une date plus éloignée que le temps de l'Espagne arabe dont il a depuis illustré l'histoire. Quoique son caractère et ses études le tinssent à l'écart des troubles politiques, il avait déjà goûté l'amertume de l'exil. Réduit à une honorable pauvreté, il consentait, sans déplaisir, à passer, chaque jour, quelques heures avec moi et à diriger mes études sur la littérature de son pays. Sa rencontre a été pour moi une bonne fortune. Nous lisions ensemble la vieille poésie castillane, qu'il connaissait mieux que la moderne et qui avait plus d'analogie avec ses inclinations et ses goûts. Il m'accompagnait aussi dans mes excursions pour réunir les livres dont j'avais besoin, et ce n'était pas une entreprise facile dans un pays où la librairie, dans le vrai sens du mot, est entièrement inconnue ; où l'Inquisition et le confessionnal ont souvent rendu très-rare l'objet de vos plus vifs désirs. Mais Condé connaissait les recoins où il fallait chercher ces livres et ceux qui les vendaient ; et c'est à lui que je dois le fonds de ma collection sur la littérature espagnole, collection que je n'aurais jamais pu réunir sans sa coopération. Je lui dois donc beaucoup ; et quoiqu'il y ait longtemps que la tombe renferme et mon ami et ses persécuteurs, c'est un véritable plaisir pour moi de reconnaître des services auxquels je n'ai jamais cessé d'être sensible.

Depuis l'époque de mon séjour en Espagne, plusieurs circonstances ont favorisé les tentatives que j'ai successivement faites pour augmenter ma bibliothèque espagnole. La résidence à Madrid de mon vieil ami, M. Alexandre Hill Everett, qui a représenté, pendant plusieurs années, notre pays à la cour d'Espagne, l'occupation du même poste élevé par mon autre ami, M. Washington Irving, dont le nom est également honoré des deux côtés de l'Atlantique et qui est plus particulièrement cher aux Espagnols, à cause des durables monuments qu'il a élevés à l'histoire de leurs premiers exploits, et des charmantes fictions dont il a placé la scène dans leur romantique contrée ; toutes ces heureuses circonstances ont naturellement contribué à me faciliter une collection de livres que pouvaient produire la bienveillance seule de personnes placées dans des positions si distinguées, et le désir de répandre, parmi leurs compatriotes, la connaissance d'une littérature, objet de leur amour et de leurs études.

C'est aussi un devoir pour moi en même temps qu'un plaisir, de témoigner ici ma reconnaissance à deux autres personnes qui ne sont pas sans rapport avec ces deux hommes d'Etat, avec ces deux écrivains. Le premier, c'est M. O. Rich, ancien consul des États-Unis en Espagne, bibliographe distingué à qui M. Irving et M. Prescott ont dû de semblables services et à la considération personnelle duquel je dois beaucoup, mais moins encore qu'à sa connaissance des livres rares et curieux et à son succès extraordinaire pour les collectionner. Le second, c'est Don Pascal de Gayangos, professeur d'arabe à l'Université centrale de Madrid, certainement un des littérateurs les plus distingués dans la branche particulière d'études qu'il cultive, et dont la familiarité pour tout ce qui regarde la littérature de son pays est fréquemment démontrée dans les notes de mon ouvrage, qui en rendent un témoignage incontestable. J'ai eu, pendant de nombreuses années, des rapports constants avec le premier de ces deux personnages, et j'ai reçu de lui de nombreuses et précieuses contributions de livres et de manuscrits recueillis pour ma bibliothèque, tant en Espagne qu'en Angleterre et qu'en France. Avec l'autre, à qui je ne dois pas de moindres largesses, j'ai été personnellement lié, quand je suis venu en Europe, dans la période de 1835 à 1838, pour me procurer la connaissance de littérateurs distingués, comme lui, et pour consulter les auteurs, non-seulement dans les bibliothèques publiques du continent, mais encore dans les riches collections particulières , telles que celle de lord Holland, en Angleterre ; de M. Ternaux Compans, en France ; et de mon bien aimé et bien respectable Tieck, en Allemagne ; dépôts que m'ont rendus accessibles la franchise et l'amabilité de leurs propriétaires.

Le résultat naturel d'un intérêt si continué pour la littérature espagnole et de si agréables motifs de l'étudier, a été , je le dis dans la pensée d'atténuer mon entreprise et de m'excuser moi-même, *un livre*. Dans l'intervalle qui a séparé mes deux voyages en Europe, j'ai prononcé une série de leçons sur les principaux points de la littérature espagnole dans les classes du collége Harvard. Au retour de mon second voyage, je me suis résolu à coordonner ces lectures pour les publier. Mais, après y avoir consacré beaucoup de temps et de travail, j'ai trouvé, ou j'ai cru trouver que le ton de la discussion adopté pour mes leçons académiques n'était pas en rapport avec le but qu'on se propose dans une histoire régulière. J'ai donc détruit tout ce que j'avais écrit et j'ai recommencé une tâche, toujours sans désagrément pour moi, et dont la préparation a donné le présent ouvrage, ouvrage qui a peu de rapport avec mon projet primitif, mais qui embrasse toujours la même idée avec plus d'étendue.

Dans la correction de mon manuscrit pour le donner à la presse, j'ai profité des conseils de deux de mes plus intimes amis , M. François C. Gray, littérateur qui devrait permettre au public de profiter, plus qu'il ne le fait, des grandes ressources d'une érudition rare et délicate, et M. William Prescott, l'historien des deux hémisphères, dont le nom ne sera oublié ni dans l'un ni dans l'autre, mais dont les honneurs seront toujours plus appréciés de ceux qui connaissent mieux par quelles épreuves décourageantes il les a obtenus, et de quelle modestie et de quelle amabilité il les a accompagnés. A ces amis sincères, dont l'inaltérable estime a rempli de délices toutes les années actives de ma vie, j'adresse les témoignages

de ma plus vive reconnaissance, au moment où je me sépare
d'un ouvrage auquel ils ont toujours porté un véritable intérêt et qui, partout où il ira, répandra, dans ses pages, les
preuves tacites de leur amitié et de leur bon goût.

(*Park street*, BOSTON, 1849.)

HISTOIRE

DE LA

LITTÉRATURE ESPAGNOLE.

PREMIÈRE PÉRIODE.

CHAPITRE Ier.

Division du sujet. — Origine de la littérature espagnole dans des temps de troubles.

Dans les premiers âges de toute littérature qui a revendiqué pour elle un caractère permanent dans l'Europe moderne, une grande partie de ses éléments constitutifs est le résultat de sa situation locale et de circonstances, en apparence, accidentelles. Tantôt, comme dans la Provence, dont le climat est si doux, le sol si luxuriant, jaillit une élégance prématurée, qui est ensuite subitement étouffée par les influences de la barbarie qui l'environne. Tantôt, comme dans la Lombardie et dans quelques parties de la France, les anciennes institutions sont si longtemps conservées par les vieilles municipalités, que, dans les intervalles accidentels de paix, il semble que les anciennes formes de civilisation peuvent revivre et prévaloir. Mais ce ne sont que de faibles espérances, que font bientôt évanouir les violences au milieu desquelles se sont élevées et se sont établies les premières communes modernes. Parfois ces deux causes se combinent l'une avec l'autre et promettent une poésie pleine de fraîcheur et d'originalité; poésie qui, à mesure qu'elle avance, se rencontre avec un esprit plus vigoureux que le sien et dont la prédominance empêche son langage de s'élever au-dessus de la condition de dialecte local, ou qui le fait se fondre avec celui de son rival plus fortuné. C'est ce résultat que nous reconnaissons également, de bonne heure, en Sicile, à Naples, à Venise, où l'autorité des grands maîtres de la Toscane était reconnue, pour la première fois, avec autant de loyauté qu'elle l'était à Florence ou à Pise.

Comme le reste de l'Europe, la partie du sud-ouest, comprenant actuellement les royaumes d'Espagne et de Portugal, subissait presque toutes ces diverses influences. Favorisés par la beauté du climat et du sol, par les restes de la civilisation romaine, qui s'était long-temps prolongée dans ses montagnes, par l'esprit ardent et passionné qui a marqué ces peuples, à travers toutes leurs révolutions, jusqu'au jour d'aujourd'hui, les premiers signes de renaissance poétique commencent à être perceptibles dans la péninsule espagnole avant même de les trouver, avec leurs caractères distinctifs, dans la péninsule italique. Mais cette littérature naissante de l'Espagne moderne, dont une partie est provençale et dont le reste est absolument castillan ou espagnol, apparaît dans des temps de troubles, quand il était absolument impossible qu'elle avançât franchement et rapidement vers les formes qu'elle était destinée à revêtir enfin. En effet, les nombreux chrétiens espagnols répandus dans les États séparés, qui morcelaient malheureusement leur pays, avaient été engagés dans de terribles luttes contre les envahisseurs arabes, luttes qui leur firent, pendant vingt générations, consumer leurs forces, avant que la croix fût plantée sur les tours de l'Alhambra et que la paix leur fournît les moyens d'embellir la vie. Or Dante, Pétrarque et Boccace avaient apparu, en Lombardie et en Toscane, au milieu d'une tranquillité relative, et l'Italie avait repris sa place accoutumée à la tête de l'élégante littérature du monde.

Rien d'étonnant qu'au milieu de pareilles circonstances, un grand nombre de ces Espagnols, engagés depuis si longtemps dans ces luttes solennelles, comme les enfants perdus du christianisme contre l'invasion du mahométisme (1) et de sa civilisation grossière en Europe, que ces Espagnols qui, au milieu de toutes leurs souffrances, avaient constamment regardé Rome comme le siége principal de leur foi, pour y puiser consolation et encouragement, n'aient pas hésité à reconnaître la suprématie littéraire de l'Italie, suprématie qui, au temps de l'Empire, avait obtenu l'obéissance la plus complète. Il s'ensuivit donc tout naturellement une école formée sur des modèles italiens. Mais, quoique le génie riche et original de la poésie espagnole ait moins reçu de cette dernière influence que je ne l'ai donné

---

(1) August-Wilhelm von Schlegel, *Ueber dramatische Kunst*, Heidelberg, 1811, in-8°, Vorlesung XIV.

à penser, ses effets sont néanmoins trop importants, dès l'instant de sa première apparition, et trop distincts, pour les passer sous silence.

Par conséquent, on peut faire, selon nous, deux divisions de cette période où se développe l'histoire de la littérature espagnole. La première comprend la poésie et la prose vraiment nationales, produites depuis les temps primitifs jusqu'au règne de Charles-Quint; la seconde embrasse tout le temps où, par intervalles, l'imitation de l'élégance provençale ou italienne fait plus ou moins éloigner la littérature espagnole de l'esprit et du génie de la nation. Ces deux parties réunies constituent une période où les éléments importants et caractéristiques de la littérature espagnole sont exposés avec les développements qu'ils ont eus jusqu'à nos jours.

Dans la première division de cette première période, nous avons considéré l'origine et le caractère de cette littérature qui jaillit, en effet, du sol même de l'Espagne, et qui a été presque entièrement exempte de toute influence étrangère.

Mais ici, dès l'abord, nous rencontrons un fait remarquable, qui annonce, en quelque sorte, un peu le caractère de cette littérature naissante : c'est le fait de son apparition au milieu de temps de troubles et de violence. En effet, dans les autres parties de l'Europe, durant ces troubles désastreux qui accompagnèrent la ruine de l'empire romain et de la civilisation, et l'établissement des nouvelles formes de l'ordre social, si l'inspiration poétique arrive à quelque chose, c'est pendant des périodes heureuses de repos et de tranquillité relative, quand la pensée de l'homme est moins occupée que d'ordinaire par la nécessité de veiller à sa sécurité personnelle et de pourvoir à ses besoins physiques les plus pressants. Or il n'en est pas ainsi en Espagne. Là, la première expression de ce sentiment populaire, qui devint l'origine de la littérature nationale, se fit entendre au milieu de cette lutte extraordinaire que les chrétiens d'Espagne soutinrent, pendant plus de sept siècles, contre les Maures envahisseurs. De sorte que les premiers accents de la poésie espagnole éclatent comme les élans de cette énergie et de cet héroïsme qui, au temps de son apparition, animaient la plus grande partie des chrétiens espagnols d'un bout à l'autre de la Péninsule.

En effet, si nous considérons l'état de l'Espagne durant les siècles qui ont précédé et accompagné la formation de son langage actuel et de sa poésie, nous trouverons les données historiques les plus pleines d'instruction. En 711, Rodrigue hasarda témérairement les destinées de son empire goth et chrétien sur le résultat d'une seule bataille contre les Arabes qui, de l'Afrique, dirigeaient leur marche, pour forcer l'entrée, dans la partie méridionale de l'Europe. Rodrigue succomba, et le féroce enthousiasme qui caractérisa le premier âge de la puissance mahométane acheva presque immédiatement la conquête de toute cette contrée, qui était le digne prix de la victoire. Les chrétiens, toutefois, quoique battus, n'étaient pas entièrement vaincus. Loin de là, un grand nombre d'entre eux, fuyant devant la sauvage poursuite de leurs ennemis, vinrent s'établir à l'extrémité nord-ouest de leur pays natal, au milieu des montagnes et dans les forteresses de la Biscaye et des Asturies. Là se perdit définitivement la pureté de la langue latine, qu'ils avaient parlée durant plusieurs siècles ; ils négligèrent de la cultiver, et cette négligence fut une conséquence nécessaire de la misère qui les opprimait. Toutefois, animés de l'esprit qui avait si longtemps soutenu leurs ancêtres contre la puissance de Rome, et qui a conduit leurs descendants à soutenir une lutte non moins féroce contre le pouvoir de la France, ils ont conservé, avec une constance remarquable, leurs anciennes coutumes, leurs opinions, leur religion, leurs lois et leurs institutions. Séparés par une haine implacable des Maures envahisseurs, ils ont jeté là, au milieu de ces rudes montagnes, les fondements du caractère national, de ce caractère qui s'est maintenu jusqu'à notre temps (1).

Là, ils grandirent peu à peu à l'école de l'adversité, et, comprenant les faibles avantages que leur situation pouvait leur procurer, ils commencèrent à faire des incursions sur le territoire de leurs conquérants et à prendre pour eux-mêmes une part de ces belles possessions qui leur avaient autrefois entièrement appartenu. Mais chaque pouce de terre était défendu avec la même ardeur et le même courage qu'il avait été primitivement conquis. Les chrétiens, cependant, accidentellement vaincus, gagnaient gé-

______

(1) Augustin Thierry a dépeint très-élégamment, en peu de mots, la fusion de la société qui s'établit primitivement au nord-ouest de l'Espagne et qui a été la base de la civilisation du pays : « Resserrés dans un coin de terre, devenu pour eux toute la patrie, Goths et Romains, vainqueurs et vaincus, étrangers et indigènes, maîtres et esclaves, tous unis dans le même malheur, oublièrent leurs vieilles haines, leur vieil éloignement, leurs vieilles distinctions ; il n'y eut plus qu'un nom, qu'une loi, qu'un état, qu'un langage ; tous furent égaux dans cet exil. » *Dix ans d'études historiques*. Paris, 1836, in-8º, pag. 346.

néralement quelque chose à chacune de leurs plus considérables défaites. Mais ce qu'ils gagnaient, ils ne le conservaient que par l'emploi de la valeur et de la puissance militaire, et cette conservation ne
leur coûtait pas moins de peine que la conquête. En 801, nous les
trouvons déjà possesseurs d'une partie considérable de la Vieille-
Castille, et ce nom même, donné à cette contrée à cause de la multitude de châteaux forts dont elle était parsemée, prouve pleinement
l'opiniâtreté à laquelle furent réduits les chrétiens des montagnes pour
conserver ces premiers fruits de leur courage et de leur constance (1).
Un siècle plus tard, en 914, ils avaient poussé les avant-postes de
leurs conquêtes jusqu'à la chaîne du Guadarrama, qui sépare la
Nouvelle de la Vieille-Castille. A cette date, ils sont regardés comme
ayant encore posé un pied ferme dans leur propre patrie, dont ils
établissent la capitale à Léon.

Dès cette époque les chrétiens semblent avoir compris que le
résultat final était assuré. En 1085, Tolède, cette vénérable tête
de la vieille monarchie, était arrachée aux Maures, qui l'avaient
possédée durant trois cent soixante-trois ans ; en 1118, Saragosse
était reconquise ; de sorte que, vers le commencement du douzième siècle, la péninsule entière, jusqu'à la sierra de Tolède, était
de nouveau occupée par ses premiers maîtres, et les Maures étaient
repoussés dans les provinces du midi et du sud, par où ils avaient
primitivement pénétré. Toutefois la puissance musulmane, quoique réduite ainsi à d'étroites limites, comprenant à peine plus
d'un tiers de son étendue quand elle était dans toute sa splendeur,
semble avoir été plutôt consolidée qu'ébranlée. Après trois siècles
de victoires, il faut encore plus de trois autres siècles de lutte,
avant que la chute de Grenade délivre définitivement l'Espagne
entière de la domination maudite de ces conquérants infidèles.

Et c'est au milieu de ces luttes désolantes, et dans une époque où
les chrétiens n'étaient pas moins divisés par leurs discordes intestines qu'outrés et exaspérés par la guerre commune contre l'ennemi commun, que les éléments de la langue et de la poésie espagnoles se développent, pour la première fois, avec le caractère qu'elles
ont toujours conservé depuis. Et c'est précisément au moment
de la prise de Saragosse, prise qui assura aux chrétiens la pos-

____

(1) Manuel Risco, *La Castilla y el mas famoso Castellano.* Madrid, 1792, in-4°,
pag. 14-18.

session de toute la partie orientale de l'Espagne ; au moment de leur grande victoire dans les plaines de Tolose , victoire qui ébranla tellement la puissance musulmane qu'elle ne recouvra jamais depuis tout l'éclat de sa splendeur primitive (1); c'est précisément dans ce siècle de confusion et de violence où les populations chrétiennes de ce pays ont été, suivant l'expression d'un vieux chroniqueur, constamment armées pour le combat, que nous entendons les premiers accents de leur poésie nationale, qui arrivent jusqu'à nous mêlés à leurs cris de guerre et respirant le feu même de leurs victoires (2).

-----

(1) En parlant de cette bataille décisive , et ne suivant, comme il le fait toujours, que les auteurs arabes, Condé s'exprime ainsi : « Cette effroyable déroute arriva le lundi , quinzième jour du mois de safer de l'année 609 (A. D. 1212), et par elle tomba la puissance des musulmans en Espagne, car, après elle, rien ne leur réussit. » (*Histoire de la domination des Arabes en Espagne.* Madrid, 1820, in-4°, tom. II, p. 425.) Gayangos , dans son livre, plus érudit et plus complétement arabe, « les Dynasties mahométanes en Espagne » (Londres, 1843 , in-4°, vol. II, p. 323), rapporte le même fait. Les historiens espagnols purs le dépeignent, par conséquent, avec plus d'énergie. Mariana, par exemple, regarde le résultat de la bataille comme une chose tout à fait surhumaine. (*Histoire générale d'Espagne*, 14ᵉ édition. Madrid, 1780, in-folio, liv. XI, ch. xxiv.)

(2) « Et dans ce temps, » dit la vieille chronique générale d'Espagne (Zamora , 1541, in-fol. pag. 275). « se faisait la guerre cruelle des Maures ; de sorte que les rois, les comtes et les nobles, et tous les chevaliers qui se targuaient de la profession d'armes, tous plaçaient les chevaux dans les chambres où ils avaient leurs lits et où ils habitaient avec leurs femmes , afin qu'en entendant le cri de guerre, ils trouvassent leurs armes et leurs chevaux préparés, qu'ils pussent les monter et partir sans retard. » — « Ces durs et rudes préparatifs, » dit Martinez de la Rosa, dans son gracieux roman d'Isabelle de Solis, dont voici le passage : « Ces durs et rudes préparatifs, prélude de tant de gloire et de la conquête du monde, alors que nos ancêtres accablés sous le harnais, et l'épée toujours au côté, ne dormirent pas en paix une seule nuit pendant huit siècles. » *Doña Isabelle de Solis, reine de Grenade*, roman historique. Madrid, 1839, in-8", part. 11ᵉ, ch. xv.

CHAPITRE II.

Le plus ancien document en langue espagnole auquel on puisse assigner une date certaine, c'est la confirmation donnée par Alphonse VII, en l'année 1155, de la Carta-puebla d'Avila (1) dans les Asturies (2). Cette pièce est importante, non-seulement parce qu'elle montre le nouvel idiome se dégageant du latin corrompu, peu ou point altéré par l'influence de l'arabe répandu dans les provinces méridionales, mais encore parce qu'on la regarde comme un des plus vieux documents de la langue espagnole écrite, et qu'on ne peut supposer avec juste raison que cette langue ait existé sous la forme écrite, un demi-siècle auparavant.

A quelle époque remonte la première apparition de la poésie dans ce dialecte espagnol, ou, comme on l'appelle plus souvent, castillan, c'est ce qu'on ne peut établir avec précision ; mais on reconnaît qu'on peut trouver les traces des vers castillans dans une période tout à fait voisine de la date du document d'Avila. Un fait remarquable, c'est que ces traces apparaissent dans deux ouvrages également longs et intéressants l'un et l'autre. En effet, quoique les ballades et les autres formes de poésie populaire, qui marquent indistinctement les commencements de presque chacune des autres littératures, abondent aussi en Espagne, nous ne sommes pas obligés d'y recourir au début de nos recherches, puisque deux monuments d'une importance décisive se présentent à la fois.

Le premier de ces monuments par le temps et le premier aussi par

---

(1) Carta-puebla, charte de répartition des terres, des impôts et des priviléges.
(2) Voir l'appendice A sur l'histoire de la langue espagnole.

l'importance, c'est le poëme vulgairement appelé, avec sa simplicité primitive et sa tendance, « *Poëme du Cid.* » Il se compose de trois mille vers environ, et il ne paraît pas avoir été écrit avant l'année 1200. Le sujet, comme le nom l'implique, est tiré des aventures du Cid, ce grand héros populaire des temps chevaleresques de l'Espagne : les mœurs et les sentiments concordent admirablement avec la lutte des Maures et des chrétiens, à laquelle le Cid prit une si grande part, et dont la violence n'avait pas diminué à l'époque où le poëme fut écrit. D'où il résulte qu'on trouve partout le coloris et le caractère national (1).

---

(1) La date du seul manuscrit ancien du poëme du Cid se trouve dans ces mots : « *Per Abbat le escribio en el mes de Mayo, en era de Mil e CC. XLV años.* » Ici il y a un espace, résultat d'une rature entre le second C et l'X, blanc qui a soulevé la question de savoir si la rature a été l'œuvre du copiste qui s'était trompé en mettant accidentellement une lettre de trop, ou si c'est une rature postérieure qu'il aurait fallu remplir, et si pour la remplir il fallait la conjonction *e* ou un autre C : en un mot si le manuscrit doit être daté de 1245 ou de 1345. (Sanchez, *Poésies antérieures.* Madrid, 1779, in-8°, tom. Ier, pag. 221.) Cette année de 1245 de *l'ère espagnole*, en accord avec le calcul du temps, ordinairement observé dans les vieilles annales espagnoles, répond à notre année A. D. 1207. — Différence de trente-huit ans, dont on trouve la raison dans une note à la « Chronique du Cid » de Southey (Londres, 1808, in-4°, pag. 385), sans qu'on soit obligé de puiser à des sources plus érudites.

La date du *poëme lui-même* est toutefois une question bien différente de celle de ce *manuscrit particulier* qui en est la copie. Ces mots, *Per Abbat*, se rapportent simplement au copiste, que son nom fut *Peter Abbat* ou *Peter l'Abbat* (Risco, Castilla, pag. 68). Quant à la question importante, je pense, la question de l'âge du *poëme lui-même*, on ne peut la trancher que par l'étude intrinsèque du style et de la langue. Deux passages, vv. 3014 et 3745, ont été cependant allégués (Risco, pag. 69, Southey, sa Chronique, note de la page 282) pour prouver historiquement sa date; mais, après tout, ils ne démontrent qu'une chose, c'est qu'il a été écrit postérieurement à l'année 1135. (V. A. Huber, *Geschichte des Cid*, Bremen, 1829, in-12, pag. 29.) Ce point est difficile à résoudre, et nul ne peut être mieux consulté que les auteurs du pays ou les *experts.* Parmi eux, Sanchez le place vers l'année 1150, c'est-à-dire un demi-siècle après la mort du Cid (*Poésies antérieures*, tom. Ier, p. 223). Capmany (*Éloquence espagnole*, Madrid, 1786, in-8°, tom. Ier, p. 1) adopte son sentiment. Marina, dont l'opinion est d'un grand poids, le fixe trente ou quarante ans avant Berceo, qui écrivait de 1220 à 1240 (*Mémoires de l'Académie d'histoire*, tom. IV, 1805. Essai, pag. 34). Les éditeurs de la traduction espagnole de Bouterwek (Madrid, 1829, in-8°, tom. Ier, pag. 112), qui donnent un fac-simile du manuscrit, s'accordent, avec Sanchez et Huber (*Gesch. der Cid, Worwort*, pag. 27). A ces opinions, nous ajouterons celle de Ferdinand Wolf, de Vienne (*Jahrbücher der Literatur*, Wien, 1831, Band LVI, pag. 251), qui, comme Huber, est un des savants contemporains les plus versés dans tout ce qui touche à la littérature espagnole et du moyen âge, et qui place la date du poëme du Cid entre 1140 et 1160. Nous pourrions citer beaucoup d'autres opinions; car la question a été longtemps discutée, mais les jugements des hommes érudits que nous

Le Cid lui-même, qu'on trouve constamment cité dans la poésie espagnole, est né dans la partie nord-est de l'Espagne, vers l'année 1040, et mort en 1099, à Valence, qu'il avait reprise sur les Maures (1). Son vrai nom était Ruy Diaz ou Rodrigue Diaz. Par sa naissance, il était un des seigneurs les plus considérables de sa contrée. Le titre de *Cid,* sous lequel il est le plus généralement connu, lui fut accordé, à ce que l'on croit, dans une circonstance remarquable : cinq rois ou chefs maures le reconnurent dans une bataille pour leur

---

avons déjà donnés, jugements formés à divers moments, dans le cours de la moitié du siècle qui a vu la première publication du poème, ne permettent pas de douter raisonnablement que le poëme n'ait été d'abord composé vers l'an 1200.

Le nom de Southey, introduit dans la note ci-dessus, est le nom d'un personnage cité toujours avec un grand respect par tous ceux qui se livrent avec intérêt à l'étude de la littérature espagnole. Profitant de ce que son oncle, le Rév. Herbert Hill, un savant et un excellent industriel, était lié avec les Factory anglais de Lisbonne, M. Southey visita l'Espagne et le Portugal en 1795-96. Il était alors âgé d'environ vingt-deux ans : de retour dans sa patrie, il publia la relation de son voyage, en 1797 ; ce livre piquant, écrit avec cette clarté, cette singularité, ce pittoresque anglais qui distingue toujours son style, contenant un nombre considérable de traductions de l'espagnol et du portugais, a été plutôt composé avec une audacieuse liberté qu'avec une scrupuleuse exactitude. Depuis ce moment, jamais M. Southey n'a perdu de vue l'Espagne et le Portugal ou la littérature espagnole ou portugaise, comme le prouvent non-seulement ses œuvres originales, mais encore ses traductions et ses articles, dans la *London Quarterly Review,* sur Lope de Vega et sur le Camoens, et, en particulier, un article inséré dans le second volume de ce journal, article qui a été traduit en portugais par M. Müller, secrétaire de l'Académie des sciences de Lisbonne, et qui forme un excellent manuel où se trouve condensée l'histoire de la littérature portugaise.

(1) Les récits arabes représentent la mort du Cid comme une conséquence de la douleur qu'il éprouva de la défaite des chrétiens près de Valence, ville qui retomba entre les mains des musulmans en l'année 1100 (Gayangos, *Dynasties mahométanes,* vol. XI; appendix, pag. 43). Il est nécessaire de connaitre quelques-unes des vies du Cid pour comprendre le poëme et une autre grande partie de la littérature espagnole. Je vais en citer trois ou quatre des plus convenables et des plus importantes : 1° la plus ancienne est l'ouvrage latin intitulé : *Historia Roderici Campidocti,* écrite avant 1228 et publiée par Risco dans un appendix à sa *Castilla y el mas famoso Castellano;* 2° la fabuleuse et crédule vie écrite par le père Risco, 1792 ; 3° la biographie si curieuse, par Jean de Müller, historien de la Suisse, 1805, qui précède les Romances du Cid, par son ami Herder ; 4° la Vie classique du héros, par Manuel Joseph Quintana, dans le premier volume de ses *Vies des Espagnols célèbres* (Madrid, 1807, in-12); 5° celle de Huber, 1829, ingénieuse et savante. Mais la meilleure de toutes est la *Vieille chronique du Cid,* traduite en anglais par Southey, en 1808. Elle est surtout, je crois, la meilleure pour tous ceux qui aiment à connaitre la question littéraire du Cid. On peut ajouter un très-utile petit volume publié par Georges Dennis, intitulé *le Cid,* petite chronique fondée sur la poésie primitive de l'Espagne (Londres, 1845, in-12), et le travail de Malo de Molina.

seid, leur seigneur ou vainqueur (1). Le titre de *Campeador* ou champion, sous lequel il est également connu, lui fut donné, suivant l'opinion commune, comme chef des armées de Sanche II ; ce titre a été depuis employé, presque exclusivement, comme l'expression populaire de l'admiration de ses compatriotes pour ses exploits contre les Maures (2). De quelque manière que ce soit, il est certain que, dès une époque des plus éloignées, il a été appelé : *le Cid Campéador.* Et il méritait bien ce titre honorable : il passa presque toute sa vie dans la lutte contre les oppresseurs de sa patrie, sans avoir, autant que nous puissions le savoir, éprouvé une simple défaite de la part de l'ennemi commun, et après avoir été plus d'une fois exilé et sacrifié par les princes chrétiens aux intérêts desquels il s'était attaché.

Mais, quelles que soient les aventures réelles de sa vie, aventures sur lesquelles l'obscurité particulière des temps où elles s'accomplirent a jeté une nuit profonde (3), ce héros nous apparaît dans nos temps modernes comme le grand défenseur de sa nation contre l'invasion des Maures. Le Cid semble avoir tellement séduit l'imagination et répondu aux sentiments de ses compatriotes que, plusieurs siècles après sa mort, et même jusqu'au jour d'aujourd'hui, la poésie et la tradition se sont complu à attacher son nom à une longue série d'exploits fabuleux qui le rattachent aux fictions mythologiques du moyen âge et nous rappellent plus souvent les Amadis et les Arthur que les graves héros de notre histoire nationale (4).

---

(1) *Chronique du Cid* (Burgos, 1593, in-fol., ch. xix).

(2) Huber, pag. 96. Müller, *Vie du Cid*, dans l'édition de Herder sur la littérature et les arts (Vienne, 1813, in-12, liv. III, pag. 21).

(3) « Il n'y a pas d'époque dans l'histoire espagnole qui soit plus privée de documents contemporains. » (Huber, *Vorwort*, pag. 13.)

(4) Rien de plus amusant que de comparer les récits des Arabes à ceux des chrétiens sur le Cid. Dans l'ouvrage de Condé sur les Arabes d'Espagne, qui n'est guère qu'une traduction des chroniques arabes, le Cid apparaît pour la première fois, je crois, vers l'an 1087, quand on l'appelle le « *Cambitour* (Campeador), qui *infeste* les frontières de Valence » (tom. XI, p. 155). Quand il a pris Valence, en 1094, il nous dit : « Alors le Cambitour — *qu'il soit maudit par Allah* — y entra avec tous ses gens et ses alliés. » (tom. XI, pag. 183). Dans d'autres endroits, il est appelé « Roderic le Cambitour, » — « Roderic, chef des chrétiens, connu comme Cambitour, » et encore « le Maudit » : — toutes dénominations qui prouvent entièrement la crainte et la haine qu'il inspirait à ses ennemis. Nulle part, je pense, il n'est appelé *Cid* ou *Seid* par les écrivains arabes. Le motif qui fait que le Cid apparaît très-peu dans l'ouvrage de Condé, c'est probablement que les manuscrits consultés par cet écrivain se rapportent principalement aux événements de l'Andalousie et de Grenade où le Cid ne figure presque point. On observe la même chose dans l'ouvrage plus savant et

Le Poëme du Cid participe de ces deux caractères. Parfois on le regarde comme entièrement ou presque entièrement historique (1). Mais son esprit est trop libre et trop romantique pour l'histoire. Il contient peu, c'est vrai, de ces fictions hardies que l'on trouve dans les chroniques postérieures et dans les romances populaires; la composition n'en est pas moins un poëme par essence. Dans les scènes animées du siége d'Alcocer, dans la peinture des Cortès, dans l'épisode des comtes de Carrion, il est évident que l'auteur prend la licence d'un poëte. Dans la réalité, le mariage même des filles du Cid a été démontré de tout point impossible, de sorte que la donnée réelle, le fondement historique semble avoir été détaché du fait principal que le poëme raconte (2). Mais cette circonstance n'altère en rien la valeur intrinsèque de l'ouvrage, qui est simple, héroïque et national. Malheureusement, le seul manuscrit ancien dont on connaisse l'existence est incomplet et ne répand aucune lumière sur le nom de l'auteur.

La partie perdue n'est pas grande toutefois. Ce ne sont que quelques feuilles au commencement, une feuille au milieu, et quelques vers détachés dans le reste; la fin est complète. Par conséquent, il ne peut y avoir de doute sur le sujet ou le but de l'ensemble, c'est-à-dire, la peinture du caractère et de la gloire du Cid, le récit de ses exploits dans les royaumes de Saragosse et de Valence, son triomphe sur ses indignes gendres, les comtes de Carrion, leur disgrâce devant le roi et les Cortès, et enfin le second mariage de ses deux filles avec les Infants de Navarre et d'Aragon. L'ouvrage se

---

plus soigné de Gayangos sur les *Dynasties mahométanes.* Quand le Cid meurt, le chroniqueur arabe ajoute (vol. XI, app. pag. 43) : « Que Dieu n'ait pas pitié de lui. »

(1) C'est là l'opinion de Jean de Müller et de Southey. Ce dernier dit, dans la préface de sa *Chronique* (pag. xi) : « Le poëme doit être considéré comme une histoire versifiée et non comme une romance en vers. » Mais Huber, dans l'excellente préface de son livre (pag. xxvi), démontre que c'est une erreur ; et, dans l'introduction à son édition de la chronique (Marburg, 1844, in-8°, pag 43), il prouve, en outre, que le poëme n'est pas certainement pris de l'ancienne chronique latine qui est le fondement de tout ce qu'il y a d'historique dans le récit du Cid.

(2) Mariana est très-embarrassé sur l'histoire du Cid, et il ne décide rien (*Historia,* liv. X, chap. iv). Sandoval discute beaucoup et nie entièrement l'histoire des comtes de Carrion (*Reyes de Castilla.* Pamplona, 1615, in-fol., f. 54); Ferreras (*Synopsis historica,* Madrid, 1775, in-4°, tom. V, pag. 196-198), qui cherche à distinguer la vérité de la fable, s'accorde avec Sandoval sur le mariage des filles du Cid avec les comtes. Southey (*Chronique,* pag. 310-312) examine les deux opinions, manifeste le désir de s'en rapporter à l'histoire, mais ne sait s'y déterminer.

termine par une légère allusion à la mort du héros et par une indication sur la date du manuscrit (1).

Mais l'histoire du poëme constitue la moindre partie de ce que demande notre travail. En effet, personne ne le lit uniquement pour les faits, souvent détaillés avec la minutie méthodique d'une chronique monacale ; c'est plutôt pour les peintures vivantes du siècle qu'il représente, pour la vivacité avec laquelle il met sous nos yeux des mœurs et des intérêts si éloignés de nous que, s'ils devenaient l'objet d'une histoire en forme, ils nous sembleraient aussi froids que les fables de la mythologie. Nous le lisons parce que nous y trouvons le spectacle contemporain et animé des temps chevaleresques de l'Espagne offert avec une simplicité homérique tout à fait admirable. Quant à l'histoire, elle n'est pas seulement le récit des exploits les plus romantiques attribués au héros le plus romantique de la tradition espagnole, mais c'est le mélange continuel de détails domestiques et personnels qui nous représentent le caractère du Cid et de son temps, et qui excitent notre intérêt et notre sympathie (2). La langue même dans laquelle il est écrit est la langue parlée par le Cid lui-même, à

---

(1) Le poëme avait été primitivement publié par Sanchez dans le premier volume de son estimable ouvrage, intitulé : *Poésies castillanes antérieures au quinzième siècle*. Madrid, 1779-90, 4 vol. in-8°, réimprimés par Ochoa. Paris, 1842, in-8°. Il contient trois mille sept cent quarante-quatre vers ; et, si ce qui manque au manuscrit lui était rendu, Sanchez croit que l'ensemble s'élèverait à quatre mille environ. Sanchez vit une copie faite, en 1596, par un certain Jean Ruys de Ulibarri y Leiva qui l'écrivit à Burgos. Quoiqu'elle ne fût pas entièrement fidèle, elle prouve que le vieux manuscrit avait les mêmes lacunes qu'aujourd'hui. Par conséquent, il y a peu de chance de voir suppléer à ce qui manque.

(2) Je citerai les lignes suivantes, sur la famine de Valence durant son siége, par le Cid :

> Mal se aquexan los de Valencia, que non sabent ques far ;
> De ninguna part que sea no les viene pan,
> Nin da consseio padre a fijo, nin fijo à padre,
> Nin amigo a amigo non pueden consolar.
> Mala cuenta es, sennores, aver mingua de pan,
> Fijos et mugieres ver los morir de fambre.
>
> (VV. 1183-1188.)

> Ceux de Valence se plaignent fortement et ils ne savent que faire. — D'aucun côté que ce soit il ne leur vient du pain. — Aucun secours ne donne le père au fils, ni le fils au père. — L'ami avec l'ami ne se peut consoler. — C'est un fâcheux état, seigneurs, que de manquer de pain — et de voir enfants et femmes mourir de faim.

L'emploi du vocatif *sennores*, seigneurs, dans ce passage et dans les vers 734 et 2291, où le poëte dit : « *verias*, » voyez, et « *sabed*, » sachez, fait présumer que le poëme était adressé à quelques personnes en particulier, ou, ce qui est plus conforme à l'esprit de l'époque, qu'il était récité en public.

moitié développée seulement, se dégageant elle-même avec peine des liens du latin ; ses constructions nouvelles ne sont pas encore bien établies ; ses formes sont imparfaites ; elle manque de ces particules conjonctives qui donnent tant de force et de grâce à tout idiome ; mais elle respire l'esprit audacieux, noble et original de ces temps, et elle démontre évidemment qu'elle luttait avec succès pour conquérir sa place au milieu des autres robustes éléments du génie national. Enfin, le mètre et le rhythme qui règnent dans tout le poëme sont rudes et indécis : le vers qui demande quatorze sylla-bes, divisées par une brusque césure, formant repos après la huitième, s'étend souvent au-delà de seize et même de vingt, et parfois se ren-ferme en moins de douze (1). Mais il porte toujours l'empreinte de la liberté et de la hardiesse d'esprit qui s'harmonise parfaitement avec le langage du poëte, avec le sujet et l'époque ; ce qui donne à l'his-toire une animation, un intérêt tels, que, malgré les siècles qui nous en séparent, nous croyons voir les scènes devant nos yeux comme à la représentation d'un drame.

Les premières pages du manuscrit sont perdues ; ce qui en reste nous conduit brusquement au moment où le Cid, récemment exilé par l'ingratitude de son roi, jette un regard sur les tours de son château de Bivar qu'il abandonne :

> De los sos oios tan fuerte mientre lorando
> Tornaua la cabeça e estaualos catando :
> Vió puertas abiertas é uços sin cañados,
> Alcandaras vacias sin pielles é sin mantos
> E sin falcones é sin adtores mudados.
> Sospiró myo Cid, ca mucho auie grandes cuidados.
> Fabló myo Cid bien é tan mesurado ;
> Grado a ti señor Padre, que estas en alto :
> Esto me han buelto mios enemigos malos (2).

---

(1) Par exemple :

> Fernan Gonzalez non vió alli do s'alzase nin camara abierta nin torre.
> (V. 2296.)

Fernand Gonzalez ne vit là d'où s'élancer ni chambre ouverte ni tour.

> Feme ante vos y o é vuestras fijas,
> Infantes son e de dias chicas.
> (VV .268-269.)

Me voilà devant vous, moi et vos filles, — elles sont des enfants et jeunes encore.

Comme il n'existe qu'un seul manuscrit ancien du poëme, il pourrait bien se faire que ces irrégularités fussent le résultat de la négligence du copiste ; mais ces irrégu-larités sont trop graves et trop fréquentes pour qu'on puisse, avec justice, le charger de toutes : quelques-unes peuvent bien venir de l'auteur lui-même.

(2) De ses yeux pleurant si fortement, — il tournait la tête et il les regardait. — Il

Il va alors là où se rendaient tous les hommes de cœur, à la frontière où les chrétiens faisaient la guerre. Auparavant il place sa femme et ses enfants dans une maison religieuse, puis, avec trois cents compagnons fidèles, il se précipite sur le territoire des infidèles, résolu, suivant la coutume du temps, à gagner terres et fortune sur l'ennemi commun. Il prend néanmoins ses précautions pour lui-même et, suivant une autre pratique de ces temps, il dépouille des Juifs, comme si c'était un simple Robin Hood. Alcocer est une de ses premières conquêtes. Mais les Maures réunissent leurs forces et assiégent le Cid à leur tour; il ne peut se sauver que par une sortie audacieuse dans laquelle il met toute leur armée en déroute. La reprise de son étendard, témérairement engagé dans l'attaque par l'imprudence de Bermudez, et qui est percé de coups, est décrite dans un esprit vraiment chevaleresque (1).

> Enbraçan los escudos delant los coraçones ;
> Abajan las lanças abuestas de los pendones :
> Enclinaron las caras de suso de los arzones :
> Iuanlos à ferir de fuertes coraçones :
> A grandes vozes lama el que en buen ora násco ;
> Ferid los, caballeros, por amor de caridad ;
> Io so Ruy Diaz el Cid campeador de Bivar.
> Todos fieren en el az do esta Pero Vermuez.
> Trezientas lanzas son todas tienen pendones,
> Sennos Moros mataron, todos de sennos golpes ;
> A la tornada que facen, otros tantos son :
> Veriedes tantas lanças premer e alçar ;
> Tanta adagara foradar e passar ;
> Tanta loriga falssa desmanchar ;
> Tantos pendones blancos salir vermeios en sangre ,
> Tantos buenos cavallos sin sos dueños andar (2).
>
> (VV. 723-738.)

---

vit les portes ouvertes et les huis sans cadenas;— les alcandaras vides, sans peaux et sans manteaux, — et sans faucons et sans autours mués. — Il soupira, mon Cid, car il avait maints grands soucis. — Il parla bien, mon Cid, et avec tant de mesure : — Grâces à toi, Seigneur Père, qui es là-haut: — Voilà ce que m'ont rendu mes méchants ennemis...

(1) Il suffit de citer quelques vers de ce passage pour montrer que la gravité, la dignité sont les principaux attributs de la langue espagnole dès sa première apparition.

(2) Ils embrassent leurs écus devant leurs poitrines; — ils abaissent leurs lances parées de leurs pennons; — ils inclinent leurs visages sur leurs arçons; — ils vont les frapper d'un cœur énergique. — A grands cris les appelle celui qui en bonne heure naquit. — Frappez-les, chevaliers, pour l'amour de la charité : — je suis Ruy Diaz,

Le poëme raconte ensuite la lutte du Cid contre le comte de Barcelone ; la conquête de Valence, la réconciliation du Cid avec le roi qui l'avait si maltraité, le mariage des deux filles du Cid, sur la demande du roi, avec les deux comtes de Carrion qui étaient alors les premiers grands du royaume. A ce point, on remarque une espèce de division formelle du poëme (1). Le reste est consacré à ce qui forme le sujet principal, la dissolution de ces mariages par suite de la bassesse et de la brutalité des comtes ; le triomphe public du Cid sur eux, leur disgrâce non moins publique ; l'annonce du second mariage des filles du Cid avec les Infants de Navarre et d'Aragon qui élève, par conséquent, le Cid au plus haut point de gloire en le rattachant aux maisons royales d'Espagne. C'est par ce mariage que se termine réellement le poëme.

La partie la plus animée se trouve dans les scènes devant les Cortès convoquées sur la demande du Cid, par suite de la mauvaise conduite des comtes de Carrion. Dans l'une d'elles, trois compagnons du Cid défient trois compagnons des Comtes, et le défi adressé à Asur Gonzalez par Munio Gustioz est dépeint dans les vers suivants de la manière la plus caractéristique :

> Asur Gonçalez entrava por el palacio
> Manto armino é un brial rastrando ;

---

le Cid Campeador de Bivar. — Tous frappent sur le bataillon où se trouve Pero Bermuez. — Il y a trois cents lances ; toutes ont leur pennon. — Chacun d'eux tua un More, chacun d'un seul coup : — à la seconde charge qu'ils font, ils sont le même nombre. — Vous eussiez vu maintes lances s'abaisser et se relever ; — maints boucliers percer et traverser, — maintes cuirasses faussées se rompre ; — maints pennons blancs reparaître rouges de sang ; — maints bons chevaux aller sans leurs maîtres.

(1) Ainsi le prouvent clairement ces vers :

> Las coplas deste cantar aqui s' van acabando.
> El Criador vos valla con todos los sos sanctos.
> (VV. 2286-87.)

Les couplets de ce chant ici vont finissant. — Que le Créateur vous protége avec tous ses saints !

Cette division et d'autres moins marquées ont suggéré à D. Eug. de Tapia (*Histoire de la civilisation en Espagne*. Madrid, 1840, in-12, tom. I, pag. 268) l'idée que le poëme se compose de morceaux ou chants détachés, comme les rapsodies dont était formée l'*Iliade*, à ce que l'on a cru pendant quelque temps, ou comme est écrit, sans aucun doute, le poëme des *Niebelungen*. Mais de telles séparations se présentent si fréquemment dans diverses parties du poëme, et ressemblent si généralement à ce qui a été fait pour d'autres raisons, que cette conjecture n'est pas probable (Huber, *Chronique du Cid*, pag. 40). En outre, le poëme se rapproche trop de la forme de la chanson de gestes de la vieille poésie française, et sa composition dénote plus d'art que ne le permet la nature des chansons populaires.

> Vermeio viene, ca era almorzado.
> En lo que fabló avie poco recabdo.
> Ilya varones quien vio nunca tal mal?
> Quien nos darie nuevas de myo Cid el de Biuar?
> Fuess' a Riodouirna los molinos picar,
> E prender maquilas como lo suele far?
> Quil' darie con los de Carrion à casar?
> Essora Muno Gustioz en pié se levanto :
> Cala, alevoso, malo e traydor,
> Antes almuerzas que vayas á oracion ;
> A los que das paz, fartas los aderredor.
> Non dices verdad amigo ni ha señor,
> Falso à todos é mas al Criador.
> En tu amistad no quiero aver racion.
> Facertelo decir que tal eres qual digo yo.
>
> (VV. 3387-3403) (1).

L'ouverture du théâtre de la lutte où vont s'engager les six combattants, en présence du roi, est un autre passage d'une grande animation et de beaucoup d'effet.

> Los fieles é el Rey enseñaron los moiones,
> Libravanse del campo todos aderredor :
> Bien gelo demostraron a todos vi como son,
> Que por y serie vencido qui saliesse del moion.
> Todas los yentes esconbraron aderredor
> De vi astas de lanzas que non legasen al moion.
> Sorteavanles el campo, ya les partien el sol :
> Salien los fieles de medio ellos, cara por cara son,
> Desi vinien los de myo Cid à los ynfantes de Carrion,
> Et los ynfantes de Carrion a los del Campeador.
> Cada uno dellos mientes tiene al so :
> Abraçan los escudos delant' los coraçones,
> Abaxan las lancas abueltas con los pendones ;
> Enclinaban las caras sobre los arçones ;

---

(1) Asur Gonzalez entrait dans le palais, — trainant un manteau d'hermine et un bliaut ; — il vient le visage vermeil, car il avait déjeuné. — Dans ce qu'il dit il y a peu de sagesse : — « Eh bien, guerriers, qui vit jamais un tel mal? — Qui nous donnerait des nouvelles de mon Cid de Bivar? — S'en est-il allé à Riodovirna assiéger les moulins, — et prendre la mouture comme il a coutume de le faire? —Qui l'a engagé à ce mariage avec ceux de Carrion? — Alors Muño Gustioz debout se leva : — « Taistoi, perfide, méchant et traître. — Tu déjeunes avant d'aller à l'oraison : — ceux que tu salues, tu les dégoûtes à la ronde.—Tu ne dis la vérité ni à ami, ni à seigneur : — faux envers tous et surtout envers le Créateur. — En ton amitié je ne veux avoir part. — Je te ferai avouer que tu es tel que je dis. »

Ce passage, avec ce qui précède et ce qui suit, peut être comparé au défi qu'on trouve dans Shakspeare, *Richard II*, acte IV.

> Batien los caballos con los espolones ;
> Tembrar querie la tierra dond'éran movedores ;
> Cada uno dellos mientes tiene al so (1).
>
> (VV. 3616-3633.)

Ce sont là les passages les plus pittoresques du poëme qui est partout frappant et original, en même temps qu'il est national, chrétien et noble. Il respire partout le véritable esprit castillan tel que le représentent toutes les vieilles chroniques, au milieu des conquêtes et des désastres de la guerre contre les Maures. On trouve peu de traces de l'influence arabe dans le langage, on n'en trouve aucune dans ses images et dans ses tableaux. Toutefois, l'ensemble mérite d'être lu, et d'être lu dans l'original. C'est là seulement qu'on peut percevoir la fraîcheur des impressions qu'il nous transmet de cette rude mais héroïque période qu'il représente ; la simplicité du gouvernement, la loyauté et la véritable noblesse du peuple, la force immense de l'enthousiasme religieux primitif ; l'état pittoresque des mœurs et de la vie quotidienne, dans ce siècle de trouble et de confusion, et les traits les plus marqués du génie national qui nous surprennent souvent, au moment où l'on s'attend le moins à les rencontrer. Tel est le caractère de cet ouvrage qui, plus on le

---

(1) Les juges (du camp) et le Roi indiquèrent les barrières ; — tout le monde débarrassa le champ à l'entour. — On les avertit bien tous six, tels qu'ils sont, — qu'on tiendrait pour vaincu, et qu'il le serait, quiconque sortirait de la barrière. — On leur tire au sort le champ, on leur partage le soleil. — Les juges se retirent d'au milieu d'eux : ils sont face à face. — Dès lors ceux de mon Cid viennent contre les infants de Carrion, — et les infants de Carrion contre ceux du Campéador : — chacun d'eux est attentif à son adversaire. — Ils embrassent leurs écus devant leurs poitrines ; — ils abaissent leurs lances ornées de leurs pennons ; — ils inclinent leurs visages sur les arçons ; — ils frappent leurs chevaux de leurs éperons : — la terre semblait trembler partout où ils se mouvaient : — chacun d'eux est attentif à son adversaire. »

On ne doit pas négliger un passage semblable de Chaucer, que l'on trouve dans le *Knight's Tale*, et qui est le combat entre Palamon et Arcite. (*Tyrwhitt's*, édit. v, 2601.)

> The heraudes left hir prilling up and down,
> Now ringen trompes loud and clarioun,
> There is no more to say, but est and west,
> In gon the speres sadly in the rest,
> In goth the sharpe spore into the side :
> Ther see men who can just and who can ride.

Et ainsi de suite pendant plus de vingt vers, en anglais et en espagnol l'un et l'autre. Mais l'un l'emporte sur l'autre par la pensée, surtout quand on les compare et qu'on voit que le poëme du Cid a été écrit deux siècles avant les *Canterbury Tales*.

lit, plus il nous réveille par l'esprit des temps qu'il décrit. Quand on l'a déposé et qu'on se rappelle l'état intellectuel de l'Europe à l'époque où il fut écrit, et même longtemps avant, il paraît certain que, dans les mille ans qui se sont écoulés depuis les temps de décadence de la civilisation grecque et romaine jusqu'à l'apparition de la *Divine Comédie*, il n'y a pas de poésie qui ait produit une œuvre aussi originale pour la forme, aussi pleine de sentiment naturel, aussi remarquable par ses peintures énergiques et pittoresques(1).

---

(1) Les diverses opinions relatives au Poëme du Cid, les différentes appréciations qu'on a faites de sa valeur, sont des accidents très-remarquables dans son histoire. Bouterwek en parle très-légèrement, parce qu'il suit probablement sur ce point le père Sarmiento, qui ne l'avait pas lu. Les Espagnols traducteurs de Bouterwek se rangent tout à fait à son opinion. Toutefois Schlegel, Sismondi, Huber, Wolf, et presque tous les autres écrivains qui en ont parlé, depuis quelque temps, expriment leur vive admiration pour les mérites du poëme. Rien n'est plus vrai, je crois, que la remarque de Southey (*Quarterly Review*, 1814, vol. XII, pag. 64) : « Les Espagnols n'ont pas encore découvert l'immense valeur de leur histoire rimée du Cid, comme poëme; et ils ne produiront jamais rien de bon dans les branches plus élevées de l'art, avant d'avoir rejeté bien loin le faux goût qui les empêche de le comprendre. »

De tous les poëmes qui appartiennent aux temps primitifs des nations modernes, le seul qui peut le mieux soutenir la comparaison avec le Poëme du Cid est le poëme des *Niebelungen*. Et ce dernier, suivant l'opinion des plus judicieux critiques allemands, est au moins, dans sa forme actuelle, postérieur d'un demi-siècle environ à l'époque assignée au Poëme du Cid. Un parallèle de ces deux compositions ne laisserait pas d'être très-curieux.

Dans le *Jahrbücher der Literatur*, journal littéraire de Vienne, de 1846, cxvi^e livraison, M. Francisque Michel, ce savant à qui la littérature du moyen âge doit tant, a publié pour la première fois ce qui reste d'une vieille chronique espagnole en vers, intitulée : *Chronique rimée des choses d'Espagne*. C'est l'histoire d'Espagne depuis la mort de Pélage jusqu'à Ferdinand le Grand. Ce même poëme a été cité par D. Eug. de Ochoa dans son *Catalogue des manuscrits espagnols* (Paris, 1844, in-4°, pag. 106-110), et par Huber dans son édition de la *Chronique du Cid*, préface, app. B.

C'est une curieuse, mais peu importante découverte, qui sert à nous faire connaître la littérature primitive de l'Espagne, et la seule qui nous ramène immédiatement au vieux poëme du Cid. Ce livre commence par une introduction en prose sur l'état des affaires jusqu'au temps de Fernan Gonzalez, comprise dans une seule page. Viennent ensuite onze cent vingt-six vers, qui s'arrêtent brusquement au milieu du dernier, comme si le copiste avait été interrompu, mais sans aucun indice que l'œuvre touchait à sa fin. Tout l'ouvrage traite presque de l'histoire du Cid, de sa famille, et de ses aventures, quelque peu différentes de celles que rapportent les vieilles romances et les chroniques. Ainsi, Chimène est représentée comme ayant trois enfants, qui sont faits prisonniers par les Maures et délivrés par le Cid; le Cid y devient le mari de Chimène par ordre du roi et contrairement à sa propre volonté; après quoi il vient à Paris, à l'époque des douze Pairs, et il accomplit des exploits comme ceux des livres de chevalerie. Tout cela est nouveau, sans aucun doute. Mais les vieilles histoires sont altérées et amplifiées, telles que la charité du Cid à l'égard du lé-

Trois autres poëmes, anonymes comme celui du Cid, se placent immédiatement après lui, parce qu'ils se trouvent ensemble dans un même manuscrit que l'on assigne au treizième siècle et que la langue et le style, au moins du premier d'entre eux, semblent justifier la conjecture qui les fait remonter si loin (1).

---

preux, qui est dépeinte avec des couleurs tout à fait pittoresques, la conversation de Chimène et du roi, du Cid et de son père, qui sont mises en dialogue avec un certain effet dramatique. L'ensemble du récit est une version libre des vieilles traditions du pays, composée apparemment dans le quinzième siècle, après que les fictions de la chevalerie commencèrent à être connues, et dans l'intention de donner au Cid une place parmi leurs héros. La mesure est celle du grand vers employé par la vieille poésie espagnole, avec une césure au milieu, et terminée par l'assonance *a o*. Mais il y règne une irrégularité telle que plusieurs vers ont vingt syllabes et plus, et que, dans quelques passages, l'assonance même n'est pas observée. Tout indique que les vieilles romances étaient familières à l'auteur, et on peut induire du passage suivant qu'il connaissait même le vieux poëme du Cid :

> Veredes lidiar a porfia e tan firme se dar
> Atantos pendones obrados alçar e abaxar,
> Atantas lanças quebradas por el primor quebrar,
> Atantos cavallos caer e non se levantar,
> Atanto cavallo sin dueño por el campo andar.
>
> (VV. 895-899.)

Ces vers semblent imités, en effet, du combat du Cid devant Alcocer; et ce passage ne permet pas de douter que l'auteur avait vu le vieux poëme, où il est dit :

> Veriedes tantas lanzas premer è alçar;
> Tanta adarga a foradar è passar,
> Tanta loriga falsa desmanchar,
> Tantos pendones blancos salir bermeios en sangre,
> Tantos buenos cavallos sin sos dueños andar.
>
> (VV. 734-738.)

(1) L'unique connaissance du manuscrit qui contenait ces trois poëmes venait de quelques extraits que Rodriguez de Castro en avait donnés dans sa *Bibliothèque espagnole ;* ouvrage important, dont l'auteur, né en Galice en 1739, était mort à Madrid, en 1799. Le premier volume, imprimé en 1781, in-folio, sous le patronage du comte Florida Blanca, consiste en une énumération chronologique des auteurs rabbiniques qui ont fleuri en Espagne, depuis les premiers temps de leur séjour, qu'ils aient écrit en hébreu, en espagnol ou en toute autre langue. Le second, imprimé en 1786, se compose d'une liste semblable d'écrivains espagnols, païens ou chrétiens, qui ont écrit, soit en latin, soit en espagnol, jusqu'à la fin du treizième siècle, et dont le nombre monte à deux cents environ. L'un et l'autre volume n'offrent qu'une espèce de compilation sans méthode ; les jugements littéraires qu'ils renferment sont de peu de valeur; mais tous ces nombreux matériaux, extraits de nombreux manuscrits, sont d'autant plus curieux qu'on ne les trouve souvent imprimés nulle autre part.

C'est dans cet ouvrage (Madrid, 1786, in-fol., vol. II, pag. 504, 505) que l'on a seulement trouvé, pendant longtemps, autant que je puis le savoir, les notices de ces poëmes. Ils ont été imprimés à la fin de l'édition de Sanchez : *Collection de poésies*

Le poëme qui commence le manuscrit s'appelle *le Livre d'Apollonius;* c'est la reproduction d'une histoire dont l'origine est obscure,
mais qui nous est familière parce qu'elle est racontée dans le huitième livre de la *Confession d'Amant,* de Gower, et dans la pièce
de Périclès que l'on a parfois attribuée à Shakspeare. Le rhythme
de cette composition très-ancienne est le rhythme grec, mais le sujet
est pris sans presque aucune variation dans les incidents du grand
recueil de fictions populaires au moyen âge, intitulé « Gesta Romanorum.» Elle se compose de deux mille six cents vers, divisés en
stances de quatre vers chacune, terminées toutes par la même rime.
Au début, l'auteur parle ainsi en son propre nom :

> En el nombre de Dios é de Santa Maria
> Si ellos me guiasen estudiar queria
> Componer un romance de nueva maestria
> Del buen rey Apolonio é de su cortesia (1).
>
> (VV. 1-4.)

La *nueva maestria,* l'art ou méthode nouvelle, peut désigner ici
la structure de la stance et le rhythme; car, sous un autre point de vue,
la versification ressemble à celle du Poëme du Cid. Il montre toutefois plus de soin et d'exactitude dans la mesure et une légère perfection dans le langage. Mais le mérite du poëme est faible. Il donne,
de temps en temps, des détails sur les mœurs de l'époque où il fut
composé, et, dans le reste, quelques esquisses de jongleur féminin de
la classe de celles qui furent, bientôt après, anathématisées par les
lois d'Alphonse le Sage, sont vraiment curieuses et intéressantes. Le
charme principal du livre réside dans la fable, et cette fable n'est
malheureusement pas originale (2).

---

antérieures au quinzième siècle, publiée à Paris, d'après une copie tirée du manuscrit original de l'Escurial, marqué III, K, in-4°. Si l'on en juge par les spécimens de
Rodrigue de Castro, l'orthographe du manuscrit n'a pas été soigneusement suivie dans
la copie dont on s'est servi pour l'édition de Paris. D. Pedro José Pidal les a publiés
plus tard (Madrid, 1841, in-4°) et les a fait précéder d'un savant prologue ; et, soit
qu'il y ait eu peu d'exactitude dans les copies, on y trouve encore des fautes assez
nombreuses d'orthographe et de versification. Ils ont été réimprimés à Paris par D. Eugenio de Ochoa, en 1842. (Baudry, in-8°.)

(1) Au nom de Dieu et de sainte Marie , — s'ils me guidaient, je voudrais étudier,
— composer une romance d'un art nouveau, — sur le bon roi Apollonius et sa cour.

(2) L'histoire d'Apollonius , prince de Tyr, comme on l'appelle communément,
et dont nous avons les incidents dans ce long poëme, est le 153e conte du « Gesta
Romanorum » (1488 , in-fol. sine loco). Ce conte est toutefois plus ancien que cette

Le poëme qui suit, dans cette collection, est intitulé : *Vie de Notre-Dame Sainte Marie d'Égypte*, sainte autrefois plus vénérée qu'elle ne l'est maintenant, et une de celles dont l'histoire n'est ni si pure ni si décente qu'elle n'ait été souvent répudiée par les membres les plus sages de l'Église qui l'a canonisée. Telle elle apparaît dans les vieilles traditions avec toutes les fautes accumulées sur sa tête, telle elle nous est représentée dans le poëme. Mais on remarque bientôt une différence considérable entre la composition de ces vers et la versification des autres poésies castillanes attribuées à la même époque et même à une époque plus éloignée. Cet ouvrage est écrit en petits vers, généralement de huit syllabes et par couplets : quelquefois, par négligence, un vers arrive au nombre de dix ou onze syllabes, et dans quelques circonstances, trois et même quatre vers sont contenus dans une seule ligne. Il a un air de légèreté bien éloigné de la majesté du poëme du Cid; et il semble, tant par la versification et par le style que par le petit nombre de mots français qui s'y trouvent répandus, que le sujet a été tiré de quelques vieux fabliaux français ou qu'il a été en quelque sorte écrit à l'imitation de leur style facile et badin. Voici le commencement, qui prouve que le poëme était destiné à la lecture publique :

> Oit, varones, huna razon
> En que non ha si verdat, non :
> Escuchat de corazon
> Si ayades de Dios perdon (1).

Il se compose de quatorze cents vers environ, vers faibles et durs,

---

collection (*Douze éclaircissements sur Shakspeare*. Londres, 1807, in-8°, tom. XI pag 135 : Swan, traduction des *Gesta*. Londres, 1824, in-12, tom. XI, pag. 164, 495). Deux mots, dans les vers cités ci-dessus, demandent une explication. L'auteur dit :

> Estudiar queria
> Componer un *romance* de *nueva maestria*.

Romance signifie évidemment ici *histoire, conte*, et c'est là le sens primitif dans lequel ce mot a été employé. Le mot *maestria*, ainsi que le vieil anglais *maisterie*, signifie *art* ou *science*, comme dans Chaucer, mot qui par la suite s'est corrompu en *mystery*. Ici il veut dire invention dans la forme métrique. C'est cette forme nouvelle qu'un poëte célèbre, dont il sera parlé plus loin, appelle « la quatrième voie, » c'est-à-dire des couplets ou des strophes de quatre vers, avec la même consonnance suivie.

(1) Écoutez, seigneurs, une raison. — Et si elle ne renferme la vérité, non : — Écoutez de cœur — pour que vous ayez de Dieu pardon.

monastiques, aussi n'a-t-il d'importance que comme monument de la langue de l'époque où il a été écrit (1).

Le dernier de ces trois poëmes offre la même irrégularité de mesure et de versification. Il a pour titre : *l'Adoration des trois saints rois*, et il commence par l'antique tradition sur les rois Mages qui vinrent d'Orient. Mais le sujet principal est l'arrestation de la sainte Famille par des bandits, lors de sa fuite en Égypte; la guérison d'une lèpre hideuse opérée sur l'enfant de l'un d'eux que l'on plonge dans l'eau qui avait auparavant servi à baigner le Sauveur; enfant qui devient plus tard le bon larron lors du crucifiement. Cette légende rimée ne se compose que de deux cent cinquante vers, et elle appartient à cette espèce nombreuse de compositions pareilles, qui ont été longtemps populaires dans l'Occident de l'Europe (2).

Jusqu'ici, la poésie du premier siècle de la littérature espagnole est anonyme, comme la première poésie des autres nations modernes. En effet, la profession d'auteur était une distinction que l'on recherchait rarement, un titre auquel pensaient peu ceux qui, au milieu du peuple, écrivaient alors dans un de ces dialectes qui se formaient en Europe. Il est même impossible de déterminer de quelle partie de la conquête chrétienne, en Espagne, nous sont arrivés les poëmes dont nous venons de parler. Nous pouvons toutefois induire de leur langue et de leur style que le Poëme du Cid appartient à la contrée frontière où se faisait la guerre contre les Maures, dans la direction de Valence et de la Catalogne; que les premières romances, dont nous parle-

---

(1) Sainte Marie d'Égypte était une sainte d'une grande réputation en Espagne et en Portugal. On a sa vie écrite par Pedro de Ribadeneyra, en 1609, et par Diego Vas Carrillo, en 1673. Elle est aussi amplement racontée dans le « Flos sanctorum » du passé et sous une forme des plus attrayantes par Bartolomé Cayrasco de Figueroa à la fin de son « Temple militant » (Valladolid, 1602, in-12), où elle remplit environ cent trente stances octosyllabiques, et par Montalvan, dans son drame : *la Gitana de Menfis*. Elle a encore une église qui lui est consacrée, à Rome, sur les bords du Tibre, et qui lui a été construite avec les belles ruines du temple de la Fortuna Virilis. Mais le récit grossier de sa vie a été souvent rejeté comme apocryphe ou du moins comme ne pouvant être répété (Bayle, *Dictionnaire historique et critique*. Amsterdam, 1740, in-fol., tom. III, pp. 334-336).

(2) Ces deux derniers poëmes manuscrits ont été imprimés, pour la première fois, par D. José Pidal dans la *Revista de Madrid*, en 1841, et d'après de mauvaises copies, à ce qu'il semble. Elles contiennent du moins de plus nombreuses fautes d'orthographe, de versification et de style que le livre d'Apollonius. D'où il apparaît qu'ils sont plus modernes : en effet, rien ne me fait croire que les fabliaux français qu'ils imitent aient été connus, en Espagne, avant l'époque très-postérieure à la date communément assignée au livre d'Apollonius.

rons plus tard, tirent leur origine du milieu même de la lutte, dont elles respirent souvent l'esprit. Un raisonnement semblable peut aussi nous convaincre que les poëmes d'un caractère plus religieux se sont produits dans les royaumes plus tranquilles du nord, où s'élevaient de nombreux monastères et où le christianisme avait déjà jeté des racines profondes sur le sol du caractère national. Cependant il ne nous est pas possible de démontrer avec évidence en quels lieux furent composés quelques-uns des poëmes que nous avons jusqu'ici fait connaître.

Mais, à mesure que nous avançons, l'état des choses change. Le premier poëme que nous rencontrons est d'un auteur connu, et la localité d'où il vient l'est aussi. C'est l'œuvre de Gonzalo, clerc séculier, appartenant au monastère de San-Millan ou Saint-Émilien, sur le territoire de Calahorre, loin des frontières de la guerre contre les Maures, et qui est plus ordinairement appelé Berceo, du lieu de sa naissance. On ne sait presque rien du poëte lui-même, excepté qu'il florissait vers l'époque comprise entre 1220 et 1246, et que, comme il le dit encore lui-même (1), la mort mit probablement un terme aux souffrances et aux fatigues de son grand âge, vers l'an 1260, sous le règne d'Alphonse le Sage (2).

Ses œuvres se composent de plus de treize mille vers et forment un volume in-octavo (3). Ils roulent tous sur des sujets religieux : ce sont les vies réunies de saint Dominique de Silos, de sainte Orie, de saint Émilien ; des poëmes sur la Messe, sur le martyre de saint Laurent ; les Mérites de Notre-Dame, les Signes qui doivent précéder le Jugement dernier, les Douleurs de la Vierge au pied de la croix ; quelques petites hymnes et surtout un poëme sur les miracles de la Vierge Marie, de plus de trois mille six cents vers. A part quelques

---

(1) Il s'exprime ainsi dans la vie de sainte Orie :

Quiero en mi vejez, maguer so ya cansado,
De esta santa Virgen romanzar su dictado.
(V. 5 et 6.)

Je veux, dans ma vieillesse et quoique fatigué déjà, — De cette sainte Vierge romancer le récit.

(2) Sanchez, *Poésies antérieures*, tom. II, pag. 4; tom. III, pp. 44, 46, v. 5 et 6. Berceo fut ordonné diacre en 1221; sa naissance remonte, pour le moins, à 1198. En effet, on ne conférait le diaconat à personne, à moins d'avoir vingt-trois ans. On peut lire quelques remarques curieuses au sujet de Berceo dans « l'Examen critique du premier volume de *l'Anti-Quijote* » (Madrid, 1806, in-12, pag. 22 et suivantes), pamphlet anonyme, écrit, à ce que l'on croit, par Pellicer, éditeur du *Quijote*)

(3) Second volume de Sanchez, *Poésies antérieures.*

exceptions sans importance, toute cette masse formidable de poésies
est divisée en stances de quatre vers chacune, comme le poëme
d'Apollonius de Tyr. On peut bien apercevoir quelques progrès de
langage sur celui de l'époque où le poëme du Cid fut composé ; toutefois l'énergie et le mouvement de cette remarquable légende sont
tout à fait absents dans les vers de cet excellent ecclésiastique (1).

----

(1) La forme métrique adoptée par Berceo, qu'il appelle lui-même *quaderna via*, et
qui est celle du poëme d'Apollonius, mérite d'être particulièrement remarquée parce
qu'elle a été la seule préférée, en Espagne, pendant deux siècles environ. Les stances
suivantes, qui sont des meilleures de Berceo, peuvent le mieux donner un spécimen
du caractère de sa versification. Elles sont tirées du poëme intitulé : *Signes pré-
curseurs du jugement* (Sanchez, tom. II, p. 276) :

> Esti sera el uno de los signos dublados :
> Subira a los nubes el mar muchos estados,
> Mas alto que las sierras è mas que los collados,
> Tanto que en sequero fincaran los pescados.
> . . . .
> Las aves esso mesmo menudas é granadas
> Andaran dando gritos todas mal espantadas ;
> Assi faran las bestias por domar è domadas,
> No podran à la noche tornar a sus posadas.

Il y aurait, sans doute, de la difficulté à continuer un pareil système de rime, mais
elle ne serait pas excessive ; et quand la rime fit sa première apparition dans les langues modernes, l'emploi excessif qu'on en fit était une conséquence naturelle de sa
nouveauté. Dans un grand nombre de productions de la poésie provençale, son abondance est tout à fait ridicule. Ainsi dans la *Croisade contre les hérétiques albigeois*, poëme remarquable, de la date de 1210, édité avec soin par M. C. Fauriel (Paris, 1837, in-4°), il se trouve des stances où la même rime est répétée jusqu'à cent
fois. On ne peut bien déterminer l'époque où cette *quaderna via*, ou couplet de quatre vers, tel que l'emploie Berceo, fut introduite pour la première fois. Il semble
qu'elle a dû être employée primitivement dans les poëmes destinés à la récitation publique (F. Wolf, *sur les Lais*, Vienne, 1841, in-8°, pag. 257). Le premier exemple que
l'on connaisse de cette versification, dans un dialecte moderne, date de l'an 1100,
et se trouve dans le curieux manuscrit de la *Poésie des Waldenses* (F. Diez, Troubadours, Zwickau, 1826, in-8°, pag. 230), que M. Raynouard mit à profit. Je veux parler de la composition intitulée *lo Novel Confort* (*Poésies des Troubadours*, Paris, 1817,
in-8°, tom. II, pag. 3), et qui commence ainsi :

> Aqual novel confort de vertuos lavor
> Mando, vos scrivent en carita et en amor ;
> Prego vos carament per l'amor del Segnor
> Abandona le segle, serve a Dio cum temor.

Ce mètre passa de la Provence en Espagne : son histoire est très-simple. Il se présente, pour la première fois, dans le poëme d'Apollonius, il trouve une date connue
dans Berceo, vers 1230, et il continue d'être employé jusqu'à la fin du quatorzième

La vie de saint Dominique de Silos, qui est en tête du volume,
commence, comme une homélie, par ces mots :

> En el nomne del Padre que fizo toda cosa
> Et de Don (1) Jesu-Christo Fijo de la Gloriosa,
> Et del Spiritu Santo que egual dellos posa
> De un confessor sancto quiero fer una prosa.
> Quiero fer una prosa en roman paladino,
> En qual suele el pueblo fablar a su vecino,
> Ca non so tan letrado por fer otro latino.
> Bien valdrá, como creo, un vaso de bon vino (2).

---

siècle. Les treize mille vers de la poésie de Berceo, les Hymnes même compris, à l'exception de vingt vers sur le *Duelo de la Virgen*, sont composés dans cette mesure.
Ces vingt vers constituent le chant des Juifs, qui gardent le tombeau après le crucifiement. Comme le rôle des démons, dans les vieux mystères, ils tendent à la
plaisanterie ; et, en effet, ainsi que le dit Berceo lui-même avec plus de vérité qu'il
ne pense, « *non valen tres figas* » (ils ne valent pas trois figues). Ils ont toutefois leur
importance comme premier spécimen de la poésie lyrique espagnole parvenue jusqu'à nous avec une date certaine. Ils commencent ainsi :

> Velar aliama de los Judios
> Eya velar !
> Que novos furten el flgo de Dios
> Eya velar
> Ca furtarvoslo querran
> Eya velar
> Andre è Piedro et Johan
> Eya velar.

Sanchez les considère comme un *villancico* qu'on pouvait chanter en litanie
(tom. IV, pag. 9), et Martinez de la Rosa est du même avis (*Œuvres*, Paris, 1827, in-
12, tom. Ier, p. 161).

En général, la versification de Berceo est régulière, parfois même harmonieuse,
quoiqu'il se permette, de temps en temps, des rimes imparfaites qu'on pourrait regarder comme l'origine de l'*assonance* nationale (Sanchez, tom. II, pag. 15). Or les
licences qu'il prend sont moindres que celles qu'on souffrait auparavant. Sanchez représente l'harmonie et le fini de ses vers comme vraiment surprenants, mais l'expression de son éloge est trop forte pour qu'on puisse la justifier, si l'on considère
quelques-uns des faits qu'il admet (tom. II, pag. 51).

(1) Saint Dominique de Silos, stances 1 et 2. Le Sauveur, suivant la coutume
de l'époque, est appelé, au deuxième vers, *Don* Jesus-Christ. Ce mot *Don* est synonyme de *Dominus*. Voyez une note curieuse sur l'emploi de *Don* dans le Don Quichote, édition de Clémencin (Madrid, 1836, in-4°, tom. V, pag. 408).

(2) Au nom du Père qui fit toute chose — Et de Don Jésus-Christ, fils de la glorieuse (Vierge) — et de l'Esprit Saint qui l'égal des deux se pose, — D'un saint confesseur je veux faire une prose. — Je veux faire une prose en roman paladin — par
lequel le peuple a coutume de parler à son voisin, — car je ne suis pas assez lettré
pour en faire un autre en latin. — Il vaudra bien, comme je crois, un verre de
bon vin.

Il est certain qu'il ne peut y avoir de poésie sur des pensées sem-blables, et la plus grande partie de ce que nous a laissé Berceo ne s'élève pas à une plus grande hauteur.

Parfois la composition est meilleure. Dans certaines parties de l'ouvrage il règne une onction et une piété vraiment enchanteresses; dans d'autres la narration est tout à fait pittoresque. Les meilleurs passages se trouvent dans son long poëme sur « les Miracles de la Vierge » qui consiste en une suite de vingt-cinq récits sur son inter-vention dans les affaires humaines. Ce poëme fut évidemment com-posé pour augmenter l'esprit de dévotion qu'il faut apporter à l'a-doration qui doit lui être particulièrement rendue. Le début ou intro-duction de ces récits renferme peut-être le morceau le plus poétique des œuvres de Berceo. Le passage suivant nous donne un spécimen de son caractère en même temps qu'il nous fournit une idée de sa couleur et de sa versification :

> Amigos e vassallos de Dios omnipotent ,
> Si vos me escuchasedes por vuestro consiment,
> Querriavos contar un buen aveniment
> Terrédeslo en cabo por bueno verament.
> Yo Maestro Gonzalvo de Berceo nonmado
> Iendo en romeria caéci en un prado
> Verde e bien sencido, de flores bien poblado
> Logar cobdiciaduero para ome cansado.
> Daban olor sobeio las flores bien olientes,
> Refrescaban en ome las caras et los mientes.
> Manaban cada canto fuentes claras corrientes,
> En verano bien frias, en yvierno calientes.
> Avie hy grand abondo de buenas arboledas,
> Mil granos é figueras peros e manzanedas,
> E muchas otras fructas de diversas monedas,
> Mas non avie ningunas podridas nin acedas.
> La verdura del prado, la olor de los flores
> Las sombras de los arbores de temprados sabores
> Refrescaronme todo e perdi los sudores,
> Podrie vevir el ome con aquellos olores (1).

---

(1) Amis et vassaux du Dieu tout-puissant, — Si vous m'écoutiez pour votre bien, — Je voudrais vous conter un bon événement, — Que vous tiendrez enfin pour vraiment bon. — Moi, maitre Gonzalve, de Berceo nommé, — Allant en pèlerinage, suis arrivé dans un pré, — Vert et bien orné, de fleurs bien peuplé, — Lieu désirable de tout homme fatigué. — Elles donnaient une odeur excessive, les fleurs odoriférantes — Qui rafraichissaient de l'homme et le corps et l'esprit. — De chaque côté coulaient des sources aux eaux claires et courantes, — Bien fraiches au printemps, bien chaudes en hiver. — Il y avait là grande abondance de bons arbres, — Et grenadiers et

Cette métaphore, qui continue pendant plus de quarante stances d'un mérite inégal, a peu de rapport avec les récits qui suivent; ces récits même ne sont pas très-liés entre eux, et l'ensemble du poëme finit brusquement par quelques vers d'hommage à la Madone. La structure de l'ouvrage manque d'art, quoique dans la partie narrative on trouve souvent du naturel, de l'énergie, quelquefois même, mais rarement, de la poésie. Les récits eux-mêmes appartiennent aux fictions religieuses du moyen âge, et leur but était, sans aucun doute, d'exciter des sentiments de dévotion à l'objet pour lequel ils étaient composés. Mais, comme les vieux mystères et comme beaucoup d'autres choses qui passaient, à cette même époque, sous le nom de la religion, ils ne présentent souvent qu'une moralité douteuse (1).

« Les Miracles de la Vierge » ne sont pas seulement la composition la plus longue, mais c'est encore la plus curieuse des poëmes de Berceo. Il ne faut pas cependant négliger entièrement les autres. Le poëme sur « les Signes qui précéderont le Jugement dernier » est souvent solennel et s'élève une ou deux fois jusqu'à la vraie poésie. L'histoire de Marie de Cisneros, dans la « Vie de saint Dominique de Silos, » est très-bien racontée, ainsi que la fantastique apparition, dans les cieux, de saint Jacques et de saint Millan combattant pour les chrétiens à la bataille de Simancas, apparition qui se trouve aussi dans la *Chronique générale d'Espagne*. Mais rien ne fait mieux connaître peut-être le caractère de l'auteur et de son siècle que cet esprit de simplicité puérile et de tendresse religieuse que respirent plusieurs parties des « Douleurs de la Madone au pied de la croix (2). » Cet esprit, d'une

---

figuiers et poiriers et pommiers, — Et beaucoup d'autres fruits de diverses espèces, — Mais il n'y en avait aucun de pourri ni d'acide. — La verdure de la prairie, le parfum des fleurs, — L'ombre des arbres aux fruits doux et savoureux, — Rafraîchissent tout mon être et je perdis la sueur. — L'homme pourrait-il vivre au milieu de ces odeurs?

(1) L'appréciation de cette partie des œuvres de Berceo, appréciation que je crois un peu trop sévère, se trouve dans le livre du docteur Dunham : *Histoire d'Espagne et de Portugal* (Londres, 1832, in-8°, tom. IV, p. 215-229), ouvrage estimable dont la première partie repose, comme ce qui regarde Berceo, plus souvent qu'on n'oserait l'espérer, sur des autorités originales. On trouve aussi des traductions excellentes dans l'*Essai* du professeur Longfellow, essai qui sert d'introduction à sa version des *Couplets de Manrique* (Boston, 1833, in-12, pag. 5 et 10).

(2) Telle est, par exemple, la peinture de la Vierge contemplant la croix et adressant les paroles suivantes à son fils mourant :

Fiio siempre oviemos io é tu una vida,
Io a ti quissi mucho e fui de ti querida :

dévotion douce, fidèle et crédule, qui animait le peuple espagnol dans ses guerres contre les Maures, est si naturellement marqué qu'il

---

> Io siempre te crey e fui de ti creyda,
> La tu piedad larga ahora me oblida.
> Fiio, non me oblides é lievame contigo :
> Non me finca en sieglo mas de un buen amigo,
> Joan quem dist por fiio, aqui plora commigo :
> Ruegote quem condones esto que io te digo.

(Couplet 76-79.)

Mon fils, nous avons eu, moi et toi, même vie ; — Moi, je t'ai aimé beaucoup et de toi j'ai été aimée : — Moi, toujours je t'ai cru et de toi j'ai été crue. — Ta longue compassion maintenant m'oublie. — Mon fils, ne m'oublie pas et emmène-moi avec toi : — Il ne me reste dans le siècle plus qu'un bon ami, — Jean, que tu m'as donné pour fils, ici pleure avec moi : — Je t'en supplie, accorde-moi ce que je te demande.

Je ne saurais passer plus loin sans offrir le tribut de ma reconnaissance à deux personnes qui ont, plus que les autres, contribué à faire connaître, dans le dix-neuvième siècle, la littérature espagnole, et qui ont obtenu pour cela les honneurs que l'on accorde hors des limites du pays qui l'ont vue naître.

La première d'entre elles, dont j'ai cité plusieurs fois le nom, est Frédéric Bouterweck, né à Oker, dans le royaume de Hanovre, en 1766, et qui a passé la plus grande partie de sa vie active à Gottingue, où il mourut, en 1828, respecté, au loin, comme un des professeurs les plus distingués de cette Université célèbre. Le projet de préparer par des mains compétentes une histoire complète des arts et des sciences, depuis l'époque de leur renaissance dans l'Europe moderne, fut conçu pour la première fois à Gottingue par un autre de ces professeurs bien connus, Jean Gottfried Eichhorn, vers la dernière partie du dix-huitième siècle. Ce remarquable écrivain publia, de 1796 à 1799, deux volumes d'une introduction savante à l'ouvrage qu'il avait projeté, mais il n'alla pas plus loin, et plusieurs de ses collaborateurs s'arrêtèrent à sa mort, ou bientôt après. Toutefois la partie assignée à Bouterweck, l'histoire complète de la littérature dans les temps modernes, fut heureusement achevée, de 1801 à 1819, par douze volumes in-8°. Une de ses subdivisions, l'*Histoire de la littérature espagnole*, remplit le troisième volume et fut publiée en 1804. Ouvrage remarquable par ses vues générales et philosophiques, et de beaucoup le meilleur qui existe sur le sujet qu'il traite, mais imparfait sous plusieurs rapports, parce que son auteur n'avait pu se procurer le grand nombre de livres espagnols nécessaires à son entreprise, et qu'il ne connaissait les écrivains espagnols les plus considérables que par des extraits insuffisants. En 1812, madame Streck en imprima une traduction française en deux volumes, avec une préface très-judicieuse par le respectable M. Stapfer. En 1823, il en parut une autre en anglais, faite avec beaucoup de goût et de savoir, par mademoiselle Thomasina Ross, accompagnée du petit traité de l'auteur sur l'*Histoire de la littérature portugaise*. En 1829, une traduction espagnole de la première partie, la plus courte, avec des notes importantes, pouvant, texte et notes, former un volume in-octavo, fut préparée par deux excellents littérateurs espagnols, D. Juan Gomez de la Cortina et D. Nicolas Hugalde y Mollinero, livre que les vrais amants de la littérature espagnole verraient compléter avec plaisir.

Après Bouterweck, aucun étranger ne s'est plus occupé de propager la connaissance de la littérature espagnole, que M. Sismonde de Sismondi, né à Genève en 1773, et mort, dans la même ville, en 1842, honoré et aimé par tous ceux qui ont connu la

prouve l'ignorance dans laquelle était généralement plongé le monde chrétien, eu ces temps de ténèbres et de troubles.

---

sagesse et la générosité de son âme, telle qu'il l'a montrée lui-même, soit dans son commerce personnel, soit dans ses excellents ouvrages sur l'histoire de France et d'Italie, deux contrées auxquelles le rattachaient ses ancêtres depuis un laps de temps considérable et auxquelles il semblait devoir appartenir également. En 1811, il fit, dans sa ville natale, de brillantes leçons sur la littérature du midi de l'Europe, et il les publia à Paris, en 1813. Elles comprennent la littérature provençale et portugaise, ainsi que la littérature italienne et espagnole. Or, en ce qui touche l'Espagne, Sismondi avait recueilli moins de matériaux originaux que Bouterweck. Il eut, par conséquent, de l'obligation à son prédécesseur, obligation qu'il ne prend pas la peine de cacher et qui diminue l'autorité d'un livre qu'on devra néanmoins toujours lire pour la beauté du style, la richesse et la sagesse des réflexions. La série entière de ces leçons fut traduite en allemand, par L. Hain, en 1815 ; en anglais, avec des notes, par T. Roscoe, en 1823. La partie relative à la littérature espagnole fut publiée, en espagnol, avec quelques changements et des additions nombreuses et importantes, par D. José Lorenzo Figueroa et par D. José Amador de los Rios (Séville, 2 vol. in-8°, 1841-42) ; les notes relatives aux auteurs de l'Andalousie sont particulièrement remarquables.

Il n'y a que les personnes qui ont eu le courage de parcourir tout le vaste champ de la littérature espagnole qui puissent bien apprécier le mérite de savants tels que Bouterweck et Sismondi, écrivains ingénieux, philosophes profonds, et qui, avec un nombre d'auteurs aussi insuffisant, sont encore parvenus à répandre tant de lumière sur le sujet qu'ils traitaient.

CHAPITRE III.

Le second auteur connu dans la littérature castillane porte un nom beaucoup plus distingué que le premier. C'est Alphonse X, que ses grands progrès dans les diverses branches des connaissances humaines ont fait surnommer Alphonse le Sage ou le Savant. Il était fils de Ferdinand III, inscrit au nombre des saints du calendrier romain, qui réunit les couronnes de Castille et de Léon, étendit les limites de sa puissance par d'importantes conquêtes sur les Maures, et jeta, d'une manière plus solide qu'ils ne l'avaient été jusqu'alors, les fondements de l'empire chrétien dans la Péninsule (1).

Né en 1221, Alphonse monta sur le trône en 1252. C'était un poëte très-lié avec les troubadours provençaux de son temps (2), et un savant si profond en géométrie, en astronomie et dans les sciences occultes alors si cultivées, que sa réputation se répandit bientôt dans toute l'Europe étonnée de l'universalité de ses connaissances. Mais, comme le dit assez finement Mariana, « il était plus apte à l'étude des lettres qu'au gouvernement de ses sujets ; il contemplait les cieux, il observait les étoiles, mais il oubliait la terre et il perdait son royaume (3). »

Son caractère est néanmoins tout à fait intéressant. Il apparaît

---

(1) Mariana, *Hist.*, liv. XII, chap. xv, vers la fin.

(2) Diez, *Poésies des troubadours*, pag. 75, 226, 227, 331, 350. Nat de Mons adressa au roi Alphonse un long poëme sur l'influence des étoiles (Raynouard, *Troubadours*, tom. V, pag. 169). Outre le curieux poëme qui lui fut aussi adressé par Giraud Riquier de Narbonne, en 1275, poëme donné par Diez, nous savons que cet illustre troubadour déplora, dans l'un et l'autre poëme, la mort du roi. (Raynouard, tom. V, pag. 171. Millot, *Histoire des troubadours*, Paris, 1774, in-12, tom. III, pag. 329 et 374.)

(3) *Histoire*, liv. XIII, ch. xx. Le côté le moins favorable du caractère d'Alphonse est donné par le cynique Bayle, article *Castille* (*Dictionnaire critique*).

comme un prince qui avait en politique, en philosophie, en littérature, plus de savoir qu'aucun autre homme de son temps, qui raison-
nait plus sagement en matière de législation, et qui fit faire de grands
progrès à quelques-unes des sciences exactes; avantages qui semblent
lui avoir servi de consolation, au milieu des guerres désastreuses qu'il
eut à soutenir contre les ennemis étrangers et contre son fils rebelle.
La lettre suivante, qu'il écrivit à l'un des Guzman alors en grande
faveur à la cour du roi de Fez, montre à la fois et le degré d'abaissement auquel était descendue la fortune du monarque chrétien avant
sa mort, et l'admirable simplicité avec laquelle il parle de son malheur. Elle est datée de 1282, et elle donne un spécimen très-estimable de la prose castillane à une époque si reculée dans l'histoire de
la langue (1) :

« Primo don Alonzo Perez de Guzman : la mi cuita es tan grande
« que como cayó de alto lugar se verá de lueñe, é como cayó en me,
« que era amigo de todo el mundo, en todo él sabran la mi desdicha
« é afincamiento, que el mio fijo á sin razon me face tener con ayuda
« de los mios amigos y de los mios perlados, los quales en lugar de
« meter paz, non á escuso, nin á encubiertas, sino claro, metieron
« asaz mal. Non fallo en la mia tierra abrigo ; nin fallo amparador
« nin valedor, non me lo mereciendo ellos, sino todo bien que yo les
« fice. Y pues que en la mia tierra me fallece quien me avia de servir
« é ayudar, forzoso me es que en la agena busque quien se duela de
« mi : pues los de Castilla me fallecieron, nadie me terná en mal que
« yo busque á los de Benamarin (2). Si los mios fijos son mis ene-
« migos, non será ende mal que yo tome á los mis enemigos por
« fijos ; enemigos en la ley, mas non por ende en la voluntad, que es
« el buen rey Abeni Juzaf, que yo lo amo é preco mucho, porque el
« no me despreciará nin fallecerá, ca es mi atreguado é mi apazguado.

---

(1) Cette lettre, que l'Académie espagnole appelle « *inimitable,* » était depuis longtemps connue en manuscrit; elle fut imprimée pour la première fois, à ce qu'il semble,
par Ortiz de Zuñiga (*Annales de Séville*, Séville, 1677, in-fol., pag. 124). On en a tiré
plusieurs romances. On en trouvera une dans le *Cancionero de Romances*, de Lorenzo
de Sépulveda (Séville, 1584, in-18, fol. 104). Cette lettre se trouve aussi dans la préface
de l'édition des *Parties* par l'Académie espagnole ; elle est expliquée dans les écrits de
Mariana (*Hist.*, liv. XIV, chap. v); de Condé (*Domination des Arabes*, tom. III, p. 69),
de Mondejar (*Mémoires*, liv. VI, ch. xiv). L'original se trouve, dit-on, en possession
du duc de Médina Sidonia (*Semanario Pintoresco*, 1845, p. 303).

(2) Race de princes africains qui régnaient au Maroc et qui avaient subjugué tout
l'ouest de l'Afrique (*Chronique d'Alphonse XI*, Valladolid, 1551, in-fol., ch. 219.
Gayangos, *Dynasties mahométanes*, vol. II, p. 325).

« Yo sé quanto sodes suyo, y quanto vos ama, con quanto razon, é
« quanto con vuestro consejo fará ; non mirades á cosas pasadas,
« sinon á presentes. Cata quien sodes é del linaje donde venides, é que
« en algun tiempo vos faré bien é si lo non vos ficiere, vuestro bien
« facer vos lo galardonará. Por tanto, el mio primo Alonzo Perez de
« Guzman, faced à tanto con el vuestro señor y amigo mio que sobre
« la mia corona mas averada que yo hé, y piedras ricas que ende son,
« me preste lo que el por bien tuviere, é si la suya ayuda pudieredes
« allegar, non me la estorbedes : como yo cuido que non faredes :
« antes tengo que toda la buena amistanza que del vuestro señor á
« mi viniere, será por vuestra mano, y la de Dios sea con vusco.
« Fecha en la mia sola leal cibdad de Sevilla, á los treinta años de mi
« reinado y el primero de mis cuitas. — El Rey (1). »

L'infortuné monarque ne survécut que deux ans à la date de cette

---

(1) « Cousin don Alphonse Perez de Guzman, mon malheur est si grand que, venant
de haut lieu, il se verra de loin ; et comme il est tombé sur moi, qui étais l'ami de
tout le monde, dans tout le monde on saura mon infortune et ma détresse ; que mon
fils, sans raison, me fait éprouver, avec l'aide de mes amis et de mes prélats, qui, au
lieu de mettre la paix, ont, sans déguisement ni feintes, mais ouvertement, semé assez
le mal. Sur mes terres, je ne trouve point d'abri ; je ne trouve ni protection ni défenseur ; ils ne me la doivent pas, eux, mais plutôt tout le bien que je leur ai fait.
Et puisque, sur mes terres, il me manque quelqu'un qui devrait me servir et m'aider,
je suis forcé de chercher sur la terre étrangère quelqu'un qui compatisse à ma douleur ; puisque ceux de Castille me manquent, personne ne trouvera mauvais que j'aille
chercher ceux de Benamarin. Si mes fils sont mes ennemis, il n'y aura aucun mal à ce
que je prenne mes ennemis pour fils ; ennemis selon la loi, mais non d'après la volonté, tel que l'est le bon roi Aben-Jusaf, que j'aime et que j'estime beaucoup, parce
que lui ne me mésestimera pas, ne me fera pas défaut, car il est en trève et en paix
avec moi. Je sais combien vous êtes son ami et combien il vous aime avec grande raison, et combien il agira par votre conseil ; ne regardez point les choses passées, mais
bien les présentes. Considérez qui vous êtes et de quelle tige vous sortez, et qu'un
jour je vous ferai du bien, et que si je ne vous en fais pas, votre bonne action vous
en récompensera. Par conséquent, mon cousin Alonso Perez de Guzman, agissez tellement sur votre seigneur et mon ami que sur ma couronne, la plus riche que j'ai, et
sur les pierres précieuses qui s'y trouvent, il me prête ce qu'il jugera convenable, et
si vous pouviez y joindre son assistance, ne me la détournez pas, comme je
pense que vous ne le ferez : bien au contraire, je crois que toute la part de bonne
amitié qui me viendra de votre seigneur sera de votre main ; que celle de Dieu soit
avec vous. Fait, en ma seule cité fidèle de Séville, dans la trentième année de mon
règne et la première de mes malheurs. — Le Roi. »

Alonso Perez de Guzman, de l'illustre maison de ce nom, à qui est adressée cette
lettre remarquable, passa en Afrique, en 1272, avec beaucoup d'autres chevaliers, au
service d'Aben-Jusef contre ses sujets rebelles, mais en stipulant qu'on ne les oblige-
rait pas à servir contre des chrétiens (Ortiz Zuñiga, *Annales*, p. 113).

lettre, vraiment surprenante; il mourut en 1264. A un certain moment de sa vie, il jouissait d'une si grande considération dans toute la chrétienté, qu'il fut élu empereur d'Allemagne. Mais cet honneur ne fut pour lui qu'une autre source de chagrins : ses droits furent contestés et annulés, peu de temps après, tacitement par l'élection de Rodolphe de Hapsbourg, sous la dynastie duquel se sont conservées si longtemps les gloires de la maison d'Autriche. La vie d'Alphonse fut, en général, malheureuse, pleine de tristes vicissitudes ; elle aurait brisé l'âme de l'homme le plus robuste, et elle ne resta certainement pas sans effet sur la sienne (1).

Mais ce qu'il y a de plus remarquable dans Alphonse, c'est qu'il est un des plus distingués parmi les principaux fondateurs de la renommée intellectuelle de sa patrie ; distinction qui paraît encore plus extraordinaire, si l'on réfléchit qu'il n'en jouit pas seulement pour ses œuvres littéraires ou pour ses études dans une seule branche du savoir, mais pour ses travaux sur un grand nombre ; qu'on le cite, et pour les progrès considérables que la prose castillane a faits dans ses mains, et pour ses poésies, ses tables astronomiques, auxquelles tous les progrès de la science n'ont pas enlevé leur valeur, et pour son grand œuvre de législation qui fait, aujourd'hui encore, autorité dans les deux hémisphères (2).

---

(1) La principale biographie d'Alphonse X a été écrite par le marquis de Mondéjar (Madrid, 1777, in-fol.); mais elle n'a pas été finalement revue par l'auteur, et c'est un ouvrage imparfait. (*Préface de Cerda y Rico ;* Baena, les *Enfants de Madrid*, Madrid, 1790, in-4°, tom. II, pp. 304-312.) Pour la partie de la vie d'Alphonse, considéré comme se dévouant aux lettres, on trouve d'amples matériaux dans Castro (*Bibliothèque espagnole*, tom. II, pp. 625-688) et dans le *Répertoire américain* (Londres, 1827, t. III, pp. 67-77), où est inséré un article remarquable écrit, à ce que l'on croit, par Salvá, qui publiait ce journal.

(2) Les ouvrages attribués à Alphonse le Sage sont, EN PROSE : 1° *Chronique générale d'Espagne*, dont nous parlerons plus tard ; 2° une *Histoire universelle*, contenant un abrégé de l'histoire des Juifs ; 3° une *Version de la Bible ;* 4° le *Livre du Trésor*, livre de philosophie en général. Mais Sarmiento, dans un manuscrit que je possède, dit que c'est une traduction du *Trésor* de Brunetto Latini, maître de Dante, et qu'elle n'a pas été faite par ordre d'Alphonse. Il ajoute cependant qu'il a vu un livre intitulé : *Fleurs de philosophie*, qui a été, il l'avoue, compilé par ordre du roi, et qui pourrait bien être l'ouvrage cité ici ; 5° les *Tables Alphonsines* ou *Tables astronomiques ;* 6° une *Histoire de ce qui s'est passé outre-mer ;* 7° le *Speculum* ou *Miroir de tous les droits ;* le *Fuero royal* et les autres lois publiées sous le titre de : *Opuscules légaux du roi Alphonse le Sage* (édit. de l'Académie royale d'histoire. Madrid, 1836, 2 vol. in-fol.); 8° Les *Sept Parties*. — EN VERS : 1° un autre *Trésor ;* 2° les *Cantiques ;* 3° deux *Stances du livre des Querelles*. Quelques-uns de ces ouvrages, tels que l'*Histoire universelle* et celle d'*outre-mer*, sont, on le reconnaît, compilées par ses ordres ; dans

Quant à ses poésies, nous possédons, outre ses œuvres d'une légitimité vraiment douteuse, deux compositions, dont l'une a été l'objet
de quelques controverses et l'autre n'en a soulevé aucune : ce sont ses
Cantiques, ou chants en l'honneur de la Vierge, et son *Trésor*, ou
traité de la transformation des métaux en or.

Ses *Cantiques*, dont le nombre ne s'élève pas à moins de quatre
cent un, sont composés en vers de six à douze syllabes et rimés avec
un remarquable degré d'exactitude (1). Leur mesure et leur tour appartiennent à la Provence. Ils sont consacrés aux louanges et aux
miracles de la Vierge, en l'honneur de laquelle le roi fonda, en 1279,
un ordre religieux et militaire (2) ; et c'est par dévotion à la Vierge
que, par sa dernière volonté, il ordonna de chanter perpétuellement ces
poëmes dans l'église Sainte-Marie de Murcie où il désira que son corps
fût enterré (3). On n'en a imprimé que quelques-uns, mais ils suffisent
pour faire connaître leur valeur et pour prouver, en particulier, qu'ils
ont été écrits non en castillan, comme le reste de ses ouvrages, mais
en galicien, circonstance extraordinaire dont il ne semble pas aisé de
donner une explication satisfaisante.

Le galicien, en effet, fut, dans l'origine, une langue importante en
Espagne, et elle paraît avoir, pendant quelque temps, exclusivement
prévalu sur tous les dialectes parlés dans cette contrée. C'est probablement la première qui se développa dans la partie nord-ouest de la
Péninsule et la seconde qui fut ramenée à l'écriture. En effet, dans le
onzième ou le douzième siècle, précisément à l'époque où les éléments

---

d'autres, il a dû avoir de nombreux collaborateurs, mais l'ensemble montre combien
ses vues étaient larges, et combien grande a dû être son influence sur la langue, la littérature et le progrès intellectuel de son pays.

(1) Castro, *Bibliothèque*, tom. II, pag. 632, parle du manuscrit des *Cantiques* existant
à l'Escurial. Le manuscrit de Tolède en contient seulement cent. C'est de ce dernier
que l'on a donné un *fac-simile* dans la *Paléographie espagnole* (Madrid, 1758, in-4°,
pag. 72), et dans les notes de la traduction espagnole de l'*Histoire* de Bouterweck
(p. 129). On trouve de longs extraits des *Cantiques* dans Castro (t. II, pp. 361, 362, 631,
643), et dans la *Noblesse d'Andalousie*, d'Argote de Molina (Séville, 1588, in-f.,p. 151),
où l'on peut lire une curieuse notice sur le roi (chap. xix) et un poëme en son honneur.

(2) Mondejar, *Mémoires*, p. 438.

(3) Id., p. 434. Son corps fut néanmoins enterré à Séville ; et son cœur, qu'il voulait
faire porter en Palestine, fut déposé à Sainte-Marie de Murcie, qui est, comme il le dit,
dans son testament, *cabeza de este reino, y el primer lugar que Dios quiso que ganas-
semos à servicio i a honra del rey D. Fernando i de nos i de nuestra tierra,* « tête de
ce royaume et la première place que Dieu voulut que nous gagnions pour le service et
l'honneur du roi D. Ferdinand et du nôtre et de notre terre. » — Laborde a vu ce monument (*Itinéraire de l'Espagne*, Paris, 1809, in-8°, tom. II, p. 185).

de l'espagnol moderne s'efforçaient de se dégager des formes de la corruption latine, la Galice, par les guerres et les troubles du temps, avait été souvent séparée de la Castille ; de sorte que, presque au même moment, il apparaît des dialectes distincts sur deux différents territoires. De ces deux dialectes, celui du nord est vraisemblablement le plus ancien ; l'autre, celui du midi, finit par avoir une meilleure fortune. Quoi qu'il en soit, même sans une cour qui fut l'unique centre de civilisation dans ces temps si rudes, sans aucune des raisons de développement d'un dialecte qui accompagnent toujours le pouvoir politique, nous savons que le galicien était déjà suffisamment formé, pour passer avec les armes conquérantes d'Alphonse VI et s'établir solidement entre le Douro et Minho, contrée qui devint le noyau du royaume indépendant du Portugal.

Ceci se passait entre les années 1095 et 1109 ; et quoique l'établissement d'une dynastie bourguignonne sur le trône qu'on venait d'élever dût naturellement introduire dans le dialecte portugais une infusion de français qui n'apparut jamais dans l'idiome galicien (1), la langue parlée dans les deux royaumes, sous des souverains différents et sous des influences diverses, continua d'être essentiellement la même, durant une assez longue période, et peut-être jusqu'au temps de Charles V (2). Mais ce n'était qu'en Portugal que la cour existait et qu'on trouvait les motifs et les moyens suffisants de former et de cultiver une langue régulière. Voilà pourquoi ce n'est qu'en Portugal que l'idiome, commun aux deux territoires, apparaît avec une littérature propre et particulière (3), dont le premier monument, d'une date exactement connue, se trouve vers l'année 1192. C'est un document en prose (4). La poésie la plus ancienne doit

---

(1) J.-P. Ribeiro, *Dissertations*, etc., publiées par ordre de l'Académie royale des sciences de Lisbonne (Lisbonne, 1808, in-8°, tom. I, pag. 180). Le *Glossaire des mots français qui se trouvent dans le portugais*, par Francisco de San Luiz, est inséré dans les mêmes Mémoires (Lisbonne, 1816, tom. IV, partie II). Santa Rosa de Viterbe (*Elucidario*, Lisbonne, 1798, in-fol., tom. I, avertissement préliminaire, pp. 8-13) examine aussi ce point.

(2) *Paléographie espagnole* (Madrid, 1758, pag. 10).

(3) A. Ribeiro dos Santos, *Origine de la Poésie portugaise*, dans les *Mémoires de littérature portugaise*, par l'Académie, 1812, tom. VIII, pp. 248, 250.

(4) J.-P. Ribeiro, *Dissertations* (tom. I, p. 176). Il est possible que le document inséré dans l'Appendice, 273-275, soit plus ancien, puisqu'il semble correspondre aux temps de D. Sanche Ier, de 1185 à 1211 : mais le document suivant, pag. 275, est daté « Era, 1230, » qui répond à l'année de J.-C. 1192 ; c'est par conséquent le plus ancien avec date connue.

être recherchée dans trois fragments très-curieux, publiés pour la première fois par Manuel de Faria y Souza, et que l'on peut à peine placer plus loin que l'an 1200 (1). Ces restes montrent qu'en Portugal, le galicien, avec des conditions moins favorables que celles qui secondèrent le castillan en Espagne, s'éleva, dans la même époque, jusqu'au point de devenir une langue écrite, et posséda presque, de très-bonne heure, les matériaux nécessaires à la formation d'une littérature indépendante.

Par conséquent, nous pouvons raisonnablement induire de ces faits, indiquant la vigueur du galicien en Portugal avant l'année 1200, qu'en Espagne, dans son pays natal, il devait être un peu plus vieux. Mais nous n'avons aucun monument qui nous permette d'établir cette antiquité. Castro, il est vrai, parle d'une traduction manuscrite de l'histoire de Servando, faite en 1150, par Pierre Seguin, en dialecte galicien ; or il n'en donne aucun spécimen, et sa propre autorité sur de semblables matières n'est pas suffisante (2). Dans la lettre bien connue adressée au connétable de Portugal par le marquis de Santillane, vers le milieu du quinzième siècle, il est dit que toute la poésie espagnole fut écrite, pendant longtemps, en galicien ou en portugais (3). Or une assertion pareille est une erreur si évidemment contraire aux faits ou une flatterie si claire pour le prince portugais à qui elle est adressée, que Sarmiento, plein de préjugés en faveur de son pays natal et désireux d'arriver à la même conclusion, se voit obligé de donner ce point comme tout à fait incertain (4).

Il nous faut, par conséquent, revenir aux *Cantiques* ou chants d'Alphonse, comme aux plus anciens monuments qui existent du dia-

---

(1) *Europe portugaise*, Lisbonne, 1680, in-fol., tom. III, part. IV, ch. IX et X ; Diez, *Grammatik der Romanischen Sprachen*, Bonn, 1836, in-8°, tom. I, pag. 72.

(2) *Bibliothèque espagnole.* Tom. II, pp. 404, 405.

(3) Sanchez. Tom. I, prol. p. LVII.

(4) Après avoir cité le passage du marquis de Santillane dont il est question dans le texte, Sarmiento, très-érudit dans tout ce qui a rapport à la vieille poésie espagnole, ajoute avec une simplicité vraiment charmante : « Io, como interessado en esta conclusion por ser Gallego, quisiera tener presentes los fundamentos que tuvo el marques de Santillana ; pero en ningun autor de los que he visto se halla palabra que pueda servir de alguna luz. » (*Mémoires sur la Poésie et sur les Poëtes espagnols.* Madrid, 1775, pag. 196.) — « Moi, comme intéressé à cette conclusion, puisque je suis Galicien, je voudrais avoir présents les documents qu'eut le marquis de Santillane ; mais, dans aucun auteur de ceux que j'ai vus, on ne trouve un mot qui puisse servir de lumière. »

lecte galicien, distinct du portugais; et si par une démonstration intrinsèque on prouve que l'un d'eux fut écrit après la conquête de Jérez, nous pouvons placer leur composition entre 1263, date de cet événement, et 1284, date de la mort du roi (1). Pourquoi ce monarque avait-il choisi ce dialecte particulier pour cette forme particulière de poésie, quand il avait, comme nous savons, une admirable connaissance du castillan, et alors que, d'après sa dernière volonté, ces *Cantiques* devaient être chantés sur sa tombe, dans une contrée de son royaume où le dialecte galicien n'avait jamais prévalu, c'est ce qu'il nous est impossible de déterminer (2). Son père, saint Ferdinand, était du nord; son éducation primitive put inspirer à Alphonse lui-même une affection pour cette langue ; ou, ce qui est peut-être plus probable, c'est qu'il y a eu quelque chose dans le dialecte lui-même, dans son origine et sa gravité, qui l'a fait, à une époque où aucun dialecte n'avait obtenu en Espagne une suprématie reconnue, considérer comme plus propre aux matières religieuses que le castillan ou le valencien.

Quoi qu'il en soit, tous ses autres ouvrages sont écrits dans la langue parlée au centre de la Péninsule, tandis que ses *Cantiques* sont en galicien. Quelques-uns ont une remarquable valeur poétique; mais ils ne se distinguent, en général, que par la variété de leurs mètres, par la tendance accidentelle à la forme de romances, par l'accent lyrique, qui ne semble pas avoir fait plus tôt son apparition dans le castillan, et par une espèce de simplicité dorique qui résulte en partie du dialecte adopté et en partie du caractère de l'auteur lui-même. L'ensemble porte le sceau des poëtes de la Provence, avec lesquels il était très-lié et qu'il patronna et maintint à sa cour durant toute sa vie (3).

---

(1) Que tolleu — a Mouros Neul è Xères — est-il dit (Castro, tom. II, p. 637). Jerez fut gagné en 1263. Mais tous ces *Cantiques* ne sont pas probablement écrits dans une seule période de la vie du roi.

(2) Ortez de Zuñiga, *Annales de Séville*, p. 129.

(3) Nous donnerons pour exemple les vers suivants : Alphonse prie la Vierge de le protéger plutôt par sa miséricorde que pour ses propres mérites, et il le fait pendant cinq stances avec un refrain en chœur à chacune : « Sainte Marie, souvenez-vous de moi! »

Non catedes como
Pequei assas,
Mais catad o gran
Ben que en nos ias;
Ca nos me fesestes

Les autres poésies attribuées à Alphonse, si l'on excepte deux stances qui restent de ses *Querelles* contre la mauvaise fortune des dernières années de sa vie (1), sont contenues dans son traité appelé *du Trésor*, divisé en deux petits livres et composé en 1272. Ce traité roule sur la pierre philosophale : la plus grande partie est enveloppée dans une série de chiffres inexplicables ; le reste est écrit partie en prose, partie en stances de huit vers qui sont les plus anciennes de la poésie castillane. Mais l'ouvrage tout entier est d'un faible mérite et d'une légitimité fort douteuse (2).

Como quien fas
Sa cousa quita
Toda per assi.
¡ Santa Maria nembre uos de mi !

Non catedes á como
Pequey gren,
Mais catad o gran ben
Que nos Deus deu ;
Ca autro ben se non
Nos non ci eu
Nen ouue nunca
Des quando nací.
¡ Santa Maria ! nembre uos de mi !

(Castro, *Bibliot.* t. II, p. 640.)

C'est, sans aucun doute, une poésie vraiment provençale ; mais d'autres cantiques ont encore un caractère plus prononcé. En effet, les poëtes provençaux, comme nous le verrons plus tard, accoururent, en grand nombre en Espagne, à l'époque de la persécution qu'ils souffraient dans leur pays ; et cette époque répond aux règnes d'Alphonse et de son père. Dès lors une forte teinte de caractère provençal imprégna la poésie castillane et y persista longtemps. Les preuves de ce commerce primitif avec les poëtes provençaux sont très-abondantes. Aiméric de Bellinoi était à la cour d'Alphonse IX, qui mourut en 1214 (*Histoire littéraire de la France par des membres de l'Institut*, Paris, in-4°, tom. XIX, 1838, pag. 507). Il passa ensuite à celle d'Alphonse X. Il y vint aussi Montagnagout, Folquet de Lunel ; l'un et l'autre composèrent des poëmes sur l'élection d'Alphonse X au trône d'Allemagne (*ibid.*, tom. XIX, p. 491; tom. XX, pag. 557, et Raynouard, *Troubadours*, tom. IV, p. 239). Raimond de Tours et Nat de Mons adressent des vers à Alphonse X (*ibid.*, tom. XIX, pp. 555, 557). Bertrand Carbonel lui dédie ses ouvrages, et Giraud Riquier, surnommé quelquefois le dernier des Troubadours, compose, sur sa mort, une élégie dont nous avons déjà fait mention (*ibid.*, tom. XX, pp. 559, 578, 584). Nous pourrions citer encore un plus grand nombre de poëtes, mais ceux-ci suffisent.

(1) Les deux stances des *Querelles* conservées jusqu'à nous se trouvent dans Zuñiga (*Annales*, p. 123).

(2) Publié, pour la première fois, par Sanchez (*Poésies antérieures*, tom. I, pp. 148-170). C'est là qu'on peut encore le mieux les consulter. La copie dont il s'est servi a appartenu au marquis de Villena, suspect de nécromancie et dont les livres furent, pour ce motif, brûlés, après sa mort, sous le règne de Jean II. Un fac-simile des chiffres a été donné dans la version de Bouterweck, par Cortinas (tom. I, p. 129). En

Alphonse doit sa place principale dans la littérature à ses écrits en prose ; c'est en elle que consiste son grand mérite. Le premier, il fit du castillan une langue nationale, en ordonnant la traduction de la Bible dans ce dialecte, et en prescrivant son usage dans toutes les procédures légales (1) ; le premier, par son excellent Code et par d'autres ouvrages, il donna des spécimens de la composition en prose qui a laissé le chemin libre et débarrassé pour tous ceux qui sont venus après : service plus grand peut-être que celui que tout autre Espagnol aurait pu rendre à la littérature de son pays. C'est à elle que nous allons maintenant revenir.

Ici, le premier ouvrage que nous rencontrons est plutôt une compilation faite sous sa direction qu'un livre écrit par le roi Alphonse lui-même ; il est intitulé : *la Gran Conquista de ultramar*, « la Grande conquête d'outre-mer ; » c'est un récit des guerres de la terre sainte, qui ont, à cette époque, si agité l'esprit humain, à travers l'Europe, et qui ont une relation intime avec les destinées des chrétiens espagnols, en lutte continuelle pour leur propre existence, dans leur croisade continuelle contre l'ennemi intérieur. Il commence par l'histoire de Mahomet et se continue jusqu'à l'année 1270 : une grande partie est extraite de la vieille traduction française du livre de Guillaume, sur le même sujet, et le reste, d'autres sources moins dignes de foi. Certaines parties de cette narration n'ont rien d'historique. Le grand-père de Godefroi de Bouillon, le héros principal, est le fantastique et bizarre chevalier du Cygne, représentant l'esprit de la chevalerie autant qu'Amadis de Gaule, avec des aventures non moins merveilleuses ; en combattant sur le Rhin, comme un chevalier errant, il est miraculeusement averti par une hirondelle de la manière dont il doit délivrer sa dame qui avait été faite prisonnière. Malheureusement,

---

lisant ce poëme, il faut se rappeler qu'Alphonse croyait aux prédictions astrologiques et qu'il protégea l'astrologie dans ses lois (Parties vii, tit. xxiii, loi 1). Moratin le jeune (*Œuvres*, Madrid, 1830, in-8°, tom. I, part. i, p. 61) pense que les deux livres des *Querelles* et du *Trésor* sont des œuvres du marquis de Villena, se fondant d'abord sur ce que l'unique manuscrit, dont l'existence a été depuis peu connue, appartient au marquis ; et ensuite sur la différence de langage et de style que présentent ces deux ouvrages et le reste des écrits connus d'Alphonse, différence qui peut bien certainement éveiller des soupçons, mais qui ne peut donner du poids à la conjecture de Moratin relative au marquis de Villena.

(1) Mariana, *Hist.*, lib. XIV, ch. vii ; Castro, *Bibl.*, tom. I, p. 411 ; Mondejar, *Mémoires*, pag. 450. Toutefois ce dernier est dans l'erreur quand il suppose que la version de la Bible imprimée à Ferrare, en 1553, a été faite par ordre d'Alphonse, tandis qu'elle est l'ouvrage de quelques juifs de l'époque où elle fut publiée.

dans l'unique édition de ce curieux ouvrage, imprimé en 1503, le texte a reçu de telles additions qu'elles nous rendent incertains sur la part qu'on peut avec certitude assigner au temps d'Alphonse X, sous le règne et par les ordres duquel la plus grande partie semble avoir été préparée. Le principal mérite de ce livre, c'est qu'il nous donne un spécimen de la vieille prose castillane (1).

En effet, on peut à peine dire que cette prose a existé plus tôt, à moins qu'on ne veuille reconnaître comme preuves de son existence un petit nombre de maigres documents, qui ne sont généralement

---

(1) *La Grande Conquéte d'Outre-mer* fut imprimée, à Salamanque, par Hans Giesser, in-fol., en 1503. Les additions qui y ont été faites commencent au liv. III, ch. CLXX, où se trouve une relation de la destruction de l'ordre des Templiers. Il y est dit que cet événement arriva en l'année 1402 de l'ère espagnole. La partie traduite de Guillaume de Tyr est prise d'une vieille version française du treizième siècle. Je me règle sur l'autorité d'un manuscrit du P. Sarmiento. La *Conquéte* commence ainsi : — « Capitulo primero. Como Mahoma predico en Aravia : y gano toda la tierra de Oriente.

« En alq. tiēpo q̄ eraclius emperador en Roma q̄ fue buē Xpiano, et matuvo gran tiēpo el imperio en justicia y en paz, levantose Mahoma en tierra de Aravia y mostro a la getes necias sciēcia nueva, y fizo les creer q̄ era profeta y mensagero de Dios, y que le avia embiado al mundo para saluar los hombres q̄ le creyessen, etc. »

Chapitre premier. Comment Mahomet prêcha en Arabie et gagna toute la terre d'Orient. — « En ce temps où Héraclius, empereur de Rome, qui fut bon chrétien, maintint longtemps, dans l'empire, la justice et la paix, Mahomet se leva dans la terre d'Arabie et montra aux nations insensées une science nouvelle, leur fit accroire qu'il était prophète et messager de Dieu, et qu'il avait été envoyé au monde pour sauver les hommes qui croiraient en lui. »

L'histoire du chevalier du Cygne, pleine d'enchantements, de duels, et dont la plus grande partie porte les marques des livres de la chevalerie, commence brusquement liv. I, chap. XLVII, fol. 17, par ces mots : « Agora dexa la istoria de fablar una pieça de todas las otras razones, por contar del caballero que dixeron del cisne, » et se termine au chapitre 185, fol. 80. Le chapitre suivant commence ainsi : « Agora dexa la ystoria a hablar desto, e torna a contar como fueron a Hierusalem tres caualleros, etc. » Cette histoire du chevalier du Cygne, qui occupe 63 folios ou le quart environ de l'ouvrage entier, apparaît, à l'origine, en Normandie ou en Belgique, commencée par Jehan Renault, et terminée par Gandor ou Graindor, de Douai, en trente mille vers, en l'année 1300. (De la Rue, *Essai sur les Bardes,* etc., Caen, 1834, in-8°, tom. III, pag. 213 ; *Poésie anglaise,* par Warton. Londres, 1824, in-8°, tom. II, pag. 149. *Collection de Romances en prose,* par Thoms. Londres, 1838, in-12, tom. III, préface.) Cette histoire fut glissée, nous le supposons, dans la *Conquéte d'outre-mer,* au moment où l'on en préparait la publication, pour rehausser et ennoblir l'histoire de Godefroy de Bouillon, son principal héros. Mais ce n'est pas là la seule partie de l'ouvrage postérieure à sa date. Le dernier chapitre, par exemple, qui rapporte la mort de Conradin de Hohenstauffen et l'assassinat dans l'église de Viterbe, au moment de l'élévation de l'hostie, de Henri, le petit-fils de Henri III d'Angleterre, par Gui de Montfort, événements relatés, tous deux, par Dante, n'ont rien à voir avec l'ouvrage principal, et semblent pris de quelque chronique plus moderne.

que des concessions ou grâces, en forme légale, à commencer par celle qui concerne Avila, en 1155, dont nous avons déjà parlé, pièces qui se continuent jusqu'au temps d'Alphonse, moitié dans un latin barbare et moitié dans un espagnol informe (1). Par conséquent, le premier monument qu'on puisse proprement citer à ce sujet, bien qu'appartenant par sa date au règne de saint Ferdinand, père d'Alphonse, est celui qu'on a toujours attribué à ce dernier, pour la part personnelle qu'il dut prendre à sa préparation. Je veux parler du *Fuero Juzgo* ou *Forum Judicum*, collection de lois visigothes qu'en 1241, après la conquête de Cordoue, Saint-Ferdinand envoya en latin, à cette cité, avec ordre de le traduire en langue vulgaire et de l'observer, comme loi, dans tout le territoire qu'il venait de reprendre sur les Maures (2).

---

(1) Il existe une curieuse collection de documents publiés par ordonnance royale (Madrid, 1829-33, 6 vol. in-8°), intitulée *Coleccion de cedulas, cartas patentes*, etc., relatives à la Biscaye et aux provinces du Nord, où le castillan apparait pour la première fois. Elle ne contient pas, dans ce dialecte, de monument plus ancien que la lettre de confirmation des fueros d'Avila par Alphonse VII, et que nous connaissons déjà. Mais elle renferme d'autres matériaux qui ne sont pas sans valeur pour tracer la décadence du latin par des documents qui remontent à l'année 804 (tom. VI, pag. 1). On se heurte toutefois contre une difficulté relative tant aux documents écrits en latin qu'aux pièces rédigées en dialecte moderne primitif, difficulté que présente, par exemple, la pièce du tom. V, pag. 120, à la date de 1197. C'est le défaut de certitude de posséder les uns et les autres dans leur forme originale et intégralement, alors que pour plus d'un on est sûr du contraire. Quant à ces fueros ou priviléges, comme on voudra les appeler, comme ils ne sont que des concessions arbitraires de monarques absolus, les personnes à qui elles étaient accordées avaient grand soin de les faire confirmer, le plus souvent possible, par les souverains successeurs. Lorsque ces confirmations étaient faites, la pièce originale était traduite, si elle se trouvait en latin, comme celle de Pierre le Cruel, donnée par Marina (*Théorie des Cortès*, Madrid, 1813, in-4°, tom. III, p. 11) ; si elle était écrite en dialecte moderne, on la copiait parfois et on l'accommodait aux changements survenus dans la langue et l'orthographe du siècle. Ces confirmations sont très-nombreuses dans certains cas. Ainsi la lettre de concession citée plus haut fut confirmée treize fois, de 1231 à 1621. On regrette, dans les documents publiés par cette collection, de ne pas voir à chacun d'eux la véritable date de la version particulière. Ce reproche ne peut s'appliquer à la lettre d'Avila. Elle existe encore sur le parchemin original, où la confirmation a été faite en 1155, avec les signatures originales des personnes qui l'ont donnée, et certifiée par les témoins les plus compétents (voir l'appendice A, à la fin du volume).

(2) *Fuero Juzgo* est une expression barbare qui signifie la même chose que *Forum Judicum*, et qui n'en est peut-être qu'une corruption (Covarrubias, *Tesoro*. Madrid, 1674, in-fol., à ce mot). La première édition imprimée du *Fuero Juzgo* est de 1600 : la meilleure est celle de l'Académie, en latin et en espagnol (Madrid, 1815, in-fol.)

On n'a pu déterminer avec exactitude l'époque précise où cette traduction a été faite. Marina, dont l'opinion doit avoir tant de poids,
croit qu'elle n'existait pas avant le règne d'Alphonse ; mais, comme
nous connaissons la vieille autorité dont elle jouit, il est peut-être
plus probable de lui assigner pour date les dernières années du règne
de saint Ferdinand. Dans l'un et l'autre cas, si l'on considère le caractère particulier et la condition d'Alphonse, il n'y a pas le moindre
doute que ce prince n'ait été consulté et qu'il n'ait travaillé à sa préparation. C'est un code régulier, divisé en douze livres, subdivisés en
titres ou lois : son étendue est si considérable, son caractère si naturel, si limpide, que nous pouvons véritablement juger par lui de l'état
de la prose castillane à cette époque, et affirmer qu'elle était déjà
aussi avancée que la poésie contemporaine (1).

.La sage prévoyance de saint Ferdinand s'étendit bientôt au-delà
du but qu'il s'était proposé, par la pensée primitive de traduire les
vieilles lois visigothes. Il entreprit la préparation d'un code général
pour les chrétiens d'Espagne réunis sous son sceptre, et qui, dans
des villes et des provinces différentes, étaient régis par des fueros,
des priviléges et des lois différentes et souvent contradictoires,
donnés à chacune d'elles, à mesure qu'elles échappaient à l'ennemi commun. Mais il ne lui fut pas permis de réaliser un projet

---

(1) Voyez le discours en tête de l'édition de l'Académie par D. Manuel de Lardiza-
bal y Uribe ; et l'Essai de Marina, pag. 29 du tom. IV des *Mémoires de l'Académie
d'histoire*, 1805. Le passage le plus curieux peut-être du *Fuero Juzgo* est la loi
(lib. XII, tit. III, loi 15) qui contient le terrible serment d'abjuration prescrit aux
juifs qui voulaient entrer au sein de l'Église chrétienne. Mais je préfère donner comme
un spécimen du langage un morceau d'un esprit plus libéral : la loi 8 du titre 1er
ou introduction « concernant ceux qui peuvent devenir rois. » Le latin original est
de l'année 643. La traduction castillane s'exprime ainsi : « Quando el rey morre,
« nengun non deve tomar el regno, nen facerse rey, nen ningun religioso, nen otro
« omne, nen servo, nen otro omne estrano, se non omne de linage de los godos, et fillo-
« dalgo, et noble et digno de costumpnes, et con el otorgamiento de los obispos, et
« de los godos mayores, et de toto el poblo. Asi que formos todos de un corazon, et
« de una voluntat, et de una fé, que sea entre nos paz et justicia enno reyno et que
« podamos ganar la companna de los angeles en el otro sieglo ; et aquel que quebran-
« tar esta nuestra lei, sea escomungado por sempre. » — « Quand le roi meurt, personne ne doit prendre le royaume, ni se faire roi , ni aucun religieux , ni un autre
homme, ni un serviteur, ni un autre homme étranger, excepté un homme de la race
des Goths et hidalgo, et noble et digne par ses mœurs, et avec le consentement des
évêques , et des grands des Goths et de tout le peuple : de sorte que, n'ayant tous
qu'un cœur, une volonté, une foi, il y ait entre nous paix et justice dans le royaume,
et que nous puissions gagner la compagnie des anges dans l'autre siècle ; et que celui
qui voudra enfreindre notre loi soit excommunié pour toujours. »

si bienfaisant, et le fragment qui nous reste de ce qu'il avait entrepris, plus vulgairement connu sous le nom de *Septénaire*, démontre évidemment que, pour une partie au moins, il est l'ouvrage de son fils, D. Alphonse (1).

Alphonse, toutefois, ne jugea pas à propos de le terminer, bien qu'il eût travaillé à la préparation de ce code. Il se chargea d'une entreprise plus générale et ne voulut pas permettre que son royaume souffrît plus longtemps de l'incertitude et de la contradiction de ses différents systèmes de législation. Mais il procéda avec la plus grande circonspection. Son premier corps de lois, intitulé : *Espejo* ou *Miroir de tous les droits*, en cinq livres, était préparé avant 1255. Il contient en lui-même les dispositions pour son établissement et sa pratique, et cependant il ne semble pas qu'il ait été jamais mis en pratique. Son *Fuero real*, *Fuero royal*, code abrégé, divisé en quatre livres, fut complété, en 1255, pour Valladolid, et fut successivement donné aux autres cités du royaume. L'un et l'autre travail fut suivi de différentes lois, suivant que l'occasion les demandait jusqu'à la fin de son règne. Mais toutes ces lois, même réunies, sont loin de constituer un code tel que l'avait projeté saint Ferdinand (2).

Ce grand ouvrage, Alphonse l'entreprit en 1256, et le termina en 1263 ou en 1265. Alphonse lui-même l'avait primitivement intitulé : *le Septénaire* (3), titre du code entrepris par son père. Aujourd'hui il est généralement connu sous la dénomination de : *las Siete Partidas, les Sept Parties*, dénomination tirée des sept divisions de l'ouvrage lui-même. Alphonse fut aidé par d'autres collaborateurs dans l'immense tâche de cette compilation extraite des *Décrétales*, du *Digeste*, du *Code de Justinien*, ainsi que du *Fuero Juzgo* et des autres

---

(1) Pour le *Septénaire*, voyez Castro, *Bibliothèque*, tom. II, pag. 680-4 ; Marina, *Histoire de la Législation*, Madrid, 1808, in-fol. §§ 290, 291. Ce qui en reste et qui ne complète pas la première partie des sept qu'il devait avoir, consiste : 1° dans une introduction par Alphonse; 2° en une série de discussions sur la religion catholique, sur le paganisme, etc., qui furent plus tard substantiellement incorporées dans la première des *Parties* d'Alphonse lui-même.

(2) *Opuscules légaux du roi D. Alphonse le Sage*, etc., publiés par l'Académie royale d'histoire. Madrid, 1836, 2 vol. in-fol. Marina, *Législation*, § 301.

(3) *El Setenario*, « le Septénaire, » est le titre du Code commencé sous le règne de saint Ferdinand, parce que, dit Alphonse dans la préface, *va puesto todo por setenas*, tout est divisé par sept; de la même manière il divisa son propre ouvrage en sept parties, qui ne reçurent, à ce qu'il paraît, le nom de *Parties* qu'un siècle après leur composition. (Marina, *Législation*, §§ 292-203. Préface de l'édition des *Parties* par l'Académie, Madrid, 1807, in-4°, tom. I, pp. xv-xviii.)

sources de législation, tant espagnoles qu'étrangères; il n'y a pas de doute à cet égard. Mais l'aspect général, le fini du livre, son style et son exécution littéraire lui appartiennent plus ou moins, tant il y a d'harmonie avec tout ce que l'on connaît de ses autres ouvrages et son caractère.

Les *Parties*, cependant, bien qu'elles fussent le monument de législation le plus important de ce temps, ne furent pas immédiatement prises pour code du royaume (1). Au contraire, les grandes cités, jouissant de leurs priviléges particuliers, résistèrent longtemps à l'adoption d'un système de législation uniforme pour tout le pays. Ce ne fut que vers 1348, deux ans avant la mort d'Alphonse XI, et soixante environ après celle de leur auteur, que les *Parties* furent finalement proclamées, avec autorité légale, dans toute l'étendue territoriale comprise par les royaumes de Castille et de Léon. Mais depuis cette époque le grand code d'Alphonse a été universellement respecté (2). Ce code, en effet, est une espèce de loi commune en Espagne, et, par les décisions prises d'après lui, il est devenu depuis la base de la jurisprudence espagnole. Il a fini de cette manière par devenir une partie de la constitution politique dans toutes les colonies espagnoles, et, depuis le moment où la Louisiane et la Floride ont été ajoutées aux États-Unis, il fait, dans certains cas, partie de nos lois dans nos propres contrées. Tant est grande l'influence d'une sage législation (3).

Les *Parties* apparaissent très-peu comme une collection de statuts, ou même comme un code semblable à celui de Justinien ou de Napoléon. Elles ressemblent plutôt à une série de traités sur la législation, la morale et la religion, divisés avec la plus grande gravité, suivant

---

(1) De nombreux troubles éclatèrent quand Alphonse X essaya d'introduire son Code. Marina, *Législation*, §§ 417-419.

(2) Marina, *Législation*, § 449. *Fuero juzgo*, édition de l'Académie, préf., pag. 43.

(3) Voyez un livre curieux et érudit intitulé : *Leyes de las siete Partidas vigentes hoy en el estado de la Luisiana*, traduites en anglais par L. Moreau Lislet et H. Carleton (Nouvelle-Orléans, 1820, 2 vol. in-8°), et une discussion sur le même sujet par Wheaton : *Reports of cases in the supreme court of the United States* : Mémoire des causes de la cour suprême des États-Unis, tom. V, 1820, appendix ; et dans d'autres volumes qui contiennent des rapports de la même classe (Wheaton, tom. III, 1818, pag. 202, note *a*). « On peut observer, dit Dunham, dans son *Histoire d'Espagne et de Portugal*, vol. IV, pag. 121, que, si tous les autres codes étaient perdus, l'Espagne conserverait toujours un corps de jurisprudence très-respectable : en effet, d'après le témoignage d'un avocat éminent du tribunal royal d'appel, durant vingt-neuf ans de pratique dans sa profession, il y avait à peine eu quelques cas qui n'eussent été virtuellement ou explicitement décidés par les lois des *Parties*. »

les sujets, en *Parties, Titres* et *Lois*. Ces dernières, au lieu d'être des ordonnances purement impératives, se livrent à des argumentations, à des investigations de diverses espèces, discutent souvent les principes de morale qu'elles établissent, et souvent elles contiennent, sur les mœurs et les opinions du temps, des notions qui en font une mine curieuse pour l'étude des antiquités espagnoles. Elles sont, en un mot, une espèce de résumé méthodique des opinions et des lectures d'un savant monarque et de ses collaborateurs, au treizième siècle, sur les devoirs relatifs du roi et de ses sujets, sur le système complet de législation et de police ecclésiastique, civile et morale, auquel, suivant leur jugement, l'Espagne devait être soumise : le tout mêlé de discussions, parfois plus plaisantes que graves, relativement aux coutumes et aux principes sur lesquels repose, sinon l'ouvrage entier, du moins une grande partie.

Comme spécimen du style des *Parties*, je donnerai un extrait de la loi intitulée : « Que signifie le mot *tyran*, et comment il doit user du pouvoir dans le royaume quand il s'en est emparé (1). »

« Tirano tanto quiere decir como señor cruel, que es apoderado
« en algun regno ó tierra por fuerza ó por engaño ó por traycion; et
« estos tales son de tal natura que despues que son bien apoderados
« en la tierra, áman mas de facer su pró, maguer sea á daño de la
« tierra, que la procomunal de todos, porque siempre viven á mala
« sospecha de la perder. Et porque ellos pudiesen cumplir su enten-
« dimiento mas desembargadamente, dixerion los sabios antiguos que
« usaron ellos de su poder, siempre contra los del pueblo, en tres ma-
« neras de artería : la primera es que puñan que los de su señorio
« sean siempre nescios et medrosos, porque quando atales fuesen, no
« osarien levantarse contra ellos, nin contrastar sus voluntades; la
« segunda, que hayan desamor entre si, de guisa que non se fien unos
« dotros, ca mientra en tal desacuerdo vivieren, non osarán facer
« ninguna fabla contra él, por miedo que non guardarien entre sí
« nin fe nin poridat; la tercera razon es, que puñan de los facer pobres,
« et de meterlos en grandes fechos, que los nunca pueden acabar,
« porque siempre hayan que veer tanto en su mal, que nunca los

---

(1) « Tyran veut dire autant que seigneur cruel, qui s'est emparé d'un royaume ou territoire par force ou par ruse ou par trahison; et de tels êtres sont de telle nature, qu'après s'être bien emparés de la terre, ils aiment mieux agir dans leur intérêt, serait-ce au détriment de la terre, que dans l'intérêt commun de tous, parce qu'ils vivent toujours dans le terrible soupçon de la perdre. Et pour qu'ils puissent réaliser leurs projets sans ambages, les sages de l'antiquité ont dit que les tyrans usaient de leur

« venga á corazon de cuidar facer tal cosa que sea contra su seño-
« rio ; et sobre todo, siempre puñaran los tiranos de astragar á los
« poderosos, et de matar a los sabidores, et vedaron siempre en sus
« tierras, confradios et ayuntamientos de los homes ; et pugnaron
« todavia de saber lo que se decie o se facie en la tierra ; et fian mas
« su consejo et la guarda de su cuerpo en los estraños, por quel sir-
« ven a su voluntat, que en los de la tierra quel han de facer servicio
« por premio. Otro si decimos, que maguer alguno hubiese ganado
« señorio de regno por alguna de las derechas razones que deximos
« en las leyes antes deste, que si él usase mal de su poderío en las
« maneras que dixiemos en esta ley, quel puedan decir las gentes ti-
« rano, ca tornase el señorio que era derecho en torticero, asi como
« dijo Aristótiles en el libro que fabla del regimiento de las cibdades
« et de los regnos. »

Dans la *Partie* II, titres v et vii, lois 10 et 16 (1), il explique
pour quelles raisons on doit enseigner la lecture aux rois et à leurs
enfants ; et dans la même *Partie*, titre vii, loi 11, il déclare en ces
termes les obligations des gouvernantes des princesses. « Et elles
« doivent s'efforcer, tant qu'elles peuvent, de les rendre bien modé-
« rées et très-convenables dans le manger, et dans le boire, et dans le
« parler, et dans leur contenance, et dans leur habillement ; et de

---

pouvoir, toujours contre le peuple, par trois espèces de ruses : la première consiste
dans leurs efforts pour que ceux de leur domaine soient toujours simples et craintifs,
parce que, tant qu'ils seraient dans de pareilles conditions, ils n'oseraient se soulever
contre eux ni contrarier leurs volontés ; la seconde, à semer la désaffection entre eux,
de sorte qu'il n'y ait point de confiance de l'un à l'autre, car, en vivant dans un tel
désaccord, ils n'oseraient entreprendre aucune conspiration contre lui, de peur de ne
voir observer entre eux ni foi ni secret ; la troisième raison consiste dans leurs efforts
à les rendre pauvres, à les engager dans de grandes entreprises qu'ils ne pourront jamais achever, afin qu'ils aient toujours tant à voir dans leur mal qu'ils n'aient jamais
le cœur de travailler à entreprendre aucune action qui soit contre leur seigneur. Par-
dessus tout, les tyrans ont toujours fait leurs efforts pour détruire les puissants, mettre
à mort les savants, et empêcher sur les terres les confréries et les réunions des hommes : ils ont cherché toujours à savoir ce qui se disait ou se faisait sur leur terre ; et
ils confient plus volontiers leurs projets et la garde de leur corps à des étrangers, qui
les servent à leur volonté, qu'à ceux de leur pays, qui leur rendent service en échange
d'une récompense. Nous disons aussi que, lors même que toute autre personne ait
obtenu la possession d'un royaume, par quelqu'une des voies légitimes que nous avons
exposées dans les lois antérieures à celle-ci, si elle use mal de son pouvoir, suivant
les manières que nous avons dites dans cette loi, les nations peuvent l'appeler tyran,
car sa puissance qui était juste devient injuste, comme dit Aristote dans le livre où il
traite du gouvernement des cités et des royaumes. »

(1) Édit. de l'Académie

« bonnes mœurs en toutes choses ; et surtout qu'elles ne soient point
« colères, car, outre la fâcheuse impression qui en résulte, c'est là la
« chose du monde qui porte le plus promptement les femmes à faire
« mal ; et elles doivent leur montrer à se rendre habiles à faire ces
« travaux qui conviennent aux nobles dames ; car c'est là une chose
« qui leur convient beaucoup parce qu'elles en reçoivent de la joie,
« et qu'elles sont plus tranquilles, et qui leur enlève les mauvaises
« pensées qu'elles ne doivent pas avoir. »

Plusieurs des lois concernant les chevaliers, leur fidélité, l'explication des cérémonies usitées quand on les armait (1), et toutes
les lois relatives à l'établissement et à la direction des grandes écoles
publiques, qu'il s'efforçait d'encourager en même temps par les priviléges accordés à Salamanque (2), sont écrites avec plus d'élégance
et de pureté de langage. Aussi les *Parties*, dans tout ce qui regarde
la forme et le style, sont non-seulement supérieures à tout ce qui les
avait précédées, mais même à tout ce qui les a suivies longtemps après.
Les poëmes de Berceo, à peine plus vieux de vingt ans, semblent appartenir à un autre âge et à un état de la société beaucoup plus rude.
D'un autre côté, Marina, dont l'opinion en pareille matière trouve peu
de personnes suffisamment autorisées pour la révoquer en doute, dit
que, durant les deux ou trois siècles suivants, la prose espagnole n'a
rien produit d'égal aux *Parties* pour la pureté et l'élévation du style (3).

En effet, et ceci est un point hors de doute, c'est qu'au milieu
d'une certaine rudesse et de ces fastidieuses répétitions, si communes
à l'époque à laquelle il appartient, il y a, dans ce livre, une richesse,
une propriété et parfois même une élégance de tour et d'expression
vraiment remarquables. Il montre que les grands efforts de son auteur pour rendre le castillan la langue vivante du pays, en le faisant la langue des lois et des tribunaux de justice, ont été couronnés
de succès, ou étaient destinés à l'être bientôt. Son mouvement
grave et mesuré et la solennité du ton, qualités qui sont restées de-

---

(1) Partie II, titre xxi, lois 9, 13.

(2) Les lois sur les Écoles générales, nom donné aux établissements qui s'appellent
aujourd'hui Universités, remplissent tout le titre xxxi de la Partie II; elles sont remarquables par leur sagesse, et on peut y reconnaître quelques traces de l'organisation que conservent encore certaines Universités du continent. Il n'y avait cependant
pas à cette époque beaucoup d'établissements de ce genre en Espagne, à l'exception
d'un seul qui existait depuis quelque temps à Salamanque, dans un état très-impar-
fait, et auquel Alphonse X donna la première dotation en 1254.

(3) Marina, *Mémoires de l'Académie d'histoire*, tom IV; *Essai*, pag. 52.

puis comme des traits caractéristiques de la prose espagnole, prouvent ce succès d'une manière incontestable. Elles mettent encore en
évidence le caractère d'Alphonse lui-même, donnant la preuve d'une
sagesse et d'une philosophie profondes, et prouvant l'immense influence que peut exercer une grande intelligence, heureusement placée
pour imprimer une direction décisive à la langue et à la littérature
d'un pays, même à une époque aussi éloignée que le premier siècle
de son existence indépendante (1).

---

(1) Il n'y a peut-être pas de spécimen plus beau du castillan primitif que la loi 18
du titre v de la Partie II, intitulée : *Como el Rey debe ser granado et franco :* —
« Grandeza es virtud que está bien a todo home poderoso, et señaladamente al rey
« quando usa della en tiempo que conviene, et como debe ; et por ende dixo Aristo-
« tiles a Alexandro que el puñase de haber in sí franqueza, ca por ella ganarie mas
« aina el amor et los corazones de la gente ; et porque el mejor podiese obrar desta
« bondat, espaladinol que cosa es, et dixo que franqueza es dar al que lo ha menester
« et al que lo meresce, segunt el poder del dador, dando de lo suyo, et non tomando
« de lo ageno para darlo á otro, ca el que da mas de lo que puede non es franco, mas
« desgastador, et ademas haberá por fuerza a tomar de lo ageno, quando lo suyo non
« compliese, et si de la una parte ganare amigos por lo que les diere, de la otra parte
« serle han enemigos aquellos de quien lo tomare ; et otro si dixo, que el que da al
« que non lo ha menester, non le es gradecido, et es tal como el que vierte agua en la
« mar ; et el que da al que lo non meresce, es como el que guisa su enemigo que
« venga contra al. » — «*Comment le Roi doit être grand et libéral :* La grandeur est la
vertu qui sied bien à tout homme puissant et au roi particulièrement, quand il en use
lorsqu'il convient et comme il doit : et par conséquent Aristote dit à Alexandre de s'efforcer d'avoir en lui la libéralité ; que par elle il gagnerait plus rapidement l'amour et
les cœurs du peuple ; et, pour qu'il pût faire le meilleur emploi de cette qualité, il lui
en explique la nature ; et il dit que la libéralité consiste à donner à celui qui a besoin
et à celui qui le mérite, suivant le pouvoir de celui qui donne, en donnant du sien, et
non en prenant à autrui pour donner à un autre ; car celui qui donne plus qu'il ne
peut n'est pas libéral, mais prodigue ; et il devra, du reste, prendre par force à autrui
quand ses ressources ne lui suffiront pas ; et si d'une part il gagne des amis par ce
qu'il leur donne, de l'autre, il devra avoir pour ennemis ceux à qui il prend. Et il dit
aussi que celui qui donne à quiconque n'en a pas besoin n'obtient pas de reconnaissance : c'est comme si l'on versait de l'eau dans la mer ; et que celui qui donne à celui
qui ne le mérite point agit comme celui qui arme l'ennemi qui doit venir contre
lui. »

CHAPITRE IV.

Jean Laurent Segura. — Confusion des mœurs anciennes et des mœurs modernes. —
Le Poëme d'Alexandre.—Son histoire et son mérite.—Les Vœux du Paon.—Sanche
le Brave.— Don Juan Manuel, sa vie et ses ouvrages publiés et inédits.— Son Comte
de'Lucanor.

La preuve que les *Parties* sont supérieures à leur siècle, tant par
le style que par la langue, ressort avec évidence, non-seulement de
l'examen que nous venons de faire, mais encore de la comparaison que nous n'en avons pas encore faite avec les poésies de
Jean-Laurent Segura, poëte qui vivait à l'époque de leur compilation et probablement un peu plus tard. Comme Berceo, Segura était
un prêtre séculier, natif d'Astorga. C'est là tout ce que l'on sait de lui;
on sait en outre qu'il vécut dans la dernière partie du treizième siècle,
qu'il a laissé un poëme d'environ dix mille vers sur la vie d'Alexandre
le Grand, puisée aux sources qui pouvaient être alors accessibles à
un ecclésiastique espagnol, et écrit en stances de quatre vers, genre
employé par Berceo (1).

Le défaut qui saute d'abord aux yeux, dans ce long poëme, c'est la
confusion des usages des temps bien connus de l'antiquité grecque
avec ceux de la religion catholique et de la chevalerie telle qu'elle
existait à l'époque de l'auteur. Une confusion semblable se trouve
dans toutes les parties de la littérature primitive de chaque contrée
de l'Europe moderne. Dans toutes, il y a une période où les faits les
plus frappants de l'histoire ancienne et les fictions pittoresques de la
mythologie sont noyés au milieu des traditions du moyen âge

---

(1) Le poëme d'*Alexandre* remplit le troisième volume des *Poésies antérieures* de
Sanchez. Il a été longtemps et d'une manière fort étrange attribué à Alphonse le Sage
(Nicolas Antonio, *Bibliotheca Hispana vetus*, édit. Bayer. Madrid, 1787-8, in-fol.,
tom. II, pag. 79, et Mondejar, *Mémoires*, pp. 458-59), quoique les derniers vers du
poëme même déclarent que l'auteur fut Jean Laurent Segura.

et servent de matériaux à la poésie et aux contes. Aussi, quand les écrivains voulaient remplir et finir le tableau que leur présentait leur imagination, l'abus et la connaissance imparfaite de l'antiquité les portaient à y mêler, de la manière la plus inconvenante, les mœurs et les croyances de leur propre siècle, soit qu'ils fussent persuadés, dans leur ignorance, qu'il n'en avait pas existé d'autres, soit par suite d'une négligence coupable de tout ce qui concernait l'effet poétique. C'est là ce qui arriva en Italie, depuis le moment où les lettres commencèrent à poindre jusqu'aux temps postérieurs à Dante, dont la sublime et tendre poésie, la *Divine Comédie*, est remplie de tant d'absurdités, de tant d'anachronismes. C'est là ce qui arriva encore en France, où des exemples singuliers de ce fait se présentent dans le poëme latin de Gautier de Châtillon et dans le poëme français d'Alexandre de Paris sur le même sujet qu'Alexandre le Grand, poëmes composés tous deux un siècle environ avant Jean Laurent et qui durent être tous deux feuilletés par lui (1). C'est là ce qui arriva aussi en Angleterre, jusqu'aux temps postérieurs à Shakespeare, dont le *Songe d'une nuit d'été* montre tout ce que le génie peut faire pour justifier de tels excès. Rien d'étonnant, par conséquent, de retrouver ce même caractère dans la littérature espagnole ; il venait de ces monstrueux dépôts de fictions tels que les livres de Darès le Phrygien, de Dictys le Crétois, Guido de Colonna et Gautier de Châtillon ; et ces histoires, ces produits de la fantaisie des anciens temps remplissaient déjà les pensées de ces hommes qui, sans en avoir conscience, travaillaient à construire l'édifice littéraire de leur patrie sur des fondations essentiellement différentes.

Au milieu de tant de sujets si pleins d'attraits qui s'offraient à eux, le personnage le plus important fut celui d'Alexandre le Grand. L'Orient, la Perse, l'Arabie et l'Inde ont été longtemps rassasiées du récit de ses exploits (2), pendant que l'Occident le reconnaissait comme le héros qui approchait de l'esprit chevaleresque plus que tout autre personnage de l'antiquité. Aussi fut-il adopté par les fic-

---

(1) Le Poëme latin de Gautier de Châtillon sur Alexandre le Grand était si populaire qu'on le prit pour texte dans les classes de rhétorique, à l'exclusion de Lucain et de Virgile (Warton, *Poésie anglaise*, Londres, 1824, in-8°, vol. I, pag. 167). Le poëme français, commencé par Lambert li Cors et terminé par Alexandre de Paris, était moins estimé, mais il était très lu (Ginguené, *Histoire de la littérature de France*. Paris, in-4°, tom. XV, 1820, pp. 100-127).

(2) *Mémoires de la Société royale de littérature*, vol. I, part. II, pp. 5-23. Article curieux de sir W. Ouseley.

tions poétiques de presque toutes les nations qui voulurent donner du relief à leur littérature naissante, de sorte que le moine des « *Con-* « *tes de Cantorbéry* » put dire en toute vérité :

> The storie of Alexandrie is so commune
> That every wight, that hath discretion,
> Hath herd somewhat or all of his fortune (1).

Jean Laurent prend substantiellement cette histoire de l'*Alexandride* de Gautier de Châtillon, qu'il cite fréquemment (2). Mais il y ajoute tout ce qu'il trouve ailleurs ou dans sa propre imagination, parce qu'il lui paraît convenable de ne pas être un pur traducteur. Après une courte introduction, il entre ainsi en matière à la cinquième stance :

> Quiero leer un libro de un rey noble pagano,
> Que fue de grant esforcio, de corazon lozano,
> Conquistó todel mundo, metiol so su mano,
> Terné, se lo compliere, que soe bon escribano.
>
> Del princepe Alexandre que fue rey de Grecia,
> Que fué franc e ardit e de grant sabencia,
> Venció Poro é Dario dos reys de grant potencia,
> Nunca conosció ome su par en la sufrencia.
>
> El infante Alexandre luego en su ninnez
> Comenzo a demostrar que serie de grant prez :
> Nunca quiso mamar leche de mugier raféz
> Se non fue de linage ó de grant gentilez.
>
> Grandes signos contiron quando est infant nasció,
> El aire fué cambiado, el sol escureció,
> Todol mar fue irado, la tierra tremeció,
> Por poco quel mundo todo non pereció (3).
>
> (*Stances*, 5-8.)

(1) L'histoire d'Alexandre est si commune — qu'il n'y a pas une personne, ayant quelque savoir, — qui ne sache une partie ou le tout de sa fortune.

(2) *Stances*, 225, 1452 et 1639, où Segura donna trois vers latins de Gautier.

(3) Je veux lire un livre d'un roi noble païen , — qui fit de grands efforts, eut un cœur généreux, — conquit tout le monde, le mit sous sa main. — Je tiendrai à ce que (ma volonté) s'accomplisse, car je suis un bon écrivain.

Du prince Alexandre, qui fut roi de Grèce, — qui fut franc et hardi et de grande sagesse, — vainquit Porus et Darius, deux rois d'une grande puissance. — Jamais homme ne connut son pareil dans la souffrance.

L'infant Alexandre, dès son enfance, — commença à montrer qu'il serait une grande âme ; — jamais il ne voulut facilement teter du lait d'une femme, — qui ne fût de noblesse ou de grande beauté.

De grands prodiges éclatèrent quand cet enfant naquit : — l'air fût troublé, le soleil obscurci, — toute la mer fut en courroux, la terre trembla ; — peu s'en fallut que le monde entier ne périt.

Vient ensuite l'histoire d'Alexandre, mêlée aux fables et aux extravagances du temps, histoire généralement racontée avec la pesanteur d'une chronique, mais parfois respirant un esprit poétique. Avant son départ pour la grande expédition d'Orient, ce roi est armé chevalier; il reçoit une épée enchantée forgée par Vulcain, une ceinture brodée par dame Philosophie et une cotte de mailles, ouvrage de deux fées de l'Océan — *duas fadas enna mar* (1). La conquête de l'Asie se trouve immédiatement après ; pour arrêter le conquérant dans sa course, l'évêque de Jérusalem ordonne de célébrer une messe, dès qu'il le voit approcher de la capitale de la Judée (2).

En général, l'histoire connue des aventures d'Alexandre y est suivie, mais on y lit aussi une quantité de digressions fantastiques. Quand les forces macédoniennes passent par la plaine où fut Troie, le poëte ne peut résister à la tentation de faire un abrégé de la fortune et de la destinée de cette ville, et il place la narration dans la bouche d'Alexandre lui-même qui la raconte à ses compagnons et spécialement aux douze Pairs qui l'accompagnent dans son expédition (3). Homère est cité comme une autorité dans la narration extraordinaire qu'il nous donne (4). On peut induire du fait suivant combien peu le poëte d'Astorga s'inquiétait de l'*Iliade* et de l'*Odyssée* : au lieu d'envoyer Achille, ou don Achille, comme il l'appelle, à la cour de Lycomède, roi de Scyros, pour qu'il s'y déguise sous des habits de femme, il le place, par les enchantements de sa mère, sous un déguisement féminin, dans un couvent de religieuses, où l'astucieux don Ulysse vient, en colporteur, avec un ballot d'ornements du sexe et un trophée d'armes sur son dos, pour découvrir la ruse (5). Malgré tous ces défauts et toutes ces absurdités, le *Poëme d'Alexandre* est une pierre milliaire importante et curieuse dans la littérature primitive de l'Espagne ; s'il est écrit avec moins de pureté et de dignité de style que les *Parties* d'Alphonse, il a du moins un véritable air castillan, tant dans le langage que dans la versification (6).

On a perdu un autre poëme intitulé : *los Votos del Pavon*, les Vœux

---

(1) Stances, 70, 80, 83, 89, etc.

(2) Stances 1086-1094.

(3) Stances 299-716.

(4) Stances 300 et 714.

(5) Stances 386-392.

(6) Southey, dans les notes à son *Madoc*, part. I, chap. xi, parle avec justice du langage doux et fleuri et de la versification de Jean Lorenzo. A la fin du *Poëme d'Alexandre* se trouvent deux lettres, en prose, que l'on suppose avoir été écrites par

du Paon, et qui était une continuation du poëme d'*Alexandre*. Toutefois, si nous pouvons juger par un vieux poëme français des vœux faits sur un paon qui avait été l'oiseau favori d'Alexandre, et qui fut par méprise servi sur une table, après la mort du héros, nous n'avons aucune raison de déplorer notre perte comme une infortune (1). Nous n'aurons probablement pas aussi grande occasion de regretter de ne posséder que par extraits le livre des *Conseils*, livre en prose que composa, pour son héritier et successeur, don Sanche, le fils d'Alphonse X; et, quoique le chapitre où il prévient le jeune prince contre les bouffons nous montre que l'auteur ne manque ni de sens ni d'esprit, l'ouvrage ne peut néanmoins se comparer aux *Parties*, ni pour la précision, ni pour la grâce, ni pour la dignité du style (2). Nous passerons donc immédiatement à un écrivain remarquable qui fleurit un peu plus tard, le prince Don Juan Manuel.

Alexandre à sa mère; mais je préfère citer, comme spécimen du style de Lorenzo, les stances suivantes, sur la musique que les Macédoniens entendirent à Babylone :

> Alli era la musica cantada por razon
> Las dobles que refieren coitas del corazon,
> Las dolces de las baylas, el plorant semiton
> Bien podrien toller precio a quantos no mundo son.
>
> No es en el mundo ome tan sabedor,
> Que decir podiesse qual era el dolzor,
> Mientre ome viviesse en aquella sabor
> Non avrie sede nen fame nen dolor.
>
> Stan. 1706-1707.

Dobles, de *doblar*, signifie, dans l'Espagne moderne, la mise en branle des cloches pour la mort de quelqu'un ; ici, je le suppose, ce mot signifie une espèce de chant triste.

(1) Le premier qui a fait mention du poëme *los Votos del Pavon*, c'est le marquis de Santillane dans sa lettre au Connétable de Portugal (Sanchez, tom. I, pag. 57). Fauchet, dans son *Recueil de l'origine de la langue et de la poésie françaises* (Paris, 1581, in-fol., pag. 88), s'exprime ainsi : « Le *Roman du Pavon* est une continuation des faits d'Alexandre. » Dans l'ouvrage intitulé : *Notices et Extraits des Manuscrits de la Bibliothèque nationale*, etc. (Paris, an VII, in-4°, tom. V, pag. 118), on parle d'un poëme français sur le même sujet. Anciennement c'était un usage très-répandu de faire des vœux sur des oiseaux favoris (Barante, *Histoire des ducs de Bourgogne*, vers l'an 1454. Paris, 1837, in-8°, tom. VII, pag. 159-164). Dans le poëme espagnol, les vœux faisaient sans doute allusion aux bouleversements et aux guerres des successeurs d'Alexandre.

(2) Les extraits sont dans Castro (*Biblioth.*, tom. II, pp. 725-729). Le livre, composé de quarante-neuf chapitres, s'intitulait : *Castigos y documentos para bien vivir, ordenados por el rey D. Sancho el quarto intitulado el Bravo*. Le mot *castigos* est ici employé pour *consejo*, comme dans le vieux poëme français : *le Castoiement d'un père à son fils,* et *documentos* dans le sens primitif d'instruction. L'esprit de son père semble parler par la bouche de Sanche quand il dit des rois : « Que han de gobernar regnos é gentes con ayuda de cientificos sabios. »

Juan Lorenzo Segura était un ecclésiastique, — *bon clérigo é on-drado*, — comme il le dit lui-même ; il vécut à Astorga, au nord-ouest de l'Espagne, sur les frontières du royaume de Léon et de la Galice. Berceo appartenait à la même contrée, et, quoiqu'il y eût un demi-siècle entre eux deux, ils avaient une certaine ressemblance d'esprit. Nous voyons donc avec plaisir que le premier auteur que nous rencontrons, Don Juan Manuel, nous transporte des montagnes du Nord au pays chevaleresque du Midi, à l'état social, aux conflits, aux mœurs, aux intérêts qui nous ont donné le poëme du *Cid* et le code des *Parties*.

Don Juan était du sang royal de Castille et de Léon ; petit-fils de saint Ferdinand, neveu d'Alphonse le Sage et un des plus turbulents et des plus dangereux seigneurs espagnols de son temps. Il était né à Escalona, le cinquième jour du mois de mai 1282 ; il était le fils de Don Pedro Manuel, infant d'Espagne, frère d'Alphonse le Sage (1), avec qui il eut toujours en commun et officiers et serviteurs. Avant que D. Juan eût atteint l'âge de deux ans, son père mourut. D. Juan fut alors élevé par son cousin, Sanche IV, vivant avec lui sur le même pied que son père avait vécu avec Alphonse (2). A douze ans il avait déjà combattu contre les Maures ; et, en 1310, à l'âge de vingt-huit ans, il occupait les postes les plus considérables de l'État. Mais Ferdinand IV vint à mourir, deux ans après, laissant pour successeur Alphonse XI, âgé seulement de onze mois. De grands troubles éclatèrent jusqu'en 1320, année où D. Juan Manuel fut élu corégent du royaume, fonctions qu'il ne laissa partager à personne, excepté à ceux de ses proches parents qui étaient entièrement dévoués à ses intérêts (3).

---

(1) Argote de Molina : *Sucesion de los Manueles*, qui précède son édition du *Comte Lucanor* (Séville, 1575). On a longtemps douté de la date exacte de sa naissance, mais nous avons pu la fixer d'une manière certaine, puisqu'il l'indique lui-même dans une lettre écrite à son frère l'archevêque de Tolède, lettre inédite qui se trouve dans un manuscrit de la Bibliothèque nationale de Madrid et dont nous parlerons plus tard.

(2) Rapportant sa conversation avec le roi D. Sanche, quand ce monarque était sur son lit de mort, il dit : « El rey don Alonso y mi padre, mientras vivieron, lo mismo que el rey D. Sancho, y yo, tuvieron siempre una misma casa y servidumbre. » Puis il ajouta que le roi D. Sanche l'éleva et lui donna les moyens de construire le château de Peñafiel, et il prend Dieu à témoin qu'il garda toujours loyalement et fidèlement sa parole aux rois D. Alphonse le Sage, D. Sanche et D. Alphonse XI, quoiqu'il ajoute avec une certaine malice, en parlant de ce dernier : « Siempre que me ofrecio ocasiones de servirle. » Ms. de la Bibliothèque nationale de Madrid.

(3) *Chronique de D. Alphonse XI.* — Mariana, *Hist.* — Argote de Molina, *Sucesion de los Manueles.*

Les affaires du royaume, durant l'administration du prince D. Juan, semblent avoir été conduites avec talent et perspicacité. Mais, à la fin de la régence, le jeune monarque n'était pas assez content des affaires pour continuer son grand-oncle dans des fonctions si considérables. D. Juan, toutefois, n'était pas d'un tempérament à se soumettre tranquille à l'affront d'un pareil dédain (1). Il laissa la cour à Valladolid et se prépara, avec ses grandes ressources, à l'opposition armée, opposition que les politiques du temps regardent comme un moyen justifiable d'obtenir le redressement des torts. Le roi en fut alarmé : « Il savait, dit un vieux chroniqueur, que le prince était un des seigneurs les plus puissants dans les royaumes de Castille et de Léon... et qu'il pourrait lui causer un grand préjudice dans son royaume. » Il entra donc en composition avec Don Juan, qui n'hésita pas à abandonner ses amis et à rentrer dans sa fidélité, à la condition que le roi épouserait sa fille Constance, qui n'était encore qu'une enfant, qu'il le créerait gouverneur des provinces frontières des Maures, commandant en chef de la guerre contre les Musulmans, dispositions qui le placèrent encore, de fait, à la tête du royaume (2).

Dès ce moment, nous le trouvons activement engagé, sur les frontières, dans une série d'opérations militaires, jusqu'en 1327, année où il gagna sur les Maures l'importante victoire de Guadalhorra. Cette même année fut marquée par une sanglante perfidie du roi contre l'oncle du prince Don Juan, qui fut assassiné, dans le palais, au milieu de circonstances d'une atrocité singulière (3). Le prince, plein de dégoût, se retira immédiatement dans ses États, recommença à réunir ses amis et ses forces pour la lutte, qu'il entreprit d'autant plus aisément que le roi venait de refuser au même instant de réaliser son union avec Constance, et de s'unir à une princesse de Portugal. La guerre qui s'ensuivit dura, avec des succès divers, jusqu'en 1335, époque où le prince Don Juan fut définitivement soumis, où il entra de nouveau au service du roi, avec un crédit nouveau que lui donnait, à ce qu'il semble, son esprit de rébellion et le mariage de sa fille Constance, maintenant adulte, avec l'héritier présomptif du Portugal. Il redevint donc général en chef des troupes, avec lesquelles

---

(1) *Chronique de D. Alphonse XI*, chap. XLVI et XLVIII.
(2) *Id.*, chap. XLIX.
(3) Mariana, *Hist.*, liv. XV, chap. XIX.

il remporta une suite non interrompue de victoires sur les Maures, presque jusqu'au moment de sa mort, arrivée en 1347 (1).

Dans une vie comme celle de Don Juan, pleine d'intrigues et de violences, chez un prince, comme lui, qui épousa les sœurs de deux rois, qui eut deux autres rois pour gendres, qui bouleversa son pays par ses rébellions et ses entreprises militaires, pendant trente années environ, nous avons à peine lieu d'espérer quelques heureux efforts pour les lettres (2). Et cependant il n'en est pas ainsi. La poésie espagnole, nous le savons, a fait sa première apparition au milieu des troubles et des dangers, et maintenant nous voyons la prose jaillir du même sol et dans des circonstances semblables. Jusqu'à ce moment nous n'avons trouvé aucun ouvrage en prose de grande valeur dans le dialecte prédominant de la Castille, si nous en exceptons les livres d'Alphonse X et une ou deux chroniques que nous ferons connaître plus tard. Mais, dans la plus grande partie de ces travaux, l'énergie, qui semble être l'élément essentiel du génie primitif espagnol, se trouve comprimée, soit par la nature des sujets, soit par un concours de circonstances que nous n'avons encore pu connaître. Et ce n'est que lorsque ce nouvel essai est fait, au milieu des guerres et des révolutions qui semblent avoir été, pendant des siècles, le principe de vie de toute la Péninsule, que nous découvrons dans la prose espagnole un développement complet de ces formes qui la rendent plus tard nationale et caractéristique.

Don Juan, à qui appartient l'honneur d'avoir introduit une de ces formes, se montra digne d'une famille qui, durant un siècle environ, avait honoré et cultivé les lettres. On sait qu'il écrivit douze ouvrages; et il témoigna tant de sollicitude sur leur sort qu'il fut cause qu'on les transcrivit avec soin dans un gros volume, et qu'il les légua, par testament, au monastère qu'il avait fondé dans ses États à Peñafiel, monastère qui devait lui servir de sépulture à lui et à ses descendants (3).

----

(1) Mariana, *Hist.*, liv. XVI, chap. iv.— *Chronique d'Alphonse XI*, chap. clxxviii. Argote de Molina, *Sucesion de los Manueles.*

(2) Mariana, dans un de ces heureux traits de caractère qui ne sont pas rares dans son *Histoire*, dit de D. Juan Manuel qu'il était « de condicion inquieta y mudable, tanto, que à muchos parecia nació solamente para revolver el reino. » (Liv. XV, chap. xii.)

(3) Argote de Molina, *Vie de D. Juan Manuel*, dans la première édition du *Comte Lucanor*, 1575. Les récits d'Argote de Molina et du manuscrit de la Bibliothèque nationale de Madrid ne sont pas précisément les mêmes : le dernier est incomplet, et il y manque évidemment un ouvrage. L'un et l'autre contiennent les quatre suivants :

Combien existe-t-il encore de ces ouvrages? c'est ce qu'on ne sait pas. Il s'en trouve certainement quelques-uns au milieu des trésors de la bibliothèque nationale de Madrid, dans un manuscrit qui semble être une imparfaite et injurieuse copie d'un original déposé à Peñafiel. Deux autres seront peut-être encore retrouvés; l'un des deux, la *Cronica de España*, abrégé par Don Juan de la chronique de son oncle Alphonse le Sage (1), était en la possession du marquis de Mondejar, vers le milieu du dix-huitième siècle, et l'autre, qui est le *Tratado de la caza*, a été vu, un peu plus tard, par Pellicer (2). La collection des poésies de Don Juan, son *Cancionero*, qu'Argote de Molina entreprit de publier sous le règne de Philippe II, est probablement perdu, puisque l'infatigable Sanchez a fait de vains efforts pour le retrouver (3); seul, son *Conde de Lucanor* a été mis à l'abri de tout accident, grâce à l'imprimerie (4).

Tout ce que nous possédons de Don Juan Manuel est important. Le manuscrit incomplet de Madrid commence par l'exposé des raisons qui l'ont porté à transcrire tous ses ouvrages, raisons qu'il ex-

---

1° *Cronica de Espana*; 2° *Libro de la Monteria*; 3° *Cancionero*; 4° *Libro de Consejos à su hijo*. Argote de Molina fait mention de sept autres : 1° *Libro de los Sabios*; 2° *Libro del Caballero*; 3° *Libro del Escudero*; 4° *Libro del Infante*; 5° *Libro de Caballeros*; 6° *Libro de los Engaños*, 7° *Libro de los Ejemplos*. Outre les quatre livres cités, communs aux deux notices, le manuscrit de la Bibliothèque nationale donne les suivants : 1° *Carta a su Hermano*, où il explique les armes de la famille; 2° *Livre des États*, qu'Argote de Molina appelle : *de los Sabios*; 3° *Livre du chevalier et de l'écuyer*, dont Argote semble faire deux ouvrages séparés; 4° *Livre de la chevalerie*, le même, sans doute, que Molina appelle : *Libro de Caballeros*; 5° *la Cumplida*; 6° *Libro de los Engeños*, traité sur les engins militaires, que Molina appelle par erreur : *de Engaños*, comme si c'était un traité sur les *Fraudes*; 7° *Reglas como se debe trovar*. Mais, comme nous l'avons dit, le manuscrit a une lacune. Tout en disant qu'il y a douze ouvrages, il n'en cite que onze, omettant le *Conde Lucanor*, qui est le *Livre des exemples* dans la liste d'Argote.

(1) *Mémoires d'Alphonse le Sage*, pag. 464.

(2) *Note a Don Quichote*, édition Pellicer, part. II, tom. I, pag. 284.

(3) *Poesias anteriores*, tom. IV, pag. 11.

(4) J'ai remarqué que, dans les *Cancioneros generales*, on trouve des poésies composées par un D. Juan Manuel, et qu'on les attribue généralement à D. Juan Manuel, régent de Castille durant la minorité d'Alphonse XI, telles que les poésies insérées, par exemple, dans le *Cancionero d'Anvers* (1573, in-8°, fol. 175, 207, 227, 267); mais elles ne sont pas de lui. Leur langage et leurs pensées sont comparativement trop modernes. Elles sont probablement l'œuvre de D. Juan Manuel, grand chambellan du roi de Portugal (+ 1524), et dont les vers, tant castillans que portugais, occupent une large place dans le *Cancionero general* de Garcia de Resende (Lisbonne, 1516, in-fol.), où ils se trouvent aux folios 48, 57, 148, 169, 212, 230, etc. C'est l'au-

plique par l'histoire suivante, histoire vraiment caractéristique de son temps. Nous citons ses propres paroles :

« Et por probar aquesto, porné aqui una cosa que acacció á un caballero en Perpiñan, en tiempo del primero Rey D. Jaymes de Mallorca; asi acaeció que aquel caballero era muy grande trobador é fazie muy buenas cántigas á marabilla é fizo una muy buena ademas é avia muy buen son. Et atanto se pagaban las gentes de aquella cántiga, que desde grande tiempo non querian cantar otra cántiga si non aquella. Et el caballero que la fisiera avia ende muy grande plazer. Et iendo por la calle un dia, oyó que un zapatero estaba diciendo aquella cántiga, é decia tan malerradamente, tan bien las palabras como el son, que todo ome que la oyese, si ante non la oyese tenia que era muy mala cántiga é muy malfecha. Quando el caballero que la fiziera oyó como aquel zapatero confondia aquella tan buena obra, ovo ende muy grande pesar é grande enojo, é descendio de la bestia, é asentóse cerca de el. Et el zapatero que non se guardava de aquello, non dexo de su cantar, é quanto mas decia, mas confondia la cántiga que el caballero fisiera. Et de que el caballero vío su buena obra mal confondida por la torpedad de aquel zapatero, tomó muy paso unas teséras é tajo quantos zapatos el zapatero tenia fechos, é esto fecho cavalgo é fuese. Et el zapatero paró mientes en sus zapatos, et de que los vido asi tajados, entendió que avia perdido todo su trabajo, ovo muy grande pesar, é fué dando voces en pos de aquel caballero que aquello le fiziera. Et el caballero dixole : « Amigo, el Rey nuestro señor es a quien vos debedes acudir, e vos sabedes que es muy buen Rey é muy justiciero é vayamos ante el é librelo como fallare por derecho. » Ambos se acordaron á esto, é desque legaron ante el Rey, dixo el zapatero como le tajara todos sus zapatos é le fiziera grande daño; el Rey fue deste

---

teur des stances : *Coplas sobre los siete Pecados mortales*, dédiées à Jean II de Portugal (1495), et qu'on lit dans la *Floresta* de Bohl de Faber (Hombourg, 1821-5, in-8", tom. I, pp. 10-15), prises de Resende (fol. 55) sur l'une des trois copies de ce *Cancionero* qui existent au couvent das Necesidades de Lisbonne, et que j'ai vues il y a quelques années. Ce *Cancionero* n'est déjà plus si rare, à cause de la réimpression qu'en a faite Vercin de Stuttgard. Le Portugais D. Juan Manuel fut un personnage de grande considération dans son temps; en 1497, il conclut un traité de mariage entre le roi Emmanuel de Portugal et Isabelle, fille de Ferdinand et d'Isabelle d'Espagne (Barbosa, *Biblioth. lusit.*, Lisbonne, 1747, in-fol., tom. II, pag. 688). Toutefois il apparait sous un jour peu honorable, dans la comédie de Lope de Vega : *El Principe perfecto*, sous le nom de D. Juan de Sosa (*Comédies*, tom. XI. Barcelone, 1618, in-4", pag. 121).

sañudo é pregunto al caballero si ero aquello verdad, é el caballero dixole que si, mas que quisiera saber porque le ficiera. Et mandó el Rey que dixiese é el caballero dixo que bien sabia el Rey que el fiziera tal cántiga, que era muy buena é avia buen son é que aquel zapatero gela avia confondida é que gela mandara dezir; é el Rey mandogela dezir è vio que era asi. Entonces dixo el caballero que pues el zapatero confondiera tan buena obra como el fiziera, e en que avia tomado grande dapno é afan, que asi confondiera el la obra del zapatero. El Rey é quantos lo oyeron, tomaron desto grande plazer, é rieron ende mucho, é el Rey mando al zapatero que nunca dixiese aquella cántiga, ni ofendiese la buena obra del caballero, é pechó el Rey el daño al zapatero, é mando al caballero que non fiziese mas enojo al zapatero. Et recelando yo Don Juan, que por razon que non se podra escusar que los libros que yo he fecho non se hayan de trasladar muchas veces, é porque yo he visto que en los traslados acaece muchas veces lo uno por desentendimiento de escrivano o porque las letras semejan unas a otras, que en trasladando el libro, porná una razon por otra, en guisa que muda toda la entencion e toda la seña, e traydo al que la fizo, non aviendo y culpa, é por guardar esto quanto yo pudiere, fize fazer este volumen en que están escriptos todos los libros que yo fasta aqui he fechos, é son doce (1). »

------

(1) « Et pour prouver ceci, je rapporterai ici un fait arrivé à un caballero, à Perpignan, au temps du premier roi D. Jaymes de Majorque. Il arriva que ce caballero était un grand troubadour qui composait à merveille de très-bonnes chansons. Il en fit une très-bonne et qui avait en outre un air excellent. Et le public se payait tellement de cette romance, que pendant longtemps il ne voulut chanter d'autre chanson que celle-là. Le caballero qui l'avait composée en éprouvait un grand plaisir. Et un jour qu'il allait par les rues, il entendit un cordonnier qui la chantait, mais si mal, pour les paroles et pour l'air, que quiconque l'entendait, sans même l'avoir déjà entendue auparavant, avouait que la chanson était très-mauvaise et très-mal faite. Quand le caballero qui l'avait composée entendit la manière dont le cordonnier brouillait cette œuvre si bonne, il en conçut un grand chagrin et un grand ennui ; il descendit de sa bête et s'approcha de lui. Le cordonnier, qui n'y prenait aucune garde, ne cessa pas de chanter, et plus il parlait, plus il brouillait la chanson que le caballero avait composée. Le caballero, voyant son bon travail tout brouillé par la sottise de ce cordonnier, prit tout tranquillement des ciseaux et mit en pièces tous les souliers que le cordonnier avait faits. Cela fait, il remonta à cheval et s'en alla. Le cordonnier porta ses regards sur ses souliers, et, les voyant ainsi en pièces, il comprit que tout son travail était perdu ; il en éprouva un grand chagrin et se mit à poursuivre, en poussant des cris, le caballero qui les avait détériorés. Le caballero lui dit : « Mon ami, c'est au roi, notre seigneur, à qui vous devez recourir ; vous le sa- « vez, il est bon roi, bon justicier; allons devant lui, et qu'il prononce son arrêt sui- « vant l'équité. » Tous deux tombèrent d'accord à ce sujet, et, dès qu'ils arrivèrent devant le roi, le cordonnier lui raconta comment le caballero lui avait mis en pièces

Des douze ouvrages dont il est ici parlé, le *Manuscrit de Madrid* n'en contient que trois : l'un est une longue lettre de D. Juan à son

---

tous ses souliers, et lui avait ainsi causé un grand dommage. Le roi en fut courroucé et demanda au caballero si ce récit était véridique. Le caballero répondit affirmativement, mais il pria Sa Majesté de vouloir bien écouter pourquoi il l'avait fait. Le roi lui ordonna de le dire. Alors le caballero raconta que le roi savait bien que c'était lui qui avait composé la chanson si bonne dont l'air était si bon, et que ce cordonnier la lui avait toute métamorphosée ; qu'il voulût bien lui ordonner de la dire. Le roi le lui ordonna, et il vit bien qu'il en était ainsi. « Alors, dit le caballero, puisque le cordonnier avait brouillé l'œuvre si bonne, qu'il avait, lui, composée, à laquelle il avait « tant travaillé, et qui avait reçu une si grande atteinte, il pouvait bien lui aussi détériorer le travail du cordonnier. » Le roi et tous ceux qui entendirent ces paroles en éprouvèrent un grand plaisir, en rirent beaucoup. Le roi ordonna au cordonnier de ne jamais répéter la chanson, ni de gâter le bon travail du caballero. Le roi paya le dommage au cordonnier et défendit au caballero de lui causer aucun ennui. Et moi D. Juan, pensant que, par des causes que je ne peux empêcher, les livres que j'ai composés doivent être copiés plusieurs fois ; comme j'ai vu que, dans les copies, il arrive le plus souvent, soit par inintelligence du copiste, soit parce que les lettres ressemblent les unes aux autres, que, dans la transcription d'un livre, une raison est mise pour une autre, de sorte que la pensée et le sens sont entièrement changés et que ce changement est imputé à l'auteur sans qu'il y ait de sa faute, pour me prémunir contre cet inconvénient autant qu'il est en moi, j'ai fait faire ce volume où se trouvent écrits tous les livres que j'ai composés jusqu'ici et qui sont au nombre de douze. »

On raconte une histoire analogue de Dante, qui était contemporain de D. Juan Manuel. C'est Sacchetti qui la rapporte, et il vivait un siècle après eux. Elle est tout au long dans la *Nouvelle CXIV* (Milan, 1816, in-8°, tom. II, pag. 154), où, après avoir donné le récit d'une importante affaire, pour laquelle on avait prié Dante de solliciter un des administrateurs de la cité, le fait est raconté en ces termes : « Quand Dante eut dîné, il sortit de sa maison pour s'occuper de cette affaire, et, passant par la porte de Saint-Pierre, il entendit un forgeron qui chantait en même temps qu'il battait le fer sur son enclume. Ce qu'il chantait était tiré de Dante, et il le faisait comme si c'était une chanson, *un cantare*, mêlant les vers, les confondant et les estropiant, au grand déplaisir de Dante. Le poëte ne dit rien, mais, entrant dans la boutique du forgeron, où il y avait tous les outils de son état, il prit d'abord un marteau qu'il jeta dans la rue, puis les tenailles, puis des limes, puis d'autres objets de la même espèce qu'il lança aussi dans la rue. Le forgeron se retourna d'un air brutal et lui cria : « Que diable faites-vous donc là ? Êtes-vous fou ? — Regardez plutôt, lui dit le Dante, « ce que vous faites vous-même. — Moi, répliqua le forgeron, moi, je travaille dans « ma boutique, tandis que vous m'enlevez mes outils pour les jeter dans la rue. — « Mais, lui répondit Dante, pourquoi ne voulez pas que je détériore vos affaires, puis- « que vous détériorez les miennes ? — Qu'est-ce que je vous détériore ? lui demanda « le forgeron. — Vous chantez, lui répliqua Dante, des vers pris dans mon livre, mais « non pas tels que je les ai écrits. Je n'ai pas d'autre atelier et vous me le détériorez. » Le forgeron, ennuyé et chagrin, ne sut que répondre ; il sortit, ramassa ses outils et se remit à son ouvrage. Quand par la suite il chanta quelque chose, ce fut du Tristan ou du Lancelot, et il laissa Dante en repos. »

L'une des deux histoires est probablement calquée sur l'autre ; mais celle de D. Juan est plus ancienne, tant pour la date du fait que pour le temps où il est rapporté.

frère, archevêque de Tolède et chancelier du royaume, où il lui explique d'abord l'histoire des armes de leur famille ; puis les raisons pour lesquelles leurs héritiers directs mâles peuvent armer chevaliers sans avoir reçu aucun ordre de chevalerie, comme il l'avait fait lui-même, avant d'avoir deux ans ; enfin il lui rapporte une conversation solennelle qu'il eut avec Sanche IV, à son lit de mort, dans laquelle le roi déplorait amèrement son sort, parce qu'ayant, à cause de sa rébellion, justement reçu la malédiction de son père, Alphonse le Sage, il ne pouvait maintenant donner la bénédiction d'un mourant à don Juan lui-même.

Le second des ouvrages du *Manuscrit de Madrid* est un traité en trente-six chapitres intitulé *Consejos à su hijo Fernando*, Conseils à son fils Ferdinand, livre qui n'est en réalité qu'un essai sur les devoirs chrétiens et moraux de celui qui est destiné, par sa naissance, aux postes les plus élevés de l'État. Il se reporte fréquemment à des discussions plus amples sur des sujets analogues du traité de don Juan sur les différents états ou conditions des hommes, ouvrage plus étendu apparemment et dont on ignore encore l'existence.

Le troisième et le plus long de ces ouvrages est aussi le plus intéressant. C'est le livre du Chevalier et de l'Écuyer, *Libro del Caballero y del Escudero*, écrit, dit l'auteur, dans la manière appelée en Castille *fabiella*, petite fable. Il l'envoya à son frère l'archevêque, qui devait le faire traduire en latin, preuve, non unique, que don Juan accordait peu de valeur au langage auquel il doit aujourd'hui toute sa réputation. Le livre lui-même contient l'histoire d'un jeune homme qui, encouragé par l'heureuse condition de son pays sous un roi qui convoque souvent les Cortès et donne à ses peuples de bons exemples et de bonnes lois, se détermine à fournir sa carrière dans l'État. A cet effet, il se rend à l'assemblée des Cortès où il a l'intention de se faire armer chevalier : il rencontre un chevalier retiré qui, dans son ermitage, lui explique entièrement les devoirs et les honneurs de la chevalerie, et le prépare ainsi à la distinction à laquelle il aspire. De retour, il visite de nouveau son vieil ami, et ses instructions ont pour lui tant de charmes qu'il demeure avec lui, le secourt dans ses infirmités et profite de sa sagesse jusqu'à sa mort. A ce moment le jeune chevalier rentre dans son propre pays, où il passe le reste de sa vie dans les plus grands honneurs. Cette histoire, ou petite fable, n'a toutefois qu'un très-médiocre intérêt ; elle sert seulement à lier ensemble une longue suite d'instructions sur les obligations morales des hommes, et sur les différentes branches des connaissances humaines, exposées avec énergie et conviction, selon l'esprit du temps (1).

El Conde Lucanor, le Comte Lucanor, le plus connu de tous les ouvrages de l'auteur, a quelque ressemblance avec la fable du *Libro del Caballero y Escudero*. C'est une collection de quarante-neuf contes (2), anecdotes et apologues évidemment conformes au goût oriental. La première idée en a été probablement prise de la *Disciplina clericalis* de Pierre Alphonse, recueil de contes, en latin, composé en Espagne deux siècles auparavant. Le motif qui a donné naissance, à ce que l'on suppose, aux récits de don Juan, et les fictions elles-mêmes, sont inventés avec une simplicité orientale qui nous ramène constamment aux *Mille et une Nuits* et à leurs imitations infinies (3).

----

(1) Ticknor a pu, par la gracieuseté de M. Pascal de Gayangos, prendre une copie de ce manuscrit de D. Juan, manuscrit déposé à la Bibliothèque nationale de Madrid.

(2) Il ne semble pas invraisemblable que D. Juan ait eu primitivement l'intention d'arrêter son récit à la fin du douzième conte : il insinue du moins ici cette pensée.

(3) Pour se convaincre que la forme générale du *Comte Lucanor* est orientale, il suffit de jeter les yeux sur les fables de Bidpai ou toute autre collection d'histoires orientales. Nous parlons de la forme, c'est-à-dire de divers contes, unis entre eux par une fiction commune à eux tous, comme celle qui les suppose racontés pour l'amusement ou l'instruction d'une personne. La première apparition en Europe de pareille série de contes, groupés ensemble, se trouve dans la *Disciplina clericalis*, ouvrage remarquable composé par Petrus Alphonsus, juif connu primitivement sous le nom de Moïse Sephardi, né à Huesca, en Aragon, en 1062, baptisé chrétien en 1106, et qui prit un de ses noms d'Alphonse V d'Aragon, son parrain. La *Disciplina clericalis*, ou Enseignement des clercs et des gens d'église, est une collection de trente-sept contes et de divers apophthegmes, que l'on suppose donnés par un Arabe à son lit de mort pour l'instruction de son fils. Le livre est écrit dans une espèce de latin approprié à son siècle. Une bonne partie respire une origine orientale; il est aussi parfois extrêmement grossier. Il a été néanmoins grandement admiré pendant longtemps, et traduit plus d'une fois en vers français, comme on peut le voir dans Barbazan (*Fabliaux*, édit. Méon. Paris, 1808, in-8°, tom. II, pp. 39-183). Il est probable que la *Disciplina clericalis* servit de modèle au *Comte Lucanor*, parce que le premier ouvrage était très-populaire quand le dernier fut écrit; parce que le plan des deux ouvrages est semblable; les histoires sont présentées comme des conseils; que la plus grande partie des proverbes sont les mêmes, dans l'un et dans l'autre; que certaines histoires ont, dans l'un et dans l'autre, une ressemblance extraordinaire : la trente-septième du *Comte Lucanor* est la même que la première de la *Disciplina*. Mais, dans le ton, les manières et la civilisation, c'est là qu'apparaît une différence absolument égale aux deux siècles de distance qui séparent les deux ouvrages. Par la version française, la *Disciplina clericalis* fut tellement connue dans tous les autres pays, que nous trouvons des traces de ses fictions dans les *Gesta Romanorum*, dans le *Décaméron*, dans les

Le Comte de Lucanor, seigneur puissant et considéré, et qui peut nous représenter probablement ces premiers comtes chrétiens d'Espagne qui, comme Ferdinand Gonzalez de Castille, étaient de fait des princes indépendants, se trouve accidentellement embarrassé sur des questions de morale et de politique. Ces questions, il les soumet, suivant qu'elles se présentent, à Patronio, son ministre ou conseiller, et Patronio y répond par un conte ou une fable qui se termine généralement par une moralité rimée. Le caractère de ces histoires est très-varié (1). Parfois c'est une anecdote de l'histoire d'Espagne à laquelle don Juan concourt, comme celle des trois chevaliers de son grand-père, saint Ferdinand, au siége de Séville (2). Plus fréquemment c'est l'esquisse de quelque trait frappant des mœurs nationales, telle que l'histoire de Rodrigue le Franc et de ses trois fidèles compagnons (3). D'autres fois c'est une fiction chevaleresque, comme celle de l'ermite et de Richard Cœur-de-Lion (4). Tantôt c'est un apologue comme celui du Vieillard, son Fils et l'Ane, ou celui du Corbeau que le Renard persuade de chanter, apologues qui, avec beaucoup d'autres semblables, ont dû être empruntés, d'une manière ou d'une autre, à Ésope (5). Tous ces récits sont extrêmement curieux, mais le plus

---

Contes de Canterbury, et ailleurs. Sous d'autres rapports, il resta longtemps un livre fermé, connu seulement des antiquaires, jusqu'à ce qu'il fut imprimé, pour la première fois, d'après l'original latin, collationné sur sept manuscrits de la Bibliothèque du roi par une société de bibliophiles (Paris, 1824, 2 vol. in-8°). Fr.-W.-V. Schmidt, à qui ces matières intéressantes de l'histoire primitive des fictions romantiques sont si redevables parce qu'il y a tant contribué, publia de nouveau la *Disciplina*, à Berlin, en 1827, in-4°, d'après un manuscrit de Breslau. Et, chose singulière pour un homme de son savoir sur ce sujet, il suppose que son édition est la première : elle est du moins la meilleure à cause des notes curieuses qui l'accompagnent. Mais le texte de l'édition de Paris est préférable, et la version en vieille prose française qui l'accompagne en fait un livre d'une très-grande valeur.

(1) On les appelle ici *Enxiemplos*, mot qui signifiait alors histoire ou apologue, comme on peut le voir dans l'archiprêtre de Hita, stance 301, et dans la *Cronica general*. Lord Berners, dans sa charmante traduction de Froissart, appelle de la même manière la fable de la *Corneille qui se pare des plumes d'autrui*, « an Ensample. »

(2) Chap. ii.

(3) Chap. iii.

(4) Chap. iv.

(5) Chap. xxiv et xxvi. Les imitateurs de D. Juan lui doivent beaucoup plus qu'il ne doit à ceux qui l'ont précédé. Ainsi l'histoire de *D. Illan le Nécromancien* (chapitre xiii) fut trouvée par M. Douce dans deux auteurs français et dans quatre anglais (Blanco White, *Variétés*. Londres, 1824, tom. I, pag. 310). L'apologue que Gil-Blas mourant de faim raconte au duc de Lerme (liv. VIII, ch. vi) et qu'il dit avoir lu

intéressant est, sans aucun doute, le Mariage morisque, soit parce qu'il marque distinctement son origine arabe, soit parce qu'il a une ressemblance remarquable avec l'histoire dont s'est servi Shakspeare, dans son *Taming of the Shrew* (1), le Vainqueur de l'Acariâtre. Ce conte est trop long pour être inséré ici ; nous prendrons donc un léger spécimen du style de don Juan au vingt-deuxième chapitre, intitulé : « De ce qui arriva au Comte Fernand Gonzalez et de la réponse qu'il donna à ses vassaux. »

« Una vegada venia el conde Lucanor de una hueste muy cansado,
« y muy lazdrado y pobre, y ante que oviese a folgar nin descansar,
« llególe mandado muy apresurado de otro fecho que se movió de
« nuevo, y las mas de sus gentes consejaronle que folgase algun
« tiempo, y despues que faria lo que fuese guisado. Y el conde pre-
« guntó á Patronio lo que faria en aquel fecho, y Patronio le dixo :
« Señor, para que vos escojades en esto lo mejor, placermeia que
« supiesedes la respuesta que dió una vez el conde Ferran Gonzalez
« a sus Vassallos. — El conde Ferran Gonzalez (2) venció á Al-
« manzor en Hacinas, y murieron hi muchos de los suyos, y el y todos
« los mas, que fincaron hi vivos, fueron muy mal feridos, y ante que
« veniesen á guarecer supo que le entraba el rey de Navarra la
« tierra, y mandó à los suyos que enderezasen á lidiar con los Na-
« varros, y todos los suyos dixeronle, que tenian muy cansados los
« caballos, y aun los cuerpos; y aunque por esto non lo dexasen,

---

dans Pilpay, ou dans tout autre fabuliste, je l'ai cherché en vain dans Bidpay, et je l'ai rencontré par hasard, quand je ne le cherchais pas, dans le *Comte Lucanor* (chapitre xviii). J'ajouterai que la fable des Hirondelles et du Lin est racontée, au chapitre xxvii, avec plus de grâce que dans la Fontaine.

(1) Shakspeare, on le sait, emprunta, sans trop de scrupule, le sujet de son *Taming of the Shrew*, d'une comédie qui portait un titre identique et imprimée en 1594. Mais l'histoire, dans ses différentes parties, semble avoir été vulgaire en Orient, dès les temps les plus reculés, où la trouva, je suppose, sir John Malcolm, au milieu des traditions de la Perse (*Sketches of Persia*, Londres, 1827, in-8°, vol. II, pag. 54). En Europe, je ne crois pas qu'on puisse la découvrir avant le *Comte Lucanor* (chap. xlv). La doctrine de la soumission illimitée de la part de la femme semble avoir été le thème favori de D. Juan Manuel. Dans un autre conte, chap. v, il dit, avec le même esprit de raillerie de Petruchio, parlant du soleil et de la lune : « Que si le mari prétend que le fleuve coule de bas en haut, la femme bonne doit le croire et doit dire que c'est la vérité. »

(2) Fernand Gonzalez est le grand héros de Castille dont nous ferons connaitre les aventures quand nous parlerons du poëme qui les raconte. A la bataille d'Hazinas, il remporta, sur les Maures, une victoire décisive, très-bien racontée dans la troisième partie de la *Cronica general*.

« que lo devian dexar porqué el y todos los suyos estaban muy mal
« feridos, que dexase la lid y esperase fasta que el y ellos fuesen
« guaridos. Y cuando el conde vió que todos querian partir de aquel
« camino, sintiose mas de la honra que del cuerpo, y dixoles :
« Amigos, por las feridas que avemos, non dexemos la batalla, çá
« estas feridas nuevas que aora nos daran, nos faran que olvidemos
« las que nos diéron en la otra lid. Y desque los suyos viéron que se
« non dolia del su cuerpo, y por defender su tierra y su honra,
« fueron con el y venció la lid, y fué muy buen andante. Y vos, se-
« ñor conde Lucanor (1), si queredes afacer lo que devieredes que
« cumple para defendimiento de lo vuestro, y de los vuestros, y de
« vuestra honra, nunca vos sintades por laceria, nin por trabajo, nin
« por peligro, e fased en guisa que el peligro nuevo non vos faga
« acordar lo pasado. Y el conde tuvo este por buen enxemplo y por
« buen consejo, y fizolo asi, y fallose ende bien. Y entendió don Juan
« que este era buen enxemplo y fizolo escrevir in este libro, y ademas
« fizo estos versos que dicen asi (2) :

---

(1) Y vos Señor Conde, etc., formule castillane très-usitée anciennement (*Cronica
general*, part. III, ch. v). Argote de Molina dit, en parlant de ces phrases qui abondent
dans le *Comte Lucanor*, qu'*elles font connaître les vieilles qualités du castillan ;* et
ailleurs, qu'*elles manifestent la pureté de la langue.* Don Juan lui-même dit avec
sa simplicité ordinaire dans la préface : « Fiz este libro compuesto de las mas fermosas palabras que yo pude, *je fis ce livre composé des plus belles expressions que
j'ai pu* (édit. 1575, fol. 1, 6). » Cependant plusieurs des mots qu'il emploie avaient
besoin d'explication au temps de Philippe II. La langue du *Comte Lucanor* parait, en
général, plus ancienne que celle des *Parties*, qui l'ont précédé d'un siècle. Certains mots sont purement latins, tels que *cras* pour *mañana*, demain, et beaucoup
d'autres.

(2) Une fois, le Comte Lucanor revenait d'une bataille, très-fatigué, très-brisé et
pauvre. Avant d'avoir pu se remettre et se reposer, il lui arriva une nouvelle des
plus pressantes sur un autre fait qui venait de s'accomplir. La plus grande partie de
ses gens lui conseillaient de se reposer quelque temps et de faire ensuite ce qui lui
conviendrait. Le comte demanda à Patronio ce qu'il ferait en cette occurrence, et Patronio lui dit : «Seigneur, afin qu'en ceci vous puissiez choisir le meilleur parti, j'ai-
merais que vous connussiez la réponse que fit une fois le comte Fernand Gonzalez à ses
vassaux.. — Le comte Fernand Gonzalez vainquit Almansor à Hacinas, et un grand
nombre des siens moururent dans cette bataille ; et lui et tous les autres qui restèrent
vivants, furent très maltraités, et, avant d'obtenir leur guérison, il apprit que le roi de
Navarre entrait sur sa terre ; il ordonna à tous les siens de recommencer à combattre
les Navarrais. Alors tous les siens de lui dire qu'ils avaient leurs chevaux et même
leurs corps très-fatigués ; que, sans l'abandonner pour cela, ils devaient le quitter
parce que lui et tous ses compagnons étaient très-blessés ; qu'il cessât la lutte, qu'il
attendit que lui et eux fussent guéris. Quand le comte vit que tous voulaient partir
par ce chemin, il se sentit plus dans son honneur que dans son corps, et il leur dit :

« Tened eso por cierto ; ca es verdad provada
« Que honra y vicio grande non han una morada. »

Il n'est pas aisé d'imaginer quelque chose de plus simple ni de plus clair que cette histoire, tant pour le sujet que pour le style. D'autres contes respirent un air de dignité plus chevaleresque ; quelques-uns ont un peu de cette galanterie qu'on devait s'attendre à trouver dans une cour comme celle d'Alphonse XI ; dans un petit nombre d'entre eux, don Juan donne des avis qui l'élèvent bien au-dessus des idées et des opinions de son temps. Au chapitre vingt, il se moque des moines et de leurs prétentions (1); dans le chapitre quarante-huit, il introduit un pèlerin sous un jour qui n'est certainement pas avantageux (2), et, dans le huitième, il ridiculise son oncle Alphonse, qui ajoutait foi aux folies de l'alchimie (3) et donnait sa confiance à un homme qui prétendait changer en or de vils métaux. Mais dans presque tous nous voyons la grande expérience d'un homme du monde, du monde tel qu'il était à cette époque ; la froide observation d'un philosophe qui connaissait trop l'espèce humaine et qui en avait trop souffert pour conserver beaucoup de ces illusions de jeunesse qui restent longtemps dans le caractère. Par ce que nous en savons par lui-même, le prince Juan écrivit *le Comte de Lucanor* quand il était déjà parvenu au plus haut degré d'honneur et d'autorité, probablement après qu'il eut passé par ses terribles

---

« Amis, que les blessures que nous avons ne nous fassent pas abandonner la bataille, car les blessures nouvelles que nous allons encore recevoir nous feront oublier celles que nous avons reçues dans une autre lutte. » Et dès que ses compagnons virent qu'il ne se plaignait pas de son corps, pour défendre sa terre et son honneur, ils marchèrent avec lui : il vainquit dans le combat, et fut très heureux. « Et vous, seigneur, comte Lucanor, si vous voulez faire ce que vous devez, par rapport à la défense de votre bien, des vôtres et de votre honneur, que jamais blessures , travaux ni dangers ne vous arrêtent, et faites en sorte que le danger nouveau ne vous fasse pas rappeler le passé. » Et le comte trouva cet exemple bon, et bon aussi ce conseil ; il agit en conséquence et il s'en trouva bien. Et Don Juan comprit que cet exemple était bon, il le fit donc écrire dans ce livre, et il composa, en outre, les vers suivants :

> Soyez-en bien certains, c'est clair comme le jour,
> Jamais vice et vertu n'ont un même séjour.

(1) Chap. **xx**.

(2) Chap. **xlviii**.

(3) Chap. **viii**. — Je conclus du *Comte Lucanor* que D. Juan connaissait peu la Bible, qu'il cite mal au chap. **iv**; et, dans le chapitre **xliv**, il montre qu'il ignore que ce livre contient la parabole d'un aveugle qui guide un aveugle.

défaites. Disons toutefois, en sa faveur, que nous n'y trouvons jamais aucune trace de cette arrogance que donne le pouvoir, ni de l'amertume d'une ambition déjouée ; rien sur les maux qu'il a soufferts des autres, rien sur ceux qu'il leur a infligés. Il semble, néanmoins, que ce livre a été composé durant un intervalle heureux, dérobé au bruit des camps, aux intrigues de la cour, aux crimes de la rébellion ; quand l'expérience de la vie passée, de ses aventures, de ses passions, était déjà trop loin pour éveiller un peu des sentiments personnels, assez vive encore pour qu'il nous en donne les résultats avec une heureuse simplicité, dans cette série de contes et d'anecdotes marqués de cette originalité qui appartient à ce siècle (1), et de ce caractère de philosophie chevaleresque et de sagesse honnête qui ne seraient pas à dédaigner dans un siècle plus avancé.

---

(1) Il existe deux éditions espagnoles du *Comte Lucanor :* la première et la meilleure est celle d'Argote de Molina (Séville, 1575, in-4°), avec une vie de D. Juan en tête, et un curieux essai sur la versification castillane à la fin. C'est un livre des plus rares. La seconde est un peu moins rare et a été publiée à Madrid , en 1642. Tout ce qui a rapport aux notes se trouve dans la première. La réimpression , si je ne me trompe, a été faite d'après cette dernière, et éditée par A. Keller, à Stuttgard, en 1839, in-12. J. Van Lichendorff la traduisit en allemand, et la publia à Berlin , en 1840, in-12. D. Juan Manuel fait deux fois, à ce que j'ai observé, des citations de l'arabe, dans le *Comte Lucanor*, circonstance très-rare dans l'ancienne littérature espagnole.

CHAPITRE V.

Le règne d'Alphonse XI fut plein de troubles, et l'infortuné monarque mourut enfin lui-même de la peste, au siége de Gibraltar, en 1350. Toutefois les lettres ne furent pas négligées, nous le savons, non-seulement par l'exemple de D. Juan Manuel, déjà cité, mais par plusieurs autres ouvrages que nous ne pouvons passer sous silence.

Le premier est un traité sur la Chasse, en prose, et en trois livres, écrit sous la direction du roi par ses grands veneurs qui étaient alors au nombre des principaux personnages de la cour. Son contenu ne consiste guère qu'en une description des diverses espèces de chiens employés à cet exercice, de leurs maladies, de leur éducation et d'une nomenclature des divers endroits où le giber abonde, et des rendez-vous de chasse pour ce divertissement royal. Ce livre n'a pas par lui-même une grande valeur : Argote de Molina le publia sous le règne de Philippe II, et l'éditeur y fit de piquantes additions contenant des récits curieux de chasses au lion, de combats de taureaux, appropriés au goût de son temps. Quant au style, le livre original est aussi bon qu'un traité semblable du marquis de Villena intitulé *Arte cisoria, l'Art de découper*, écrit cent ans plus tard et bien plus intéressant par la nature du sujet (1).

----

(1) Libro de la Monteria que mando escrivir, etc., el rey don Alfonso de Castilla y de Leon, ultimo deste nombre, acrecentado por Argote de Molina. Livre de la Vénerie que fit écrire, etc., le roi D. Alphonse de Castille et de Léon, dernier de ce nom, augmenté par Argote de Molina, Séville, 1582, in-fol. de 91 feuilles. Le texte n'est pas

Le second monument littéraire attribué à ce règne serait très-important, si nous le possédions complétement. C'est une chronique, dans le style des romances, rapportant les événements arrivés du temps d'Alphonse XI, et qui porte communément son nom. Elle fut trouvée enfouie dans un amas de manuscrits arabes par Diego de Mendoza, qui l'attribua sans trop de scrupule à un secrétaire du roi. Le premier qui la publia et la fit connaître, ce fut Argote de Molina, qui la suppose écrite par quelque poëte contemporain de l'histoire qu'il raconte. On ne connaît aujourd'hui que l'existence de trente-quatre de ses stances, et quoique Sanchez admette, comme probable, leur composition antérieure au quinzième siècle, il ne croit pas qu'elles appartiennent à un ouvrage écrit du temps du roi. En effet, ces stances semblent, et pour le style et pour la langue, moins anciennes que ne le suppose ce critique (1). Elles sont du castillan le plus limpide, et leur ton est aussi animé que celui des plus vieilles romances.

Nous connaissons aussi deux autres poëmes composés durant le règne de l'un des deux Alphonses, comme l'auteur le déclare, et cer-

---

correct, à ce que dit Pellicer (note à Don Quichote, IIe part., chap. xxiv). Le discours qui suit d'Argote de Molina, et qui remplit plus de vingt et une feuilles, est illustré par de curieuses gravures sur bois, et se termine par une description du palais du Pardo et par une églogue, en stances de huit syllabes, composée par Gomez de Tapia de Grenade, sur la naissance de l'Infante Doña Isabelle, fille de Philippe II.

(1) Cette vieille chronique rimée fut trouvée par l'historien Diego de Mendoza, à Grenade, parmi ses manuscrits arabes. Il l'envoya avec une lettre, en date du 1er décembre 1573, à Zurita, chroniqueur du royaume d'Aragon, en lui donnant à entendre qu'Argote de Molina avait un intérêt à la connaître. Il lui dit aussi : « qu'elle lui fournit l'occasion de l'entretenir un instant, parce qu'il sait que le Sr. licencié Fuenmayor aura du plaisir à voir avec quelle simplicité et quelle pureté les anciens écrivaient leurs histoires en vers, » et il ajoute qu'elle est du genre de compositions appelées *gestes* en Espagne. Elle lui paraît curieuse et précieuse parce qu'il la croit écrite par un secrétaire d'Alphonse XI, et parce qu'elle diffère en certains points des récits acceptés sur le règne de ce monarque (Dormer, *Progrès de l'Histoire d'Aragon*, Saragosse, 1680, in-fol., pag. 502). Les trente-quatre stances de cette chronique que nous possédons encore furent publiées, pour la première fois, par Argote de Molina, dans son curieux livre, intitulé : *Noblesse de l'Andalousie* (Séville, 1588, fol. 198), d'où les prit Sanchez (*Poésies antérieures*, tom. I, pag. 171-177). Argote de Molina s'exprime ainsi : « Par ce qu'elles ont de curieux pour la langue et la poésie de ce temps, parce qu'elles offrent ce qu'il y a de meilleur et de plus facile dans tout ce qui s'est écrit depuis longues années en Espagne, je les transcris ici. » Il est certain que ces stances sont si aisées, si dépouillées de tout archaïsme, que nous ne pouvons les considérer écrites postérieurement aux romances du quinzième siècle, avec lesquelles elles ont une grande ressemblance. La description suivante d'une victoire, celle de Salado peut-être, gagnée en 1340, racontée dans la *Chronique d'Al-*

tainement durant le règne d'Alphonse XI, dernier de ce nom. Nous ne les connaissons que par les quelques stances qui ont été imprimées et par la condition de l'auteur qui s'appelle lui-même *Beneficiado de Ubeda*, bénéficier d'Ubeda. Le premier, qui consite en un manuscrit de cinq cent cinq strophes, à la manière de Berceo, raconte la vie de saint Ildefonse; le second a pour sujet la vie de sainte Marie-Madeleine. Ils nous auraient probablement très-peu arrêté l'un et l'autre, même s'ils avaient été entièrement publiés (1).

Nous allons passer, maintenant, sans plus long délai, à Juan Ruiz, vulgairement appelé l'Archiprêtre de Hita, poëte qui vécut, nous le savons, à la même époque et dont les œuvres méritent, par leur caractère

---

phonse XI, fol. 1551, chap. ccliv, victoire qui dut être remportée avant 1330, est une des meilleures de toutes celles qu'on a publiées :

> Los Moros fueron fuyendo
> Maldicendo su ventura,
> El Maestre los siguiendo
> Por los puertos de Segura.
>
> E feriendo e derribando
> E prendiendo à las manos
> E Sanctiago llamando
> Escudo de los christianos.
>
> En alcance los llevaron
> A poder de escudo y lanza,
> E al castillo se tornaron
> E entraron por la matanza.
>
> E muchos Moros fallaron
> Espedazados jacer ;
> El nombre de Dios loaron
> Que les mostro grand plazer.

1° Les Maures prirent la fuite, — Maudissant leur destinée ; — Le Maître les poursuivit — A travers les gorges de Segura. — 2° Et frappant et renversant — Et de ses mains saisissant, — Et saint Jacques appelant — Le bouclier des chrétiens. — 3° Et ils les atteignirent — A la portée de l'écu et de la lance. — Et ils retournèrent au château , — Et ils entrèrent pour le massacre. — 4° Et un grand nombre de Maures ils trouvèrent, — Gisant en pièces. — Et le nom de Dieu ils louèrent — Qui leur en témoigna grand plaisir.

C'est un malheur que le poëme entier soit perdu.

(1) On trouve de courts extraits du bénéficier d'Ubéda dans Sanchez (*Poésies antérieures*, tom. I, pag. 116-118). La première stance, qui ressemble au commencement de plusieurs poésies de Berceo, est ainsi conçue :

> Si me ayudare Christo e la Virgen sagrada,
> Querria componer una faccion rimada
> De un confesor que figo vida honrada,
> Que nacio en Toledo, en esa cebdat nombrada.

Si m'aidait le Christ et la Vierge sainte, — Je voudrais composer une œuvre rimée — Sur un confesseur qui eut vie honorable — Et qui naquit à Tolède, cette cité renommée.

et leur importance, une étude spéciale. Leur date peut être fixée avec un certain degré d'exactitude. Dans l'un des trois vieux manuscrits qui existent, certaines poésies portent, pour date, l'année 1330, et certaines poésies des deux autres, celle de 1343. Leur auteur qui paraît être né à Alcalá de Hénarès, a passé une grande partie de sa vie à Guadala-jara et à Hita, villes éloignées seulement de cinq lieues l'une de l'autre. Il fut mis en prison, par ordre de l'archevêque de Tolède, entre 1337 et 1350. Tous ces détails nous portent à induire qu'il résida princi-palement en Castille, qu'il fleurit sous le règne d'Alphonse XI et qu'il fut contemporain de D. Juan Manuel ou de très-peu postérieur à ce prince (1).

Ses poésies se composent d'environ sept mille vers : quoiqu'elles soient, en général, réparties en stances de quatre vers, à la manière de Berceo, nous y trouvons une variété de mesure, de ton et d'éner-gie jusqu'alors inconnue dans la poésie castillane. Le nombre de leurs formes métriques, dont quelques-unes sont empruntées de la poésie provençale, ne s'élève pas à moins de seize (2). Les poëmes, tels qu'ils nous sont parvenus, commencent par une prière à Dieu, composée apparemment à l'époque de l'emprisonnement de l'Archiprêtre, puis-que c'est durant cet emprisonnement que furent écrits la plus grande partie de ces ouvrages, comme nous le prouve un des manuscrits (3). Vient ensuite un curieux prologue, en prose, pour expliquer l'objet moral de toute la collection ou plutôt pour chercher à cacher la ten-dance peu morale de la plus grande partie de l'ouvrage. Alors, après quelques autres de ces détails préliminaires, suivent dans une rapide succession les poésies elles-mêmes avec une extrême variété de sujets, mais rattachées ensemble par un lien des plus ingénieux. La masse en-tière, mise ensemble, forme un volume d'une grosseur respectable (4).

C'est une série de contes qui semblent être les esquisses des événe-

---

(1) Quant à sa vie, voyez Sanchez, tom. I, pag. 100-106; tom. IV, pag. 2-6. Si l'on veut une excellente critique de ses œuvres, il faut lire le *Jahrbücher der litteratur* (l'Annuaire de la Littérature), Vienne, 1832, livrais. LVIII, pp. 220-255. L'article est de Ferdinand Wolf, qui compare hardiment l'Archiprêtre à Cervantes.

(2) Sanchez, tom. IV, pag. X.

(3) *Ib.*, pag. 283.

(4) La tendance peu morale de plusieurs de ces poëmes est un point qui n'a pas em-barrassé seulement l'éditeur de l'*Archiprêtre* (voy. pag. XVII et les notes des pages 76, 97, 102, etc.), mais qui a troublé parfois l'Archiprêtre lui-même (voy. stances 7, 866, etc.). La chose est trop évidente pour chercher à la couvrir; alors l'éditeur s'en-lève toute inquiétude en faisant disparaître de longs passages, tels que les stances de 441 à 464, etc.

ments de la vie même de l'Archiprêtre; récits mêlés parfois à des fictions et à des allégories qui semblent, après tout, servir simplement de voile à d'autres faits; d'autres fois se traduisant avec la plus grande sincérité et s'avançant eux-mêmes, comme des parties de l'histoire personnelle du poëte (1). Sur le premier plan de cette scène animée, figurent les traits équivoques de sa messagère, l'agent principal de ses entreprises amoureuses, qu'il appelle, sans aucune crainte, *Trota-conventos* (Trotte-couvents), parce qu'elle portait souvent d'un couvent à l'autre les messages des religieux et des religieuses (2). La première dame à qui le poëte adresse sa messagère est, comme il dit, une femme instruite, *mucho letrada*, et son histoire est embellie par les fables du Lion malade, visité par les autres animaux, et de la Montagne qui enfante une souris. Tout cela, cependant, lui réussit peu. La dame refuse d'agréer ses prières, et il s'en console aussi bien qu'il peut par ces paroles de Salomon : « Tout est vanité et vexations d'esprit (3). »

Dans l'aventure qui suit, un faux ami le trompe et lui enlève sa dame. Mais il ne se décourage pas pour cela (4); il se montre disposé à se laisser conduire par sa destinée, comme le fils d'un roi maure dont il rapporte alors l'histoire; et, après quelques réflexions astrologiques, il se déclare lui-même né sous l'astre de Vénus et inévitablement sujet à sa puissance. Il éprouve une autre déception; alors l'Amour vient en personne lui rendre visite et lui donner des conseils, dans une série de fables racontées avec beaucoup de facilité et de grâce. Le poëte répond avec gravité, s'irrite contre don Amour, lui reproche sa fausseté, et l'accuse d'être, par ses crimes, implicitement ou direc-

---

(1) Stances 61-68.

(2) Il règne une assez grande obscurité sur ce personnage (stances 71, 671 et autres). Elle se nommait Urraca (stance 1550), et elle apartenait à cette classe de personnes techniquement appelées *alcahuetas*, entremetteuses, classe qui, par suite de la retraite dans laquelle vivaient alors les femmes en Espagne, et peut-être aussi par suite de l'influence de la société et des mœurs mauresques, figure largement dans la littérature primitive de la Péninsule, et même plus tard. Les *Parties* (part. VII, tit. xxii) lui consacrent deux lois; et la tragi-comédie de la *Célestine*, appelée elle-même une fois Trotte-couvents, à la fin du second acte, est leur prototype. Quant à leur activité du temps de l'Archiprêtre, nous en trouvons une preuve singulière dans le nombre extraordinaire de noms et d'épithètes odieuses et ridicules accumulées sur elles dans les stances 898-902.

(3) Stances 72, etc., 88, etc., 95, etc.

(4) Quand l'affaire fut terminée, le poëte dit avec beaucoup de grâce :

El comió la vianda é á mi feso rumiar.

Quant à lui, il mangea la viande, et à moi, il me fit ruminer.

tement, impliqué dans les Sept péchés mortels; il fortifie chacune de ses assertions par un prologue approprié au sujet (1).

L'Archiprêtre se présente alors à doña Vénus qu'il fait, malgré sa connaissance d'Ovide, l'épouse de don Amour; il prend conseil de la déesse, et réussit dans ses entreprises. L'histoire qu'il raconte n'est évidemment qu'une fiction, quelque accommodée qu'elle soit aux événements réels de la vie du poëte. Elle est tirée d'un dialogue ou d'une comédie, écrite avant l'année 1300, par Pamphile Maurianas ou Maurilianas, et longtemps attribuée à Ovide. Mais le poëte castillan a très-heureusement donné à ce qu'il en a pris le coloris des mœurs nationales de son propre pays. Toute cette partie, composée d'environ mille vers, est d'un ton un peu libre; l'Archiprêtre lui-même, étonné, change subitement de front, et il ajoute une série de leçons et d'instructions morales des plus sévères pour le sexe, enseignements qu'il interrompt aussi brusquement sans en indiquer la raison, et il se dirige vers les montagnes de Ségovie. Or, c'est dans le mois de mars qu'il se met en marche, la saison est rude, et plusieurs de ses aventures ne sont rien moins qu'agréables : il conserve néanmoins toujours la même légèreté, la même irréflexion. Cette partie de son histoire est semée de chansons pastorales très-animées, à la manière provençale, chansons appelées *Cántigas de Serrana*, comme la partie qui précède est remplie de fables appelées *Enxiemplos* ou *Cuentos* (2).

Il y a, non loin de cette partie de la Sierra où voyage notre poëte, un sanctuaire très-fréquenté par la dévotion; il y fait un pèlerinage qu'il embellit par des hymnes sacrées, absolument comme il avait em-

---

(1) Stances 119, 142, etc., 171, etc., 203, etc. Un raisonnement analogue à ce dernier passage sur les sept péchés mortels se rencontre fréquemment dans les fabliaux français, et le lecteur anglais peut en trouver un spécimen remarquable dans le *Persone's Tale*, ou Conte du curé, de Chaucer.

(2) Stances 419 et 548, 557-559. Pamphyle, *De Amore*. F.-A. Ébert, *Dictionnaire bibliographique*, Leipsik, 1830, in-4°, tom. II, p. 297. — P. Leysari, *Hist. poet. medii ævi*, Italie, 1721, in-8°, pag. 2071. Sanchez, tom. IV, pp. 23, 24. L'Histoire de Pamphyle dans la version de l'Archiprêtre est comprise dans les stances 555-865. La relation du voyage de l'Archiprêtre lui-même à la Sierra de Ségovie l'est dans les stances 924-1017. Les *Serranas* sont, je crois, dans cette partie, des imitations des *Pastorelas* ou *Pastorelles* des troubadours (Raynouard, *Troubadours*, tom. II, pag. 229). S'il se présentait fréquemment de pareilles poésies dans la littérature du Nord de la France à cette époque, on pourrait croire que l'Archiprêtre y a trouvé, là, ses modèles, puisque c'est là qu'il a généralement recours. Mais on n'en a vu aucune venir du nord de la Loire, à une époque si reculée.

belli ses aventures amoureuses par des apologues et des chansons.
Mais le Carême approche et notre voyageur s'empresse de regagner la
maison. A peine est-il arrivé qu'il reçoit de don Carême une sommation
en forme de comparaître armé avec tous les autres archiprêtres et
clercs, afin de commencer une attaque contre don Carnaval et ses adhérents, comme on en faisait sur le territoire des Maures. Suit alors la
description d'une de ces batailles allégoriques, en si grande faveur
chez les troubadours et les autres ménestrels du moyen âge, et dans
laquelle figurent don Tocino (M. Jambon), doña Cecina (Mme Chair-
fumée) et d'autres personnages semblables. Comme l'action a
lieu pendant le temps du Carême, elle a pour résultat la défaite
et l'emprisonnement de don Carnaval. Mais, quand le Carême est fini,
le prisonnier allégorique s'échappe nécessairement; il réunit de nouveau quelques partisans, tels que don Almuerzo et doña Merienda
(don Déjeuner et doña Collation), engage de nouveau la bataille et
triomphe à son tour (1).

Don Carnaval s'unit bientôt à don Amour, et l'un et l'autre se présentent avec toute la pompe impériale. Don Amour est reçu avec
des démonstrations de joie particulières ; clercs, séculiers, moines,
nonnes et jongleurs sortent, en formant une procession extravagante,
pour le recevoir et lui souhaiter la bienvenue (2). Mais l'honneur
de recevoir formellement Sa Majesté, honneur réclamé par tous et
principalement par les nonnes, n'est accordé qu'au poëte. C'est pourquoi don Amour raconte au poëte ses aventures de l'hiver précédent,
à Séville et à Tolède, et le laisse pour aller en rechercher d'autres.
Sur ces entrefaites, l'Archiprêtre, avec l'aide de son intelligent agent,
doña *Trotte-couvents*, entreprend une nouvelle série d'intrigues
amoureuses, entremêlées d'apologues et plus libres même que les
premières, intrigues qui ne finissent qu'à la mort de doña *Trotte-
couvents* elle-même. Son épitaphe termine la partie la plus soigneu-

---

(1) Stances 1017-1040. On pourrait citer la *Bataille des Vins*, par d'Andéli (Barbazan, édit. Méon, tom. I, pag. 152). Mais la *Bataille de Karesme et de Charnage*
(*ibid.*, tom. IV, pag. 80) répond mieux à la circonstance. Il y en a d'autres sur d'autres sujets analogues. Quant aux succulents personnages allégoriques de la bataille
de l'Archiprêtre, voyez les stances 1080, 1169, 1170, etc.

(2) Stances 1184, etc., 1199-1229. Il n'est pas aisé de comprendre comment l'Archiprêtre se hasarda à dire certaines choses de ce dernier passage. Une partie de ceux qui
marchent en procession chantent les hymnes les plus solennelles de l'Église, ou leurs
parodies, en les appliquant à D. Amour, comme le *Benedictus qui venit*. Cela semble
un blasphème évident contre ce que l'on regardait comme les objets les plus sacrés

sement composée des œuvres de l'Archiprêtre. Le volume contient encore, outre cette partie, quelques autres petits poëmes sur des sujets extrêmement différents, tels que : *De quales armas se debe armar todo christiano para vincer el diablo, el mundo e la carne;* « De quelles armes tout chrétien doit s'armer pour vaincre le diable , le monde et la chair. » *De las propriedades que las duenas chicas han,* « Des qualités que possèdent les petites femmes, etc. » Quelques-uns paraissent se rapporter à la grande série, quoique aucun d'eux n'ait avec un autre aucune connexion apparente (1).

Le ton de la poésie de l'Archiprêtre est excessivement varié. En général l'esprit satirique l'emporte, mais non sans un mélange de douce humeur. Cet esprit s'observe souvent dans les passages les plus graves ; et l'on peut voir, sans aucun doute, jusqu'à quel degré d'intrépidité il s'élève, quand il s'abandonne à lui-même dans le morceau sur l'influence de l'argent à la cour de Rome et sur sa corruption (2). Tantôt, comme dans les vers sur la Mort, son accent est solennel et même parfois tendre ; d'autres fois, comme dans ses hymnes à la Vierge, il respire le plus pur esprit de dévotion catholique ; en sorte qu'il n'est peut-être pas aisé de trouver, dans tous les livres de la littérature espagnole, un volume offrant une plus grande variété de sujets, ni plus de manières de les traiter et de les développer (3).

Le plus grand mérite de l'Archiprêtre de Hita consiste dans les nombreux contes et apologues qu'il a semés de toutes parts pour embellir les aventures constituant le fonds principal de ses poésies, comme il arrive dans le *Comte Lucanor* et dans les *Contes de Cantorbéry*. La plus grande partie nous est connue; ils sont pris des recueils d'Ésope et de Phèdre ou mieux encore des traductions de ces fabulistes, traductions très-communes dans la poésie primitive du nord de la France (4). Les plus heureuses de ces libres imitations

---

(1) Stances 1221, 1229-1277, 1289, 1491, 1492, etc., 1550, 1553-1581.

(2) Stance 464 et sq. Comme dans beaucoup d'autres passages, l'Archiprêtre se rencontre sur le terrain occupé déjà par les poëtes français du Nord. Voyez le *Pater Noster de l'Usurier*, et le *Credo*, dans Barbazan (*Fabliaux*, tom. IV, pp. 99-106).

(3) Stances 1494, 1609, etc.

(4) L'Archiprêtre dit que la fable de la Montagne qui accouche d'une souris avait été composée par *Iopete*. Nous savons maintenant qu'il y avait, au moins, deux collections de fables en France au treizième siècle, circulant sous le nom d'*Isopet*, et qui ont été publiées par Robert (*Fables inédites*, Paris, 1825, 2 tom. in-8°). Comme

sont la fable des *Grenouilles qui demandent un roi à Jupiter*, du *Chien qui perd par son avidité le morceau de chair qu'il portait à sa gueule*, des *Lièvres qui reprennent courage lorsqu'ils voient les Grenouilles plus timides qu'eux* (1). Quelques-unes de ces fables ont une vérité, une simplicité et en même temps une grâce rarement surpassées dans ce même genre de composition. Telle est, par exemple, *le Rat de ville et le Rat des champs*. Cet apologue, parti d'Ésope, est arrivé par Horace à la Fontaine, mais nulle part on ne le trouve mieux raconté que dans l'Archiprêtre (2).

Toutefois ce qui nous saisit le plus, ce qui nous reste le plus long-temps de la lecture de ses poésies, c'est le ton naturel, c'est la vivacité qui règne dans chacune d'elles. En cela l'Archiprêtre de Hita ressemble à Chaucer, qui écrivait un peu plus tard, dans le même siècle. La ressemblance entre les deux poëtes est remarquable pour

---

Marie de France, qui vivait à la cour de Henri III d'Angleterre où accouraient les poëtes français du Nord, y fait allusion dans le prologue de ses propres fables, on peut probablement les faire remonter à 1240. (Voyez les *Poésies de Marie de France*, édit. Roquefort. Paris, 1820, in-8°, tom. II, pag. 61 ; l'admirable *Dissertation* dans de la Rue sur *les Bardes, les Jongleurs et les Trouvères*. Caen, 1834, in-8°, tom. I, pp. 198-202, tom. III, pag. 47-101.) C'est à l'un ou à l'autre de ces Isopets, peut-être à tous les deux, que l'Archiprêtre doit une partie de ses fables. D. Juan Manuel, son contemporain, fit probablement la même chose, et prit parfois les mêmes sujets. (Voyez le *Comte Lucanor*, ch. XXVI, XLIII, XLIX, où se trouvent les mêmes fables que celles de l'Archiprêtre, stances 1386, 1411, 1428.)

(1) Stances 189, 206, 1419.

(2) Il commence ainsi, stance 1344 :

> Mur de Guadalaxara un lunes madrugaba,
> Fuese à Monferrado, a mercado andaba :
> Un mur de franca barba, rocibiol' en su cava,
> Convidol' a yantar é diole una faba.
>
> Estaba en mesa pobre, buen gesto e buena cava,
> Con la poca vianda buena voluntad para,
> A los pobres manjares el placer los repara,
> Pagos' del buen talante mur de Guadalaxara.

Un rat de Guadalajara, un lundi de bon matin, — Se rendait à Monferrat et allait au marché : — Un rat à barbe franche le reçut dans son trou, — L'invita à dîner et lui donna une fève. — La table était pauvre, le visage était bon, bon était le trou : — Si l'on a peu de viande, bonne volonté suffit. — Les pauvres mets, le plaisir les remplace. — Le rat de Guadalajara, des bonnes dispositions se paya.

Suivent huit autres stances. Outre l'original grec attribué à Ésope et la fable latine d'Horace, il existe encore plus de vingt traductions de cette fable, dont deux sont espagnoles. L'une appartient à Bartholomé Leonardo de Argensola, et l'autre à D. Félix Maria Samaniego. Le récit de l'Archiprêtre est, je crois, le meilleur de tous.

quelques autres caractères. L'un et l'autre prennent·souvent leurs sujets dans la poésie du nord de la France; l'un et l'autre offrent un mélange incroyable de dévotion et de licencieuse immoralité, reflet en grande partie des mœurs de leur siècle, mais qui est aussi un trait de leur caractère personnel. Tous deux montrent une connaissance profonde de la nature humaine et un grand bonheur dans l'esquisse des détails des mœurs individuelles. Leur trempe naturelle les avait faits satiriques et humoristes. Chacun d'eux, dans son propre pays, devint le créateur de certaines formes de poésie populaire, par l'introduction de mètres nouveaux et de combinaisons nouvelles qu'ils employèrent dans une versification généralement rude et irrégulière, mais le plus souvent limpide, nerveuse et toujours naturelle. L'Archiprêtre n'a cependant pas la tendresse, l'élévation ni la vaste puissance de Chaucer, mais son génie a cette mesure, ses vers ont cette finesse et cette fraîcheur qui montrent que le poëte espagnol a des rapports plus intimes qu'on ne saurait le croire avec le grand poëte anglais, à moins qu'on n'ait lu avec soin les ouvrages de l'un et de l'autre.

L'Archiprêtre de Ilita vivait dans les dernières années du règne d'Alphonse XI et peut-être un peu plus tard. Au commencement du règne suivant, vers 1350, nous trouvons un curieux poëme, adressé par un juif de Carrion à Pierre le Cruel, sur son avénement au trône. Le manuscrit qui existe à la bibliothèque nationale de Madrid est intitulé : *Libro del rabi de Santob*, ou mieux de *rabbi don Santob*, et se compose de quatre cent soixante-seize stances (1). Le mètre est la vieille *redondilla* de sept syllabes, extrêmement facile et coulant pour ce temps ; le but du poëme, c'est de donner de sages conseils de morale au nouveau roi, conseils que le poëte engage plus d'une fois le monarque à ne pas mépriser parce qu'ils lui viennent d'un juif.

---

(1) Il existe, pour le moins, deux manuscrits des poëmes de ce juif, dont on n'a rien publié, si ce n'est quelques légers fragments. L'un, cité ordinairement, est celui de l'Escurial, dont se sont servis Castro (*Bibliothèque espagnole*, tom. I, pp. 198-202) et Sanchez (tom. I, pp. 179-184, et tom. IV, pp. 12, etc.). Celui dont je me suis servi appartient à la bibliothèque nationale de Madrid, est marqué B. b. 82, in-fol., et le poëme de Rabbi s'y trouve, des fol. 61 à 81. Condé, l'historien des Arabes, préférait ce manuscrit à celui de l'Escurial, et il croit que le véritable nom de Rabbi était *Santob* et non *Santo*, comme on le lit dans le manuscrit de l'Escurial. Il n'est pas probable que ce dernier nom ait été pris par un juif du temps de Pierre le Cruel, et il est plus vraisemblable que le premier a été écrit, comme le dernier, par un copiste igno-

> Por nascer en el espino,
> No val la rosa cierto
> Menos; ni el buen vino,
> Por nascer en el sarmyento.
>
> Non val el açor menos
> Por nascer de mal nido;
> Nin los enxemplos buenos
> Por los decir judio (1).

Après une introduction plus longue que nécessaire, les conseils moraux commencent à la cinquante-troisième stance et continuent

------

rant. Le manuscrit de Madrid commence d'une manière différente de celui de l'Es-curial, comme on peut le voir dans Castro, et par ces vers :

> Senor rey, noble, alto
> Oy este sermon
> Que vyene desyr Santob
> Judio de Carrion.
>
> Comunalmente trobado
> De glosas moralmente,
> De la filosofia sacado
> Segunt que va siguiente.

Seigneur roi, noble, haut, — Écoutez ce sermon, — Que vient vous dire Santob, — Juif de Carrion, — Communément composé — De gloses morales, — De la philosophie tiré, — Comme le montre ce qui suit.

La mention la plus ancienne du juif de Carrion se trouve dans la lettre du marquis de Santillane au connétable de Portugal, d'où l'on conclut, sans aucun doute, que ce Rabbi jouissait d'une grande réputation, vers le milieu du quinzième siècle. (Voir, pour le nom de *Santob*, et pour ce qui concerne Rabbi don Santob, les *Études historiques*, etc., sur les juifs d'Espagne, chap. v et vi, traduites par J.-G. Magnabal. Paris, 1861, in-8°.)

(1) Pour naitre sur une épine — La rose ne vaut certainement — Pas moins; ni le bon vin, — Pour naitre du sarment. — L'autour ne vaut pas moins — Pour naitre en mauvais nid, — Ni les bons exemples — Parce qu'un juif les dit. Ces vers paraissent meilleurs dans le manuscrit de l'Escurial, ainsi conçus :

> Por nascer en el espino
> La rosa ya non sicnlo
> Que pierde ; ni el buen vino,
> Por salir del sarmiento.
>
> Non vale el açor menos
> Porque en vil nido siga ;
> Nin los enxemplos buenos
> Porque judio los diga.

Les manuscrits doivent être comparés et ce curieux poëme publié.

Après une préface en prose, qui semble d'une autre main, et adressée au roi par le poëte lui-même, il poursuit :

> Quando el rey don Alfonso
> Fynó, fyncó la gente

dans tout le reste du livre, qui, pour le ton général, ne diffère en rien des autres poésies didactiques de cette époque, bien qu'il soit écrit avec plus de facilité et d'inspiration poétique. Il faut convenir cependant que peu de rabbins nous ont, dans d'autres pays, donné des vers plus ingénieux et plus agréables que ceux qui contiennent, dans plusieurs passages, les curieux conseils du juif de Carrion.

Dans le manuscrit de l'Escurial, où sont les vers de ce juif, se trouvent d'autres poëmes qui lui ont été pendant quelque temps at-

---

> Como quando el pulso
>   Fallesce al doliente.
>
> Que luego no ayudava,
>   Que tan grant mejoria
> A ellos fyncava,
>   Nin omen lo entendia.
>
> Quando la rosa seca,
>   En su tiempo sale
> El agua que della fynca,
>   Rosada que mas vale.
>
> Asi vos fyncastes del
>   Para mucho tu far
> Et facer lo que el
>   Cobdiciaba librar, etc.

Quand le roi D. Alphonse — Mourut, le peuple se trouva — Comme lorsque le pouls — Manque au malade. — Dès lors ne l'aidait plus — Celui qui si grands avantages — Lui procurait, — Et aucun homme ne pouvait le croire. — Quand la rose sèche, — Dans son temps sort — L'eau qui d'elle reste, — Rosée elle vaut mieux. — Ainsi vous restez après lui — Pour faire beaucoup — Et pour réaliser ce qu'il — Désirait exécuter, etc.

La pensée philosophique des vers suivants est pleine de grâce :

> Quando no es lo que quiero
>   Quiero lo que es.
> Si pesar he primero,
>   Plaser avré despues.

Quand il n'arrive pas ce que je veux, — Je veux ce qui arrive. — Si j'ai d'abord du chagrin, — J'ai du plaisir après

J'ajoute ce fragment de l'original, qui n'a pas été publié :

> Las mys canas teñilas,
>   Non por las avorrescer
> Ni por desdesyrlas,
>   Nin mancebo parescer;
>
> Mas con miedo sobejo
>   De omes que buscarian
> En mi seso de viejo
>   E non lo fallarian.

Mes cheveux blancs, je les ai teints, — Non par horreur pour eux, — Ni pour ne pas les désirer, — Ni pour paraître jeune, — Mais par crainte excessive — De gens qui chercheraient — En moi cervelle de vieillard — Et ne la trouveraient.

tribués, mais qui appartiennent probablement à d'autres auteurs inconnus (1). L'un de ces poëmes est un essai didactique intitulé *Doctrina christiana*, la Doctrine chrétienne. Il se compose d'une préface en prose qui montre le repentir de l'auteur, et de cent cinquante-sept stances, de quatre vers chacune ; les trois premiers de huit syllabes avec rime, et le dernier de quatre syllabes sans rime ; forme métrique qui n'est pas sans quelque ressemblance avec le vers saphique et adonique. Le fond du poëme consiste dans l'explication du Credo, des dix Commandements, des sept Vertus morales, des quatorze Œuvres de miséricorde, des sept Péchés mortels, des cinq Sens, des saints Sacrements, avec des digressions concernant la conduite et le caractère d'un chrétien.

Un autre de ces poëmes est intitulé *Vision de un ermitano*, Vision d'un ermite. C'est, en vingt-cinq stances de huit vers, la vision d'un saint ermite qui se suppose avoir été témoin d'un combat entre l'âme et le corps. L'âme se plaint de ce que les excès du corps ont attiré sur elle tous les châtiments de la vie future ; le corps rétorque ses arguments et lui dit qu'il a été condamné aux mêmes tourments parce que l'âme a négligé de le tenir à l'état de sujétion convenable (2). L'ensemble est une imitation de quelqu'un de ces poëmes

---

(1) Castro, *Biblioth. espag.*, tom. I, pag. 199 ; Sanchez, tom. I, pag. 182 ; tom. IV, pag. XII. Je crois que D. José Amador de los Rios, dans ses *Études historiques, politiques et littéraires sur les juifs d'Espagne*, livre savant et érudit, publié à Madrid en 1848, est d'une opinion différente, et il soutient que les trois poëmes, y compris la *Doctrine chrétienne*, sont des œuvres de Don Santo ou Santob de Carrion. Mais je pense que les objections que l'on peut faire à son opinion sont plus fortes que les raisons qu'il donne pour la défendre. Ces objections reposent, en particulier, sur les faits suivants : Don Santob s'appelle lui-même juif : les deux manuscrits des *Conseils* lui donnent le nom de juif ; le marquis de Santillane, la seule autorité respectable qui fasse la première mention de lui, l'appelle juif ; aucune de ces autorités ne donne à entendre qu'il se fût jamais converti, circonstance qui n'aurait probablement pas manqué de se répandre, si la conversion avait eu réellement lieu. Si c'est un juif non converti, il est tout à fait impossible qu'il soit l'auteur de la *Danse générale*, de la *Doctrine chrétienne*, de la *Vision d'un ermite*.

Je dois cependant ajouter, quant aux remarques exprimées dans cette note, et quant aux détails sur le petit nombre d'écrivains juifs dans la littérature espagnole, que je n'avais pas reçu le livre estimable de D. José Amador de los Rios, au moment où celui-ci était sous presse.

Ticknor a d'autant plus de raison d'ajouter cette remarque que rien n'est plus édifiant sur la part littéraire des juifs, en Espagne, que les deux derniers Essais du livre d'Amador de los Rios, auxquels le lecteur doit être renvoyé (voir la traduction française qui en a été faite par J.-G. Magnabal. Paris, 1861).

(2) Castro, *Bibl. esp.*, tom. I, pag. 200. L'amabilité de D. Pascal Gayangos m'a

analogues qui couraient, à cette époque, dont un existe manuscrit, en anglais, et dont Warton fixe la date vers l'année 1304 (1). Mais laissons ces deux poëmes castillans, qui ont peu de valeur, et passons à un autre qui en a une plus réelle.

La *Danza General*, ou *Danza de la Muerte*, consiste en soixante-dix-neuf stances régulières et octosyllabiques, précédées par quelques mots d'introduction en prose, et qui paraissent ne pas être du même auteur (2). Le poëme repose sur la fiction bien connue et si souvent illustrée par la peinture et la poésie, durant le moyen âge. D'après cette fiction, tous les hommes, de toute condition, sont appelés à la Danse de la Mort, le chef de cette mascarade spirituelle où tous les rangs de la société, depuis le pape jusqu'au plus jeune enfant, apparaissent, en danse, sous la forme de squelettes. Dans l'espagnol cette peinture est saisissante et pittoresque, plus peut-être que dans toute autre littérature. La nature sombre du sujet se trouve placée au milieu d'un contraste vraiment animé par le ton dégagé des vers, vers qui nous rappellent fréquemment quelques-uns des meilleurs passages

---

fait avoir une copie de tout le poëme. Si l'on en juge par les premiers vers, il fut probablement composé en 1382.

> Despues de la prima, la ora passada,
> En el mes de enero, la noche primera
> En CCCC e veynte durante la hera,
> Estando acostado alla en mi posada, etc.

Après prime, l'heure passée, — Du mois de janvier la nuit première, — En CCCC vingt, de notre ère — Étant couché là, dans ma demeure, etc.

Le 1ᵉʳ janvier 1420 de l'ère espagnole, moment où la scène se passe, correspond à l'année de Jésus-Christ 1382. Le poëme s'imprima en 1848, à Madrid, in-12. La copie qui a servi à l'impression diffère assez de notre copie manuscrite. La première a été prise sur une copie faite évidemment avec moins de soin.

(1) *Histoire de la poésie anglaise*, sect. 24, vers la fin. On en trouve aussi en français, à une époque très-reculée, sous le titre de *Débat du corps et de l'âme* (Ebert. *Bibl. Lexicon*, nᵒˢ 5671-5674). On suppose que l'origine de cette fiction est un poëme composé par un moine français (*Hagen und Büsching Grundriss*, Berlin, 1812, in-8°, pag. 446); mais le sujet est très-vieux, et on le trouve sous diverses formes et en différentes langues. Voyez les poésies latines attribuées à Gautier Mapes, publiées, au nom de la Société Camden, par T. Wright (1841, in-4°, pp. 95 et 321). Il fut réimprimé sous la forme de romance, en Espagne, vers 1764.

(2) Castro, *Biblioth. espagn.*, tom. I, pag. 200; Sanchez, tom. I, pp. 182-155, et t. IV, pag. 12. Je soupçonne la *Danse de la Mort* espagnole d'être une imitation de la française, parce que j'ai trouvé, dans plusieurs éditions anciennes, la *Danse de la Mort* française unie, comme l'est la *Danse* espagnole dans le manuscrit de l'Escurial, au *Débat du corps et de l'âme* : de la même manière que les *Vœux du Paon* paraissent dans les deux langues avoir été unis au *Poëme d'Alexandre*.

de ces contes piquants que nous rencontrons, de temps en temps, dans le *Miroir des Magistrats, Espejo para Magistrados* (1).

Les sept premières stances du poëme espagnol constituent un prologue où la Mort lance ses sommations partie en personne, partie par la personne d'un frère prêcheur qui finit par ces vers :

> Faced lo que digo, non vos retardedes,
> Que ya la muerte escommienza à hordenar
> Una danza esquiva de que non podedes
> Por ninguna cosa que sea escapar.
>
> A la qual disce que quiere levar
> A todos nosotros lançando sus redes :
> Abrid las orejas, que agora oyredes
> De su charambela un triste cantar (2).

La Mort procède ensuite comme dans les vieilles peintures et les vieux poëmes; elle appelle d'abord le pape, puis les cardinaux, les rois, les évêques, et ainsi de suite, jusqu'aux journaliers; tous sont forcés de se joindre à la danse des morts, quoique chacun commence d'abord par faire des remontrances qui indiquent la surprise, l'horreur ou la répugnance. L'invitation à la jeunesse et à la beauté est des plus animées (3) :

> A esta mi danza traye de presente
> Estas dos donçellas que vedes formosas ;
> Ellas vinieron de muy malamente
> A oyr mis canciones que son dolorosas ;

---

(1) On peut voir le nombre multiplié des formes que prit cette étrange fiction dans le livre érudit de M. P. Douce, intitulé : *Danse de la Mort* (Londres, 1833, in-8°), dans la *Littérature de la Danse de la Mort*, de H. P. Massmann (Leipzig, 1840, in-8°). Nous devons ajouter à ces ouvrages les détails insérés dans la *Bibliothèque universelle allemande* (Berlin, 1792, vol. CVI, pag. 279), et une collection d'estampes publiées à Lubeck, en 1783, in-fol., copiées sur les peintures faites en 1463, et qui pourraient fort bien illustrer le vieux poëme espagnol. Voyez aussi K.-P.-A. Schiller : *Dictionnaire de la langue saxonne néerlandaise* (Braunschweig, 1826, in-8°, pag. 75). Toute cette immense série de travaux, tant peintures existant à Bâle, à Hambourg, etc., que vieux poëmes dans toutes les langues, dont un est de Lydgate, tendent, sans aucun doute, comme le poëme espagnol, à l'édification religieuse.

(2) Faites ce que je vous dis, ne vous retardez pas; — Déjà la Mort commence à ordonner — Une danse terrible, dont vous ne pourrez — Pour aucun motif quelconque échapper.—C'est à cette danse qu'elle nous veut, dit-elle, amener—Nous tous, en lançant ses filets. — Ouvrez les oreilles, vous entendrez maintenant — De sa charambelle une triste chanson.

(3) Nous avons une copie manuscrite de tout le poëme, que nous devons au professeur D Pascal Gayangos, et dont les couplets suivants sont aussi un spécimen. Ils

> Mas non les valdrán flores ny rosas,
> Nin las composturas que poner solian ;
> De mi si pudiesen partirse querrian,
> Mas non puede ser, que son mis esposas (1).

La fiction est, sans aucun doute, effrayante ; toutefois elle eut une grande vogue en Europe, pendant plusieurs siècles, et elle est représentée de telle sorte qu'un grand nombre de critiques conviennent que dans le vieux poëme castillan il y a autant de vérité et de véracité que partout ailleurs.

On trouve dans le même volume manuscrit, avec le précédent,

---

sont encore inédits : dans l'un la Mort réplique à un doyen, et dans l'autre c'est un marchand qui parle :

DICE LA MUERTE.

> Don Rico Avariento, dean muy ufano,
> Que vuestros dineros trocastes en oro,
> A pobres e viudas cerrastes la mano,
> E mal despendistes el vuestro tesoro :
>
> Non quiero que estades ya mas en el coro,
> Salid luego fuera sin otra peresa,
> Yo vos mostrare venir á pobresa. —
> Venit, Mercadero, á la dansa del lloro.

DICE EL MERCADER.

> A quien dexare todas mis riquesas
> E mercadurias, que traygo en el mar ?
> Con muchos traspasos e mas sotilesas
> Gané lo que tengo en cado lugar.
>
> Agora la Muerte vino me llamar ;
> Qué sera de mi non se que me faga.
> O Muerte, tu sierra a mi es gran plaga.
> Adios, Mercaderes, que voyme à finar.

LA MORT DIT : Don Riche Avaricieux, doyen plein d'orgueil, — Qui avez changé votre argent en or — Et fermé la main aux pauvres et aux veuves, — Et mal dépensé votre trésor, — Je ne veux pas que vous soyez plus longtemps dans le chœur ; — Sortez donc dehors sans plus de paresse : — Je vous montrerai à devenir pauvre ; — Venez, Marchand, à la danse des pleurs.

LE MARCHAND DIT : A qui laisserai-je toutes mes richesses — Et les marchandises que j'amène sur mer? —Par beaucoup de traverses et plus de subtilités — J'ai gagné ce que j'ai en chaque lieu. — A présent la mort vient m'appeler. — Que sera-t-il de moi? je ne sais ce que je deviendrai. — O Mort, ta scie me fait grand mal. — Adieu, Marchands, je vais finir.

(1) A ma danse j'amène présentement — Ces deux donzelles que vous voyez belles ; —Elles sont venues de fort mauvais gré — Entendre mes chants qui sont plaintifs ; — Mais rien ne leur servira, ni fleurs, ni roses,—Ni les ornements qu'elles avaient coutume de revêtir. — De moi, si elles pouvaient, elles voudraient s'éloigner ; — Mais cela ne se peut, elles sont mes épouses.

un autre poëme, espèce de chronique très-mal copiée, d'une écriture différente, et qui appartient probablement à la même époque. Il roule sur les exploits moitié fabuleux, moitié historiques du comte Fernan Gonzalez, ce héros de la première période de la lutte des chrétiens contre les Maures, et qui est, pour le nord de l'Espagne, ce que devint un peu plus tard le Cid pour l'Aragon et pour Valence. C'est à lui que l'on attribue la reprise d'une grande partie de la Castille sur la puissance mahométane, et ses exploits, en tant que sujet d'histoire plutôt que matière poétique, s'accomplissent entre l'année 934 où se livra la bataille d'Osma, et sa mort arrivée en l'année 970.

Le poëme en question est presque entièrement consacré à sa gloire (1). Il commence par des détails sur l'invasion des Goths en Espagne, et continue jusqu'à la bataille de Moret, en 967; là le manuscrit s'interrompt tout à coup et laisse intactes les aventures du héros pendant les trois dernières années de sa vie. Le style en est essentiellement prosaïque et monotone, bien qu'il conserve parfois quelques traits de cette fraîcheur et de cette simplicité qui s'allient toujours à toute poésie primitive ; le langage en est rude, et le mètre, qui s'efforce de ressembler à Berceo et au poëme d'Apollonius, se compose le plus souvent, au lieu de strophes de quatre vers, de stances de trois, parfois de cinq et, une fois au moins, de neuf. Comme le poëme de Berceo sur saint Dominique de Silos, il commence par une invocation ; et, coïncidence singulière, cette invocation est entièrement dans les mêmes termes employés par Berceo : *En el nome del Padre que fizo toda cosa*, etc. La partie historique qui vient après commence à l'invasion des Goths, suit les traditions populaires du pays, à peu d'exceptions près, exceptions dont la plus remarquable se trouve dans la manière de raconter l'invasion des Maures. Ce récit est tout à fait anormal. Il ne donne aucun détail sur l'histoire de la belle Cava, dont la destinée a fourni tant de matière à tant de poésie. Mais le comte Jullien y est représenté comme s'étant, sans aucun motif d'outrage personnel, volontairement vendu au roi de

---

(1) Voyez la savante dissertation de Fr. Benito Montejo sur les *Commencements de l'indépendance de la Castille.* — *Mémoires de l'Académie royale d'histoire*, tom. III, pp. 245-302. — *La Chronique générale d'Espagne*, part. III, chap. xviii-xx. — Duran, *Romances chevaleresques.* Madrid, 1832, in-12, tom. II, pp. 27-39. On trouve des extraits du manuscrit de l'Escurial dans Bouterwek, traduit par J.-G. de la Cortina, etc., tom. I, pp. 154-161. Je possède une copie manuscrite de la première partie, faite par D. Pascal Gayangos. Pour des détails, voyez Castro, *Bibl. esp.*, tom. I, p. 199; Sanchez, tom. I, pag. 115.

Maroc, et ayant réalisé sa trahison en persuadant au roi Don Rodrigue, en pleines Cortès, de convertir tout l'attirail militaire du royaume en instruments d'agriculture; de sorte qu'au moment de l'invasion des Maures, le pays fut envahi sans difficulté.

La mort du comte de Toulouse est, d'un autre côté, décrite conformément à la *Chronique générale d'Alphonse le Sage;* il en est de même de l'apparition de saint Millan et du combat personnel du Comte avec un roi maure et avec le roi de Navarre. Plusieurs passages du poëme ressemblent tellement à des passages correspondants de la Chronique, qu'il paraît évident que l'un des deux ouvrages a servi à la composition de l'autre. Mais, comme le poëme a plutôt l'air d'être une amplification de la *Chronique* que la *Chronique* un abrégé du poëme, il semble plus probable, dans ce cas, que la narration en prose soit la plus ancienne, et qu'elle ait fourni les matériaux du poëme dont l'évidence intrinsèque prouve qu'il fut composé pour une lecture publique (1).

La rencontre de Fernan Gonzalez avec le roi de Navarre, à la bataille de Valparé, que l'on trouve dans l'un et dans l'autre, est ainsi décrite dans le poëme :

> El Rey y el Conde ambos se ayuntaron,
> El uno contra el otro ambos endereçaron
> É la lid campal alli la escomençaron.
>
> Non podrya mas fuerte ni mas brava ser
> Cá alli les yva todo levantar o caer;
> El nin el Rey non podya ninguno mas facer,
> Los unos y los otros facian todo su poder.

---

(1) *Chronique générale*, édit. 1604, part. III, fol. 55, v°; 61-65 vv°. Comparez aussi avec le poëme le chap. XIX de la *Chronique*, et Mariana, *Histoire*, liv. VIII, chap. VII. Que ce poëme fût tiré de la *Chronique*, c'est ce que l'on peut affirmer, je crois, par la comparaison de cette chronique (part. III, chap. XVIII, vers la fin), qui contient la défaite et la mort du Comte de Toulouse, avec le passage du poëme donné par Cortina, et commençant par ces mots : *Cavalleros Tolesanos trezientos y prendieron;* ou la vision de saint Millan (*Chronique*, part. III, chap. XIX), avec le passage du poëme qui commence ainsi : *El Cryador te otorgo quanto pedido le as.* L'éclaircissement suivant, quoique purement rhétorique, est une preuve frappante, sinon concluante. La chronique dit (part. III, chap. XVIII) : *Non cuentan de Alexandre los dias nin los años mas los buenos fechos c las sus cavallerias que fizo.* « On ne compte d'Alexandre ni les jours, ni les années, mais les belles actions et les expéditions qu'il fit. » Le poëme dit presque dans les mêmes termes :

> Non cuentan de Alexandre las noches nin los dias;
> Cuentan sus buenos fechos e sus cavallerias.

Muy grande fue la facienda e mucho mas el roydo.
Darie el ome muy grandes voces y non seria oydo,
El que oydo fuese seria como grande tronydo,
Non podrya oyr voces ninguu apellido.

Grandes eran los golpes, que mayores non podian ;
Los unos y los otros todo su poder facian ;
Muchos cayan en tierra que nunca se encian :
De sangre los arroyos mucha tierra cobryan.

Asas eran los Navarros cavalleros esforzados
Que en qualquiera lugar seryan buenos y priados,
Mas en contra el Conde todos desaventurados ;
Omes son de gran cuenta y de coraçon loçanos,

Quiso Dios al buen Conde esta gracia facer,
Que moros ni crystyanos non le podian vencer (1).

Ce n'est certainement pas là une poésie du genre sublime; l'invention, la dignité, l'ornement y manquent ; cependant elle n'est pas sans une certaine vigueur, et, sous un certain point de vue, il serait difficile de trouver, dans tout le poëme, un passage plus digne de considération.

La Bibliothèque nationale de Madrid possède un autre poëme de deux cent vingt vers, composés dans le système de rimes de *cuaderna via*, aussi connu qu'usité dans la littérature primitive de la Castille, et avec les irrégularités que l'on trouve dans toute la classe de poëmes à laquelle il appartient. Le sujet est Joseph, le fils de Jacob. Mais deux circonstances le distinguent de toutes les autres narrations poétiques de cette époque, et le rendent curieux et important. La première, c'est que, composé en langue espagnole, il est entièrement écrit en caractères arabes, et qu'il a par conséquent l'apparence d'un manuscrit arabe. Ajoutez à cela que la prononciation et le mètre sont accom-

---

(1) Le roi et le comte, tous deux se joignirent ; — L'un contre l'autre ils se dressèrent, tous deux, — Et en champ ouvert ils commencèrent la lutte.— Elle ne pouvait être ni plus forte ni plus brave : — Ils allaient tous se lever ou tomber. — Et personne ne pouvait faire plus que le roi : — Les uns et les autres faisaient tout ce qu'ils pouvaient. — Très-grande fut l'action et plus grand le bruit. — L'homme pourrait pousser de grands cris et il ne serait pas entendu. — Et celui qui serait entendu serait comme un grand coup de tonnerre, — Et aucun homme ne pouvait entendre la voix. — Les coups étaient si grands qu'ils ne pouvaient l'être davantage. — Les uns et les autres faisaient tout ce qu'ils pouvaient : — Beaucoup tombaient à terre pour ne jamais se relever. — Les ruisseaux de sang inondaient la terre. — Les Navarrais étaient des cavaliers si valeureux — Qu'en tous lieux ils seraient bons et appréciés; — Mais, ennemis du comte, ils étaient tous malheureux.—Ce sont des hommes dont il faut tenir grand compte; ils ont le cœur énergique.—Dieu voulut au bon comte cette grâce accorder, — Que ni Maures ni chrétiens n'aient pu le vaincre, etc.

modés à la valeur des voyelles arabes; de sorte que, si l'unique manuscrit de ce poëme dont nous connaissons l'existence n'est pas le
manuscrit original, il faut absolument qu'il ait été originalement écrit
de la même manière. La seconde de ces circonstances singulières,
c'est que le sujet du poëme, qui est l'histoire si connue de Joseph et
de ses frères, n'est pas racontée conformément à la narration originale de nos Écritures hébraïques, mais d'accord avec la version plus
courte et moins intéressante du onzième chapitre du Coran, avec des
variations et des additions accidentelles dont quelques-unes sont
dues au caprice des commentateurs du Coran, et d'autres semblent l'être à l'imagination propre de l'auteur. Ces deux circonstances réunies ne laissent aucun moyen raisonnable de douter que
l'auteur du poëme ne fût un de ces nombreux morisques qui restèrent
dans le nord, après que le corps de la nation fut repoussé vers
le midi, morisque qui, oubliant sa langue maternelle, adopta celle
des conquérants, tout en conservant la religion et le culte arabes (1).

Le manuscrit du poëme de Joseph, *Poema de José*, est incomplet
tant au commencement qu'à la fin. Il ne semble cependant pas qu'il
s'en soit beaucoup perdu. Il commence par la jalousie des frères de
Joseph, à cause de son songe, et par la demande qu'ils font à leur
père de le laisser venir avec eux aux champs.

> Disieron sus filhos : Padre, eso no pensedes;
> Somos diez ermanos; eso bien sabedes;
> Seriamos taraydores, eso non dubdedes;
> Mas empero, se non vos place, aced loque queredes.
>
> Mas aquesto pensamos ; sabelo el Creador.
> Porque supiese mas, é ganase el nuestro amor,
> Ensenarle-iemos las obelhas i el ganado mayor;
> Mas, empero, sino vos place, mandad como señor (2).

---

(1) On connait l'existence de beaucoup d'autres manuscrits de ce genre, mais on
n'en connait pas d'aussi anciens ni d'une aussi grande valeur poétique (Othon, *Catalogue des manuscrits espagnols, etc.,* pp. 6-21. — Gayangos, *Dynasties mahométanes
en Espagne,* tom. I, pp. 492-503). Quant à la prononciation et à l'orthographe du
poëme de *Joseph,* nous trouvons les mots : *sembraredes, chiriador, certero, maravella, taraydores.* Pout éviter l'hiatus, on met une consonne devant le second mot :
cada guno pour *cada uno.* Le manuscrit du poëme de *Joseph.* in-4° de 49 fol., existe
à la Bibliothèque nationale de Madrid. G. g., 101. Il me fut montré par l'historien don
Juan Antonio Condé, et l'amabilité de D. Pascal de Gayangos, professeur d'arabe à
l'Université de Madrid. m'en a procuré une copie.

(2) Ses fils dirent : « Pere vous ne pensez pas cela ; — Nous sommes dix frères, vous

Tanto le dijeron de palabras fermosas,
Tanto le prometieron de palabras piadosas
Que el les dió él ninno : dijoles las oras,
Que lo guardasen á él de manos enganosas.

Quand les frères eurent consommé leur trahison et qu'ils eurent vendu Joseph à une caravane de marchands égyptiens, l'histoire suit le récit qui nous est donné par le Coran. La belle Zuleikha, ou Zuleia, qui correspond à la femme de Putiphar, dans les Saintes Écritures, et qui a une grande figure dans la poésie mahométane, Zuleikha, dis-je, occupe une place plus large qu'il ne convient dans l'invention de notre poëme. Joseph y est aussi un personnage plus considérable. Il est adopté comme fils du roi, et il fait le roi dans le royaume. Les songes du vrai roi, les années d'abondance et de famine, le séjour des frères en Égypte, leur reconnaissance par Joseph, son message à Jacob, la douleur de ce dernier de ce que Benjamin ne revient pas, et ici le manuscrit s'interrompt, tous ces faits sont amplifiés à la manière orientale et résonnent comme des passages de l'*Antar* ou des *Mille et une Nuits* arabes plutôt qu'ils ne nous touchent, comme la si tendre et si belle histoire à laquelle nous avons été accoutumés dès notre enfance.

Au nombre des inventions de l'auteur, il faut mettre la conversation que fait le loup avec Jacob, le loup introduit par les faux frères comme l'animal qui avait dévoré Joseph (1). Une autre, c'est la concep-

---

le savez bien : — Nous serions des traîtres, vous n'en doutez pas. — Si cependant cela ne vous plait pas, faites ce que vous voudrez.

« Mais voici ce que nous pensons; le Créateur le sait. — Pour qu'il en sache davantage et se concilie notre amour, — Nous allons lui enseigner les brebis et le plus grand troupeau. — Mais enfin, si cela ne vous plait, ordonnez comme un seigneur. »

Tant de belles paroles ils lui dirent, — Par tant de paroles pieuses ils lui promirent — Qu'il leur confia l'enfant ; il les supplia — De le tenir loin des mains trompeuses.

Ces strophes sont les strophes 5-7 du manuscrit original, tel qu'il est aujourd'hui, avec les imperfections du commencement.

(1)   Rogo Jacob al Criador, a al lobo fué a fablar :
       Dijo el lobo : « No lo mando Allah, que a nabi fuese á matar;
       En tan estranna tierra, me fueron à cazar;
       Anme fecho pecado, i lebanme à lazrar. » (Mss.)

   Jacob pria le Créateur et alla parler au loup. — Le loup dit : « Allah n'ordonna point d'aller tuer le prophète; — Dans une terre si étrangère, on vint me chasser; — Ils m'ont fait pécher, et ils me vont déchirer. »

tion orientale que la mesure avec laquelle Joseph distribuait le blé, et qui était d'or et de pierres précieuses, pouvait lui faire connaître, en l'appliquant à son oreille, quelle était, parmi les personnes présentes, celle qui était coupable de fausseté à son égard (1). Le morceau suivant, qui, comme le passage de la séparation de Joseph, respire un sentiment de tendre pardon pour ses frères (2) qui viennent de le vendre, est ajouté à la narration du Coran, ce morceau, dis-je, démontre beaucoup mieux le ton général du poëme, en même temps que les facultés générales du poëte.

La première nuit après son malheur, Jusuf, tel est son nom dans le poëme, s'avançait sous la garde d'un nègre, quand il traversa un cimetière situé sur une colline où sa mère était ensevelie. Alors :

---

(1)   La mesura del pan de oro era lobrada,
      E de piedras preciosas era estrellada,
      I era de ver toda con guisa enclabada,
      Que fasia saber al Rey la berdad apurada,

      . . . .

      E ferio el rey en la mesura e fizo la sonar,
      Pone la á su orella por oir e guardar :
      Dijoles, e no quiso mas dudar,
      Segun dice la mesura, berdad puede estar. (Mss.)

La mesure du pain, d'or était faite, — Et de pierres précieuses elle était étoilée. — Il fallait la voir, avec goût, de clous parsemée. — Elle faisait savoir au Roi la vérité toute pure — ....— Le roi frappa sur la mesure et la fit résonner. — Il la porta à son oreille pour entendre et écouter : — Il leur dit, et je ne veux plus en douter, — D'après ce que dit la mesure, la vérité peut exister.

Celui qu'on appelle ici *Roi*, c'est Joseph, comme on le voit souvent dans le poëme, où il est une fois appelé *Empereur*, quoique Pharaon soit toujours reconnu comme le monarque de cette époque. La mesure si coûteuse, d'or et de pierres précieuses, répond à la coupe du récit biblique. Elle se trouve, comme cette dernière, dans le sac de Benjamin, où Joseph l'avait mise, après l'avoir secrètement révélé à Benjamin lui-même, comme un moyen de s'emparer de lui et de le retenir en Égypte, avec son consentement, mais sans en faire connaître la cause à ses faux frères.

(2)   Dijo Jusuf : « Ermanos, perdoncos el Criador
      Del tuerto que me tenedes, perdoncos, el Senor,
      Que para siempre e nunca se parta el nuestro amor. »
      Abraso á cada guno, e partiose con dolor. (Mss.)

Joseph leur dit : « Frères, que le Créateur vous pardonne — Le tort que vous m'avez fait, que le Seigneur vous pardonne. — Que toujours et à jamais règne notre amour. » — Il embrassa chacun d'eux et s'échappa avec douleur.

Dió salto del camello, do iba cabalgando;
No lo sintio el negro, que lo iba guardando,
Fuese á la fuesa de su madre, a pedirla perdon doblando,
Jusuf á la fuesa tan apriesa llorando.
Diciendo: « Madre, sennora, perdonos el sennor;
Madre, si me bidiesses, de mi abriais dolor;
Boi con cadena al cuello, catibo con sennor,
Bendido de mes hermanos, como se fuera traidor.
Ellos me han bendido, no teniendoles tuerto;
Partieron me de mi padre ante que fuese muerto;
Çon arte, con falsia ellos me obieron huelto;
Por mal precio me han bendido, por do boy ajado e cucito. »
E bolbióse el negro ante la camella
Requiriendo á Jusuf, et no lo bido en ella,
E bolbióse por el camino, aguda su orella,
Bidolo en el fosal, llorando, que es marabella.
E fuese allá el negro, e obolo mal ferido,
E luego en aquella ora caió amortesido;
Dijo : « Tu eres malo, é ladron compilido;
Asi nos lo dijeron tus señores que te obieron bendido. »
Dijo lusuf : « No soi malo, ni ladron;
Mas, aqui ias mi madre, e bengola á dár perdon;
Ruego ad Allah i a el fago loaçion,
Que, si colpa non te tengo, te enbie su maldicion. »
Andaron aquella noche fasta otro dia,
Entorbioseles el mundo, gran bento corria,
Afallezioles el sol al ora de mediodia,
No bedian por do ir con la mercaderia (1).

---

(1) Il sauta du chameau sur lequel il chevauchait, — Sans que le sentit le nègre qui
le gardait. — Il se rendit à la tombe de sa mère lui demander pardon humblement. —
Jusuf sur la tombe pleura amèrement.—Il disait : «Mère, señora, que le Seigneur nous
pardonne; — Mère, si vous me voyiez, de moi vous auriez compassion ; — Je vais, la
chaîne au cou, captif avec mon maître, — Vendu par mes frères, comme si j'avais été
un traître. — C'est eux qui m'ont vendu, sans leur avoir fait tort; — Ils m'ont séparé
de mon pere avant qu'il fût mort; leur artifice, leur fausseté m'a détourné; — Pour
un vil prix ils m'ont vendu, voilà pourquoi je suis accablé de chagrin et de tristesse. »
— Le nègre revint devant la chamelle — Cherchant Jusuf, et il ne le vit pas dessus,
— Et il se retourna sur le chemin, son oreille dressée; — Il l'aperçut dans la fosse,
pleurant, c'était merveille. — Et le nègre s'avança et le trouva oppressé de douleur,
— Et bientôt, au même moment, il tomba évanoui ; — Le nègre lui dit: « Tu es un
méchant, un fripon fini; — Ainsi que nous l'ont dit tes maitres qui t'ont vendu. »
— Jusuf lui répondit : « Je ne suis ni méchant ni fripon ; — Mais ici git ma mère
et je viens lui demander pardon; — Je prie Allah et je lui demande — Que, si je suis
exempt de faute, il l'envoie sa malédiction. » — Ils marcherent toute cette nuit jusqu'au jour suivant, — Le monde se couvrit de ténèbres, un grand vent s'éleva — Le
soleil s'éclipsa à l'heure de midi, — Ils ne voyaient pas par où marcher avec leurs
marchandises.

L'époque et l'origine de ce poëme si remarquable ne peuvent être fixées que par l'évidence intrinsèque. C'est elle qui nous fait considérer comme probable qu'il fut écrit en Aragon, parce qu'il contient des mots et des phrases propres à cette contrée limitrophe de la Provence (1); qu'il date de la seconde moitié du quatorzième siècle, parce que la stance rimée de quatre vers se trouve à peine plus tard dans les vers, et parce que la rudesse du langage aurait encore indiqué une époque primitive, si le récit était venu de la Castille. Quelle que soit, toutefois, la période où nous le plaçons, il reste toujours comme une production curieuse et intéressante. Il a le naturel et la simplicité de l'époque à laquelle on l'attribue, mêlés parfois à une tendresse qu'on trouve rarement dans des temps si violents. Son caractère pastoral et sa conservation des mœurs orientales s'harmonisent aussi très-bien avec le sentiment arabe qui règne dans tout le poëme. Quant à son esprit et à son intention morale, il montre la confusion des deux religions qui régnaient alors en Espagne, et le mélange des éléments de civilisation orientale et occidentale qui donna, plus tard, quelque chose de son coloris à la poésie espagnole (2).

Le dernier poëme, qui appartient à ces spécimens primitifs de la littérature castillane, c'est le *Rimado de Palacio*, sur les devoirs des rois et des nobles dans le gouvernement de l'État, esquisses des mœurs et des vices du temps qu'il est du devoir des grands de réformer et de déraciner, comme le prétend le poëme. Il est principalement écrit en stances de quatre vers, selon l'usage de l'époque à laquelle il appartient; il commence par une confession pénitentielle de l'auteur; il passe à la discussion des dix commandements, des sept péchés mortels, des sept œuvres de miséricorde et à d'autres sujets religieux. Après cela il traite du gouvernement d'un État, des conseillers du roi, des marchands, des hommes lettrés, des collecteurs d'impôts, et d'autres états, et il finit, comme il a commencé, par des exercices de dévotion. Son auteur est don Pedro Lopez de Ayala, ce chroniqueur dont il suffit de dire ici qu'il fut un des Espagnols les plus distingués de son temps, qu'il remplit les charges les plus élevées du royaume, sous Pierre le Cruel, Henri II, Jean I et Henri III, et qu'il mourut en 1407, à l'âge de soixante-quinze ans (3).

____

(1) Cela paraît aussi dans l'addition d'un *o* ou d'un *a* aux mots finissant par une consonne, comme *mercadero* pour *mercader*.

(2) Ainsi le marchand qui achète Joseph parle de la Palestine comme de la *terre sainte*, et Pharaon parle de faire Joseph comte. Mais le ton général est oriental.

(3) Pour le *Rimado de Palacio*, voyez Bouterwek, traduction de Cortina, tom. I,

Le *Rimado de Palacio*, qu'on pourrait traduire par *Courtes Rimes*, a été écrit à différentes époques de la vie d'Ayala. Deux fois il marque l'année où il l'écrivait, et ces dates nous font connaître qu'une partie du poëme fut certainement composée de 1398 à 1404, et que l'autre partie semble l'avoir été durant sa prison, en Angleterre, emprisonnement qui suivit la défaite de Henri de Transtamare à la bataille de Najera, par le duc de Lancastre, en 1367. En un mot, on peut placer le *Rimado de Palacio* vers la fin du quatorzième siècle; et les souffrances de son auteur dans sa prison d'Angleterre nous rappellent à la fois et le duc d'Orléans, et Jacques Ier d'Écosse, qui, à la même époque et en des circonstances pareilles, montrèrent un talent poétique peu différent de celui du grand chancelier de Castille.

Dans quelques-unes de ses parties, et surtout dans celles qui ont un caractère lyrique, le *Rimado* ressemble assez aux poésies légères de l'Archiprêtre de Hita; d'autres sont composées avec calme et gravité et expriment les pensées solennelles qui durent l'occuper pendant sa captivité. Son genre est en général tempéré et didactique, autant que le demandent son sujet et son époque. Il montre, toutefois, de temps en temps, sa veine satirique qu'il ne peut supprimer, surtout quand le vieil homme d'État discute les vices qui l'ont offensé. Ainsi, quand il parle des *letrados* ou avocats, il dit (1) :

> Si quisieres sobre un pleyto d'ellos aver consejo,
> Ponense solemnemente luego abaxan el cejo;
> Dis : « Grant question es esta, grant trabajo sobejo;
> El pleyto será luengo, ca atañe á lo el consejo. »
> « Yo pienso que podria aqui algo ayudar,
> Tomando grant trabajo mis libros estudiar;
> Mas todos mis negocios me conviene dexar,
> É solamente en aqueste vuestro pleyto estudiar (2). »

---

pp. 138-154. Le poëme entier se compose de mille six cent dix-neuf stances. Quant à Ayala, voyez plus bas, chap. ix.

(1) *Letrado* a continué d'être employé jusqu'à nos jours, en Espagne, dans le sens d'*avocat*, comme, en anglais, *clerk* signifie *écrivain*, quoique la signification primitive des deux mots soit différente. Quand Sancho va dans son ile, il dit qu'il est : *parte de letrado, parte de capitan* ; et Guillen de Castro dans sa comédie : *Los mal Cazados de Valencia*, act. iii, dit, en parlant d'un grand fripon : *engañó como letrado* (il séduit comme un avocat). On trouve une description des *letrados*, digne de Tacite par sa satire profonde , au premier livre de la *Guerre de Grenade* de D. Diego Hurtado de Mendoza.

(2) Si vous voulez sur un procès obtenir d'eux un conseil, — Ils prennent une pose solennelle, puis ils froncent le sourcil — Et disent : « C'est une grande question que celle-ci, c'est un travail grand, excessif; — Le procès sera long, il faut aller au Con-

Un peu plus loin, en parlant de la justice dont l'administration avait
été négligée d'une manière si lamentable par suite des guerres civiles
durant lesquelles il avait vécu, il prend un ton plus grave et s'exprime
avec une sagesse et une urbanité à laquelle on ne se serait pas
attendu :

> Justicia que es virtud atan noble é loada ,
> Que castiga los malos é ha la tierra poblada,
> Devenla guardar Reyes, é la tien olvidada,
> Siendo piedra preciosa de su corona onrrada.
> Muchos ha que por cruesa cuidan justicia fer,
> Mas pecan en la maña, ca justicia ha de ser
> Con todo piedat, á la verdat bien saber :
> Al fer la execucion siempre se han de doler (1).

Comme c'est naturel, une bonne partie du *Rimado de Palacio* respire
l'homme d'État; tels sont les morceaux qui se rapportent, par exemple,
aux favoris du roi, à la guerre, aux mœurs du palais. Mais le ton
général du poëme, ou plutôt des différents petits poëmes dont il est
composé, est fidèlement reproduit dans les passages qui précèdent. Il
est grave, mesuré, didactique, semé, de temps en temps, de quelques
vers d'une simplicité et d'un sentiment vraiment poétiques et qui
semblent appartenir autant à l'époque qu'à l'auteur du poëme.

Nous avons passé en revue une partie considérable de la littérature
primitive castillane et complétement terminé l'examen de celle qui fut
d'abord épique, puis didactique par le ton de formule des vers longs
et irréguliers avec des rimes quadruples. Tout cela est curieux et, en
grande partie, pittoresque et intéressant. Si, à ce qui vient d'être
examiné, vous ajoutez les romances et les chroniques, les romans de
la chevalerie et le théâtre, l'ensemble vous constituera l'immense base
sur laquelle est toujours resté depuis le véritable édifice littéraire de
la civilisation espagnole.

---

scil. » — « Je pense que je pourrais vous y aider quelque peu — En me livrant à un
grand travail par l'étude de mes livres; — Mais il me faut abandonner toutes mes
affaires — Et n'étudier seulement que votre procès. »

(1) Justice, qui est vertu si noble et si louée, — Qui châtie les méchants et qui a
la terre peuplé, — Les Rois doivent la garder, et ils l'ont oubliée, — Elle, qui est une
pierre précieuse de leur honorable couronne. — Il y en a beaucoup qui, par cruauté,
cherchent à rendre justice, — Mais ils pèchent, dans leur fureur; car la justice doit s'exercer — Avec entière piété et parfaite connaissance de la vérité; — Lors de l'exécution,
il faut toujours avoir de la douleur.

D. José Amador de los Rios a donné quelques extraits du *Rimado de Palacio* dans
un charmant article du *Semanario Pintoresco.* Madrid, 1847, pag. 411.

Mais, avant d'aller plus loin, arrêtons-nous un instant et observons quelques particularités de la période que nous venons d'examiner. Elle s'étend d'un peu avant l'année 1200 jusqu'après l'année 1400 ; prose et poésie y sont marquées par des traits qu'on ne peut méconnaître. Quelques-uns de ces traits sont particuliers et nationaux, d'autres ne le sont pas. Ainsi la Provence, qui fut longtemps unie à l'Aragon, et qui exerça une influence sur toute la Péninsule, vit la poésie populaire, à cause de sa légèreté enjouée, recevoir le nom de Gaie Science (*Gaya Siencia*). Cette poésie était essentiellement différente de l'intonation grave et mesurée qui se faisait entendre sur l'un et l'autre flanc des montagnes de l'Espagne. Dans la partie plus septentrionale de la France dominait un esprit babillard et conteur ; en Italie, Dante, Pétrarque et Boccace apparaissent en même temps, sans égaux parmi ceux qui les ont précédés et parmi tous les contemporains de leur gloire. D'un autre côté, les principaux traits caractéristiques de la littérature castillane primitive, l'esprit historique et didactique de la plus grande partie de ses longs poëmes, ses vers traînants et irréguliers et ses rimes redoublées sont des qualités qui appartiennent aux vieux poëtes espagnols, en même temps qu'elles sont communes aux bardes des contrées que nous venons d'énumérer, contrées où, à la même époque, l'esprit poétique luttait pour se faire une place, au milieu des éléments de leur civilisation incertaine.

Il y a, dans la littérature espagnole primitive, deux traits tellement exclusifs et particuliers, qu'il importe de les faire connaître dès le début : ce sont la foi religieuse et la loyauté chevaleresque, traits qui ne sont pas moins apparents dans les *Parties* d'Alphonse le Sage, dans les contes de don Juan Manuel, dans la liberté d'esprit de l'Archiprêtre de Hita et dans la sagesse mondaine du chancelier Ayala, que dans les poésies franchement dévotes de Berceo, dans les chroniques franchement chevaleresques du Cid et de Fernand Gonzalez. Tels sont les deux traits de la période primitive qu'il importe de marquer, parmi les lignes proéminentes de la littérature espagnole.

Rien en cela qui doive nous surprendre. Le caractère national espagnol, tel qu'il a existé depuis son premier développement jusqu'à nos jours, s'est principalement formé, dans sa période primitive, par la lutte imposante qui a commencé au moment où les Maures ont débarqué au pied du rocher de Gibraltar, et qu'on ne peut dire terminée que sous le règne de Philippe III, quand les derniers restes de cette race infortunée furent cruellement expulsés des rivages que leurs pères avaient occupés par une invasion inqualifiable, neuf siècles auparavant. Durant cette lutte et spécialement durant les deux ou trois siècles de ténèbres où la poésie espagnole primitive fit son apparition, il n'y a qu'une foi religieuse invincible, qu'un dévouement non moins invincible à leurs princes qui peuvent avoir soutenu les chrétiens espagnols dans ce combat décourageant contre leurs mécréants oppresseurs. Telle fut donc la dure nécessité qui fit de ces deux sentiments élevés les éléments du caractère national de l'Espagne, caractère dont toute l'énergie se consacra pendant des siècles au seul grand objet de leurs prières comme chrétiens, de leurs espérances comme patriotes : l'expulsion de leurs odieux envahisseurs.

La poésie castillane fut dès le principe, et à un degré extraordinaire, l'expression de l'esprit et du caractère du peuple. Des sentiments de soumission religieuse et de fidélité chevaleresque, sentiments qui se rattachent l'un à l'autre dès leur naissance et qui reposent souvent l'un sur l'autre pour se soutenir dans leurs épreuves, voilà les attributs primitifs de ce peuple. Nous ne devons donc point nous étonner de trouver, plus tard, cette soumission à l'Église et cette fidélité au roi apparaître constamment dans l'ensemble de la littérature espagnole, ni de sentir leur esprit respirer dans presque chacune de ses parties. Cette manifestation ne se fera cependant pas sans changer son mode d'expression suivant que la condition du pays changera dans la succession des siècles, mais elle reposera toujours sur ces qualités originales ; de telle sorte qu'elle les montrera survivant à chaque révolution de l'État, sans jamais cesser de se développer par suite de leur première impulsion. En un mot, si leur développement primitif ne laisse pas de doute sur leur nationalité, cette même nationalité les rend inévitablement permanentes.

CHAPITRE VI.

Les cours des divers souverains étaient cependant, en Europe, durant la période que nous venons de parcourir, les principaux centres de progrès et de civilisation. Par suite de circonstances accidentelles, tel était, en particulier, l'état de l'Espagne durant le treizième et le quatorzième siècle. Sur le trône de Castille ou à son ombre, nous avons vu une succession de poëtes et de prosateurs, tels que Alphonse le Sage, Sanche son fils, don Juan Manuel son neveu, le chancelier Pedro Lopez de Ayala, pour ne rien dire de saint Ferdinand qui les précéda tous et qui donna peut-être la première impulsion décisive aux lettres, dans le centre et au nord de l'Espagne (1).

Mais cette littérature, produite et encouragée par ces personnages et par d'autres hommes distingués, ou par le haut clergé qui, avec eux, gouvernait l'État, n'est certainement pas l'unique littérature qui existât alors en deçà des frontières des Pyrénées. Loin de là,

---

(1) Alphonse le Sage dit de son père saint Ferdinand : « Et otrosi pagandose de omes de Corte, que sabien bien de trobar, et cantar, et de joglares que sopiesen bien tocar estrumentos. Ca desto se pagaba el mucho et entendia quien lo facia bien, et quien non. » « Et il s'environna aussi d'hommes de Cour qui savaient bien l'art de trouver et chanter, et de jongleurs qui savaient bien toucher des instruments. Et il y trouvait un grand plaisir, car il distinguait qui le faisait bien et qui non (Setenario, *Paleographia*, pp. 80-83, et pag. 76). » Voyez aussi ce qui est dit plus bas, quand nous parlons de la littérature provençale en Espagne, chap. xvi.

l'esprit poétique s'était répandu, d'une manière extraordinaire, tant sur tout le reste de la Péninsule que dans la partie reconquise sur les Maures, et il animait et élevait toutes les classes de la population chrétienne. Leur propre histoire fantastique, dont les grands événements ont été en particulier le résultat de l'impulsion populaire et qui portent le caractère populaire si profondément imprimé, a soufflé cet esprit au peuple espagnol, esprit qui commence à Pélage et qui se soutient par l'apparition, à certains intervalles, de figures héroïques semblables à celles de Fernan Gonzalez, de Bernard del Carpio et du Cid. Au point où nous sommes maintenant arrivés, une littérature plus populaire, résultat direct de l'enthousiasme qui avait si longtemps dominé la masse entière du peuple espagnol, commençait à faire son apparition naturelle dans la Péninsule, et à s'y assurer une place qu'elle a toujours, par certaines de ses formes, heureusement conservée depuis.

Qu'est-ce qu'il y a donc alors d'essentiellement populaire dans ses sources et dans son caractère? Quelle est la partie qui, ne procédant pas des classes les plus élevées de la nation, a été par elles négligée et dédaignée? Voilà ce que sa véritable rudesse permet probablement peu de préciser avec des formes bien définies, ou ce que son origine ne permet pas d'établir avec ces dates et ces autres preuves qui accompagnent les époques où la littérature nationale s'est trouvée, dès le principe, sous la protection des ordres les plus élevés de la société. Quoique nous ne puissions donner une classification exacte, ni une histoire détaillée de compositions nécessairement si libres et toujours si peu cultivées, nous pourrons toutefois les distribuer en quatre classes et produire des matériaux suffisants pour faire connaître leurs développements progressifs et leur condition particulière.

Ces quatre classes sont : 1° les ROMANCES, tant historiques que lyriques, ou la poésie du peuple depuis les temps primitifs; 2° les CHRONIQUES, ou histoires semi-véridiques, semi-fabuleuses des grands exploits et des héros des annales nationales, histoires commencées, dès le principe, par ordre du chef de l'État, mais toujours fortement empreintes du caractère et des sentiments populaires; 3° les LIVRES DE CHEVALERIE intimement liés aux deux genres précédents, et, au bout de quelque temps, l'objet de l'admiration passionnée de toute la nation; 4° le THÉÂTRE, qui, dans son origine, a toujours été une diversion populaire et religieuse, et qui ne l'a pas été moins en Espagne qu'en Grèce et en France.

Telles sont les quatre classes qui composent ce qui a généralement le plus de valeur dans la littérature espagnole, durant la dernière partie du quatorzième siècle, tout le quinzième et une grande partie du seizième siècle. Elles s'appuient sur les fondements profonds du caractère national et, par conséquent, leur véritable nature s'oppose aux écoles provençale, italienne et de cour, qui fleurirent à la même époque et que nous examinerons plus tard.

Romances. — Nous commencerons par les romances, parce qu'on ne peut raisonnablement pas douter que la poésie, dans la langue actuelle de l'Espagne, n'ait primitivement apparu sous la forme de romance. La première question qui se présente donc sous ce rapport est celle-ci : à quoi faut-il attribuer ce fait? La réponse qui a été suggérée, c'est qu'il y eut probablement, en Espagne, une tendance vers cette forme si populaire de composition, à une époque beaucoup plus éloignée même que celle de l'origine de la langue actuelle de l'Espagne (1) ; que cette tendance pouvait remonter, peut-être, à ces bardes indigènes dont la simple tradition douteuse subsistait au temps de Strabon (2); qu'elle semble paraître encore, dans les vers léonins et dans d'autres rimes latines de l'époque gothique (3) ou bien dans la poésie basque, plus ancienne et plus obscure, dont les quelques fragments, qui nous ont été conservés, ont fait naître la pensée qui a donné naissance à de pareilles conjectures (4). Or ces inductions et d'autres semblables reposent avec si peu de fondement sur des faits écrits, qu'on peut à peine s'y appuyer. Une opinion des plus fréquemment mises en avant, c'est que les romances espagnoles, telles que nous les avons maintenant, sont des imitations de la poésie narrative et lyrique des Arabes qui résonna, pendant des siècles, dans toute la

---

(1) La *Revue d'Édimbourg*, n° 146, sur la traduction des *Romances* de Lockhart, contient une ingénieuse explication de cette théorie.

(2) Le passage de Strabon, cité ici, se lit au liv. III, pag. 139 (édit. Casaubon, in-fol. 1620). Il faut le comparer avec un autre passage, pag. 151, où il dit que la langue et sa poésie étaient entièrement perdues de son temps.

(3) Argote de Molina (Discours sur la poésie castillane, dans le *Comte Lucanor*, édition de 1575, fol. 93, a) mérite d'être cité sur ce point. Ceux qui le croient soutenable peuvent citer aussi la *Chronique générale* (édit. 1604, part. II, fol. 265), ou, en parlant du royaume des Goths et déplorant sa chute, elle dit : *Olvidados estan sus cantares*, etc. : « ses chants sont oubliés. »

(4) Guillaume de Humboldt, dans le *Mithridates d'Adelung et Vater* (Berlin, 1817, in-8°, tom. V, pag. 354), et Argote de Molina (*ut supra*, fol. 93). Mais les poésies basques, citées par ce dernier, ne remontent pas au-delà de 1322 ; il est par conséquent aussi probable qu'elles ont été imitées des romances espagnoles qu'il l'est qu'elles ont été l'objet de l'imitation espagnole.

partie méridionale de l'Espagne ; que la véritable forme sous laquelle les romances espagnoles ont toujours apparu est arabe, qu'elle remonte aux Arabes de l'Orient, à une époque qui n'est pas seulement antérieure à leur invasion en Espagne, mais même à la venue du prophète. Telle est la théorie de Condé (1).

Mais quoique l'air de prétention historique avec lequel elle se présente elle-même nous fasse trouver dans cette théorie quelque chose qui nous prévienne en sa faveur, il y a toutefois des raisons puissantes qui nous empêchent de lui donner notre assentiment. En effet, les romances les plus anciennes de l'Espagne, les seules à l'égard desquelles on peut soulever la question, n'ont aucun des caractères d'une littérature d'imitation. Pas une seule production arabe originale n'a été trouvée dans aucune d'elles, autant que je peux le savoir; pas le moindre passage de poésie arabe, pas la moindre phrase d'un écrivain arabe n'est entrée directement dans leur composition. Au contraire, leur liberté, leur énergie, leur intonation chrétienne et leur loyauté chevaleresque annoncent une originalité et une indépendance de caractère qui nous empêchent de croire qu'elles ont été, sous quelque rapport matériel, redevables à la littérature brillante, mais efféminée, d'une nation à l'esprit de laquelle tout ce qui est espagnol a fait, depuis sa première apparition, une opposition implacable durant des siècles. Il semble, toutefois, que nous devons, d'après leur caractère, considérer ces romances comme originales autant que toute autre poésie des temps modernes ; elles renferment des preuves intrinsèques qu'elles sont espagnoles par la naissance, des productions du sol et marquées de toutes ses variations. Longtemps après leur première apparition, elles continuent de montrer les mêmes éléments de nationalité; de sorte que, jusqu'au moment où la chute de Grenade approche, nous ne trouvons, dans aucune d'elles, ni ton, ni sujets, ni aventures mauresques; rien, en un mot, qui justifie

---

(1) *Domination des Arabes*, tom. I, préface, pp. 18, 19, p. 169 et autres. Mais dans la préface manuscrite d'une collection intitulée : *Poésies orientales*, traduites par Jos.-Ant. Condé, et qui n'est pas encore publiée, il s'exprime lui-même d'une manière plus positive en disant : « Dans la versification des romances et *seguidillas* castillanes nous avons reçu des Arabes le type exact des leurs. » Et plus loin il ajoute : « Depuis l'enfance de notre poésie, nous avons des vers rimés conformes à la mesure employée par les Arabes, dans des temps antérieurs à l'islamisme. » Nous pouvons supposer que Blanco White fait allusion à cet ouvrage (*Variétés*, tom. II, pp. 45-46). La théorie de Condé a été souvent approuvée (voyez la *Revue rétrospective*, tom. IV, pag. 31, et la *Traduction espagnole* de Bouterwek, tom. I, pag. 164, etc.).

l'hypothèse qu'elles sont plus redevables à la civilisation arabe qu'à toute autre partie de la littérature primitive de l'Espagne.

En vérité, il ne semble pas raisonnable de chercher, en Orient ou ailleurs, une origine étrangère aux *formes* pures des romances espagnoles. Leur structure métrique est si simple que nous pouvons croire, sans hésitation, qu'elle s'est présentée d'elle-même, dès que la poésie est en quelque-sorte devenue une nécessité pour le peuple. Elle consiste purement dans ces vers octosyllabiques composés avec la plus grande facilité, tant en d'autres langues que dans la langue castillane, et qui sont d'autant plus aisés dans les vieilles romances que le nombre de pieds, prescrit pour chaque vers, est un peu moins observé (1). Quelquefois, quoique rarement, ces romances sont divisées en stances de quatre lignes, qui prennent alors le nom de *redondillas* (rondelets), avec des rimes au second et au quatrième vers de chaque stance, ou au premier et au quatrième, comme dans les stances de notre poésie moderne. Leur caractère saillant, toutefois, le seul qu'elles sont parvenues à imprimer sur la plus grande partie de toute la poésie nationale, le seul qu'on ne trouve pas dans aucune autre littérature, est celui que l'on peut revendiquer comme ayant eu son origine en Espagne, et qui est devenu, par conséquent, une cir-

---

(1) Argote de Molina (Discours sur la poésie castillane, dans le *Comte de Lucanor*, 1575, fol. 92) veut établir que le vers des romances espagnoles est tout à fait le même que le vers octosyllabique grec, latin, italien et français. « Mais, ajoute-t-il, il appartient en propre à l'Espagne, où il est né. C'est dans la langue espagnole qu'on le trouve, plutôt que dans aucun autre idiome moderne ; ce n'est qu'en espagnol qu'il a cette grâce, cette légèreté, cette vivacité qui constituent le caractère particulier du génie espagnol plus que chez toute autre nation. » Les seuls exemples qu'il produit à l'appui de sa proposition, il les tire des *Odes* de Ronsard, *du très-excellent Ronsard*, comme il l'appelle, et qui jouissait alors de la plus haute réputation en France. Mais les *Odes* de Ronsard sont misérables, comparées à la liberté et l'énergie des romances espagnoles (voyez *Odes* de Ronsard, Paris, 1573, in-18, tom. II, pp. 62, 139). La versification qui s'approche le plus de la *mesure* des anciennes romances espagnoles, sans prétention de les imiter, se trouve dans un petit nombre des anciens fabliaux français, dans le *Temple de la Renommée* de Chaucer, et dans certains passages de la poésie de Walter Scott. Jacob Grimm, dans sa *Silva de Romances viejos* (Vienne, 1815, in-18), extraite principalement du *Cancionero* de 1555, a imprimé les romances comme si primitivement leurs vers avaient quatorze ou seize syllabes; de sorte que chacun d'eux en contient deux du vieux *Romancero*. Sa raison est que leur nature et leur caractère épique exigent précisément de longs vers, qui sont en effet tout à fait semblables alors aux vers du vieux *Poëme du Cid*. Cette théorie, qui n'a pas été généralement adoptée, se trouve victorieusement réfutée par V.-A. Huber, dans son excellent traité : *De primitiva Cantilenarum epicarum popularium (vulgo Romances) apud Hispanos forma* (Berlin, 1844, in-4°), et dans son introduction à l'édition de la *Chronique du Cid*, 1844.

constance importante dans l'histoire du développement poétique de la littérature espagnole (1).

La singularité dont nous parlons, c'est l'*assonnance*, espèce de rime imparfaite, limitée aux voyelles et qui commence à la dernière syllabe accentuée du vers; de sorte qu'elle n'embrasse parfois que la dernière syllabe, que d'autres fois elle s'étend à la pénultième ou même à l'antépénultième. Elle se distingue de la *consonnance* ou rime parfaite qui se forme à la fois des voyelles et des consonnes de la syllabe ou des syllabes finales du vers, et qui répond exactement à ce que l'on appelle la *rime* en anglais (2). Ainsi *feroz* et *furor*, *casa* et *abarca*, *infamia* et *contraria* sont de bonnes assonnances dans la première et la troisième romance du Cid; de la même manière que *mal* et *desleal*, *volare* et *caçare* sont de bonnes consonnances dans la vieille romance du marquis de Mantoue, citée par don Quichote. L'assonnance tient en quelque sorte le milieu entre notre vers blanc et notre rime; l'art de s'en servir s'acquiert facilement dans une langue comme la langue castillane, féconde en voyelles et donnant toujours aux mêmes voyelles la même valeur (3). Dans les vieilles romances, elle revient

---

(1) L'unique espèce que nous connaissions contraire à cette doctrine existe dans le *Répertoire américain* (Londres, 1827, tom. II, pag. 21, etc.), où l'auteur, D. Andrès Bello, je crois, prétend trouver l'origine de l'*assonnant* dans la *Vita Mathildis*, poëme latin du quatorzième siècle, réimprimé par Muratori (*Rerum Italicarum scriptores, Mediolani*, 1725, in-fol., tom. V, pag. 335, etc.), et dans un poëme manuscrit anglonormand du même siècle, sur le fabuleux voyage de Charlemagne à Jérusalem. Mais le poëme latin est, je crois, un essai singulier, inconnu, sans aucun doute, en Espagne. Le poëme anglo-normand, publié depuis par Michel (Londres, 1836, in-12), avec des notes très-curieuses, rime avec des consonnances, quoique avec peu de soin et de régularité. Raynouard, dans le *Journal des savants* (février 1833, pag. 70), commet la même erreur que l'auteur de l'article du *Répertoire*, qu'il suivait probablement. La rime imparfaite de l'ancien idiome gaëlique semble avoir été différente de l'*assonnant* espagnol. Et elle n'a, en effet, aucun rapport avec lui. Logan, sur le *Gaëlique d'Écosse* (Londres, 1831, in-8°, tom. II, pag. 241).

(2) Cervantès, dans son *Amante liberal*, les appelle *consonnances* ou *consonnantes difficultueuses*. Cette grande difficulté en rendit, ce n'est pas douteux, l'usage moins fréquent que des *assonnants*. Juan de la Enzina, dans son *Petit Traité sur le vers castillan*, chap. VII, écrit avant 1500, explique ces deux formes de rime et dit que les vieilles romances *no van verdaderos consonantes* (*ne sont pas de véritables consonnants*). On trouve de curieuses remarques sur les *assonnants* dans Reujifo, *Arte poetica española* (Salamanque, 1592, in-4°, chap. XXXIV), et dans les additions qui ont été faites à l'édition de 1727 (in-4°, pag. 418). A ces remarques on peut joindre les observations philosophiques de Martinez de la Rosa (*Œuvres*, Paris, 1827, in-12, tom. I, pp. 202-204).

(3) Une extrême licence poétique s'introduisit bientôt dans l'usage de l'*assonnant*,

en général tous les deux vers : la facilité à la trouver fait que la même *assonnance* se continue fréquemment dans tout le poëme où elle se rencontre, qu'il soit long, qu'il soit court. Malgré cette entrave, la structure de la romance est si simple que Sarmiento entreprit de démontrer comment la prose espagnole, antérieure au douzième siècle, est souvent écrite, sans intention, en assonnances octosyllabiques (1), et que Sépulvéda, au seizième siècle, a mis de longs passages des vieilles chroniques en romances de la même mesure , avec de faibles changements dans la phraséologie originale (2), deux circonstances qui, réunies, prouvent d'une manière incontestable le peu de distance qui sépare la structure ordinaire de la prose espagnole et la forme primitive du vers espagnol. Si, à toutes ces considérations, nous ajoutons ce récitatif national dans lequel les romances ont été chantées jusqu'à nos jours, et les danses nationales qui les ont accompagnées (3), nous serons probablement persuadés que non-seulement la forme de

---

comme elle s'était introduite chez les anciens dans l'emploi du mètre grec et latin. De sorte que la sphère de l'*assonnant* devint, comme dit Clémencin, extrémement grande. Ainsi *u* et *o* furent considérés comme *assonnants* dans *Vénus* et *Minos: i* et *e* dans *Paris* et *males;* une diphthongue avec une voyelle, *gracia* et *alma, cuitas* et *burlas*, et mille autres variétés qui , à l'époque de Lope de Vega et de Gongora, permirent des combinaisons à l'infini et rendirent la composition du vers *assonnant* infiniment aisée. (Voyez D. Quijote, édit. Clémencin, tom. III, pp. 271-272, note.)

(1) *Poésie espagnole*, Madrid, 1774, in-4°, sec. 422-430.

(2) Il serait très-facile de donner des spécimens des romances tirées des vieilles chroniques ; mais, pour le but que nous nous proposons actuellement, il nous suffit de prendre quelques lignes de la *Chronique générale* (part. III, fol. 77, a, édit. 1604). Quand Velasquez persuade ses neveux, les infants de Lara, de marcher contre les Maures, malgré certains mauvais augures, il s'exprime ainsi : *Sobrinos, estos agüeros que oystes, mucho son buenos; ca nos dan a entender que ganaremos muy gran algo de lo ageno, é de lo nuestro non perderemos ; é fizol muy mal D. Nuño Salido en non venir combusco, é mande Dios que se arrepienta*, etc... Voyez maintenant Sépulvéda (*Romances*, Anvers, 1551, in-18, fol. 11). Dans la romance qui commence ainsi : *Llegados son los Infantes*, nous trouvons les vers suivants:

> *Sobrinos esos agüeros*
> Para nos grand bien serian,
> Porque *nos dan à entender*
> Que bien nos succederia.
> *Ganaremos grande* victoria
> *Nada non se perderia ,*
> *Don Nuño lo hizo mal*
> *Que convusco non venia ,*
> *Mande Dios que se arripiente ,* etc.

(3) Duran, *Romances chevaleresques* (Madrid, 1832, in-12, prologue, tom. I, pp. 16, 17, 35, note 14).

la romance espagnole est aussi purement nationale dans son origine
que l'*assonnant*, son caractère principal, mais encore que cette
forme est plus heureusement appropriée à son objet spécial et plus
aisée dans l'application pratique que toute autre forme prise par la
poésie populaire, tant dans les temps anciens que dans les temps
modernes (1).

---

(1) Les particularités d'une forme métrique si éminemment nationale ne peuvent
être, je suppose, bien comprises que par un exemple. Je vais donc donner ici, dans
l'original espagnol, quelques vers de l'énergique et célèbre romance de Gongora, que
j'ai choisie, parce qu'elle a été traduite en *assonnants anglais* par un écrivain de la
Revue rétrospective. Voici ce texte :

> Aquel rayo de la guerra,
> Alferez mayor del reyno,
> Tan galan como valiente,
> Y tan noble como fiero,
> De los mozos embidiado,
> Y admirado de los viejos,
> Y de los niños y el vulgo,
> Senalado con el dedo,
> El querido de las damas,
> Por cortesano y discreto,
> Hijo hasta alli regalado,
> De la fortuna y el tiempo.
>
> (*Obras*, Madrid, 1654, in-4°, f. 83.)

Cette rime est parfaitement sensible pour une oreille accoutumée à la poésie espagnole, et l'on peut très-bien admettre, je pense, que, lorsqu'elle embrasse, comme dans
la romance citée, les deux voyelles finales du vers, et qu'elle se continue dans tout le
poème, son effet, malgré un peu d'étrangeté, est celui d'un ornement agréable qui
plait sans fatiguer. En anglais toutefois, où les voyelles ont un pouvoir si varié, et où
les consonnants prédominent, le cas est entièrement différent. C'est ce qui résulte évidemment de la traduction suivante des vers ci-dessus, traduction vive et exacte, mais
qui ne saurait produire l'effet de l'espagnol. La rime, on peut le dire, est difficilement
perceptible, excepté pour l'œil, quoique la mesure et sa cadence soient scrupuleusement
observées.

> He the thunderbolt of battle,
> He the first Alferez titled,
> Who as courteous is as valiant,
> And the noblest as the fiercest;
> He who by our youth is envied,
> Honoured by our gravest ancients,
> By our youth in crowds distinguished
> By a thousand pointed fingers;
> He beloved by fairest damsels
> For discretion and politiness,
> Cherished son of time and fortune,
> Bearing all their gifts divinest.
>
> (*Retrospective Review*, vol. IV, p. 35.)

Un autre spécimen de l'*assonnant anglais* se trouve dans le livre de Bowring,
Poésie ancienne d'Espagne (Londres, 1824, in-12, pag. 107). Mais le résultat est subs-

Une forme métrique si naturelle et si claire devint la forme favorite alors, et elle a continué à jouir de sa faveur. Des romances elle passa bientôt à d'autres branches de la poésie nationale, et en particulier à la poésie lyrique. A une époque postérieure, la plus grande partie du vrai théâtre espagnol vint se reposer sur elle, et, avant la fin du dix-septième siècle, on avait probablement écrit plus de vers dans ce rhythme que dans tous les autres mètres employés par les poëtes espagnols. Lope de Vega déclare que cette mesure se prête à tous les genres de composition, même aux plus graves. Cette opinion, sanctionnée de son temps, a été justifiée, du nôtre, par l'application de cette forme particulière de versification à de longs poëmes épiques (1). L'*assonnance* de leurs syllabes peut être, par conséquent, considérée comme connue et employée par tous les genres de poésie espagnole, et, puisqu'elle a été, dès l'origine, le principal élément de cette poésie, nous pouvons croire qu'elle se continuera aussi longtemps que se cultivera ce qu'il y a de plus original dans le génie de la nation.

Quelques-unes de ces ballades, écrites en ce mètre vraiment castillan, sont, sans aucun doute, très-anciennes. Leur existence, dans les temps primitifs, nous est démontrée par leur nom même de *romances*, mot qui semble impliquer qu'à une certaine époque, elles étaient la seule poésie connue dans la langue *romance* de l'Espagne, époque qui ne peut avoir été que celle qui suivit immédiatement la formation du langage lui-même. C'était une poésie populaire d'une certaine espèce, et plus probablement des romances que tout autre genre, qui chantait les exploits du Cid, déjà vers l'année 1147 (2). Un siècle

---

tantiellement et doit être toujours le même, par suite de la différence des deux langues.

(1) En parlant des vers des romances, il dit (*Prologue aux rimes humaines*, œuvres détachées, tom. IV. Madrid, 1776, in-4°, pag. 176) : « Je les trouve capables d'exprimer et de déclarer une pensée quelconque avec facilité et douceur, et même de rendre toute la gravité d'une action de poésie nombreuse. » Lope de Vega vit sa prédiction se réaliser de son temps par le *Fernando*, de Vera y Figueroa, long poëme épique publié en 1632; elle l'a été de nos jours par la charmante narration poétique de don Angel de Saavedra, duc de Rivas, intitulée : *El Moro exposito*, en deux volumes, 1834. L'exemple de Lope de Vega, dans la dernière partie du seizième et dans le commencement du dix-septième siècle, ne contribua pas peu à développer l'usage de l'*assonnant*, qui fut depuis plus employé qu'il ne l'avait été auparavant.

(2) Voyez le poëme, en latin barbare, imprimé par Sandoval à la fin de son *Histoire des rois de Castille* (Pamplona, 1615, fol. 193). Il parle de la prise d'Almeria en 1147, et il semble avoir été écrit par un témoin oculaire.

plus tard, avant l'apparition de la prose de *Fuero Juzgo*, saint Ferdinand, après la prise de Séville, en 1248, accorde des terres, *repartimientos,* à deux poëtes qui l'avaient accompagné durant le siége, Nicolas *des Romances* et Domingo Abad *des Romances*, dont le premier continua, pendant quelque temps après, à vivre dans la ville reprise et à y exercer sa vocation de poëte (1). Sous le règne suivant, entre 1252 et 1280, on mentionne d'autres poëtes de cette classe. C'est une *juglaresa* (jongleuse), que nous voyons introduite dans le poëme d'*Apollonius*, composé, suppose-t-on, peu de temps après l'année 1250 (2) ; et dans les *Leyes de Partidas* d'Alphonse X, préparées vers l'an 1260, on recommande aux bons chevaliers de ne point prêter l'oreille aux récits poétiques des chanteurs de romances, à moins que leurs chants ne se rapportent à des faits d'armes (3). Dans la *Chronique générale,* compilée plus tard par ce même prince, on fait aussi plus d'une fois mention des « gestes ou contes en vers, » de *las gestas o cuentos en verso,* de « ce que les jongleurs chantent leurs chants ou racontent leurs contes, » *que los juglares canten sus cantares o digan sus cuentos;* et de ce que « l'on entend les chanteurs dans leurs chants, » *lo que se oye à los cantores en sus cantares;* expres-

---

(1) L'on a, à cet égard, une autorité suffisante, quoique le fait lui-même de donner à une personne le nom du genre de poésie qu'il compose soit assez singulier. On le trouve dans Diego Ortiz de Zuñiga : *Annales ecclésiastiques et séculières de Séville* (Séville, 1677, in-fol , pp. 14, 90, 815, etc.). Il le prit, dit-il, des documents *originaux* des *repartimientos*, qu'il décrit dans les plus minutieux détails, comme ayant été employés par Argote de Molina (préf. et pag. 815, etc.). Il le prit aussi sur les documents des archives de la cathédrale. Le *repartimiento* ou distribution des terres et des dépouilles d'une cité, d'où, selon le récit de Mariana, cent mille Maures émigrèrent ou furent expulsés, était un événement grave, et les documents qui s'y rapportent semblent avoir été exacts et nombreux (Zuñiga, préf., et pp. 31, 62, 66, etc.). La signification du mot *romance* dans ce passage est beaucoup plus douteuse. Si ce mot pouvait signifier *une* espèce de poésie populaire, n'est-il pas vraisemblable qu'elle ne fut autre, dans une époque si reculée, que la poésie des romances ? Toutefois les vers qu'Ortiz de Zuñiga attribue (pag. 815), sur l'autorité d'Argote de Molina, à Domingo Abad de los Romances, ne sont pas de lui; ils sont de l'Archiprêtre de Hita. (Voyez Sanchez, t. IV, pag. 166.)

(2) Stances 426, 427, 483-495, édit. de Paris, 1844, in-8°.

(3) Partie II, titr. xxi, lois 20 et 21 : *El sin todo esto aun facian mas ; que los juglares non dixiesen antellos otros cantares sinon de gesta, é que fablassen de fechos d'armas.* » Et outre cela ils faisaient plus encore; que les jongleurs ne diraient devant eux d'autres chants que des chansons de gestes et qui parleraient de faits d'armes. » Les *juglares*, mot dérivé du latin *jocularis*, étaient des chanteurs vagabonds, transformés plus tard en bouffons. Voyez la note curieuse de Clémencin au *Quichote*, part. II, chap. xxxi)

sions qui font comprendre que les exploits de Bernard del Carpio et de Charlemagne, auxquels ces phrases se rapportent, étaient aussi familiers à la poésie populaire, qui servit à la composition de cette belle chronique, qu'ils ont été connus depuis de tout le peuple espagnol, grâce aux belles romances que nous possédons encore (1).

Il ne semble pas aisé, par conséquent, d'échapper à la conclusion déduite, il y a près de trois siècles, par Argote de Molina, le plus sagace de tous les vieux critiques espagnols, à savoir : « que ces vieilles romances ont vraiment perpétué le souvenir du temps passé et qu'elles ont constitué la plus grande partie de ces anciens récits castillans employés par le roi Alphonse dans son histoire (2), » conclusion à laquelle nous devons arriver, même aujourd'hui, par une simple lecture attentive de nombreux morceaux de la Chronique elle-même (3).

Nous terminerons par un fait ce que nous savons de leur histoire primitive. C'est que l'on a trouvé des romances dans le *Cancionero* de don Juan Manuel, le neveu d'Alphonse X, collection qu'Argote de Molina possédait, qu'il se proposait de publier et qui est maintenent perdue (4). Telles sont les faibles lumières que nous avons pu répandre sur l'ensemble du sujet jusqu'à la mort de don Juan Manuel, en 1347. A partir de cette époque, la même où fleurit l'Archiprêtre de Hita, nous perdons presque de vue non-seulement les romances, mais encore toute la vraie poésie espagnole dont les chants semblent à peine se faire entendre, durant les horreurs du règne de Pierre le Cruel, durant la succession contestée de Henri de Transtamare et les guerres avec Jean Ier de Portugal. Quand ses échos arrivent jusqu'à nous, sous le faible règne de Jean II, règne qui s'étend jusqu'au milieu du quinzième siècle, cette poésie ne se présente elle-même qu'avec quelques traits du vieux caractère national (5). Elle est de-

---

(1) *Chronique générale*, Valladolid, 1604, part. III, fol. 30, 33, 45.

(2) *Le Comte Lucanor*, 1575; *Discours sur la poésie castillane*, par Argote de Molina, fol. 93, a.

(3) La fin de la seconde partie de la *Chronique générale* et une grande partie de la troisième, relative aux grands hommes de l'histoire primitive de Léon et de Castille, me paraissent avoir été indubitablement empruntées à de vieux matériaux poétiques.

(4) Discours, *Comte Lucanor*, édit. de 1575, fol. 92, a, 93, b. Les poésies insérées dans les Cancioneros généraux de 1511 à 1573, portant le nom de D. Juan Manuel, sont, comme nous l'avons déjà expliqué, l'œuvre de D. Juan Manoel de Portugal, qui mourut en 1524.

(5) Le marquis de Santillane, dans sa lettre célèbre (Sanchez, tom. I), parle des *Romances e Cantares*, mais d'une manière très-légère.

venue poésie de cour ; elle s'est faite courtisane. Ces vieilles et énergiques romances peuvent bien, par conséquent, ne rien perdre encore de la faveur populaire, peuvent bien être conservées par la fidélité de la tradition, mais nous n'en trouvons pas un souvenir distinct,
avant la fin de ce quinzième siècle et le commencement du siècle
suivant, alors que la masse du peuple, dont elles exprimaient les sentiments, parvient à un tel degré de considération que la poésie s'élève au
rang qui lui est dû et auquel elle s'est toujours maintenue depuis.
C'est sous les règnes de Ferdinand et d'Isabelle, et de Charles Ier.

Mais ces quelques notices historiques sur les romances et leur
poésie sont, à l'exception de ce qui touche à leur origine primitive,
d'une importance trop faible pour avoir une grande valeur. Aussi
est-il difficile, jusqu'après la moitié du seizième siècle, de trouver
des romances composées par des auteurs connus. De sorte que, en
parlant des vieilles romances espagnoles, nous ne nous rapportons
pas à ces quelques compositions dont l'époque peut être fixée avec
quelque soin, mais bien à cette quantité immense qui se trouve dans
les *Romanceros generales* ou ailleurs, et dont les auteurs et les dates
sont également inconnus. Cette quantité se compose d'environ un
millier de vieux poëmes, d'une étendue inégale et d'un mérite encore
plus inégal, composés entre l'époque où les vers firent leur première
apparition en Espagne et le temps où des vers, comme ceux des romances, étaient jugés dignes d'être transmis par l'écriture, collections
qui retraçaient l'ensemble du peuple espagnol, ses sentiments, ses
passions, son caractère, de la même manière qu'une romance isolée
retraçait le caractère individuel de l'auteur qui l'avait produite.

Pendant longtemps ces romances nationales primitives durent, nécessairement, n'exister que dans la mémoire du peuple au sein duquel elles avaient vu le jour, et qui les conserva dans la suite des
siècles et par de longues traditions, grâce aux intérêts et aux sentiments qui leur avaient donné primitivement naissance. Nous ne pouvons, par conséquent, raisonnablement espérer de connaître aujour-
d'hui exactement quelques-unes de ces romances telles qu'elles furent
primitivement composées et chantées, ni quelles sont celles auxquelles
nous pouvons assigner une époque définitive avec un degré certain
de probabilité. Ce n'est pas douteux, nous en possédons encore un
certain nombre qui, avec de légers changements dans la simplicité
des pensées et de la mélodie, trouvent place parmi les élans primitifs
de cet enthousiasme populaire qui, du douzième au quinzième siècle,
poussa les chrétiens espagnols à l'émancipation de leur patrie. Ces

romances se firent entendre dans les vallées de la Sierra-Morena, ou sur les rivages du Turia et du Guadalquivir, avec l'accent primitif de cette langue qui s'est répandue depuis dans toute la Péninsule. Mais le pauvre ménestrel qui, dans des temps de trouble, allait chercher une subsistance précaire de chaumière en chaumière, ou le soldat sans souci qui, après la bataille, chantait ses exploits, sur la guitare, à la porte de sa tente, ne pouvaient espérer de voir plus loin que le moment présent; de sorte que, si leurs vers rudes et grossiers nous ont été conservés, ils l'ont été par ceux qui les ont répétés de mémoire, en changeant leur intonation et leur langage suivant que changeaient les opinions du temps et même les événements qu'il leur arrivait de se rappeler. Ainsi donc tout ce qui appartient à cette époque primitive appartient, en même temps, à la vie du peuple que les chroniques ne donnent point, et au caractère de ce peuple dont ces chants font partie; si quelques-unes de ces romances ainsi composées ont survécu jusqu'à nos jours, un plus grand nombre reste, on ne peut en douter, enseveli avec l'inspiration poétique qui leur a donné naissance.

Telle est, en effet, la grande difficulté que l'on rencontre dans les recherches relatives aux vieilles romances espagnoles. La même excitation de l'esprit national qui les anima durant la vie fut le résultat d'un siècle de violences et de souffrances telles que les romances qu'il produisit cessent de commander l'intérêt qui devrait motiver leur conservation par écrit. Des poëmes individuels tels que le *Poëme du Cid;* des ouvrages d'auteurs particuliers, comme ceux de l'Archiprêtre de Hita ou de don Juan Manuel, méritaient que le temps les transcrivît pour le temps. Mais la poésie populaire fut entièrement négligée. Plus tard même, quand les *Cancioneros* spéciaux, qui n'étaient que des collections de toute espèce faites suivant le caprice du compilateur ou suivant les moyens qu'il avait pu trouver, quand ces *Cancioneros* devinrent à la mode, sous le règne de Jean II, le mauvais goût du temps fit entièrement dédaigner la vieille littérature nationale, de sorte qu'on ne rencontre pas une seule romance dans aucun de ses recueils (1).

Il faut donc aller chercher les premières romances imprimées dans

---

(1) *Cancion, Canzone, Chansos,* dans la langue des romances, signifiait primitivement une espèce de poésie, parce que toute poésie, ou presque toute, était chantée (Giovanni Galvani, *Poesia dei Trovatori,* Modène, 1829, in-8°, pag. 29). De même, en espagnol, *Cancionero* a été longtemps employé pour signifier une simple collection de poésies, soit d'un seul auteur, soit de plusieurs.

la première édition du *Cancionero general* compilé par Hernando del Castillo, et imprimé à Valence en 1511. Leur nombre, en y comprenant les fragments et les imitations, s'élève à trente-sept; dix-neuf appartiennent à des auteurs dont les noms sont donnés, et qui, comme don Juan Manuel de Portugal, Alonzo de Carthagène, Juan del Enzina, et Diego de San-Pedro, sont connus pour avoir fleuri à l'époque comprise entre 1450 et 1500; ou qui, comme Lope de Sosa, apparaissent si souvent dans les collections de ce siècle, qu'on peut affirmer en toute sécurité qu'ils y ont appartenu. Quant au reste, plusieurs romances semblent bien plus anciennes, et sont par conséquent plus curieuses et plus importantes.

La première, par exemple, appelée *Romance del Conde Claros*, est un fragment d'une autre romance plus ancienne qui a été plus tard imprimée intégralement. Elle a été insérée dans le *Cancionero* à cause d'une glose travaillée avec soin et dans le style provençal par Francisco de Léon; à cause aussi d'une imitation qui en a été faite par Lope de Sosa et d'une glose sur cette imitation par Soria. Toutes ces compositions se suivent et ne laissent pas le moindre doute que la romance primitive n'ait été longtemps connue et admirée. Le fragment, qui tout seul est curieux, consiste en un dialogue entre le comte de Claros et son oncle l'archevêque, sur un sujet et sur un ton qui ont rendu le nom du comte presque proverbial pour exprimer un vrai type amoureux. En voici les termes :

> Pesame de vos, el Conde,
> Porque asi os quieren matar;
> Porque el yerro que hezistes
> No fué mucho de culpar;
> Que los yerros por amores
> Dignos son de perdonar.
> Supliqué por vos al Rey
> Vos mandasse delibrar;
> Mas el Rey con grande enojo
> No me quisiera escuchar, etc. (1).

La pièce suivante est aussi un fragment; elle raconte avec une extrême simplicité un incident qui se rattache à l'état social de

---

(1) J'ai du chagrin pour vous, Comte, — Parce qu'on veut ainsi vous mettre à mort, — Parce que la faute que vous avez commise — N'est pas une de celles qui font un grand coupable; — Les fautes d'amour — Sont dignes de pardon. — J'ai supplié le roi pour vous — Afin qu'il vous fit délivrer; — Mais le roi avec un grand ennui — N'a pas voulu m'écouter, etc... — *Cancionero general*, 1535, fol. 106. Toute cette

l'Espagne, entre le treizième et le seizième siècle, quand les deux races étaient tout à fait fondues ensemble et toujours en lutte.

Yo mera mora Morayma,
Morilla d'un bel catare,
Christiano vino á mi puerta,
Cuytada, por m'engañare.
Hablome en algaravia
Como aquel que bien la sabe :
« Abrasme las puertas, mora,
« Se Ala te guarde de male. »
« Como te abriré mesquina
« Que no sé quien tu seras? »
« Yo soy el moro Maçote,
« Hermano de la tu madre,
« Que un christiano dejo muerto,
« Tras mi venia el alcalde.
« Si no me abres, tu, mi vida,
« Aqui me veras matare. »
Quando esto oy, cuytada,
Començome a levantare;
Vistierame un almexia,
No hallando mi briale,
Fuera me para la puerta,
Y abrila de par en pare (1).

Le morceau qui suit immédiatement est complet, et, tant par les imitations qui en ont été faites que par les gloses, il est très-probablement fort ancien. Il commence par ces mots : «Fonte frida, fonte frida,» et il est peut-être une imitation de « Rosa fresca, Rosa fresca,»

---

romance et ses diverses variantes se trouvent dans le *Cancionero de Romances* (Saragosse, 1550, in-12, part. xi, fol. 188). Elle commence par ces mots : *Media noche era por hilo*, vers qui indique qu'elle était composée avant l'invention des horloges. Les aventures du comte de Claros, comme beaucoup d'autres de celles que rapportent les vieilles romances, ne se trouvent souvent pas mentionnées dans les chroniques.

(1) J'étais, moi, une jeune mauresque, Morayma, — Une jeune mauresque au beau regard ; — Un chrétien vint à ma porte, — Affligée, pour me tromper. — Il me parle en langue arabe — Comme celui qui la sait bien : — « Ouvre-moi la porte, mauresque,—Si Allah te garde de tout mal. » - « Comment t'ouvrir, misérable, —Sans savoir qui tu es? »— « Je suis le maure Maçote, — Le frère de ta mère, — Qui a laissé un chrétien mort; — Après moi vient l'alcalde. — Si tu ne m'ouvres pas, toi, ma vie, — Ici tu me verras massacrer. » — En entendant ces paroles, inquiète, — Je commençai à me lever ; — Je revêtis ma tunique — Ne trouvant pas ma robe de soie, — Je m'avançai vers la porte — Et l'ouvris de part en part.

une autre de ces primitives et tout à fait gracieuses romances lyriques
qui ont toujours été si populaires.

> Fonte frida, fonte frida,
> Fonte frida y con amor
> Do todas las avezicas
> Van tomar consolacion,
> Sino es la tortolica
> Que esta biuda y con dolor.
> Per ay fué à passar
> El traydor del ruiseñor;
> Las palabras qué el dezia
> Llenas son de traycion :
> « Si tu quissiesses, señora,
> « Yo seria tu servidor. »
> « Vete de ay, enemigo
> « Malo, falso, engañador,
> « Qué ni poso en ramo verde
> « Ni en prado que tenga flor;
> « Qué si hallo el agua clara,
> « Turbia la bebio yo;
> « Qué no quiero aver marido
> « Porque hijos no aya, no,
> « No quiero plazer con ellos
> « Ni menos consolacion.
> « Deja-me, triste enemigo
> « Malo, falso, traydor
> « Qué no quiero ser tu amiga,
> « Ni casar contigo, no (1). »

La romance parallèle de « Rosa fresca, Rosa fresca » n'est pas
moins simple, ni moins caractéristique : Rose était le nom de la
dame aimée.

> « Rosa fresca, Rosa fresca,
> « Tan garrida y con amor,
> « Quando y'os tuve en mis brazos,

---

(1) Source fraiche, source fraiche, — Source fraiche, source d'amour, — Où tous les
jeunes oiseaux — Vont chercher consolation, — Excepté la tourterelle — Qui est
veuve et affligée. — C'est par là que vint à passer — Le traître du rossignol ; — Les
paroles qu'il disait — Étaient pleines de trahison :—« Si tu voulais, señora,—Je serais
ton serviteur. » — Va-t'en d'ici, ennemi — Méchant, fourbe, trompeur, — Qui ne
repose ni sur rameau vert — Ni dans une prairie fleurie ; — S'il trouve, lui, l'eau
claire, — Je l'ai bue, moi, troublée ; — Je ne veux pas avoir de mari — Pour ne pas
avoir d'enfants, non ; — Je ne cherche pas de plaisir avec eux, — Encore moins consolation. — Laisse-moi, triste ennemi, — Méchant, fourbe, traître ; — Je ne veux pas
être ton amie, — Ni me marier avec toi, non. »

« No vos supe servir, no.
« Y agora que os serviria
« Non vos puedo aver, non. »
« Vuestra fué la culpa, amigo,
« Vuestra fué, que mia, non.
« Embiastesme una carta,
« Con un vuestro servidor,
« Y en lugar de recaudar,
« El dixera otra razon :
« Qu'érades casado, amigo
« Allá en tierras de Léon ;
« Que teneis muger hermosa
« Y hijos como une flor. »
« Quien vos lo dijo, señora,
« No vos dijo verdad, non,
« Que yo nunca entré en Castilla,
« Ni allí en tierras de Leon,
« Sino cuando era pequeño,
« Que non sabia de amor (1). »

Quelques-unes des autres romances anonymes de cette petite collection ne sont pas moins curieuses, ni moins anciennes ; on peut remarquer entre autres celles qui commencent ainsi : « Decidme vos pensamientos. » — « Que por Mayo era por Mayo. » — « Durandarte, Durandarte, » ainsi qu'une partie de celles qui commencent par ces mots : « Triste estaba el caballero, » — et « Amara yo una señora. » La plupart de celles qui restent et toutes celles qui appartiennent à des auteurs connus ont moins de valeur et sont d'une époque plus moderne.

Le *Cancionero* de Hernando del Castillo où elles furent insérées pour la première fois, s'est étendu et altéré dans huit éditions consécutives dont la dernière a été publiée en 1573. Mais, dans toutes ces éditions, cette petite collection de romances s'est conservée telle

---

(1) « Rose fraiche, rose fraiche, — Rose charmante, — Pleine d'amour, — Quand je vous tins dans mes bras, — Je ne sus pas vous servir, non. — Et maintenant que je vous servirais, — Je ne peux vous avoir, non. » — « Ce fut votre faute, ami, — Ce fut votre faute, non la mienne, non. — Vous m'avez envoyé un message — Par un de vos serviteurs, — Et au lieu de bien conduire son affaire, — Il a dit une autre raison : — Que vous étiez marié, ami, — Là-bas, dans les terres de Léon ; — Que vous aviez une femme belle, — Et des enfants comme une fleur. » — « Quiconque ainsi vous a parlé, señora, — Ne vous a pas dit la vérité, non ; — Jamais je ne suis entré en Castille, — Ni ici dans les terres de Léon, — Sinon, quand j'étais tout petit, — Quand je ne savais rien des choses d'amour. »

Ces deux romances sont insérées dans l'édition de 1535, fol. 107 et 108 ; elles sont des plus anciennes, et, ce qui le prouve, c'est le mot *carta* employé pour signifier un message verbal.

qu'elle a été originairement imprimée, dans la première édition, sans aucun changement, quoique dans des éditions de poésies plus modernes on y trouve parfois intercalée quelque romance plus récente (1). Il est par conséquent fort douteux que les *Cancioneros généraux* aient contribué à attirer l'attention sur les romances poétiques de l'Espagne, surtout si nous représentons à notre esprit qu'elles sont presque entièrement remplies des œuvres de l'école fantastique de l'époque qui les a produites, et qu'elles étaient probablement peu connues, excepté de cette classe de gens de cour, personnages qui n'accordaient qu'une faible valeur à tout ce qu'il y avait de plus ancien et de plus national dans la littérature poétique (2).

Mais, au moment où les *Cancioneros* étaient encore en cours de publication, il se faisait un effort individuel, dans un vrai sens, pour conserver les vieilles romances, et cet effort était couronné de succès. En 1550, Esteban, G. de Najera, imprimait à Saragosse, en deux parties consécutives, un livre qu'il intitulait *Silva de Romances*. Il en excuse en partie les fautes dans sa préface, et en attribue la cause à ce que les souvenirs de ceux dont il a réuni les romances avaient été souvent imparfaitement publiés. Tel est donc le plus ancien des véritables *Romanceros*, le premier évidemment composé de traditions nationales. C'est donc par conséquent le plus curieux et le plus important de tous. Un nombre considérable des petits poëmes qu'il contient ne sont, toutefois, regardés que comme des fragments des romances populaires déjà perdues. Celle du comte de Claros, au contraire, est la seule complète; car le *Cancionero*, publié quarante ans avant, n'avait donné que les faibles parties que l'éditeur avait pu réunir. Ces deux faits, frappants et opposés, montrent que les romances qui forment cette collection ont été, comme le dit la préface, recueillies des souvenirs du peuple.

---

(1) Dans l'édition de 1573 est insérée une gracieuse et tendre romance qui commence ainsi (fol. 373) :

> ¡ Ay, Dios de mi tierra,
> Saqueis me de aqui !
> ¡ Ay, que Inglaterra
> Ya no es para mi.

Ah ! Dieu de ma patrie, — Tirez-moi d'ici ! — Ah ! l'Angleterre — N'est pas faite pour moi !

Elle fut probablement composée par un des courtisans de Philippe II qui l'avait accompagné et qui regrettait son pays.

(2) Salvá (*Catalogue*, Londres, 1826, in-8°, numéro 60) compte jusqu'à neuf *Cancioneros généraux ;* plus tard nous ferons connaitre le principal.

Procédant d'une telle origine, ces romances ont un caractère et un ton excessivement variés. Quelques-unes se rattachent aux fictions chevaleresques et à l'histoire de Charlemagne : les plus remarquables sont celles de Gayferos et Melisendra, du marquis de Mantoue et du comte d'Irlos (1). D'autres, comme celle de la croix miraculeuse faite pour Alphonse le Chaste (2), celle de la chute de Valence, appartiennent à l'histoire primitive de l'Espagne (3) et à cette classe de vieilles romances castillanes qu'Argote de Molina prétend avoir servi à la composition de la *Cronica general*. Enfin nous avons la douloureuse tragédie domestique du comte Alarcos qui nous ramène à une époque de l'histoire nationale ou à des traditions dont il ne nous reste aucun autre vieux souvenir (4). Il y en a peu qui, malgré leur brièveté même et leur imperfection, soient sans intérêt; tel est, par exemple, la romance évidemment très-ancienne où don Virgile figure comme un personnage puni pour avoir abusé des sentiments de la fille du roi (5). Si vous voulez, toutefois, des spécimens de l'esprit national qui domine dans toute la collection, prenez de préférence les romances sur la déroute de Rodrigue, le huitième jour de la bataille

---

(1) Les romances qui traitent de Gaifre commencent ainsi : *Estabase la Condesa — Vamonos, dijo mi tio* — et *Asentado esta Guiferos*. Les deux plus longues, sur le marquis de Mantoue et le comte d'Irlos, commencent par ces mots : *De Mantua salio el Marques* et *Estabase el conde d'Irlos*.

(2) La Sainte Croix d'Oviedo.

(3) Comparez l'histoire des anges qui firent la Sainte Croix pour le roi don Alphonse le Catholique, en l'année 794, telle que la raconte la romance *Reinando el Rey Alfonso*, insérée dans le *Romancero* de 1550, avec la narration de la *Chronique générale* (1604, part. III, fol. 29). Comparez aussi la romance *Apretada esta Valencia* (Romancero de 1550), avec la chronique du Cid, 1593, cap. CLXXXIII, pag. 154.

(4) Elle commence ainsi : *Retraida esta la Infanta* (Romancero de 1550). C'est une des compositions les plus tendres et les plus belles qu'il y ait dans aucune langue. Nous en avons des traductions faites par Bowring (pag. 51) et par Lockhart (*Romances espagnoles*, Londres, 1823, in-4°, pag. 202). Cet événement a été présenté quatre fois au moins sous une forme dramatique : par Lope de Vega, dans sa *Fuerza lastimosa;* par Guillen de Castro ; par Mira de Amescua, et par José J. Milanés, poëte de la Havane, dont les œuvres s'y imprimèrent, en 1846 (3 vol. in-8°). Ces trois derniers donnent à leur drame le nom de la romance : *le Comte d'Alarcos*. La pièce la meilleure est, selon nous, la comédie de Mira de Amescua, insérée dans le cinquième volume des *Comédies choisies* (1653, in-4°). Le drame de Milanés a des morceaux pleins de feu et de passion.

(5) *Mando el Rey prender Vergilios* (Romancero, 1550). Cette romance, une des plus anciennes, porte l'empreinte de la loyauté de ce temps. Virgile, on le sait très-bien, était traité dans le moyen âge, tantôt comme un chevalier, tantôt comme un enchanteur.

de Guadalete, bataille qui soumit l'Espagne aux Maures (1), ou bien celle de Garci Perez de Vargas, prise probablement de la *Chronique générale* et fondée sur un fait si important que Mariana le rappelle, et si populaire que sa notoriété lui mérita d'être rapporté par Cervantès (2).

Ce véritable *Romancero*, ainsi publié, eut un tel succès qu'en moins de cinq ans, il obtint trois éditions ou révisions ; celle de 1555, vulgairement appelée *Cancionero de Amberes* (Cancionero d'Anvers), qui, comme la dernière, se trouve être aussi la plus complète et la mieux connue. D'autres collections semblables suivirent ce Romancero et une entre autres, en cinq parties publiées séparément, de 1593 à 1597, à Valence, à Burgos, à Tolède, à Alcalá, à Madrid, variété d'origines à laquelle nous devons, sans aucun doute, non-seulement la conservation d'un si grand nombre de vieilles romances, mais encore une grande partie de la richesse et de la diversité de sujets et de ton qu'elles nous offrent. Toutes les grandes provinces du royaume, excepté celles du sud-ouest, envoyèrent leurs richesses, longtemps accumulées, pour remplir ce premier dépôt immense de la poésie nationale populaire. Comme son humble prédécesseur, ce recueil eut un grand succès. Primitivement volumineux, il s'augmenta encore dans quatre réimpressions suivantes qui s'éditèrent dans l'espace d'environ quinze ans. La dernière, publiée en trois parties, de 1605 à 1614, constitue ce dépôt immense intitulé : *Romancero général*, d'où nous tirons aujourd'hui comme d'autres recueils moins importants et plus anciens, presque tout ce que la vieille poésie populaire de l'Espagne nous offre de curieux et d'intéressant : le nombre entier des romances contenues dans ces divers volumes est considérable et dépasse plus de mille (3).

---

(1) Comparez les romances qui commencent par : *Las huestes de don Rodrigo* et *Despuesque el Rey don Rodrigo*, avec la *Chronique du roi don Rodrigue*, et la *Destruction de l'Espagne* (Alcalá, 1587, in-fol., chap. CCXXXVIII, CCLIV). Il existe une très-belle traduction des premières par Lockkart, dans ses *Anciennes Romances espagnoles* (Londres, 1823, in-4°, pag. 5), ouvrage remarquable et supérieur, dans son genre, à tous ceux que nous connaissons en d'autres langues.

(2) Ortiz de Zuñiga (*Annales de Séville*, appendix, pag. 831) donne cette romance, et affirme qu'elle a été imprimée deux cents ans avant. Si c'était vrai, elle serait, sans aucun doute, la plus vieille romance *imprimée* en castillan. Mais Ortiz de Zuñiga, comme presque tous ses compatriotes, manque de critique en pareille matière. L'histoire de Garci Perez de Vargas se lit dans la *Chronique générale*, part. IV, dans la *Chronique de Ferdinand III*, chap. XLVIII, etc.; et dans Mariana, *Histoire*, liv. XXIII, chap. VII.

(3) Voyez *Appendix B*, sur les Romanceros.

Mais, depuis que ces collections ont paru, il y a près de deux siècles, on a peu travaillé à augmenter ce trésor des romances primitives de l'Espagne. Des romanceros moins considérables sur des sujets particuliers, tels que les exploits des Douze Pairs, ou ceux du Cid, ont été cependant extraits de recueils plus étendus et ont été fréquemment l'objet de la faveur générale. Mais ils servent seulement à nous faire comprendre que, depuis la moitié ou la fin du dix-septième siècle, les vrais romances populaires, filles du cœur et des traditions du peuple, furent jugées peu dignes d'attention, et qu'elles sont restées, jusqu'à ces derniers temps, flottantes au milieu des humbles classes qui leur avaient donné naissance. Là, toutefois, comme dans leur sol natal, elles ont toujours été non moins chéries et cultivées qu'à l'époque de leur primitive apparition ; et c'est là que se sont trouvés très-souvent les vieux romanceros eux-mêmes jusqu'à ce que les ont de nouveau présentés à la lumière et à la faveur publique Quintana, Depping et Duran, ces critiques qui ont ainsi obéi aux sentiments du siècle où nous vivons.

Les vieilles collections du seizième siècle sont, toutefois, les seules sources sûres et suffisantes où l'on doive aller puiser les véritables romances primitives. La collection publiée de 1593 à 1597 est particulièrement estimable par suite de cette circonstance que tous les matériaux sont, comme nous l'avons indiqué, venus de toutes les différentes parties de l'Espagne, et que si, au grand nombre de romances qu'elle contient, on ajoute celles qui se trouvent dans le Cancionero de 1511 et dans le romancero de 1550, nous aurons le grand corps des anciennes romances anonymes de l'Espagne, plus conforme à cette tradition populaire, source commune de toute leur beauté et que nous ne pouvons trouver partout ailleurs.

Mais quelle que soit la source d'où nous les tirions, ces romances, nous abandonnons tout espoir de les classer par ordre chronologique. Imprimées d'abord en petits volumes ou par feuilles détachées, suivant le hasard ou le temps qui les faisaient composer ou trouver, ces poésies, tirées de la mémoire de ces chanteurs aveugles qui les répétaient dans les rues, furent mises à côté de celles que l'on extrayait des ouvrages de Lope de Véga et de Gongora. Et de la même manière que s'étaient formées les premières collections, de même on les réunit, plus tard, ensemble, dans les Romanceros généraux, sans y attacher les noms d'auteur, sans établir la distinction entre les anciennes et les nouvelles romances, les groupant même ensemble suivant qu'elles appartiennent à un même sujet. Néanmoins elles semblent avoir été uniquement publiées pour servir d'amusement aux classes les moins cultivées du pays, ou de passe-temps aux guerriers qui avaient livré les batailles de Charles-Quint et de Philippe II en Italie, en Allemagne et en Flandre, de sorte qu'un classement méthodique de ce genre était une matière de peu d'importance.

Il ne reste donc plus qu'à les considérer sous le point de vue du sujet. A cet égard, la distribution la plus convenable est celle qui les classe, 1° dans leurs rapports avec les fictions chevaleresques et particulièrement avec Charlemagne et ses douze pairs ; 2° dans leurs rapports avec l'histoire et les traditions espagnoles, avec quelques-unes qui se rattachent à l'antiquité classique ; 3° celles qui reposent sur des aventures maures ; 4° enfin celles qui ont trait à la vie privée et aux mœurs des Espagnols eux-mêmes. Toute composition qui ne tombe naturellement pas sous l'une de ces quatre divisions n'appartient probablement pas aux anciennes romances; si elle y appartient, son importance n'est pas telle qu'elle mérite un examen particulier.

CHAPITRE VII.

Romances sur des sujets ayant trait à la chevalerie. — Romances sur des sujets de l'histoire d'Espagne. — Bernard del Carpio. — Fernand Gonzalez. — Les sept Infants de Lara. — Le Cid. — Romances sur des sujets de l'histoire ancienne et de la fable, sacrées et profanes. — Romances sur des sujets maures. — Romances variées, amoureuses, burlesques, satiriques, etc. — Caractère des vieilles romances espagnoles.

Romances chevaleresques. — La première chose qui nous frappe, en ouvrant un vieux romancero espagnol, c'est l'air et l'esprit national qui respire dans chacun d'eux. Mais nous chercherions en vain quelques-unes de ces fictions qui abondent dans la poésie populaire des autres nations, à la même époque, et que nous pourrions nous attendre à trouver ici. Cette chevalerie même qui a tant d'affinité avec le caractère et la condition de l'Espagne, lors de l'apparition des romances, se fait regretter par nous, elle et la suite accoutumée de ses personnages. D'Arthur et de sa Table-Ronde, ces vieilles romances ne nous racontent rien, rien de la merveille du Graal, rien de Perceval, rien des Palmerins, rien de beaucoup d'autres héros fameux et bien connus dans l'obscure contrée de la chevalerie. Plusieurs de ces personnages figurent largement dans les Nouvelles espagnoles en prose. C'est que, pendant longtemps, l'histoire d'Espagne elle-même a fourni assez de matériaux à sa poésie populaire, et si Amadis, Lancelot du Lac, Tristan de Léonis et leurs compagnons, apparaissent parfois dans les romances, ce n'est qu'après que les nouvelles en prose, remplies de leurs aventures, les ont rendus familiers. Dans ce cas même, sont-ils introduits un peu comme étrangers, et aucun d'eux n'occupe une place bien déterminée. Quant aux histoires du Cid et de Bernard del Carpio, elles sont trop présentes à l'esprit du peuple espagnol et y laissent trop peu d'espace pour des inventions comparativement froides et moins substantielles.

La seule exception notable à cette remarque se trouve dans les histoires qui se rattachent à Charlemagne et à ses Pairs. Ce grand monarque, qui, à l'époque la plus triste pour l'Europe depuis les jours de la république romaine, ranima les nations, non-seulement par la gloire de ses conquêtes militaires, mais encore par la magnificence de ses institutions civiles, ce monarque, dans la dernière partie du huitième siècle, franchit les Pyrénées, à la sollicitation d'un de ses alliés musulmans, ravagea les marches espagnoles jusqu'à l'Èbre, et s'empara de Pamplona et de Saragosse (1). L'impression qu'il y produisit semble avoir été la même que celle qu'il laissa partout ailleurs. Depuis ce temps, la splendeur de son grand nom et de ses exploits se mêle dans l'esprit du peuple espagnol avec la fantastique conception de ses propres hauts faits et donne naissance à cette série de fictions comprises dans l'histoire de Bernard del Carpio, et qui se terminent à la grande déroute où, suivant la persuasion de la vanité nationale,

> Carlomagno y su pairía
> Sucumbió en Fuenterrabía (2).

Ces aventures romanesques, en mettant surtout de côté les données de l'histoire, ces aventures où des paladins français apparaissent associés à de fabuleux héros espagnols tels que Montesinos et Durandarte (3), et parfois au noble Maure Calainos, sont décrites avec assez de minutie dans les vieilles romances espagnoles. Le plus grand nombre, qui renferme les plus longues et les meilleures, est compris dans le *Romancero* de 1550 à 1555. On peut y en ajouter certaines autres du *Romancero* de 1593 à 1597, s'élevant ensemble à un peu plus de cinquante, dont vingt seulement sont dans la collection spécialement consacrée aux douze pairs, et furent publiées pour la première fois, en 1608. Quelques-unes sont évidemment très-anciennes; telle est, par exemple, la romance sur le comte d'Irlos, sur le marquis

---

(1) Sismondi, *Histoire des Français*, Paris, 1821, in-8°, tome II, pp. 257-260.

(2) Charlemagne et sa pairie — Succomba à Fontarabie.

(3) Montesinos et Durandart figurent si largement dans la visite de D. Quichote, à la grotte de Montesinos, que tout ce qui s'y rapporte se trouve dans les notes de Pellicer et de Clemencin, à la partie II, chap. xxiii, de l'histoire de l'ingénieux hidalgo.

de Mantoue, les deux sur le comte de Claros de Montalvan, les deux fragments sur Durandarte, dont le dernier peut remonter au *Cancionero* de 1511 (1).

Les romances de cette classe sont ordinairement assez longues et se rapprochent assez du caractère des vieux récits rimés français et anglais : celle du comte d'Irlos s'étend pendant treize cents vers environ. Les plus longues romances sont généralement aussi les meilleures; celles où la même assonnance se trouve dans de longs morceaux, et où la même consonnance ou rime parfaite se continue parfois même jusqu'à la fin, présentent une harmonie solennelle dans leurs cadences prolongées, harmonie qui produit sur les sens le même effet que le chant d'un récitatif soutenu et splendide.

Prises en corps, elles ont un ton grave qui s'allie à la vivacité d'une narration pittoresque tout à fait différente de l'extravagante et romantique animation donnée plus tard à la même espèce de fictions en Italie, différente même de ce petit nombre de romances espagnoles composées à une époque postérieure avec les matériaux d'une imagination fantastique trouvés dans les poëmes de Boyardo et de l'Arioste. Toutefois, dans tous les siècles et sous toutes les formes, ces poésies ont été les compositions favorites du peuple espagnol. C'est à elles qu'il est fait allusion, il y a près de cinq cents ans, dans les vieilles chroniques nationales; et quand, à la fin du dernier siècle, Sarmiento nous fait connaître le *Romancero des Douze Pairs*, il nous en parle comme d'un recueil que les paysans d'Espagne et les enfants savaient encore par cœur (2).

ROMANCES HISTORIQUES. — La plus importante et la plus grande série des romances espagnoles se compose toutefois des romances historiques. Il n'y a là rien de surprenant. Les héros primitifs de l'histoire espagnole sont un résultat si direct du caractère populaire, et les exploits des armées nationales touchent de si près la condition personnelle de chaque chrétien dans la Péninsule, que les uns et les autres devinrent naturellement le premier et le principal sujet d'une

---

(1) Ces romances commencent ainsi : *Estabase el conde d'Irlos,* qui est la plus longue que je connaisse; *Asentado esta Gaiferos,* une des meilleures plusieurs fois citée par Cervantès; *Media noche era por hilo,* qui porte en elle-même la preuve de son antiquité parce qu'on comptait les heures par les gouttes d'eau; *a caça va el Emperador,* citée souvent aussi par Cervantès; et *o Belerma, o Belerma,* traduite en anglais par M. G. Lewis; on peut y ajouter : *Durandarte, Durandarte,* insérée dans le romancero d'Anvers et dans les vieux concioneros généraux.

(2) *Mémoires pour servir à l'histoire de la poésie castillane,* sec. 528.

poésie qui a toujours été, à un degré remarquable, l'expression des sentiments et des passions populaires. Il serait facile, par conséquent, de réunir une collection de ces romances, collection petite, pour ce qui est relatif aux époques romaine et gothe, mais ample pour ce qui regarde le temps de Rodrigue et de la conquête musulmane de l'Espagne, jusqu'au moment où la restauration fut glorieusement accomplie par la chute de Grenade; collection qui constituerait un éclaircissement poétique de l'histoire d'Espagne, secours qu'on ne pourrait trouver pour l'histoire d'aucun autre pays. Il nous suffit, toutefois, pour le but que nous nous proposons, de choisir quelques morceaux de ces remarquables romances consacrées aux plus grands héros, personnages moitié fantastiques, moitié héroïques, qui, de la fin du huitième siècle au commencement du douzième, occupent une large place dans toutes les vieilles traditions, et qui servent également à éclairer le caractère primitif du peuple espagnol, et la poésie à laquelle ce caractère a donné naissance.

Le premier de ces héros, dans l'ordre des temps, c'est Bernard del Carpio, sur lequel nous avons environ quarante romances qui, avec les récits de la chronique d'Alphonse le Sage, ont servi à la composition de nombreux drames et de nombreux romans, et enfin, de trois longs poëmes héroïques. En suivant ces vieilles narrations, Bernard del Carpio florissait vers l'an 800, et fut le fruit d'un mariage secret entre le comte de Saldaña et la sœur d'Alphonse le Chaste. Ce mariage avait tellement offensé le roi, qu'il fit enfermer le comte dans une prison perpétuelle et envoyer l'infante au couvent. Il éleva Bernard comme son propre fils et lui laissa ignorer sa naissance. Les exploits de Bernard, se terminant à la bataille de Roncevaux; ses efforts pour obtenir la liberté de son père, dès qu'il connut qui il était; la duplicité du roi, qui souvent promit de délivrer le comte de Saldaña, et qui viola si souvent sa parole; le désespoir de Bernard; sa révolte enfin après la mort du comte dans la prison, tous ces faits sont aussi amplement développés dans les romances que dans les chroniques et constituent la partie la plus romantique et la plus intéressante des unes et des autres (1).

De toutes les romances qui contiennent cette histoire et qui supposent généralement qu'elle s'est tout entière passée sous un seul

---

(1) L'histoire de Bernard se trouve dans la *Chronique générale*, part. III, et commence au fol. 30 de l'édition de 1604; mais elle doit être presque entièrement fabuleuse.

règne, alors que la chronique lui en fait embrasser trois, aucune n'est, peut-être, plus belle que la romance où le comte de Saldaña, dans sa prison solitaire, se plaint de son fils qu'il suppose instruit de sa naissance, et de sa femme, l'infante, qu'il présume liguée avec son royal frère. Après la description du château où il est confiné, le comte s'exprime ainsi :

> Los tiempos de mi prision
> Tan aborrecida y larga,
> Por momentos me lo dicen
> Aquestas mis tristes canas.
>
> Quando entré en este castillo,
> Apenas entré con barbas,
> Y agora por mis pecados,
> Las veo crecidas y blancas.
>
> ¿ Qué descuido es esté, hijo?
> ¿ Como a vozes no te llama
> La sangre qué tienes mia
> A socorrer donde falta?
>
> Sin duda que te detiene
> La que de tu madre alcanzas,
> Que por ser de la del Rey
> Juzgaras cual él mi causa.
>
> Todos tres sois mis contrarios;
> Que á un desdichado no basta
> Que sus contrarios lo sean,
> Sino sus propias entrañas.
>
> Todos los que aqui me tienen
> Me cuentan de tos hazañas;
> Si para tu padre no,
> Dime para quien las guardas?
>
> Aqui estoy en estos hierros,
> Y pues dellos no me sacas
> Mal padre debo de ser,
> O mal hijo, pues me faltas.
>
> Perdoname si te ofendo,
> Que descanzo en las palabras,
> Que yo como viejo lloro,
> Y tu como ausente callas (1).

______

(1) Les temps de ma prison — Si abhorrée et si longue, — Par moments me le disent — Mes tristes cheveux blancs. — Quand j'entrai dans ce château, — J'y entrai ayant à peine de la barbe. — Et maintenant, pour mes péchés, — Je la vois épaisse et

Les vieilles romances espagnoles ont souvent entre elles une grande analogie, et pour le ton et pour l'expression ; plusieurs semblent parfois une imitation d'un original commun. C'est ainsi que, dans une autre composition sur le même sujet, l'emprisonnement du comte de Saldaña, nous trouvons la durée du temps qu'il l'a souffert et l'idée de parenté et de sang renforcée dans les paroles suivantes, non du comte lui-même, mais de Bernard s'adressant au roi :

> Cansadas ya las paredes
> De guardar en tanto tiempo
> A un hombre que vieron moço
> Y ya le ven cano y viejo.
>
> Si ya sus culpas merecen
> Que sangre sea en su descuento
> Harta suya he derramado,
> Y toda en servicio vuestro (1).

En lisant les romances sur Bernard del Carpio, il est impossible de ne pas être frappé de leur ressemblance avec les passages correspondants de la *Chronique générale*. Plusieurs en ont été copiées, ce n'est pas douteux. D'autres, c'est probable, ont été, sous une forme plus ancienne, trouvées parmi les matériaux poétiques qui ont servi, nous le savons, à la composition de cette Chronique (2). Les meilleures

---

blanche. — Quel est cet abandon, mon fils ? — Comment ne t'appelle pas, à grands cris, — Le sang que tu tiens de moi — Pour porter du secours là où il en est besoin ? — Sans doute que te retient — Le (sang) qui te vient de ta mère, — Parce qu'il est du sang de roi. — Tu jugeras comme lui ma cause. — Tous trois, vous êtes mes ennemis. — Il ne suffit pas à un malheureux — D'avoir pour adversaires ses ennemis ; — Il faut encore qu'il ait ceux qui sont ses propres entrailles. — Tous ceux qui me retiennent ici — Me racontent tes exploits ; — Si tu n'agis pas pour ton père, — Dis-moi, pour qui te réserves-tu ? — Ici je gémis dans les fers, — Et puisque tu ne viens pas m'en délivrer, — Je dois être un mauvais père, — Ou un mauvais fils, puisque tu me manques. — Pardonne-moi si je t'offense, — Je me repose par des paroles.— Moi, je pleure comme un vieillard, — Et toi, tu te tais comme un absent. *Romancero général*, 1602, fol. 46. Elle se trouvait déjà imprimée en 1593.

(1) Les murailles déjà fatiguées — De garder si longtemps — Un homme qu'elles ont vu jeune — Et qu'elles voient maintenant blanchi et vieux. — Si ses fautes ont mérité — Que le sang vienne en décompte, — Le sien s'est assez versé, — Et tout pour votre service.

Cette romance est évidemment une des plus vieilles. La plus ancienne copie imprimée que nous en connaissions est insérée dans le recueil intitulé : *Flor de Romances*, neuvième partie (Madrid, 1597, in-8°, fol. 45). Duran l'a mise parmi les siennes avec quelques variantes.

(2) La romance qui commence ainsi : *En corte del casto Alfonso* (Romancero de

sont celles qui ont la plus étroite conformité avec l'histoire elle-même, mais toutes, prises ensemble, forment une série curieuse et intéressante qui sert à nous montrer d'une manière frappante les sentiments et les mœurs du peuple, dans les temps barbares dont elles parlent, aussi bien que ceux d'une époque plus récente où plusieurs d'entre elles ont été écrites.

La série qui suit roule sur Fernan Gonzalez, ce capitaine populaire dont nous avons déjà fait mention quand nous avons parlé de sa chronique rimée ; un de ceux qui, au milieu du dixième siècle, reconquirent la Castille sur les Maures, et qui devint le premier de ses comtes souverains. Le nombre des romances qui se rapportent à lui n'est pas grand, il n'y en a pas probablement vingt. Les plus poétiques sont celles qui décrivent le double rachat de sa prison par sa courageuse épouse, et celles qui racontent sa lutte avec le roi Sanche, lutte où il déploya toute la turbulence et la ruse du mauvais seigneur du moyen âge.

Presque tous les faits qu'elles rappellent se trouvent dans la troisième partie de la *Chronique générale;* quoique un petit nombre d'entre ces romances paraissent en être dérivées aussi distinctement que quelques-unes de celles qui ont été écrites sur Bernard del Carpio, deux ou trois, au moins, sont évidemment dues à cette chronique

---

1555) est tirée de la *Chronique générale,* part. III, fol. 32, 33, édit. de 1604, comme le prouve le passage suivant :

> *Quando* Bernaldo *lo supo*
> *Pesole* à gran demasia,
> *Tanto que dentro en el cuerpo*
> *La sangre se le volvia.*
>
> Yendo *para su posada*
> Muy grande llanto hacia,
> *Vistiose paños de luto,*
> Y delante el rey se iba.
>
> *El rey cuando* asi *le vio,*
> Desta suerte le decia :
> « *Bernaldo,* por aventura
> *Cobdicias la muerte mia ?* »

Quand Bernard le sut — Il en conçut un chagrin excessif, — Et tel que dans son corps — Le sang bouillonnait. — En rentrant dans sa demeure — Il poussait de grands gémissements ; — Il se vêtit d'habits de deuil, — Et devant le Roi se rendit.— Quand le Roi le vit ainsi — Il lui parla de cette sorte : — « Bernard, par hasard, — Désires-tu ma mort ? »

La *Chronique* s'exprime ainsi : « E el (Bernaldo) *quandol supo,* que su padre era preso, *pesol* mucho de coraçon, e *bolviòsele la sangre en el cuerpo,* e fuesse *para su posada,* faciendo el mayor duelo del mundo ; e *vistiose paños de duelo,* e fuesse para

pour le sujet et l'expression, tandis que la forme inculte de quelques autres semble montrer qu'elles ont pu la précéder et contribuer même à leur composition (1).

Les romances qui forment naturellement le groupe suivant sont celles qui regardent les sept Infants de Lara, qui vivait du temps de Garcia Fernandez, le fils de Fernan Gonzalez. Quelques-unes sont d'une rare beauté, et la légende qu'elles renferment est un récit des plus romantiques de l'histoire d'Espagne. Les sept Infants de Lara, par suite d'une querelle domestique, furent livrés par leur oncle aux mains des Maures, qui les mirent à mort, pendant que leur père était enfermé, par une des plus basses trahisons, dans une prison maure, où une noble dame musulmane lui donna un huitième fils, le fameux Mudarra, qui vengea plus tard toutes les injures de sa race. Nous avons, sur ce sujet, environ trente romances, dont quelques-unes sont très-anciennes et nous transmettent des inventions ou des traditions qu'on ne rappelle nulle part ailleurs, tandis que d'autres semblent dériver directement de la *Chronique générale*. Le morceau suivant appartient à une de ces dernières et offre un excellent spécimen de l'ensemble (2) :

---

el Rey Don Alfonso; e *el Rey cuando lo vido*, dixol : *Bernaldo cobdiciades la muerte mia ?* » Il est évident que, dans le cas présent, la *Chronique* a servi d'original à la romance. Mais il est très-difficile, sinon impossible, de désigner une romance particulière qui ait servi à la *Chronique*. En effet, il n'en existait assurément aucune dans la forme qu'elles avaient, lorsque la *Chronique* fut rédigée, vers le milieu du treizième siècle. Par conséquent, on ne peut pas s'attendre à une phraséologie correspondante, comme celle que nous venons de citer. Rien ne nous surprendrait cependant de trouver quelques-unes des romances de Bernard, dans la VIe partie de la *Flor de Romances* (Tolède, 1584, in-8°), que Pedro Flores nous dit avoir été recueillies de la tradition; de les trouver, dis-je, très-connues au temps d'Alphonse le Sage, et insérées parmi les chansons de gestes auxquelles elles font allusion. Je citerai particulièrement les trois qui commencent par ces mots : *Contandole estaba un dia. — Antesque barbas tuviesse*, et, *Mal mis servicios pagaste*. La langue de ces romances appartient, sans aucun doute, au siècle de Charles V et de Philippe II, mais les pensées et les sentiments sont évidemment plus anciens.

(1) Une des romances qui doivent leur origine à la *Chronique générale* est celle qui, dans le Romancero de 1555, commence ainsi : *Preso esta Fernan Gonzalez*, quoique la *Chronique* (part. III, fol. 62, édit. de 1604) parle d'un comte normand qui suborna le Castillan, et que la romance dise que c'était un Lombard. Une autre, écrite avec autant de verve que les deux précédentes, se trouve dans la *Flor de romances*, part. VII (Alcalá, 1597, in-18), fol. 65, commence par *El conde Fernan Gonzalez*, et contient la relation d'une de ses victoires sur Almanzor, victoire qui n'est pas racontée ailleurs et qui la rend très-curieuse.

(2) L'histoire des Sept Infants de Lara est racontée dans la *Chronique générale*

¿ Quien es aquel caballero
Que tan gran traicion hacia ?
Ruy Velasquez es de Lara
Que à sus sobrinos vendia.
En el campo de Almenara
A los Infantes decia
Que fuesen à correr Moros
Que el los accorreria,
Que habrian muy gran ganancia,
Muchos captivos traerian.
Ellos en aquesto estando
Grandes gentes parecian :
Mas de diez mil son los Moros
Las enseñas traen tendidas.
Los Infantes le preguntan
Que gente es la que venia.
— No hayais miedo, mis sobrinos,
Ruy Velasquez respondia,
Todos son Moros astrosos,
Moros de poca valia,
Que viendo que vais à ellos
A huir luego echarian :
Y si ellos vos aguardan
Yo en vuestro socorro iria :
Corrilos yo muchas veces,
Ninguno lo defendio.
A ellos id mis sobrinos,
No mostredes cobardia. —
¡ Palabras son engañosas
Y de muy grande falsia !
Los Infantes como buenos
Con Moros arremetian :
Caballeros son doscientos
Los que su guarda seguian.
El a furto de cristianos
A los Moros se venia ;
Digoles que sus sobrinos
No escape ninguno à vida,
Que les corten las cabezas
Quel no los defenderia ;

---

part. III, et dans l'édit. de 1604 ; elle commence au fol. 76. Nous possédons aussi un
livre curieux, avec quarante planches, sur leur histoire, par Othon Vænius, littérateur et artiste, mort en 1634. Ce livre a pour titre : *Historia septem infantium de
Lara* (Anvers, 1612, in-fol.). C'est d'une copie, sans doute imparfaite, du même ouvrage, que s'est servi Southey pour ses notes à la *Chronique du Cid* (pag. 401). Sepúlveda (1551-1584) produit un grand nombre de romances sur le même sujet ; celle que
nous citons en est une : le passage de la *Chronique générale*, d'où elle a été prise, commence au fol. 78, édit. 1604.

Doscientos hombres no mas
Lleban en compañia (1).

Mais, on a pu s'en apercevoir, le Cid fut pris, au moment de la formation du langage, comme le sujet de la poésie populaire, et il a fourni l'occasion à plus de romances qu'aucun autre des grands héros de l'histoire ou de la fable en Espagne (2). La première collection qui en a été faite dans un romancero séparé remonte à 1612, et elle a continué de s'imprimer et de se réimprimer, en Espagne et à l'étranger, jusqu'à nos jours (3). On y trouve aisément cent soixante romances, quelques-unes très-anciennes; d'autres très-poétiques; un

---

(1) Quel est ce chevalier — Qui commettait une si grande trahison? — C'est Ruy Velasquez de Lara, — Qui vendit ses neveux. — Dans la plaine d'Almenara — Il disait aux Infants — D'aller courir sus aux Maures, — Qu'il courrait, lui, avec eux, — Qu'ils en retireraient un grand butin, — Qu'ils emmèneraient de nombreux captifs.— En se livrant à cette entreprise, — Ils paraîtraient de grands personnages. — Plus de dix mille sont les Maures — Qui marchent enseignes déployées. — Les Infants lui demandent — Quelle est cette multitude qui s'avance : — Soyez sans crainte, mes neveux, — Répond Ruy Velasquez, — Ce sont tous de vils Maures, — Maures de peu de valeur, — Qui, vous voyant marcher sur eux, — Se mettront immédiatement à fuir, — Et s'ils vous attendent, — Je viendrai, moi, à votre secours : — Plusieurs fois j'ai fondu sur eux — Et aucun ne s'est défendu. — Fondez sur eux, mes neveux, — Ne montrez point de lâcheté. — Paroles trompeuses, — Pleines de la plus grande fausseté!— Les Infants, en hommes de cœur, — S'engagent contre les Maures. — Deux cents est le nombre des cavaliers — Qui accompagnent leur garde. — Lui, à l'insu des chrétiens, — Se rend au milieu des Maures ; — Il leur dit qu'aucun de ses neveux — Ne devait échapper à la mort. — Coupez-leur la tête, — Je ne les défendrai point : — Deux cents hommes au plus — Forment leur compagnie.

(2) Dans un poëme en latin barbare, rimé, imprimé avec grand soin par Sandoval (*Rois de Castille*, Pamplona, 1615, fol. 189, etc.), et écrit apparemment, comme nous l'avons indiqué, par un personnage qui assistait au siége d'Almeria, en 1147, nous lisons les vers suivants :

Ipse Rodericus, *mio Cid* semper vocatus,
De quo cantatum quod ab hostibus haud superatus,
Qui domuit Moros, comites quoque domuit nostros, etc.

Rodrigue lui-même, *mon Cid* toujours appelé, — *Chanté* parce que par les ennemis il n'a pas été surpassé, — Qu'il a dompté les Maures, nos grands aussi dompté, etc.

Ce poëme doit avoir été écrit en espagnol, d'après les mots *mio Cid*, et, dans ce cas, il doit avoir été difficilement autre chose qu'une collection de romances.

(3) Nicolas Antonio (Biblioth. Nova, tom. p. 684) indique 1612 comme la date du plus ancien Romancero du Cid. Le plus vieux que nous possédons est de Pamplona (1706, in-8°). Mais l'édition de Madrid (1818, in-18), celle de Francfort (1827, in-12), et la collection de Duran (Caballerescos, Madrid, 1832, in-12, tom. II, pp. 43-191), sont plus complètes. La plus complète de toutes est l'édition de Keller (Stuttgard, 1840, in-12). Elle contient 154 romances auxquelles on peut encore en ajouter quelques autres.

grand nombre prosaïques et pauvres. Les chroniques semblent avoir peu contribué à leur composition (1). Les circonstances de l'histoire du Cid, tant vraies que fabuleuses, se trouvaient trop bien enracinées dans la croyance populaire; elles étaient trop familières à tous les chrétiens espagnols pour rendre nécessaire l'usage de pareils matériaux; aucune collection de vieilles romances n'est par conséquent plus fortement empreinte de l'esprit de leur siècle et de leur pays; aucune ne constitue une série aussi complète. Elles nous donnent évidemment l'ensemble de l'histoire du Cid, qu'on ne trouve nulle part entière, ni dans le vieux poëme qui ne prétend pas être une vie du héros, ni dans la chronique en prose qui ne remonte pas si loin dans son histoire, ni dans le manuscrit latin trop bref et trop condensé. Tout à fait au commencement, elles nous offrent la peinture légère et animée qui suit de l'affront et de la souffrance de Diego Lainez, le père du Cid, par suite du coup qu'il a reçu du comte Lozano et dont son âge lui rend la vengeance impossible :

> Cuydando Diego Laynez
> En la mengua de su casa,
> Fidalga, rica y antigua
> Antes de Nuño y Abarca,
> Y viendo que le fallecen
> Fuerças para la vengança,
> Porque por sus luengos años
> Por si no puede tomalla,
> Y que el de Orgaz se passea
> Seguro y libre en la plaça,
> Sin que nadie se lo impida,
> Lozano en nombre y en gala:
> Non puede dormir de noche
> Nin gustar de las viandas,
> Ni alzar del suelo los ojos
> Ni osa salir de su casa,
> Nin fablar con sus amigos,
> Antes les niega la fabla
> Temiendo no les ofenda
> El aliento de su infamia (2).

---

(1) Les romances qui commencent par *Guarte, Guarte, Rey don Sancho*, et *De Zamora sale Dolfos*, sont indubitablement tirées de la *Chronique du Cid*, 1593, chap. LX, LXII. D'autres, et en particulier celles de la collection de Sepúlveda, semblent tirées d'autres parties de la même chronique ou de la *Chronique générale* , part. IV. Mais le nombre de passages qui ont servi à de pareils emprunts dans les Romances du Cid est très-faible.

(2) Veillant Diego Laynez, — Pour l'honneur de sa maison — Noble, riche, an-

Dans cette situation des sentiments de son père, Rodrigue, qui n'est encore qu'un jeune homme, se détermine à venger l'insulte et défie le comte Lozano, alors le chevalier le plus dangereux et le premier gentilhomme du royaume. Le résultat du duel est la mort de son arrogant et injurieux ennemi. Le comte mort, sa fille, la belle Chimène, vient demander vengeance au roi, mais tout s'arrange suivant les mœurs grossières de ces temps par un mariage entre les deux parties, mariage qui met nécessairement fin à la querelle.

Jusqu'ici les romances ne se rapportent qu'aux premières années du Cid, sous le règne de Ferdinand le Grand, et constituent une série à part, qui a fourni à Guillem de Castro, et, après lui, à Corneille, les meilleurs matériaux pour leurs tragédies respectives sur cette partie de l'histoire du Cid. Mais, à la mort de Ferdinand, son royaume fut partagé, suivant sa volonté, entre ses quatre enfants. Nous avons alors une autre série de romances sur la part que prend le Cid aux guerres, presque nécessaires, résultant d'un pareil partage, au siége de Zamora, échue par le sort à la reine Urraca, qui y était assiégée par son frère, Sanche le Brave. Dans une de ces romances, le Cid, envoyé par Sanche pour sommer la ville, devient l'objet des reproches et des insultes d'Urraca, représentée debout sur l'une de ses tours et répondant aux paroles qu'il lui avait adressées d'en bas :

A fuera, a fuera, Rodrigo,
El soberbio Castellano,
Acordasete debiera
De aquel tiempo ya pasado,
Cuando fuiste caballero
En el altar de Santiago;
Cuando el rey fué tu padrino,
Tu, Rodrigo, el ahijado.
Mi padre te dio las armas,
Mi madre te dio el caballo,

---

cienne — Avant celle de Nuño et Abarca, — Et voyant qu'il lui manque — Des forces pour la vengeance, — Parce que ses longues années — Ne lui permettent pas de la prendre par lui-même, — Voyant que celui d'Orgaz se promène — Tranquille et libre sur la place — Sans que personne l'en empêche, — Ivre de joie et de renommée ; — Il ne peut dormir la nuit, — Ni goûter des viandes, — Ni lever les yeux du sol, — Il n'ose sortir de sa maison — Ni causer avec ses amis. — Loin de là, il leur refuse de parler — Dans la crainte que ne les offense — Le souffle de son infamie. (Le jeu de mots sur le nom du comte *Lozano* n'est pas facile à traduire.)

Le livre le plus ancien où nous avons vu cette romance, évidemment très-vieille, est le recueil intitulé : *Flor de romances*, IXe partie, 1597, fol. 133.

> Yo te calzé las espuelas,
> Porque fuesses mas honrado,
> Que pensé casar contigo ;
> No lo quiso mi pecado :
> Casaste con Ximena Gomez
> Hija del conde Lozano,
> Con ella uviste dineros,
> Conmigo uvieras estado.
> Si bien casaste , Rodrigo ,
> Muy mejor fueras casado ;
> Dejaste hija de rey,
> Por tomar la de vassallo (1).

Alphonse VI devint roi à la mort de Sanche, qui périt misérablement par trahison, devant les murs de Zamora. Le Cid se prit de querelle avec son nouveau maître et fut exilé. C'est à ce moment que commence le vieux poëme déjà mentionné ; dès lors et par la suite, les romances forment une narration des plus suivies de sa vie ; elles nous mènent, souvent avec la plus grande minutie de détails, à sa conquête de Valence, à sa rentrée en grâce avec le roi, à son triomphe sur les Comtes de Carrion, à sa vieillesse, à sa mort, à ses funérailles. Prises dans leur ensemble, elles nous offrent une peinture que l'historien Müller et le philosophe Herder considèrent, en maintes circonstances, comme une histoire digne de foi, mais qui ne saurait être qu'une version poétique des traditions ayant cours aux différentes époques où les diverses parties furent composées.

---

(1) Hors d'ici, hors d'ici, Rodrigue,— Le superbe Castillan.— Il devrait te souvenir — De ce temps déjà passé, — Où tu fus fait chevalier — Sur l'autel de Santiago ; — Quand le Roi fut ton parrain, — Toi, Rodrigue, le protégé. — Mon père te donna les armes, — Ma mère te donna le coursier, — Je te chaussai les éperons. — Pour que tu fusses plus honoré, — J'ai pensé à m'unir à toi. — Mon destin ne le voulut pas : — Tu t'es marié à Ximène Gomez, — Fille du comte Lozano. — Avec elle tu as eu de l'argent, — Avec moi tu aurais eu une position. — Si tu t'es bien marié, Rodrigue, — Tu l'aurais été beaucoup mieux ; — Tu as laissé une fille de Roi, — Pour prendre celle d'un vassal.

Cette romance est une des plus anciennes et des plus expressives. Elle fut imprimée pour la première fois en 1655 ; celle de *Durandarte, Durandarte,* imprimée en 1511, est sans doute une imitation de la première, qui était plus vieille et plus célèbre quand la seconde fut imprimée. La copie la plus ancienne qu'on en connait aujourd'hui la donne telle qu'elle est ci-dessus; plus tard elle a subi quelques changements. On a supprimé les derniers vers, qui semblent visiblement ajoutés. La preuve que c'est une des romances les plus anciennes et les plus populaires, c'est qu'elle est très-fréquemment citée par les auteurs du beau siècle de la littérature espagnole, par Cervantès, dans son *Persile et Sigismonde* (livre III, ch. XXI), et Guillen de Castro, dans ses *Mocedades del Cid.*

En effet, dans la première partie de la période où les romances historiques furent écrites, leurs sujets semblent avoir plutôt choisi les héros traditionnels du pays que les événements certains et bien connus de ses annales. Beaucoup de fiction se mêle, par conséquent, aux récits que nous rapporte sur de tels personnages la facile crédulité du patriotisme; une partie de ces romances est devenue incroyable pour notre foi moderne, de sorte que nous ne pouvons nous empêcher de ne point nous accorder avec le bon sens du chanoine de don Quichote quand il dit : « Qu'il y ait eu un Cid, un Bernard del Carpio, cela n'est pas douteux; mais ce qui l'est beaucoup, c'est qu'ils aient accompli les hauts faits qu'on leur attribue (1). » Et cependant nous devons admettre, en même temps, comme non moins vraie, cette malicieuse observation de Sancho, qu'après tout, les vieilles romances sont trop vieilles pour raconter des mensonges. Malgré cette assertion, il en est ainsi de plusieurs d'entre elles.

A une époque postérieure, toute espèce de sujets furent introduits dans les romances, sujets anciens et modernes, sacrés et profanes. Les fables mêmes de la Grèce et de Rome furent mises à contribution, comme si elles étaient véritablement historiques. Un plus grand nombre de romances se rattache toutefois à l'histoire d'Espagne plus qu'à toute autre, et ces romances sont en général les meilleures. La particularité la plus frappante de tout leur ensemble se trouve peut-être dans le degré avec lequel elles expriment le caractère national. La loyauté domine constamment. Le seigneur de Buitrago sacrifie sa propre vie pour sauver celle de son souverain (2). Le Cid envoie de riches dépouilles de sa conquête de Valence à un roi ingrat qui était allé jusqu'à l'exiler (3). Bernard del Carpio reste soumis à son oncle

---

(1) *En lo que hubo Cid, no hay duda, ni menos Bernardo del Carpio; pero de que hicieron las hazañas que dicen, creo que hay muy grande.* « Qu'il y ait eu un Cid, il n'y a pas de doute, pas même à l'égard de Bernard del Carpio; mais qu'ils aient fait les exploits qu'on dit, je crois qu'il y en a un très-grand (part. I, ch. xlix). » C'est là une opinion judicieuse et sensée sur cette matière, point sur lequel Cervantès se trompe rarement. Elle forme un singulier contraste avec la crédulité extravagante de ceux qui considèrent d'un côté les romances comme des documents historiques dignes de foi, tels que Müller et Herder, et la sotte incrédulité de ceux qui, comme Masdeu, nient l'existence même du Cid.

(2) Voyez la belle romance qui commence ainsi : *Si el caballo vos han muerto,* insérée pour la première fois dans la *Flor de Romances,* huitième partie (Alcalá, 1597, fol. 129). Elle a été énergiquement traduite par Lockhart.

(3) Ce fait est rapporté par la romance : *Llego Alvar Fañez á Burgos,* et dans la

qui l'avait bassement et brutalement outragé dans ses sentiments d'amour filial (1), et quand, poussé au désespoir, il se révolte, les romances et les chroniques l'abandonnent absolument. En un mot, c'est là le trait qui, avec quelques autres fortement accentués, montre constamment le caractère national dans les vieilles romances historiques, et qui constitue la plus grande partie du charme principal dont elles sont remplies.

ROMANCES MORISQUES. — Les romances morisques forment, par elles-mêmes, une classe nombreuse et brillante, mais aucune ne remonte à l'antiquité des vieilles romances historiques. Leurs sujets, en effet, indiquent leur origine plus moderne. Il y en a peu qui fassent allusion aux événements ou aux personnages connus à l'époque qui précéda immédiatement la prise de Grenade. Dans ce petit nombre même, abondent les preuves d'un caractère plus récent et chrétien. Ce qui apparaît avec certitude, c'est qu'après la ruine totale de la puissance musulmane, quand les conquérants entrèrent pour la première fois dans la pleine possession de tout ce qu'il y avait de plus luxuriant dans la civilisation de leurs ennemis, les sujets tentants que leur situation leur suggérait furent immédiatement saisis par l'esprit de leur poésie populaire. Le voluptueux Midi, avec son raffinement pittoresque quoique efféminé ; les mœurs étranges de ses populations, sans être absolument étrangères; sa splendide et fantastique architecture ; l'histoire de ses exploits guerriers et de ses désastres à Baza, à Ronda, à

---

lettre qui l'accompagne : *El vassallo desleale.* Ce trait de caractère du Cid nous est indiqué par Diego Ximénez Aylon dans son poëme sur le *Héroe Castellano*, 1579, où il dit :

> Tratado de su Rey con aspereza
> Jamas le dio lugar su virtud alta
> Que en su lealtad viniese alguna falta.

> Traité par son Roi avec dureté, — Jamais sa haute vertu ne lui donna lieu — De voir sa loyauté ternie par quelque faute.

(1) Dans une des circonstances où Bernard del Carpio était traité par le roi de la manière la plus honteuse et la plus injuste, il lui dit :

> Senor, rey sois, y haredes
> A vuestro querer y guisa.

> Seigneur, vous êtes roi, vous ferez — A votre guise, selon votre volonté.

Dans une occasion semblable, il répond au roi :

> De servir no os dejaré
> Mientras que tenga la vida.

> De vous servir je ne cesserai — Tant que l'existence j'aurai.

Alhama, avec les aventures romanesques et les sanglantes discordes des Zégris et des Abencerrages, des Gomeles et des Aliatares ; tout cela s'emparait vivement de l'imagination espagnole et faisait de Grenade, de sa riche plaine, de ses montagnes couvertes de neige, ce royaume des fées que n'avait pu créer la vieille et sévère poésie des romances du Nord. Dès ce moment nous trouvons, par conséquent, un nouvel ordre de sujets, tels que les amours de Gazul et d'Abindarraez, les joutes et les tournois de Vivarrambla, les contes des chevaliers arabes au généralife ; en un mot, tout ce qui tenait aux traditions ou aux mœurs des Maures, tout ce que l'imagination populaire regardait comme dérivant de cette source, tout trouvait place dans les romances espagnoles. Aussi l'excès finit par devenir ridicule, et certaines romances se moquent des autres qui abandonnent leurs propres sujets et renient, pour ainsi dire, leur nationalité et leur patriotisme (1).

L'époque où ce genre de poésie devint le plus en vogue fut le siècle qui s'écoula après la chute de Grenade, le même où toutes les espèces de romances furent, pour la première fois, compilées et imprimées. Les collections primitives en donnent d'abondantes preuves. Celles de 1511 et 1550 contiennent quelques romances morisques, celle de 1593 en contient plus de deux cents. Quoique leurs sujets embrassent des faits positifs, elles ne sont réellement pas historiques. Telle est, par exemple, la romance bien connue du tournoi de Tolède, que l'on suppose avoir eu lieu avant l'année 1085, alors que les noms appartiennent à l'époque qui précéda immédiatement la chute de Grenade ; telle est la romance du roi Belchite, qui roule, comme

---

(1) Dans la romance burlesque : *Tanta Zaida y Adalifa*, imprimée pour la première fois dans la *Flor de Romances*, cinquième partie, Burgos, 1594, in-18, fol. 158, nous trouvons le passage suivant :

> Renegaron de su ley
> Los romancistas de España,
> Y ofrecieron á Mahoma
> Las primicias de sus galas.
>
> Dejaron los graves hechos
> De su vencedora patria,
> Y mendigan de la agena
> Invenciones y patrañas.

Ils renièrent leur loi, — Les romanciers d'Espagne, — Et ils offrirent à Mahomet — Les prémices de leurs talents. — Ils laissèrent les graves actions — De leur victorieuse patrie — Et mendièrent de la nation étrangère — Des inventions et des hauts faits.

Gongora les attaque aussi dans une charmante romance : *A mis señores poetas*, et ils furent défendus dans une autre qui commence par ces mots : *Porque señores poetas.*

beaucoup d'autres, sur un sujet purement imaginaire. Ce caractère romantique est toutefois le seul qui domine dans les romances de cette espèce et qui leur donne tout leur intérêt. C'est un fait que démontre la composition qui commence ainsi : « Sale la estrella de Venus, » une des meilleures et des plus solides du *Romancero général*, et qui, par les allusions à Vénus et à Rodamonte, par la méprise qui fait supposer un Maure comme gardien de Séville, un siècle après que Séville est devenue ville chrétienne, prouve que ce n'est pas une pensée sérieuse, mais plutôt une intention poétique qui a présidé à sa composition (1).

Ces romances, ainsi que quelques autres sur le fameux Gazul, se trouvent dans l'histoire populaire des *Guerres de Grenade*, où elles sont traitées comme si elles étaient contemporaines des faits qu'elles rapportent, et où elles nous offrent de magnifiques spécimens de la poésie par laquelle l'imagination espagnole se complaisait à broder sur ce thème si glorieux de l'histoire nationale (2). On en rencontre d'autres, sur un ton semblable, dans les histoires, en tout ou partie fabuleuses, de Mousa, Jarife, Lisaro et Tarfé, tandis que d'autres en grand nombre appartiennent aux traditions et aux rivalités, aux complots et aux aventures des plus fameux Zégris et Abencerrages. Toutes, par les faits sur lesquels elles reposent, manifestent comment les dissensions intérieures non moins que les désastres extérieurs préparaient la voie à la destruction complète de la puissance musulmane. Quelques-unes de ces romances se composèrent probablement au temps de Ferdinand et d'Isabelle ; un plus grand nombre, sous le règne de Charles-Quint ; les plus brillantes, mais non les meilleures, un peu plus tard.

Romances sur les mœurs et les faits de la vie privée. — Les romances poétiques de l'Espagne ne se bornent pas aux sujets héroïques tirés de la fable ou de l'histoire, ni aux sujets touchant aux traditions ou aux mœurs des Maures. Ce sont là, il est vrai, les trois grandes classifications où l'on peut les faire rentrer, mais il en existe encore une quatrième que nous appellerons mixte et qui n'a pas peu d'importance. En effet, les sentiments poétiques, même de la classe inférieure

---

(1) *Ocho a ocho, diez à diez* et *Sale la estrella de Venus*, deux romances auxquelles le texte se rapporte, sont insérées dans le Romancero de 1593. On peut lire une excellente traduction de la dernière dans un article sur la poésie espagnole de la *Revue d'Edimbourg*, vol. xxxix, f. 419.

(2) Parmi les belles romances sur Gazul se trouvent celles qui commencent par les mots suivants : *Por la plaza de san Juan* et *Estando toda la corte*.

du peuple espagnol, se sont étendus sur un plus grand nombre de
sujets que nous n'en avons indiqué. Son génie qui, dès le principe,
était aussi libre que le vent, nous a laissé un nombre incalculable de
souvenirs, prouvant au moins la variété des perceptions, la vivacité
et la tendresse de la sensibilité populaire. Plusieurs de ces romances
mixtes, peut-être la plus grande partie, sont des effusions d'amour.
D'autres sont pastorales, burlesques, satiriques et *picaresques*. Certaines portent le nom de *letrillas*, mais n'ont rien d'épistolaire, excepté le nom; certaines sont lyriques par le ton, sinon par la forme;
d'autres nous décrivent les mœurs et les amusements du peuple en
général. Or le trait caractéristique qui se remarque dans toutes, c'est
qu'elles sont la vraie reproduction de la vie espagnole. Nous avons
déjà parlé de quelques-unes d'entre elles primitivement imprimées,
mais il en existe une classe considérable que distingue, par son attrait,
une simplicité de pensée et d'expression unie à une finesse malicieuse
qui mérite une mention particulière. Aucune autre langue ne possède une telle poésie populaire. Un grand nombre de ces romances se
trouve dans l'inappréciable collection intitulée *Sixième Partie du
Romancero*, publiée en 1694, et recueillie (1) par Pedro Florès, en
partie du moins, il nous le dit lui-même, d'après les traditions du
peuple. Ces compositions nous rappellent assez souvent la poésie légère de l'archiprêtre de Hita, au milieu du quatorzième siècle, et leur
ton et leur genre pourraient les faire remonter probablement encore à
une époque antérieure. Elles nous représentent la partie la plus sail-
lante et la plus charmante de tous les Romanceros primitifs, en même
temps qu'un grand nombre d'entre elles respirent la simplicité, la
vivacité, l'enjouement. De ce nombre est la romance suivante, où une
sœur plus âgée nous est montrée faisant la leçon à une sœur plus
jeune, après avoir découvert chez elle les premiers symptômes d'a-
mour :

> Riño con Juanilla
> Su hermana Miguela;
> Palabras le dice
> Que mucho le duelan.
> « Ayer en mantillas
> Andauas pequeña (2),

---

(1) Par exemple : *Que es de mi contento, — Plega à Dios que si yo creo, — Aquella
morena, — Madre un cavallero, — Mal ayan mis ojos, — Niña, que vives*, etc.

(2) Avec Juanille se dispute — Sa sœur Michèle; — Elle lui dit des paroles — Qui
lui font bien du mal. — « Hier, en mantille, — Tu allais petite;

Oy andas galana
Mas que otras donzellas.
Tu gozo es suspiros,
Tu cantar endechas ;
Al alua madrugas,
Muy tarde te acuestas.
Quando estas labrando
No sé en que te piensas,
Al dechado miras
Y los puntos yerras.
Dizenme que bazes
Amorosas señas :
Si madre lo sabe
Aurá cosas nueuas.
Clauará ventanas,
Cerrará las puertas ;
Para que baylemos
No dará licencia ;
Mandará que tia
Nos lleue á la iglesia,
Porque no nos hablen
Las amigas nuestras.
Quando fuera salga,
Dirále á la dueña
Que con nuestros ojos
Tenga mucha cuenta ;
Que mire quien passa,
Si miró á la reja
Y cual de nosotras
Boluio la cabeça.
Por tus libertades
Seré yo sujeta ;
Pagaremos justos
Lo que malos pecan. »
« Ay ! Miguela hermana
Que mal que sospechas (1) !

---

(1) « Aujourd'hui tu viens parée, — Mieux que d'autres jeunes filles. — Tes joies sont des soupirs, — Tes chants, des élégies ; — Tu te lèves à l'aurore, — Très-tard tu te couches ; — Quand tu es au travail, — Je ne sais à quoi tu penses, — Tu regardes ton canevas — Et tu manques les points. — On me dit que tu fais — Des signes amou-reux ; — Si notre mère vient à le savoir, — Il y aura du nouveau. — Elle grillera les fenêtres, — Fermera les portes ; — Pour la danse, — Elle ne nous donnera pas de per-mission ; — Elle ordonnera qu'une tante — Nous accompagne à l'église — Pour que ne nous parlent — pas nos amies. — Quand elle ira dehors, — Elle dira à la duègne — Qu'avec nos yeux — Elle tienne grand compte. — Qu'elle regarde celui qui passe — S'il regarde au balcon, — Et qui de nous — Retourne la tête. — A cause de tes libertés, — Je serai, moi, esclave. — Les justes, nous payerons — Les péchés des méchants. » — « Ah ! Michèle, ma sœur, — Quels mauvais soupçons ! »

Mis males presumes,
Y no los aciertas.
A Pedro el de Juan,
Que se fué á la guerra,
Aficion le tuve
Y escuché sus quexas ;
Mas visto que es vario
Mediante el ausencia,
De su fé fingida
Ya no se me acuerda.
Fingida la llamo,
Porque, quien se ausenta,
Sin fuerça y con gusto
No es bien que le quiera. »
« Ruegale tu á Dios
Que Pedro no vuelva ; »
Respondio burlando
Su hermana Miguela,
« Que el amor comprado
Con tan ricas prendas
No saldrá del alma
Sin salir con ella.
Creciendo tus años
Creceran tus penas
Y sino lo sabes
Escucha esta letra :
Si eres niña y has amor
Que será quando mayor (1)? »

Un simple spécimen, comme celui qui précède, ne peut toutefois
donner une idée de l'immense variété qui règne dans la classe de ro-

---

(1) « Tu présumes mes maux — Et ne les connais pas. — Pour Pierre, le fils de
Juan, — Qui est parti pour la guerre, — J'ai eu de l'affection, — J'ai écouté ses plain-
tes : — Mais voyant qu'il change, — Eu égard à l'absence, — De sa feinte fidélité, —
Je ne me souviens déjà plus. — Feinte je l'appelle, — Parce que celui qui s'absente,
— Sans contrainte et avec plaisir, — Ne mérite pas que je l'aime. » — « Demande toi-
méme à Dieu — Que Pierre ne revienne pas, » répondit en se moquant — Sa sœur
Michèle. — « L'amour acheté — Par de si riches gages — Ne sortira de l'âme — Qu'en
sortant avec elle. — En croissant, tes années — Feront croître tes peines, — Et si tu
ne le sais, — Écoute cette pensée : — Si tu es jeune fille et que tu éprouves de
l'amour, — Que sera-ce lorsque tu seras plus grande? »

La copie la plus ancienne que nous ayons vue de cette romance ou letrilla se
trouve dans la *Flor de romances*, VIe partie (1594, fol. 27, Tolède, in-18). C'est Pedro
de Flores qui la recueillit dans les traditions populaires. Il en a été publié par inad-
vertance une copie incorrecte dans la IXe partie de la même collection (1597, fol. 116).
On n'a pas mis dans le texte les vers de la fin, parce qu'ils semblent être une mauvaise glose d'une main plus moderne et d'une mesure différente.

mances à laquelle il appartient, pas plus que de leur beauté poétique. Pour connaître leur véritable valeur et leur mérite, il faut en lire un grand nombre, et encore les lire dans leur langue maternelle. C'est là que se conserve la fraîcheur séduisante d'un original, semblable à celle que respirent les vieux Romanceros, et qui échappe dans des traductions parfois trop libres ou parfois trop littérales. Cette observation peut s'étendre tant à la partie historique qu'à la classe mixte de cette immense quantité de poésie populaire insérée dans les Romanceros primitifs, poésie qui, remontant à presque plus de trois siècles, et même au delà, a été examinée avec moins d'attention qu'elle ne mérite.

Il est certain que peu de branches, dans la littérature d'un autre pays, peuvent récompenser l'esprit de recherches hardies mieux que ces anciennes romances espagnoles, dans toutes leurs formes. Sous de nombreux rapports, elles n'ont pas leurs semblables dans les plus vieilles narrations poétiques d'aucune autre partie du monde; sous plusieurs, elles sont meilleures. Les ballades de l'Angleterre et de l'Écosse, auxquelles on peut plus naturellement les comparer, appartiennent à un état de société plein de rudesse, où dominaient la grossièreté personnelle et la violence; état qui n'empêcha cependant pas la poésie de produire des vers remplis d'énergie et parfois de tendresse, mais qui eurent nécessairement moins de cette dignité et de cette élévation qui répond au caractère, sinon à la condition d'un peuple qui, comme le peuple espagnol, avait été, durant des siècles, engagé dans une lutte ennoblie par l'esprit de religion et de fidélité. Or cette lutte ne laissait pas d'élever parfois l'esprit et le cœur de ceux qui s'y trouvaient engagés au-dessus de l'atmosphère où s'agitaient les sanglantes querelles de barons rivaux ou les sauvages déprédations de guerres limitrophes. C'est là une vérité qui peut être démontrée, si l'on compare la remarquable série des ballades de Robin-Hood avec les romances du Cid et de Bernard del Carpio; si l'on compare la tragédie saisissante d'Edom ou de Gordon avec le drame du Comte d'Alarcos; ou, ce qui vaut mieux que cette comparaison, si nous nous arrêtons sur le *Romancero général*, avec sa confusion poétique de splendeurs mauresques et de loyauté chrétienne, immédiatement après la fraîche lecture des *Reliques* de Percy ou des *Minstrelsy* de Scott (1).

(1) Si nous voulions tirer une conclusion plus étendue, si nous voulions établir une comparaison avec le bavardage des vieux fabliaux et le raffinement excessif des troubadours et des minnesingers, le résultat serait encore plus en faveur des romances

Mais, quoique les romances espagnoles diffèrent de la poésie populaire du reste de l'Europe, elles montrent, comme aucune autre poésie ne le fait, cet esprit de nationalité qui est partout l'élément le plus vrai de toute poésie. Elles nous semblent, quand nous les lisons, n'être rien moins, le plus souvent, que les grands traits du vieux caractère espagnol mis en relief par la force de l'enthousiasme poétique ; de sorte que, si on venait à leur enlever cet esprit de nationalité, elles cesseraient d'être. C'est là, à son tour, ce caractère qui nous les a fait conserver jusqu'à nos jours et qui continuera de les conserver à l'avenir. Les grands héros de Castille, tels que le Cid, Bernard del Carpio, Pélage, sont, encore aujourd'hui, un élément essentiel de foi et de la poésie du peuple espagnol ; leur mémoire est encore, jusqu'à un certain point, honorée comme elle l'était au siècle du grand capitaine, ou même plus tard au siècle de saint Ferdinand. Les aventures de Guarinos et la défaite de Roncevaux sont encore chantées par les muletiers ambulants, comme elles l'étaient quand don Quichote les entendit lors de son voyage à Toboso. Ceux qui montrent les marionnettes racontent encore les aventures de Gaiferos et de Melisendre, dans les rues de Séville, comme on les narra dans l'auberge solitaire de Montesinos quand on y rencontra le héros de la Manche. En un mot, les vieilles romances espagnoles respirent un esprit si réellement national qu'elles se sont entièrement identifiées avec le caractère du peuple qui les a produites et que ce même caractère se continuera, sans aucun doute, dans l'avenir, à moins que le peuple espagnol ne cesse d'avoir une existence séparée et indépendante (1).

---

primitives de l'Espagne qui représentent cet ensemble d'exaltation dans les sentiments poétiques, sentiments qui animèrent toute la nation durant cette période où la puissance des Maures se brisa peu à peu contre un enthousiasme devenu à la fin irrésistible, parce que dès l'origine il s'était reposé sur un principe de loyauté et sur un devoir de religion.

(1) Voyez *Appendix B*, à la fin du volume.

CHAPITRE VIII.

CHRONIQUES. — La poésie des romances fut, sans aucun doute, dans son origine, l'amusement et la consolation de toute la masse du peuple espagnol. En effet, durant une longue période de son histoire primitive, la nation était peu divisée en classes fortement marquées ; il y avait peu de différence dans les mœurs, peu de variété ou de progrès dans la culture. Les guerres qui se prolongeaient, de siècle en siècle, avec une violence incessante pouvaient bien, par leur caractère, avoir une certaine élévation et une influence poétique sur la société entière, mais elles l'opprimaient aussi et l'accablaient par les souffrances qu'elles entraînaient après elles. Elles maintenaient encore à un même niveau le ton et la condition générale de la nation espagnole, plus que n'aurait jamais pu être probablement conservé le caractère national dans toute autre contrée chrétienne, du moins pendant un si long espace de temps. Quand la grande lutte contre les Maures se transporta aux contrées méridionales, le royaume de Léon, la Castille et même tout le Nord devinrent comparativement calmes et tranquilles. Les richesses s'accumulèrent dans les monastères et un agréable repos les suivit. Les châteaux, au lieu de vivre dans un état constant d'anxiété et de préparatifs contre l'ennemi commun, se convertirent en demeures d'une rude mais franche hospitalité ; et ces distinctions sociales qui naissent de divers degrés de puissance, de richesse et de culture, devinrent de plus en plus apparentes. Dès ce moment, les romances, sans être réellement négligées, devinrent le patrimoine des classes inférieures de la société, où elles restèrent pendant longtemps, tandis que les classes plus avancées et plus cultivées adoptèrent ou créèrent, pour elles-mêmes, les formes d'une littérature mieux adaptée, sous certains rapports, à leur nouvelle condition, et témoignant en même temps plus de loisir, plus de connaissances et un système de vie sociale mieux établi.

La plus ancienne de ces formes fut, en Espagne, celle des chroniques en prose, compositions ainsi appelées, malgré les modifications qui en ont changé la condition, et qui sont la continuation propre des chroniques latines et des légendes des moines. Ces chroniques et ces légendes étaient connues depuis longtemps dans la Péninsule; elles étaient de nature à s'attirer la faveur de personnes engagées chaque jour elles-mêmes dans des entreprises semblables à celles que ces récits célèbrent, et disposées par conséquent à regarder toute cette classe d'ouvrages, à laquelle elles appartiennent, comme un gage et une garantie pour leur renommée future. Les chroniques furent donc, non-seulement la production naturelle du temps, mais encore l'objet de la protection et de la faveur des hommes qui gouvernèrent en ces temps (1).

1. Chroniques générales et chroniques royales. — Dans de telles circonstances, nous pouvons affirmer que le style propre des chroniques espagnoles fit d'abord son apparition à la cour ou aux alentours du trône, parce que c'est à la cour que se trouvaient l'esprit et les matériaux les plus propres à leur donner naissance. Un fait encore digne de remarque, c'est que la première chronique dans l'ordre des temps, et la première par le mérite, sort directement d'une main royale. C'est celle qui a pour titre dans les copies imprimées : *Crónica de España* ou *Crónica general de España*, qui est, sans aucun doute, le même ouvrage antérieurement cité en manuscrit sous le nom de *Estoria de España* (2). Dans une préface très-caractéristique, après avoir donné solennellement les raisons qui ont dû faire compiler l'ouvrage, il est dit : « E por ende, nos D. Alfonso, por la gracia de Dios, Rey de Castilla é de Toledo, y de Leon, y de Galicia, etc., fijo del muy noble Rey D. Fernando, y de la

---

(1) Dans le Code des Parties (vers l'an 1260), on prescrit aux bons chevaliers de prêter attention, durant le repos, à la lecture de *las hestorias de los grandes fechos de armas que los otros fecieran, etc.*, des récits des grands faits d'armes que les autres ont accompli, etc. (Part. II, titre XXI, liv. xx.) A cette époque, peu de chevaliers entendaient le latin, et les *Hestorias*, en espagnol, ont été probablement les Chroniques dont nous parlons, et les romances ou gestes qui leur servirent de base en partie.

(2) Telle est l'opinion de Mondéjar, qui affirme que le titre primitif de la *Chronique d'Espagne* était *Estoria de España*. (Mémoires d'Alphonse le Sage, pag. 464.)

Reina Dª Beatriz, mandamos ayuntar cuantos libros pudimos aver de historias que alguna cosa contasen de fechos de España, y tomamos la coronica del Arçobispo D. Rodrigo.... y de maestre Lucas, Obispo de Tuy... y composimos este libro (1). » Ces paroles nous donnent la déclaration qu'Alphonse le Sage a, lui-même, composé cette *Chronique*, et qu'il l'a certainement conduite jusqu'à l'époque qui précède l'année 1284, où il mourut (2). Une évidence intrinsèque

---

(1) Et, par conséquent, nous Don Alphonse, par la grâce de Dieu, roi de Castille et de Tolède, et de Léon et de Galice, etc., fils du très-noble roi D. Ferdinand et de la Reine Dª Béatrix, nous avons fait réunir tous les livres d'histoire que nous avons pu, et qui racontent quelque chose relative aux faits d'Espagne, nous avons pris la Chronique de l'archevêque D. Rodrigue... et de maitre Lucas, évêque de Tuy... et nous avons composé ce livre.

(2) La distinction que fait le roi Alphonse entre *ordonner à d'autres de réunir les matériaux* (mandamos ayuntar) et *composer lui-même* ou *compiler la Chronique* (composimos este libro) semble démontrer qu'il fut, lui, l'auteur ou le compilateur; et assurément il tenait à passer pour tel. Diverses opinions se sont cependant produites sur ce point. Florian de Ocampo, l'historien qui, en 1541, publia, in-fol. à Zamora, la première édition de la Chronique, dit, dans ses notes, à la fin de la troisième et de la quatrième partie, que, « suivant l'opinion de certaines personnes, les trois premières parties ont été écrites par D. Alphonse et que la quatrième a été compilée plus tard, » opinion à laquelle il incline évidemment lui-même, bien qu'il soutienne qu'il ne prétend rien affirmer ou nier sur ce sujet. D'autres sont allés plus loin, et ont supposé que le livre avait été compilé par différentes personnes. Mais à tout cela on peut répondre: 1º que la Chronique est plus ou moins bien ordonnée, plus ou moins bien écrite, suivant les matériaux qui ont servi à la composition ; que les objections d'irrégularité, de manque de perfection dans la quatrième partie, s'appliquent aussi, à un haut degré, à la troisième ; qu'ainsi, on prouve plus que ne cherche à prouver Florian de Ocampo, puisqu'il tient pour certain (*sabemos por cierto*) que les trois premières parties sont l'œuvre d'Alphonse. 2º Alphonse déclare, plus d'une fois, dans son prologue dont l'authenticité est mise hors de doute par Mondéjar et quatre excellents manuscrits, que son histoire arrive jusqu'à son époque (fasta el nuestro tiempo), ce qui n'a lieu qu'à la fin de la quatrième partie. Outre que, dans le prologue, il parle du tout comme de son ouvrage. 3º Une évidence intrinsèque démontre qu'Alphonse lui-même a écrit la troisième partie de l'ouvrage, relative à son père; elle résulte, par exemple, des passages tels que les beaux récits des relations entre saint Ferdinand et sa mère Berenguela (édit. 1541, fol. 404), le tableau solennel de la mort de saint Ferdinand, vers la fin du livre, et d'autres passages compris entre les fol. 402-426. 4º Son neveu, D. Juan Manuel, qui fit un abrégé de la Chronique d'Espagne, parle de son oncle Alphonse le Sage, comme de l'auteur réel et reconnu pour tel. Il faut se rappeler, du reste aussi, que Mondéjar prétend que l'édition de Florian de Ocampo est infidèle et imparfaite, qu'elle omet, par exemple, des règnes entiers, et les passages qu'il cite des vieux manuscrits de l'ouvrage complet prouvent ce qu'il avance. (*Mémoires*, liv. VII, chap. XV-XVI.) Une autre édition de cette Chronique, celle de Valladolid (1604, in-fol.), est encore pire : le nombre de graves erreurs qu'elle contient en fait un livre des plus mal imprimés que l'on connaisse.

démontre la probabilité de la composition, durant la première partie du règne de ce monarque, c'est-à-dire vers 1252 ; elle prouve aussi qu'il fut aidé dans ce travail par des personnes familières avec la littérature arabe et avec toutes les autres connaissances que comportait la civilisation de ce temps (1).

L'ouvrage est divisé, non peut-être par son auteur, en quatre parties. La première commence à la création du monde, donne une large place à l'histoire romaine, passe rapidement sur tous les autres faits, jusqu'à ce qu'elle arrive à l'occupation de l'Espagne par les Visigoths ; la seconde comprend l'empire des Goths dans la Péninsule et sa conquête par les Maures ; la troisième arrive jusqu'au règne de Ferdinand le Grand, au commencement du onzième siècle, et la quatrième se termine, en 1252, par la mort de saint Ferdinand, le conquérant de l'Andalousie et le père d'Alphonse lui-même.

Les premières parties sont les moins intéressantes. Elles contiennent des notions et des détails sur l'antiquité, et en particulier sur l'empire romain, détails et notions qui avaient cours d'ordinaire parmi les écrivains du moyen âge. Parfois cependant, comme pour Didon, dont la mémoire a toujours été défendue par les chroniqueurs et les poëtes les plus populaires de l'Espagne contre les imputations de Virgile (2), nous trouvons des éclairs de sentiments et d'opinions que nous pouvons considérer comme plus nationales. Ces passages deviennent naturellement plus fréquents dans la seconde partie, se rapportant à l'empire des Visigoths en Espagne. Ici, comme les écrivains ecclésiastiques sont presque l'unique autorité à laquelle on ait recours, leur ton particulier domine beaucoup trop. La troisième

----

(1) Quand la *Chronique* raconte qu'elle fut écrite quatre cents ans après les temps de Charlemagne, c'est une manière de parler très-vague. D. Alphonse n'était pas né en 1210. Je crois, en effet, qu'il ne se serait pas contenté de dire : *ca bien ha* 400 *años quel murio* (édit. de 1541, fol. 228), s'il s'en était écoulé 450. On peut cependant en induire que la Chronique fut composée avant 1260. D'autres passages amènent à la même conclusion. Condé, dans sa préface à l'*Histoire des Arabes en Espagne*, fait allusion à l'esprit arabe de la Chronique, esprit qui me semble plutôt avoir été celui de toute l'Europe durant cette époque.

(2) L'*Histoire de Didon* mérite d'être lue, en particulier par ceux qui ont l'occasion de voir ce récit tel qu'il est raconté dans les poëtes espagnols, Ercilla et Lope de Vega, par exemple, récit inintelligible pour ceux qui connaissent seulement la version latine qu'en a donnée Virgile. Cette narration se trouve dans la *Chronique d'Espagne* (Part. I, chap. LI-LVII) et se termine par une lettre vraiment héroïque de la reine à Énée. Dans la *Chronique espagnole*, la narration est prise, en substance, de l'*Abrégé de l'Histoire universelle*, par Justin (liv. XVIII, chap. IV-VI).

partie est plus franchement libre, plus originale dans son esprit, et plus véritablement espagnole ; elle nous montre la richesse des vieilles traditions nationales, depuis la première apparition de Pélage descendant des montagnes (1) ; les histoires de Bernard del Carpio (2), de Fernan Gonzalez (3), des Sept Infants de Lara (4), avec des esquisses des plus animées sur Charlemagne (5) ; les récits de miracles, comme celui de la croix faite par les anges pour Alphonse le Chaste (6), et de saint Jacques combattant contre les infidèles dans les glorieuses batailles de Clavijo et de Hazinas (7).

La dernière partie, quoique compilée et écrite avec moins de soin, conserve cependant le même ton général. Elle commence par l'histoire bien connue du Cid (8), à qui il accorde une place disproportionnée, comme au héros le plus grand, dans l'admiration du peuple. Après cela, si nous laissons s'écouler les cent cinquante ans qui précèdent le temps de l'auteur lui-même, nous finissons par toucher à une histoire plus sobre, et, finalement, le règne de son père saint Ferdinand s'établit sur des fondements plus réels, plus sûrs et plus solides. Le caractère le plus frappant de cette chronique remarquable, c'est que, dans la troisième partie et dans une certaine portion de la quatrième, elle n'est, si nous pouvons nous exprimer ainsi, qu'une réduction des vieilles fables et des traditions poétiques de l'Espagne, à une prose simple mais pittoresque, avec des prétentions à la sévérité historique. Quelles sont les sources de ces passages purement nationaux qu'il serait si curieux de montrer et de trouver authentiques? C'est ce que nous n'avons jamais pu connaître. Parfois, comme dans les récits de Bernard del Carpio et de Charlemagne, on en appelle distinctement aux romances, aux gestes du vieux temps (9); parfois, comme

---

(1) *Chronique d'Espagne* (liv. III. chap. i-ii).

(2) *Ibid.*, chap. x et xiii.

(3) *Ibid.*, chap. xviii.

(4) *Ibid.*, chap. xx.

(5) *Ibid.*, chap. x.

(6) *Ibid.*, chap. x, conjointement avec la romance tirée de son histoire et qui commence par : *Reynando el rey Alphonso.*

(7) *Ibid.*, chap. xi et xix. Une comédie de Rodrigue de Herrera, intitulée : *Voto de Santiago y batalla de Clavijo* (Comédies choisies, tom. XXXIII, 1670, in-4°), est fondée sur le premier de ces passages ; mais son auteur n'a pas su habilement tirer parti de si bons matériaux.

(8) L'histoire particulière du Cid commence dès les débuts de la partie IV, f. 279, et finit au fol. 346, dans l'édit. de 1541.

(9) Ces *Cantares* et les *Cantares de gesta* sont rapportés dans la part. III, ch. x et xiii.

pour l'histoire des Infants de Lara, c'est une vieille chronique latine, ou peut-être quelque légende poétique dont toute trace est maintenant perdue, qui peut avoir servi de fondement à la narration (1). Une fois au moins, sinon plus souvent, nous trouvons une histoire entière et séparée, celle du Cid, quoique son insertion ne soit pas bien mise à sa place. Dans toutes ces parties, le caractère poétique prédomine plus que dans tout le reste. En effet, dans les premières divisions, tout ce qui a été emprunté à l'histoire ancienne est présenté avec une gravité et une scrupuleuse exactitude qui rendent le récit sec et sans intérêt ; la dernière, au contraire, se termine par une simplicité de narration, simplicité qui, dans le récit de la mort de saint Ferdinand, nous laisse la persuasion que nous venons de lire de touchants détails, esquissés par un témoin oculaire des plus sensibles et des plus sincères.

Parmi les passages les plus poétiques de la *Chronique*, il s'en trouve deux, à la fin de la deuxième partie, qui y ont été introduits pour faire contraster l'un avec l'autre, par un degré d'art et d'habileté rare dans ces vieilles chroniques d'une simplicité spontanée. Ils se rapportent à ce que l'on a longtemps appelé *la Perdida de España* (2) ou sa conquête par les Maures, et consistent en deux tableaux pittoresques de sa condition avant et après cet événement que les Espagnols paraissent avoir longtemps regardé comme servant de division à l'histoire du monde, dans ces deux grandes époques constitutives. Dans le premier de ces morceaux, intitulé : *Los bienes que tiene España* (3), après quelques remarques générales, le vieux et fervent chroniqueur s'exprime ainsi : « Pues esta España que deximos, « tal es como el parayso de Dios : ca riegase con cinco rios caudales, « que son Duero, ed Ebro, e Tajo, e Guadalquevir, e Guadiana : é « cada uno dellos tiene entre sí e el otro grandes montañas e tier-

---

(1) Je ne puis m'empêcher de penser, comme je l'ai dit, que la belle histoire des Infants de Lara, telle que la raconte la troisième partie de la *Chronique d'Espagne*, en commençant au fol. 261 de l'édit. de 1541, ne procède pas d'une autre Chronique particulière plus ancienne, probablement de quelque légende monacale latine. Mais je n'ai pu retrouver de traces plus éloignées que ce passage de la *Chronique d'Espagne*, dans lequel il nous reste tout ce qui a rapport aux Infants de Lara dans la poésie et les romances.

(2) *La perte de l'Espagne*. C'est ainsi que les anciens auteurs appellent la conquête musulmane.

(3) *Les biens que possède l'Espagne* (édit. de 1541, fol. 202), et à l'envers du fol. se trouve le passage qui suit, intitulé : *Les Pleurs de l'Espagne*.

« ras (1); e los valles e los llanos son grandes é anchos : e por la
« bondad de la tierra y el humor de los rios llevan muchas frutas e
« son abondados. Otrosí en España, la mayor parte se riega con ar-
« royos é de fuentes ; e nunca le menguan pozos en cada logar que
« los han menester. E otrosí España es bien abondada de mieses e
« deleitosa de frutas, viciosa de pescados, sabrosa de leche, e de todas
« las cosas que se de ella facen, e llena de venados e de caza, cubierta
« de ganados, loçana de cavallos, provechosa de mulos e de mulas, e
« segura e abastada de castiellos, alegre por buenos vinos , folgada
« de abondamiento de pan, rica de metales de plomo e de estaño e
« de argen vivo e de fierro e de arambre e de plata e de oro e de
« piedras preciosas, e de toda manera de piedra marmol, e de sales
« de mar, e de salinas de tierra, e de sal en peñas, e de otros veneros
« muchos de azul, e almagra, greda, e alumbre, e otros muchos de
« quantos se fallan en otras tierras. Briosa de sirgo, e de quanto se
« fallo de dulzor de miel e de azucar, alumbrada de cera, alumbrada
« de olio, alegre de azafran. E España sobre todas las cosas es en-
« genosa e aun temida e mucho esforzada en lid, ligera en afan, leal
« al Señor, afirmada en el estudio, palanciana en palabra, complida
« de todo bien : e non ha tierra en el mundo quel semeje en bondad,
« nin se yguale ninguna a ella en fortalczas, e pocas ha en el mundo
« tan grandes como ella. E sobre todas España es abondada en gran-
« deza : mas que todas preciada por lealtad. ¡ O España ! Non ha nin-
« guno que pueda contar tu bien (2). »

---

(1) L'original, dans les deux éditions imprimées, porte *tierras*, ce qui est une erreur
manifeste, au lieu de *sierras*, plus conforme au sens. C'est un exemple des mille
erreurs typographiques qui déparent ces deux éditions.

(2) « Donc cette contrée que nous appelons Espagne est comme le paradis de Dieu ;
car cinq fleuves abondants l'arrosent : le Douro, l'Èbre, le Tage, le Guadalquivir et le
Guadiana ; chacun d'eux voit, entre lui et l'autre, de grandes montagnes et de
vastes terres; les vallées et les plaines sont immenses et larges; la bonté de
la terre et l'humidité des fleuves produisent des fruits nombreux et copieux. En
outre, en Espagne, la plus grande partie s'arrose par des ruisseaux et des sources;
jamais les puits ne manquent dans chaque endroit qui en a besoin ; l'Espagne est
un pays où les moissons sont abondantes, les fruits délicieux, les poissons nombreux,
le lait savoureux, ainsi que toutes les choses qui se préparent avec lui; elle est
remplie d'animaux pour la chasse, elle est couverte de troupeaux, peuplée de chevaux, fertile en mules et mulets, protégée et pourvue de châteaux ; joyeuse de ses bons
vins, luxuriante par l'abondance des blés, riche par ses métaux de plomb, d'étain,
de mercure, de fer, de cuivre, d'argent, d'or, par ses pierres précieuses, et par toute
espèce de marbres; riche par ses sels de mer, sels de terre, sels de roche, et ses nombreux filons de bleu, de sanguine, de craie, d'alun, et de beaucoup d'autres mine-

Voyons maintenant le revers de la médaille, et regardons un autre tableau dont l'inscription est *El llanto de Espana*, au moment où, suivant le récit de la *Chronique*, après la victoire des Maures, « fin- « cára toda la tierra vazia del pueblo, bañada de lagrimas, complida « de apellido, huespeda de los estraños, engañada de los vecinos, « desamparada de los moradores, viuda y asolada de los sus fijos, « confondida de los barbaros, desmedrada por llanto e por llaga, « fallescida de fortaleza, flaca de fuerza, menguada de conorte, aso- « lada de los suyos.... Olvidados le son los sus cantares ; e el su len- « guaje ya tornado es en ageno e en palabra estraña (1). »

Les passages les plus attrayants de la *Chronique* sont ces longues narrations. Ils sont aussi les plus poétiques ; et leur poésie est telle que, dans certaines parties, il a suffi de quelques légers changements dans la phrase pour les convertir en romances populaires (2). D'autres

---

rais qui se trouvent dans d'autres terrains. Fière de la soie et de tout ce qui se compose avec la douceur du miel et du sucre, éclairée par la cire, éclairée par l'huile, joyeuse de son safran. Cette Espagne, par-dessus toutes choses, est ingénieuse, terrible et pleine de courage dans le combat, légère dans le travail, fidèle au Seigneur, affermie dans l'étude, claire en paroles, accomplie en tout bien ; il n'y a pas de terre au monde qui lui ressemble par la bonté ; aucune qui l'égale en forteresses ; il y en a peu, dans le monde, aussi grande qu'elle. Par-dessus toutes, l'Espagne abonde en grandesses ; plus que toutes, elle est estimée par sa loyauté. O Espagne ! il n'y a personne qui puisse énumérer tes biens ! »

(1)... « On trouvera toute la contrée sans population, baignée de larmes, remplie de cris, habitée par les étrangers, trompée par les voisins, abandonnée de ses habitants, désolée et veuve de ses enfants, confondue par les barbares, affaiblie par ses pleurs et ses blessures, manquant d'énergie, faible de force, privée de secours, isolée des siens..... Oubliés sont ses chants ; son langage est devenu la langue d'un autre, sa parole est étrangère. »

(2) Cette observation est applicable à un grand nombre de passages de la troisième partie de la *Chronique d'Espagne*. Mais aucun n'en reçoit plus directement l'application que les histoires de Bernard del Carpio et des Infants de Lara, dont on trouve de grandes parties copiées, mot pour mot, dans les romances. Je ne veux citer que les suivantes : 1° Sur Bernard del Carpio, les romances commençant ainsi : — *El Conde don Sancho Diaz*, — *En corte del custo Alfonso*, — *Estando en paz y sosiego*, — *Andados treinta y seis anos*, — *En gran pesar y tristesa*. 2° Sur les infants de Lara : — *A Calatrava la Vieja*, romance évidemment arrangée pour être chantée en montrant un tableau ou toute autre chose qui peignait le sujet au public : *Llegados son los Infantes*, — *Quien es aquel caballero*, — *Ruy Velasquez de Lara*. Elles se trouvent toutes dans les vieilles collections de romances, et même, je crois, dans les collections imprimées avant 1560. Un fait digne d'une remarque particulière, c'est que cette même chronique générale fait une mention spéciale des chansons de gestes, *cantares de gesta*, sur Bernard del Carpio, héros connu et populaire à l'époque où cette chronique fut composée, c'est-à-dire, dans le treizième siècle.

parties, moins considérables, sont probablement dérivées d'une poésie populaire semblable, mais plus ancienne, aujourd'hui entièrement perdue ou tellement changée par les traditions orales successives qu'il n'est pas possible de prouver sa relation avec les récits des chroniques auxquels elle a primitivement donné naissance. Au nombre de ces passages et de ces narrations, se trouve l'histoire si charmante de Bernard del Carpio, histoire dont une partie se rapporte, dans la *Chronique*, aux romances plus anciennes qu'elle, tandis que des romances plus modernes doivent beaucoup, à leur tour, à la narration générale telle qu'elle est exposée dans la *Chronique*. Cette histoire a pour fondement l'idée d'une lutte poétique entre la fidélité de Bernard au roi, d'une part, et, de l'autre, son attachement pour son père prisonnier. Bernard était, comme nous l'ont déjà appris les vieilles romances et les vieilles traditions, le fruit d'un mariage secret entre la sœur du roi et le comte de Sandias de Saldaña. Ce mariage avait tellement offensé le roi, qu'il fit mettre le comte en prison dès qu'il le découvrit, et cacher tout ce qui avait rapport à la naissance de Bernard, tout en l'élevant comme son propre fils. Cependant Bernard grandit, devint le grand héros de son siècle et rendit d'importants services militaires à son roi et à son pays. « E el, suivant l'admirable énergie d'expression de la vieille Chroni-
« que (1), cuando sopo que su padre era preso, pesol' mucho de cora-
« zon : e bolviósele la sangre en el cuerpo, e fuese para su posada
« faziendo el mayor duelo del mundo ; e vestióse paños de duelo ; e
« fuese para el Rey D. Alfonso. E el Rey cuando lo vido, dixol :
« Bernaldo, por aventura cobdiciades la muerte mia? Porque Bernaldo
« siempre tovo fasta aqui que era fijo del rey D. Alfonso. E Ber-
« naldo le dixo : Señor, non querrie yo vuestra muerte, mas he muy
« grande pesar porque mi padre el conde D. Sandias yace en pri-
« sion, e pidovos por merced que me lo mandedes dar. E el Rey Don
« Alfonso cuando esto oyó dixole : Bernaldo, paravos delante de mi
« e nunca jamas seades vos osado de esto me decir, ca yo vos juro
« que nunca veades á vuestro padre fuera de prision en cuantos dias
« yo viva. E Bernaldo le dixo : Señor, Rey sodes e faredes lo que to-
« vierdes por bien ; e ruego á Dios que vos meta en coraçon que lo
« saquedes dende : ca yo, Señor, non dexaré de vos servir cuanto yo
« mas pudiere (2). »

---

(1) Voyez la *Chronique générale d'Espagne*, édit. de 1541, fol. 227.

(2) « Et lui, quand il sut que son père était prisonnier, il en eut le cœur accablé de chagrin, le sang se bouleversa dans tout son corps ; et il gagna sa demeure avec la plus

Malgré ce refus, toutes les fois que dans ces temps de trouble on avait besoin des grands services de Bernard, on lui promettait la liberté de son père comme récompense. Mais ces promesses étaient constamment déjouées ; il renonça alors à ses devoirs de sujet et déclara la guerre à son oncle si fourbe et à l'un de ses successeurs, Alphonse le Grand (1). Enfin Bernard parvint à réduire l'autorité royale à une telle nécessité que le roi promit encore, et de la manière la plus solennelle, de livrer son prisonnier si Bernard voulait de son côté livrer le château fort du Carpio, dont la possession le rendait réellement formidable. Le fils dévoué n'hésita pas, et le roi envoya chercher le Comte, mais on le trouva mort, probablement par suite des précautions royales. La mort du Comte n'empêcha pas toutefois le lâche monarque de s'emparer du château, prix stipulé pour la rançon du prisonnier ; il ordonna aussi de faire sortir le mort à cheval, comme s'il était vivant, et, en compagnie de Bernard, qui ne soupçonnait pas une si cruelle moquerie, il s'avança à sa rencontre.

« E despues que se llegaron todos en uno, continue la vieille Chroni-
« que, comenzo Bernaldo á dar vozes con gran alegria e decir :¡ Ay Dios!
« ¿do viene aqui el conde Don Sandias de Saldaña? E el rey Don Al-
« fonso le dixo : Vedeslo do está ; ydlo á saludar, pues que tanto lo
« cobdiciastes ver. E Bernaldo fué entonces para él e besol la mano,
« mas cuando gela falló fria, e le vido toda la color denegrida, enten-
« dió que era muerto, e con el pesar que ende ovo, comenzo de dar
« grandes boces, e facer grand duelo diziendo : ¡ Ay conde D. San-
« dias ! que malhora me engendrastes, ca nunca fui ome perdido
« assi como yo soy agora por vos, ca pues vos sodes muerto e el cas-
« tillo yo he perdido, non sé conscio en el mundo que faya. E algu-
« nos dicen en sus Cantares de gesta que le dixo entonces el Rey :

---

grande douleur du monde; il se revêtit d'habits de deuil et se rendit auprès du roi D. Alphonse. Et quand le Roi le vit, il lui dit : « Bernard, désires-tu, par hasard, ma mort? » En effet, Bernard avait toujours cru jusque-là qu'il était fils du roi Alphonse. Et Bernard lui répondit : « Seigneur, non, je ne voudrais pas, moi, votre mort ; mais j'ai un grand chagrin, à cause de mon père, le comte D. Sandias, qui gît en prison, et je vous demande en grâce de donner ordre de me le rendre. » Et le roi D. Alphonse, en entendant ces paroles, lui repartit : « Bernard, éloignez-vous de devant moi et ne soyez jamais assez osé pour me tenir un pareil langage ; car, je vous le jure, vous ne verrez jamais votre père hors de prison tant que je vivrai. » Et Bernard lui dit : « Seigneur, vous êtes Roi, et vous ferez ce que vous jugerez convenable ; je prie Dieu de vous mettre dans le cœur le dessein de le sortir de là ; car pour moi, Seigneur, je ne cesserai de vous servir de tout mon pouvoir. »

(1) *Chronique générale d'Espagne,* édit. 1541, fol. 236.

« D. Bernaldo, oy mas non es tiempo de mucho fablar y digovos
« que me salgades luego de la tierra, et non me stedes y mas, etc. (1). »

Cette narration est une des parties les plus intéressantes de la
vieille *Chronique générale,* qui est, dans son ensemble, très-curieuse,
très-animée et très-pittoresque. Elle est écrite avec plus de liberté de
style et moins d'exactitude que certains autres ouvrages de son noble
auteur. Dans la dernière partie on sent le besoin de correction, qui
est imperceptible dans les deux premières et qui n'apparaît que légè-
rement dans la troisième. Elles n'en respirent pas moins l'esprit de
leur siècle, et, prises dans l'ensemble, elles ne forment pas seulement
les chroniques les plus intéressantes de l'Espagne, mais encore les
récits les plus intéressants de tous ceux qui, dans d'autres contrées,
marquent la transition des traditions poétiques et romantiques à la
sévère exactitude de la vérité historique.

La vieille chronique qui réclame ensuite notre attention est celle
qui s'appelle avec une simplicité primitive : *Cronica del Cid*, la Chronique du Cid, aussi importante que celle que nous venons d'examiner
sous certains rapports, mais bien moins sous d'autres. La première
chose qui nous frappe quand nous l'ouvrons, c'est que, tout en ayant
l'apparence et l'arrangement d'un ouvrage séparé et indépendant,
elle est en substance la même que les deux cent huit pages qui constituent la première partie du quatrième livre de la Chronique générale d'Espagne, de sorte que l'une a été certainement prise de l'autre, ou toutes les deux ont été puisées à une source commune. Cette
dernière hypothèse se présente, peut-être, comme la plus naturelle, et
elle a été parfois adoptée (2); mais un examen plus approfondi fait

---

(1) « Et après qu'ils furent arrivés tous à un même endroit, Bernard commença à
pousser des cris avec grande joie et à dire : « Dieu! d'où vient ici le comte don Sandias
de Saldaña ? » Et le roi D. Alphonse lui dit : « Vous le voyez où il est; allez le saluer,
puisque vous avez tant désiré le voir. » Bernard s'avança alors vers lui et lui baisa la
main; mais il la lui trouva froide; il vit tout son teint livide, il comprit qu'il était
mort. Le chagrin qu'il en ressentit lui fit pousser de grands cris et causer une grande
douleur par ces paroles : « Hélas! comte D. Sandiaz! dans quelle mauvaise heure vous
m'avez engendré! jamais je n'ai été homme perdu comme je le suis maintenant par
vous; car vous êtes mort, et moi j'ai perdu le château; je ne sais au monde quelle résolution prendre. » Et il y en a qui disent dans leurs chansons de gestes que le Roi lui
répondit alors : « D. Bernard, il n'est plus temps aujourd'hui de beaucoup parler, et je
vous ordonne de me sortir immédiatement de cette terre, et de ne pas y rester davantage, etc... »

(2) C'est l'opinion de Southey dans la préface à la *Chronique du Cid*, livre des plus
amusants et des plus instructifs, en ce qui concerne les mœurs et les sentiments du

conjecturer avec probabilité que la Chronique du Cid a été plutôt empruntée au livre d'Alphonse le Sage qu'à d'autres matériaux communs à l'une et à l'autre et plus vieux que l'une et l'autre. En premier lieu, chacune semble souvent par l'emploi des mêmes mots n'être que la transcription d'un même auteur ; mais, comme le langage de l'une et de l'autre est fréquemment identique dans des pages entières, l'identité d'origine ne peut être vraie, à moins que l'une ne soit une copie de l'autre. En second lieu, la Chronique du Cid corrige dans certains endroits les erreurs de la Chronique générale et, dans un passage au moins, elle y fait une addition d'une date postérieure à celle de la Chronique elle-même (1). Mais laissons de côté les détails sur un point si obscur, quoiqu'il ne soit pas sans importance, et contentons-nous de savoir, pour le but que nous nous proposons, que la

moyen âge, sans être une traduction parfaite des trois originaux espagnols, comme on le prétend. L'opinion d'Huber, sur ce point, est la même que celle de Southey.

(1) Les deux chroniques citent comme leurs autorités l'archevêque D. Rodrigue de Tolède et l'évêque Lucas de Tuy, en Galice (*Cid*, ch. cciii, — *Générale*, 1604, fol. 313 *b* et ailleurs), et les supposent déjà morts. Or le premier mourut en 1247, et le second en 1250, et comme la *Chronique d'Alphonse X* fut *nécessairement* écrite entre 1252 et 1282, et *probablement* peu après 1252, il n'est pas à supposer que la *Chronique du Cid*, ni aucune autre chronique en langue *castillane,* dont la *Chronique générale* aurait pu faire usage, eût été déjà composée. Il y a d'ailleurs des passages dans la *Chronique du Cid* prouvant qu'elle est postérieure à la *Chronique générale.* Dans les chap. ccxciv, ccxcv et ccxcvi de la *Chronique du Cid*, par exemple, on y corrige une erreur de deux ans commise dans la Chronologie de la *Chronique générale.* D'un autre côté, dans la *Chronique générale* (édit. 1604, fol. 313 *b*), après la description de l'enterrement du Cid par les évêques, dans un caveau , revêtu de ses habits, il est ajouté : « Et il gît là où il gît encore maintenant, *E assi yace ay do agora yaze.* » Mais dans la *Chronique du Cid* ces mots ont disparu, et nous avons à leur place : « Et il resta là très-longtemps jusqu'à ce que le Roi D. Alphonse parvint au trône, *E hy estudo muy grand tiempo fasta que vino el rey don Alfonso à reinar.* » Après ces paroles se continue le récit de la translation du corps à un autre tombeau par Alphonse le Sage, le fils de Ferdinand. Mais, outre que ces mots sont évidemment une addition à la *Chronique du Cid*, faite après la relation que donne la *Chronique générale*, ils contiennent aussi une erreur très-curieuse. En parlant de saint Ferdinand, avec la formule accoutumée : « Celui qui conquit l'Andalousie, prit Jaen et beaucoup d'autres villes et châteaux, » elle ajoute, « ainsi que l'histoire vous le racontera plus loin : *Segun que adelante vos lo contara la historia.* » Or l'histoire du Cid n'a rien à voir avec l'histoire de saint Ferdinand, qui vivait cent ans après lui et dont il n'est plus fait mention dans la *Chronique.* Par conséquent, le court passage qui rapporte la translation du corps du Cid dans un autre tombeau , au treizième siècle, dut être probablement emprunté à une autre chronique, contenant l'histoire de saint Ferdinand et celle du Cid en même temps. Quant à moi, je conjecture qu'elle fut prise de l'*Abrégé de la Chronique générale d'Alphonse le Sage,* rédigé par son neveu D. Juan Manuel, qui saisit avec empressement l'occasion d'insérer une addition si honorable

Chronique du Cid est, en substance, la même que l'histoire du Cid dans la Chronique générale, et qu'elle en a été probablement tirée.

Quand a-t-elle été arrangée dans la forme actuelle, qui lui a donné cette forme, c'est ce que nous n'avons pu vérifier (1). On la trouva, telle que nous la lisons aujourd'hui, à Cardenas, dans le monastère de Saint-Pierre, où le Cid gît enseveli. C'est là que la vit, pendant sa

---

pour son oncle, quand il arriva au moment de l'enterrement du Cid, enterrement dont le récit avait cessé d'être vrai dans la *Chronique générale*, chap. ccxci.

C'est un fait bien curieux, quoiqu'il soit étranger aux recherches actuelles, que de voir les restes du Cid, outre leur translation par Alphonse le Sage, en 1272, déposés successivement à différentes places en 1447, en 1541, au commencement du dix-huitième siècle, et même par un ordre malencontreux du général français Thibaut, en 1809 ou 1810, jusqu'à ce qu'enfin, en 1824, ils furent rendus à leur sanctuaire primitif de San Pedro de Cardenas (*Semanario Pintoresco*, 1838, p. 648).

(1) Si l'on demande quelles furent les autorités sur lesquelles la partie de la Chronique générale relative au Cid s'appuie pour établir ses matériaux, on peut répondre : 1° Sur les autorités citées dans le prologue de l'ouvrage par D. Alphonse lui-même, et dont quelques-unes sont encore citées quand il parle du Cid. La plus importante d'entre elles, c'est la *Historia gothica* de l'archevêque D. Rodrigue (voyez Nicolas Antonio, *Bibliotheca vetus*, liv. VIII, chap. ii, § 28). 2° Il est probable qu'il existait quelques mémoires arabes sur le Cid, tels que sa vie ou une partie de sa vie par le neveu d'Alfaxati, Maure converti, que mentionne la chronique elle-même, chapitre cclxxviii, et la Chronique générale, édition de 1541, fol. 359-b. Cependant il n'y a rien dans la chronique qui conserve une teinte arabe, excepté les lamentations sur la prise de Valence, et commençant ainsi : « Valencia, Valencia, vincieron sobre ti muchos quebrantos : Valence, Valence, de nombreux désastres sont tombés sur toi, » lamentations qui se trouvent au fol. 329-a, pauvrement amplifiés encore au fol. 329-b, et qui ont donné pour résultat la belle romance « Apretada esta Valencia, Serrée est Valence, » romance dont l'antiquité peut remonter au *Romancero* imprimé par Martin Nucio, en 1550, à Anvers, mais qui ne remonte pas plus haut, je crois. S'il y a, par conséquent, quelque chose, dans la chronique du Cid, empruntée des documents en langue arabe, ces documents ont été écrits par des chrétiens, ou le caractère chrétien est empreint sur les faits qui en sont tirés. Depuis cette note, j'ai appris que mon ami, D. Pascal de Gayangos, possède une chronique arabe répandant une grande lumière sur cette chronique castillane et sur la vie du Cid. Malo de Molina a publié aussi la vie du Cid d'après des manuscrits arabes. 3° Les traducteurs espagnols de Bouterwek (page 255) insinuent que la chronique espagnole du Cid a été prise, en substance, de la *Historia Roderici Didaci*, publiée par Risco dans « la Castilla y el mas famoso Castillan » (1792, app., pp. xvi lx). Mais l'histoire en latin, quoique curieuse et estimable, n'est qu'un maigre abrégé n'ayant rien de l'attrait des récits et des aventures de la Chronique espagnole, qu'il contredit parfois et discrédite souvent. 4° Le vieux « Poème du Cid » mis à contribution sans aucun doute, et avec la plus grande liberté, par le chroniqueur quel qu'il soit, quoiqu'il n'y fasse jamais allusion. C'est ainsi que l'indique Sanchez (tom. 1, pp. 226-228), et nous y reviendrons à la note 1, p. 161, où nous donnons un extrait de la chronique, en ajoutant seulement que le poème a évidemment servi à la chronique, et non la chronique au poème.

jeunesse, Ferdinand, arrière-petit-fils de Ferdinand et d'Isabelle, devenu plus tard empereur d'Allemagne et qui donna l'ordre à l'abbé de la faire imprimer (1). Ce dernier s'y conforma en 1612, et depuis cette époque il ne s'en était fait que deux éditions, l'une en 1612 et l'autre en 1693, jusqu'à ce qu'elle fut réimprimée, à Marbourg, ville d'Allemagne, en 1844, avec une excellente introduction critique en espagnol par Huber.

En tant que partie de la Chronique générale d'Espagne (2), nous devons avouer, sans la moindre hésitation, que la Chronique du Cid est moins satisfaisante que certains passages qui la précèdent immédiatement. Elle est cependant la grande version nationale des exploits du grand héros espagnol qui délivra la quatrième partie de son pays natal de l'odieuse domination des Maures et dont le nom s'est rattaché jusqu'à nos jours aux plus beaux souvenirs de gloire de l'Espagne. Cette Chronique commence aux premières victoires du Cid sous Ferdinand le Grand, ne faisant que quelques allusions à sa première jeunesse et aux événements extraordinaires sur lesquels Corneille, suivant les drames et les romans antiques, a com-

-----

(1) Préambule (*Prohemio*). — Le bon abbé pense que la Chronique fut écrite du vivant même du Cid, c'est-à-dire avant l'année 1100, sans faire attention qu'il y est question de l'archevêque de Tolède et de l'évêque de Tuy, qui appartenaient au treizième siècle. Il y parle aussi de l'intérêt intelligent que prit à cette affaire le prince D. Ferdinand; mais Oviedo, dans son « Dialogue du cardinal Ximenez, » dit que le jeune prince n'avait que huit ans et quelques jours quand il donna cet ordre (Quinquagena, ms.).

(2) Parfois on y fait, par anticipation, allusion à quelque passage de l'histoire du Cid, et l'on ajoute alors, « comme vous le racontera bientôt l'histoire, » d'où résulte la certitude que l'histoire du Cid fut primitivement regardée comme une partie nécessaire de la Chronique générale (*Chronique générale*, édit. de 1604, IIIᵉ partie, fol. 92, V). Aussi, en arrivant à la quatrième partie, à laquelle il correspond réellement, nous trouvons d'abord un chapitre sur l'avénement de Ferdinand le Grand, puis l'histoire du Cid rattachée à la narration des règnes de Ferdinand I, de Sanche II et d'Alphonse VI. Or il est si vrai que l'ensemble forme une partie intégrante de la chronique générale et non une chronique séparée du Cid que, lorsque cette histoire fut détachée pour former une chronique à part, on prit les *trois règnes* des trois souverains ci-dessus mentionnés, et l'on mit en tête un chapitre antérieur de dix ans à la naissance du Cid, l'on termina par cinq autres chapitres se rapportant à des événements arrivés dix ans après sa mort, et l'on finit par quelques lignes où l'on cherche à s'excuser de ce que (*Chronique du Cid*, Burgos, 1593, fol. f. 277) le livre est plutôt la chronique de ces rois que la chronique du Cid. Ce sont ces faits qui, outre les différences caractéristiques, existant entre l'une et l'autre et dont nous avons donné une idée, nous portent à croire que la chronique du Cid est tirée de la Chronique générale.

posé sa comédie. Elle raconte ensuite, avec la plus grande minutie, presque chacune des aventures que les vieilles traditions lui attribuent, jusqu'à sa mort qui arriva en 1099, ou plutôt jusqu'à la mort d'Alphonse VI, qui arriva dix ans plus tard.

La plus grande partie est fabuleuse (1) comme les histoires de Bernard del Carpio, des Infants de Lara, quoique la fiction domine, peut-être moins qu'on ne devait s'y attendre, dans un livre composé à une pareille époque et avec de telles prétentions. Son style, encore, est en rapport avec son caractère romantique ; il est plus diffus et plus grave que celui des plus belles narrations de la Chronique générale. D'un autre côté, il y abonde l'esprit du temps où il a été écrit, et il nous offre une peinture si vraie de ses généreuses vertus et de sa rude violence, qu'on peut le regarder comme l'un des meilleurs livres du monde, sinon le meilleur, pour l'étude du véritable caractère et des mœurs des siècles de la chevalerie. On peut y lire parfois des passages comme la description suivante des sentiments et de la conduite du Cid, abandonnant son bon château de Bivar pour l'exil injuste et cruel auquel le roi l'a condamné. Inventés ou non, ces récits sont aussi conformes à l'esprit de l'époque qu'ils représentent que si leurs détails minutieux reposaient sur des faits incontestables.

« El cuando el vió los sus palacios desheredados e sin gentes, e las
« perchas sin açores, e los portales sin estrados, tornóse contra
« Oriente, e fincó los finojos, e dixo : — Santa Maria madre, e todos
« los Santos, habed por bien de rogar a Dios que me dé poder para
« que pueda destruir á todos los paganos, e que dellos pueda ganar
« de que faga bien á mis amigos e á todos los otros que conmigo
« fueren e me ayudaren. E entoncez devantóse e demandó por Al-
« var Fañez, e dixole. — Primo, qué culpa han los pobres por el
« mal que nos face el Rey? mandad castigar essas gentes que non
« fagan mal por onde fuéremos : — e demandó la bestia para cabal-
« gar. E entonces dix una vieja á la su puerta : — Vé en tal punto
« que todo lo estragues quanto fallares é quisieres. — E el Cid con
« este proverbio cavalgó, que se non quiso detener ; et en saliendo

____

(1) Masdeu (*Histoire critique de l'Espagne*, Madrid, 1783-1805, in-4°, tom. XX) veut nous faire accroire que le tout n'est qu'une fable. Mais cette opinion exige une trop grande crédulité. Cette question a été traitée avec beaucoup de sagacité et d'érudition par Joseph Aschbach : *De Cidi Historiæ fontibus dissertatio* (Bonnæ, in-4, 1843, p. 54). Quant aux actes individuels du Cid, on ne peut en établir que peu avec certitude.

« de Bivar, dijo : — Amigos, quiero que sepades que placerá á la « voluntad de Dios que tomaremos á Castilla con grand honra e con « grand ganancia (1). »

Quelques traits de mœurs dans ce court morceau, tels que l'allusion au tribunal placé à la porte où le Cid, avec une patriarcale simplicité, avait administré la justice à ses vassaux, la lueur de ce pauvre augure recueilli du désir de cette vieille femme, augure qui semble avoir à ses yeux plus de puissance que les prières qu'il venait d'adresser ou les courageuses espérances qui le poussaient sur les frontières des Maures, de pareils traits donnent une vie et une vérité telle à cette chronique qu'elle rend sensibles à nos yeux et les temps

---

(1) Et quand il vit ses palais abandonnés et sans personne, les perchoirs sans autours, les portiques sans estrades, il se tourna vers l'orient, fléchit les genoux et s'écria : « Sainte Marie, notre mère, et tous les Saints, veuillez bien prier Dieu de me donner la puissance pour que je puisse détruire tous les païens, pour que je puisse gagner sur eux de quoi faire du bien à mes amis et à tous les autres qui ont été avec moi et qui m'ont aidé. » Et alors il s'avança et demanda Alvar Fañez, et il lui dit : « — Cousin, quel dommage souffrent les pauvres pour le mal que nous fait le roi? Ordonnez de châtier ces gens pour qu'ils ne fassent pas de mal partout où nous serons. » Et il demanda sa bête pour monter à cheval. Et alors une vieille dit à sa porte : « — Je vois à un certain point que vous détruirez tout ce que vous trouverez et tout ce que vous voudrez. » Et le Cid, à ces paroles, lança son cheval et ne voulut point s'arrêter; et, en sortant de Bivar, il dit : « — Amis, je veux que vous sachiez qu'il plaira à la volonté de Dieu que nous prenions la Castille, avec grand honneur et grand profit. »

Le morceau de la *Chronique du Cid*, d'où ce passage est pris, est un de ceux qui ont le moins de rapport avec les parties correspondantes de la chronique générale : il se trouve au chapitre XCI. Il y en a d'autres aux chapitres LXXXVIII et XCIII qui n'ont pas d'équivalents dans la même Chronique générale (1604, fol. 224 1), quoique, dans les parties où ils ressemblent l'un à l'autre, la phraséologie soit très-fréquemment identique. Le passage que nous avons choisi a été inspiré, pensons-nous, par les premiers vers qui nous restent du *Poëme du Cid*. Si nous possédions les vers précédents, nous pourrions peut-être nous rendre compte d'un plus grand nombre d'additions faites à la Chronique sur ce passage. Voici les vers dont nous parlons qui montrent que ce passage, comme tant d'autres, est emprunté au poëme :

> De los sus oios tan fuertemientre lorando
> Tornaba la cabeza, e estabalos catando.
> Vio puertas abiertas e uzos sin cañados,
> Alcandaras vacias, sin pielles e sin mantos,
> E sin falcones e sin adtores mudados.
> Sospiro, mio Cid, ca mucho avie grandes cuidados.

De ses yeux si fortement pleurant — Il tournait la tête et restait à les regarder. — Il vit les portes ouvertes et les huis sans cadenas, — Les portemanteaux vides sans peaux et sans manteaux, — Et les perchoirs sans faucons et sans autours mués. — Il soupira, mon Cid, car il avait de nombreux et grands soucis.

où le Cid vivait, et les sentiments qui les animaient. Si à ces trésors particuliers vous ajoutez ceux que contient le reste de la *Chronique générale,* nous trouverons dans l'ensemble presque toutes les fables et
toutes les aventures romanesques et poétiques qui appartiennent aux
temps primitifs de l'histoire d'Espagne. Nous obtiendrons, en même
temps, une peinture vivante de l'état des mœurs dans cette période
obscure, alors que les éléments de la société moderne commençaient
à sortir du chaos où ils s'étaient si longtemps agités, et hors duquel
l'action successive des siècles les a graduellement conduits à ces formes politiques qui donnent aujourd'hui la stabilité aux gouvernements et la paix au commerce mutuel des hommes.

CHAPITRE IX.

L'idée d'Alphonse le Sage, si simplement et si noblement exprimée au commencement de sa *Chronique*, qu'il était désireux de laisser à la postérité un souvenir de ce qu'avait été et de ce qu'avait fait l'Espagne dans les temps passés (1), cette idée ne fut pas sans influence sur la nation, malgré l'état où elle se trouvait alors, état qui se continua encore pendant un siècle environ. Mais, comme le grand projet de ce roi, de rendre uniforme l'administration de la justice au moyen d'un code régulier, son exemple devançait trop son siècle pour être immédiatement suivi. Il n'en porta pas moins des fruits abondants, ainsi que ce code mémorable dès qu'il fut une fois adopté. Les deux rois ses successeurs, Sanche le Brave et Ferdinand IV, ne s'inquiétèrent aucunement, autant que nous pouvons le savoir, des moyens de conserver et de publier l'histoire de leurs règnes. Mais Alphonse XI, le même monarque sous le règne duquel, il faut s'en souvenir, les *Partidas* devinrent la loi du royaume, Alphonse XI recourut à l'exemple de son sage prédécesseur. Il ordonna la continuation des annales du royaume depuis le moment où s'arrête la *Chronique générale* jusqu'à son temps, récit qui embrassait, par conséquent, les règnes d'Alphonse le Sage, de Sanche le Brave, de

---

(1) Elle a assez d'analogie avec l'introduction des *Partidas*, commençant ainsi : « Les sages de l'antiquité, qui existèrent dans les premiers temps, et qui trouvèrent les sciences et les autres choses, pensèrent qu'ils pécheraient, dans leurs actes et dans leur loyauté, s'ils ne les voulaient pour les autres hommes à venir, comme pour eux-mêmes et pour les autres qui vivaient de leur temps, etc.... » Ces introductions

Ferdinand IV, et une période de soixante ans, de 1252 à 1312 (1). C'est là le premier exemple de l'institution d'un chroniqueur royal; c'est à ce moment qu'on peut rapporter, par conséquent, la création d'une charge importante pour tout ce qui regarde l'histoire du pays. Cette charge a bien pu être négligée dans des temps postérieurs, elle a toutefois fourni des documents intéressants jusqu'au règne de Charles-Quint, et elle s'est continuée, pour la forme du moins, jusqu'à l'établissement de l'Académie royale d'histoire, au commencement du dix-huitième siècle.

On ne connaît pas le chroniqueur qui, le premier, a rempli ces fonctions; quant à la Chronique elle-même, elle semble avoir été mise en ordre vers l'année 1320. Autrefois on l'attribuait à Fernan Sanchez de Tovar, mais Fernan Sanchez était un personnage qui jouissait d'une trop grande considération et d'un trop grand pouvoir dans l'État. Il connaissait trop la pratique des affaires publiques, il était trop familier avec leur histoire pour qu'on puisse, sans difficulté, lui attribuer les erreurs dont abonde la *Chronique*, particulièrement dans la partie relative à Alphonse le Sage (2). Quel que soit son auteur, la *Chronique*, il faut le reconnaître, est si distinctement divisée en trois règnes qu'elle forme plus facilement trois chroniques qu'une seule; elle n'a qu'un faible mérite sous le rapport de la composition. Sa narration a des formes rudes et sèches, et tout ce qui réveille l'intérêt dépend, non de son style ni des mœurs, mais du caractère des événements qu'elle rappelle, événements qui ont parfois un air d'aventures qui les rattache aux anciens temps et qui les rend, comme eux, pleins de pittoresque.

L'exemple d'un chroniqueur régulier se trouvant réellement établi à la cour de Castille fut suivi par Henri II, qui ordonna à son chancelier et grand justicier Juan Nuñez de Villaizan de préparer, comme

---

sont communes dans beaucoup d'autres vieilles chroniques et dans d'autres vieux livres espagnols.

(1) « Chronica del muy esclarecido principe y rey D. Alfonso, el que fue par de emperador, y hizo el libro de las Siete Partidas, y ansimismo al fin de este libro va encorporada la Chronica del Rey D. Sancho el Bravo, etc. (Valladolid, 1554, fol.) • On peut y ajouter la « Cronica del muy valeroso Rey D. Fernando, viznieto del santo Rey D. Fernando, etc. (Valladolid, 1554, in-fol.). »

(2) On peut voir une longue discussion sur ce point dans les « Memorias de Alfonso el Sabio, » par le marquis de Mondejar, pp. 569-635. Clémencin attribue toutefois la chronique à Fernan Sanchez de Tovar. (*Mém. de l'Acad. d'histoire*, tom. VI, p. 451.)

il le dit dans la préface, à l'imitation des anciens, *imitando á los antiguos*, l'histoire du règne de son père. Dans cette voie, la série marche sans interruption et nous donne maintenant la *Cronica de Alonso XI* (1), comprenant sa naissance et son éducation, sur lesquelles elle nous transmet peu de détails alors qu'elle s'étend amplement sur les événements qui se succèdent, depuis son avénement au trône, en 1312, jusqu'à sa mort en 1350. Quelle est la part réelle du chancelier du royaume dans la rédaction de l'œuvre, c'est ce qu'on ne peut déterminer (2). Différents passages semblent démontrer qu'il usa librement, pour sa composition (3), d'une chronique plus ancienne, et l'ensemble peut être considéré, selon toute vraisemblance, comme une compilation faite sous la responsabilité d'un des plus hauts personnages du royaume. Son début montre à la fois le ton grave et mesuré qu'il prend et le soin qu'il réclame pour les dates et les événements :

« Dios es comienzo et medianeria et acabamiento de todas las cosas,
« et sin el no pueden ser ; ca por el su poder son fechas, et por el su
« saber gobernadas, et por la su bondat mantenidas ; et el es Señor,
« et en todas las cosas Todo Poderoso, et Vencedor de todas las batal-
« las. Onde todo ome que algun buen fecho quisiere comenzar, pri-
« mero debe poner et nombrar et adelantar á Dios et rogandole et
« pidiendole merced que le dé saber et voluntat et poder porque le
« pueda bien acabar. E de aqui adelante esta Sancta Coronica contará
« las cosas que pasó el muy noble Rey D. Alfonso de Castilla et de
« Leon, et de los lides et conquistas et victorias que ovo et fizo en la
« su vida con Moros et con Christianos, et comenzará en el año XV
« de su reygnado del muy noble Rey D. Fernando su padre (4). »

---

(1) Il existe une édition de cette Chronique (Valladolid, 1551, in-fol.) meilleure que ne sont communément les vieilles éditions de ce genre de livres espagnols. Mais la meilleure est celle de Madrid, in-4°, par Cerdá y Rico, et publiée sous les auspices de l'Académie royale d'histoire.

(2) La phrase est ainsi conçue : « Mando á Juan Nuñez de Villaizan, alguacil de la su casa, que la ficiese trasladar en pergaminos, e fizola trasladar, et escribiola Ruy Martinez de Medina de Rioseco, etc. » « Il ordonna à Juan Nuñez de Villaizan, alguazi de sa maison, de la faire transcrire sur des parchemins, et il la fit transcrire, et le copiste fut Ruy Martinez de Medina de Rioseco. » Voyez la préface.

(3) Chapitre CCCXL et ailleurs.

(4) « Dieu est commencement et milieu et fin de toutes les choses, et sans lui elles ne peuvent être, car c'est par son pouvoir qu'elles sont faites, par son savoir qu'elles sont gouvernées et par sa bonté qu'elles sont conservées, et c'est lui qui est le Seigneur, le Tout-Puissant en toutes choses, et Vainqueur dans toutes les batailles. Par

• Le règne de son père n'occupe, toutefois, que trois courts chapitres; après eux, le reste de la *Chronique,* comprenant en totalité trois cent quarante-deux chapitres, nous conduit jusqu'à la mort d'Alphonse, qui périt de la peste devant Gibraltar, et se termine brusquement à ce malheur. Son ton général est grave et décisif, tel qu'il convient à une personne qui parle avec autorité sur des sujets importants. Aussi ce n'est que rarement que nous trouvons quelques traits de mœurs semblables au récit suivant sur la jeunesse du roi, à l'âge de quatorze ou quinze ans :

« E como quier que en cuanto el estido en la villa de Valledolit,
« oviesen y estado con el caballeros y escuderos, et su amo Martin
« Fernandez de Toledo que lo criaba, et que estaba con él desde gran
« tiempo, ante que la Reyna finase, é otros omes que de luengo avian
« usado los palacios y las cortes de los reyes, et todos estos le mos-
« traban buenos costumbres, et otrosi aviendose criado con él fijos de
« ricos-homes, et caballeros fijos-dalgo, pero el Rey en sí de su con-
« dicion era bien acostumbrado en comer, et bebia muy poco, et era
« muy apuesto en su vestir, et en todas las otras sus costumbres avia
« buenas condiciones; ca la palabra del era bien castellana, et non
« dubdaba en lo que habia de decir. Et en cuanto él estido en Val-
« ledolit, asentabase tres dias en la semana á oir las querellas et los
« pleitos que ante el venian, et era bien enviso en entender los fe-
« chos, et era de grand poridad, et amaba los que le servian cada uno
« en su manera, et fiaba bien et complidamiente de los que avia de
« fiar. Et luego comenzó de ser mucho cavalgante, et pagóse mucho
« de las armas; el placiale mucho de aver en su casa omes de grand
« fuerza, e que fuezen ardites, et de buenas condiciones. Et amaba
« mucho todos los suyos, et sentiase del grand daño et grand mal que
« era en la tierra por mengua de justicia, et avia muy mal talante
« contra los mal fechores (1). »

---

conséquent, tout homme qui veut commencer quelque bonne action doit premièrement placer et nommer et mettre en avant Dieu, et le prier et lui demander la grâce de lui accorder savoir, vouloir et pouvoir pour la mener à bonne fin. Et dorénavant cette sainte Chronique racontera les choses qu'a faites le très-noble roi D. Alphonse de Castille et de Léon, les batailles et conquêtes et victoires qu'il livra et remporta, durant sa vie, sur les Maures et les chrétiens, et elle commencera en l'année XV du règne du très-noble roi D. Ferdinand, son père. » (Édition de 1787, p. 3.)

(1) « Et comme, tant qu'il se trouva dans la ville de Valladolid, il y eut et se trouvèrent avec lui des chevaliers et des écuyers et son gouverneur Martin Fernandez de Tolède, qui l'élevait et qui était avec lui longtemps avant que la reine mourût, et

Quoique la *Chronique* d'Alphonse XI nous offre peu d'esquisses semblables à la précédente, nous y trouvons en général une relation bien ordonnée des événements accomplis durant le long et fécond règne de ce monarque, relation présentée avec une telle naïveté et avec une sincérité si manifeste que, malgré la grave simplicité de son style, elle est presque toujours intéressante et parfois très-amusante.

Les essais les plus dignes de considération qui ont suivi cette chronique se rapprochent plus en quelque sorte de l'histoire proprement dite. Ils se composent d'une série de chroniques se rapportant aux règnes si troublés de Pierre le Cruel, de Henri II, aux temps presque non moins agités de Jean Ier et à l'époque plus prospère et plus tranquille de Henri III. Elles ont été composées par Pedro Lopez de Ayala, sous certains rapports le premier Espagnol de son temps. Nous l'avons vu occuper une place distinguée parmi les poëtes de la dernière partie du quatorzième siècle, et nous devons maintenant l'examiner comme le meilleur prosateur de la même époque. Né en 1332 (1), il n'avait que dix-huit ans quand Pierre monta sur le trône. Bientôt ce monarque perspicace le distingua et l'employa. Quand les troubles éclatèrent dans le royaume, Ayala abandonna la tyrannie de son maître, qui s'était déjà montré capable de franchir tous les degrés du crime, et rattacha sa fortune à celle de Henri de Transtamare, frère bâtard du roi, qui ne pouvait, par conséquent, réclamer le trône, mais dont les prétentions s'appuyaient sur les crimes de son possesseur et sur les désirs de la noblesse et du peuple fatigués de le souffrir.

---

d'autres hommes qui avaient depuis longtemps fréquenté les palais et les cours des rois, et qui tous lui montraient les bonnes mœurs. Et on avait aussi élevé avec lui des fils de riches-hommes, et des caballeros hidalgos ; mais le roi par lui-même était, de sa nature, bien réglé pour le manger et il buvait très-peu. Il était très-convenable dans son habillement ; et, dans toutes ses autres habitudes, il avait d'excellentes conditions. Sa parole était d'un bon castillan et il n'hésitait pas pour exprimer ce qu'il avait à dire. Tant qu'il résida dans Valladolid, il tenait audience, trois jours de la semaine, pour entendre les plaintes et les affaires portées devant lui ; et il était très-sagace pour apprécier les faits ; il était très-prudent ; il aimait ceux qui le servaient chacun à sa manière, et il se fiait bien et complétement à ceux auxquels il devait se fier. Puis il commença à aimer beaucoup le cheval, et s'adonna beaucoup aux armes ; il se plaisait beaucoup à avoir dans sa maison des hommes d'une grande force, qui fussent hardis et doués de bonnes qualités. Et il aimait beaucoup tous les siens, et il sentait le grand dommage et le grand mal qui existaient sur la terre par le défaut de justice, et il était très-mal disposé contre les malfaiteurs. »(Édition de 1787, p. 80.)

(1) Pour la vie d'Ayala, voyez Nicolas Antonio, *Bibliotheca vetus*, liv. X, chap. I.

D'abord la cause de Henri triompha. Mais Pierre s'adressa, pour obtenir du secours, à Édouard, le Prince Noir, alors dans son duché d'Aquitaine. Ce prince, suivant le récit de Froissart, pensa que le succès d'un usurpateur serait une grave atteinte à la puissance royale (1), entra en Espagne, à la tête d'une forte armée, et replaça sur son trône le monarque dépouillé. A la bataille décisive de Najera, où le différend fut tranché, en 1367, Ayala, qui portait l'étendard de son prince, fut fait prisonnier (2) et emmené en Angleterre, où il écrivit au moins une partie de son poëme sur la vie de cour. Quelque temps après, Pierre, que le Prince Noir ne soutenait déjà plus, fut détrôné ; alors Ayala, délivré de son ennuyeuse captivité, rentra dans sa patrie. Il devint plus tard grand chancelier de Henri II, au service duquel il acquit tant de considération et d'influence qu'il semble s'être continué, comme une espèce de ministre d'État traditionnel, sous le règne de Jean Ier et bien avant sous le règne de Henri III. Quelquefois, ainsi que d'autres graves personnages, tant civils qu'ecclésiastiques, il figure comme un chef militaire, et il est fait, encore une fois, prisonnier à la désastreuse bataille d'Aljubarotta, en 1385. Mais sa captivité en Portugal ne semble avoir été ni aussi longue ni aussi cruelle que sa prison en Angleterre. De toute manière il passa tranquillement, en Espagne, les dernières années de sa vie, et il mourut, à Calahorre, en 1407, à l'âge de soixante-quinze ans.

« Fué, dit son neveu, le noble Fernan Perez de Guzman , dans l'intéressante *Galerie de portraits* qu'il nous a laissée (3), de muy
« dulce condicion é de muy buena conversacion, y de gran conscien-
« cia que temia mucho á Dios. Amó mucho las sciencias, dióse mu-
« cho á los libros e historias, tanto, que como quier que él fuese asaz
« caballero e de gran discrecion en la prática del mundo, pero natu-
« ralmente fué inclinado à las sciencias. E con esto grand parte del
« tiempo ocupaba en leer y estudiar, no en las obras de derecho, sino
« en filosofia é historias. Por causa dél son conocidos algunos libros
« en Castilla que antes no lo eran : ansi como el Tito Livio, que es la
« mas notable *Historia Romana;* la *Caida de Principes ;* los *Mora-*

---

(1) Tout le récit de Froissart mérite d'être lu, surtout dans la traduction anglaise de lord Berners (Londres, 1812, in-4°, vol. I, chap. ccxxxi), comme un commentaire et un éclaircissement de la vie d'Ayala.

(2) Voyez le passage dans lequel Mariana donne la description de la bataille (Histoire, liv. XVII, chap. x).

(3) *Generaciones y semblanzas,* chap. vii, Madrid, 1775, in-4°, p. 222.

« *les* de San Gregorio ; el Isidoro, *de Summo bono ;* el Boecio , la
« *Historia de Troya.* El ordenó la *Historia de Castilla* desde el rey
« D. Pedro hasta el rey D. Enrique el III, e hizo un buen libro de
« Caza, que el fue mucho cazador, e otro libro llamado : *Rimado*
« *del Palacio* (1). »

Pour nous, nous n'élèverions peut-être pas aujourd'hui aussi haut
que le fait son parent, la réputation du chancelier Ayala pour l'intérêt qu'il a pris à des livres d'une valeur si douteuse, tels que la
Guerre de Troie de Guido de Colonna, et le *de Casibus principum*
de Boèce ; mais il est certain que, par la traduction de Tite-Live (2), il
a rendu à son pays un service incontestable et important. Il s'en est
rendu aussi un non moins important à lui-même. En se familiarisant
avec Tite-Live, il est devenu propre à la tâche qu'il avait entreprise
de la composition de la Chronique, ouvrage qui constitue maintenant sa principale distinction et son principal mérite (3). Son récit
commence, en 1350, au moment où finit la Chronique d'Alphonse XI,
et se continue jusqu'à la sixième année de Henri III, c'est-à-dire,

---

(1) Il fut d'une nature très-douce, d'un commerce très-agréable, d'une grande conscience et craignant beaucoup Dieu. Il aima beaucoup les sciences, s'adonna beaucoup
aux livres et aux histoires, autant que quiconque était, comme lui, assez noble et de
grande habileté dans la pratique du monde; mais il fut naturellement porté aux
sciences. Dans cette disposition , il occupait une grande partie du temps à lire et à
étudier, non les ouvrages de droit, mais ceux de philosophie et d'histoire. C'est lui
qui a fait connaître, en Castille, certains livres qui ne l'étaient pas auparavant, tels
que Tite-Live, dont les écrits forment la partie la plus remarquable de l'*Histoire romaine;* la *Chute de Princes;* les *Morales* de saint Grégoire; le *De summo bono* d'Isidore; le Boèce, l'*Histoire de Troie.* Il mit en ordre l'*Histoire de Castille,* depuis le roi
D. Pedro jusqu'au roi D. Henri III; il fit un bon livre sur la *Chasse,* parce qu'il fut
grand chasseur, et en écrivit un autre intitulé : *Rimado del Palacio.*

(2) Il est probable qu'Ayala fit ou fut cause qu'on fit la traduction de tous ces
livres ; telle est du moins l'impression qu'il produit. Outre que la mention d'Isidore
de Séville, parmi les auteurs qu'*il fit connaître,* semble confirmer cette opinion.
Comme Espagnol d'un grand renom, saint Isidore dut toujours être *connu* en Espagne
de toute autre manière que par une traduction en espagnol. Voyez aussi la préface de
l'édition de Boccace, la *Chute de Princes,* 1495 (Mendez, typographie espagnole, Madrid, 1796, in-4°, p. 202).

(3) La première édition des *Chroniques* d'Ayala est de Séville, 1495, in-fol. Mais il
semble qu'elle a été imprimée d'après un manuscrit qui ne contenait pas la série
entière. La meilleure est celle qui a été publiée, sous les auspices de l'Académie royale
d'Histoire, par D. Eugenio de Llaguno y Amirola, son secrétaire, Madrid, 1779, 2 vol.
in-4°. Qu'Ayala ait été le chroniqueur de Castille en titre, c'est ce qui résulte du ton
général de l'ouvrage et de l'assertion directe d'un vieux manuscrit qui en contient
une partie, et qui est cité par Bayer dans ses notes à Nicolas Antonio, *Bibl. vetus,*
liv. X, chap. I, num. 10, n. 1.

jusqu'en 1396. Il embrasse la partie de la vie de l'auteur, qui s'étend de dix-huit à soixante-quatre ans, et contient les premiers matériaux authentiques pour l'histoire de son pays natal.

Ayala se trouvait dans une situation des plus favorables pour une pareille entreprise. De son temps, la prose castillane était déjà très-avancée. En effet, don Juan Manuel, le dernier de la vieille école des bons écrivains, ne mourut que lorsque Ayala fut âgé de cinquante ans. Ce dernier était, d'ailleurs, comme nous l'avons vu, un homme instruit et un homme remarquable, eu égard au siècle où il a vécu, et, ce qui est encore d'une importance plus grande que ces deux qualités, il s'était personnellement familiarisé avec les affaires publiques durant les quarante-six années qu'embrasse sa Chronique ; on en trouve des traces dans son ouvrage. Son style n'est pas, comme celui des vieilles chroniques, d'une riche vivacité, ni d'une excessive liberté, mais, sans être trop soigneusement travaillé, il est simple et poli. Pour lui donner un air plus sérieux, sinon un air plus conforme à l'ensemble, Ayala, imitant en cela Tite-Live, a inséré dans le cours de sa narration des discours et des lettres qui doivent exprimer les sentiments et les opinions des principaux acteurs, plus distinctement qu'ils ne l'auraient été par le simple exposé des faits et du récit historique. Comparée à la Chronique d'Alphonse le Sage qui la précéda d'un siècle environ, la Chronique d'Ayala lui est inférieure. Il lui manque le charme de cette crédulité poétique qui préfère les traditions douteuses de gloire à ces faits authentiques souvent moins honorables, soit pour la réputation nationale, soit pour les sentiments d'humanité. Comparée à la Chronique de Froissart, qui lui est contemporaine, il lui manque cet enthousiasme candide et même enfantin qui contemple avec une joie et une admiration des plus pures cette fantasmagorie splendide de la chevalerie. A la place de cet enthousiasme, on y trouve la pénétrante sagacité d'un homme d'État, qui sonde d'un œil tranquille les actions des hommes et qui pense, comme Comines, qu'il ne vaut pas la peine de cacher les grands crimes avec lesquels sa vue s'est familiarisée quand on peut en faire un récit sage et heureux. Toutefois, quand nous lisons la Chronique d'Ayala, nous ne pouvons douter que nous n'ayons fait un grand pas dans la voie du progrès pour le genre d'ouvrages auquel elle appartient, et que nous n'approchions de l'époque où l'histoire nous présentera, avec une exactitude plus rigoureuse, les leçons qu'elle aura recueillies de la dure expérience du passé.

Au nombre des curieux et saisissants passages de la Chronique d'Ayala il faut placer, comme l'un des plus intéressants peut-être, le morceau qui se rapporte à l'infortunée Blanche de Bourbon, la jeune et belle épouse de Pierre le Cruel, qui l'abandonna deux jours après son mariage, par amour pour Marie de Padilla et qui, après l'avoir laissée longtemps languir dans une prison, la sacrifia enfin à sa basse passion pour sa maîtresse ; événement qui excita, si l'on en croit la Chronique de Froissart, un sentiment d'horreur, non-seulement en Espagne, mais encore dans toute l'Europe, et qui devint un sujet plein d'attraits pour la poésie populaire des vieilles romances, dont quelques-unes lui ont été consacrées (1). Nous doutons toutefois que la meilleure des romances nous offre des souffrances si cruelles de Blanche de Bourbon une peinture plus vive et plus émouvante que celle que nous donne Ayala, lorsque, s'avançant pas à pas, dans sa narration impassible, il nous montre la reine solennellement mariée dans la cathédrale de Tolède, puis languissante dans sa prison de Medina Sidonia ; le mécontentement de la noblesse ; l'indignation de la mère même du roi et de sa propre famille, et nous conduit, tout le temps, avec une désolante exactitude, à travers la longue série de meurtres et d'atrocités par laquelle Pierre arrive enfin au dernier crime, qu'il hésita de commettre durant huit années. En effet, dans la succession des scènes qu'il étale devant nous, il y a une exactitude et une minutie de détails qui surpassent tout pouvoir de généralisation et qui nous dévoilent la malignité du caractère du monarque, avec plus de vivacité que n'aurait pu le faire la poésie la plus animée ou l'éloquence la plus véhémente (2). C'est précisément cette froide et patiente minutie du Chroniqueur, fondée sur sa propre expérience, qui donne un caractère particulier au récit que nous a laissé Ayala de l'agitation des quatre règnes durant lesquels il vécut, règnes qu'il nous présente dans un style moins animé et moins vigoureux que le style de quelques vieilles chroniques de la monarchie, mais assurément plus simple, plus judicieux et plus conforme au véritable but de l'histoire (3).

---

(1) Il existe environ une douzaine de romances dont le sujet est le roi D. Pedro, et dont les meilleures sont, selon moi, « Doña Blanca esta en Sidonia ; — En un retrete en que apenas ; — No contento el rey D. Pedro, — et Doña Maria de Padilla. » Cette dernière se trouve dans le *Cancionero* de Sarragosse de 1550, part. II, fol. 46.

(2) Voyez la *Chronique* de D. Pedro, ann. 1353, chap. IV, V, XI, XII, XIV et XXI ; ann. 1354, chap. XIX et XXI ; ann. 1358, chap. II et III ; ann. 1361, chap. III.

(3) L'impartialité d'Ayala à l'égard de D. Pedro a été mise en question, et ses rela-

La dernière des chroniques royales qu'il est nécessaire de connaître plus particulièrement, c'est la Chronique de Juan II, commençant
à la mort de Henri III, et finissant à la mort de Juan lui-même, en
1454 (1). Elle est l'ouvrage de plusieurs mains et elle prouve, par une
évidence intrinsèque, qu'elle a été écrite à différentes époques. Alvar

---

tions avec ce monarque l'ont naturellement rendue suspecte. Mariana touche ce point
(*Histoire*, liv. XVII, chap. x) sans le trancher. Il a cependant une certaine importance
dans l'histoire littéraire de l'Espagne, où le caractère de D. Pedro apparaît souvent
dans la poésie et au théâtre. La première personne qui attaqua Ayala, ce fut, je crois,
Pedro de Gracia Dei, courtisan du temps de Ferdinand et d'Isabelle, et de Charles V.
Il était roi d'armes et chroniqueur des Rois Catholiques. Je possède de lui, en manuscrit, une collection de ses *coplas* professionnelles sur les lignages et les armes des
principales familles d'Espagne et sur l'histoire générale du pays, petit poëme sans
aucun mérite poétique, et déprécié par Argote de Molina dans sa préface à la *Noblesse
de l'Andalousie* (1588), à cause de la science imparfaite de l'auteur sur les sujets qu'il
traite. Sa défense de D. Pedro n'est pas meilleure. Elle se trouve dans le *Semanario
erudito* (Madrid, 1790, tom. XXVIII et XXIX), avec des additions qu'une main y a
postérieurement ajoutées, la main, probablement, de Diego de Castilla, doyen de Tolède, qui était, je crois, un des descendants de D. Pedro. Les autorités citées ne sont
pas suffisantes pour la vérification d'événements arrivés un siècle et demi plus tôt, et
pour lesquels il n'est pas possible de s'en rapporter à la voix de la tradition. Francisco
de Castilla, qui avait certainement du sang de D. Pedro dans les veines, suivit les
mêmes traces et s'exprima ainsi dans sa *Pratica de las virtudes* (Çaragoça, 1552,
in-4°, fol. 28) sur le monarque et sur Ayala :

> El grand rey D. Pedro, quel vulgo reprueva
> Por selle enemigo quien hizo su historia, etc.

> Le grand roi don Pedro, que le vulgaire réprouve — Pour avoir été son ennemi celui qui
> écrivit son histoire, etc.

Tout cela produisit cependant peu d'effet. Mais, dans la suite des temps, on écrivit
des livres sur cette question : l'*Apologie du roi D. Pedro*, par Ledo del Pozo (Madrid,
in-fol., s. a.). et *Le roi D. Pedro défendu* (Madrid, 1648, in-4°), par Vera y Figueroa,
diplomate du règne de Philippe IV, livres qui n'ont eu d'autre but apparent que de
flatter les prétentions royales, mais dont nous trouverons les conséquences quand
nous arriverons au *Vaillant Justicier*, de Moreto, au *Médecin de son honneur*, de
Calderon, et à d'autres figures poétiques qui dessinent également le caractère de
D. Pedro au dix-septième siècle. Toutefois, il faut bien le reconnaître, les romances
sont presque toujours conformes aux portraits de D. Pedro que nous peint Ayala.
L'exception la plus frappante dont je puisse me souvenir est l'admirable romance
commençant ainsi : « Aux pieds de don Henri, A los pies de Don Enrique, » cinquième
partie du *Flor de romances, recopilado* par Sébastien Velez de Guevara, Burgos, 1594,
in-18.

(1) La première édition de la « Chronique du seigneur roi D. Juan deuxième de ce
nom » fut imprimée à Logroño (1517, in-fol.), et c'est la plus correcte de toutes les
vieilles éditions que j'ai vues. La meilleure de toutes est, cependant, la belle édition
imprimée, à Valence, par Montfort, en 1779, in-fol., à laquelle il faut ajouter un
appendice par P. Fr. Liciniano Saez, Madrid, 1786, in-fol.

Garcia de Sainte-Marie, on ne peut en douter, prépara la narration
des quatorze premières années, c'est-à-dire jusqu'en 1420, récit qui
constitue à peu près le tiers de tout l'ouvrage (1). Puis, par suite peut-
être de son attachement pour l'infant Ferdinand, régent durant la
minorité du roi et plus tard détesté par lui, il cessa son travail (2).
Qui a écrit la partie suivante, c'est ce que l'on ne sait pas (3) : de
1429 à 1445, Juan de Mena, le premier poëte de son temps, fut
chroniqueur royal. Si nous en croyons les lettres d'un de ses amis,
il semble avoir mis beaucoup de soin à recueillir les matériaux de son
entreprise, s'il ne mit pas une grande activité à la réaliser (4). Une autre
partie a été attribuée au poëte Jean Rodriguez del Padron et à Diego
de Valera (5), chevalier et gentilhomme souvent mentionné dans la
Chronique même et nommé plus tard chroniqueur par la reine Isabelle.

---

(1) Voyez son prologue dans l'édition de 1789, p. xix, et Galindez de Carvajal,
Préface, p. 19.

(2) Il vécut jusqu'en 1444, puisque la chronique fait plus d'une fois mention de lui,
dans cette année. Voyez ann. 1444, chap. xiv et xv.

(3) Préface de Carvajal.

(4) Fernan Gomez de Cibdad-Real, médecin de Juan II, « Centon epistolario, » Madrid, 1775, in-4°, épitre xxiii et lxxiv, ouvrage dont nous aurons à mettre en doute
l'authenticité plus tard.

(5) Préface de Carvajal. Les poésies de Rodriguez del Padron se trouvent dans les
Cancioneros généraux. Il existe de Diego de Valera la « Chronique d'Espagne, abrégée
par ordre de la très-puissante dame doña Isabel, reine de Castille, » écrite en 1481,
quand l'auteur avait soixante-neuf ans, et imprimée en 1482, 1493, 1495, etc., chronique d'un mérite considérable pour le style et assez estimable, malgré son caractère
d'abrégé, par les matériaux originaux qu'elle contient vers la fin, tels que deux lettres éloquentes et hardies de Valéra lui-même à Juan II sur les troubles du temps, et
un récit de ce qu'il a vu personnellement dans les derniers jours du Grand Connétable
(part. IV, chap. cxxv), qui forme le dernier et le plus important chapitre du livre.
(Mendoza, p. 138 ; Capmany, *Éloquence espagnole*, Madrid, 1788, in-8°, tom. I, p. 180.)
Ajoutez que l'éditeur de la *Chronique* de Juan II (1779) pense que Valéra fut la personne qui finalement prépara et coordonna cette chronique ; mais l'opinion de Carvajal parait plus probable. Assurément Valera, on peut le croire, ne mit pas la main
à l'éloge qui se fait de lui dans l'excellent récit historique de la *Chronique* (ann. 1437,
chap. iii), lorsqu'on montre comment, en présence du roi de Bohême, à Prague, il défendit l'honneur de son propre seigneur, le roi de Castille. Un petit traité de quelques
pages sur la Providence, par Diego de Valera, imprimé dans l'édition de la *Vision
delectable*, en 1489, et presque entièrement réimprimé dans le premier volume de
Capmany, l'*Éloquence espagnole*, mérite d'être lu comme un spécimen de la gravité
de la prose didactique, au quinzième siècle. La *Chronique* de Ferdinand et d'Isabelle
par Valera, le meilleur et le plus important de ses ouvrages, n'a jamais été imprimée.
Jeronimo Gadiel, « Compendio de algunas historias de España. » Alcalá, 1557, in-fol.,
fol. 101, b.

Mais, quels que soient les écrivains qui y ont d'abord pris part, tout l'ouvrage fut enfin, en dernier lieu, confié à Fernan Perez de Gusman, littérateur, courtisan et observateur de mœurs, aussi fin que spirituel, qui survécut à Juan II, et arrangea et compléta probablement la Chronique du règne de son maître, telle qu'elle fut publiée par ordre de l'empereur Charles-Quint (1). On y a plus tard ajouté quelques passages, au temps de Ferdinand et d'Isabelle, puisqu'on y fait plus d'une fois allusion comme à des souverains régnants (2). Elle est divisée, comme la Chronique d'Ayala qui a dû naturellement lui servir de modèle, en autant d'années qu'il y en a dans le règne du roi, et chaque année est subdivisée en chapitres. Elle contient un grand nombre de lettres originales importantes et d'autres curieux monuments contemporains (3) ; toutes ces pièces et le soin apporté à la rédaction de cette chronique l'ont fait considérer comme plus digne de foi qu'aucune des autres chroniques castillanes qui l'ont précédée (4).

Sa composition générale nous offre une quantité considérable de détails qui nous font connaître les mœurs du siècle ; tels sont les récits sur les cérémonies de la cour, les fêtes et les tournois si aimés de Juan II. Son style, en général sans ornement ni prétention, ne manque pas de variété, de vivacité ni de solennité. Une fois, à l'occasion de la chute et de la mort ignominieuse du Grand Connétable Alvaro de Luna, dont l'esprit de commandement s'était imprimé lui-même, pendant plusieurs années, dans les affaires du royaume, l'honorable chroniqueur, quoique peu favorable à l'arrogance du ministre, ne semble pas maître de réprimer ses sentiments, et, se rappelant le traité de la *Chute de Princes* qu'Ayala avait fait connaître en Espagne, il s'écrie : « ¡ O Juan Bocacio, si oy fueses vivo, no creo que

---

(1) Les paroles de Carvajal (page 20) portent à conclure que Fernand Perez de Guzman donna surtout le style et le caractère général à cette *Chronique*. « Il prit de chacun ce qui lui parut le plus probable ; il abrégea certaines choses et n'en prit que la substance, parce qu'il le jugeait ainsi convenable. » Et il ajoute que cette *Chronique* fut très-estimée par Isabelle, fille de Juan II.

(2) Année 1451, chap. II, et 1452, chap. II. Voyez aussi quelques remarques sur l'auteur de cette *Chronique* par l'éditeur de la *Chronique* d'Alvaro de Luna. Prolog., pp. 35-38, Madrid, 1784, in-4°.

(3) Par exemple, 1406, chap. VI ; 1430, chap. II ; 1441, chap. XXX ; 1453, chap. III.

(4) « Es sin suda la mas puntual i la mas segura de quantas se conservan antiguas. » (Mondejar, *Notice et jugement sur les principaux historiens d'Espagne*, Madrid, 1746, in-fol., p. 112.)

« tu pluma olvidase poner en escripto la caida de este tan estrénuo
« y esforzado varon entre aquellas que de muy grandes principes
« mencionó! ¿Qual exemplo mayor á todo estado puede ser? Qual
« mayor castigo? Qual mayor doctrina para conocer la variedad e
« movimiento de la engañosa e incierta fortuna? ¡ O ccguedad de
« todo el linage humano! ¡ O acaecimientos sin sospecha de las cosas
« de este mundo! » (1) Et il continue ainsi durant tout un chapitre
d'une certaine longueur (2), le seul de cette espèce dans la Chronique, dont le ton général montre, au contraire, que la composition
historique allait subir, en Espagne, un changement radical. En effet,
dès le début nous trouvons des discours réguliers, attribués aux principaux personnages qu'il introduit (3) comme l'avait fait Ayala, et
si, dans l'ensemble, une disposition bien ordonnée, les documents et la
narration des faits colorent, ce n'est pas douteux, les préjugés et les
passions des temps de trouble que la Chronique rapporte, elle ne
laisse pas de rechercher l'exactitude régulière des annales, et s'efforce
d'atteindre la gravité et la dignité de style qui convient aux vues
plus élevées de l'histoire (4).

---

(1) « Oh! Jean Boccace, si tu vivais aujourd'hui, je ne crois pas que ta plume ou-
bliât de dépeindre la chute de cet homme si courageux et si brave, parmi celles des
plus grands princes qu'elle a mentionnées ! quel exemple plus grand dans tout État
peut-il y avoir! quel plus grand châtiment! Quel plus grand enseignement pour connaitre la variété et la mobilité de la fortune trompeuse et incertaine! O aveugle-
ment de toute l'espèce humaine! ô événements peu soupçonnés dans les choses de
ce monde! »

(2) Année 1453, chap. iv.

(3) Année 1406, chap. ii, iii, iv, v, vi, xv; année 1407, chap. vi, vii, viii, etc.

(4) Cette chronique nous donne, dans un passage que nous avons fait connaître et
qui n'est pas probablement le seul, un curieux exemple de la manière dont toute la
classe de chroniques espagnoles à laquelle elle appartient, servit parfois à la poésie
des vieilles romances que nous admirons. Cet exemple se trouve dans le récit de l'événement principal du temps, la mort violente du Grand Connétable Alvaro de Luna,
et dans la belle romance: « *Un miercoles de mañana*, » évidemment tirée de la Chronique de D. Juan II. Ces deux morceaux méritent d'être comparés, et leur coïncidence
devient frappante par le parallèle. Nous en donnerons un léger spécimen qui fera
comprendre l'intérêt de l'ensemble.

La *Chronique* (année 1453, chap. ii) s'exprime ainsi : « — E vido á Barrasa, cabal-
lerizo del Principe, é llamole é dijole: Vén acá, Barrasa, tu estas aqui mirando la
muerte que me dan. Yo te ruego que digas al principe mi señor, que dé major gualardon á sus criados, que el Rey, mi señor, mandó dar á mi. » « Et il vit Barrasa, écuyer du
prince, et il lui dit : « Viens ici, Barrasa, toi qui regardes la mort qu'on me donne.
Je te prie de dire au prince, mon seigneur, de donner à ses serviteurs une récompense
meilleure que celle que me fait donner le roi, mon maître. » La romance citée, comme

Du règne si troublé et si corrompu de Henri IV qui fut, un moment, sur le point d'être détrôné par son plus jeune frère, Alphonse, il nous reste deux chroniques : la première, de Diego Enriquez del Castillo, attaché comme aumônier et historiographe à la personne du souverain légitime ; la seconde, d'Alonso de Palencia, chroniqueur de l'infortuné compétiteur, dont les prétentions ne furent soutenues que pendant trois ans, quoique la Chronique de Palencia, comme celle de Castillo, s'étende sur toute la période du règne du monarque, de 1454 à 1474. Chacune d'elles diffère de l'autre autant que les actes des princes qu'elles rappellent. La Chronique de Castillo est écrite avec une grande simplicité de mœurs, et, à part quelques réflexions morales, surtout au commencement et à la fin, il semble qu'elle recherche par-dessus tout la simplicité et même la sécheresse du récit (1). Tandis

---

anonyme, par Duran, mais qui se trouve dans les romances de Sépulvéda (1584, fol. 204), sans être dans l'édition de 1551, rappelle, à très-peu de différence près, les mêmes circonstances frappantes, un peu amplifiées dans ces vers :

> Y vido estar à Barrasa
> Que al Principe le servia
> De ser su caballerizo,
> Y vino á ver aquel dia
> A ejecutar la justic'a
> Que el Maestre recibia :
> « Ven acà, hermano Barrasa,
> Di al principe, por tu vida,
> Que dé mejor galardon
> A quien serve à su señoria
> Que no el que el Rey, mi señor,
> Me ha mandado dar este dia. »

Tant est grand souvent le rapprochement des vieilles chroniques espagnoles avec la poésie, et souvent aussi le rapprochement des vieilles romances et de l'histoire. La chronique de Juan II est, je crois, la dernière à laquelle cette observation peut être appliquée.

Si l'on était sûr de l'authenticité du *Centon épistolaire* de Gomez de Cibdad-Real, nous citerions la lettre CIII comme l'origine du récit que vient de faire la chronique.

(1) Nous ignorons l'époque de la première édition de la Chronique de Castillo. Elle est regardée comme étant encore en manuscrit par Mondejar, en 1746 (*Advertencias,* p. 112) ; par Bayer dans ses notes à Nicolas Antonio (*Biblioth. vetus,* vol. II, p. 349), notes écrites un peu avant, mais publiées seulement en 1788 ; par Eug. de Ochoa dans ses notes aux poésies inédites du marquis de Santillane (Paris, 1844, in-8°, p. 397), et dans ses « Manuscrits espagnols » (1844, p. 92). La belle édition préparée par José Miguel de Flores, publiée à Madrid par Sancha (1787, in-4°), comme une partie de la collection de l'Académie, est annoncée dans le titre comme étant la *seconde*. Il serait vraiment étrange que tous ces savants eussent pu se méprendre sur ce point.

que la Chronique de Palencia, élevé en Italie, au milieu des Grecs qui venaient d'y arriver, après la ruine de l'empire d'Orient, nous présente un style faux et embarrassé ; des réflexions qui s'étendent fréquemment pendant un chapitre ; et une œuvre dont l'ensemble prouve que l'auteur n'a retiré qu'affectation et mauvais goût de la direction de Jean Lascaris et de Georges de Trébizonde (1). L'une et l'autre chroniques ne sont que de pures annales, aussi sèches à lire que le simple récit des faits qu'elles rapportent.

On peut faire les mêmes remarques sur les chroniques du règne de Ferdinand et d'Isabelle, qui s'étendent de 1474 à 1504 et 1516. Il y en a plusieurs, mais il nous suffit d'en citer deux : l'une est la Chronique d'André Bernaldez, plus souvent appelé *El cura de los Palacios*, parce qu'il avait été curé d'un petit village de ce nom, bien qu'il ait dû, sans aucun doute, recueillir les matériaux de sa Chronique principalement à Séville, la voisine et splendide capitale de l'Andalousie, puisqu'il avait été chapelain de son archevêque. Bernaldez écrivit sa chronique, à ce qu'il semble, pour satisfaire surtout son propre goût, et l'étendit de 1488 à 1513. C'est un récit honnête et sincère, reflétant véritablement la physionomie de son siècle, sa crédulité, sa bigoterie et son amour d'ostentation. Elle nous offre, en vérité, une histoire des événements du passé, telle que nous la donnerait un observateur plus curieux de les connaître que d'y prendre part, et qui, par des circonstances fortuites, se trouverait en rapport avec tout ce qu'il y a de plus élevé parmi les principaux esprits de son temps et de son pays (2). Il n'y a pas de partie qui offre plus de mérite et d'intérêt que le récit relatif à

---

(1) J'ai eu à ma disposition une copie manuscrite de la Chronique de Palencia, que me procura mon ami W. H. Prescott, qui la cite comme un des matériaux qui lui ont servi pour son histoire de Ferdinand et d'Isabelle (vol. I, p. 136, édit. amér.). Une biographie complète de Palencia se trouve dans Juan Pellicer, *Bibliol. de traducteurs* (Madrid, 1778, in-4°, seconde part., pp. 7-12).

(2) Je dois aussi la connaissance de ce manuscrit à mon ami W. Prescott, qui m'a prêté sa copie. Elle contient cent quarante-quatre chapitres : la crédulité et la superstition de son auteur se montrent, ainsi que ses bonnes qualités, dans les descriptions des Vêpres siciliennes (chap. cxciii), des îles Canaries (chap. lxiv), du tremblement de terre de 1504 (chap. cc), de l'élection de Léon X (chap. ccxxxix). Sa partialité et ses préjugés apparaissent dans la version de la visite hasardée que fait à Isabelle le grand marquis de Cadix (chap. xxix), comparée à l'idée qu'en donne la relation de Prescott (part. 1, chap. vi); son intolérance à l'égard des juifs (chap. cx-cxiv) est prouvée au-delà des limites qu'on pouvait atteindre à cette époque. La Bibliothèque nouvelle de Nicolas Antonio contient un article imparfait sur Bernaldez. Mais les meilleurs matériaux pour sa biographie se trouvent dans l'égotisme de sa propre chronique.

Colomb, à qui il consacra quatorze chapitres. Notre auteur dut avoir d'excellents matériaux pour son histoire, puisque Deza, l'archevêque au service duquel il était attaché, n'était pas seulement un des amis et des patrons de Colomb, mais que Colomb lui-même, en 1496, habitait la maison de Bernaldez et lui confiait des manuscrits qui lui servirent, dit-il, pour la véracité de sa narration. C'est pourquoi nous plaçons cette chronique au nombre des documents également importants et pour l'histoire d'Amérique et pour l'histoire d'Espagne (1).

L'autre chronique du temps de Ferdinand et d'Isabelle est celle de Fernando del Pulgar, leur conseiller d'État, leur secrétaire et leur chroniqueur officiel, personnage très-connu de son temps, quoiqu'on ignore et la date de sa naissance et celle de sa mort (2). S'il fut un homme d'esprit et de savoir, un fin observateur de la vie, c'est ce que nous apprennent ses notices sur les *Claros varones de Castilla*, ses *Comentarios á las coplas de Mingo Revulgo*, quelques lettres spirituelles et charmantes adressées à ses amis et qui nous ont été conservées. Comme chroniqueur, son mérite n'a aucune importance (3). La première partie de son ouvrage n'est pas digne de foi, et la dernière, qui commence en 1482 et finit en 1490, est une narration courte et fastidieuse par les discours ampoulés qui la surchargent. Ce que la Chronique a de meilleur, c'est le style souvent très-digne, mais c'est le style de l'histoire plutôt que celui de la chronique. En effet, la division formelle de l'ouvrage en trois parties, appropriée aux sujets, et les réflexions philosophiques qui l'embellissent, démontrent l'étude que l'auteur a faite des anciens et son désir de les imiter (4). Pour-

---

(1) Les chapitres sur Colomb s'étendent du cxviii⁰ au cxxxi⁰. La relation de la visite que lui fit Colomb est insérée dans le chap. cxxxi, et celle des manuscrits qu'il lui confia au chap. cxxiii. Ce chroniqueur raconte que, lorsque Colomb vint à la cour, en 1496, il était habillé en moine franciscain, et que, par dévotion, il portait la corde. Il cite les Voyages de sir John Mandeville, et il semble les avoir lus (chap. cxxiii); fait d'une grande signification, si l'on se rappelle ses relations avec Colomb.

(2) Quelques détails sur sa vie sont mis en tête de ses *Claros Varones* (Madrid, 1775, in-4°), mais ils ne sont pas nombreux. Nous savons par lui-même qu'il était déjà avancé en âge en 1490.

(3) La première édition de cette chronique, publiée par un accident, comme si elle était l'œuvre du célèbre Antonio de Lebrija, parut en 1565, à Valladolid. Mais l'erreur fut bientôt découverte; et elle était imprimée de nouveau, à Sarragosse, en 1567, avec le nom du véritable auteur. L'unique édition postérieure que l'on connaisse, et de beaucoup la meilleure des trois, c'est la belle édition de Valence de 1780, in-fol. Voyez la préface de cette édition, relativement à l'erreur qui a fait attribuer la Chronique de Pulgar à Antonio de Lebrija.

(4) Lisez, par exemple, le long discours de Gomez Manrique aux habitants de To-

quoi n'a-t-il pas continué son récit après 1490, c'est ce que je ne peux dire ; on a conjecturé qu'il était mort avant cette époque (1). Mais c'est une erreur, puisque nous avons de lui une relation très-bien écrite et très-curieuse, adressée à la reine sur toute l'histoire des Maures de Grenade, après la prise de cette ville, en 1492 (2).

La Chronique de Fernando del Pulgar, *Cronica de los Reyes Catolicos*, est le dernier exemple du vieux style des chroniques qui mérite d'être mentionné. En effet, comme nous l'avons déjà observé, si l'on a cru longtemps nécessaire à la dignité de la monarchie de conserver les formes majestueuses de la Chronique officielle, la liberté et l'animation pittoresque qui lui ont donné la vie ne s'y trouvent plus depuis longtemps. On nomme des chroniqueurs, comme Florian de Ocampo, Mexia et d'autres, mais le véritable genre des chroniques est passé sans retour.

---

lède (part. II, chap. LXXIX). C'est un des meilleurs, il a un assez grand mérite comme composition oratoire, quoique le ton romain soit déplacé dans une chronique de ce genre. L'éditeur de 1780 a toutefois commis une erreur en supposant que Pulgar, le premier, a introduit en Espagne ce genre de harangues. Nous les retrouvons, comme nous l'avons déjà observé, dans les chroniques d'Ayala, quatre-vingts ou quatre-vingt-dix ans auparavant.

(1) « Indice assez probable qu'il mourut avant la prise de Grenade, » dit Martinez de la Rosa. « Hernan Perez del Pulgar, el de los Hazañas. » (Madrid, 1834, in-8°, p. 229.)

(2) Cet important document, qui fait honneur à Pulgar comme homme d'État, se trouve dans le *Semanario erudito*. (Madrid, 1788, tom. XII, pp. 57-144.)

CHAPITRE X.

CHRONIQUES DE FAITS PARTICULIERS. — Il faut se rappeler que nous n'avons fait jusqu'ici que parcourir la série de ces chroniques qu'on peut appeler chroniques générales espagnoles ; or ces livres, écrits par des mains royales ou par ordre de rois, constituent l'histoire de toute la Péninsule, depuis ses origines primitives et ses traditions les plus fabuleuses, à travers ses guerres cruelles et ses divisions, jusqu'au moment où la ruine totale de la puissance des Maures en forme une monarchie compacte et tranquille. Leurs sujets et leur caractère les rendent, par conséquent, les ouvrages les plus importants et, en général, les plus intéressants du genre auquel ils appartiennent. Mais, comme on devait s'y attendre, l'influence qu'ils ont exercée, la popularité dont ils ont joui, les ont fait souvent imiter. Un grand nombre de chroniques se sont écrites sur une grande variété de sujets ; de nombreux livres se sont aussi composés dans le style des chroniques et qui n'en portent cependant pas le nom. Le plus grand nombre de ces volumes n'ont aucune valeur. Quelques-uns, par leur objet ou leur langage, méritent d'être connus et de nous arrêter un moment. Nous commencerons par les chroniques qui roulent sur des sujets particuliers.

Deux de ces chroniques spéciales rapportent les événements survenus sous le règne de D. Juan II : elles sont non-seulement curieuses par leur caractère et leur style, mais elles sont encore fort estimables par la lumière qu'elles jettent sur les mœurs du temps. La première, en suivant l'ordre des événements, est le *Paso honroso* ou *Pas honorable*. C'est le récit exact d'une passe d'armes soutenue contre tous ceux qui se présentaient, en 1434, au pont d'Orbigo, près la ville de Léon ; elle dura trente jours, et elle commença au moment où la voie était remplie de chevaliers qui se rendaient, en procession solennelle, au pèlerinage voisin de Saint-Jacques de Compostelle. Le champion fut Suero de Quiñones, gentilhomme de haute naissance, qui proposa cette entreprise afin de se dégager du serment qu'il avait fait, par amour pour une noble dame, de porter, tous les jeudis, une chaîne de fer à son cou. Les préparatifs, pour ce tournoi extraordinaire, se firent par ordre du roi. Neuf champions ou mainteneurs, *mantenedores*, nous est-il dit, accompagnaient Quiñones ; et, à la fin du trentième jour, il se trouva que soixante-huit chevaliers s'étaient présentés au défi ; que six cent vingt-sept rencontres avaient eu lieu, que soixante-six lances avaient été rompues ; un chevalier aragonais avait été tué, beaucoup d'autres blessés, et de ce nombre Quiñones et huit sur neuf des champions qui le suivaient (1).

Tout cela nous paraît étrange et semble nous reporter aux jours fabuleux où les chevaliers de la romance *combatian en Aspremont y en Montalban,* « combattaient à Aspremont et à Montauban, » quand Rodomont défendait le pont de Montpellier, par amour pour la dame de ses pensées ; mais le récit a évidemment pour objet un fait raconté en style convenable, par un témoin oculaire, avec tout le détail des cérémonies chevaleresques et religieuses qui l'ont accompagné. La donnée générale, c'est que Quiñones, se reconnaissant esclave d'une noble dame, avait porté pendant quelque temps sa chaîne une fois par semaine, et qu'il voulait se racheter de cette servitude imaginaire

---

(1) On trouve une narration du « Paso honroso » comme un fait mémorable du temps, dans la *Chronique de D. Juan II* (année 1433, ch. v), et dans Zurita (*Annales d'Aragon,* liv. XIV, ch. xxii). Le livre lui-même, le *Paso honroso defendido por el excelente caballero Suero de Quiñones,* fut préparé sur le pont d'Orbigo par Delena, un des notaires royaux de D. Juan II, abrégé par Fr. Juan de Pineda, publié à Salamanque, en 1588, par Cornelio Bonasdo, in-8°, et plus tard, à Madrid, sous les auspices de l'Académie d'histoire, en 1783, in-4°. De longs passages de l'original y sont conservés mot pour mot dans les paragraphes 1, 4, 7, 14, 74, 75, etc. Dans d'autres parties, il semble avoir été défiguré par Pineda (Pellicer, *Note à D. Quichote,* part. I, ch. xlix). Le poème *Esvero y Almedora,* en douze chants, par D. Juan Maria Maury (Paris, 1840, in-12), est fondé sur des aventures rappelées dans cette chronique, ainsi que le *Paso honroso* de D. Angel de Saavedra, duc de Rivas, en quatre chants, inséré dans le second volume de ses œuvres (Madrid, 1820-21, 2 vol. in-12).

par le payement d'un certain nombre de lances réellement rompues par lui et ses amis, dans un combat véritable. Tout cela est certainement assez fantastique. Mais les idées d'amour, d'honneur et de religion qu'étalent les procédés des champions (1), qui entendent chaque jour la messe dévotement et ne peuvent obtenir la sépulture chrétienne pour le chevalier aragonais mort dans le tournoi; la conduite de Quiñones lui-même, qui jeûnait tous les jeudis, partie, à ce qu'il semble, en l'honneur de la Vierge, partie en l'honneur de sa dame, toutes ces absurdités et d'autres capricieuses extravagances sont encore plus fantastiques. Elles nous semblent, quand nous en lisons le récit, dignes de l'étonnement exprimé à leur égard par don Quichote, dans sa dispute avec le bon chanoine (2); elles sont à peine dignes d'un autre sentiment. Aussi n'avons-nous pas été d'abord peu surpris de trouver ce récit spécialement consigné dans la *Chronique contemporaine* du roi D. Juan, et de le voir, longtemps après, remplir un chapitre entier dans les graves *Annales* de Zurita. Ce tournoi fut donc un important événement du siècle où il eut lieu, et il jette une grande lumière sur les mœurs contemporaines (3). Aussi histoire et chronique lui ont également donné place; et, même à l'époque actuelle, la relation curieuse et soignée des circonstances et des cérémonies du *Paso honroso* n'a pas peu de prix, comme un des meilleurs monuments qui nous restent de l'esprit chevaleresque, et d'un fait qui peut être considéré comme le caractère le plus expressif de toutes les institutions de la chevalerie.

Le second livre de cette même époque auquel nous avons fait allusion offre aussi un tableau frappant de l'esprit du temps. S'il est moins pittoresque que le premier, il n'est pas moins instructif. Il est intitulé *el Seguro de Tordesillas*, « la Caution de Tordésillas »; et il donne une suite de conférences tenues, en 1439, entre Jean II et une partie de la noblesse commandée par son propre fils, qui, d'une

______

(1) Voyez §§ 23 et 64, et au § 25 un vœu des plus curieux, que fait un des chevaliers blessés, de ne plus aimer des religieuses comme il l'avait déjà fait.

(2) D. Quichote fait précisément du « Paso honroso » l'usage qu'on doit attendre de l'instinct et de la finesse que montrent si souvent les fous; et ce passage est un des nombreux exemples qui prouvent la connaissance profonde que Cervantès avait du cœur humain (part. I, chap. xlix).

(3) Si l'on parcourt les années qui s'écoulent immédiatement, avant ou après 1434, dans laquelle eut lieu le « Paso honroso, » nous trouvons quatre ou cinq autres cas semblables (*Chronique de D. Juan II*, 1433, chap. ii; 1434, ch. iv; 1435, ch. iii et viii; 1436, chap. iv). Toute la chronique en est pleine, et dans plusieurs figure le grand connétable Alvaro de Luna.

manière séditieuse et violente, s'immisçait dans les affaires du royaume, afin de détruire l'influence du connétable de Luna (1). Cette chronique reçut son nom particulier dans une circonstance révoltante. Au jour du *Paso honroso*, alors que des chevaliers qui avaient figuré dans ce grandiose spectacle étaient une des parties, le véritable sentiment d'honneur était descendu si bas en Espagne, que d'aucun côté, dans cette grande querelle, on ne pouvait trouver personne, ni même le Roi, ni même le Prince, dont la parole pût être donnée en gage pour la sûreté personnelle de tous ceux qui étaient engagés dans les discussions de Tordesillas. Il était cependant nécessaire de trouver un homme qui ne fût pas étroitement lié à l'un ou l'autre parti; qui, investi de grands pouvoirs et même d'une autorité militaire suprême, devînt le dépositaire de la foi publique et exerçât une autorité limitée seulement par son propre sentiment de l'honneur, et à qui obéiraient également le souverain couronné et les sujets rebelles (2).

Cette grande distinction fut donnée à Pedro Fernandez de Velasco, communément appelé *el buen conde de Haro*, « le bon comte de Haro.» Le *Seguro de Tordesillas*, composé par lui quelque temps après, montre de quelle manière honorable il remplit sa mission extraordinaire. Peu de livres d'histoire peuvent se vanter d'une authenticité aussi absolue. Les documents sur le fait, pièces qui constituent la principale partie de l'ouvrage, sont mis sous les yeux du lecteur, et ce qui ne repose pas sur ce fondement repose sur la parole du bon comte, à qui la vie des hommes les plus distingués du royaume avait été sans crainte confiée. Comme on peut s'y attendre, les caractères du *Seguro* sont la simplicité et la clarté, sans élégance ni éloquence. C'est, il est vrai, une collection de documents, collection qui rappelle d'intéressants et mélancoliques souvenirs. Le pacte de Tordesillas ne laissa pas de bien durable; le comte, mal à l'aise, se retira bientôt dans ses propres États; et, en moins de deux ans, l'infortuné et faible monarque fut de nouveau assailli et assiégé à Medina del Campo par sa famille

---

(1) Le « Seguro de Tordesillas » fut imprimé, à Milan, en 1511. Il n'y en a eu qu'une autre édition à Madrid, en 1784, in-4°, et cette dernière est la meilleure.

(2) « Nos desnaturamos, » nous faussons notre nature, telle est l'ancienne phrase expressive du vieux castillan, employée par les principaux personnages en cette occasion, et, entre autres, par le connétable Alvaro de Luna, pour signifier que, durant le temps des traités, ils n'étaient pas obligés d'obéir même au Roi. (*Seguro,* ch. III.)

rebelle et par ses adhérents (1). Après cet événement, nous entendons peu parler du comte de Haro, nous savons seulement qu'il continua d'assister le roi, de temps en temps, dans ses troubles croissants, jusqu'à ce que, épuisé par la fatigue de corps et d'esprit, il se retire du monde et passe les dernières années de sa vie dans un monastère qu'il avait lui-même fondé et où il mourut à l'âge de soixante-dix ans (2).

CHRONIQUES DE PERSONNAGES REMARQUABLES. — Quand des événements remarquables, comme le *Paso honroso* d'Orbigo ou le *Seguro de Tordesillas,* étaient ainsi particulièrement mentionnés, les personnages distingués du temps ne pouvaient manquer de trouver des chroniqueurs personnels.

Pero Niño, comte de Buelna, qui florissait entre 1379 et 1453, est le premier qui nous apparaît. Ce fut, sur terre et sur mer, un capitaine distingué, sous les règnes de Henri III et de Jean II. Sa chronique est l'ouvrage de Gutierre Diez de Gamez, qui fut attaché à sa personne depuis le moment où Pero Niño atteignit l'âge de vingt-deux ans, et qui se vante de l'honneur d'avoir été son porte-drapeau dans de dangereux et sanglants combats. C'était difficile de trouver un chroniqueur plus digne de foi, ou un chroniqueur plus doué de qualités chevaleresques. On peut très-bien le comparer au *Loyal Serviteur,* biographe du chevalier Bayard : comme lui, il ne jouit pas seulement de la confiance de son maître, mais il est animé de son esprit (3). Les détails qu'il nous fournit sur l'éducation de Pero

---

(1) Voyez la *Chronique de D. Juan II,* 1440-41 et 1444, chap. III. Manrique s'écriait avec raison, dans ses belles stances sur l'instabilité de la fortune :

> Que se hizo el rey Don Juan ?
> Los infantes de Aragon
> Que se hicieron ?
> Que fué de tanto galan
> Que fué de tanta invencion
> Como truxeron ?

Le commentaire de Luis de Aranda sur ce passage est excellent, et éclaircit bien la vieille chronique.

(2) Pulgar (*Claros Varones de Castilla,* Madrid, 1775, in-4°, tit. III) nous donne de lui un très-beau portrait.

(3) La *Chronique de D. Pedro Niño* était très-souvent citée et très-renommée par les matériaux importants qu'elle contenait pour l'histoire du règne de Henri III; mais elle ne fut pas imprimée jusqu'à l'édition de D. Eugenio de Llaguno y Amirola (Madrid, 1782, in-4°), qui a cependant omis un grand nombre de ce qu'il appelle « fabu-

Niño, sur les conseils que lui donnait son tuteur (1), sur son mariage avec sa première femme, doña Constanza de Guevara (2), sur son expédition contre les corsaires et contre le bey de Tunis (3); sur la part qu'il prit à la guerre contre l'Angleterre, après la mort de Richard II, quand il commandait l'expédition qui fit une descente en Cornouailles, et que, suivant son chroniqueur, il brûla la ville de Poole, s'empara de Jersey et de Guernesey (4); finalement sur sa participation à la guerre générale contre Grenade, événements qui eurent lieu dans la dernière partie de sa vie et sous le commandement du connétable Alvaro de Luna (5), tous ces détails, dis-je, sont intéressants et curieux, et racontés avec autant de simplicité que d'énergie. Mais les passages les plus caractéristiques et les plus divertissants de la Chronique sont peut-être ceux qui se rapportent, l'un à la visite pleine de galanterie que Pero Niño fit à Girfontaine, près Rouen, résidence du vieil amiral de France et de sa jeune et joyeuse épouse (6); l'autre au cours que prit son véritable amour pour Béatrix, fille de l'Infant don Juan, dame qui, après de nombreux contre-temps, et des dangers romanesques, devint sa seconde femme (7). Malheureusement nous ne savons rien sur l'auteur de toute cette charmante histoire, excepté ce qu'il a bien voulu nous raconter modestement dans la chronique elle-même. Nous ne pouvons, toutefois, douter qu'il n'ait eu autant de loyauté dans sa vie qu'il a cherché à en mettre dans le récit fidèle des aventures et des exploits de son maître.

Immédiatement après la chronique de Pero Niño, vient celle du connétable D. Alvaro de Luna, le principal personnage du règne de D. Juan II, presque depuis le moment où, encore enfant, il ap-

---

las caballerescas. » Ces suppressions se trouvent, part. I, chap. xv; part. II, chap. xviii, xl, etc. Nous aurions préféré qu'Eugenio l'eût donnée intégralement à l'impression, et surtout la partie qu'il intitule : « la Chronique des Rois d'Angleterre. »

(1) Voyez part. I, ch. iv.
(2) Part. I, ch. xiv, xv.
(3) Part. II, ch. i-xiv.
(4) Part. II, ch. xvi-xl.
(5) Part. III, ch. ii, etc.
(6) Part. II, ch. xxxi, xxxvi.
(7) Part. II, ch. iii-v.

Les amours de D. Pedro Niño et de doña Béatrix se trouvent aussi rattachés à la poésie contemporaine. En effet, le comte chargea Villasandino, poëte célèbre de l'époque de Henri III et de Juan II, de lui composer des vers qu'il adresserait à sa bien-aimée. (Voyez Castro, *Biblioth. espagnole*, tom. I, pag. 271 et 274.)

paraît comme page à la cour, en 1408, jusqu'à celui où, en 1463, il périt sur l'échafaud, victime de son ambition démesurée, de la jalousie des nobles les plus près du trône et de la coupable faiblesse du roi. On ne connaît point l'auteur de cette Chronique (1), mais une évidence intrinsèque nous porte à croire que ce fut probablement un ecclésiastique assez érudit, faisant certainement partie de la maison du connétable, très-attaché à sa personne et lui étant sincèrement dévoué. Cette chronique nous rappelle la belle et ancienne biographie de Wolsey par son camérier Cavendish. Les deux ouvrages sont écrits après la chute des grands hommes dont ils rapportent la vie par des personnes qui les ont servis et aimés dans leur prospérité, et qui vengent ensuite leur mémoire, avec un tel sentiment de reconnaissance et de fidélité que ce sentiment rend souvent leur style d'une beauté saisissante par sa véhémence et parfois même par son éloquence. La chronique du connétable est, par conséquent, la plus vieille. Elle fut composée entre 1453 et 1460, un siècle environ avant la biographie de Wolsey par Cavendish. Elle est grave et majestueuse, trop majestueuse parfois ; or c'est là ce qui lui donne le plus grand air de vérité. La relation du siége de Palenzuela (2), la vivante description de la personne et du port du connétable (3), la scène de la visite du roi à son favori dans son château d'Escalona, les fêtes qui s'ensuivirent (4) et, par-dessus tout, les détails circonstanciés et douloureux sur le connétable tombé du pouvoir, sur son arrestation et sa mort (5), prouvent la liberté et l'énergie d'un témoin oculaire, tout au

---

(1) La *Chronique de D. Alvaro de Luna* s'imprima pour la première fois, à Milan, en 1546, in-fol., par les soins d'un des descendants du connétable. Malgré son importance et son intérêt, elle ne s'est éditée qu'une fois depuis, grâce à Flores, actif secrétaire de l'Académie d'histoire. (Madrid, 1784, in-4°.) « Privado del Rey, » Favori du Roi, tel est le titre sous lequel on désigne communément Alvaro de Luna. — Manrique l'appelle « tan privado, » mot qui passa presque dans la langue anglaise. Lord Bacon, dans son *Essai*, xxvii, dit : « Les langues donnent à de telles personnes le nom de *favoris* ou *privados, favourites* ou *privadoes.* »

(2) Tit. xci-xcv. Voyez aussi la curieuse pièce de poésie composée par Jean de Mena, poëte de la cour, sur la blessure du connétable durant le siége.

(3) Tit. lxviii.

(4) Tit. lxxiv, etc.

(5) Tit. cxxvii, cxxviii, où se trouvent des détails. L'air grave et le maintien du connétable, la manière dont il fut conduit sur une mule au lieu du supplice, le profond silence de la multitude avant son exécution, les sanglots universels qui la suivirent, sont admirablement dépeints, et prouvent, selon moi, que l'auteur était témoin oculaire des circonstances qu'il décrit si bien.

moins d'une personne entièrement familiarisée avec le sujet qu'elle traite. Cette composition doit être, par conséquent, mise au nombre des plus riches et des plus intéressantes des vieilles chroniques espagnoles; elle est tout à fait indispensable à quiconque veut comprendre l'esprit turbulent de l'époque à laquelle elle se rapporte, époque des *bandos* ou des partis armés, alors que tout le pays était divisé en factions, ayant chacune ses dispositions belliqueuses , combattant chacune pour son propre compte, et refusant absolument de se soumettre à l'autorité royale.

La dernière des Chroniques individuelles écrite dans le style des temps anciens qu'il importe de connaître, c'est la chronique de Gonzalve de Cordoue, le *Grand Capitaine*, qui fleurit à partir de l'époque qui précède immédiatement la guerre de Grenade et finissant au commencement du règne de Charles-Quint ; cet homme qui produisit sur la nation espagnole une impression égale à celle que produisit, aux premiers jours de la grande lutte contre les Maures, le cycle de ces héros que Gonzalve semble, pour ainsi dire, fermer. C'est vers 1526 environ, que l'empereur Charles-Quint désira qu'un des compagnons favoris de Gonzalve, Hernan Perez del Pulgar, préparât le récit de la vie du Grand Capitaine. On ne pouvait facilement choisir un meilleur chroniqueur. Ce Pulgar n'est pas, en effet, comme on l'a supposé longtemps, l'écrivain et le courtisan spirituel du temps de Ferdinand et d'Isabelle (1). Son ouvrage n'est pas non plus la stérile et indigeste chronique de la vie de Gonzalve, imprimée pour la première fois, en 1580 ou plus tôt, et qui lui a été longtemps attribuée (2). Notre auteur est ce hardi chevalier qui, avec quelques compagnons, pénétra jusqu'au centre même de Grenade alors tout en armes, qui cloua un Ave Maria avec le signe de la croix aux portes

(1) L'erreur entre les deux Pulgar, appelés, l'un *Hernan Perez del Pulgar*, et l'autre *Fernando del Pulgar*, semble avoir été commise de leur vivant. C'est du moins ce que l'on peut conclure du passage suivant, extrait d'une lettre piquante du dernier à Pedro de Tolède. « Et puisque vous voulez savoir comment vous devez m'appeler, apprenez, señor, que l'on m'appelle Fernando, qu'on m'appelait, et qu'on m'appellera Fernando, et que si l'on me donnait la maîtrise de Santiago, on m'appellerait aussi Fernando, etc. » (Lettre XII, Madrid, 1775, in-4°, pag. 153.) Quant à cette erreur propagée dans des temps plus modernes, voyez Nicol. Antonio (*Bibl. nova*, tom. I, pag. 387), qui semble assez confus sur tout ce sujet.

(2) Cette vieille et pesante chronique anonyme est la *Chronique du Grand Capitaine Gonzalve Fernandez de Cordoue et d'Aguilar*, qui renferme les deux conquêtes du royaume de Naples (Séville, 1580, in-fol.); elle ne nous parait pas être la première édition, parce que dans la *licence* il est dit qu'elle s'imprime, *por que hay falta*

de la mosquée principale, consacra cet imposant édifice au culte du christianisme, pendant que Ferdinand et Isabelle assiégeaient la ville à l'extérieur ; conduite héroïque, célébrée de toutes parts, à cette époque, en Espagne, et qui n'a pas été depuis oubliée soit dans les romances, soit dans le drame populaire (1).

Comme il fallait s'y attendre d'après le caractère de l'auteur qui a reçu, pour le distinguer du courtisan et pacifique Pulgar, le surnom de *El de las hazañas*, le livre qu'il présenta au monarque n'est pas une vie régulière de Gonzalve, mais plutôt une rude et vigoureuse esquisse, intitulée *Algunas de las hazañas del muy excelente Señor, llamado el Grand Capitan*, ou, comme l'on dit ailleurs avec plus de solennité, *de las hazañas y sumas virtudes del Gran Capitan en la paz y en la guerra* (2). La modestie de l'auteur est aussi remarquable que son courage entreprenant. C'est à peine si on l'aperçoit dans toute la narration, quand son attachement et sa tendresse pour son grand général donnent à son style une chaleur telle que, malgré la fréquente ostentation d'une érudition inutile, elle rend son livre inté-

---

de ellas, parce qu'elles font faute ; elle contient quelques documents sur la famille, qui se trouvent dans le récit de Pulgar. Elle fut réimprimée plus tard deux fois au moins, à Séville, en 1582 ; à Alcalá, en 1584.

(1) Pleins d'admiration, les rois permirent à Pulgar d'avoir sa tombe à l'endroit où il s'était agenouillé quand il avait cloué l'*Ave Maria* à la porte de la mosquée. Ses descendants y conservent encore son tombeau avec le plus profond respect, et ils occupent aussi encore la place la plus distinguée dans le chœur de la cathédrale, place qui lui a été accordée à lui et à ses descendants mâles en ligne directe (Alcantara, *Hist. de Grenade*. Grenade, 1846, in-8°, tom. IV, pag. 102 ; et les curieux documents réunis par Martinez de la Rosa, dans son *Hernan Perez del Pulgar*, pp. 279-283, et la note (3) qui suit). La comédie la plus ancienne que nous connaissions sur le remarquable exploit de Hernan Perez del Pulgar, c'est « El cerco de Santa Fé, » dans le premier volume de Lope de Vega, *Comédies* (Valladolid, 1604, in-4°). Mais celle que l'on représente ordinairement est d'un auteur inconnu et se trouve dans Lope. Elle est intitulée *le Triomphe de l'Ave Maria*; elle appartient, est-il dit, à un « Ingenio de esta corte ; » elle date probablement du règne de Philippe IV. Mon exemplaire a été imprimé en 1793. Martinez de la Rosa dit qu'il l'a vue représenter, et il dépeint l'impression qu'elle a produite sur sa jeune imagination.

(2) «Des exploits et des hautes vertus du Grand Capitaine dans la paix et dans la guerre. » Cette vie du Grand Capitaine par Pulgar s'imprima à Séville, chez Cromberger, en 1527, mais on ne connait aujourd'hui que l'existence d'un seul de ses exemplaires, celui de l'Académie royale espagnole. Elle fut réimprimée à Madrid, en 1834, in-8°, par D. Francisco Martinez de la Rosa, sous le titre de *Hernan Perez del Pulgar*, avec une biographie de l'auteur très-bien écrite et des notes estimables. De sorte que nous jouissons aujourd'hui d'un curieux petit livre, d'une forme très-agréable, grâce au zèle et à la persévérante curiosité littéraire de l'homme d'État distingué qui le découvrit.

ressant et curieux, et met son héros en relief, tel qu'il apparut à l'admiration de ses contemporains. Plusieurs parties sont, malgré leur brièveté, très-remarquables même pour les détails qu'elles fournissent; plusieurs discours, tels que celui de l'Alfaqui aux partis divisés de Grenade (1), celui de Gonzalve à la population de l'Albaicin (2), ont une saveur d'éloquence et de sagesse. Si on considère cette chronique comme l'expression du caractère d'un grand homme, on verra que peu de chroniques ont une plus forte empreinte de véracité, et si l'on regarde la vie aventurière et belliqueuse de l'auteur et de son héros, on trouvera qu'il n'y a pas de livre qui respire d'une manière plus sensible l'esprit d'humanité qui le pénètre (3).

CHRONIQUES DE VOYAGES. — Dans le même style que les histoires de leurs rois et de leurs grands hommes, les Espagnols ont écrit d'autres livres du genre des voyages ou récits de voyageurs, mais qui ne portent pas toujours le titre de *chroniques*.

Le plus vieux d'entre eux, ayant une certaine valeur, c'est la relation de l'ambassade espagnole envoyée à Tamerlan, le grand potentat et le grand conquérant tartare. L'origine en est curieuse. Henri III de Castille, dont les affaires, par suite de son mariage avec Catherine, fille du « célèbre Lancastre » de Shakespeare, étaient dans une situation plus heureuse et plus tranquille que celles de ses prédécesseurs immédiats, fut pris, à ce qu'il semble, dans sa prospérité, du désir d'étendre sa renommée jusqu'aux contrées les plus éloignées de la terre. Dans ce but, nous dit-on, il chercha à établir des relations amicales avec l'empereur grec de Constantinople, avec le sultan de Babylone, avec Tamerlan, le Timour-Bey des Tartares, et même avec le fabuleux Prestre-Jean de cette Inde ténébreuse, sujet alors de tant de spéculations.

Quel fut le résultat de toute cette lointaine diplomatie, si extraordinaire à la fin du quatorzième siècle, c'est ce que nous n'avons pu savoir. Nous avons appris toutefois que les premiers ambassadeurs envoyés à Tamerlan et à Bajazet assistèrent, en personne, à la grande et décisive bataille livrée entre ces deux puissances prépondérantes de l'Orient, et que Tamerlan envoya à son tour une magnifique ambassade, avec des dépouilles de sa victoire, parmi lesquelles se trouvaient deux

---

(1) Éd. de Fr. Martinez de la Rosa, pp. 155-156.

(2) *Ib.*, pp. 159-162.

(3) Hernan Perez del Pulgar et de las Hazañas naquit en 1451, et mourut en 1531.

belles captives qui figurent dans la poésie espagnole de ce temps (1).
Le roi Henri ne se montra pas ingrat à cette marque de respect, et,
pour la reconnaître, il dépêcha vers Tamerlan trois personnages de
sa cour, dont l'un, Ruy Gonzalez de Clavijo, nous a laissé un récit cir-
constancié de toute l'ambassade, de ses aventures et de ses résultats.
Cette relation fut publiée pour la première fois par Argote de Molina, ce diligent antiquaire du temps de Philippe II (2), qui l'intitula, probablement pour lui donner un titre plus séduisant :
Vida del gran Tamerlan. Elle n'est, en réalité, qu'un journal des
traversées, des voyages et résidences des ambassadeurs de Henri III,
commençant, en mai 1403, jour de leur embarquement à Puerto
Santa Maria, et finissant, en mars 1406, jour de leur débarquement, à
leur retour.

Dans le cours du récit, nous trouvons une description de Constantinople, d'autant plus curieuse que cette cité nous est dépeinte au moment où elle touchait à sa ruine (3); une autre de Trébizonde, avec ses
églises grecques et son clergé (4); de Téhéran, aujourd'hui capitale
de la Perse (5), et de Samarcand, où les ambassadeurs trouvèrent le
conquérant lui-même. Ce dernier les reçut par une série de fêtes magnifiques qui se continuèrent jusqu'à sa mort (6), arrivée pendant leur
séjour à la cour et suivie de troubles qui leur causèrent mille embar-
ras, durant leur retour en Espagne (7). L'honnête Clavijo semble avoir
été bien aise de déposer sa commission aux pieds de son souverain,
qu'il trouva à Alcalá. Il resta encore une année à la cour et fut un des
témoins du testament du roi, écrit à la Noël : mais, à la mort de
Henri, il se retira à Madrid, sa ville natale, et y passa les quatre ou

---

(1) *Discours d'Argote de Molina sur l'itinéraire de Ruy Gonzalez de Clavijo.* Madrid, 1742, in-4°, pag. 3.

(2) L'édition d'Argote de Molina fut publiée en 1582, et ne s'est réimprimée
qu'une seule fois depuis, quoique avec de grandes améliorations, à Madrid, en 1782,
in-4°.

(3) Il fut très-frappé des ouvrages en mosaïque de Constantinople, et il les mentionne souvent (pp. 51, 59 et ailleurs). La raison qu'il donne de ce que, le premier jour,
ils ne purent visiter les reliques qu'ils désiraient voir dans l'église de Saint-Juan de
la Piedra est tout à fait délicate, et montre l'extrême simplicité de mœurs de la cour
impériale : « L'Empereur alla à la chasse, et laissa les clefs à l'Impératrice, sa femme ;
quand elle les donna, elle oublia celle desdites reliques, etc., » pag. 52.

(4) Pag. 84, etc.

(5) Pag. 118.

(6) Pag. 149-198.

(7) Pag. 207, etc.

cinq dernières années de sa vie, jusqu'en 1412, époque où il fut enseveli au couvent de Saint-François, avec ses pères, dont il avait pieusement fait reconstruire la chapelle (1).

Les voyages de Clavijo ne peuvent, dans leur ensemble, supporter la comparaison avec ceux de Marco Polo ou de sir John Mandeville. Cependant, si ses découvertes sont moins étendues que les découvertes du marchand vénitien, elles sont peut-être aussi remarquables que celles de l'aventurier anglais, et sa manière de les présenter est supérieure à l'un et à l'autre. Sa loyauté espagnole et sa foi catholique brillent partout. Il croyait sincèrement que sa modeste ambassade allait produire, sur ces innombrables et indolentes multitudes d'Asie, une impression profonde de la puissance et de l'importance de son roi, et que cette impression ne s'effacerait pas. Durant son séjour dans la luxuriante capitale de l'empire grec, il semble ne regarder autre chose que les fausses reliques des saints et des apôtres qui remplissaient alors les châsses des églises. Tout cela nous plaît, néanmoins, parce que c'est national ; mais, quand nous le voyons remplir l'île de Ponza d'édifices élevés par Virgile (2), et plus loin, en passant par Amalfi, n'en faire mention que parce qu'elle conserve la tête de saint André (3), nous sommes obligé de nous rappeler sa franchise, son zèle et toutes ses autres excellentes qualités avant de nous réconcilier avec son ignorance. Mariana pense, après tout, que ses récits ne doivent pas être entièrement adoptés. Mais, ainsi qu'il est arrivé à d'autres anciens voyageurs dont les relations ont été souvent mises en doute pour leur seul caractère d'étrangeté, des recherches plus récentes et plus attentives ont confirmé la narration de Clavijo. Nous pouvons donc nous fier à sa fidélité autant qu'à la sagacité et à la pénétration d'esprit dont il fait constamment preuve, excepté quand sa foi religieuse, ou sa loyauté, non moins religieuse, viennent s'interposer dans leur exercice (4).

---

(1) *Enfants de Madrid, illustres en sainteté, dignités, armes, sciences et arts; Dictionnaire historique.* Son auteur, D. Joseph Antonio Alvarez y Baena, natif de la même ville; Madrid, 1789-91, 4 vol. in-4°. Livre dont les matériaux, quoique désordonnés et confus, sont abondants et importants, surtout pour tout ce qui regarde l'histoire littéraire de la capitale d'Espagne. On y trouve une biographie de Clavijo, tom. IV, pag. 302.

(2) « Il y a de grands édifices d'un très-grand travail que Virgile y fit » (pag. 30).

(3) Voici tout ce qu'il dit d'Amalfi : « Et dans cette cité de Malfa, on dit que se trouve la tête de saint André, » pag. 33.

(4) Mariana dit que l'*Itinéraire* contient « beaucoup d'autres choses, merveilleuses

Mais les grandes courses maritimes des Espagnols n'étaient pas destinées à se diriger vers l'Orient. Les Portugais, primitivement guidés par le prince Henri, l'un des hommes les plus extraordinaires de son siècle, s'étaient, pour ainsi dire, appropriés, presque à eux seuls, cette quatrième partie du monde, en découvrant la route facile du cap de Bonne-Espérance. Bien plus, par le droit de découverte, par les dispositions de la fameuse bulle du Pape et par le traité également célèbre de 1479, ils avaient précédemment éloigné leurs grands rivaux, les Espagnols, de toute tentative dans cette direction, leur laissant seulement ouvertes les mers désolantes qui étendent leurs immensités jusqu'à l'ouest. Heureusement qu'il vivait à cette époque un homme dont le courage trouva dans cette terreur même de l'inconnu et dans ce redoutable Océan un aiguillon, un stimulant ; un homme dont la vue pénétrante, éblouie quelquefois par la hauteur à laquelle il s'élevait, pouvait voir cependant, à travers la solitude des vagues, cet immense continent que son imagination ardente jugeait indispensable à l'équilibre du monde. C'est vrai, Colomb n'était pas né Espagnol, mais son esprit était éminemment espagnol. Sa loyauté, sa foi religieuse et son enthousiasme, son amour pour les entreprises grandes et extraordinaires, tout en lui est plus espagnol qu'italien, tout est plus en harmonie avec le caractère national de l'Espagne, quand il vint constituer une partie de sa gloire. Il avait vu, nous dit-il, de ses propres yeux la croix d'argent s'élever lentement, pour la première fois, sur les tours de l'Alhambra et annoncer au monde la fin et la ruine absolue de la puissance infidèle en Espagne (1). Dès ce moment, ou même un peu avant, quand de pauvres moines de Jéru-

---

si elles sont vraies. » *Hist.*, liv. XIX, ch. II. Mais Blanco White, dans ses *Variétés* (tom. I, pp. 316-318), affirme, d'après l'examen de l'itinéraire de Clavijo par le major Rennell et d'après d'autres sources, qu'il est généralement aussi fidèle qu'on peut s'y attendre.

(1) Dans la relation de son premier voyage remise aux Rois Catholiques, il dit qu'il était, en 1492, à Grenade, « où dans la présente année, le deuxième jour du mois de janvier, *j'ai vu*, par la force des armes, placer les bannières royales de Vos Altesses sur les murs de l'Alhambra. » Navarrete, *Collection des voyages* et découvertes que firent par mer les Espagnols, depuis la fin du quinzième siècle, Madrid, 1825, in-4°, pag. 1; œuvre admirablement éditée et d'une grande valeur, comme contenant les matériaux authentiques pour l'histoire et la découverte d'Amérique. Le curé Bernaldez, ami de Colomb, décrit encore avec plus d'exactitude ce qu'il vit : « Et l'on montra premièrement, au plus haut de la tour, l'étendard de Jésus-Christ, qui fut la sainte croix d'argent que le roi portait toujours avec lui dans la sainte conquête. » (*Histoire des Rois Catholiques*, ch. CII, MS.)

salem vinrent au camp de Grenade trouver les deux rois catholiques, leur demander aide et protection contre les mécréants de la Palestine, Colomb conçut dès lors le grand projet de consacrer les richesses inouïes qu'il croyait trouver dans des découvertes occidentales à racheter la ville sainte et le sépulcre du Christ, et de réaliser, avec ses propres forces et ses propres ressources, ce que la chrétienté et le siècle des croisades n'avaient pu accomplir (1).

Peu à peu ces idées et d'autres idées analogues s'emparèrent fortement de son esprit; on les trouve, de temps à autre, dans les derniers de ses journaux, dans ses lettres, dans ses méditations, et elles donnent à son style, d'ailleurs calme et digne, un ton élevé et passionné, comme le ton d'une prophétie. C'est vrai, son esprit entreprenant, quand la haute mission de sa vie venait à le remplir, son esprit s'élançait au-dessus de toutes ces choses, et sa vue pénétrante, à travers une atmosphère plus claire, lui faisait apercevoir immédiatement l'entreprise qu'il accomplit enfin avec tant de gloire. Si l'on marche en avant, on trouve qu'il sort très-fréquemment de sa plume des expressions ne laissant aucun doute que, dans le secret de son âme, les fondements de ses plus grandes espérances et de ses projets reposaient sur quelques-unes des plus magnifiques illusions qui puissent jamais satisfaire l'esprit humain. Il se croyait inspiré, au moins à un certain degré, et choisi par le ciel pour accomplir une de ces grandes et solennelles prophéties de l'Ancien Testament (2). En 1501, il écrivit à ses souverains qu'il avait été poussé à entreprendre ses courses maritimes vers l'Inde, non par l'efficacité des connaissances humaines, mais par une impulsion divine et par la force des prophéties de l'Écriture sainte (3). Il déclara que le monde ne pouvait voir sa

---

(1) C'est ce qui ressort de sa lettre au pape, février 1502, où il dit qu'il compte fournir, dans l'espace de douze ans, dix mille cavaliers et cent mille fantassins pour la conquête de la cité sainte, et qu'il a entrepris la découverte de contrées nouvelles, en vue d'employer tout ce qu'il pourrait acquérir à ce service saint et sacré. (Navarrete, *Collect.*, tom. II, p. 282.)

(2) Une des prophéties qu'il se croyait appelé à remplir se trouve dans le psaume 18 (Navarrete, *Collect.*, tom. I, p. 184 note; tom. II, p. 262-265). Voici les versets 43 et 44 de ce psaume : « Vous m'avez fait chef des nations, et un peuple que je n'avais point connu me servira. Aussitôt qu'il m'entendra il m'obéira ; les étrangers se soumettront à moi. »

(3) « J'ai déjà dit que pour l'exécution de l'entreprise des Indes ni raison, ni mathématiques, ni mappemondes ne me servirent ; que ce que dit Isaïe s'accomplit pleinement; et c'est là ce que je désire écrire ici pour le remettre en mémoire à VV. AA. et pour qu'elles se réjouissent de l'autre chose que je leur ai dite de Jérusalem par les

durée se prolonger au-delà de cent cinquante-cinq ans, et que, plusieurs années avant la fin de cette période, il comptait avoir certainement recouvré la Cité sainte (1). Il exprima sa croyance que le paradis terrestre, sur lequel il cite les fantastiques élucubrations de saint Ambroise et de saint Augustin, devait se trouver dans les régions méridionales de ces terres nouvellement découvertes, qu'il décrit avec une aménité charmante. Il ajoute que l'Orénoque est un de ces fleuves mystérieux qui y prennent naissance, et semble en même temps insinuer qu'il était peut-être le seul des mortels que la volonté divine aurait rendu capable de parvenir en ce lieu de délices et d'en jouir (2). Dans une lettre très-remarquable, de seize pages, adressée de la Jamaïque aux Rois Catholiques, en 1503, et écrite avec cette vigueur de style qu'on ne trouve dans aucune autre composition semblable de cette époque, il nous fait un récit émouvant d'une vision miraculeuse qu'il croit lui avoir été envoyée pour sa consolation. C'est au moment où, à Veragua, quelques mois avant, plusieurs de ses marins, sortis pour avoir du sel et de l'eau, furent mis en morceaux par les naturels, et qu'il resta, lui, de l'autre côté de l'embouchure de la rivière dans un grand danger.

« Mi hermano y la otra gente toda estaban en un navio que quedo « adentro; yo muy solo de fuera, en tan brava costa, con fuerte fiebre: « en tanta fatiga, la esperanza de escapar era muerta. Subí, así traba-

---

mêmes autorités, entreprise dont je retirerai certainement, si j'ai foi, la victoire. » Lettre de Colomb à Ferdinand et Isabelle (Navarrete, *Collect.*, tem. II, pag. 265). Dans un autre passage de la même lettre, il ajoute : « J'ai dit que je donnerai la raison de l'insti ution de la Casa-Santa à la sainte églis : je dis que je laisse toute ma navigation, depuis l'ère nouvelle, tous les rapports que j'ai eus avec tant de personnes dans tant de terres et de tant de sectes ; et je laisse les arts et les écritures dont j'ai parlé plus haut ; je me tiens seulement à la sainte et sacrée Écriture et à certaines autorités prophétiques de certaines personnes saintes, qui, par révélation divine, ont dit quelque chose à ce sujet. » (Navarrete, *ib.*, 263.)

(1) « Suivant ce calcul, il ne s'en faut que de cent cinquante ans pour l'accomplissement des sept mille, terme où, je l'ai dit plus haut par les autorités indiquées, le monde doit finir. » (*Ib.*, 264.)

(2) Voyez le beau passage sur le fleuve Orénoque, mêlé à des interprétations prophétiques, dans le récit de son troisième voyage au roi et à la reine (Navarrete, *Collect.*, tom. I, p, 256 et sq.) C'est un singulier mélange d'un jugement droit et pratique et de spéculation fantastique : « Je crois, dit-il, que là est le paradis terrestre où personne ne peut arriver, excepté par la volonté de Dieu. » Le bon Clavijo pense aussi avoir trouvé un autre des fleuves du paradis, dans la partie opposée de la terre, lorsqu'il voyageait, presque un siècle auparavant, dans les environs de Samarcande. (*Vie du grand Tamerlan*, pag. 137.)

« jando, lo mas alto, llamando á voz temerosa, llorando y muy aprisa,
« los maestros de la guerra de Vuestras Altezas, á todos quatro los
« vientos, por socorro; mas nunca me respondieron. Cansado, me
« dormecí gimiendo; una voz muy piadosa oí, diciendo: Oh estulto y
« tardo á creer y á servir Dios, Dios de todos! ¿Que hizo él mas por
« Moïses ó por David su siervo? Desque naciste, siempre él tuvo de tí
« muy grande cargo. Cuando te vido en edad de que él fue contento,
« maravillosamente hizo sonar tu nombre en la tierra. Las Indias,
« que son parte del mundo, tan ricas, te las dió por tuyas : tú las re-
« partiste adonde te plugo; y te dió poder para ello. De los atamien-
« tos de la mar Océana, que estaban cerrados con cadenas tan
« fuertas, te dió las llaves : fuiste obedecido en tantas tierras, y de
« los cristianos cobraste tan honrada fama (1). ¿Que hizo el mas alto

---

(1) « Mon frère et le reste des gens étaient sur un navire qui resta à l'intérieur; moi,
je restai tout seul dehors, sur cette côte si sauvage, avec une forte fièvre : après tant
de fatigue, l'espérance de s'échapper était évanouie. Je montai, avec efforts, le plus
haut possible, appelant d'une voix tremblante, en pleurant, et dans la plus grande
détresse, les maitres de la guerre de Vos Altesses, à tous les quatre vents, pour obtenir
du secours; mais jamais ils ne me répondirent. Fatigué, je m'endormis en gémissant :
j'entendis une voix pieuse qui me disait : « Oh! insensé et lent à croire et à servir
Dieu, le Dieu de tous! Qu'a-t-il fait de plus pour Moïse ou pour David son serviteur?
Dès ta naissance, il a toujours pris grand soin de toi. Quand il t'a vu en l'âge dont il
a été content, il a fait merveilleusement résonner ton nom sur la terre. Les Indes,
cette partie du monde si riche, il les a faites pour toi; tu les as réparties comme il t'a
plu, il t'a donné pouvoir pour cela. Quant aux fers de l'Océan qui était emprisonné
par des chaines si fortes, il t'en a donné les clefs : tu as été obéi dans tant de terres,
tu as obtenu chez les chrétiens une si honorable renommée; a-t-il fait quelque chose
de plus pour le peuple d'Israël quand il le tira de l'Egypte, ou pour David qu'il fit de
pasteur roi de Judée? Tourne-toi vers lui et reconnais ton erreur : sa miséricorde est
infinie; ta vieillesse ne peut mettre obstacle à toute grande chose : il a de nombreux
héritages et des plus grands. Abraham avait plus de cent ans quand il engendra Isaac,
et Sara n'était pas jeune. Tu implores un secours incertain; réponds, qui t'a si grandement et si souvent affligé? Dieu ou le monde? Les priviléges et les promesses que
Dieu donne, jamais il ne les retire; il ne dit jamais, après avoir reçu le service, que
telle n'était pas son intention. qu'on l'entend d'une autre manière; il ne tourmente
pas pour colorer la violence; il s'en tient au pied de la lettre. Toutes ses promesses, il
les tient outre mesure. N'est-ce pas là son habitude? Je viens de te dire ce que le créateur a fait pour toi, ce qu'il fait avec tous. En ce moment même, il te montre la récompense des fatigues et des dangers que tu as soufferts au service des autres. » A moitié
mort, j'ai tout entendu; mais je n'ai su que répondre à des paroles si vraies; je n'ai
fait que déplorer mes erreurs. Il finit de parler, cet être quel qu'il fût, en disant : Ne
crains point, aie confiance : toutes ces tribulations sont écrites sur la table de mar-
bre, et non sans motif. — Je me levai lorsque je pus, et, au bout de neuf jours, le
calme arriva. »

« por el pueblo de Israel cuando le sacó de Egipto? ¿Ni por David, que
« de pastor hizo rey en Judea? Tornate á él, y conoce ya tu yerro; su
« misericordia es infinita : tu vejez nó impedirá á toda cosa grande :
« muchas heredades tiene él grandisimas. Abraham pasaba de cien
« años cuando engendro á Isaac, ni Sara era moza. Tú llamas por so-
« corro incierto, responde ¿ quien te ha afligido tanto y tantas veces?
« ¿ Dios ó el mundo? Los privilegios· y promesas que da Dios, no las
« quebranta, ni dice despues de haber recibido el servicio que su
« intencion no era esta y que se entiende de otra manera ni da mar-
« tirio por dar color á la fuerza ; el va al pie de la letra : todo lo que él
« promete cumple con acrecentamiento¿ esto es uso? Dicho te tengo
« lo que tu Creador ha fecho por tí y hace con todos. Ahora medio
« muestra el galardon de estos afanes y peligros que has pasado
« sirviendo á otros. — Yo así amortecido, oí todo ; mas no tuve yo
« respuesta á palabras tan ciertas, salvo llorar por mis hierros. Acabó
« él de fablar, quien quiera que fuese, diciendo : No temas, confía :
« todas estas tribulaciones están escritas en piedra marmol, y no
« sin causa. — Levantéme cuando pude, y á cabo de nueve dias hizo
« bonanza (1). »

Trois ans après, en 1506, Colomb mourut à Valladolid, abreuvé de
dégoûts et de chagrins, dans une vieillesse avancée, sans trop comprendre ce qu'il avait fait pour le genre humain, et moins encore la
gloire et les hommages que toutes les générations futures réservaient
à son nom (2).

---

(1) Voyez la lettre à Ferdinand et à Isabelle sur ce quatrième et dernier voyage,
datée de la Jamaïque, le 7 juillet 1503, et qui contient ce passage extraordinaire.
(Navarrete, *Collect.*, tom. I, p. 303.)

(2) Ceux qui désirent connaitre Colomb comme écrivain doivent d'abord l'étudier
dans la vie classique qu'Irving en a écrite. Nous leur recommanderons aussi comme
documents des plus précieux : 1° la relation de son premier voyage adressée aux Rois
Catholiques et la lettre de Raphaël Sanchez sur le même sujet (Navarrete, *Collect.*,
tom. I, pp. 1-197). Le premier document n'est qu'en abrégé : il contient toutefois
de longs extraits de l'original que fit Las Casas et dont il a été publié une bonne traduction, à Boston, 1827, in-8°. Rien n'est plus remarquable, dans tous ces récits, que l'esprit de dévotion qui y règne. 2° La relation faite par Colomb lui-même de son troisième voyage, dans une lettre adressée aux Rois et dans une lettre à la gouvernante
du prince D. Juan. La première contient des passages des plus intéressants et qui
montrent l'amour de Colomb pour les beautés de la nature (Navarrete, *Collect.*,
tom. I, pp. 242-276). 3° La lettre aux Rois sur son quatrième et dernier voyage, contenant le récit de la vision de Veragua (Navarrete, *Collect.*, tom. I, pp. 296-312);
4° Quinze lettres sur divers sujets (*Ib.*, tom. I, pp. 260-273), et sa lettre au Pape
tom. II, pp. 280-282). Mais quiconque veut parler dignement de Colomb et con-

Or le manteau de son esprit héroïque et religieux ne couvrit aucun de ses successeurs. Les découvertes du nouveau continent, que l'on connut bientôt avec certitude pour ne pas être une partie de l'Asie, furent continuées avec courage et succès par Vasco Nuñez de Balboa, Améric Vespuce, Hojeda, Pedrarias Davila, le Portugais Magellan, Loaysa, Saavedra et beaucoup d'autres; de sorte qu'en vingt-sept ans la forme et la configuration générale du nouveau monde furent, par leurs relations, parfaitement connues de l'ancien. Quelques-uns de ces premiers aventuriers peuvent bien, comme Hojeda, avoir certainement des principes honnêtes, souffrir beaucoup, mourir dans la pauvreté et le chagrin, mais aucun d'eux n'eut l'esprit sublime du premier navigateur; aucun ne parla, n'écrivit avec ce ton de dignité et d'autorité naturel à l'homme dont le caractère a tant d'élévation, dont les convictions et les actes se fondent sur les sentiments les plus profonds et les plus mystérieux de notre nature religieuse (1).

Chroniques fabuleuses. — Il ne nous reste plus qu'à parler d'une autre classe de vieilles chroniques, classe représentée, à l'époque dont nous nous occupons, par un seul spécimen, mais spécimen très-curieux et le seul qui, par sa date et son caractère, nous amène à la fin de nos recherches présentes et marque la transition à celles qui vont suivre. La chronique en question est intitulée : *Cronica del rey don Rodrigo con la destruicion de España.* C'est une narration, en grande partie fabuleuse, du règne du roi Rodrigue, de la conquête de l'Espagne par les Maures, et des premières tentatives pour la reconquérir au commencement du huitième siècle. L'édition citée comme la

---

naître tout ce qu'il y avait de noble et d'élevé dans son caractère doit lire, s'il ne veut commettre une négligence impardonnable, les réflexions que fait sur lui Alexandre de Humboldt, dans son « Examen critique de l'histoire de la géographie du nouveau continent » (Paris, 1836-38, in-8°, vol. II, pp. 450, etc., et vol. III, pp. 227-262), livre non moins remarquable par l'étendue de ses vues que par les détails d'une minutieuse érudition sur divers points historiques très-obscurs. Personne n'a, comme M. de Humboldt, compris le caractère de Colomb, sa générosité, son enthousiasme, ses visions si pleines de pénétration, qui semblent deviner d'avance les grandes découvertes scientifiques du seizième siècle.

(1) Tout ce qui se rapporte à ces aventures et à ces voyages, si dignes d'attention pour tout ce qui touche à la langue et au style, se trouve dans les volumes III, IV, V, de la collection de Navarrete, publiée par le gouvernement espagnol, Madrid, 1829-37. Cette publication n'a pu malheureusement être continuée depuis; elle nous aurait donné des détails intéressants sur la découverte et la conquête du Mexique, du Pérou, etc.

première remonte à 1511, et on en compte six en tout, y compris la dernière, de 1587; ces éditions témoignent un grand degré de popularité, si l'on considère le nombre de lecteurs, en Espagne, au seizième siècle (1). Son auteur est tout à fait inconnu ; si l'on s'en rapporte aux mœurs du temps, elle prouve qu'elle a été écrite par Eleastres, un des personnages qui y figurent. Or Eleastres meurt dans une bataille avant qu'on arrive à la fin du livre ; et la fin, qui peut être réellement considérée comme une addition d'une autre main, est, par le même motif, attribuée à Carestes, chevalier de la cour d'Alphonse le Catholique (2).

La plus grande partie des noms du livre sont purement imaginaires, comme les noms de ses prétendus auteurs. Les circonstances qu'il rapporte sont généralement inventées, comme les dialogues des personnages, qui, outre ce qu'ils ont de fastidieux par la minutie des détails, sont aussi dénués d'intérêt par eux-mêmes que faux, eu égard aux temps qu'ils veulent représenter. En un mot, cette Chronique n'est guère autre chose qu'un livre de chevalerie, fondé sur des matériaux composant l'histoire de Rodrigue et de Pélage, telle qu'elle existe encore dans la *Chronique générale* et dans les vieilles romances. Si donc nous y rencontrons souvent des personnages qui nous sont familiers, le comte Julien, La Cava, Opas le traître archevêque de Séville, nous nous trouvons plus souvent encore au milieu de tournois (3) impossibles et d'incroyables aventures

----

(1) On possède l'édition d'Alcalá de Hénarès, 1587, qui porte un titre significatif et caractéristique : « Chronique du roi Don Rodrigue et de la destruction de l'Espagne, et de la manière dont les Maures la gagnèrent, nouvellement corrigée; elle contient, outre l'histoire, un grand nombre de vives raisons et des avis très-profitables. » Elle est in-folio, à deux colonnes d'une impression serrée, et elle remplit 225 feuilles ou 450 pages.

(2) Depuis le chapitre ccxxxvii, part. II, jusqu'à la fin, elle contient le récit de la pénitence fabuleuse et dégoûtante de Don Rodrigue et de sa mort. Elle a été presque entièrement traduite et mise en note au vingt-cinquième chant de Southey,« Rodrigue, le dernier des Goths. »

(3) Voyez le grand *tournoi* qui se donna lors du couronnement de Rodrigue, part. I, ch. xxvii ; celui de vingt mille chevaliers, ch. xl, et celui du ch. xlix, identiques à ceux que racontent les livres de chevalerie, et absurdes dans un livre de cette nature. Les événements de la Chronique appartiennent, en effet, au commencement du huitième siècle, tandis que les tournois ne furent connus que deux siècles plus tard. A.-P. Budik (*Commencements, développements, décadence et ruine totale des tournois*, Vienne, 1837, in-8°) met le premier tournoi en l'année 936. Clémencin pense qu'ils ne furent connus en Espagne qu'après 1131. (Note à *Don Quichote*, tom. IV, pag. 315.)

de chevalerie (1). Les rois voyagent comme des chevaliers errants (2),
les dames infortunées vagabondent de contrée en contrée (3),
comme dans le *Palmerin d'Angleterre*, quand, d'autre part, nous
rencontrons des personnages fantastiques dont on n'a jamais
ailleurs entendu les noms, excepté dans cette Chronique apocryphe (4).

Le principe d'un pareil livre est, par conséquent, le même que le
principe du roman historique moderne. La partie considérée comme
historique, à l'époque où il a été écrit, est prise, ainsi que sa base,
des vieilles chroniques, et mêlée à ce qui constituait alors la forme la
plus avancée de la fiction romanesque, telle qu'elle s'est trouvée depuis dans une série d'ouvrages ingénieux qui commencent par les
Mémoires d'un cavalier, *Memoirs of a cavalier*, de Defoe. La différence consiste dans la peinture générale des mœurs et dans l'exécution littéraire, qui ont l'une et l'autre fait aujourd'hui des progrès in-
calculables.

Quoique Southey ait bâti une grande partie de son beau poëme,
Rodrigue, le dernier des Goths, sur cette vieille Chronique, elle
n'en est pas moins, après tout, un livre qu'on peut à peine lire.
Elle est écrite dans un style fastidieux et verbeux ; elle a un prologue
et un dénoûment d'un goût trop monacal, qui nous apparaissent
comme si la Chronique entière avait été primitivement composée dans
l'intention de favoriser la doctrine romaine de la pénitence, ou comme
si elle avait été du moins préparée pour seconder quelque entreprise
de dévotion (5).

---

(1) Voyez la description des duels, partie II, chap. LXXX, LXXXIV, CLXIII.

(2) « Le roi de Pologne est un des rois qui vinrent à la cour de Rodrigue comme un
« beau et galant chevalier errant. » (Part. I, ch. XXXIX.) Il serait curieux de savoir
qui était roi de Pologne vers l'an 700.

(3) Ainsi la duchesse de Lorraine se présente à Rodrigue (part. I, ch. XXXVII) de la
même manière que la princesse Micomicona à D. Quichote.

(4) Part. I, ch. CCXXXIV, CCXXXV, etc.

(5) Pour connaître les curieuses transformations par lesquelles passent les mêmes
idées, il suffit de comparer dans la « Chronique générale » (part. III, fol. 6, 1604) la
narration originale de la fameuse bataille de Covadonga, où l'archevêque Opas est
représenté par les couleurs les plus pittoresques, se dirigeant sur sa mule à la grotte
où Pélage et les siens se trouvent, avec la relation froide et travaillée du même événement dans la *Chronique de Rodrigue* (part. I, ch. CLXXXXVI); avec le récit de Mariana (*Hist.*, liv. VII, ch. II), où le récit est plus poli et devient une espèce d'histoire
dramatique; enfin avec Southey, « Rodrigue le dernier des Goths » (chant XXIII), où
le fait s'embellit des formes de la poésie et du roman. La scène est certainement ad-

Telle est la dernière et, sous plus d'un rapport, la pire des chroniques du quinzième siècle, celle qui marque la triste transition aux fictions romantiques de chevalerie, fictions qui commençaient déjà à inonder l'Espagne. En terminant cette partie, nous ne devons pas oublier que cette série entière, qui s'étend, sur un espace de deux cent cinquante ans, du règne d'Alphonse le Sage à l'avénement de Charles-Quint, qui embrasse le nouveau monde ainsi que l'ancien, n'a pas de rivale pour la richesse, la variété de ses éléments poétiques et pittoresques. En un mot, les chroniques d'aucune autre nation ne peuvent, sous ces rapports, leur être comparées : ni les portugaises, qui en approchent le plus par l'originalité et l'antiquité de leurs matériaux, ni les françaises, qui, dans Joinville et Froissart, ont des titres supérieurs sous un autre point de vue. Ces vieilles chroniques espagnoles, qu'elles reposent sur l'histoire ou la fable, pénètrent plus profondément que les chroniques de toute autre nation sur le sol profond des sentiments et du caractère du peuple. L'antique loyauté espagnole, la vieille foi religieuse, suivant qu'elles se sont formées

---

mirable, tant pour le récit de la chronique que pour la fiction poétique. Mais Alphonse le Sage et Southey ont pris la meilleure part, et la comparaison des quatre écrivains laisse la pauvre « Chronique de Rodrigue » ou la Destruction de l'Espagne à sa véritable place.

Il existe un autre livre, semblable à cette chronique, mais encore moins estimable, publié, en deux parties, en 1592-1600 et sept ou huit ans plus tard, ce qui nous donne une preuve que l'ouvrage jouit longtemps d'une faveur qu'il méritait très-peu. Il fut composé par Miguel de Luna, en 1589, ainsi qu'il résulte d'une note de la première partie. Il a pour titre : « Véritable victoire du roi Rodrigue, de la perte de l'Espagne, et vie du roi Jacob Almanzor, traduite de l'arabe. » Nous avons sous les yeux l'édition imprimée à Valence, 1606, in-4°. Southey, dans ses notes à « Rodrigue » (chant V), semble disposé à considérer cet ouvrage comme une histoire authentique de l'invasion et de la conquête de l'Espagne jusqu'à l'année 761, écrite en arabe, deux ans après cette date. Mais c'est une erreur. Le livre n'est qu'une audacieuse et scandaleuse supercherie, ayant moins de prix que la Chronique ancienne sur le même sujet et sans aucune de ces aventures fantastiques qui donnent tant d'intérêt à cette composition moitié monacale, moitié chevaleresque. Comment Miguel de Luna, qui descendait, quoique chrétien, d'une famille moresque de Grenade, qui était interprète officiel de Philippe II, a-t-il montré tant d'ignorance de sa langue maternelle et de l'histoire d'Espagne? comment, avec tout cela, est-il parvenu à faire passer pour authentiques ses misérables histoires? C'est évidemment un fait des plus singuliers; mais le fait est certain : Condé, dans son « Histoire de la domination des Arabes » (Préface, p. x), Gayangos, dans ses « Dynasties mahométanes en Espagne » (vol. I, p. viii), ne laissent pas le moindre doute à cet égard. Ce dernier cite même cette singularité comme une preuve évidente de la décadence de la langue et de la littérature arabes en Espagne, durant le seizième siècle.

et développées, durant les longues périodes d'épreuves et de souffrances nationales, se montrent constamment dans leurs pages. Elles
n'apparaissent pas moins dans les voyages de Colomb et de ses compagnons, au milieu même des atrocités de la conquête du nouveau
monde, que dans les récits à moitié miraculeux des batailles de Hacinas, de las Navas de Tolosa, ou dans le drame si grand et si glorieux de la chute de Grenade. Quel que soit donc le guide qui nous
conduise, ou à la cour de Tamerlan, ou à la cour de saint Ferdinand,
nous trouvons toujours rassemblés autour de nous les éléments héroïques du caractère national. Alors, dans cet immense et riche trésor
de chroniques, dépôt de tant d'antiquités, de traditions, de fables
qu'aucun autre peuple ne peut offrir, nous découvrons constamment,
non pas seulement les matériaux qui ont servi à composer une multitude de vieilles romances espagnoles (1), de comédies, de chansons

---

(1) Deux traductions espagnoles de vieilles chroniques méritent d'être mentionnées
ci : l'une pour son style et pour son auteur, l'autre pour son sujet.

La première est la « Chronique universelle » de Philippe Foresto, modeste moine
de Bergame, qui refusa les plus hautes dignités ecclésiastiques pour consacrer sa vie à
l'étude des lettres, et qui mourut en 1520, à l'âge de quatre-vingt-six ans. Il publia,
en 1486, sa grande chronique latine intitulée : « *Supplementum chronicarum*, Sup-
plément des chroniques, » ouvrage qui semble avoir plutôt pour objet de compiler et
réunir la somme des connaissances historiques que de suppléer aux défauts de tout
autre ouvrage analogue. Ce livre fut tellement estimé de son temps qu'il y en eut dix
éditions. Il est encore aujourd'hui d'une certaine valeur pour une série de certains
faits qui ne reposent que sur son autorité personnelle. Sur les instances de Luis Carroz et de Pedro Boyl, il fut traduit en espagnol par Narcisse Viñoles, poëte valencien,
connu, dans le vieux Cancioncro, par ses poésies en dialecte valencien et en langue
castillane. Une traduction plus ancienne, en italien, et publiée en 1491, pourrait
bien être aussi l'œuvre de Viñoles, puisqu'il donne à entendre qu'il en a déjà fait une.
Toutefois sa traduction en castillan fut imprimée à Valence, en 1510, avec la permission de Ferdinand le Catholique, agissant au nom de sa fille Jeanne. C'est un gros
volume in-folio de neuf cents pages environ, intitulé : « Somme de toutes les chroniques du monde; » et quoique Viñoles avoue que c'est une audace bien grande d'oser
écrire en castillan, son style est bon, et il donne parfois de l'intérêt à ces annales
arides (Ximeno, *Biblioth. Valenc.*, tom. I, pag. 61; Fuster, tom. I, pag. 54;
Diana Enamorada, de Polo, édit. 1802, pag. 304; *Biographie universelle*, article
Foresto).

L'autre chronique est celle de saint Louis par son fidèle serviteur Joinville, monument le plus pittoresque de la langue et de la littérature françaises, au treizième siècle.
Elle fut traduite en espagnol par Jacques Ledel, un de ceux qui accompagnèrent la
princesse française Isabelle de Bourbon, appelée aussi de Valois ou de la Paix, lorsqu'elle vint, en Espagne, pour épouser Philippe II. Considérée comme l'œuvre d'un
étranger, la traduction est estimable, et, quoiqu'elle ne fût imprimée qu'en 1567, son

populaires, mais encore une mine continuellement exploitée par le reste de l'Europe dans un but semblable et qui reste encore inépuisable.

---

coloris et son style lui méritent une place particulière partout ailleurs, excepté dans la période des vieilles chroniques castillanes. Elle fut réimprimée plus tard, à Madrid, en 1794, avec le même titre de « Chronique de saint Louis, etc., » traduite par Jacques Ledel, in-folio.

CHAPITRE XI.

Livres de chevalerie. — Les romances espagnoles appartinrent
dès l'origine à la nation entière et plus particulièrement aux classes
moins cultivées; les chroniques, au contraire, aux nobles et aux
chevaliers qui cherchaient, dans ces pittoresques souvenirs, non-seulement la gloire de leurs ancêtres, mais encore un aiguillon pour
leurs vertus et pour celles de leurs enfants. Mais, à mesure que la sécurité s'étendit graduellement dans le royaume et que la tendance
vers la civilisation se déclara plus fortement, d'autres besoins commencèrent à se faire sentir. On demanda des livres qui fourniraient
un amusement moins populaire que celui qu'avaient donné les romances, et un stimulant moins grave que celui des chroniques. Ce
goût fut satisfait, et probablement sans difficulté. L'esprit d'invention
poétique, qui s'était déjà puissamment éveillé dans la Péninsule, n'a-
vait besoin que d'être dirigé vers les vieilles traditions et les fables
des chroniques nationales primitives, pour produire des fictions analogues aux deux genres, mais plus attrayantes que l'un d'eux. En
effet, comme on peut aisément le voir, il n'y a qu'un pas entre la plus
grande partie de quelques vieilles chroniques, celle de don Rodrigue
en particulier, et les véritables livres de chevalerie (1).

---

(1) On cite une édition de la *Chronique de Rodrigue* de 1511; il n'y en a aucune d' « Amadis de Gaule » avant 1510, et cette dernière est encore incertaine. Mais
Tirant lo Blanch fut imprimé, en dialecte valencien, en 1490, et peu d'années
après apparut l'*Amadis* en castillan. Par conséquent, il n'est pas invraisemblable
que la *Chronique de D. Rodrigue,* tant pour l'époque de sa publication que pour
son esprit et son contenu, marque le changement d'un genre dont elle est le monument le plus curieux.

Ces fictions, sous une forme plus rude ou plus déterminée, avaient déjà existé en Normandie et peut-être au centre de la France, deux siècles avant qu'elles fussent connues dans la Péninsule espagnole. L'histoire d'Arthur et des chevaliers de la Table ronde y fut apportée de Bretagne par Geoffroy de Monmouth, vers le commencement du douzième siècle (1). L'histoire de Charlemagne et de ses Pairs, telle qu'on la trouve dans la Chronique fabuleuse de Turpin, la suivit bientôt après, du midi de la France (2). L'une et l'autre, d'abord publiées en latin, furent presque immédiatement traduites en français, langue parlée aux cours de Normandie et d'Angleterre, et elles acquirent une immense popularité. Robert Wace, né dans l'île de Jersey, écrivit en 1158, une histoire en vers, fondée sur l'œuvre de Geoffroy, qui, outre l'histoire d'Arthur, contenait une série de traditions sur les rois bretons, qu'il faisait remonter au fabuleux Brutus, le petit-fils d'Énée (3). Un siècle plus tard, ou vers 1270-1280, après des tentatives moins heureuses, le même service fut rendu à l'histoire de Charlemagne par Adenès dans son roman en vers d'*Ogier le Danois*, dont les principales scènes se passent soit en Espagne, soit dans le pays des Fées (4). Ces inventions poétiques, ainsi que d'autres du même genre, tirées des chroniques par les trouvères du Nord, devinrent, au siècle suivant, le fondement des fameux livres de chevalerie en prose qui, durant trois siècles, constituèrent la partie principale de la littérature nationale de la France et qui, jusqu'à notre temps, ont été la grande mine de fables extravagantes pour l'Arioste, Spencer, Wieland, et pour d'autres poëtes de la chevalerie dont les fictions se rattachent soit aux histoires d'Arthur et de la Table ronde, soit aux histoires de Charlemagne et de ses Pairs (5).

---

(1) Warton, *Histoire de la Poésie anglaise*, première dissertation avec les notes de Price. Londres, 1824, 4 vol. in-8°. — *Spécimens des vieux poëmes métriques anglais*, Londres, 1811, in-8°, vol. 1, par Ellis. — Turner, *Apologie des vieux poëmes anglais*, Londres, 1803, in-8°.

(2) Turpin J., *Vie de Charlemagne et de Roland*, édition S. Ciampi, Florence, 1822, in-8°.

(3) *Préface au Roman de Rou*, par Robert Wace, édit. P. Pluquet, Paris, 1827, in-8°, vol. 1.

(4) *Lettre à M. de Monmerqué*, par Paulin Paris, et précédant *li Romans de Berte aux grans piés*. Paris, 1836, in-8°.

(5) Voyez, sur tout ce sujet, les *Essais de F.-W.-Valentin Schmidt, Annuaire de la littérature*, Vienne, 1824-26, livraison xxvi, p. 20 ; livraison xxix, p. 71 ; livraison xxxi, p. 99, et livraison xxxiii, p. 16. Nous aurons l'occasion de recourir aux

Dans l'époque à laquelle nous faisons allusion, et qui finit vers la moitié du quatorzième siècle, il n'y a pas de raison pour prétendre que certaines formes de ces fictions n'existaient pas en Espagne, où les héros de la patrie continuaient à remplir les imaginations des hommes et à satisfaire leur patriotisme. Arthur était absolument inconnu, et Charlemagne n'apparaissait dans les vieilles chroniques et dans les vieilles romances espagnoles que comme un imaginaire envahisseur de l'Espagne qui avait essuyé une honteuse défaite dans les gorges des Pyrénées. Mais, au siècle suivant, les choses ont entièrement changé. Les romans de la France ont pénétré, c'est évident, dans la Péninsule, et leurs effets sont visibles. On ne les traduisit pas d'abord, on ne les mit pas en vers, mais on les imita et on inventa une nouvelle série de fictions qui se répandirent bientôt dans le monde et devinrent plus célèbres que les fictions qui les avaient précédées.

Cette famille extraordinaire de romans dont les descendants sont innombrables, comme dit Cervantès (1), est la famille qui a pour chef et type poétique *Amadis de Gaule*. La première connaissance que nous avons de lui, en Espagne, nous vient d'un grave homme d'État, d'Ayala, le chroniqueur et le chancelier de Castille, mort en 1407, comme nous l'avons déjà vu (2). Mais l'Amadis est d'une date antérieure à celle que ce fait implique nécessairement, quoiqu'il n'ait pas été, peut-être, connu plus tôt en Espagne. Gomez Eannes de Zurara, conservateur des archives de Portugal en 1454, qui a composé trois Chroniques remarquables sur les affaires de son pays, ne permet pas de douter réellement que l'auteur d'Amadis de Gaule ne soit Vasco de Lobeira, gentilhomme portugais, attaché à la cour de Jean Ier de Portugal, armé chevalier par ce monarque un peu avant la

---

dissertations de ces Essais, quand nous parlerons des romans espagnols appartenant à la grande famille des Amadis.

(1) D. Quichote, dans sa conversation avec le curé (part. I, ch. i), dit que, pour dérouter une armée de deux cent mille hommes, il suffirait qu'il vécût « un des innombrables descendants d'Amadis de Gaule. »

(2) Ayala, dans son *Rimado de Palacio,* s'exprime ainsi :

> Plegome otrosi oir muchas vegadas
> Libros de devancos é mentiras probadas,
> Amadis é Lanzarodes, é burlas á sacadas,
> En que perdi mi tiempo á muy malas jornadas.

Il me plaisait aussi d'entendre bien des fois — Des livres insensés et des mensonges prouvés, — Amadis et Lancelot, plaisanteries sans nombre — Où j'ai perdu mon temps, mal passé mes journées.

bataille d'Aljubarrota, en 1385, et mort en 1405 (1). Les paroles de cet honnête et véridique annaliste sont tout à fait formelles sur ce point. « Il ne veut pas, dit-il, que son livre si véridique et si digne « de foi, la *Chronique du comte Pedro de Meneses*, soit confondue avec « des histoires comme *le Livre d'Amadis*, entièrement composé sui-« vant le bon plaisir d'un homme appelé Vasco de Lobeira, sous le « règne du roi don Ferdinand, parce que dans le susdit livre tout est « inventé par l'auteur (2). »

Lobeira a-t-il eu, pour son Amadis, quelque vieille tradition populaire ou quelques données fantastiques pour exciter son imagination et le guider dans la route qu'il devait parcourir, c'est ce que je n'ai pu encore découvrir. Il connut certainement quelques-uns des vieux romans français, tel que la Recherche du Saint Graal ou Sainte Coupe, la principale fiction des chevaliers de la Table ronde (3). L'auteur convient parfaitement lui-même qu'il est redevable à l'infant

---

(1) Barbo a (*Bibliothèque lusitanienne*, Lisbonne, 1752, fol., tom. III. p. 775), et d'autres autorités qu'il nomme, dont aucune n'est peut être d'une grande importance, excepté celle de Jean de Barros, historien judicieux, né en 1496, qui cite un auteur plus ancien que lui ; Barbosa, dis-je, ajoute un certain poids au témoignage en faveur de Lobeira.

(2) Gomez de Zurara, au commencement de sa *Chronique du comte don Pedro de Meneses*, dit que son intention est d'écrire seulement « les événements arrivés de son temps ou si près de lui qu'il ait pu les savoir bien et fidèlement. » Cette phrase corrobore ce qu'il dit concernant Lobeira, dans le passage cité, dans le texte, au commencement du chap. LXIII de la *Chronique*. Le Ferdinand, dont veut parler Zurara, était le père de D. Juan I, et mourut en 1383. La *Chronique de Zurara* est publiée par l'Académie de Lisbonne, dans sa *Collect. des Livres inédits de l'Histoire portugaise*, Lisbonne, 1792, in-fol , tom. II. Il existe une curieuse dissertation sur le véritable auteur de l'*Amadis de Gaule*, composée par le P. Sarmiento, qui a écrit l'estimable fragment de l'*Histoire de la Poésie espagnole*, que nous citons si souvent. Cet érudit galicien se tourmente et s'agite dans cette question ; il nie d'abord qu'il y ait aucune autorité qui puisse faire affirmer que Lobeira est l'auteur de l'*Amadis ;* il affirme ensuite que si Lobeira l'a écrit, il était Galicien ; il se demande successivement s'il n'a pas été composé par Vasco Perez de Camoës, par le chancelier Ayala, par Montalvo, ou par l'évêque de Carthagène, conjectures absurdes et se rattachant toutes à la passion dominante de rapporter à la Galice toute l'origine de la poésie espagnole. Sarmiento ne paraît pas avoir connu le passage de Gomez de Zurara.

(3) Le *Saint Graal*, ou la sainte coupe dont le Sauveur se servit pour boire le vin dans la dernière cène, et que l'histoire d'Arthur suppose avoir été porté en Angleterre par Joseph d'Arimathie, est cité dans l'*Amadis de Gaule* (liv. IV, ch. XLVIII). Le roi Arthur lui-même est mentionné au liv. I, ch. I, où il est appelé « le très-vertueux roi Arthur : » de même, au liv. V, ch. XLIX, on parle des livres de « Tristan et de Lancelot. » On pourrait alléguer d'autres passages, mais ceux-ci suffisent pour ne pas douter que l'auteur de l'*Amadis* connaissait plusieurs romans français.

don Alphonse, mort en 1370, d'un changement introduit dans le caractère d'Amadis (1). Mais qu'il ait été aidé, à un haut degré, comme on a voulu le faire croire, par des fictions connues en Picardie au dix-huitième siècle, et qu'on prétend, sans la moindre preuve, l'avoir été dès le douzième, c'est là une assertion appuyée de raisons trop faibles pour être sérieusement prise en considération (2). Nous devons par conséquent conclure des faits peu nombreux, mais très-clairs sur ce sujet, qu'Amadis était primitivement une fiction portugaise écrite avant l'année 1400 et que Vasco de Lobeira en est l'auteur.

L'original portugais n'a pu depuis longtemps être retrouvé. Il existait, nous assure-t-on, vers la fin du seizième siècle, en manuscrit, aux archives des ducs d'Aveiro, à Lisbonne. La même nouvelle se reproduisit avec de bons fondements, vers l'année 1750. Depuis ce temps, nous en avons toutefois perdu toute trace, et les recherches les plus actives déjà faites rendent probable l'opinion que ce curieux manuscrit, qui a donné lieu à tant de discussions, périt dans le terrible tremblement de terre et dans l'incendie de 1753, alors que le palais occupé par la famille ducale d'Aveiro fut détruit avec tous les objets précieux qu'il contenait (3).

La version espagnole se substitua, par conséquent, à la place de l'original portugais. Elle fut faite, entre 1492 et 1504, par Garcia Ordoñez de Montalvo, gouverneur de la ville de Medina del Campo, et il est probable qu'elle a été imprimée pour la première fois durant ce

---

(1) Voyez la fin du ch. XL, liv. I, où il est dit que « l'infant D. Alphonse de Portugal prit pitié de cette belle demoiselle (Briolane), ordonna d'écrire ce passage d'une autre manière, et qu'il fut fait ainsi pour son bon plaisir. »

(2) Ginguené, *Hist. littéraire d'Italie*, Paris, 1812, in-8°, tom. V, p. 62, note 4, répond à la préface que le comte de Tressan mit à son abrégé de l'*Amadis de Gaule*, travail trop léger. *Œuvres*, Paris, 1787, in-8°, tom. I, p. 22.

(3) L'existence du manuscrit dans les archives des Aveiros est établie par Ferreira, *Poésies lusitaniennes*, Lisbonne, 1598, in-4°. C'est là que se trouve le sonnet n° 33 par Ferreira, en l'honneur de Vasco de Lobeira, sonnet que Southey, dans sa préface à l'*Amadis de Gaule* (Londres, 1803, in-12, vol. I, p. 17), attribue par erreur à l'infant Antoine de Portugal, ce qui le rendrait d'une certaine importance dans la présente discussion. Nicolas Antonio, qui ne laisse pas de doute sur l'auteur dudit sonnet, se réfère à la même note de Ferreira, pour prouver le dépôt du manuscrit de l'*Amadis*. Par conséquent, les deux écrivains ne constituent qu'*une* autorité et non *deux*, comme le suppose Southey (*Bibl. vetus*, liv. VIII, ch. VII, sect. 291). Barbosa est plus explicite (*Biblioth. lusitanienne*, tom. III, p. 775). Mais Clémencin, dans ses notes sur *Don Quichote* (tom. I, pp. 195-106), éclaircit la matière en des termes auxquels on ne peut rien ajouter sur le sort de l'original portugais.

même intervalle (1). Existe-t-il un exemplaire de cette édition, c'est ce qu'on ne sait pas, pas plus que s'il en existe d'une autre édition citée parfois comme ayant été imprimée à Salamanque, en 1510 (2). La première que nous puissions retrouver est datée de 1519. Plus de douze l'ont suivie, dans l'espace d'un demi-siècle, de sorte que l'*Amadis* réussit à placer en même temps sa fortune et celle de sa famille sur les fondements solides de la faveur populaire en Espagne. Il fut traduit en italien, en 1546, avec un nouveau succès; il parut six éditions, dans cette langue, en moins de trente ans (3). En France, les premiers essais de traduction commencèrent en 1540, et la faveur qu'il obtint fut telle que sa réputation ne s'est pas, même encore, entièrement affaiblie (4). En même temps, dans le reste de l'Europe, une multitude de traductions et d'imitations s'en sont suivies, et ces travaux ont étendu les rangs de la famille, comme le déclare don Quichote, depuis le siècle qui suivit immédiatement l'introduction du christianisme jusqu'aux temps où il vivait lui-même (5).

La traduction de Montalvo ne paraît pas avoir été très-littérale. Son Amadis valait plus, comme il nous le donne à entendre, que l'Amadis portugais par le style et la phrase. Dans la dernière partie

---

(1) Dans sa préface, Montalvo fait allusion à la conquête de Grenade, en 1492, et aux *deux* Rois catholiques, comme vivant encore. L'un des deux, Isabelle, mourut en 1504.

(2) Je doute si l'édition de *Salamanque* de 1510, mentionnée par Barbosa (article Vasco de Lobeira), n'est pas, après tout, l'édition de 1519, citée par Brunet, comme imprimée par *Antonio de Salamanque*. L'erreur d'impression ou de copie est facile, et personne, excepté Barbosa, ne parait avoir entendu parler de cett' édition. On ne sait pas la date de la première.

(3) Ferrario, *Histoire et analyse des vieux romans de chevalerie* (Milan, 1829, in-8°, tom. IV, p. 242), et Brunet, *Manuel du Libraire*. On peut y joindre l'*Amadigi* de Bernardo Tasso, 1560, presque entièrement tiré du roman espagnol, poëme qui, sans être très-populaire, a joui d'une grande réputation dans son temps et a reçu de grands éloges de la part de Ginguené.

(4) Pour la vieille traduction française, voyez Brunet, *Manuel du Libraire;* le *Rifacimento* du comte de Tressan, imprimé pour la première fois, en 1779, l'a rendu familier aux lecteurs français jusqu'à nos jours : en Allemagne, il a été connu dès 1583; en Angleterre, dès 1619. L'abrégé qu'en a fait Southey (Londres, 1803, 4 vol. in-12) est la seule forme sous laquelle il se lit maintenant en Angleterre. Il fut également traduit en allemand, et Castro, dans sa *Bibliothèque*, parle quelque part d'une traduction en hébreu.

(5) « Presque *de nos jours* nous avons vu, fréquenté et entendu l'invincible et valeureux chevalier D. Bélianis de Grèce, » dit le bon chevalier, dans un de ses accès de folie, et il en tire des conséquences qui font vivre *Amadis* pendant plus de deux cents ans, et qui lui donnent une postérité innombrable (partie I, ch. XIII).

principalement, les changements paraissent plus nombreux que dans aucune autre (1) ; mais la structure et le ton de cette fiction témoignent d'une originalité et d'une liberté beaucoup plus grandes que celles de tous les romans français qui l'avaient précédée. L'histoire d'Arthur et du Saint Graal est essentiellement religieuse ; l'histoire de Charlemagne est essentiellement militaire. L'une et l'autre sont englobées dans une série d'aventures préalablement attribuées à leurs héros respectifs par les chroniques et les traditions, aventures qui, vraies ou fausses, ont été reconnues comme marques de la limite d'invention, dans tous les ouvrages qui les ont postérieurement adoptées pour modèle. Mais l'Amadis est le produit tout compacte de l'imagination. Point d'époque assignée aux événements, si ce n'est qu'ils arrivent peu de temps après le commencement de l'ère chrétienne. Sa géographie est généralement confuse et incertaine, comme le siècle où vivait le héros. Il est vrai que ce n'était pas là le but de l'auteur : il ne se proposait que de montrer le caractère d'un parfait chevalier et de mettre au grand jour le courage et la chasteté, comme les seules vertus qui constituent le fondement propre d'un tel caractère.

Pour réaliser cette idée, Amadis est présenté comme le fils d'un roi purement imaginaire de l'imaginaire royaume de Gaule. Sa naissance est illégitime ; sa mère Élisène, princesse d'Angleterre, honteuse de son enfant, l'expose sur la mer où se trouve un chevalier écossais qui le porte d'abord en Angleterre et plus tard en Écosse. En Écosse, il devient amoureux d'Oriana, dame d'une beauté réelle et sans pareille, fille d'un imaginaire Lisuart, roi d'Angleterre. Cependant Périon, roi de Gaule, pays que certaines conjectures font partie du comté de Galles, épouse la mère d'Amadis, et elle met au monde un second fils appelé Galaor. Les aventures de ces deux chevaliers, partie en Angleterre, en France, en Allemagne et en Turquie, partie dans des régions inconnues et même enchantées, tantôt favorisés par leurs dames, tantôt, comme dans l'ermitage de l'île Ferme, objet de leurs dédains, ces aventures, dis-je, remplissent le livre. Après avoir raconté les longues pérégrinations des principaux chevaliers, le nombre incroyable de combats qui se livrent entre eux et entre d'autres chevaliers, des magiciens et des géants, il se termine, enfin, par le mariage d'Amadis et d'Oriana, et la destruction de tous les enchantements qui se sont si longtemps opposés à leur amour.

_____

(1) *D. Quichote*, édition de Clémencin, tom. I, p. 107, notes.

L'Amadis est universellement accepté et reconnu comme le meilleur de tous les vieux romans de chevalerie. Une des raisons qui le font ainsi admirer, c'est qu'il nous donne la peinture la plus fidèle des mœurs et de l'esprit des temps chevaleresques. Mais le principal motif, on ne peut en douter, c'est qu'il est écrit avec plus de liberté d'invention et qu'il emploie une variété de tons plus grande qu'on ne saurait en trouver dans d'autres compositions analogues. Il contient aussi, parfois, ce qu'on oserait à peine espérer dans cette classe de fictions extravagantes, des passages pleins de naturel, de beauté et de tendresse, comme la description suivante des jeunes amours d'Amadis et d'Oriana.

« Este Lisuarte traya consigo a Brisena su muger et una hija
« que en ella ouo quando en Denamarcha morara, que Oriana auia
« nombre, de fasta diez años, la mas hermosa criatura que nunca
« se uió; tanto que esta fué la que sin par se llamó : por que en
« su tiempo ninguna ouo que ygual le fuese. E por que de la mar
« enojada andaua, acordó de la dexar allí, rogando al rey Lan-
« guines é a la reyna que gela guardassen. Ellos fueron muy ale-
« gres dello, e la Reina dixo : Creed que yo la guardaré como su
« madre lo haria. Y entrado Lisuarte en sus naos, con mucha priessa
« en la gran Bretaña arribado fué : é fallo a algunos que lo estor-
« varon, como hazer se suele en semejantes casos : E por esta
« causa no se membro de su hija por algun tiempo, é fué Rey con
« gran trabajo que ay tomo, é fué el mejor Rey que ende ouo; ni que
« mejor mantuuiesse la caualleria en su derecho, fasta quel rey Artur
« regnó que passó á todos los reyes de bondad que ante del fueron,
« aunque muchos reynaron entre el uno y el otro. El autor dexa rei-
« nando á Lisuarte con mucha paz é sossiego en la gran Bretaña, e
« toma al donzel del mar, que en esta sazon era de doce años; y en su
« grandeza e miembros parecia bien de quince. El seruia ante la
« Reyna : é assi della, como de todas las damas e donzellas, era mucho
« amado ; mas desque alli fué Oriana, la hija del rey Lisuarte, diole la
« reyna al doncel del mar que la seruisse, dizendo : Amiga, este es
« un doncel que os seruira : ella dixo, que le plaçia. El doncel tuuo
« esta palabra en su coraçon de tal guisa, que despues nunca de la me-
« moria la apartó, que sin falta, assi como esta la historia lo dice, en
« dias (1) de su uida no fue enojado de la seruir y en ella su coraçon

____

(1) « Ce Lisuart emmenait avec lui sa femme Brisena et une fille qu'il avait eue d'elle
pendant son séjour en Danemark. Oriana était son nom : elle avait seize ans envi-

« fué siempre otorgado. Y este amor duró quanto ellos duraron ; que
« assi como la el amaua, assi amaua ella á el en tal guisa que una hora

---

ron, et c'était la plus belle créature qu'on eût jamais vue. Elle était même si belle
qu'on l'appela la Sans-Pareille, parce qu'il n'y en eut aucune autre de son temps qui
pût l'égaler. Et comme elle était ennuyée de la mer, il consentit de la laisser ici, en
suppliant le roi Languines et la reine de la garder. Ces derniers en furent très-con-
tents, et la reine lui dit : Croyez que je la garderai comme le ferait sa mère. Lisuart
monta sur ses vaisseaux et arriva très-promptement dans la Grande-Bretagne ; il
trouva des personnes qui lui suscitèrent des troubles, ainsi qu'il arrive en des cas
semblables. Pour ce motif, il ne se ressouvint pas de sa fille, pendant quelque temps,
et il fut roi, avec tout le grand travail qu'il s'y donna ; il fut le meilleur roi de ceux
qu'on vit depuis, celui qui maintint le mieux la chevalerie dans son droit jusqu'au
règne du roi Arthur, qui surpassa en bonté tous les rois ses prédécesseurs, quoiqu'il y
en ait eu un grand nombre entre l'un et l'autre. L'auteur laisse Lisuart régnant en paix
et tranquillité, dans la Grande-Bretagne, et il prend le donzeau de la mer, alors âgé de
douze ans, et qui, pour la taille et la force des membres, semblait en avoir quinze.
Il servait devant la reine et il en était beaucoup aimé, ainsi que de toutes les dames
et demoiselles. Mais, dès qu'Oriana, la fille du roi Lisuart, fut arrivée, la reine lui
donna le donzeau de la mer pour la servir, en lui disant : Ma mie, celui-ci est un donzel qui vous servira ; et elle lui dit qu'il lui plaisait. Le donzel grava tellement cette
parole dans son cœur qu'elle ne s'effaça plus désormais de sa mémoire. Et, sans aucun
doute, comme l'histoire le raconte, dans tous les jours de sa vie, il ne fut pas ennuyé
de la servir et son cœur se reposa toujours sur elle. Cet amour dura tant qu'ils vécurent : lui l'aimant comme elle l'aimait, de telle sorte qu'ils ne cessèrent point de s'aimer une heure. Mais le donzel de la mer, qui ne connaissait ni ne savait comment elle
l'aimait, se regardait comme très-hardi d'avoir osé mettre en elle ses pensées, eu égard
à son élévation et à sa beauté, sans jamais oser lui adresser une seule parole ; et elle,
qui l'aimait de cœur, se gardait bien de parler avec lui plus qu'avec un autre pour
ne donner lieu à aucun soupçon. Mais les yeux avaient grand plaisir à montrer au
cœur l'objet du monde qu'il aimait le plus. Ils vivaient ainsi discrètement, sans que,
de son propre mouvement, l'un dît une chose à l'autre. Or, le temps s'écoulant comme
je vous le dis, le donzel de la mer sentit en lui quelque chose qui lui affirmait qu'il
pouvait déjà prendre les armes, s'il y avait quelqu'un pour le faire chevalier. Et il
désirait d'autant plus l'être qu'il considérait qu'il serait tel que les actions qu'il
ferait le conduiraient à la mort ou qu'il vivrait, et que sa dame l'estimerait. Animé
de ce désir, il alla vers le roi qui se trouvait dans un jardin, et, fléchissant les genoux,
il lui dit : Seigneur, si cela vous plaisait, il serait temps que je fusse chevalier. Le roi
lui répondit : Comment, donzel de la mer, déjà vous faites des efforts pour maintenir
la chevalerie ? Apprenez qu'il est facile d'être chevalier, mais qu'il est grave de maintenir ce rang. Quiconque veut gagner ce titre et le défendre dans son honneur, doit
faire des choses si grandes et si pénibles que le cœur en est souvent dévoré d'ennui ;
et si un chevalier, par crainte ou par lâcheté, manque de faire ce qu'il doit, il lui
vaudrait mieux mourir que de vivre dans la honte, et, par conséquent, je croirais
convenable de vous voir attendre quelque temps. Le donzel de la mer lui dit : Non,
tout cela ne m'empêchera pas d'être chevalier ; si, dans ma pensée, je ne me croyais
pas capable de tenir ce que vous venez de dire, mon cœur ne s'efforcerait pas de
l'être. Et puisque, grâce à vous, je suis élevé, remplissez votre devoir à mon égard,
sinon j'en chercherai un autre pour le faire. »

« nunca de amar se dexaron ; mas el donzel del mar que no conocia
« ni sabia nada de como ella le amaua, teniase por muy osado en
« auer en ella puesto su pensamiento, segun la grandeza y fermo-
« sura suya, sin cuydar de ser osado á le dezir una sola palabra, y
« ella que le amaua de coraçon guardauase de hablar con el mas que
« con otro, porque ninguna cosa sospechassen : mas los ojos auian
« gran plazer de mostrar al coraçon la cosa del mundo que mas amaua.
« Assi biuia encubiertamente, sin que de su hazienda ninguna cosa
« el uno al otro se dixessen. Pues, passando el tiempo, como os digo,
« entendió el donzel del mar en sí que ya podia tomar armas, si
« ouiesse quien le fiziesse caballero ; y esto desseaua el, considerando
« que el seria tal, é haria tales cosas por donde muriesse : ó biuiendo,
« su señora le preciaria. E con este desseo fué al rey que en una
« huerta estaua, é hincando los ynojos, le dixo : Señor, si á vos plu-
« guiesse, tiempo seria de ser yo cauallero. El rey dixo¿ Como donzel
« del mar? ya os esfforçays para mantener caualleria? sabed que es
« ligero de auer, é graue de mantener. E quien este nombre de ca-
« uallero ganar quisiere, é mantenerlo en su honra, tantas é tan
« graves son las cosas que ha de fazer, que muchas uezes se le enoja
« el coraçon : e si tal cauallero es que por miedo ó couardia dexa de
« fazer lo que conuiene, mas le ualdria la muerte que en uergüença
« vivir; e por ende ternia por bien que por algun tiempo os sufrays.
« El donzel del mar le dixo : Ni por todo esso no dexaré yo de ser
« cauallero, que si en me pensamiento no touiesse de complir esso
« que aueys dicho, no se esfforçaria mi coraçon para lo ser. E pues á la
« vuestra merced soy criado, complid en esto conmigo lo que deueys,
« sino buscaré otro que lo faga (1). »

D'autres passages, d'un caractère tout différent, ne sont pas moins
remarquables : tel est celui où la fée Urgande vient sur ses galères
de feu (2), celui où le vénérable Nasciano visite Oriana (3). Mais les
pages les plus caractéristiques sont celles qui jettent de la lumière sur
l'esprit de la chevalerie et qui inculquent les devoirs des princes et des
chevaliers. Dans ces parties du livre, il y a parfois une élévation qui
arrive à l'éloquence (4) et parfois une tristesse pleine de tendresse et

---

(1) *Amadis de Gaule*, liv. I, ch. iv.
(2) *Ib.*, liv. II, ch. xvii.
(3) *Ib.*, liv. IV, ch. xxxii.
(4) Voyez *ib.*, liv. II, ch. xiv, et dans beaucoup d'autres endroits des exhortations
aux vertus chevaleresques et princières.

de vérité (1). Le sujet, dans son ensemble, est aussi plus simple et plus agréable que les histoires des vieux romans français de chevalerie. Au lieu de distraire notre attention par les aventures d'un nombre infini de chevaliers, dont les titres sont presque tous égaux, il se borne à deux, dont il retrace bien le caractère, Amadis, le modèle de toutes les vertus chevaleresques, et son frère Galaor, chevalier non moins parfait dans les combats, et non moins sincère dans ses amours. L'auteur conserve donc la proportion la plus épique dans ses parties, et il captive notre intérêt jusqu'à la fin, plus que ne l'ont fait ses successeurs ou ses rivaux.

La plus grande objection que l'on adresse à l'Amadis est une objection que l'on peut faire à tous les ouvrages de ce genre. C'est l'ennui des longueurs, la répétition constante des mêmes aventures et des mêmes dangers dont le héros sortira, à ce que l'on prévoit, certainement victorieux. Mais ces longueurs et ces répétitions ne semblaient pas une faute lors de sa première publication, ni même longtemps après. En effet, la fiction romantique, la seule forme de littérature élégante que les temps modernes ont ajoutée aux merveilleuses inventions du génie de la Grèce, était alors dans sa nouveauté et sa fraîcheur. Aussi le peu de personnes qui les lisaient, pour leur amusement, se réjouissaient de la moins agréable de ses créations, satisfaisant plus l'esprit et le cœur d'hommes élevés dans des institutions chevaleresques que ne pouvait les charmer l'éclat des gloires sévères de l'antiquité. Par conséquent l'Amadis, ainsi que nous avons pu l'apprendre par les recherches sur ce sujet, l'Amadis, depuis le moment où le grand chancelier de Castille s'affligeait d'avoir perdu ses loisirs à des fantaisies si inutiles, jusqu'au temps où il semble entièrement disparaître devant la mordante satire de Cervantès, fut un roman extraordinairement populaire en Espagne, et le seul qui, durant deux siècles de la faveur la plus grande, fut lu plus que tout autre livre de sa langue.

Il ne faut pas oublier que Cervantès lui-même ne fut pas insensible à son mérite. Le premier livre que l'on prend, à ce qu'il nous raconte, sur les tablettes de don Quichote, quand le curé, le barbier

---

(1) Voyez les lamentations sur le temps où il vivait, comme une époque de grandes souffrances (liv. IV, ch. LIII). Ce n'est pas une description qui puisse justement s'appliquer au règne des Rois Catholiques en Espagne. C'est donc, je le suppose, un passage de l'original de Vasco de Lobeyra se rapportant aux troubles survenus en Portugal.

et le domestique commencent d'expurger sa bibliothèque, c'est l'*Amadis de Gaule*. « Y dijo el Cura : Parece cosa de misterio esta ;
« porque segun he oido decir, este libro fué el primero de caballe-
« lerias que se imprimió en España, y así me parece que como a
« dogmatisador de una secta tan mala, le debemos sin excusa alguna
« condenar al fuego. No, señor, dijo el Barbero ; que tambien he oido
« decir que es el mejor de todos los libros que de este genero se han
« compuesto, y asi como á unico en su arte se debe perdonar. Así
« es la verdad, dijo el Cura, y por esa razon se le otorga la vida por
« ahora (1). » Cette décision a été entièrement ratifiée par la postérité, précisément par la raison que Cervantès lui-même en donne (2).

Montalvo, avant de publier sa traduction de l'Amadis et peut-être même avant de la faire, en avait écrit la continuation qu'il annonce, dans la préface, comme le cinquième livre ; c'est une œuvre origi-nale, dont la longueur égale à peu près le tiers de l'Amadis et con-tient l'histoire du fils de ce héros et d'Oriana, appelé Esplandian, en-

---

(1) « Et le Curé dit : Ceci me paraît un mystère ; suivant ce que j'ai entendu dire, ce livre est le premier livre de chevalerie qui se soit imprimé en Espagne ; aussi il me semble que, comme un dogmatisant sur une secte si mauvaise, nous devons, sans au-cune excuse, le condamner au feu. Non, seigneur, reprit le barbier. J'ai entendu dire aussi qu'il est le meilleur de tous les livres de cette espèce qui ont été composés, et il faut l'épargner comme l'unique en son genre. Oui, c'est la vérité, ajouta le curé, et par cette raison nous lui octroyons la vie pour le moment. »

(2) *Don Quichote* (part. I, ch. vi). Cervantès toutefois commet une erreur biblio-graphique quand il dit qu'Amadis fut le *premier* livre de chevalerie imprimé en Es-pagne. On a dit souvent que cet honneur appartenait au « Tirant lo Blanch, » 1490, quoique Southey (*Omniana*, Londres, 1812, in-12, t. II, page 219) dise qu'il le trouve totalement privé de l'esprit de la chevalerie. Ce qui n'est pas moins digne de remar-que, c'est que « Tirant lo Blanch, » imprimé en valencien en 1490, en castillan en 1511, en italien en 1518, est, comme l'Amadis, primitivement écrit en portugais, pour plaire à un prince portugais, et que cet original portugais est perdu mainte-nant. Toutes ces coïncidences sont certainement singulières. Voyez la note du ch. xvii de cette période. Quant à ce qui touche au mérite général de l'Amadis, il existe deux opinions qui méritent d'être citées : la première, sur son style, appartient au sévère auteur du « Dialogue des langues » du temps de Charles V, qui, après avoir discuté le caractère général du livre, ajoute : « Il doit être lu par tous ceux qui veulent ap-prendre notre langue » (Mayans y Siscar, « Origines, » Madrid, t. 1737, in-12, tom. II, pag. 163) ; la seconde, relative à son inventeur et à son histoire, est de Torquato Tasso, qui s'exprime ainsi sur l'Amadis : « Dans l'opinion d'un grand nombre et par-ticulièrement dans la mienne, c'est le plus beau et peut-être le plus profitable récit qu'on puisse lire en ce genre ; en effet, pour le sentiment et le ton, il l'emporte sur tous les autres, et par la variété des incidents il ne le cède à aucun de ceux qui ont été écrits soit avant, soit après. » (*Apologie de la Jérusalem délivrée, Œuvres*, Pise, 1824, in-8°, tome X, pag. 7.)

fant dont la naissance et l'éducation avaient été déjà mentionnées dans le récit des aventures de son père, et qui en constituent un des épisodes les plus divertissants. Mais, comme le dit le Curé, quand il rencontre ce roman dans la bibliothèque de don Quichote : « En verdad que no le ha de valer al hijo la bondad del padre. » L'histoire d'Esplandian n'a ni fraîcheur, ni animation, ni dignité ; elle commence au moment où la fiction originale le laisse armé chevalier, et elle rapporte les aventures de ses voyages à travers le monde, en y ajoutant les exploits de son père Amadis, qui vit jusqu'à la fin du livre et qui voit son fils empereur de Constantinople, après être devenu lui-même, depuis longtemps, roi de la Grande-Bretagne par la mort de Lisuart (1).

Dès le commencement, nous trouvons deux défauts qui règnent dans tout l'ouvrage. Amadis, que l'on suppose encore vivant, remplit une grande partie du canevas, alors qu'Esplandian accomplit des exploits qui tendent à être plus brillants que ceux de son père, mais qui ne sont, en réalité, que plus extravagants. Par cette espèce de rivalité, le livre devient une succession d'absurdes et de froides impossibilités. Plusieurs des caractères d'Amadis y sont conservés, tels que Lisuart, qu'Esplandian délivre, dès sa première aventure, d'une prison mystérieuse ; Urgande, cette fée gracieuse qui devient une sauvage enchanteresse, et « el gran maestro Elizabad, » le grand maître Élisabad, cet homme d'érudition, ce prêtre que nous avons d'abord connu comme le médecin d'Amadis et qui se présente maintenant comme le biographe de son fils, écrivant, à ce qu'il dit, en grec. Mais aucun des caractères déjà connus, aucun des caractères inventés pour cette occasion, n'est traité avec habileté.

---

(1) Je possède la curieuse édition de « Esplandian » imprimée à Burgos, in-fol. à double colonne, en 1587, par Simon de Aguyo. Elle se compose de 136 feuilles et se divise en 184 chapitres. Dans d'autres éditions, je l'ai vu avec un titre qu'il porte aussi dans des bibliothèques particulières : « Las *sergas* del muy esforçado cauallero Esplandian, » sans doute dans l'intention de le faire passer pour une traduction de l'original grec de maitre Élisabath, comme on le prétend, *sergas* étant évidemment une mauvaise corruption du mot grec ἔργα, *œuvres* ou *exploits*. Plusieurs fois on y fait allusion dans l'Amadis, liv. IV, comme s'il en était la continuation. Au livre III, ch. IV, on parle de la naissance et du baptême d'Esplandian ; au liv. III, ch. VIII, de ses merveilleux développements et de ses progrès ; et ainsi de suite, jusqu'à ce qu'au dernier chapitre du roman, il est armé chevalier. De sorte qu'Esplandian est, dans l'acception la plus stricte du mot, la continuation de l'Amadis. Southey (*Omniana*, vol. I, pag. 145) pense qu'il y a erreur sur le véritable auteur de l'Esplandian. S'il en est ainsi, ce ne peut être qu'une erreur purement typographique.

La scène, dans tout le livre, se passe principalement en Orient, au milieu des batailles contre les Turcs et les Mahométans ; ce qui nous montre de quel côté se tournaient les esprits quand le roman fut composé, et quels étaient les dangers qu'appréhendait la paix de l'Europe, même sur les frontières les plus occidentales, durant le siècle qui suivit la chute de Constantinople. Tout ce qui a rapport à l'histoire réelle ou à la géographie véritable est évidemment cité sans aucune application ; on peut le conclure de ce qu'une certaine Calafria, reine de l'île de Californie, figure comme une ennemie formidable de la chrétienté dans une grande partie du récit, de ce qu'il y est dit que Constantinople fut une fois assiégée par trois millions de païens. Le style n'est pas meilleur que le sujet. L'éloquence que nous trouvons dans de nombreux passages de l'*Amadis*, vous la chercherez vainement dans tout l'*Esplandian*. C'est tout le contraire : de longs passages sont écrits dans un style languissant et maigre ; les sommaires en vers, mis en tête de chaque chapitre, ne sont rien moins que poétiques et tout à fait inférieurs aux quelques vers répandus dans l'Amadis (1).

L'édition la plus curieuse de l'*Esplandian*, dont on reconnaît maintenant l'existence, fut imprimée en 1526 : il en parut cinq autres, avant la fin du siècle, de sorte qu'il semble avoir joui pour sa bonne part de la faveur populaire. Jusqu'à un certain point, l'exemple fut promptement suivi. Ses principaux personnages figurent de nouveau dans une série non interrompue de romans, ayant chacun d'eux un héros descendant d'Amadis, qui passe par des aventures plus incroyables qu'aucun de ses prédécesseurs, et qui cède la place, on ne sait comment, à un fils plus extravagant encore et, si l'on peut dire le mot, plus impossible encore que son père. C'est ainsi que, dans cette même année 1526, nous avons le sixième livre d'Amadis de Gaule intitulé : *la Historia de Florisando* son neveu, suivie de l'histoire plus merveilleuse encore de *Lisuarte de Grecia, hijo de Esplandian*, et de la très-merveilleuse histoire d'*Amadis de Grecia*, qui

---

(1) Il y a dans l'*Amadis* deux *Canciones* (liv. II, chap. viii) qui, tout en se ressentant du style sentencieux du temps et du goût provençal, sont pleines de charme et méritent d'être placées parmi celles du même genre que Bohl de Faber insère dans la « Floresta. » La seconde commence ainsi :

   Leonoreta, sin roseta
   Blanca sobre toda flor
   Sin roseta, no me meta
   En tal cuyta vuestro amor.

forment respectivement les livres sept et huit. Viennent ensuite *don
Florisel de Niquea* et *Anaxartes, hijo de Lisuarte*, dont l'histoire,
avec celle des enfants du dernier, remplit trois livres ; nous avons
enfin le douzième livre ou *Los grandes hechos de armas del caballero
Don Silves de la Selva*, imprimé en 1549 ; preuve évidente du succès extraordinaire de toute la série, puisque ces dates montrent que,
dans moins d'un demi-siècle, l'Espagne produisit ces immenses romans, dont la plupart eurent, durant la même période, ou plusieurs,
ou de nombreuses éditions.

Les effets de la passion ainsi surexcitée ne s'arrêtèrent point là. Il
parut d'autres romans, appartenant à la même famille quoiqu'ils ne
rentrent pas tous dans la ligne d'une succession régulière, tels que le
duplicata du septième livre de *Lisuart*, composé par le chanoine
Diaz, en 1526, et *Leandro el Bel*, en 1563, par Pedro de Luxan, que
l'on a parfois appelé le treizième livre d'Amadis. En France, où ces
romans étaient successivement traduits, à mesure qu'ils paraissaient
en Espagne et où ils devenaient immédiatement célèbres, la série
particulière des romans d'Amadis s'étendit jusqu'à vingt-quatre livres. Ces derniers étaient à peine terminés qu'un sieur Duverdier,
blessé de ce que plusieurs d'entre eux n'avaient pas un dénoûment
régulier, réunit les fils épars et brisés de cette multitude d'histoires et
les rassembla toutes dans une suite méthodique de conclusions, en
sept gros volumes, sous le titre propre et significatif de *Roman des
romans*. Ainsi finit l'histoire de ce type portugais d'Amadis de Gaule
tel que le présentèrent primitivement au monde les romans espagnols
de chevalerie. Cette fiction, si l'on considère l'admiration passionnée
qu'elle a si longtemps excitée et l'influence qu'elle a exercée, depuis
ce temps là, malgré son peu de valeur intrinsèque, sur la poésie et sur
les romans de l'Europe moderne, cette fiction, dis-je, est un phénomène sans exemple dans l'histoire littéraire (1).

---

(1) Toute cette question des douze livres d'Amadis en espagnol, et des vingt-quatre
en français, appartient plutôt à la bibliographie qu'à l'histoire littéraire, et elle est
sur les deux points des plus obscures. Suivant Brunet, aucun bibliographe n'a jamais
vu réunis les douze livres espagnols. J'en ai vu, je crois, sept ou huit, et un ou deux
seulement dont la valeur est réellement reconnue : l'Amadis de Gaule, dans la rare
et si belle impression éditée, à Venise, par Jean Antoine de Sabia, 1533, et l'Esplandian dont nous avons parlé ci-dessus, édition moins bonne, mais plus rare. Quand a
été imprimée la première édition de l'un ou de l'autre, c'est ce qu'il n'est pas, je présume, facile à déterminer. Nicolas Antonio en cite une d'Esplandian de 1510 ; mais
personne ne l'a vue dans les cent cinquante ans qui se sont écoulés depuis, et Nicolas

L'état des mœurs et de l'opinion, dans cette Espagne qui avait produit cette série extraordinaire de romans, ne pouvait manquer d'être féconde par d'autres héros fictifs, à la renommée moins brillante, peut-être, que celle d'Amadis, mais qui avaient en général les mêmes talents, les mêmes qualités. En effet, les choses arrivèrent ainsi. Plusieurs romans de chevalerie apparurent, en Espagne, bientôt après le succès de leur grand fondateur, et d'autres suivirent peu après. Le premier de tous par son importance, sinon par sa date, c'est le *Palmerin de Oliva*, personnage des plus considérables, parce qu'il traîne à sa suite une série de descendants qui le placent, sans aucun doute, dans un degré de dignité le plus près d'Amadis.

Le *Palmerin* a été souvent et presque généralement regardé comme d'origine portugaise et comme l'œuvre d'une femme, quoique les preuves de chacune de ces assertions soient un peu insuffisantes. Si les faits sont toutefois réellement tels qu'ils ont été établis, ce n'est pas une des circonstances les moins curieuses en ce qui les touche de voir que, comme pour l'Amadis, l'original portugais du Palmerin est perdu, et que la première et la seule connaissance que nous ayons de son histoire nous soit venue par la version espagnole. Dans cette version même, nous ne pouvons en suivre les traces au-delà de l'édition imprimée à Séville, en 1525, édition qui n'est certainement pas la première.

Qu'elle ait été ou non publiée alors pour la première fois, cette composition eut un grand succès. Plusieurs éditions furent bientôt imprimées en espagnol et suivies de traductions en italien et en français. Il en parut bientôt aussi une continuation sous le titre de *El segundo libro de Palmerin*, qui traite des exploits de ses fils, Primaléon et Polendos, et dont nous avons une édition espagnole, de 1524. Si la forme extérieure du Palmerin annonce d'abord une imitation de l'Amadis, la disposition intérieure ne le prouve pas moins.

Antonio est si peu scrupuleux sur cette matière que son autorité n'est pas suffisante. Il parle aussi, et il est le seul, d'une édition faite, en 1525, du septième livre « Lisuart de Grèce. » Mais, comme le douzième livre fut certainement imprimé en 1549, le seul fait d'une grande importance se trouve établi, à savoir : que les douze livres se publièrent, en Espagne, dans l'espace d'un demi-siècle. Pour tous les détails de curieuse érudition, voyez toutefois un article de Salvá dans le *Répertoire américain* (Londres, août 1827, pp. 29-39) ; F.-A. Ebert, « Lexicon, » Leipzig, 1821, in-4°, n°ˢ 479-489; Brunet, « Manuel du Libraire, » article *Amadis*, et surtout une très-remarquable dissertation, déjà citée, de F.-W.-V. Schmidt, dans l'*Annuaire de la littérature*, Vienne, 1826, xxxiiiᵉ livraison.

Son héros était, selon le récit, petit-fils d'un empereur grec de Constantinople. Mais, comme il était illégitime, sa mère l'exposa, immédiatement après sa naissance, sur une montagne où il fut trouvé dans un berceau d'osier suspendu entre des oliviers et des palmiers par un riche cultivateur d'abeilles, qui le porta dans sa maison et l'appella du nom de *Palmerin de Oliva*, du lieu où il l'avait rencontré. Palmerin donne bientôt des preuves de sa haute naissance et se rend célèbre par ses nombreux exploits en Allemagne, en Angleterre, en Orient, contre les païens, les enchanteurs : enfin il arrive à Constantinople. Là sa mère le reconnaît, il épouse la sœur de l'empereur d'Allemagne, qui est l'héroïne de l'histoire, et il hérite du royaume de Byzance. Les aventures de Primaléon et de Polendos, qui paraissent l'œuvre d'un auteur inconnu, sont du même style ; elles sont suivies de celles de Platir, petit-fils de Palmerin, et furent imprimées pour la première fois vers 1533. Tous ces livres réunis ne laissent pas de doute qu'Amadis n'ait été leur modèle, quoiqu'ils lui soient bien inférieurs par leur mérite (1).

Le premier qui suit dans la série, c'est le *Palmerin de Inglaterra*, fils de don Duarte ou Édouard, roi d'Angleterre, et de Flerida, fille de Palmerin d'Oliva ; c'est un rival de l'Amadis, plus redoutable qu'aucun de ses prédécesseurs. Longtemps on a supposé qu'il avait été écrit en portugais, et il a été généralement attribué à Francisco Moraes, qui le publia certainement, dans cette langue, à Evora, en 1567. Comme il affirmait qu'il l'avait traduit du français, assertion dont la vérité est maintenant reconnue, on supposa que ce n'était là qu'un détour modeste pour déguiser son propre mérite. Mais une copie de l'original espagnol, imprimé à Tolède, en deux parties, en 1547 et 1548, a été découverte, et à la fin de la dédicace se trouvent quelques vers adressés par l'auteur au lecteur, et qui nous font connaître, par un acrostiche, que le livre est de Luis de Hurtado, reconnu pour avoir été, dans ce temps, un poëte de Tolède (2).

---

(1) Il règne sur les Palmerins la même obscurité que sur les Amadis de Gaule. Les matériaux pour éclaircir cette question se trouvent dans Nicolas Antonio, *Biblioth. nova*, tom. II, pag. 393 ; dans Salvá, *Répertoire américain*, tom. IV, pp. 39 et sq. ; Brunet, article *Palmerin* ; Ferrario, *Romanzi di cavalleria*, tom. IV, pag. 256 ; Clemencin, *Notes sur D. Quichote*, tom. I, pp. 124, 125.

(2) Le sort de Palmerin d'Angleterre a été tout à fait étrange. Jusqu'à ces dernières années on n'agitait qu'une seule question : l'original est-il français ou portugais? Les plus vieux exemplaires dont on connaissait l'existence étaient en effet : 1° le français, de Jacques Vincent, 1553, et l'italien, de Mambrino Roseo, de 1555, publiés tous deux

Considéré comme œuvre d'art, le Palmerin d'Angleterre occupe la seconde place auprès de l'Amadis de Gaule, parmi les romans de chevalerie. Comme le grand prototype de toute cette classe, il a parmi ses acteurs deux frères, Palmerin le loyal chevalier, et Florian le vrai galant ; comme lui, il a aussi son grand magicien, Deliante, son île périlleuse où se passe la plus grande partie des aventures les plus agréables de ses héros. Sous certains rapports, il peut supporter une comparaison favorable avec son modèle. Il y a plus de sensibilité pour les beautés qu'offre le spectacle de la nature, un dialogue plus dégagé souvent, en même temps qu'un excellent pinceau pour dessiner les caractères individuels. Mais il y a de plus grands défauts : son mouvement est moins naturel et moins animé; il est embarrassé par une multitude prodigieuse de chevaliers, par une série interminable de batailles, de duels, d'exploits, et par toutes ces descriptions que l'on cherche à appuyer sur les Chroniques authentiques d'Angleterre et sur des histoires véritables, ce qui nous apporte une nouvelle preuve de la relation qui existe entre les vieilles Chroniques et les plus vieux romans. Cervantès professait, pour le Palmerin, l'admiration la plus grande : « Esa palma de Inglaterra, dice el Cura, se « guarde y se conserve como á cosa unica, y se haga para ella otra « caja, como la que halló Alexandro en los despojos de Dario, que la « disputó para guardar en ella las obras del poeta Homero (1); » éloge sans doute trop exagéré pour nous paraître aujourd'hui raisonnable, mais qui marque, du moins, le genre d'estime que le ro-

comme traduction de l'espagnol ; 2° le portugais, de Moraes, 1567, qui passait pour une traduction du français. Généralement, on les regardait comme l'œuvre originale de Moraes, qui, durant un long séjour en France, avait donné son manuscrit au traducteur français (Barbosa, *Biblioth. Lusitan.*, tom. II, pag. 209). Dans cette persuasion, on l'imprima comme son œuvre en portugais, à Lisbonne, en 1786, 3 beaux volumes in-4°, et en anglais (Londres, 1807, 4 vol. in-12, par Southey). Clemencin (édit. de *D. Quichote*, tom. I, pp. 125, 126) le considère, sinon comme l'ouvrage de Moraes, du moins comme portugais d'origine. Enfin, Salvá trouva une copie de l'original espagnol perdu, ce qui tranche la question et fixe la date du livre en 1547-48, Tolède, 3 vol. in-fol. (*Répertoire américain*, tom. IV, pp. 42-46). Le peu que nous savons de son auteur, Luis Hurtado, nous l'avons tiré de Nicolas Antonio (*Biblioth. nova*, tom. II, pag. 44), où est cité un autre de ses ouvrages intitulé : « Cortes del casto Amor y de la Muerte, » imprimé, ajoute-t il, en 1557. Il avait aussi traduit les Métamorphoses d'Ovide.

(1) « Que cette palme d'Angleterre, dit le curé, soit gardée et conservée comme une chose unique ; que l'on fasse pour elle une autre boîte, comme celle qu'Alexandre trouva parmi les dépouilles de Darius et qu'il disposa pour y conserver les œuvres du poëte Homère. »

man lui-même s'était généralement acquise quand apparut le *Don Quichote.*

La famille des Palmerins n'eut pas en Espagne un succès de longue durée ; cependant la troisième et la quatrième partie, contenant les *Aventuras de don Duardos el segundo,* parurent en portugais écrites par Diego Fernandez, en 1587 ; et la cinquième et la sixième furent, dit-on, écrites par Alvarez do Oriente, poëte contemporain d'une réputation non médiocre. Ces deux dernières ne semblent pas toutefois avoir jamais été imprimées, et aucune des quatre n'a été connue hors des limites de leur pays natal (1). Les Palmerins ne purent donc, malgré le mérite de l'un d'eux (2), obtenir une renommée ou avoir

---

(1) Barbosa (*Biblioth. Lusitanorum,* tom. I, pag. 652 ; tom. II, p. 17).

(2) Nous avons souvent cité dans ce chapitre la *Bibliothèque espagnole,* nous la citerons souvent aussi dans les chapitres suivants, ce qui nous met dans l'obligation de donner sur elle quelques détails avant d'aller plus loin. Son auteur, Nicolas Antonio, naquit à Séville en 1617. Il eut d'abord pour maître Francisco Ximenez, professeur aveugle de naissance, mais d'un singulier mérite, attaché au collége de Saint-Thomas de cette ville ; plus tard, à Salamanque, il se consacra, avec succès, à l'étude de l'histoire et du droit canon. Quand il eut honorablement terminé ses cours à l'Université, il revint dans sa ville natale et il vécut principalement au Couvent des Bénédictins, où il avait été élevé et où une bibliothèque considérable et choisie lui fournit les moyens d'étude dont il usa avec ardeur et opiniàtreté.

Il ne s'empressa pas de se faire connaitre. Il ne publia rien avant 1669, où, à l'âge de quarante-deux ans, il fit imprimer son traité latin « de Exilio. » Cette même année, il fut nommé au poste honorable et important d'agent général de Philippe IV à Rome. Depuis ce moment jusqu'à la fin de ses jours, il fut toujours dans des services publics et remplit des places qui n'étaient pas sans responsabilité. Il vécut vingt ans à Rome, formant une bibliothèque qui n'était inférieure qu'à celle du Vatican et consacrant tous ses loisirs à l'étude qu'il aimait. A la fin de cette période, il revint à Madrid où il continua de vivre dans des emplois honorables jusqu'à sa mort, arrivée en 1684. Antonio laissa plusieurs ouvrages manuscrits, entre autres la « Censure des histoires fabuleuses, » examen et exposition de toutes les chroniques inventées et publiées dans le siècle précédent, livre édité pour la première fois par Mayans y Siscar, et dont nous parlerons plus tard.

Mais son grand travail, le travail de sa vie et l'objet de ses préférences, ce fut l'histoire littéraire de sa patrie. Il la commença dès sa jeunesse, alors qu'il vivait encore au milieu des Bénédictins, ordre monastique de l'Église catholique des plus honorables et des plus distingués par son zèle pour l'histoire des lettres. Antonio la continua et mit en œuvre, dans son entreprise, toutes les ressources que sa propre bibliothèque, que les bibliothèques des capitales de l'Espagne et de la chrétienté purent lui fournir jusqu'au moment de sa mort. Il la divisa en deux parties : la première commence avec le siècle d'Auguste et se continue jusqu'à l'année 1500 ; on la trouva après sa mort, écrite dans la forme d'une histoire régulière. Mais comme il avait entièrement consacré, durant sa vie, ses ressources pécuniaires à l'acquisition des livres, elle fut publiée par son ami, le cardinal Aguirre, à Rome, en 1696. La deuxième partie, qui

une succession qui puisse entrer en concurrence avec celle d'Amadis ou de ses descendants.

---

y avait été déjà imprimée, en 1672, est en forme de dictionnaire et par ordre alphabétique. Les articles séparés sont arrangés, comme dans beaucoup d'autres ouvrages espagnols de la même espèce, sous le nom de baptême de leur sujet : honneur accordé aux saints. Cette disposition rend embarrassant l'usage de pareils dictionnaires, même lorsqu'ils sont accompagnés, comme le livre de Nicolas Antonio, de nombreux index qui facilitent la recherche des articles classés par noms, patrie, matière, etc.

On publia une excellente édition des deux parties de l'original latin, à Madrid, en 1787 ou 1788, en quatre volumes in-folio, et généralement connue sous le titre de *Bibliotheca vetus et nova* de Nicolas Antonio. La première est enrichie des notes de Perez Bayer, érudit valencien, qui fut longtemps à la tête de la Bibliothèque royale de Madrid ; la seconde a reçu les additions tirées du propre manuscrit d'Antonio, qui donne des notices sur les écrivains espagnols jusqu'au moment de sa mort, en 1684. Dans la partie ancienne, comprenant les noms d'environ treize cents auteurs, il reste peu à désirer sur tout ce qui concerne l'histoire littéraire de l'Espagne, soit romaine, soit ecclésiastique. Pour tout ce qui touche aux Arabes, il faut recourir à Casiri et à Gayangos ; pour tout ce qui regarde les Juifs, à Castro et à Amador de los Rios, et pour la littérature espagnole proprement dite, avant le règne de Charles V, aux additions de Bayer, dont l'autorité laborieuse signale la découverte de manuscrits importants. La partie nouvelle, qui donne des détails sur environ huit mille écrivains de la meilleure période de l'Espagne littéraire, malgré quelques négligences et quelques inadvertances inévitables dans un recueil si vaste et si varié, nous offre un monument d'érudition, de travail et de candeur qui ne cesseront d'inspirer le plus vif sentiment de reconnaissance à tous ceux qui devront recourir à ce livre. Les deux parties prises ensemble font incontestablement de leur auteur le père et le fondateur de l'histoire littéraire de l'Espagne.

Voyez les Vies d'Antonio, mises par Mayans en tête des « Histoires fabuleuses, » (Valence, 1742, in-fol.) et celle de Bayer, dans la « Bibliotheca vetus, » 1787, Madrid.

CHAPITRE XII. ·

Quoique les Palmerins n'aient pu rivaliser avec la grande famille
d'Amadis, ils ne furent cependant pas sans avoir leur influence et
leur considération. Comme les autres livres de leur genre et plus
qu'un grand nombre d'entre eux, ils contribuèrent à augmenter le
goût des fictions chevaleresques en général, goût qui, dominant tout
autre, dans la Péninsule, ne servait qu'à engendrer des romans qui,
originaux ou traduits, nous étonnent par leur nombre, leur longueur, et leurs extravagances. Dans tous ces originaux espagnols, il
ne serait pas difficile, après avoir mis de côté les deux séries appartenant aux familles des Amadis et des Palmerins, de choisir quarante
noms environ qui se sont tous produits dans le cours du seizième
siècle. Nous en connaissons encore quelques-uns, plus ou moins, de
nom au moins, tels que *Don Belianis de Grecia* et *Don Olivante
de Laura*, trouvés, tous deux, dans la bibliothèque de don Quichote, *Felixmarte de Hircania*, objet, nous dit-on, durant tout
un été, des lectures du docteur Johnson (1). Mais en général,
comme on le voit pour le *Famoso caballero Cifar* et l'*Atrevido caballero Claribalte*, leurs titres sonnent étrangement à nos oreilles,
et, quand on les répète, ils n'excitent en nous aucun intérêt. On peut
le dire, la plus grande partie, tous peut-être, méritent l'oubli dans
lequel ils sont tombés, quoique plusieurs aient des qualités qui les

---

(1) L'évêque Percy dit que le docteur Johnson lut tout le *Felixmarte d'Hyr-
cania* durant un été passé à son église paroissiale; il est fort douteux que ce livre
ait été lu depuis par un autre Anglais. (*Vie de Johnson*, par Boswell, édition Croker.
Londres, 1631, in-8°, vol. I, p. 24.)

ont fait placer, au jour de leur popularité, à côté des meilleurs romans que nous avons déjà mentionnés.

De ce nombre est l'*Invencible caballero Lepolemo, llamado el caballero de la Cruz, hijo del emperador de Alemania*, roman publié pour la première fois en 1525, et qui, outre la continuation qu'il a produite après lui, fut trois fois réimprimé dans le cours du siècle, et traduit en français et en italien (1). C'est un livre des plus remarquables parmi ceux de ce genre, non-seulement par la variété des aventures à travers lesquelles passe le héros, mais encore, et dans un certain degré, par le ton général et par le sujet. Dans son enfance, Lépolème fut arraché des marches du trône dont il était possesseur, et fut complétement perdu, pendant un long espace de temps. Durant cet intervalle, il vit au milieu de païens, d'abord en esclavage, et plus tard en honorable chevalier errant, à la cour du soudan. Son courage et sa valeur l'élèvent à une grande distinction, et dans un voyage à travers la France il est reconnu par sa famille, qui s'y rencontrait. Par conséquent, il est rétabli, au milieu de la joie générale, dans sa condition royale.

Dans tout ce récit, et principalement dans la série ennuyeuse de ses aventures chevaleresques, Lépolème ressemble assez aux autres romans de chevalerie. Cependant il en diffère en deux points. Le premier, c'est que l'on suppose le roman traduit par Pedro de Luxan, son véritable auteur, d'un original arabe composé par un sage magicien attaché à la personne du sultan, quoique le héros soit représenté partout comme un chevalier très-chrétien, et le père et la mère, l'empereur et l'impératrice, excitant, par leur exemple, à entreprendre le pèlerinage du Saint Sépulcre. De sorte que toute l'histoire sert les projets de l'Église, de la même manière, sinon au même degré, que la Chronique de Turpin. Le second, c'est qu'il attire notre attention par la couleur et la touche pittoresque avec laquelle il nous peint les mœurs nationales. Tels sont, par exemple, les passages des amours entre le chevalier de la Croix et l'infante de France, dans l'un desquels ils causent l'un avec l'autre, à travers la grille du balcon, la

---

(1) Ébert cite l'édition de 1525, comme la première qui fut connue; Bowle, dans la liste de ses autorités, en donne une de 1534; Clémencin prétend qu'il en existe une autre, de 1543, à la Bibliothèque royale de Madrid, et Pellicier se servit d'une de 1552. Je n'ai pas pu voir l'année de celle que j'ai sous les yeux, puisque la page finale y manque et qu'il n'y a pas de date sur le frontispice; mais le papier et le caractère de la lettre semblent indiquer une édition d'Anvers, tandis que toutes les autres ont été imprimées en Espagne.

nuit, comme le ferait un amoureux des comédies de Calderon (1).
A part ces deux points, le Lépolème ressemble en tout aux livres qui
l'ont précédé et qui l'ont suivi : il est parfaitement ennuyeux.

L'Espagne ne fournit pas seulement, en abondance, des romans de
chevalerie au reste de l'Europe, elle en reçut de l'étranger dans une
proportion égale à ceux qu'elle donnait. Les premières fictions françaises furent d'abord connues, en Espagne, comme nous l'avons vu,
par les allusions qu'on y fait dans l'*Amadis de Gaule*, circonstance
due aux anciens rapports de la France avec la famille de Bourgogne,
dont une branche occupait le trône de Portugal, ou à tout autre événement étrange, comme celui qui apporta en Portugal le *Palmerin
de Inglaterra*, de France plutôt que d'Espagne, pays qui l'avait vu
naître. Peu de temps après, quand le goût pour de pareilles fictions
fut plus développé, les histoires françaises se traduisirent ou s'imitè-
rent en Espagne, et devinrent une partie, et même une partie favorisée, de la littérature nationale. *Los Baladros de Merlin* s'imprimèrent vers 1498, ainsi que le *Libro de Tristan de Leonis*, et *la Sainte
Coupe*, ou *Demanda del Santo Grial*, les suivit comme une conséquence toute naturelle (2).

Cependant l'histoire rivale de Charlemagne, *Historia de Carlo Magno*, semble avoir eu, à cause peut-être de la grandeur du nom, le plus
de succès. C'est une traduction directe du français ; elle ne donne, par
conséquent, aucun détail sur la défaite de Roncevaux par Bernard del
Carpio, défaite qui, dans les vieilles chroniques et les vieilles romances espagnoles, flatte si agréablement la vanité nationale. Elle
contient les histoires bien connues d'*Olivier* et de *Fierabras le
Géant*, d'Orlando et du traître Ganelon, et repose, par conséquent, sur
la chronique fabuleuse de Turpin, comme autorité principale. Mais,
telle qu'elle est, elle obtint une grande faveur au moment de son apparition, et, depuis l'édition qu'en a donnée Nicolas de Piamonte,
en 1528, sous le titre de *Historia del emperador Carlo Magno*, elle

---

(1) Voyez part. I, chap. CXII, CXLIV.

(2) « Merlin, » 1498 ; « Arthur, » 1501 ; « Tristan, » 1528 ; « El sancto Grial, »
1555 ; et la « Seconde Table ronde, » 1567, tel est l'ordre dans lequel les placent les bibliographes. On ne pourrait peut-être pas trouver ce dernier, quoiqu'il soit mentionné
par Quadrio, qui, dans son quatrième volume, donne de nombreux et curieux détails
sur ces vieux romans. Puisqu'on parle de traductions ou imitations du français, je
crois que nous devons indiquer les suivantes : « Pierres et la belle Magalone, » 1526 ;
« Tallante de Ricamonte, » et le « Comte Tomillas. » Ce dernier nous serait parfaitement inconnu si Cervantès n'en faisait mention dans son *Quichotc*.

a été constamment réimprimée jusqu'à nos jours, et elle a contribué, plus que tout autre roman de chevalerie, à conserver en Espagne, dans toute sa vigueur, le goût pour des lectures pareilles (1). Durant un temps considérable, quelques autres romans ont toutefois partagé sa popularité ; le *Reynaldos de Montalban,* par exemple, héros toujours favori de l'Espagne, en est un (2); un peu plus tard nous en trouvons un autre, l'histoire de *Clámades,* invention d'une reine française du treizième siècle, qui inspira d'abord à Froissart l'amour des aventures qui en ont fait un chroniqueur (3).

Dans la plus grande partie des imitations et des versions que nous connaissons, l'influence de l'Église est plus visible qu'elle ne l'est dans les romans originaux espagnols de ce genre. Cette remarque se vérifie, par la nature du sujet lui-même, dans l'histoire du Saint-Graal, dans l'histoire de Charlemagne, qui, tirée de la prétendue chronique de l'archevêque Turpin, tend principalement à encourager la fondation de maisons religieuses et l'entreprise de pieux pèlerinages. L'Église ne se contenta pas de cette influence indirecte et accidentelle. Les fictions romantiques, négligées dès leur première apparition, ou même châtiées par l'autorité ecclésiastique dans la personne de l'évêque grec à qui nous devons le premier roman de ce genre (4), finirent

(1) Dans la préface de l'excellente édition d'Éginhard par Ideler (Hambourg, 1839, in-8°, liv. I, pp. 40-46), on trouve une excellente dissertation sur l'origine de ces livres : il n'est pas jusqu'au nom même de *Roncevaux* qui n'ait été connu que postérieurement en Espagne (*ib.,* p. 169). On a imprimé une édition du *Charlemagne* à Madrid, en 1806, in-12, édition évidemment à l'usage du peuple; on en a fait d'autres depuis.

(2) Dans les notes de Clémencin au *Quichote* (part. I, ch. vi), on cite diverses éditions de la première partie, comme aussi de la seconde et de la troisième, antérieures à l'année 1558.

(3) Le *Clamades,* un des livres les plus populaires en Europe durant trois siècles, fut composé par Adenez, sous la dictée de Marie, femme de Philippe III, roi de France, qui l'épousa en 1272 (Fauchet, *Recueil,* Paris, 1581, in-fol., liv. II, ch. cxvi). Froissart raconte qu'il le lut étant tout jeune et qu'il lui causa une grande admiration (*Poésies,* Paris, 1829, in-8°, p. 206).

(4) L'*Éthiopique* ou « Amours de Théagènes et de Chariclée, » écrite en grec par Héliodore, qui vivait du temps des empereurs Théodose, Arcadius et Honorius. Ce livre fut très-connu en Espagne à l'époque dont nous parlons; en effet, quoique l'original ne fût pas imprimé avant 1534, il en parut une traduction espagnole anonyme, en 1554 d'abord, puis une autre par Ferdinand de Mena, en 1587, et elle fut réimprimée deux fois au moins dans l'espace de trente années (Nicol. Antonio, *Biblioth. Nov.,* tom. I, p. 380 : *Catalogue de Condé,* Londres, 1824, in-8°, numéros 263, 264). On a dit que l'évêque Héliodore préféra quitter son rang et sa place que de consentir à voir ce roman, fruit de sa jeunesse, brûlé publiquement (*Erotici græci,* édit. Mitscherlich, Biponti, 1792, in-8°, tom. II, p. 8).

par acquérir une certaine importance et par devenir d'une utilité plus immédiate. On composa néanmoins des romans religieux, généralement présentés sous la forme allégorique, tels que la *Caballeria Cristiana*, la *Caballeria Celestial*, *El Caballero de la clara Estrella*, et l'*Historia cristiana y sucesos del caballero estrangero, conquistador del cielo*, imprimés tous dans la seconde moitié du seizième siècle, et à l'époque où la passion pour les romans de chevalerie était la plus ardente (1).

Un des plus vieux, et probablement le plus curieux et le plus remarquable dans toute cette quantité de livres, c'est le roman très-proprement intitulé *Caballeria Celestial* (2), écrit par Hieronimo de San Pedro, à Valence, et imprimé, en 1554, en deux minces volumes in-folio. Dans sa préface, l'auteur déclare que l'objet de son œuvre est de faire disparaître du monde les livres profanes de chevalerie, dont il explique les dangers par une allusion au récit que fait Dante de Francesca da Rimini. Pour atteindre son but, il intitule la première partie : *Raiz de la rosa fragante*, qui se divise, non en chapitres, mais en *maravillas*, et qui contient une narration allégorique du Vieux Testament jusqu'au règne du bon roi Ézéchias, merveilles racontées comme une série d'aventures de chevaliers errants. La seconde partie est divisée, conformément à l'idée première, en *Hojas de la rosa fragante*, feuilles de la rose ; elle commence où finit la partie qui précède, et arrive, par un récit analogue d'aventures chevaleresques, jusqu'à la mort et à l'ascension du Sauveur. La troisième, promise sous le titre de : *La flor de la rosa fragante*, n'a jamais paru, et on ne comprend pas aisément en quoi consistaient les matériaux qui avaient

---

(1) La *Chevalerie chrétienne* fut imprimée en 1570 , le *Chevalier de l'Étoile claire* en 1550, et le *Chevalier Pèlerin* en 1601. Outre ces romans, celui de *Robert le Diable*, histoire si fameuse en Europe durant les quinze, seize et dix-septième siècles, et qui revit encore de nos jours, fut connu en Espagne dès 1628, et probablement avant (Nicol. Antonio, *Bibl. Nov.*, tom. II, p. 251). Il fut imprimé en France, en 1496 (Ébert, numéro 19175, et en Angleterre par Wynkyn de Worde. Voyez Thoms *Livres de Chevalerie*, Londres, 1828, tom. I, p. 5).

(2) Il serait très-curieux de savoir qui fut ce Hieronimo de San Pedro. Le privilége le qualifie de Valencien et dit qu'il vivait en 1554. Dans les bibliothèques de Ximeno et de Fuster, on trouve, vers 1560, un Geronimo Sempere, cité comme auteur de la *Carolea*, long poëme imprimé cette année-là. Mais, ni dans les livres que nous venons de citer, ni dans aucune autre bibliothèque, nous ne trouvons, que nous sachions, Hieronimo de San Pedro. Est-ce parce que les deux ne seraient qu'une même personne, et que le nom du poëte s'écrirait de deux manières, Samper en valencien, et San Pedro en castillan ?

pu servir à sa composition, la Bible ayant été presque entièrement épuisée dans les deux premières parties. Mais nous en avons assez sans elle.

L'allégorie principale, suivant la nature du sujet, a trait au Sauveur; elle remplit soixante-quatorze des cent et une *feuilles* ou chapitres qui constituent la seconde partie. Le Christ y est représenté comme le chevalier du Lion; les douze apôtres comme les douze chevaliers de la Table-Ronde; saint Jean-Baptiste comme le chevalier du Désert; Lucifer comme le chevalier du Serpent, et le sujet principal est le combat entre le chevalier du Lion et le chevalier du Serpent. Cette lutte commence à la crèche de Bethléem et finit sur la montagne du Calvaire; elle comprend, dans son développement, presque tous les détails de l'histoire évangélique, et emploie souvent les expressions mêmes de l'Écriture. Chacun d'eux est cependant forcé, sous la forme d'une étonnante et révoltante allégorie. Ainsi, dans la tentation, le Sauveur porte le bouclier du lion de la tribu de Juda, et monte le cheval de la Pénitence, qui lui a été donné par Adam; il prend alors congé de sa mère, la fille du céleste Empereur, comme un jeune chevalier se rendant à sa première passe d'armes, et il s'avance à travers une contrée vaste et déserte, où il est sûr de trouver des aventures. A son approche, le chevalier du Désert se prépare à lui livrer bataille, mais il le reconnaît, et il s'humilie devant son prince et son maître qui s'avance. Le baptême s'ensuit par conséquent, c'est-à-dire que le chevalier du Lion est reçu dans l'ordre de la chevalerie du Baptême, en présence d'un vieillard qui devient le maître Anagogique ou l'interprète de tous les mystères, et en présence de deux femmes, l'une jeune et l'autre âgée. Ces trois derniers personnages entament immédiatement une discussion animée sur la nature du rite auquel ils viennent d'assister. Le vieillard parle longuement, et l'explique comme une céleste allégorie. La vieille femme, qui prouve qu'elle est la Synagogue ou la représentation du judaïsme, préfère l'ancienne cérémonie, prescrite par Abraham, et autorisée, comme elle le dit, par le *célèbre docteur Moïse*, à ce nouveau rite du baptême. La jeune femme réplique et défend cette nouvelle institution. Elle est l'Église militante. Le chevalier du Désert tranche la discussion en sa faveur; la Synagogue se retire alors tout en colère, et la première partie de l'action finit ainsi.

Le grand maître Anagogique, suivant l'accord préalablement conclu avec l'Église militante, suit maintenant le chevalier du Lion dans le désert, et là il lui explique le véritable mystère et l'efficacité du baptême chrétien. Après cette préparation, le chevalier arrive à sa première aventure, à sa bataille avec le chevalier du Serpent, bataille qui, par tous ses détails, nous est représentée comme un duel. L'un des combattants entre en lice accompagné d'Abel, de Moïse et de David, et l'autre de Caïn, Goliath et Aman. Chacun des discours de l'Évangile devient ici un trait de flèche ou un coup d'épée. La scène sur le pinacle du temple et les promesses que lui fait le diable se manifestent autant que le permet sa nature inconvenante. A ce moment toute cette partie de ce roman se termine brusquement par la fuite précipitée et honteuse du chevalier du Serpent.

Cette scène de la tentation, quelque étrange qu'elle nous paraisse, nous offre néanmoins un spécimen qui n'est point défavorable de la fiction tout entière. L'allégorie est presque partout aussi grossière et aussi extravagante que dans ce passage, et elle conduit également à des absurdités aussi fatigantes et aussi fastidieuses. D'un autre côté, nous avons fréquemment des preuves d'une imagination qui ne manque pas de grâces, en même temps que la gravité et l'extravagance du style dans lequel le roman est écrit nous démontrent parfois que son auteur n'était pas insensible aux ressources d'une langue dont il abuse en général si souvent (1).

Il y a, ce n'est pas douteux, une distance immense entre une fiction telle que la *Caballeria Celestial* et l'histoire comparativement simple et claire d'*Amadis de Gaule*. Aussi, quand nous réfléchissons qu'il s'est écoulé seulement un demi-siècle entre les dates de ces romans espagnols (2), nous sommes étonnés que cet espace se soit si rapidement passé, et que toutes les variétés des romans de chevalerie aient été épuisées en une période de temps relativement si courte. Nous ne devons pas oublier toutefois que le succès de ces fictions, succès si subitement obtenu, s'étendit après, durant de longues années. Les premières furent très-connues en Espagne, durant le quinzième siècle; elles fourmillèrent durant le seizième, et bien avant dans le dix-septième elles étaient encore bien lues : de sorte que leur influence sur le caractère espagnol se fait sentir durant plus de deux cents ans. Leur nombre aussi, durant la dernière partie du temps où

---

(1) Il fut défendu dans l'*Index expurgatorius*, Madrid, 1667, in-fol. p. 863.

(2) Je prends de bonne foi, comme il le faut, la date de l'apparition de la version espagnole de Montalvo comme l'époque des premiers succès de l'*Amadis de Gaules*, en Espagne, et non la date de l'original portugais. La différence est d'un siècle environ.

elles furent en vogue, est considérable. Il dépasse soixante-dix, presque toutes in-folio, chacune ayant souvent plus d'un volume, reproduite plus souvent encore par des éditions successives ; circonstance qui, à une époque où les livres étaient comparativement rares, et les réimpressions peu fréquentes, prouve que leur popularité s'étendit aussi loin qu'elle se continua longtemps.

C'est un résultat auquel on devait peut-être s'attendre jusqu'à un certain point, dans un pays où les institutions et les sentiments chevaleresques ont poussé des racines aussi solides qu'en Espagne. En effet, quand les romans de chevalerie firent leur première apparition, l'Espagne était depuis longtemps la terre privilégiée de la chevalerie. Les guerres contre les Maures, qui avaient fait de chaque gentilhomme un soldat, devaient nécessairement conduire à ce résultat, auquel contribua aussi l'esprit de liberté des corporations municipales. Ces corporations, dans la période immédiate, furent dirigées par les grands, qui se maintinrent indépendants, dans leurs châteaux, autant que le roi l'était sur son trône. Un tel état de choses était certainement reconnu, dès le treizième siècle, alors que les *Parties*, avec leur législation détaillée et minutieuse, pourvoient à la condition d'une société qu'on ne devait pas aisément distinguer de celle que nous montrent l'*Amadis* ou le *Palmerin* (1). Le *Poëme* et la *Chronique du Cid*, plus anciennement, d'une manière indirecte, c'est vrai, mais aussi forte, témoignent d'un pareil état social dans la Péninsule ; il en est de même des vieilles romances et des autres souvenirs des traditions et des sentiments nationaux au quatorzième siècle.

Au quinzième, les chroniques sont toutes animées du même esprit, qu'elles traduisent par les formes les plus graves et les plus imposantes. Ce sont de dangereux tournois, auxquels prennent part les principaux seigneurs du pays et même les rois, qui s'offrent constamment à nous, et qu'on nous cite parmi les événements les plus importants du siècle (2). A la passe d'armes près d'Orbigo, sous le règne de don Juan II, quatre-vingts chevaliers, comme nous l'avons

---

(1) Voyez les lois si curieuses qui constituent le titre xxxi de la deuxième Partie, contenant les règles les plus minutieuses sur tous les actes de la Chevalerie, et expliquant même la manière dont un chevalier doit se laver, s'habiller, etc.

(2) Dans la *Chronique de D. Juan II*, on raconte vingt ou trente tournois. On en cite aussi un grand nombre dans la *Chronique d'Alvaro de Luna*, et généralement dans toutes les histoires de l'Espagne contemporaine, durant le quinzième siècle. En l'année 1428, il y en eut seulement quatre, dans deux desquels il y eut des morts. Tous ces tournois se livraient sous les auspices et avec l'autorisation de la couronne.

vu, sont tout prêts à risquer leur vie pour un simulacre de galanterie aussi fantastique que celle qu'on rapporte dans quelques romans de chevalerie : folie qui n'est certainement pas l'unique exemple (1). N'allez pas croire que leurs extravagances se bornèrent à leur patrie. Sous le même règne, deux chevaliers espagnols allèrent, jusqu'en Bourgogne, publiquement, à la recherche d'aventures qui se combinaient étrangement avec un pèlerinage à Jérusalem, et ils considérèrent les deux entreprises comme des exercices religieux (2). Enfin, sous le règne de Ferdinand et d'Isabelle, Fernando del Pulgar, leur savant secrétaire, nous donne les noms de plusieurs gentilshommes distingués, qu'il connaissait lui-même personnellement, et qui s'en allèrent en pays étrangers « à facer armas con qualquier caballero que « quisiese facerlas con ellos, e por ellas ganaron honra para si, é « fama de valientes y esforzados caballeros para los fijodalgos de Cas- « tilla (3). »

Cet état social fut le résultat naturel du développement extraordinaire que les institutions de chevalerie avaient reçu en Espagne. Une partie était le propre de ce siècle, et cette partie fut salutaire ; le reste n'était que chevalerie errante, et chevalerie errante dans son extravagance la plus délirante. Or, quand l'imagination des hommes s'excite au point de tolérer et de conserver, dans leur vie quotidienne, des mœurs et des institutions semblables à celles dont nous parlons, ils ne peuvent manquer de trouver des charmes aux audacieuses et libres peintures d'un état social correspondant dans des livres remplis de fictions romanesques. Mais on va plus loin : quelque extravagance et même quelque impossibilité qu'il y ait dans plusieurs des aventures que nous rapportent les livres de chevalerie, elles semblent excéder si peu les absurdités que l'on voyait fréquemment ou que l'on

---

(1) Voyez la relation du *Paso honroso*, déjà citée, et les détails de la *Chronique de D. Juan II*, sur une autre passe d'armes, ouverte à Valladolid par Rui Diaz de Mendoza, à l'occasion du mariage du prince Henri, en 1440, et qui fut interrompue par ordonnance royale, à cause des fatales conséquences qu'elle pouvait avoir (*Chronique de D. Juan II*, année 1440, ch. xvi).

(2) *Ib.*, année 1435, ch. iii.

(3) « Faire des armes avec tout chevalier qui voudrait se mesurer avec eux, et, par là, ils gagnèrent de l'honneur pour eux-mêmes et la réputation de vaillants et courageux chevaliers pour les hidalgos de Castille. » *Hommes illustres de Castille*, tit. xvii. Dans le même passage, il tire vanité de ce que les chevaliers espagnols qui partaient à la recherche des aventures en des pays étrangers étaient plus nombreux que les chevaliers étrangers qui venaient en Castille et dans le royaume de Léon : fait très-important pour le sujet qu'il traite.

racontait de personnes connues et vivantes, qu'un grand nombre de personnes prit les romans eux-mêmes pour des histoires véritables et qu'on y ajouta foi. Ainsi Mexia, l'historiographe si digne de foi de Charles-Quint, nous dit, en 1545, en parlant des *Amadis*, des *Lesuart* et des *Clarians :* « Pido agora esta atencion y aviso, pues lo « suelen prestar algunos à las trufas y mentiras de Amadis y de Li- « suarte y de Clarianes, y otros portentos, que con tanta razon de- « vian ser desterrados de España como cosa contagiosa y dañosa á la « república, pues tan mal hacen gastar el tiempo á los auctores y « lectores dellos (1). » Il ajoute que « leurs auteurs perdent leur temps et consument leurs facultés à écrire des livres pareils qui sont lus par tous et crus par plusieurs. » Et plus loin : « Il y a des hommes qui pensent que toutes ces choses sont réellement arrivées s'ils les lisent ou s'ils les comprennent, bien que la plus grande partie soit criminelle, profane et indécente (2). » Un autre chroniqueur, Julian del Castillo, nous raconte gravement, en 1587, que Philippe II, lors de son mariage avec Marie d'Angleterre, quarante ans avant, promit que, si le roi Arthur venait réclamer le trône, il céderait tranquillement à ce prince tous ses droits, paroles qui impliquent, au moins chez Castillo lui-même, et probablement chez plusieurs de ses lecteurs, la foi dans les histoires d'Arthur et de sa Table-Ronde (3).

Tant de crédulité nous semble, il est vrai, impossible aujourd'hui, même en la supposant réduite à un petit nombre de personnes intelligentes, et même quand, dans l'admirable esquisse de croyance facile aux histoires de chevalerie de la part de l'aubergiste et de la Maritorne de Don Quichote, il nous est démontré que cette croyance s'étendait sur la masse du peuple (4). Mais, avant de refuser notre assentiment aux assertions de chroniqueurs aussi sincères que Mexia, sur la simple supposition que ce qu'ils rapportent est impossible, nous devons nous rappeler qu'au siècle où ils vivaient, des hommes avaient l'habitude de croire et d'affirmer, chaque jour, des choses

---

(1) « Je demande maintenant cette attention et ce soin, puisqu'il s'en trouve qui les prêtent d'ordinaire aux contes et mensonges d'Amadis, de Lisuart, de Clarianes, et à d'autres énormités qui devraient être bannies de l'Espagne avec tant de raison, comme des choses contagieuses et nuisibles à la république, puisqu'elles font perdre le temps si mal à propos à leurs auteurs et à leurs lecteurs. »

(2) *Histoire impériale*, Anvers, 1561, in-fol., folios 123, 124. La première édition est de 1545.

(3) Pellicer, *Note à D. Quichote*, part. I, ch. XIII.

(4) *Id.*, part. I, ch. XXII.

non moins incroyables que les faits rapportés par les vieux romans. L'Église espagnole maintenait alors la foi par des miracles dont le constant retour exigeait de ceux qui y croyaient plus de crédulité que les fictions chevaleresques; aussi combien peu en trouvait-on qui manquaient de foi! Combien peu doutaient des récits arrivés jusqu'à eux, et de l'impossibilité des exploits de leurs pères, durant les sept siècles de leur lutte contre les Maures, ou des glorieuses traditions de toute sorte qui font encore le charme de leurs belles vieilles chroniques, traditions que nous regardons d'un coup d'œil comme aussi fabuleuses que les récits des Palmerin et des Lancelot!

Quoi que nous pensions de cette croyance aux romans de chevalerie, ce qui ne fait pas question pour l'Espagne, c'est que, durant le seizième siècle, il y régna pour eux une passion telle qu'on ne peut la trouver nulle part ailleurs. Les preuves nous en arrivent de tous côtés. La poésie en abonde, depuis les romances chevaleresques qui vivent encore dans la mémoire du peuple, jusqu'aux vieilles comédies qui ont cessé d'être représentées, jusqu'aux vieilles épopées que l'on a cessé de lire. Les coutumes nationales, les vêtements nationaux, plus singuliers, plus pittoresques que dans les autres pays, nous en apportent encore une empreinte des plus sûres. Les vieilles lois aussi ne parlent pas moins clairement. La passion pour de telles fictions devint cependant si forte et parut si dangereuse, qu'en 1553, on en défendit l'impression, la vente ou la lecture dans les colonies américaines, et qu'en 1555, les Cortès demandèrent sérieusement que la défense s'étendît à l'Espagne elle-même, et que tous les exemplaires existants de romans de chevalerie fussent publiquement brûlés (1). Enfin, un demi-siècle plus tard, l'ouvrage le plus heureux du plus grand génie que l'Espagne a produit nous témoigne à chaque page la puissance d'un enthousiasme absolu pour les livres de chevalerie, et il devient, pour ainsi dire, le sceau de leur immense popularité et le monument de leur destinée.

---

(1) L'empereur abdiqua cette même année, et cette abdication empêcha ces questions et d'autres pétitions des Cortès de recevoir une solution. Quant aux lois que nous avons citées plus haut et aux autres preuves de l'influence et de la puissance des romans de chevalerie jusqu'à l'époque de l'apparition du *D. Quichote,* voyez la Préface de Clémencin dans l'édition qu'il a donnée de ce livre.

CHAPITRE XIII.

Le théâtre. — L'ancien théâtre des Grecs et des Romains se conserva, avec ses formes rudes et plus populaires, à Constantinople, en Italie, et dans plusieurs autres parties de cet empire démoli et se démolissant encore, se conserva, dis-je, jusqu'au moyen âge. Mais, sous quelque déguisement qu'il se présentât, il restait essentiellement païen ; la mythologie y régnait, du commencement à la fin, tant pour le ton que pour la substance. De là, par conséquent, l'éloignement et l'opposition de l'Église chrétienne, qui, favorisée par la confusion et l'ignorance des temps, réussit à le détruire. Ce ne fut pas sans une lutte opiniâtre, sans que sa dégradation et son impureté ne l'aient rendu digne de son sort et des anathèmes que prononcèrent contre lui Tertullien et saint Augustin (1).

L'amour des représentations théâtrales survécut cependant à l'extinction de ces misérables restes du drame classique ; et le clergé, attentif à ne pas se rendre lui-même inutilement odieux et à ne pas négliger une occasion favorable d'augmenter son influence, semble avoir volontiers cherché à substituer un autre divertissement à l'amusement populaire qu'il avait détruit. Le spectacle substitué apparut donc bientôt, et, comme il se présenta au milieu des cérémonies et

---

(1) Un évêque de Barcelone fut déposé, au septième siècle, simplement pour avoir permis dans son diocèse la représentation de comédies avec des allusions à la mythologie païenne (Mariana, *Hist.*, liv. VI, ch. III).

des solennités religieuses du temps, son origine fut simple et naturelle. Les plus grandes fêtes de l'Église ont été, pendant des siècles, célébrées avec toute cette pompe que la rude magnificence d'époques si agitées pouvait produire; et maintenant, à cet attrait du passé, elles venaient ajouter partout, de Londres jusqu'à Rome, un élément dramatique. Ainsi la *Crèche de Bethléem*, avec l'*Adoration des Bergers et des Mages*, étaient, à cette époque primitive, solennellement représentées, chaque année, par des objets visibles, devant les autels des églises à la Noël, comme l'étaient les tragiques événements des derniers jours de la vie du Sauveur, durant le Carême et aux approches de Pâques.

De graves abus, déshonorant à la fois le clergé et la religion, se mêlèrent plus tard, ce n'est pas douteux, à ces représentations, soit lorsqu'elles furent données en pantomimes, soit lorsque, par l'addition du dialogue, elles devinrent ce qu'on a appelé des mystères. Mais, dans un grand nombre de contrées de l'Europe, les représentations elles-mêmes, jusqu'à une époque relativement moderne, se trouvent tellement appropriées à l'esprit des temps, que différents papes accordèrent des indulgences spéciales aux personnes qui les fréquentaient, et qu'elles furent ouvertement et heureusement célébrées, non-seulement comme des moyens d'amuser, mais encore d'édifier religieusement une multitude ignorante. En Angleterre, de pareils spectacles prévalurent, pendant quatre cents ans environ, période plus longue que celle qu'on peut assigner au drame national anglais tel que nous le reconnaissons aujourd'hui. En Italie et dans d'autres contrées encore, sous l'influence du Saint-Siége de Rome, ils ont continué d'être, sous quelques-unes de leurs formes, l'amusement et l'édification du peuple, même jusqu'à nos jours (1).

Toutes les traces de l'ancien théâtre romain, excepté les restes d'architecture qui témoignent encore de sa splendeur (2), disparurent, en Espagne, par suite de l'occupation de cette contrée par les Arabes, dont l'esprit national rejetait entièrement le drame. C'est là un

---

(1) Onésime Leroy, *Études sur les Mystères*, Paris, 1837, in-8°, ch. i; De la Rue, *Essai sur les bardes, les jongleurs*, etc., Caen, 1834, in-8°, vol. I, p. 159. — *Anecdotes de Spences*, édit. Singer, Londres, 1820, in-8°, p. 397. C'est à la même classe qu'appartient l'exposition annuelle faite, à l'église d'Ara Cœli, dans le Capitole, à Rome, de la crèche, de l'adoration, et des autres scènes de la Nativité du Sauveur.

(2) A Séville, à Tarragone, Murviedro, Merida, et d'autres villes d'Espagne, on trouve de précieux restes des théâtres et des amphithéâtres.

fait dont on ne peut raisonnablement douter. A quelle époque les représentations plus modernes commencèrent-elles à se faire sur des sujets religieux et sous le patronage ecclésiastique, c'est ce qu'il n'est pas plus facile de déterminer. Elles semblent remonter à une époque bien reculée. En effet, vers le milieu du treizième siècle, ces spectacles n'étaient pas seulement connus, mais ils étaient depuis si longtemps en pratique qu'ils avaient déjà pris des formes différentes et avaient fini par déplaire, à cause de divers abus. C'est ce qui résulte du code d'Alphonse X, composé vers l'année 1260. Après avoir interdit au clergé certains divertissements grossiers, la loi s'exprime ainsi : « Nin deben
« ser facedores de juegos por escarnio (1), porque los vengan á ver
« las gentes como los facen, et si los otros homes los facieren, non
« deben los clerigos hi venir, porque se facen hi muchas villanias et
« desaposturas : nin deben otrosí estas cosas facer en las eglesias,
« ante decimos que los deben ende echar deshonradamente sin pena
« ninguna á los que los fecieren : ca la eglesia de Dios fue fecha para
« orar, et non para facer escarnios en ella : et axi lo dixo nuestro
« señor Jesu Christo en el Evangelio, que la su casa era llamada
« casa de oracion et non debe ser fecha cueva de ladrones. Pero representaciones hi ha que pueden los clerigos facer, asi como de la
« nascensia de nuestro señor Jesu Christo, que demuestra como el
« angel vino a los pastores et dixoles como era nacido, et otro si de
« su aparecimiento como le vinieron los tres reyes adorar, et de la
« resurreccion que demuestra como fue crucificado et resurgió al
« tercer dia. Tales cosas como estas que mueven á los homes
« á facer bien, et haver devocion en la fé, facerlas pueden : et
« demas porque los homes hayan remembranza que segunt aquello
« fueron fechas de verdat ; mas esto deben facer apuestamiente et con
« grant devocion et en las cibdades grandes do oviere arzobispos ó
« obispos, et con su mandado dellos ó de los otros que tovieren sus
« veces, et non lo deben facer en las aldeas nin en los lugares viles,
« nin por ganar dineros con ello (2). » Mais, quoique ces premières

---

(1) *Juegos por escarnio*, telle est l'expression de l'original. Elle est obscure. Nous avons adopté l'interprétation de Martinez de la Rosa, autorité respectable, qui affirme que ce sont des compositions satiriques de peu d'étendue d'où naquirent peut-être plus tard les *entremeses*, intermèdes, et les *sainctes* (Isabelle de Solis, Madrid, 1837, in-12, tom. I, p. 225, not. 13). *Escarnido* dans le *Quichote* (part. II, ch. XXI) s'emploie dans le sens de *escarnecido*, bafoué, *befado*, moqué, *burlado*, mystifié.

(2) Partie I, titre VI, loi 34, édit. de l'Académie. « Ils ne doivent pas faire des compositions satiriques pour que les gens viennent voir comment ils les font, et, si d'autres

représentations religieuses en Espagne, tant mimées que dialoguées, aient certainement été données non-seulement par des ecclésiastiques, mais même par d'autres personnes, avant la moitié du treizième siècle et probablement à une époque antérieure, qu'elles se soient continuées pendant plusieurs siècles après, il ne nous en reste aucun fragment, rien qui nous les fasse connaître distinctement. On ne trouve non plus rien de proprement dramatique, même dans la poésie profane de l'Espagne, jusqu'à la dernière partie du quinzième siècle, bien qu'il y ait eu quelque chose, un peu auparavant, comme on peut le conclure d'un passage de la lettre du Marquis de Santillane au Connétable de Portugal (1) ; de la notice d'une comédie morale du marquis de Villena, perdue maintenant, mais que l'on dit avoir été représentée, en 1414, devant Ferdinand d'Aragon (2) ; et de l'allusion faite par la pittoresque chronique du Connétable de Luna, *Cronica de don Alvaro de Luna*, aux *Entremeses* (3), ou intermèdes, pré-

---

hommes les font, les clercs ne doivent pas y venir, parce qu'on s'y laisse aller à des vilenies et à des grossièretés. Ils ne doivent pas non plus faire ces choses dans les églises ; nous avons déjà dit qu'ils doivent les en bannir honteusement, mais sans peine aucune pour ceux qui les ont faites ; car l'église de Dieu a été élevée pour la prière, et non pour y représenter des pièces satiriques. Jésus-Christ Notre-Seigneur l'a dit dans l'Évangile, sa maison est appelée une maison de prière et ne doit pas être faite une caverne de voleurs. Mais il y a des représentations que les clercs peuvent y donner, telles que la naissance de Notre-Seigneur Jésus-Christ, qui montre comment l'ange apparut aux pasteurs et leur dit comment il était né ; celle de son apparition et de l'arrivée des trois Rois pour l'adorer ; celle de la résurrection, montrant comment il fut crucifié et comment il ressuscita le troisième jour. De telles représentations portant les hommes à faire le bien et à faire profession de leur foi, on peut les donner, surtout pour que les hommes se ressouviennent par là qu'elles ont existé en vérité. Mais on doit les donner avec recueillement et avec dévotion dans les grandes cités où se trouvent archevêques ou évêques, avec leur permission ou avec la permission de ceux qui les remplacent, et on ne doit pas les représenter dans les villages, ni dans des lieux vils, ni pour gagner de l'argent par ces représentations. »

(1) Le Marquis dit que son grand-père, Pedro Gonzalez de Mendoza, qui vivait du temps de Pierre le Cruel, écrivit des poëmes scéniques à la manière de Plaute et de Térence dans des couplets de style des *Serranas*. (Sanchez, *Poésies antérieures*, tom. I, pag. 59.)

(2) Velasquez, *Origines de la poésie castillane*, Malaga, 1754, in-4°, p. 95. Je crois, non sans quelque probabilité, que Zurita fait allusion à cette comédie de Villena, quand il dit qu'il y eut au couronnement de Ferdinand de « grands jeux et intermèdes » (*Annales*, liv. XII, année 1414); sans cela il faudrait supposer qu'il y avait divers genres de divertissements dramatiques, ce qui est possible, mais peu probable.

(3) « Il avait une grande puissance d'imagination et il s'adonna beaucoup à la recherche d'inventions et d'*intermèdes* pour les fêtes, etc. » (*Chronique du Connétable*

parés un peu plus tard, dans le même siècle, par cet orgueilleux favori. Mais toutes ces indications sont encore très-vagues et très-incertaines (1).

Une composition qui se rapproche plus intimement de l'esprit du drame et en particulier de la forme que prit d'abord le drame profane en Espagne, c'est le curieux dialogue intitulé *Coplas de Mingo Revulgo*, Couplets de Mingo Revulgo. C'est une satire, sous la forme d'une églogue, et dans le langage libre et animé des basses classes du peuple, sur la condition déplorable des affaires publiques, durant la dernière partie du règne impuissant de Henri IV. Cette satire semble avoir été écrite vers l'année 1472 (2). Les interlocuteurs

---

D. Alvaro de Luna (édit. Flores, Madrid, 1784, in-8°, titre LXVIII). Nous ne pouvons croire que ces compositions soient les farces joviales connues depuis sous le même nom ; mais il n'est pas douteux que ces pièces n'aient été très-poétiques ni qu'elles n'aient été représentées. Le Connétable fut décapité en 1493.

(1) Nous n'ignorons pas que l'on a fait diverses tentatives pour donner au théâtre espagnol une origine différente de celle que nous lui avons assignée : « 1° le Mariage de doña Endrina et de don Melon » a été cité à cette intention dans la traduction française de la *Célestine* par Delavigne (Paris, in-12, 1841, pp. 5,6). Mais leurs aventures, empruntées, comme nous l'avons déjà vu, de Pamphylus Maurianus, constituent, en réalité, tout simplement un conte tiré d'un vieux dialogue latin, arrangé et répandu par l'archiprêtre de Hita, vers 1335 (Sanchez, tome IV, *Stanc.* 550-865). Mais ce conte ne diffère en rien d'important de tous les autres récits de l'Archiprêtre, et il n'est nullement susceptible d'une représentation dramatique (voyez la préface de Sanchez, tome IV, p. 23, etc,); 2° la « Danse générale de la Mort, » dont nous avons aussi déjà parlé et qui fut écrite vers 1350 (Castro, *Biblioth. espagnole*, tom. I, p. 200, etc.) a été citée par le P. Moratin (*Œuvres édit. de l'Académie*, Madrid, 1830, in-8°, tom. I, p. 112) comme le premier essai de la littérature dramatique espagnole. Mais elle n'est incontestablement pas un drame, c'est un poëme didactique, et ce serait tout à fait absurde de tenter de le mettre sur la scène; 3° la « Comedieta de Ponza, » poëme sur la grande bataille navale livrée, en 1435, près de l'île de Ponza et composé par le marquis de Santillane qui mourut en 1454, a été citée comme un drame par Martinez de la Rosa (*Œuvres littéraires*, Paris, 1827, in-12, tome II, pp. 518, etc.), qui lui assigne la date de 1436; mais ce n'est là, en vérité, qu'un poëme purement allégorique, sous la forme d'un dialogue, et écrit en *couplets d'art majeur*, et dont nous parlerons plus loin ; 4° enfin, Blas de Navarre, dans son Prologue aux comédies de Cervantès (Madrid, 1749, in-4°, vol. I), dit qu'une *comédie* fut représentée en 1469 dans la maison du comte d'Ureña devant Ferdinand et Isabelle, en l'honneur de leur mariage. Or nous n'avons que la *parole* de Blas de Navarre. En outre, il dit ailleurs que la *comédie* en question appartient à Jean de l'Encina, qui, nous le savons, n'était né qu'un an avant la représentation dont il parle. Du reste, le mariage, presque secret, de ces illustres personnages avait lieu dans un moment si plein d'anxiété qu'il est peu vraisemblable qu'il ait été célébré par des fêtes solennelles et des farces. (Voyez l'*Histoire de Ferdinand et d'Isabelle*, par Prescott, part. I, chap. III.)

(2) « Stances de Mingo Revulgo, » souvent imprimées au quinzième et au seizième

sont deux bergers : l'un s'appelle Mingo Revulgo, par corruption du nom Domingo Vulgus, et il représente le peuple; l'autre s'appelle Gil Arribato, ou Gil l'Élevé, et il représente les hautes classes. Gil parle avec l'autorité d'un prophète qui, tout en déplorant la ruineuse condition de l'État, ne laisse pas de déverser une grande partie du blâme sur la multitude qui l'a, comme il dit, par sa faiblesse et ses fautes, laissé tomber sous la conduite d'un pasteur aussi dissolu, aussi indolent. Le poëme commence par les exclamations d'Arribato, qui, voyant, un dimanche matin, de loin, Revulgo mal vêtu et l'air morne, s'écrie :

> A Mingo Revulgo, Mingo !
> A Mingo Revulgo, hao !
> Que es de tu sayo de blao ?
> No le vistes en domingo ?
> Que es de tu jubon bermejo ?
> Porque traes tal sobrecejo ?
> Andas esta madrugada
> La cabeza desgreñada :
> No te llotras de buen rejo (1) ?

Revulgo répond que l'état du troupeau gouverné par un berger si incapable est la cause de sa misérable condition. Alors, sous l'allégorie, il entreprend une satire mordante, mais vraie, contre les mesures du gouvernement, la bassesse et la lâcheté du caractère du roi, sa scandaleuse passion pour sa favorite portugaise, et contre l'indolence et l'indifférence ruineuse du peuple, et il finit par l'éloge du contentement que l'on trouve dans une honnête médiocrité. Le dialogue entier ne se compose que de trente-deux stances de neuf vers chacune, mais il produisit une grande impression dans son temps. Il a été souvent imprimé, dans le siècle suivant, et il a été deux fois éclairci par de savants commentaires (2).

---

siècle, avec les belles stances de G. Manrique. Les éditions dont j'ai fait usage sont de 1588, 1632, et celle qui se trouve à la fin de la « Chronique de Henri IV » (Madrid, 1787, in-4°, édit. de l'Académie) avec le commentaire de Ferdinand del Pulgar.

(1) Ohé ! Mingo Revulgo, Mingo ! — Ohé ! Mingo Revulgo, ohé ! — Qu'est devenu ton sayon bleu ? — Ne le mets-tu pas le dimanche ? — Qu'est devenue ta jaquette vermeille ? — Pourquoi ce sourcil froncé ? — Tu marches ce matin — la tête bien basse : — Ne te nourris-tu pas d'amers soucis ?

(2) Velasquez (*Origines*, pag. 52) suppose que Mingo Revulgo est une satire contre D. Juan II et sa cour; mais elle s'applique plus naturellement et plus véritablement à l'époque de Henri IV, et on l'a toujours regardée comme dirigée contre cet infortuné monarque. La sixième strophe semble évidemment faire allusion à sa passion pour Doña Guiomar de Castro.

Son auteur a prudemment caché son nom et il n'a jamais été absolument connu avec certitude (1). Les premières éditions supposent, en général, que cet auteur a été Rodrigo Cota, le Vieux, de Tolède, à qui l'on attribue aussi un *Dialogo entre el Amor y un viejo*, Dialogue entre l'Amour et un vieillard, qui est de la même époque, et qui, non moins animé, est encore plus dramatique. Il commence par nous représenter un vieillard retiré dans une pauvre chaumière, située au milieu d'un jardin négligé et détruit. Soudain, l'Amour apparaît devant lui, et le vieillard de s'écrier :

> Cerrada estaba mi puerta ;
> A que vienes? por do entraste?
> Di, traidor, como saltaste
> Las paredes de mi huerta ?
> La edad y la razon
> De ti me habian libertado ;
> Deja al pobre corazon
> Retraido en su rincon
> Contemplar en lo pasado (2).

Il continue à lui faire un triste récit de sa condition et une description encore plus triste de l'Amour, et l'Amour lui répond avec un grand sang-froid :

> En tu habla cuentas
> Que no me has bien conocido (3).

---

(1) Les strophes de Mingo Revulgo ont été primitivement attribuées à Jean de Mena, célèbre poëte de ce temps (Nicolas Anton., *Bibl. nov.*, tom. I, p. 387) ; malheureusement pour cette conjecture, Jean de Mena était précisément du parti opposé. Mariana, qui trouva assez d'importance à cette satire de Revulgo pour la citer en parlant des troubles du règne de Henri IV, déclare (*Histoire*, liv. XXIII, ch. VII, tom. II, p. 475) que ces stances furent composées par Hernando de Pulgar, le chroniqueur ; mais il ne produit aucune raison à l'appui de cette opinion. Le seul fait qui puisse y faire croire, c'est que Pulgar leur ajouta un commentaire rendant leur allégorie plus intelligible, ce que n'aurait pu faire tout autre écrivain qui n'aurait pas été tout à fait initié à la pensée et aux intentions de l'auteur. Voyez la dédicace qu'il fait de son « Commentaire » au comte de Haro et la préface qui le précède. Il faut aussi consulter sur ce point Sarmiento, « Mémoires pour l'histoire de la poésie et des poëtes espagnols, » Madrid, 1775, in-4°, § 872. Quel que soit, toutefois, l'auteur des stances, le Mingo Revulgo fut dans son temps un poëme populaire et important, ce n'est pas douteux.

(2) Fermée était ma porte ; — Pourquoi viens-tu? par où es-tu entré? — Dis, traitre, comment as-tu franchi — Les murs de mon jardin? — L'âge et la raison — De toi m'avaient délivré ; — Laisse le pauvre cœur — Retiré dans son coin — Contempler le passé.

(3) Par ton langage tu prouves — Que tu ne m'as pas bien connu.

La discussion se continue et l'Amour finit, par conséquent, par gagner l'avantage. Le vieillard reçoit la promesse de voir son jardin restauré et sa jeunesse revenir : mais, quand il s'est rendu à discrétion, il est traité avec l'ironie la plus sanglante par son vainqueur, de ce qu'il pense, à son âge, se donner encore des charmes pour être heureux en amour. Tout le dialogue est sur un ton léger, disposé avec une grande ingénuité : quoiqu'il soit susceptible de représentation, comme d'autres églogues, rien n'assure qu'il ait jamais été représenté. Ainsi que les couplets de Mingo Revulgo, ce dialogue ressemble tellement aux pastorales qui ont été, nous le savons, jouées publiquement comme des drames, quelques années plus tard, que l'on peut raisonnablement supposer qu'il a eu quelque influence pour préparer les voies à ce genre (1).

L'œuvre qui contribua ensuite à la fondation du théâtre espagnol fut la *Celestina*, la Célestine, histoire dramatique, contemporaine des poëmes que nous venons de faire connaître, et probablement, en partie, ouvrage de la même main. C'est une composition en prose, en vingt et un actes ou parties, intitulée dans l'origine *Tragi-comedia de Calixto y Mœlibea*, Tragi-comédie de Calixte et Mélibée ; et, quoique son étendue et même sa structure fassent croire qu'elle n'a jamais pu être représentée, son esprit et son mouvement dramatique ont laissé des traces non équivoques (2) de son influence sur le drame national constitué depuis.

---

(1) Le « Dialogue entre l'Amour et un Vieillard » fut imprimé, je crois, pour la première fois, dans le Cancionero général de 1511. Il est joint aux « Stances de George Manrique, » 1588 et 1632. Voyez Nicolas Antonio (*Biblioth. Nov.*, tom. II, pp. 263-264) pour des détails sur Cota. Que ce « Dialogue » ait influé quelquepeu sur la création du drame, qu'il semble l'annoncer, c'est ce que l'on peut jusqu'à un certain point conclure de sa ressemblance avec une des églogues de Jean de l'Encina, commençant par les mots « Vamonos, Gil, al aldea, » qui fait clairement allusion au commencement du dialogue de Cota. Le passage de l'Encina est le *villancico* final commençant par ces vers :

> Ninguno cierre las puertas
> Si Amor veniese á llamar
> Que no le ha aprovechar.

Que personne ne ferme les portes ; — Si Amour vient à appeler, — Il n'en retirera nul profit.

(2) Dans l'original les divisions s'appellent *actes* ; mais on ne peut, à proprement parler, donner le nom d'*actes* ni de *scènes* aux parties qui composent la « Célestine. » En effet, son auteur mêle de la manière la plus confuse et dans un *même* acte des conversations qui ont nécessairement commencé au *même* moment dans des endroits *différents*. Ainsi, au XIVe acte, nous avons les conversations de Calixte et de Mélibée

Le premier acte, de beaucoup le plus long, a été probablement écrit par Rodrigo Cota, de Tolède ; dans ce cas, on peut affirmer sans crainte qu'il a paru vers l'année 1480 (1). Il commence aux environs d'une ville qui n'est pas nommée (2), par une scène entre Calixte, jeune homme d'un rang élevé, et Mélibée, jeune personne de qualité et d'une naissance plus noble encore que Calixte. Ce dernier la rencontre dans le jardin de son père, où il était par hasard descendu à la recherche de son faucon, et Mélibée le reçoit comme une dame espagnole de condition aurait, selon toutes les apparences, reçu en ce siècle un étranger dont le commerce aurait pu lui inspirer de l'amour. Le résultat de cette rencontre fait que le présomptueux jeune homme, mortifié et au désespoir, s'enferme dans sa chambre, au milieu de l'obscurité. Sempronius, son serviteur et son confident, comprend la cause du trouble de son maître et lui conseille de recourir à une vieille femme avec qui ce valet sans principes est secrètement lié et qu'il

---

dans le jardin du père de cette dernière, en même temps que celle des serviteurs qui causent au dehors. Le dialogue est cependant continu, sans la moindre indication de changement de lieu.

(1) Rojas, l'auteur de toute la *Célestine*, à l'exception du premier acte, dit, dans une lettre adressée à son ami, que certaines personnes la supposent l'œuvre de Juan de Mena, et d'autres l'œuvre de Rodrigo Cota. L'absurdité de cette première conjecture a été depuis longtemps démontrée par Nicolas Antonio, tandis qu'on a toujours admis, d'un autre côté, la seconde qui regarde Cota comme l'auteur de ce premier acte. En outre, Alonso de Villegas, dans les vers qui précèdent sa « Selvagia, » 1554, dont nous parlerons plus loin, dit expressément en parlant de Rodrigue Cota : « Quoiqu'il « fût pauvre et de basse extraction, sa science le rendit capable de commencer la « grande *Célestine* achevée depuis par Rojas, génie si heureux qu'on ne pourrait ja- « mais louer assez. » Ce témoignage, jusqu'ici inconnu, semble suffisant pour trancher la question dans le cas actuel.

Quant à l'époque de la composition de la *Célestine*, nous croyons que ce doit être sous le règne de Ferdinand et d'Isabelle. Nous ne pensons pas qu'avant la langue espagnole fût assez développée pour qu'une prose pareille fût possible. Une circonstance curieuse toutefois, c'est que Blanco White (*Variétés*, Londres, 1824, in-8°, tom. I, p. 226) s'appuie sur un passage du troisième acte de la *Célestine* pour supposer que Rojas a écrit cette partie avant la chute de Grenade, et que Germond Delavigne (*Célestine*, traduction française, p. 63) prend le même passage pour soutenir qu'il l'écrivit soit durant le siége, soit peu de temps après. Blanco White nous paraît résoudre la difficulté lorsqu'il établit que ces deux parties furent composées avant 1490 ; si à ces conjectures nous ajoutons les allusions aux *auto-da-fé* des actes IV et VI, on peut, avec quelque fondement, fixer la date de la *Célestine* après l'année 1480, où l'Inquisition fut établie. Il n'en reste pas moins beaucoup de doutes à cet égard.

(2) Blanco White donne d'ingénieuses raisons pour supposer que Séville est la cité en question. Comme il y était né lui-même, on peut le croire bon juge en cette matière.

prétend moitié sorcière, moitié maîtresse pour préparer des filtres amoureux. Ce personnage, c'est Célestine. Son caractère, inspiré d'abord par l'esquisse que fait l'archiprêtre de Hita d'une autre femme qui a les mêmes prétentions, se révèle immédiatement dans toute sa puissance. Elle promet sans hésiter à Calixte qu'il obtiendra la possession de Mélibée, et dès ce moment elle s'arroge un contrôle complet sur lui et sur tout ce qui l'entoure (1).

Tel est le point où Cota était arrivé de sa peinture, quand, pour des raisons inconnues, il s'arrête tout court. Le fragment qu'il avait écrit circula cependant et fut admiré ; alors Fernando de Rojas, de Montalvan, bachelier en droit, qui vivait à Salamanque, le recueillit, et, à la demande de quelques-uns de ses amis, d'après ce qu'il nous raconte lui-même, il écrivit le reste, dans quinze jours de vacances. Les vingt actes ou scènes qu'il ajouta au sujet constituent environ les sept huitièmes de la composition entière (2). A-t-il arrangé la conclusion comme l'entendait l'auteur original de l'histoire, c'est ce qu'on ne peut imaginer. Rojas ne savait même pas qui était ce premier auteur, et il ne connaissait évidemment rien du plan qu'il s'était proposé. En outre, la partie qui arriva entre ses mains était, il nous le dit, une comédie, et le reste a un développement si violent et si sanglant qu'il dut appeler l'ouvrage complet une tragi-comédie, nom qu'il a généralement porté depuis et que Rojas inventa peut-être lui-même, comme plus propre pour ce cas particulier. Une circonstance qui s'y rattache ne doit pas toutefois être oubliée, c'est que les différentes parties attribuées aux deux auteurs sont tellement semblables par le style et le fini de la diction qu'elles font conjecturer qu'après tout l'ensemble du livre peut bien être l'œuvre de Rojas, de Rojas qui, pour des motifs tirés peut-être de sa condition d'ecclésias-

---

(1) « La Trotte-Couvents » de Juan Ruiz, archiprêtre de Hita, était déjà connue; elle n'est certainement pas sans ressemblance avec la *Célestine*. De plus, au second acte de *Calixte et Mélibée*, Célestine s'appelle elle-même Trotte-Couvents.

(2) Rojas établit ces faits dans la lettre préliminaire anonyme que nous avons déjà citée et qui a pour titre : « L'auteur à un de ses amis. » Il déclare en outre son nom et se fait connaître comme l'auteur de l'ouvrage, dans un article intitulé : « L'auteur excusant son œuvre, » titre immédiatement suivi des vers dont les lettres initiales forment la phrase suivante : « El bachiller Fernando de Rojas acabó la comedia de Calixto y Melibœa, y fué nascido en la puebla de Montalvan. » « Le bachelier Fernand de Rojas a terminé la comédie de *Calixte et Mélibée ;* il est né dans la ville de Montalvan. » Par conséquent, si nous en croyons Rojas lui-même, il ne peut y avoir de doute sur ce point.

tique, ne voulut pas prendre la responsabilité d'être l'unique auteur de la Célestine (1).

Ce n'est pas là cependant le récit que nous fait Rojas lui-même. Il a trouvé, nous dit-il, le premier acte déjà écrit, et il commence le second par l'impatience de Calixte pressant Célestine de lui obtenir l'accès auprès de la très-noble et très-distinguée Mélibée. Cette femme triviale et vulgaire réussit, en se présentant elle-même à la maison du père de Mélibée, sous prétexte de vendre d'élégantes bagatelles de femme, et, l'entrée une fois obtenue, elle trouve facilement les moyens d'établir son droit au retour. Des intrigues de la pire espèce s'ensuivent entre les domestiques et les serviteurs; et les machinations et les desseins du promoteur de tous ces malheurs font des progrès au milieu d'eux avec une effrayante rapidité. Célestine dirige tout par elle-même, et elle emploie toute sa puissance et toutes ses ressources. Rien ne semble résister à son talent et à son activité malfaisante. Elle parle comme une sainte ou comme un philosophe, suivant qu'il convient à ses projets. Elle flatte, elle menace, elle impose; son génie sans scrupules n'est jamais en défaut. Jamais elle n'oublie, jamais elle ne néglige son objet principal.

Cependant l'infortunée Mélibée, pressée par tout ce que peuvent suggérer l'insinuation et la séduction, finit par avouer son amour à Calixte. Dès ce moment sa destinée est arrêtée. Calixte la visite, la nuit et en secret, suivant le goût de la vieille galanterie espagnole, et l'intrigue marche rapidement à sa fin. En même temps arrive aussi la récompense. Les personnes qui ont secondé Calixte pour favoriser sa première entrevue avec Mélibée se querellent sur le prix qu'il leur a donné : Célestine, au moment de son triomphe, est assassinée par ses misérables agents et associés. Deux d'entre eux cherchent à s'échapper, mais ils sont à leur tour sommairement mis à mort par les officiers de justice. Une grande confusion s'ensuit. Calixte est regardé comme la cause indirecte de la mort de Célestine, puisqu'elle a péri à son service, et plusieurs des agents qui étaient sous la dépendance de cette

---

(1) Blanco White, dans un article critique sur la *Célestine* (*Variétés*, tom. I, pp. 224, 296), exprime cette opinion, que l'on trouve aussi dans la préface de la traduction française de la *Célestine*, par M. Germond Delavigne. Moratin (*Œuvres*, tom. I, part. I, p. 88) ne trouve pas de différence de style dans les deux parties, quoiqu'il les regarde comme l'œuvre d'écrivains différents. Mais le perspicace auteur du « Dialogue des langues » (Mayans et Siscar, *Origines*, Madrid, 1737, in-12, tom. II, p. 165) est d'une opinion opposée, ainsi que Lampillas (*Essai*, Madrid, 1789, in-4º, tom. VI, p. 54).

femme se livrent à une telle indignation que, dans leur soif de vengeance, ils le suivent à la piste jusqu'au lieu du rendez-vous. Une
querelle s'élève entre eux et les serviteurs que Calixte a postés dans
les rues pour sa protection. Il veut courir à leur secours, mais il tombe
du haut d'un escalier et meurt sur le coup. Mélibée confesse son
crime et sa honte, et se précipite la tête la première du haut d'une
tour. Enfin cette horrible et déplorable histoire se termine par les gémissements du père infortuné sur le corps inanimé de sa fille.

Comme nous l'avons indiqué, la *Célestine* est plutôt un roman dramatique qu'un drame proprement dit, ou même une tentative réflé-
chie pour produire un effet strictement dramatique. Quelle qu'elle
soit, l'Europe ne peut rien montrer dans ses théâtres de la même époque qui ait une égale valeur littéraire. C'est une composition partout
pleine de vie et de mouvement. Ses caractères, depuis la Célestine jusqu'à ses valets insolents et menteurs, jusqu'à ses cruels associés fémi-
nins, tous sont développés avec une énergie et une vérité qu'on
trouve rarement dans les meilleures époques du théâtre espagnol.
Le style en est aisé et pur, brillant parfois et abondant toujours en
ces ressources de langue qui constituent le vieux et le vrai castillan ;
style dont n'avait jamais encore, c'est incontestable, approché la
prose espagnole et qui n'a pas été souvent atteint depuis. Par occasion, cependant, un inutile et froid étalage d'érudition nous blesse ;
mais, comme les mœurs grossières de la pièce, cette pauvre vanité est
un défaut qui appartient au siècle.

Le plus grand défaut de la *Célestine*, c'est que de longs morceaux
sont pleins d'un impudent libertinage de pensée et d'expression.
Comment l'autorité ecclésiastique et politique n'intervint-elle pas
pour en prévenir la circulation, c'est là ce qui nous paraît aujourd'hui
difficile à comprendre. C'est probablement parce que la *Célestine* se
prétendait écrite, d'une part, dans l'intention de prémunir la jeunesse contre les séductions et les crimes qu'elle dépeint si librement,
ou, d'un autre côté, parce qu'elle prétendait être un livre dont la
tendance était bonne. Quelque étrange que ce fait nous paraisse aujourd'hui, il est certain qu'on l'accueillit comme telle. Elle fut dédiée à des ecclésiastiques respectables, à des dames illustres et vertueuses, en Espagne et au dehors ; elle semble avoir été généralement
lue, sans honte, par des personnes sages, bien élevées et bonnes.
Aussi, quand ceux qui avaient le pouvoir de corriger furent appelés
à l'exercer, ils abrégèrent leur tâche ; ils ne demandèrent que quelques légers changements, et on laissa la *Célestine* suivre le cours

d'une faveur populaire sans bornes (1). Dans le siècle qui suivit sa première impression, en 1499, siècle où le nombre des lecteurs devait être relativement plus restreint, on peut aisément compter trente éditions environ de l'original, et il est probable qu'il y en eut davantage. A cette époque, ou peu de temps après, elle fut introduite en Angleterre, en Allemagne, en Hollande, et, pour qu'aucune érudition ne fût laissée hors de sa portée, elle parut aussi en latin, langue universelle. Trois fois elle fut traduite en italien et trois fois en français. Le prudent et sévère auteur du *Dialogue des langues*, le protestant Jean Valdès, lui accorde les plus grands éloges (2); Cervantès en fait autant (3). Le nom de Célestine est devenu proverbial comme ces milliers d'expressions et d'adages qu'elle verse avec tant d'esprit et de grâce (4). Enfin il n'y aura pas d'exagération à ajouter que, jusqu'au jour de l'apparition de *Don Quichote*, il n'y eut pas de livre espagnol ni plus connu ni plus lu, tant en Espagne qu'à l'étranger.

Un tel succès fit naturellement naître une longue suite d'imitations, dont la plus grande partie offensèrent la morale et la décence publiques, plus que la *Célestine* elle-même, et qui furent toutes, comme on pouvait s'y attendre, d'une valeur littéraire bien inférieure à leur modèle. L'une, intitulée *La segunda comedia de Celestina*, la seconde

---

(1) Pour des détails sur la première édition connue, celle de 1499, intitulée *Comédie* et divisée en seize actes, voyez un article sur la *Célestine*, par F. Wolf, dans le *Dictionnaire de la Conversation* (Blatter für literarische, etc., 1845, numéros 213-217). Il y a peu de passages retranchés dans les éditions d'Alcalà, 1586; de Madrid, 1595; on n'en a retranché aucun dans l'édition *Plantiana* de la même date. Une observation curieuse, c'est que l'*Index* de 1667 ne note que quelques passages (pag. 948), que l'œuvre entière ne fut pas défendue jusqu'en 1493; qu'on la permit avec des retranchements en 1790, et que la défense formelle ne fut insérée que dans l'*Index* de 1805. Peu de livres prouvent mieux la sagacité et la finesse de l'Inquisition toutes les fois qu'elle jugeait impossible, comme dans le cas actuel, de résister à l'entrainement public. Une traduction italienne, imprimée à Venise en 1525, est très-bien faite, dédiée à une dame, et le texte est sans aucun retranchement. Nous trouvons la liste des éditions originales dans Moratin (*Œuvres*, tom. I, part. I, p. 89), et dans Arribau (*Biblioth. d'auteurs espagnols*, Madrid, 1846, in-8°, tom. III, p. xii). Il faut compléter cette liste en y ajoutant les notices de Brunet, d'Ebert et des autres bibliographes. Les meilleures éditions sont celles d'Amarita (1822) et d'Arribau (1846).

(2) Mayans y Siscar (*Origines*, tome II, p. 167) : « Aucun livre en castillan n'a été écrit dans une langue plus propre, plus naturelle et plus élégante.»

(3) Vers de « El Donoso » en tête de la première partie du *Quichote*.

(4) Covarrubias, *Trésor de la langue castillane* (Madrid, 1674, in-fol. ad verb.)

comédie de Célestine, dans laquelle Célestine se relève du tombeau, fut publiée en 1530 par Feliciano de Silva, l'auteur du vieux roman de *Don Florisel de Niquea*, et obtint quatre éditions. Une autre, par Domingo de Castega, vint s'ajouter aux réimpressions successives de l'original, après 1534. Une troisième, par Gaspar Gomez de Tolède, parut en 1537; une quatrième, dix ans plus tard, d'un auteur inconnu, et intitulée la *Tragedia de Policiana,* en vingt-neuf actes; une cinquième, en 1554, par Juan Rodriguez Florian, en quarante-trois scènes, sous le titre de la *Comedia Florinea;* et une sixième, intitulée *la Selvagia,* en cinq actes, publiée, en 1554, par Alonzo de Villegas. En 1513, Pedro de Urrea, de la même famille que le traducteur de l'Arioste, mit le premier acte de la *Célestine* originale en bons vers castillans et les dédia à sa mère. En 1540, Juan Sedeno, le traducteur du Tasse, rendit le même service au reste de l'ouvrage. Un peu plus tard, des contes et des romans se suivirent, en grand nombre. Les uns, comme *l'Ingeniosa Elena*, l'Ingénieuse Hélène, et la *Flora Malsabidilla*, Flora l'Industrieuse, n'étaient pas sans mérite, tandis que d'autres, comme *la Euphrosina*, l'Euphrosine, vantée plus qu'elle ne mérite par Quevedo, sont peu estimées tout d'abord (1).

---

(1) Puibusque, *Histoire comparée des littératures espagnole et française.* Paris, 1843, in-8°, tome I, p. 478. — L'*Essai* qui précède la traduction française de G. Delavigne. Paris, 1841, in-12. — Montiano y Luyando, *Discours sur les tragédies espagnoles.* Madrid, 1750, in-12, p. 9 et post. ch. XXI. — *La Ingeniosa Helena,* 1613, et la *Flora Malsabidilla,* 1623, sont de Salas Barbadillo, et nous les ferons connaitre plus loin en parlant des romans en prose du dix-huitième siècle. L'*Euphrosine* est de Ferreyra de Vasconcellos, écrivain portugais. Elle fut traduite en espagnol par Ballesteros Saavedra, en 1631 ; nous ne savons pas pourquoi ce dernier prétend qu'elle est anonyme. On la cite souvent comme l'œuvre d'un autre Portugais, Lobo (Barbosa, *Bibl. lusit.*, tom. II, p. 242, et tom IV, p. 143). Quevedo, dans sa préface de la traduction espagnole, semble avoir adopté cette opinion. Mais il n'a pas raison non plus. Lobo ne fit que préparer, en 1613, une édition de l'original portugais.

Quant aux imitations de la *Célestine,* connues, dans le texte, deux peut-être méritent d'être plus particulièrement mentionnées. La première est intitulée *Florinée;* elle fut imprimée à Medina del Campo, en 1554, et, sans avoir certainement l'énergie et la vigueur du livre qu'elle imite, elle se distingue par la pureté et l'élégance du style. — Marcelia est le principal personnage, sorcière impudente et tout à fait éhontée, allant régulièrement à matines et à vêpres, parlant religion et philosophie, alors que sa maison et sa vie sont remplies de ce qu'il y a de plus infâme. Certaines scènes sont d'une indécence plus grande que la *Célestine :* le sujet en est moins désagréable; il finit par un honorable compromis entre Floriano et Belisca, le héros et l'héroïne du drame, et promet pour le mariage une continuation qui n'a jamais paru. La *Florinée* est plus longue que la *Célestine;* elle se compose de 312 pages d'un petit caractère,

Enfin la *Célestine* arriva au théâtre, auquel son caractère original la rendait si propre. Cepeda, en 1582, en tira la moitié de sa *Comedia Selvage*, qui n'est autre chose que les quatre premiers actes de la *Célestine* mis en vers faciles (1). Alfonso Vaz de Velasco, vers 1602, publia un drame en prose intitulé *el Celoso*, le Jaloux, entièrement fondé sur la *Célestine*, dont le caractère est représenté sous le nom ae Lena, avec toute l'énergie et toute la vivacité de l'original (2). Comment réussirent les comédies de Velasco ou de Cepeda, c'est ce qu'on ne nous a pas dit ; mais leur grossièreté et leur indécence furent si

---

imprimées très-fin, petit in-4°. Elle abonde en proverbes et contient parfois des morceaux de poésie d'un goût moins bon que la prose. Son auteur, Rodriguez Florian, dit que, si son œuvre est une *comédie*, il peut être, lui, regardé comme un historien comique (*historiador comico*).

L'autre imitation est la *Selvagia*, d'Alonzo de Villegas, publiée à Tolède, en 1554, in-4°, la même année que la *Florinea*, à laquelle il fait allusion avec l'admiration la plus grande. C'est une histoire des plus ingénieuses. Flesinard, riche gentilhomme de Mexico, s'éprend de Rosiane qu'il a vue au balcon de la demeure de ses parents. Son ami Selvago, instruit de ce fait, s'approche du même balcon et s'éprend d'une autre dame qu'il croit la même que la dame aperçue par Flesinard. De là résulte naturellement une intrigue assez compliquée. Heureusement on découvre que la dame n'est pas la même. Puis, à l'exception des épisodes des serviteurs, les amours subalternes et le bretteur, tout se développe successivement sous la direction d'un principal personnage, copie de la perverse Célestine, et tout finit par le mariage des quatre amoureux. La *Selvagia* n'est pas si longue que la *Florinea* et la *Célestine*. Ce récit ne remplit que soixante-treize feuilles in-4°. Elle est, sans aucun doute, une imitation de l'une et de l'autre. Là rien de ce génie qui a donné le mouvement et la vie à son modèle ; on n'en trouve aucune trace, pas plus qu'on n'y rencontre une égale pureté de style. Certains morceaux déclamatoires, quoique mêlés à une pédanterie ridicule, ont cependant de l'énergie, et le dialogue ne manque pas de grâce et de naturel. Partout s'étale le sentiment religieux et moral, quoiqu'on y respire rarement l'un et l'autre. Nul doute sur l'auteur du livre. Comme l'imitation de la *Célestine* est complète, l'auteur a imité aussi dans son introduction les vers acrostiques dont les initiales forment la phrase suivante : « Alonso de Villegas compuso la comedia *Selvagia* en servicio de su sennora Isabel de Barrionuevo, siendo de edad de veynte annos, en Toledo, su patria. » Singulière offrande à une femme que l'on aime ! La *Selvagia* est divisée en scènes et en actes.

(1) L.-P. Moratin, *Œuvres*, t. I, part. I, p. 280 et post. Period. II, ch. xxviii.

(2) Le nom de cet auteur semble un peu incertain, puisqu'on l'a écrit de deux ou trois manières différentes : Alfonso Vaz, Vazquez, Velasquez et Uz de Velasco. Je le donne tel que je le trouve dans Nicolas Antonio (*Bibl. Nov.*, t. I, p. 52). Cette comédie est insérée dans l'édition des *Origines du théâtre espagnol*, par Eug. Ochoa (Paris, 1838, in-8°). Certains caractères sont admirablement peints : tel est celui d'Inocencio, qui rappelle parfois l'inimitable Domine Samson de Walter Scott. Il en parut une édition à Milan, en 1602, édition qui fut probablement précédée d'une autre, publiée en Espagne, ainsi qu'il arrivait alors pour tous les livres espagnols édités à l'extérieur, et certainement suivie de l'édition de Barcelone, en 1613.

grandes qu'elles ne purent être longtemps tolérées par le public, si elles le furent par l'Église. Le type essentiel de *Célestine*, son caractère tel que l'avaient primitivement connu Cota et Rojas, continua de se produire sur la scène dans quelques comédies, telles que la *Célestine* de Mendoza, la *Seconde Célestine* d'Augustin de Salazar, et l'*École de Célestine* par Salas Barbadillo, écrites toutes après l'année 1600, comme toutes les autres qui se sont produites depuis. Même de nos jours, un drame, contenant de cette histoire tout ce que le public moderne pouvait en écouter, a été reçu avec faveur, en même temps que la tragicomédie originale paraissait elle-même digne d'être remarquée, à Madrid, avec les leçons et les variantes qui éclaircissent le texte, et d'être de nouveau traduite en français et en allemand avec une certaine fraîcheur et une certaine énergie (1).

Par conséquent l'influence de la *Célestine* ne semble pas encore toucher à sa fin, quoiqu'elle ne mérite d'être étudiée que comme la représentation vivante de la forme la plus indigne du caractère humain, dans un style d'une pureté, d'une richesse et d'une nature castillane des plus singulières.

---

(1) Custine, *l'Espagne sous Ferdinand VII*, troisième édition, Paris, 1838, in-8°, t. I, p. 279. L'édition de la *Célestine* avec ses variantes est l'édition de Madrid, 1822, in-8°, par Léon Amarita. La traduction française est celle que nous avons déjà citée de G. Delavigne, Paris, 1841, in-12. La traduction allemande, qui est très fidèle et très-exacte, est de Edw. Bülow (Leipzig, 1843, in-12). On trouve des traces de la *Célestine* dans le théâtre anglais, depuis 1530 (Collier, *Histoire de la poésie dramatique*, etc., Londres, 1831, in-8°. Tom. II, p. 408). Il existe en outre une traduction anglaise faite par James Mabbe (Londres, 1631, in-fol.), remarquable par la beauté de son style et ses idiotismes anglais. Dans Brunet, Ebert et d'autres bibliographes, nous trouvons citées les trois traductions françaises du seizième siècle, les trois traductions italiennes, plusieurs fois réimprimées, une autre en latin et une autre en allemand, dont nous avons déjà parlé.

CHAPITRE XIV.

La *Célestine*, ainsi que nous l'avons donné à entendre, ne produisit que peu d'effet, et pas même immédiatement, sur les rudes essais du drame espagnol. Son influence ne fut peut-être pas aussi grande que celle des dialogues de *Mingo Revulgo* et de l'*Amour et du Vieillard*. Mais, prises ensemble, ces trois compositions nous conduisent indubitablement au véritable fondateur du théâtre séculier, en Espagne, à Juan de l'Encina (1), né probablement au village dont il porte le nom, en 1468 ou 1469, et élevé à l'université voisine de Salamanque, où il eut la bonne fortune de gagner la protection de son chancelier, l'un des membres de l'illustre famille d'Albe. Bientôt après il vint à Madrid, et, à l'âge de vingt-cinq ans, nous le trouvons attaché à la maison de Fadrique de Tolède, premier duc d'Albe, à qui Juan de l'Encina dédie, ainsi qu'à la duchesse, un grand nombre de ses poésies. En 1496, il publie la première édition de ses œuvres, divisées en quatre parties, dédiées successivement à Isabelle, au duc et à la duchesse d'Albe, au prince don Juan et à don Garcia de Tolède, fils de son protecteur.

Un peu plus tard, Juan de l'Encina vient à Rome, où il se fait prêtre, et son habileté dans la musique lui fait obtenir la direction de

---

(1) Son nom se trouve écrit de diverses manières dans les différentes éditions de ses œuvres : Encina en 1496, Enzina en 1509 et dans d'autres.

la chapelle de Léon X, le plus grand honneur que le monde pût offrir alors à cet art. Dans le cours de l'année 1519, il fit un pèlerinage de Rome à Jérusalem, avec Fadrique Afan de Ribera, marquis de Tarifa. A son retour, en 1521, il publia une pauvre relation poétique de ses dévotes aventures, accompagnée de grands éloges pour le marquis, et terminée par l'expression de son bonheur de vivre à Rome (1). Dans un âge plus avancé, ayant reçu cependant un prieuré dans le royaume de Léon en récompense de ses services, il retourna dans son pays natal, en 1534, à Salamanque, dans la cathédrale de laquelle on peut probablement encore voir son monument (2).

Six éditions de la collection de ses œuvres ont été, pour le moins, publiées de 1496 à 1516, preuve évidente que, pour le temps où il vivait, il avait joui de la popularité à un degré remarquable. Elles contiennent une grande quantité d'agréables poésies lyriques, chansons et *villancicos*, dans le vieux style populaire de l'Espagne, et deux ou trois poëmes descriptifs, principalement une *Vision del templo de la Fama y glorias de Castilla*, Vision du temple de la Renommée et des gloires de Castille, où Ferdinand et Isabelle reçoivent les plus grands éloges, et sont traités comme s'ils étaient ses protecteurs. La plus grande partie de ses petits poëmes ne sont que de légères preuves de son talent, qu'il montre dans des occasions particulières ; mais les œuvres les plus importantes qu'il nous a laissées sont ses compositions dramatiques, formant la quatrième partie de son Cancionero.

____

(1) Nous avons de ce voyage une édition de Madrid (1786, in-8°) composée de 100 pages. A la fin se trouve un sommaire de l'ensemble dans une romance de dix-huit pages qui semble avoir été préparée pour le peuple. Cette dernière n'appartient peut-être pas à Encina. Un pèlerinage semblable, partie dévotieux, partie poétique, fut entrepris, un siècle plus tard, par Pedro de Escobar Cabeza de la Vaca, qui en publia la relation en 1587, in-12, à Valladolid. Elle est composée de vingt-cinq chants en vers blancs et a pour titre : *Lucero de la Tierra Santa*. L'auteur alla et revint par la voie d'Égypte, et à Jérusalem il se fit chevalier du Temple. Le récit de ce qu'il a vu et entendu, curieux sans doute pour l'histoire de la géographie, respire la liberté d'esprit poétique la plus grande qu'on puisse imaginer. La plus grande partie, malgré sa versification, pourrait être facilement changée en noble et pure prose castillane, et plusieurs passages auraient alors un mérite considérable.

(2) La meilleure biographie de Juan de l'Encina se trouve dans l'« Allgemeine Encyclopædie der Wissenschaften und Künste (*Encyclopédie universelle des sciences et des arts*, » section première. Leipzig, in-4°, tom. XXXIV, pp. 187-189. Elle est de Ferdinand Wolf, de Vienne. Voyez aussi une autre notice de l'Encina, notice très-satisfaisante, par Gonzalez de Avila, dans son *Histoire de Salamanque* (Salamanque, in-4°, liv. III, ch. xxii), où Encina est appelé « hijo desta patria, » enfant de cette patrie, c'est-à-dire, de Salamanque.

Ces compositions, Encina lui-même les appelle *Représentations*. Dans l'édition de 1496 il y en a neuf, tandis que dans les deux dernières il y en a onze, dont une porte la date de 1498. Elles sont de la nature de l'églogue, quoique l'une soit intitulée *Auto* (1), on dirait difficilement pourquoi : elles furent représentées devant le duc et la duchesse d'Albe, le prince don Juan, le duc de l'Infantado, et devant d'autres personnages distingués, énumérés dans les notices qui les précèdent. Toutes ces pièces sont écrites dans une des formes de la vieille versification espagnole. Dans toutes il y a du chant, et dans une de la danse. Elles ont, par conséquent, plusieurs des éléments constitutifs du drame séculier espagnol, dont on ne peut retrouver une origine plus ancienne, par un autre monument authentique existant aujourd'hui.

Deux choses sont à remarquer quand on considère les efforts dramatiques de Juan de l'Encina, comme fondateur du théâtre espagnol. La première, c'est leur structure interne et leur caractère essentiel. Ce ne sont des églogues que pour la forme et le nom, et non pour la substance et l'esprit. Encina, dont les récits poétiques de ses voyages en Palestine prouvent qu'il possédait des connaissances littéraires, commence par traduire ou plutôt par paraphraser les dix églogues de Virgile, en les accommodant aux événements du règne de Ferdinand et d'Isabelle, ou aux variations de fortune de la maison d'Albe (2). De là il passe aisément à la composition d'églogues qui devaient être représentées devant ses protecteurs et leurs amis de la

---

(1) « Auto del Repelon, » Acte de la Bagarre ; c'est une querelle survenue sur le marché de Salamanque entre des étudiants de l'Université et quelques bergers. Le mot *auto* vient du latin *actus*, et a été appliqué à toute cérémonie solennelle, parfois même d'une nature et d'un caractère différents, tels que les *autos sacramentales* de Corpus Christi et les *autos da fé* de l'Inquisition. Voyez Covarrubias, *Trésor de la langue castillane*, et ce que nous dirons plus tard sur les drames de Lope de Vega dans la deuxième période. En 1514, Encina publia à Rome un drame intitulé « Placida y Victoriano », qu'il appelle une *églogue*, et qui est fort estimé par l'auteur du « Dialogue des langues. » Mais, dès 1559, il se trouve compris dans « l'Index expurgatoire ; » on le voit encore dans celui de 1667, p. 733. Il est probable qu'il n'en reste aucun exemplaire.

(2) Elles furent peut-être représentées ; toutefois on ne peut en produire d'autre preuve que celle de voir leur auteur accommoder le dialogue à la condition de certains personnages, reconnus pour avoir fait partie de son auditoire dans d'autres circonstances semblables. Ainsi, dans la première, le berger Tysir s'adresse souvent au roi ; dans la cinquième, on y parle de la mort du prince de Portugal ; la sixième est une espèce d'admonestation adressée au prince D. Juan, fils des Rois Catholiques, et ainsi de suite.

cour. En les donnant, il se rappelle naturellement les représentations religieuses, si populaires en Espagne depuis le règne d'Alphonse X, et qui ont toujours accompagné les grandes solennités de l'Église. Six de ses églogues, par conséquent, suivant que le demande l'ancienne coutume, ne sont, en réalité, que des dialogues des plus simples, représentés soit à la Noël, soit à Pâques, soit durant le carnaval, soit durant le carême. Dans l'un, on introduit la crèche de Bethléem; dans un autre, le saint Sépulcre; l'on y montre aussi les funérailles du Sauveur. Toutes semblent avoir été jouées dans la chapelle du duc d'Albe, quoiqu'il y en ait deux dont le ton et le caractère n'ont certainement rien de religieux.

Les cinq églogues restantes sont tout à fait profanes : trois roulent sur une espèce d'histoire romantique; la quatrième montre un berger dans un tel désespoir amoureux qu'il se donne lui-même la mort; la cinquième nous représente un jour de marché, avec les farces et les plaisanteries auxquelles se livrent paysans et étudiants, spectacle dont Encina avait dû jouir assez souvent durant son séjour à Salamanque. Ces cinq églogues se relient, par conséquent, d'une manière à ne pas s'y méprendre, au drame profane espagnol qui arrive, pendant que les six premières regardent en arrière les vieilles représentations religieuses du pays.

Le second fait qu'il faut noter dans leur examen, et qui prouve leur part dans la constitution primitive du théâtre profane en Espagne, c'est qu'elles ont été réellement jouées. Presque toutes parlent de ce fait dans leurs titres, elles mentionnent parfois les personnes présentes, et plus d'une fois elles font allusion à Encina lui-même comme s'il avait rempli en personne l'un des rôles. Rojas, dont l'autorité est si grande dans tout ce qui touche au théâtre, déclare expressément la même chose. Il assigne une même date à la chute de Grenade, à la découverte de Colomb et à l'établissement du théâtre en Espagne par Encina; événements auxquels il semble accorder presque une égale importance, pénétré qu'il est du véritable esprit de sa profession comme acteur (1). L'année précise de cette fonda-

---

(1) Augustin de Rojas, *Voyage divertissant,* Viage entretenido, Madrid, 1614, in-12, fol. 46, 47, en parlant des drames bucoliques de Juan de l'Encina représentés devant les ducs d'Albe, de l'Infantado, etc., dit expressément qu'ils furent « les premiers représentés. » Rojas ne naquit que vers 1577, mais il consacra toute sa vie au théâtre, et il semble avoir été plus familier avec son histoire que tout autre auteur de son temps.

tion nous est donnée par un antiquaire érudit du temps de Philippe IV (1), qui écrit : « Año de 1492 commençaron en Castilla las « compañias á representar publicamente comedias por Juan del En- « zina (2). » De sorte que c'est de cette année, de la grande année de la découverte de l'Amérique, que nous pouvons sûrement dater la fondation du théâtre profane espagnol.

N'allez pas toutefois supposer que ces *Représentations* de Juan de l'Encina, comme il les appelle lui-même, aient un grand intérêt dramatique. Au contraire, elles sont grossières et faibles. Quelques-unes n'ont que deux ou trois interlocuteurs, sans aucune prétention à l'intrigue ; aucune n'a plus de six personnages, ni rien de ce qu'on peut considérer comme constituant proprement un drame. Dans une de ces pièces, composée pour la Nativité, les quatre bergers sont en réalité les quatre évangélistes, et Saint Jean remplit en même temps le rôle du poëte. Il entre le premier en scène, et parle lui-même, comme poëte, dans un discours trop plein de vaine gloire. Il n'oublie pas cependant les éloges au duc d'Albe, son protecteur, personnage redouté en France et en Portugal, *dentro en Francia é en Portugal*, nations avec lesquelles les rapports politiques de l'Espagne n'étaient pas alors très-solides. Matthieu le suit ; il blâme Jean de sa vanité, lui disant que toutes ses œuvres ne valent pas deux oboles, *sus obras todas no valen dos pajas*, à quoi Jean répond que, pour la poésie pastorale et la plus élevée, il défie tout compétiteur ; et il annonce que, dans le courant du mois de mai prochain, il publiera des compositions prouvant qu'il est quelque chose de plus qu'un poëte bucolique. L'un et l'autre conviennent que le duc et la duchesse sont d'excellents maîtres, et Matthieu désire entrer aussi à leur service. Quand le dialogue en est à ce point, Luc et Marc arrivent, et, après une courte préface, ils annoncent la naissance du Sauveur comme dernière nouvelle. Tous les quatre alors parlent au long sur cet événement, et font des allusions à l'Evangile de saint Jean, comme s'il

---

(1) Rodrigue Mendez de Silva, *Catalogue de la généalogie royale d'Espagne*, à la fin de sa *Population de l'Espagne* (Madrid , 1675, in-fol., fol. 250 verso). Mendez de Silva fut un auteur très-érudit, qui a laissé de nombreux volumes. Voyez sa vie dans Barbosa (*Bibl. lusit.*, tom. III, p. 649), où se trouve inséré le sonnet de Lope de Vega à la louange du savoir déployé dans le *Catalogue royal*. L'expression, *en public*, ne doit s'appliquer toutefois qu'aux représentations données dans les maisons de protecteurs d'Encina, et non à d'autres, comme nous le verrons plus tard.

(2) « En l'année 1492, les compagnies commencèrent, en Castille, à représenter publiquement des comédies de Juan de l'Encina. »

était déjà connu, puis ils finissent par se déterminer à un voyage à
Bethléem (1), après avoir chanté un *villancico* ou chant champêtre dont
le ton est trop léger pour être religieux. Toute l'églogue est courte et se
renferme dans moins de quarante stances rimées de neuf vers chacune,
y compris le refrain lyrique de la fin qui forme un chœur pour chaque
stance et qui n'est pas sans une certaine animation poétique (2).

Cette églogue appartient à la classe des drames religieux d'Encina.
Une autre, qui fut représentée vers la fin du carnaval, à l'époque
vulgairement appelée, à Salamanque, *Antruejo* (3), semble respirer
plutôt une odeur de paganisme, comme la cérémonie elle-même du
moment. C'est tout simplement un dialogue rustique entre quatre
bergers. Il commence par la description d'une de ces bouffonneries
si communes à l'époque où vivait Encina, et qui consistait en une
bataille simulée dans le village, entre le Carnaval et le Carême, et
finissant par la déconfiture du Carnaval. Mais le sujet principal
de cette scène représentait une véritable bacchanale où les quatre
bergers buvaient et mangeaient à l'envi. La pièce se terminait, comme
les autres églogues, par un *villancico* où *Antruejo*, sans qu'on puisse
aisément en donner la raison, était traité comme un saint (4).

---

(1) Les *villancicos* conservèrent longtemps, en Espagne, la forme pastorale et quelque chose du caractère dramatique. Au mariage de Philippe II, à Ségovie, en 1570,
« neuf enfants de chœur, en habits de berger, sortirent, bien habillés, du sanctuaire
et chantèrent un villancico en dansant. » (Colmenares, *Hist. de Ségovie*, Ségovie, 1627,
in-fol. p. 558.) En 1600, quand Philippe III visita cette même ville, « les enfants de
chœur lui firent encore entendre des *villancicos* » (*ibid.*, p. 594).

(2) C'est l'églogue qui commence par « Dios salva acá buena gente, » et qui est insérée au fol. 103 du *Cancionero* de toutes les œuvres de Juan de l'Encina, imprimé à
Salamanque, le vingtième jour du mois de juin 1496 (116 feuilles in-fol.). Elle fut
représentée devant le duc et la duchesse d'Albe, qui, le jour de Noël, assistaient à
matines dans leur chapelle. L'églogue suivante : « Dios mantenga, Dios mantenga, »
fut représentée au même endroit, le même jour, à vêpres.

(3) « Ce mot, dit Covarrubias, dans son *Trésor de la langue castillane*, est usité à
Salamanque et signifie Carnaval. Dans les villages, on appelle ce dernier *Antruydo*.
Ce sont certains jours avant le carême, jours qui se ressentent un peu du paganisme
et des fêtes dites saturnales. » Plus tard, *Antruejo*, d'expression proverbiale, devint un
mot reçu. Villalobos l'emploie vers 1520, dans son piquant dialogue entre le duc et le
médecin : « Y el dia de Antruejo, » etc. (*Œuvres*, Saragosse, 1544, in-fol. 35). Le Dictionnaire de l'Académie l'a admis et le définit ainsi : « les trois derniers jours de Carnaval. »

(4) L'églogue « Antruejo, » commençant ainsi, « Carnal fuera ! Carnal fuera ! »
rappelle la vieille romance « Afuera, afuera, Rodrigo ! » On la trouve au folio 85 de
l'édition de 1509. Elle est précédée d'une autre églogue « Antruejo », représentée devant
le duc et la duchesse d'Albe, commençant par « O triste de mi cuytado, » (fol. 83), et
finissant par un *villancico* plein d'espoir de la paix avec la France.

Entièrement opposée aux deux pièces que nous venons de faire connaître, est la représentation du Vendredi Saint, où deux ermites, sainte Véronique et un ange sont mis en scène. Elle commence par la rencontre des deux ermites, qui se saluent réciproquement. Tout en marchant ensemble, le plus vieux dit au plus jeune, avec la douleur la plus profonde, que le Sauveur a été crucifié ce jour-là, et convient avec lui d'aller visiter le saint Sépulcre. Au milieu de leur conversation, sainte Véronique se joint à eux, leur fait le récit de la crucification avec des touches d'un pathétique dénué d'artifice, et leur montre, en même temps, le mouchoir où le portrait du Sauveur s'est miraculeusement imprimé lorsqu'elle a essuyé la sueur de son agonie. Arrivés au sépulcre, qui était une espèce de monument du *Corpus Christi* dans la chapelle des ducs d'Albe où la représentation avait lieu, ils se prosternent, et un ange qu'ils trouvent leur explique les mystères de la mort du Sauveur. Alors tous ensemble, dans un *villancico*, ils louent le Seigneur et se réconfortent par la promesse de la résurrection (1).

Mais les sujets où Juan de l'Encina s'approche le plus de la composition dramatique sont ceux qu'on trouve dans deux églogues intitulées : *El Escudero que se tornó pastor*, et *Los Pastores que se tornaron palaciegos*, l'Écuyer qui devint berger, et les Bergers qui devinrent courtisans ; églogues que l'on peut prendre ensemble et examiner comme n'en formant qu'une seule, quoique, dans sa simplicité, le poëte les ait séparées et les ait rendues indépendantes l'une de l'autre (2). Dans la première, une bergère coquette se montre disposée à recevoir Mingo, l'un des bergers, pour son amoureux, jusqu'au moment où se présente un écuyer enjoué qu'elle préfère accepter, après une belle discussion, mais à la condition qu'il deviendra berger. La transformation s'opère sans cérémonie, et, avec elle et avec le *villancico* accoutumé, la pièce finit. La seconde églogue nous montre, dès le début, l'écuyer déjà fatigué de la vie pastorale et occupé à persuader à tous les bergers, un peu sur le ton de Touchstone dans *As*

---

(1) Elle commence ainsi : « Deo gracias, padre onrado ! » et se trouve au fol. 80 de l'édition de 1509.

(2) Ces deux églogues sont : « Pascuala, Dios te mantenga ! » (fol. 86), et « Ha, Mingo, quedaste atras, » (fol. 88). Elles furent, sans aucun doute, représentées l'une après l'autre, avec un intervalle, comme celui qui existe entre les actes d'une comédie moderne, pendant lequel Juan de l'Encina présenta au duc et à la duchesse un exemplaire de ses œuvres, leur promettant de ne plus composer de poésies, à moins que Leurs Seigneuries ne l'ordonnassent.

you like it, Comment le trouvez-vous, d'aller à la cour et de devenir courtisans. Dans le dialogue qui suit, il trouve l'occasion opportune, qu'il ne néglige pas, de faire la satire des mœurs de la cour et l'éloge naturel et charmant de la vie des champs. Mais l'écuyer en arrive à ses fins. Les bergers changent leurs vêtements et se livrent gaiement à leurs aventures, chantant comme conclusion finale un spirituel *villancico* en l'honneur de la puissance de l'amour, qui peut ainsi transformer les bergers en courtisans et les courtisans en bergers.

Le passage le plus poétique des deux églogues est celui où Mingo, le meilleur des bergers, n'est pas encore assez convaincu pour abandonner la vie heureuse des champs à laquelle il est habitué, où il décrit ses doux plaisirs et ses ressources, avec un sentiment de la nature et une tendresse pastorale plus expressive qu'on ne les trouve partout ailleurs dans ces singuliers dialogues.

> Cata, Gil, que las mañanas
> En el campo ay gran frescor,
> E tiene muy gran sabor
> La sombra de las cabañas.
>
> Quien es ducho de dormir
> Con el ganado de noche
> No creas que no reproche
> El palaciego biuir :
> ¡O qué gasajo es oyr
> El sonido de los grillos;
> É el tañer de los caramillos !
> No ay quien lo pueda dezir.
>
> Ya sabes que gozo siente
> El pastor muy caluroso
> En beuer con gran reposo
> De bruças agua en la fuente :
> O de la que va corriente
> Por el cascajal corriendo,
> Que se va toda riendo :
> ¡O qué prazer tan valiente (1) !

Les deux pièces sont écrites en *redondillas* doubles, formant des octaves de huit syllabes ; réunies, elles contiennent environ quatre

---

(1) Il y a là dans ce passage une simplicité dorienne avec ses mots antiques et riches. Je cite ces strophes comme un spécimen de description fort remarquable pour ces temps : « Regarde, Gil, comme les matinées — Sont à la campagne très-fraiches, — Et avec quel grand plaisir on jouit — De l'ombre des cabanes. — Celui qui a coutume de dormir, — La nuit avec son troupeau, — Ne regrette pas, crois-le, — La vie

cent cinquante vers. Ce total suffit pour montrer la direction que prenait naturellement le talent d'Encina, ainsi que la hauteur à laquelle il pouvait s'élever.

Juan de l'Encina n'est pas seulement regardé comme le fondateur du théâtre espagnol, mais encore comme le fondateur du théâtre portugais. Les premiers essais de ce dernier sont une imitation si complète des siens, ils eurent à leur tour une influence si considérable sur la scène espagnole, qu'ils viennent nécessairement faire partie de son histoire. Ces essais furent l'œuvre de Gil Vicente; ce gentilhomme de noble famille, qui se destinait au droit, abandonna cette première étude et se consacra à la composition dramatique. Il le fit principalement pour divertir les familles de don Manuel le Grand et de don Juan III. On ne sait pas l'année de sa naissance, mais il mourut en 1557. Comme écrivain dramatique, il florissait de 1502 à 1536 (1). Il a laissé en tout quarante-deux pièces, arrangées comme œuvres de dévotion, comédies, tragi-comédies et farces. La plus grande partie, quel que soit leur nom, ne sont, en réalité, que de petits drames ou des églogues religieuses. Prises collectivement, elles sont encore ce qu'il y a de meilleur dans la littérature dramatique portugaise.

La première chose qui nous frappe dans l'examen de ces compositions, c'est que leur forme est entièrement espagnole, c'est que la plupart d'entre elles sont écrites en langue espagnole. Dans le nombre total, dix, en effet, sont en castillan, quinze le sont, en tout ou en partie, et dix-sept sont entièrement en portugais. Quelle est la cause de ce fait, c'est ce qui n'est pas facile à déterminer. Les deux langues avaient entre elles, sans aucun doute, une grande affinité. Les écrivains de chaque nation, et les Portugais en particulier, se sont très-fréquemment distingués dans l'emploi de l'une et de l'autre. Mais ces derniers n'ont jamais, à aucune époque, admis que leur langue fût moins riche ou moins propre à tous les genres de composition que celle de leurs fiers rivaux. Peut-être est-il arrivé à Gil Vicente de voir les cours des deux pays unies récemment par des mariages réciproques;

------

des palais : — Oh! quelle joie d'entendre — Le chant du grillon — Et les airs des chalumeaux! — Il n'y a personne qui puisse le dire! — Tu sais le plaisir qu'éprouve — Le berger brûlé par la chaleur, — A boire tranquille, — Penché sur le bord d'une fontaine — Ou à la source vive — Qui serpente à travers les cailloux — Et qui tressaille en courant : — Oh! quel plaisir si grand! » (Édit. 1509, fol. 90.)

(1) Barbosa, *Bibliot. Lusit.*, tom. II, p. 383, etc. Les dates de 1502 et de 1536 sont prises de la préface ou introduction que le fils de Gil Vicente mit à ses *Obras de Devoção*, son premier ouvrage, et à la *Floresta de Engñaos*, son dernier.

le roi don Manuel s'accoutumer à entourer sa personne de Castillans pour le divertir (1) ; une reine espagnole (2) sur le trône ; ou de juger convenable de suivre, dans le langage comme en d'autres choses, la direction de son maître, Juan de l'Encina. Quoi qu'il en soit, il est certain que Gil Vicente, qui est né et qui a vécu en Portugal, doit être mis au nombre des auteurs espagnols, comme au nombre des écrivains portugais.

Son premier essai date de 1502 ; il fut fait à l'occasion de la naissance du prince don Juan, plus tard Juan III (3). C'est un monologue, en espagnol, ayant plus de cent vers, prononcé devant le roi, la reine mère et la duchesse de Bragance, probablement par Vicente lui-même, dans la personne d'un berger. Ce berger entre dans la chambre royale, s'adresse à la reine mère, et il est suivi de nombreux bergers qui portent des présents pour le prince nouveau-né. La poésie

---

(1) Damião de Goes, *Chronique de D. Manuel.* Lisbonne, 1747, in-fol., part. IV, chap. LXXXIV, p. 595. « Trazia continuadamente na sua corte choquareiros castillanos. — Il amenait continuellement à sa cour des jongleurs castillans. »

(2) Il se maria en l'année 1500 (*ibid.*, p. 1, chap. LXXXVI). Comme la plus grande partie des vers castillans de Gil Vicente sont composés dans la pensée d'être agréable aux reines d'Espagne, je ne peux convenir avec Rapp (*Manuel de l'histoire de la littérature*, 1846, pag. 341. *Pruth's literarhistorich Taschenbuch*) que Gil Vicente employa le castillan dans ses églogues pastorales, comme un idiome rustique et vulgaire. En outre, s'il en avait été ainsi, comment peut-il se faire que Saa de Miranda et Camoëns, deux des quatre grands poëtes du Portugal, sans parler d'une multitude d'autres nobles portugais, aient écrit parfois en castillan ?

(3) Le plus jeune des fils de Vicente publia les œuvres de son père à Lisbonne in-fol., en 1532, et leur réimpression in-4°, de 1586, fut tout-à-fait défigurée par l'Inquisition. Elles sont néanmoins au nombre des livres les plus rares et les plus curieux dans la littérature moderne. Je me souviens d'en avoir vu cinq exemplaires à peine, dont un à la bibliothèque de Gottingue et l'autre dans la bibliothèque publique de Lisbonne, le premier in-fol., le dernier in-4°. Les œuvres de Vicente sont devenues si rares que Moratin, à qui il importait beaucoup d'en voir un exemplaire et qui connaissait tout ce que contenaient les bibliothèques de Madrid et de Paris, capitales où il vécut longtemps, n'en avait pas vu un seul, ainsi qu'il résulte de ce qu'il dit au numéro 49 de son *Catalogue des pièces dramatiques.* Nous devons donc beaucoup aux deux Portugais J.-V. Barretto Feio et J.-G. Monteiro, qui ont publié à Hambourg, en 1834, une excellente édition des œuvres de Vicente, en trois volumes in-8°. Ils se sont surtout servis de l'exemplaire de Gottingue. Dans cette édition (vol. I, p. 1) se trouve le monologue dont nous avons déjà parlé, et qui est placé le premier dans le texte parce que, dit le fils, c'est la première chose que fit l'auteur et qui se représenta en Portugal. Il dit aussi que la représentation eut lieu la deuxième nuit après la naissance du prince. Par conséquent, le premier drame profane portugais dut être représenté le 8 juin 1502, puisque Juan III naquit le 6 (*Chronique de D. Manuel.* Part. I, chap. LXII).

est pleine de simplicité, de fraîcheur, de vivacité ; elle exprime les sentiments de surprise et d'admiration qui pénètrent naturellement des âmes si rustiques, la première fois qu'elles entrent dans une résidence royale. Considéré comme la flatterie d'un courtisan, l'essai réussit. Dans une notice modeste ajoutée par le fils de Vicente, nous apprenons que cette pièce était la première des compositions de son père et la première des représentations dramatiques données en Portugal ; qu'elle plut tellement à la reine mère qu'elle fit demander à l'auteur de la répéter le jour de la Noël, en l'adaptant à la naissance du Sauveur.

Vicente comprit que la reine désirait un divertissement semblable à ceux qui la charmaient d'ordinaire, à la cour de Castille, quand Juan de l'Encina apportait sa contribution aux fêtes de la Nativité. Il composa donc, pour la Noël, une pièce qu'il appela un *auto pastoril*, un acte pastoral, dialogue où il entre comme interlocuteurs quatre bergers et Luc et Matthieu. Ce n'est pas seulement la forme de l'Églogue de l'Encina qu'il emploie, la crèche de Bethléem qu'il introduit, comme l'avait fait ce poëte, mais ce sont ses vers qu'il imite encore avec la plus grande liberté. Cet essai plut aussi à la reine, et, sur l'autorité de son fils, nous savons même qu'elle demanda une autre composition à Vicente, composition qui fut représentée la nuit de la fête des Rois, en 1503. Cette demande ne fut pas la seule pour la négliger : Vicente la fit suivre de quatre autres pastorales pour de semblables circonstances dévotieuses, ce qui porte en général à six le nombre de ces poésies. Toutes sont en espagnol, toutes sont des églogues religieuses, représentées avec des chants et des danses, devant le roi don Manuel, la reine, et devant d'autres personnages de distinction, et elles doivent toutes être regardées comme des imitations des églogues de Juan de l'Encina (1).

---

(1) Les éditeurs de Hambourg ont noté les passages où Vicente imite ou copie Juan de l'Encina (vol. I, *Essai*, p. 38). En effet, la ressemblance est trop palpable pour ne pas être remarquée. Un auteur contemporain de Gil Vicente, Garcia de Resende, qui a compilé le Cancionero portugais de 1517, le note aussi et il dit, dans ses vers tout à fait incohérents sur les événements de son époque :

> E vimos singularmente
> Fazer representaçõcs
> De stilo muy eloquente,
> De muy novas invençõcs
> E feitas por Gil Vicente.
>
> Elle foi o que inventou
> Isto ca e o usou

De ces six pièces, dont trois ont été, nous le savons, écrites en 1502 et 1503, et les trois autres probablement un peu plus tard, la plus curieuse et la plus caractéristique est celle qui porte pour titre : *Auto de la Sibyla Cassandra,* acte de la Sibylle Cassandre, représenté dans l'opulent et vieux monastère d'Enxobregas, le jour de Noël, devant la reine mère. C'est une églogue, en espagnol, de plus de huit cents vers, et écrite en stances très-souvent employées par Encina. Cassandre l'héroïne, dévouée à la vie pastorale, est encore supposée être une espèce de prophétesse laïque qui a eu des pressentiments que la naissance du Sauveur approche. Elle entre donc en scène, où elle reste, jusqu'à la fin, le point central autour duquel gravitent sept autres personnages formant un groupe qui ne manque pas d'un certain art. A peine a-t-elle manifesté sa résolution de ne pas se marier, que Salomon apparaît, lui déclare son amour, et lui dit, avec la plus grande simplicité, qu'il a tout arrangé avec ses tantes pour que leur mariage ait lieu dans trois jours. Cassandre, nullement intimidée par cette nouvelle, persiste dans son intention de rester célibataire : en conséquence Salomon va chercher les tantes pour qu'elles viennent à son aide. Pendant son absence, Cassandre chante les vers suivants :

> Dizen que me case yo,
> ¡ No quiero marido, no !
>
> Mas quiero vivir segura
> Nesta tierra a mi soltura,
> Que no estar en ventura
> Si casaré bien o no :
>
> Dizen que me case yo,
> ¡ No quiero marido, no !
>
> Madre no seré casada
> Por no ver vida cansada
> O quizá mal empleada
> La gracia que Dios me dió :

> Cõ mais graça e mais doctrina;
> Posto que Joan del Enzina
> O pastorel começou.

Et nous vîmes singulièrement — Se faire des représentations — D'un style très-éloquent — D'inventions toutes nouvelles — Et faites par Gil Vicente. — Ce fut lui qui inventa ces sujets ou qui en usa — Avec plus de grâce et de science ; — Puisque Juan de l'Encina — La pastorale commença.

(Micellanées et Variétés historiques, à la fin de sa Chronique de Jean II. Lisbonne, 1622, in-fol., folio 104.)

Dizen que me case yo,
¡ No quiero marido, no !

No sera, ni es nacido
Tal para ser mi marido :
Y pues que tengo sabido ,
Que la flor yo me la só.

Dizen que me case yo,
¡ No quiero marido, no (1) !

Les tantes, appelées Cimeria, Peresica, Erutea, qui ne sont autre chose que les Sibylles de Cumes, de Perse et d'Érythrée, viennent avec le roi Salomon et s'efforcent de persuader Cassandre à consentir à son amour. Elles mettent sous ses yeux ses mérites et ses prétentions, l'excellence de ses intentions, la bonté de son caractère et sa haute condition ; elles ne réussissent pas à la convaincre. Alors Salomon, au désespoir, va chercher ses trois oncles Moïse, Abraham et Isaïe, avec lesquels il revient immédiatement. Dès qu'ils entrent, ils se mettent tous les quatre à danser une espèce de danse enragée en chantant :

Sañosa esta la niña,
¡ Ay Dios ! ¿ quien le hablaria ?

En la sierra anda la niña
Su ganado á repastar,
Hermosa como las flores,
Sañosa como la mar.

Sañosa esta la niña,
¡ Ay Dios ! ¿ qien le hablaria (2) ?

Les trois oncles s'efforcent d'abord de ramener leur nièce à des sentiments plus dociles, mais ils échouent. Moïse entreprend alors de

---

(1) « On me dit de me marier, — Je ne veux point d'un mari, non ! — J'aime mieux vivre tranquille, — Dans cette terre et à ma guise — Que de courir l'aventure — De me marier bien ou non : — On me dit, etc. — Mère, je ne serai point mariée — Pour ne pas voir une vie fatiguée, — Où peut être mal employée — La grâce dont Dieu m'a douée : On me dit, etc. — Il ne naîtra pas, il n'est pas né, — Celui qui pourrait être mon mari, — Et puisque je sais déjà — Que la fleur, c'est moi qui la suis,— On me dit de me marier,— Non, je ne veux point d'un mari, non ! » (Gil Vicente, œuvres, Hambourg, 1834, in-8°, tom. I, p. 42.)

(2) Salomon, Isaïe, Moïse et Abraham chantent tous quatre les couplets suivants : « Furieuse est la jeune fille, — Dieu ! qui lui parlera ? — Sur la sierra va la jeune fille — Faire paître son troupeau. — Elle est belle comme les fleurs, — Furieuse comme la mer. — Furieuse est la jeune fille, — Dieu ! qui lui parlera ? » (*Ibid.*, tom. I, page 46.)

lui montrer, par son histoire de la création, que le mariage est un divin sacrement et qu'elle doit y entrer. Cassandre répond, et, dans le cours d'une discussion des plus piquantes avec Abraham sur les bons maris, elle donne à entendre qu'elle sait que le Sauveur va bientôt naître d'une vierge. Cet augure est confirmé prophétiquement par les trois Sibylles, ses tantes, et Cassandre ajoute alors qu'elle a l'espoir de devenir la mère du Sauveur. Les oncles, choqués d'une telle irrévérence, la traitent d'insensée, et il s'ensuit une discussion théologique et mystique à laquelle tous ceux qui sont présents prennent part, jusqu'à ce que la toile se lève subitement et découvre la crèche de Bethléem avec l'enfant Jésus et quatre anges qui chantent une hymne en l'honneur de sa naissance. Le reste du drame se compose de dévotions appropriées à la circonstance, et il se termine par le gracieux cantique suivant à la Vierge, que l'auteur et les autres acteurs chantent en dansant :

> Muy graciosa es la donzella ;
> ¡ Como es bella y hermosa !
>
> Digas, tu, el marinero,
> Que en las naves vivias,
> Si la nave ó la vela ó la estrella
> Es tan bella.
>
> Digas, tu, el caballero
> Que las armas vestias ,
> Si el caballo ó las armas ó la guerra
> Es tan bella.
>
> Digas, tu, el pastorcico
> Que el ganado guardas
> Si el ganado ó las valles ó la sierra
> Es tan bella (1).

Ainsi finit ce drame singulier (2), amalgame étrange de l'esprit des anciens mystères et du vaudeville moderne : production qui n'est

---

(1) « Pleine de grâce est la donzelle; — Qu'elle est jolie, qu'elle est belle ! — Dis-nous, toi, ô marinier — Qui vivais sur les navires, — Si le vaisseau ou la voile ou l'étoile — Ont cette beauté. — Dis-nous, toi, ô cavalier — Qui les armes revêtais, — Si le cheval ou les armes ou la guerre — Ont cette beauté. — Dis-nous, toi, ô berger, qui gardes le troupeau, — Si le troupeau, ou les monts ou les vallées — Ont cette beauté. » (Vicente, œuvres, tom. I, p. 61.)

(2) Il se trouve dans le tome I, pp. 36-62 de l'édition de Hambourg. Quoiqu'il finisse, à proprement parler, comme nous l'avons dit, par le chant à la Vierge, on peut lire à la suite, sous forme d'adieu, le villancete suivant. Ce villancete est exces-

pas sans poésie, où l'on ne voit pas plus d'inconvenance, ni plus d'indécence que dans d'autres drames semblables qui, à cette même époque et dans d'autres royaumes, trouvaient place dans les palais des princes les plus cultivés, et que les personnes les plus religieuses écoutaient avec édification dans les monastères et dans les cathédrales.

Vicente toutefois ne s'arrêta pas là. Instruit et encouragé par ses succès, il écrivit des drames qui, sans habileté dans la construction de leur intrigue, sans aucune idée conforme aux règles du bon sens ou du bon goût, sont encore plus parfaits que tout ce que l'on connaît du théâtre espagnol ou portugais de ce temps. Telle est la *comédie*, comme il l'appelle, qui a pour titre *o Viudo*, le Veuf, jouée devant la cour, en 1514 (1). Elle commence par les plaintes d'un veuf, négociant de Burgos, qui a perdu une épouse fidèle et chérie. Il est d'abord consolé de sa perte par un moine qui emploie les considérations religieuses, et ensuite par un voisin bavard qui, marié à une femme acariâtre, assure son ami qu'après tout il est probable que sa perte n'est pas très-grande. Les deux filles de ce veuf inconsolable se joignent à leur père pour partager son chagrin. Mais leur douleur est adoucie par l'arrivée d'un noble amoureux qui se cache sous le déguisement d'un berger pour mieux approcher d'elles. Ce dernier les

---

sivement curieux ; il nous montre comment, dans ces temps primitifs, le théâtre servait à exciter les passions politiques. Il est évidemment composé dans le but de stimuler l'ardeur de la noblesse présente pour quelque entreprise guerrière où ses services étaient nécessaires ; c'était probablement contre les Maures d'Afrique, puisque le roi D. Manoel n'avait pas d'autre guerre.

¡A la guerra !
Caballeros esforzados ;
Pues los angeles sagrados
A socorro son en tierra
¡ A la guerra !

Con armas resplandescientes
Vienen del cielo volando
Dios y hombre apellidando
¡ A la guerra !

Caballeros esforzados ;
Pues los angeles sagrados
A socorro son en tierra
¡ A la guerra !

On trouve un chant de cette espèce dans un autre drame de Gil Vicente, intitulé : *Exhortation à la guerre*, et représenté en 1513.

(1) *Œuvres*, Hambourg, 1834, in-8°, tom. II, p. 68, etc.

aime d'un amour loyal et sincère, mais il les aime toutes les deux et s'adresse, à peine, à l'une et à l'autre séparément. Son trouble augmente et la crise se déclare, quand le père arrive et annonce que l'une de ses filles va se marier immédiatement et l'autre probablement dans le courant de la semaine. Dans son désespoir le noble amoureux appelle la mort, mais il déclare qu'aussi longtemps qu'il vivra il continuera de servir les deux sœurs avec tendresse et fidélité. Dans cette conjoncture et sans autre avertissement, se voyant dans l'impossibilité de les épouser toutes deux, il propose aux deux prétendues de tirer au sort pour lui, proposition qu'elles modifient en demandant au prince don Juan, alors âgé de douze ans et qui se trouvait parmi les spectateurs, de prendre une décision à leur place. Le prince se décide en faveur de l'aînée, choix qui semble menacer de nouveaux troubles et de nouvelles perplexités, jusqu'au moment où le frère de l'amant déguisé apparaît et consent à épouser la sœur qui reste. Leur père, d'abord déconcerté, accepte bientôt avec plaisir ce double arrangement, et le drame finit par les deux noces et par les exhortations du prêtre qui préside à la cérémonie.

Ce n'est pas là peut-être une intrigue, mais cela en approche. *La Rubena*, jouée en 1521, en approche davantage (1), ainsi que le *Don Duardos*, basé sur l'histoire du *Palmerin d'Angleterre* et d'*Amadis de Gaule* (2) et tiré des romans du même nom. L'une et l'autre amènent sur la scène un grand nombre de personnages, et, si elles n'ont pas encore une action dramatique bien caractérisée, elles nous font entrevoir, dans la plus grande partie de leur structure, les commencements du drame héroïque espagnol, tel qu'il se composa, un demi-siècle plus tard. D'un autre côté, le *Templo d'Apollo* (3), joué, en 1526, en l'honneur du mariage de la princesse Marie de Portugal avec l'empereur Charles-Quint, appartient à la même classe que les comédies allégoriques qui se sont postérieurement produites, en Espa-

---

(1) La « Rubena » est le premier de ses drames, intitulé, on ne saurait dire pourquoi, par Vicente ou par son éditeur, *comédie*. Elle est écrite partie en espagnol, partie en portugais; elle est comprise dans l'Index expurgatoire, de 1667 (p. 464) et plus tard dans celui de 1790.

(2) Ces deux drames, très-longs et tout en espagnol, sont les deux premiers qui portent le nom de « Tragi-comédies » dans le troisième livre des OEuvres de Vicente. Je ne sais quelle raison on peut donner en faveur de cette dénomination.

(3) C'est une autre de ses tragi-comédies, en grande partie, mais non toute, en espagnol.

gne. Les trois *autos* des trois barques qui transportent les âmes en enfer, au purgatoire et au ciel ont évidemment donné à Lope de Vega l'idée et fourni les matériaux d'une de ses premières comédies morales (1). L'*auto* où la Foi explique aux bergers l'origine et les mystères du christianisme (2) peut avoir servi, avec quelques légers changements, à l'une des processions du Corpus Christi, à Madrid, du temps de Caldéron. Toutes ces compositions sont, il est vrai, extrêmement grossières ; mais presque toutes contiennent des éléments du drame qui arrive. Plusieurs d'entre elles, comme *don Duardos*, qui est plus long que la plus longue comédie ne l'est ordinairement, suffisent pour nous montrer quelle était leur tendance dramatique. Le talent réel de Gil Vicente ne consiste pas dans la structure du drame

---

(1) Le premier de ces trois *autos*, actes, la « Barca do Inferno, » la Barque de l'Enfer, fut représenté, en 1517, devant la reine Marie de Castille, dans sa chambre, où, malade, elle souffrait du mal terrible qui l'emporta quelques jours après. Comme la Barque du Purgatoire (1518), elle est écrite en portugais, tandis que le troisième, « la Barque de Gloire » (1519), est écrite en espagnol. Les deux derniers furent représentés dans la chapelle royale. La comédie morale de Lope de Vega, dont l'idée semble empruntée de ces *actes* a pour titre « le Voyage de l'âme, » et se trouve dans le premier livre du « Peregrino en su patria. » Le commencement de la comédie de Vicente ressemble singulièrement aux préparatifs de voyage que fait le Démon dans Lope. En outre, l'idée générale des deux fables est presque la même. Gil Vicente, d'un autre côté, montre souvent que la littérature castillane lui était très-familière. Dans une de ses *farces* portugaises qui a pour titre « Os dos Fisicos » (tom. II, p. 323) nous trouvons les vers suivants :

> En el mes era de mayo
> Vespora de Navidad
> Cuando canto la cigarra, etc.

Imitation parfaite de la romance castillane si connue :

> Per el mes era de mayo
> Quando hace la calor,
> Quando canta la calandria, etc.

Cette romance n'est insérée, que je sache, dans aucune collection imprimée, avant l'année 1555 ou au moins avant 1550, et cependant nous en trouvons des imitations vers 1536, preuve évidente et curieuse de l'étendue de la poésie populaire, gravée dans la mémoire du peuple longtemps avant qu'elle fût écrite et imprimée ; preuve aussi de la manière dont le poète dramatique s'en servait dans les temps primitifs pour ses compositions théâtrales.

(2) Cet « Auto-da-fé, » titre assez étrange, est en espagnol (*Œuvres*, tom. I, pp. 64, etc.). Il en existe un autre en portugais qui fut représenté devant D. Juan III, en 1527, sous le titre encore plus étrange de « Breve sumario da historia de Deos. » — L'action commence à Adam et Ève et finit à Jésus-Christ. (*Ibid.*, tom. I, pp. 306, etc.)

ou dans l'intérêt du sujet; il se montre dans sa poésie, dont il donne des preuves éclatantes, surtout dans les parties lyriques de ses compositions (1).

(1) Jean de Barros, l'historien, dans son « Dialogue sur la langue portugaise » (*Œuvres diverses*, Lisbonne, 1785, in-12, p. 222), fait l'éloge de Gil Vicente pour la netteté des idées et du style, et n'hésite pas à le mettre en parallèle avec l'auteur de la « Célestine, » livre qui n'a pas son égal dans la langue portugaise, ajoute l'écrivain portugais.

CHAPITRE XV.

Pendant que Gil Vicente, en Portugal, donnait ainsi l'impulsion à la littérature dramatique espagnole, impulsion qui, si l'on considère la connexion intime des deux pays et des deux cours, ne peut point n'avoir pas été ressentie, à ce moment, en Espagne, comme elle a été reconnue effectivement plus tard, pendant ce temps, dis-je, l'Espagne ne donnait elle-même presque rien. Durant les vingt-cinq ans qui suivirent la première apparition de Juan de l'Encina, aucun autre poëte dramatique ne semble avoir été encouragé ou excité. Juan de l'Encina suffisait pour satisfaire les rares besoins des rois ou des princes ses protecteurs ; et, comme nous l'avons vu, dans l'une et l'autre contrée, le drame continua d'être un amusement de cour, limité à un petit nombre de personnes du plus haut rang. Le commandeur Escriva, qui vivait à cette époque et qui est l'auteur de quelques beaux vers qu'on trouve dans de vieux Cancioneros (1), écrivit

---

(1) Ses vers touchants commencent par ces mots : « Viens, mort, si cachée, *ven, muerte, tan escondida,* » et sont très-souvent cités, surtout dans le *D. Quichote* (part. II, ch. XXVIII) : ils se trouvent aussi dans le *Cancionero* de 1511. Quant à la composition d'Escriva « Quexa de su Amiga, » on ne la trouve que dans le *Cancionero* de Séville, de 1535 (fol. 175, 6). Escriva lui-même florissait, il n'y a pas de doute, vers les années 1500, 1510. Je ne l'aurais probablement pas cité, si son nom n'avait pas été rattaché aux origines du théâtre espagnol par Martinez de la Rosa (*Œuvres*, Paris, 1827, in-12, tom. II, p. 336). On trouve aussi dans le *Cancionero* d'autres poë-

cependant un dialogue, partie en prose, partie en vers, où il introduit plusieurs interlocuteurs et formule une plainte au dieu d'Amour contre son amante. Or l'ensemble n'est qu'une allégorie, souvent pleine de grâce et de charme dans son style, mais évidemment peu susceptible de représentation. De sorte qu'il n'y a pas de motif de supposer qu'elle a exercé quelque influence sur un genre de composition déjà assez avancé. On peut ajouter une observation semblable sur la traduction de l'*Amphitryon* de Plaute, faite en élégante prose espagnole par Francisco de Villalobos, médecin de Ferdinand le Catholique et de Charles-Quint, traduction imprimée pour la première fois en 1515 (1), et qui ne fut probablement jamais représentée. Tels sont les uniques essais tentés, en Espagne et en Portugal, avant l'année 1517, qui méritent, à l'exception de ceux de l'Encina et de Vicente, d'être rattachés à l'ensemble.

Vers 1517, en effet, ou un peu plus tôt, un nouveau mouvement se fait sentir dans les pénibles commencements du drame espagnol. Circonstance toutefois bien singulière, si les dernières impulsions vinrent du Portugal, l'action actuelle partit de l'Italie, et l'initiative est due à deux Espagnols. Le premier est l'auteur anonyme de la *Cuestion de amor*, de la Question d'amour, roman que nous ferons connaître plus tard, qui fut composé, à Ferrare, en 1512 ; il contient une églogue d'une assez estimable valeur poétique, et qui semble, ce n'est pas douteux, avoir été représentée devant la cour de Naples (2).

Le second est un personnage beaucoup plus important dans l'histoire du drame espagnol, c'est Bartolomé de Torres Naharro, né à Torres, près de Badajoz sur la frontière de Portugal. Après avoir été, pendant quelque temps, captif à Alger, il fut racheté et il vint à Rome, dans l'espoir d'obtenir la faveur, à la cour de Léon X. C'était proba-

---

mes, en dialogue, d'Alphonse de Carthagène, de Porto Carrero et d'autres que l'on ne doit d'aucune manière considérer comme des drames. Clémencin, dans ses notes sur le *Quichote* (t. IV, p. VIII) et dans les *Mémoires de l'Académie royale d'histoire* (t. VI, p. 406), cite un certain Pedro de Lerma comme un des premiers auteurs dramatiques de l'Espagne ; mais ni Nicolas Antonio, ni Moratin, ni Pellicer, ne font mention de ce personnage.

(1) Moratin cite trois éditions distinctes de cet ouvrage (*Catalogue*, n° 20) : la plus ancienne remonte à l'année 1515. Mon exemplaire diffère de ces trois éditions. Il est daté de Çaragoça, 1544, in-fol. et se trouve à la fin des « Problèmes » et des autres œuvres de Villalobos, qui le précèdent aussi dans les éditions de 1543 et de 1574.

(2) L'églogue se compose de vingt-six pages et de six cents vers, dont la plus grande partie sont en stances octosyllabiques, dans l'édition d'Anvers de 1576. Là sont détaillées toutes les circonstances de sa représentation.

blement après 1513, à la même époque par conséquent où Juan de
l'Encina résidait aussi à Rome. Naharro, par sa satire contre les vices de la cour, se rendit impossible à Rome ; il passa à Naples, où il vécut pendant quelque temps sous la protection d'un illustre personnage, Fabricio Colonna, et où nous le perdons de vue. Il mourut dans
la pauvreté (1).

Ses œuvres, publiées par Naharro lui-même pour la première fois,
à Naples, en 1517, étaient dédiées à un noble espagnol, D. Fernando
Davalos, passionné pour les lettres (2), qui avait épousé Victoria Colonna, célèbre poëte. Elles avaient pour titre *Propaladia* ou *Primicias
del ingenio*, Prémices de l'esprit (3). Elles se composaient de satires,
d'épîtres, de romances, d'une lamentation sur le roi Ferdinand, mort
en 1516, et de plusieurs autres mélanges poétiques et surtout de huit
pièces qu'il appelle *Comédies*, et qui remplissent presque tout le volume (4). Naharro se trouvait dans une excellente situation pour amé-
liorer le drame par ses essais, et il y réussit en partie. Au moment
où il écrivait, il s'opérait un grand mouvement littéraire, en Italie et
généralement à la cour de Rome. Les représentations de comédies
étaient, il nous le dit, très-fréquentées (5), et, quoiqu'il semble n'en

____

(1) Cette notice sur Naharro est prise des détails insérés dans la lettre que Juan Ba-
verio Mesinerio a mise en tête de la Propaladia (Séville, 1573, in-8°), et de l'article de
Nicolas Antonio, sur sa vie (*Biblioth. nova*, tom. 1, p. 202).

(2) N. Antonio (Préface de sa *Biblioth. nova*, sect. 29) dit qu'il élevait des jeunes
gens dans l'art de la guerre en leur donnant des livres de chevalerie.

(3) Il les intitula, dit-il au lecteur, « Propaladia a Prothon, quod est primum et Pal-
lade, id est primæ res Palladis. — Propaladia de Prothon, qui est le premier, et Pal-
ladia, c'est-à-dire premières choses de Pallas, à la différence de celles qui, en second
lieu, et avec une étude plus mûrie, pourraient suivre. » D'où l'on peut conclure
qu'elles furent composées durant sa jeunesse.

(4) Je n'ai jamais vu la première édition imprimée à Naples, suivant les uns
(Ebert, etc.), et suivant d'autres (Moratin, etc.) à Rome. Mais, comme Torres Naharro
dédia sa *Propaladia* à un de ses protecteurs de Naples, que son éditeur Mesinerio, qui
connut et fréquenta Naharro, assure que cet ouvrage s'imprima *quelquefois* à Naples, j'ai
attribué la *première* édition à cette ville. Il s'en fit d'autres à Séville, en 1520, 1533 et
1545 ; une à Tolède, 1535 ; une à Madrid, 1593 ; une, sans date, à Anvers. Je me suis servi
de l'édition de Séville, 1533, petit in-4°, et de Madrid, 1573, petit in-8°. La dernière a été
corrigée, elle est suivie à la fin du « Lazarillo de Tormes. » Les éditions primitives ne contiennent que six comédies. Les plus modernes y ajoutent la « Calamita » et la « Aquilana. »

(5) « Viendo assimismo todo el mundo en fiestas de comedias y destas cosas. —
Voyant aussi tout le monde adonné aux fêtes des comédies et de ces représentations. »
— C'est là une des excuses qu'allègue l'auteur dans sa dédicace à D. Fernand Davalos,
pour avoir osé implorer sa protection et lui avoir demandé la permission de lui dédier
ses œuvres.

avoir rien su, le Trissin avait, en 1515, écrit la première tragédie régulière en langue italienne, et communiqué par là à la littérature dramatique une impulsion qui n'a jamais été entièrement perdue depuis (1).

Les huit comédies de Naharro n'apportent pas de fortes preuves qu'il fût familiarisé avec l'antiquité ou qu'il désirât suivre les préceptes et les exemples des anciens. Mais leur auteur nous donne en peu de mots sa théorie sur sa manière de comprendre le sujet d'un drame, théorie qui ne manque pas de bon sens. Horace, dit-il, veut qu'un drame ait cinq actes. Cela lui paraît raisonnable. Considérant, toutefois, que les pauses sont plutôt des repos que toute autre chose, il ne leur donne pas le nom d'actes, mais celui de journées, *jornadas* (2). Quant au nombre des personnes, il n'en veut pas moins de six, ni plus de douze. Quant au bon sens, qui ne veut pas qu'on introduise dans le sujet des matériaux étrangers, qui ne permet pas aux personnages de parler et d'agir d'une manière inconséquente, il soutient qu'il est aussi indispensable que le gouvernail au vaisseau. Toutes ces idées sont excellentes.

Outre ces qualités, ces comédies sont toutes en vers, et elles commencent toutes par une espèce de prologue qu'il appelle *Introyto*, Introït, généralement écrit dans un style agreste et amusant, demandant la faveur et l'attention des spectateurs et leur donnant une analyse du sujet de la pièce qui va suivre.

Quand nous arrivons aux drames eux-mêmes, quoique nous y trouvions, sous certains rapports, un progrès réel sur tous ceux qui les avaient précédés, nous les trouvons, sous d'autres, pleins de rudesse et d'extravagances. Les sujets en sont très-variés. L'un est intitulé *Soldadesca*, Soldatesque; il traite de la manière de faire le recrutement pour le service du Pape à Rome. Un autre, *la Tinelaria* ou *el Comedor de los criados*, Salle à manger des domestiques, met en scène les orgies qui se passent probablement dans le service désordonné de la maison d'un cardinal, maison où règne la dissolution et l'abandon. Un autre, *la Jacinta,* la Jacinthe, nous raconte l'histoire d'une dame qui vivait dans son château, aux environs de Rome,

---

(1) La *Sophonisbe* du Trissin fut écrite, en 1515, quoiqu'elle n'ait été imprimée que beaucoup plus tard.

(2) Les anciens mystères français se divisaient en *journées*, et l'on entendait par *journée* ou travail d'un jour, la représentation qui pouvait se donner dans l'espace de temps accordé par l'Église, pour ce genre de divertissement, dans un seul jour.

où elle retint par force plusieurs voyageurs et choisit un mari parmi eux. Des deux autres, l'une, *la Aquilana*, décrit les aventures d'un prince déguisé qui arrive à la cour d'un roi fabuleux du royaume de Léon, D. Bermudo, et qui obtient la main de sa fille Féliciane, suivant l'usage des vieux romans de chevalerie : l'autre, *la Calamita*, donne le récit des aventures d'une jeune fille dérobée dès son enfance et qui vit dans une condition plus humble (1).

Quelle variété Torres de Naharro a-t-il apportée dans la manière de mettre ces sujets en actes et en vers, quelle différence existe-t-il dans le caractère de ses différents drames, c'est ce que va nous faire mieux comprendre une analyse plus étendue des deux pièces que nous n'avons pas encore mentionnées.

La première est intitulée *la Trofea*, Trophée, écrite en l'honneur du roi de Portugal D. Manuel et des découvertes et des conquêtes faites, sous ses auspices, en Afrique et dans l'Inde. C'est une pièce très-maigre et très-pauvre. Après le prologue, qui se compose de plus de trois cents vers, la Renommée entre au premier acte et annonce que le grand roi a gagné, dans ses guerres saintes, plus de pays que Ptolémée n'en a décrits. Ptolémée, qu'une permission spéciale de Pluton a autorisé à quitter la région des tourments, apparaît tout à coup, et il nie le fait, qu'il est forcé d'admettre après une longue discussion, mais en faisant une réserve qui sauve son honneur. Au deuxième acte, deux bergers viennent sur la scène et la balayent pour le moment où le roi paraîtra. Ils se réjouissent d'abord de la splendeur qui les environne : l'un d'eux s'assied sur le trône et imite grotesquement le curé de son village. Mais bientôt ils se querellent, et leur mauvaise humeur continue jusqu'à ce qu'un page du roi s'interpose et les force de continuer et d'arranger l'appartement. Tout le troisième acte est rempli par le singulier discours d'un interprète, roulant sur vingt rois de l'Orient et de l'Afrique, rois incapables de s'exprimer par eux-mêmes, mais qui avouent, quoique la harangue soit fort ennuyeuse, leur soumission à la puissance du Portugal, soumission que le roi ne juge pas digne d'un mot de réponse. L'acte suivant est absurdement rempli par la réception royale de quatre bergers qui portent en présent un renard, un agneau, un aigle et un coq, et qui expliquent l'allégorie d'une manière assez piquante et assez prolixe. Mais tout

---

(1) Cette jeune fille avait été recueillie par un serviteur fidèle, qui l'éleva comme si elle était sienne, afin de la dérober à la colère du père, qui avait menacé son épouse de tuer l'enfant qu'elle mettrait au monde, si ce n'était pas un garçon.

cela se passe avec aussi peu de réponse de la part du roi qu'il en avait donné lorsqu'on lui a offert l'hommage de fidélité des vingt rois païens. Au cinquième et dernier acte, Apollon transmet des vers, à la louange du roi, de la reine et du prince, à la Renommée, qui en distribue des copies aux spectateurs. Elle en refuse à un des bergers, et il s'élève entre elle et lui une violente dispute. Le berger offre, avec insolence, à la Renommée de répandre les louanges du roi Manuel à travers le monde aussi bien qu'elle, si elle veut lui prêter ses ailes. La déesse y consent : le berger se les adapte et essaye de voler, mais il tombe sur la scène, la tête la première, et cette triste raillerie et un *villancico* terminent la pièce.

L'autre drame, intitulé *Hyménée*, est meilleur et nous fait connaître ce qui devint plus tard le fondement du théâtre national. Son *Introyto* ou prologue, tout grossier qu'il est, ne manque pas d'esprit, principalement dans les parties où, suivant la tolérance particulière du temps, on pouvait agir en toute liberté avec la religion, pourvu que l'on témoignât suffisamment de respect à l'Église. Le sujet est de pure invention, et l'on peut supposer que l'action s'est passée dans une des villes d'Espagne. La scène commence devant la maison de Phébée, l'héroïne, avant l'aurore, au moment où Hyménée, le héros, après avoir déclaré son amour pour la dame, se prépare, avec ses deux serviteurs, à lui donner une sérénade, la nuit suivante. Quand il arrive, les serviteurs se disputent sur leur position, et Borée, l'un d'eux, avoue son amour sans espoir pour Doreste, l'une des suivantes de l'héroïne, passion qui, durant le reste de la pièce, devient la continuelle caricature de la passion de son maître. A ce moment arrive dans la rue le marquis, frère de Phébée, avec ses domestiques : la fuite des autres, qui s'envolent immédiatement, lui laisse peu de doute qu'ils ne se livrassent à quelque tentative amoureuse autour de la maison, et il se retire déterminé à la surveiller avec plus de soin. Ainsi finit le premier acte, qui aurait pu fournir des matériaux à une comédie espagnole du dix-septième siècle.

Au second acte, Hyménée entre avec ses serviteurs et ses musiciens; ils chantent une chanson qui nous rappelle le sonnet de Molière dans le *Misanthrope* et un *villancico* qui n'est guère meilleur. Phébée apparaît alors au balcon, et, après une conversation qui, par sa substance, et souvent même par sa grâce, serait digne de figurer dans la pièce de Caldéron, *Dar la vida por su Dama*, « Donner la vie pour sa dame, » elle promet de recevoir son amoureux la nuit suivante. Quand elle est partie, serviteurs et maître causent un peu ensemble ; le maître se montre très-généreux dans son bonheur. Mais tous s'échappent à l'arrivée du marquis, dont les soupçons sont ainsi pleinement confirmés, et que son page retient avec peine et empêche d'attaquer ceux qui l'offensent.

Le troisième acte est entièrement consacré aux amours des serviteurs. Il est fort amusant, parce qu'il est la caricature des agitations et des perplexités de leurs maîtres : mais il n'avance en rien l'action. Le quatrième fait pénétrer le héros et l'amant dans la maison de la dame, après avoir laissé ses serviteurs l'attendre dans la rue. Ceux-ci se confessent leur couardise l'un à l'autre, et combinent les moyens de fuir si le marquis vient à paraître. Il survient immédiatement. Eux de s'enfuir, mais ils laissent un manteau qui les trahit et les fait connaître. Le marquis reste alors, sans conteste, maître du terrain et l'acte finit.

Le dernier acte commence sans délai. Le marquis, blessé sur le si chatouilleux point d'honneur castillan, le vrai point sur lequel roulent tant de drames espagnols plus modernes, résout de donner en même temps la mort aux deux coupables, quoique leur crime n'ait d'autre gravité que de s'être trouvés secrètement ensemble dans la même maison. Phébée ne nie pas le droit de son frère, mais elle entre, à ce sujet, dans une longue discussion avec lui, discussion dont une partie est touchante et affectueuse, et dont l'autre est tout à fait ennuyeuse. Au milieu de la dispute, Hyménée lui-même se présente ; il explique qui il est, quelles sont ses intentions, et, après avoir admis que, dans la circonstance actuelle, le marquis aurait justement donné la mort à sa sœur, tout s'arrange par le double mariage des maîtres et des domestiques, et la comédie finit par un spirituel *villancico,* en l'honneur de l'amour et de ses triomphes.

Ces deux pièces sont très-différentes et elles marquent les points extrêmes des divers moyens employés par Naharro pour produire un effet dramatique. « En cuanto á los generos de drama, dice, dos me « parecen suficientes para nuestra lengua castellana, á saber : las co- « medias á noticia y la comedia a fantasia (1). » Sans aucun doute, la

____

(1) « Quant aux genres du drame, deux me paraissent, dit-il, suffisants pour notre langue castillane, à savoir, les comédies de choses connues et la comédie d'imagination. » Dans l'avis au lecteur, l'auteur explique ce qu'il entend par comédies *á noticia,* en ajoutant « comédie d'une chose connue et vue en réalité, *de cosa nota e vista en realidad.* » Il développe cette remarque par ses comédies sur la manière dont se recrutaient les serviteurs du cardinal et sur leur vie désordonnée. Ses comédies diffèrent

Trofea appartenait, selon lui, à la première classe. Elle ne respire que les louanges de D. Manuel, monarque réellement grand, qui régnait alors en Portugal ; et certains passages du troisième acte font supposer, non sans un fond de vraisemblance, que la pièce fut représentée à Rome, devant l'ambassadeur de Portugal, le vénérable Tristan d'Acuña. Les bergers grossiers et bouffons, dont le dialogue remplit une si grande partie de cette faible et pauvre action, montrent évidemment qu'il n'était pas sans connaissance de l'Encina et de Vicente, ni sans intention de les imiter, pendant que le reste du drame, la partie que l'on suppose contenir des faits historiques, est, comme nous l'avons vu, encore moins bonne. D'un autre côté, *Hyménée* est un sujet d'un intérêt considérable; elle annonce l'intrigue qui devint plus tard le trait caractéristique et principal du théâtre espagnol. Elle a même son *gracioso* qui fait la cour à la suivante de l'héroïne, rôle qui se trouve aussi dans la *Serafina* du même Naharro, bien qu'un siècle plus tard Lope de Vega l'ait réclamé comme une de ses inventions (1).

Un fait singulier, c'est que ce drame tend à observer la règle des unités; il n'y a qu'une action principale, le mariage de Phébée; il ne s'étend pas au-delà de la période de vingt-quatre heures, et il se passe tout entier dans la rue, devant la maison de la dame, excepté cependant le cinquième acte, qui peut se passer dans la maison, mais c'est douteux (2). L'ensemble repose aussi sur les mœurs nationales, et la comédie conserve le costume et le caractère nationaux. Les meilleurs rôles sont en général les rôles des *graciosos;* il y a des dialogues charmants entre les amoureux, et des passages touchants entre le frère et la sœur. La parodie des domestiques Borée et Doreste, sur la passion du héros et de l'héroïne, est des plus spirituelles. Dans la première scène qui se passe entre eux, nous trouvons le dialogue suivant, qui ne serait pas sans effet s'il était placé dans une comédie de Calderón :

BOREAS.

Pluguiera, señora, á Dios
En aquel punto que os vi

---

extrêmement d'étendue : l'une a deux mille six cents vers, et serait trop longue pour la représentation; l'autre en a à peine douze cents. Malgré tout, elles sont divisées toutes en cinq *journées*.

(1) Dans la dédicace de la *Francesilla*, tome XIII de ses Comédies. Madrid, 1620, in-4°.

(2) *La Aquilana*, absurde par le sujet, se rapproche encore plus de la régularité absolue des formes.

Que quisieras tanto á mi,
Como luego quise á vos.

DORESTA.

Bueno es esso ;
¡ A otro can con esse huesso !

BOREAS.

Ensayad vos de mandarme
Quanto yo podré hazer,
Pues os desseo servir ;
Siquiera por qu'en provarme
Conozcays si mi querer
Concierta con mi desir.

DORESTA.

Si mis ganas fuessen ciertas
De quereros yo mandar,
Quiça de vuestro hablar
Saldrian menos offertas.

BOREAS.

Si mirays,
Señora, mal me tratays.

DORESTA.

¿Como puedo maltrataros
Con palabras ton honestas
Y por tan cortesanas mañas?

BOREAS.

¿Como? ya no osso hablaros,
Que tenéis ciertas respuestas
Que lastiman las estrañas.

DORESTA.

Por mi fé tengo manzilla
De veros assi mortal ;
¿Morireis de aquese mal (1)?

____

(1) « _Borée_. Plut à Dieu, señora, qu'au moment où je vous ai vue, vous m'eussiez autant aimé que je vous ai immédiatement aimée vous-même. — _Doresta_. Tout cela est bon, adressez-vous à d'autres. — _Borée_. Essayez de me commander tout ce que je pourrai faire, tant je désire vous servir ; en m'éprouvant vous reconnaitrez si ma volonté répond à mes désirs. — _Doresta_. Si vous aviez la certitude que j'ai l'envie de vous commander, peut-être il sortirait de votre bouche des offres moins grandes. — _Borée_. S'étonner ainsi, señora, c'est me maltraiter. — _Doresta_. Comment puis-je vous maltraiter, avec des paroles si honnêtes et des manières si fines? — _Borée_. Comment? Je n'ose plus vous parler, vous avez de certaines réponses qui déchirent les entrailles.

BOREAS.

Ne seria maravilla,

DORESTA.

Pues galan,
Ya las toman dó las dan (1).

BOREAS.

Por mi fé, que holgaria
Si como otros mis yguales
Pudiese dar y tomar :
Mas ves, señora mia,
Que recibo dos mil males
Y ninguno puedo dar.

Et Doresta continue jusqu'à ce qu'elle arrive à l'aveu complet qu'elle n'est ni moins blessée ni moins éprise qu'il ne l'est lui-même.

Toutes les comédies de Naharro ont une versification remarquable par sa fluidité et son harmonie, eu égard au temps où il les composa (2). Presque toutes ont des passages où règne un dialogue naturel et facile, en même temps qu'une poésie lyrique des plus animées. Quelques-unes ont trop de licence : deux sont absurdement composées en différentes langues, l'une en quatre et l'autre en six (3),

---

— *Doresta.* Par ma foi, j'ai pitié de vous voir ainsi mortel : mourrez-vous de ce mal? — *Borée.* Il n'y aurait rien d'étonnant. — *Doresta.* Ah! mon galant, on vous le prend comme on vous le donne. — *Borée.* Par ma foi, je serais bien heureux si, comme mes pareils, je pouvais prendre et donner; mais vous voyez, ma señora, que je reçois deux mille maux et que je ne peux pas en causer un. » — *Propalladia,* édit. de Madrid, 1573, in-8°, fol. 222.

(1) *A otro can con esse huesso,* « A autre chien donnez cet os, » c'est un vieux proverbe dont nous avons donné l'équivalent, proverbe qu'on trouve plus d'une fois dans *Don Quichote.* Un peu plus bas, il y en a un autre, *Ya las toman do las dan,* que nous n'avons pu traduire par le proverbe français équivalent, *A bon chat bon rat,* à cause de la réponse de Borée où les mots *dar y tomar* sont développés. Par ces proverbes, que Naharro avait coutume d'introduire fréquemment dans le dialogue, il rendait la conversation plus piquante.

(2) Il y a beaucoup d'art dans la versification de Torres Naharro. L'*Hymenea,* par exemple, est écrite en stances de douze vers, dont le onzième est à *pié quebrado,* n'est formé que d'un hémistiche. La *Jacinta* est aussi en stances de douze vers, mais sans demi-vers. La *Calamita* se compose de stances de cinq vers, unies par un hémistiche ; la *Aquilana,* de stances de quatre vers, unies de la même manière. Mais le nombre de pieds n'est pas le même dans chaque vers : la rime, en outre, n'est pas toujours bonne, quoique l'ensemble offre, malgré tout, une versification harmonieuse.

(3) Dans sa préface au lecteur il s'en défend en partie : il avoue que les mots italiens introduits dans ses *Comédies* y ont été insérés a cause de l'auditoire italien. Cette raison est bonne pour ce qui concerne l'italien ; mais que dire pour l'usage des autres lan-

et toutes contiennent, dans leur structure et dans leur ton, d'abondantes preuves de la rudesse du siècle qui les a produites. En conséquence de leur peu de respect pour l'Église, elles furent bien vite interdites en Espagne par l'Inquisition (1).

Qu'elles aient été représentées en Italie avant d'être imprimées (2), qu'elles aient aussi circulé avant que l'auteur lui-même ait pu les donner à la presse (3), et qu'elles aient ainsi, jusqu'à un certain point, échappé à son contrôle, c'est ce que nous savons, et l'auteur lui-même est notre autorité. C'est lui qui nous apprend aussi qu'un grand nombre d'ecclésiastiques assistaient aux représentations, au moins, d'une d'entre elles (4). Cependant il n'est pas probable que ces comédies aient été jouées, excepté à la manière des églogues de Juan de l'Encina et des autos de Gil Vicente, c'est-à-dire, devant un petit

---

gues qu'il emploie? Dans l'*Introyto* à la *Serafina*, il en plaisante lui-même quand il dit aux spectateurs :

> Mas aueis destar alerta
> Por sentir los personajes
> Que hablan cuatro lenguajes
> Hasta acabar su rehierta.
>
> No salen de cuenta cierta
> Por latin e italiano
> Castellano y valenciano
> Que ninguno desconcierta.

D'où l'on peut conclure que ses comédies furent débitées devant un petit nombre de personnes seulement, capables de comprendre les divers idiomes qu'elles contenaient, variété qui les leur faisait trouver plus amusantes.

(1) Il est très-singulier, toutefois, qu'un passage de la *Jacinta* sur le pape et le clergé de Rome n'ait pas été biffé de l'édition de 1573, fol. 256 b., passage qui prouve le caprice et la négligence de l'Inquisition en pareille matière. L'Index de 1667, p. 114, défend seulement l'*Aquilana*.

(2) La question de savoir si les comédies de Naharro ont été jouées ou non en Italie a été discutée avec beaucoup d'aigreur entre Lampillas (*Ensayo*, Madrid, 1789, in-4°, tom. VI, pp. 160-167) et Signorelli (*Storia dei Teatri*, Naples, 1813, in-8°, tom. VI, pp. 171, etc.), par suite d'une proposition hasardée de Nasarre dans son prologue aux comédies de Cervantès (Madrid, 1749, in-4°). Je copierai une phrase originale de Naharro lui-même, phrase qui a échappé aux deux prétendants, et dans laquelle l'auteur explique qu'il a employé des mots italiens dans ses comédies, eu égard au lieu et aux personnes à qui on les lisait : « Aviendo respecto *al lugar* y á las personas á quien *se recitaron*. » Ni Lampillas ni Signorelli ne savaient que la première édition de la *Propaladia* avait été probablement imprimée en Italie, ni qu'une des premières éditions y avait été certainement imprimée.

(3) *Las mas destas obrillas ya andaron fuera de mi obediencia y voluntad*, « la plupart de ces petits ouvrages circulèrent sans mon consentement et ma volonté. »

(4) Au commencement de la *Trofea*.

nombre de personnes dans le palais de quelque grand (1), à Naples, ou peut-être à Rome. Elles ne produisirent probablement pas un grand effet d'abord sur la condition du drame, tel qu'il était alors développé en Espagne. Leur influence se fit sentir plus tard et par la presse. Trois éditions se publièrent, seulement à Séville, à partir de 1520, dans l'espace de vingt-cinq ans. Ce furent des éditions incomplètes, c'est vrai, la dernière fut même expurgée, mais, telles qu'elles étaient, elles donnaient un spécimen d'une composition dramatique très-supérieure à tout ce qui s'était produit jusqu'alors dans la Péninsule.

Quoique des hommes tels que Juan de l'Encina, Gil Vicente et Bartolome de Torres Naharro aient porté leur esprit sur la composition dramatique, ils ne semblent pas avoir eu l'idée de fonder un théâtre national populaire. Il nous faut pour cela tourner nos regards sur l'époque suivante, puisque, à la fin du règne de Ferdinand et d'Isabelle, il n'existe aucune trace d'un pareil théâtre en Espagne.

---

(1) Je sais parfaitement que, dans un passage important du chroniqueur Mendez Silva, que j'ai déjà cité, il est dit, en faisant allusion aux premières représentations théâtrales : « En l'année 1492, les compagnies commencèrent, en Castille, à représenter *publiquement* des comédies de Jean de l'Encina. » Mais le mot *publiquement* ne signifie pas ici devant le public, mais seulement devant un petit nombre de personnes qui composaient l'auditoire. Ainsi que le prouvent les mots suivants du même auteur : *Festejando con ellas à D. Fadrique de Toledo, Enriquez, Almirante de Castilla y à D. Iñigo Lopez de Mendoza, segundo duque del Infantado.* Les représentations dans les salles et les chapelles de ces grandes maisons étaient par conséquent appelées représentations publiques.

CHAPITRE XVI.

La littérature provençale apparaît, en Espagne, aussi promptement
que les autres genres de la littérature castillane dont nous nous
sommes exclusivement occupés jusqu'ici. Son introduction était toute
naturelle ; et, comme elle est intimement liée à l'histoire de la puissance politique en Provence et en Espagne, il nous faut l'expliquer
en même temps, ne serait-ce que pour rendre compte de sa prédominance sur le quart de la Péninsule, où elle a prévalu, durant trois
siècles, et de son immense influence sur le reste du pays, tant à cette
époque qu'à une époque postérieure.

La Provence, ou, en d'autres termes, cette partie du midi de la
France qui s'étend de l'Italie à l'Espagne, et qui a primitivement
reçu son nom à cause de la considération dont elle jouissait, comme la
première et la plus importante province de Rome, la Provence eut
une singulière fortune, durant la dernière partie du moyen âge : elle
fut exempte de beaucoup de troubles qui agitèrent ces temps de confusion (1). Tant que dura le grand mouvement des nations du Nord,
la Provence ne fut tourmentée que par les Visigoths, qui passèrent
bientôt en Espagne et ne laissèrent après eux que peu de traces de
leur caractère, et par les Bourguignons, les plus civilisés des enva-

(1) F. Diez, *Troubadours*, Zwickau, 1826, in-8°, p. 5.

hisseurs teutoniques, qui ne s'arrêtèrent dans le midi de la France qu'après avoir longtemps séjourné en Italie, et qui s'y établirent, à leur arrivée, comme les maîtres permanents de cette riante contrée.

Grandement favorisée par cette tranquillité relative qu'interrompaient parfois des dissensions intestines ou les incursions des Arabes espagnols, ses nouveaux voisins, la Provence jouit d'un calme à peine connu ailleurs. Non moins favorisée par la fertilité du sol et la douceur d'un climat sans rival au monde, elle développa sa civilisation et son raffinement plus qu'aucune autre contrée de l'Europe. Dès l'année 879, une grande partie de ce pays se trouvait heureusement constituée en un royaume indépendant, et, circonstance remarquable, ce gouvernement se perpétua dans la même famille jusqu'en 1092, environ deux cent treize ans (1). Durant cette seconde période, le territoire de la Provence fut délivré encore des troubles qui agitaient presque constamment ses frontières et menaçaient leur tranquillité. Toutefois ces troubles, qui tourmentaient alors le nord de l'Italie, ne traversèrent ni les Alpes ni le Var ; la puissance musulmane, loin de se livrer à de nouvelles agressions, avait des difficultés à se maintenir elle-même en Catalogne. Les convulsions et les guerres du nord de la France, depuis l'époque des successeurs de Charlemagne jusqu'à Philippe-Auguste, fermentèrent dans une direction tout opposée, et fournirent, à une distance hors de tout danger, une occupation à des tempéraments trop ardents pour endurer l'oisiveté.

Dans le cours de ces deux siècles, il se répandit au midi de la France et le long de la Méditerranée, suivant leur degré de puissance et de civilisation, une langue composée du dialecte parlé par les Bourguignons et du latin corrompu parlé dans le pays, langue qui, peu à peu et tout doucement, se substitua à l'un et à l'autre. Avec ce nouvel idiome apparaissait aussi sans bruit, vers le milieu du dixième siècle, une nouvelle littérature, accommodée au climat, au temps et aux mœurs qui l'avaient produite, littérature qui, pendant près de trois cents ans, sembla se développer avec une grâce et une perfection qu'on ne connaissait plus depuis la chute de l'empire romain.

Cet état de choses se continua ainsi durant le règne de douze princes de la famille de Bourgogne, princes qui se montrèrent très-peu dans les guerres de leur temps, mais qui semblent avoir gouverné leurs États avec une modération et une bonté qu'on ne pouvait attendre au

______

(1) Sismondi, *Histoire des Français*, Paris, 1821, in-8°, tome III, p. 239.

milieu de la confusion générale du monde. Cette famille s'éteignit, dans sa branche mâle, en 1092, et, en 1113, la couronne de Provence passa, par le mariage de son héritière, sur la tête de Raymond Bérenger, troisième comte de Barcelone (1). Les poëtes provençaux, la plupart d'une noble naissance, attachés tous, comme classe, à la cour et à son aristocratie, suivirent naturellement leur souveraine en nombre considérable, passèrent d'Arles à Barcelone, et s'établirent volontiers dans leur nouvelle capitale, sous un prince qui joignait aux qualités chevaleresques un goût assez prononcé pour les arts de la paix.

Ce n'était pas un grand changement. Les Pyrénées n'établissaient pas alors, comme aujourd'hui, une différence sensible entre les langues parlées sur leurs versants opposés. Une identité de but avait longtemps avant produit une identité de mœurs dans les populations de Barcelone et de Marseille, et, si les Provençaux avaient plus d'urbanité et de culture, les Catalans, dans leur participation aux guerres contre les Maures, avaient pris un caractère plus énergiquement accentué et développé sur des proportions plus fortes (2). Au commencement du douzième siècle, la Provence, nous pouvons l'affirmer avec certitude, avait introduit sa civilisation dans la partie nord-est de l'Espagne. Ce fait est d'autant plus digne de remarque que, presque à cette même époque, nous l'avons déjà vu, la dernière école de poésie nationale commençait à se montrer elle-même, dans un coin tout à fait opposé de la Péninsule, au milieu des montagnes des Asturies et de la Biscaye (3).

Des causes politiques analogues à celles qui avaient d'abord transporté l'esprit politique provençal d'Arles et de Marseille à Barcelone, le firent pénétrer bientôt après dans le centre de l'Espagne. En 1137, les comtes de Barcelone obtinrent, par mariage, le royaume d'Aragon, et, s'ils ne transportèrent pas immédiatement le siége du gouvernement à Saragosse, ils répandirent au moins sur leurs nou-

---

(1) E.-A. Schmidt, *Geschichte Aragoniens in Mittelalter*, Leipsig, 1828, in-8°, p. 92.

(2) Barcelone fut très-disputée par les Maures et les chrétiens, jusqu'à ce que ces derniers la recouvrèrent, en 985 ou 986 (Zurita, *Annales de l'Aragon*, liv. I, ch. ix). Tout ce qui concerne les antiques gloires de cette cité célèbre se trouvera dans Capmany (*Memorias de la ciudad de Barcelona*, Madrid, 1779-92, 4 vol. in-4°) et surtout dans les notes ajoutées aux tomes II et IV.

(3) Les membres de l'Académie des inscriptions et belles-lettres, dans leur continuation de l'ouvrage des Bénédictins, *Histoire littéraire de la France* (Paris, in-4°, tome XVI, 1824, p. 195), font remonter ce fait un peu plus haut.

veaux domaines un peu de cette civilisation qu'ils devaient à la Provence. Cette illustre famille, dont la puissance était si solidement étendue jusqu'au nord de la Péninsule, a possédé, durant près de trois siècles, et à différentes époques, diverses parties du territoire situé des deux côtés des Pyrénées, et a généralement maintenu son contrôle sur une grande partie du nord-est de l'Espagne et du midi de la France. De 1229 à 1253, les plus distingués de ses membres donnent une immense étendue à leur empire par leurs grandes conquêtes sur les Maures ; mais plus tard la puissance des rois d'Aragon se circonscrit graduellement, et leur territoire se diminue par des mariages, des successions et des désastres militaires. Sous onze princes en ligne directe, et sous trois en ligne plus indirecte, les droits sur ce royaume furent maintenus jusqu'à l'année 1479, où, dans la personne de Ferdinand, l'Aragon fut réuni à la Castille, et ainsi furent jetés les solides fondements sur lesquels la monarchie espagnole s'est depuis reposée.

Cette légère esquisse du développement du pouvoir politique dans la partie nord-est de l'Espagne nous permettra de tracer facilement l'origine et l'histoire de la littérature qui domina dans cette contrée, depuis le commencement du douzième siècle jusqu'à la moitié du quinzième, littérature qui, importée de la Provence, conserva le caractère provençal, jusqu'au moment où elle se trouva en contact avec un esprit plus vigoureux, qui, à la même époque, s'avançait du nord-ouest, et qui finit par donner plus tard son ton à la littérature de la monarchie consolidée (1).

Ce caractère de la vieille poésie provençale est le même des deux

---

(1) Le patriotisme des Catalans leur a fait nier tous ces faits et prétendre que la littérature provençale était dérivée de la littérature catalane. (Voyez Torres Amat, prologue de ses Mémoires catalans, et ailleurs.) Mais il suffit de lire ce que ses partisans disent afin de défendre cette hypothèse, pour se convaincre qu'elle est insoutenable. Le simple fait que la littérature en question a existé en Provence, un siècle entier avant que l'on prétende qu'elle ait existé en Catalogne, est décisif dans cette controverse, s'il y a réellement controverse sur cette matière. Les « Mémoires pour aider à la rédaction d'un dictionnaire critique des auteurs catalans, etc., » par D. Félix Torres Amat, évêque d'Astorga, etc. (Barcelone, 1836, in-8°), sont un ouvrage indispensable pour l'histoire de la littérature catalane ; l'auteur, en effet, descendant d'une des vieilles et illustres familles du pays, et neveu du savant archevêque Amat, mort en 1824, a consacré une grande partie de sa vie et de ses ressources à réunir des matériaux pour sa composition. Il contient plus d'erreurs qu'il ne devrait ; mais on ne trouverait nulle part, dans des livres imprimés, une aussi grande quantité de renseignements.

côtés des Pyrénées. Il est, en général, plein de grâce et consacré à l'amour ; mais il se mêle parfois à la politique du temps, comme il se livre aussi parfois à une satire sévère et inconvenante. En Catalogne, comme dans son pays natal, elle appartient surtout à la cour, et les personnages les plus élevés par le rang et la puissance sont aussi les plus empressés et les premiers sur la liste. Ainsi les deux princes qui portent les couronnes réunies de Barcelone et de Provence, et qui régnèrent de 1113 à 1162, sont souvent mis au nombre des poëtes limousins ou provençaux, quoiqu'ils n'aient que de faibles titres à cet honneur, puisqu'on n'a pas publié un seul vers qui puisse être attribué à l'un ou à l'autre (1).

Cependant Alphonse II, qui reçut la couronne d'Aragon en 1162 et qui la porta jusqu'en 1196, est admis aux yeux de tous comme un troubadour. On possède de lui un petit nombre de *cobles* ou stances qui ne sont pas sans élégance ; elles sont adressées à sa femme. Elles sont d'autant plus curieuses qu'elles constituent la plus vieille poésie en dialectes modernes de l'Espagne dont l'auteur nous soit connu, et la seule qui soit probablement aussi vieille ou presque aussi vieille que toute autre poésie anonyme de la Castille et des provinces du nord (2). Comme les autres souverains de son siècle, qui aimaient et pratiquaient l'art du *gai savoir*, Alphonse réunit des poëtes autour de sa personne. Pierre Rogiers vivait à sa cour, ainsi que Pierre Raimond de Toulouse et Aimeric de Peguilain, qui déplora en vers la mort de son protecteur, tous trois fameux troubadours de leur temps et tous trois comblés d'honneurs et de faveurs à Barcelone (3). C'est

---

(1) Voyez les articles dans Torres Amat, *Mémoires*, pp. 104, 105.

(2) Le poëme se trouve dans Raynouard, *Troubadours*, t. III, p, 118, et commence ainsi : « Per mantas guizas m'es datz — Joys é deport é solatz. » — La vie de son auteur peut se lire dans Zurita (*Annales de l'Aragon*, liv. II) ; mais les quelques détails littéraires qu'on peut avoir sur lui doivent être cherchés dans Latassa, *Bibliotheca antigua de los escritores aragoneses* (Saragosse, 1796, in-8°, p. 175) et dans l'*Hist. littéraire de la France* (Paris, in-4°, t. XV, 1820, p. 158). Quant au mot *coblas*, malgré la savante discussion de Raynouard sur ce mot (t. II, pp. 174, 178) et de Diez (*Troubadours*, p. 14 et note), je n'ai pu comprendre qu'il ne soit pas tout à fait synonyme de l'espagnol *coplas* et qu'il ne puisse pas être généralement traduit par le mot *stances* ou même par le mot *couplets*.

(3) Sur P. Rogiers, voyez Raynouard, *Troub.*, t. V, p. 130 ; t. III, p. 27, etc. ; Millot. *Hist. littéraire des troubadours*, Paris, 1774, in-12, t. I, p. 103, et l'*Hist. littéraire de la France*, t. XV, p. 459. Sur Pierre Raymond de Toulouse, voir Raynouard, t. V, p. 332, et t. III, p. 120 : « Histoire littéraire de la France, » t. XX, p. 457 ; Crescimbeni, « Istoria della volgar poesia » (Rome, 1710, in-4°, t. II, p. 55), où, sur l'auto-

par conséquent alors, ce n'est pas douteux, que l'esprit provençal s'établit et s'étendit sur cette partie de l'Espagne, avant la fin du douzième siècle.

Au commencement du siècle suivant, des circonstances extérieures imprimèrent une grande impulsion à cet esprit en Aragon. De 1209 à 1229, la guerre scandaleuse qui donna naissance à l'Inquisition s'exerça avec une cruauté et une fureur extraordinaires contre les Albigeois.

Les Albigeois appartenaient à une secte religieuse de Provence : on les accusa d'hérésie, mais leur persécution avait plutôt son origine dans une implacable ambition politique. Cette secte, qui s'opposait sur certains points aux prétentions de la cour de Rome, et qui fut complétement exterminée par une croisade dirigée par l'autorité papale, cette secte comptait dans ses rangs presque tous les troubadours contemporains dont la poésie est pleine de leurs souffrances et de leurs remontrances (1). Dans leur détresse extrême, les Albigeois et les troubadours eurent pour principal allié Pierre II d'Aragon, qui périt en 1213, en combattant noblement pour leur cause, à la désastreuse bataille de Muret. C'est alors que les troubadours de Provence se virent obligés, pour échapper à l'incendie et à la ruine sanglante de leurs foyers, de se réfugier, en assez grand nombre, à la cour amie du roi d'Aragon, sûrs d'y trouver protection pour eux-mêmes et honneur pour leur art, de la part de princes qui étaient en même temps poëtes.

Parmi les troubadours qui vinrent en Espagne, au temps de Pierre II, nous trouvons Hugues de Saint-Cyr (2), Azémar le Noir (3), Pons Barba (4), Raimond de Miraval, qui joignit ses prières aux autres

---

rité d'un manuscrit du Vatican, il dit de Pierre Raymond : *Andò in corte del Re Alfonso d'Aragona, que l'accolse e molto onorò,* « Il alla à la cour du roi Alfonse d'Aragon, qui l'accueillit et le combla d'honneurs. » Quant à Aimeric de Péguelain, voyez l'*Histoire littéraire de la France*, Paris, in-4°, t. XVII, 1835, p. 684.

(1) Sismondi, *Hist. des Français*, Paris, in-8°, t. VI et VII, 1823, 1826, donne un ample récit des cruautés et des horreurs de la guerre des Albigeois. Llorente, *Histoire de l'Inquisition* (Paris, 1817, in-8°, t. I, p. 43), montre le rapport de cette guerre avec l'origine de l'Inquisition. Le fait de voir tous les troubadours prendre le parti des Albigeois persécutés est également notoire. (*Hist. littéraire de la France*, t. XVIII, p. 688, et Fauriel, *Introduction à l'histoire de la croisade contre les Albigeois*, Paris, 1837, in-4°, p. xv.)

(2) Raynouard, *Troub.*, t. V, p. 222, t. III, p. 330; Millot, *Hist.*, t. II, p. 174.

(3) *Hist. littéraire de la France*, t. XVIII, p. 586.

(4) *Ib.*, p. 644.

pour presser le roi d'entreprendre la défense des Albigeois, dans laquelle il périt (1) ; et Perdrigon (2), qui, après avoir été traité avec munificence à la cour, trahit, comme Foulques de Marseille (3), la cause qu'il avait épousée et se réjouit ouvertement de la mort prématurée du roi. Mais aucun des poëtes et compagnons de Pierre II ne lui accorda autant d'honneur que l'auteur du long et intéressant poëme de la *Guerre des Albigeois*, qui nous rappelle toute la vie du roi d'Aragon, et qui nous donne de minutieux détails sur sa fin désastreuse (4). Tous les troubadours, excepté Perdrigon et Foulques, regardent avec reconnaissance ce monarque comme leur protecteur et comme un poëte qui (5), pour me servir de l'expression de l'un d'eux, s'était fait chef des troubadours et la source de leurs honneurs (6).

Le règne glorieux de Jacques le Conquérant, qui suivit et dura de 1213 à 1276, montra le même caractère poétique que le règne moins heureux de son prédécesseur immédiat. Jacques protégea les troubadours, et les troubadours, à leur tour, lui décernèrent des éloges et l'honorèrent dans leurs écrits. Guillaume Anelier lui adressa un *sirvente* où il l'appelle *le jeune roi d'Aragon qui confirme les récom-*

----

(1) Raynouard, *Troub.*, t. V, pp. 382, 386; *Hist. littéraire de la France*, t. XVII, pp. 456-467.

(2) Millot, *Hist.*, t. I, p. 428.

(3) Sur ce chef des croisés cruel et fourbe, vanté par Pétrarque (*Trionfo d'amore*, ch. IV), par Dante (*Paradis*, ch. IX, v. 94, etc.), voyez *Histoire de France*, t. XVIII, p. 594. Ses poésies se trouvent dans Raynouard, *Troubad.*, t. III, pp. 149-162.

(4) Ce poëme important, admirable édition de M. Fauriel, un des savants du dix-neuvième siècle les plus distingués et les plus originaux, fait partie d'une série d'ouvrages sur l'histoire de France, publiés par ordre du roi et commencés sous les auspices de M. Guizot, alors ministre de l'instruction publique. Il a pour titre : « *Histoire de la Croisade contre les hérétiques albigeois*, écrite en vers provençaux, par un poëte contemporain » (Paris, 1837, in-4°, p. 738). Il se compose de neuf mille cinq cent soixante dix-huit vers.

Les détails sur Pierre II se trouvent principalement dans la première partie, et le récit de sa mort au vers 3061.

(5) Ce qui reste de ses poésies se trouve dans Raynouard, *Troubad.*, tom. V, pp. 290, etc., et dans l'*Histoire littéraire de la France*, tom. XVII, pp. 443-447. On peut y lire une notice assez détaillée de sa vie.

(6)   Reis d'Aragon, tornem a vos
              Car etz capz de b z et de nos.
                                        PONS BARBA.

Rois d'Aragon, nous venons vers vous, — Car vous êtes la tête de nos biens et de nous.

penses et les droits, et affaiblit mauvaiseté (1). Nat de Mons lui envoya deux lettres en vers, dont l'une lui donne des conseils sur la composition de sa cour et de son gouvernement (2). Arnaud Plagués offrit une *chanso* à la belle Éléonore, reine de Castille, et (3) Matthieu de Quercy, qui survécut au grand conquérant, exprima sur sa tombe la douleur de ses compatriotes chrétiens, à la mort de ce grand champion, leur appui dans la lutte contre les Maures (4). A la même époque, Hugues de Mataplan, noble Catalan, célébrait dans son château des cours d'amour et des joutes poétiques auxquelles il prenait lui-même une grande part (5), pendant qu'un de ses voisins, Guillaume de Berguédan, non moins distingué par son talent poétique et par son antique origine, mais d'un caractère moins honorable, se livrait lui-même à des compositions en vers d'un style trop grossier pour qu'on les puisse trouver dans les autres poésies des troubadours (6). Tous cependant, et bons et mauvais, ceux qui, comme Sordel (7) et Bernard de Rovenac (8), ont attaqué le roi dans leurs satires, et ceux qui, comme Pierre Cardenal, ont joui de ses faveurs et l'ont comblé d'éloges (9), tous conviennent que, sous son règne, les troubadours ont continué à chercher, en Aragon et en Catalogne, l'asile et la protection qu'ils avaient depuis si longtemps coutume d'y trouver, et que leur poésie a constamment poussé des racines plus profondes dans un terrain où la nourriture y était maintenant si assurée.

Jacques lui-même a été quelquefois compté au nombre des poëtes de son siècle (10). Il est possible qu'il en soit réellement ainsi, quoi-

---

(1) *Histoire littéraire de la France*, tom. XVIII, p. 533. Le poëme commence ainsi :

Al jove rei d'Arago, que conferma
Merce e dregg, e malvestat desferma.

Au jeune roi d'Aragon qui confirme — Droit et récompense, et mauvaiseté affaiblit.

(2) Millot, *Hist. des Troubadours*, tom. II, p. 186, etc.

(3) *Hist. littéraire de la France*, tom. XVIII, p. 636, et Raynouard, *Troubadours*, tom. V, p. 50.

(4) Raynouard, *Troub.*, tom. V, pp. 261, 262. — *Hist. littéraire de la France*, tom. XIX, Paris, 1838, p. 607.

(5) *Hist. littéraire de la France*, tom. XVIII, pp. 571-575.

(6) *Hist. littéraire de la France*, tom. XVIII, pp. 576-579.

(7) Millot, *Hist. des Troubadours*, tom. II, p. 92.

(8) Raynouard, *Troubad.*, tom. IV, pp. 203-205.

(9) *Ibid.*, tom. V, p. 302. — *Histoire littéraire de la France*, tom. XX, 1842, p. 574.

(10) Quadrio (*Storia d'ogni poesia*, Bologne, 1741, in-4°, tom. II, p. 132), et Zurita (*Annales*, liv. X, ch. XLII), établissent ce fait, mais n'en produisent aucune preuve.

que aucune de ses poésies ne nous ait été conservée. La composition métrique montre aisément qu'il parlait un langage harmonieux, langage qui dut évidemment devenir commun à sa cour, où les exemples de son père et de son grand-père, tous deux troubadours, ne durent certainement pas rester sans effet. Quoi qu'il en soit, ce roi aimait les lettres, et il a laissé après lui un long ouvrage en prose, ouvrage plus en rapport que toute poésie avec son caractère de monarque sage et de conquérant heureux, dont la législation et le gouvernement étaient si au-dessus de la condition de ses sujets (1).

Le livre en question est une chronique ou commentaire des principaux événements de son règne, divisé en quatre parties. La première porte sur les troubles qui ont suivi son avénement au trône après une longue minorité, sur la reprise de Majorque et de Minorque sur les Maures, de 1229 à 1233. La seconde roule sur la conquête plus grande du royaume de Valence, définitivement vaincu en 1239, de sorte que les mécréants détestés n'eurent jamais plus un établissement solide dans toute la partie nord-est de la Péninsule; la troisième, sur la guerre que Jacques poursuivit à Murcie, jusqu'en 1266, pour le compte et au bénéfice de son parent, Alphonse le Sage, roi de Castille; enfin la dernière, sur les ambassades qu'il reçut du khan de Tartarie et de Michel Paléologue, empereur de Constantinople, sur les tentatives de Jacques lui-même, en 1268, pour conduire une expédition en Palestine, expédition qui fut détruite par la tempête. L'histoire se continue jusqu'à la fin de son règne par de courtes notices qui, excepté la dernière, présentent le caractère d'une autobiographie. Quant à la dernière, elle rappelle en peu de mots la mort du roi, à Valence, et c'est la seule partie écrite à la troisième personne.

De cette *Cronica de D. Jaime el Conquistador*, de cette chronique de Jacques le Conquérant, on a extrait un récit de la conquête de Valence. Ce récit commence de la manière la plus simple par la conversation du roi à Alcañizas avec D. Blasco d'Alagon et le maître de

----

(1) Dans le *Guide du commerce de Madrid*, de 1848, se trouve un récit très-détaillé de l'exhumation, faite à Poblet, en 1846, des restes de diverses personnes royales qui y avaient été enterrées depuis longtemps. Parmi elles on distinguait le corps de D. Jaime, admirablement conservé après un laps de temps de six cent soixante-dix ans. Sa stature le fit aisément reconnaître; le roi Jaime avait sept pieds. Il fut aussi facilement reconnu par une large cicatrice que lui avait faite au front un coup de flèche reçu au siége de Valence. Un témoin oculaire affirme que l'état de conservation du visage était tel qu'un peintre aurait pu reproduire les traits principaux de sa physionomie. (*Faro industrial de la Habana*, 6 avril 1848.)

l'ordre des Hospitaliers, Nuch de Follalquer, qui le pressent, au nom de ses succès à Minorque, d'entreprendre le grand œuvre de la conquête de Valence, et il finit par les troubles qui suivirent le partage des dépouilles après la chute de ce riche royaume et de sa capitale. Ce dernier livre fut imprimé, en 1515, en un magnifique volume qui sert d'introduction naturelle aux *Foros* accordés à la ville de Valence, depuis le temps de sa conquête jusqu'à la fin du règne de Ferdinand le Catholique (1). Quant à l'ouvrage complet, la *Cronica*, elle ne parut qu'en 1557, où elle fut publiée pour satisfaire à la demande de Philippe II (2).

Elle est écrite dans un style simple et vigoureux, qui, sans prétention à l'élégance, met souvent sous nos yeux les événements qu'elle nous rapporte avec un air de vivante réalité, et nous dépeint parfois le bonheur avec des traits et des expressions qu'on s'efforcerait en vain d'obtenir. Cette relation a-t-elle été entreprise par suite de l'impulsion imprimée à la composition des histoires nationales, par Alphonse X, de Castille, dans sa *Chronique générale d'Espagne*, ou bien l'idée qui a donné naissance à cette remarquable chronique vient-elle plutôt de l'Aragon, c'est ce que je ne peux déterminer maintenant. L'un et l'autre ouvrage se produisit probablement pour obéir aux besoins de leur siècle. Mais, comme ils furent écrits tous deux presque dans le

---

(1) Le titre principal est celui-ci : *Aureum Opus regalium privilegiorum civitatis et regni Valentiæ...*, mais l'ouvrage lui-même commence par ces mots : « Comença la conquesta per lo Serenisimo e Catholich Princep de inmortal memoria, D. Jaume, etc. » Il n'est divisé ni par chapitres ni par pages, mais il y a des capitales ornées au commencement de chaque paragraphe. Il remplit quarante-deux pages in-folio, à deux colonnes, en caractères gothiques, et il fut imprimé, comme le prouve la page finale, à Valence, en 1515, par Diez de Gumiel.

(2) Rodriguez, *Bibliotheca valentina*, Valence, 1747, in-fol., p. 574. Voici son titre : *Chronica o commentari del Gloriosissim e Invictissim Rey En Jacme d'Arago, de Mallorques, e de Valencia, compte de Barcelona e de Urgell e de Muntpeiller, feita e scrita per aquell en sa llengua natural, e treita del Archiu del molt magnifich Rational de la insigne Ciutat de Valencia, hon stave custodita.* La veuve de Juan Mey l'imprima, par ordre des *Jurés* de Valence, en 1557, in-fol. Le *Rational* étant le registre propre des archives, les *Jurés* étant le conseil de la cité, et le livre étant dédié à Philippe II, qui manifesta le désir de le voir imprimé, tous ces faits donnent la certitude de son authenticité. Chaque partie est subdivisée en petits chapitres. La première en contient cent cinq, la seconde cent quinze, et ainsi de suite. Une série de lettres par Jos. Villaroya, imprimées à Valence, en 1800, cherchent à prouver que don Jaime ne fut pas l'auteur de sa *Chronique*. Elles sont ingénieuses, savantes et bien écrites; mais elles n'établissent pas, selon moi, ce que leur auteur a voulu prouver.

même temps, comme les deux rois étaient unis par des alliances de familles et par des rapports constants, la connaissance approfondie de tout ce qui a rapport à ces deux intéressants tableaux de parties différentes de la Péninsule, ne peut manquer de nous montrer qu'il existe entre eux une certaine connexion. Dans cette hypothèse, il n'est nullement impossible qu'en ce qui touche la question de priorité de temps, on ne trouve que cette priorité appartient à la chronique du roi d'Aragon, roi qui était non-seulement plus âgé qu'Alphonse, mais qui était aussi fréquemment son conseiller prudent et influent (1).

Jacques d'Aragon eut encore la fortune d'avoir un autre chroniqueur, Ramon Muntaner, né à Péralada, neuf ans avant la mort de ce monarque. Ce gentilhomme catalan, déjà avancé en âge et après une vie remplie par les plus grandes aventures, se crut spécialement appelé à écrire l'histoire de son temps (2). « Porque un dia, dit-il. « estando yo en mi alqueria de Xiluella, que está situada en la « huerta de Valencia, y durmiendo en mi cama, vino á mi una vision

---

(1) Alphonse le Sage naquit en 1221 et mourut en 1284, et D. Jaime, dont le nom s'écrit *Jaume*, *Jaime* et *Jacme*, naquit en 1208, et mourut en 1276. Il est probable, comme je l'ai déjà remarqué, que la *Chronique d'Alphonse* fut composée un peu avant l'année 1260, quoique postérieure de vingt et un ans environ à tous les événements rapportés dans la *Chronique de la conquête de Valence*, par D. Jaime. Un autre fait, qui se rattache à cette question de priorité des deux chroniques, c'est que plusieurs personnes ont cru que Jaime avait cherché à faire du catalan la langue des lois et de tous les actes publiés trente ans avant qu'une tentative semblable ait été essayée, d'après ce que l'on sait, par Alphonse X, à l'égard du castillan. Villanueva, *Voyage littéraire aux églises d'Espagne*, Valence, 1821, tom. VII, p. 195. — Il reste un autre ouvrage du Roi, encore manuscrit. C'est un traité de morale et de philosophie, intitulé : *Libro de la Saviesa*, livre de la Sagesse. Castro en donne la description dans sa *Bibliothèque*, tom. II, p. 605.

(2) Il est probable que la meilleure notice de Muntaner se trouve dans Nicolas Antonio, *Bibl. vetus* (édit. Bayer, vol. II, p. 145). Il y en a une plus étendue dans Torres Amat (*Memorias*, p. 437). On en voit aussi d'autres dans d'autres ouvrages. Voici le titre de sa chonique : *Cronica o Descripcio dels Fets e Hazanyes del Inclyt Rey don Jaume primer, Rey Daragò, de Mallorques e de Valencia, Compte de Barcelona, e de Munspeyler, e de molts de sos descendents, feta per lo magnifich En Ramon Montaner, lo qual servi axi al dit inclyt Rey don Jaume com à sos Fills e descendents, es troba present à las coses contengudes en la present Historia.* On en a deux vieilles éditions : la première, de Valence, en 1558, et la deuxième, de Barcelone, en 1562 : l'une et l'autre in-folio, et la dernière composée de 248 feuilles. Elle fut évidemment très-consultée et très-estimée par Zurita (voy. ses *Annales*, liv. VII, ch. 1). Une nouvelle édition, grand in-8°, fut publiée par Karl Lanz, en 1844, d'après les ordres du *Stuttgard Verein* ou Union de Stuttgard. C'est le même savant qui la traduisit en allemand, à Leipsig, en 1842, in-8°.

« en figura de un hombre muy bello, y vestido todo de blanco, el
« cual me dijo : Ea, Muntaner, levantate y piensa en componer un
« libro de las grandes maravillas que has presenciado y que ha
« obrado Dios en las guerras en que te has hallado ; pues place á
« Dios que por ti sean publicadas (1). » D'abord il n'obéit pas,
écrit-il, à cette vision céleste, et ne se laissa pas émouvoir par les
raisons flatteuses qu'elle lui adressait en lui disant pourquoi il était
choisi pour composer la chronique d'événements si remarquables.
Mais « otro dia, continue-t-il, y en el mismo lugar, volvi á ver el viejo,
« que me dijo ; ¡O hijo mio! que haces ? ¿Porque tienes en ménos
« mi mandado ? Levantate y haz lo que yo te mando, y ten enten-
« dido que si asi lo hicieres, tu y tus hijos, tus parientes y amigos to-
« dos habrán merito á los ojos de Dios (2). » Ainsi averti une seconde fois, Muntaner entreprit son œuvre. Il la commença le quinzième jour de mai 1325, à ce qu'il nous raconte, et sa relation ne fut
complète, par le récit des événements survenus, qu'en avril 1328.
Muntaner fut donc évidemment occupé pendant au moins trois ans à
la composition de sa chronique.

Elle commence, avec la plus grande simplicité, par le souvenir de
l'événement le plus important dont l'auteur se rappelait, une visite
du grand conquérant de Valence à la maison de son père, pendant
qu'il était lui-même tout enfant (3). L'impression d'une telle visite
dans une imagination enfantine dut être naturellement profonde ;
elle le fut, à ce qu'il semble, singulièrement dans celle de Muntaner. Dès ce moment le roi devint pour lui, non-seulement le héros

---

(1) Un jour que j'étais dans ma ferme de Xiluella, située dans la campagne de Valence, et que je dormais dans mon lit, il m'apparut une vision, sous la figure d'un
homme d'une grande beauté, tout vêtu de blanc, qui me dit : Allons, Muntaner, lève-
toi et pense à composer un livre sur les grandes merveilles que tu as vues et que Dieu
a faites dans les guerres auxquelles tu t'es trouvé ; car il plait à Dieu de les voir par
toi publiées.

(2) Un autre jour, au même endroit, je revis le vieillard qui me dit : O mon fils,
que fais-tu? Pourquoi négliges-tu mes ordres? Lève-toi, exécute ce que je t'ai ordonné, et comprends bien que si tu agis ainsi, toi et tes enfants, tes parents et tes amis,
tous auront un grand mérite aux yeux de Dieu.

(3) « E per ço men çal feyt del dit senyor Rey en Jacme, com yol viu : e asenyala-
dament essent yo fadri, e lo dit senyor Rey essent á la dita vila de Peralada hon yo
naxqui, e posa en lalberch de mon pare en Joan Muntaner, qui era dels majors alberchs
daquell loch , en era al cap de la plaça » (chap. II). *En* équivaut au *Don* castillan
(voy. Andrès Bosch, *Titols de honor de Cathalunya*, etc., Perpignan , in-fol., 1628.
p. 574).

qu'il était, mais aussi quelque chose de plus : un de ces êtres dont la naissance avait été miraculeuse, dont la vie entière avait été comblée de plus de grâces et de faveurs que Dieu n'en avait jamais auparavant accordées à une créature vivante. Aussi ce vieux chroniqueur passionné trouvera-t-il que : « era don Jaime el principe mas hermoso « del mundo, y el mas sabio, y el mas gracioso, y el mas derechero, « y el que mas fué amado de todas las gentes, así de los suyos como « de las extrañas » (1).

La vie du conquérant sert tout simplement d'introduction à l'ouvrage ; car Muntaner annonce son intention de parler peu des faits qui n'étaient pas de sa propre connaissance, et du règne du conquérant il ne peut rappeler que les dernières gloires. Sa chronique rapporte surtout les événements qui ont eu lieu sous le règne de quatre princes de la même famille, et spécialement sous le règne de Pierre III, son héros principal. Son histoire est encore embellie par un poëme d'une étendue de deux cent quarante vers qu'il adresse à Jacques II et à son fils Alphonse, sous la forme d'avis et de conseil, au moment où le dernier allait s'embarquer pour la conquête de la Sardaigne et de la Corse (2).

L'ensemble du livre est curieux et porte une forte empreinte du caractère de son auteur, homme brave, aimant les aventures et l'éclat ; courtois et loyal ; ne manquant pas d'une certaine culture intellectuelle, sans être érudit ; franc et désintéressé, incapable de cacher, ou voulant, à chaque instant, montrer la vanité personnelle de son bon naturel. Sa fidélité

---

(1) « Le prince D. Jaime était le plus beau du monde, le plus savant, le plus gracieux et le plus juste, celui qui fut le plus aimé de tout le monde tant des siens que des étrangers. » Ce passage, dont je vais citer les expressions dans l'original catalan, nous rappelle le beau caractère de Lancelot à la fin de la *Morte Darthur*. « E apres ques vae le pus bell princep del mon, e lo pus savi, e lo pus gracios, e lo pus dreturer e cell qui fos mes amat de totes gents, axi dels seus sotsmesos com daltres estranys e privades gents, que Rey qui hauch fos » (ch. VII).

(2) Ce poëme peut se lire au chap. CCLXXII de la *Chronique*. Il se compose de douze stances, chacune de vingt vers ; stances monorimes, et finissant la première en *o*, la seconde en *ent*, la troisième en *ayle*, et ainsi de suite. Il se borne à traduire le conseil que Muntaner avait donné au roi et au prince, au sujet de la conquête que le monarque avait projetée ; conseil suivi en partie, dit le chroniqueur, et auquel on dut, par conséquent, le succès partiel de l'expédition. Or cette expédition aurait eu une meilleure fin si on l'avait suivi entièrement. Quelle était la bonté du conseil de Muntaner ? c'est ce dont nous ne pouvons juger facilement ; quant à sa poésie, elle est certainement très-faible. Elle appartient au style tout artificiel des *Troubadours*, et mérite le nom de *Sermo* que lui a donné le poëte. Ce dernier affirme, toutefois, qu'il la remit alors lui-même au Roi.

à la famille d'Aragon était admirable ; il resta toujours à son service et fut souvent mis en captivité pour elle. A différentes époques, il s'est engagé dans près de trente-deux batailles pour la défense de ses droits, ou il lui a prêté son appui pour ses conquêtes sur les Maures. Sa vie a été une vie de loyauté chevaleresque, et presque tous les deux cent quatre vingt-dix-huit chapitres de sa *Chronique* respirent les mêmes sentiments dont son cœur était rempli.

Dans la relation des faits qu'il a vus et auxquels il a pris part, sa narration semble soignée, et elle est certainement pleine de fraîcheur et d'animation. Quant aux autres, il tombe parfois dans des erreurs de date, et il montre aussi parfois une crédulité naturelle qui lui fait croire des choses impossibles que d'autres lui ont rapportées. Sa gaieté d'humeur, son amour de l'éclat, ainsi que son style simple mais sans négligence, nous rappellent Froissart, surtout à la fin de sa chronique, qu'il termine évidemment à sa propre satisfaction. Il nous y donne un récit soigneusement travaillé des cérémonies du couronnement d'Alphonse IV, à Saragosse, couronnement auquel il assista en qualité de syndic de la ville de Valence. C'est là le dernier événement cité dans son livre ; c'est aussi le dernier que nous apprenons de l'esprit chevaleresque de ce vieil auteur qui devait toucher alors de bien près à sa grande année climatérique.

Durant la dernière partie de la période décrite par la *Chronique*, il s'opérait un changement dans la littérature où elle occupe une place importante. Les troubles et la confusion qui régnèrent en Provence, depuis l'époque de la cruelle persécution des Albigeois, l'esprit envahisseur du Nord qui, depuis le règne de Philippe-Auguste, se porta constamment sur la Méditerranée, toutes ces causes étaient trop puissantes pour que l'esprit enjoué, mais peu hardi des troubadours, pût y résister. Plusieurs s'enfuirent, d'autres se soumirent de désespoir, tous tombèrent dans le découragement. Vers la fin du treizième siècle, leurs chants se font rarement entendre sur le sol qui leur avait donné naissance trois cents ans avant. Au commencement du quatorzième, la pureté de leur dialecte disparaît, et, un peu plus tard, leur langue même cesse d'être cultivée (1).

Comme on devait s'y attendre, cette plante délicate dont la fleur ne

---

(1) C'est ce que démontre Raynouard, tom. III, et d'une manière plus évidente encore, au tom. V, dans la liste des poëtes. Voyez aussi l'*Histoire littéraire de la France*, tom. XVIII, et Fauriel, *Introduction à son poëme sur l'histoire des Croisades contre les Albigeois*, pp. XV, XVI.

pouvait s'épanouir sur son sol natal, ne pouvait continuer à fleurir sur le terrain où elle avait été transplantée. Pendant un certain temps les troubadours exilés qui fréquentaient la cour de Jacques le Conquérant et de son père, ces troubadours donnèrent à Saragosse et à Barcelone un peu de cette grâce poétique qui avait eu tant d'attraits à Arles et à Marseille. Mais ces deux princes furent obligés de se défendre eux-mêmes contre le soupçon de partager l'hérésie dont étaient infectés plusieurs des troubadours qu'ils protégeaient. Jacques, en 1233, entre autres ordonnances sévères, interdit aux laïques la Bible limousine, qui venait d'être composée pour eux, et dont l'usage aurait contribué à consolider leur langue et à former leur littérature (1). Ses successeurs, cependant, continuèrent à favoriser l'esprit des ménestrels de Provence. Pierre III est compté parmi eux (2), et si Alphonse III et Jacques II ne sont pas poëtes eux-mêmes, les accents poétiques résonnent autour de leur personne et dans leur cour (3). Quand Alphonse IV, leur successeur immédiat, fut couronné à Saragosse en 1328, on nous raconte que plusieurs poëmes de Pierre, le frère du roi, et dont l'un avait sept cents vers, furent lus en l'honneur de cette solennité (4).

Mais ce sont les derniers efforts de la littérature provençale dans la partie nord-est de l'Espagne, où elle commença à être remplacée par une autre qui emprunta plutôt sa couleur à un autre dialecte de la Péninsule plus particulier et plus populaire. Quel était ce dialecte? C'est ce que nous avons déjà fait connaître. C'est celui qu'on appelait vulgairement *Catalan* ou *Catalonian*, du nom de la contrée où il était parlé, et qui probablement, en 985, au temps de la conquête de Barcelone sur les Maures, devait différer très-peu du provençal parlé à Perpignan, de l'autre côté des Pyrénées (5). A mesure que le proven-

_____

(1) Castro, *Biblioth. espagnole*, tom. I, p. 411, et Schmidt, *Geschichten Aragoniens im Mittelalter* (Histoire des Aragonais au moyen âge, p. 465).

(2) Latassa, *Biblioth. antigua de los escritores aragoneses*, tom. I, pp. 242. *Hist. littéraire de la France*, tom. XX, p. 529.

(3) Nicol. Antonio, *Bibl. vetus*, édit. Bayer, tom. II, liv. VIII, ch. VI et VII. Amat, *Memorias*, p. 207. — Serveri de Girone, vers 1277, rappelle les heureuses années du règne de Jacques Ier, comme si, au moment où il écrivait, les poëtes commençaient à devenir rares à la cour d'Aragon (*Hist. littéraire de la France*, tom. XX, p. 552).

(4) Muntaner *Chronique*, édit. 1562, fol. 247, 248.

(5) Du Cange, *Glossaire*, Paris, 1733, in-fol., tom. I, *Préface, sect.* 34-36. Raynouard (*Troub.*, tom. I, pp. XII et XIII) veut faire remonter les deux dialectes catalan et va-

çal acquérait plus d'élégance et de douceur, le catalan, négligé, devenait plus rude et plus énergique, et quand la domination chrétienne s'étendit, en 1118, jusqu'à Saragosse, et jusqu'à Valence, en 1239, il dut subir les modifications qu'apportaient les mots indigènes pour se conformer au caractère et à la condition du peuple, et alors, par sa tendance, il perfectionna plutôt les dialectes locaux qu'il ne les accommoda au langage plus civilisé des troubadours.

Peut-être que si les troubadours avaient maintenu leur ascendant en Provence, leur influence n'aurait pas été si aisément détruite en Espagne, ou elle n'aurait pas du moins si tôt disparu. Alphonse X de Castille, qui avait réuni autour de lui quelques-uns des troubadours les plus distingués, imita la poésie provençale, s'il n'écrivit rien en provençal. Avant lui, sous le règne d'Alphonse IX, qui mourut en 1214, nous trouvons des traces, sur lesquelles on ne peut se méprendre (1), des progrès que ce dialecte avait faits dans le cœur de l'Espagne. Mais il manqua de vigueur sur son sol natal, et il en manqua par conséquent sur la terre étrangère : le fruit greffé périt avec l'arbre dont il était primitivement sorti.

Après les premières années du quatorzième siècle, nous ne trouvons pas de poésie proprement dite en Castille ; après la première moitié de ce siècle, elle commence à se retirer de l'Aragon et de la Catalogne, ou plutôt à se laisser corrompre par le dialecte plus rude, mais plus vigoureux, que parlait la masse du peuple. Pierre IV, qui régna en Aragon de 1336 à 1387, montre le conflit et le mélange des deux influences dans certaines parties de ses poésies qui ont été publiées,

---

lencien à l'année 728. Mais l'autorité de Luitprand, sur laquelle il s'appuie, n'est pas suffisante, d'autant que ce même Luitprand se propose de démontrer que ces dialectes ont existé même du temps de Strabon. L'induction la plus sérieuse qu'on puisse tirer du passage de Raynouard, c'est qu'ils existaient vers 950, époque où Luitprand écrivait, et qu'il n'y a rien d'improbable qu'ils fussent répandus, mais encore dans toute la rudesse de leurs éléments, parmi les chrétiens de cette partie de l'Espagne. Quelques bonnes observations sur les rapports du midi de la France avec le nord-est de l'Espagne et sur leur idiome commun, ont été présentées par Capmany (*Memorias historicas de Barcelona*, Madrid, 1779-92, in 4°, part. I, Introduction, et dans les notes). Le second et le quatrième volume de cet estimable ouvrage renferment des documents à la fois curieux et importants pour l'histoire de la langue catalane.

(1) Millot, *Hist. des Troubadours*, tom. II, pp. 186-201. — *Hist. littéraire de la France*, tom. XVIII, pp. 558, 634, 635. — Diez, *Troubadours*, pp. 75, 227, 331-350. Mais on peut mettre en doute si Riquier n'écrivit pas la réponse d'Alphonse, ainsi que la pétition qu'on lui présenta et que donne Diez.

ainsi que dans une lettre qu'il adresse à son fils (1). Cette confusion
ou cette transition, nous aurions probablement pu la retracer plus distinctement si nous avions eu devant nous le curieux dictionnaire des
rimes, *Diccionario de rimas*, dont l'original existe encore en manuscrit, et qui fut composé sur l'ordre de ce roi, en 1371, par Jacques March, un des membres de cette famille de poëtes qui fut plus
tard si distinguée (2). Quoi qu'il en soit, il n'y a pas de motif plausible de douter qu'après la moitié du quatorzième siècle, sinon plus
tôt, le dialecte catalan proprement dit n'ait commencé à être perceptible dans la poésie et la prose de la contrée qui l'avait vu naître (3).

---

(1) Bouterwek, *Hist. de la littérature espagnole*, traduite par Cortina, tom. I,
p. 162. — Latassa, *Bibl. antigua*, tom. II, pp. 25-38.

(2) Bouterwek, *trad. Cortina*, p. 177. Ce manuscrit, très-curieux à connaître,
était la propriété de Ferdinand Colomb, fils du célèbre navigateur qui découvrit le
nouveau monde. Il se trouve encore parmi les restes de sa bibliothèque, dans la cathédrale de Séville. Une note de sa main et de son écriture porte ce qui suit à la fin du
manuscrit : « Ce livre ainsi relié couta douze deniers, à Barcelone, au mois de juin
1586, et le ducat valait cinq cent quatre-vingt-huit deniers. » Voyez aussi Cerdá y
Rico dans ses notes à la *Diana enamorada de Montemayor*, 1802, pp. 487-490 et
293-295.

(3) Bruce Whyte (*Histoire des langues romanes et de leur littérature*, Paris, 1841,
in-8°, tom. II, pp. 406-414), dans un extrait très-remarquable d'un manuscrit de la
Bibliothèque royale de Paris, fournit une preuve évidente du mélange du provençal
et du dialecte catalan. Il donne à entendre que les morceaux qu'il copie appartiennent au milieu du quatorzième siècle, mais il ne le prouve pas.

CHAPITRE XVII.

La décadence de l'idiome provençal et spécialement la décadence de la civilisation provençale ne furent pas regardées avec indifférence dans les contrées situées sur les deux versants des Pyrénées, où leur prépondérance avait duré si longtemps. Loin de là, on fit des efforts pour restaurer l'une et l'autre, en France d'abord, et plus tard en Espagne. A Toulouse, sur les bords de la Garonne, non loin du pied de ces montagnes, les magistrats de cette cité résolurent, en 1323, de former à cet effet une compagnie ou corporation. Après en avoir délibéré, ils constituèrent cette société sous le nom de *Sobregaya companhia dels sept Trobadors de Tolosa*, très-gaie compagnie des sept troubadours de Toulouse. Cette compagnie adressa immédiatement une lettre, partie en prose et partie en vers, engageant à se rendre, à Toulouse, le premier jour de mai 1324, tous les poëtes qui voudraient, la joie dans le cœur, disputer la violette d'or, *que quisieran disputar con alegria de corazon la violeta de oro*, violette qui devait être adjugée à celui qui pour cette circonstance présenterait le meilleur poëme. Le concours fut nombreux et le premier prix fut accordé à un poëme en l'honneur de la Vierge composé par Ramon Vidal de Besalú, gentilhomme catalan, qui semble avoir été l'auteur du programme de cette fête, et qui fut déclaré à cette occasion docteur *del Gay Saber*, du gai savoir. En 1355, cette compagnie se donna un corps de lois plus ample, partie en prose et partie en vers, sous le titre de : *Ordenanzas dels sept senhors mantenedors del Gay Saber*, ordonnances des sept seigneurs mainteneurs du gai savoir, ordonnances qui, avec les modifications indispensables, ont été observées jusqu'à nos propres jours, et qui règlent encore la solennité célébrée annuellement, à Toulouse, le premier jour de mai, sous le nom de *Jeux floraux* (1).

Toulouse n'est séparée de l'Aragon que par la chaîne pittoresque des Pyrénées ; une même langue et de vieilles relations politiques empêchèrent même ces montagnes d'être un sérieux obstacle au commerce des deux pays. Tout ce qui se passait à Toulouse était, par conséquent, bientôt connu à Barcelone, où résidait généralement la cour d'Aragon et où des circonstances particulières favorisèrent bientôt l'introduction formelle des institutions poétiques des troubadours. Jean Ier, qui succéda, en 1387, à Pierre IV, était un prince de mœurs plus douces que ne le comportait en général son époque ; il avait aussi pour les pompes et les fêtes plus de goût peut-être qu'il ne fallait pour le bonheur de son royaume, et certainement plus qu'il ne convenait à l'esprit de fierté et de turbulence de sa noblesse (2). Outre ses autres qualités, il était animé d'un ardent amour pour la poésie : aussi, en 1388, dépêcha-t-il une ambassade solennelle, comme si c'était pour une affaire d'État, à Charles VI, roi de France, afin de lui demander d'autoriser certains poètes de la société toulousaine à visiter Barcelone pour y fonder une institution du *gai savoir* analogue à la leur. En conséquence de cette mission deux des sept conservateurs des *Jeux floraux* vinrent à Barcelone, en 1390, et y fondèrent l'établissement qui porte la dénomination de *Consistorio de la gaya ciencia*, consistoire de la gaie science, avec les lois et les usages semblables à ceux de l'institution qu'ils représentaient. Martin, qui monta sur le trône après Jean Ier, augmenta les priviléges du nouveau consistoire et ajouta de nouvelles ressources. Mais à sa mort, en 1409, ce consistoire fut transporté à Tortose, et ses réunions suspendues par les troubles qui régnèrent dans le royaume par suite des guerres de succession.

---

(1) Sarmiento, *Memorias*, sect. 759-768. Torres Amat, *Memorias*, p. 651, article *Vidal de Besalú*. Santillane, *Proverbes*, Madrid, 1799, in-18. *Introduction*, p. XXIII. Sanchez, *Poésies antérieures*, tom. I, pp. 5-9. Sismondi, *Littératures du Midi*, Paris, 1813, in-8°, tom. I, pp. 227-230. Andrés, *Historia d'ogni letteratura*, Rouen, 1808, in-4°, tom. II, liv. I, ch. I, sect. 23. Les observations les plus importantes se trouvent aux pages 49-50.

(2) Mariana, *Histoire d'Espagne*, liv. XVIII, ch. XIV.

A la fin, quand Ferdinand le Juste fut déclaré roi, il reprit ses réunions. Henri de Villena, que nous ferons simplement connaître comme un noble seigneur de premier rang dans l'État et presque allié au sang royal de Castille et d'Aragon, Henri vint avec le nouveau roi à Barcelone, en 1412, et, passionné pour la poésie, il s'occupa lui-même de rétablir et de réformer le *Consistoire*, dont il devint pour quelque temps le chef principal et le directeur. Ce fut là, sans aucun doute, l'époque de sa plus grande gloire. Le roi lui-même fréquenta assidûment ses réunions. Les poëmes étaient lus par leurs auteurs devant des juges chargés de les examiner, et des prix et d'autres distinctions étaient accordés aux concurrents les plus heureux (1). Dès ce moment la poésie en langue naturelle du pays fut mise en honneur dans les capitales de la Catalogne et de l'Aragon ; des joutes poétiques furent, de temps en temps, publiquement célébrées; leur influence excita des poëtes, durant les règnes d'Alphonse V et de Jean II, dont la mort, arrivée en 1479, fut suivie de la consolidation de la vieille monarchie espagnole et de la prépondérance et de la puissance de la langue castillane (2).

Durant la période dont nous venons de parler, et qui comprend le siècle qui précède le règne de Ferdinand et d'Isabelle, la modification catalane de la poésie provençale obtient son principal succès et produit des auteurs qui méritent d'être connus. Dès le commencement, Zurita, le véridique annaliste de l'Aragon, dit, en parlant du règne de Jean Ier : « Aux armes et aux exercices de guerre qui formaient « d'ordinaire le passe-temps des princes, ont succédé les *trobas* et la « poésie en langue maternelle, dans l'art appelé gaie science, dont on « a commencé à établir des écoles, » écoles si fréquentées, à ce qu'il rapporte, que la dignité de l'art se trouva diminuée par le nombre

---

(1) *El Arte de trobar*, ou la *Gaya sciencia*, traité sur la poésie que Henri, marquis de Villena, adressa, en 1433, à son parent le célèbre Iñigo Lopez de Mendoza, marquis de Santillane, pour l'engager à faciliter l'introduction en Castille des institutions poétiques semblables à celles qui existaient alors à Barcelone. Ce traité contient une notice des meilleures sur l'établissement du Consistoire de Barcelone, établissement d'une telle importance que Mariana, Zurita et d'autres graves historiens ne dédaignèrent pas d'en faire mention. Le traité de Villena n'a jamais été jusqu'ici entièrement publié. Nous ne connaissons qu'une faible analyse de son contenu et que quelques extraits estimables imprimés par Mayans y Siscar dans ses *Origines de la langue espagnole*, Madrid, 1737, in-8°, tom. II.

(2) Voyez Zurita *passim* et Eichorn, *Allgemein Geschichte der Cultur* (Histoire générale de la civilisation). Gottingue, 1796, tom. I, pp. 127-31, et les auteurs cités dans ses notes.

de ceux qui se consacraient à sa culture (1). Quels étaient ces poëtes?
Le grand historien ne s'inquiète pas de nous en informer; mais nous
puisons des renseignements sur eux à d'autres sources, et même à
des sources meilleures. En effet, suivant le goût du temps, il a été
fait une collection poétique, au commencement de la seconde moitié
du quinzième siècle, collection qui comprend toute la période et qui
contient les noms et un plus ou moins grand nombre d'ouvrages des
poëtes alors les mieux connus et les plus estimés. Elle commence par
l'acte de concession d'une somme annuelle de quatre cents florins.
accordée au Consistoire de Barcelone par Ferdinand le Juste, en 1413:
puis elle remonte jusqu'au temps de Jacques March, qui florissait.
nous l'avons vu, en 1371, et elle nous offre une série de plus de
trois cents poëmes composés par trente auteurs environ, jusqu'à l'é-
poque d'Ausias March, qui vivait certainement en 1460, et dont les
œuvres prédominent, comme elles le méritent, dans la collection.

Parmi les poëtes que nous y trouvons cités, nous remarquons Luis
de Villarasa, qui vivait en 1416 (2); Béranger de Masdovellas, qui
florissait, à ce qu'il semble, peu de temps après 1453 (3); Mosen
Jordi, sur lequel il s'est élevé tant de discussions et que la saine critique place entre 1450 et 1460 (4); Antonio de Vallmanya, dont certains

---

(1) Zurita, *Annales d'Aragon*, liv. X, ch. XLIII, édit. 1610, tom. II, fol. 393.

(2) Tores Amat, *Memorias*, p. 666.

(3) *Id.*, *Ibid.*, p. 408.

(4) De cette question si débattue, il ressort deux points parfaitement clairs : 1° qu'il
y eut un poëte appelé Jordi florissant au treizième siècle, sous le règne de D. Jaime le
Conquérant, très-lié avec ce monarque, et qui décrivit, comme témoin oculaire, la
tempête que subit la flotte royale, près de Majorque, en septembre 1269 (voyez Ximeno, écrivain de Valence, tome I, p. 1; Fuster, *Biblioth. Valentiana*, tome I, p. 1`;
2° qu'il vécut au quinzième siècle un autre personnage du nom de Jordi, poëte aussi,
puisque le marquis de Santillane, dans sa lettre écrite de 1454 à 1458, en parle comme
vivant de *son* temps (voyez cette lettre dans Sanchez, tome I, p. LVI-LVII, et les notes,
pp. 81-85). La question est maintenant de savoir auquel de ces deux poëtes appartiennent les poésies insérées, sous le nom de Jordi, dans divers Cancioneros : dans le *Cancionero general* de 1573, fol. 301; dans le *Cancionero* manuscrit de la Bibliothèque
impériale de Paris, qui est, comme nous l'avons vu, du quinzième siècle (Torres
Amat, pp. 328-333). Cette question n'est pas sans importance. Les vers attribués à
Jordi ont une telle ressemblance avec le sonnet 103 de Pétrarque (partie I), que l'une
des deux compositions a été évidemment empruntée de l'autre. Les littérateurs espagnols, et principalement les Catalans, ont généralement prétendu que ces vers appartiennent au *premier* Jordi. Dès lors Pétrarque serait le plagiaire. Cette opinion a été
partagée par quelques littérateurs étrangers (*Revue rétrospective*, tome IV, pp. 46-47;
Foscolo, *Essais sur Pétrarque*, Londres, 1823, p. 65). Mais il y aura là, ce me sem-

poëmes portent la date de 1457 et de 1458 (1). Outre ces noms nous y lisons ceux de Juan Rocaberti, Fogaçot et Guerau, et d'autres, apparemment de la même époque, qui contribuent à cette collection, de sorte que, dans son ensemble, elle offre l'aspect d'une de ces imitations catalane ou valencienne des troubadours provençaux du quinzième siècle (2). Si nous ajoutons à ce curieux *Cancionero* la traduction de la *Divine Comédie* de Dante, faite en catalan par André Freber, en 1428 (3), et le roman de *Tirante el Blanco*, Tirante le Blanc, que son auteur, Joannot Martorell, traduisit en valencien et que Cervantès appelle *tesoro de contentos y mina de pasatiempos*, « trésor de contentement et mine de passe-temps (4), » nous aurons

---

ble, une difficulté pour le lecteur impartial des vers imprimés par Torres Amat sous le nom de Jordi, et extraits du *Cancionero* manuscrit de *Paris*, pour ne pas croire qu'ils appartiennent à la même époque que les autres compositions du même manuscrit. Il conclura dès lors que le Jordi en question vivait après 1400, et que c'est lui qui a copié Pétrarque. De pareils vers insérés dans une compilation du quinzième siècle prouveraient déjà cette assertion, si elle n'était encore confirmée par leur ton et leur caractère.

(1) Torres Amat, pp. 636-643.

(2) M. Tastu envoya, en 1834, une description détaillée de ce remarquable manuscrit, conservé à la Bibliothèque royale de Paris, à Torres Amat, qui préparait alors ses Mémoires pour un dictionnaire d'auteurs catalans (Barcelone, 1836). Il porte le numéro 7669, et se compose de deux cent soixante feuilles in-fol. Voyez lesdits Mémoires (p. 18 et 40) et les nombreux extraits que l'auteur en a faits. Il serait à désirer que cet intéressant manuscrit fût publié entièrement. Toutefois les extraits nombreux de Torres Amat ne laissent pas de doute sur son caractère. Nous en trouvons une description à certains égards plus étendue dans le *Catalogue des Manuscrits* d'Ochoa (in-4°, Paris, 1844, p. 286-374). Cette dernière description du manuscrit nous fait connaître que l'ouvrage contient les noms de trente et un poëtes.

(3) Torres Amat, p. 237. — Febrer dit formellement qu'il la traduisit en rimes vulgaires catalanes, « en rims vulgars cathalans. » Voici les premiers vers, traduits mot à mot de l'italien :

En lo mig del cami de nostra vida
Me retrobe per una selva oscura, etc.

Le dernier s'exprime ainsi :

L'amour qui mou lo sol e les stelles.

D'après la copie manuscrite conservée à l'Escurial, la traduction aurait été faite à Barcelone et terminée le 1er août 1428.

(4) *Don Quichote*, part. I, ch. vi, où *Tirante* est un du petit nombre des romans de chevalerie sauvé des flammes. Southey est d'une opinion tout à fait différente. Voyez ci-dessus, note au chap. xi. Les meilleurs détails sur ce livre sont ceux que donne Clémencin dans son édition du *Quichote*, tom. I, pp. 132-4 ; Diosdado, *De prima Typographiæ Hispanicæ ætate*, Rome, 1794, in-4°, p. 32 ; Mendez, *Typographie espagnole*, pp. 72-75. Ce que disent Ximeno (tom. I, p. 12), et Fuster (tom. I, p. 10), s'appuie

tout ce qui est nécessaire pour connaître cette littérature particulière de la région nord-est de l'Espagne, durant la plus grande partie du siècle où elle fut florissante. Il y a toutefois deux auteurs qui contribuèrent singulièrement à son éclat et qui méritent une mention plus particulière.

Le premier des deux, c'est Ausias ou Augustin March. Sa famille, d'origine catalane, vint à Valence, au moment de la conquête, en 1238, et se distingua durant des générations successives par son amour pour les lettres. March lui-même était d'une noble race; il possédait, comme seigneur, la ville de Beniarjo et les villages voisins, et assista, en cette qualité, aux cortès de Valence, en 1446. A part ce petit nombre de faits, nous ne savons presque rien de sa vie, excepté qu'il fut un ami personnel et intime du célèbre et infortuné D. Carlos, prince de Viane, et qu'il mourut probablement en 1460, et certainement avant 1462, méritant bien le souvenir que lui consacre son contemporain le grand Connétable de Castille, quand il dit de lui qu'il était : «grand troubadour et homme d'un esprit éclairé (1). »

La plus grande partie de ses poésies, qui ont été conservées, sont composées en l'honneur d'une dame qu'il aima et servit dans la vie et dans la mort, et que, si nous en croyons littéralement son récit, il vit pour la première fois à l'église, un vendredi saint, exactement comme Pétrarque vit Laure pour la première fois. Mais ce n'est probablement là qu'une imitation du grand poëte italien dont la renommée ombrageait alors tout ce qui était littérature dans le monde. Les poésies de March ne laissent pas de doute à cet égard; il fut un disciple de Pétrarque. Elles ont la forme qu'il appelle lui-même *cants*, chants, et chacune d'elles se compose de cinq à dix stances. Toute la collection, composée de cent seize de ces petits poëmes, se divise en quatre parties, y compris quatre-vingt-treize *cants* ou *can-*

---

sur la fausse hypothèse que le *Tirante* fut écrit, en castillan, avant l'année 1383, et qu'il s'imprima en 1480. La vérité est qu'il fut composé d'abord en portugais et qu'il fut traduit et imprimé en dialecte valencien, en 1490. Nous ne connaissons l'existence que de deux exemplaires de cette édition. L'un a été payé trente mille réaux (7,800 fr.) en 1825. (*Répertoire américain*, Londres, 1827, in-8°, tom IV, pp. 57-60.)

(1) La vie d'Ausias March se trouve dans Ximeno, *Écrivains de Valence*, tom. I, p. 41; dans la continuation de Fuster, tom. I, pp. 12, 15, 24; dans les notes de Cerda y Rico à la *Diane* de Gil Polo (1802, pp. 290, 293, 486). Quant à ses rapports avec le prince de Viane, « jeune homme, dit Mariana, si digne d'un meilleur sort et d'un père plus doux, » voyez Zurita, *Annales*, liv. XVII, ch. xxiv, et la biographie élégante de ce prince infortuné par Quintana, tom. I, de ses *Espagnols célèbres* (Madrid, 1807, in-12).

zones d'amour où il se plaint beaucoup de la perfidie de sa dame, quatorze *canzones* morales et didactiques, une seule spirituelle, et huit sur la Mort. Mais, quoique March soit un imitateur de Pétrarque dans l'essence de sa poésie, la forme lui appartient en propre. Elle est grave, simple, claire, avec peu d'artifice et beaucoup de sentiments réels. Outre ces qualités, elle a encore une vérité et une fraîcheur d'expression, résultant en partie du dialecte qu'elle emploie, en partie de la tendresse naturelle du poëte, qui la rend vraiment attrayante. Ce n'est pas douteux, March est le plus heureux de tous les poëtes catalans et valenciens dont les œuvres sont arrivées jusqu'à nous ; mais ce qui le distingue surtout entre tous et même de l'école provençale en général, c'est sa sensibilité et le sentiment moral qui pénètre la plus grande partie de ses compositions. Ce sont ces qualités qui ont conservé, jusqu'au temps présent, sa réputation et sa popularité dans son propre pays. Ses œuvres ont eu quatre éditions durant le seizième siècle, et elles ont eu l'honneur d'être lues à Philippe II, encore jeune, par son tuteur ; d'être traduites en latin et en italien, d'être mises en vers dans la noble langue castillane, par un poëte non moins célèbre, par Jorge de Montemayor (1).

L'autre poëte mentionné par le même motif était un contemporain de March et comme lui originaire de Valence ; il s'appelle Jaume Roig et fut médecin de la reine Marie, femme d'Alphonse V d'Aragon. Si son autorité ne repose pas sur un récit plus poétique qu'historique, Roig fut un personnage de distinction dans son temps, et respecté à l'étranger autant que dans sa patrie. Mais, à part ces quelques faits, nous savons très-peu de choses sur lui, excepté qu'il fut un des concurrents pour le prix de poésie, à Valence, en 1474, et qu'il y mourut d'une attaque d'apoplexie, le 4 avril

---

(1) Nous avons des éditions d'Ausias March, en catalan, de 1543, 1545, 1555, 1560 ; des traductions castillanes, totales ou partielles, par Romani, 1539, par Montemayor, 1562, et réunies toutes dans l'édition de 1569. Il en existe aussi une autre complète, mais inédite, par Arano y Oñate. Vicente Mariner a traduit March, en latin, et a écrit sa biographie (Opera, Turnoni, 1683, in-8°, pp. 497, 856). Je n'ai pu connaître le nom du traducteur italien. Voyez, outre Ximeno et d'autres, cités dans la dernière note, Rodriguez, *Biblioth. valencienne*, p. 68, etc. L'édition des *Œuvres de March*, publiée en 1560 à Barcelone, in-8°, forme un très-beau volume. On y trouve à la fin un index très-court et très-incomplet des termes obscurs et de leurs équivalents en espagnol. Cette liste a été dressée, suppose-t-on, par le tuteur de Philippe II, l'évêque d'Osma, alors que pour divertir ce prince il lui lisait, à lui et à ses courtisans, les poésies d'Ausias March. Quant aux traductions de ce poëte catalan, je n'ai pu voir que celles de Montemayor et de Mariner, bonnes toutes deux ; la dernière est incomplète.

1478 (1). Ses œuvres ne sont pas plus connues que sa vie, quoique, à plusieurs égards, elles soient dignes de l'être. Il ne nous en reste presque rien, si l'on en excepte un poëme de trois cents pages intitulé, tantôt *Libre de consells*, et tantôt *Libre de los dones* (2). Le sujet du poëme est principalement une satire contre les femmes, mais la conclusion est consacrée à la louange et à la gloire de la Vierge. Dans l'ensemble se trouvent mêlés quelques traits sur lui-même et sur son temps, et des conseils à son neveu Balthasar Bou pour le profit duquel le poëme semble avoir été composé.

Il se divise en quatre livres, subdivisés en parties qui ont peu de relation l'une avec l'autre, et souvent même peu d'harmonie avec le sujet général du poëme. Une bonne partie est pleine d'érudition et de noms propres; une autre semble avoir une tendance à la dévotion, quoique l'esprit dominant n'ait certainement rien du caractère religieux. Il est écrit en petits vers rimés de deux à cinq syllabes, mesure irrégulière, appelée en valencien *cudolada*, et la seule que le poëte ait employée. Cette mesure, dont la douceur a été grandement vantée par ceux qui connaissent assez familièrement les principes de sa structure pour faire les élisions et les syncopes nécessaires, n'a paru avoir d'autre meilleur mérite aux yeux des autres qu'une certaine vivacité et une certaine bizarrerie (3). Le passage suivant, où le poëte se décrit lui-même, peut servir de spécimen et montrer qu'il a aussi peu de génie poétique que Skelton, à qui il peut être comparé sous plusieurs rapports. Roig se représente comme ayant été malade de la fièvre, dans son enfance, et comme étant entré, en quittant son lit de convalescent, au service d'un aventurier catalan semblable à Roche Guinart ou Rocha Guinarda, personnage historique de la même Catalogne et presque de la même époque, qui figure dans la seconde partie du *don Quichote*.

---

(1) Ximeno, *Ecrivains de Valence*, tom. I, p. 50; Fuster, tom. I, p. 30; Cerdá y Rico, *Notes à la Diane de Polo*, pp. 300-302.

(2) *Libre de consells fet per lo magnifich Mestre Jaume Roig*, tel est le titre de l'édition princeps de 1531, d'après Ximeno. C'est aussi celui de l'édition de 1561 (Valence, in-8°, 149 feuilles) que j'ai sous les yeux. L'édition de Valence, 1735, que j'ai aussi dans mes mains, porte pour titre : *Lo Libre de les Dones e de Concells*, etc., titre qui est plus conforme au sujet.

(3) *Origines de la langue espagnole*, Mayans y Siscar, tom. I, p. 57.

> Sorti del llit
> E mig guarit
> Yo men parti,
> A peu ani
> Seguint fortuna.
> En Catalunya
> Un cavaller,
> Gran bandoler,
> Dantich llinatge,
> Me pres per patge.
> Ab ell vixqui,
> Fins quem ixqui,
> Ja home fet.
> Ab lhom discret
> Temps non hi perdi;
> Dell aprengui
> De ben servir,
> Armes seguir,
> Fuy caçador,
> Cavalcador,
> De cetreria,
> Menescalia,
> Sonar, ballar
> Fens à tallar
> Ell men mostra (1).

Le poëme, nous dit son auteur, fut composé en 1460, et nous savons qu'il dut continuer à jouir d'une assez grande popularité pour avoir cinq éditions avant 1562. Mais il y a des passages si libres qu'en 1735, au moment où l'on voulut l'imprimer de nouveau, l'édi-

---

(1) Je sortis du lit, — Et, à moitié guéri, — Je partis; — Je m'en allai, — Suivant ma destinée. — En Catalogne, — Un cavalier, — Grand bandoulier, — D'antique lignage, — Me prit pour page. — Avec lui je vécus — Jusqu'à ce que je devins — Homme fait.—Avec ce sage, — Je ne perdis pas de temps; — De lui j'appris—A bien servir, —A porter les armes. — Je devins chasseur, — Écuyer, — Fauconnier, — Maréchal : —A sonner du cor, danser, — Même découper, — Il m'enseigna. (*Livre des Dons*, première partie du premier livre, édition 1561, in-4°, fol. xv, *b*.)

« Le Cavalier, grand bandoulier, d'antique lignage, » dont l'auteur parle dans ces vers, était un successeur de ces aventuriers du moyen âge, hommes qui ne manquaient pas toujours d'une certaine générosité, ni d'un certain sentiment de justice, et dont le caractère nous est admirablement dépeint dans le portrait de Roque Guinart ou Roche Guinard, personnage cité dans le texte et dont parle Cervantes dans la deuxième partie de *D. Quichote* (ch. LX et LXI). Cet aventurier et ses compagnons reçoivent tous le nom de *Bandoleros*; ce sont les bannis de Robin-Hood, de The Nut-Brown Maid; et ce nom leur vient des bandes ou baudriers qu'ils portaient. La comédie de Caldéron, *Luis Perez, el Gallego*, repose sur l'histoire d'un bandoulier qui avait, suppose-t-on, vécu à l'époque de l'invincible Armada, en 1588.

teur, pour excuser les nombreuses omissions qu'il avait été obligé d'y faire, eut recours à un expédient charmant : il prétendit qu'il n'avait pu trouver aucune copie des vieilles éditions où ne manquaient pas les passages qu'il avait lui-même omis (1). Le livre de Roig n'est pas beaucoup lu maintenant. Ses indécences et l'obscurité de son langage l'ont banni de la partie policée de la société espagnole; mais on pourrait glaner, dans sa satire libre et animée, des détails précieux pour éclairer le ton, les mœurs et la manière de penser et de vivre dans ces temps.

La mort de Roig nous conduit jusqu'à l'époque où la littérature des provinces de l'est de l'Espagne qui longent la Méditerranée commence à décliner. Cette décadence naturelle, mais triste, était le résultat de la littérature elle-même et des circonstances au milieu desquelles elle se trouvait accidentellement placée. Cette littérature était primitivement provençale par son esprit et par ses éléments, elle poussa par conséquent des racines plus rapides que fortes ; végétation luxuriante, elle se développa spontanément aux premières chaleurs de printemps ; mais elle ne pouvait prospérer qu'avec peine dans toute autre température que celle du doux climat qui l'avait vue naître. A mesure qu'elle s'avança, portée par le déplacement de la résidence du pouvoir politique d'Aix à Barcelone, de Barcelone à Saragosse, elle s'approcha constamment de la littérature qui avait fait sa première apparition sur les montagnes du nord-ouest, au caractère plus vigoureux et plus grave, et contre laquelle elle ne pouvait faire qu'une mauvaise résistance. Aussi, dès que les deux littératures se rencontrèrent, la lutte pour la suprématie fut courte. La victoire se décida immédiatement en faveur de celle qui, produite par des éléments plus forts et d'un caractère plus énergique, était destinée à s'arroger à elle-même la puissance politique sur toute la Péninsule, et qui était armée d'un pouvoir auquel sa rivale, plus gracieuse et plus enjouée, ne pouvait présenter qu'une opposition sans effet.

Quelle est l'époque où ces deux littératures, s'avançant des extrémités opposées de la Péninsule, finirent par se rencontrer, c'est ce que leur nature même ne permet pas de déterminer avec beaucoup de précision. Et cependant les progrès de l'une et de l'autre sont le ré-

---

(1) L'éditeur de la dernière édition parue est Carlos Ros, dont j'ai vu une curieuse collection de proverbes valenciens (Valence, in-12, 1733), et qui, l'année précédente, avait, je crois, fait imprimer l'ouvrage suivant : *L'orthographe de Valence et de Castille.*

sultat de causes politiques et de tendances manifestes qu'on peut aisément suivre. La famille qui régnait en Aragon était, depuis les temps de Jacques le Conquérant, unie par des liens de parenté aux familles qui s'étaient établies en Castille et au nord de l'Espagne. Ferdinand le Juste, qui fut couronné à Saragosse, en 1412, était un prince castillan ; de sorte qu'à partir de cette époque, les deux trônes sont absolument occupés par des membres de la même maison royale. Valence et Burgos, suivant que leurs cours touchaient et contrôlaient leur littérature respective, se trouvaient, à un grand degré, sous une même influence. Ce contrôle n'était ni peu considérable ni peu efficace. Dans ce siècle, la poésie cherchait un abri sous la protection des cours, et elle le trouvait aisément en Espagne. Juan II d'Aragon fut un heureux et décidé protecteur des lettres ; quand Ferdinand vint prendre possession de la couronne d'Aragon, il était accompagné du marquis de Villena, noble seigneur dont les vastes fiefs s'étendaient jusqu'aux frontières du royaume de Valence, mais qui, malgré l'intérêt qu'il prit à la littérature du midi et au Consistoire de Barcelone, parlait encore le castillan comme sa langue maternelle et n'écrivit pas dans une autre langue. Nous pouvons donc croire que sous les règnes de Ferdinand le Juste et d'Alphonse V, de 1412 à 1458, l'influence du nord commence à faire invasion dans la poésie du midi, quoiqu'il n'y ait pas d'indices que Ausias March ou Jaume Roig, ni aucun autre écrivain de leur école, ait tenté de faire quelque infidélité au dialecte de leur pays.

Enfin, quarante ans après la mort de Villena , nous trouvons une preuve positive que le castillan commençait à être connu et cultivé sur les bords de la Méditerranée. En 1474, un concours poétique fut publiquement célébré à Valence, en l'honneur de la Vierge, espèce de joute littéraire, semblable à celles qui furent plus tard si communes du temps de Cervantès et de Lope de Vega. Quarante poëtes se disputèrent le prix. Le vice-roi était présent. C'était une occasion solennelle et imposante, et tous les poëmes présentés furent imprimés, la même année, par Bernardo Fenollar, secrétaire du concours, dans un volume que l'on regarde comme le premier livre connu pour avoir été imprimé en Espagne (1). Quatre de ces poëmes étaient en castillan, et leur existence ne permet pas de douter que les vers cas-

---

(1) Fuster, tom. I, p. 52 ; Mendez, *Typog. espagnole*, p. 56. — Roig fut un de ceux qui disputèrent le prix.

tillans ne fussent regardés comme un divertissement convenable pour un auditoire populaire, à Valence. Fenollar, qui composa aussi, outre les vers présentés à ce concours, un petit volume de poésie en l'honneur de la Passion du Sauveur, nous a laissé encore une *cancion* en castillan, quoique ses œuvres fussent en dialecte valencien et fussent apparemment composées pour l'amusement de ses amis de Valence, où il était un personnage notable et un professeur de l'université qui s'y était fondée en 1449 (1).

La poésie castillane fut, c'est probable, rarement écrite à Valence durant le quinzième siècle, tandis que le valencien y était constamment écrit. *Lo Proces de les olives,* par exemple, entièrement en ce dialecte, fut composé par Jaume Gazull, Fenollar et Juan Moreno, trois poëtes qui semblent avoir été des amis intimes, et qui réunirent leurs talents poétiques pour produire cette satire. Là, en effet, sous l'allégorie de certains oliviers, et, dans un langage qui n'est pas toujours aussi modeste que le bon goût le demande, ils discutent ensemble sur les dangers auxquels la jeunesse et la vieillesse sont respectivement exposées par les sollicitations des plaisirs du monde (2). Un autre dialogue des trois mêmes poëtes, écrit dans le même dialecte, suivit bientôt cette première composition, et il porte la date de 1497. Ce dialogue est supposé avoir eu lieu dans la chambre à coucher d'une dame qui se relève de couches, et l'on examine la question de savoir qui des hommes, jeunes ou vieux, font les meilleurs maris. Vénus décide la question en faveur des jeunes, et le dialogue se termine, d'une manière fort peu convenable, par un hymne religieux (3). D'autres poëtes restèrent également fidèles à leur dialecte

---

(1) Ximeno, tom. I, p. 59 ; Fuster, tom. I, p. 51 ; Cerdà y Rico, la Diane de Gil Polo, p. 317. Ses poésies se trouvent dans le *Cancionero général* (1573, fol. 340, 251, 307); dans les *Œuvres d'Ausias March* (1560, f. 134), et dans le *Process de les Olives,* mentionné dans la note suivante. L'*Historia de la Passio de Nostre Senyor* fut imprimée à Valence, en 1493 et en 1564.

(2) *Lo Process de les Olives è disputa del Jovens hi del Vels* s'imprima pour la première fois à Barcelone, en 1532. Mais l'exemplaire dont je me suis servi est de Valence, imprimerie de Joan de Arcos, 1561 (in-8°, 40 feuilles). Quelques autres poëtes prennent part à la discussion. Le tout semble avoir grossi dans leurs mains par des additions successives, et le livre est arrivé à l'état et à la grosseur actuelle.

(3) Il existe une édition de 1497 (Mendez, p. 88). L'exemplaire dont je me suis servi a pour titre : *Comença lo somni de Joan ordenat per lo magnifich mossen Jaume Gaçull, cavaller, natural de Valencia,* en *Valencia,* 1561, in-8°. A la fin, on lit une piquante composition poétique de Gaçull, répondant à Fenollar, qui avait vivement

maternel : dans ce nombre se trouve Juan Escriva, ambassadeur des *Rois Catholiques* auprès du pape, en 1497, et qui fut probablement la dernière personne de haut rang qui écrivit en valencien (1) ; Vincent Ferrandis, qui prit part à un concours poétique, célébré en l'honneur de sainte Catherine de Sienne, à Valence, en 1511, et dont les poésies sur d'autres sujets semblent avoir mérité des honneurs publics, et avoir été, par leur douceur et leur puissance, dignes de la distinction qu'elles avaient obtenue (2).

Cependant il ne manque pas de poëtes valenciens qui écrivent plus ou moins en castillan. De ce nombre est Francisco Castelvi, un ami de Fenollar (3). Narcisse Viñoles en était un autre ; il florissait, en 1500, il écrivait en toscan aussi bien qu'en castillan et en valencien, et il rendait évidemment ainsi son idiome maternel un peu barbare (4). Un troisième, c'est Juan Tallante, dont les poésies reli-

---

critiqué quelques mots du dialecte valencien que Gaçull défend. Elle est intitulée : « La Brama dels 14 llauradors del Orto de Valencia, Les Cris des quatorze laboureurs du Jardin de Valence. » Gaçull se trouve aussi dans le *Process de les Olives*, et dans le *Concours poétique de* 1474. Voyez sa vie dans Ximeno, tom. I, p. 59, et Fuster, tom. I, p. 37.

(1) Ximeno, tom. I, p. 64.

(2) Les poésies de Ferrandis sont insérées dans le *Cancionero général de Séville*, 1535, folios 17, 18, et dans le *Cancionero d'Anvers*, 1573, 31-34 ; la description de ce concours poétique de 1511 se lit dans Fuster, tom. I, pp. 56-58. — On cite d'autres vieux poëtes de Valence, tels que Juan Roiz de Corella (Ximeno, tom. I, p. 62), ami de l'infortuné prince de Viane, D. Carlos ; deux ou trois autres anonymes, qui ne sont pas sans mérite (Fuster, tom. I, pp. 284-293) ; et plusieurs autres, qui prirent part au concours poétique célébré à Valence en 1498, en l'honneur de saint Christophe (*ibid.*, pp. 296, 297). Mais la tentative faite pour attribuer à un poëte valencien du treizième siècle les poëmes de sainte Marie d'Égypte et du roi Apollonius, qui se trouvent à l'Escurial et dont nous avons déjà parlé, en les plaçant au nombre des poésies castillanes les plus vieilles, cette tentative doit nécessairement n'avoir aucun effet.

(3) *Cancionero général*, 1573, fol. 231, et ailleurs.

(4) Ximeno, tom. I, p. 61. Fuster, tom. I, p. 54. *Cancionero général*, 1573, fol. 241, 251, 316, 318. *Notes de Cerda y Rico à la Diane de Polo*, 1802, p. 304. Viñoles, prologue de sa traduction de la *Summa Chronicarum*, s'exprime ainsi : « Osé alargar la temerosa mano mia para ponerla en esta limpia, elegante y graciosa lengua castellana, la quel puede muy bien y sin mentira ni lisonja entre muchas barbaras y salvajes de aquesta nuestra España, latina, sonante y elegantisima ser llamada.—J'ai osé allonger ma main téméraire pour la porter sur cette si pure, si élégante et gracieuse langue castillane, langue qui peut bien, sans mensonge ni flatterie, au milieu de tant d'idiomes barbares et sauvages de notre Espagne, être appelée latine, sonore et élégante par excellence. »

gicuses se trouvent au commencement du vieux *Cancionero general* (1).
Un quatrième, Luis Crespi, membre d'une ancienne famille de Val-
daure, et, en 1506, recteur de l'université de Valence (2); et parmi
les derniers, s'il n'est pas lui-même le dernier, Juan Fernandez de
Heredia, mort en 1549, dont nous n'avons presque rien en valencien, et qui nous a beaucoup laissé en castillan (3). Ainsi donc, que
le castillan ait obtenu, dans la première partie du seizième siècle, une
supériorité réelle dans tout ce qu'il y avait alors de poésie et d'élégance littéraire le long des côtes de la Méditerranée, c'est ce qui ne
peut être douteux. En effet, avant la mort de Fernandez de Heredia,
Boscan avait déjà abandonné le catalan, son dialecte maternel, et
commencé à former, dans la littérature espagnole, une école qui n'a
jamais disparu depuis. Peu de temps après, Timoneda et ses disciples
montrèrent, par les succès de leurs représentations des farces castillanes, sur les places publiques de Valence, que l'ancien dialecte avait
cessé d'être nécessaire dans cette capitale. La langue de la cour de
Castille était devenue, pour des occasions semblables, la langue prédominante de tout le sud.

Telles furent, en réalité, les circonstances qui déterminèrent la
ruine de tout ce qui restait, en Espagne, des fondations établies sur
la culture provençale. Les couronnes d'Aragon et de Castille venaient
d'être réunies par le mariage de Ferdinand et d'Isabelle; la cour
s'était éloignée de Saragosse, malgré les instances de cette cité, qui
réclamait l'honneur d'être regardée comme une capitale indépendante ; et, avec le flot de l'empire, le flot de la civilisation descendait
graduellement de l'ouest et du nord. Quelques poëtes du midi se
sont, il est vrai, à une époque postérieure, aventurés à écrire dans
leur dialecte maternel. Le plus remarquable d'entre eux est Vicente
Garcia, qui fut un ami de Lope de Véga, et mourut en 1623 (4).

---

(1) Les *Poésies sacrées de Tallante* remplissent, je crois, les premières feuilles de
tous les *Cancioneros généraux* de 1511 à 1573.

(2) *Cancionero général*, 1573, fol. 238, 248, 300, 301. Fuster, tom. I, p. 65. Cerda,
Notes à la Diane de Polo, p. 306.

(3) Ximeno, tom. I, p. 102. Fuster, tom. I, p. 87. Cerdà, *Diane de Polo*, p. 326.
Cancionero général, 1573, fol. 183, 222, 225, 228, 230, 305, 307.

(4) Les œuvres de Garcia s'imprimèrent, pour la première fois, en 1700, sous le titre
suivant : *La Armonia del Parnas mes numerosa en las poesias varias del Atlant
del cel poetic. Lo Dr Vicent. Garcia* (Barcelona, 1700, in-4° p. 201). Plusieurs questions
se sont élevées sur la date propre de cette édition, j'ai donné celle de mon exemplaire (voyez Torres Amat, *Memorias*, pp. 271, 274). Les compositions qu'elle ren-

Mais ses poésies, dans toutes ses diverses phases, ne sont qu'un mélange de plusieurs dialectes, et dénotent, malgré leur air provincial,
l'influence de la cour de Philippe IV, où l'auteur avait vécu quelque
temps. Quant à la poésie imprimée plus tard, ou récitée de nos jours
sur les théâtres populaires de Barcelone et de Valence, elle est écrite
dans un dialecte si grossièrement corrompu, qu'il n'est pas très-aisé
de le reconnaître pour le dialecte des descendants de Muntaner et
d'Ausias March (1).

---

ferme sont principalement des poésies lyriques, des sonnets, des *dizains*, des *redondillas*, des romances, etc. A la fin, se trouve un drame intitulé : *Santa Barbara*, en
trois petites *journées* avec quarante ou cinquante personnages allégoriques et surna-
turels, tous aussi fantastiques que les autres productions de ce siècle. Une autre édition des œuvres de Garcia s'est imprimée, à Barcelone, en 1840, et le *Semanario
pintoresco* de 1843, p. 84, en contient une analyse.

(1) Le valencien est toujours resté un dialecte des plus doux. Cervantès en fait
plus d'une fois l'éloge pour sa *meliflua gracia* (voyez le deuxième acte de la *Grande
Sultane*, et le commencement du douzième chapitre du troisième livre de *Persiles et
Sigismonde*). Mayans y Siscar ne perd pas une occasion de le vanter. Mais Mayans était
de Valence et tout imbu de préjugés valenciens.

L'histoire littéraire du royaume de Valence, tant l'histoire de la période où l'emporta son dialecte provincial, que de l'époque plus moderne où le castillan s'arro-
gea la suprématie, cette histoire a été illustrée avec un soin remarquable et un
succès prodigieux. Le premier écrivain qui s'est consacré à cette tâche s'appelle
Joseph Rodriguez, docte ecclésiastique, né à Valence en 1630, et mort dans cette
capitale en 1703, juste au moment où sa *Bibliotheca valenciana* était sur le point de
sortir de la presse et qu'il n'y en avait plus que quelques feuilles à imprimer. Quoique cette publication fût presque sur le point d'être terminée, il s'écoula encore un
long espace de temps avant qu'elle fût complète et éditée. Son ami Ignacio Savalls,
à qui l'on confia le soin de la finir, se mit à l'œuvre avec la plus grande ardeur, mais
il mourut, en 1746, avant d'avoir pu entièrement remplir sa tâche.

Des exemplaires du livre imparfait circulèrent cependant; l'un d'eux tomba entre
les mains de Vicente Ximeno, natif aussi de Valence, comme Rodriguez, et comme
lui intéressé à l'histoire littéraire de son royaume. D'abord Ximeno conçut le projet de compléter l'œuvre de son prédécesseur; mais bientôt il changea de détermi-
nation et il préféra se servir des matériaux de Rodriguez pour préparer, sur le même
sujet, une autre œuvre plus étendue et qui donnerait des détails jusqu'à son époque.

Ce plan fut bientôt réalisé et l'ouvrage publié, à Valence, en 1747-49, en deux volumes in-folio, sous le titre de *Escritores de Valencia*. Il ne put empêcher, toutefois,
que la Bibliothèque de Rodriguez ne fût donnée au public, dans la même ville,
en 1747, quelques mois avant l'apparation du premier volume de Ximeno.

Le dictionnaire de Ximeno, qui mourut en 1764, conduit l'histoire littéraire de
Valence jusqu'en 1748. Elle a été continuée jusqu'en 1829 par la *Bibliotheca Valenciana*
de Justo Pastor Fuster (Valence, 1827-30, 2 volumes in-folio). Cet ouvrage remarquable contient un grand nombre de nouveaux articles sur la période primitive em-

La dégradation de ces deux dialectes, les plus cultivés dans les contrées du sud et de l'est de l'Espagne, dégradation qui commença sous le règne des Rois Catholiques, ne peut être considérée comme complète qu'au moment où le siége du gouvernement national fut établi d'abord dans la Vieille, et plus tard dans la Nouvelle-Castille. Grâce à ces circonstances, l'autorité prédominante du castillan fut dès lors définitivement reconnue et assurée. Le changement n'avait certainement rien de déraisonnable ni d'inopportun. La langue du nord était alors plus pleine, plus vigoureuse, plus riche en constructions et en idiotismes ; elle était même, sous presque tous les rapports, plus propre à devenir langue nationale que tous les idiomes du sud. Et cependant nous pouvons à peine suivre et attester les résultats d'une telle révolution, sans éprouver des sentiments d'un regret bien naturel. La décadence lente et la disparition totale d'une langue nous apporte des pensées mélancoliques particulières, en quelque sorte, à la circonstance présente. Nous nous imaginons qu'une partie de l'intelligence du monde s'est éteinte, et que nous avons été frustrés nous-mêmes d'une portion de l'héritage intellectuel auquel nous avions, à certains égards, autant de droits que ceux qui l'ont détruit et qui étaient obligés de nous le transmettre aussi intact qu'ils l'avaient eux-mêmes reçu. Nous éprouvons encore le même sentiment pour le grec et le latin, quand nous voyons que les peuples qui parlaient ces langues se sont élevés au plus haut point de civilisation, et ont laissé, après eux, ces monuments qui serviront à toutes les générations futures pour apprécier et partager leur gloire.

---

brassée par les travaux de Rodriguez et de Ximeno, et complète par des additions ceux qu'ils avaient laissés imparfaits.

Les cinq volumes in-folio dont se compose toute la série renferment deux mille huit cent quarante et un articles. Combien y a-t-il d'articles de Ximeno relatifs aux écrivains connus par Rodriguez, combien y en a-t-il dans Fuster qui appartiennent à ses deux prédécesseurs, c'est ce que je n'ai pu examiner ; mais le nombre en est, je pense, moindre qu'on ne le suppose. D'un autre côté, les nouveaux articles et les additions à ces devanciers sont plus considérables et plus importantes. En réunissant ensemble ces travaux, on peut reconnaître qu'il n'y a pas une autre contrée de l'Europe, d'une égale étendue, dont l'histoire littéraire ait été cultivée avec autant de soin que l'histoire du royaume de Valence : circonstance d'autant plus remarquable, si on se rappelle que Rodriguez, qui entreprit le premier cet ouvrage, tenta le premier, comme il dit, un pareil travail en langue vulgaire, et que Fuster, qui le termina et qui eut une érudition assez grande, ne fut qu'un simple relieur, qui, voyant par métier des livres rares, conçut ainsi l'idée de continuer les investigations littéraires de ses prédécesseurs.

Mais nos regrets sont plus profonds quand nous voyons la langue
d'un peuple mourir dans sa jeunesse, avant que son caractère se soit
pleinement développé, alors que ses qualités poétiques commencent
à paraître, et que partout brillent les promesses et les espérances les
plus flatteuses (1).

Telle fut la singulière destinée et l'infortune de la langue provençale
et des deux principaux dialectes dans le moule desquels elle s'était modifiée et transformée. Le provençal, né à l'époque la plus barbare que
l'Europe ait vue, depuis la civilisation grecque, commença à briller sur
le monde. Il illumina le midi de la France de ses splendeurs, et étendit son influence non-seulement sur les contrées voisines, mais encore sur les cours froides et glacées du nord. Il fleurit longtemps
avec une rapidité et une exubérance tropicale, et il donna d'abord
des marques d'un esprit enjoué qui promettait de produire, dans la
plénitude de sa force, une poésie, différente sans doute de la poésie
de l'antiquité, avec laquelle elle n'a aucune connexion réelle, mais
enfin une poésie aussi fraîche que le sol qui l'avait vue naître, aussi
douce que le climat qui avait favorisé son développement. Mais la
guerre injuste et cruelle des Albigeois jeta les troubadours de l'autre
côté des Pyrénées, et les révolutions politiques du pouvoir, et la supériorité de l'esprit du nord, les écrasèrent sur les rivages espagnols
de la Méditerranée. Suivons, cependant, avec un sentiment de regret
naturel et inévitable, leur longue et pénible retraite, marquée partout
par des restes et des fragments de leur poésie et de leur civilisation,
d'Aix à Barcelone, de Barcelone à Saragosse et à Valence. C'est là
qu'opprimée par le noble et puissant castillan, tout ce qui reste de la
langue qui avait donné la première impulsion au sentiment poétique
des temps modernes (2), est rabaissé aux proportions d'un dialecte

---

(1) Les Catalans ont toujours exprimé ce regret et n'ont jamais pu de bon cœur
faire usage du castillan. Ils affirment que leur propre dialecte a été, au temps de Ferdinand et d'Isabelle, plus abondant, plus harmonieux que l'orgueilleux rival qui est
venu le remplacer. (Villanueva, *Viage à las iglesias*, Valence, 1821, in-8°, tome VII,
p. 202.)

(2) Un des plus estimables monuments de ce vieux dialecte espagnol, c'est la traduction de la *Bible* en catalan, faite par Boniface Ferrier, mort en 1477 et frère de
saint Vincent Ferrier. Cette traduction s'imprima, à Valence, en 1748, in-folio. Mais
l'Inquisition la supprima trop tôt, de sorte qu'elle n'exerça jamais une grande influence sur la langue et la littérature de cette province. Presque tous les exemplaires en ont été détruits. Castro en donne des extraits dans sa *Bibliotheca española*
(tome I, pp. 444, 448). Voyez aussi *Mecrie's Reformation in Spain* (Édimbourg, 1829.

ignoré ; et, sans avoir atteint le degré de perfection qui conserve son nom et sa gloire aux siècles futurs, le provençal devient une langue aussi morte que le grec et le latin.

---

in-8°, pp. 191 et 404). Sismondi, à la fin du chapitre sur la littérature provençale, dans sa *Littérature du midi de l'Europe*, présente quelques observations sur sa décadence qui, pour le ton, se rapportent aux remarques que nous venons de faire à la fin de ce chapitre, et auxquelles nous renvoyons pour l'éclaircissement et la justification de nos idées.

CHAPITRE XVIII.

La littérature provençale, qui fit de si bonne heure son apparition
en Espagne, et qui, durant une grande partie de la période où elle y
prédomina, fut en avance sur la culture poétique de presque tout le
reste de l'Europe, cette littérature ne pouvait manquer d'exercer une
influence sur la littérature castillane, qui naquit et fleurit à ses côtés.
Mais, avant de continuer, nous devons faire connaître l'influence d'une
autre littérature en Espagne, influence qui, moins visible et moins
importante d'abord que celle de la littérature provençale, était destinée à devenir plus tard plus puissante et plus durable. Je veux parler de la littérature italienne.

L'origine de cette influence remonte assez loin dans l'histoire du
caractère et de la civilisation du peuple espagnol. Longtemps avant
que l'esprit poétique se réveillât dans le midi de l'Europe, les chrétiens espagnols, à travers les tristes siècles de leur lutte contre les
Maures, s'étaient accoutumés à regarder l'Italie comme le siége d'un
pouvoir dont les fondements reposaient sur la foi et l'espérance, et
s'étendaient au-delà de la lutte mortelle où ils étaient engagés. Ce
n'est pas que le Saint-Siége eût alors obtenu, par sa capacité politique, une grande autorité en Espagne, mais parce que les exigences
particulières et les épreuves de la condition dans laquelle vivait la
Péninsule, avaient fait que la religion de l'Église romaine n'avait
trouvé nulle part des serviteurs plus dévoués et plus sincères que chez
la nation que constituaient les chrétiens espagnols.

En effet, depuis l'époque de la grande invasion arabe jusqu'à la chute de Grenade, ce peuple religieux s'est rarement lié, par des relations politiques, au reste de l'Europe. Engagé dans des guerres intestines qui l'épuisent, il a, d'un côté, presque toujours été l'objet de la cupidité et de l'ambition de l'étranger, et, d'un autre, il n'a jamais bien pu, malgré ses désirs les plus ardents, prendre part lui-même à ces intérêts puissants qui remuaient le monde par-delà ses montagnes; il n'a pu non plus s'attirer les sympathies de ces contrées plus favorisées qui, avec l'Italie en tête, marchaient à la constitution de la puissance et de la civilisation de la chrétienté. Les Espagnols ont toujours reconnu que leur service particulier, c'était d'être les soldats de la croix; ils ont toujours, avant tout et par-dessus tout, reconnu que c'était être chrétien que de combattre contre les infidèles. Aussi leurs sympathies religieuses ont-elles été constamment apparentes et ont-elles souvent même prédominé toutes les autres, de sorte que, s'ils ont été peu rattachés à l'Église romaine par les liens politiques qui tenaient la moitié de l'Europe dans l'asservissement, ils ont été reliés à elle par l'esprit religieux plus qu'aucun autre peuple des temps modernes, plus encore que les armées de Croisés que cette même Église fit lever dans toute la chrétienté, et à qui elle donna tout ce qu'elle était capable de distribuer de son caractère et de ses propres ressources.

A cette influence religieuse de l'Italie sur l'Espagne vient s'ajouter bientôt l'influence d'une culture intellectuelle plus élevée. Avant l'année 1300, l'Italie possédait au moins cinq universités, la plupart célèbres dans toute l'Europe et attirant des étudiants des contrées les plus éloignées. A cette même époque, l'Espagne n'en possédait aucune, à l'exception de Salamanque, qui était alors dans un assez triste état de désorganisation (1). Les universités mêmes, établies le siècle suivant à Huesca et à Valladolid, produisirent comparativement peu d'effet. Toute la Péninsule était encore dans un état de trouble trop grand pour laisser une place propre à l'encouragement des lettres, et les personnes mêmes qui désiraient s'instruire se rendaient, les unes à Paris, le plus grand nombre en Italie. Bologne,

---

(1) L'Université de Salamanque doit sa fondation à Alphonse X, en 1254. En 1310 elle était déjà dans une grande décadence, et elle ne recouvra son importance universitaire que quelque temps après (*Hist. de l'Université de Salamanque*, par Pedro Chacon. Seminario Erudito. Madrid, 1789, in-4°, tom. XVIII, pp. 13, 21).

probablement comme la plus ancienne et pendant longtemps la plus renommée des universités italiennes, Bologne, nous le savons, reçut et honora des Espagnols, durant le treizième siècle, tant comme étudiants que comme professeurs (1). A Padoue, qui occupe le second rang, c'est un Espagnol qui est nommé recteur ou président des actes (2). Il n'y a pas de doute, c'est dans tous les grands établissements d'instruction italiens, dont l'accès leur était facile, et spécialement dans ceux de Rome et de Naples, que les Espagnols allèrent chercher de bonne heure cette culture qu'ils ne pouvaient obtenir alors dans leur propre patrie, ou qu'ils ne se procuraient qu'avec difficulté ou par hasard.

Dans le siècle suivant, l'instruction des Espagnols en Italie fut confiée à une fondation plus permanente par le cardinal Carillo de Albornoz, prélat, homme d'État et guerrier qui, comme archevêque de Tolède, était à la tête de l'Église espagnole, sous le règne d'Alphonse XI, et qui, plus tard, en qualité de régent pour le pape, conquit et gouverna une grande partie des États romains qui, depuis le temps du tribun Rienzi, avaient échappé à leur domination. Ce personnage distingué reconnut, durant son séjour en Italie, la nécessité de procurer à ses compatriotes de meilleurs moyens d'éducation, et il fonda, pour leur utilité particulière, à Bologne, en 1364, le collége de Saint-Clément, institution magnifique qui a subsisté presque jusqu'à nos jours (3). Dès le milieu du quatorzième siècle, il existait donc, on ne peut en douter, les moyens les plus directs de transmettre à l'Espagne la civilisation de l'Italie. On en trouve une preuve des plus frappantes dans la personne d'Antonio de Lebrixa, vulgairement appelé Nebrissensis, qui fut élevé dans ce collége, un siècle après sa fondation, et qui, de retour dans sa patrie, fit faire plus de progrès à la cause des lettres, en Espagne, que tout autre érudit de son temps (4).

Les relations commerciales et politiques portèrent encore plus loin le libre échange des mœurs et de la littérature en Italie et en Espagne. Barcelone, longtemps la résidence d'une cour cultivée, cité dont les

---

(1) Tiraboschi, *Historia della letteratura italiana*, Rome, 1782, in-4°, tom. IV, liv. 1, ch. III, et Fuster, *Bibliotheca valenciana*, tom. I, pp. 2, 9.

(2) Tiraboschi, *Historia*, etc.

(3) *Id.*, tom. IV, liv. I, ch. III, sect. 8. — Nicolas Antonio, *Bibl. vetus*, édit. Bayer, tom. II, pp. 169, 170.

(4) Nicolas Antonio, *Bibl. nova*, tom. I, pp. 132-138.

institutions libérales ont donné naissance à la première banque de commerce et provoqué la rédaction du premier code commercial des temps modernes, Barcelone a, depuis le règne de Jaime le Conquérant, exercé une visible influence sur les côtes qui entourent la Méditerranée, et une heureuse rivalité avec les entreprises de Pise et de Gênes, même dans les ports d'Italie. La science et la civilisation que ses vaisseaux rapportaient, jointes à l'esprit de commerce et d'aventures qui les faisait partir, rendirent, aux treizième, quatorzième et quinzième siècles, Barcelone une des cités les plus magnifiques de l'Europe, et étendirent son influence, non-seulement sur les royaumes d'Aragon et de Valence, dont elle était, à certains égards, la capitale, mais encore sur le royaume voisin de Castille, avec lequel la monarchie d'Aragon fut intimement liée durant une grande partie de cette période (1).

Les relations politiques entre l'Espagne et la Sicile étaient encore plus anciennes et plus intimes que les rapports entre l'Espagne et l'Italie, et tendaient au même résultat. Jean de Procida, après avoir longtemps préparé son île si belle à secouer le joug abominable de la France, s'empressa, en 1282, dès que les horreurs des Vêpres siciliennes furent accomplies, de déposer la souveraineté de la Sicile aux pieds de Pierre III d'Aragon. Ce monarque, en vertu des droits de son épouse, réclama la Sicile, comme une part de son héritage en tant qu'héritière de Conradin, le dernier descendant mâle de la famille impériale de Hohenstaufen (2). La révolution, commencée ainsi par un patriotisme exalté, fut couronnée de succès. Mais dès ce moment la Sicile devint, ou un fief de la couronne d'Aragon, ou une possession, comme royaume indépendant, d'une branche de la famille d'Aragon, jusqu'à l'époque où, avec les autres possessions de Ferdinand le Catholique, elle vint former partie de la monarchie espagnole consolidée.

Les rapports avec Naples étaient de la même nature; ils vinrent plus tard, mais ne furent pas moins intimes. Alphonse V, d'Aragon, prince

---

(1) Prescott, *Hist. de Ferdinand et d'Isabelle*, introd., sect. 2; la *Relation du séjour à Barcelone de l'infortuné D. Carlos, prince de Viane*, par Quintana; *Vies des Espagnols célèbres*, tom. 1; une curieuse description de Barcelone dans le *Ritter-Hof- und Pilger-Reise* (le *Château féodal et voyage d'un étranger*), par Léon de Rozmital (Stuttgard, 1844, in-8°, p. 111).

(2) Zurita, *Annales d'Aragon*, Saragosse, 1604, in-fol., liv. IV, ch. XIII, etc.; Mariana, *Histoire*, liv. XIV, ch. VI. — Écrivains importants tous deux, mais surtout le premier, parce qu'ils nous donnent le côté espagnol par lequel il faut considérer des faits qui ont été jugés au point de vue italien ou français.

d'une rare sagesse et d'une grande culture littéraire, acquit Naples par droit de conquête, en 1441, après une longue lutte (1). La couronne, qu'il avait ainsi gagnée, passa, peu après, séparément à une ligne indirecte dans la personne de quatre de ses descendants, jusqu'en 1503, où un traité honteux avec la France et le génie et les armes de Gonzalve de Cordoue la rendirent l'objet d'une nouvelle conquête et la firent rentrer sous la dépendance directe du trône d'Espagne (2). Dans cette condition, et comme fiefs de la couronne d'Espagne, Naples et la Sicile continuèrent à être des royaumes annexés jusqu'à l'avénement des Bourbons, apportant l'un et l'autre, par la nature de leurs relations avec les trônes de Castille et d'Aragon, des moyens et des occasions constantes de transmettre à l'Espagne elle-même la civilisation et la littérature de l'Italie.

La langue de l'Italie, par son affinité avec la langue espagnole, offrait un moyen de communication plus important et plus efficace qu'aucun de ceux et même que tous ceux dont nous venons de parler. Le latin était la langue mère de l'une et de l'autre, et la ressemblance entre elles deux est telle que ni l'une ni l'autre ne peut prétendre avoir des traits entièrement propres : *Facies non una, nec diversa tamen, qualem decet esse sororem.* « Ce n'est pas une même figure; sans être cependant différente, elle est telle qu'il convient à des sœurs.» Il en coûtait peu de travail à un Espagnol pour se rendre maître de la langue italienne : les traductions cependant étaient moins communes qu'on ne l'aurait voulu, à cause du petit nombre d'auteurs italiens dignes d'être traduits : on en trouve néanmoins assez pour montrer que les auteurs italiens et que la littérature italienne n'étaient pas négligés en Espagne. Pero Lopez de Ayala, qui mourut en 1407, connaissait, ainsi que nous l'avons déjà observé, les œuvres de Boccace (3). Un peu plus tard, nous sommes frappés par ce fait que la *Divine Comédie* de Dante est traduite deux fois dans la même année, en 1428 : l'une par Febrer, en dialecte catalan, et l'autre par D. Henri de Villena, en castillan. Vingt ans après, le marquis de Santillane reçoit des éloges comme écrivain capable de corriger et

---

(1) Schmidt, *Geschichte Aragoniens in Mittelalter* (Histoire d'Aragon durant le moyen âge), pp. 337-354 ; Heeren, *Geschichte des Studiums der classischen Litteratur* (Histoire des études de la littérature classique), Gottingue, 1797, in-8°, tom. II, pp. 109-111.

(2) Prescott, *Hist. de Ferdinand et d'Isabelle*, tom. III.

(3) Voyez ci-dessus, p. 169.

même de surpasser ce grand poëte, et le marquis lui-même parle de Dante, de Pétrarque et de Boccace comme s'il était réellement familiarisé avec tous leurs écrits (1). Mais le nom de ce grand seigneur nous conduit jusqu'au règne de Jean II, époque où l'on ne peut méconnaître l'influence de la littérature italienne, et les tentatives faites pour fonder en Espagne une école italienne. C'est à cette époque qu'il nous faut par conséquent revenir.

Le long règne de Jean II, qui s'étend de 1407 à 1454, règne désastreux par lui-même et pour son pays, ne laissa pas d'être favorable aux progrès de quelques-unes des formes de la littérature élégante. Durant presque tout ce règne, le faible roi fut soumis au génie supérieur du Connétable D. Alvaro de Luna, dont l'autorité, qu'il reconnaissait parfois oppressive, lui semblait toutefois regrettable quand quelque accident l'éloignait de lui dans ces temps de trouble, et le laissait supporter tout seul le poids des affaires qui lui étaient dévolues par sa position dans l'État. Il semble, en effet, qu'une partie de la politique du Connétable a consisté à abandonner le roi à son indolence naturelle, à encourager sa nature efféminée en occupant son temps par des amusements qui lui rendaient le travail plus désagréable que la dure tyrannie du ministre qui l'en délivrait (2).

Parmi ces amusements aucun n'avait plus de convenance avec le caractère de ce roi fainéant que la littérature. Il n'était nullement sans talent ; il composa parfois des vers. Il entoura sa personne d'un grand nombre de poëtes de son temps et en fit ses confidents et ses favoris plus que la prudence ne le comportait. Peut-être comprit-il en partie les avantages de la culture intellectuelle pour son royaume ou au moins pour sa cour. Un de ses secrétaires particuliers et des plus attachés à sa personne royale réunit, pour plaire à son maître, vers l'année 1449, une ample collection des poésies espagnoles alors les plus en vogue, comprenant les ouvrages de cinquante auteurs

---

(1) « Con vos que emendays las obras de Dante, — Avec vous qui corrigez les œuvres de Dante, » dit George Manrique, dans des vers adressés à son oncle le grand Marquis de Santillane, vers qui sont insérés dans le *Cancionero general* de 1573, fol. 176 *b*. Ces mots, quelle que soit l'interprétation qu'on leur donne, indiquent une connaissance parfaite de Dante, que le Marquis lui-même nous fait plus directement connaître dans sa remarquable lettre au Connétable de Portugal (Sanchez, *Poésies antérieures*, tom. I, p. LIV).

(2) Mariana, *Histoire*, Madrid, 1780, in-fol., tom. II, pp. 266-407. Voyez aussi les détails intéressants que nous donne Fernan Perez de Gusman, dans ses *Generaciones y semblanzas*, ch. XXXIII.

environ (1). Juan de Mena, poëte le plus distingué de cette époque, fut son chroniqueur officiel et le roi lui envoya des documents et des avis, avec des détails des plus minutieux et une vanité personnelle amusante, sur la manière d'écrire l'histoire de son règne. Quant à Juan de Mena, en vrai courtisan, il soumettait de son côté ses vers à la correction du roi (2). Son médecin aussi, qui semble avoir toujours été attaché au soin de sa personne, était un homme d'une humeur gaie et enjouée. Ferdinand Gomez, qui nous a laissé, si nous en croyons ce qu'il nous rapporte, une plaisante et caractéristique collection de lettres, et qui, après avoir servi et suivi son royal maître pendant quarante ans environ, couchant, nous dit-il, à ses pieds et mangeant à sa table, pleura sa mort, comme la perte d'une personne dont la bienveillance avait été pour lui constante et généreuse (3).

Entouré de personnes semblables à celles dont nous venons de parler, en commerce continuel avec d'autres du même genre, adonné souvent aux lettres pour éviter l'ennui des affaires d'État et se livrer à son indolence naturelle, Juan II rendit son règne peu honorable pour lui-même comme prince, désastreux pour la Castille comme État indépendant, mais plein d'intérêt par l'espèce de cour poétique qu'il sut réunir autour de lui et très-important par l'impulsion qu'il donna à la civilisation, impulsion sensible longtemps après, à travers plusieurs générations.

On distingue une période semblable à celle-ci dans l'histoire de presque toutes les nations de l'Europe moderne, une époque où le goût pour la composition poétique est commun à la cour et parmi ces hautes classes de la société qui forment les limites auxquelles s'arrêtait alors la culture intellectuelle. En Allemagne, cette période est sensible dès le commencement du douzième et du treizième siècle. Le jeune et infortuné Conradin, qui périt en 1268, et qui est cité par Dante, est un des derniers princes de la famille qui ont illustré cette époque. Ce mouvement commence, pour l'Italie, presque en même temps, à la cour de Sicile. Arrêté tout à la fois et par l'esprit de l'Église et par l'esprit mercantile de républiques telles que

---

(1) Castro, *Bibl. espagnole*, tom. 1, p. 265-346.

(2) Voyez les lettres amusantes sur le *Centon epistolario*, de Fernan Gomez de Cibdareal, numéros 47, 49, 56 et 76, ouvrage dont l'autorité sera plus tard mise en question.

(3) *Centon epistolario*, de Fernan Gomez de Cibdareal, lettre 105.

Pise, Gênes et Florence, dont aucune n'avait l'énergie chevaleresque qui l'animait et qui avait donné la vie à la civilisation primitive des autres parties de l'Europe, ce mouvement peut encore s'observer jusqu'au siècle de Pétrarque.

Quant à l'apparition de ce goût dans le midi de la France, en Catalogne et en Aragon, ainsi qu'à son passage en Castille, sous le patronage d'Alphonse le Sage, nous l'avons déjà fait connaître. Nous le trouvons maintenant au centre et au nord de la Péninsule, il s'étend aussi en Portugal et en Andalousie, respirant partout l'amour et la chevalerie. S'il ne s'est pas encore défait de cette pédanterie qui le distingue dès son apparition, il montre parfois les touches d'un naturel et plus souvent les grâces ingénues d'un art qui n'ont pas, de nos jours encore, perdu leur intérêt. Son influence a formé cette école poétique distinguée par son attribut le plus saillant, et qu'on a parfois nommée l'école des *Minnesingers*, ou des chanteurs d'amour et de galanterie (1), école qui doit partout son existence aux troubadours provençaux, ou qui, à mesure qu'elle s'étendit, prit beaucoup de leur caractère. Dans la dernière partie du treizième siècle, son esprit est déjà sensible dans la Castille ; à partir de cette époque nous pouvons saisir accidentellement quelques-uns de ses éclairs jusqu'au moment où nous venons d'arriver, c'est-à-dire aux premières années du règne de Juan II, où nous trouvons qu'elle commence à se colorer d'une infusion d'italien qui s'épand et prend une importance telle qu'elle réclame un examen séparé.

La première personne du groupe qui attire notre attention est la figure du centre, celle du roi Juan lui-même. Son chroniqueur nous dit de lui, avec assez de vérité, mais non sans flatterie : « que era home « muy trayente, e muy franco e muy gracioso, muy devoto, muy esfor- « çado : davase mucho á leer libros de filosofos e poetas ; era buen « ecclesiastico, assaz docto en la lingua latina : mucho honrador de « las personas de sciencia, tenia muchas gracias naturales : era gran

---

(1) *Minne* est le mot équivalent d'amour dans les Nibelungen, et généralement dans les plus vieilles poésies allemandes. On l'applique parfois aux sentiments spirituels et religieux, mais presque toujours aux sentiments d'amour mêlé de galanterie. On a beaucoup discuté sur l'étymologie et le sens primitif de ce mot dans les lexiques de Wachter, Ménage, Adelung, etc., mais, pour notre but, il nous suffit de savoir que cette expression s'emploie particulièrement pour désigner cette école de poésie fantastique et plus ou moins artistique, qui parut dans toute l'Europe, sous l'influence de la chevalerie. C'est ce mot qui a donné naissance au mot français *mignon* et au mot anglais *minion*.

« musico, tañia e cantava e trovava e dançava muy bien (1). » Un autre écrivain qui le connaissait mieux le dépeint avec plus d'habileté : « Era, dit Fernan Perez de Guzman, hombre que hablada « cuerda e razonablemente e avia conoscimiento de los hombres para « entender qual hablaba mejor e mas atentado e mas gracioso. « Plaziale oyr los hombres avisados e notaba mucho lo que dellos « oya ; sabia hablar e entender latin ; leia muy bien e placianle « mucho libros e hystorias ; oja muy de grado los dezires rimados e « conocia los vicios dellos ; havia gran placer en oyr palabras alegres e bien apuntadas, e aun el mismo las sabia bien dezir. Usaba « mucho la caça e el monte entendia bien en toda la arte della : sabia « del arte de la musica, cantava e tañia bien e aun justava bien : en « juego de cañas se avia bien (2). »

Combien de poésies a-t-il composées, c'est ce que nous ne savons pas. Son médecin nous dit : *El rey se recrea de metrificar*, « le roi se récrée en composant des vers (3), » et d'autres répètent le même fait. Mais la principale preuve de son habileté qui soit arrivée jusqu'à nous se trouve dans les vers suivants, composés à la manière provençale, sur l'infidélité de sa dame.

---

(1) « C'était un homme très-séduisant, très-franc, très-gracieux, très-religieux et très-courageux ; il s'adonnait beaucoup à la lecture des livres de philosophie et de poésie : il était bon théologien, assez docte en langue latine, et il honorait beaucoup les personnes de savoir : il avait beaucoup de grâces naturelles. Grand musicien, il touchait de l'instrument, chantait, faisait des vers et dansait très-bien. » (*Chronique de D. Juan II*, année 1454, ch. ii.)

(2) « C'était un homme qui parlait avec sagesse et raison, qui avait assez de connaissance des hommes pour apprécier celui qui parlait le mieux, le plus prudemment et le plus gracieusement. Il aimait à écouter les personnes sensées, et il notait avec soin leurs paroles. Il savait parler et comprendre le latin : il lisait très-bien et avec grand plaisir les livres et les histoires ; il écoutait très-volontiers les dires rimés, et distinguait leurs défauts. Il trouvait grand plaisir à entendre des paroles gaies et piquantes, lui-même savait aussi les bien dire. Aimant la chasse et la vénerie, il en connaissait toutes les finesses. Expérimenté dans l'art de la musique, il chantait et jouait bien ; bon jouteur, il était très-habile au jeu de cannes. » *Generaciones y semblanzas*, ch. xxxiii. — Diego de Valera qui, comme le bachelier Fernan Perez, eut des relations personnelles avec le Roi, nous en fait le portrait suivant dans un style non moins naturel et non moins frappant : « Ce fut un homme religieux et humain, libéral, gracieux, assez docte en langue latine. Il était courageux, aimable et très-agréable, de haute taille et d'un port royal. Plein de grâces naturelles, il était grand musicien, il chantait, jouait, dansait et faisait bien les vers : il aimait beaucoup la chasse, lisait très-volontiers les livres de philosophie et de poésie : il était bon théologien. » (*Chronique d'Espagne, Salamanque*, 1493, fol. 49.)

(3) Fernan Gomez, *Centon epistol.*, lettre 20.

> Amor, yo nunca pensé
> Que tan poderoso eras,
> Que podrias tener maneras
> Para trastornar la fé,
> Fasta agora que lo sé.
>
> Pensaba que conocido
> Te deviera yo tener,
> Mas no pudiera creer
> Que fueras tan mal sabido.
>
> Ni jamas no lo pensé,
> Aunque poderoso eras,
> Que podrias tener maneras
> Para trastornar la fé,
> Fasta agora que lo sé (1).

Au nombre de ceux qui s'intéressèrent le plus aux progrès de la poésie en Espagne, et qui travaillèrent le plus directement à l'introduire à la cour de Castille, il faut mettre la première personne, par le rang, après le roi, dont il était un proche parent, Henri, marquis de Villena, né en 1384, et descendant par son père de la maison royale d'Aragon, et par sa mère de la famille royale de Castille (2). Un écrivain qui le connaissait parfaitement, dit de lui : « Fue naturalmente « inclinado à las sciencias y artes, mas que á la cavalleria e aun á « los negocios del mundo civiles ni curiales, ca no aviendo maestro « para ello, ni alguno le constriñendo á aprendar, antes defendien- « dogelo el Marques su abuelo, que lo quisiera para cavallero en su « niñez quando los niños suelen por fuerça ser llevados á las escue- « las, el contra voluntad de todos se dispuso á aprender e tan sotil e « alto ingenio avia que ligeramente aprendia qualquier sciencia e arte « á que se dava, ansi que bien parescia que lo avia á natura (3). »

---

(1) « Amour, je n'ai jamais pensé — Que ta puissance fût assez grande — Pour posséder les moyens — De renverser la foi — Jusqu'à ce moment où je l'apprends. — Je pensais que ta connaisssance — Je devais l'avoir déjà faite ; — Mais je ne pouvais croire — Que tu étais si mal appris. — Non, jamais je n'aurais pensé — Que, malgré ta puissance, — Tu pouvais avoir des moyens — De renverser la foi — Jusqu'à ce moment où je l'apprends. » — Ces vers sont ordinairement imprimés avec les œuvres de Juan de Mena, dans l'édition de Séville, par exemple, 1534, in-fol., fol. 104. On les trouve aussi souvent ailleurs.

(2) Quand il naquit, sa famille possédait le seul marquisat du royaume de Castille. (Salazar de Mendoza, *Origine des dignités séculières de Castille et de Léon*, Tolède, 1618, fol. liv. III, ch. XII.)

(3) « Il fut naturellement porté vers les sciences et les arts plus qu'à la chevalerie et même aux autres affaires civiles et ecclésiastiques du monde; n'ayant point, en

Mais son rang et sa position le firent se mêler aux affaires du monde et aux troubles de son temps, malgré son peu de penchant à y jouer un rôle. Nommé grand maître de l'ordre militaire et monastique de Calatrava, il dut cette dignité à des irrégularités d'élection ; aussi fut-il, en dernier lieu, déçu de son rang, et se trouva-t-il dans une condition pire que s'il n'avait jamais accepté ces fonctions (1). Durant cet intervalle, il résidait principalement à la cour de Castille ; mais, de 1402 à 1414, il vécut à la cour de son parent, Ferdinand le Juste, roi d'Aragon, en l'honneur de qui il composa, lors de son couronnement à Saragosse, un drame allégorique que nous avons malheureusement perdu. Plus tard, il accompagne ce monarque à Barcelone, où, comme nous l'avons vu, il contribua à restaurer et à protéger l'école poétique intitulée *Consistoire de la gaie science*. Quand il eut perdu sa place de grand maître de l'ordre de Calatrava, il tomba dans l'obscurité. Le régent de Castille, voulant lui donner quelque compensation de ses pertes, lui concéda la mesquine seigneurie d'Iniesta, dans l'évêché de Cuença. C'est là qu'il passa les vingt dernières années de sa vie dans une pauvreté relative, entièrement consacré aux études les plus connues et les plus en faveur de son temps. Enfin, il mourut, en 1434, à Madrid, en venant faire une visite au roi, et il fut le dernier rejeton de son illustre famille (2).

---

effet, de maitre pour ces matières, personne ne le forçant à apprendre, au contraire défense lui en étant faite par le marquis son grand-père qui le voulait pour chevalier, dans son enfance, quand les autres enfants sont menés, d'ordinaire, par force aux écoles, lui, contre la volonté de tous, se mit à étudier : il avait un esprit si subtil et si grand qu'il apprenait facilement la science ou l'art auxquels il s'adonnait, de sorte qu'il semblait les posséder naturellement. » (Fernan Perez de Guzman, *Generat. y semblanzas*, ch. XXVIII.)

(1) *Chronique de D. Juan II*, année 1407, ch. IV, et 1434, ch. VIII, où son caractère est décrit en ces termes : « Este caballero fue muy grande letrado e sopo muy poco en lo que le complia. — Ce caballero fut un très-grand lettré, et il sut très-peu de ce qui lui convenait. » Au nombre des *Comédies choisies* (Madrid, 1637, tom. IX) il s'en trouve une assez mauvaise, de six esprits, intitulée : *El rey Enrique, el Enfermo*, où cet infortuné monarque est représenté, contre toute vérité historique, nommant le marquis de Villena grand maitre de Calatrava, dans le but de dissoudre son mariage et de se marier avec sa femme. On n'a jamais pu savoir quels furent les six génies qui inventèrent une calomnie si atroce.

(2) Zurita, *Annales d'Aragon*, liv. XIV, ch. XXII. La meilleure notice sur le marquis de Villena se trouve dans Juan Antonio Pellicer, *Bibl. de traducteurs espagnols* (Madrid, 1778, in-8°, tom. II, pp. 58-76). Voyez aussi Nicolas Antonio, *Bibl. vetus*, édit. Bayer, liv. X, ch. VI, et Mariana (*Hist.*, liv. X, ch. VI). Le caractère d'homme peu entreprenant, scrupuleux, ambitieux, donné au marquis de Villena par Larra, dans son roman intitulé : *El Doncel de D. Enrique, el Doliente*, publié à Madrid, en 1835, n'est pas fondé sur les données de l'histoire.

Parmi ses études favorites, outre la poésie, l'histoire, les belles-lettres, il faut placer encore la philosophie, les mathématiques, l'astrologie et l'alchimie, sciences auxquelles on ne pouvait se livrer sans danger dans un siècle d'ignorance et de superstition si grandes. Don Henri fut, par conséquent, comme d'autres, accusé de nécromancie, et cette croyance jeta des racines si profondes que la tradition populaire de son pacte criminel s'est conservée, en Espagne, presque jusqu'à nos jours (1). Les effets de cette croyance furent à cette époque encore plus tristes et plus absurdes. Une grande et rare collection de livres qu'il avait laissés excita des alarmes immédiatement après sa mort. « Dos carretas, dit un auteur qui prétend avoir été le « contemporain et l'ami du marquis, son cargadas de los libros que « dejo, que al Rey le han traido : e porque diz que son magicos e de « artes non cumplideras de leer, el rey mandó que á la posada de « Fray Lope de Barrientos fuesen llevados : e Fray Lope (2), que mas « se cura de andar del principe que de ser revisor de nigromancias, « fizo quemar mas de cien libros, que no los vió el, mas que el rey « de Marruecos, ni mas los entiende que el dean de Cibdá Rodrigo : « ca son muchos los que en este tiempo se fan dotos, faciendo á otros « insipientes e magos ; e peor es que se fazen beatos faciendo á otros « nigromanticos (3). »

---

(1) Pellicer parle de la tradition, vivante encore de son temps, qui fait un nécromancien du marquis de Villena (*Bibl. de trad.*, p. 65). On peut voir quelle était l'absurdité de ces bruits dans une note de Pellicer à l'édition de D. Quichote (part. I, ch. XLIX), et dans la Dissertation de Feijoo, *Théâtre critique* (Madrid, 1751, in-8°, tom. VI, Discuss. 11, sect. 9). Mariana regarde évidemment le marquis comme un maître dans l'art de la nécromancie, ou veut qu'on le regarde au moins comme tel (*Hist.*, liv. XIX, ch. VIII).

(2) Lope de Barrientos était confesseur de D. Juan II ; et peut-être la lecture et la connaissance de ces livres, qu'il brûla par ordre du Roi, lui suggérèrent-elles l'idée de composer un traité contre la Divination, traité qui n'a jamais été imprimé (Antonio, *Bibl. vetus*, liv. X, ch. II), mais dont j'ai vu de nombreux extraits que je dois à l'amabilité de D. Pascal de Gayangos. Dans l'un de ces extraits, l'auteur dit qu'au nombre des livres du marquis il y en avait un intitulé *Raziel*, du nom des anges qui gardaient l'entrée du paradis, et qui montra au fils d'Adam l'art de la divination dont les traditions composent le livre en question. Il faut prévenir que ce Barrientos était un dominicain, appartenant à cet ordre monastique auquel, trente ans plus tard, l'Espagne fut principalement redevable de l'Inquisition, de cette institution qui dépassa son exemple, en brûlant non-seulement les livres, mais les personnes. Lope de Barrientos mourut en 1469, après avoir rempli, en différentes occasions, les principales charges du royaume.

(3) « Deux voitures furent chargées des livres qu'il laissa et que l'on amena au Roi ; et comme on dit que c'étaient des livres magiques, traitant d'arts qu'il ne convient pas

Juan de Mena, à qui est adressée la lettre contenant ces détails, paya un tribut de reconnaissance à la mémoire de Villena, dans trois de ses trois cents *coplas* (1); et le marquis de Santillane, célèbre par son amour pour les lettres, composa séparément un poëme, à l'occasion de la mort de son noble ami, et l'éleva, suivant le goût du temps et du pays, au-dessus de toutes les réputations les plus illustres de la Grèce et de Rome (2).

Mais quoique l'infortuné marquis de Villena ait été plus avancé que son siècle, par ses études et par les connaissances qui en étaient l'objet, le petit nombre de ses écrits qui nous sont connus est loin de justifier la haute réputation que ses contemporains lui ont accordée. Son *Arte cisoria ó tratado del arte del cortar del cuchillo*, art de découper, ou traité de l'art de découper avec le couteau, en est une preuve. Il le composa, en 1423, sur la demande d'un de ses amis, le premier écuyer tranchant de Juan II. Le livre commence, d'une manière assez dogmatique et pédante, par la création du monde et l'invention de tous les arts, parmi lesquels l'art de découper reçoit la place la plus élevée. Suit la description de tout ce qui est nécessaire pour faire un bon découpeur; nous avons ensuite en détail tous les mystères de l'art tel qu'on doit le pratiquer à la table royale. Il est évident, d'après plusieurs passages de l'ouvrage, que le marquis lui-même n'était nullement insensible aux plaisirs de la bonne chère, qu'il explique avec tant de soins; circonstance à laquelle il dut peut-être la goutte, qui le tourmenta si cruellement, à ce qu'il nous dit, durant ses dernières années. Quant au style et à la composition, ce spécimen de la prose didactique du siècle n'a qu'une faible valeur, et l'ouvrage n'est réellement curieux que pour ceux qui se livrent avec intérêt à l'étude des mœurs (3).

---

de lire, le Roi ordonna de les porter à la demeure de Fr. Lope de Barrientos. Frère Lope, qui s'inquiétait plus de flatter le prince que de reviser des nécromancies, fit brûler plus de cent volumes qu'il ne vit pas plus que le roi de Maroc, et qu'il n'entendait pas plus que le doyen de Cibdá Rodrigo. En effet, il y en a beaucoup, dans ces temps, qui se font doctes en faisant les autres ignorants et magiciens : ce qu'il y a de plus triste, c'est qu'ils se font béats en faisant les autres des nécromanciens. » (*Cibdadreal*, lettre 66.)

(1) *Coplas*, 126-128.

(2) On le trouve dans le *Cancionero général* de 1573 (fol. 34-7). C'est une vision à l'imitation de Dante.

(3) *L'Arte cisoria*, ou *Tratado del Arte de cortar del cuchillo* fut imprimé pour la première fois sous les auspices de la bibliothèque de l'Escurial (Madrid 1766, in-4°), d'après un manuscrit de cette précieuse collection sauvé de l'incendie de

On pourrait probablement faire la même remarque sur son *Arte de trobar o Gaya Ciencia*, sur son « Art de trouver ou la Gaie science, » espèce d'Art poétique adressé au marquis de Santillane, afin d'introduire dans son pays natal, en Castille, un peu de cette habileté poétique que possédaient les troubadours du midi. Mais nous n'en avons qu'un abrégé imparfait, accompagné toutefois de certains passages du livre original, passages pleins d'intérêt parce qu'ils sont les morceaux les plus vieux sur ce sujet en langue castillane (1). Bien autrement importantes durent être ses traductions de la *Rhétorique* de Cicéron, de la *Divine Comédie* de Dante et de l'*Énéide* de Virgile. Mais nous avons tout à fait perdu la trace de la première ; de la seconde nous savons seulement qu'elle était en prose et qu'elle était adressée à son parent et ami le marquis de Santillane. Quant à l'*Énéide*, il n'en reste que sept livres, dont trois ont un commentaire, et dont plusieurs extraits ont été publiés (2).

La réputation de Villena s'appuie donc principalement sur les *Trabajos de Hercules* (Travaux d'Hercule), livre composé sur les instances d'un de ses amis de la Catalogne, Pero Pardo, qui lui demanda une explication des vertus et des exploits d'Hercule, héros toujours national en Espagne. Cet ouvrage semble avoir été longtemps lu et admiré en manuscrit, et, après l'introduction de l'imprimerie en Espagne, il obtint deux éditions, avant l'année 1500. Mais

---

1671. Il n'est pas probable qu'il ait bientôt une deuxième édition. Si on pouvait le comparer à quelque autre ouvrage contemporain, ce serait au vieux livre anglais : *Treatyse on Fyshyage with an angle*, attribué parfois à dame Juliana Berners qui n'a pas les petits mérites littéraires de cet opuscule.

(1) Tout ce qui est imprimé de cet *Arte de trobar* se trouve dans Mayans y Siscar, *Origines de la langue espagnole* (Madrid, 1737, in-8°, tome II, pp. 321-342). Il semble avoir été écrit vers l'année 1433.

(2) La meilleure description se trouve dans Pellicer (*Bib. de trad.*, p. 68). Nous avons le regret d'ajouter que le spécimen de cette traduction de Virgile, quoique très-court, donne quelques raisons de douter que le marquis de Villena sût très-bien le latin. C'est une traduction en prose, et la préface fait connaître qu'elle fut faite sur les vives instances de D. Juan, roi de Navarre, dont la curiosité à l'égard de Virgile avait été excitée par les mentions nombreuses qu'en fait Dante dans sa *Divine Comédie*. — Voyez aussi les Mémoires de l'Académie royale d'histoire, tome VI, p. 455, note. A la Bibliothèque impériale de Paris, on conserve une traduction en prose des neuf *derniers* livres de l'*Énéide* de Virgile faite en 1430, par un Juan de Villena qui s'appelle lui-même *serviteur* d'Iñigo Lopez de Mendoza (Ochoa, *Catalogues de manuscrits*, Paris, 1844, in-4°, p. 375). Il serait curieux de s'assurer si les deux traductions ont entre elles quelques rapports, puisque l'un et l'autre traducteur semblent avoir été liés avec le marquis de Santillane.

sa connaissance en fut si complétement perdue bientôt après, que les auteurs les plus intelligents de l'histoire littéraire espagnole en ont généralement parlé, jusqu'à nos jours, comme d'un poëme. Ce n'est, en réalité, qu'un court traité en prose, remplissant dans l'édition princeps de 1483 trente feuilles in-folio. Il se divise en douze chapitres, consacrés chacun à l'un des douze grands travaux d'Hercule et subdivisés chacun en quatre parties. La première partie contient l'histoire mythologique vulgaire de l'exploit que l'on considère ; la seconde, l'explication de cette histoire, comme si c'était une allégorie ; la troisième, les faits historiques sur lesquels on conjecture que la fable se fonde ; la quatrième, une application morale de l'ensemble à l'une des douze conditions par lesquelles l'auteur divise, tout à fait arbitrairement, l'espèce humaine, en commençant par les princes et finissant par les femmes.

Ainsi, dans le quatrième chapitre, après avoir raconté la fable vulgairement acceptée, et qu'il appelle lui-même : l'histoire si connue du jardin des Hespérides, il nous en donne une allégorie et nous montre que la Libye, où est placé ce beau jardin, désigne la nature humaine, sèche et sablonneuse ; Atlas, le maître de ce jardin, l'homme sage qui sait comment il faut cultiver son pauvre désert ; le jardin lui-même, le jardin de la connaissance divisé conformément aux sciences ; l'arbre du milieu, la philosophie ; le dragon qui garde l'arbre, la difficulté de l'étude ; et les trois Hespérides, l'Intelligence, la Mémoire et l'Éloquence. Tous ces faits et d'autres encore, il les explique dans la troisième partie où il nous présente les faits qui ont servi, à ce qu'il suppose, à établir les deux premières. Ainsi il nous raconte qu'Atlas était un roi savant de l'antiquité, qui le premier classa et divisa toutes les sciences ; qu'Hercule vint auprès de lui pour les acquérir, et qu'après les avoir acquises il retourna en Grèce, et fit part de ses connaissances au roi Eurysthée. Enfin, dans la quatrième partie ou chapitre, il applique tout au clergé chrétien, et au devoir du clergé de s'instruire pour expliquer les Saintes Écritures aux laïques ignorants, comme s'il pouvait y avoir quelque analogie entre elles et Hercule et ses fables (1).

---

(1) Les *Travaux d'Hercule* sont un livre des plus rares au monde, quoiqu'il y en ait eu des éditions en 1483, en 1499, et peut-être même en 1502. L'exemplaire dont je me suis servi est de la première édition et appartient à D. Pascal de Gayangos. Il fut imprimé à Çamora, par Centenera, et il fut terminé, comme le porte la note finale, le 15 janvier 1483. Il se compose de trente feuilles in-folio, à deux colonnes,

Le livre vaut cependant la peine d'être lu ; il est rempli, ce n'est pas douteux, de défauts particuliers à son siècle ; il abonde en citations indigestes de Virgile, d'Ovide, de Lucain et d'autres auteurs latins, alors si rares à trouver et si peu connus en Espagne, que leur indication ajoute matériellement de l'intérêt et de la valeur au traité (1). L'allégorie parfois est amusante ; le style en est presque toujours bon et accidentellement remarquable par la finesse de ses archaïsmes ; l'ensemble du livre respire une certaine dignité, qui n'est pas dépourvue de vigueur ni de grâce (2).

Du marquis de Villena lui-même nous devons naturellement passer à un de ses serviteurs, connu seulement par son nom de *Macias el Enamorado* (Macias l'amoureux), nom qui revient constamment à l'esprit, dans la littérature espagnole, avec une pensée particulière, comme pour rappeler l'histoire tragique du poëte qui le porte. Macias était un gentilhomme de la Galice, au service du marquis de Villena en qualité d'écuyer, qui s'éprit d'une demoiselle attachée, comme lui, à la même noble maison. Mais la dame, quoique répondant à son amour, épousa, par ordre du maître qu'ils servaient l'un et l'autre, un gentilhomme de Porcuna. Macias ne réprima aucunement sa passion et il continua de l'exprimer, dans ses vers, comme auparavant. Le mari en fut naturellement offensé et s'en

---

et il est illustré de onze gravures sur bois, curieuses surtout pour le temps et le lieu où elles ont été exécutées. Les erreurs auxquelles cet ouvrage a donné lieu sont remarquables et rendent importants les détails que nous rapportons. Nicolas Antonio (*Bib. vetus*, édit. Bayer, tome II, p. 222), Velasquez, (*Origines de la poésie castillane*, in-4°, Malaga, 1754 p. 49), L. P. Moratin (*Obras*, édit. de l'Académie, Madrid, 1830, in-8°, tome I, part. I, p. 114), et même Torres Amat, dans ses *Mémoires* (Barcelone, 1836, in-8°, p. 669), tous en parlent *comme d'un poëme*. Je n'ai jamais vu aucun exemplaire de l'édition imprimée à Burgos, en 1499, et citée par Melendez (p. 289 de sa *Typogr. espagnole*) : si l'on excepte l'exemplaire mentionné ci-dessus de la première édition et l'exemplaire incomplet de la Bibliothèque impériale de Paris, je n'en connais aucun autre, tant ce livre est devenu rare.

(1) Voyez *Heeren, Geschichte der class. Litteratur in Mittelalter* (*Histoire de la littérature classique pendant le moyen âge*), tome II, pp. 126-31. Si nous en jugeons par le préambule de la traduction de l'*Énéide*, du marquis de Villena, publiée par Pellicer, Virgile était peu connu, en Espagne, au commencement du quinzième siècle.

(2) Un autre ouvrage du marquis de Villena est cité par Sempere y Guarinos : c'est l'*Historia del luxo de España* (Madrid, 1788, tome I, pp. 176-9) sous le titre de : *Triunfo de las doñas*. Il le trouva, dit-il, dans un manuscrit du quinzième siècle avec d'autres ouvrages du même savant auteur. L'extrait donné par Sempere fait connaître les petits-maîtres du temps et est écrit avec esprit.

plaignit au marquis, qui, après avoir en vain réprimandé son serviteur, fit usage de son autorité absolue, comme grand maître de l'ordre de Calatrava, et jeter Macias en prison. Dans son cachot, il se consacra avec plus de passion à la dame de ses pensées, et par la constance de son amour il irrita encore son mari. Ce dernier le suivit en secret dans sa prison d'Arjonilla, il le guetta un jour qu'il chantait son amour et ses souffrances, et tel fut l'accès de sa jalousie qu'il lui décocha un trait, à travers les barreaux de la fenêtre, trait qui donna la mort à l'infortuné, dont les lèvres tremblantes murmurèrent le nom de la dame.

La sensation produite par la mort de Macias fut celle qu'on devait attendre d'un siècle où l'imagination jouait un si grand rôle, et de la sympathie qu'on éprouvait pour un homme qui mourait pour avoir été à la fois troubadour et amoureux. Tous ceux qui désiraient être estimés comme des esprits cultivés déplorèrent sa destinée. Ses petits poëmes en dialecte galicien, dont un seulement, et d'un mérite encore médiocre, a été entièrement conservé, devinrent généralement connus, et généralement admirés. Son maître, le marquis de Villena, Rodriguez del Padron, son compatriote; Juan de Mena, le grand poëte de la cour, et le marquis de Santillane, plus illustre encore, tous nous ont laissé, sur le moment même, ou immédiatement après, un témoignage de l'affliction générale (1). D'autres poëtes suivirent leur

---

(1) La meilleure notice sur Macias et sur ses vers se trouve dans : *Alte Liederbücher der Portugiesen*, « Les anciens cancioneros des Portugais, par Bellerman » (Berlin, 1840, in 4°, pp. 24-26). Voyez aussi Argote de Molina, *Nobleza de Andalucia*, Séville, 1588, in-folio, livre II, chap. cxlviii, folio 272; Castro, *Bibl. espagnole* (tome I, p. 312) et les notes de Cortina à la traduction de Bouterwek (p. 195). Mais les preuves de sa grande réputation, comme troubadour et comme amoureux se trouvent dans Sanchez, *Poésies antérieures* (tome I, p. 138); dans le Cancionero général, de 1535, (fol. 67, 91); dans Juan de Mena (stance 105); et dans la note ou glose correspondante de l'édition d'Alcalá, 1566; dans la *Célestine*, acte II; dans diverses comédies de Calderon, telles que : *Para vencer amor querer vencerlo*, « Pour vaincre l'amour vouloir le vaincre, » et *Cual es mayor perfeccion*, « Quelle est la meilleure perfection; » dans les romances de Gongora et dans de nombreux passages de Lope de Vega et de Cervantès. On trouve aussi quelques détails sur Macias dans Ochoa (*Catalogue de manuscrits espagnols*, Paris, 1844, in-4°, p. 505) et dans le volume XLVIII des *Comédies choisies*, il y en a une intitulée : *El Español mas amante*, « L'Espagnol le plus aimant, » qui traite de Macias et qui le fait mourir au moment même où le marquis de Villena arrive pour le faire sortir de prison. De nos jours, Larra aussi l'a fait le héros d'un roman intitulé : *El doncel de Don Enrique el Doliente*, comme nous l'avons déjà dit, et d'une tragédie qui porte le nom de *Macias*. Ni dans l'un, ni dans l'autre, la vérité historique n'est observée.

exemple, et la coutume de faire des allusions constantes à Macias et à sa triste existence se perpétua dans les romances et dans les chants populaires, jusqu'à ce que, dans la poésie de Lope de Vega, de Caldéron et de Quevedo, le nom de Macias passa en proverbe et devint synonyme d'amant le plus tendre et le plus passionné.

CHAPITRE XIX.

Le marquis de Santillane. — Sa vie. — Sa tendance à imiter les écoles italienne et provençale. — Son style de cour. — Ses œuvres. — Son caractère. — Juan de Mena. — Sa vie. — Ses poésies légères. — Son Laberinto. — Son mérite.

Immédiatement après le roi et le marquis de Villena, par le rang, mais bien au-dessus d'eux par le mérite, se place à la tête des courtisans et des poëtes du règne de Juan II, Iñigo Lopez de Mendoza, marquis de Santillane, un des membres les plus distingués de cette famille qui, plus d'une fois, réclama le Cid pour son chef (1), et qui est certainement arrivée jusqu'à nos jours par une longue succession d'honneurs (2). Iñigo était né en 1398, mais il fut laissé orphelin dès sa première jeunesse. Aussi, quoique son père, le grand amiral de Castille, possédât, au moment de sa mort, des terres plus étendues qu'aucun autre seigneur du royaume, son fils, quand il fut assez

---

(1) Perez de Guzman, *Generaciones y semblanzas*, ch. IX.

(2) Cette grande famille a depuis longtemps des relations avec la poésie espagnole. Le grand-père d'Iñigo sacrifia volontairement sa vie pour sauver celle de D. Juan I, à la bataille d'Aljubarrota, en 1385, et devint, par conséquent, le sujet de cette belle et glorieuse romance,

> Si el cavallo vos han muerto,
> Subid, Rey, en mi cavallo.

> Si on vous a tué le cheval — Montez, Roi, sur mon cheval.

On peut la lire à la fin de la huitième partie du *Romancero* de 1597. Elle a été traduite avec beaucoup d'énergie par Lockhart, mais la version manque d'exactitude et de fidélité.

âgé pour en apprécier la valeur, les trouva principalement usurpées par ces hardis barons qui, dans leurs actes sans foi ni loi, s'étaient partagé entre eux le pouvoir et les ressources de la couronne.

Mais le jeune Mendoza n'était pas d'un tempérament qui se soumît avec résignation à une spoliation pareille. A l'âge de seize ans, il figure déjà, dans les chroniques du temps, comme un des dignitaires de l'État qui honorèrent de leur présence le couronnement de Ferdinand d'Aragon (1). A dix-huit il réclama hardiment, nous dit-on, ses possessions qu'il recouvra, partie par des voies légales, partie par la force des armes (2). Dès ce moment nous le trouvons, durant le règne de Juan II, occupé des affaires du royaume, tant civiles que militaires ; personnage jouissant toujours d'une grande considération et le seul apparemment qui, dans des circonstances difficiles, et dans des temps de trouble, fût poussé par de nobles motifs. Il n'était âgé que de trente ans, lorsqu'il fut distingué à la cour comme une des personnes capables de régler le mariage de l'Infante d'Aragon (3). Peu de temps après, il obtint un commandement particulier contre les Navarrais, et, quoiqu'il eût éprouvé une défaite due à la grande supériorité numérique de l'ennemi, il s'acquit une renommée durable par sa bravoure personnelle et par sa fermeté (4). Il commanda longtemps contre les Maures et souvent avec succès ; et après la bataille d'Olmedo, en 1445, il fut élevé à la haute dignité de marquis. Personne ne l'avait précédé, dans ce titre, en Castille, à l'exception de la famille de Villena déjà éteinte (5).

Dès le principe, il s'opposa, mais sans violence, à la trop grande faveur du Connétable Alvaro de Luna. En 1432, plusieurs de ses amis et de ses parents, le bon comte de Haro, l'évêque de Palencia et leurs partisans furent pris par ordre du Connétable ; alors Mendoza s'enferma dans un de ses châteaux, jusqu'à ce qu'il fût pleinement rassuré sur sa propre sûreté (6). Dès ce moment, les relations entre ces

---

(1) *Chronique de D. Juan II*, année 1414, ch. II.

(2) C'est Perez de Guzman, oncle du marquis, qui déclara (*Generaciones y semblanzas*, ch. IX) que le père du marquis D. Diego Hurtado de Mendoza possédait une plus grande étendue de terres que tout autre chevalier castillan. Ajoutons à cela ce que nous dit Oviedo, *Quincuagenas* (bataille 1, dialogue 8 *Ms*).

(3) *Chronique de D. Juan II*, année 1428, ch. VII.

(4) Sanchez, *Poésies antérieures*, tom. I, pp. V, etc.

(5) *Chronique de D. Juan II*, année 1438, ch. II ; 1445, ch. XVII ; et Salazar de Mendoza, *Dignidades de Castilla*, liv. III, ch. XIV.

(6) *Chronique de D. Juan II*, année 1432, ch. IV et V.

deux personnages ne peuvent être considérées comme amicales; les apparences se sauvèrent encore, et l'année d'après, dans un grand tournoi qui eut lieu à Madrid, devant le roi, tournoi où Mendoza se présenta lui-même contre tous les prétendants, le Connétable fut le seul adversaire, et après la joute ils dînèrent ensemble très-joyeusement et en tout honneur (1). La brouille entre les deux personnages resta sans importance jusqu'en 1448 et 1449, où les mauvais procédés du Connétable contre d'autres amis et parents de Mendoza jetèrent ce dernier dans une opposition radicale (2), opposition qui, en 1452, se changea en conspiration régulière entre Mendoza et deux des plus nobles seigneurs du royaume. L'année suivante, le favori fut sacrifié (3). Toutefois le marquis de Santillane semble avoir eu peu de part dans la dernière scène de cette extraordinaire tragédie.

Le roi, découragé par la perte du ministre sur le génie supérieur duquel il s'était si longtemps appuyé, le roi mourut, en 1454. Henri IV, son successeur au trône de Castille, semble encore plus disposé que son père à favoriser la grande famille des Mendoza. Cependant le marquis était peu disposé à profiter des avantages de sa position. Son épouse mourut en 1455, et le pèlerinage qu'il fit, à cette occasion, aux reliques de Notre-Dame de la Guadeloupe, et les poésies religieuses qu'il composa, la même année, montrent la direction que prenaient maintenant ses pensées. Il continua, à ce qu'il paraît, de vivre dans cette disposition d'esprit. En effet, s'il se joignit un peu plus tard efficacement à d'autres seigneurs pour mettre sous les yeux du roi l'état de désordre et de ruine du royaume, depuis la chute du Connétable jusqu'au moment de sa mort, en 1458, le marquis de Mendoza s'adonna entièrement aux lettres et à d'autres occupations, et à d'autres pensées tout à fait en rapport avec sa vie retirée (4).

C'est un fait digne de remarque de voir un personnage si engagé par sa naissance et par sa position dans les affaires de l'État à une

---

(1) *Chronique de D. Juan II*, année 1432, ch. II.

(2) *Ib.*, année 1449, ch. XI.

(3) *Ib.*, année 1452, ch. I, etc.

(4) Les principaux faits de la vie du marquis de Santillane sont contenus, comme on devait s'y attendre, eu égard à son rang et à la considération dont il jouissait dans l'État, dans la *Chronique de D. Juan II*. Il y apparaît, en effet, constamment après l'année 1414. Mais on trouve une véritable et très-heureuse esquisse de lui dans le quatrième chapitre des *Claros Varones*, de Pulgar. Sanchez, dans le premier volume des *Poésies antérieures*, nous en donne aussi une biographie soignée, mais indigeste.

époque de violence et d'anarchie si grandes, se livrer encore avec ardeur à la culture des belles-lettres. Mais le marquis de Santillane croyait, comme il l'écrivait à un ami et comme il le répétait au prince Henri, que « la sciencia no embota el hierro de la lança, ni hace floxa « la espada en la mano del caballero (1). » Aussi se livra-t-il librement à la poésie et à d'autres agréables occupations, encouragé, peut-être, par la pensée qu'il marchait ainsi dans la voie de plaire au capricieux monarque qu'il servait, sinon au favori austère qui les gouvernait tous. Un écrivain qui a vécu à la cour dont le marquis était l'honneur et l'ornement, a dit de lui : « Tenia gran copia de libros e dabase al « estudio especialmente de la filosofia moral, de cosas peregrinas e an- « tiguas; e tenia siempre en su casa doctores e maestros con quienes « platicaba en las sciencias e lecturas que estudiaba. Fizo asimismo « otros tractados en metros y en prosa muy doctrinables para pro- « vocar á virtudes e refrenar vicios; y en estas cosas pasó el lo mas « del tiempo de su retraimiento. Tenia grand fama e claro renombre en « muchos reinos fuera de España, pero reputaba muy mucho mas la « estimacion entre los sabios, que la fama entre los muchos (2). »

Les œuvres du marquis de Santillane montrent, avec une distinction suffisante, dans quels rapports il fut placé avec son époque, et quelle direction il était disposé à prendre. Sa position sociale lui permit aisément de satisfaire une raisonnable curiosité littéraire et le goût des lettres qui le possédait; toutes les ressources du royaume étaient à sa disposition; il put donc obtenir, pour ses études particulières, non-seulement les poésies alors répandues dans le monde, mais encore faire venir souvent en sa présence les poëtes eux-mêmes. Né dans les Asturies, où sa grande famille possédait ses principaux fiefs, il avait été élevé en Castille : de ce côté il appartenait, par conséquent, à l'école vraiment indigène de poésie espagnole. D'un autre côté il fut in-

____

(1) « La science n'émousse point le fer de la lance, ni n'affaiblit l'épée dans la main du chevalier. » (*Introduction du marquis aux Proverbes*, Anvers, 1552, in-18, fol. 150.)

(2) « Il possédait une grande quantité de livres et s'adonnait spécialement à l'étude de la philosophie morale et des choses étrangères et anciennes. Il avait toujours dans sa maison des docteurs, des maîtres, avec qui il conversait sur les sciences et les lectures, objet de ses études. Il composa lui-même d'autres traités en vers et en prose, pleins de savoir, pour provoquer à la vertu et refréner les vices. C'est à cela qu'il dépensa la plus grande partie du temps de sa retraite. Il avait une grande renommée et un nom célèbre dans de nombreux royaumes hors de l'Espagne, mais il appréciait beaucoup plus l'estime des savants que la célébrité auprès de la multitude. » (Pulgar, *Claros Varones*, etc.)

timement lié avec le marquis de Villena, le chef du Consistoire poétique de Barcelone, qui, pour encourager ses études poétiques, lui
adressa, en 1433, sa lettre si curieuse sur l'art des troubadours, *el
arte de trovar*, que Villena se proposait alors d'introduire en Castille (1). En outre, il vécut principalement à la cour de Juan II, et il
fut l'ami et le protecteur de tous les poëtes qui la fréquentaient. Par
eux et par son amour pour la littérature étrangère, il se mit naturellement en contact avec les grands maîtres de l'Italie qui exerçaient
alors une grande influence sur leur propre péninsule. Nous ne devons
donc pas être surpris de trouver que ses œuvres appartiennent, plus
ou moins, à chacune de ces écoles, et que sa position est circonscrite
de manière à toucher à la littérature provençale en Espagne, que nous
venons d'examiner ; à la littérature italienne dont l'influence commence maintenant à se faire sentir, et à la littérature vraiment espagnole, qui, portant souvent les traces des deux premières, finit par
l'emporter sur l'une et sur l'autre.

Nous trouvons des preuves abondantes de sa connaissance de la
poésie provençale dans la préface de ses *Proverbes*, qu'il composa,
jeune encore, et dans sa lettre au Connétable de Portugal, lettre qui
appartient à la dernière période de sa vie. Dans l'une et l'autre, il traite
des règles de cette poésie comme bien établies, il les explique,
comme l'avait fait son ami et son parent le marquis de Villena ; et
il parle avec grand respect des principaux poëtes qui s'y sont consacrés, en Espagne, tels que Berguedan, Pedro et Ausias March (2).
Quant à Mossen Jordi, son contemporain, il lui consacre ailleurs un
poëme allégorique d'une certaine longueur et d'un certain mérite,
dont le but est de lui décerner les plus grands éloges, comme troubadour (3).

En outre, il imita directement les poëtes provençaux. Une de ses
compositions les plus belles, une qui peut se comparer avec tout ce
qu'il y a de plus gracieux dans ces petits poëmes, en langue espagnole,
est entièrement à la manière provençale. Elle est intitulée : *Una serranilla*, ou « Petit chant des montagnes, » composé sur une jeune fille
que le marquis trouva, dans une de ses expéditions militaires, occupée

---

(1) Voyez les détails précédents sur Villena.

(2) Dans l'*Introduction à ses Proverbes*, le marquis se vante de connaître à fond
les règles de la versification provençale.

(3) Il se trouve dans le *Cancionero général*, édition princeps, et il a été copié sur la
Floresta de Bohl de Faber, numéro 87.

à faire paître sur les collines les troupeaux de son père. Très-souvent, chez les derniers poëtes provençaux, de pareilles chansons se présentent à nous sous le nom de *pastoretas* et de *vaqueiras;* l'une d'elles, de Giraud Riquier, le même qui composa des vers à la mort d'Alphonse le Sage, peut bien avoir servi de modèle à la composition qui nous occupe, en ce moment, tant est grande la ressemblance qui existe entre les deux. Aucune des deux, soit la pièce provençale, soit la pièce espagnole, n'a jamais égalé la *serranilla* du soldat. Outre sa simplicité primitive, sa limpidité et sa douceur, elle a dans son mouvement une grâce et une légèreté telle que, loin de porter des marques d'une imitation servile, elle doit être au contraire plutôt regardée comme un modèle de ces chants primitifs de la vieille langue castillane, chants intraduisibles dans toute autre langue et presque inimitables, avec succès, dans leur propre idiome (1).

---

(1) Nous avons fait connaître les *Serranas* de l'archiprêtre de Hita, en parlant de ses œuvres. Les six du marquis de Santillane se rapprochent encore plus du modèle provençal et ont un plus grand mérite poétique. Quant à leur forme et à leur structure, voyez Diez, *Troubadours*, p. 114. Celle dont nous parlons dans le texte est si belle que nous en copions une partie avec un passage correspondant d'une serrana de Riquier.

> Moza tan fermosa
> Non vi en la frontera
> Como una vaquera
> De la Finojosa.
>
> . . . .
> En un verde prado
> De rosas e flores,
> Guardando ganado
> Con otros pastores,
> La vi tan fermosa
> Que apenas creyera
> Que fuese vaquera
> De la Finojosa.

Jeune fille si belle — Je n'ai vu sur la frontière — Comme une vachère — De la Finojosa. — .... — Dans une verte prairie — De roses et de fleurs, — Gardant son troupeau. — Avec d'autres pasteurs — Je la vis si belle — Qu'à peine je pus croire — Qu'elle fût vachère — De la Finojosa.

(SANCHEZ, Poésies antérieures, tom. I, p. 44.)

Voici le commencement de celle de Riquier :

> Gaya pastorelha
> Trobey l'autre dia
> En una ribeira,
> Que per çant la belha
> Sos anhels tenia
> Desolz un ombreira;
> Un capel fazia

Les traces de la culture italienne dans la poésie du marquis de Santillane ne sont ni moins sensibles, ni moins importantes. Outre ses éloges à Dante, à Pétrarque et à Boccace (1), il imite le commencement de l'*Enfer* dans un long poëme en stances octosyllabiques sur la mort du marquis de Villena (2), et, dans la *Coronacion* de Jordi, « le Couronnement de Jordi, » il montre qu'il n'a pas été insensible à la beauté de plus d'un passage du *Purgatoire* (3). Plus d'une fois il a le mérite, si cela en est un, d'introduire en Espagne la forme particulière du sonnet italien, et les divers spécimens de ce genre de compositions qui restent encore parmi ses œuvres, sont le commencement d'une série des plus vastes qui, depuis l'époque de Boscan, s'est approprié un vaste espace dans la littérature espagnole. On a publié dix-sept sonnets du marquis de Santillane, écrits, comme il le déclare lui-même, « à la manière italienne ; » il en appelle à Cavalcante, à Guido d'Ascoli, à Dante et spécialement à Pétrarque, comme à ses prédécesseurs et à ses modèles ; appel à peine nécessaire pour quiconque les a lus, tant est manifeste son désir d'imiter le plus grand de ses maîtres. Les sonnets du marquis de Santillane n'ont que peu de mérite, si l'on excepte le travail soigné de leur versification ; aussi ont-ils été bientôt oubliés (4).

De flors e seria,
Sus en la fresqueira, etc.

Gaie pastourelle — Je trouvai l'autre jour — Aux bords d'une rivière : — Par la chaleur, la belle — Ses agneaux gardait — Sous un ombrage ; — Un chapeau elle tressait — De fleurs, et se tenait — Sous le frais bocage, etc.

(RAYNOUARD, *Troubadours*, tom. III, p. 470.)

Nul poëte provençal n'a, que je sache, composé des pastoretas aussi belles que Riquier. Le marquis n'a pas donc pu choisir un meilleur modèle.

(1) Voyez la Lettre au Connétable de Portugal.

(2) *Cancionero général*, 1573, fol. 34. Elle a été écrite, par conséquent, après l'année 1434, année de la mort de Villena.

(3) Faber, *Floresta*, comme ci-dessus.

(4) Sanchez, *Poésies antérieures*, t. I, pp. 20, 21, 40 ; Quintana, *Poésies castillanes*, Madrid, 1807, tom. I, p. 13. On a beaucoup discuté sur l'introduction du sonnet dans la poésie castillane. Argote de Molina a traité la question dans son *Discours sur la Poésie*, à la fin du *Comte Lucanor* (1575, fol. 97) ; et Herrera, dans son édition de *Garcilaso* (Séville, 1580, in-8°, p. 75). Mais tous les doutes sont levés et toutes ces questions ont trouvé leur réponse dans l'édition des *Rimes inédites de D. Iñigo Lopez de Mendoza*, publiée à Paris, par Ochoa (1844, in 8°). Dans une lettre du marquis, à la date du 4 mai 1844, et adressée, avec ses poésies, à doña Violante de Pradas, le marquis raconte expressément qu'il a imité les maîtres italiens dans la composition de ses poëmes.

Ses œuvres principales furent plus conformes au goût dominant alors à la cour d'Espagne. Le plus grand nombre est en vers, et, comme un court poëme à la reine, plusieurs demandes énigmatiques et quelques compositions religieuses, elles sont en général remplies de puérilités et d'affectation, et n'ont de valeur d'aucune espèce (1). Deux ou trois ont quelque importance. Une intitulée *Querella de Amor*, «Complainte d'amour, » se rapportant apparemment à l'histoire de Macias, est écrite dans un style des plus doux et des plus coulants. Elle est intéressante aussi parce qu'elle contient des vers en galicien, vers qui, avec d'autres et avec sa lettre au Connétable de Portugal, prouvent que le marquis de Santillane portait ses pensées sur cet ancien dialecte où se trouvent quelques-uns des premiers essais de la littérature espagnole (2). Une autre a pour titre *las Edades del mundo*, «les Ages du monde (3). » C'est un abrégé de l'histoire universelle depuis la création jusqu'à l'époque de D. Juan II; il se termine par de grands éloges en l'honneur de ce monarque; il fut écrit en 1426, et il se compose de trois cent trente-deux stances en *redondillas* doubles, d'un caractère lourd et prosaïque (4). La troisième est une poésie morale mise en forme de dialogue entre Bias et la Fortune, poésie qui expose la doctrine stoïcienne sur la vanité des biens extérieurs. Ce poëme se compose de cent quatre-vingts octaves en petits vers espagnols; son objet était de consoler un cousin et un ami bien aimé de la famille des Toledo, dont l'emprisonnement, par ordre du Connétable, en 1448, causa de grands troubles dans le royaume et contribua à aliéner tout à fait du favori le marquis de Santillane (5). La quatrième roule sur un sujet analogue, la chute et la mort du Connétable lui-même, en 1453 ; c'est un poëme de cinquante-trois stances de huit vers, formées de deux *redondillas* chacune : il contient la confession supposée faite par la victime sur l'échafaud, partie à la

----

(1) Elles se trouvent dans le *Cancionero général* de 1573, fol. 24, 27, 37, 40 et 234.

(2) Sanchez, *Poésies antérieures*, tom. I, pp. 143, 147.

(3) Tel est le titre que lui donne Ochoa, qui l'imprima pour la première fois parmi les *Rimes inédites du Marquis* (pp. 97-240) : quoique Amador de los Rios, dans ses *Études sur les Juifs d'Espagne* (voir la traduction que nous en avons faite, 1861, Paris), allègue des motifs pour l'attribuer à Paul de Sainte-Marie, dont nous parlerons plus tard.

(4) Bohl de Faber, *Floresta*, numéro 743. Sanchez, tom. I, p. 41. Pulgar, *Claros Varones*, édit. de 1775, p. 224. *Chronique de D. Juan II,* année 1448, ch. IV.

(5) *Cancionero général* de 1573, fol. 37.

multitude, partie à son confesseur (1). Dans chacun de ces derniers poëmes et principalement dans le dialogue entre Bias et la Fortune, nous trouvons des morceaux qui ne sont pas sans mérite, qui n'ont pas seulement de la légèreté, mais de la vigueur; et un style non-seulement pur et pénétrant, mais encore plein de grâce (2).

Mais le plus important des ouvrages poétiques du marquis de Santillane est celui qui s'approche le plus de la forme dramatique et qui a pour titre : *Comedicta de Ponza,* «Petite Comédie de Ponza.» Elle repose sur l'histoire d'un grand combat naval livré près de l'île de Ponza, en 1435, combat où les rois d'Aragon et de Navarre, l'Infant de Castille, D. Henri, et beaucoup d'autres gentilshommes et chevaliers furent faits prisonniers par les Génois, désastre qui occupe une large place dans les vieilles chroniques nationales de l'Espagne (3). Le poëme du marquis de Santillane, composé immédiatement après la catastrophe qu'il rappelle, est intitulé *Comédie,* parce que le dénouement est heureux; Dante est cité, comme autorité, pour l'usage de ce mot dans ce sens. En réalité, ce n'est qu'un songe ou vision ; l'un des premiers passages de l'*Enfer*, imité dès le commencement, ne laisse pas de doute sur la pensée de l'auteur, quand il écrit son poëme (4). Les reines de Navarre et d'Aragon, l'Infante Doña Catalina, comme personnes les plus intéressées dans cette lutte désastreuse, sont les principaux interlocuteurs. Boccace est aussi un des principaux personnages, sans autre meilleure raison, à ce qu'il semble, que d'avoir composé le traité de la *Chute des princes.* Après avoir été solennellement harangué sur son talent, par les trois princesses royales et par le marquis de Santillane lui-même, il répond sur un ton non moins

---

(1) Deux ou trois autres compositions du marquis se trouvent parmi celles qu'a publiées Ochoa : la *Pregunta de Nobles,* espèce de lamentation morale du poëte, qui déplore de ne pouvoir connaître et fréquenter les grands hommes de tous les temps ; les *Doze Trabajos de Ercoles,* souvent confondus avec l'ouvrage en prose de Villena, qui porte le même titre, et l'*Infierno de Enamoradas,* imité plus tard par Garci Sanchez de Badajoz; trois courtes compositions poétiques de peu de valeur.

(2) Par exemple, la *Chronique de D. Juan II*, année 1435, ch. IX.

(3) Dans la lettre à doña Violante de Pradas il dit l'avoir commencée immédiatement après ce combat naval.

(4) Le marquis, faisant allusion à un dialogue qu'il entendit sur la bataille, s'exprime en ces termes, à la manière de Dante, et employant presque les mêmes mots.

.... Tan pauroso
Que solo en pensarlo me vence piedad.

.... Si terrible — Que d'y penser seulement, la pitié triomphe de moi.

solennel, en italien, sa langue maternelle. La reine Léonora lui fait alors le récit des gloires et des grandeurs de sa maison, qu'elle accompagne de présages d'infortune. A peine les a-t-elle fait entendre qu'il arrive une lettre annonçant leur accomplissement par la catastrophe de la bataille de Ponza. La reine mère, au contenu de cette lettre, s'évanouit et tombe à demi morte. La Fortune, sous la forme d'une femme richement parée, entre et les console tous. Elle leur montre d'abord le magnifique tableau des temps passés et leur promet une gloire encore plus grande pour leurs descendants; puis elle leur présente réellement en personne les princes dont la captivité les avait si justement remplies de crainte et de douleur; par là se termine la *Comedieta*.

Elle remplit cent vingt octaves semblables aux anciennes octaves italiennes, en stances pareilles à celles du *Philostrate* de Boccace; la versification en est généralement facile. Il y a bien un grand étalage d'érudition ancienne, introduite d'une manière maladroite et de mauvais goût; mais il y a aussi un passage où la description de la Fortune est habilement empruntée au septième chant de l'*Enfer*, et un autre qui donne une charmante paraphrase du *Beatus ille* d'Horace (1).

---

(1) Pour donner un spécimen du style de la *Comedieta*, je transcrirai ici la paraphrase tirée d'un manuscrit meilleur, je crois, que celui qui a servi à Ochoa.

XVI.

Benditos aquellos que con el açada
Sustentan sus vidas y viven contentos
Y de cuando en cuando conoscen morada
Y sufren plazientes las lluvias y vientos.
Ca estos non temen los sus movimientos,
Nin saben las cosas del tiempo pasado
Nin del as presentes se hacen cuidado,
Nin las venideras do an nascimiento.

XVII.

Benditos aquellos que siguen las fieras
Con las gruesas redes y canes ardidos,
Y saben las troxas y las delanteras,
Y fieren de arcos en tiempos devidos.
Ca estos por saña no son conmovidos,
Nin vana cobdicia los tiene subjetos;
Nin quieren tesoros, ni sienten defetos,
Nin turba fortuna sus libres sentidos.

XVI. — Bienheureux ceux qui par le boyau — Soutiennent l'existence et vivent contents, — Qui de temps en temps connaissent une demeure — Et souffrent sans se plaindre les pluies et les vents. — Ceux-là ne craignent pas leurs mouvements, — Ne savent pas les choses du temps passé, — N'ont aucun souci de celles du présent — Et ne s'inquiètent pas de la naissance des choses à venir.

XVII. — Bienheureux ceux qui poursuivent les bêtes fauves, — Aidés de grands filets et de

Quant à la partie scénique et à l'agencement de l'histoire, ils ne peuvent être plus mauvais, c'est clair : et cependant, à l'époque où elle fut écrite et peut-être même déclamée, comme c'est probable, devant plusieurs des assistants qui avaient souffert dans le désastre qu'elle rappelle, cette composition pouvait bien être regardée comme la représentation vivante d'un des plus graves événements de l'histoire de ce temps. Sous ce point de vue, la *Comedieta* est encore fort intéressante.

La *Comedieta* ne fut pas toutefois l'œuvre la plus populaire du marquis de Santillane, si elle en fut la plus importante. Cet honneur appartient à la collection de proverbes qu'il fit sur la demande de D. Juan II, pour l'éducation de son fils Henri, qui devint plus tard Henri IV. Cette collection consiste en sentences rimées au nombre de cent, contenant chacune généralement un proverbe, et, pour cette raison, parfois reconnue sous le nom de *Centiloquio,* « Centiloque. » Les proverbes eux-mêmes sont empruntés le plus souvent, ce n'est pas douteux, à la sagesse non écrite du commun du peuple, sagesse qui a eu, sous cette forme, plus de célébrité en Espagne que dans toute autre contrée. Quant au ton général qu'il a adopté et à l'enseignement particulier de plusieurs de ces proverbes, le marquis les doit plutôt au roi Salomon et au Nouveau Testament. Tels qu'ils sont, cependant, ils ont eu un remarquable succès, succès qu'ils doivent peut-être à la circonstance d'avoir été composés pour l'héritier présomptif, mais qu'attestent plusieurs vieux manuscrits existant encore. Ils furent imprimés, pour la première fois, en 1496 ; dans le cours du siècle qui suivit cette première impression, on peut en compter neuf ou dix éditions, généralement chargées d'un érudit commentaire par le docteur Pedro Diaz de Tolède (1). Sous le point de vue poétique, ils n'ont

---

chiens hardis, — Qui connaissent les amorces et les piéges, — Et qui frappent de l'arc en temps voulu. — Ceux-là, la colère ne les émeut pas, — Une vaine avarice ne les tient pas sujets ; — Ils ne demandent pas des trésors, ne sentent pas de défauts, — Et la fortune ne trouble pas la liberté de leurs sens.

(1) Il existe une autre collection de refrains distincte de celle-ci, faite par le marquis, et publiée par Mayans, dans ses *Origines* (tom. II, pp. 179, et suiv.). Ils n'ont ni rimes ni gloses ; ils sont tout simplement mis par ordre alphabétique, suivant que l'auteur les recueillait en les recevant, de *las Viejas tras el fuego,* « des vieilles femmes au coin du feu. » Quant aux diverses éditions du *Centiloquio,* voyez ce que disent Mendez (*Typog.,* p. 196), et Sanchez (tom. I, p. 34). Comme spécimen des proverbes, je copierai ici le dix-septième :

> Si fueres gran eloquente,
> Bien será ;

aucune valeur; ils ne nous intéressent que par les circonstances de leur composition et parce qu'ils forment en réalité la plus ancienne collection de proverbes faite dans les temps modernes.

Dans la dernière partie de sa vie, le marquis de Santillane vit sa réputation grandir considérablement. Juan de Mena prétend que des personnages venaient des contrées étrangères uniquement pour le voir (1). Le jeune Connétable de Portugal, le même prince qui, plus tard, se mêla aux troubles de la Catalogne et réclama le royaume d'Aragon, lui demanda formellement ses poésies. Le marquis les lui envoya avec une lettre, en forme d'introduction, sur l'art poétique, écrite vers 1455 et contenant des notices sur les poëtes espagnols ses prédécesseurs ou ses contemporains; lettre qui est, en réalité, le document le plus important que nous possédions sur la littérature ancienne de l'Espagne. Elle offre aussi un contraste avantageux avec la lettre curieuse que le marquis de Santillane lui-même reçut sur un sujet semblable, vingt ans avant, du marquis de Villena, et montre combien ce prince était en avance sur son siècle par l'esprit critique et par son amour bien entendu pour les lettres (2).

Pero mas te converra
Ser prudente.
Que el prudente et obediente,
Todavia
A moral filosofia
Obediente.

Si tu es grand orateur, — Un bien ce sera, — Mais plus il te conviendra — D'être prudent. — Celui qui est prudent est obéissant, — Et de plus — A la morale philosophie — Il obéit.

Le marquis commenta lui-même, en prose, quelques-uns de ces cent proverbes. Mais aucun d'eux n'a eu la bonne fortune d'échapper aux savantes discussions du docteur Pero Diaz. L'auteur du *Dialogue des langues* parle de la collection en termes peu favorables (Mayans y Siscar, *Origines*, tom. II, p. 13).

Le même Pero Diaz, qui commenta les *Proverbes* du marquis de Santillane, prépara, sur la demande du roi D. Juan II, une collection des proverbes de Sénèque, imprimée pour la première fois en 1482, et plusieurs fois depuis (Mendez, *Typog.*, pp. 197, 266). J'en ai une, publiée à Séville, en 1500; elle a 66 feuilles. Elle contient cent cinquante proverbes, et le commentaire en prose qui les accompagne est de meilleur goût et plus convenable que la glose qu'il mit aux proverbes rimés du marquis.

(1) Dans la préface à la *Coronacion*, OEuvres, Alcalà, 1566, in-8°, fol. 260.

(2) Cette lettre importante était, d'après l'indication d'Argote de Molina (*Nobleza de Andalucia*, 1588, fol. 355), une espèce d'introduction au *Cancionero* du marquis. Elle se trouve avec de savantes notes dans le premier volume de Sanchez. Le Connétable de Portugal, à qui elle était adressée, mourut en 1466.

En effet, sous tous les rapports, le marquis de Santillane fut un homme remarquable, un de ceux qui connaissaient parfaitement son siècle, et qui avaient une grande force d'âme. C'est ce que prouve sa conduite dans les affaires depuis sa jeunesse. C'est aussi démontré par le ton même de ses proverbes, par sa lettre à son cousin emprisonné et par son poëme sur la mort d'Alvaro de Luna. Il fut aussi poëte, mais non du premier ordre ; homme d'une vaste lecture, quand la lecture était rare (1), critique, faisant preuve de jugement, alors que le jugement et l'art de la critique marchaient à peine ensemble ; finalement, il fut le fondateur d'une école italienne, d'une école de cour dans la poésie espagnole, d'une école entièrement opposée à l'esprit national et qui finit par être subjuguée par lui, qui exerça longtemps encore une influence considérable, et qui, à la fin, fournit, en quelque sorte, les matériaux avec lesquels le seizième siècle put élever et construire le monument de la littérature espagnole proprement dite.

Il vivait, cependant, sous le règne de Juan II et au milieu de sa cour, un autre poëte dont l'influence générale a été moins sentie dans ce temps que celle de son protecteur, le marquis de Villena, mais dont le nom a été plus souvent cité et rappelé. C'est Juan de Mena, appelé parfois, mais improprement, l'Ennius de la poésie espagnole.

Juan de Mena était né à Cordoue, vers l'année 1411, de parents honorables, mais pas nobles (2). De bonne heure il avait été laissé orphelin, et, dès l'âge de vingt-trois ans, et par son propre choix, il se consacra lui-même tout entier à l'étude des lettres. Il suivit régulièrement ses cours, d'abord à Salamanque et plus tard à Rome. De retour dans sa patrie, il devint un des *Veinte-quatro* de Cordoue, ou l'une des vingt-quatre personnes qui constituaient le gouvernement

---

(1) Il ne l'appelle pas *érudit*, parce qu'il n'avait pas toutes les connaissances ordinaires des savants de son temps : il ne parlait pas le latin. C'est ce qu'il résulte d'un très-curieux et très-rare traité de *Vita beata*, par Juan de Lucena, son contemporain et son ami, où (édit. 1483. fol. f. ii b), le marquis dit en parlant de lui : « Me veo defetuoso de letras latinas, — Je me vois pécher par les lettres latines; » et il ajoute que l'évêque de Burgos et Juan de Mena eussent traité en latin l'objet de leur discussion, au lieu de le faire en espagnol, s'il avait été, lui, capable de les suivre dans ce savant langage. Le marquis, cependant, comprenait le latin. C'est ce qu'il résulte de ses ouvrages remplis d'allusions aux auteurs latins et parfois même d'imitations.

(2) Les principaux matériaux pour la Vie de Juan de Mena se trouvent dans quelques vers de Francisco Romero, dans l'*Epicedio en la muerte del maestro Hernan Nuñez* (Salamanque, 1578, in-12, pp. 485, et sq.), à la fin des *Refranes de Hernan Nuñez*. Quant au lieu de sa naissance, il n'y a pas de doute. Il y fait allusion lui-même (*Trescientas*, stance 124) d'une manière qui lui fait honneur.

de la ville. Nous le trouvons ensuite à la cour sur un pied de familiarité en sa qualité de poëte, et nous savons qu'il devint bientôt après secrétaire de Juan II pour les lettres latines, et historiographe de Castille (1). Ces fonctions le mirent en relation avec le roi et avec le Connétable de Castille ; relations importantes par elles-mêmes et qui nous ont accidentellement fourni quelques révélations singulières. Le roi, si nous en croyons un certain témoignage, était désireux d'être bien traité dans l'histoire, et, pour s'assurer du fait, il adressait de temps en temps à son confident, son médecin, des instructions pour son historiographe sur la manière de traiter les différentes parties de son sujet. Dans une lettre, par exemple, il lui dit avec la plus grande gravité : *El rey es codicioso de loa, como de meterse en arduos fechos,* « le roi est désireux d'éloges autant qu'avide de se livrer à de difficiles entreprises. » Suivent alors les détails des faits tels qu'ils doivent être reproduits, comme la question délicate du refus du comte de Castro d'obéir aux ordres du roi (2). Dans une autre lettre il lui dit : *El rey que de vos espera mucha gloria, me manda que os narre, etc.,* « le roi qui attend de vous beaucoup de gloire m'ordonne de vous raconter, etc., » et cette observation est suivie de la narration des faits telle que le roi voulait qu'on les consignât dans l'histoire (3). Quoique Juan de Mena ait été occupé à cet important ouvrage jusqu'en 1445 et qu'il ait été, suivant toute apparence, favorisé par le roi et par le Connétable, ce n'est pas une raison pour supposer qu'une partie de ce qu'il a écrit s'est conservé dans la *Chronique de Don Juan II*, exactement telle qu'elle est sortie de sa plume.

Le chroniqueur, cependant, qui semble avoir été heureusement doué d'un tempérament propre aux succès de cour, nous a laissé assez de preuves des moyens qu'il employa pour y réussir. C'était une sorte de poëte lauréat, sans le titre, composant des vers sur la bataille d'Olmedo, en 1445 ; sur la réconciliation du roi avec son fils, en 1446 ; sur les événements de Peñafiel, en 1449 ; sur la légère blessure que le Connétable reçut à Palencia, en 1452; compositions où il montre partout, comme dans d'autres plus longs poëmes, un grand respect pour les pouvoirs régnants de l'État (4).

---

(1) Cibdareal, lettres **xx, xxiii**.
(2) *Ib.*, lettre **xlvii**.
(3) *Ib.*, lettre **xlix**.
(4) Pour les premiers vers, voyez Castro, *Bibl. espagnole*, tome I, p. 331, et pour

Juan de Mena obtint aussi de la faveur en Portugal. L'Infant D. Pedro, versificateur d'un certain renom, qui voyagea dans les différentes parties du monde, fit personnellement connaissance avec Juan de Mena, en Espagne, et, de retour à Lisbonne, il lui adressa quelques vers meilleurs que la réponse qu'ils s'attirèrent. Outre ces vers, il imita avec assez d'habileté le *Labyrinthe* de Mena dans un poëme en espagnol de cent vingt-cinq stances (1). Avec de pareilles habitudes et de semblables relations, avec un esprit qui le rendait toujours agréable dans le commerce personnel (2), avec une humeur toujours enjouée qui le rendait acceptable aux partis opposés du royaume (3), Juan de Mena semble avoir mené une existence heureuse. A sa mort, subitement arrivée, en 1446, par suite d'une chute de sa mule, le marquis de Santillane, toujours son ami et son protecteur, composa son épitaphe et éleva à sa mémoire un monument qu'on peut voir encore avec cette épitaphe, à Torrelaguna (4).

Les œuvres de Juan de Mena jouirent évidemment, dès leur première apparition, de l'éclatante faveur de la cour. Si nous en croyons les lettres si simples et si ingénieuses qui nous sont parvenues sous le nom du médecin du roi, il était tout jeune encore, et ses compositions faisaient le sujet de toutes les conversations du palais (5). De plus, les collections de poésies faites par Baena et par Stuñiga, pour divertir le roi et la cour, vers 1450, contiennent d'abondantes preuves que

---

ceux qu'il composa sur la blessure du Connétable, voyez la *Chronique de Don Alvaro* (édition de Milan 1546, fol. 60 verso).

(1) Les vers qui ont pour titre : *Dom Infante Do Pedro, Filho del rey Dom Joam, em Loor de Joam de Mena,* la réponse de Juan de Mena, une courte réplique de l'Infant et une *finida* ou conclusion se trouvent dans le cancionero de Resende (Lisbonne, 1516, in-fol., folio 72, 6). Voyez aussi Bellerman (*Die Alten Liederbücher der Portugiesen,* « de l'ancienne littérature portugaise, » Berlin, 1840, pp. 27, 64); Mendez (*Typog.*, p.137). Cet Infant D. Pedro est, je crois, le même que le prince auquel fait allusion Cervantès, (*D. Quichote,* part. II, ch. xxiii) en disant qu'il fut un grand voyageur. Pellicer et Clémencin ne nous donnent rien à ce sujet.

(2) Voyez le *Dialogue de Juan de Lucena, La Vita beata,* où Juan de Mena est un des principaux interlocuteurs.

(3) Il resta toujours dans d'excellents rapports avec le roi, avec les Infants, le connétable, le marquis de Santillane, etc.

(4) Ant. Ponz, *Viage de España,* Madrid, 1787, tome X, p. 38 ; Clémencin, notes à *D. Quichote,* part. II, ch. xliv, tome V, p. 379.

(5) Cibdareal, lett. xx. Il n'y a pas moins de douze lettres sur les cent cinq qui composent le recueil épistolaire du célèbre médecin de D. Juan II, qui sont adressées à Juan de Mena. Si ces lettres sont authentiques, elles nous fournissent un témoignage de la grande faveur dont jouissait Juan de Mena.

sa faveur ne s'usa pas avec le temps, puisque tous les vers qu'on put trouver de lui semblent avoir été insérés dans chacune d'elles. Mais quoique ces circonstances et le fait de leur insertion, avant la fin de ce siècle, dans deux ou trois des collections de poésies, les premières imprimées en Espagne, ne laissent pas de doute qu'elles jouirent, tout d'abord, d'une espèce de succès d'enthousiasme, on peut à peine dire qu'elles furent, un moment, véritablement populaires. Deux ou trois de ces poésies légères, comme les vers adressés à sa femme pour lui montrer comme elle est terrible en toutes choses; d'autres à une mule vicieuse qu'il avait achetée à un moine, ont une animation qui les fera trouver partout amusantes (1). Mais la plus grande partie de ses petits poëmes, dont une vingtaine environ se trouvent répandus dans des livres rares (2), appartiennent particulièrement au style goûté de la société où il vivait. Leur affectation, leur puérilité, leurs allusions obscures durent contribuer à leur donner une faible valeur, même lorsqu'ils circulèrent pour la première fois, excepté pour les personnes à qui ils étaient adressés ou pour le cercle étroit dans lequel ces personnes se mouvaient.

Son poëme sur les sept péchés mortels, *Siete pecados mortales*, composé d'environ huit cents petits vers, divisé en *redondillas* doubles, est une œuvre qui affiche les plus grandes prétentions. Mais ce n'est qu'une ennuyeuse allégorie, pleine de pédanterie et de subtilités métaphysiques, à propos d'une guerre entre la Raison et la Volonté de l'homme. Malgré sa longueur, le poëme n'est pas terminé, et un certain moine, du nom de Jeronimo de Olivares, y a ajouté plus de quatre cents vers pour donner à la discussion la conclusion qu'il jugeait convenable. Les deux parties sont toutefois aussi fastidieuses que pouvait les rendre la théologie de ce siècle.

Son Couronnement, *Coronacion*, est meilleur et se compose d'environ cinq cents vers, arrangés en doubles *quintillas*. Ce titre dérive du sujet, qui est un voyage imaginaire de Juan de Mena au mont Par-

----

(1) La dernière ne manque pas de grâce. Cibdaréal y fait deux fois allusion, lett. XXIII et XXVI. Elle semble avoir mérité l'approbation du roi et de la cour.

(2) Les poésies légères de Juan de Mena sont généralement insérées dans les vieux cancioneros généraux: quelques-unes sont comprises dans les vieilles éditions de ses œuvres, par exemple dans la très-estimable édition de Valladolid de 1536, où les *Tres-cientas* et la *Coronacion* forment deux traités différents avec des titres distincts, une pagination différente, une finale à part, et chacune d'elles est suivie de quelques poésies légères de l'auteur.

nasse pour assister au couronnement du marquis de Santillane, comme poëte et comme héros, par les Muses et par les Vertus. C'est, par conséquent, un poëme strictement en l'honneur de son grand protecteur, et, comme tel, il paraît un peu singulier qu'il soit composé dans un style léger et dans un esprit à peu près satirique. Dès le début, comme dans d'autres parties, il a toutes les apparences d'une parodie de la *Divine Comédie*. Il commence, en effet, par faire errer l'auteur à travers une forêt obscure, d'où il passe dans les régions de la misère, où il assiste aux châtiments des morts. Il visite le séjour des bienheureux, où il voit les héros des siècles passés; il arrive enfin au mont Parnasse, où il assiste à une espèce d'apothéose de l'objet, vivant encore, de son respect et de son admiration. La versification du poëme est aisée, et certains passages sont fort amusants; mais une érudition inutile le rend indigeste et les parties les meilleures sont les morceaux purement descriptifs.

Si nous pouvons douter que Juan de Mena ait eu, de propos délibéré, la pensée de parodier Dante dans sa *Coronacion*, il est bien évident que, dans son principal ouvrage, intitulé *le Labyrinthe, Laberinto*, il devient un imitateur sérieux de ce poëte. Ce long poëme, que Juan de Mena semble avoir commencé, tout jeune encore, et qu'il laissa imparfait au moment de sa mort subite, malgré le temps qu'il consacra à sa composition, consiste en deux mille cinq cents vers divisés en stances. Chaque stance est formée de deux *redondillas* de ces vers longs appelés alors *versos de arte mayor*, parce qu'on supposait que leur construction demandait un plus grand degré d'habileté que les vers courts employés dans les anciennes mesures nationales. Le poëme lui-même est tantôt appelé *Labyrinthe*, à cause de son plan embrouillé, et tantôt les *Trescientas*, à cause du nombre de trois cents couplets ou stances qui devaient primitivement le composer. Il ne se propose rien moins que de montrer, sous la forme de vision ou d'allégorie, tout ce qui se rapporte aux devoirs et aux destinées de l'homme. Les règles qui ont servi de guide à l'auteur dans sa composition sont évidemment empruntées à l'exemple de Dante dans sa *Divine Comédie* et à ses préceptes dans son traité *De vulgari Eloquentia*.

Après la dédicace du *Labyrinthe* à Juan II, après d'autres préparatifs et des divisions formelles, le poëme commence par l'égarement de l'auteur dans une forêt, comme Dante, où il est exposé aux bêtes féroces. A ce moment il est rencontré par la Providence qui se présente à lui sous la forme d'une belle femme; elle lui offre de le conduire, par une route sûre, à travers les dangers qui l'entourent, et de lui expliquer, *en quanto puede ser apalpado de humano intellecto*, « autant que peut le saisir l'intelligence humaine, » les impénétrables mystères de la vie qui accablent l'esprit. Elle remplit sa promesse en conduisant l'auteur à ce qu'elle appelle le *spherico centro y las cinco zonas*, le centre sphérique et les cinq zones, ou, en d'autres termes, au point où le poëte suppose qu'il voit, en même temps, toutes les contrées et toutes les nations de la terre. Là elle lui montre trois grandes roues mystiques, les roues du Destin : deux représentent le passé et le futur, fermes, immobiles, dans un repos constant, *fermes, inmotas y quedas ;* la troisième représente le présent dans un mouvement constant. Chacune de ces roues contient sa partie propre de l'espèce humaine et dans chacune se développent les sept cercles, *orbes setenos*, des sept influences planétaires qui gouvernent les destinées des mortels. Les caractères des plus distingués d'entre eux sont expliqués au poëte par son divin guide, à mesure que leur ombre s'élève devant eux dans ces cercles mystérieux.

A partir de ce point, le poëme devient une galerie confuse de portraits mythologiques et historiques, disposés comme dans le *Paradis* de Dante, suivant l'ordre des sept planètes (1). Ces portraits ont en général peu de mérite et sont fort indistinctement dessinés. Les meilleures esquisses sont celles des personnages qui vivaient dans le même temps et dans le même pays que le poëte lui-même ; quelques-unes sont tracées avec toute la flatterie d'un courtisan, telles sont les figures du Roi et du Connétable ; d'autres sont plus vraies, en même temps que plus artistiques, comme celles du marquis de Villena, de D. Juan de Merlo, du jeune Davalos, dont la mort prématurée est rappelée en quelques vers d'une tendresse et d'une énergie des plus rares (2).

---

(1) L'auteur du *Dialogue des langues*, Mayans y Siscar (*Origines*, tome II, p. 448), se plaignait, il y a plus de trois siècles, de l'obscurité que présentent de nombreux passages, dans les poésies de Juan de Mena. Ce défaut est encore rendu plus évident par les laborieuses explications de deux de ses plus anciens et plus savants commentateurs.

(2) Juan de Mena a toujours été très-considéré par ses compatriotes, quoiqu'il n'ait pas été absolument populaire. Durant sa vie, ses vers furent insérés dans le *Cancionero* de Baena et immédiatement après dans la chronique du Connétable D. Alvaro de Luna. D'autres se trouvent dans la collection de poésies déjà connue, imprimée à Saragosse en 1422, et dans une autre collection de la même époque, mais sans date. On peut aussi les lire dans tous les vieux *Cancioneros* généraux et dans une série d'éditions séparées, depuis 1496 jusqu'à nos jours. En outre, le savant Hernan Nunez de Guzman imprima une glose des *Trescientas*, en 1499, une autre aux *Cincuenta* ou

L'événement raconté avec le plus de détail est le récit de la mort du comte de Niebla qui, en 1436, au siége de Gibraltar, sacrifia sa propre vie en faisant de nobles efforts pour sauver celle d'un de ses serviteurs. La barque qui avait servi au comte pour délivrer le malheureux du danger, se trouva trop petite pour sauver toute la compagnie, et ils périrent tous ensemble d'un coup de vague. Cet événement désastreux et le dévouement du comte de Niebla en particulier, comte qui était un des premiers nobles du royaume et qui était, en ce moment, occupé à une expédition audacieuse contre les Maures, cet événement, dis-je, fut consigné dans toutes les chroniques de ce siècle et introduit par Juan de Mena dans les stances caractéristiques qui suivent :

CLX.

Aquel que en la barca parece sentado
Vestido, en engaño de las bravas ondas,
En aguas crueles, ya mas que no hondas,
Con mucha gente en la mar anegado,
Es el valiente, no bien fortunado
Muy virtuoso, perinclito conde
De Niebla, que todos sabeis bien adonde
Dio fin al dia del curso badado.

CLXI.

Y los que lo cercan por el derredor,
Puesto que fuessen magnificos hombres,
Los titulos todos de todos sus nombres,
El nombre le cubre de aquel su señor :
Que todos los hechos que son de valor
Para se mostrar por si cada uno,
Quando se juntan y van de consuno,
Perden el nombre delante el mayor.

CLXII.

Arlanza, Pisuerga y aun Carrion
Gozan de nombre de rios ; empero
Despues de juntados llamamoslos Duero ;
Hacemos de muchos una relacion (1).

---

la *Coronacion*. Plus tard, en 1582, un écrivain encore plus savant, Francisco Sanchez de las Brozas, plus vulgairement appelé le *Brocense*, imprima un nouveau commentaire. Les travaux de ces deux savants accompagnent presque toujours chacune des éditions de Juan de Mena publiées depuis.

(1) CLX. Celui qui dans la barque parait assis,—Enveloppé, jouet des ondes furieuses, —Par des eaux cruelles plus que profondes, — Avec ses nombreux compagnons dans

Nous ne demandons pas de grands éloges pour une pareille poésie; il y en a peu cependant dans les œuvres de Juan de Mena qui égalent ce spécimen, dont le mérite consiste au moins à être dégagé de la pédanterie et de la bizarrerie qui défigurent la plus grande partie de ses écrits.

Tel qu'il est, le *Labyrinthe* fut l'objet d'une grande admiration à la cour de Juan II et surtout de l'admiration du roi lui-même dont le médecin écrivit, nous dit-on, au poëte : « La muy polida e crudita « obra de vuestra merced que lleva por nombre *la secunda orden de* « *Mercurio*, ha placido asaz al Rey, que por deporte la leva á los ca- « minos é á las cazas (1). » Et, dans un autre moment : « El finimiento « del tercer circulo le plugo al Rey mucho, é yo lo he leido una vez « a su señoria, é su Alteza lo ha en su tabla, á por del libro de sus « oraciones, é lo tomo é lo dexa asaz muchas veces (2). » En effet, tout le poëme fut, à ce qu'il semble, soumis au roi, pièce par pièce, à mesure qu'il était composé; et on nous dit que dans un passage, au moins, le roi y fit une correction, qui subsiste encore aujourd'hui sans changements (3). Sa Majesté conseilla encore d'étendre le poëme et de le porter de trois cents stances à trois cent soixante-cinq, sans autre raison meilleure que de faire correspondre ce nombre au nombre de jours de l'année. Aussi suppose-t-on que les vingt-quatre stances ordinairement imprimées à la fin sont un essai pour accom-

---

la mer englouti, — C'est le vaillant, mais bien peu fortuné, — Le très-valeureux, et très-illustre comte — De Niebla; vous savez bien tous où — Il mourut, le jour marqué par les destins.

CLXI. Et ceux qui, tout au tour, l'environnent, — Fussent-ils des hommes magnifiques, — Tous les titres de tous leurs noms — Seraient éclipsés par les noms de celui qui est leur seigneur; — Tous les actes qui ont quelque valeur, — Pour briller chacun pris à part — Réunis et mis ensemble, — Perdent leur nom devant un acte plus grand.

CLXII. Arlanza, Pisuerga et même Carrion — Jouissent du nom de fleuves; mais — Dès qu'ils sont réunis nous les appelons Douero : — D'un grand nombre nous ne faisons qu'une mention.

Chronique de D. Juan II, année 1436, ch. III. Juan de Mena, *Trescientas,* copl. 160-2.

(1) « Votre composition si fine et si érudite, qui porte le titre de : *Second ordre de Mercure,* a tellement plu au Roi qu'il l'emporte pour se récréer dans les voyages, dans les chasses. » (Cibdareal, lettre XX.)

(2) « La fin du troisième cercle a beaucoup plu au Roi; je l'ai lu une fois à Sa Seigneurie, et Son Altesse l'a sur sa table à côté de son livre de prières; il le prend et le laisse assez souvent. » (*Ib.,* lettre XLIX.)

(3) *Ib.,* lettre XX.

plir les ordres du monarque. Mais qu'il en soit ainsi ou non, personne ne désire aujourd'hui que le poëme soit plus long qu'il n'est (1).

---

(1) Ces stances s'imprimèrent séparément dans le *Cancionero général* de 1573; mais elles ne furent point insérées dans l'édition des *Œuvres* du poëte, en 1566, et ne furent pas commentées par Hernan Nuñez, ce qui nous fait douter qu'elles aient été réellement composées par Juan de Mena. Si elles lui appartiennent, elles furent probablement composées après la mort du Roi. Elles n'ont rien de flatteur pour lui. C'est là un motif pour nous de croire qu'elles ne sont pas authentiques. Le poëte semble s'être permis de trop grands éloges du Roi et du Connétable pour ne pas désirer de les voir durer après la mort de l'un et de l'autre.

CHAPITRE XX.

Considérées sous un certain point de vue, toutes les œuvres de Juan de Mena sont assez importantes. Elles marquent les progrès de la langue castillane, qui se développa plus dans ses mains qu'elle ne l'avait fait dans une longue période antérieure. Depuis le règne d'Alphonse le Sage il s'est écoulé près de deux siècles; pendant ce temps, ce fortuné dialecte a presque complétement établi sa suprématie sur tous ses rivaux, et, par la force des circonstances politiques, il s'est répandu sur une grande partie de l'Espagne, mais on n'a fait que peu de chose pour l'enrichir, et rien pour l'élever et le purifier. Le ton grave et majestueux des *Partidas* et de la *Cronica general* n'a pas été atteint, et l'air plus dégagé du *Comte Lucanor* n'a pas été imité. En effet, des temps de désordre et de troubles, comme les temps de Pierre le Cruel et des trois monarques qui lui succédèrent sur le trône, ne permirent aux Espagnols que de penser, à peu d'exceptions près, à leur sûreté personnelle et à leur bien-être immédiat.

Mais à présent, sous le règne de D. Juan II, si les affaires du royaume sont certainement plus embrouillées, leur état présente plutôt le caractère d'une lutte entre les grands seigneurs que d'une guerre contre la couronne. Alors, par des circonstances toutes fortuites, les sciences et les lettres sont non-seulement honorées et estimées, mais elles deviennent encore de mode à la cour. Le style commence à être regardé comme une chose importante, le choix des mots comme le premier pas vers son élévation et son amélioration, premier pas qu'essayèrent ceux qui désiraient capter la faveur des classes les plus élevées donnant alors le ton et aux mœurs et aux lettres. On rencontra de sérieux obstacles pour le choix du style tel qu'on le demandait. La langue castillane avait été d'abord grave, digne et pittoresque, mais elle n'avait jamais été riche. Juan de Mena regarde autour de lui pour chercher les moyens d'augmenter son vocabulaire poétique : s'il avait mis plus de discrétion dans les moyens qu'il adopta, s'il avait montré plus de jugement dans l'emploi des moyens auxquels il eut recours, il aurait pu modeler presque la langue espagnole sur la forme qu'il avait choisie.

Quoi qu'il en soit, Juan de Mena lui rendit de grands services. Il prit hardiment les mots qui répondaient à sa pensée, partout où il les trouva, dans le latin principalement, et parfois dans d'autres langues (1). Malheureusement il n'exerça pas sa propre habileté dans le choix de ces mots. Plusieurs de ceux qu'il adopta ont de la bassesse et de la trivialité, et son exemple n'eut pas assez de force pour leur donner de la dignité : d'autres ne sont pas meilleurs que les mots auxquels ils se substituent, et tombent, par conséquent, plus tard, en désuétude ; d'autres ont encore une structure et un son trop étranger pour prendre racine sur un sol où ils n'auraient jamais dû

---

(1) Ainsi, *fi*, valencien ou provençal, pour *hijo*, fils, dans les *Trescientas*, stance 37 ; *trinquete*, pour voile de misaine, stance 165, peuvent servir d'exemple. Lope de Vega (*Obras sueltas*, tome IV, p. 474) se plaint des latinismes de Juan de Mena, latinismes choquants et nombreux, et il cite le vers suivant :

El amor es ficto, vaniloquo, pigro.

Je ne me rappelle pas de l'avoir lu dans ses œuvres ; mais, s'il s'y trouve, j'avouerai qu'il est aussi mauvais que les mauvais vers de la même espèce, objet de tant de ridicule chez Ronsard. Nous devons remarquer cependant qu'aux époques primitives de la langue castillane, cette langue a plus de rapport avec le français qu'elle n'en avait du temps de Juan de Mena. Ainsi dans le *Poëme du Cid* nous trouvons très-souvent *cuer* pour *corazon*, cœur ; *tiesta* pour *cabeza*, tête ; dans Berceo, *asemblar* pour *juntarse*, s'assembler ; *sopear* pour *cenar*, souper (voyez Clémencin, *D. Quichote*, tome IV, p. 56). Si donc nous rencontrons dans Juan de Mena quelques mots français qui ne sont plus usités, comme *sage*, dont ledit poëte fait un dissyllabe guttural pour rimer avec *viage*, voyage, dans la stance 167, il faut présumer que ledit mot était usité de son temps, et que depuis lors il a perdu sa signification. Quoi qu'il en soit, il est certain que Juan de Mena fut très-hardi pour former des mots et en introduire d'étrangers dans la langue. Le docte Sarmiento dit de lui, dans un manuscrit de ma bibliothèque : « Un grand nombre des mots qu'il employa ne sont pas castillans ; ils ne furent usités ni avant ni après lui, en Espagne. »

être transplantés. Ainsi donc, une grande partie des tentatives de Juan Mena de restèrent, sous ce rapport, infructueuses. Mais, il n'y a pas de doute, la langue de la poésie espagnole reçut plus de vigueur, la versification plus de noblesse, par les efforts de Juan, et l'exemple qu'il donna, imité comme il le fut par Lucena, Diégo de San-Pedro, Garci Sanchez de Badajoz, les Manrique et d'autres, servit de base véritable au développement plus étendu et plus judicieux de tout le vocabulaire castillan dans le siècle suivant.

Un autre poëte jouit, sous le règne de D. Juan II, d'une réputation qui se ternit encore plus vite que la renommée de Juan de Mena : c'est Alphonse Alvarez de Villasandino, appelé aussi parfois *de Illescas*. Ses premières poésies semblent avoir été composées sous le règne de D. Juan Ier; mais la plus grande partie a été écrite sous les règnes de Henri III et de D. Juan II, et particulièrement sous celui de ce dernier. Un petit nombre d'entre elles sont adressées à ce monarque, un plus grand nombre le sont à la Reine, au Connétable, à l'Infant D. Ferdinand, depuis roi d'Aragon, et à d'autres personnages distingués de ce temps. Plusieurs de leurs passages nous font connaître que leur auteur était un soldat et un courtisan ; qu'il se maria deux fois; qu'il se repentit sincèrement de son second mariage; qu'il fut généralement pauvre; qu'il adressa souvent des sollicitations à tout le monde, sans aucune honte, depuis le roi jusqu'au dernier courtisan, et demanda des places, de l'argent et même des vêtements.

Comme poëte, son mérite n'est pas grand ; il parle de Dante, mais il ne donne aucune preuve de ses connaissances en littérature italienne. Ses vers sont effectivement plutôt écrits selon le genre provençal, quoique leur ton de courtisan et ses réclamations personnelles y dominent au point d'empêcher tout autre sentiment de s'y faire distinctement reconnaître. Ce sont des pointes, des jeux de mots, des calembours qu'il introduit partout pour plaire au goût de ses nobles amis. Peut-être se concilia-t-il leur faveur principalement par sa versification, presque toujours excessivement facile et coulante, et par ses rimes singulièrement abondantes et uniformément exactes (1).

Quoi qu'il en soit, Villasandino obtint une grande considération

____

(1) Ces détails sur Villasandino se lisent dans Antonio, *Bibl. vetus*, édit. Bayer, tome II, p. 341 ; dans Sanchez, *Poésies antérieures*, tome I, pp. 200, etc. Ses premières poésies s'imprimèrent dans l'*Appendix aux chroniques de Henri II, de D. Juan I, et de D. Henri III*, par D. Pedro Lopez de Ayala, pp. 604, 615, 621, 626, 646. Mais

de la part de ses contemporains. Le Marquis de Santillane parle de lui comme d'un poëte érudit de son siècle, et il rapporte qu'il a composé un grand nombre de *canciones* et d'autres petits poëmes ou *decires* très-estimés et très-répandus (1). Rien d'étonnant, par conséquent, que Baena, composant, pour l'amusement de D. Juan II et de sa cour, la collection de poésies qui nous est parvenue sous son nom, y ait inséré un grand nombre de vers de Villasandino, déclaré par ce secrétaire de cour : « Esmalte, e lus, é espejo, e corona, e mo- « narca de todos los poetas e trovadores que fasta oy fueron en toda « España (2). » Mais les poésies admirées par Baena sont, pour la plupart, si courtes et si personnelles qu'elles ont dû être bientôt oubliées avec les circonstances qui leur ont donné naissance. Plusieurs sont curieuses, parce qu'elles ont été composées pour l'usage de personnages de distinction dans l'État, tels que l'adelantado Manrique, le comte de Buelna, le grand Connétable, tous admirateurs de Villasandino, et qui l'employaient à écrire des vers qu'ils faisaient ensuite passer sous leur propre nom. Il y a un petit poëme, une hymne à la Vierge, *con su desfecha por arte destrybote* (3), dont le poëte lui-même avait conçu une si bonne opinion, qu'il ne cessait de répéter qu'il serait, par elle, délivré, dans l'autre monde, de la puissance de l'ennemi, *que serya libertado del enemigo por ella* (4).

---

la plus grande partie se trouve dans le *Cancionero de Baena,* extrait par Castro, *Bibl. espag.*, tome I, pp. 268, 296, etc.

(1) Sanchez, tome I, p. LX.

(2) « Émail, lumière, miroir, couronne et monarque de tous les poëtes et troubadours qui ont jusqu'ici existé en Epagne. »

(3) « Avec sa glose au moyen du refrain. »

(4) L'hymne en question est dans Castro, tome I, p. 269. Mais, comme preuve de la facilité de Villasandino, je préfère les vers suivants, composés pour le comte Pero Niño, qui devait les offrir à doña Béatrix, aimée du comte, ainsi que nous l'avons indiqué en parlant de sa Chronique :

> La que siempre obedeci,
> E obedezco todavia,
> Mal pecado, solo un dia
> Non se le membra de mi.
>
> Perdi meu tempo en servir
> A la que me fas bevir
> Coidoso desque la vi, etc.

Celle à qui j'ai toujours obéi — Et j'obéis encore, — Pour mon malheur, un seul jour — Ne se souvient de moi. — J'ai perdu mon temps à servir — Celle qui m'a fait vivre — Soucieux dès que je l'ai vue, etc.

Mais, comme le prétend l'éditeur de la *Chronique de D. Pedro Niño,* « ce sont là

Francisco Impérial, né à Gênes, fut, en réalité, un Espagnol dont la patrie était Séville. Ce fut aussi un poëte qui jouit d'une grande faveur à la même époque, et qui appartint à la même école artificielle que Villasandino. Sa pièce principale et la plus longue est une composition sur la naissance du roi D. Juan II, en 1405. Un grand nombre de ses autres poésies se rattachent, comme celle-ci, à des sujets d'un intérêt transitoire. Il y en a une cependant qui, par le ton et la singularité du sujet, est extrêmement curieuse. Elle roule sur la destinée d'une dame qui fut mise parmi les dépouilles, dans une grande victoire remportée, à l'extrémité de l'Orient, par Tamerlan, et envoyée, comme un présent, par ce conquérant à Henri III de Castille; et il faut avouer que le Génois dépeint la situation particulière de cette infortunée avec des touches d'une tendresse tout à fait poétique (1).

Quant aux autres poëtes qui eurent plus ou moins de valeur, en Espagne, vers le milieu du quinzième siècle, il n'est pas nécessaire de s'occuper de tous. La plus grande partie d'entre eux ne sont maintenant connus que des antiquaires curieux : il ne reste que peu de chose du plus grand nombre, et, dans la plupart des cas, on est incertain de savoir si les personnes dont les noms paraissent en tête des poëmes sont ou non les auteurs réels. Juan Alphonse de Baena, l'éditeur de la collection où se trouve le plus grand nombre d'eux, a composé beaucoup de poésies (2); il en est de même de Ferrant Manuel de Lando (3), Juan Rodriguez del Padron (4), Pedro Velez de Guevara,

---

des vers qu'on peut attribuer à tout autre amant et à toute autre dame, de sorte qu'il semble que Villasandino composait des stances de ce genre pour les donner au premier qui les lui demanderait, » paroles textuelles que nous copions ici parce qu'elles peuvent parfaitement s'appliquer à un grand nombre de poésies de ce règne, ordinairement remplies de pensées triviales et écrites pour un usage pareil à celui qu'en faisait Villasandino.

(1) Sur Micer Francisco Impérial, voyez ce que dit Sanchez (tome I, pp. IX, 205), Argote de Molina (*Nobleza de Andalucia*, fol. 244, 266), et le discours mis par le même écrivain en tête de la *Vida del Gran Tamorlan* (Madrid, 1782, in-4°, p. 3) : ses poésies se trouvent dans Castro, tome I, pp. 296, 301, etc.

(2) Castro, tome I, pp. 319-330, etc.

(3) Ferrant Manuel de Lando est connu comme un page de D. Juan II, dans la *Sucesion de los Manueles* d'Argote de Molina, publiée avec *le Comte Lucanor*, 1575; ses poésies ont été regardées comme « agradables para aquel siglo », agréables pour ce siècle.

(4) Il est ainsi supposé que le Juan Rodriguez del Padron, dont les poésies se trouvent dans Castro (tome I, p. 331), et dans le *Cancionero* manuscrit attribué à

et Gerena et Calavera (1). Parmi les poésies qui nous restent des poëtes du second ordre, il n'y en a pas de plus intéressantes, c'est probable, que la *Vision*, composée par Diego de Castillo, le chroniqueur, sur la mort d'Alphonse V d'Aragon (2), et qu'une esquisse de la vie et du caractère de Henri III de Castille, en la personne du monarque lui-même, par Pedro Ferus (3) ; deux poëmes qui nous rappellent vivement les exemples qu'on trouve dans le vieux livre anglais intitulé : *le Miroir des magistrats*, « Mirror for magistrates. »

En même temps que la poésie se cultivait avec tant de soin, la prose, quoique moins estimée, quoique s'ajustant avec moins de convenance au goût littéraire du siècle, la prose faisait quelques progrès. Nous devons donc porter maintenant notre attention sur deux écrivains qui fleurirent sous le règne de D. Juan II, et qui semblent avoir constitué, avec les chroniques contemporaines et d'autres ouvrages semblables, déjà examinés, le véritable caractère de la meilleure littérature en prose de leur temps.

Le premier de ces auteurs, c'est Fernan Gomez de Cibdaréal, qui, si son existence est réelle, fut médecin du roi et, à certains égards, son confident et son ami intime. Il naquit, d'après les lettres qui nous sont parvenues sous son nom, vers 1386 (4), et, sans être d'une famille distinguée, il avait pour grand-père Pedro Lopez de Ayala, le grand chroniqueur et le Chancelier de Castille. Cibdaréal n'avait pas

---

Lope de Stuñiga (fol. 18), est le même que le Juan Rodriguez del Padron, dont les poésies sont insérées dans le *Cancionero général* (1573, fol. 121-4), comme on le croit communément, quoique j'aie quelques doutes à cet égard.

(1) Sanchez, tome 1, pp. 199, 207, 208.

(2) Ochoa l'a publiée dans le même volume que les *Rimes inédites du Marquis de Santillane ;* il l'accompagna de quelques poésies de Suero de Ribero, dont le nom figure parmi ceux du *Cancionero* de Baena et du *Cancionero* de Lope de Stuñiga, d'autres compositions de D. Juan de Dueñas, qui se trouvent aussi dans Stuñiga, et de celles de deux ou trois autres poëtes de peu de valeur, appartenant tous au règne de D. Juan II.

(3) Castro, tome I, pp. 310-12.

(4) La meilleure biographie de Cibdareal est en tête de ses *Lettres* (Madrid, édition 1775, in-4º), préparée par D. Eugenio Llaguno y Amirola. Sa naissance est placée vers l'année 1388, quoique le Bachelier lui-même, dans la lettre 105, dise qu'il avait soixante-huit ans en 1434, ce qui correspondrait à l'année 1386 pour la véritable date. Du reste, nous ne savons absolument rien sur le Bachelier, à part ce qu'il nous dit lui-même, dans les lettres qui circulent sous son nom.

encore vingt-quatre ans, et D. Juan II était encore enfant, quand il entra au service du roi, et resta attaché à sa royale personne jusqu'à la mort de son maître ; à partir de ce moment nous perdons tout à fait ses traces. Durant ce long espace d'environ quarante ans, il entretint une correspondance à laquelle nous avons déjà fait allusion plus d'une fois, avec les principaux personnages de l'État, avec le roi lui-même, avec plusieurs évêques et archevêques, avec un nombre considérable de gentilshommes, de gens de lettres, parmi lesquels nous trouvons Alphonse de Carthagène et Juan de Mena. Une partie de cette correspondance, comprenant cent cinq lettres, écrites de 1425 à 1454, a été publiée dans deux éditions. La première prétend avoir été imprimée en 1499, et la seconde a été préparée avec soin, en 1775, par don Eugenio Llaguno y Amirola, secrétaire de l'Académie royale d'Histoire. Un grand nombre de questions discutées dans ces lettres par cet honorable médecin et courtisan sont des plus intéressantes. Plusieurs d'entre elles, telles que celle de la mort du Connétable, qu'il décrit minutieusement à l'archevêque de Tolède, sont des plus importantes, si on peut y ajouter foi comme à des lettres authentiques. Dans presque tout ce qu'il écrit, Cibdaréal montre une bonhomie et un bon sens qui lui conservèrent la faveur des chefs des factions opposées de ce temps, et qui, tout en le laissant attaché au parti du Connétable, l'empêchèrent d'être aveuglé par les défauts de ce grand homme ou d'être enveloppé dans sa disgrâce. Le ton de sa correspondance est simple et naturel, toujours très-castillan et parfois vraiment divertissant, quand il répète, par exemple, les causeries de la cour au grand justicier de Castille, ou qu'il raconte des histoires à Juan de Mena. Mais une lettre des plus intéressantes, c'est la lettre qu'il adresse à l'évêque d'Orense, et qui contient le récit de la mort de D. Juan II. C'est elle qui peut nous donner, peut-être, la meilleure idée de l'esprit général de l'auteur et de sa manière d'écrire, en même temps qu'elle nous montre plusieurs traits de son caractère personnel.

« Bien antevedo que si yo con llanto de angustia escribo esta epis-
« tola, vtra mrd. con llanto de aflicion la legerá ; ca de consuno lo
« debemos à la horfandad con que quedamos, e queda toda España.
« Ha fallecido el bueno e sublimado, el noble e el justo rey
« D. Juan nuestro señor : e yo misero, que no avia veinte y quatro
« años quando á servir á sa señoria vine, comensal del bachiller
« Arévalo, cumplidos sesenta y ocho años, é en su palacio, que
« mejor dixera en su cámara, cerca de su lecho, cerca de

« su mas puridad, é no pensando en mi, con xxx mil maravedis
« de juro me hallára un luengo servir, si quando finándose estaba,
« no dixera que la Alcadia de gobernacion de Cibdadreal se la daba
« por el tiempo de su vida al Bachiller mi fijo, que mas ventura
« haya que fué su padre : ca bien pensé yo acabar mis dias en la
« vida de Su Alteza. E su Señoria acabo sus dias en mi presencia,
« vispera de la Madalena, que en plañir sus culpas bien semejó á la
« bendita Santa. Finó de fiebre, que mucho lo apretó. Como el Rey
« estaba tanto trabajado de caminar dacá parallá, e la muerte de D.
« Alvaro siempre delante la traya, plañiendo en su secreto, e veia non
« por esto á los grandes mas reposados, antes que el rey de Navarra
« al rey de Portugal persuadiera que por las guerras de Berbería con
« el rey D. Juan oviese debates, e que el Rey le mando á este fin
« una carta e respuesta zorrera, todo le fatigaba el vital órgano : e
« así caminando de Avila para Medina, le dió en el camino un paro-
« gismo con una fiebre acrecentada, que por muerto fué tenido. El
« prior de Guadalupe supito mandó á llamar al principe D. Enrique,
« ca temió que algunos grandes se lleváran al infante D. Alonso ;
« pero á Dios plugo que volvió el rey en su acuerdo, ca le eché una
« melecina que le volvió. E fué á Valladolí, e el mal desque en la villa
« entro fue de muerte, e el Bachiller Frias me le oyó quando el por (1)

---

(1) « Je prévois bien que si j'écris, moi, cette lettre avec des pleurs de détresse,
V. M. la lira avec des pleurs d'affliction : c'est un témoignage que nous devons ensemble
à la perte que nous éprouvons et qu'éprouve toute l'Espagne. Il est mort, le bon, le
sublime, le noble et le juste roi D. Juan, notre seigneur ; et moi, malheureux, qui
n'avais pas vingt-quatre ans lorsque j'entrai au service de Sa Seigneurie, commensal
du bachelier Arévalo, j'ai accompli soixante-huit ans dans son palais, ou, pour mieux
dire, dans sa chambre, près de son lit, dans sa plus grande intimité ; et, sans penser à
moi, je me trouverais avec trente mille maravédis de rente, pour mon long service, si,
au moment de sa mort, il n'avait dit qu'il donnait l'alcaldia de Cibdareal au Bachelier, mon fils, sa vie durant. Plaise à Dieu que le fils ait plus de bonheur que son
père! Je pensais finir mes jours durant la vie de Son Altesse. Sa Seigneurie les a finis,
la veille de la Madeleine, et, en pleurant ses fautes, il ressemblait bien à cette sainte. Il
mourut de la fièvre qui le saisit vivement. Comme le Roi était tourmenté du désir
d'aller par monts et par vaux, il avait toujours devant ses yeux la mort de D. Alvaro
qu'il déplorait en secret, parce qu'il ne voyait pas pour cela les grands plus tranquilles. Loin de là, le roi de Navarre avait persuadé au roi de Portugal de profiter des
guerres de Barbarie et d'avoir des démélés avec le roi D. Juan ; le Roi envoya à ce
dernier une lettre très-polie et une réponse très-fine. Tout lui fatiguait les organes de
la vie. En se rendant d'Avila à Medina, il fut, en chemin, atteint d'une surexcitation
et d'une fièvre violente : on le crut mort. Le prieur de Guadalupe envoya chercher
immédiatement le prince D. Henri, dans la crainte que certains grands ne se tournas-

« menor lo tenia , e el bachiller Beteta por pasabola ; e no fué sino
« pasamundo, que fablando verdá, es como bola en su rodar. La
« consolacion que me queda es que el fin lo ovo de Rey christiano é
« bueno e leal al su Criador : e me dixo tres horas antes de dar el
« anima : Bachiller Cibdaréal, naciera yo fijo de un mecanico, e ho-
« biera sido frayle del Abrojo, e no rey de Castilla. E a todos deman-
« daba perdon, si algo los oviese fecho de mal ; e á mi me dixo, que
« por su Señoria lo demandase á los que él no podia. Fasta á la tumba
« de san Pablo le acudi ; e enpues á un solo aposento me he venido
« al arrabal ; ca de vivir estoy con tal hastio, que como otros la
« muerte temen, yo pienso que el vivir no se ha de despegar de mi.
« Andé á ver á la Reina dos dias son ; e todo el palacio lo vide tan dar-
« riba abajo sin los que primero, que la casa del Almirante e del
« conde de Benavente mas populadas son. El rey D. Enrique re-
« cibe á los criados del rey D. Juan ; mas yo soy viejo para tomar
« de nuevo otro amo, e andar caminos : e se Dios quiere á Cibdadreal
« con mi fijo andaré, ca alli del Rey esperaré con que pasar (1). »
C'est là la dernière chose que nous savons de l'affliction de ce vieillard, qui mourut probablement bientôt après la date de cette lettre,
écrite, selon toute apparence, en juillet 1454.

Un autre personnage très-renommé, comme prosateur, au siècle de

---

sent du côté de l'infant D. Alfonse. Mais il plut à Dieu de faire reprendre ses sens
au Roi ; on lui donna une potion qui le fit revenir. Il alla à Valladolid. Le mal devint
mortel en entrant dans la ville : le bachelier Frias me l'entendit dire quand il le
croyait, lui, sans gravité, et le bachelier Beteta, un passe-la-boule ; et ce ne fut qu'un
passe-le-monde, car, pour dire la vérité, c'est comme une boule qui tourne. La consolation qui me reste , c'est qu'il a fait une fin de roi chrétien et bon , et fidèle à son
Créateur ; il me dit, trois heures avant de rendre l'âme : Bachelier Cibdareal, que ne
suis-je né fils d'un artisan ! j'aurais été moine de l'Abrojo, et non roi de Castille. Il demandait à tous pardon, s'il leur avait fait quelque mal : il s'adressa à moi et me pria
de demander pardon pour Sa Seigneurie à ceux à qui il ne pouvait le demander lui-
même. Je l'accompagnai jusqu'à la tombe de saint Paul, et puis je me suis retiré dans
une chambre isolée du faubourg. Je suis si dégoûté de la vie que les autres ont autant
de crainte de la mort que j'ai, moi, la pensée que la vie ne se détachera pas de moi.
Je suis allé voir la Reine, il y a deux jours ; j'ai vu le palais tout sens dessus dessous,
sans aucun de ceux qui s'y trouvaient auparavant, de sorte que la maison de l'Almirante et du comte de Benavent sont plus fréquentées. Le roi D. Henri reçoit les serviteurs
du roi D. Juan : mais, moi, je suis trop vieux pour prendre de nouveau un autre maître et courir les chemins. Si Dieu le veut, j'irai à Cibdareal avec mon fils, et là j'at-
tendrai du Roi de quoi passer mes jours. »

(1) C'est la dernière lettre de la collection. Voyez ce que nous disons de son authenticité dans l'appendix C.

D. Juan II, fut Fernan Perez de Guzman. Comme beaucoup d'autres Espagnols distingués, il fut soldat et homme de lettres, bien qu'appartenant à la haute aristocratie du pays et se mêlant à ses affaires. Sa mère était sœur du grand Chancelier Ayala, son père était frère du Marquis de Santillane; de sorte que ses alliances étaient aussi grandes et aussi nobles que la monarchie pouvait les produire. D'un autre côté, Garcilaso de la Vega est un de ses descendants en ligne directe; nous pourrions donc ajouter que ses honneurs furent reflétés par les générations successives avec le même éclat qu'il les avait reçus.

Fernan Perez de Guzman naquit vers l'année 1400; il fut élevé pour être chevalier. A la bataille d'Higueruela, près de Grenade, en 1431, où il fut amené par l'évêque de Palencia, qui ressemblait à un Josué armé, *semejaba un Josué armado*, à ce que nous raconte l'honnête Cibdareal, Fernan montra tant de hardiesse dans son courage, que, le combat fini, le roi, qui avait vu son imprudence de ses propres yeux, le fit mettre aux arrêts et ne l'en releva qu'à l'intercession de ses puissants amis (1). Perez de Guzman se trouva généralement parmi ceux qui formaient opposition au Connétable, comme le plus grand nombre des membres de sa famille; mais il ne semble pas avoir montré un esprit de faction ni de violence. Il fut jeté une fois en prison sans motif plausible; sa position lui parut dès lors si fausse et si désagréable qu'il se retira pour toujours des affaires.

Parmi les amis de Fernan Perez de Guzman dont la culture intellectuelle était plus développée, il faut comprendre la famille de Sainte-Marie. Deux de ses membres ont été évêques de Carthagène; ils sont donc plus connus par le nom du siége qu'ils ont occupé que par leur propre nom. L'aîné de tous était juif de naissance, Selemoh Halévi : en 1390, et à l'âge de quarante ans, il fut baptisé sous le nom de Paul de Sainte-Marie. Ses grandes connaissances et sa fermeté de caractère le firent élever, avec le temps, aux plus hautes dignités de l'Église espagnole, dont il continua à être l'ornement le plus distingué jusqu'à sa mort, en 1432. Son frère, Alvar Garcia de Sainte-Marie, et ses trois fils, Gonzalve, Alphonse et Pierre, ce dernier vivant encore sous le règne de Ferdinand et d'Isabelle, se distinguèrent, comme le chef de la famille, par leurs entreprises littéraires, entreprises dont les vieux Cancioneros nous fournissent d'abondan-

____

(1) Cibdareal, lettre 51.

tes preuves, et dont la cour de D. Juan II, c'est évident, ne fut pas peu fière. Les rapports de Perez de Guzman furent surtout intimes avec Alphonse, longtemps évêque de Carthagène, qui composa un traité de religion à l'usage de son ami, et dont la mort, arrivée en 1435, fut pleurée par Perez de Guzman dans un poëme qui compare le vénérable évêque à Sénèque et à Platon (1).

Les occupations de Fernan Perez de Guzman, après sa retraite dans ses domaines de Batras, où il passa la dernière partie de sa vie, et où il mourut vers 1470, sont tout à fait en rapport avec son caractère et avec l'esprit de son siècle. Il composa un grand nombre de poésies, toutes du goût à la mode parmi les personnes de la classe à laquelle il appartenait, et admirées, toutes, par son oncle, le Marquis de Santillane. On en trouve quelques-unes dans la collection de Baena, qui montrent combien elles étaient en faveur à la cour de D. Juan II. Un plus grand nombre furent imprimées, en 1492, dans le *Cancionero de Llavia* et dans d'autres qui commencèrent à paraître quelques années plus tard. De sorte que les poésies de Fernan Perez de Guzman semblent avoir encore été estimées par ce public restreint qui portait de l'intérêt aux lettres, sous le règne de Ferdinand et d'Isabelle.

Mais le poëme le plus long qu'il composa, et peut-être le plus important, est celui qui a pour titre : *Loores de los claros varones de España*, « Éloges des grands hommes d'Espagne, » espèce de chronique remplissant quatre cent neuf octaves. On peut y ajouter cent deux proverbes rimés, cités par le Marquis de Santillane, mais composés principalement après la collection que réunit le Marquis lui-même pour l'éducation du prince Henri. Après ces deux compositions, les deux poésies de Perez de Guzman qui affichent le plus de prétentions

---

(1) Les meilleures notices, comme les extraits les plus longs, sur les ouvrages de cette famille remarquable de juifs, se trouvent dans Castro, *Bibl. españ.*, tome I, p. 235 ; dans Amador de los Rios (*Études sur les Juifs d'Espagne*, pp. 339-98, 485, etc. Voyez la traduction française de J.-G. Magnabal. Paris, 1861, in-8°, Durand). Un grand nombre de leurs poésies, insérées dans les Cancioneros généraux, sont du genre érotique, et valent ce que valent toutes celles qui composent ces vieilles collections en général. Il existe de D. Alonzo de Sainte-Marie deux ouvrages imprimés : l'*Oracional*, ou Livre de prières, cité dans le texte, comme ayant été composé pour Perez de Guzman (Murcie, 1487), et le *Doctrinal de Cavalleros*, imprimé la même année à Burgos (Diosdado, *De prima typographiæ Hispan. ætate*, Rome, 1793, in-4°, pp. 22, 26, 64). Ces deux livres sont curieux, mais le dernier est en grande partie tiré des *Parties* d'Alfonse le Sage.

par leur longueur sont une allégorie des quatre vertus cardinales, *Cuatro virtudes cardinales*, de soixante-trois stances, et une autre de cent, sur les sept péchés mortels et les sept œuvres de miséricorde, *Siete pecados mortales et Siete obras de misericordia*. Les meilleurs vers qu'il composa se trouvent dans ses petites hymnes. Mais toutes ses poésies sont oubliées et méritent de l'être (1).

Sa prose est meilleure que ses vers. Nous avons déjà fait connaître la part qui peut lui revenir dans la chronique de D. Juan II. A des époques différentes, tant avant de s'être engagé dans cet ouvrage qu'après, il s'occupa d'en composer un autre d'un caractère plus original et d'un mérite littéraire plus élevé. Ce dernier a pour titre *las Generationes y Semblanzas*, « les Générations et les Ressemblances; » il contient, dans trente-quatre chapitres, des esquisses, plutôt que des peintures complètes, de la vie, des caractères et des familles de trente-quatre des principaux personnages de son temps, tels que Henri III, D. Juan II, le Connétable Alvaro de Luna, le Marquis de Villena (2). Une partie de cet intéressant ouvrage semble, d'après une évidence intrinsèque, avoir été composée en 1430, tandis que d'autres parties ne peuvent avoir qu'une date postérieure à 1454. Mais aucune d'elles ne peut guère avoir été connue qu'après la mort des principaux person-

----

(1) Le manuscrit dont je me suis servi est une copie d'un autre, en apparence du quinzième siècle, et faisant partie de la magnifique collection de Sir Thomas Phillips Middle Hill, comte de Worcester, en Angleterre. Ce qu'il y a d'imprimé de Fernan Perez de Guzman se trouve dans le *Cancionero général* de 1535, ff. 28, etc. ; dans les *Œuvres de Juan de Mena*, édit. 1566, vers la fin; dans Castro, tom. I, pp. 298, 340, 342 ; et dans Ochoa, à la fin de ses *Rimes inédites de D. Iñigo Lopez de Mendoza*, Paris, 1844, in-8°, pp. 269, 356. Voyez aussi Mendez, *Typ. esp.*, p. 383 ; et le *Cancionero général*, 1573, ff. 14, 15, 20, 22.

(2) Les *Générations et Ressemblances* parurent pour la première fois, en 1512, comme partie du *rifacimento* de Giovanni Colunna, *Mare historiarum*, qui peut aussi bien être l'œuvre de Perez de Guzman. Dans ladite édition, elles commencent au chap. cxxvii, après avoir longuement parlé des Troyens, des Grecs, des Romains, des Pères de l'Église, et d'autres, pris dans Colonna (*Mém. de l'Académie d'histoire*, tom. VI, pp. 452, 453, notes). La première édition séparée des *Générations* est celle de Logroño, 1517, à la fin de la *Chronique de D. Juan II*. Elles ont été comprises aussi dans les deux réimpressions postérieures de 1543 et de 1779. Elles ont été encore réimprimées avec le *Centon epistolario* dans l'édition de Lluguno Amirola, 1775, et précédées d'une biographie de Fernan Perez de Guzman, contenant le peu de détails que nous savons sur lui. Quant à l'hypothèse proposée dans la préface de la *Chronique de D. Juan* (édit. de 1779, p, xi), que les deux derniers et plus importants chapitres des *Générations* ne sont pas l'œuvre de Perez de Guzman, je la crois suffisamment renversée par l'éditeur de la *Chronique de D. Alvaro de Luna* (Madrid, 1784, préf., p. xxiii).

nages dont il est question, ni par conséquent avant le règne de Henri IV, durant lequel arriva la mort de Perez de Guzman lui-même. Le style du livre est ferme, et marqué souvent par des pensées originales et vigoureuses. Plusieurs de ses esquisses sont courtes et sèches, comme celle de la reine Catherine, fille de Juan de Gand; mais d'autres sont longues et travaillées, comme celles de l'Infant D. Ferdinand. Parfois on y remarque un esprit supérieur à son siècle, comme celui qu'il montre dans la défense des juifs, nouvellement convertis, contre les cruels soupçons qui les faisaient alors persécuter. Plus souvent il témoigne d'un certain penchant à corriger les vices de la société. Ainsi, après avoir examiné le caractère de Gonzalo Nuñez de Guzman, il laisse son sujet de côté, et dit solennellement :

« E sin dubda eran notables autos, e dignos de loar, guardar la
« memoria de los nobles linajes, e de los servicios hechos á los reyes
« e á la república; de lo qual poco cuenta se hace en Castilla. Y á
« decir verdad es poco necesario; ca en este tiempo aquel es más no-
« ble que es más rico. ¿Pues para que catarémos el libro de los lina-
« jes, ca en la riqueza hallarémos la nobleza dellos? Otro si los ser-
« vicios no es necesario de se escribir para memoria; ca los reyes
« no dan galardon á quien mejor sirve, ni a quien más virtuosa-
« mente obra, sino á quien más les sigue la voluntad e les com-
« place (1). »

Dans ce passage, ainsi que dans d'autres, Perez de Guzman s'exprime sur le ton d'un homme d'État désappointé, et peut-être sur celui d'un courtisan, aussi désappointé. Mais plus souvent, comme quand il parle du grand Connétable, il prend un air de bonne foi et de justice qui lui fait le plus grand honneur. Plusieurs de ses portraits, parmi lesquels nous citerons ceux du Marquis de Villena et de D. Juan II,

---

(1) « C'étaient sans aucun doute des actes louables et dignes d'éloges que de garder la mémoire des nobles lignages et des services rendus aux rois et à la république, chose dont on tient si peu de compte en Castille. Et, à dire vrai, c'est peu nécessaire; car, dans ces temps, celui-là est le plus noble qui est le plus riche. Aussi pourquoi respecterons-nous le livre des lignages ? n'est-ce pas dans la richesse que nous trouverons leur noblesse? D'un autre côté, il n'est pas nécessaire d'écrire les services pour en conserver le souvenir, car les rois n'accordent pas de récompense au meilleur serviteur, ni à celui qui agit le plus vertueusement, mais à celui qui suit le plus leurs volontés et leurs plaisirs. » (*Générations*, etc., chap. x. On trouve une égale sévérité dans les chap. v et xxx.)

sont dessinés avec habileté et énergie, et tous sont écrits avec la richesse et la gravité du style castillan, et parfois avec un bonheur et une finesse d'expression qui en relève la dignité, et dont on ne pourrait trouver d'exemple qu'en remontant jusqu'à Alphonse le Sage, et jusqu'à D. Juan Manuel.

CHAPITRE XXI.

La famille des Manrique. — Pedro, Rodrigue, Gomez et George. — Les Stances de ce
dernier. — Les Urreas. — Juan de Padilla.

Contemporains de tous les auteurs que nous venons d'examiner,
unis par les liens du sang à plusieurs d'entre eux, florissaient les
Manrique, cette famille de poëtes, d'hommes d'État, de guerriers
modelés sur le siècle où ils vivaient et marqués des traits profonds de
son caractère : ce sont les rejetons d'une des plus anciennes et des
plus nobles races de Castille, race qui remonte aux Lara des romances
et des chroniques (1). Pedro, le père des deux premiers qui sont connus, fut un des plus ardents adversaires du Connétable Alvaro de
Luna, et il occupe une place si grande dans les troubles de cette époque,
que son empoisonnement violent, peu de temps avant sa mort, ébranla
le pays jusque dans ses fondements. A sa mort, en 1440, l'injustice
qu'il avait soufferte fut jugée si flagrante que tous les partis, que toute
la cour prit le deuil, et que le bon comte de Haro, le même qui, un
an auparavant, avait eu en gage dans ses mains, à Tordésillas, l'honneur et la bonne foi de l'Espagne, vint en présence du roi, et, dans
une entrevue solennelle décrite par les chroniqueurs de D. Juan II,
il obtint pour les enfants du défunt Manrique la confirmation de
tous les honneurs et de tous les droits dont leur père avait été in-
justement dépouillé (2).

L'un de ces enfants était Rodrigo Manrique, comte de Paredes,
hardi capitaine, bien connu par les avantages signalés qu'il remporta,
pour sa patrie, sur les Maures. Il était né en 1416, et son nom se pré-

----

(1) *Generaciones y Semblanzas*, ch. XI, XV et XXIV.
(2) *Chronique de D. Juan II*, année 1437, ch. IV ; 1438, ch. VI ; 1440, ch. XVIII.

sente constamment dans l'histoire de son temps. Aussi se trouve-t-il souvent mêlé non-seulement aux guerres contre l'ennemi commun, en Andalousie et à Grenade, mais encore aux luttes non moins absorbantes des factions qui divisaient alors la Castille et tout le nord de la Péninsule. Malgré la vie active qu'il mena, il trouva, nous dit-on, du temps pour la poésie, et une de ses *canciones*, nullement dépourvue de mérite et qui nous a été conservée, nous en fournit le précieux témoignage. Il mourut en 1476 (1).

Son frère, Gomez Manrique, sur la vie duquel nous avons moins de détails, et que nous connaissons à la fois comme un guerrier et un ami des lettres, nous a laissé de plus grandes preuves de son goût et de son talent poétique. Une de ses compositions les plus courtes appartient au règne de D. Juan II ; une autre, plus prétentieuse, touche à l'époque des Rois Catholiques ; de sorte qu'il vécut sous trois règnes différents (2). Sur les instances du comte de Bénévent, il réunit tout ce qu'il avait écrit en un volume, qui existe peut-être encore, mais qui n'a jamais été publié (3). Le plus grand de ses ouvrages, dont nous connaissions l'existence, c'est un poëme allégorique de douze cents vers, sur la mort d'un de ses oncles, le Marquis de Santillane, poëme où les Sept Vertus, la Poésie et Gomez lui-même représentent et déplorent ensemble la perte immense que viennent de faire et leur siècle et leur pays. Cette composition fut écrite peu de temps après 1458 et adressée, avec une lettre d'une pédanterie amusante, à son cousin l'évêque de Calahorre, le fils du Marquis de Santillane (4). Un autre poëme, adressé à Ferdinand et à Isabelle, et auquel il faut nécessairement assigner pour date la plus reculée l'année 1474, est un peu plus étendu que la moitié du poëme précédent, allégorique comme lui, et a recours encore au pauvre artifice des Sept Vertus, qui viennent cette fois donner des conseils aux Rois Catholiques sur l'art de gouverner. Il était primitivement précédé d'une épître en prose et fut imprimé en 1442, de sorte qu'il est un des premiers livres sortis des presses espagnoles (5).

---

(1) Pulgar, *Claros varones*, tit. XIII ; *Cancionero général,* 1573, f. 183 ; Mariana, *Histoire,* liv. XXIV, ch. XIV.

(2) Les poésies de Gomez Manrique se trouvent dans le *Cancionero général* de 1573, fol. 57-77, 243.

(3) Additions à Pulgar, édit. 1775, p. 239.

(4) *Ib.*, p. 223.

(5) Mendez (*Typog. esp.*, p. 265). A ces poésies de Gomez Manrique on doit ajouter : 1° sa lettre poétique au Marquis de Santillane, son oncle, pour lui demander

Ces deux espèces de poëmes un peu étendus, avec un petit nombre d'autres plus courts, dont le meilleur roule sur la mauvaise administration d'une certaine ville où il vivait, emplissent toute la liste de ce qui nous reste des œuvres de leur auteur. Ils sont compris dans les *Cancioneros* imprimés, de temps en temps, durant le seizième siècle, et leur insertion nous fournit un témoignage de la continuité d'estime avec laquelle ils furent considérés. Mais, à part un petit nombre de passages où le poëte, mu par des sentiments d'affection personnelle, s'exprime sur un ton naturel, aucune de ses poésies ne peut se lire aujourd'hui avec plaisir. Dans plusieurs cas, les latinismes auxquels il se livre avec complaisance, séduit probablement par Juan de Mena, ces latinismes rendent tout à fait ridicules les vers où ils se trouvent (1).

George Manrique est le dernier rejeton de cette famille chevaleresque que nous trouvons dans l'histoire littéraire de son pays. C'était le fils de Rodrigue, comte de Paredes; c'était aussi, à ce qu'il semble, un jeune homme doué d'une douceur de caractère peu commune, sans manquer de cet esprit d'aventures qui distinguait ses ancêtres; un poëte plein de sentiment naturel. Alors les meilleurs écrivains de tous ceux qui l'entouraient se livraient entièrement aux conceptions métaphysiques et à tout ce qu'on regardait comme une rare élégance de style. Un nombre considérable de ses poésies légères, celles qu'il adresse principalement à la dame de ses pensées, sans être exemptes de la couleur de l'époque, nous rappellent les poésies, sur des sujets semblables, qui se produisirent un siècle plus tard en Angleterre, après l'introduction du goût italien à la cour de Henri VII (2). Mais la pièce principale du jeune Manrique est presque entièrement dégagée de toute affectation. Elle a pour sujet

---

un exemplaire de ses OEuvres et la réponse de ce dernier : toutes les deux pièces se trouvent dans les Cancioneros généraux ; 2° quelques poésies légères qui se trouvent dans un manuscrit d'Alvarez Gato, conservé à la Bibliothèque de l'Académie royale d'Histoire, numéro 114, et qui méritent d'être publiées.

(1) Tel est, par exemple, le mot *definicion* employé dans le sens de *muerte*, la mort, à moins qu'il ne soit une faute d'impression pour *defuncion*, et d'autres euphonismes du même genre. Quant à Gomez Manrique, voyez ce qu'en dit Nicolas Antonio (*Bibl. vetus*, tome II, p. 342).

(2) Quelques-unes trop libres, eu égard à l'intolérance de l'Église en Espagne, sont insérées dans le *Cancionero général* de 1535 (fol. 72-67 ; dans celui de 1573, fol. 131-9, 166, 187, 189, 221, 243, 245). On en trouve aussi un certain nombre dans le *Cancionero de Burlas* de 1519.

la mort de son père, arrivée en 1476 ; elle est tout à fait dans le mètre et le style de la vieille poésie espagnole. Elle se compose d'environ cinq cents vers, divisés en quarante-deux *coplas* ou stances, et elle est intitulée, avec la simplicité et la droiture digne de son caractère : *las Coplas de Jorge Manrique,* « les Stances de George Manrique, » comme si elles n'avaient pas besoin d'un nom plus distinctif.

En effet, au lieu d'un bruyant étalage de sa douleur, ou, ce qui aurait été plus conforme à l'esprit de son siècle, au lieu d'un puéril étalage de son érudition, c'est une plainte simple et naturelle sur l'inconstance de toute félicité terrestre ; l'effusion la plus pure d'un cœur rempli de désespoir, se voyant obligé de reconnaître subitement l'indignité de ce qu'il avait le plus estimé, le plus poursuivi. Son père occupe à peine la moitié du canevas du poëme, et ce n'est que quelques-unes des stances qui lui sont plus particulièrement consacrées que je voudrais en voir disparaître. Mais, avant que le sujet proprement dit soit annoncé, comme il l'est beaucoup plus tard, nous reconnaissons que l'auteur vient d'éprouver une grande perte, perte qui a ruiné ses espérances et qui l'a amené à ne regarder que le côté pénible et décourageant de la vie. Dans les premières stances, il semble être aux premiers moments de sa douleur profonde, moments où il n'ose pas se hasarder lui-même à parler des causes qui l'ont produite ; où son âme, nourrissant encore son chagrin dans la solitude, n'ose pas regarder autour d'elle pour trouver une consolation. Dans son affliction il s'écrie :

> Nuestras vidas son los rios
> Que van á dar en la mar,
> Que es el morir ;
> Allá van los señorios
> Derechos á se acabar
> Y consumir ;
> Alli los rios caudales,
> Alli los otros medianos
> Y mas chicos ;
> Allegados son iguales
> Los que viven por sus manos
> Y los ricos (1).

______

(1) « Nos vies sont les fleuves — Qui vont se jeter dans la mer, — Qui est la mort ; — Là vont les droits — Seigneuriaux se finir — Et se consumer ; — Là vont les grands fleuves, — Là vont d'autres cours d'eau moyens, — Là vont les plus petits ; — Quand ils sont arrivés, égaux sont — Et ceux qui vivent de leurs mains — Et les riches. »

C'est la même intonation qui se fait entendre, un peu plus adoucie, quand le poëte touche aux jours de sa jeunesse, aux jours de la cour de D. Juan II, jours qui sont déjà passés. Et le sentiment est d'autant plus profond que les scènes joyeuses qu'il décrit viennent contraster singulièrement avec les pensées sombres et solennelles auxquelles les premières le conduisent. Sous ce rapport, ses vers arrivent à nos cœurs comme le son d'une lourde cloche qu'une main douce et légère fait retentir, cloche qui continue longtemps après à produire des sons de plus en plus tristes et solennels, jusqu'à ce qu'ils nous arrivent comme la plainte de l'objet que nous avons aimé nous-même et que nous avons perdu. Peu à peu le mouvement change ; après nous avoir distinctement annoncé la mort de son père, le ton devient religieux et soumis. La lumière d'une félicité future éclate à son esprit réconcilié, et le tout se termine alors comme un doux et radieux coucher de soleil ; le noble et vieux guerrier descend paisiblement dans sa tombe, entouré de ses enfants et content de sa délivrance (1).

---

(1) Les vers sur la cour de D. Juan II sont les plus beaux de tout le poëme :

> ¿ Qué se hizo el rey don Juan ?
> Los infantes de Aragon,
>   Qué se hicieron ?
> ¿ Qué fué de tanto galan ?
> Qué fué de tanto invencion
>   Como trujeron ?
> ¿ Las justas y los torneos,
> Paramentos, bordaduras
>   Y cimeras ?
> Fueron sino devaneos ?
> ¿ Qué fueron sino verduras
>   De las eras ?
> ¿ Qué se hicieron las damas,
> Sus tocados, sus vestidos,
>   Sus olores ?
> ¿ Qué se hicieron las llamas
> De los fuegos incendidos
>   De amadores ?
> ¿ Qué se hizo aquel trovar
> Las musicas acordadas
>   Qué tañian ?
> ¿ Qué se hizo aquel dançar,
> Aquellos ropas chapadas
>   Qué trayan ?

Qu'est devenu le roi don Juan ? — Les infants d'Aragon, — Que sont-ils devenus ? — Qu'est devenue tant de galanterie ? — Qu'est devenue toute cette invention — Pour leurs combats ? — Les joutes et les tournois, — Ornements, broderies — Et cimiers, — Qu'était-ce, sinon extravagances ? — Qu'était-ce, sinon herbe des champs ? — Que sont devenues les dames, — Leurs bijoux, leurs parures, — Leurs odeurs ? — Que sont devenues les flam-

Il n'y a pas de poésie ancienne dans la langue espagnole, si nous en exceptons peut-être quelques-unes des vieilles romances, qui puisse être comparée aux stances de Manrique pour la vérité et la profondeur du sentiment. Peu, dans les temps postérieurs, ont atteint la beauté ou l'énergie de ses parties les meilleures. La versification aussi en est excellente; libre et coulante, avec un air et un tour antiques parfois, et par là conforme au caractère du siècle qui l'a produite, elle augmente l'effet et le pittoresque du sujet. Mais son plus grand charme consiste dans une belle simplicité qui, sans appartenir à un siècle, est en tout le sceau du génie.

Les *Coplas*, comme on pouvait s'y attendre, produisirent tout d'abord une impression profonde. Elles se publièrent pour la première fois en 1492, seize ans après leur composition, et elles se trouvent dans plusieurs des vieilles collections réunies un peu plus tard. On en a fait des éditions à part. Une d'entre elles, avec un lourd commentaire moral en prose par Luis de Aranda, fut publiée en 1552. Une autre, avec une glose poétique, sur le même mètre que l'original, par Luis Perez, parut en 1561 ; une autre encore, par Rodrigo de Valdepeñas, en 1588, et une autre par Gregorio Silvestre, en 1589 ; éditions qui ont toutes été réimprimées plus d'une fois, surtout les deux premières. Mais, avec cette marche, les modestes *Coplas* elles-mêmes devinrent

---

mes — Des feux allumés — Par les amants ? — Que sont devenus ces vers — Et les musiques harmonieuses — Qui les répétaient? — Que sont devenues ces danses — Et ces robes brodées — Qu'elles entraînaient ?

Les stances de George Manrique ont été admirablement traduites en anglais par H. W. Longfellow et publiées, pour la première fois, à Boston, en 1833, in-12. Depuis elles ont été plusieurs fois réimprimées. On peut les comparer avec un passage sur Édouard IV attribué à Skelton, et qui se trouve dans le *Mirror for Magistrates* (Londres, 1815, in-4°, tom. II, p. 246). Ce prince s'exprime ainsi :

> Where is now my conquest and victory?
> Where is my riches and royall array ?
> Where be my coursers and my horses hye ?
> Where is my myrrh, my solace, and my play ?

Le ton de ces deux poésies ne diffère pas beaucoup, quoique le vieux lauréat anglais n'ait jamais entendu parler de Manrique, ni n'ait jamais rien imaginé de supérieur aux stances.

Ces stances ont été souvent imitées. Au nombre des imitateurs, si nous en croyons Lope de Vega (*Obras sueltas*, Madrid, 1777, in-4°, tom. VI, p. xxix), il faut mettre Camōens. Je n'ai pu trouver toutefois les redondillas auxquelles Lope fait allusion. Ce dernier admire beaucoup les stances ; il dit qu'elles devraient être écrites en lettres d'or.

si surchargées, si obscurcies, qu'elles disparurent presque de la circulation générale, jusqu'à la moitié du dernier siècle. Dès cette époque elles ont été souvent réimprimées, tant en Espagne que dans d'autres pays, jusqu'à ce qu'elles aient pris enfin, ce semble, une place permanente parmi les productions les plus admirées de la vieille littérature espagnole, à laquelle les rattache leur mérite incontestable (1).

(1) Les plus anciennes éditions des *Coplas* sont de 1492, 1494 et 1501. Voyez Mendez (*Typog. espagnole*, p. 136). J'ai dans ma bibliothèque dix ou douze exemplaires d'autres éditions. L'un d'eux a été imprimé à Boston, en 1833, avec la traduction de Longfellow. Mes exemplaires de 1574, 1588, 1614, 1632 et 1799 ont tous des *gloses* en vers. Celui de Luis de Aranda, qui est en prose, date de 1552, in-4°, et il est en lettres gothiques.

A la fin d'une traduction de l'*Enfer de Dante* faite par Pero Fernandez de Villegas, archidiacre de Burgos, et publiée à Burgos, en 1515, in-fol., avec un commentaire érudit, tiré principalement de celui de *Landino*, livre très-rare et d'une valeur considérable, on trouve dans quelques exemplaires un poëme intitulé *Aversion du Monde et Conversion à Dieu*. Ce poëme, sans pouvoir être comparé aux stances de George Manrique pour son mérite, a une assez grande analogie avec elles pour le fond et pour la forme. Il est divisé avec assez d'affectation en quarante octaves. Les vingt premières traitent du mépris du monde, et les vingt autres, de l'honneur qu'on doit à la vie religieuse. Les vers, qui appartiennent à la vieille école de poésie nationale, coulent avec facilité, et ils sont écrits dans le style le plus pur et le plus riche de la langue castillane. Voici le commencement du poëme :

> Quédate, mundo malino,
> Lleno de mal y dolor,
> Que me vo tras el dulçor
> Del bien eterno divino.
> Tu tósigo, tu venino
> Bebemos açucarado,
> Y la sierpe está en el prado
> De tu tan falso camino.
>
> Quédate con tus engaños,
> Magüer que te dexo tarde,
> Qué te segui de cobarde
> Fasta mis postreros años.
> Mas ya tus males extraños
> De ti me alançan forzoso,
> Vome á buscar el reposo
> De tus trabajosos daños.
>
> Quédate con tu maldad,
> Con tu trabajo inhumano;
> Donde el hermano al hermano
> No guarda fe ni verdad.
> Muerta es toda caridad
> Todo bien en ti es ya muerto
> Acójome para el puerto,
> Fuyendo tu tempestad.

Loin d'ici monde trompeur, -- Plein de mal et de douleur, -- Je recherche la douceur -- Du

La mort du jeune Manrique ne fut pas indigne de ses ancêtres ni de sa vie. Dans une insurrection survenue en 1479, il servait du côté du roi ; en engageant trop aventureusement une escarmouche, il fut blessé et terrassé. Sur sa poitrine on trouva des vers, pas encore finis, sur la fragilité de toutes les espérances humaines. Une vieille romance rappelle la fin de Manrique, et la simplicité de sa poésie termine, d'une manière toute particulière, la chronique de cette branche d'une famille si honorée dans son temps (1).

Une autre famille, qui florissait sous le règne de Ferdinand et d'Isabelle, et qui continua de se distinguer sous le règne de Charles-Quint, fut aussi marquée des mêmes caractères, servit dans les postes élevés de l'État, dans les armes, et fut honorée par ses succès dans les lettres. C'est la famille des Urreas. Le premier de ce nom qui s'éleva

---

divin bien éternel. — Ton poison, ton venin, — Nous le buvons dulcifié, — Et le serpent vit dans la prairie — De ton si trompeur chemin.

Loin d'ici avec tes séductions, — Quoique je te quitte tard, — Je t'ai suivi lâchement — Jusqu'à mes dernières années ; — Mais déjà les maux étranges — De toi m'éloignent forcément ; — Je vais chercher le repos — De tes laborieuses souffrances.

Loin d'ici avec ta malice — Et tes efforts inhumains ; — Toi chez qui le frère au frère — Ne garde ni foi ni vérité, — Chez qui est morte toute charité. — Tout bien chez toi est déjà mort. — Je me refugie dans le port — En fuyant tes tempêtes.

Après les quarante octaves auxquelles appartiennent les vers que nous venons de citer, se trouvent deux autres compositions, intitulées, la première : *Querella de la fe,* « Plaintes de la foi, » commencée par Diego de Burgos, et terminée par Pero Fernandez de Villegas ; la seconde est une traduction libre de la dixième satire de Juvénal, par Geronimo de Villegas, frère de l'archidiacre Pero Fernandez, et prieur de Cuevas-Rubias. Chacune de ces poésies se compose de soixante-dix ou quatre-vingts octaves environ, d'*art majeur*, mais n'ayant ni l'une ni l'autre le mérite de l'*Aversion del mundo y Conversion á Dios*. Geronimo a traduit aussi la sixième satire de Juvénal en *stances d'art majeur*, publiées à Valladolid, en 1519, in-4°.

(1) Mariana (*Hist.*, liv. XXIX, ch. xix), dit en parlant de sa mort : « Murió en lo mejor de su edad, — il mourut au meilleur moment de son âge, » mais il n'ajoute pas quel est cet âge. Ce grand historien parle en trois circonstances, au moins, de George Manrique, comme d'un personnage important dans les affaires du temps. Il le cite encore une quatrième fois lors de la mort de son père Rodrigue. Les expressions de Mariana ont une beauté et une convenance telles que je n'hésite pas à les transcrire ici : « Su hijo D. Jorge Manrique, en unas trovas muy elegantes, en que hay virtudes poeticas y ricos esmaltes de ingenio, y sentencias graves, á manera de endecha, lloró la muerte de su padre. — Son fils, D. George Manrique, dans des vers pleins d'élégance où brillent des vertus poétiques émaillées de riches traits de génie et de pensées graves, dans une espèce d'élégie, pleura la mort de son père (liv. XXIV). » Très-rarement l'histoire du docte jésuite abandonne sa terrible et sanglante course pour rendre un tel hommage à la poésie, encore moins pour le faire avec autant de grâce. L'ancienne romance sur George Manrique se trouve dans Fuentes, *Libro de los quarenta Cantos*, Alcalá, 1587, in-8°, p. 374.

jusqu'à la grandeur fut Lope, créé comte d'Aranda en 1488, et le dernier, Jérôme, que nous ferons connaître plus tard comme traducteur de l'Arioste et comme auteur d'un traité sur l'honneur militaire : *Tratado de la honra militar*, publié en 1566.

Les deux fils du premier comte d'Aranda, Miguel et Pedro, furent de vrais amis des lettres ; mais Pedro seul était doué d'un véritable esprit poétique, supérieur à son siècle, émancipé de son affectation et de ses folies. Ses poésies, publiées en 1513, sont dédiées à sa mère, qui était veuve, et roulent sur des sujets partie religieux, partie profanes. Plusieurs d'entre elles montrent qu'il avait eu commerce avec les maîtres de l'Italie : d'autres sont entièrement à l'abri de toute influence qui n'est pas nationale. Parmi ces dernières, la romance suivante, souvenir des premières amours de sa jeunesse, nous montre qu'une défiance profonde de soi-même semble trop forte pour une passion qui était évidemment d'une grande tendresse :

> En el placiente verano
> Dó son los dias mayores,
> Acabaron mis placeres
> Comenzaron mis dolores.
>   Quando la tierra da yerva
> Y los arboles dan flores,
> Quando aves hacen nidos
> Y cantan los ruiseñores :
>   Quando en la mar sosegada
> Entran los navegadores
> Quando los lirios y rosas
> Nos dan buenos olores;
>   Y quando toda la gente,
> Ocupados de calores,
> Van aliviando las ropas
> Y buscando los frescores;
>   Dó son las mejores oras,
> Las noches y los albores;
> En este tiempo que digo
> Comenzaron mis amores.
>   De una dama que yo ví,
> Dama de tantos primores,
> De quantos es conocida
> De tantos tiene loores.
>   Su gracia por hermosura
> Tiene tantos servidores
> Quanto yo por desdichado
> Tengo penas y dolores :
> Donde se me otorga muerto
> Y se me niegan favores.

Mas nunca olvidaré
Estos amargos dulzores
Porque en la mucha firmeza
Se muestran los amadores (1).

La dernière personne qui écrivit un poëme d'une étendue considérable et qui appartient encore, à proprement parler, à la vieille école, c'est un poëte qui, par ses imitations de Dante, nous rappelle l'école du temps du Marquis de Santillane : c'est Juan de Padilla, vulgairement appelé le *Cartujano*, le Chartreux, surnom qu'il choisit pour cacher ainsi modestement son propre nom (2), car il ne s'annonce jamais que comme le moine de Sainte-Marie de las Cuevas de Séville. Avant d'entrer dans ce monastère sévère, il avait composé son poëme de cent cinquante *coplas*, intitulé : *el Laberinto del duque de Cadiz*, « le Labyrinthe du duc de Cadix, » qui s'imprima en 1493; mais ses deux principaux ouvrages furent composés plus tard. Le premier est intitulé : *Retablo de la vida de Christo*, ou « Peinture de la vie du Christ, » long poëme, généralement en octaves de vers d'art majeur, contenant l'histoire de la vie du Sauveur, telle que la donnent les prophètes et les évangélistes, et parsemée de prières, de sermons, d'exhortations, composition tout à fait religieuse et très-fastidieuse, terminée, comme nous le dit l'auteur, le soir de la Noël de l'année 1500.

L'autre poëme a pour titre : *los Doce Triumfos de los doce apostoles*, « les Douze Triomphes des douze apôtres. » Comme l'auteur lui-

---

(1) « Dans l'agréable saison d'été,—Quand les jours sont les plus grands,—Mes plaisirs ont fini,—Mes douleurs ont commencé.—Quand la terre donne l'herbe,—Que les arbres donnent des fleurs,—Quand les oiseaux font leur nid—Et que chantent les rossignols,—Quand sur la mer tranquille—Naviguent les matelots, — Quand les lis et les roses—Nous embaument de leurs parfums, — Quand tout le monde — Préoccupé de la chaleur — Cherche à alléger ses vêtements — Et recherche la fraîcheur ;— Quand les heures sont les meilleures, — Ainsi que les nuits et les aurores : — C'est à ce moment dont je parle — Que mes amours ont commencé, — Pour une dame que j'ai vue, — Dame de tant de beauté — Que tous ceux qui l'ont connue — N'ont cessé de la louer. —Sa grâce, pour sa beauté, — A autant de serviteurs — Que j'ai, moi, infortuné, — Et de peines et de douleurs : — C'est de là que me vient la mort, — Et l'on me refuse des faveurs. — Jamais, toutefois, je n'oublierai — Ces amères douceurs, — Parce que c'est dans l'opiniâtreté — Que se montrent les amoureux. » (*Cancionero de las Obras de D. Pedro Manuel de Urrea*, Logroño, 1513, in-fol., cité par Ignacio de Asso, dans *De libris quibusdam Hispaniorum rarioribus, Cæsaraugustæ*, 1794, in-4°, pp. 89-92.)

(2) Le bon moine, toutefois, regarda comme impossible de conserver le secret et il nous fait connaître son nom dans une espèce d'acrostiche à la fin du *Retablo*. Il était né en 1468, il mourut après 1518.

même nous l'indique, avec le même soin et la même précision, cette œuvre fut terminée le 14 février 1518 ; c'est encore une composition d'une longueur colossale, puisqu'elle contient environ mille strophes de neuf vers chacune. Elle est en partie allégorique, mais l'ensemble revêt un caractère religieux ; elle est aussi écrite avec plus de soin qu'aucun autre ouvrage de l'auteur. L'action se passe dans les douze signes du zodiaque, dans lesquels le poëte se trouve successivement conduit par saint Paul, qui lui montre d'abord, dans chacun d'eux, les merveilles d'un des douze apôtres, puis l'ouverture d'une des douze bouches de la région infernale, et enfin, d'un coup d'œil rapide, la division correspondante du purgatoire. Dante est évidemment le modèle de notre bon moine, quoique son imitation n'ait pas été heureuse. Le poëme commence, en effet, par une imitation directe de l'introduction de la *Divine Comédie*, à laquelle d'autres parties du poëme empruntent fréquemment des phrases et des vers entiers. L'auteur mêle, en outre, ce qui a rapport à la terre et au ciel, aux régions infernales et au purgatoire, avec une confusion si désolante, il fait un si bizarre amalgame de l'allégorie, de la mythologie, de l'astrologie et de l'histoire connue, que son livre finit par n'être qu'une série d'incohérences extravagantes, de descriptions vagues et insignifiantes. Quant à la poésie, les traces en sont rares ; mais la langue, empreinte de cet air résolu d'une époque antérieure au poëme, est franche et vigoureuse ; la versification est, eu égard au temps, extraordinairement riche et facile (1).

---

(1) Les *Doze Triumfos de los doce Apostolos* ont été réimprimés, en entier, à Londres, en 1843, in-4°, par D. Miguel del Riego, chanoine d'Oviedo, et frère de l'infortuné patriote du même nom. Dans le volume qui contient les *Triomphes*, le chanoine a donné de longs extraits du *Retablo de la vida de Christo*, et omis les chants vii, viii, ix, x. Pour des détails sur l'auteur Juan de Padilla, voyez Nicol. Antonio, *Bibl. nov.*, tom. I, p. 751 ; tom II, p. 332 ; Mendez, *Typog. esp.*, p. 193 ; et Sarmiento, *Mémoires*, sect. 844-47. Ce dernier écrivain nous apprend que Padilla remplit de hautes fonctions ecclésiastiques dans son ordre et en dehors. La première édition des *Douze Triomphes* date de 1512, le *Rétable* de 1505. Il existe de la même époque un livre avec un titre analogue à celui du *Rétable :* la *Vita Christi* del Cartujano. C'est une traduction de la Vie du Christ de Ludolphe de Saxe, moine chartreux, mort vers 1370, faite en Castille par Ambrosio Montesino, et publiée, pour la première fois, à Séville, en 1502. C'est, en effet, une Vie du Christ compilée des Évangiles, avec de longs commentaires et des réflexions tirées des Pères de l'Église. Le tout remplit quatre volumes in-folio. La version de Montesino est écrite dans une prose castillane grave et pure. Il traduisit cet ouvrage, dit-il, par ordre de Ferdinand et d'Isabelle.

CHAPITRE XXII.

Le siècle de Henri IV fut plus favorable aux progrès de la composition en prose que celui de D. Juan II. C'est ce que nous avons déjà vu quand nous avons parlé des chroniques contemporaines, de Perez de Guzman et de l'auteur de la *Célestine*. En d'autres cas, nous observons ses progrès dans des compositions d'un ordre inférieur, plus ou moins entachées du mauvais goût et du pédantisme du temps, mais qui méritent encore d'être connues parce qu'elles ont été grandement appréciées dans leur siècle.

Considéré sous ce point de vue, l'un des prosateurs les plus distingués de son époque, c'est Juan de Lucena, personnage éminent, membre du conseil privé de D. Juan II et ambassadeur de ce monarque près des cours étrangères. Nous savons très-peu de choses de sa vie ; et, quant à ses œuvres, il ne nous en reste qu'une, supposé qu'il en ait écrit plusieurs. C'est un dialogue didactique en prose sur *la Vie heureuse*, entre plusieurs personnages illustres de cette époque, le grand Marquis de Santillane, le poëte Juan de Mena, l'évêque et homme d'État Alonzo de Carthagène, et Lucena lui-même, qui joua le rôle d'arbitre dans la discussion, discussion que l'évêque termine en décidant que le vrai bonheur consiste à aimer et à servir Dieu.

Le dialogue lui-même est supposé avoir principalement eu lieu dans une des salles du palais, en présence de plusieurs nobles de la cour : mais il ne fut écrit qu'après la mort du Connétable, en 1453, événement auquel on y fait allusion. C'est une imitation évidente du traité de Boëce, *de la Consolation de la philosophie*, qui jouissait alors d'une faveur classique. Le dialogue de Lucena est plus animé et produit plus d'effet que son modèle. Fréquemment son style est plein de finesse et même de dignité. Il contient des morceaux des plus intéressants et des plus satisfaisants. Telles sont les plaintes du Marquis de Santillane sur la mort de son fils, si belles et si touchantes ; telle est la récapitulation finale où l'évêque repasse les peines et les misères de cette vie. Au milieu de la discussion, se présente une description charmante d'une collation qu'offrit le Marquis de Santillane, et qui nous rappelle en même temps, comme on avait probablement l'intention de le faire, les *symposia* ou banquets des Grecs et les dialogues qui en parlent. Les allusions à l'antiquité dont ce livre abonde, les citations d'auteurs anciens, sont beaucoup plus fréquentes, presque toutes bien amenées, et libres le plus souvent de cette grossièreté et de cette pédanterie qui marquent principalement la prose didactique de cette époque. Considérée dans son ensemble, la composition de Juan de Lucena, malgré l'usage de plusieurs mots étrangers, malgré son penchant accidentel à l'afféterie, peut être regardée comme un des monuments littéraires les plus remarquables de son siècle, qui soit arrivé jusqu'à nous (1).

C'est à cette époque que nous pouvons aussi rapporter *la Vision deleitable*, « la Vision délectable, » écrite, nous en avons la certitude, avant 1463. Elle a pour auteur Alfonso de la Torre, communément appelé *le Bachelier*, originaire, à ce qu'il semble, de l'archevêché de

---

(1) Mon exemplaire de la *Vita beata* est de l'édition princeps, Zamora, Centenera, 1483, in-fol. de vingt-trois feuilles à deux colonnes, lettre gothique. Au lieu de titre, il commence par ces mots : « Aqui comença un tratado en estillo breve, en sentencias no solo largo, mas hondo y prolixo, el qual ha nombre *Vita beata*, hecho y compuesto por el honrado y muy discreto Juan de Lucena, etc. » Il existe aussi des éditions de 1499 et de 1541, et une autre même, je crois, de 1501 (Antonio, *Bibl. vetus*, édit. Bayer, tom. II, p. 250, et Mendez, *Typographie*, p. 267). Le court passage suivant, qui fait allusion au commencement de la dixième satire de Juvénal et d'un goût meilleur que celui des ouvrages semblables de la même époque, nous donnera bien une idée de son style. Il est tiré des observations de l'évêque répondant au poëte et à l'homme du monde : « Resta pues, señor Marques y tu, Juan de Mena, mi sentencia primera, que ninguno en esta vida vive beato. Desde Cadiz hasta Ganges, si toda la tierra expiamos (espiamos?) a ningun mortal contenta su suerte. El caballero entre las puntas se codicia mercader ; y el mercader, cavallero entre las brumas del mar, si los vientos austriales empreñian las velas. Al parir de las lombardas desea hallarse el pastor en el poblado ; en el campo, el cibdadano ; fuera religion los de dentro, como peces, y dentro querrian estar los de fuera, etc., » fol. xviii recto. Ce traité contient de nombreux latinismes et beaucoup d'expressions latines, d'après l'imitation absurde de Juan de Mena ; mais il contient aussi en grand nombre des mots du vieux castillan, mots très-expressifs et que nous regrettons de ne plus voir en usage.

Burgos et, de 1437 jusqu'à l'époque de sa mort, membre du collége
de Saint-Bartholomé à Salamanque, noble institution fondée à
l'imitation de celle qu'avait établie, à Bologne, le cardinal Albornoz.
Le sujet de l'ouvrage est une vision allégorique où l'auteur se suppose
lui-même voir l'entendement de l'homme sous la forme d'un enfant
venant au monde, rempli de péché et d'ignorance, et successivement
élevé par des personnages représentant la Grammaire, la Logique,
la Musique, l'Astrologie, la Vérité, la Raison et la Nature. Le livre,
dans la pensée de l'auteur, devait être, il nous le dit : « Compendio
« del fin de cada sciencia que quasi prohemialmente conteniesse la
« essencia de aquello que en las sciencias es tratado, » un « Court
Abrégé de la fin de chaque science, » contenant sommairement l'essence de l'objet dont traitent les sciences, et en particulier de tout ce
qui touche à la science morale et aux devoirs de l'homme, à son âme
et à son immortalité. A la fin, de la Torre nous avertit que c'est une
entreprise hardie que d'y avoir discuté de pareils sujets « en palabras vulgares, » en langue vulgaire, et il supplie le noble Juan de
Beamonte, prieur de Saint-Juan, en Navarre, sur la demande duquel
il l'avait entrepris, de ne pas permettre qu'un ouvrage si léger soit
vu par d'autres personnes.

Il y montre, en effet, de grandes preuves de l'érudition de son
temps, et encore plus la subtilité de la métaphysique scolastique,
alors en faveur ; mais il est sans agrément, sans intérêt dans la structure générale de sa fiction ; son style est maigre et ses éclaircissements ont peu de mérite. Malgré ces défauts, rien ne l'empêche d'être
beaucoup lu et beaucoup admiré. Il en existe une édition sans date,
qui parut probablement vers 1480, et qui montre que le désir de l'auteur de la dérober au public ne fut pas longtemps respecté. Nous avons
aussi d'autres éditions de 1489, 1526, 1528, et de plus une traduction en catalan, imprimée pour la première fois vers 1484. Le goût
pour de pareils ouvrages passa aussi en Espagne, comme il avait
passé ailleurs. Le bachelier de la Torre fut si complétement oublié
que sa *Vision* fut non-seulement publiée, en italien, par Dominico
Delphini, comme étant son propre ouvrage, mais qu'elle fut retra-
duite en espagnol, sa langue primitive, par Francisco de Caceres,
juif converti, qui imprima sa traduction, en 1663, comme si le livre
original était en italien, et tout à fait inconnu en Espagne (1).

______

(1) La plus vieille édition de *la Vision deleitable,* qui est sans date, semble, par le

Une injustice semblable à celle que venait d'éprouver Alfonso de la Torre arriva à l'un de ses contemporains, Diego de Almela, et le priva pendant quelque temps de l'honneur auquel il avait droit, d'être regardé comme l'auteur de l'ouvrage intitulé : *el Valerio de las historias*, «le Valérius des histoires,» livre longtemps populaire, et encore plein d'intérêt. Diego Rodriguez de Almela l'écrivit après la mort de son protecteur, le savant évêque de Carthagène, qui avait lui-même conçu le projet d'un pareil livre, et il l'envoya, vers 1472, à l'un des membres de la famille des Manrique. Quoique la lettre qui accompagne cet envoi existe encore, quoique, dans quatre éditions, à commencer par celle de 1487, le livre soit attribué à son véritable auteur, dans la cinquième, qui parut en 1641, il est annoncé comme appartenant à un auteur bien connu, Fernan Perez de Guzman, erreur découverte et signalée par Tamayo de Vargas, sous le règne de Philippe III, mais qui ne semble pas avoir été généralement corrigée, avant que l'ouvrage ne fût de nouveau édité par Moreno, en 1793.

---

papier et les caractères, être sortie des presses de Centenera, à Zamora ; dans ce cas, elle aurait été imprimée de 1480 à 1483. Elle commence ainsi : « Comença el tratado llamado *Vision deleitable* compuesto por Alfonso de la Torre, bachiller, endereçado al muy noble D. Juan de Beamonte , prior de San Juan en Navarra. » Elle n'a pas de pagination, et se compose de soixante-onze feuilles in-fol. à deux colonnes, en lettre gothique. Le peu que l'on sait des différents manuscrits et des diverses éditions imprimées de la *Vision*, se trouve dans Nicolas Antonio, *Bibl. vetus*, édit. Bayer, tom. II, pp. 328, 329, avec notes; dans Mendez, *Typographie*, pp. 100 et 380, et dans l'*Appendix*, p. 402; enfin dans Castro, *Bibl. espag.*, tome I, pp. 630-935. La *Vision* fut composée pour l'instruction du prince de Viane, dont l'auteur parle vers la fin comme s'il vivait encore. Puisque ce prince célèbre, fils de D. Juan, roi de Navarre et d'Aragon, naquit en 1421, et mourut en 1463, ces deux dates nous font parfaitement connaître l'intervalle pendant lequel la *Vision* dut être écrite. Bien plus, le livre étant adressé à D. Juan de Beamonte, tuteur de ce prince, il est probable qu'il fut rédigé de 1430 à 1460, durant la minorité de D. Carlos. Un des vieux manuscrits dit : « El original ha seydo e es por ellos havido en muy grande estima, e por tal mucho guardado dentro en la camara del dicho rey de Aragon. — L'original a été et est tenu par eux en grande estime, et par conséquent gardé dans la chambre dudit roi d'Aragon. » La vie de l'auteur se trouve dans Rezabal y Ugarte, *Bibliotheca de los autores que han sido individuos de los seis colegios mayores* (Madrid, 1805, in-4°, p. 359). Le meilleur passage de la *Vision deleitable* est à la fin dans l'allocution de la Vérité à la Raison. La Bibliothèque impériale de Paris conserve un manuscrit portant le numéro 7826, qui contient les poésies d'Alfonso de la Torre (Ochoa, *Manuscritos*, Paris, 1844, in-4°, p. 479). Les poésies du bachelier Francisco de la Torre qui se trouvent dans le *Cancionero* de 1573 (fol. 124-27) et dans d'autres livres, et dont on a tant parlé comme se rapportant à Quevedo, ont été attribuées par certains critiques à Alfonso de la Torre. Voyez, à ce sujet, le *Discours de réception à l'Académie royale espagnole* de D. Aureliano Fernandez Guerra y Orbe.

Cette œuvre se présente sous la forme d'une dispute sur la morale, où, après une courte explication des différentes vertus et des vices des hommes, tels qu'on les comprenait alors, nous avons tous les éclaircissements que l'auteur peut réunir sur chaque chapitre, éclaircissements qu'il tire des Écritures et de l'histoire d'Espagne. C'est plutôt une série d'histoires qu'un traité didactique régulier, et le mérite du volume consiste dans la gravité, la simplicité et l'agrément de style avec lequel elles sont racontées, style particulièrement convenable à la plupart d'entre elles, empruntées aux vieilles chroniques espagnoles. Primitivement ces histoires étaient accompagnées d'un traité sur les *batallas campales*, batailles rangées ; mais ce dernier, ses *Cronicas de España*, «Chroniques d'Espagne,» sa collection des *Milagros del apostol Santiago*, des «Miracles de l'apôtre saint Jacques,» et plusieurs autres de moindre importance, sont depuis longtemps abandonnés. Almela, qui jouit de la faveur de Ferdinand et d'Isabelle, accompagna ces monarques au siége de Grenade, en 1491, en qualité d'aumônier, et emmena avec lui, suivant l'usage ordinaire de ces temps, observé par les hauts dignitaires ecclésiastiques, tout un cortége militaire pour servir dans les guerres (1).

En 1493, un autre ecclésiastique distingué, Alonso Ortiz, chanoine de Tolède, publia, dans un volume médiocrement épais, deux petits ouvrages qui ne doivent pas être entièrement passés sous silence. Le premier est un traité, en vingt-sept chapitres, adressé, par l'intermédiaire de la reine Isabelle, à sa fille, la princesse de Portugal, sur la mort du mari de la princesse, traité rempli par les consolations que le chanoine courtisan juge convenables pour une telle perte et pour sa propre dignité. Le second est un discours adressé à Ferdinand et à Isabelle, après la chute de Grenade, en 1492, pour se réjouir d'un si grand événement, et pour les glorifier presque également de la cruelle expulsion des juifs et des hérétiques de l'Espagne. L'un et l'autre sont écrits dans un style trop emphatique ; mais ni l'un ni l'autre ne manquent de mérite. Dans le discours surtout, il y a un ou deux passages très-beaux et même très-pathétiques sur la tran-

---

(1) Nicolas Antonio , *Bibl. vetus*, édit. Bayer, tom. II, p. 325 ; Mendez, *Typog.*, p. 315. Chose singulière, l'édition du *Valerio de las Historias,* imprimée à Tolède en 1541, in-fol., portant sur le titre le nom de Fernan Perez de Guzman, comme auteur de l'ouvrage, donne encore, au folio 2, la lettre de Diego Rodriguez de Almela, à la date de 1472, lettre qui ne permet pas de douter que c'est ce dernier, et non le premier, qui est le véritable auteur du livre.

quillité dont l'Espagne va jouir, maintenant que des ennemis étrangers et abhorrés ont été, après une lutte de huit siècles, expulsés de ses frontières; passages qui partent évidemment du cœur de l'auteur, et qui trouvèrent, il ne faut pas en douter, un écho partout où ses ouvrages furent écoutés par des Espagnols (1).

Un autre prosateur du quinzième siècle, et qui mérite d'être cité avec plus de respect que chacun des derniers, c'est Fernando del Pulgar. Il était né à Madrid, et, comme il nous le dit lui-même, il avait été élevé à la cour de D. Juan II. Durant le règne de Henri IV, il remplit des fonctions prouvant qu'il a été un personnage important, et, durant une grande partie du règne de Ferdinand et d'Isabelle, il a été leur conseiller d'État, leur secrétaire et leur chroniqueur. Nous avons déjà parlé de ses œuvres historiques; mais, dans le cours de ses recherches, après tout ce qui avait rapport à sa *Cronica de Castilla*, il réunissait les matériaux d'un autre livre plus intéressant, sinon plus important. En effet il trouvait, nous dit-il, que « las historias no referian tan extensamente, como debieran, los notables fechos y singulares hazañas de algunos claros varones. » Aussi, mû par son patriotisme, et prenant pour exemple les portraits de Perez de Guzman et les biographies des anciens, il prépara avec soin des esquisses biographiques des principaux personnages de son siècle, en commençant par Henri IV, et se renfermant principalement dans les limites du règne de ce monarque et de sa cour (2).

Quelques-unes de ces esquisses, auxquelles il a lui-même donné le

---

(1) Le volume du savant Alonso Ortiz est un livre curieux, imprimé à Séville en 1493, in-fol. de cent feuilles, à deux colonnes. Il nous est connu par Mendez (p. 194) et par Nicolas Antonio (*Bibl. nova*, tome I, p. 39). Ce dernier ne sut rien sur Ortiz, excepté qu'il légua sa bibliothèque à l'Université de Salamanque. Outre les deux traités cités dans le texte, le volume de ses œuvres contient une description de la blessure que le roi D. Ferdinand reçut des mains d'un assassin, à Barcelone, le 7 décembre 1492; deux lettres de la cité et de la cathédrale de Tolède, demandant que le nom de la ville de Grenade, récemment conquise, ne soit pas placé devant celui de Tolède dans la liste des titres royaux; une grave censure contre le pronotaire Juan de Lucena, personnage distinct, à ce qu'il semble, de l'auteur de ce nom, pour avoir osé attaquer l'Inquisition, alors dans toute la rigueur de ses saintes prétentions. Du reste, tout le livre respire l'intolérance et le fanatisme.

(2) Ces détails sur la vie de Pulgar sont tirés de l'édition de ses *Claros Varones*, Madrid, 1775, in-4°; mais là, comme ailleurs, on le dit natif du royaume de Tolède, assertion probablement erronée. Oviedo, qui le connut personnellement, dit, dans le dialogue sur Mendoza, duc de l'Infantado, que Pulgar était *natural* de Madrid. (Quinquagenas. **MS.**)

titre général de *Claros Varones de Castilla*, « Hommes illustres de Castelle, » telles que les esquisses du bon Comte de Haro (1), de Rodrigo Manrique (2), sont importantes par leur sujet, tandis que d'autres, comme celles des grands dignitaires ecclésiastiques du royaume, ne sont aujourd'hui intéressantes que par l'habileté qui les a tracées. Le style dans lequel elles sont écrites est énergique, généralement concis, et montre une tendance à l'élégance des formes plus grande que celle de Cibdareal ou de Guzman, à qui nous n'hésiterions pas de le comparer, si nous n'avions pas à regretter la confiance naturelle de l'honnête médecin et la sévérité de jugement de l'homme d'État retiré. Toute la série est adressée à sa grande protectrice, la reine Isabelle, à qui un ton de gravité et de dignité convenait, pensait-il, ce n'est pas douteux, plus que tout autre.

Comme spécimen de son meilleur style, nous prendrons le passage suivant, où, après ses allusions à plusieurs des personnages les plus illustres de l'histoire romaine, il se retourne subitement, pour ainsi dire, vers la reine, et confronte alors hardiment les grands hommes de l'antiquité avec les grands hommes de Castille dont il a déjà plus longuement parlé :

« E ni estos grandes señores e caballeros e fijosdalgo de quien
« aqui con causas razonables es hecha memoria, ni los otros pasa-
« dos que guerreando, á España la ganaron del poder de los ene-
« migos, no mataron por cierto sus fijos, como ficieron los consules
« Bruto e Torcato, ni quémaron sus brazos, como fizo Cévola, ni
« fizieron en su propia sangre las crueldades que repugna natura,
« e defiende la razon ; mas con fortaleza e perseverancia, e con
« prudencia, e diligencia, con justicia e con clemencia, ga-
« nando el amor de los suyos, e seyendo terror á los estraños, go-
« bernaron huestes, ordenaron batallas, vencieron los enemigos,
« ganaron tierras agenas, e defendieron las suyas. Yo, por cierto, no
« vi en mis tiempos, ni leí que en los pasados viniesen tantos ca-
« balleros de otros reynos e tierras estrañas á estos vuestros reynos
« de Castilla e de Leon por facer armas á todo trance, como vi que
« fueron caballeros de Castilla á las buscar por otras partes de la
« christiandad..... Asi que, Reyna muy excelente, estos caballeros
« e perlados, e otros muchos naturales de vuestros reynos, de que
« non fago aqui mencion por ocupaciou de mi persona, alcanza-

---

(1) *Claros Varones*, tit. III.
(2) *Ibid.*, tit. XIII.

« ron con sus loables trabajos que ovieron, e virtudes que siguie-
« ron, el nombre de *Varones claros*, de que sus descendientes en
« especial se deben arrear, e todos los fijosdalgo de vuestros rey-
« nos deben tomar exemplo para limpiamente vivir, porque puedan
« fenescer sus dias en toda prosperidad, como estos viviron e fenes-
« cieron (1). »

Ce morceau est certainement remarquable, tant par le style que par l'élévation des pensées, surtout si l'on considère qu'il fait partie d'un ouvrage écrit vers la fin du quinzième siècle. Ni la chronique du même Pulgar, ni son commentaire du Mingo Revulgo, ne valent, comme nous l'avons déjà vu, de pareilles esquisses.

Le même esprit reparaît, toutefois, dans ses lettres. Elles sont au nombre de trente-trois, écrites toutes durant le règne de Ferdinand et d'Isabelle; la première porte la date de 1473, et la dernière n'est postérieure que de dix ans. Presque toutes sont adressées à des personnes des plus honorables et des plus distinguées de son temps, telles que la Reine elle-même, Henri oncle du roi, l'archevêque de Tolède, le comte de Tendilla. Quelques-unes, comme celle qu'il envoya au roi de Portugal, pour l'exhorter à ne pas faire la guerre en Castille, sont évidemment des lettres diplomatiques, tandis que d'autres, telles que la lettre à son médecin où il se

----

(1) « Et ni ces grands seigneurs et chevaliers et hijosdalgo dont il est fait ici mention pour des motifs plausibles, ni les autres du passé qui, par la guerre, ont reconquis l'Espagne sur la puissance des ennemis, n'ont certainement pas immolé leurs fils, comme l'ont fait Brutus et Torquatus, n'ont pas brûlé leur bras, comme le fit Scævola ; ils n'ont pas exercé sur leur propre sang les cruautés qui répugnent à la nature et que la raison défend ; mais avec plus de force et de persévérance, plus de prudence et de prévoyance, plus de justice et de clémence, en se conciliant l'amour des leurs et en devenant la terreur des étrangers, ils ont commandé des armées, ordonné des batailles, vaincu les ennemis, conquis des territoires étrangers et défendu les leurs. Pour moi, je n'ai pas vu certainement dans mes temps, je n'ai pas lu que dans les temps passés il soit venu tant de chevaliers des autres royaumes et des contrées étrangères dans vos royaumes de Castille et de Léon pour faire des armes à outrance, que j'ai vu des chevaliers de Castille aller à leur recherche dans les autres parties de la chrétienté..... C'est ainsi, très-excellente Reine, que ces chevaliers et prélats, et beaucoup d'autres habitants de vos royaumes dont je ne fais pas ici mention par suite de mes occupations personnelles, obtinrent par les louables travaux qu'ils entreprirent et les vertus qu'ils déployèrent le nom d'*hommes illustres*, nom dont leurs descendants doivent spécialement se faire honneur et que tous les hidalgos de vos royaumes doivent prendre pour exemple, afin de vivre honnêtement et de pouvoir finir leurs jours en toute prospérité, comme les premiers les ont vécu et terminés. » (*Claros Varones*, tit. XVII.)

plaint, en plaisantant sur les infirmités de la vieillesse, la lettre à sa fille qui était religieuse, portent le caractère de lettres familières, sinon confidentielles (1). En un mot, pris dans leur ensemble, tous les divers ouvrages de Fernan Perez de Guzman nous représentent, sous un jour des plus agréables, le caractère de cet ancien serviteur, de ce conseiller de la reine Isabelle, qui ne donna peut-être pas une immense impulsion à son siècle comme écrivain, mais qui le devança par la dignité et l'élévation de ses pensées, par la facile abondance de son style. Il mourut après 1492 et probablement avant 1500.

Nous ne devons pas franchir les limites du règne de Ferdinand et d'Isabelle sans faire connaître deux remarquables tentatives d'élargir ou de changer au moins les formes de la fiction romantique telles qu'elles se trouvaient alors déterminées dans les livres de chevalerie.

La première de ces tentatives fut faite par Diego de San Pedro, décurion de Valladolid, dont les poésies se trouvent dans tous les Cancioneros généraux (2). Diego était évidemment connu à la cour des Rois Catholiques, où il semble avoir été favorisé. Si nous en jugeons par son principal poëme, intitulé : *el Desprecio de la fortuna*, «le Mépris de la fortune,» ses vieilles années ne furent pas heureuses. et furent remplies des regrets que lui causaient les folies de sa jeunesse (3). Parmi ses folies, il place le livre en prose, la fiction qui constitue aujourd'hui seule son titre à notre souvenir. C'est l'ouvrage intitulé : *Carcel de amor*, «Prison d'amour,» qu'il composa sur la demande de Diego Hernandez, gouverneur des pages, sous le règne de Ferdinand et d'Isabelle.

Ce volume s'ouvre par une allégorie. L'auteur se suppose traversant, par une matinée d'hiver, une forêt où il rencontre un personnage à l'air farouche, au regard sauvage, et traînant après lui un infortuné prisonnier chargé de chaînes. Ce sauvage, c'est le Désir, et sa victime Leriano, le héros de la fiction. Par une sympathie toute

----

(1) Ses lettres sont à la fin des *Claros Varones* (Madrid, 1775, in-4°). Elles s'imprimèrent pour la première fois à Séville en 1500.

(2) Les *Coplas de San Pedro á la Pasion de Cristo* et *Las siete angustias de nuestra Señora* sont insérées dans le *Cancionero* de 1492 (Mendez, p. 135). Un grand nombre de ses autres poésies se trouvent dans les *Cancioneros généraux* de 1511-1573, et dans ce dernier aux fol. 155, 161, 176, 177, 180, etc.

(3) *El Desprecio de la fortuna*, « le Mépris de la fortune » se trouve avec une curieuse épître dédicatoire au comte d'Urueña qu'il servit, dit-il, pendant vingt-neuf ans, à la fin de l'édition des œuvres de Juan de Mena, édition faite à Alcalá, en 1566.

naturelle, Diego de San Pedro les suit jusqu'au château ou prison d'Amour. Là, après avoir marché, à tâtons, à travers plusieurs passages mystérieux et mille dangers, il voit la victime attachée à un siége de feu et endurant les tourments les plus cruels. Leriano lui raconte qu'ils sont dans le royaume de Macédoine, qu'il s'est épris d'amour pour Laureola, fille du roi, et que cet amour l'a fait jeter dans cette cruelle prison ; il lui donne sur tout des éclaircissements et des explications allégoriques, et il supplie l'auteur de porter un message à sa Laureola. La prière est favorablement accueillie, et la correspondance commence ; immédiatement après, Leriano est délivré de sa prison et la partie allégorique de l'ouvrage est conduite à sa fin.

Dès ce moment, l'histoire ressemble à un épisode des fictions de chevalerie. Un rival découvre l'attachement réciproque de Leriano et de Laureola, il le fait montrer au roi son père comme un crime, et Laureola est mise en prison. Leriano défie leur accusateur et triomphe de lui dans la lice. Mais l'accusation se renouvelle, habilement soutenue par de faux témoignages ; Laureola est condamnée à mort. Leriano la délivre avec la force armée, et la confie à la protection de son oncle pour ne pas laisser le moindre prétexte à de malicieuses interprétations. Le roi, exaspéré de nouveau, assiége Leriano dans la ville de Susa. Durant le siége, Leriano fait prisonnier un des faux témoins et le pousse à avouer son crime. Le roi, après avoir lu cet aveu, reçoit encore sa fille, plein de joie, et accorde toute sa faveur à son fidèle amant. Mais Laureola, jalouse de son honneur, se refuse maintenant à entretenir désormais des relations avec lui. En conséquence de ce refus, Leriano tombe malade et meurt de chagrin et de faim. Ainsi finit le livre original ; il en existe une faible continuation par Nicolas Nuñez, qui nous fait le récit de la douleur de Laureola et du retour de l'auteur en Espagne (1).

Le style, en ce qui touche Diego de San Pedro, est bon pour l'époque ; il est énergique, vigoureux et rempli d'aphorismes et d'antithèses. Il n'y a pas d'habileté dans la construction de la fable, et l'œuvre, dans son ensemble, démontre seulement le peu de progrès qu'avait fait la fiction romantique, sous le règne de Ferdinand et

____

(1) Je ne connais de ce Nicolas Nuñez qu'un petit nombre de poésies, insérées dans le *Cancionero général* de 1573, fol. 17, 23, 175. Une ou deux ne sont pas sans mérite.

d'Isabelle. La *Carcel de Amor* eut toutefois un grand succès. La première édition parut en 1492 ; en moins de huit années, elle fut suivie de deux autres, et, avant un siècle complet, on pouvait facilement en compter dix, outre plusieurs traductions (1).

Une des conséquences de la popularité dont jouit la *Prison d'amour*, ce fut l'apparition de la *Question d'amour*, conte anonyme portant pour date, à la fin, le 17 avril 1512. C'est une discussion sur la question, si souvent agitée, depuis le temps des Cours d'amour jusqu'aux jours de Garcilaso de la Vega : « Qui souffre le plus, de l'amant qui voit la mort lui ravir sa maîtresse, ou de l'amant qui sert sans espérance la maîtresse qu'il aime ? » La controverse s'élève entre Vasquiran, qui a perdu son amante, et Flamiano, qui est repoussé et au désespoir. La scène se passe à Naples et dans d'autres parties de l'Italie. Elle commence en 1508, et finit avec la bataille de Ravenne et ses conséquences désastreuses, quatre ans plus tard. Elle respire tout à fait l'esprit de son temps ; récréations chevaleresques et fêtes à la cour de Naples, chasses, joutes et tournois, jeux de flèches, tout est minutieusement décrit, avec les costumes, les armures, les devises et les emblèmes des principaux personnages qui y prenaient part. La poésie est émaillée aussi de *villancicos, motes* et *invenciones*, telles qu'on les trouve dans les Cancioneros. A un certain moment, une églogue entière est rapportée telle qu'elle se récita ou se joua devant la cour ; dans un autre, c'est une vision poétique, où l'amant qui a perdu son amante la voit encore comme si elle était vivante. La plus grande partie du livre se rapporte à des faits certains, et plusieurs d'entre eux, on le sait, sont historiques. Mais la discussion métaphysique entre les deux victimes, discussion qui roule parfois avec ai-

---

(1) Mendez, pp. 185, 283. Brunet, etc. La *Carcel de amor* a été traduite en anglais par lord Berners (*Valpole's Royal and Noble Authors*, Londres, 1806, in-8°, vol. I, p. 241. *Dibdin's Ames*, Londres, 1810, in-4°, vol. III, p. 195, vol. IV, p. 339.) On attribue aussi à Diego de San Pedro le *Tratado de Arnalte y Lucenda* dont il existe une édition qui n'est probablement pas la première, de Burgos, 1522, et une autre de 1527. (Asso, *De libris Hisp. rarioribus, Cæsaraugustæ*, 1794, in-4°, p. 44.) Une phrase de son *Desprecio de la fortuna* (*Cancionero general*, 1573, fol. 158) où il parle de ces lettres érotiques écrites de deux en deux me fait soupçonner que San Pedro est aussi l'auteur du livre intitulé : *Proceso de Cartas de amores que entre dos amantes pasaron*, série de lettres d'amour pleines de l'affectation de ce temps. S'il en était ainsi, nous pourrions aussi lui attribuer la *Quexa y aviso contra amor* ou la *Historia de Lucindaro y Medusina* à laquelle il est fait allusion dans la dernière de ces lettres. Mais, comme je ne connais pas de cette histoire une édition antérieure à celle de 1553, j'aime mieux n'en parler que dans la période suivante.

greur sur des lettres, et qui parfois se conduit par un dialogue des plus tendres, constitue la chaîne qui relie le tout et qui dut primitivement, ce n'est pas douteux, être regardée comme son principal mérite. L'histoire finit par la mort de Flamiano, mort causée par les blessures qu'il reçut à la bataille de Ravenne; mais la question débattue est aussi peu décidée qu'elle l'était au commencement.

Le style est celui de l'époque, parfois pittoresque, mais généralement pesant. L'intérêt de toute la composition est faible, par suite de l'insipidité inhérente à une discussion si subtile, par suite aussi des détails minutieux qu'elle donne sur les fêtes et les combats dont elle fourmille. Son importance principale consiste donc en ce que la *Question d'amour* a été une des premières tentatives du roman historique, comme la *Prison d'amour*, qui la fit naître, est la première tentative de roman sentimental (1).

---

(1) La *Question de amor* s'imprima pour la première fois en 1527. Outre les éditions séparées qui en ont été faites, on la trouve souvent dans le même volume que la *Carcel*. L'une et l'autre sont au nombre des livres cités par l'auteur du *Dialogue des langues*, qui en fait un éloge modéré. Il préfère cependant la *Carcel* à la *Question de amor*, à cause du style. (Mayans y Siscar, *Origines*, tom. II, p. 167.) Toutes deux sont comprises dans l'*Index expurgatoire* de 1667, pp. 323, 864 ; avec ce trait d'ignorance palpable qui fait de la dernière, la *Question de amor*, un livre portugais.

CHAPITRE XXIII.

Les règnes de D. Juan II et de ses enfants, Henri IV et Isabelle
la Catholique, sur lesquels nous venons de passer, s'étendent de
1407 à 1504, et remplissent presque un siècle entier, tout en ne
comprenant que deux générations de souverains. Nous avons déjà
parlé des principaux écrivains qui florissaient pendant que ces rois
étaient assis sur le trône de Castille, tant chroniqueurs que drama-
turges, tant poëtes que prosateurs, tant disciples de l'école provençale que de l'école castillane. Mais, après tout, l'idée de la culture
poétique en Espagne durant ce siècle, plus claire que celle qu'on
pourrait obtenir par toute autre voie, c'est l'idée qu'on peut retirer
de l'étude des vieux Cancioneros, de ces vastes magasins, remplis
presque entièrement de la poésie du siècle qui avait précédé leur
composition.

Rien, en effet, de tout ce qui appartient à la littérature du quinzième siècle, en Espagne, ne marque plus évidemment son caractère
que ces collections volumineuses et mal digérées. La plus ancienne,
à laquelle nous avons plus d'une fois renvoyé, est l'œuvre de Juan-
Alfonso de Baena, juif converti, et l'un des secrétaires de D. Juan II.
Sa date se place, d'après une évidence intrinsèque, entre les années
1449 et 1454. Elle fut entreprise, comme le compilateur nous le dit
dans la préface, principalement pour plaire au roi, mais aussi,
comme il l'ajoute, dans la persuasion qu'elle ne serait pas désagréable
à la reine, à l'héritier présomptif, à la cour et à la noblesse en général. Dans ce but, dit-il, il a réuni les œuvres de tous les poëtes

espagnols qui, dans son siècle ou dans le siècle précédent, ont honoré ce qu'il appelle *la muy sotil é graciosa gaya ciencia*, « la très-subtile et gracieuse gaie science. »

L'examen du *Cancionero* de Baena nous amène, toutefois, à observer que le tiers des trois cent quatre-vingt-quatre pages manuscrites qui le composent est consacré à Villasandino qui mourut vers 1424, et que Baena proclame *corona é monarca de todos los poetas é trobadores españoles*, « couronne et monarque de tous les poètes et troubadours espagnols ; » que l'ensemble presque des deux tiers restant est divisé entre Diego de Valence, Francisco Impérial, Baena lui-même, Fernan Perez de Guzman, et Ferrant Manuel de Lando ; que les noms de cinquante autres personnes environ, dont la plupart remontent jusqu'au règne de Henri III, sont mis en tête d'une multitude de poésies légères dont ces personnes ne furent probablement pas, dans tous les cas, les auteurs véritables. Une faible partie de cette collection, telle que les poésies attribuées à Macias, sont écrites en dialecte galicien ; la plus grande est composée par des Castillans qui s'estimaient d'écrire à leur mode, plus que de toute autre chose, et qui, pour obéir au goût de leur temps, adoptaient généralement les formes légères et faciles du vers provençal et surtout l'esprit italien autant qu'ils pouvaient comprendre et connaître les moyens de se l'approprier. Quant à la poésie, à part quelques petites pièces de Ferrant Lando, d'Alvarez Gato et de Perez de Guzman, le *Cancionero* de Baena en contient à peine quelques vestiges (1).

---

(1) La description du *Cancionero* de Baena se trouve dans Castro (*Bibl. espagnole*, Madrid, 1785, in-fol., tom. I, pp. 265-346) ; dans Puibusque, *Histoire comparée des littératures espagnole et française* (Paris, 1843, in-8°, tom. I, pp. 393-397) ; dans Ochoa, *Manuscritos*, etc. (Paris, 1844, in-4°, p. 281-286), et dans Amador de los Rios, *Estudios sobre los Judios* (Madrid, 1848, in-8°, pp. 408-419) ; voyez la traduction que nous avons faite de ce dernier livre (Paris, 1861, Durand, libraire). La copie dont se servit Castro appartenait probablement à la Bibliothèque de la reine Isabelle (*Mémoires de l'Acad. roy. d'histoire*, tom. VI, p. 458, note), et se trouve aujourd'hui à la Bibliothèque impériale de Paris. Dans le *Cancionero* de Fernan Martinez de Burgos (*Memorias de Alfonso VIII* par Mondejar, Madrid, 1783, in-4°, appendix CXXXIX) se trouvent des coplas d'un poëte appelé Juan, qui blâme l'origine juive de Baena, qualifie ses vers de vulgaires, et soutient qu'ils ne valent pas une blanche (pièce de monnaie) la douzaine, « no valen una blanca la docena. »

Les poésies de ce *Cancionero* qui, suivant toutes probabilités, ne furent pas composées par les auteurs à qui on les attribue, sont, en général, courtes et de peu d'importance, telles qu'elles durent être remises aux grands seigneurs par les humbles versificateurs qui recherchaient leur protection ou faisaient partie de leur maison et

Plusieurs autres collections semblables ont été faites à la même époque : ce qui nous en reste suffit pour montrer qu'elles furent un des besoins à la mode dans ce siècle, et que leur caractère offre très-peu de variété. Parmi ces ouvrages nous citerons le *Cancionero lemosin*, « le Cancionero limousin, » dont nous avons déjà parlé (1) ; celui de Lope de Stuñiga qui comprend les œuvres de quarante auteurs environ (2); la collection faite en 1464, par Fernan Martinez de Burgos, et sept autres, au moins, conservés à la Bibliothèque impériale de Paris, contenant tous des poésies du milieu et de la dernière partie du quinzième siècle et souvent les mêmes auteurs et parfois les mêmes poëmes que l'on trouve dans Baena et dans Stuñiga (3).

Ces collections appartiennent toutes à un état de société où la grande noblesse, imitant la royauté, maintenait autour d'elle une cour poétique, telle que celle du Marquis de Villena, à Barcelone, et

---

de leur clientèle. Tels sont les vers déjà connus et qui portent le nom du comte Pero Niño, vers composés, comme le dit expressément une note, par Villasandino. Ils devaient servir au comte pour se présenter devant doña Beatriz avec plus de grâce que ne pouvait le faire un rude et vieux soldat peu adonné à la galanterie poétique.

(1) Voyez le chap. I, tit. XVII, note.

(2) Le *Cancionero* de Lope de Stuñiga se trouve ou se trouvait dernièrement parmi les manuscrits de la Bibliothèque nationale de Madrid, in-fol., numéro M. 48. Il se compose de cent soixante-trois feuilles, d'une écriture très-claire et très-belle.

(3) La mode de faire de pareilles collections poétiques généralement appelées *Cancioneros* était très-répandue en Espagne, dans le quinzième siècle, avant et après l'introduction de l'imprimerie. L'une d'elles, formée en 1464, avec des additions d'une date postérieure par Fernan Martinez de Burgos, commence par des poésies de son père, se continue par d'autres de Villasandino, objet des plus grands éloges et comme soldat et comme écrivain ; par celles de Fernan Sanchez de Talavera, dont plusieurs remontent à 1408 ; de Pero Velez de Guevara, de 1422 ; de Gomez Manrique ; de Santillane ; de Fernan Perez de Guzman ; enfin de presque tous les poëtes les mieux connus à la cour dans ces temps (*Mémoires* d'Alphonse VIII, Madrid, 1783, in-4°, app. CXXXIV-CXL).

Plusieurs autres *Cancioneros* de la même époque sont conservés à la Bibliothèque impériale de Paris et contiennent presque exclusivement les auteurs de ce siècle les plus connus et les plus à la mode, tels que Santillane, Juan de Mena, Lopez de Cuñiga (*Estuniga*?), Juan Rodriguez del Padron, Juan de Villalpando, Suero de Ribera, Fernan Perez de Guzman, Gomez Manrique, Diego del Castillo, Alvar Garcia de Santa Maria, Alonso Alvarez de Toledo. Il n'y a pas moins de sept de ces *Cancioneros*, tous décrits par Ochoa, *Catalogue des manuscrits espagnols de la Bibliothèque royale de Paris* (Paris, 1844, in-4°, pp. 378-525).

la cour, peut-être encore plus brillante, du duc Fadrique de Castro, qui avait constamment à son service Puerto Carrero, Gayoso, Manuel de Lando et d'autres grands poëtes alors célèbres. Que le ton dominant de toutes ces poésies ait été le ton provençal, on ne peut en douter; qu'il soit venu s'y mêler l'influence de l'école italienne, c'est ce que nous savons par plusieurs poésies qui ont été publiées et par les indications du Marquis de Santillane, dans sa lettre au Connétable de Portugal (1).

Jusqu'ici on a fait, pour réunir les poésies du temps, plus qu'on ne pouvait l'espérer de l'état d'agitation où se trouvaient les affaires publiques. Mais on n'a marché que dans une seule direction, et encore avec peu de jugement. La royauté ou la noblesse la plus puissante pouvait bien se complaire dans le luxe de ces Cancioneros et de ces cours poétiques, mais on ne pouvait pas s'attendre à voir la culture poétique générale se développer, sous des influences si partielles et si disproportionnées. Un nouvel ordre de choses s'éleva bientôt. En 1474, l'art de l'imprimerie s'établit ouvertement en Espagne; et, circonstance singulière, le premier livre que l'on reconnaît avec certitude être sorti des presses espagnoles, est formé de la collection de poésies récitées en public par quarante poëtes différents qui se disputaient un prix (2). Un tel volume n'était pas compilé, c'est hors de doute, d'après le principe des vieux Cancioneros manuscrits. De plus, il leur ressemble sous certains rapports, et, sous d'autres, il paraît n'être que le résultat de leur exemple. Quoi qu'il en soit, une collection poétique s'imprima, à Saragosse, en 1492, contenant les œuvres de neuf auteurs, parmi lesquels se trouvent Juan de Mena, le plus jeune des Manrique, et Fernan Perez de Guzman. Cette collection est évidemment faite d'après le même principe et dans le même but que les Cancioneros de Baena et de Stuñiga; elle est dédiée à la reine Isabelle, comme à la grande protectrice de toute entreprise qui pourrait contribuer au progrès des lettres (3).

Ce fut un livre remarquable que le volume ainsi publié, dix-huit ans après l'introduction de l'imprimerie en Espagne, alors qu'il n'était

---

(1) Sanchez, *Poésies antérieures*, tom. I, p. LXI, avec les notes sur le passage relatif au duc D. Fadrique.

(2) Fuster, *Bibl. valenciana*, tom. I, p. 52. Tous les *Cancioneros* que nous avons cités, antérieurs à 1474, sont encore manuscrits.

(3) Mendez, *Typographie*, pp. 134, 137, 383.

sorti des presses nationales qu'un petit nombre de traités en latin et même sans valeur. Mais il était loin de contenir toute la poésie espagnole, qui fut bientôt demandée. C'est pourquoi, en 1511, Fernando del Castillo imprima, à Valence, l'ouvrage qu'il intitula : *Cancionero general*, le premier livre auquel on a donné ce titre si connu de Cancionero et qui contient, il l'avoue : « varias y diversas obras de todos « ó de los mas principales trobadores de España, asi antiguos como « modernos, en obras de devocion, morales y amatorías, chistes, « romances, villancicos, canciones, divisas, motes, glosas, cuestiones « y respuestas (1). » Il renferme, en effet, les poésies attribuées à plus de cent poëtes différents, depuis le temps du Marquis de Santillane jusqu'à l'époque où la collection fut faite. La plus grande partie de ces pièces détachées se trouvent placées sous le nom de ceux qui en sont les auteurs ou qui sont présumés l'être ; le reste est classé sous les titres respectifs ou les divisions que nous venons d'énumérer, et qui constituaient alors les sujets favoris et les formes de versification les plus usitées à la cour. Quant à l'ordre proprement dit ou à la disposition, quant au jugement critique ou au goût dans le choix, il ne paraît pas qu'on y ait beaucoup pensé.

Malgré ces défauts, le livre eut un grand succès. En 1514, il en parut une nouvelle édition. Six autres l'avaient suivie avant 1540, à Tolède et à Séville, ce qui fait, ensemble, huit éditions en moins de trente ans, nombre qui, si l'on considère la nature particulière et l'étendue volumineuse de l'ouvrage, trouvera difficilement son pareil, à la même époque, dans aucune autre littérature de l'Europe. Plus tard, en 1557 et en 1573, deux éditions nouvelles, un peu augmentées, parurent à Anvers, où les droits de succession et la puissance militaire de Charles-Quint rendirent familière la connaissance de la langue espagnole et l'amour de son étude. Chacune des dix éditions de ce livre remarquable, c'est là ce qu'il faut nous mettre dans l'esprit, présente à nos yeux une collection des poésies les plus en faveur à la cour et dans la société espagnole la plus raffinée, durant tout le quinzième siècle et pendant la première partie du seizième ; la dernière et la plus complète comprend les noms de cent trente-six auteurs, dont quelques-uns remontent au commencement du règne de

---

(1) « OEuvres variées et diverses de tous ou des principaux troubadours d'Espagne, tant anciens que modernes, compositions religieuses, morales et critiques, bons mots, romances, villancicos, chansons, devises, motets, gloses, questions et réponses. »

D. Juan II, tandis que d'autres arrivent jusqu'à l'époque de l'empereur Charles-Quint (1).

Si l'on prend ce Cancionero comme le véritable représentant poétique de la période qu'il embrasse, la première chose que nous observons, en l'ouvrant, c'est une multitude d'œuvres de dévotion, évidemment placées là comme une entrée, afin de se concilier la faveur pour les parties plus profanes et plus libres qui suivent. Mais elles sont par elles-mêmes très-pauvres et peu délicates; elles le sont même à un tel degré que nous avons peine à comprendre comment elles ont jamais pu, à aucune époque, être considérées comme religieuses. Aussi, un siècle après l'époque où le Cancionero se publia, cette partie devint déjà tellement offensante pour l'Église qu'elle avait primitivement servi à se concilier, qu'elle fut entièrement retranchée des exemplaires imprimés qui tombaient dans les mains du pouvoir ecclésiastique (2).

Le doute n'est cependant pas permis sur l'intention religieuse qui fit d'abord composer ces poésies, dont quelques-unes appartiennent au Marquis de Santillane, à Fernand Perez de Guzman et à d'autres auteurs bien connus du quinzième siècle, qui prétendaient donner par là une odeur de sainteté à leur vie et à leurs œuvres. Un petit nombre de poésies, dans cette division du Cancionero, ainsi qu'un petit nombre d'autres éparses dans les autres parties, sont écrites en dialecte limousin, circonstance qu'il faut probablement attribuer à ce que l'ensemble fut d'abord compilé et publié à Valence. Mais rien, dans cette première partie, n'est vraiment poétique, et il n'y a que peu de chose qui porte un caractère religieux. La meilleure de ces poésies légères et courtes est peut-être la composition suivante, adressée par Mossen Juan Tallante à l'image du Sauveur expirant sur la croix :

Immenso Dios, perdurable,
Que el mundo todo criaste,
Verdadero,

---

(1) Pour la bibliographie de ces ouvrages excessivement rares et curieux, voyez Ébert, *Bibliographisches Lexicon*; Brunet, *Manuel*, aux mots *Cancionero* et *Castillo*. J'ai vu, si je ne me trompe, des exemplaires de huit éditions. Celles que je possède sont de 1535 et de 1573.

(2) Un exemplaire de l'édition de 1535, barbarement mutilée, porte la note suivante : « Este libro está expurgado por el Expurgatorio del Santo Oficio con licencia. — Fra. Baptista Martinez. » Toutes les poésies religieuses qui commençaient le *Cancionero* ont été arrachées.

Y con amor entrañable
Por nosotros espiraste
  En el madero :

Pues te plugo tal passion
Por nuestras culpas sufrir
  O Agnus Dei;
Llevanos do está el Ladron
Que salvaste por dezir :
  Memento mei (1).

Immédiatement après la division des poésies religieuses, vient la série d'auteurs sur lesquels la collection entière s'est appuyée pour son caractère et son succès lors de sa première publication, série à la composition de laquelle, nous dit l'auteur dans la dédicace originale au comte d'Oliva, il s'est consacré lui-même pendant vingt ans. Nous avons déjà parlé de ceux qui ont mérité une notice particulière, tels que le Marquis de Santillane, Juan de Mena, Fernan Perez de Guzman et les trois Manrique. Il reste encore le vicomte de Altamira, Diego Lopez de Haro (2), Antonio de Velasco, Luis de

---

(1) « Dieu immense, éternel, — Qui as créé tout le monde, — Dieu véritable, — Et par amour compatissant — Pour nous tu as expiré — Sur une croix de bois. — Puisqu'il t'a plu une telle passion — Souffrir, pour nos fautes, — O Agneau de Dieu ! — Porte-nous où est le larron — Que tu as sauvé pour avoir dit : — Souviens-toi de moi. »

Cancionero général d'Anvers, 1573, fol. 5. — Fuster, *Bibl. valenciana* (tom. 1, p. 81), s'efforce de trouver quelque chose à nous dire sur l'auteur de ces vers; mais il y réussit peu, selon moi.

(2) La bibliothèque de l'Académie royale d'histoire (*Misc. historica,* MS., tome III) conserve un poëme de Diego Lopez de Haro, dont l'écriture est, à ce qu'il semble, de la fin du quinzième ou du commencement du seizième siècle. Il a pour titre : *Aviso para Cuerdos,* « Avis pour les Sages ; » il est disposé en dialogue entre un petit nombre de personnages distingués d'un caractère humain ou surnaturel, allégorique ou historique, ou tirés de l'Écriture, et l'auteur lui-même qui leur répond. Soixante interlocuteurs sont introduits : parmi eux figurent Adam et Ève, l'ange qui les chassa du paradis, les villes de Troie et de Jérusalem, Priam, Jésus-Christ, Jules César, le roi Wamba et Mahomet. Tout le poëme est en vieux vers castillans, et ne manque pas d'un certain mérite poétique, comme on peut en juger par les paroles suivantes de Saül et la réponse de D. Diego.

SAUL.

En mi pena es de mirar
Que peligro es para vos
El glosar ú el mudar
Lo que manda el alto Dios.
Porque el manda obedescelle,

Vivero, Hernan Mexia, Suarez, Cartagena, Rodriguez del Padron,
Pedro Torellas, Davalos (1), Guivara, Alvarez Gato (2), le marquis

---

> Non juzgalle, mas creelle,
> A quien á Dios a de entender
> Lo que el sabe a de saber.

> AUTOR.

> Pienso yo que en ta' defecto
> Cae presto el corazon.
> Del no sabio en religion.
> Creyendo que a lo perfecto
> Puede dar mas perficion.
> Este mal tiene el glosar :
> Luego á Dios quiere enmendar.

SAÜL. Et ma peine, c'est de voir — Le danger qu'il y a pour vous — De gloser ou de changer
— Ce qu'ordonne le Dieu très-haut. — Puisqu'il ordonne, obéissez-lui, — Ne le jugez pas,
mais croyez-le ; — Celui que Dieu doit entendre — Doit savoir ce qu'il sait.

L'AUTEUR. Je pense, moi, qu'en telle faute — Tombe promptement le cœur — De l'ignorant en
religion, — Croyant que, à ce qui est parfait, — On peut donner plus de perfection. — C'est
le défaut du glosateur ; — Il veut bientôt corriger Dieu.

Oviedo, dans ses *Quinquagenas*, dit, en parlant de D. Diego Lopez de Haro, « qu'il
fut le miroir de la galanterie de son temps, qu'il fut très-connu, tant pour ses services dans la guerre de Grenade que pour la manière dont il remplit son ambassade
à Rome » (voyez Clémencin, *Mémoires de l'Acad. roy. d'histoire*, tom. VI, p. 404).
Diego figure aussi dans l'*Infierno de Amor* de Sanchez de Badajoz, et ses poésies sont
insérées dans le *Cancionero général* de 1573, fol. 82-90, et ailleurs.

(1) Ce Davalos fut le fondateur de la fortune de la famille dont le marquis de Pescara
était un membre si distingué du temps de Charles-Quint. Son premier exploit fut la
mort qu'il donna en combat singulier, et en présence des deux armées, à un chevalier portugais. Il s'éleva jusqu'aux fonctions de connétable de Castille. (*Histoire
de don Hernando Davalos, marquis de Pescara*, Anvers, 1558, in-12, livre 1,
ch. I.)

(2) Outre les poésies de cet auteur insérées dans les *Cancioneros généraux*, par
exemple, dans celui de 1573, fol. 148-52 et 189, il existe un manuscrit à la Bibliothèque de l'Académie royale d'Histoire de Madrid portant le n° 144, et qui contient les
œuvres de ce poëte. Alvarez Gato fut un personnage important de son temps. Il servit
dans les affaires d'État les rois D. Juan II, Henri IV, Ferdinand et Isabelle. Avec
D. Juan II, il vivait dans les termes de la plus grande amitié. Un jour, le roi, voyant
qu'il manquait à une chasse, demanda où il était à ceux de sa suite, et ceux-ci lui
ayant répondu qu'il était indisposé : « Allons le voir, reprit le roi, c'est un de mes
amis, et nous devons aller le voir. » Il quitta donc la chasse et vint visiter le poëte.
Alvarez Gato mourut après 1495. (Jeronimo Quintana, *Historia de Madrid*, Madrid,
1629, in-fol., fol. 22.)

Les poésies de Gato ont de nombreux rapports avec les affaires publiques de son
temps. Mais, en général, comme toutes les autres compositions caractérisant l'époque
où les premières ont été écrites, elles ont un air d'affèterie et de cour et sont presque
toutes consacrées à l'amour ou à la galanterie. Plusieurs ont cependant plus de grâce
et de naturel que beaucoup d'autres vers de ce genre. Telle est la réponse que fait le

d'Astorga, Diego de san Pedro et Garci Sanchez de Badajoz. Ce dernier est un poëte dont la versification constitue le principal mérite, mais il a été longtemps cité par les poëtes, qui lui ont succédé, en raison de ce qu'il devint fou par amour (1). Ils appartiennent tous à l'école courtisanesque, et nous savons peu de choses sur chacun d'eux, à part les allusions de leurs poésies, et ces dernières sont tellement fastidieuses par leur pesanteur identique que leur lecture n'est plus qu'une tâche pénible.

Le vicomte d'Altamira, par exemple, a composé un long et fatigant dialogue entre le Sentiment et la Connaissance; Diego Lopez de Haro, un autre entre la Raison et la Pensée; Hernan Mexia, un autre entre le Sens et la Pensée; Costana, un autre entre l'Affection et l'Espérance. Ils appartiennent tous à cette classe de poésies à la mode, appelées moralités ou discussions morales, toutes sur la même mesure et dans le même style, toutes ayant une contre-partie grave, pleine de subtilités métaphysiques et pauvre d'idées. D'un autre côté, nous rencontrons des poésies érotiques dont quelques-unes, comme les *Lecciones* de Garci Sanchez de Badajoz sur le livre de Job, les stances de Rodriguez del Padron sur les dix commandements et celles du plus jeune des Manrique sur les formes de la profession monastique, appliquées avec irrévérence à la profession d'amour, sont, on peut le croire, essentiellement irréligieuses, quoiqu'elles aient été différemment considérées à l'époque où elles furent écrites. Dans toutes ces compositions, ou du moins dans toute la série d'ouvrages de vingt auteurs différents qui remplissent cette partie du Cancionero, nous trouvons à peine une pensée poétique, excepté dans les pièces d'un petit nombre de poëtes que nous avons déjà fait connaître et dont

---

poëte à une dame qui lui parle raison et à laquelle il dit qu'il l'a perdue dès qu'il l'a vue, puis il continue en ces termes :

> Si queres que de verdad
> Torne à mi senso y sentido,
> Usad agora bondad;
> Torname mi libertad
> E pagame lo servido.

Si vous voulez en vérité — Me voir reprendre raison et bon sens, — Usez maintenant de bonté; — Rendez-moi ma liberté — Et payez moi mes services.

(1) *Mémoires de l'Académie royale d'Histoire*, tom. VI, p. 404. Les *Lecciones de Job*, par Badajoz, ont été comprises dès les premiers instants dans l'*Index expurgatoire* de l'Inquisition.

les principaux sont le Marquis de Santillane, Juan de Mena et le plus jeune des Manrique (1).

Immédiatement après la série d'auteurs que nous venons de mentionner, nous trouvons une collection de cent vingt-six *Canciones* ou chants, portant les noms d'un grand nombre de poëtes et de gentilshommes espagnols des plus distingués du quinzième siècle. Presque toutes ont une construction régulière et se composent chacune de deux stances, la première de quatre, et la seconde de huit vers : la première exprime l'idée principale, la seconde la répète et l'amplifie. Ces *Canciones* nous rappellent, sous certains rapports, les sonnets italiens ; mais leur mouvement est plus serré, et leur alliance avec la pensée est plus naturelle. A peine peut-on en trouver une dans la collection du *Cancionero* qui soit aisée et coulante. La pièce suivante, de Carthagène, nom qui se présente souvent, et qui appartient à l'un des membres de cette famille juive qui s'éleva si haut dans l'Église, après sa conversion, cette pièce est une des meilleures du genre :

> No sé para que nasci,
> Pues en tal estremo estó
> Que el morir no quiere á mi
> Y el vivir no quiero yo.
>   Todo el tiempo que viviere
> Tendré muy justa querella
> De la muerte, pues no quiere
> A mi, queriendo yo á ella.
>   Que fin espero de aqui
> Pues la muerte me negó,
> Pues que claramente vio
> Que'ra vida para mi (2) ?

C'était là une manière d'adresser un tendre compliment à la dame dont l'indifférence portait l'amant à désirer une mort qui n'obéissait pas à ses prières.

---

(1) Le *Cancionero* de 1535 se compose de 191 feuilles grand in-folio, en lettres gothiques, à trois colonnes. Les poésies religieuses remplissent les dix-huit premières feuilles. La série des auteurs cités ci-dessus s'étend du folio 18 au fol. 27. Un fait digne de remarque, c'est que les belles stances de Manrique ne se trouvent dans aucun de ces *Cancioneros* à l'usage des gens de la cour.

(2) « Je ne sais pourquoi je suis né, — Et je suis réduit à une extrémité telle — Que la mort ne veut point de moi — Et que moi je ne veux pas de la vie. — Tout le temps que je vivrai, — J'aurai de très-justes sujets de plainte — Contre la mort, puisqu'elle ne veut pas — De moi, alors que moi je la désire. — Quelle fin puis-je attendre d'ici — Puisque la mort me refuse, — Alors que j'ai clairement vu — Qu'elle était pour moi la vie? » (Voyez fol. 98-106 du *Cancionero*.)

Viennent ensuite trente-sept romances, collection charmante de fleurs champêtres, et que nous avons déjà suffisamment examinées en parlant de la poésie des romances, dans le premier siècle de la littérature espagnole (1).

Après les romances suivent les *Invenciones,* les « Inventions,» forme de vers particulière et caractéristique de cette époque, et dont nous avons trouvé deux cent vingt spécimens; elles appartiennent aux institutions de la chevalerie et spécialement aux préparatifs des joutes et des tournois, divertissements publics les plus splendides que nous connaissions, sous les règnes de D. Juan II et Henri III. Dans ces occasions, chaque chevalier avait une devise ou prenait celle que le sort lui donnait. Cette devise ou cimier était accompagnée d'une explication en vers que le chevalier lui-même attachait et qui s'appelait *Invention.* Plusieurs de ces poésies sont tout à fait ingénieuses; la fantaisie y trouve sa place. Le roi D. Juan, par exemple, tira pour son cimier une grille de prison et il donna pour explication ou devise :

> Qualquier prision y dolor
> Que se sufra, es justa cosa ;
> Pues se sufre por amor
> De la mayor y mejor
> Del mundo y la mas hermosa (**2**).

Le Comte de Haro, si connu, tira une *noria* ou roue autour de laquelle passe une corde avec une série de seaux qui y sont attachés, descendant pour se remplir dans un puits et remontant pleins d'eau. Il donna pour *invention :*

> Los llenos, de males mios :
> D'esperanza, los vazios (3).

Dans une autre circonstance il tira, comme le roi, l'emblème d'une grille de prison, il y répondit par ces rimes imparfaites :

> En esta carcel que veys,

---

(1) Ces romances, dont nous avons parlé au chapitre VI , se trouvent dans le *Cancionero* de 1535, fol. 106-115.

(2) « Quelque prison et douleur — Que l'on souffre, c'est juste chose, — Puisqu'on le souffre par amour — De la plus grande et de la meilleure— Du monde, et de la plus belle. »

(3) « Les pleins, le sont de mes maux ; — Et d'espérance, les vides. »

Que no se halla salida,
Viviré, mas ved que vida (1)!

Analogues aux *Inventions* sont les *Motes con sus glosas*, les «Sentences et leurs gloses. » Les *Motes* sont de courts apophthegmes accompagnés chacun d'une lourde glose rimée, que nous trouvons dans le Cancionero au nombre de quarante environ. Ces *motes* eux-mêmes sont en général des proverbes, ont un air national et parfois une certaine animation. Ainsi doña Catalina Manrique prenait pour devise : *Nunca mucho costó poco* (2), faisant allusion à la difficulté d'obtenir sa faveur, et Carthagène lui répondit par cet autre proverbe : *Con merecerlo se paga* (3) : et ils expliquent ou ils subtilisent l'un et l'autre leur pensée par une glose ennuyeuse. Les autres *motes* ne sont pas meilleurs, et tout ce qui fit leur mérite, au temps de leur composition, est précisément ce qui nous les rend aujourd'hui si peu dignes de prix (4).

Les *Villancicos* qui suivent sont des chansons en vieille mesure espagnole, avec un refrain mêlé de vers courts de temps en temps. C'est un gênre fort agréable et qui n'est pas sans mérite parfois. Ils ont reçu leur nom de leur caractère rustique; et l'on croit qu'ils ont été primitivement composés par des *villanos* ou paysans pour célébrer la Noël ou toute autre fête de l'Église. Nous avons trouvé, comme nous l'avons vu, des imitations de ces chants grossiers dans Juan de l'Encina; il s'en présente dans une multitude de poëtes venus après lui. Mais les cinquante-quatre du Cancionero portant, pour la plu-

---

(1) «Dans cette prison que vous voyez, — Où l'on ne trouve pas de porte, — Je vivrai, mais voyez quelle existence ! »

Les *Inventions*, quoique en grand nombre, ne remplissent que trois feuilles du *Cancionero*, de 115 à 117. On en trouve fréquemment dans les vieilles chroniques et dans les romans de chevalerie. La *Question de amor* en contient beaucoup.

(2) « Jamais beaucoup n'a peu coûté. »

(3) « C'est en les méritant qu'on les paye. »

(4) Quoique Lope de Vega, dans sa *Justa poética de San Isidro*, Madrid, 1620, in-4°, fol. 76, déclare que les *Gloses* sont un genre de poésie fort ancien, particulier à l'Espagne, et cultivé par aucune autre nation, il est évident que leur invention est due aux poëtes provençaux, et il n'y a pas de doute qu'elles furent introduites par eux en Espagne (Raynouard, *Troubadours*, t. II, pp. 248, 254). Les règles auxquelles leur composition était sujette, en Espagne, étaient très-sévères, d'après Cervantès lui-même (*D. Quichote,* part. II, ch. LXXXI); mais elles étaient rarement observées. Aussi je ne peux m'empêcher de convenir avec l'ingénieux hidalgo que les résultats poétiques obtenus ne soient peu dignes du travail qu'exigeait cette composition. Les *Gloses* du *Cancionero* de 1535 se trouvent aux folios 118-120.

part, les noms des poëtes les plus distingués dans le siècle précédent, sentent trop l'esprit de cour et se rapprochent du caractère des *Canciones* (1). D'un autre côté, ils nous rappellent les vieux madrigaux français, ou, mieux encore, les poëmes provençaux composés presque dans la même mesure (2).

La dernière division de cette espèce d'afféteries poétiques réunies dans les premiers Cancioneros généraux est intitulée : *Preguntas* ou « questions, » et plus proprement, « questions et réponses, » *preguntas y respuestas : * c'est une série d'énigmes avec leur solution en vers. Quoiqu'elles ne nous semblent aujourd'hui que des enfantillages et des bagatelles, elles ont été admirées réellement, au quinzième siècle. Baena, dans la Préface de sa collection, en fait mention comme un des attraits les plus grands, et la série qu'il nous en donne, et qui en comprend cinquante-cinq, commence par des auteurs tels que le Marquis de Santillane, Juan de Mena, et finit avec Garci Sanchez de Badajoz et d'autres poëtes remarquables qui vivaient sous le règne de Ferdinand et d'Isabelle. C'était là, probablement, un agréable exercice de l'esprit pour se former à l'improvisation en vers, pratiquée à la cour de D. Juan II, comme nous la trouvons pratiquée, un siècle plus tard environ, par les bergers dans la *Galatée* de Cervantès (3). Mais, dans les spécimens des Cancioneros, nous saisissons une contrainte évidente : puisqu'on exige dans la réponse une concordance particulière en mesure, en nombre, en succession de rimes égales à celles de la question précédente. D'un autre côté, les énigmes elles-mêmes sont parfois trop simples et parfois trop familières. Juan de Mena, par exemple, propose gravement l'énigme du Sphinx d'Œdipe au Marquis de Santillane, comme s'il était possible que le Marquis n'en eût jamais entendu parler (4).

---

(1) L'auteur du *Dialogue des langues*, Mayans y Siscar (*Origines*, tom. II, p. 158), cite le *refrain* ou *ritournelle* d'un villancico chanté, dit-il, de son temps en Espagne et qui est un des plus heureux spécimens que je connaisse de ce genre de poésie pleine d'afféterie :

> Pues que os vi, merecí veros,
> Que si señora nô's viera,
> Nunca veros mereciera.

Puisque je vous ai vue, j'ai mérité de vous voir ; — Car, señora, si je ne vous avais vue, — Jamais je n'aurais mérité de vous voir.

(2) Les *villancicos* se trouvent au *Cancionero* de 1535, fol. 120-125 ; voyez aussi Covarrubias, au mot *Villancico*.

(3) *Galatée*, liv. VI.

(4) Les *Preguntas* vont du folio 126 au folio 134.

Ainsi donc les poésies contenues dans le Cancionero général datent du quinzième siècle, et particulièrement de la moitié ou du dernier tiers. Postérieurement à cette époque, nous avons une série de poëtes qui appartiennent plutôt au règne de Ferdinand et d'Isabelle, tels que Puerto Carrero, le duc de Medina Sidonia, D. Juan Manuel de Portugal, Heredia et quelques autres. Après eux, viennent dans les éditions primitives la collection des poésies intitulées *Obras de burlas provocantes á risa*, «Œuvres bouffonnes provoquant le rire,» et qui ne sont, en réalité, qu'un assemblage de poésies grossières, formant une partie d'un Cancionero indécent, imprimé séparément, à Valence, plusieurs années après. Ces dernières ont été exclues du Cancionero général, où l'on a inséré un petit nombre d'énigmes, parfois en dialecte valencien, pour remplir l'espace qu'occupaient les premières (1). Le ton de cette deuxième grande division de la collection est le même que celui de la première, avec moins de valeur poétique. Vers la fin des éditions de 1557 et 1573, nous trouvons des compositions appartenant au temps de Charles-Quint, entre autres deux de Boscan, un petit nombre en langue italienne, et plus encore suivant le goût italien; toutes indiquent un nouvel ordre de choses, un développement nouveau des formules de la poésie espagnole (2).

---

(1) Voici la liste complète des auteurs dont les œuvres font partie du *Cancionero :* Costana, Puerto Carrero, Avila, le duc de Medina Sidonia, le comte de Castro, Luis de Tovar, D. Juan Manoel, Tapia, Nicolas Nuñez, Soria, Pinar, Ayllon, Badajoz le musicien, le comte d'Oliva, Cardona, Francès Carroz, Heredia, Artes, Quiros, Coronel, Escrivá, Vasquez et Ludueña. De la plus grande partie de ces poëtes, le *Cancionero* ne contient que quelques vers. Les « Burlas provocantes á risa » viennent après les vers de Ludueña, dans l'édition de 1514; on ne les trouve plus dans l'édition de 1526, ni dans les suivantes. Le plus grand nombre a été cependant inséré dans l'édition citée ci-dessus et intitulée : *Cancionero de obras de Burlas provocantes á risa* (Va-ence, 1519, in-4°). Ce *Cancionero* commence par une composition assez longue et finit par une autre, qui est une mauvaise parodie des *Trescientas* de Juan de Mena. Les poésies les plus courtes appartiennent souvent à des noms très-connus, tels que George Manrique, Diego de San Pedro, et ne sont pas toujours exposées au reproche d'inconvenance. Mais le ton général de l'ouvrage, attribué à une main ecclésiastique, dépasse trop souvent les bornes de la décence. En 1841, on en a fait une réimpression à Londres, in-8°, édition qui porte sur le frontispice les mots suivants : « Cum privilegio, en Madrid, por Luis Sanchez. » Il y a de plus une préface assez curieuse et bien écrite, et un court mais savant glossaire. De la page 203 à la fin page 246, on trouve certaines poésies qui ne sont point dans l'original, telles que les « Lamentaciones de amores » de Garci Sanchez de Badajoz; des « Coplas » de Francisco de Argüello, de Francisco de Reynoso, etc.

(2) Cette partie du *Cancionero* de 1535, qui a peu ou presque point de valeur, s'é-

Mais ce changement appartient à une autre période de la littérature castillane ; avant d'y entrer nous devons faire connaître sur les *Cancioneros* quelques circonstances qui caractérisent le dernier dont nous venons de parler. La première chose qui nous frappe , c'est le grand nombre de personnes dont les vers s'y trouvent réunis. Dans le *Cancionero* de 1535, qu'on peut regarder comme le meilleur de toute la série, il n'y en a pas moins de cent vingt. Dans cette multitude , le nombre de ceux qui méritent une mention particulière est petit, c'est vrai ; plusieurs n'y apparaissent que par le tribut qu'ils payent à de singuliers badinages, tels que devises, *canciones*, qu'ils n'ont probablement jamais écrits. D'autres ne contribuent à la collection que par deux ou trois poésies courtes que leur fit risquer leur position sociale plutôt que leur goût ou leur talent ; de sorte que le nombre de ceux qui apparaissent avec le caractère propre de poëte, dans le *Cancionero général*, se réduit à quarante environ, et, parmi ces derniers, quatre ou cinq seulement méritent d'être transmis à la postérité.

Mais le rang et la considération personnelle des poëtes dont les noms se pressent dans ces collections sont peut-être plus remarquables que leur nombre, ils le sont certainement plus que leur mérite. Nous y trouvons D. Juan II, le prince Henri, plus tard Henri IV ; le Connétable Alvaro de Luna (1), le comte Haro, le comte de Placencia , les ducs d'Albe , d'Albuquerque, de Medina Sidonia ; le comte de Tendilla et D. Juan Manuel ; les marquis de Santillane , d'Astorga, de Villa-

---

tend des folios 134 au fol. 191. L'ensemble du volume contient environ quarante-neuf mille vers. Les éditions d'Anvers de 1557 et de 1573 sont plus complètes et en renferment cinquante-huit mille ; mais, dans toutes ces éditions, la dernière partie est la moins bonne. A la fin on trouve une romance sur l'abdication de Charles-Quint, abdication faite, en octobre 1555, à Bruxelles. Cette date est par conséquent, comme je l'ai observé, la plus récente qu'on puisse assigner aux poëmes compris dans cette collection.

(1) C'est un petit poëme du Connétable sur le Commentaire de Fernand Nuñez à la deux cent soixante-cinquième stance des *Trescientas* de Juan de Mena. Il en est fait mention à la fin de la *Chronique sur la vie du Connétable* (tit. LXVIII) : « Fue muy inventivo é mucho dado á fallar *invenciones* y sacar entremeses, ó en justas ó en guerra ; en las quales invenciones muy agudamente significaba lo que queria. » Il passe aussi pour l'auteur d'un traité en prose, inédit, daté de 1446, sur les *Femmes vertueuses et célèbres*. Juan de Mena en écrivit la préface, alors que le Connétable était arrivé à l'apogée de sa puissance. Ce n'est pas là, comme le titre semblerait l'indiquer, une traduction du livre de Boccace, qui porte presque le même nom, mais une composition originale du grand ministre d'État castillan (*Mémoires de l'Acad. roy. d'histoire*, tom. VI, p. 464, note).

Franca ; le vicomte d'Altamira , et d'autres principaux personnages de leur temps. De sorte que Lope de Vega a dit avec raison : « Los mas « de los poetas de aquel tiempo eran grandes señores, almirantes , « condestables, duques, condes, y reyes (1) , » ou, en d'autres termes, composer des vers était de mode, à la cour de Castille durant le quinzième siècle.

Tel est, en réalité , le caractère indélébile que l'on trouve imprimé dans les collections des vieux *Cancioneros generales*. Quant à la vieille poésie nationale, telle qu'elle est dans la légende du Cid, dans Berceo , dans l'archiprêtre de Hita , nous n'en voyons aucune trace ; si on y insère quelques romances, c'est par égard pour ces tristes gloses qui les encombrent. Mais l'esprit provençal des troubadours y est présent partout, s'il n'est pas partout profondément marqué. Nous y trouvons aussi accidentellement des imitations de la vieille école italienne, de Dante et de ses successeurs immédiats ; imitations plus apparentes qu'heureuses ; cette masse de poésies est fatigante et monotone. Chacun des poëmes un peu plus longs qu'ils contiennent se compose de vers de huit syllabes, divisés en *redondillas*, qui ont presque toujours un mouvement facile , mais rarement gracieux. La stance est parfois coupée par le retour régulier d'un vers de quatre ou cinq syllabes seulement, et appelé par conséquent *quebrado*, «pied brisé ; » plus fréquemment les redondillas se composent de stances de huit ou de dix vers uniformes. Presque toute la poésie est du genre érotique, et les parties qui composent ce genre respirent presque toutes la métaphysique et l'affectation. C'est un genre de la cour ; la poésie en est par conséquent courtisane , violentée , formaliste et froide. Tout ce qui n'est pas écrit par des personnes de haut rang est écrit pour leur plaisir ; et, si l'esprit chevaleresque du temps s'y montre parfois, ce qu'il y a de meilleur dans cet esprit est obscurci par le désir dominant de se livrer aux formes superficielles, aux conceptions fantastiques qui devaient en même temps le détruire.

Il était impossible qu'un si triste état de culture poétique restât permanent dans une contrée pleine d'un intérêt croissant, telle que l'Espagne, dans le siècle qui suivit la chute de Grenade et la découverte de l'Amérique. La poésie, ou du moins l'amour de la poésie, fit de grands progrès avec le développement de la nation sous le règne

---

(1) « Le plus grand nombre des poëtes de ce temps étaient des grands seigneurs, amiraux, connétables , ducs, comtes et rois » (*Obras suellas*, Madrid, 1777, in-4°, tom. XI, p. 358).

de Ferdinand et d'Isabelle, quoique le goût de la cour continuât pour tout ce qui regarde la littérature espagnole, dans une voie mauvaise et erronée. D'autres circonstances favorisèrent aussi le grand et favorable changement qui commençait à paraître partout. La langue de Castille avait déjà établi sa suprématie, et, avec le vieil esprit et la vieille civilisation castillane, elle s'était répandue en Andalousie et en Aragon, et s'était implantée au milieu des ruines de la puissance musulmane sur les bords de la Méditerranée. Les chroniques, plus fréquentes, commençaient à prendre les formes plus régulières de l'histoire. Le drame en prose s'était avancé jusqu'à la *Célestine*, et, en vers, jusqu'aux efforts scéniques plus sévères de Torres de Naharro ; les romances se trouvaient à la hauteur de leurs événements. Le vieil esprit de ces romances, véritable fondement de la poésie espagnole, reçut une impulsion nouvelle et des matériaux plus riches de la lutte où toute l'Espagne chrétienne joua son rôle, au milieu des montagnes de Grenade, ainsi que des sauvages récits des discordes et des aventures des factions rivales dans les murs de cette cité maudite. Tout annonçait donc un mouvement décisif dans la littérature de la nation espagnole, et presque tout semblait le favoriser et le faciliter.

CHAPITRE XXIV.

Intolérance espagnole. -- L'Inquisition. — Persécution des Juifs et des Maures. — Persécution des chrétiens pour leurs opinions. — État de la presse en Espagne. — Conclusion et observations sur la période qu'on vient d'examiner.

L'état des choses, en Espagne, à la fin du règne de Ferdinand et d'Isabelle, semblait, comme nous l'avons indiqué, annoncer une longue période de prospérité nationale. Mais une institution, destinée à décourager et à réprimer cette liberté intellectuelle sans laquelle il ne peut y avoir, chez aucun peuple, de sage et généreux progrès, avait déjà commencé à donner des signes de sa grande et pernicieuse puissance.

Les chrétiens espagnols ont été, depuis les temps les plus reculés, essentiellement intolérants. A leurs guerres perpétuelles contre les Maures est venu s'ajouter, depuis la fin du quatorzième siècle, un sentiment implacable contre les juifs, sentiment que le gouvernement a cherché d'arrêter en vain, et qui s'est traduit, à différentes époques, par le pillage et le massacre d'une multitude de familles de cette race maudite, dans toute la Péninsule. Ces deux races étaient détestées par la masse du peuple espagnol avec une haine cruelle : la première, comme conquérante; la seconde, pour les droits oppressifs que leurs richesses leur avaient donnés sur un grand nombre d'habitants chrétiens. Jamais on n'avait oublié que les uns et les autres étaient les ennemis de la croix, sous la bannière de laquelle tous les vrais Espagnols avaient livré bataille, pendant tant de siècles. Aussi le clergé enseignait et les laïques croyaient volontiers que leur opposition à la foi du Christ était une offense contre le Seigneur, et que c'était une action méritoire que de punir ces deux peuples (1). Co-

---

(1) L'énergie de cette haine peu chrétienne et barbare contre les Maures, haine qui servit de base à cette intolérance qui a exercé plus tard une si grande influence sur

lomb traînant le cordon de Saint-François dans les rues de Séville, consacrant à la guerre contre les mécréants d'Asie les richesses qu'il espérait trouver dans le Nouveau-Monde, et désirant que son sol n'ait jamais été foulé par d'autres pieds que par ceux des chrétiens catholiques, apostoliques et romains, était un type du caractère espagnol à l'époque où il vivait (1).

Aussi, quand on se proposa d'introduire l'Inquisition en Espagne, Inquisition si efficacement employée pour exterminer l'hérésie des Albigeois, et qui avait même suivi ses victimes dans leur fuite de Provence en Aragon, on ne trouva dans cette entreprise qu'une opposition peu sérieuse. Ferdinand n'était peut-être pas éloigné d'y voir une puissance grandissant à côté de son trône, et avec laquelle le gouvernement politique de l'Espagne devait nécessairement faire alliance, tandis que la piété de la sage Isabelle, piété qui peut sembler peu éclairée si nous en jugeons par sa correspondance avec son confesseur, produisit, dans sa conscience, un égarement tel que cette reine favorisa finalement l'introduction du Saint-Office, dans ses pro-

---

l'indépendance intellectuelle du peuple espagnol, cette énergie fut telle qu'on pourrait à peine y croire aujourd'hui, si on la dépeignait en termes généraux. Il nous faut par conséquent rapporter quelques-uns de ses actes pour en faire connaître toute l'intensité. Quand les Espagnols se livraient à quelques-unes de ces incursions sur le territoire des Maures, incursions si fréquentes dans ces siècles, les chevaliers chrétiens, au retour, portaient suspendues à l'arçon de leurs selles les têtes des Maures qu'ils avaient coupées et les jetaient aux enfants dans les rues des villages pour exaspérer leur haine naissante contre l'ennemi de leur foi. Ces actes, suivant le témoignage d'un écrivain estimable, se continuèrent jusqu'à la guerre des Alpujarras, sous D. Juan d'Autriche, durant le règne de Philippe II (Clémencin, *Mémoires de l'Académie royale d'histoire*, tome VI, p. 390). Quiconque voudra lire l'*Histoire de la révolte et du châtiment des Morisques du royaume de Grenade*, par Luis del Marmol Carvajol (Malaga, 1600, in-fol.), verra avec quelle complaisance un témoin oculaire, moins disposé qu'un grand nombre de ses compatriotes à regarder les Maures avec horreur, décrit des cruautés qu'il nous est impossible de lire aujourd'hui sans frémir. Lisez son « Récit du massacre ordonné par le chevaleresque D. Juan d'Autriche, (fol. 192) de quatre cents femmes et enfants, captifs à Galera, massacrés, » *muchos en su presencia*, dit l'historien qui s'y trouvait. Nous pourrions en dire autant du second volume des *Guerres civiles de Grenade*, par Hita, histoire dont nous parlerons plus tard. Ce n'est que par la lecture de ces livres qu'il est possible d'apprécier le degré d'abaissement et de dégradation que cette haine produisit sur le caractère espagnol, durant les neuf siècles qui s'écoulèrent depuis l'époque du Goth Rodrigue jusqu'aux temps de Philippe III; et de voir comment cette haine fit non-seulement partie de la fidélité dont les Espagnols sont si fiers, mais encore du devoir religieux de chaque chrétien du royaume.

(1) Bernaldez, *Chronique*, chap. 131, Ms. — Navarrete, *Collection de voyages*, tom. I, p. 72.

pres domaines, comme un avantage réel pour ses peuples chrétiens (1).
Après quelques négociations avec la cour de Rome et quelques modifications dans le projet original, cette institution s'établit donc dans la cité de Séville, en 1481. Les premiers grands Inquisiteurs furent des Dominicains, et leur première assemblée se tint, dans un couvent de leur ordre, le deuxième jour du mois de janvier. Leurs premières victimes furent des juifs. Six furent brûlés dans les quatre jours qui suivirent la première installation de ce tribunal, et Mariana porte le nombre total de ceux qui souffrirent le dernier supplice, en Andalousie, durant la première année de son existence, à deux mille, sans compter dix-sept autres mille qui subirent les formes d'un châtiment moins sévère que celui du bûcher (2). Toutes ces rigueurs, qu'on se le rappelle bien, s'exerçaient au milieu de la joie et avec le consentement de la masse du peuple espagnol, qui accueillait avec des cris d'allégresse l'expulsion de toute la race juive de l'Espagne, en 1492, et qui n'a pas cessé jusqu'à nos jours de poursuivre le sang des Hébreux partout où il l'a trouvé, et de quelque manière qu'il se soit caché sous le déguisement de la conversion et du baptême (3).

La chute de Grenade, qui précéda de quelques mois la cruelle expulsion des juifs, ne laissa pas moins les restes de la nation maure à la merci de leurs conquérants. Le traité de reddition de cette cité aux Rois Catholiques garantissait solennellement aux vaincus, il est vrai, leurs propriétés, leurs priviléges religieux, leurs mosquées et leur culte ; mais, en Espagne, toute portion du sol que les chrétiens arrachaient à leurs anciens ennemis était regardée comme une simple restitution territoriale faite à ses légitimes possesseurs, et toute stipulation accompagnant la reprise était rarement respectée. L'esprit et même les termes de la capitulation de Grenade furent, par conséquent, bientôt violés. Les lois chrétiennes de l'Espagne y furent bientôt introduites ;

---

(1) Prescott, *Ferdinand et Isabelle*, part. I, ch. vii.

(2) Mariana, *Hist.*, liv. XXIV, chap. xvii, édit. 1780, tome II, p. 527. La lecture de ce chapitre nous scandalise et nous étonne, tant est grande la reconnaissance que l'auteur exprime pour l'établissement de l'Inquisition, qu'il regarde comme un bienfait national. Voyez aussi Llorente, *Hist. de l'Inquisition*, tome I, p. 160.

(3) L'éloquent Père Lacordaire, au chapitre vi de son *Mémoire pour le rétablissement de l'ordre des Frères Prêcheurs* (Paris, 1839, in-8°), cherche à prouver que les Dominicains ne sont aucunement responsables de l'établissement de l'Inquisition en Espagne. A cet égard, il se trompe. Il est, je crois, plus heureux quand il soutient ailleurs que l'Inquisition fut, dès l'origine, intimement liée au gouvernement politique, en Espagne, et qu'elle dut toujours à l'État une grande partie de sa puissance.

l'Inquisition les suivit. La persécution des descendants des vieux envahisseurs arabes commença donc de la part de leurs nouveaux maîtres; supportée pendant un siècle environ avec une progression constante de crimes, elle finit, en 1609, comme la persécution des juifs, par l'expulsion violente de toute la race (1).

Une sévérité pareille devait naturellement produire une immense quantité de fraudes et de subterfuges. Une multitude de sectateurs de Mahomet, à commencer par les quatre mille que baptisa le cardinal Ximénès, le jour où, contrairement aux articles prévus dans la capitulation de Grenade, il consacra la grande mosquée de l'Albaicin, et en fit un temple chrétien, une multitude, dis-je, se virent forcés d'entrer dans le sein de l'Église sans comprendre sa doctrine, sans désirer de recevoir son instruction. C'est contre les Maures et les Juifs convertis que l'Inquisition se permit d'exercer sa tyrannie sans aucune contrainte de la part des pouvoirs de l'État. Elle commença par surveiller d'abord, bientôt par emprisonner ces malheureux; elle les tortura ensuite pour obtenir la preuve que leur conversion n'était pas sincère. Mais toutes ses manœuvres s'opéraient dans le secret et l'ombre. Du moment où l'Inquisition mettait la main sur l'objet de ses soupçons jusqu'à celui de son exécution, pas une voix ne s'entendait sortir de ses cachots. Les témoins eux-mêmes étaient punis de mort ou de la prison perpétuelle, s'ils révélaient ce qu'ils avaient entendu ou vu devant ce tribunal redoutable. Souvent on ne savait rien des victimes, sinon qu'elles avaient disparu du milieu de leur société accoutumée pour ne plus y reparaître.

L'effet fut terrible. Les imaginations se remplirent d'horreur à l'idée d'un pouvoir aussi vaste et aussi mystérieux, pouvoir qui les environnait constamment, mais d'une manière invisible, dont les coups étaient mortels, et dont on ne pouvait ni entendre ni suivre les pas, au milieu de l'obscurité dont il s'enveloppait, quels que fussent les efforts tentés pour l'atteindre. Dès les premiers temps de l'établissement de l'Inquisition, la grande majorité des chrétiens espagnols se réjouissait dans la pureté et l'orthodoxie de sa foi, et voyait sans répugnance ses enne-

---

(1) Voyez le savant et consciencieux livre du comte Albert de Circourt, intitulé : *Histoire des Maures Mudejares et des Morisques ou des Arabes d'Espagne sous la domination des chrétiens* (3 vol. in-8°, Paris, 1846, tom. II, passim). Voyez aussi une belle étude de D. Florencio Janer, couronnée par l'Académie royale d'histoire de Madrid en 1857; *Condition sociale des Morisques d'Espagne*, etc. Ce mémoire a été traduit par J.-G. Magnabal. (Paris, 1859, in-8°, A. Durand.)

mis appelés à expier leur infidélité par le plus terrible des châtiments mortels. Mais la partie intelligente et cultivée de la société sentit sa sécurité personnelle graduellement menacée, jusqu'à ce qu'enfin l'objet de ses inquiétudes, dans la vie, fut d'écarter les soupçons de ce tribunal, qui jetait dans les cœurs une terreur d'autant plus profonde et plus effective qu'elle était accompagnée d'un certain scrupule pour savoir comment on pourrait s'opposer consciencieusement à son autorité. Beaucoup d'Espagnols, des plus nobles et des plus distingués, surtout sur le sol comparativement plus libre de l'Aragon, luttèrent contre l'invasion de leurs droits dont ils prévoyaient en partie les conséquences. Mais les pouvoirs de l'État et de l'Église s'unirent pour décréter des mesures qui, soutenues par les passions et la religion des basses classes de la société, devinrent irrésistibles. Les bûchers de l'Inquisition s'élevèrent peu à peu dans toute la Péninsule, et le peuple s'y porta partout en foule pour voir ces sacrifices, comme des actes de foi et de dévotion.

Dès ce moment, l'intolérance espagnole qui, durant les guerres contre les Maures, avait caractérisé la lutte, adoucie par l'esprit de chevalerie, cette intolérance prit cet air de fanatisme sombre qu'elle n'a jamais perdu depuis. Bientôt sa fureur se tourna contre les opinions et les idées des hommes, plutôt même que contre leur conduite extérieure et contre leurs crimes. L'Inquisition, son véritable interprète et son instrument légitime, élargit peu à peu sa juridiction au moyen d'artificieux abus autant que par les formes régulières des lois, jusqu'à ce qu'il ne se trouva personne de trop humble pour échapper à sa vigilance, ni de trop élevé pour que son pouvoir ne pût l'atteindre. Toute l'Espagne plia sous son influence, et le petit nombre de ceux qui comprirent le mal qui pouvait en résulter se courbèrent, comme le reste, devant son autorité, ou furent victimes de ses châtiments.

De l'inquisition sur les opinions particulières des individus à l'intervention dans les affaires de la presse et des livres imprimés, il n'y a qu'un pas. Ce pas ne se fit cependant pas immédiatement, soit parce que les livres étaient encore en petit nombre, et d'une importance comparativement faible partout, soit parce qu'ils étaient déjà soumis, en Espagne, à la censure de l'autorité civile, qui ne paraissait pas disposée à abandonner volontiers sur ce point sa juridiction. Mais tous ces scrupules s'écartèrent entièrement lors de l'apparition et des progrès de la réforme de Luther. Cette révolution appartient à la seconde période de l'histoire de la littérature espagnole, où nous verrons déployée, dans toute son étendue pratique et dans ses résultats, l'influence de l'esprit d'intolérance, la puissance de l'Église et de l Inquisition sur le caractère du peuple espagnol.

Si toutefois, avant d'entrer dans cette période nouvelle et plus variée, nous portons nos regards en arrière sur l'époque que nous venons d'examiner, nous la trouverons pleine d'intérêt et d'originalité, et nous donnant des espérances de progrès et de succès ultérieurs. Elle s'étend à travers presque quatre siècles entiers, depuis les premiers souffles de l'enthousiasme poétique de la masse du peuple, jusqu'à la décadence de la littérature de cour, dans la dernière partie du règne de Ferdinand et d'Isabelle. Elle est remplie de matériaux capables de produire enfin une école de poésie et de prose élégante, école qui constitue encore aujourd'hui, d'après le jugement éclairé de la nation elle-même, le corps et le fond de la littérature nationale. Les vieilles romances, les vieux poëmes historiques, les vieilles chroniques et le vieux théâtre, toutes ces compositions peuvent n'être que des éléments, mais ce sont des éléments d'une vigueur et d'une espérance qu'on ne peut méconnaître. Elles constituent une mine d'une richesse plus variée que celle que nous a offert, dans des circonstances semblables et à une époque si reculée, la littérature d'aucun autre peuple. Il s'y révèle un caractère plus élevé et plus héroïque. En écoutant ses tons, nous nous sentons au milieu d'un mouvement extraordinaire de passions qui donnent un caractère et produisent une élévation qu'on ne trouve point ailleurs dans une même situation précaire de la société.

Nous sentons, à travers les éléments les plus grossiers de la vie qui nous entoure fortement, que l'imagination est encore plus forte, qu'elle leur communique ses teintes de mille couleurs, et leur donne cette puissance et cette grâce qui forment un frappant contraste avec ce qu'ils ont d'agreste et de rude dans leur nature primitive. En un mot, nous sentons que nous sommes appelés à être témoins des premiers efforts d'un peuple généreux pour se délivrer des froides étreintes d'une existence purement matérielle; à observer avec confiance et sympathie le mouvement de ses affections secrètes, de son énergie robuste et de ses essais pour communiquer à la poésie l'enthousiasme véritable et national (1). Nous restons enfin persuadés que

(1) Il est impossible de parler de l'Inquisition comme je l'ai fait dans ce chapitre, sans éprouver le désir de savoir quelque chose sur Antonio Llorente, qui a, plus que toute autre personne, exposé sa véritable histoire et son caractère. Les traits impor-

tous ces éléments doivent produire par eux-mêmes une littérature hardie, passionnée et originale, marquée des traits et de l'énergie du caractère national, et capable de revendiquer pour elle une place au milieu des monuments les plus permanents de la civilisation moderne.

---

tants de sa vie sont peu nombreux. Il naquit à Calahorre, dans l'Aragon, en 1756 ; il entra primitivement dans l'Église, mais il se consacra à l'étude du droit canonique et des belles-lettres. En 1789 il fut nommé secrétaire général de l'Inquisition, et prit un grand intérêt à ses affaires. Mais il fut privé de son emploi et exilé, dans sa paroisse, en 1791, parce qu'il était suspect d'inclination vers la philosophie française de cette époque. En 1793, un inquisiteur général, plus éclairé que celui qui l'avait persécuté, ramena Llorente dans les conseils du Saint-Office, et, avec l'aide de Jovellanos et d'autres hommes d'État influents, il tenta d'introduire, dans le tribunal même, quelques changements, entre autres d'obtenir la publicité pour ses procédures. Ses efforts ne réussirent pas non plus, et Llorente fut de nouveau disgracié. En 1805, cependant, il fut rappelé à Madrid, et en 1809, quand la fortune de Joseph Bonaparte en fit le roi nominal de l'Espagne, Llorente fut chargé par lui de tout ce qui avait rapport aux archives et aux affaires de l'Inquisition. Llorente fit un bon usage des moyens mis dans ses mains. Obligé de suivre le gouvernement de Joseph Bonaparte, à Paris, après sa chute en Espagne, il tira, des nombreux et riches matériaux qu'il avait réunis durant la période où il s'était livré au contrôle des mémoires secrets de l'Inquisition, une histoire étendue, qu'il publia, de sa conduite et de ses crimes. Cet ouvrage, sans ordre, sans esprit philosophique, est cependant le plus grand répertoire de tout ce que l'on a exposé de faits les plus authentiques sur le sujet qui l'occupe, et se compose de ce que l'on peut trouver dans toutes les autres sources réunies. Llorente ne put pas vivre en paix à Paris, où il menait une existence des plus pauvres. En 1823, le gouvernement français l'obligea de quitter la France ; il fut forcé de faire son voyage durant une saison rigoureuse, alors qu'il était déjà brisé par l'âge et les infirmités, et il mourut de fatigue et d'épuisement, le 3 février, peu de jours après son arrivée à Madrid. Son *Histoire de l'Inquisition* (quatre volumes in-8°, Paris, 1817-1818) forme son principal ouvrage ; on peut y joindre sa *Notice biographique* (Paris, 1818, in-8°), curieuse et intéressante, non-seulement comme une autobiographie, mais encore pour les détails relatifs à l'esprit de l'Inquisition.

APPENDICES.

APPENDICE A.

Sur l'origine de la langue espagnole.

(Voyez chap. ii, page 12, et chap. iii, note 1, [page 47.)

Le pays connu aujourd'hui sous le nom d'Espagne a éprouvé un plus grand nombre de révolutions que toute autre des principales contrées de l'Europe moderne, révolutions qui ont laissé des traces permanentes dans sa population, sa langue et sa littérature (1). A différentes époques, aussi loin que peuvent nous porter des témoignages authentiques, il a été envahi et occupé par les Phéniciens, les Romains, les Goths et les Arabes, races d'hommes tout à fait distinctes, et formant, par les mélanges divers de l'une avec l'autre ou avec les maîtres primitifs du sol, de nouvelles races non moins séparées, non moins caractérisées qu'elles ne l'étaient elles-mêmes. De la fusion intime de toutes ces races, par des changements et des convulsions successives, durant un espace d'environ trois mille ans, est sorti le peuple de l'Espagne actuelle, dont nous venons, dans les chapitres qui précèdent, d'examiner la littérature durant une étendue de sept siècles environ.

Mais ce n'est pas une tâche facile que d'examiner et de comprendre la littérature d'un pays, sans l'étude préalable de quelques-uns, au

---

(1) *Spain, Espagne, España, Hispania*, ne sont évidemment qu'un même mot. On ne peut bien en déterminer l'étymologie, suivant l'opinion de W. de Humboldt (*Prüfung der Untersuchungen über die Urbewohner Hispaniens*, in-4°, 1821, p. 60). Les écrivains espagnols ont proposé à ce sujet les conjectures les plus absurdes (voyez Aldrete, *Origen de la lengua castellana*, édit. 1674, liv. III, ch. ii, fol. 68; Mariana, *Hist.*, liv. I, chap. xii; Mendoza, *Guerra de Granada*, édit. 1776, liv. IV, p. 295).

moins, des éléments originaux et de l'histoire de la langue où cette littérature est contenue, d'où dépend une assez grande partie de son caractère essentiel; ni quand la connaissance des origines du langage implique nécessairement la connaissance des nations qui, par leurs contributions successives, l'ont constitué tel qu'il se trouve, et lui ont donné les formes définitives de sa poésie et l'élégance de sa prose. C'est donc, par conséquent, un appendice indispensable à l'histoire de la littérature espagnole que de tracer un léger tableau des populations qui ont occupé le sol de la péninsule ibérique, et qui, à un degré plus ou moins grand, ont contribué à former le caractère actuel tant du peuple espagnol que de sa langue et de sa civilisation.

La plus ancienne de ces races, et le peuple qui, sans que nous puissions remonter plus loin, doit être considéré par nous comme la population primitive de la péninsule hispanique, ce sont les Ibères. Ce sont eux qui semblent, à l'époque la plus éloignée que la tradition nous fait connaître, s'être répandus sur tout le territoire, et avoir donné aux montagnes, aux rivières et aux villes la plus grande partie des noms qu'elles portent encore aujourd'hui : race indomptable, dont la puissance n'a jamais été entièrement brisée, malgré la longue suite d'envahisseurs qui, en des temps différents, ont occupé le reste de la contrée. Aujourd'hui même encore, plusieurs de leurs descendants, moins altérés qu'on ne pourrait le supposer possible par le commerce avec les autres nations qui ont successivement franchi leurs frontières, se reconnaissent, je crois, avec un assez haut degré de probabilité, dans ces populations qui, sous le nom de Biscaïens, habitent les montagnes de la partie nord-ouest de l'Espagne moderne. Que cette hypothèse soit vraie ou non, les Biscaïens constituent, encore aujourd'hui, une race singulière et distincte. Ils ont une langue particulière, des institutions locales particulières, une littérature remontant à une antiquité plus reculée que celle de tout autre peuple, non-seulement de ceux qui habitent le sol de la péninsule espagnole, mais encore une partie de l'Europe méridionale. Les Biscaïens forment, en effet, une population qui semble avoir été abandonnée comme une race solitaire, rattachée à peine, même par ces liens du langage qui durent plus que tous les autres, à toute autre race d'hommes existant encore maintenant, ou dont on n'a que le souvenir. La plupart de leurs coutumes actuelles, de leurs légendes populaires, semblent venir d'un âge dont l'histoire et la tradition ne nous transmettent que des notions douteuses. La conjecture la plus raisonnable proposée jusqu'ici pour expliquer le caractère particulier et remarquable des Biscaïens et de leur langue, c'est celle qui les suppose descendre de ces anciens et mystérieux Ibères, dont la langue semble, à une certaine époque, s'être répandue sur toute la péninsule, et avoir laissé des traces qu'on peut encore reconnaître dans l'espagnol moderne (1).

Les premiers envahisseurs de l'Ibérie furent les Celtes, qui, suivant la théorie du docteur Perez, formaient la première vague de ces émigrations successives que la surabondance des multitudes de l'Asie répandit sur l'Europe. A quelle époque précise les Celtes pénétrèrent-ils en Espagne ou à quelle époque en ont-ils inondé les contrées occidentales, c'est ce qu'on ne peut déterminer; mais la lutte entre les envahisseurs et les possesseurs du sol fut, si nous ajoutons foi aux quelques données qui nous sont parvenues, fut, dis-je, longue et san-

---

(1) Sur les Basques et sur leur langue dérivant de l'ancien ibérien, il nous suffit de citer deux ouvrages : le premier, *Ueber die Cantabrische oder Baskische Sprache*, par W. de Humboldt, publié comme appendice au *Mithridates* d'Adelung et Vater, Theil iv, 1817, in-8°, pp. 275-360 ; le second, *Prüfung der Untersuchungen über die Urbewohner Hispaniens vermittelst der Vaskeschen Sprache*, de W. de Humboldt, in-4°, Berlin, 1821. L'érudition admirable, la philosophie, la finesse que cet écrivain remarquable apporte dans toutes ses discussions philologiques, apparaissent surtout dans ces deux traités. Ils sont d'autant plus importants l'un et l'autre que leur auteur, ministre de Prusse à Madrid pendant quelque temps, a visité la Biscaye et étudié la langue sur les lieux. Le plus ancien fragment que l'on trouve de la poésie basque, et qui est inséré dans le *Mithridates* (Theil iv, pp. 354-356), est regardé comme étant, ou étant presque contemporain des temps d'Auguste, puisqu'il fait allusion à ses guerres contre les Cantabres. Mais c'est là une opinion qu'on peut à peine admettre, quoiqu'il n'y ait pas de doute que ce fragment ne soit le plus vieux de ceux que nous avons dans la littérature poétique de la Péninsule. Ce document si important a été examiné, avec son érudition et sa perspicacité accoutumées, par Fauriel, *Hist. de la Gaule méridionale*, 1836, in-8°, tome II, app. iii. Je ne parle pas du plaisant traité *De la Antigüedad y Universalidad del Bascuense en España*, publié par Larramendi, en 1728 ; ni de la Préface et de l'Appendice de son *Arte de la lengua bascongada*, 1729 ; ni de l'*Apologia* d'Astarloa, 1803 ; ni de la *Lengua primitiva* d'Erro, 1806 ; ni de son *Mundo primitivo*, œuvre non terminée, 1815 ; parce que tous ces livres pèchent par le jugement et la critique. Si quelqu'un voulait toutefois s'assurer de leur contenu, il trouverait un bon abrégé des deux derniers avec de fréquents renvois au premier, publié à Boston par G. Waldo Erving, ministre des États-Unis à Madrid, avec préface et notes sous le titre de : *Alphabet de la langue primitive de l'Espagne*, 1829. Humboldt a néanmoins été considéré et avec raison comme une autorité suffisante et la plus sûre sur tout ce sujet. Quoique l'œuvre d'Astarloa ne manque ni d'érudition ni de finesse, cependant il travaille principalement à prouver, comme Erro, qui écrivit après lui, et Larramendi avant, que le basque est la langue primitive de toute l'espèce humaine. Aussi sont-ils tombés dans une multitude d'absurdités et d'extravagances, qui ne permettent pas de les considérer comme des guides sûrs en pareille matière.

glante. Comme il est généralement arrivé, toutes les fois que des masses errantes de la race humaine réussissaient primitivement dans l'invasion des pays, une partie des anciens habitants de l'Ibérie se réfugia sur le sommet de ses montagnes, et celle qui resta s'incorpora peu à peu à ses conquérants. Le nouveau peuple, ainsi formé de deux races, qui, dans l'antiquité, jouissaient de la réputation de guerrières et puissantes, reçut la dénomination propre de Celtibère (1) et constitua un corps de nation qui, divisé en tribus diverses, mais de mœurs et d'institutions semblables, occupait la Péninsule, quand cette Péninsule commença à être connue pour la première fois des nations civilisées de l'Europe. L'idiome des Celtes, comme on pouvait s'y attendre, est représenté dans l'espagnol moderne, comme il l'est dans le français et même dans l'italien, mais faiblement dans chacun d'eux (2).

Jusqu'ici toute entrée en Espagne avait eu lieu par terre, parce que, à l'époque primitive de l'histoire du monde, on ne connaissait pas d'autre mode d'émigration ou d'invasion. Mais les Phéniciens, le premier peuple commerçant de l'antiquité classique, trouvèrent bientôt après leur route vers l'Espagne sur les eaux de la Méditerranée. On ignore, toutefois, le moment de leur arrivée dans ce pays, et celui de leur premier établissement. Il règne un mystère sur ce peuple singulier, mystère plus profond que ne le comporte l'âge où il vivait, et

---

(1) Rien de plus connu qu'un passage remarquable de Diodore de Sicile (*Bibl. hist.*, liv. V, ch. xxxiii). Mais il nous faut faire remarquer *ses expressions* quand il parle de l'union des deux peuples, δυοῖν ἐθνῶν ἀλκίμων μιχθέντων. Il faut lire aussi la section 40 du *Prüfung*, etc., de Humboldt, et le commencement du livre III de Strabon. Ce dernier donne, suivant son habitude, une quantité de détails curieux sur l'histoire, les mœurs et la géographie. Il y en a bien un grand nombre d'incroyables, comme lorsqu'il dit que les Turditains avaient une poésie et un art poétique, six mille ans avant l'époque où il vivait (édit. Casaubon, 1720, p. 139).

(2) En parlant des deux plus anciens idiomes de la Péninsule hispanique, je me suis borné à l'exposition de faits connus, sans entrer dans de curieuses spéculations auxquelles ces faits ont donné lieu dans des théories et des recherches philosophiques. Ceux qui auraient du goût pour de pareilles recherches trouveront d'abondants matériaux pour leurs études dans l'ouvrage remarquable : *Recherches sur l'histoire physique de l'humanité*, par le docteur J.-C. Prichard, 5 vol. in-8°, Londres, 1836-7 ; et dans un intéressant *Mémoire* du chevalier Bunsen, lu dans la dix-septième réunion de l'Association britannique, Londres, 1848, pp. 254-299. S'il fallait suivre la théorie de ces deux écrivains, le basque doit être regardé comme la langue d'une race venue originairement des contrées du nord de l'Asie et de l'Europe, que Prichard nomme Ugro-Tartare, tandis que le celte est la langue de la première de ces grandes émigrations des parties plus occidentales de l'Asie, que Bunsen appelle Japhétique.

rattaché, sans aucun doute, à l'esprit cauteleux qui lui faisait entreprendre ses expéditions commerciales. Sa position géographique faisait de la colonisation le moyen le plus propre et presque le seul pour développer dans son sein la richesse commerciale, et l'Espagne s'offrait aux Phéniciens comme la plus attrayante des contrées que leur puissance pouvait atteindre. Leurs principales colonies espagnoles étaient non loin des colonnes d'Hercule, dans le voisinage de notre moderne Cadix qu'ils ont probablement fondée, près de l'embouchure et des bords du Guadalquivir. Le principal attrait, pour eux, consistait dans les mines de métaux précieux dont l'ancienne Espagne abondait. L'Espagne, en effet, depuis les temps primitifs de son histoire jusqu'à la chute de l'empire romain, fut l'Eldorado du reste du monde, et lui fournit dans de larges proportions les matériaux nécessaires à la circulation et à la richesse (1). Durant une longue période de temps, ces mines semblent aussi n'avoir été connues que des Phéniciens, qui se réservèrent ainsi pour eux-mêmes le secret d'une puissance et d'une influence si grandes sur les nations voisines, pendant que les colonies qu'ils établissaient, en même temps, suivant leur coutume, pour s'assurer les sources de leur richesse, portaient leur langue et leurs mœurs à travers une partie considérable du midi de l'Espagne et les étendaient même sur les rivages de l'Atlantique (2).

Ces Phéniciens avaient depuis longtemps fondé sur la côte septentrionale de l'Afrique une colonie qui, sous le nom de Carthage, était destinée à devenir plus puissante que la métropole qui lui avait donné naissance. Les moyens qu'elle employa furent les mêmes ; les Cartha-

---

(1) L'idée générale peut être prise de Mariana (liv. I, ch. xv), qui en fait le récit en s'appuyant sur la tradition, la fable et l'histoire, en n'y apportant pas plus de sagacité critique que le commun des historiens espagnols. Mais les faits isolés mentionnés par Tite-Live (livre XXXIV, ch. x, xlvi; liv. XL, ch. xliii), et les notes de Drakenborch nous donnent des immenses richesses anciennement tirées de l'Espagne une impression bien différente de celle que nous fournissent les récits de Strabon et de Diodore, etc. Heeren, et d'autres auteurs qui l'ont précédé ou suivi (*Idées*, 1824, tom. I, ij, p. 68), supposent que *Tarshish* des prophètes Ézékiel (xxvii, 12) et Isaïe (lx, 8, 9) se trouvait en Espagne, et n'était autre que l'ancienne *Tartessus*. Cette opinion a été postérieurement combattue (*Mémoires de l'Académie royale d'histoire*, tome III, p. 320) ; et il est hors de doute que, si la Tarshish des prophètes était en Espagne, il devait y avoir une autre Tarshish en Cilicie, mentionnée dans d'autres passages de l'Écriture.

(2) Voyez Heeren (*Idées*, tome I, pp. 24-71, quatrième édition, 1824), où se trouve une dissertation sur tout ce sujet.

ginois devinrent un peuple éminemment commerçant dont l'existence dépendit, à un assez haut degré, des ressources de ses colonies. Ils marchèrent adroitement et presque constamment sur les traces de la mère patrie et la supplantèrent souvent dans sa puissance. Ce fut, en effet, par les colonies phéniciennes que les Carthaginois pénétrèrent en Espagne, dont le territoire si envié n'était séparé d'eux que par la Méditerranée. Pendant un long espace de temps, bien qu'ils aient maintenu à Cadix une force militaire imposante, qu'ils aient étendu, avec autant d'audace que de succès, leurs possessions le long des côtes de l'Espagne, ils ne semblent cependant pas avoir eu la pensée de pénétrer au loin dans l'intérieur des terres, et ils n'ont cherché à occuper dans cette contrée que la partie nécessaire pour tenir la population dans la crainte et garantir la sécurité de leur commerce. Quand la première guerre punique eut donné à l'Espagne l'importance qu'ils ne lui avaient pas soupçonnée auparavant, les Carthaginois en entreprirent la conquête et l'occupation complète. Sous Amilcar, le père d'Annibal, deux cent vingt-sept ans environ avant l'ère chrétienne, ils se répandirent dans presque tout le pays jusqu'à l'Èbre, fondèrent Carthagène et plusieurs autres places fortes, et prirent, à ce qu'il semble, définitivement possession de la Péninsule, avant que les Romains y eussent encore mis les pieds.

Les Romains, toutefois, ne laissèrent pas de s'apercevoir de l'avantage qu'avaient remporté leurs dangereux rivaux. Le premier traité de paix conclu entre ces deux grandes puissances stipula que les Carthaginois n'avanceraient pas plus loin, n'inquiéteraient pas Sagonte, et ne traverseraient pas l'Èbre. Annibal viola ces conditions, et de cette violation sortit la seconde guerre punique, deux cent dix-huit ans avant l'ère chrétienne (1). En conséquence, les Scipions entrèrent en Espagne, et à la fin de cette guerre, en l'année 201 avant Jésus-Christ, les Carthaginois n'avaient plus aucune possession en Europe. Comme descendants des Phéniciens, ils laissèrent cependant sur la population et la langue de l'Espagne des traces qui ne se sont pas encore entièrement effacées (2).

---

(1) « Ne transieris Iberum, ne quid rei tibi sit cum Saguntinis. Ad Iberum est Saguntum; nunquam te vestigio moveris. » Telles sont les paroles que Tite-Live met dans la bouche d'Annibal, lorsqu'il voulut exciter la valeur de ses soldats et les animer contre les Romains, à cause des conditions si dures qu'on lui avait imposées, au moment même où il cherchait à violer la paix (*Hist.*, liv. XXI, ch. xliv).

(2) Heeren (*Idées,* tom. II, pp. 85-90, 172-199) donne des détails suffisants sur l'éta-

Mais (1), quoique la seconde guerre punique eût expulsé les Carthaginois de la Péninsule hispanique, les Romains étaient loin d'en avoir obtenu la possession assurée et tranquille. Les Carthaginois eux-mêmes, quoique engagés dans un commerce dont l'esprit était, en général, pacifique, ne cessèrent jamais d'être en lutte avec les belliqueuses tribus celtibériennes de l'intérieur. Les Romains se virent donc obligés d'accepter l'héritage d'une vie guerrière à laquelle ils succédaient naturellement par leur caractère d'envahisseurs. Cependant le sénat romain, suivant sa politique habituelle, chercha à faire de l'Espagne, depuis la fin de la seconde guerre punique, non-seule-

---

blissement des Carthaginois en Espagne. Mariana en fait un récit plus conforme aux idées et aux traditions nationales (lib. I, ch. xix, etc.). Depping est plus étendu dans son *Histoire générale de l'Espagne* (tom. I, pp. 64-96, 1811).

(1) Nous n'avons pas pensé qu'il fût nécessaire de parler ici de la venue des Grecs en Espagne. Leur petit nombre d'établissements se fondèrent tous sur la côte occidentale, et plutôt encore sur la partie est de cette côte. Ils sont tous de peu d'importance, et ils ne semblent pas avoir produit d'effet durable sur le caractère ou la langue du pays. Ils furent plutôt le résultat de l'influence exercée par la riche et civilisée colonie grecque du midi de la France, dont Marseille était la capitale, ou de l'esprit qui, à Rhodes et ailleurs, pousssait des aventuriers vers l'ouest (voyez Bénédictins, *Histoire littéraire de la France*, 1733, in-4°, tom. I, p. 71, etc.). Ceux qui seraient curieux de mieux connaitre la condition des Grecs en Espagne trouveront des détails plus étendus qu'ils ne le désirent dans la savante et laborieuse histoire de Masdeu (*Histoire critique de l'Espagne*, tom. I, p. 211 ; tome III, pp. 76, etc.). Aldrete (*Origine de la langue espagnole*, 1674, f. 65) a réuni environ quatre-vingt-dix mots espagnols, auxquels il attribue une origine grecque; mais ils portent presque tous des traces du latin, ou ils appartiennent à l'idiome des barbares du nord ou à l'italien. Marina, autorité respectable sur cette matière, dit : « Je ne nie pas, on ne peut douter « qu'il n'existe dans la langue espagnole de nombreux mots purement grecs, quelques « phrases, quelques locutions du goût attique; mais tout cela résulte de ce que la « langue latine, mère de la nôtre, les avait adoptés dès son origine même, etc. » (*Mémoires de l'Académie royale d'histoire*, tom. IV, p. 47). Nuñez de Liao (*Origine de la langue portugaise*, Lisbonne, 1784, p. 32) cite une curieuse inscription d'un temple élevé à Ampurias par les Grecs à Diane d'Éphèse, établissant que « nec relicta Græcorum « lingua, nec *idiomate* patriæ Iberæ recepto, in mores, *in linguam*, in jura, in ditio- « nem cessere *Romanam*, M. Cathego et L. Apronio Coss. » Ces Grecs, ce n'est pas douteux, venaient de Marseille ou conservaient des relations avec cette cité, et, sans aucun doute, ils parlaient latin. D'un autre côté, l'ancien idiome ibérien avait existé aussi parmi eux. Ampurias a toujours cependant été considéré, en Espagne, comme une colonie d'origine grecque, opinion que prouvent les textes de plusieurs auteurs et particulièrement les vers suivants de Pedro de Espinosa, qui dit, lorsque Alambron y arrive avec l'infante Fenisa :

> Juntan à la ciudad qué fué fundada
> De *cautos griegos*, rica y bastecida.
> (2ᵉ part. de Orlando, éd. 1556, chap. XXXI.)

ment une conquête, mais une province de l'empire, et, il faut en convenir, il parvint à obtenir réellement la possession permanente et tranquille d'une partie considérable de la Péninsule. Mais, depuis le moment où les armées romaines y pénétrèrent pour la première fois jusqu'à ce qu'elles en devinrent complétement maîtresses, à l'exception des montagnes du nord-ouest, qui ne furent jamais soumises à leur puissance, il s'écoula deux siècles entiers pleins de sang et de crimes. Jamais province ne coûta un si grand prix au peuple romain. Le siége de Numance qui dura quatorze ans, les guerres contre Viriathe, contre Sertorius, pour ne rien dire de la lutte entre César et Pompée, tout sert à montrer le caractère de cette lutte formidable et prolongée qui seule put affermir la puissance romaine dans la Péninsule. De sorte que, si l'Espagne a été la première partie du continent hors de l'Italie que les Romains parvinrent à occuper comme une province, cette province fut la dernière dont la possession fut paisible et incontestée (1).

Dès le principe il y eut, cependant, une tendance à l'union entre les deux races, partout où les conquérants furent capables d'établir l'ordre et la tranquillité, parce que les grands avantages de la civilisation romaine ne pouvaient s'obtenir que par l'adoption des mœurs et de la langue du Latium. Cette union, eu égard à l'importance de l'Espagne comme province, les Romains ne la désiraient pas moins que les indigènes. Quarante-sept ans après leur entrée en Espagne, une colonie, composée des descendants issus du sang romain et indigène, fut établie par un décret formel du sénat avec des priviléges supérieurs à ceux qu'accordait la politique ordinaire du gouvernement (2). Un peu plus tard, les colonies de toute classe se multiplièrent grandement, et il est impossible de lire César et Tite-Live sans sentir que la politique romaine était plus généreuse avec l'Espagne

---

(1) Tite-Live (*Hist. Rom.*, liv. XXVIII, ch. xii). Ses *paroles* sont très-remarquables : « Itaque ergo prima Romanis inita provinciarum, quæ quidem continentis sint, postrema omnium, nostra demum ætate, ductu auspicioque Augusti Cæsaris, perdomita est. » Quand l'érudit Florez, auteur de l'*España sagrada*, publia, en 1744, une carte de l'Espagne ancienne pour servir d'éclaircissement aux batailles rangées des Romains, il écrivit en tête du mémoire qu'elle accompagnait qu'il n'avait eu d'autre objet, par sa publication, que de prouver ce que disent les « Saintes Écritures », que les Romains conquirent l'Espagne *con consejo y paciencia*, par la prudence et la patience. Il faisait ainsi allusion à un remarquable passage du chapitre VIII du premier livre des *Machabées*.

(2) Tite-Live, *Hist. Rom.*, liv. XLIII, ch. iii.

qu'avec aucune autre des contrées successivement tombées sous sa puissance. Tarragone, où les Scipions abordèrent pour la première fois; Carthagène, fondée par Asdrubal; Cordoue, toujours si importante, prirent immédiatement la forme et le caractère des plus grands municipes de l'Italie; et, au temps de Strabon, Cadix, par sa population, son opulence, son activité, n'était la seconde que pour Rome elle-même (1). Longtemps avant qu'Agrippa eût brisé la puissance des montagnards du nord, tout le midi, avec ses riches et luxuriantes vallées, était devenu presque une autre Italie. C'est là un fait sur lequel les descriptions du troisième livre de l'Histoire naturelle de Pline ne permettent pas le moindre doute. Ajoutez cette circonstance remarquable que l'empereur Vespasien, immédiatement après la pacification du nord, trouva de son intérêt d'étendre à toute l'Espagne les priviléges des municipes du Latium (2).

Les Espagnols aussi obtinrent avant d'autres nations étrangères ces distinctions que les Romains eux-mêmes recherchaient avec tant d'ambition et qu'ils n'accordaient que difficilement, même à leurs concitoyens. Le premier étranger qui s'éleva jusqu'à la dignité consulaire, ce fut Balbus; Balbus fut aussi le premier étranger qui obtint les honneurs d'un triomphe public. Le premier étranger qui se soit assis sur le trône du monde, c'est Trajan, natif d'Italica, près de Séville (3). Enfin, si nous examinons l'histoire de Rome, depuis les temps d'Annibal jusqu'à la ruine de l'empire d'Occident, nous verrons probablement qu'aucune autre partie du monde, hors de l'Italie, ne contribua, autant que l'Espagne, à la richesse, à l'opulence et à la puissance de la capitale, et qu'en échange, aucune autre province ne reçut une aussi large distribution d'honneurs et de dignités de la part du gouvernement romain.

----

(1) Strabon, liv. III, principalement aux pp. 168-9, édit. Casaubon, in-fol. 1620; Pline, *Hist. naturelle*, liv. II, §§ 2-4, mais particulièrement tom. I, édit. Franzii, 1778, p. 547. Une preuve très-convaincante de l'importance de l'Espagne dans l'antiquité se trouve dans ces paroles de W. de Humboldt (*Prüfung, etc.*, p. 3, § 2): « Les « anciens écrivains nous ont laissé un grand nombre de noms de lieux d'Espagne, « nombre proportionnellement supérieur à celui de tout autre pays, excepté la Grèce et « l'Italie. »

(2) Pline, *Hist. nat.*, liv. VII, ch. 44, parle de cette distinction avec quelque surprise, et il ajoute que c'était un honneur « que nos ancêtres ont refusé même aux « habitants du Latium. »

(3) Pline, *Hist. nat.*, liv. V, ch. v, avec la note de Hardouin, et Nicol. Antonio, *Bibliotheca vetus*, 1787, in-fol., liv. I, ch. II.

Dans tous les cas, les rapports entre Rome et l'Espagne furent intimes, et la civilisation et la culture de la province prit son caractère primitif de la civilisation et de la culture de la capitale. Sertorius jugea d'une sage politique d'obliger les enfants des principales familles indigènes à apprendre le latin et le grec, et à posséder à fond la littérature et les sciences perfectionnées de ces deux admirables langues (1). Dix ans plus tard, quand Métellus eut, à son tour, détruit la puissance de Sertorius, quand il revint triomphant à Rome, il emmena avec lui un grand nombre de poëtes, natifs de Cordoue, contre la latinité desquels l'oreille délicate de Cicéron ne put objecter que leur accent, qui avait quelque chose de gras et d'étranger, *pingue quiddam... atque peregrinum* (2).

Dès ce moment, les écrivains latins commencent à se produire constamment en Espagne (3). Porcius Latro, natif de Cordoue, avocat de la plus haute réputation à Rome, ouvre dans la métropole, pour l'enseignement de la rhétorique, la première de ces écoles, devenues plus tard si nombreuses et si célèbres, et où, entre autres noms distingués, il compte au nombre de ses disciples Octavius Cæsar, Mécène, Marcus Agrippa et Ovide. Les deux Sénèque sont Espagnols ainsi que Lucain, noms assez célèbres, certainement, pour donner une gloire durable à toute cité comprise dans les limites de l'empire. Martial vient de Bilbilis, et, dans sa vieillesse, il s'y retire encore pour mourir en paix, au milieu de ces scènes qui, durant toute sa vie, semblent avoir eu tant de charmes pour lui. Columelle, le meilleur des écrivains romains sur l'agriculture, était un Espagnol, comme l'étaient probablement aussi Quintilien et Silius Italicus. On pourrait en ajouter beaucoup d'autres dont les droits et la réputation furent incontestablement reconnus, dans la capitale du monde, durant les derniers jours de la république ou les plus beaux jours de l'empire, comme orateurs, poëtes et historiens ; mais leurs ouvrages, bien connus de leur temps, ont péri dans le naufrage général de la plus grande partie de la littérature ancienne. Toutefois les principaux

------

(1) Plutarque, *Vie de Sertorius*, ch. **xiv**.

(2) *Pro Archia*, § 10. On doit observer que Cicéron les fait *originaires* de Cordoue, « Cordubæ *natis* poetis ».

(3) On peut lire sur ce sujet les excellentes remarques habilement condensées dans l'introduction qu'Amédée Thierry a mise à son *Histoire de la Gaule, sous l'administration romaine*, in-8°, 1840, tom. I, pp. 211-218, livre qui laisse peu à désirer sur ce sujet.

écrits des écrivains romains d'Espagne sont familiers à tout le monde et généralement reconnus comme constituant une portion importante du corps des classiques latins et une partie essentielle de la gloire de la civilisation romaine (1).

Après cette période, il ne survint pas de changement notable, méritant d'être connu, dans la Péninsule hispanique, jusqu'à la ruine totale de la puissance romaine (2). C'est incontestable, dans le nord-ouest, et particulièrement au milieu des montagnes et des vallées qui portent aujourd'hui le nom de Biscaye, la langue et les institutions de Rome ne purent jamais s'établir (3); mais, dans tout le reste de la contrée, tout ce qui se rattachait à la politique générale ou à la culture intellectuelle s'appuie sur les bases du caractère romain et de la constitution romaine. Mais ce caractère et cette civilisation y tombèrent en décadence, comme partout ailleurs; et quoique, durant les quatre derniers siècles où l'autorité impériale fut reconnue en Espagne, la Péninsule jouît de plus de tranquillité qu'aucune autre province contenue dans les limites de l'empire, comme les autres elle fut en proie aux plus grands troubles, pendant toute cette fatale période, et peu à peu elle subit la destinée commune.

C'est durant cet intervalle de troubles, qu'une autre grande cause de changement s'introduisit en Espagne et commença à produire un

---

(1) Les notices sur les écrivains latins espagnols abondent : mais le premier livre de la *Bibliotheca vetus* d'Antonio suffit. Or, après tout ce qui a été écrit sur eux, ce qui m'a le plus frappé, c'est l'expression d'Horace qui, pour caractériser plus particulièrement les Espagnols de son temps, se sert du mot *peritus* (II, od. **xx**, 19), à moins que *peritus*, en tant que dérivé d'*experior*, ne soit employé dans le sens de *habile, expérimenté*, plutôt que dans celui de *savant*, d'*érudit*. Sir James Mackintosh, en parlant des écrivains latins espagnols, dit qu'ils étaient « les plus célèbres parmi leurs contemporains. » (*Hist. of England*, t. I, p. 21, Londres, 1830.)

(2) L'anecdote racontée par Aulu-Gelle (*Nuits attiques*, liv. XIX, ch. 9) sur Antoninus Julianus, Espagnol qui exerçait la profession de rhéteur àRome, montre finement qu'il n'y avait, à cette époque, en Espagne (vers l'an de J.-C. 200) d'autre langue que le latin. En effet, les « Græci plusculi, » reprochant à Antoninus la pauvreté de la littérature latine, lui disaient que ce reproche le concernait; il se défendit comme aurait pu le faire un véritable Romain, par des citations de poëtes latins. Son patriotisme, dans ce cas, était évidemment romain, et la *patria lingua* qu'il défendait, la langue du Latium.

(3) Dans le beau fragment d'une *Histoire d'Angleterre* par sir J. Mackintosh, indiquée plus haut, cet auteur dit, avec l'esprit de généralisation philosophique qui le distingue : « La politique ordinaire de Rome consistait à confiner les barbares dans « leurs montagnes. » Le remarquable poëme basque donné par Humboldt (*Mithridate*, tom. IV, p. 354) révèle le même fait par rapport à la Biscaye.

effet immense sur tout ce qu'il y avait de culture intellectuelle dans ce pays. Cette grande cause était le christianisme. Quel est le moment précis ou le mode précis de sa première apparition en Espagne, c'est ce qu'il n'est pas possible de déterminer. Nous savons certainement que son introduction eut lieu au second siècle, et qu'il semble être venu d'Afrique en s'étendant le long de la côte occidentale (1). Là, comme ailleurs, il eut d'abord à subir la persécution, et fut par conséquent professé en secret. Cependant, dès l'an 300, des églises étaient publiquement élevées, et, dès l'époque de Constantin et d'Osius de Cordoue, il était reconnu comme la religion dominante dans la plus grande partie de la Péninsule. La conséquence que nous en tirons, c'est que le latin fut la langue du christianisme en Espagne. Ses instructions se donnaient évidemment en latin, et sa littérature primitive, dès qu'elle fait son apparition en Espagne, repose entièrement sur cette langue (2). C'est un fait d'une grande importance, non-seulement parce qu'il prouve la grande diffusion de la langue latine en Espagne, du troisième au huitième siècle, mais encore parce qu'il montre qu'il n'y avait pas d'autre langue assez forte pour lutter contre lui, du moins dans les provinces du centre et du midi.

Le clergé chrétien, il faut bien s'en souvenir, ne fit rien ou presque rien pour conserver la pureté de la langue latine en Espagne, ou pour fomenter tout ce qu'il y avait de culture intellectuelle due aux institutions importées par les Romains (3). Comment ces pre-

---

(1) Depping, tom. II, pp. 118, etc. Mais les personnes désireuses de voir quelles absurdités ont pu écrire, sur des sujets des plus graves, des historiens même sérieux, trouveront toutes sortes d'incohérences sur l'histoire primitive du christianisme en Espagne, dans le quatrième livre de Mariana et dans beaucoup d'autres écrivains nationaux qui ont eu occasion de toucher ces matières.

(2) Sur le sujet du christianisme primitif en Espagne, le troisième chapitre du quatrième livre de Depping contient assez de données générales. Quant aux personnes qui voudraient en avoir de plus particulières et plus spéciales, elles doivent naturellement se reporter à Florez et à Risco, à l'*España sagrada* et aux autorités citées. Elles doivent toutefois les consulter avec la plus grande précaution, puisqu'elles abondent en erreurs du genre de celles que nous avons signalées dans la note précédente.

(3) Une des raisons qui ont fait que le clergé s'est peu inquiété de conserver la pureté de la langue latine, et qui l'ont fait même contribuer beaucoup à sa corruption, dans le midi de l'Europe, c'est que les prêtres étaient obligés d'entretenir leur commerce avec le commun du peuple, dans un latin *abâtardi*. Ce commerce, consistant principalement en instructions données au vulgaire, constituait une grande partie des occupations du clergé dans les premiers siècles de l'Église. Le clergé chrétien, en Espagne comme ailleurs, s'adressa, durant une longue période, aux classes les plus humbles et les plus ignorantes de la société, parce que les classes civilisées et puis-

mières institutions, et particulièrement les anciennes écoles, y tombèrent-elles en décadence? c'est ce que nous n'avons pu savoir; mais cette décadence y fut plus rapide que dans toutes les autres parties de l'empire. Dans les siècles cinquième, sixième et septième, les ecclésiastiques mêmes étaient plongés dans la plus grossière ignorance. Aussi, quand Grégoire le Grand, pape de 590 à 604, écrivit à Licinianus, évêque de Carthagène, de ne pas donner la consécration à des personnes sans instruction, Licinianus lui répondit que, si on ne lui permettait d'ordonner ceux dont toute la science consistait à savoir que le Christ avait été crucifié, il ne trouverait personne capable de remplir les fonctions de prêtre (1). En effet, Isidore de Séville, le célèbre archevêque, le saint, mort en 636, est le dernier des ecclésiastiques espagnols qui ont dû écrire le latin avec pureté; il avait cependant une si mauvaise idée de l'antiquité classique, qu'il défendit aux moines soumis à son autorité de lire des livres écrits par les païens des temps anciens (2), faisant ainsi disparaître les seuls moyens de préserver de sa corruption imminente la langue qu'ils parlaient et qu'ils écrivaient (3). Cette corruption s'avança d'un pas

---

santes refusaient de l'écouter. Le latin parlé, en Espagne, par les premières de ces classes, soit qu'il fût celui qu'on a appelé *lingua rustica* ou non, était, ce n'est pas douteux, différent du latin plus pur parlé par les classes plus cultivées et plus favorisées, ainsi que les choses se passèrent en Italie et même d'une manière encore plus différente. En s'adressant au bas peuple, les docteurs chrétiens, en Espagne, ne trouvèrent pas d'autre expédient, et, selon toute probabilité, ils durent nécessairement recourir à l'emploi du latin *corrompu* que parlait ce bas peuple. Ce latin finit aussi par être le seul intelligible; le latin grammatical, le latin même de l'office de la Messe cessa de l'être. C'est ainsi que le christianisme a directement et matériellement contribué à la décadence du latin et à la formation des nouveaux dialectes, comme il a contribué à la formation du caractère moderne, tout-à-fait distinct de l'ancien. Mais, sans entrer dans l'appréciation des questions infinies concernant la « langue rustique » ou « quotidienne, » son origine, son caractère et sa prédominance, je ne peux m'empêcher de dire que je suis persuadé que les langues modernes et leurs dialectes du midi de l'Europe sont basés, en ce qui concerne le latin, sur le latin populaire et vulgaire sorti de la bouche du commun du peuple; et que le christianisme, plus que toute autre cause particulière, fut le moyen et l'instrument qui permit d'opérer le changement d'une langue dans l'autre. Pour la *langue rustique*, voyez Morhof, *de Patavinitate Liviana*, ch. VI, VII et IX; Du Cange, *de Causis corruptæ latinitatis*, §§ 13-25, en tête de son *Glossaire*.

(1) Le passage de Licinianus cité ci-dessus est donné dans une note d'Eichhorn, *Allgemeine Geschichte der Cultur*, 1789, in-8°, tom. II, p. 467. Voyez aussi Castro, *Bibliothèque espagnole*, 1786, in-fol., tom. II, p. 275.

(2) Isidore est cité à la fin de l'ouvrage d'Eichhorn, *Cultur*, tome II, p. 470, note 1.

(3) Sur Isidore de Séville, voyez Nicol. Antonio, *Bibliot. vetus*, liv. V, ch. III et IV;

rapide, dans ces temps de confusion et de troubles politiques, jusqu'à ce que la langue parlée du pays devînt, pour ceux qui étaient étrangers, un jargon inintelligible, et que les offices de l'Église, tels qu'on les disait à la messe et les jours de fête, étaient incompréhensibles pour le commun des fidèles. Cet état de choses fut le résultat en partie de la décadence de toutes les institutions romaines et de tous les principes sur lesquels ces institutions reposaient ; en partie de l'invasion et de la conquête du pays par les barbares du Nord, dont l'irruption et les violences qui l'accompagnèrent rendirent pour longtemps impossibles et la tranquillité et le sentiment de sécurité nécessaires même à la plus humble culture intellectuelle (1).

Cette grande irruption des barbares du Nord produisit une autre révolution plus importante dans la langue de la Péninsule, révolution qui lui donna, en effet, un nouveau caractère. La race d'hommes qui le lui imprima différait entièrement par son origine et sa langue, et par tout ce qui constitue un caractère national, des quatre races qui avaient auparavant occupé la Péninsule. Les nouveaux envahisseurs appartenaient à ces immenses multitudes d'outre-Rhin, très-connues des Romains, depuis les temps de Jules César, multitudes qui, à l'époque dont nous parlons, avaient pesé, depuis un siècle en-

---

Castro, *Bibliothèque espagnole*, tom. II, p. 293-344. Je juge la latinité d'Isidore principalement d'après ses *Etymologiarum libri* XX, et son *De summo bono*, lib. III, in-fol., 1483, lettre gothique. Il n'y a pas de doute, un grand nombre de mots manquent d'autorité classique dans Isidore de Séville ; lui-même en désigne un certain nombre comme vulgaires, et d'autres, il ne les marque pas ; mais, en général, sa latinité est respectable. Parmi ces mots corrompus qu'il emploie, quelques-uns sont très-curieux, parce qu'ils ont passé dans le castillan moderne, tels sont : *astrosus ab astro dictus, quasi malo sidere natus* (*Etym.*, 1483, fol. 50 a), qui apparaît dans le mot actuel *astroso*, et dans l'expression familière *desastrado*, désastreux, infortuné, expression permise par l'Académie espagnole ; *cortina* qu'Isidore définit « cortinæ aulea, id est vela de pellibus, qualia in Exodo leguntur« (*Etym.*, fol. 97, b.), et que nous retrouvons dans l'espagnol moderne *cortina* signifiant *rideau*. — *Camisias vocamus quod in his dormimus in camis* (*Etym.*, fol. 96, b), et Isidore explique le dernier mot *cama* par « lectus brevis et circa terram »(*Etym.*, fol. 101, a) : *camisa* et *cama* sont deux mots de l'espagnol moderne usités dans le même sens. — « *Mantum* Hispani vocant quod manus tegat tantum, est enim brevis amictus » (*Etym.*, fol. 97 a) ; c'est le mot actuel *manto*. — Il en est de même pour plusieurs autres. Ces mots ne sont toutefois curieux que comme mots latins corrompus et assez *heureux* pour continuer d'être en usage jusqu'à l'apparition de l'espagnol moderne, plusieurs siècles après.

(1) Voyez Eichhorn, *Cultur*, etc., tom. II, pp. 472 et suivantes, ou, pour de plus amples détails, Nicol. Antonio, *Bibl. vetus*, liv. V et VI, et Castro, *Biblioth. espagnole*, tom. II.

viron, d'un poids énorme sur les faibles barrières qui, le long de ce glorieux fleuve, avaient si longtemps marqué les limites de la puissance romaine. Poussées en avant, non-seulement par une disposition naturelle des nations septentrionales à gagner des climats plus doux, et par celle des peuples barbares à s'emparer des dépouilles de la civilisation, mais encore par un énergique mouvement des Tartares de la haute Asie, communiquée par les tribus de l'Esclavonie aux tribus de la Germanie, leurs masses accumulées fondirent, au commencement du cinquième siècle, avec une impulsion irrésistible sur les vastes et mal défendues frontières de l'empire. Sans décrire ici ces tumultueuses tentatives qui précédèrent l'invasion finale et fatale, et qui furent ou contenues ou repoussées, il nous suffira de dire que les premières hordes envahissantes, qui se sont succédé pour la destruction de l'empire du monde, ont commencé à passer le Rhin, vers la fin de l'année 406 et au commencement de 407. Ces hordes, toutefois, étaient poussées plus loin, on peut le dire sans figure, par le poids purement physique des masses plus grandes qui les suivaient. Une tribu succédait à une autre tribu, avec toute la facilité et la rapidité d'une vie nomade, qui ne connaît ni d'attachement local, ni d'intérêt local ; avec toute l'impétuosité et la violence de barbares recherchant les avantages grossiers du luxe et de la civilisation. De sorte que, à la fin de ce siècle, lorsque la dernière de ces immenses émigrations guerrières voulut se faire, par force, pour elle-même une place dans les limites de l'empire romain, on peut le dire avec vérité, du Rhin jusqu'à la Manche d'un côté, jusqu'à la Calabre et Gibraltar de l'autre, il y avait à peine une province de l'empire qu'ils n'eussent traversée, il y en avait peu où ils ne se trouvassent alors possesseurs du sol et maîtres de la puissance politique et militaire (1).

Quant aux caractères particuliers des multitudes qui s'établirent définitivement sur son territoire, l'Espagne fut certainement moins infortunée que la plupart des contrées de l'Europe victimes de semblables invasions. Les premières tribus qui s'élancèrent par-delà les Pyrénées, les Francs, qui arrivèrent avant l'invasion générale, les Vandales, les Alains, les Suèves qui, en ce qui concerne l'Espagne, en formaient l'avant-garde, commirent, ce n'est pas douteux, d'atroces excès, et produisirent cet état de cruelle souffrance qu'un passage

____

(1) Gibbon, chap. XXX.

bien connu de Mariana décrit avec tant d'éloquence et d'indignation (1); mais, après une période comparativement courte, ces tribus ou ces nations passèrent en Afrique et ne revinrent plus. Les Goths, qui leur succédèrent dans l'invasion, furent des barbares, c'est vrai, comme leurs prédécesseurs, mais ils furent des barbares d'un caractère plus doux et plus généreux. Ils avaient déjà séjourné en Italie, et ils s'étaient en quelque sorte imprégnés des lois, des mœurs et de la langue romaines. Aussi quand, en 411, ils traversèrent le midi de la France, et qu'ils pénétrèrent dans la Péninsule, ils furent reçus plutôt comme amis que comme conquérants (2). Leur autorité s'exerça d'abord au nom et en faveur de l'empire; mais, avant la fin du siècle, le dernier empereur d'Occident avait cessé de régner, et, par une espèce de nécessité inévitable, la dynastie visigothe s'était établie sur presque toute l'étendue de l'Espagne, et avait été reconnue par Odoacre, le premier des rois barbares d'Italie. ·

Avant l'entrée des Visigoths en Espagne, ils avaient été préalablement convertis au christianisme par le vénérable Ulphilas. De 466 à 484, durant une époque de confusion profonde, ils avaient rédigé pour eux un code de lois criminelles auquel ils avaient ajouté, en 506, un code civil, et ces deux codes étaient venus successivement constituer la base de ce corps de lois importantes qui devenait, un siècle plus tard, la collection du quatrième concile de Tolède (3). Mais, quoique les Visigoths aient ainsi adopté quelques-uns des plus efficaces moyens de civilisation, leur langue, comme la langue des autres envahisseurs du Nord, resta essentiellement barbare. Dans aucun temps elle ne fut, en Espagne, une langue écrite. Elle appartenait à la famille teutonique, et elle n'avait rien ou presque rien de commun avec le latin. Cependant le peuple qui la parlait était intimement lié au peuple conquis; chacun des deux, dans sa position, se trouvait dans une telle dépendance de l'autre, qu'il n'est pas nécessaire de se poser une longue question pour savoir s'ils n'ont pas cherché un moyen de communication approprié, pour chaque jour, pour chaque heure, au commerce de la vie commune. Ils furent certainement obligés d'agir ainsi. Il en résulta donc les mêmes conséquences qui s'étaient produites dans d'autres provinces romaines ou *roma-*

---

(1) Mariana, liv. V, chap. ɪ.
(2) Mariana, liv. V, chap. ɪɪ.
(3) Gibbon, chap. **xxxvɪɪ** ; un article de la *Revue d'Édimbourg*, vol. XXXI, sur les lois des Visigoths en Espagne ; et Depping, tome II, pp. 217, etc.

nisées, et envahies de la même manière. L'union des deux langues se fit; mais cette union ne s'opéra pas avec des proportions égales. C'était impossible. En effet, du côté du latin militaient non-seulement les institutions du pays alors existantes, quoiqu'en décadence, mais encore tous les éléments de civilisation et de culture qui se trouvaient dans le monde, en même temps que la puissance grande et croissante de la religion chrétienne, avec l'organisation de son clergé qui se refusait à être entendu dans toute autre langue. De sorte que, si les Goths avaient, de leur côté, l'autorité politique et militaire, s'ils avaient aussi un caractère intellectuel plus frais et plus vigoureux, ils se voyaient obligés, après tout, de se soumettre à ces influences prédominantes et d'adopter, à un haut degré, la langue qui pouvait seule leur obtenir les bénéfices d'un état de société plus avancé. Par conséquent, le latin, malgré l'état de corruption et de dégradation où il se trouvait, resta, en Espagne, comme il resta dans d'autres contrées où des races d'hommes semblables vécurent ensemble, l'élément le plus proéminent dans la langue qui résulta de leur fusion, et constitua ainsi la grande base de l'espagnol moderne.

Le changement le plus considérable que les envahisseurs opérèrent dans la langue qu'ils trouvèrent établie en Espagne, fut un changement dans sa construction grammaticale. Les Goths, comme les peuples peu civilisés, apprenaient les mots particuliers d'une langue plus cultivée qu'ils entendaient chaque jour, plus aisément qu'ils ne comprenaient l'esprit philosophique de sa grammaire. Aussi, tout en adoptant sans réserve le vocabulaire si étendu et si riche du latin, ils forcèrent ses formes compliquées et ses constructions à s'accommoder aux constructions plus simples et aux habitudes de leurs dialectes maternels. C'est ce qui apparaît clairement par les notables changements qu'ils ont apportés dans les inflexions adoptées des noms et des verbes latins. Les Romains, on le sait bien, avaient des déclinaisons fixes pour marquer les relations de leurs noms, des conjugaisons fixes pour distinguer les temps de leurs verbes. Les Goths n'avaient ni les unes ni les autres, ils employaient des articles unis à des prépositions pour marquer les cas de leurs noms, et des auxiliaires de diverses espèces pour marquer les changements dans les modes de leurs verbes (1).

---

(1) Dans le livre gothique le plus ancien qui nous reste, les Évangiles traduits par Ulphilas, vers l'année 370 de Jésus-Christ, il n'y a pas d'article indéfini, et l'article défini n'y parait pas toutes les fois qu'il se trouve dans l'original grec, langue dont, il

Aussi, quand ils reçurent, en Espagne, le latin, qui n'a pas d'article, ils forcèrent *ille*, mot le plus approximatif qu'ils purent trouver, de leur servir d'article défini, et *unus* d'article indéfini, de sorte que dans les vieux actes et dans d'autres documents nous lisons les expressions *ille* homo, l'homme, *unus* homo, un homme, *illa* mulier, la femme, etc. C'est de là que l'espagnol moderne a fait dériver ses articles *el, la, uno, una,* de même que, par un procédé semblable, le français a obtenu les articles *le, la, un, une,* et l'italien *il, la, uno, una* (1). La même espèce de décomposition s'opéra dans les modifications des verbes : au lieu de *vici,* j'ai vaincu, ils dirent *habeo victus;* au lieu de *amor,* je suis aimé, *sum amatus;* et par cet emploi de *habere* et de *esse,* ils ont introduit dans l'espagnol moderne les auxiliaires *haber* et *ser,* comme les Italiens introduisirent dans leur langue *avere, essere,* et les Français *avoir* et *être* (2). Cet exemple de l'effet produit par les Goths sur les noms et les verbes du latin n'est qu'un spécimen des changements qu'ils apportèrent dans la structure générale de cette langue, changements par lesquels ils contribuèrent, autant qu'il était en eux, à la corruption encore plus profonde de la langue latine, et à sa transformation dans l'espagnol moderne; grande révolution qui demanda environ sept siècles entiers pour s'accomplir, et deux ou trois siècles de plus pour produire en tout sens son résultat final (3).

---

faut bien le remarquer, le vénérable évêque les traduisit, et non du latin. Par conséquent, il n'y a pas, je pense, de motif de supposer que les articles des deux sortes n'étaient pas en usage chez les Goths, ainsi que chez les autres tribus du Nord, dès le cinquième siècle, comme ils l'ont été depuis. Voyez *Ulphilas, Gothische Bibelueberset-zung,* Strasbourg, édition Zahn, 1805, in-4°, et principalement l'introduction, pp. 28-37.

(1) Raynouard, *Troubadours,* tom. I, pp. 39, 43, 48, etc : Diez, *Grammatik der Romanischen Sprachen,* 1838, in-8°, tom. II, pp. 13, 14, 98, 100, 144, 145.

(2) Raynouard, *Troubadours,* tom. I, pp. 76-85.

(3) Voyez, sur l'ensemble de ce sujet, la formation des dialectes modernes de l'Europe méridionale, l'excellente *Grammatik der Romanischen Sprachen,* par Fried. Diez, Bonn, 1836-38, 2 vol. in-8°. Comme exemples de corruption de la langue espagnole, outre ceux qui ont été déjà cités, on peut prendre les suivants : *Fratres, orate pro nos,* au lieu de *Fratres, orate pro nobis ; — Sedeat segregatus a corpus et sanguis Domini,* au lieu de *a corpore et sanguine* (Marina, *Essai,* pag. 22, note, dans les *Mémoires de l'Académie d'histoire,* tom. IV). Les changements dans l'orthographe sont innombrables, mais on peut moins les produire comme des preuves des altérations de la langue, parce qu'ils peuvent être le résultat de l'incurie ou de l'ignorance individuelle des copistes. Nous trouvons des spécimens de toutes sortes dans la *Coleccion de Cédulas,* vol. I, pag. 43, note, et dans la *Coleccion de Fueros Municipales* de D. Tomás Muñoz y Romero : Madrid, 1847, in-fol., tom. I.

A ce moment, une autre invasion terrible tomba sur l'Espagne, invasion violente, imprévue, et menaçant d'emporter, pour un temps, tout ce qui avait été conservé de civilisation et de progrès des vieilles institutions du pays, ou tous les éléments qui avaient surgi sous les derniers conquérants. Je veux parler de la fameuse invasion des Arabes qui nous oblige d'aller chercher au cœur de l'Asie quelques-uns des matériaux qui constituent le caractère, la langue et la littérature espagnole, comme nous avons été déjà obligés d'aller en chercher quelques autres aux extrémités du nord de l'Europe.

Les Arabes, qui, à chaque période de leur histoire, nous apparaissent comme une nation pittoresque et extraordinaire, reçurent de la religion passionnée que leur donna le génie et le fanatisme de Mahomet une impulsion, à plusieurs égards, sans pareille. En l'année 623 de Jésus-Christ, la fortune et la destinée du Prophète étaient encore incertaines, même dans les étroites limites de sa pauvre errante tribu ; et cependant, en moins d'un demi-siècle, non-seulement la Perse, la Syrie et presque tout l'ouest de l'Asie, mais l'Égypte et tout le nord de l'Afrique succombaient sous la puissance de son enthousiasme guerrier. Un succès si vaste et si rapide, appuyé sur le fanatisme religieux et suivi si promptement de tous les raffinements de la civilisation, est un événement sans exemple, partout ailleurs, dans l'histoire du monde (1).

Quand les Arabes se virent les tranquilles et calmes possesseurs des villes et des côtes de l'Afrique, ils tournèrent naturellement leurs regards vers l'Espagne, dont ils n'étaient séparés que par les détroits de la Méditerranée. Ils opérèrent leur descente avec des forces considérables, près de Gibraltar, en 711 ; et la bataille de Guadalete, comme l'appellent les écrivains Maures, ou de Xérès, suivant les auteurs chrétiens , s'ensuivit immédiatement. Dans l'espace de trois ans, avec leur rapidité habituelle, ils avaient conquis toute l'Espagne, excepté la région prédestinée du nord-ouest, derrière les montagnes de laquelle un grand nombre de chrétiens se retirèrent, sous la conduite de Pélage, en laissant le reste de la péninsule entre les mains des conquérants.

Mais, pendant que les chrétiens qui avaient échappé au naufrage

---

(1) Voyez les Remarques frappantes sur les destinées de Mahomet dans les charmantes lectures du Dr Smith sur l'histoire moderne, vol. 1, pp. 66, 67, in-8°, Londres, 1840.

de la puissance des Goths se renfermaient ainsi dans les montagnes de la Biscaye et des Asturies, ou s'engageaient dans cette lutte désespérée qui dura près de huit siècles et se termina par l'expulsion totale de leurs envahisseurs, les Maures (1), habitant le centre et plus particulièrement le midi de l'Espagne, possédaient un empire où régnaient la splendeur et l'intelligence autant que pouvaient le permettre les éléments de leur religion et de leur civilisation.

On a beaucoup écrit sur la gloire de cet empire, sur l'effet qu'il a produit dans la littérature et les mœurs des temps modernes. Il y a longtemps que Huet et Massieu se sont montrés disposés à faire remonter jusqu'aux Arabes l'origine de la rime et de la fiction romantique ; mais on admet généralement aujourd'hui qu'elles sont l'une et l'autre, ce qui est vrai, le produit spontané de l'esprit humain, que les nations diverses les ont, à différentes époques, séparément inventées elles-mêmes (2). Un peu plus tard, le père André, savant jésuite espagnol, qui écrivait en Italie et en italien, jaloux d'assurer à sa patrie l'honneur d'avoir communiqué au reste de l'Europe la première impulsion civilisatrice, après la chute de l'Empire romain, conçut une théorie plus vaste et plus déterminée que la théorie d'Huet, en prétendant que la poésie et la civilisation des troubadours de la Provence, généralement admises comme les plus anciennes de l'Europe méridionale dans les temps modernes, dérivaient entièrement et immédiatement des Arabes espagnols. C'est cette théorie qu'ont adoptée Ginguené, Sismondi et les auteurs de l'*Histoire littéraire de la France* (3). Mais tous ces écrivains acceptent l'hypothèse que la rime

---

(1) Ils furent ainsi appelés de la province africaine qu'ils habitaient, la Mauritanie, où ils héritèrent naturellement du nom des anciens *Mauri*.

(2) Voyez Huet, *Origine des Romans* (édit. 1693, p. 24), et principalement Warton, dans sa *Première dissertation sur l'origine orientale et arabe des fictions romantiques*. Les notes de la huitième édition, par Price, ajoutent une grande valeur aux discussions sur ces questions. *Warton's English Poetry*, 1824, in-8°, vol. I ; Massieu (*Histoire de la poésie française*, 1739, p. 82), et Quadrio (*Storia d'ogni poesia*, 1749, tom. IV, pp. 299, 300), suivent Huet, mais avec peu d'habileté.

(3) L'opinion du père André est hardiment manifestée par lui dans ces paroles : « Quest'uso degli Spagnuoli di verseggiare nella lingua, nella misura e nella rima degli Arabi, può dirsi, con fondamento, la prima origine della moderna poesia. » (*Storia d'ogni litt.*, liv. I, ch. II, § 161, et pp. 163-272, édit. 1808, in-4°). La même théorie se trouve encore plus énergiquement exprimée par Ginguené (*Hist. litt. d'Italie*, 1811, tom. I, p. 187-285); par Sismondi (*Littérat. du Midi*, 1813, tom. I, pp. 38-116; *Hist. des Français*, in-8°, tom. IV, 1824, pp. 482-494), et dans l'*Histoire litt. de la France* (in-4°, 1814, tom. XIII, pp. 42, 43). Mais ces derniers auteurs ont ajouté peu d'autorité à l'opinion du P. André. Le dernier est, je crois, Ginguené.

et la composition métrique, ainsi que l'esprit poétique, se sont développés en Provence beaucoup plus tard que ne l'ont démontré des
recherches postérieures. En effet, le père André et ses disciples datent la communication de l'influence de l'Espagne arabe sur le midi
de la France, de la reprise de Tolède en 1085, époque où, ce n'est
pas douteux, le commerce entre les deux pays prit un grand développement (1). Raynouard (2) a publié depuis le fragment d'un
poëme dont le manuscrit peut être à peine d'une date postérieure à
l'an 1000, et il démontre ainsi que la littérature provençale remonte
au moins à un siècle avant, et qu'elle remonte à l'époque de la corruption graduelle du latin et de la formation graduelle des langues
modernes. Schlegel l'aîné est aussi entré dans la discussion de cette
même théorie, et il laisse peu de motifs pour douter que les opinions
de Raynouard sur ce sujet ne s'appuient pas sur de solides fondements (3).

Mais, si nous ne pouvons, avec le père André et ses partisans, faire
remonter la poésie et la civilisation de tout le midi de l'Europe, dans
les temps modernes, primitivement ou principalement aux Arabes
d'Espagne, nous pouvons du moins leur attribuer quelque influence,
en ce qui concerne la langue et la littérature espagnoles. En effet,
leurs progrès dans la civilisation furent à peine moins brillants et
moins rapides que leurs progrès dans l'empire des armes. Les règnes
des deux Abderrahmans et la période glorieuse de Cordoue, commençant vers l'année 750 et se continuant presque jusqu'à l'époque de sa
conquête par les chrétiens en 1236, voient l'intelligence portée à un
plus haut degré qu'on ne peut le trouver ailleurs; et si le royaume
de Grenade, qui finit en 1492, offre moins de civilisation, il les sur-

---

(1) André, *Storia*, tom. I, p. 273; Ginguené, tom. I, pp. 248-250. « C'est à cette époque (1085), dit-il, que remontent peut-être les premiers essais poétiques de l'Espagne,
et que remontent sûrement les premiers chants de nos troubadours. »

(2) *Fragment d'un poëme en vers romans sur Boèce*, publié par M. Raynouard, etc.,
Paris, in-8°, 1817, et dans ses *Poésies des troubadours*, tom. II. Consultez encore dans
le même ouvrage, tom. I, la *Grammaire de la langue romane.*

(3) Nous nous rapportons aux *Observations sur la langue et la littérature proven-
çales* de A.-W. Schlegel, Paris, 1818, in-8, imprimées, mais non publiées. Voyez particulièrement les pages 73 et suivantes où il montre que tout est complétement anti-
arabe dans le ton et l'esprit de la poésie provençale primitive, et encore plus dans la
vieille poésie espagnole.

Voyez aussi Diez , *Poésies des troubadours*, in-8°, 1826, pp. 19. etc. C'est un
livre excellent.

passe peut-être par plus de splendeur et de magnificence (1). Les écoles publiques et les bibliothèques de l'Espagne arabe étaient fréquentées, non-seulement par les croyants de leur secte dans la Péninsule ou de l'Orient, mais encore par les chrétiens accourus des diverses parties de l'Europe. On croit même que le pape Sylvestre II, un des hommes les plus remarquables de son siècle, ne dut son élévation au pontificat qu'à l'éducation qu'il avait reçue à Séville et à Cordoue (2).

Au milieu de ce florissant empire vivaient des masses considérables de chrétiens indigènes qui ne s'étaient pas réfugiés avec leurs audacieux frères, sous la conduite de Pélage, dans les montagnes du nord-ouest, mais qui restèrent au milieu de leurs conquérants, protégés par la large tolérance que prescrivait et pratiquait primitivement la religion mahométane. C'est qu'à l'exception du tribut double de celui des Maures qu'ils payaient, comme peuples vaincus; à l'exception de la taxe pour leurs églises propres, ces chrétiens souffraient peu de charges et de vexations. Il leur était permis d'avoir leurs évêques, leurs églises, leurs monastères ; d'être jugés selon leurs propres lois et par leurs propres tribunaux, toutes les fois qu'il s'agissait d'une question dont la décision ne concernait que leurs propres intérêts, à moins qu'elle n'entraînât la peine capitale (3). Mais ces chrétiens,

---

(1) Condé, *Histoire de la domination des Arabes en Espagne,* Madrid, 1820-1, in-4°, tom. I et II, et plus particulièrement tom. I, pp. 158-226, 425-489, 524-547.

(2) Sylvestre II (Gerbert) fut pape de 999 à 1003, et fut le premier chef que la France donna à l'Église. Je sais bien que les Bénédictins (*Histoire littéraire de la France,* t. VI, p. 560) disent qu'en Espagne Gerbert n'alla pas au-delà de Cordoue; je sais aussi que le P. André (t. I, pp. 175-178) ne veut pas admettre qu'à Séville et à Cordoue il ait étudié à d'autres écoles qu'à des écoles chrétiennes ; mais on ne peut en conclure que les chrétiens avaient, à cette époque, des écoles importantes en Andalousie, tandis qu'il est certain que les Arabes en avaient, et les autorités sur lesquelles s'appuie le P. A. André font présumer que Gerbert étudia chez les Maures, et prouvent, par conséquent, plus qu'il ne voulait prouver. Comme beaucoup d'autres savants du moyen âge, Gerbert fut considéré comme un nécromancien. On trouve une excellente notice sur ses ouvrages dans l'*Histoire littéraire de la France,* tom. VI, pp. 559-614. C'est à lui qu'on attribue communément l'introduction des chiffres arabes en Europe; si cela est, il a rendu au monde civilisé le plus grand service qu'on puisse lui rendre (*Aschbach, Geschichte der Ommiaden in Spanien,* in-8°, 1830, tom. II, pp. 235, 331).

(3) La condition des chrétiens, sous l'administration musulmane en Espagne, nous est suffisamment connue, pour le but que nous nous proposons, par plusieurs passage de Condé (tom. I, pp. 39, 92, etc.). Après eux, peut-être, les involontaires aveux de Florez et de Risco, dans les quarante-cinq volumes de l'*Espagne sacrée,* nous fournissent la meilleure preuve de la tolérance exercée par les Maures et confirment, de

quoiqu'ils se conservassent ainsi, jusqu'à un certain point, comme une nation distincte ; quoique, eu égard à leur position particulière, ils gardassent plus qu'on ne saurait réellement le croire leur foi religieuse, ils subissaient néanmoins l'influence d'un empire puissant et splendide, d'une population plus heureuse et plus civilisée qu'ils ne l'étaient eux-mêmes, et cette influence pesait constamment sur eux. Le résultat inévitable fut que, dans le cours des siècles, leur caractère national fléchit graduellement. Ils en arrivèrent, enfin, à porter le costume maure, à adopter les mœurs des Maures, à servir dans les armées maures, et à occuper les postes d'honneur aux cours de Cordoue et de Grenade. Sous tous les rapports ils méritèrent le nom qu'on leur donna de Mozarabes ou de Muzarabes, c'est-à-dire de personnes qui semblaient arabes par la langue et les mœurs ; leur fusion avec leurs conquérants et leurs maîtres fut telle que, dans la suite des temps, on ne put les distinguer des Arabes, au milieu desquels ils vivaient, que par leur croyance religieuse (1).

---

la manière la plus directe, les témoignages des écrivains arabes. Voyez, pour Tolède, Florez, tom. V, pp. 323-329 ; pour Complutum ou Alcalá de Henarès, tom. VII, p. 187 ; pour Séville, tom. IX. p. 234 ; pour Cordoue et ses martyrs, tom. X, pp. 245-271 ; pour Saragosse, Risco, tom. XXX, p. 203, et tom. XXXI, pp. 112-117 ; pour Léon, tome XXXIV, p. 132, et ainsi de suite. En effet, dans l'histoire de la grande majorité des églises dont ces savants nous déroulent les annales avec une si grande richesse de matériaux, nous voyons que les Maures exercèrent une tolérance que, *mutatis mutandis*, ils auraient été heureux de trouver chez les chrétiens du temps de Philippe III.

(1) La signification du mot *Mozarabe* a été longtemps douteuse ; l'opinion la meilleure est celle qui la fait dériver de *Mixti-arabes* en lui donnant le sens de cette expression latine (*Cavarrubias, Tesoro*, 1674, *ad verb.*). C'est là la signification qu'on lui a communément attachée dès les temps anciens, ainsi qu'il résulte évidemment de la *Chronica de España* (part. II, et vers la fin). Nous trouvons une autre preuve de cette acception dans le passage suivant d'une pièce intitulée : *los Muçarabes de Toledo* (*Comedias escogidas*, tom. XXXVIII, 1672, p. 157), où un des Muzarabes explique à Alphonse VII ce qu'ils étaient avant la conquête de cette ville et lui dit :

> Muçarabes nos llamamos,
> Porque entre Arabes mezclados,
> Los mandamientos sagrados
> De nuestra ley verdadera,
> Con valor y fé sincera,
> Han sido siempre guardados.
>
> *(Jornada* 111.)

Muzarabes nous nous appelons, — Parce que, au milieu d'Arabes mêlés, — Les commandements sacrés — De notre loi véritable, — Avec courage et foi sincère, — Nous avons toujours gardés. (Journée 111.)

Mais c'est dans l'érudition savante de ses notes à son histoire « des Dynasties ma-

L'effet de toutes ces circonstances sur tout ce qui survivait parmi eux de la langue et de la littérature romaine se fit, par conséquent, immédiatement sentir. Les habitants indigènes qui vivaient au milieu des Maures négligèrent bientôt leur latin corrompu et parlèrent arabe. En 794, les conquérants pensèrent qu'ils pouvaient déjà se hasarder à fonder des écoles pour l'enseignement de leur propre langue à leurs sujets chrétiens, et les obliger à ne pas en employer d'autre (1). Alvaro de Cordoue, qui écrivait son *Indiculus luminosus* en 854 (2), et qui est une autorité compétente en pareille matière, nous montre qu'ils réussirent complétement. En effet, il se plaint de ce que, de son temps, les chrétiens avaient tellement négligé leur latin et appris l'arabe sur une si vaste échelle qu'on pouvait trouver à peine un chrétien sur mille capable d'écrire en latin une lettre à son frère dans la foi, tandis qu'il y en avait un grand nombre qui composaient la poésie arabe de manière à rivaliser avec les Maures eux-mêmes (3). Cette prédominance de l'arabe devint si générale que

---

hométanes en Espagne » (Londres, in-4°, vol. I, pp. 419-420) que D. Pascal de Gayangos a peut-être résolu cette question si discutée, quoique peu importante. « *Mozárabe* « ou *Muzárabe*, dit-il, vient de l'arabe *Musta'rab*, signifiant homme qui veut imiter « un Arabe, ou devenir Arabe et parler sa langue, et qui, tout en sachant l'arabe, parle « comme un étranger. » Ce mot est encore usité pour le rituel de certaines églises de Tolède (Castro, *Bibliothèque espagnole*, tome II, p. 458, et *Paléographie espagnole*, p. 16). D'un autre côté, les Maures, qui, à mesure que les chrétiens portaient leurs conquêtes vers le midi, restaient, à leur tour, englobés au milieu des populations chrétiennes et parlaient leur langue ou cherchaient à se l'approprier, ces Maures étaient, dans l'origine, désignés par les mots de *Moros latinados*. Voyez le poëme du *Cid*, v. 266, et la *Cronica general* (édit. 1604, fol. 304, a) où le Maure Alfaraxi, plus tard converti et conseiller du Cid, nous est dépeint par ces mots : « De tan buen entendimento, e era *tan ladino* que semejava christiano. — Il avait une si grande intelligence et il était *si latin* qu'il ressemblait à un chrétien. »

(1) Condé, tome I, p. 229.

(2) Florez, *España sagrada*, tom. I, p. 42.

(3) L'*Indiculus luminosus* est une défense des martyrs de Cordoue qui souffrirent sous les règnes d'Abderrahman II et de son fils. Le passage auquel nous faisons allusion, avec toutes ses fautes contre la pureté de la langue et le bon goût, est le suivant : « Heu! proh dolor! linguam suam nesciunt christiani, et linguam propriam non advertunt latini, ita ut in omni Christi collegio vix inveniatur unus in milleno nominum numero, qui salutatorias fratri possit rationabiliter dirigere literas. Et reperitur absque numero multiplex turba qui erudite Caldaicas verborum explicet pompas, ita ut meretricè eruditiori ab ipsis gentibus carmine et sublimiori pulchritudine, etc. » Ce passage se trouve à la fin du traité réimprimé par Florez, tom. XI, pp. 221-275. L'expression *omni Christo collegio* est toujours rapportée par Mabillon (*de Re diplomatica*, fol. 1861, liv. II, chap. i, p. 55) au clergé, et dans ce cas elle a plus de force encore, puisqu'elle signifie que, sur mille prêtres, il y en avait à peine un qui

Jean, évêque de Séville, un de ces hommes vénérables qui commandaient le respect tant aux chrétiens qu'aux mahométans, se vit dans la nécessité de traduire les Saintes Écritures dans cet idiome, parce que son troupeau ne savait pas lire dans une autre langue (1). Les registres mêmes des églises chrétiennes furent souvent tenus en arabe à partir de cette époque et pendant plusieurs siècles suivants, et dans les archives de la cathédrale de Tolède on conservait tout récemment deux mille documents environ qu'on peut probablement y voir encore, documents écrits principalement par des chrétiens, par des ecclésiastiques, et rédigés en arabe (2).

Cet état de choses ne changea pas quand les chrétiens du nord commencèrent à prédominer. En effet, après la reprise de plusieurs provinces du centre de la Péninsule, les monnaies frappées par les rois chrétiens pour être mises en circulation parmi leurs sujets chrétiens sont couvertes d'inscriptions arabes, ainsi qu'on peut le voir dans les pièces d'Alphonse VI et d'Alphonse VIII, des années 1185, 1186, 1191, 1192, 1199 et 1212 (3). En 1256, lorsque Alphonse le Sage, par un décret solennel, daté de Burgos le 18 décembre, dictait ses dispositions sur l'enseignement à Séville, il établit des chaires d'arabe comme des chaires de latin (4). Longtemps après, et même jusqu'au quatorzième siècle, les actes publics, les monuments de cette partie de l'Espagne, étaient souvent en langue arabe, et les signatures sur les documents ecclésiastiques de quelque importance sont en caractères arabes, alors même que le corps de l'acte est rédigé en

---

sût envoyer par écrit ses salutations à un de ses frères. Hallam (*le Moyen Age*, Londres, in-8°, 1819, tome III, p. 332). Pour nous, toutefois, nous présumons qu'en parlant ainsi, Alvaro ne pensait qu'aux chrétiens de Cordoue et de ses environs.

(1) On ne sait pas d'une manière certaine l'époque de la vie de Jean de Séville (Florez, tom. IX, pp. 242 et suivantes); mais cette époque est peu importante pour notre but. Le fait de la traduction de la *Bible* en arabe résulte de la *Chronique générale* (part. III, chap. 11, fol. 9, édit. 1604) : « Trasladó las Sanctas Escrituras en arávigo, et fizo las exposiciones dellas, segun conviene á la Sancta Escriptura. » Mariana explique trèsbien la raison qui le poussa à cette entreprise, en disant que ce fut : « á causa que la « lingua arabiga se usaba mucho entre todos ; la latina ordinariamente ni se usaba, « *ni se sabia.* » (Liv. VII, chap. 11, vers la fin.) Voyez aussi N. Antonio, *Bibl. vetus*, liv. VI, chap. 1x ; Castro, *Bibl. Esp.*, tom. II, p. 454.

(2) *Paleographia esp.*, p. 22.

(3) *Mémoires de l'Académie royale d'histoire*, tom. IV ; *Ensayo*, de Marina, pp. 40-43.

(4) Mondejar, *Memorias d'Alphonse le Sage*, in-fol. 1777, p. 43. Ortiz y Zuñiga. *Annales de Séville*, fol. 1677, p. 79.

latin ou en espagnol, comme on peut le voir dans la concession de priviléges accordés par Ferdinand IV aux religieuses de Saint-Clément de Tolède (1). En sorte que, jusqu'à l'époque de la conquête de Grenade presque, et même, sous certains rapports, un peu plus tard, la langue, les mœurs et la civilisation des Arabes sont encore évidemment très-répandues parmi les populations chrétiennes du centre et du midi de l'Espagne.

Aussi, quand les chrétiens du nord, après une lutte des plus tenaces et des plus longues, rachetèrent de l'esclavage la plus grande partie de leur pays et refoulèrent devant eux les Maures dans les provinces méridionales, ils se trouvèrent eux-mêmes, à mesure qu'ils avançaient, environnés d'une multitude considérable d'anciens compatriotes, chrétiens par la foi et le sentiment, quoique tout à fait ignorants de la morale et de la doctrine chrétiennes, mais Maures par le costume, par les mœurs et par la langue. Alors s'opéra par conséquent la fusion de ces corps différents, si longtemps séparés l'un de l'autre par la fortune de la guerre, corps ayant eu primitivement une même origine, se trouvant encore rattachés par les sympathies les plus fortes de notre nature, et qui avaient cessé de posséder pendant des siècles une langue commune, seul moyen possible de marcher dans le commerce journalier de la vie. Mais la réunion de deux parties d'une nation, quel que soit le moment et le temps où elle s'effectue, implique nécessairement la modification immédiate ou l'accommodement de la langue parlée par l'une et par l'autre. Cette modification du latin corrompu et que les Goths avaient mis à leur mode, commença, ce n'est pas douteux, d'une certaine manière dès l'époque de la conquête musulmane. Il était maintenant indispensable qu'elle fût complète. Il vint donc s'y répandre rapidement une grande infusion d'arabe (2), et ce fut là le dernier élément important qui s'est ajouté à l'espagnol que nous possédons. Cet espagnol, qui s'est poli et perfectionné dans les siècles suivants par les progrès de la science et de la civilisation, est encore, dans ses traits saillants, tel qu'il apparut bientôt après

---

(1) *Mémoires de l'Académie royale d'histoire*, tom. IV, Marina, *Ensayo*, p. 40.

(2) Pour cette grande infusion d'arabe dans la langue espagnole, voyez Aldrete (*Origines*, liv. III, chap. 15); Covarrubias (*Tesoro passim*) et le catalogue de 85 pages, dans le quatrième volume des *Mémoires de l'Académie royale d'histoire*. A tous ces ouvrages on peut ajouter un travail curieux, *Vestigios da lingua arabica em Portugal per João de Sousa*. Lisbonne, 1789, in-4°. Enfin, dans les *Ocios de Españoles emigrados*, tom. II, p. 16 et tom. III, p. 291, il y a deux articles très-lumineux sur ce sujet, quoique, dans l'un d'eux, on donne trop d'importance à l'élément arabe.

l'événement appelé, avec un sentiment caractéristique de nationalité, « la Restauration de l'Espagne (1). »

Toutefois la langue que les chrétiens conquérants portaient ainsi du nord et qui se modifiait à mesure qu'ils avançaient parmi les populations musulmanes du midi, n'était, comme nous l'avons vu, rien moins que le latin classique. C'était un latin corrompu d'abord par les causes qui avaient altéré la langue dans tout l'empire romain, avant même la ruine de la puissance romaine ; corruption résultant inévitablement de l'établissement, en Espagne, des Goths et des autres barbares qui les suivirent immédiatement après, comme aussi des additions subséquentes qui lui vinrent de l'ibérien ou basque primitif, durant le séjour des chrétiens, après la conquête musulmane, au milieu de ces montagnards, dont la langue ne cessa jamais de conserver sa prédominance. Mais la cause de la décadence finale du latin dans le nord, après la première moitié du huitième siècle, ce fut, sans aucun doute, la condition misérable du peuple qui le parlait. Il s'était échappé des ruines de l'empire latinisé des Goths, poursuivi par l'épée ardente des musulmans, et s'était trouvé réuni en masses sur les arides sommets des montagnes de la Biscaye et des Asturies. Là, privés des institutions sociales au milieu desquelles ils avaient été élevés, institutions qui, malgré leur décadence ou leur ruine, représentaient encore et conservaient les derniers restes de civilisation laissés à leur malheureuse patrie ; mêlés à un peuple qui, jusqu'à cette époque, semble s'être peu dépouillé de la barbarie qui résista aux invasions des Romains et des Goths ; agglomérés en grand nombre sur un territoire trop étroit, trop inculte et trop pauvre pour leur fournir les moyens d'une existence tolérable, les chrétiens du nord paraissent être descendus à un état approchant presque de la vie sauvage, état qui les disposait ou les préparait peu à conserver la pureté de la langue qu'ils parlaient (2). Leur condition n'était pas plus fa-

---

(1) L'expression vulgaire et caractéristique employée dès l'origine pour parler de la conquête de l'Espagne par les Arabes, c'est « la *perdida* de España, » la perte de l'Espagne; de la même manière on a désigné l'action de la reconquérir par la *Restauracion* de España, la *Restauration*, etc.

(2) Les récits des historiens arabes qui méritent confiance, comme écrivains contemporains, nous ont fait une peinture des plus choquantes des chrétiens du nord au huitième siècle : « Viven como fieras, que nunca lavan sus cuerpos ni vestidos, que no « se las mudan, y los llevan puestas hasta que se les caen despedazados en andrajos, etc. » « — Ils vivent comme des bêtes, ne lavent jamais leur corps ni leurs habits, qu'ils ne « changent jamais et qu'ils portent jusqu'à ce qu'ils tombent par morceaux et en

vorable à un soin pareil, lorsque, avec l'énergie du désespoir, ils entreprirent de reconquérir le pays qu'ils avaient perdu. Ils se trouvèrent alors constamment au milieu des périls et des souffrances d'une guerre interminable, aigris, exaspérés par l'intensité d'une haine nationale et religieuse. Alors, à mesure qu'ils avancèrent dans leurs conquêtes, vers le midi et l'est, ils se trouvèrent successivement en contact avec ces parties de leur race qui étaient restées au milieu des Maures, et ils sentirent qu'ils étaient en présence d'une civilisation et d'une culture de beaucoup supérieure à la leur.

Le résultat était inévitable. Le changement qui, comme nous l'avons dit, s'opéra alors dans leur langage, fut dû aux circonstances particulières de leur position. Les Goths, du cinquième au huitième siècle, avaient reçu un grand nombre de mots latins, parce que le latin était la langue d'un peuple auquel ils s'étaient intimement unis, et qui était plus intelligent et plus avancé qu'eux ; de la même manière, la nation entière recevait maintenant, du huitième au treizième siècle, une autre augmentation dans son vocabulaire, augmentation venue de l'arabe, et elle s'accommodait d'une manière des plus remarquables à la civilisation avancée de ses compatriotes méridionaux et de ses sujets musulmans.

A quelle époque précise la langue, appelée depuis espagnole ou castillane, peut-elle se dire formée par l'union du latin des Goths et du latin corrompu venu du nord avec l'arabe du midi, c'est ce qu'on ne saurait maintenant déterminer (1). Cette union appartient par sa nature à ce genre de changements graduels et silencieux qui s'opèrent essentiellement dans le caractère de tout un peuple, sans laisser après eux de monuments durables ni de souvenirs exacts. Le savant Marina, en qui l'on peut avoir toute confiance sur ce point, affirme qu'en langue castillane il n'existe pas de document d'une date antérieure à l'année 1140, ou, dans son opinion, il n'en a jamais existé (2). En effet, le plus ancien document déjà cité, c'est la confirmation des fueros d'Avila, dans les Asturies, par Alphonse VII, en l'année 1155 (3). Et cependant, quelque lentes et peu distinctes qu'aient été

« loques. »(Condé, *Domination*, etc., part. II, chap. xviii.) Les détails pittoresques, mais incertains, de la *Chronique générale* dans sa partie III, et la narration plus sérieuse de Mariana, l. VII, ne laissent pas de doute sur l'exactitude et la vérité de cette description.

(1) Voyez Marina, *Ensayo*, p. 19.

(2) *Ibid.*, pp. 23, 24.

(3) Le fuero d'Oviedo n'a pas encore été, nous le croyons, examiné avec assez de soin pour qu'on puisse se former une opinion décisive sur son antiquité et son carac-

la formation et la première apparition du castillan comme langue
parlée de l'Espagne moderne, nous pouvons affirmer, sans le

---

tère. J'ai toutefois dans mes papiers une copie de la partie dudit fuero en dialecte
moderne, telle qu'elle fut insérée dans une confirmation faite par Ferdinand IV, en
1295, époque où les mots eux-mêmes et leur orthographe ont pu être altérés, où le
document lui-même a pu être aussi traduit, ainsi qu'il arrivait souvent dans des cas
semblables. V. ce que nous avons dit p. 47, note 1, et Dozy, *Recherches*, t. I, p. 641, n. 2.

Comme spécimen du romance employé dans ce fuero, nous copierons le morceau
suivant : « Hié si vecino à vecino fiadura negar, tolla del fiador à doble, à cabo que
si podier arrancar perjudicio della villa quel peche el dublo ; et si dos omes trabaren
magar que el maiorino a sagione delant estant, non haian hi nada, si unos dellos non
lli da sua voz, si fierro molido hie non sacar à mal fazer. »

Qu'il y ait doute ou incertitude sur le fuero d'Oviedo, c'est possible ; mais ni doute
ni incertitude n'existent sur ce que la carta-puebla d'Avila, qui ne lui est postérieure que
de deux ans, appartient à l'année 1245, et procède de la même province. Il peut donc
y avoir à peine quelque différence perceptible entre ces deux documents. Passons
donc à la carta puebla d'Avila, où nous trouvons, tant dans l'ordre et la syntaxe des
mots que dans leur orthographe, une certaine saveur d'antiquité, plus forte peut-être
même que dans le fuero d'Oviedo, et des indices certains d'un dialecte luttant pour
adopter des formes permanentes et fixes.

La carta-puebla d'Avila est regardée par tous ceux qui l'ont connue comme le document le plus important pour l'histoire primitive de la langue castillane. Le premier qui en a fait mention, je crois, c'est le P. Risco, dans son *Historia de la villa y
Corte de Leon* (Madrid, 1793, in-4°, tom. 1, p. 252-253). Après lui c'est Marina, dans
son *Ensayo* (*Mémoires de l'Académie roy. d'hist.*, tom. IV, 1805, p. 33), juges compétents tous les deux qui la déclarent authentique. Risco, toutefois, n'en a rien imprimé, et Marina n'en a publié que des extraits. Dans la *Revista de Madrid* (deuxième
époque, tom. VII, pp. 267-322) elle a été entièrement insérée comme partie d'une intéressante discussion sur les vieux codes du pays, par D. Rafael Gonzalez Llanos, homme
plein d'érudition, natif d'Avila, et paraissant épris d'un violent amour pour le lieu
de sa naissance et très-connaisseur de toutes ses antiquités.

Ce document appartient au genre de pièces appelées *Privilegios, Foros* ou *Fueros*.
Mais, quand l'autorité de la pièce est restreinte, comme dans le cas actuel,
à une ville ou à une cité, elle est plus proprement appelée *carta-puebla*
ou charte municipale. La carta-puebla d'Avila contient la concession royale de
droits et d'immunités à plusieurs citoyens, comme à la municipalité entière, et
comprend tout ce qui regarde la propriété, le commerce, les franchises de tous
ceux qu'elle veut protéger. Les chartes, si importantes pour le bonheur des personnes, mais qui restaient soumises à l'autorité arbitraire de la couronne, étaient,
nous l'avons déjà dit, p. 47, note 1, confirmées par les rois successeurs, aussi souvent
que leur confirmation était convenablement demandée par les communes si profondément intéressées à leur conservation.

La carta-puebla d'Avila fut primitivement octroyée par Alphonse VI, qui régna de
1073 à 1109. Elle était, sans aucun doute, écrite dans le latin usité à cette époque.
En 1274, on porta formellement à la connaissance d'Alphonse le Sage qu'elle avait
été brûlée, durant l'attaque de cette ville par son fils D. Sanche. L'original fut donc
perdu et nous savons maintenant comment.

La pièce que nous possédons est une copie de cette carta-puebla, faite après la

moindre doute, que vers le douzième siècle ce castillan s'élève à la dignité de langue écrite, et qu'il commence à paraître dans les documents importants de ce temps.

---

confirmation par Alphonse VII, en l'année de Jésus-Christ 1155. Elle est encore conservée dans les archives de la cité d'Avila, sur le parchemin primitif, formé de deux peaux cousues ensemble, et ayant ainsi quatre pieds onze pouces de long et dix-neuf pouces de large. Elle porte le sceau bien connu d'Alphonse VII, les signatures originales des personnes autorisées à la signer avec lui, et plusieurs confirmations successives reçues pendant cinq siècles (voyez la *Revista de Madrid*, etc., pp. 329, 330). De sorte que tout, y compris la grossièreté du parchemin, le caractère de l'écriture, la langue, tout annonce avec certitude l'authenticité de la pièce comme document de son siècle. Imprimée, elle remplit environ douze pages in-8°, qui peuvent nous rendre capables de juger l'état de la Castille à l'époque où ce document fut écrit.

Après un en-tête en mauvais latin, elle commence par ces mots : « Estos sunt los foros que deu el rey D. Alfonso ad Abilies, cuando la poblou par foro santi Facundi et otorgó lo Emperador. Emprimo, per solar prender, I solido à lo reu, et II denarios à lo saion, è cada ano un solido en censo per lo solar ; i qui lo vender, de I solido à lo rai, è quil comparar darà II denarios à la saion, » etc., p. 267.

Une partie d'un de ses articles les plus importants s'exprime ainsi : « Thoth homine « qui populador for ela villa del rey, de quant aver quiser aver, si aver como here- « dat, de fer en tot suo placer de vender o de dar, et à quen lo donar que sedeat sta- « bile si filio non haver, et si filio aver dèl, delo à mano illo quis quiser è fur placer « que non deserede de todo ; et si toto lo deseredar, toto lo perdan aquellos à quen « lo der. » (*Revista*, p. 315.)

Les dernières dispositions sont conçues en ces termes : « Duos homines cun armas « derumpent casa, et de rotura de orta serrada, LX solidos al don de la orta, el me- « dio al rei è medio al don dela. — Homines populatores de Abilies, non dent portage « rivage desde la mar ata Léon. » (*Ibid.*, p. 322.)

La fin est en mauvais latin et lance l'excommunication contre toute personne qui tenterait d'enfreindre ses prescriptions et la déclare, « cum Datam et Abiron in infer- « num damnatus. » (*Ibid.*, p. 329.)

L'opinion unanime de tous ceux qui ont examiné cette carta-puebla d'Avila la regarde comme le plus vieux document, aujourd'hui connu, de l'existence du castillan ou langue vulgaire de cette époque, dialecte qui, au sentiment de D. Rafael Gonzalez Llanos, reçut son caractère essentiel vers l'année 1206, c'est-à-dire six ans avant la bataille décisive de las Navas de Tolosa (voyez page 12, note 1), quoique, après cette date, on trouve une assez grande quantité de documents où abondent les expressions et les phrases latines. (*Revista*, tome VIII, p. 197.)

Je sais bien que deux documents en langue espagnole, prétendus encore plus anciens, sont cités par Hallam, dans une note à la partie II, ch. ix, de son *Moyen Age* (Londres, 1819, in-8°, vol. III, p. 554), où il dit : « Le plus vieil espagnol que je me rappelle d'avoir vu se trouve dans une pièce de Martene, *Thesaurus anecdotorum*, tome I, p. 263 : sa date est de 1095. Des personnes, plus versées dans les antiquités du pays, pourraient remonter plus haut. Un autre spécimen de 1101 a été publié par Marina, dans sa *Teoria de las Cortes*, tom. III, p. 1 : il appartient à un Vidimus de Pierre le Cruel, et peut bien, je le présume, être une traduction du latin. » Certes, il n'y a pas de plus haute autorité que celle de M. Hallam, pour ce qui concerne les faits

Dès ce moment nous devons donc reconnaître, en Espagne, l'existence d'une langue se répandant graduellement dans la plus grande partie de la contrée, différente du latin, soit pur, soit corrompu; plus différente encore de l'arabe; préalablement formée par le mélange de ces deux idiomes; modifiée par l'esprit et les analogies des constructions et des dialectes gothiques, et contenant quelques restes des vocabulaires des tribus germaniques, des Ibériens, des Celtes et des Phéniciens, qui, à diverses époques, avaient, en tout ou en partie, occupé la Péninsule. Cette langue s'appela dès l'origine *romance*, parce qu'elle fut en grande partie tirée de la langue des Romains. De même les chrétiens des montagnes du nord-ouest reçurent des Arabes le nom de *Alromi*, parce qu'ils les imaginaient descendants des Romains (1). Plus tard, elle s'appela *espagnol*, du nom que prit toute la nation; en dernier lieu elle a porté peut-être plus fréquemment le nom de *castillan*, de cette partie de l'Espagne dont la puissance politique est devenue si prédominante qu'elle a donné à son dialecte la prépondérance sur tous les autres, tels que le galicien, le catalan, le valencien, qui furent langues écrites, pendant une période plus ou moins longue, et eurent chacune une littérature propre.

La proportion des matériaux apportés par chacune des langues qui entrèrent dans la composition de l'espagnol n'a jamais été déterminée avec soin, quoique l'on ait assez de données pour permettre une ap-

---

historiques, et ses assertions semblent donner une date authentique à la langue espagnole, plus ancienne de soixante ans que celle que je me suis hasardé à lui assigner. Toutefois j'ai examiné avec soin les deux documents rapportés par M. Hallam, et je suis convaincu qu'ils sont postérieurs à la carta-puebla d'Avila. Celui de Martene est une pure anecdote relative à la prise de la ville d'Exea, lorsqu'elle fut conquise, comme le raconte l'histoire, par Sanche d'Aragon. Son style, entièrement semblable à celui des *Partidas*, le recule, par conséquent, jusqu'à la moitié du treizième siècle. Il ne porte pas de date, et il déclare seulement, vers la fin, que la ville d'Exea fut prise sur les Maures, aux nones d'avril 1095. Il y a par conséquent erreur sur tout ce sujet; Sanche d'Aragon, cité ici comme son conquérant, mourut le 4 juin 1094, et eut pour successeur Pierre Ier. La personne qui écrivit ce récit, récit qui semble après tout n'être qu'un extrait de quelque chronique monacale, ne devait pas vivre assez près de cette date pour connaître un fait si notoire. D'un autre côté, Exea est en Aragon, où le vieux castillan ne devait être probablement ni parlé ni écrit. En voilà beaucoup sur le document de Martene. Celui de Marina est d'une date plus connue et plus moderne encore. C'est une charte de priviléges concédés par Alphonse VI aux Mozarabes de Tolède, mais traduite en 1340, lors de sa confirmation par Alphonse XI. C'est ainsi que l'indique Marina lui-même, qui dit spécialement, dans la table des matières, qu'elle a été *traduite* en castillan.

(1) Marina, *Ensayo*, p. 19.

préciation des rapports généraux des unes avec les autres. Sarmiento, qui a fait des recherches avec soin sur ce sujet, pense que les six dixièmes du castillan actuel sont d'origine latine; un dixième est grec et ecclésiastique; un autre appartient au Nord, un autre à l'arabe, et le dixième restant à l'Inde orientale, à l'Amérique, à l'allemand moderne, au français, à l'italien, au jargon des Gitanos. Ce calcul ne s'éloigne probablement pas beaucoup de la vérité. Toutefois Larramendi et Humboldt ont prouvé qu'il fallait, sans aucun doute, y ajouter le basque. Les recherches de Marina donnent une proportion plus faible à l'arabe, que Gayangos porte jusqu'au huitième. Mais le point principal, le point sur lequel il ne saurait y avoir de doute, c'est que les bases du castillan reposent sur le latin, auquel appartiennent, en réalité, toutes ou presque toutes les racines communément attribuées au grec (1).

L'espagnol ou le castillan ainsi formé devint d'un usage général avec peut-être plus de promptitude et de facilité qu'aucune autre des langues de création nouvelle qui, après la confusion du moyen âge, surgirent dans le midi de l'Europe, pour prendre la place de la langue universelle du monde romain. Ce fait trouve sa raison dans la nécessité de la création et de l'emploi plus urgent de cette langue par suite des relations extraordinaires entre les Maures, les Mozarabes et les chrétiens; dans le règne de saint Ferdinand, surtout depuis la prise de Séville, en 1247, époque, sinon de calme, au moins de prospérité et presque de splendeur; dans ce que le latin, tant écrit que parlé, était tombé dans une telle décadence qu'il devait offrir, en Espagne, moins de résistance aux changements que dans toute autre contrée

---

(1) La preuve la plus frappante que l'on peut produire du grand nombre de mots latins restés dans l'espagnol moderne se trouve dans ces pages de vers et de prose qui ont été, de temps en temps, écrites de telle sorte qu'on peut les lire soit comme du latin, soit comme de l'espagnol. Le premier essai en ce genre que je connaisse a été fait par Jean Martinez Siliceo, archevêque de Tolède et précepteur de Philippe II. Il était en Italie, lorsqu'il écrivit une courte dissertation en prose qu'on pouvait lire dans les deux langues, pour prouver à plusieurs de ses savants amis de ce pays que le castillan d'Espagne se rapprochait plus du latin que leur italien. Ce *jeu d'esprit*, il l'imprima dans son traité d'arithmétique, en 1514 (Nic. Antonio, *Bibl. nov.*, tom. II, p. 737). On trouve plus tard d'autres exemples. L'un d'eux est la grammaire espagnole, publiée à Louvain en 1555, et intitulée: *Util y breve institution para aprender lingua hespañola*, livre curieux qui traite du castillan comme d'une des langues parlées alors dans la péninsule hispanique et qui dit que ce castillan n'était autre chose qu'un latin corrompu, *no es otra cosa que latin corrupto*. L'auteur ajoute que beaucoup de lettres ont été écrites en termes espagnols, lettres qui étaient latines, et il en donne

où se réalisait une révolution semblable (1). Nous ne devons donc point être surpris de trouver, non pas seulement des spécimens, mais encore des monuments considérables de la littérature espagnole, peu de temps après la première apparition reconnue de la langue elle-même. Le poëme narratif du Cid, par exemple, ne peut avoir une date postérieure à l'année 1200 : Berceo, qui florissait de 1220 à 1240, se disculpe presque de ne pas écrire en latin (2), et nous prouve par

---

une pour preuve. — Un autre exemple se trouve dans le dialogue de Fernand Perez de Oliva et dans une épître d'Ambrosio Morales l'historien, imprimée en 1585, avec les œuvres du premier ; dans un sonnet publié par Rengifo, dans son *Arte poetica*, en 1592 ; et, finalement, dans un volume excessivement rare en *terza rima* de Diego de Aguilar, imprimé en 1621, et intitulé *Tercetos en latin congruo y puro castellano*. En voici un spécimen :

> Scribo historias, graves, generosos
> Spiritus, divinos Heroes, puros,
> Magnanimos, insignes, bellicosos ;
> Canto de Marte, defensores duros ,
> Animosos Leones, excellentes ,
> De rara industria, invictos, grandes muros.
> Vos animas illustres, proeminentes ,
> Invoco, etc.

On aurait beaucoup à dire sur la pureté, soit du castillan, soit du latin, dans des vers semblables à ceux-ci ; mais ils ne laissent aucun doute sur l'étroite relation qui existait entre les deux langues. Quant aux proportions avec lesquelles toutes ces langues entrèrent dans l'espagnol, voyez Sarmiento, *Memorias*, 1775, p. 107. — Larramendi, *Antigüedad y Universalidad del Bascuense*, 1728, chap. xvi. — Vergas, Ponce, *Dissertation*, 1793, pp. 10-16. — Rosseeuw Saint-Hilaire, *Études sur l'origine de la langue et des romances espagnoles*, thèse, 1838, p. 11. — W. de Humboldt, *Prüfung*, déjà cité. — Marina, *Ensayo*, *Mémoires de l'Académie royale d'histoire*, tom. IV, 1805. — Un article de la *British and foreign Review*, numero XV, 1839, écrit par D. Pascal de Gayangos.

(1) Tous les documents concernant les priviléges accordés par saint Ferdinand à Séville après la prise de la ville sont en langue *romance* ou langue vulgaire de cette époque (Ortiz y Zuñiga, *Annales de Séville*, in-fol., 1677, p. 89).

(2)   Quiero fer una *prosa* en *roman paladino*
             En qual suele el pueblo fablar á su vecino
             Ca non só tan letrado por ser *otro latino.*
                   (*Vie de saint Dominique de Silos*, ch. i et ii.)

Roman paladino signifie le « romance vulgaire et ayant cours. » *Paladino* dérive, je pense avec Sanchez, de *palam*, quoique Sarmiento, dans sa dissertation manuscrite sur l'*Amadis de Gaule*, déjà citée dans la note de ce volume où nous parlons de ce livre, prétende, en parlant de ce même vers, que *paladino* est pour *palatino*, et que ce dernier vient de *palacio*. — *Otro latino* équivaut donc au premier latin plus ou moins corrompu. Cervantès emploie le mot *ladino* pour signifier espagnol (*D. Quijote*, part. I, chap. xli, — note de Clémencin), et Dante (part. III, 63) l'emploie

là qu'il vivait certainement à une époque de lutte entre les deux langues ; mais il nous a laissé une quantité considérable de poésies véritablement espagnoles ou castillanes. Ce n'est, toutefois, qu'un peu plus tard, et sous le règne d'Alphonse X, de 1252 à 1282, que l'on peut considérer l'introduction de l'espagnol, en tant que langue écrite, comme définitivement établi, et qu'il a été reconnu comme une langue polie et perfectionnée. Par ordre de ce monarque, la Bible fut traduite de la *Vulgate* en espagnol ; il exigea que toutes les pièces légales et tous les contrats fussent écrits et que toutes les lois fussent rédigées dans cette langue ; enfin, par son remarquable code des *Siete Partidas*, il jeta les fondements sur lesquels cet idiome devait établir et étendre son autorité aussi longtemps que durerait la race et la puissance espagnoles (1). Nous devons donc partir de cette époque pour examiner l'histoire et le développement de la langue espagnole dans le corps de la littérature castillane.

---

dans le sens de *plan, facile, aisé,* exemples très-curieux d'une signification indirecte imposée à un mot. *Prosa* veut dire, je suppose, *histoire, conte, narration.* Biaggioli (*de Purgatorio,* **xxvi**, 118) dit : « Prosa, dans l'italien et le provençal du treizième siècle, signifie précisément histoire ou narration en vers, *istoria o narrazione in versi.* » Nous pouvons douter si l'auteur applique avec raison cette observation au passage de Dante ; mais il est hors de doute qu'elle est applicable au passage de Berceo que nous avons sous les yeux. C'est cette signification que n'ont pas comprise et Bouterweck et ses traducteurs espagnols. (Bouterweck, *trad. Cortina,* etc., in-8°. Madrid, 1829, tom. I, pp. 60 et 119.) Ferdinand Wolf, dans son savant ouvrage intitulé : *Ueber die Lais, Sequenzen und Leiche,* Heidelberg, 1841, in-8°, pp. 92 et 304, pense que l'emploi du mot *prosa,* ici comme ailleurs, dans la vieille poésie espagnole, se rapporte à l'usage bien connu du même mot dans les offices de l'Église (Du Cange, *Glossaire ad verb.*) Quant à moi, je crois que les premiers versificateurs espagnols le prirent des Provençaux et non des Latins ecclésiastiques.

(1) Mondéjar, *Memorias del Rey D. Alonso el Sabio,* in-fol. Madrid, 1777, pp. 450-452. — Mariana, *Hist.,* liv. XIV, chap. **vii**, et Castro, *Bibl.* tom. I, pp. 411 et suivantes.

APPENDICE B.

——

SUR LES ROMANCEROS.

(Voyez chap. VI, page 121.)

Comme les plus vieilles romances appartiennent à des auteurs anonymes, qu'elles ont été recueillies, à des époques différentes, sur les traditions populaires, il est impossible de comprendre leur histoire si l'on ne sait quelque chose sur l'histoire de ces Romanceros où elles sont insérées. Une esquisse historique de ces livres a été déjà tracée, avec une connaissance profonde du sujet, par Ferdinand Wolf dans le *Jahrbücher Literatur* (livraison CXIV, Vienne, 1826, pp. 1-72). Je ne me livrerais pas volontiers à une discussion qui est si particulièrement du ressort d'un savant si distingué ; mais je possède ou j'ai vu plusieurs Romanceros anciens dont il n'a pas fait mention ; je ne puis d'un autre côté me ranger à son opinion pour celui qu'il regarde comme le plus vieux de tous, et par conséquent le plus important ; je veux donc, aussi brièvement que possible, exposer mes vues sur cette branche obscure de bibliographie. Je me bornerai moi-même, dans les limites du possible, aux publications qui n'ont pas été faites jusqu'ici, ne touchant à l'ensemble du sujet qu'en ce qui concerne l'histoire de la poésie espagnole (1).

———

(1) Depuis la publication de ce livre, l'auteur a eu la satisfaction très-grande de voir le savant Ferdinand Wolf se ranger à son opinion sur la plus ancienne collection des romances, ainsi que le prouve un mémoire lu à l'Académie impériale des sciences de Vienne, en 1850, sous le titre de : *Sammlung Spanischer Romanzen*, pp. 133 et suivantes.

Un nombre considérable de romances, imprimées sur une ou plusieurs feuilles, en lettre gothique, pour l'usage du peuple, se trouvent encore. Telles sont *El Conde Alarcos*, *El Moro Calaynos*, une collection de douze pièces séparées, une autre de cinquante-neuf, vendue à Londres, à la vente de M. Hebert, et d'autres notices données par Brunet, sous le titre de *Romances séparées*, dans son article « Romanceros. » Mais toutes ces poésies sont sans date; il règne la plus grande incertitude sur l'époque de leur impression. Il me semble du reste, à n'en juger que par celles que j'ai vues, qu'il est plus probable qu'elles aient été empruntées à des collections existant encore, nous le savons, ou qui ont existé, qu'il ne l'est qu'elles aient servi à former ces collections, dont la plus ancienne prétend s'être composée des souvenirs du peuple, et d'après les copies manuscrites et défectueuses qui circulaient seulement à l'usage de ce même peuple (1).

1. — La première collection séparée de romances qui ait été publiée est, je crois, la collection imprimée, à Saragosse, sous le titre de *Silva de varios Romances*, par Esteban G. de Najera, en deux parties, 1550 (voyez Brunet, *Manuel du libraire*, édit. 1843, art. *Silva*). J'ai vu un exemplaire de cette *Silva*, appartenant, en 1838, à

---

(1) Ferdinand Wolf trouva, en 1848 ou 1849, dans la bibliothèque de l'Université de Prague, un volume in-4°, recouvert en parchemin, et contenant plus de quatre-vingts de ces feuilles détachées avec des romances. Presque aucune d'elles ne porte de date, excepté seulement cinq, imprimées entre 1550 et 1564. Toutes ces romances sont antérieures à l'année 1570, dans l'opinion de M. Wolf. Un grand nombre de ces feuilles contiennent des romances populaires dont une trentaine étaient entièrement inconnues La collection est amplement décrite dans un autre mémoire de M. Wolf, lu aussi à l'Académie impériale des sciences de Vienne : *Ueber eine Sammlung Spanischer Romanzen*.

Si je ne me trompe, sur les cent cinquante feuilles détachées de poésies populaires attribuées par Duran (*Romancero général*, tom. I, pp. 67-80) à des poètes du seizième siècle, cinq seulement sont d'une date antérieure à l'année 1550, et, sur ces cinq, j'en ai trois qui ne sont pas des *romances*. Wolf, dans le mémoire que nous venons de citer (page 133, note), mentionne six autres feuilles de la même classe. Mais je ne saurais dire si les cinq de Duran y sont comprises, ou si elles sont différentes et distinctes. Toutefois la manière dont l'érudit allemand les cite me porte à croire qu'il ne les a pas vues. Quoi qu'il en soit, j'ai la conviction intime que le nombre de romances imprimées en feuilles détachées avant l'année 1550 est très-restreint, bien qu'il y en ait eu effectivement. C'est un fait qui me laissait des doutes avant la lecture de la note mise à la page 133 de la savante et consciencieuse *Dissertation* de Wolf. Pour preuve de ce petit nombre, je citerai l'opinion de Duran (*Romancero général*, 1849, tom. I, p. 25, note 18), où il est dit qu'on ne trouve pas de romances dans les collections manuscrites antérieures à l'année 1550.

M. Ternaux-Compans, de Paris. Dans une préface, mise en tête de la première partie, l'auteur de la collection s'exprime ainsi : « J'ai « pris la peine de réunir dans cette Silva toutes les romances qui « sont parvenues à ma connaissance. » Plus loin il ajoute : « Il peut « se faire qu'il y manque quelques vieilles romances, quoique en « petit nombre, romances que je n'y ai pas insérées, soit parce « qu'elles ne sont pas parvenues à ma connaissance, soit parce que « je ne les ai pas trouvées aussi complètes et aussi parfaites que je « le désirais. Je ne nie pas que, dans plusieurs des romances impri- « mées, il n'y ait accidentellement des fautes; mais il faut les im- « puter aux copies d'où je les ai extraites, copies tout à fait altérées, « et à la faiblesse de la mémoire des personnes qui me les dictaient — « et qui ne pouvaient s'en ressouvenir parfaitement. J'ai fait tout « ce que j'ai pu pour y laisser le moins de fautes possible, et je n'ai « pas eu peu de peine pour les réunir, les corriger et en compléter « quelques-unes qui étaient imparfaites. J'ai voulu aussi qu'il y régnât « un certain ordre, et j'ai placé les premières celles qui avaient du « rapport à la dévotion et aux Saintes Écritures; les secondes, celles « qui appartenaient aux histoires castillanes; puis celles qui rappe- « laient l'histoire de Troie, enfin celles qui touchaient aux affaires « d'amour. » Après ces romances qui remplissent cent quatre-vingt- seize feuilles, il nous donne vingt-cinq feuilles de *canciones*, *villan- cicos*, *chistes* au nombre desquels nous lisons, au folio 199, le si cé- lèbre et si spirituel *Dialogue entre Castillejo et sa plume*. A la fin de la première partie, folio 221, nous trouvons l'Avis au Lecteur sui- vant, où le collectionneur a évidemment changé d'idée sur son succès d'avoir, *à l'exception d'un petit nombre*, réuni toutes les vieilles ro- mances dont il connaissait l'existence. Car il dit maintenant : « Plu- « sieurs de mes amis, apprenant que ce *cancionero* s'imprimait, m'ap- « portèrent un *grand nombre* de romances, pour que je pusse les y « insérer; mais, comme elles arrivaient à la fin de l'impression, je « me décidai à ne pas les y mettre, ne voulant pas interrompre l'or- « dre déjà introduit; et je préférai faire un autre volume qui sera « la seconde Partie de cette *Silva de varios Romances*, qui est main- « tenant sous presse. Vale. »

Cette seconde partie se publia la même année, en 1550 : elle se compose de deux cent trois feuilles de romances, quatre-vingt-dix feuilles de *chistes*, deux feuilles de table, à la fin de laquelle l'*impri- meur* dit : « Je n'ai pas voulu mettre dans cette partie un plus grand « nombre de ces courts *chistes*, parce que, s'il plaît à Dieu, je les

« insérerai dans une troisième partie avec d'autres choses agréables
« pour le lecteur curieux. Vale. » Je ne connais pas d'exemplaire de
cette troisième partie. Il est possible cependant qu'elle ait été imprimée. En effet, dans la *Silva de varios romances* dont Wolf et Brunet
mentionnent plusieurs éditions, entre 1578 et 1673, dont je possède
moi-même l'édition de 1602, le frontispice déclare que « dans le volume
« sont contenues les meilleures romances des *trois* livres de la Silva. »

II. — Les deux premières parties réunies en une seule, en omettant même les *chistes*, parurent d'abord à Anvers, imprimées par
Martin Nucio, célèbre imprimeur, avec des additions considérables,
sans date de publication. La préface reproduit presque les mêmes
mots que celle de la *Silva* de Najera, partie I. Quand elle annonce
la disposition des romances, elle en change l'ordre, elle place « pre-
« mièrement les romances qui parlent de la France et des Douze
« Pairs ; secondement, celles qui se rapportent aux histoires castil-
« lanes ; puis celles qui touchent à l'histoire de Troie ; et enfin celles
« qui traitent des affaires d'amour. » Plusieurs des romances de la
collection de Saragosse sont omises, et le tout est intitulé : *Cancionero
de romances*. La bibliothèque de l'Arsenal, à Paris, en conserve un
exemplaire. Ce *Cancionero* est postérieur à la *Silva* de Saragosse et
lui a été emprunté, c'est certain, parce que l'un a *dû* être fait sur
l'autre ; que la note de la fin de la Silva, première partie, démontre
que la Silva de Saragosse fut collectionnée et imprimée à *différentes*
époques, tandis que la disposition des romances dans le Cancionero
d'Anvers prouve que l'éditeur les avait nécessairement toutes présentes lorsqu'il les mit ensemble dans son livre. De plus, comment
Nucio aurait-il pu recueillir des romances conservées dans les souvenirs du peuple qui l'entourait, à Anvers, où il n'y avait que peu
d'Espagnols, excepté des soldats ? La valeur d'une collection faite à
Anvers ne doit-elle pas être de beaucoup inférieure à celle d'une
collection réunie en Espagne ?

III. — Il se présente encore un autre Cancionero de Romances
imprimé « En Envers, en casa de Martin Nucio, MDL », dont la bibliothèque de l'Arsenal conserve aussi un exemplaire. Il porte la même
préface que le dernier que nous venons de mentionner, et n'en diffère qu'en ce qu'il omet sept de ses romances et qu'il en insère trente-
sept autres. Les erreurs marquées dans l'édition sans date, aux
folios 272 et suivants, sont corrigées dans l'édition datée de 1550, et

prouvent qu'elle lui est postérieure, fait que l'on doit nécessairement conclure aussi des additions qu'elle contient.

IV. — Cette édition de 1550 semble avoir été publiée avec des frontispices différents. Wolf, en effet, parle d'un exemplaire de la bibliothèque impériale de Vienne, avec la date de 1554. Mais presque tous les exemplaires dont nous connaissons maintenant l'existence portent la date de 1555, date sous laquelle la collection est le plus connue et le plus communément citée. C'est absolument le même livre que l'exemplaire de la bibliothèque de l'Arsenal, daté de 1550, romance par romance, page par page. Comme il n'y a pas d'apparence que le titre ait été contrefait, nous supposons que trois éditions de la collection des romances faite à Saragosse, en 1550, parurent dans le courant de cette année, dont deux furent publiées à Anvers, par Martin Nucio. Que ces trois éditions ne soient qu'un même ouvrage, c'est ce qui résulte du fait d'être généralement composées des mêmes romances, d'avoir la même préface, un peu changée dans la seconde et dans la troisième édition, par suite des changements dans les romances qu'elles contiennent. Elles sont toutes in-12. La première, avec les deux parties prises ensemble, remplit quatre cent trente-six feuillets ; la seconde, deux cent soixante-seize, et la troisième, cent. Wolf donne le lieu et la date de plusieurs réimpressions de la dernière : Anvers, 1568 et 1573 ; Lisbonne, 1581 ; et Barcelone, 1587 et 1626.

Nous avons plusieurs collections de romances postérieures à la Silva de Saragosse, et que nous avons citées dans le cours du volume : telles que celles de Sépulvéda, 1551 ; de Timoneda, 1573 ; de Linares, 1573 ; de Padilla, 1583 ; de Maldonado, 1586 ; et de Cueva, 1587 ; composées principalement ou entièrement de romances écrites par leurs auteurs respectifs. Enfin on fit une tentative pour former un autre Romancero puisé à *toutes* les sources : livres, souvenirs, traditions, tout ce qui pouvait servir aux nouveaux éditeurs, et qui constituait les véritables éléments ayant toujours été la base des populaires Romanceros espagnols. Cette idée semble avoir été réalisée, à Valence, quand le premier volume de la *Flor de varios y nuevos romances, primera y segunda parte*, recueillies par Andrès de Villalta, avec une troisième partie par Philippe Mey, poëte et littérateur lui-même aussi bien qu'imprimeur (1), s'imprima en un

____

(1) Philippe Mey imprima un volume de ses propres poésies à Tarragone, en 1586,

seul volume, en 1593, quoique chacune de ces parties eût probablement été imprimée séparément. Cette collection est citée par Duran (*Romances caballerescos*, Madrid, 1832, in-8°, tome I, *advertencia*). Les romances qu'il en tira ne laissent pas de doute que ces trois parties n'aient que peu de différence avec les trois premières du *Romancero général* imprimé un peu plus tard. Le second volume de cette collection, intitulé *Quarta y quinta parte de la Flor de romances*, fut composé par Sébastien Velez de Guevera, prébendé de l'église collégiale de Santander, et imprimé à Burgos, en 1593, in-12, de cent quatre-vingt-onze feuillets. Cette édition n'est évidemment pas la première : l'*approbation* de Pedro de Padilla et le permis d'imprimer sont datés de 1592, tandis que le permis d'imprimer de la présente édition est daté du 11 août 1594, et porte ces expressions formelles, « imprimée d'autres fois, » *otras veces impreso*. Il est probable que les deux parties ont été dans l'origine imprimées séparément.

Le troisième volume et le plus important est intitulé : *Sexta parte de Flor de romances nuevos, recopilados de muchos autores, por Pedro de Flores, librero*. Il s'imprima à Tolède, en 1594, in-12 de cent quatre-vingt-dix feuillets. C'est la première édition, mais la licence semble parler d'une quatrième et d'une cinquième partie, comme composées aussi par Florès. Dans une romance mise en tête du troisième volume, Florès est accusé devant Apollon de s'être livré à une grande fatigue pour en réunir le contenu.

> De diversas flores
> Un ramillete, ha juntado
> Las quales con grande afan,
> De estrañas partes buscaron (1).

Florès, dans une défense qui suit immédiatement, répond que ces romances, qu'il a réunies à grand'peine, étaient égarées, *andavan discarriados,* et que le dieu doit plutôt le récompenser que le punir. Florès ajoute qu'il a donné chaque romance complète, et non comme

---

dont Faber, dans sa *Floresta*, tom. II, a pris trois sonnets qui ne sont pas sans mérite. Sa biographie se trouve dans Ximeno (tom. I, p. 429), complétée par Fuster (tom. 1, p. 213). Il est honorablement cité comme traducteur d'Ovide, par Pellicer. (*Biblioth. de traducteurs,* tom. II, p. 76.)

(1) « De fleurs variées — Il a composé un bouquet, — Fleurs qu'avec grands efforts — On a cherché en contrées étrangères. »

le font les chanteurs des rues qui en omettent la moitié et disent qu'ils sont fatigués d'avoir chanté l'autre. Tout ce récit prouve que la plus grande partie des romances de cette sixième partie, qui est excellente et en contient cent cinquante-huit, ont été recueillies sur les souvenirs du peuple par Pedro Florès lui-même.

Voici du reste la pièce du procès où les chanteurs de romances accusent Florès d'avoir nui à leur vocation par la collection et l'impression de leurs romances. C'est la romance de Florès lui-même exposant l'affaire et présentant sa défense :

> En el audiencia real
> Del tribunal del Parnasso,
> Jupiter con otros jueces
> Está decretando un caso
> De una grande accusacion,
> Que los musicos han dado
> Contra un gallardo español
> Que es Pedro Flores llamado,
> Del qual dizen que reciben
> Vituperio y menoscabo,
> Porque de diversas flores
> Un ramillete ha juntado,
> Las quales con grande afan
> De estrañas partes buscaron,
> Para dar gusto con ellas
> Al natural y al estraño (1).

Le défendeur reçoit l'ordre de répondre dans trois jours, mais il préfère répondre sur-le-champ. Voici, par conséquent, ce qu'il dit :

> Verdad es que yo forme
> Un ramillete llamado
> De Flores, porque soy digno
> De ser por vos laureado (2).

---

(1) « En audience royale — Du tribunal du Parnasse, — Jupiter et d'autres juges — Délibèrent sur un cas — D'une grande accusation — Que les musiciens ont intentée — Contre un gaillard d'Espagnol — Du nom de Pedro Flores, — Duquel, disent-ils, ils reçoivent — Et outrages et mépris, — Parce que de fleurs diverses — Un bouquet il a composé, — Fleurs qu'avec grande peine — En régions étrangères on a cherchées — Pour donner du goût par elles — A l'indigène et à l'étranger. »

(2) « Il est vrai que j'ai composé — Un bouquet appelé — Bouquet de Flores (*a*), pour lequel je suis digne — D'être par vous couronné. »

(*a*) Jeu de mots peut-être sur *Flores*, nom de l'auteur, et *flores*, fleurs.

          Yo junte en él las hazañas
          Que en los siglos ya passados
          Hizieron en nuestra España
          El Cid, Ordoño y Bernardo.
          Pinte destruyda España
          Y luego puse el reparo
          De muchos grandes varones
          Sin los arriba nombrados.
          Puse al conde Alfonso Enriquez,
          Primer rey de Lusitanos,
          Tambien á Fernan Gonzalez,
          Rasura, y Arias Gonzalo.
          Puse los hechos famosos
          De los Moros Africanos,
          Que, por años setecientos,
          Tuvieron nombre de Hispanos
          Hasta que ganó à Granada
          El inclito Don Fernando,
          Y Don Felipe segundo
          Que oy governa el pueblo hispano.
          Puse sus motes y insignias,
          Sus colores y tocados,
          Sus zambras, cañas y fiestas,
          Y de Moros los recaudos,
          Las amorosas razones,
          Los zelos, ansias y enfados,
          Los favores, los cautelos
          De los Moros enamorados.
          Junte, en nombre de Riselo,
          De Lesardo y de Belardo,
          Mil vocables pastoriles
          Bien compuestos y ordenados;
          Una amorosa porfia
          De zagal enamorado (1),

---

(1) « J'y ai réuni les exploits — Que dans les siècles passés — Firent, dans notre Espagne,— Le Cid, Ordoño et Bernard. — J'ai peint la ruine de l'Espagne, — Et j'y ai mis, après, sa restauration — Par une série de grands hommes, — A part ceux que j'ai nommés plus haut. — J'y ai mis le comte Alphonse-Henri, — Premier roi des Lusitaniens, — Fernand Gonzalez aussi, — Rasura et Arias Gonzalo. — J'y ai mis les actions fameuses — Des Maures Africains, — Qui pendant sept cents ans — Portèrent le nom d'Espagnols, — Jusqu'au jour où gagna Grenade — L'illustre Don Ferdinand, — Et Don Philippe second, — Qui aujourd'hui gouverne le peuple espagnol. — J'y ai mis ses pensées, ses insignes, — Ses couleurs, ses parures, — Ses danses, ses joutes et ses fêtes, — Et des Mauresques les précautions, — Les amoureuses raisons, — Les jalousies, les tristesses, les chagrins, — Les faveurs, les finesses des Maures amoureux. — J'ai réuni sous le nom de Riselo, — De Lesardo et de Belardo, — Mille expressions champêtres, — Bien composées, bien ordonnées; — Une dispute amoureuse — D'un berger passionné, »

Un duque y un conde puesto
En abito disfraçado,
Ora que se finge çayde,
Ora el grand pastor Albano
Que en las riberas del Tormès
Apacienta su ganado.
Letrillas, motes, canciones
Y algunos versos glosados,
Que al postrer acento dizen
El contento bien o daño.
Procure con mi sudor
Y con inmenso trabajo
Juntar diversos romances
Que andavan discarriados,
Y hize que de un discurso
Se viesse principio y cabo,
Lo que el musico no haze,
Pues medio desbarado
Dexa un romance perdido
Deciendo que le da enfado :
Los quales conforme à la ley
Merecen ser desterrados
A las islas de Corfu
A cantar versos mosaycos
Y de tan alto auditorio
Uvieran de ser echados
Por quebrantadores de honras
De aquellos siglos dorados (1).

Alors, sur une motion d'Apollon, appuyée par Mars et Vénus, Amalthée prépare une guirlande d'honneur pour le poète, et les chanteurs de romances sont condamnés aux dépens du procès et reçoivent l'ordre de ne jamais commencer une romance, s'ils ne doivent la finir (2).

---

(1) « Un duc et un comte mis — En habit déguisé, — S'imaginant tantôt seigneur, — Tantôt le grand pasteur Albano, — Qui sur les rives du Tormès, — Fait paître son troupeau ; — Lettrilles, pensées, chansons, — Et quelques vers avec leur glose, — Qui à leurs derniers accents disent — Le contentement, le bien, le mal. — J'ai cherché, par mes sueurs — Et par mon immense travail, — A réunir diverses romances, — Qui circulaient égarées. — Et j'ai fait qu'en un discours — On voit le commencement et la fin, — Ce que ne fait pas le musicien, — Puisque, le milieu enlevé, — Il laisse une romance perdue — Et dit qu'elle lui donne de l'ennui. — Ces musiciens, d'après la loi, — Méritent d'être exilés, — Aux iles de Corfou, — Pour chanter des vers mosaïques ; — Et d'un si haut auditoire — Ils devraient être chassés — Comme destructeurs des honneurs — De ces siècles dorés. »

(2) L'allusion à Antonio duc d'Albe, vivant alors, et à l'Arcadie de Lope de Véga, où

Le quatrième volume contient la *Septima y octava Parte del Flor de varios romances nuevos, recopilados de muchos autores*, imprimées par Juan Iñiguez de Lequerica, Alcalá de Henares, 1597, in-12. Il y a une licence pour chaque partie. Celle de la première est datée du 4 mai 1596, et se reconnaît comme une réimpression ; celle de la seconde est datée du 30 septembre 1597, comme si c'était l'édition originale, et a pour titre *Flores del Parnasso, octava parte*. La septième partie remplit cent soixante-huit feuillets, la huitième cent trente-deux ; elles ont chacune une pagination particulière.

Le cinquième et dernier volume est intitulé : *Flor de varios romances diferentes de todos impresos, novena parte*, imprimée par Juan Flamenco, Madrid, 1597, in-12 de cent quarante-quatre feuillets. L'*approbation* est du 4 septembre 1597, et dans la taxe, qui est du 22 mars 1596, on en parle comme de la huitième et neuvième partie ; mais la licence, qui n'a pas de date, est seulement pour la *neuvième*.

V. — Ces neuf parties, avec de légers changements et des additions, principalement vers la fin, ont servi à composer la première édition du *Romancero général,* imprimée à Madrid, en 1600, in-4° ; la taxe est datée du 16 décembre 1599. La bibliothèque nationale de Madrid en conserve un exemplaire. Une seconde édition, avec quelques légers changements aussi, parut en 1602, et une autre en 1604. Cette dernière fut imprimée avec des modifications par Juan de la Cuesta, à Madrid, en 1614. Miguel de Madrigal avait antérieurement publié la *Segunda parte del Romancero general y Flor de diversa poesia*, à Valladolid, in-4°, en 1605, publication que l'on peut proprement ajouter à l'une ou à l'autre des deux dernières éditions de l'œuvre principale. C'est ainsi que les *neuf* parties qui composent toutes les quatre éditions s'étendirent jusqu'à *treize*. Toutes ces éditions sont en petit in-4°, et constituent les célèbres *Romanceros generales.*

---

figure le duc, me permet de conjecturer que cet essai poétique si animé peut bien avoir été composé par Lope, et ce qui corrobore ma conjecture, c'est que plusieurs des romances de Lope se trouvent dans ce volume auquel cette poésie sert de préface. Je remarque aussi une ressemblance entre la *prose* de l'*avis au lecteur* des parties IV et V, et cette préface *poétique* de la partie VI, ce qui semblerait indiquer que l'une et l'autre sont d'une seule main. Rappelons encore que les parties IV et V furent publiées par Flores lui-même, à Lisbonne, un an avant, en 1593.

La publication de tant de collections différentes de romances, dans la dernière moitié du seizième siècle et dans les premières années du dix-septième, ne permet pas de douter que les romances ne fussent alors déjà connues de toutes les classes de la société et n'aient peu à peu obtenu la faveur des plus hautes. Mais les *Romanceros generales* étaient trop volumineux pour l'usage du peuple ; on imprima donc de plus petites collections, telles que le *Jardin de amadores*, de Juan de la Puente, en 1611 ; la *Primavera* de Pedro Arias Perez, composée avec un rare discernement et imprimée en 1626, 1659, etc.; les *Maravillas del Parnasso*, de Jorge Pinto de Morales, en 1640 ; les *Romances varios*, de Pablo de Val, en 1655, romances légères et satiriques en général et où il s'en trouve plusieurs de Quevedo ; les *Romances varios*, d'Antonio Diez, et beaucoup d'autres, pour ne rien dire de collections encore moins considérables, composées d'une ou de deux feuilles, citées par Depping et Wolf, publiées pour satisfaire les nombreuses demandes de la partie la moins cultivée du peuple espagnol, et qui ont été imprimées et réimprimées jusqu'à nos jours. Pour des raisons semblables, peut-être même pour flatter la passion militaire du siècle et donner un amusement aux armées de Flandre, d'Italie et des Indes, on a fait des extraits des *Romanceros generales*, et de romances puisées à d'autres sources, et composé des romanceros d'une nature plus ou moins émouvante. Tels sont la *Floresta de romances de los doce pares de Francia*, par Damian Lopez de Tortajada, dont la première édition a été imprimée à Alcalá, en 1608 (D. Quijote, édit. de Pellicer, 1797, in-8, tome I, page 105); le *Romancero del Cid*, par Juan de Escobar, imprimé pour la première fois à Alcalá, en 1612 (N. Antonio, *Bibl. nov.*, tome I, page 684). L'une et l'autre ont été souvent réimprimées depuis.

Vers la fin du dix-septième siècle, l'amour pour les vieilles romances espagnoles et pour le reste de la littérature nationale primitive vit arriver sa décadence chez les classes les plus favorisées de la société ; amour qui s'éteignit presque entièrement, au commencement du dix-huitième siècle et à l'avénement de la famille de Bourbon. Un sentiment si énergique et qui avait poussé des racines si profondes dans le caractère du peuple ne pouvait être extirpé. Les romances furent oubliées, négligées par la cour et la noblesse, mais la masse du peuple continua d'être constante dans son goût pour elles, comme le prouvent évidemment le témoignage de Sarmiento, leur réimpression constante pour l'usage du peuple, sous les formes les plus humbles, et plus fréquemment sous la forme de *feuilles volantes*. Enfin, on fit une tentative pour les replacer sur leur terrain primitif. Fernandez (Estala), en 1796, imprima deux volumes de romances dans sa collection de poésies castillanes, et Quintana en forma un petit mais agréable bouquet pour sa *Coleccion de poesias*, imprimée en 1807, ajoutant à chaque publication une préface qui en augmente le prix et la grâce, sans respirer, à ce qu'il nous semble, leur énergie et leur feu. Ces tentatives produisirent peu d'effet en Espagne, mais elles trouvèrent du retentissement au dehors. Jacob Grimm publia, à Vienne, en 1815, une petite collection des vieilles romances les meilleures, extraites principalement du Romancero de 1555; C.-B. Depping en publia une autre plus étendue, à Leipzig, en 1817. Ce dernier contient environ trois cents romances avec une préface et des notes en allemand; le tout fut publié de nouveau, en espagnol, pour la première fois, avec de légères additions et corrections, à Londres, en 1825, par Salvá, et pour la seconde, à Leipzig, avec de nombreuses et importantes additions par Depping lui-même et par Antonio Alcalá Galiano, en 1844. Toutes ces publications, d'un grand mérite, ont contribué, plus qu'aucune des précédentes, à généraliser, en Europe, le goût des vieilles romances espagnoles, et elles ont évidemment produit les admirables et énergiques traductions de J.-G. Lockhart, en 1823, et l'intéressante disposition historique que M. Damas-Hinard en a donnée dans sa version en prose française d'environ trois cents, dans son *Romancero espagnol*, en 1844.

La plus importante publication de romances espagnoles en ces derniers temps, vient, toutefois, comme elle devait venir, de l'Espagne elle-même, et a été faite par D. Agustin Duran, à qui, sous d'autres rapports, la littérature primitive de l'Espagne doit beaucoup. Il commença par éditer, en 1828, les romances *moriscos* du Romancero général de 1614; il continua, en 1829, par deux volumes de romances mêlées, et finit ses travaux, en 1832, par deux volumes de plus contenant les romances historiques et les romances de chevalerie; en tout, cinq volumes. Les quatre derniers ont été tirés de toutes les sources qu'il put trouver, antérieures à la moitié du dix-septième siècle. La collection entière a été réimprimée avec des additions par Eug. de Ochoa, à Paris, en 1838, et à Barcelone, par Pons, en 1840.

Une collection générale, complète et critique des romances espagnoles manque encore; collection qui embrasserait toutes les romances des auteurs connus, tels que Cueva, Padilla, Lope de Vega, Quevedo et Gongora, en même temps que toutes ces richesses dont on ne parle

pas, qui restent et doivent toujours rester anonymes dans les premiers Romanceros. Quand nous posséderons un pareil livre, et pas
avant, nous pourrons comprendre et estimer, comme elles doivent
être comprises et estimées, la patrie et la nationalité de ces vieilles
romances espagnoles, sur lesquelles repose, comme sur ses véritables
fondements, le vieux théâtre espagnol. Mais sur qui porter nos regards pour une pareille entreprise? Est-ce sur D. Agustin Duran, à
Madrid; sur Wolf, à Vienne; sur Huber, à Berlin? Je crois qu'on ne
peut attendre un pareil travail que de Duran, et j'espère que ce projet
sera bientôt réalisé.

Ticknor avait raison: son espoir n'a pas été trompé. Don Agustin
Duran ne s'est pas arrêté dans ses laborieux efforts. Non content de son
premier *Romancero*, il en a publié un nouveau plus complet et plus
abondant, dans la *Biblioteca de autores españoles* du S. Rivadeneyra, tomes X et XVI, romancero comprenant environ deux mille
romances, toutes antérieures à l'année 1700, avec un ordre et une
disposition des plus judicieuses. Rien n'est plus digne d'éloges que les
détails bibliographiques attestant leur légitimité ainsi que les notes
critiques et historiques qui lui servent d'éclaircissement. Réunissez
tous les travaux faits jusqu'à ce jour tant par des Espagnols que par
des étrangers, pour mettre en évidence ce genre intéressant, mais
obscur, de la littérature castillane primitive, et vous n'aurez rien en
comparaison de ce qu'a fait, par son livre seul, ce modeste littérateur
espagnol.

APPENDICE C.

Sur Fernan Gomez de Cibdaréal et le « Centon epistolario. »

(Voyez chap. XX, page 359.)

Nous avons traité du *Centon epistolario* dans le texte et là où il convenait d'en parler. C'est une collection de lettres ne sentant pas l'étude, d'un cœur simple, d'un homme un peu vaniteux, qui fut pendant quarante ans environ attaché à la personne de D. Juan II, et fort instruit de tout ce qui se passait à sa cour. Cependant l'exactitude et la légitimité de l'ouvrage n'a pas été entièrement reconnue de tout le monde. Mayans y Siscar, dans ses *Origines* (tome I, 1737, p. 203), dit, en parlant d'Antonio de Vera y Zuñiga, comte de la Roca, auteur bien connu, et diplomate du temps de Philippe IV, et appelé parfois Vera y Figueroa, qu'il altéra maladroitement les lettres historiques du bachelier Fernan Gomez de Cibdaréal : *Feamente adulteró las epistólas historicas del bachiller Fernan Gomez de Cibdad Real*. Mais Mayans ne donne aucune raison, aucun fait qui puisse servir de base à une accusation si sévère : il est même aigrement réfuté à ce sujet par Diosdado, dans son traité *De prima typographiæ hispanicæ ætate* (Rome, 1794, p. 74), qui appelle ces paroles une atroce calomnie, *an atrocious calumny*. Quintana, dans sa vie d'Alvaro de Luna (*Vies des Espagnols célèbres*, tome III, 1833, p. 248, note), est tellement troublé par la différence des récits du bachelier sur la mort du Connétable, et les faits connus de l'histoire, que cette différence lui suggère aussi toute sorte de doutes. Il termine cependant en disant qu'il a suivi le Bachelier, comme une autorité suffisante, quand d'autres données plus certaines et plus importantes ne viennent pas le contredire.

Mon opinion est que le livre n'est qu'invention depuis le commencement jusqu'à la fin ; mais une invention si ingénieuse, si heureuse, si agréable que rien ne me semble plus disgracieux que de dire la vérité sur elle, ou de chercher à lui enlever la place qu'elle a si longtemps occupée dans la littérature castillane du quinzième siècle. Voici les faits sur lesquels mon opinion se fonde principalement :

1° Personne n'est moins mentionné que le Bachelier de Cibdareal dans les chroniques ou dans les correspondances de l'époque durant laquelle on suppose qu'il a vécu, quoique les détails que ces sources nous donnent soient nombreux et minutieux, et nous fassent connaître, je crois, tous les personnages importants de la cour de D. Juan II et plusieurs personnes moins considérables certainement que le médecin et le confident du roi.

2° On ne connaît l'existence d'aucun manuscrit de ces lettres.

3° La première connaissance qu'on en ait eue consiste dans la publication d'une édition, petit in-4°, de cent soixante-six pages en lettre gothique, que l'on dit imprimée à Burgos, en 1499 ; édition dont on n'a jamais eu qu'un petit nombre d'exemplaires. Nicolas Antonio, qui mourut en 1684, élève des doutes sur l'authenticité de cette date (*Bibl. vetus,* tome II, p. 250) ; Bayer, dans sa note sur ce passage, 1788, dit que les savants supposaient communément qu'Antonio de Vera y Zuñiga, mort en 1658, avait publié cette édition : et Mendez, dans sa *Typographia* (1796, pp. 291, 293), déclare que l'édition est incontestablement postérieure d'un demi-siècle à cette prétendue date. Ces trois érudits sont des hommes experts, des témoins intelligents concernant un fait qui devait, je pense, tomber sous les yeux de toute personne familiarisée avec les premiers livres espagnols imprimés dans la Péninsule, de quiconque a examiné un exemplaire du Centon qui est devant moi et qui date de 1499. Le nom de l'imprimeur placé sur le frontispice, Juan de Rey, c'est important à remarquer, est, d'un autre côté, fort suspect.

4° La seconde édition des *Lettres de Cibdareal* est celle de Madrid, de 1775, donnée par D. Eugenio Llaguno y Amirola, secrétaire de l'Académie royale d'histoire, qui pense que la première édition ne peut pas avoir été imprimée avant 1600, circonstance très-probable d'ailleurs, car elle n'a pas été, que je sache, citée par un auteur d'une date antérieure, et si Antonio de Vera y Zuñiga est intervenu dans l'impression, nous devons supposer qu'elle a été imprimée encore plus tard, puisque, en 1600, cet homme d'état n'était âgé que de dix ans.

5° Le Bachelier de Cibdareal ne met de date à aucune de ses lettres; mais les faits et les allusions qu'elles contiennent se découvrent d'une manière si complète et si facile dans la Chronique de D. Juan II, que l'éditeur des Lettres, en 1775, a pu, au moyen de cette Chronique, fixer la date propre à chacune, je crois, des cent cinq lettres qui composent la collection; opération à peine possible si les deux ouvrages eussent été écrits indépendamment l'un de l'autre.

6° Le style des lettres, certainement accommodé avec une rare habileté et un grand bonheur à celui de l'époque où on les suppose écrites, ne lui est pas véritablement conforme : tantôt il est rempli de curieux archaïsmes; parfois il va plus loin, et emploie des mots dont on ne peut produire d'exemple. Ainsi l'emploi de *ca* dans le sens de *que* ne peut d'aucune manière se justifier : aussi, toutes les fois qu'il se trouve dans la première édition, il a été corrigé dans l'édition de 1775, pour faire un sens. Nous pourrions encore citer d'autres erreurs plus puériles; telles que, dans l'orthographe, l'emploi systématique du *c* pour *z* dans des mots qui n'ont jamais été écrits avec un *c*.

7° Les quelques paroles de l'*Avis au lecteur*, et les mots encore plus concis qui précèdent les vers de la fin du volume, semblent appartenir à l'éditeur qui, d'après Bayer, Mendez et d'autres, vivait après 1600, et qui dut, par conséquent, les écrire dans le style du temps où florissaient Mariana et Cervantès. Or il les a écrits exactement dans le style des lettres qu'il édite, style qui remonte d'un siècle et demi plus haut. Et ce qu'il y a de pire, c'est qu'il emploie, lui aussi, *ca* pour *que*, mot qui n'est nulle part employé par un autre, comme nous l'avons remarqué, excepté par le Bachelier.

8° Tous les récits représentent Juan de Mena comme étant mort à Torrelaguna, en 1466, à l'âge de quarante-cinq ans (N. Antonio, *Bibl. vetus*, édit. Bayer, tome II, p. 266; Romero, *Epicedio*, 1578, fol. 486, à la fin des *Proverbes* de Hernan Nuñez). Le supposé Cibdaréal place (épître 20) Juan de Mena en 1428, année où il n'avait, par conséquent, que dix-sept ans; il le met en relations intimes avec la cour, et en fait déjà le chroniqueur du roi. Il prétend même qu'il était très-avancé dans son poëme principal, le *Laberinto*, assertion des plus invraisemblables, si nous nous rappelons que, d'après les paroles formelles de Romero, Juan de Mena était âgé de trente-trois ans lorsqu'il s'adonna lui-même, pour la première fois, au doux travail de cette bonne science, *al dulce trabajo de aquel buen saber*. (Voyez ce que nous avons dit de Juan de Mena, chap. xix, p. 345.)

9° La description burlesque et satirique que fait Cibdaréal du bon évêque Barrientos n'est pas le fait d'un courtisan. Il n'aurait pas voulu, dans sa situation, parler ainsi d'une personne déjà si considérable, et qui s'éleva bientôt, dans l'État, aux positions les plus hautes. Mais, ce qui est plus, ce récit n'a rien de vrai. Cibdaréal nous représente, ainsi que nous l'avons vu, ce prélat distingué comme ayant brûlé, par un acte d'imprudence et de négligence, une quantité considérable de livres appartenant à la bibliothèque du marquis de Villena, et soumis à son examen, après la mort de leur possesseur, possesseur accusé de s'être adonné, pendant sa vie, à l'étude de la magie. Barrientos, comme Cibdaréal veut nous le faire croire, ne savait rien sur le contenu des livres qu'il fit brûler, parce qu'il ne voulut seulement pas prendre la peine de les examiner. Heureusement, je possède maintenant, dans un manuscrit inédit de Barrientos, son propre récit sur cette affaire. Il se trouve dans un savant traité *sur la Divination*, traité qu'il composa par ordre de D. Juan II, et qu'il dédie à ce monarque. Dans la préface de la seconde partie, il déclare qu'il a brûlé ces livres *par ordre du roi*, et il nous apprend que, dans son opinion, ils auraient dû être épargnés. Voici, en effet, ce qu'il dit :

« Este libro (Raziel) es aquel que despues de la muerte de D. En-
« rique (de Villena)... tu, como rey christianísimo, mandaste á mi,
« tu siervo é factura, que le quemase á vueltas de otros muchos ; lo
« qual yo puse en execucion, en presencia de algunos tus servidores.
« En lo qual, asy como en otras cosas muchas, paresció é paresce la
« gran devocion que tu señoria siempre ovo á la religion christiana,
« y puesto que aqueste fué é es de loar, pero por otro respecto en
« alguna manera es bueno guardar los dichos libros, tanto que estu-
« vieren en guarda é poder de buenas personas fiables, tales que no
« usajen dellos, salvo que los guardassen á fin que en alguno tiempo
« podria aprovechar á los sabios leer en los tales libros (1),... etc. »

---

(1) « Ce livre est celui qu'après la mort de D. Henri de Villena, vous, comme roi très-chrétien, vous m'avez commandé, à moi, votre serviteur et votre créature, de brûler comme beaucoup d'autres : ordre que j'ai mis à exécution en présence de plusieurs de vos serviteurs. En cela, comme en beaucoup d'autres choses, a paru et parait la grande dévotion que Votre Seigneurie a toujours eue pour la religion chrétienne, sentiment qui a été et qui est digne d'éloges. D'un autre côté, il est bon jusqu'à un cer-

10° L'événement le plus considérable mentionné dans les lettres de Cibdaréal, un événement des plus importants qui se sont passés, en Espagne, durant le quinzième siècle, c'est l'exécution du Connétable D. Alvaro de Luna, à Valladolid, le 2 juin 1452. Le Bachelier prétend s'être trouvé dans cette ville avec le roi, le jour de l'exécution et la nuit qui la précéda ; que le roi montra la plus grande irrésolution pour l'exécution de la sentence jusqu'au dernier moment ; qu'il passa la nuit qui la précéda dans l'inquiétude et l'insomnie ; et que personne n'osa lui dire que justice était faite, jusqu'à ce qu'il eût pris son dîner. Il ajoute à ces circonstances frappantes plusieurs détails pittoresques et locaux, comme s'il nous transmettait sa propre connaissance du fait, parce qu'il avait été témoin oculaire de l'exécution. Or la vérité est que le roi n'alla pas ce jour-là à Valladolid, ni plusieurs jours avant ou après. Rien n'eût été, en effet, plus inhumain, de la part du roi, que de venir, à Valladolid, au moment où son vieil ami, son ministre d'État favori, à qui il n'avait jamais cessé d'être attaché, montait sur l'échafaud pour satisfaire une noblesse turbulente qu'il avait opprimée. En effet, le roi se trouvait alors au siége de Maqueda, petite ville au nord-ouest de Tolède, à huit milles environ au delà, comme il appert de ses lettres existant encore sous les dates du 29 mai, 2, 3, 4, 5, 6 juin, etc. : de sorte que la plus grande partie des circonstances de la lettre cent troisième de Cibdaréal sont nécessairement dénuées de toute vérité. De plus, le supposé Cibdaréal place l'exécution du Connétable, la veille de Sainte-Marie Magdeleine, *vispera de la Magdalena*, la confondant avec la date de la mort du roi arrivée ce jour-là, un an après, et la plaçant le 21 juillet, qui est la veille de la Magdeleine, au lieu du 2 juin, jour que de nombreuses discussions, soulevées longtemps après la première publication de ces lettres, ont déterminé pour le jour réel de l'exécution du Connétable. Cette énorme erreur dans les lettres de Cibdaréal sur la date de la mort du Connétable provient, je suppose, en partie de la négligence, en partie aussi de ce que la date de cette mort n'était pas alors déterminée comme elle est aujourd'hui. (Voyez Mendez, *Typog.*, 1796, p. 256-260 ; Quintana, *Vies*, tome III, p. 437-439.)

11° L'époque où je suppose que se forgèrent les lettres de Cib-

---

tain point de conserver lesdits livres, pourvu qu'ils restent sous la garde et le pouvoir de bonnes personnes, à qui on peut se fier, qui ne feraient d'eux aucun usage, mais les garderaient, afin qu'en un certain temps la lecture de pareils livres pût profiter aux savants.... etc. »

daréal est une époque où les supercheries de ce genre sont le plus vraisemblables. C'était en Espagne le siècle des inventions. Guevara venait de soutenir que son *Marc-Aurèle* était une histoire véritable. Les *Laminas* de Grenade et les *Chronicones* de P. Roman de la Higuera, les premières reconnues authentiques par l'autorité civile du royaume tout entière, et reçues, les secondes, d'un consentement unanime, parvinrent au comble du succès, de 1595 à 1652, quoiqu'elles aient été regardées depuis, les unes et les autres, comme des tromperies grossières. La perspicacité de savants tels que Montano, d'historiens tels que Mariana, dut y voir clair à travers ces fables ; ils durent aussi avoir une contenance fière, mais, il faut bien le rappeler, ils ne se sentirent pas assez de force pour les attaquer ouvertement et dénoncer leur fausseté. Dans cet état de l'opinion en Espagne, un écrivain ingénieux, Vera y Zuñiga peut-être, esprit aussi sagace que ces deux savants, quoique beaucoup moins scrupuleux, a bien pu être encouragé à imiter le P. Higuera dans la tentative d'apporter, non point, comme lui, de faux détails sur les événements importants de l'histoire du royaume, mais de se livrer à un simple *jeu d'esprit* littéraire, cherchant à n'égarer personne, en aucun point, excepté sur la légitimité des lettres.

A tous ces arguments on opposera la simplicité générale, les détails pleins d'intérêt des lettres elles-mêmes, si appropriées par leur ton à l'époque sur laquelle elles jettent leur jour, et le fait d'avoir été, pendant deux siècles, citées comme la plus haute autorité pour les événements dont elles parlent. Ce fait voit son importance singulièrement diminuer, quand nous considérons la rareté de l'esprit de critique démontrée par la littérature historique de l'Espagne elle-même ; quand nous voyons que dans la poésie espagnole le fait du Bachelier de la Torre est, sous certains rapports, aussi fort que celui du Bachelier de Cibdaréal, et, sous d'autres, encore plus fort. En fin de compte, tout ce que nous savons de passablement certain sur le Bachelier Cibdaréal, c'est que la première édition de ses Lettres est une supercherie destinée à déguiser quelque chose, ou plus vraisemblablement, je pense, destinée à cacher par-dessus tout le caractère bâtard et apocryphe de tout l'ouvrage.

Dans la *Revista Española de Ambos Mundos* (1854, tome II, pp. 257-281), M. le marquis de Pidal a publié un savant article de vingt pages environ, en réponse à ce que je viens de dire, et dans lequel il exprime sa croyance à l'existence du Bachelier de Cibdaréal, défend l'authenticité de la plus grande partie du *Centon epistolario*, et abandonne le reste.

J'ai déjà rendu l'hommage qu'il mérite à cet homme d'État, à ce savant, tant pour sa munificence que pour son jugement et son bon goût dans la publication du *Cancionero* de Baena (voyez chapitre XXIII, note 1). Il n'a pas montré des qualités moins remarquables dans la longue discussion qu'il m'a fait l'honneur de consacrer à la réfutation de mes opinions sur les lettres de Cibdaréal. Tout ce qu'il dit est dit avec une parfaite connaissance du sujet, avec une urbanité entière et avec une grande habileté et une grande prudence pratiques.

Je sais qu'il a failli me convaincre entièrement : mais ce que je sais encore plus, il a, je le pense, matériellement fortifié ma position et m'a donné satisfaction. En effet, j'avais dit en 1849, sans oser l'affirmer, que l'auteur réel des lettres en question n'était autre que D. Juan Antonio de Vera y Zuñiga, créé comte de la Roca par Philippe IV. Dans cette croyance, j'offre les faits et les raisons suivantes principalement tirées de l'article du marquis de Pidal lui-même et appuyées par conséquent sur son autorité.

1° Don Juan de Vera, d'une ancienne et honorable famille, eut la faiblesse d'être mécontent de ses ancêtres reconnus et prit des moyens inqualifiables pour rendre son origine plus brillante. Il écrivit, ou fit écrire et publier, entre 1617 et 1636, sous des noms divers, tels que Velasquez de Mena, Silva de Chaves, Pedro Fernando Gayoso, et dans les imprimeries de diverses villes, Milan, Arras, Salamanque et même Lima, pas moins de six ouvrages différents qui lui servirent à établir que sa famille remontait jusqu'aux siècles les plus reculés de l'antiquité, à lui créer des liens de parenté avec la moitié des têtes couronnées de l'Europe de son propre temps, et avec presque toute la grandesse de Castille, d'Aragon et de Portugal. Les faits établis dans tous ces livres, ceux surtout qui tendent au développement extravagant de son arbre généalogique, sont considérés comme faux par le marquis de Pidal et comme étant une pure *invention* de Vera y Zuñiga lui-même.

2° Onze des cent cinq lettres de l'*Epistolario* de Cibdaréal contiennent des passages et des faits justement de ce même genre : passages servant, je crois, évidemment à montrer la grande puissance et la considération dont jouissait la famille de Vera y Zuñiga, à l'époque de D. Juan II, et dont il n'existe aucune trace dans les chroniques du temps, si nombreuses et si minutieuses, pas plus qu'ailleurs, excepté dans ces lettres et dans tous ces extraits que le marquis de Pidal regarde comme *inventés et interpolés* par Vera y Zuñiga qui, à ce que croit le marquis, imprima l'édition qui les contient et qui porte le nom de Burgos, 1499, à Venise, pendant son ambassade, de 1632 à 1635.

Maintenant, si l'on admet ainsi et même si l'on croit que de longs passages sur la famille de Vera, dans les lettres 2, 8 et 37, sont réellement inventés et interpolés, qu'ils sont ajustés, avec cette parfaite *callida junctura*, à leurs places respectives par Vera y Zuñiga de manière à ne laisser ni cheville, ni inégalité dans leur style, défauts qui pourraient trahir leur origine bâtarde, je suppose alors que ce même Vera y Zuñiga était bien capable d'inventer toutes les cent cinq lettres et que son entier mépris de la vérité le rendait également capable de le faire. Bien plus, il lui était, je pense, presque aussi aisé de le faire ainsi que nous admettons aisément qu'il l'a fait; et cette invention était certainement plus en rapport avec ses habitudes connues ; puisqu'il avait déjà inventé quatre ou cinq livres dans le même but, rien n'était pour lui plus naturel que d'en forger un de plus.

Le résultat final, par conséquent, auquel je suis arrivé, après avoir examiné de nouveau toute cette matière et lu l'article du marquis de Pidal, est clairement en faveur de Vera y Zuñiga et répond exactement aux mouvements bien connus de sa vanité personnelle ; il prouve que le cours et la nature de ses *supercheries semblables qu'il avait déjà faites* sur le même objet, le conduisaient à préparer et à imprimer, avec une date fausse, une invention pareille au *Centon epistolario*. Et je crois qu'il le fit. Telle est, je pense, maintenant l'opinion de la plus grande partie des savants espagnols, habiles dans de pareilles questions et compétents pour les juger. Certainement, en 1851, les érudits éditeurs du *Cancionero de Baena* publié sous les généreux auspices du marquis de Pidal lui-même crurent que *tout* le livre était le produit de l'invention d'un *certain personnage :* en effet, ils disent (p. 684, note cxviii) « qu'il y a là des raisons très-plausibles de supposer que sa collection (de Cibdaréal) de lettres est *entièrement* faite sur la chronique » (de D. Juan II), et les savants traducteurs de la présente histoire vont plus loin et terminent leurs observations sur tout ce sujet en déclarant qu'ils croient que le *Centon epistolario* est l'ouvrage exclusif du comte de la Roca (voir plus loin, notes et additions des commentateurs espagnols sur l'appendice C). Je dois peut-être ajouter, suivant l'opinion de ces derniers éditeurs, que le style du *Centon epistolario*, examiné avec soin, démontre qu'il ne vient pas du siècle de D. Juan II. C'est là la conclusion à laquelle j'étais arrivé, en préparant l'appendice qui précède, il y a une douzaine d'années ou plus. Sans entrer dans un rigoureux examen de la syntaxe et de la phrase, tâche pour laquelle je me déclare incompétent, surtout pour l'espagnol ancien : un étranger même, pour peu qu'il soit habitué aux chroniques du quinzième siècle, peut, je pense, remarquer que les archaïsmes du prétendu Bachelier sont souvent trop abondants, et que la couleur générale, le sentiment de ses lettres, n'ont rien de conforme aux caractères de cette époque, durant laquelle il prétend avoir vécu.

J'ai corrigé le précédent appendice sur un petit nombre de circonstances particulières sans importance, d'après les insinuations du marquis de Pidal dans l'article que nous avons cité et je lui offre ici toute ma reconnaissance. Mais je dois encore lui témoigner plus de gratitude pour avoir rendu évident à mes yeux que le *Centon epistolario* est réellement et entièrement l'œuvre de Don Antonio Vera y Zuñiga, comte de la Roca, mort en 1658, un peu plus de deux siècles après la date de la dernière lettre dont se compose l'*Epistolario*.

APPENDICE D.

Nous avons donné à ce volume plus d'étendue que nous ne nous étions proposé de le faire ; aussi pouvons-nous insérer ici quelques-uns des vieux et intéressants poëmes espagnols que nous devons à l'obligeance de D. Pascal de Gayangos et qui sont jusqu'ici inédits. Nous voudrions pouvoir en imprimer un plus grand nombre, mais la place nous manque pour les publier tous.

N° 1. — POËME DU PATRIARCHE JOSEPH.

Le premier des manuscrits dont nous parlons se rapporte à celui que nous avons mentionné, page 93. C'est un poëme dont le sujet est Joseph, fils de Jacob, poëme remarquable par plusieurs récits et, entre autres choses, parce que la seule copie dont nous connaissions l'existence, copie conservée à la bibliothèque nationale de Madrid, MSS. C. g. in-4°, 101, est entièrement écrite avec des caractères arabes, circonstance qui l'a fait regarder, pendant longtemps, comme un manuscrit arabe. Sa date ne peut, je crois, remonter plus haut que vers la fin du quatorzième siècle. Son style cependant et sa physionomie générale sembleraient indiquer une époque antérieure. Rappelons-nous en effet que les Morisques, à l'un desquels est dû ce poëme, ne firent pas dans la langue et la civilisation espagnole des progrès aussi rapides que les Espagnols, qui, longtemps avant la chute de Grenade, avaient environné et soumis une grande masse de ces Morisques. A cet égard, nous pouvons conjecturer que le poëme a été écrit vers l'année 1400 ; mais cette date est incertaine.

EL ALHADITS [1] DE JUSUF.

ALEIHI-S-SELÀM (2). BISMI-LLAHI-R-RAHMANI-R-RAHIMI (3).

Loamiento ad Alláh; el alto es y verdadero,
Honrado é complido, señor dereiturero
Franco é poderoso, ordenador sertero.

Grande es el su poder, todo el mundo abarca,
Non se le encubre cosa que en el mundo nasca,
Siquiera en la mar ni en toda la comarca,
Ni en la tierra prieta ni en la blanca.

Fágovos a saber, oyádes, mis amados,
Lo que acontesió en los tiempos passados
A Yacop y á Yusuf y á sus dies hermanos,
Por cobdisia dél hobieron á seyer malos;

Porque Yacop amaba á Yusuf por maravella,
Por qu'él era ninno puro é sin mansella;
Era la su madre fermosa é bella,
Sobre todas las otras era amada ella.

Aquesta fué la rason porque le hobieron envidia :
Porque Yusuf sonnó una noche ante el dia;
Sueño porque entendieron sus hermanos todavia
Que siempre que viviese levaria mejoria.

Aquesto fué que vió onse estrellas
Que marras (4) la guerra era tan ahi con ellas,
Que el sol y la luna era que andaba entre ellas,
Et á Yusuf se humillaban con todas su parellas.

---

(1) Conte, récit, histoire.
(2) Que la paix soit avec lui.
(3) Au nom d'Allah compatissant de pitié.
(4) *Marras*, de l'arabe *marra* y *marratan*, une fois, à une certaine époque.

Como hi era Yusuf ninno de pocos annos,
Envisándolo (1) el padre, non se encubrió de los hermanos,
Et contóles el suenno que vido en los altos;
Pensáronle traision é andáronle en enganno.

Disieron todos á una : « Fagámosla sertera,
Rueguemos á nueso padre rogaria verdadera,
Que nos dé á Yusuf en comanda sertera (2),
E monstrarle hemos mannas de muy buenas maneras. »

Esto hobieron fecho y á su padre rogado.
Yacop les dijera : « Fijos, los mis fijos. . . . .
Non vos lo hubiera á dar ni menos fiado;
Ca podria ser (3). . . . . »

Disieron ellos : « Padre, eso non pensédes;
Nos somos onse hermanos, aquesto non dubdédes;
Que seriamos taraidores aquesto non pensédes.

« Aquesto facemos, sábele el Criador,
Por qu'él valesa mas é ganase el vuestro amor,
Y hubiese las ovejas y el ganado mayor;
Pero si non vos place, mandad como sennor. »

Atanto le dijieron de palabras piadosas,
Atanto le prometieron de palabras fermosas,
Qu'él les dio él ninno, é dijoles las horas
Que lo catasse Alláh de manos engannosas.

Diógelo el padre, como non lo debia far,
Enfiándose en ellos, non quiso mas dubdar.
Dijo : « Filhos, los mis filhos, lo que os quiero rogar (4),
Que me lo catédes y me lo querádes guardar,

« E me lo volvádes luego por amor del Criador (5);
A mí farédes placer, y á él muy grant sabor (6).

---

(1) Se regardant en lui.

(2) Le même sens que « en encomienda verdadera, » qu'il nous le confie en toute sécurité.

(3) L'original sur lequel sont prises les neuf premières strophes de ce poëme est abimé par l'humidité, de sorte qu'il se trouve des passages qu'on n'a pu lire. Dorénavant nous désignerons cet original par la lettre A, et nous appellerons B le poëme de la Bibliothèque nationale, qui lui est inférieur sous tous les rapports.

(4) Dijo : « Escuitadme, los mis filhos, lo que os quiero rogar. » (A).

(5) E que venga ahina por amor del criador (B).

(6) A mi fareis grant placer, é a el muy grant favor (B).

En esto (1) non fallescades, fijos por mi amor ;
Encomiéndolo ad Alláh, poderoso sennor. »

Leváronlo en cuellos mientras el padre los vido.
Desque se vieron lejos, verédes que fueron á far :
Derrócanle del cuello (2), en tierra lo van á posar.
Cuando esto vido Yusuf, por su padré fué á sospirar.

Dejábanlo zaguero, malandante é colpado ;
Era él aun tierno, é fincó muy querebantado ;
Dijóles : « Atendedme, hermanos, que voy muy cansado :
Non querais que finque aqui desmamparado.

« Non querais que finque de sin padre é sin madre,
Y non querais que muera de sete ni de fambre ;
Dadme agua de fuente, de rio ó de mare ;
Miémbreos lo que os dijo el cano de mi padre. »

Uno de los hermanos cuando esto oyó,
Dió de mano al agua, en tierra la vació,
Y de punnos é de calces (3) atan mal lo firió,
El ninno con las sobras en tierra cayó.

Afeyábanlo sus hermanos, diciéndole : « ¿ Es torozon ?
Es ¿ torozon ? ¿ Es landre ? Válante tus fados.
¿ Quién cree en tus suennos que vies en los altos ?
Aqui las pagarás todas por mal de tus pecados (4). »

Húbose de rencorar á uno de los hermanos ;
Yahuda es el su nombre, muy arreciado de manos ,
Fuésele á rogar ad aquellos honrados,
Non murió estonces ; quisiéronlo sus fados.

Tomaron su consejo, é hobiéronlo por bien
Que lo levasen al monte, al poso de sayen (5 :
Frio es é muy fondo, las fieras alli yacian ,
Porque se lo comiesen y nunca mas lo verian.

Pensaron que dijesen el su padre honrado.
Que vino á las ovelhas un lobo airado,
Estando durmiendo Yusuf á su costado ,
Vino el lobo maldito , á Yusuf hobo matado.

---

(1) Desto (B).
(2) Bajaronlo de los cuellos (B).
(3) La même chose que *coces*.
(4) Toute cette strophe manque dans le manuscrit de la Bibliothèque nationale.
(5) Que lo echasen al pozo del monte d'Azrayel (B).

Yacop en este medio estaba entrepensado,
Por rason de su tardar, que non via á su amado,
Diciendo : « ¡ Ay Sennor! en ti creio é fio ;
Tu me guarda á Yusuf de fieras é de frio. »

Yacop, con el sentido salióse á las carreras (1),
Por saber de sus fijos nuevas verdaderas ;
Asomáronse al monte, bajando las laderas,
Disiendo : « ¡ Oh hermano Yusuf, de tan buenas maneras ! »

Cuando él los vido venir con tal apellido,
Luego en aquella hora cayó amortesido ;
Cuando llegaron á él, no lé hallaron sentido.
Disieron todos : « Sennor, dadle el perdon complido. »

Alli, dijo Yahuda á todos sus hermanos,
« Vayamos á Yusuf, adugámoslo privado (2),
Y habrémos el perdon de nueso padre honrado ;
Yo vos prometo selar cuanto habédes yerrado. »

Dijieron los hermanos : « Aquesto non farémos,
Mas vayamos á Yusuf, é lo esmembremos (3),
Ed asy á nueso padre aquesto le dirémos,
Que se lo comio el lobo, é scrémos creederos. »

A poco de rato qu'el padre hobo acordado,
Dijo á los sus fijos : « ¿ Dó es el mi amado?
¿ Qué lo habédes fecho ? ¿ En dó lo habédes echado ? »
Ellos le respondieron : « El lobo se lo habra tragado. »

Dijo : « Non vos creio, mis fijos, en lo que me desides ;
Mas cazad al lobo alli de do venides ;
Yo le faré fablar, corvas las cervices,
Con ayuda de Alláh, si verdad me desides. »

----

(1)   Yacop afligído, salióse á las carreras
        Por oir é saber las nuevas verdaderas ;
        Vídolos venir meciendo las cabezas,
        Disiendo : « ¡ Oh hermano Yusuf, de tan buenas maneras ! » (B).

(2) Volvamos por Yusuf donde estaba encelado (A).

(3) Le manuscrit de la Bibliothèque nationale écrit les trois derniers vers de cette
strophe d'une manière tout à fait différente :

        Somos dies hermanos, eso bien sabemos :
        Vamos à nuestro padre é todo se lo contemos ;
        Que contandole aquesto, seremos creedores.

Fuéronse á cazar á lobo con falsia muy mala,
Disiendo que habia fecho muerte tan granada,
Aducieron la camisa de Yusuf ensangrentada,
Porque Yacop creyese aquello sin dudansa.

Rogó Yacob al Criador, y el lobo luego fué á fablar :
« No manda Alláh que á nabi (1) fuese yo á matar,
En tan extranna tierra me fueron á buscar ;
Hanme fecho pecado, viéngolo á lacerar.

« — Non vos creio, mis fijos, ca tuerto me tenedes ;
En cuanto me prometides, en todo me fallescédes ;
Mas yo fio en Alláh que aun lo verédes,
Todas estas cosas aun las pagarédes. »

Volvióse Yacop, é volvióse llorando ;
Quedaron sus filhos como desmamparados ;
Fuéronse á Yusuf, donde estaba encelado,
E lleváronlo al poso por el suelo rastrando.

Echáronlo en el poso con cuerda muy larga,
Cuando estuvo al medio, hubiéronla cortada,
E cayó entre una peña y una fiera airada ;
Mas quiso Alláh del sielo que non le nució nada.

Alli cayó á Yusuf en aquella agua fria,
Por do pasaba gente con mercaduria,
Que tenian sed con la calor del dia,
E enviaron por agua alli do el yacia.

La ferrada echaron, en la cabesa le daban ;
Non la podian sacar, que mucho les pesaba,
Por rason que Yusuf della se trababa ;
Pusieron hi esfuerzo, salió la bella barba.

Ellos, de que vieron tan noble criatura,
Maravelláronse todos de su grant fermosura ;
Leváronlo ó su señor, placióle la su figura,
Prometióles muy grant bien y muyta mesura.

A poco de rato sus hermanos vinieron
A demandar á Yusuf, su cativo lo ficieron ;
El se lo otorgó, pues ellos quisieron,
Yahuda los consejo alli por do vinieron.

----

(1) Prophète.

Dijo el mercader : « Amigos, si los querédes,
Veinte dineros daré por él, si lo vendédes. —
Plácenos, dijieron ellos, con que lo empresionédes
Fasta la Tierra Santa, que non lo soltarédes. »

Ficiéronle sus cartas de cómo lo vendieron ,
E todo por sus manos por escripto lo pusieron,
Ad aquel mercader su carta le rindieron,
E lévanlo encadenado asi como pusieron.

Cuando vino el mover, Yusuf iba llorando ,
Por expedirse de sus hermanos mal iba quejando,
Maguer qu'ellos eran malos, el facia su guisado ;
Ruégo al mercader, otorgóselo de grado.

Dijo el mercader : « Esta hi es maravella,
Ellos te vendieron como si fueses ovelha,
Diciendo que eras ladron y de falsa pellelha.
Yo por tales como aquesos non daria una arbella. »

Fué Yusuf á sus hermanos, la cadena rastrando,
Yahuda aquella noche los estaba velando ;
Espertólos á todos muy apriesa llorando,
Dijo : « Levantadvos, señores, y ved al torteado. »

Dijo Yusuf : « Hermanos, perdonevos el Criador
Del tuerto que me tenedes ; perdóneos el Señor ;
Que siempre é nunca, se parta el nuestro amor. »
Abrazó á cada guno, é partióse con dolor.

Iban muy grant gente con aquel mercadero ,
Alli iba Yusuf solo é sin compañero,
Pasaron por un camino, por un fosal sennero ,
Do yacia la su madre aserca de un otero.

Dió salto del camello do iba cabalgando ,
No lo sintió el negro que lo iba guardando,
Cayó Yusuf en tierra, la cadena rastrando,
Fuesé para la fuésa de su madre, llorando.

Dijo : « Madre, señora, perdonete el Criador ;
Madre, si me veyeses, de mi hobieses dolor :
Liévanme con cadena captivo, con sennor,
Vendido de mis hermanos, como si fuera taraidor.

« Ellos me han vendido non teniéndoles tuerto ;
Partiéronme de mi padre ante que fuese muerto,

Con arte y con falsia ellos me hobieron vuelto,
Par mal presio me vendieron, é voy ajado é cueyto. »

Desi volvió el negro que iba en la camella,
Requirió á Yusuf, é non lo falló en ella ;
Tornóse por el camino, aguda su orella ;
Fallólo en el fosal llorando, qu'es maravella.

Cuando el negro lo vido, húbolo mal ferido,
E luego en aquella hora cayó amortesido ;
Dijo : « Tú eres malo é ladron complido ;
Ansi nos lo dijieron los que te hobieron vendido. »

Dijole Yusuf : « Yo… no soy malo ni ladron,
Mas aqui yas la mi madre, é véngola pedir perdon.
. . . .
Ruego ad Alláh del cielo é le fago oracion
Que si culpa non te tengo, él te dé su maldicion. »

Andaron toda la noche fasta el otro dia,
Enturbióseles el mundo, un grand viento corria,
Fallecióles el sol á hora de mediodia ;
Non vedian por dó ir con la mercaderia.

Fízose el mercader mucho maravellado
De aquesta fortuna que facia el pecado,
Dijo á sus compañas : « Yo vos mando privado
Qui pecado ha fecho que vienga acordado.

« Qu'es aquesta fortuna que agora habemos
Por algunos pecados que entre nosotros tenemos :
Qui pecado ha fecho perdone é perdonemos,
Camiarémos ventura, todos escaparémos. »

Dijo el negro : « Señor, yo di una puñada
Ad aquel vuestro cativo que fuia á la alborada. »
Llamó el mercader á Yusuf una vegada,
Que se vengase del negro é de la su yerrada.

Dijo Yusuf : « Amigo, eso no es de mi afar ;
Que yo non so de aquesos que se quieren vengar,
Mas soy de tal rais, que quiero perdonar (1).
Gran yerra que seia, yo asi lo quiero far. »

____

(1)   Yo no vengo d'aquellos que se quieren vengar,
             Antes vengo d'aquellos que quieren perdonar (B).

De que aquesto fué fecho, é el negro perdonado,
Aclareció el dia é el mercader fué pagado,
Dijo á Yusuf : « Ah hermano, ay amigo granado,
Si no por la composicion, ya habriate soltado (1). »

A pocos de dias á la su tierra llegaron,
Yusuf luego fué suelto, en el rio lo vaciaron,
De púlpura y de seda muy bien lo aguisaron,
De piedras preciosas muy bien lo agastonaron (2).

Cuando por la villa entró, las gentes se maravellaban,
El dia era nublo y él bien lo aclaraba,
Maguer que era oscuro, él bien lo blanqueaba
Por do quier que pasaba él todo lo alombraba.

Decian las gentes ad aquel mercadero,
Se era aquel ángel ú hombre santurero,
Dijo : « Anda (3) mi es cativo leal y verdadero,
Querríalo vender, sil' fallase mercadero. »

Fizo saber la hora que lo venderia al mercado.
Salieron luego nuevas por todo el reinado (4),
Vinieron todas las gentes el dia señalado,
Estando Yusuf apuesto, en un banco posado.

Non fincó en la comarca hombre ni mujer,
Ni chico ni grande, que non lo fuese á ver ;
Alli vino Zalija, que lexo (5) el comer,
Cabalgada en una mula cuanto podia correr.

Por el daban su peso de plata bien pesado,
Asimismo facian otro de oro esmaltado,
De piedras preciosas, como dicé el deitado (6),
Asimismo su peso de aljóhar (7) granado.

Complólo el rey por su peso de alchohor (8),
Llevólo á su mujer Zalija, con amor,

---

(1) Sino por lo compuesto soltariate de grado (B).
(2) Afeitaron (B).
(3) C'est la particule arabe *enda* ou *inda* qui signifie : « dans la maison de, en puissance de. »
(4) L'autre copie porte *condado*.
(5) *Lexo* est pour *dejo*.
(6) El dictado.
(7) Aljófar.
(8) Alchohor est un mot arabe équivalant à « joyas, piedras preciosas. »

Tomáronlo por filho legitimo y mayor,
Amáronlo entrambos de muy buen amor.

Levantósse el pergonero y pergonó á sabor,
Dijo : « Quién compra profeta cuerdo y sabidor,
Leal y verdadero, firme en el Criador,
Ansi como paresce por su fecho é valor? »

Dijo Yusuf : « Non pergones, amado,
Di, quien comprará cativo torpe y aviltado. »
Dijo el pergonero : « Eso non faré, amado ;
Que si aqueso dijiese non te mercarian de grado. »

Dijo Yusuf : « Si eso non quieres pergonar
Pergona la verdad, y non quieras falsar ;
Di : ¿Quién compra profeta y de alto lugar?
Filho es de Yacop, si le oistes nombrar. »

Cuando el mercader supo que era de tal natura,
Rogó al comprador se lo tornase por mesura ;
E doblarle y ha el precio de su compradura ;
Non lo queria far por guardar ventura.

Bésandole piés y manos que lo quisiese far,
El por ninguna guisa non lo quiso derogar,
Túvose por malandante, la cuenta le fué á tornar ;
Salvando lo que costó, non le quiso mas tomar.

Dijo el mercader á Yusuf en esta sazon
Que rogase ad Alláh del cielo le dieze criazon
Y le alargase la vida lo que fuese razon ;
Que de doce mujeres que tenia, todas con amor,

Que en todas doce le diese criazon.
Rogó Yusuf ad Alláh y le fizo oracion ;
Ficierónse todas preñadas cada una en su sazon,
Cuando vino el delibrar parieron de dos en dos (1).

-----

(1) Le manuscrit de la Bibliothèque nationale donne ces deux strophes d'une manière tout à fait différente :

> Rogó el mercadero à Yusuf la sazon
> Que rogase ad Alláh, del cielo poderoso señor,
> Que en doce mujeres que tenia, todas doce con amor,
> Que en todas le diese filhos é criazon.
>
> Levantó se Yusuf é fizo loacion
> Rogó ad Allah del cielo, de buen corazon,
> Que alargase la vida al bueno del varon,
> Y empreñaronse todas, cada una à su sazon.

Cuando la hora fué que hubieron de librar
Plació ad Alláh del cielo, todas fueron á echar.
Muy nobles criaturas, figuras de alegrar,
Alláh nuestro Señor las quiso ayudar.

Criólo Zalija; muy bien lo hubo criado
E de buen corazon lo hubo guardado;
Como era apuesto, pagóse del privado,
Demandóle barato é nol' semejó guisado.

Dijo á su privada : « Ya sabes, hermana,
Como yo crié á Yusuf en cada semana,
Muy bien lo guardé de noche y de mañana,
Y él no me lo precia mas que si fuese vana.

« Dame sabiduria é sapiensa clara,
Ca yo non puedo facer qu'el acate mi cara;
Solamente que él me vediese é luego me amara,
E ficiese á mis guisas en lo que yo mandara. »

Dijo la su privada : « Yo vos daré un consejo,
Vos dadme haber é yo fare un bosquejo,
Yo habré un pintor que mestorara (1) arrecho,
Yo faré de manera que él vienga á vuestro lecho. »

Cuanto la demandó, todó fu bien guisado;
Fizo facer un palacio apuesto é cuadrado,
Todo lo fizo blanco, paredes é terrado,
Fizolo figurar á un pintor privado.

De Yusuf y de Zalija alli fizo las feguras,
Que se abrasaban ambos privados sin mesura;
Que semejaban vivos con seso y cordura,
Porque era figurado de mistura por natura.

Desque el palacio fué fecho todo bien acabado
Alli vino Zalija y asentóse de grado;
Enviaron por Yusuf luego con el mandado :
« Yusuf, tu señora quiere que viengas privado. »

Alli vino Yusuf do Zalija sedia,
Como quiso dentrar, luego sintió falsia;
El quísose tornar, ella non lo consentia,
Trabólo de la falda, llevólo do yacia.

---

(1) *Mestorar* signifie la même chose que *pintar*, peindre.

Alli fincó Yusuf con muy grande espanto,
Falagábalo Zalija, é él volviase de canto ;
Prometiéndole haber é riquezas abasto :
« Agora, dijo Yusuf, Alláh mandará á fasto. »

Do quiera que cataba veia fegura artera,
Diciéndole Zalija : « Esta es fiera... manera ;
Tú eres mi cativo, é yo tu señora sertera,
E no puedo faser te guies á mi carrera. »

Yusuf en aquella hora quisose encantar ;
El pecado lo fasia que lo queria engañar ;
Mas vido que no era á su padre honrar,
Repentido fué luego, comencóse de afermar.

Luego volvió las cuestas é comenzó de fuir ;
De zaga ibale Zalija, non lo podia sofrir,
Trabólo de la falda, como oirias desir,
Echando grandes voces : « Aqui habrás de venir. »

Oyólo su marido por de vino alli privado,
Falló á Yusuf llorando su mal fado ;
Rota tenia la falda en su costado,
Y el su corazon negro por miedo de pecado.

Zalija tenia tendidos sus cabellos,
En manera de forzada, los sus olhos bermelhos,
Diciendo al buen Rey : « Ya, Señor, de tus parelhos
Aquí son menester todos los tus conselhos.

« Cata aqui tu cativo que tenias en fieldad,
Hame caesido por sin ninguna piedad,
Habiéndolo criado con tan grand poridad
Como face madre á filho, ansi yo lo quise far. »

Dijo el Rey á Yusuf aquesta razon :
« ¿ Cómo me has pensado en tan grande traicion,
Toviéndote aqui puesto en mi corazon ? —
La hora, dijo Yusuf, no vengo de tal morgon. »

Reutaban á Zalija las dueñas del lugar
Porque con su cativo queria voltariar ;
Ella de que lo supo arte las fué á buscar
Convidólas á todas é llevólas á yantar ;

Diólas ricos comeres é vinos esmerados ;
Que iban hi todas agodas de dictados ;

Diólas sendas toronjas é canninetes en las manos,
Tajantes é apuestos é muy bien temperados.

Y fuése Zalija adó Yusuf estaba
De púrpura é de seda muy bien lo aguisaba
E de piedras preciosas muy bien lo afeitaba,
Verdugadero en sus manos, á las dueñas lo enviaba.

Ellas de que lo vieron, perdieron su cordura
Tanto era de apuesta é de buena fegura ;
Pensaban que era tan angel, é tornaban en locura,
Cortábanse las manos, é non se habian cura,

Que por las toronjas la sangre iba andando ;
Zalija, cuando lo vido, toda se fué alegrando ;
Dijoles Zalija : « ¿ Qué facés, locas de sin cuidado,
Que por vuesas manos la sangre iba andando? »

Ellas, desqué lo vieron, sintieron la su locura,
Diciéndoles Zalija : « ¿ Dó, vais, locas, sin cordura ;
Que á por una vista sola tomádes tal tristura?
¿ Qué debria yo facer dende el tiempo que me dura ? »

Dijiéronle las dueñas : « A ti non te colpamos ;
Nosotras somos las yerradas que dél te razonamos,
Mas antes guisarémos que él venga á tus manos,
De manera que seais avenidos enterambos. »

E fuéronse las dueñas á Yusuf á rogar,
Vedéredes cada una como lo queria far ;
Pensábades Zalija que por ella iba á rogar
Mas cada una iba para si á recabar.

Yusuf, cuando aquesto vido, reclamóse al Criador
Diciendo : « Padre mio, de mi hayádes dolor,
Son tornadas de una muchas en mi amor ;
Pues mas quiero ser preso que non ser traidor. »

Cuando Zalija vido la cosa mal parada,
Que por ninguna via no pudo haber de entrada,
Dijo al buen Rey : « Este me ha difamada,
No teniendo yo culpa, mas á falsia granada. »

Echólo en la prision aqui á que se volviese
E que por aquello á ella obedeciese
E entendiólo el Rey ante que muriese,
E juró que non salria mientras que él viviese.

E cuando aquesto fué fecho, Zalija fué repentida, ·
Non lo habria querido facer en dias de su vida,
Diciendo : « ¡ Oh mezquina ! nunca seré guarida ;
De este mal tan grande en que soy caida ;

« Que si yo supiera que esto habia de venir
Que por ninguna via no se ha podido complir ;
Que yo no he podido de este mal guarir,
Por deseo de Yusuf habré yo de morir. »

Alli yace diez años como si fuese cordero
D'aquí á que mandó el Rey á un su portero
Echar en la prision dos hombres, y el tercero,
El uno su escanciano, é él otro un panicero,

Porque habian pensado al Rey de far traicion ,
Que en el vino é en el pan que le echasen ponzon ;
Probado fué al panicero, é al escanciano non,
Porque mejor supo catar é encobrir la traicion.

Alli do estaban presos muy bien los castigaba,
E cualquiera que enfermaba muy bien lo curaba.
Todos lo guardaban por do quiera que él estaba,
Porque él lo merecia, su figura se lo daba.

Soñó el escanciano un sueño tan pesado,
Contólo á Yusuf, y sacóselo de grado ;
Dijo : « Tú fués escanciano de tu señor honrado ;
Mas hoy en seras á tu oficio tornado,

« E abrás perdon de tu señor.
Ayúdete el seso, é guiete el Criador ;
Ca á quien Alláh da seso, dale grande honor
Volveras á tu oficio con muy grand valor. »

Dijo el panicero al su compañero :
« Yo diré á Yusuf que he soñado un sueño
De noche, en tal dia, cuando salia'el lucero,
Y veré que me dice en su seso certero. »

Contóle el panicero el sueño que queria, »
E sacóselo Yusuf, é nada non le mentia ;
Dijo : « Tú fués panicero del Rey y todavia,
Mas aqui yacerás, porque ficieste falsia ;

« Que al tercero dia serás tú luego suelto,
E seras enforcado á tu cabeza el tuerto,

E comerán tus meollos las aves del puerto ;
Alli serás colgado hasta que sias muerto. »

Dijo el panicero : « Non soñé cosa certera
Que yo me lo decia por ver la manera. »
Dijo Yusuf : « Esta es cosa verdadera,
Que lo que tú dijistes, Alláh lo envió por carrera. »

Dijo Yusuf al escanciano aquesta razon :
« Ruégote que recuerdes al Rey de mi prision,
Que harto me ha durado esta gran maldicion. »
Dijo el escanciano : « Pláceme de corazon. »

Luego al tercer dia salieron de grando
E fuéronse delante el Rey, su señor honrado,
E mandó el panicero ser luego enforcado ;
Dijo : « El escanciano á su oficio ha tornado. »

Olvidósele al escanciano de decir el su mandado,
E no le membró por dos años, ni le fué acordado
Fasta que soñó un sueño el Rey apoderado ;
Doce años estuvo preso, é esto mal de su grado.

Aqueste fué el sueño que el Rey hubo soñado :
De que salia del agua un rio granado,
Anir era su nombre, grande é muy preciado,
E vido que en (1) salian siete vacas de grado ;

Eran bellas é gordas, é de lay muy cargadas,
Y vido otras siete magras, flacas y delgadas ;
Comíanse las flacas á las gordas granadas,
E no se les parecia ni henchian las hilladas.

E vido siete espigas muy llenas de grano,
Verdes é fermosas como en tiempo de verano :
E vido otras siete secas con grano vano,
Todas secas é blancas como cabello cano.

Comíanse las secas à las verdes del dia,
E non se la parecia ninguna mejoria ;
Tornábanse todas secas, cada guna vacia,
Todas secas é blancas, como de niebla fria.

El Rey se maravelló de cómo se comian
Las flacas á las gordas granadas,

---

(1) *En* est ici pour *ende. Anir*, c'est le fleuve du Nil.

Y las siete espigas secas á las verdes mojadas,
Entendia que en su sueño habia largas palabras
E no podio pensar á qué fuesen sacadas.

 Y llamó à los sabidores, é el sueño les fué á contar,
Que se lo sacasen, é no ge diesen vagar,
E ellos le dijeron : « Nos querais aquejar,
Mirarémos en los libros, ó non te darémos rogar. »

Dijéronle : « Señor, no seais aquejado,
No son las sueños ciertos en tiempo arrebatado ;
Los amores crecen, segun nos, ó cuidado,
Mas á las de veras suelen tornar en falso. »

Y amansóse el Rey y dióles de mano,
Porque él entendia que andaban en vano ;
E hubo de saber aquello el escanciano,
E vinose al Rey, é dióle la mano,

E dijole : « Señor, yo sé un sabidor honrado,
El cual está en prision firmemente atorteado,
Dos años habemos que dél non me he acordado,
He fecho como torpe, é siéntome yerrado.

« Ya me sacó un sueño, cierto le vi venir. »
Y el Rey le respondió : « Amigo, empieza de ir
E cóntaselo todo, como has oido decir,
E librarlo hemos muy presto, é sacarlo yo de alli.

E fuése el escanciano á Yusuf de grado
E dijo : « Perdóname, amigo, que olvidé tu mandado,
E fizole el miedo de mi señor honrado ;
Mas agora es tiempo de mandarlo doblado.

« Mas ruégote, hermano, en amor del Criador,
Que me saques un sueño, que vido mi señor. —
La hora, dijo Yusuf, pláceme de corazon,
Pues que no puedo salir fasta que quiera el mayor. »

E contóle el sueño todo bien cumplido,
Porque no yerrase Yusuf en lo que era sabido ;
Cuando el sueño fué contado, Yusuf hubo entendido,
Dijo Yusuf : « El sueño es cierto é tenido.

« Sabrás que las siete vacas gordas é granadas,
E las siete espigas verdes é mojadas,
Son siete años muy lluviosos de aguas,
Do quiera que sembráredes todas nacerán dobladas ;

« Y las magras vacas y las secas espigas,
Son siete años de muy fuertes prisas.
Cómense á los buenos bien à las sus guisas,
Do quiera que sembráredes no ya saldrán espigas.

« Porque face menester que sembrédes abasto
En estos años buenos que haberédes á farto,
Y desédes provienda para vos y el ganado,
E alzédes lo otro, ansi el fecho llegado,

· « Con su espiga mesma sin ninguna trilladura,
E la palla sea guardada muy bien de afolladura,
Porque no se caíga polilla ni ninguna podredura,
Porque en estos tiempos secos tengádes folgadura;

« Porque en aquestos años tengádes qué comer,
E vuestros bestiales é las vacas de beber,
E todas vos esforcédes é podades guarecer,
E saldréis al buen tiempo é habréis mucho bien »

Cuando el escanciano vió del sueño la glosa,
Volvióse al Rey con verdaderogoso,
E fizole á saber al de la barba donosa
Cuanto era el sueño con razon fermoso.

E placióle mucho al Rey, é hobo gran placer,
E súpole muy mal de tal preso tener,
Cuerdo é verdadero complido en el saber,
E mandó que lo trayesen, que el lo queria ver.

E fuése el escanciano á Yusuf con el mandado,
E dijo como el Rey por él habia enviado,
E que fuese presto, del Rey non fuese airado;
, E dijo Yusuf : « No seré tan entorbiado.

« Mas vuélvete al Rey, y dile desta manera :
Yo, ¿ qué fiuza tendré en tu merced certera,
Que me tuviste preso doce años en cárcel negra
A tuerto é sin razon y á traicion verdadera?

« Mas yo de su prision non quiero salir
Fasta que me venga de quien alli me fizo ir,
De las dueñas fermosas que me ficieron fuir
Cuant se cortaban las manos é non lo podian sentir,

« Aplácelas el Rey, pues que me dañaron,
Que digan la verdad por qué me acusaron;

O por cuál razon en la cárcel me echaron,
Porque entienda el Rey por qué me colparon ;

« E cuando serán ajuntadas, é Zalija con ellas,
Demándelas el Rey verdad á todas ellas,
E cuando él verá que la culpa tienen ellas,
La hora yo salré de muy buenas maneras. »

Aplazólas el Rey, é demandólas la verdad ;
Ellas le dijeron : « Todas fecimos maldad,
E Yusuf fué certero manteniendo lealtad,
Nunca quiso voltariar ni le dió la voluntad. »

Y levantóse Zalija, y comenzó de decir
A todas las dueñas : « No es hora de mentir,
Sino de seyer firmes é con verdad venir,
Que yo me entremetí, por mi loado vivir.

« Que todas hicimos yerro, si (1) nos valga el Criador,
E le tenemos culpa ; Alláh es perdonador ;
Yusuf es fuera de yerro é de pecado mayor. »
El Rey cuando las oyera, maldiciólas con dolor.

E fizo saber el Rey á Yusuf la manera
Cómo era quito, cosa verdadera,
De todas las dueñas con prueba certera ;
E la hora salió Yusuf de la carcel negra.

Y en el portal de la prision fizo facer un escripto :
« La prision es fuesa de los hombres vivos,
E sitio de maldicion é banco del abismo ;
Alláh nos cure de ella á todos los amigos. »

Envióle el Rey muy rica cabalgadura
E grand caballeria que lo habian á cura,
Levábanlo en medio, como señor de natura,
E fuéronse al palacio del buen Rey, de mesura.

El Rey, como lo vido, luego se fué á levantar,
Y el Rey se fué á él, lo que no solia usar,
Y asentólo cabo á el, lo que no solia far,
Y en la hora le dijo el Rey · « Mi fillo te quiro far. »

Con setenta fablaches (2) el Rey le hobo fablado,

____

(1) Même signification que *asi.*
(2) Langue, idiome, dialecte.

E respondióle Yusuf á cada uno privado,
E fablo Yusuf al Rey, é el Rey no supo dar recabdo,
E maravillóse el Rey de su saber granado.

Dijo el Rey á Yusuf : « Ruégot', hermano,
Qui me cuentes el sueño que te dijo mi escanciano,
Que lo oiga de tu lengua, y sea yo alegrado,
Y adrezarémos nuestras cosas, seyendo yo librado. »

Y dijo Yusuf al Rey : « Encomiéndote al Criador,
Que de aqueste sueño habrás muy grande honor;
Mas tú has menester de hombre de corazon
Que ordene la tu facienda y la guie con valor.

« Mas adreza tu facienda como yo te he fablado,
Que el pan de la tierra todo seya alzado,
El de los años buenos para el tiempo afortunado,
Que de sede é de fambre todo el mundo sea aquejado.

« Verná toda la gente en los tiempos faltos,
Y mercarán el pan de los tus alzados
Por oro y plata y cuerpos y algos,
De manera que serás señor de altos y de bajos. »

Y el Rey, cuando esto oyera, comenzó de pensar ;
Yusuf, como le vido, volvióle á fablar,
Y dijole : « En eso no pensédes que Alláh lo ha de librar,
Que yo habré de ser quien lo habré de guiar. »

Dijo el Rey : « Oh amigo, y como me has alegrado,
Yo te lo agradezco, de Alláh ende habrás grado,
Que tu serás aquel por quien se ensalzará el condado,
Y que de hoy adelante te dejo el reinado ;

« Porque tú perteneces mandar el reinado,
Yo á toda la gente, ivierno y verano,
Todos te obedecerémos, el joven y el cano,
Como las otras gentes quiero ser de grado.

« Porque tu lo mereces, de Alláh te venga guianza;
Pero ruégote, amigo, que seyas en amiganza
Que me vuelvas mi reino y non pongas dudanza
Al cabo de dicho tiempo, non finques con mal andanza.

« Con aquesta condicion, que te quedes en tu estado,
Come Rey en tu tierra, mandando y sentenciando;
Que asi lo mandaré hoy por todo el reinado,
Que no quiero yo ser ya mas Rey llamado. »

Y plació1e á Yusuf y húbolo de otorgar,
En el sitio del Rey luego se hubo de sentar,
Y mandó el Rey á la gente delante dél humillar,
Firmemente lo guardaban como lo debian far.

Y cuando vido Yusuf la luna prima y delgada
En el sino (1) que se iba con planta apresurada,
Que dentraban los años de ventura abastada,
Mandó juntar la tierra y toda su compaña.

Y de que fueron llegados todos sus vasallos,
Fízoles á saber por qué eran llegados;
Que se fuesen á sembrar los bajos y altos
Que sembrasen toda la tierra, valles y galachos.

Y fuéronse á sembrar todos con cordura,
Asi como mandaba su señor de natura,
Tenian redoblados con bien y con ventura,
Y maravilláronse de su sabencia pura.

Y luego mandó Yusuf á todos sus maestros
Que ficiesen graneros de muy grandos peltrechos.
Muy anchos y largos, de muy fuertes maderos
Para adalzar el pan de los tiempos certeros.

Nunca vieron los hombres estancias tamañas,
Unas encima de otras, que semejaban montañas.
Y mando segar el pan ansi entre dos tallas,
Y ligar las fachos con cuerdas delgadas.

Y facialos poner en los graneros atados
Ansi con sus espigas que fuese bien guardado,
Que no y cayese polilla ni nada hubiese cuidado,
Cada año lo fizo ansi facer, y ficiéronlo de grado.

El tanto llegó del pan, que no le fallaban cuantia
E cuando vido la luna en el sino que se iba,
Que dentraba la seca de muy mala guisa,
Mandó que no sembrasen despues de aquel dia.

Fasta que pasasen otros siete años cumplidos,
Que de sete é de fambre serian fallecidos,
E no hí habia aguas de cielo nin de rios,
Ansi como lo dijo Yusuf, asi fueron venidos.

---

(1) *Sino* pour *signo*.

Y puso el Rey fieles para su pan vender,
Buenos é verdaderos, segun el su saber,
E mandó que diesen el drecho, ansí lo manda facer,
E precio subido por el que fiz prender.

E mandó á sus fieles que vendiesen de grado
El uno á los de la tierra, y el otro á los de fuera del reinado,
A cada guno demandasen nuevas de dó eran privados,
O si eran de la tierra, que no les diesen recabdo.

Que á pocos de dias las tierras fueron vacias
De todo el pan é mercaderias,
E no ya y habia que comer en cibdades ni en villas,
E mercaba de Yusuf el que sabia las guaridas.

Los primeros años con dinero é mobla (1) mercaron,
Levaron plata é oro, é todo lo acabaron,
E luego, empues de aquello, la criazon gastaron,
E non les bastó aquello, que mucha res ya llevaron.

Que al seteno año vendieron los cuerpos,
E fueron todos cativos, todos vivos é muertos,
E todo volvió al Rey, las tierras é los pueblos,
E extendióse la fambre en reinos extranjeros.

Pues cuando lo vido Yusuf todo á su mandar,
E todos los cativos que podia vender ó dar,
Volvióse al Rey é fuéle á fablar,
Dijo : « ¿Qué te parece, Rey, de lo que me has visto far? »

E dijole el Rey : « Tú harás por el reinado,
Porque tú mereces mandar el condado,
Porque tú perteneces mandar el reinado,
Que yo ne quiero ser ya mas rey llamado. »

Dijo Yusuf al Rey aquesta razon :
« Ya fago franco á todos é quito con honor,
Y á ti tu reismo (2) con todo señor. —
La hora, dijo el Rey, eso no seria razon ;

« Que no me lo consentiria el mi corazon,
Que tan noble sabencia fuese á baldon
Antes de hoy adelante quiero que tu seyas señor. »
. . . . (3).

----

(1) Biens, meubles.
(2) Droits régaliens.
(3) Ici il manque un vers.

E cuando Yusuf vido la fambre apoderada,
Que por toda la tierra era tan recargada ,
Entendió que á tierra de su padre seria llegada ,
Puso ya regimiento cómo la nueva fuese arribada.

Mas á pocos de dias la fambre fué llegada
A tierras de Yacop é de su barba honrada,
Tenia mucha gente é una moyer guardada,
Todos à su propia costa é bien apoderada.

Dijo Yacop : « Filhos, yo he sentido
Que en tierras de Egito hay un rey cumplido,
Bueno é verdadero, franco y entendido ,
E tiene mucho pan partido é vendido.

« Querria que tomásedes deste nuestro haber,
E que fueseis luego ad aquel rey á ver,
Contadle nuestra cuita, é querrá vos creyer,
Con la ayuda de Alláh querrá á vos vender. »

Dijieron sus filhos : « Placenos de grado;
Irémos á veyer ad aquel rey honrado,
E verémos la su tierra , é tambien el su reinado,
E con la ayuda de Alláh él nos dará recabdo. »

De que llegaron á la tierra avistada
Preguntaron por el Rey dó era su posada ;
Dijo un escudero : « Aqui es la su morada,
Yo vos daré del pan é tambien de la cebada.

« Que yo soy fiel del rey, que vendo el pan alzado
A los de fuera del reino; á los otros no me es mandado;
Decidme de dónde sois, é libraros he de grado,
Ca si sois de aquesta tierra, non vos daré recabdo.

« Decidme de dónde sois o de qué lugar,
Porque podais ansi d'aqueste pan levar,
E daré á cada guno cuanto querais mercar,
Segunt el dinero lo haré yo mesurar. »

Y ellos le dijieron todos sus dictados
E la tierra de do eran, é cómo eran hermanos
Filhos de Yacop é de Isac, muy amados
En Jerusalem, alli do eran fincados.

E dentró el escudero al Rey é contóle la razon ,
E de qué logar eran é del cuál morgou,

Filhos de profeta é de buena generacion;
« Señor, si tú lo mandas, librarlos he con amor. »

E mandó el Rey que entrasen delante del privado,
E que los diesen á comer del mayor pescado,
E que los guardasen por todo el reinado,
E no los dejasen ir, é toviesen su mandado.

Y el Rey, como los vido, hobo placer con ellos,
E mandóse adrezar luego de vestidos bellos,
Mil caballeros al costado esquerro, mil al drecho,
De una parte placer, de otra grand despecho.

Los vestidos que traia eran de gran valor
Eran de oro é de seda, é de fermosa labor,
E traia piedras preciosas, de que salia claror.
Mas traia algalia é muy rico golor.

E mandó que dentrasen á veyer su figura,
E diéronle salvacion, segun su catadura,
E mandólos asentar con bien y apostura,
Maravilláronse mucho de su buena mesura.

Ellos estando en piedes y el Rey posado,
Hételos al Rey fieramente catando,
Ellos no se dudaban nin de habian cuidado,
Tratábalos el Rey con amor é de grado.

E que de vieron al Rey bella su catadura,
Yúdas dijo: « Hermanos, oid mi locura;
Témome de este rey y de su encontradura,
Roguémosle luego nos envie por mesura. »

Por mucho que le dijieron, él no lo quiso far,
Fasta el tercero dia alli los fizo estar,
Fizoles mucha honra, cuanta les pudo far,
Ansi como á filhos los mandaba guardar.

La mesura de pan de oro era obrada,
E de piedras preciosas era estrelada,
E era de ver toda con tal guisa enclavada,
Que facia saber al Rey la verdad apurada.

Dijoles el rey, nuevas les demandaba,
La mesura en su mano, que se la meneaba,,
Diciendoles el Rey que mcrasen lo que hablaban.
Que si decian mentira ella lo declaraba.

Quien con el Rey habla guárdese de mentir,
Ni en su razon non quiera mentir,
Porque cuando lo facia haciala retiñir,
Y ella le decia verdad sin cuentradecir.

Díjoles el Rey : « ¿ De quién sédes filhos,
O de qué linaje sedes venidos?
Véos yo de gran fuerza, fermosos é cumplidos,
Quiero que me lo digades, é serémos amigos. »

Ellos le dijéron : « Nosotros, Señor,
Somos de profeta, creyente al Criador ;
De Yacop somos filhos, creyente al Criador,
E venimos por pan si hallamos vendedor. »

E firió el Rey en la mesura é fizola sonar :
Póncla á su orelha por oir é guardar,
Dijoles el Rey, é no quiso mas dudar,
« Segun dice la mesura, verdad puede estar. »

Dijoles el Rey : « ¿ Cuántos sos, amados? »
Ellos le dijieron : « Eramos dose hermanos,
Al uno se comió el lobo, segun nos cuidamos,
E el otro queda con él, su amor acabado. »

Dijoles el Rey : « Prometo al Criador,
Sino por acatar á vuestro padre é señor,
Yo os tendria presos en cadena con dolor,
Mas por amor del viejo, enviaros he con honor. »

Ellos dijiéron : « Señor, rogámoste en amor,
Por el Señor del mundo, que te dió honra é valor,
Nos quieras enviar á nueso padre é señor,
Y habrás gualardon é merced del Criador.

« E non cates á nos mas al viejo de nueso padre,
Porque es hombre muy viejo é flaco en verdad,
Que si tú le conocieses, querriasle honrar,
Pórque es hombre muy sano é de buena voluntad.

« — Yo no cato á vosotros, mas á quien debo mirar
E aquel hombre bueno que me venides á rogar,
Alláh me traíga en tiempo que yo lo pueda honrar,
Que como face filho á padre, yo asi lo quiero far.

« Saludadme al viejo, á vueso padre el cano,
Y que me envie una carta con el chico, vueso hermano,

E qué fué de su tristeza que ha tornado en vano;
E si aquesto olvidais, no os darémos grano.

« Mas en vosotros no me fío ni me caye en grado,
Mas porque á mi seya cierto, quede el uno restado
Hasta que venga la carta con el chico, vueso hermano,
Y en esto echad suertes cuál quedará arrestado. »

E cayó la suerte á uno que decian Simeon,
El que cortó la soga á Yusuf la sazon
Cuando lo echaron en el pozo, y cayó alli el varon,
E hubo de fincar ende con la dicha condicion.

E luego el Rey mandó la moneda dellos ser tomada,
E luego á cada uno en su jaco ligada
E ellos no se dudaban nin de habian cuidado,
Fízolo el Rey por que tornasen de grado.

Y espidiéronse del Rey, é vinieron muy pagados,
E contaron al su padre del Rey é sus condados;
Que nunca víeron tal Rey, é de tantos vasallos,
E de buena manera é de consejos sanos.

E que se verificaba en todo su afer (1)
A su padre Yacop, en honra é saber,
Quien no lo conociese é lo fuese á ver,
Entenderia que es profeta, é habríalo á creyer.

Desataron los sacos del trígo, é hubieron catado,
Fallaron la cuantía que hubieron llevado;
Dijeron á su padre: « Este es hombre abonado,
Que sobre toda la honra la cuantia nos ha tornado.

« Mas sepádes, padre, que él os envia á rogar
Que le enviés á vuestro filho, é non le querais tardar,
Con una carta escripta de todo vueso afar.
Padre, si no nos lo dádes, no nos cabe mas tornar.

« Ni nos dará del pan ni serémos creidos;
Padre, si nos lo dádes serémos guaridos;
Térnemos nuestra fé é serémos creidos,
E trairémos del pan é ganarémos amigos. »

Dijoles el padre: « No lo podria mandar;
Este es mi vida, é con él me he de conhortar

---

(1) *Afer*, le méme que *afar*, en français *affaire*.

Ni en vosotros yo non quiero mas fiar,
Porque antes de agora me hobiestes á falsar.

  « Cuando llevastes à Yusuf é no me lo tornastes,
Quebrantastes vuestra fe é vuestros homenajes,
Perdistes á mi filho como desleales,
Yo me quiero guardar de todas vuestras maldades. »

  Por mucho que le dijieron, él no lo quiso far,
Ni por ninguna via lo quiso otorgar;
Hobiéronse de sofrir, é no ya quisieron tornar,
Fasta que el pan fué comido, é no ya habia que amasar.

  E la hora tornaron á su padre á rogar
Que les diese á su hermano é los quiera guiar ;
Que al buen Rey prometieron de sin él no tornar,
E qu'ellos lo guardarian sin ninguna crueldad.

  Tanto le dijieron, é le fueron á rogar,
Que viendo la gran fortuna, hóbolo de otorgar,
Y ellos le prometieron de muy bien le guardar
E de no volver sin él jura le fueron á far.

  Y á uno de sus filhos fizo facer un escripto.
En el cual decia : « A tú, rey de Egypto,
Salud é buen amor de Yacop el tristo,
Yo te agredezco é tu fecho é tu dicto.

  « A lo que me demandas, qué fué de mi estado,
Sepas que mi vejez é mi bien he logrado,
O la mi ceguedad, que ya soy quebrantado,
Primero por pavor del Criador honrado,

  « E por Yusuf, mi filho parte de mi corazon,
Aquel que era fuerza de mi en toda sazon,
Y era mi amparo, é perdilo sin razon,
No sé, triste, si es muerto ó vivo en prision.

  « Entiendo que soy majado del Rey celestial ;
Y ansi, que deste mi filho tomes mancilla é pesar,
E lo que yo te ruego, como á rey natural,
Que me vuelvas á mi filho, ca por él soy yo mortal.

  « Que si no por este filho, yo ya seria finado;
Que él me daba conhuerto de Yusuf, el mi amado,
Yo te lo envio en fe que me lo tornes privado,
Enguárdete el Alláh, señor apoderado. »

De que la carta fué fecha, dijolos él de grado :
« Filhos, los mis filhos, complid el mi mandado ;
No dentreis por una puerta, mas por muchas privado,
Porque seria mejor, porque ansí lo he probado. »

Despidiéronse de su padre, é fueron con alegria ;
Caminaron todos juntos la noche y el dia,
E llegaron á la cibdad con la calor del dia ;
Y el Rey, como lo supo, hubo gran mejoría.

E mandóse adrezar el Rey de ricas vestiduras,
Y á toda su gente muy ricas cabalgaduras,
Enbalsamienta de oro é safomerios de gran mesura,
De diversas maneras, y olores de gran altura.

Cuando fué acabado lo que el Rey hobo mandado,
Mandó que dentrasen delante de él privado,
Y cuando ellos iban por la corte dentrando,
Echóles palmas el chico en las loores de grado,

E besóles por su cara é por su vestidura ;
Rebtábanlo los otros que hacia gran locura,
Diciendo : « ¿Qué háces, loco, de sin, cordura?
¿Entiendes que por tí han puesto aquesta fermosura ? »

Dijoles : « Hermanos, ruegoos no vos quejédes ;
Oid mi razon, que luego la sabrédes ;
Mas conviéneos, hermanos, que os aparejédes,
Porque entienda el Rey que parientes buenos tenédes. »

E conocieron todos que tenia razon,
Tomaron su consejo como de buen varon,
E fueron delante el Rey con buena condicion,
De parte del padre era la su generacion.

Tanto era el Rey de apuesto, que no lo conocian ;
Unos certificaban, y otros no podian,
Y el Rey se sonrió, é díjo qué querian
O de qué tierra eran, que buena gente parecian.

Y ellos le dijeron del afar pasado,
De cómo traian la carta con el chico su hermano ;
Ansi como prometieron, con homenaje dado
Pusiéronle delante é placióle de grado.

Traia con él una carta escreipta,
Del estado de su padre é de su vida feita ;

El Rey, cuando la leyó, lloró con gran mancilla,
Y encubrióse de los otros, que ellos no lo vian.

E luego mandó el Rey á todos sus menesteres
De embasillamiento de oro que henchiesen las mesas
E otras tantas de plata de diversas maneras,
E mandóles asentar á que comiesen en ellas.

E de que fueron sentados, mandó que los serviesen
E mandó el Rey que de dos en dos comiesen,
Ansi como nacieron, que ansi lo ficiesen,
Porque á él le parecia que no se ende estoviesen.

De que vieron de comer entre dos una escodilla,
Hubo de fincar el chico con su mano en la mejilla,
Porque fincaba solo, triste con mancilla,
Por tristeza de su hermano, que eran de una nacida.

E vedósele el comer, por dolor de su hermano,
orque cada guno comia con su par cormano,
Llorando con tristeza, y el su meollo vano,
E dejó de comer el buen filho del cano.

Cuando aquesto hobieron fecho, cayó amortecido,
E el Rey, cuando lo vido, á él fue arremetido;
Tomólo de la mano, é honrólo el valido.
. . . . (1).

Dijo el Rey : « Amigo, ¿quien te ha ferido? »
Dijo él : « Vos sos, señor cumplido,
Que me membrastes á mi hermano él bellido,
El cual mi corazon no lo echó en olvido. »

Dijo el Rey : « Amigo ¿quiérasme perdonar,
Que yo no sabia quien eras ni de qué lugar?
Pues que tú fincas solo, habréte de acompañar
En lugar de tu hermano, con tú quiero yantar. »

Sirvióle el Rey de muy buena voluntad,
E mandó que le parasen mesa de gran beldad,
Que quiere comer con él, que le habia piedad.
Tanta fué la bondad del Rey, y honra que le fué á dar,

Que le quitó la ira, é comió con él de grado;
Sus hermanos, que lo vieron, tomaron mal cuidado;

____

(1) Ici il manque un vers.

E por invidia quisieran haberlo matado ;
Diciendo unos á otros : « Aqueste nuestro hermano

« Allá con nuestro padre luego fará grandia ,
De que serémos en nuestra tierra é él todavia.
— Yo comi con el Rey porque lo merecia ,
Y aquestos á mis piedes de noche é de dia. — »

Dijole el Rey si habia moyer é filho ;
Y él le dijo : « He moyer con tres niños ;
Por deseo de Yusuf, púseles nombres piadosos ,
Al cual mi corazon no le echa en olvido.

« Al uno dicen Lobo, y al otro dicen Sangre ,
Y al otro dicen Yusuf, filho de buena madre ,
Esto porque dijieron mis hermanos á mi padre
Que el lobo maldito en Yusuf se fué afartado ,

« Trayeron en sangre la su camisa clara ,
E yo con aquestos nombres no olvido su cara
No olvido ni de noche ni de dia encara (1) ,
Porque él era mi vida é era mi ampara.

« Nacimos dambos juntos en el vientre de mi madre ,
Y húbose de perder en el tiempo de mi padre ;
No sé, triste, si es muerto ó vivo en tierra ó mare ,
Habéismelo mandado, é ficísteme pesare. »

Y aquejósele al Rey á la hora el corazon ,
Y quiso echar voces y encubrir la razon ;
Y tomólo de la mano y apartólo á un rincon ;
Y dijole el Rey y hablóle como varon.

Dijole el Rey : « ¿ Conócesme, escudero ? »
Y él le dijo : « No, á fe de caballero. »
Dijo : « Yo soy Yusuf, yo soy tu hermano certero. »
Y abrazáronse dambos y andarian un millero.

Tanto tomó del gozo con Yusuf su hermano ,
Que cayó amortecido el su meollo vano ;
Y el Rey, como le vido, tomóle de la mano.
Dijoles : « No hayas miedo mientras yo seya sano. »

Apartólo el Rey, y dijole esta razon :
« Yo quiero que finques con mí en toda sazon ;

---

(1) Même signification que *aun*, encore.

No lo sabrá ninguno, muyer ni varon ;
Yo hacerlo he con buen arte é muy buena razon.

« E por farlo mas secreto, te fago sabidor,
Porque non hayas miedo ni ninguna temor :
Yo mandaré meter la mesura de valor,
Dentro en el tu saco, y esto por tu amor. »

Ninguno sabia del Rey la poridad,
Y envióles á todos de buena voluntad ;
Caminaron todos juntos, toda la hermandad,
Ed alli oyeron voces de gran crueldad.

E paráronse todos á ver qué querian
E vieron que era el Rey con gente, que corrian
Disiendo : « ¡ Guardáos, traidores, que habeis hecho falsia !
Mala obra obrastes al Rey todavia. »

Quedáronse todos cada guno espantado
Del dicho que oyeron á tan mal airado ;
E dijieron todos : « Aun ganádes gran pecado,
De llamarnos ladrones no siéndonos probado.

« Decidnos, ¿qué querédes ó qué demandádes,
O qué os han furtado, que ansi os aquájedes? »
E ellos les dijieron : « La mesura vos tomastes,
La que decia al Rey todas las verdades.

« Déla quen la tiene, y albricias le darémos
Un cafiz de trigo del mejor que tenemos. »
Y ellos les dijieron : « Por la fe que tenemos
No somos mal fautores, que nos non lo farémos.

« No venimos de natura de facer desaguisados :
No lo habemos fecho en el tiempo pasado ;
Esto bien sabédes, pues nos lo habeis probado ;
No nos quejeis aquejamiento airado. »

E dijo un caballero aquesta razon :
« Amigos, si mentédes ¿qué será en gualardon? »
Y ellos les dijeron : « Cativo quede el ladron,
Al uso de la tierra con muy buena razon. »

Buscaron los sacos del trigo, é cada uno privado,
Dejáronse en tal mente el del chico atado ;
Sus hermanos, de que lo vieron, tomaron mal cuidado,
Porque como su saco no lo habian buscado.

Dijieron al Rey, y tambien al su caudillo ,
Por que no habian buscado el saco de su hermanillo
Dijieron ellos : « Antes vamos al castillo. »
E ellos mesmos le buscaron, é fallaron el furtillo.

E de que vieron ellos todos los hermanos
Que era la mesura, quédaron espantados.
Dijieron : « ¡ Oh hermano ! cómo nos has aviltado ,
Que te habé acontecido, quedamos deshonrados. »

Dijo : « Hermanos, ruégoos no vos aquejédes;
Oidme razon, qué luego lo verédes ,
Que yo culpa no vos tengo, é luego lo otorguédes ;
No lo quierria far por cuanto vosotros tenédes.

« Mas acuérdeseos, hermanos, cuando fallastes la cuantia ,
Cada uno en su saco, no supiéndola aquel dia ;
Si aquello vos furtastes, de noche ó de dia ;
Ansí é furtado yo la mesura todavía.

« Si decis que no sabeis, tampoco sabo yo ,
Que aquesto nunca furté, ni nunca tal fice yo. »
Sus hermanos, que lo vieron ansí razonar,
Luego con aquello hubieron á sosegar ;

Dijieron : « Señor, si ha furtado, no lo hayas á maravella,
Que un hermano tenia de muy mala pelelha ;
Cuando era chico, furtónos la cinta bella ;
Ellos eran de una madre, e nosotros non de aquella. »

E sonrióse el Rey dentro en su corazon ,
De la palabra mala dicha á sin razon.
Dijoles el Rey : « Yo vos digo la sazon ,
Que todos á mi tenédes trazas de ladron. »

E mandó que lo tomasen é lo levasen rastrando ,
Mas no de manera que lo habia mandado,
Mas porque sus hermanos fuesen certificados
Que lo levaban preso, y esto mal de su grado.

Mandólo el Rey levar á su cámara real
Fasta que sus hermanos fuesen á yantar ;
E cuando fueron idos é mandados del lugar,
El Rey se fué aprisa á su hermano á fablar.

E tomáronse los dos luego de mano á mano,
Disiéndole el Rey : « Yo soy Yusuf, tu hermano,

El que fué perdido de mi padre el cano,
El cual por mi es triste, y yo por él no soy sano. »

Mandólo adrezar el Rey de nobles paños privados,
Los mejores que habia en todos sus reinados.
Dijole el Rey : « Hermano acabado,
Ruégote que te alegres é fagas lo que mando.

« Ir he á nuesos hermanos, y veré en qué andan
O qué querrán facer, é veré qué demandan. »
Cuando el Rey fué á ellos, fallólos que pensaban,
Tristes é mal andantes, con vergüenza andaban.

Firió el Rey en la mesura, como de primero,
El son escuitaba el buen Rey verdadero,
Diséndoles : « ¿ Qué dice este son certero? »
Y dijiéronle ellos : « No lo entendemos á fe caballero.

« — Dice aqueste son que todos habeis pecado,
De treinta años acá, que no os habeis tornado. »
E comenzaron de plorar, é dijieron : « Senor honrado.
Quiérenos perdonar, é del mayor ende habrás grado.

« E no cates á nos, que andamos en vano :
Mas cata á nueso padre, que ya es anciano ;
Que si tú le conocieses á nueso padre el cano,
Luego le enviaras al preso nueso hermano. »

E cuando oyera el nombre de Yacop nombrar,
Afligiósele el corazon, y el Rey cuidó llorar ;
Dijóles : « Amigos, si no fuera por acatar
A vueso padre Yacop, yo vos faria matar. »

Dijoles el Rey : « Id vuesa carrera ;
No vos he menester por ninguna manera ;
Vueso padre me rogó por su carta verdadera
Que luego os enviase en toda manera. »

Volviéronse al Rey de cabo á rogar
Que les diese à su hermano é los quiera guiar,
Que á su padre prometieron de sin él no tornar,
E que tomase al uno dellos, é lo pusiese en su lugar.

Dijoles el Rey : « Eso no seria razon,
Que yo tomase al cativo é dejase al ladron ;
Id de aqui, no me enojeis, que me haceis gran sermon
Y empezad de caminar ; que no habréis mas razon. »

Apartáronse á consejo, en qué manera farian,
O á su padre qué razon le darian,
O si por fuerza de allí lo sacarian,
E la fe que dieron cómo se la tendrian.

Comenzó de decir Yúdas el mayor :
« Id á vueso padre é contadle la razon,
Que su filho ha furtado, fízonos deshonor,
Que el Rey lo tiene preso por furto de gran valor.

« Porque sepádes, hermanos, que yo de aquí no partiria,
Que todos lo prometimos de no facerle falsia·,
Ni á nueso padre mentir no se podria ;
Fasta que el Rey lo mande, yo de aqui no iria.

« Mas fagamos tanto, si nos caye en grado,
Volvamos al Rey, é roguémosle privado,
Y si no lo quiere facer, pongamos hi recabdo,
Combatirémos el castillo, en la cibdad entrando.

« Yo fallo en la cibdad nueve barrios granados,
Y el palacio del Rey es al un costado,
Yo combatiré al Rey é matar le he á recabdo,
Y vosotros a la cibdad, cada uno á su barrio. »

Y dentró Yudas al Rey, sañudo como un leon,
Dijo : « Ruégote, Rey, que me dédes un don,
Que me dés á mi hermano, y habrémos gualardon ;
Y si no lo quieres facer, tomar non quieras honor.

« Que si echo una voz, como face el cabron,
No fincará en la comarca mujer ni varon,
Ni aun preñada, que no mueva á la sazon,
Todos amortecidos caerán á baldon. »

Dijoles el Rey : « Faced lo que querrédes ;
Que en mal grado os lo pongo, si vos no lo facédes ;
Que si vos sois de fuerza, otros end fallarédes,
Que en lugar sois agora ó menester la habrédes. »

Yúdas se ensaño del una saña muy airada,
El tomó una muela mucho grande é pesada,
Echóla por cima el muro, como si fuera manzana ;
Mandóla volver el Rey á su lugar sitiada.

Allegóse el Rey á la muela privada,
Y puso el pié en el olho (1), y echóla muy airada,

---

(1) Trou de la meule de moulin.

Muy alta, por cima el muro donde era posada,
E fizolo ligieramente sin la falda arremangada.

Yudas en aquella hora empezóse de ensanyar,
Y el Rey, come lo conocia, dejóle bien hinchar.
E cuando entendió que habia de vaciar
Aseño á sú filho que lo fuese á tocar.

E levantóse su filho, é fuélo á tomar
Delante del Rey su padre lo fué á levar.
E luego la saña se le fué á quitar,
E tambien la fuerza le fué á faltar.

Fué a buscar á sus hermanos, é non dubdó cosa,
« En mi alma me ha tocado esta criazon donosa,
Entiendo que es criazon de Yacop, esa barba canosa; »
E fuélos á buscar por la cibdad fermosa.

E cuando los falló dijo : « Hermanos, ¿ quién me ha tocado? »
Ellos le dijieron : « No nos, à la fe, hermano. »
Dijo : « Cierto yo soy, segun mi cuidado,
De la crianza de Yacop anda por el mercado. »

Alli fabló Yahuda á todos sus hermanos :
« Este es el consejo de los hombres malos ;
Cuando yo vos decia no seyamos yerrados,
E no me quisistes creyer, caimos en los lazos.

« Cuando yo decia algun bien, no me queriais escuchar,
De mi padre me pasa cuanto me puede pasar,
Roguemos al criador que nos haya piedad,
E tambien al noble Rey que nos quiera perdonar. »

Alli fué á hablar Yudas el mayor :
« Vamos delante el Rey con muy fermosa razon.
E de cualquiera manera demandémosle perdon,
Querria que fuésemos fuera del rejno del Leon. »

E fuéronse al Rey, é dijiéronle esta razon :
« ¿ Quieres acatar primero al Criador
Y á nueso padre Yacop, de Alláh conocedor? »
Dijoles el Rey : « Guerra me hicistes y error.

« Yo os quise mostrar mi fuerza é mi ventura,
Porque entendiésedes todos con seso é cordura
Que la nuestra fuerza nos sobra por natura. »
E perdonólos el Rey, y asentóse la mesura.

Ellos estaban alegres, porque el Rey los ha perdonado,
E dijoles el Rey : « Amigos, la mesura me ha fablado ;
E dice que ad aquel vueso hermano en un poso habeis echado,
Yo creo que lo ficistes é eso mal su grado.

« E cuando lo sacastes, por mal precio fué vendido,
Disteslo por veinte dineros, como mozo abatido. —
Rogámoste, señor, que seamos creidos,
No creyas tales malezas, de tal parte no venimos. »

E sacó el Rey una carta que tenia en alzado,
Escripta en hebráico del tiempo pasado ;
De cómo lo vendieron é lo hubieron mercado,
Guardada la tuvo el valido fasta daquel estado.

Yúdas tomó la carta é leyó los dictados,
Llorando de sus olhos, todos maravillados ;
Diciendo : « ¿ Quién dió esta carta al Rey en sus manos ? »
Dijoles el Rey : « Non seyádes dudados. »

Dijieron : « Señor, aquesta es la carta
Del cativo que teniamos, é dismola por falsa. »
Yúdas leyóla toda de sin falta ;
Dijoles el Rey : « Sois de muy mala casta. »

E firió el Rey en la mesura como de primero,
Y el son escuitaba el buen Rey verdadero,
Disiéndoles enpues : « Dice este son certero
Que aquel vueso hermano es vivo é caballero.

« Además sinifica que él cierto non es muerto.
E que aun vendrá con muy gran conhuerto,
E dira á todas las gentes los que se habian vuelto,
Y á todos los de la tierra los que le han fecho tuerto.

« E dirá aqueste son, que todos sois pecadores,
E que á vueso padre hicisteis malas labores,
Y que es la su tristeza por los vuesos yerrores,
Cada dia le entristecédes, como facen traidores. »

Y el Rey, cuando aquesto vido, llamó á sus privados,
Que veniesen los ferreros é les cortasen las manos,
Y ellos, desque los vieron con cuchillos y mazos,
Dijieron : « Perdidos somos por nuesos pecados. »

E dijieron al Rey : « Si nosotros lo viésemos,
La tierra que él pisase todos la besarémos

Mas conviénenos que nos remediemos
E mejoremos ventura, é todos escaparémos. »

E perdonólos el Rey, pues que conocieron
Que andaban yerrados, é se arrepintieron,
E fícieron buenas obras, é ansi lo prometieron,
E fueron á su padre, é grande alegria ficieron.

Alli se fué á quedar Yúdas é Simeon,
Y no fueron á su padre mas de ocho, non,
Y el padre, cuando los vido, dijó aquesta razon :
« No habédes vergüenza de mujer ni de varon.

« ¿ Que son de vuesos hermanos, el mayor é menor,
Candela de mis olhos, que por él soy con dolor?... »
Dijiéronle : « Padre, la mesura furtó al Emperador,
El Rey lo habria muerto, sinon fuera por tu amor.

« Y quedan por tu vergüenza Yúdas y Simeon,
Non quisieron venir por ninguna razon. »
E dijoles el padre : « Venides con traicion,
De guisa farédes que non de quedará morgon.

« Cada dia menguádes, é crece mi tristura,
Y aun testiguádes firmemente en locura
Que mi filho furtó al Rey la mesura. »
Y dijiéronle : « Padre, lo que vimos es cierto todavia. »

E fizoles una carta para daquel rey honrado ;
Enviábale á decir que buscasen á su hermano.
A Yusuf el chico, el malaventurado,
Por do quiera que pasasen siempre preguntando.

Y dijiéronle : « Padre, volved en vuesa cordura,
Agora no os hi mentédes de muertos sin figura. »
Dijoles : « Faced lo que yo mando : que yo sé de la altura
Lo que vosotros no sabeis, de buen Señor de natura (1). »

. . . .

. . . .

Il existe, ce me semble, peu de compositions dans la vieille poésie
descriptive d'aucune nation moderne, plus digne d'être lue que celle

-----

(1) Nous n'avons jamais pu trouver le reste de ce poëme, incomplet, comme on
peut le voir, et auquel il ne doit cependant pas manquer beaucoup de strophes.

vieille version morisque de l'histoire de Joseph. Dans certaines parties règne la sensibilité naturelle la plus tendre, dans d'autres un pathétique des plus touchants : partout on voit l'empreinte de l'état extraordinaire des mœurs et de la société qui lui a donné naissance. Plusieurs passages nous portent à croire qu'il était publiquement récité. Aujourd'hui même encore, sa lecture nous conduit insensiblement à un chant lointain, et il nous semble entendre les voix des chameliers arabes ou des muletiers espagnols, suivant que prédomine l'air oriental ou la modulation de la romance. Je ne connais rien de plus attrayant dans la forme de la vieille poésie des romances ; rien qui ait un caractère si particulier, si original, si distinct de tout ce qu'on peut rencontrer ailleurs dans ce même genre.

APPENDICE E.

El libro del Rabbi Santob.

Cette poésie, œuvre d'un juif natif de Carrion de los Condes, Rabbi Don Santob, nom dont l'orthographe s'écrit de différentes manières, s'imprime ici d'après le manuscrit de la Bibliothèque nationale de Madrid marqué **B. b.**, in-fol. et commençant au folio **XI**. Nous en avons parlé, ainsi que de son auteur, page 83. Il ne nous reste plus qu'à exprimer le désir de voir la copie que nous donnons scrupuleusement comparée au manuscrit de la bibliothèque de l'Escurial.

CONSEJOS Y DOCUMENTOS DEL JUDIO RABBI DON SANTO AL REY
DON PEDRO DE CASTILLA.

Como quiera que dize Salomon, e dize verdat, en el *Libro de los Proverbios,* « quien acrecienta ciencia, acrescienta dolor, » pero que yo entiendo que a esto que el llama dolor que es trabajo del coraçon e del entendimiento. E asi no lo devemos tener al tal dolor por malo, ca el non lo dixo mal dolor, nin por que ome deue causa escusarse (1) de

---

(1) De quelque manière que le dise Salomon, et il dit la vérité, dans le livre des *Proverbes :* « Celui qui accroît sa science accroît sa douleur; » mais moi j'entends que ce qu'il appelle douleur n'est autre chose que travail du cœur et de l'intelligence. Aussi ne devons-nous pas regarder cette douleur comme un mal; Salomon, en effet, n'a pas

la ciencia e de la buena arte, ca la ciencia es causa al entendido po-
nerle en folgura corporal e espiritual. E aun digo que Salomon antes e despues que escrivio o dixo en los dichos *Proverbios* el que
acrecienta ciencia acrescienta dolor, al acrescento ciencia amos del
a de hoy vista en la *Biblia* que le e .... el dicho *Libro de Proverbios* e el *Libro de los Cantares* o *Canticores* e el *Libro de Vanidades* o
Clesiasticas, e fiso el *Libro de Sapiencia;* amad justicia los que judga-
des la tierra. E sea asy que se entiende que no lo dixo por mal dolor :
ca sy lo el syntiera por dolor, no se trabajera de acrescentar ciencia;
pero este dolor es asemejado al trabajo de bien faser, que trabaja ome
en yr luengo camino por alcançar complimiento de su deseo, e es
aquel trabajo folgura, gloria, e non dolor, aunque pasa por el, porque lo
mucho del bien fase ninguno aquel dolor, e asi que dixo, acrecienta
dolor, por que quien mucho lee mucho trabaja, e mientra mas acrescienta el estudio, mas acrescienta trabajo para el fruto que el entendido toca del tal trabajo. Porque el fruto o dolor es de tamaña gloria
que el trabajo e dolor con que se alcanço es ninguno e cosa olvidada
e non sentyda, nin enpecible mas antes fué e es causa de bien e es
afigurado, como sy diesen a omen contar doblas para el : cierto es que
trabaja en el contar, pero mas pro saca myentra mas contare. Asi que
non lo dixo por dolor empecible ni malo, ca dolor ay que ome desea á
las veses, que con el avric grant folgura e non syn el; asi que es muchas

---

dit que cette douleur soit un mal, ni un motif pour l'homme de s'excuser de la science
et de la sagesse, puisque la science est cause que le savant se livre au repos du corps
et de l'esprit. Et je dis que Salomon, avant d'avoir écrit et dit dans lesdits Proverbes,
et même après, que « celui qui accroit sa science accroit sa douleur, » par l'accrois-
sement de la science, avait dès lors en vue la *Bible* qui le (1)....... ledit livre
des Proverbes et le livre des Chants ou des Cantiques, et le livre des Vanités ou
l'Ecclésiaste, et il fit le livre de la Sagesse : « Aimez la justice, vous qui jugez la
terre. » Et qu'il en soit ainsi, que l'on entende qu'il ne dit pas que cette douleur est
un mal, car, s'il l'avait lui-même prise pour une douleur, il ne se serait pas travaillé pour accroitre sa science. Or cette douleur ressemble à la peine que l'on prend
pour bien faire, au travail de l'homme qui a un long chemin à parcourir pour arriver à l'accomplissement de son désir ; ce travail est alors une récréation, une gloire
et non une douleur, quoiqu'il faille passer par elle, parce que l'excès du bien met à
néant cette douleur. C'est en ce sens que Salomon a dit : « il accroit sa douleur, » parce
que celui qui lit beaucoup travaille beaucoup, et plus l'étude s'accroit, plus s'accroit
le travail pour le fruit que l'intelligent retire de ce travail même. Le fruit ou la douleur est d'une gloire si grande que *la douleur* et le travail par lesquels on l'obtient
sont nuls, oubliés, insensibles, inoffensifs ; ils sont et deviennent au contraire cause de

(1) Le manuscrit de la Bibliothèque, le seul où cette préface se trouve, est ici tronqué, ainsi qu'en
d'autres endroits, et est en outre très-défectueux.

\eses deseado dolor, et commo la mejor mañera que todavia cobdicia
aquel dolor mas que todas las folguras e vicios del mundo, porque es
causa de todo su deseo; asi que es dolor nescesario o provechoso, e
por esto non deve cesar de fablar ciencia el que sabe por cuyta de sufrir trabajos o dolor, mayormente que es notorio, que vyene por
devyna influyda de Dios en el omen que la tiene. Asi que non la da Dios
para que la calle nin para aquel influydo, solo salvo para faser bien,
commo la sacra ley que Dio a Muyssen non sollamente para el, mas
para ssu pueblo, de generacion en generacion e aun para todos los
nascidos que a su ley sse allegarón, como disc Ysayas en el c°. . . . .
El linage que lo serviere sera contado á él por publico suyo; asi que
el Señor da sabiduria á uno para enseñarla á muchos, e puede aqui
desir á qvien quisyere, pues el señor Dios commo da la sabiduria a
uno para enseñarla a muchos, tan bien la podria dar á los muchos, é
en verdat para que o porque es esto diria yo á el; respondote que tan
bien podria dar Dios la ley syn que se enseñase por escritura á cada
nascido, pero no se le entendria ni seria sabido que bynya de Dios, nin
por acarreamiento del Espiritu Sancto; asy que non seria Dios tan
conoscido, é por esto es en el secreto de Dios é vien lo que a nos non
se entyende, ca el Señor todas las cosas que el fiso é son con sabiduria
acabada que es en el; asi que devemos creer é es bien aprender que

---

bien; c'est un travail fictif, comme si l'on disait à un homme de compter des doubles
pour lui. Les compter est un travail, c'est certain, mais, plus il en compte, plus de
profit il retire. Aussi n'a-t-il pas dit que c'était une douleur nuisible ni mauvaise; en
effet, il est une douleur que l'homme désire parfois, par elle il éprouve une grande
jouissance qu'il n'a pas sans elle. Aussi, bien souvent la douleur est-elle désirée; et
c'est là la meilleure manière de désirer encore cette douleur plus que toutes les jouissances et les vices du monde. C'est ainsi que cette douleur est nécessaire et avantageuse; voilà pourquoi il ne doit cesser de parler science, celui qui la sait, dans la crainte
de souffrir peine ou douleur, et surtout quand il est notoire que la science vient de
source divine, insufflée par Dieu dans l'homme qui la possède. Ainsi Dieu ne la donne
pas pour qu'il la taise, ou pour l'inspiré seul, mais pour faire le bien, comme la loi sacrée qu'il donne à Moïse, non-seulement pour lui, mais pour son peuple, de génération
en génération, et même pour tous les mortels qui se sont rattachés à sa loi, comme
dit Isaïe au chapitre. . . . . « La race qui le servira lui sera comptée pour son peuple. »
C'est ainsi que le Seigneur donne la sagesse à un pour l'enseigner au grand nombre :
il pourrait aussi la donner au grand nombre, et en vérité dans quel but et pourquoi
en est-il ainsi? lui dirais-je, moi; je te réponds que Dieu pourrait aussi donner la loi
sans l'enseigner par écrit à chaque mortel, mais on ne la comprendrait pas, on ne saurait pas qu'elle vient de Dieu par entremise de l'Esprit-Saint. Dieu ne serait pas non
plus si connu; voilà pourquoi c'est dans le secret de Dieu, d'où il nous vient des choses que nous ne pouvons comprendre, car toutes les choses que fait le Seigneur sont

quien pretende e entender del que entyende e punar en el tal trabajo
que naçe dello gloria e folgura; asi que non es dolor doloroso, mas es
dolor provechoso. Pues asi es, plaziendo a Dios, declararé algo en
las trobas de Rabi Santob el Judio de Carrion en algunas partes que
parescen escritas, aunque no son escritas, salvo por quanto son trobas
é toda escritura rymada paresce entrepatada, é non lo es; que por
guardar los consonantes disce algunas veses lo que ha de desir despues diselo antes. E esto quiero yo trabajar en declarar con el
ayuda de Dios para algunos que pueden ser que leerán, e non enten-
derán syn que otro gelas declare, commo algunas veses la hayan visto
esto por cuanto syn dubda las dichas trobas son muy notable escritura, que todo omen la deviera de curar, ca esta fue la entencion del
sabio Raby que las fiso, por que escritura rimada es mejor decorada
que non la que va por testo llano, e dise asy el prologo de sus rimas
es veynte e tres coplas fasta do quiero desir del mundo.

  Señor Rey, noble, alto,
Oy este sermon,
Que vyene desyr Santob,
Judio de Carrion,

  Comunalmente trobado
De glosas moralmente,
De la filosofia sacado
Segunt que va syguiente.

  Quando el Rey Don Alfonso
Fynó, fyncó la gente,
Como quando el pulso
Fallesce al doliente.

  Que luego non cuidaua,
Que tan grant mejoria
A ellos fyncaua
Ni omen lo entendia.

  Quando la rosa seca
En su tiempo sale,
El agua della fynca
Rosada, que mas vale.

  Asi vos fyncastes del
Para mucho turar,
E faser lo que el
Cobdiciava librar.

---

faites avec cette sagesse infinie qui est en lui. Par conséquent nous devons croire, et il
est bien d'apprendre que celui qui prétend comprendre et lutter dans un travail d'où
naît gloire et jouissance, celui-là n'éprouve pas une douleur douloureuse, mais une
douleur avantageuse. Puisqu'il en est ainsi, s'il plait à Dieu, j'éclaircirai un peu dans
les vers de Rabi Santob, le juif de Carrion, certaines parties qui paraissent écrites et
qui ne sont pas écrites, sauf pour tout ce qui est improvisation et parce que toute écriture rimée semble entremêlée et ne l'est pas; que pour observer les consonnances, il
dit parfois avant ce qu'il devrait dire après. Et c'est là ce qu'avec l'aide de Dieu, je
veux travailler à démontrer pour quelques-uns, à qui il peut arriver de les lire et qui ne
les comprendraient pas, si un autre ne les leur commentait, comme ils l'ont vu faire
quelquefois, parce que lesdites strophes sont une composition remarquable que tout
homme devrait étudier. Telle fut en effet l'intention du savant rabbi qui les composa,
parce que toute œuvre rimée est plus appréciée que celle qui est écrite en prose. C'est
ainsi que s'exprime le prologue de ses rimes, il y a vingt-trois couplets jusqu'au :
Quiero decir del mundo.

Como la debda mia
Que a vos muy poco monta
Con la qual yo podria
Bevyr syn toda onta,

Estando yo en afruenta
De miedos de pecados,
Que muchos fis syn cuenta,
Menudos e granados.

Teniame por muerto,
Mas vyno me el talante
Un conhorte muy cierto,
Que me fiso vien andante.

Omen torpe, sin seso,
Seria a Dios baldon
La tu maldat en peso
Poner con su perdon.

El te fiso nascer,
Byves en merced suya;
¿Como podria vencer
A su obra la tuya?

Pecar es la tu maña,
E la suya perdonar,
El alongar la saña,
Los yerros oluidar,

Bien commo es mas alto
El cielo que la tierra,
El su perdon es tanto
Mayor que la tu yerra.

Segunt el poder suyo
Tanto es la su obra suya,
Segunt el poder tuyo
Tal es la obra tuya.

Obrar de omen que nada
Es todo el su fecho,
Ca su vyda penada,
Es a muy poco trecho.

¿Como seria tan grande
Como la del Criador,
Que todo el mundo anda
E fas en derredor

Andar aquella rueda,
El sol e las estrellas,
E jamas nunca queda,
E sabe cuenta dellas?

Cuanto el tu estado
Es ante la su gloria,
Monta el tu pecado
A su mysiricordia.

Seria cosa estraña
Muy fuera de natura,
La tu yerra tamaña
Ser como su mesura.

Et desto non temas
Que ser non podria,
Que non tornes jamas
En la tu rebeldia,

Mas en te arrepentyr
E facer oracion,
Et merced le pedyr
Con magnifestacion

De todo lo pasado,
E partyr dello mano,
Con tanto perdonado
Seras bien de lyviano.

Et non sabe la persona
Torpe que non se baldona
Por las priesas del mundo
Que nos da a menudo.

I non sabe que la manera
Del mundo esta era,
Tener syempre viciosos
A los onbres astrosos,

Et ser (de) guerreados
Los omes onrrados,
Alça los ojos é cata,
E verás la mar alta,

Et sobre las sus cuestas
Andar cosas muertas,
E yazen çafondadas
En el piedras presciadas.

Et el peso asi
Abaja otro si,
La mas llena balança
E la mas vasya alça.

Et en el çielo estrellas
E sabe cuenta dellas,
Non escurescen dellas una,
Sy non el sol é la luna.

Las mys canas teñilas,
Non por las auorrescer,
Ni por desdesyrlas,
Nin mancebo parescer,

Mas con miedo sobejo
De omes que buscarian
En mi seso de viejo,
E non lo fallarian.

Pues trabajo me mengua,
Donde puede auer,
Prodiré de mi lengua
Algo de mi saber.

Quando no es lo que quiero,
Quiero yo lo que es ;
Si pesar he primero,
Plaser avré despues.

Mas pues aquella rueda
Del cielo una ora
Jamas non esta queda,
Peora et mejora ,

Aun aqueste laso
Renovará el escripto,
Este pandero manso
Avrá el su rretynto ;

Sonará ; verná dia,
Avrá su libertad,
Parescio como solia
Valer el su quintal.

Yo proue lo pesado,
Prouare lo lyviano,
Quiça mudare fado
Quando mudare la mano.

Rescelé, si fablase
Que enojo faria,
Por si me callase
Por torpe fyncaria.

Aquel que no se muda,
Non falla lo quel' plas ;
Disen que avé muda
Agüero nunca fas.

Porque pisan por aquella,
Sazon, yerran perlando ;
Omes que pisan ella
Para siempre callando.

Entendi que en callar
Avri e grant mejoria,
Avorresci fablar
E fuéme peoria.

Que non so para menos
Que otros de mi ley,
Que ovieron buenos
Donadios del Rey.

Syes mi rrason ser buena
Non sea despreciada
Por que la dis presona
Rafez ; que mucha espada.

De fyno azero sano
Se ve de rrota vayna
Salir, e del gusano
Fazer la seda fyna.

E un tosco garrote
Fare muy ciertos trechos,
E algunt astroso pellote
Cubrir blancos pechos.

Et muy sotil trotero
Aduze buenas nuevas,
E muy vil vezerro
Presenta ciertas prueuas.

Por nascer en el espino
No val la rosa cierto
Menos, nin el buen vyno
Por nascer en el sarmiento.

Non val el açor menos
Por nascer de mal nido,
Ni los enxemplos buenos
Por los dezir Judio.

Non me tengan por corto,
Que mucho Judio largo
Non entraria a coto
A fazer lo que yo fago.

Bien sé que nunca tanto
Quatro tyros de lança
Alcançarian quanto
La saeta alcança ;

Et rrazon muy granada
Se diz en pocos versos,
E cinta muy delgada
Suffre costados gruesos.

Et mucho ome entendido,
Por ser vergonçoso,
Es por torpe tenido
E llamado astroso.

E sy vieze sazon
Mejor e mas apuesta,
Diria su razon
Aquel que lo denuesta.

Quiero dezir del mundo
E de las sus maneras,
E commo del dubdo
Palabras muy certeras.

Que non se tomar tiento,
Nin fazer pleytesia,
De acuerdos mas de ciento
Me torno cada dia.

Lo que uno denuesta
Veo a otro loallo,
Lo que este apuesta
Veo a otro afeallo.

La vara que menguada
La diz el comprador.
Esta mesma sobrada
La diz el vendedor,

El que lança la lança
Semejale vaguarosa,
Pero al que alcança
Semejale presurosa.

Diré, sy quier no diese
Pan nin vyno al suelo,
En tal que ome viese
Ya la color del cielo.

Olvidado avemos
Su color con nublados,
Con lodos non podemos
Andar por los mercados.

Lo mucho non es nunca
Vueno nin de especia fyna,
Mas vale contralla poca
Que mucha melezyna.

Non puede cosa ninguna
Syn fyn mucho crescer,
Desque fynche la luna
Torna a fallescer

A todo ome castigo
De sy mesmo se guarde
Mas que de enemigo
Con tanto seguro ande.

Guardese de su envidia,
Guardese de su saña,
Guardese de su cobdicia,
Que es la peor maña.

Non puede ome tomar
En la cobdicia tiento;
Es profundo mar,
Syn orilla é syn puerto.

De alcançar una cosa
Nasce cobdicia de otra
Mayor é mas sabrosa ;
Que mengua de bien sobra.

Quien buena piel tenia
Que el amplia para el frio,
Tabardo non pidiria
Jamas, si non por vrio.

Porque'l su veryno
Buen tabardo tenia,
Con zelo el mesquino
En cuydado venia.

Fue buscar tabardo,
E fallólo a otra cuesta
Por otro mas onrrado
Para de fyesta en fiesta.

Et sy este primero
Tabardo non fallara,
Del otro disantero
Jamas non se membrara.

Quando lo poco vyene
Cobdicia de mas cresce ;
Quanto mas ome tyene
Tanto mas le fallesce.

Et quanto mas alcança
Mas cobdicia dos tanto,
Alfyn desque calça
Calças tyene por quebranto

De andar de pye camino
E va buscar rrocyn ;
De calçar calças vyno
A cobdicia syn fyn.

Para el rrocyn quier ome
Quel' piense, e ccuada,
Establo e buen pesebre
E desto todo ó nada.

No te menguava nada,
Las calças non tenia ;
Los çapatos solados
Su jornada conplia.

Yo fallo en el mundo
Dos omes e non mas,
E fallar nunca puedo
El tercero jamas ;

Un buscador que cata
E non alcança nunca,
E otro que nunca se farta
Fallando quanto busca ;

Quien falle e se farte
Yo non puedo fallarlo ;
Que pobre bien andante
E rrico omen llamarlo.

Que non es omen pobre
Sinon el cobdicioso,
Nin rrico synon ome
Con lo que tiene gozoso.

Que en lo quel' cumple quiere
Poco le abondara,
E quen sobras quesyere
El mundo non le cabra.

Quanto cumple a ombre,
De su algo sy syrve ;
De lo demas es syempre
Syervo a quanto vyve,

Todo el dia lazrado,
Corrido por traello ;
A la noche cuytado
Por miedo de perdello.

El tanto non le plaze
Del algo que averlo,
Quanto pesar le faze
El miedo de perderlo.

Non se farta, non le cabiendo
En afan nin en talega ;
Et lazra non sabiendo
Para quién lo allega.

Syempre las almas grandes,
Queriéndose honrrar,
Fasen en sus demandas
A los cuerpos lazrar.

Por conplir sus talantes
Non les dexan folgar ;
Fazen los viandantes
De logar en logar.

La alma granada vyene
A perderse con el celo,
Quinto que demas tyene
Su vesyno un pelo.

Tyene grant miedo fuerte
Que le aventajaria,
E non le membra de la muerte
Que los ygualaria.

Por buscar lo demas
Es quanto mal auemos ;
Por lo necessario jamas
Mucho non le lazraremos.

Sy non que te mengue quieres
Dexa la tu cobdicia ;
Lo que auer podieres
Solo eso cobdicia.

Tanto es un dedo fuera
De la rraya asignada,
Commo si lueñe tierra fuera
Dende una jornada.

Quanto mas que auia
Pesar el omen loco,
En lo qu'este perdia
Por mucho que por poco.

Quando por poco estorvo
Perdio lo que buscava,
Del grant pesar que ovo
Nunca se conortava.

Non sabe que por cobrirse.
Del ojo cunple tanto
Un lienço, como si fuese
Muro de cal i canto.

Tanto se lo que yaze
Detras del destajo,
Quanto lo que faze
El de allende Tajo.

Lo que suyo non era,
Tanto, con dos pasadas,
Lueñe es como sy fuera
Dende veynte jornadas.

Tan lueñe es ayer
Commo el año pasado,
A quien ha de ser
De feridas guardado.

Tanto val un escudo
Entre el e la saeta,
Como sy todo el mundo
Entre el é ella meta.

Ca pues non lo firio,
Tal es un dedo cerca
Del, commo la que dio
Allende la cerca.

El dia de ayer tanto
Alcançar podemos,
Nin mas nin menos quanto
Oy mill años faremos.

Nin por mucho andar
Alyñar su pasado,
Nin pierden por quedar
Lo que non es llegado.

Tan fea nin fermosa,
En el mundo ya ves,
Se puede alcançar cosa
Sinon por su reves.

Quien ante non esparze
Trigo, non allega,
Sy so tierra non yaze
A espiga nunca llega.

Non se puede coger rosa
Sin pisar las espynas,
La miel es dulce cosa
Mas tyen agras vezynas.

La pas non se alcança
Synon con guerrear;
Non se gana folgança
Synon con el lazrar.

Por la grant mansedat
A ome fallaran,
E por grant crueldat
Todos lo aborresceran.

Por lo grant escaseza
Tener lo han por poco;
Por mucha franqueza
Rrazonar lo han por loco.

Sy tacha non oviese
En el mundo pobreza,
Non dudo que valiese
Tanto como la flaqueza.

Mas ha en ella una
Tacha que la enpesce
Mucho, que, como la luna,
Mengua e despues cresce.

La franqueza sosobra
Es de toda costunbre,
Que por usarla cobra
Saber las cosas onbre.

Lo que omen mas usa,
Eso mejor aprende,
Sy no es esta cosa
Que por usar la mas pierde.

Usando la franqueza,
No se puede escusar
De venir a pobreza,
Quien mucho la usar.

Que todavia dando
Non fyncaria que dar,
Asi que franqueando
Menguará el franquear.

Commo la candela mesma,
Tal cosa es al ombre
Franco, que ella se quema
Por dar a otro lunbre.

Al rey solo conviene
De usar la franqueza,
E segurança tyene
De non venyr a probeza,

A otro non es bien
Sy non lo comunal;
Dar e tener convien,
E lo demas es mal.

Sy omen dulce fuere
Commo agua lo venerarán;
E sy agro supiere
Todos lo escorpirán.

Sy quier por se gardar
De los astreros hombres
A menudo mudar
Deve las costombres.

Que tal es ciertamente
El ome commo el vado,
Recelando la gente
Ante que lo han pasado.

Uno dando vozes :
« ¿ Donde entrades?
Fondo es cient braças,
¿ Que vos aventurades ? »

Desque a la orilla pasa
Diz : « Que dubdades ?
Non da a la rodilla,
Pasad e non temades. »

Et bien tal es el hombre,
Desque es barruntado
En alguna costombre;
Por ella es entrado.

Por esto los hombres,
Por se gardar de dampno,
Deven mudar costombres
Como quien muda panno.

Oy bravo, cras manso;
Oy symple, cras lozano;
Oy largo, cras escaso ;
Oy en cerro, cras en llano.

Una vez umildança
E otra vez baldon;
E un tienpo vengança,
E en otro tiempo perdon.

Bien esta el perdon
Al que se puede vengar,
E soffrir el baldon
Quando se puede negar.

Con todos non convien
Usar por un ygual,
Mas a los unos con bien,
A los otros con mal.

Pagado es sanudo
Vez dexa e vez tien,
Que non ha mal en el mundo
En que non haya bien.

Tomar del mal lo menos
E lo demas del bien ;
A malos e a buenos,
A todos esto convien.

Honrrar por su bondat,
Al bueno es prouado ;
El malo de maldat
Fuya por ser guardado.

Lo peor del buen hombre
Que non vos faga bien,
Que dano de costombre
Del bueno nunca vyen.

E lo mejor del malo
Que mas del non ayades,
Ca nunca bien fallarlo
En él non entendades.

Pues ser ome manso
Con todos non convien ;
Mas oy priesa, cras paso;
Vezes mal, vezes bien.

El que quisiere folgar
Ha de lazrar primero,
Sy quiere a paz llegar
Sea antes guerrero.

El que torrna del robo
Fuelga, maguer lazrado,
Plazer al ojo del lobo
Con el polvo del ganado.

Sienbra cordura tanto
Que non nasca paresa,
E vergüança, en quanto
Non la llamen torpeza.

Fizo para laceria
Dios al ome nascer,
Por yr de feria en feria
A buscar do guarescer.

Por rruas e por feria
A buscar su ventura,
Ca es muy grant soberuia
Querer pro con folgura,

Non ha tal folgura
Commo lazeria conpró,
E quien por su cordura
Su entencion cunplio.

Quien por su seso cierto
Quiere acabar su fecho,
Una vez entre ciento
No sacará provecho.

Ca en las aventuras
Yaze la pro colgada,
E es con las locuras
La ganancia conprada.

Quien las cosas dubdadere,
En todas non se mesera ;
De lo que cobdiciare
Poco acavara.

Por la mucha cordura
Es la pro estoruada,
Pues en la aventura
Está la pro colgada.

Pues por rregla derecha,
El mundo non se guia ;
El mucho dubdar echa
A ome en astrosia.

Mal seso manifiesto
Non digo yo usar,
Qu'el peligro presto
Deuelo escusar.

Mas ygual uno de otro
El menguar e el sobrar,
A lazrar o encuentro
Deuese aventurar.

Quien vestyr non quiere
Sy non piel syn yjada,
De frio que fiziere
Avrá rraçon doblada.

Quien de la pro quiere mucha
A de perder en vrio ;
Quien quiere tomar trucha
Aventúrese al rrio.

Quien los vientos guardare
Todos non sembrará,
E quien las nueve catare,
Jamas non segará.

Non syn noche dia,
Nin segar syn senbrar,
Nĭ ha fumo syn fuego,
Nĭ reyr syn llorar.

Nõ ay syn corro luẽgo.
Nĭ syn tarde ayna,
Nĭ ha fumo syn fuego,
Nĭ syn comas faryna.

Nĭ ganar syn perder,
Nĭ syn baxar alteza,
Saluo en Dios poder
Qu'el lo ha syn flaqueza.

Nĭ ha syn tacha cosa,
Nĭ cosa syn soçobra.
Nĭ syn fea fermosa,
Nĭ sol nõ ha syn sonbra.

La vondat de la cosa
Saben por su rreues ;
Por agra la sabrosa,
La faz por el enues.

Syn noche nõ ouiesemos,
Ninguna mejoria ;
Conoscer lo sabriamos
A la lunbre del dia.

Nõ ha piel syn yjadas,
Nĭ luẽgo syn despues,
Nĭ viẽtre syn espaldas,
Nĭ cabeça syn pies.

Demas q son muy pocos
Los q saben el seso,
Tã poco van los locos,
Los cuerdos por un peso.

Uno nõ sabe el quanto
Buscar de lo q deue,
E el otro dos tanto
Del derecho se atreue.

El uno por allẽde
Buscar de su derecho,
E otro por aquende
Nõ avieron provecho.

Et los q trabajaron
De los en paz meter,
Por muy torpes fyncaron
Solo en lo cometer.

De sy da cuẽta cyerta,
Qẽn orgullo mantyẽ,
Que poco en su tycsta
De meollo nõ tyẽ.

Que sy nō fuere loco
Nō usaria asy,
Si conosciese un poco
Al mūdo e a sy.

Sy esta paz fysiera
Ligero fuera luego
De creer que boluiera
Al agua con el fuego.

Usa el omē noble
A los altos alçarse,
Synple e cōuenible
A las baxos mostrarse.

Muestra la su grandeza
A los desconoscidos,
E muestra grant sympleza
A los baxos caydos.

Es en la su pobreza
Allegre e pagado,
E en la su riqueza
Muy synple mesurado.

Su pobreza encubre,
Dase por viē andante;
E la su priesa sufre
Mostrādo buē talāte.

Reues usa el vyllano
Abaxādose a los mayores;
Alto e loçano
Se muestra á los menores.

Mas de quantas es dos tanta
Muestra su mal ādança,
E el mundo espāta
En la su buena andāça.

En la su mala andança
Es mas baxos q tierra,
E en su buena andança
Al cielo quiere dar guerra.

Al que oyr quisiere
Las nueuas del villano,
Porque quādo lo vyere
Lo conosca de plano.

Nō fas nada por rruego,
E la pena cōsyente;
Quebrantadlo, e luego
Vos sera obendiēte.

Como el arco lo cuento
Yo en todo su fecho,
Que fasta quel' facen tuerto,
Nunca fiere derecho.

Peor es leuantarse
Un malo en la gēte,
Mucho mas q perderse
Diez buenos ciertamente.

Ca perderse los buenos,
Cierto el bien fallesce;
Pero el daño menos
Es el ql mal cresce.

Quando el alto cae
El baxo se leuāta,
Uida al fumo trae
El fuego q amata.

El caer del rrocio
Faz leuantar yeruas,
Onrranse con el ofecio
Del señor las syerruas.

Omē que la paz qéres,
E nō temes merino,
Qual para ty quisyeres
Quieras para tu vezyno.

Fijo de omē q te querellas,
Quando lo q te aplaze
Nō se cunple, é rrebellas.
En Dios porque nō faze.

Tōdo lo q tu quieres,
E andas muy yrado,
Nō te miēbras q eres
De vil cosa criado?

De una gota suzya
Podrida e dañada,
E tyeneste por luzya
Estrella, muy presciada.

Pues dos vezes pasaste,
Camino muy abiltado,
Locura es presciarte:
Daste por mēguado.

E mas q un moxquito
El tu cuerpo nō ual;
Desque aquel espryto
Q el mesce del sal.

Nō se te encuentra cima
E andas de galope,
Pisando sobre la syma
Do las muestra dō Lope.

Que tu señor seria
Mill vezes, e gusanos
Comē de noche e de dia
Su rrostro e sus manos.

Mucho te maravillas,
Tyenes te por mēguado,
Por q todas las villas
Nō mandas del rregnado.

Eres rrico, nō te fartas
E tyenes te por pobre,
Cō codicia q as, nō catas
Si ganas para otre.

E de tu algo pocas,
Para envolver tus huesos
Abras varas pocas
De algunos lienços gruessos.

Lo ál heredara
Alguno q nō te ama,
Para ty nō fyncara
Sola la mala fama.

Del mal q en tus dias
E la mala verdat
En las plaças fazyas
E en tu poridat,

Quando las tus cobdicias
Ganar para ser mītroso,
Por muy sabio te prescias
E antes por astroso.

Et los enxemplos buenos
Nō murieron jamas,
E quanto es lo de menos
Tanto es lo de mas.

El seso certero,
Al q da Dios ventura
Acierta de ligero
E non por su cordura.

A fazer lo que plaze
A Dios en toda plīto,
Omē nada nō faze
Por su entendymiento.

Sy fas por ventura
Lo q a el le plazya,
Tyeñ qu'es por su cordura
E su sabiduria.

E faze del escarnio
Dios, por q quiere creer
Q puede alongar daño
E provecho traer.

Pero por nō errar
Este es seso cierto,
Trabaja por lazrar,
Sy quier ladra de riebto.

Que las gentes nō digan
Del que es parezoso,
Nī del escarnio fagan,
Nī lo tengan por astroso.

Trabaje, y non cese
Como si en el poder
Del omē mismo fuese
El ganar e el perder.

Et por conortarse,
Sy su lazrar es vano,
Deue bien acordarse
Q nō es en su mano.

Lazre por guarescer
Omē e la pro cuelgue
En Dios, que lo nascer
Fyzo por q nō fuelgue.

Darle ha su gualardon
Bueno e syn destajo,
Nō qrra que syn don
Sea el su trabajo.

Nō puede cosa nascida
Syn afan guarescer,
E nō avra guarida,
Menos por bollescer.

Nō quedan las estrellas
Punto en un lugar,
Seria mal lazrar ellas
E los omes folgar.

Nō se mescen las estrellas
Por fazer a si vicio,
Es el merced dellas
Fazer a Dios seruicio,

Et el merced del ome
Es para mejorar
A si, e non á otre
Lo mandaron lazrar.

Diole Dios entēdymiento
Por q busque guarida,
Por q fallescimiento
Nō aya en su vyda.

Sy cobro nō fallo
Por el bollescer,
Nō deziā que valio
Menos por sollescer.

Por su trabajo quito
De culpa fyncaria,
E quiza dia y vito
Alguno fallaria.

Es por andar la rrueda
Del molyno presciada,
E por estar queda
La tierra es follada.

Establo es de huerto
En q fruto nō nasce,
Nō vale mas q muerto
El omē que nō se mesce.

Nō cumple q non gana,
Mas lo ganado pierde,
Fazyendo vyda penada
El su cabdal espiende.

Nō hay mayor afan
Q la mucha folgura,
Que pone a omē en grant
Valdon e desmesura.

Faze el cuerpo folgado
El coraçon lazrar
Con mucho mal cuydado,
Q lo trae a errar.

Demas el q qsiere
Estar siempre folgado,
De lo que mas ovyere
Menester sera mēguado.

El qlo descaria,
Quando le nō toviese a ojo,
Veyēdo lo cada dia
Toma con el enojo.

Sacan por pedyr lluuia
Las rrequilias e cruzes,
Quando el tpo nō uvia,
Dan por ella vozes.

Et sy viene a menudo,
Enojanse con ella,
E maldizen al mūdo
E la pro q vyen della.

Farian dos amigos
Çinta de un anillo,
En q dos enemigos
No meteriā un dedillo.

Aun lo q Lope gana,
Domīgo enpobresce,
Con lo q Sancho sana,
Pedro adolece.

Qūdo vyento se leuanta,
Ya apelo, ya aniego.
La candela amata,
Enciende el grāt fuego.

Do luego por my sentēcia
Que es biē del crescer,
E tomar grāt acucia
Por yr bollescer.

Que por la su flaquesça
La candela murio,
E por su fortaleza
El grāt fuego byuio.

Mas apelo a poco
Rato deste juysyo,
Q veo escapar el flaco
E purescer el rrezyo.

Q ese mesmo viēto
Q a esos dos mal fazia,
Fizo çoçobra desto,
En este mesmo dia.

El mesmo menuzó
El arbol muy granado,
E non se espelusó
Del la yerua del plado.

Q en sus casas se qma,
Grant pesar ha del viento:
Qñdo sus eras auienta
Con el ha grāt pagamiento.

Por ende nō se jamas
Tener me a una estaca,
Nī se qual me val mas
Sy preta nī sy blanca.

Qñdo cuydo, ql derecho
En toda cosa s' presta,
Fallo a poco trecho
Q no es cosa cierta.

Sy uno pro ha
A otro caro cuesta,
Lo que el peso loa
Al arco lo denuesta;

Ca el derecho del arco
Es ser tuerto fecho,
E su plazer del maestro
Auer pesar derecho.

Por ende nō puedo cosa
Loar nī denostalla,
Nī desyr la formosa
Nin por fea llamalla.

Segūt es el lugar
E la cosa qual es,
Sy faz prieza o vagar
El faz llama envés.

Yo nunca he querella
Del mūdo, y de sus fechos
E de aquellos muchos
Se tienē por mal trechos.

Que faz bien a menudo
Al torpe e al sabio,
Mas el entendido
Esto ha por agravio.

E visto como omē
Saluase, grande o chico,
Faz al acucioso pobre
E al q se duerme chico.

E aquesto Dios usa,
Por q uno de ciēto
Nō cuyda q faz cosa
Por su entendimiento.

Unos vi por locura
Al cançar grāt prouecho,
E otros que por cordura
Pierdē todo su fecho.

Nō es buena locura,
La q a su dueño baldona,
Nin es mala locura
La q loa presona.

Yo vi muchos tornar
Sanos de la fazyenda,
E otros ocasionar
Dentro en la su tyenda.

E muere el doctor
Que la fisique reza,
E por guaresce(r) el pastor
Con la su grāt torpeza.

Nō cumple grāt saber
A los q Dios nō temen,
Nin acunple el auer
De que pobres nō comen.

Quādo yo meto miētes,
Mucho alegre seria
Con lo q otros tristes
Veo de cada dia.

Pues si certero biēn
Es aql q cobdicio,
¿Por ql q lo tien
Nō toma coñl vicio?

Mas esta es señal
Q nō ha biē tercero
En el mūdo, é nō ha mal
Q sea verdadero.

Bien cierto el seruicio
De Dios es ciertamente,
Mas por quitar el vicio
Oluidalo la gente.

Es otro bien a par deste
El seruicio del rey,
Q mantyene la gente
A derecho e ley.

Suma de la razō
Es grande torpedat,
Leuar toda sazon
Por una egualdat.

Mas tornasse a menudo,
Como el mūdo se torna,
A las vezes escudo,
A las vezes azcona.

Toda buena costunbre
Ha cierta medida,
E, si la pasa onbre,
Su bondat es perdida.

De la cobdicias syēpre
Los sabores dexando,
E de toda costumbre
Lo de medio tomando.

De las muchas querellas
Q en coraçon tengo,
Una, la mayor dellas,
Es la que contar uengo.

Dar la ventura pro
Al q faria malicia,
A los unos buena pro
A los otros cobdicia.

De poco algo ganar
Faria grāt astrosia,
E de qrer perdonar,
Esto nō lo podria.

Q la ventura tyene
Por guisado de le dar,
Mucho mas q vyene
Por boca de mandar.

Et fazele bien andante
De la honrra e valia,
Lo qual por talāte
Buscar nō pēsaria.

Ventura qēre usar
Subir de tal subyda,
Ql nunca cobdiciar
Osó en la su vyda.

El syenpre trabajado
De meterse ha á quāto
Baldon tyene el hōrrado,
Por mal e por qbrāto.

Tenerse ya por vano
Syn solo cuydar en ella
E viencle a la mano
Syn trabajar por ella.

Al sabio pregūtaua
Su deciplo un dia,
Porque trauajava
De alguna merchandia;

Et yr á bollescer
De lugar en lugar
Para enrriquescer
E mas faciendo ganar.

Et rrespondiole el sabio
Que, por algo cobrar,
Non tomaria agrauio
De un punto lazrar.

Diz : « Por que buscare
Cosa de que jamas
Nunca me fartare,
Fallandolo e mas.»

Acucia nin cordura
Non ganan aver;
Ganase por ventura
Non por sy, nin por saber.

Pierde se por flaqueza
Fazer, e mucho bien,
Guardando escazesa,
Vileza non mantyen.

Et, por esta rrazon,
Faria locura granada
El sabio que sazon
Perdiese en tal demanda.

Con todo eso, convyen
Al que algo ouiere,
Fazer del mucho vien
Quanto el mas pudiere.

Non lo pierde franqueza
Quando es de venida,
Nin lo guarda escaseza
Quando es de yda.

Non ha tan buen thesoro
Como el bien fazer,
Nin aver tan seguro,
Nin con tanto plazer.

Como el que tomara
Aquel que lo fizyere,
En la vida lo honrrara
E despues que muriere.

El que bien fecho non teme,
Que lo furten ladrones,
Nin que fuego lo queme,
Nin otras ocasiones;

Nin ha por guardarlo
Condesijo menester,
Nin en arca cerrarlo,
Nin so llaue meter.

Fyncarle ha buena fama
Quando fueren perdidos,
Los algos e la cama,
E los buenos vestidos.

Por el sera onrrado
El linaje que fyncare,
Quando fuere acabado
Lo que dél heredare.

Jamas el su buen nonbre
Non se oluidara;
Que lengua de todo onbre
Syempre lo nombrara.

Por ende bel bien fazer
Tu poder mostraras,
En ál de tu plazer
Lo demas dexaras.

De toda cobdicia
Dexa la mayor parte,
E de fazer malicia
Los omes han talante.

Quien de mala ganancia
Quiere sus talegas llenas,
De buena segurança
Vazyara sus venas.

Non ha tan dulce cosa
Como la segurança,
Nin ha miel mas sabrosa
Que por omildança.

Nin ha cosa tan quista
Como la humildança,
Nin tan sabrosa vista
Como la buena andança.

Nin ha tal lozania
Como la obedencia,
Nin tal baragania
Como la buena sufrencia.

Non puede aver tal maña
Omen como en sofrir,
Nin faga con la saña
Que le faga rrepentyr.

El que porque sufrio
Se touo por abiltado,
A la syma salio
Por mas aventurado.

No ha tan atreguada
Cosa como la pobreza,
Nin cosa guerreada
Tanto como la riqueza.

Digo que omen pobre
Es pryncipe desonrrado,
Asy el rico omen
Es lazrado, onrroso.

Quien se enloçanescio
Con honrra que le crescia,
A entender bien dio,
Que no lo merescia.

Tyene la loçania
El seso tan desfecho,
Que entrar non podrya
Con ella so un lecho.

Nunca omen nasció
Que quanto le pluguiese,
Segunt lo cobdició,
Tal se le compliese.

Quien quiere fazer pesar,
Convienle apercebyr;
Que non se puede escusar
De atal rrescebyr.

Si quieres fazer mal,
Pues fazlo a tal pleito,
De rrescebyr atal
Qual tu fysyeres cierto.

Non puedes escapar
Sy una mala obra,
Fyzyeres, de topar
En rrescebyr tu otra.

Quien sabe que non nasciste
Por venir apartado,
Al mundo non veniste
Por ser auentajado.

En el rrey mete mientes,
Toma enxemplo dél,
Mas lazra por las gentes
Que las gentes por él.

Por sus mañas el onbre
Se pyerde o se gana,
E por su costunbre
Adolece o sana.

Cosa que tanto le cunple
Para amigos ganar,
Non ha como ser synple ;
E bien se razonar.

Syn que esté presente,
Conosceras de ligero
Al omen, en su absente,
En el su mensajero.

Por su carta será
Conoscido de cierto,
Por ella parescerá
El su entēdymiento.

En el mundo tal cabdal
Non ha como el saber,
Nin heredat, nin al,
Nin alguno otro aver.

El saber es la glorya
De Dios e la su gracia,
Non ha tan noble joya,
Nin tan buena ganancia ;

Nin mejor compañon
Qu'el libro, nin tal,
E tomar entencion
Con el, mas que paz val.

Los sabios que querrian
Uer lo fallara
Con el, e todavya
Con ellos fablara.

Los sabios muy granados
Que omen deseaua,
Filosofos honrrados
Que ver cobdiciava.

Lo que de aquellos sabyos
El cobdiciaua, auia ;
Eran sus petafios,
E su sabyduria.

Ally lo fallara
En el libro sygnado,
Respuesta avra
Dellos por su dyctado.

Aprendrá nueva cosa
De mucho bien é cierto,
De mucha buena glossa
Que fyzieron al testo.

Non querria synon leer
Sus letras e sus versos
Mas, que non ver,
Sus carnes e sus huessos.

La su sabencia pura
Escryta la dexaron ;
Sin ninguna voltura
Corporal la asumaron.

Sin buelta terrenal,
De ningun elemento,
Saber celestial,
Claro entendimiento ;

Por esto solo quier
Todo ome de cordura
A los sabios ver,
E non por la fygura.

Por ende tal amigo
Non ha como el libro,
Para los sabios digo,
Que con torpes no lidio,

Ser syeruo del sabio
E syeruo del omen nescio,
Destos dos me agrauio,
Que andan por un prescio,

El omen torpe es
La peor animalia
Que en el mundo es,
Cierto e syn falia.

Non entyende fazer
Synon deslealtad ;
Non es su plazer
Synon fazer maldad.

Lo que él mas entyende
Que bestia, es cobdicia :
En engaños lo espiende
E en fazer malycia ;

Non puedes otro aver
En el mundo tal amigo,
Como el buen saber,
Nin peor enemigo

Que la su torpedat;
Que del torpe su saña
Mas pesa en verdat
Que arena e maña.

Non ha tan peligrosa
Nin occasion tamaña,
Como en tierra dobdosa
Camino sin conpaña.

Nin tan esforçada cosa
Como la verdat,
Nin cosa mas dobdosa
Que la deslealtad.

El sabio, coronada
Leona semeja;
La verdat es formada
La materia gulpeja.

Dizyr siempre verdat
Maguer que daño tenga,
E non la falsedat
Maguer pro della venga.

Non ha cosa mas larga
Que la lengua del mintroso,
Nin ama mas amarga
De comienço sabroso.

Faze rrycos los omes
Con sus prometymientos
Despues fallanse pobres
Odres llenos de vyentos.

Las orejas tiene faltas
El coraçon fanbriento
El que las oye tantas
Cosas dize si miento.

Non ha fuerte castillo
Mas que la lealtad,
Nin tan ancho portyllo
Como la mala verdat.

Non ha ome tan cobarde
Como el que mal ha fecho,
Ni baragan tan fuerte, grande,
Como el que trae derecho.

Non ha tan syn verguença
Como es el derecho,
Que faze esa fuerça
Del daño que del prouecho.

Tan syn piedat mata
Al pobre e al rrico,
E con un ojo cata
Al grande e al chico.

Al señor non lisonja
Mas que al servicial;
El rrey non aventaja
Sobre su officyal.

Para el juez malo
Fazese del muy franco;
Al que no lo tyen dalo,
Faze vara del arco.

El mundo, en verdat,
De tres cosas se mantyen,
De juyzio, e de verdat,
E paz, que dellos vyen.

Ca el juyzio es
La piedra cimental;
De todas estes tres
Es la que mas val.

Ca el juyzio fas
Descobryr la verdat,
E con la verdat, paz
Viene e amistad.

E pues por el juyzio
El mundo se mantyene,
Tan honrrado oficio
Baldonar non conuiene.

Deuiase catar antes
De dar tal petycion
Al omen que byen cate,
Que le es su entencyon

Tal omen que nō mude
La entyncion del oficio
Ualdonar non cenvyene

*   *   *   *

Ni entyenda nin cuyde,
Que fue dado por vicio.

Ca por perro del ganado
Es puesto el pastor,
Non se pone el ganado
Por la pro del pastor.

Non cuyde que fue fecho
Por que por presente
Del ageno derecho
Faga al su paryente.

Nin por que dé por suelto
Al que fué su amigo,
E syn derecho tuerto
Faga al su enemygo.

Ca non se puede ayunar
Jamas este pecado,
Al sano perdonar
Feridas del llagado.

Al pagado soltar
Demanda del forçado;
Al entrego tostar
La voz del tortyciado.

Por amor nin prescio
Maldizelo la ley,
Ca de Dios el juyzio
Es solo e del rrey.

A las vezes tenyente
Es de Dios et del rrey,
Por que judgue la gente
A derecho e a la ley.

Mensajero lo fysieron
De una cosa sygnada,
En poder no le dieron
Crescer nin menguar nada.

Para sy non entyenda
Leuar sy non las vozes;
Su salario atyenda
De aquel quell' da las vozes.

Et quel obra fysyere
Tal gualardon avra,
E que en esto entendyere
Jamas non errara.

Al juez syn malicia
Es afan e embargo,
E juez syn cobdicia
Valele un obpado.

Cobdicia e derecho,
Esto es cosa cierta,
Non entraran en un techo
Nin so una cubyerta.

Nunca de una camisa
Amas se vistieron ;
Jamas de una deuisa
Señores nunca fueron.

Quando cobdicia vyene
Derecho luego sale ;
Do este poder tyene,
Este otro poco vale.

El oficio al ombre
Es cosa enprestada,
E la buena costunbre
Es joya muy presciada.

Quien de dos tyene fuerça,
Non faga del anillo;
Guarde Dios la cabeça
Que non manguara el capillo.

Lo que es suyo pierde
Omen por su maldat,
E lo ageno puede
Ganarlo por bondat.

Perderse a un consejo
Por tres cosas priuado,
Saber el buen consejo
Que non es escuchado.

E las armas tener
El que no las defyende,
E algo aver
El que non lo despyende.

Fallo tres dolencias,
Que non pueden guarescer
Nin ha tales especias
Que las puedan vencer.

El pobre peresoso
Non puede aver consejos,
Mal querencia de envidioso
E dolencia de onbres viejos.

Ssi de los pies guaresce
Duelele luego la mano;
Del baço adolece,
Quando del ffigado es sano.

Et malquerencia que vyen
De celo non se puede
Partyr, syn aquel byen,
El que lo ha non pyerde.

A los omes el celo
Mata e la cobdicia;
Pocos haze el cielo
Sanos desta dolencia.

Ha celo uno de otro,
El alto e el symple;
E el que tyene quatro
Tanto de lo quel' cumple.

Quanto quier que mas algo
Ha el su vezino,
Tyene todo su algo
Por nado el mesquino.

Tan bien grant mal le faz,
Non le teniendo tuerto,
Por venyr tu en paz
Sse tyene el por muerto.

¿ Que mas venganza quisiste
Aver del enbidioso,
Que estar el triste
Quando tu estas gozoso?

Tres son los que vienen
Cuytados syn cuydado,
E de los que mas deuen
¡ Dolerse todo el mundo.

Fijodalgo que menester
Ha al ome villano,
E con mengua a meter
Se vyene en su mano.

E fidalgo de natura,
Usado de franqueza,
Traxolo la ventura
A mano de vyleza.

E justo ser mandado
De senor tortyciero
Ha de fazer fuerçado,
E el otro tercero.

Sabio que ha por premia
De seruir señor nescio,
Toda la otra lazerya
Ante esta es grant prescio.

Con un pan se gouierna,
E de fruta se farta,
E en cada tauerna
Beue hasta que se farta.

Este solo en el mundo
Byue sabrosa uyda,
E otro ha segundo
De otra mayor medida.

El torpe bien andante,
Que con su grant torpeza
Non le paza en talante,
¿ Que puede aver pobreza?

Fazyendo lo quel' plaze
Non intyende el mundo,
Nin los cambios que faze
Su rrueda a menudo.

Cuyda que estara
Syempre de una color,
E que non abaxara
El de aquel valor.

Como el pesce en el rrio
Vicioso e rryendo,
Non sabe el sandio
La red quel' va texendo.

Mas omen entendido,
Sabio, por byen quel' vaya,
Nunca en el·mundo vido
Bien con que plazer aya.

Rescelando del mundo
E de sus cambiamientos,
E de como a menudo
Se cambia los sus vientos.

Sabe que la ryqueza
Pobreza es su cima,
E so la alteza
Yaze fonda cima.

Car el mundo conosce,
E que su buena obra
Muy ayna fallesce
E se pasa como sonbra.

Quanto es el estado
Mayor de su medyda
Ha omen mas cuydado
Teniendo la cayda.

Quanto mas cae de alto
Tanto peor se fiere,
Quanto mas bien ha, tanto
Mas teme, sy se pyerde.

El que por llano anda
Non tyene que descender;
El que non tyene nada
Non recela perder.

Esfuerço en dos cosas
Non puede omen tomar,
Tanto son dubdosas :
El mundo e la mar.

El bien non es seguro,
Tan ciertos son su cambios;
Non es su plazer puro
Con sus malos rresabios.

Torrna sin detenencia
La mar mansa muy braua;
E el mundo oy desprecia
Al que ayer honrraua.

Por ende el grant estado
Ha omen de saber;
Fazelo beuyr cuytado
E tristeza auer.

El omen que es onbre
Syempre byue cuytado;
O de rryco ó de pobre,
Nunca le mengua cuydado.

El afan del fidalgo
Sufre en sus cuydados,
E el uyllano su algo
Y afan en su costados.

El omen presciado
Non es mas que el muerto,
E el rryco es guerreado
Non teniendo tuerto.

Del omen uyuo dizen
Las gentes sus maldades,
E desque muere fazen
Cuenta de sus bondades.

Quando pro non le terrna
Loando vien la gente,
De lo que le non verna
Bien danle largamente,

Et quando es byuo callan
Con celo todos quantos
Byenes ha en el, e fallan
Desque muere dos tantos.

Que myentra byuo fuere
Syenpre le cresceran celosos,
E mengua desque muere,
E crescen mintrosos.

Quien de sus mañas quiere
Ser enderesçado,
E guardado quesyere
Ser bien de pecado,

Nunca jamas faga
Escondydamente
Cosa que l'pesara,
Que lo sepa la gente.

Poridat, que querria
Encobrir de enemigo,
Non la descubriria
Tan poco al amigo;

Ca puede ocasionar,
Fyando de amigo,
Que se podra tornar
Con saña enemigo.

Que por poca contyenda
Se cambian los talantes,
E sabran su fasyenda
Omens que querria antes

Moryr, que barruntado
Oviese el su fecho,
E rrepentyr se a quando
Non le tterna prouecho.

Sin esto que a el
Otro amigo suyo,
E el, fyando del,
Descobrir sea lo tuyo,

Et el amor del tuyo
No le aprouecha (ra),
Pues qu'el amygo suyo
Tu fasyenda sabra;

Ca puesto que non venga,
Daño por el prymero,
Non se que pro te tenga,
Pues lo sabe el tercero.

Enxemplo es certero
Que lo que saben tres
Es ya pleyto plazero
Sabelo toda rey (sic).

Demas, es grant denuesto
E fealdat e mengua;
Su corazon angosto,
E la larga su lengua.

Son las buenas costunbres
Ligeras de nonbrar,
Mas son pocos los ombres
Que las saben obrar.

Seria muy buen ombre
El que sopiese obrar
Tanto buena costunbre,
Que sabria yo nombrar.

Todo omen non es
Para dezyr e fazer;
E asi como alguna vez
En las contar plazer.

Pesar tomo despues,
Por que las se nonbrar
Tan byen que cunple pues
Que non las se obrar.

Entregome en nonbrallas,
Como sy las sopiese
Obrar, e en contallas
Como sy las sopiese;

Syn los obrar dezyrlas,
Sy a mi pro non tyen,
Algunos en oyrlas
Aprenderan algunt byen.

Non dezir nin fazer;
Non es cosa loada;
Quanto quier de plazer
Mas vale algo que nada.

Non tengas por vil ome
Por pequenno quel veas;
Nin escryuas tu nome
En carta que non leas.

De lo que tu querras
Ffazer al tu enemygo,
Deso te guardaras
Mas, esto te castygo.

Ca por le enpescer
Te torrnas en mal, quanto
Non te podra nascer
Del enemigo tanto.

Todo el tu cuydar
Prymero e mediano
Sea en byen guardar
Luego a ti de mano.

Et desque ya pusyeres
Byen en saluo lo tuyo,
Entonces, sy quisyeres,
Piensa en daño suyo.

Fasta que puesto aya
En saluo su rreyno,
El rrey cuerdo non vaya
Guerrear el ageno.

Lo que ayna quisyeres
Fazer, faz de vagar;
Ca sy priesa tu dyeres
Convyene te enbargar.

Por enderesçar erranca
Nascera el quexarte,
E sera tu tardança
Mas por apresurarte.

Quien rrebato senbro,
Cojo rrepetymiento,
Quien con sosyego obro,
Acabo su talento.

Nunca omen perdio
Cosa por la sufrencia,
E quien priesa se dio
Rrescebio rrepentencia.

De peligro e mengua
Sy quisyeres ser quito,
Guardate de tu lengua
E mas de tu espirito.

De una fabla conquista
Puede nascer e muerte;
E de una sola vista
Crescer grant amor fuerte.

Pero lo que fablares,
Sy en escrito no des,
Sy tu pro fallares,
Negar lo has despues.

Negar lo que se dize,
A vezes, han lugar;
Mas sy escryto yaze
Non se puede negar.

La palabra a poca
Sazon es oluidada,
E la escritura fynca
Para syenpre guardada.

E la rraçon que, puesta
Non yace en escryto,
Tal es como saeta,
Que non llega al tyro.

Los unos de una guisa
Dizen, los otros de otra,
Nunca de su pesquisa
Vyene cierta obra.

De los que y estouyeron
Pocos se acordaran ;
De como lo oyeron
Non se concertaran.

Sy quier brava sy mansa,
La palabra es tal,
Como sombra que pasa,
E non dexa señal.

Non ha lança que pase
Todas las armaduras,
Nin que tanto traspase,
Como las escrituras.

Que la saeta lança
Fasta un cierto fyto,
E la letra alcança
De Burgos a Egibto.

Que la saeta fyere
Al byuo, que se syente,
E la letra conquiere
En vida e en muerte.

La saeta non llega
Sy non al que es presente,
E la escrytura llega
Al de allende Oryente.

De saeta defyende
A omen el escudo,
E de letra non puede
Defender todo el mundo.

A cada plazer pone
El sabio asygnado
Tiempo, e desde ende vyene
Todauia menguado.

Plazer de nueuo paño
Dura un mes despues ;
Todavia an daño,
Fasta que rroto es.

Un año es cosa nueva
En quanto la llanilla,
Es flor blanca fasta que llueua
E se torrna amarylla.

Demas que es natura
Del omen enojarse,
De lo que mucho tura,
E con ello quexarse.

Por tal de mudar cosa
Nueva de cada dia,
Por poco la fermosa
Por fea canbiaria.

Plazer que toma nome
Con quien byen lo entyende,
Mejor plazer el ome
Tomar nunca puede.

Pues la cosa non sabe
Con que a el le plaze,
Que ture o que acabe,
Della fuerza no faze.

Mas la que entendyere
Que della a plazer,
Fara quanto podyere
Por la fazer crescer.

Por aquesto fallesce
El plazer corporal,
E el que syenpre cresce
Es el espirytual.

Tristeza ya non syento
Que mas me faz quemar
Que plazer que so cierto
Que se ha de acabar.

Turable plazer puedo
Dezyr del buen amygo ;
Lo que me dyz entyendo
E el lo que yo digo.

Muy grant plazer el que
Me entyende me faz,
E mas porque sé que
Del my bien le plaz.

Aprendo toda via
Dél buen entendimiento,
E el de mi cada dia
Nuevo departimiento.

El sabio, que de glosas
Ciertas fazer non queda,
Dize que de las cosas
Que son de una manera.

Et en el mundo, non auia,
Nin sobre fyerro, oro;
De tan gran mejorya
Como ha un omen sobre otro ;

Ca el mejor cauallo
En el mundo non val cierto,
E un omen yo fallo
Que vale de. otros un ciento.

Onça de mejoria
Del oro espiritual
Comptar non se podria
Con quanto el mundo val.

Todos los corporales
Syn entendimiento,
Mayormente metales,
Que non han sentymiento;

Todas sus mejorias
Podrian poco montar,
E en muy pocos dias
Se podrian descontar.

Las cosas de syn lingua
E syn entendymiento,
Su plazer va á mengua
E a fallescimiento.

Desque a desdezyr
Su conpustura venga,
Nunca mas sabrá dezyr
Cosa que pro le tenga.

Por esto el plazer
Del omen crescer deue
En dezyr e en fazer
Cosa que lo rremueue.

El omen de metales
Dos es confaçionado,
Metales desyguales
Uno vyl, otro honrrado.

El uno terenal,
E el bestia semeja,
E el otro celestial,
Angeles le apareja.

Et en que come e beue
Semeja alymalia ;
Asi byue et muere,
Commo bestia syn falia.

Del mundo entendimiento
Commo el angel es :
Non ha departimiento
Sy por el cuerpo non fues.

Quien peso de un dinero,
Ha mas de entendimento;
Por aquello señero
Vale un omen por cierto.

Ca, de aquel cabo tyene,
Todo su byen el ombre;
De aquella parte le vyene
Todo buena costunbre,

Mesura e franqueza,
Bueno seso e saber,
Cordura e sympleza,
E las cosas saber.

Del otro cabo nasce
Toda la mala maña,
E por ally cresce
La cobdicia e saña.

De ally le vyene malicia
E la mala verdat,
Forrnicio e avaricia
E toda enfermedat.

Et engaños en arte
E mala entyncion,
Que nunca Dios departe
En la mala condicion.

Por ende non fallesce
Plazer de compañia,
E de omens sabios crece
E va a mejoria.

Plaze a omen con ellos
E a ellos con el;
Entyende el a ellos
E ellos tanbyen a el.

Porque aquesta conpaña
De omen entendido,
Alegria tamaña
Non ha en el mundo.

Pero amigo claro,
Leal, e verdadero,
Es de fallar muy caro;
Non se falla a dynero.

Omen es grande de topar
En conplision egual;
De fallar en su par
Buen amigo leal.

Amigo de la buena
Andança quando cresce
Luego asy se torna,
Quando ella fallesce.

Amigo quanto loar
De bien que no fezyste,
Non deues del fiar
El mal que tu obraste.

Afeartelo bien han
En pos ty, cierto seas,
Pues tu costunbre han
De lysonjar byen creas.

Por lysonjarte quien
Te dixere de otry mal,
A otros atan byen
Dira de ty atal.

El omen lysongero
Miente a cado uno,
Ca amor verdadero
Non ha con ninguno.

Anda joyas faziendo
De mal deste a este,
Mal de uno dezyendo,
Fara al otro presente.

Tal omen nunca acojas
Jamas en tu conpaña,
Que con las sus lysonjas
A los omens engaña.

Quien una hermandat
Aprenderla quisyera,
E una amistad,
Usar sabor oviera,

Syempre mientes deuia
Meter en las tyseras;
Dellas aprenderia
Muchas buenas maneras.

E quando meto mientes.
Cosas tan derecheras,
Non fallo entre las gentes
Como son las tyseras.

Parten al que las parte
E non por se vengar,
Synon con grant talante
Que han de se juntar.

Como en rio quedo
El ques' metyo entrellas
Dentro el su dedo,
Metio entre dos muelas.

Quien mal retrahe dellas
El mesmo ge lo busca,
Que de grado dáquellas
Non lo buscaran nunca.

Desque de entre ellas sal
Tanto son pagadas;
Que nunca fazen mal
En quanto son juntadas.

Yasen boca con boca
E manos sobre manos;
Tan semejados nunca
Yo vy dos hermanos.

Tan grande amor ovieron
Leal e verdadero,
Que amas se ouyeron
En un solo cintero.

Por amor de estar en uno
Syempre aman á dos;
Por fazer de dos uno
Fazen de uno dos.

Non a mejor rriqueza
Que buena hermandat,
Nin tan mala pobreza
Commo la soledat.

La soledat aduce
Mal pensamiento fuerte;
Por ende el sabio induce,
Conpañia o muerte;

Porque tal podria
Ser la soledat,
Que mas que ella valdria,
Esta es la verdat.

Mal es la soledat;
Mas peor es conpaña
De omen syn verdat,
Que a omen engaña.

Peor compañia destas
Es omen torpe pesado;
Querria traer a cuestas
Albarda, mal de su grado.

Mueuo pleytesia
Por tal que me dexase;
Digoll' que non querria,
Que por mi se estoruasse.

Yd uos en ora buena
A librar vuestra fazyenda,
Quiça que pro alguna
Vos verna a la tienda.

El diz, por bien non tenga
Dios que solo fynquedes,
Fasta que alguno venga
Otro con quien fabledes.

El cuyda que plazer
Me faze su compaña,
E yo querria mas yazer
Solo en la montaña;

Yazer en la montaña
A peligro de syerpes,
Que non entre conpañas
De omens pesados torpes.

El cuydaua que yrse
Seria demesurado,
E yo temo caerse
Con nusco el sobrado.

Ca de los sus enojos
Esto ya tan cargado,
Que, fasta en mis ojos,
Son mas que el pesado.

El medio mal seria
Sy el callar quisyese;
Yo del cuenta faria
Como sy un poste fuese.

Non dexaria nunca
Lo que me plaze cuydar,
Mas el razones busca
Para nunca quedar.

No le cumple dezyr juntas
Quantas vanidades cuyda,
Mas el face preguntas
Nescias, a que el rrecuyda.

E querria ser mudo
Ante que le rresponder.
Q sordo, si ser pudo
Antes que lo entender.

Cierto es par de muerte
La soledat; mas tal
Conpañia e tan fuerte,
Estar solo mas val.

Sy mal es estar solo,
Peor es tal conpañia;
El bien cumplido a dolo
¿Fallar quien lo podria?

Non ha del todo cosa
Mala, nin toda buena,
Mas que suya fermosa
Querria fea agena.

Omen non cobdicia
Synon lo que non tyene,
E luego lo desprecia
Desque a mano le vyene.

Ssuma de la rrazon
Non ha en el mundo cosa,
Que non l' haya ssazon,
Quier fea o fermosa.

Pero lo que los ombres
Loamos en general,
Es de las costunbres
Lo mas comunal.

Mal es mucho fablar,
Mas peor es ser mudo;
Ca non fue por callar
La lengua, segunt cudo.

Pero la mejoria
Del callar non podemos
Negar de todavia;
Convien que la tomemos.

Por que la myatad de
Quando oyamos fablemos,
Una lenga (*sic*) por ende
E dos orejas auemos.

Quien mucho quiere fablar
Syn grant sabiduria,
Cierto en se callar
Mejor baratarya.

El sabio que loar
El callar byen querria,
E el fablar afear,
Esta razon dezya;

Ssi fuese el fablar
De plata figurado,
Seria el callar
De oro debuxado.

De byenes del callar
La paz una es de ciento,
El menor mal de fablar
Es arrepentimiento.

E dize mas, a buelta
De mucha mejoria,
Que el callar syn esta
Sobre el fablar auia;

Sus orejas faryan
Pro solamente a el,
De sy lengua auyan
Pro los otros, e non el.

Contesce al que escucha,
Aun quando yo fablo,
Del byen se aprouecha
E rrestame lo malo.

El sabio, por aquesta
Razon, callar querria,
Por que su fabla presta
Solo al que lo oya;

E querria castigarse
En otro, el callando,
Mas que castigarse
Otro, en el fablando.

Las bestias han afan
E mal por nō fablar;
E los omēs lo han
Los mas por nō callar.

El callar tiempo nō pierde,
E pierdelo ē fablar,
Por ende omē nō puede
Perder por el callar.

El calla la razon,
Que le cūpliera fablar;
Nō mēgua la sazon
Que perdio por callar.

Mas quien fabla rrazon
Que deueria callar,
Perdio ya la sazon
Que no podra cobrar.

Lo que oy se callare,
Puedese cras fablar,
E lo que oy se fablare,
Nō se puede callar.

Lo dicho dicho es,
Lo que dicho nō has
Dezyr lo has despues,
Si oy nō, sera cras.

De fabla, que podemos
Nīgunt mal afear,
Es la que despendemos
En loar el callar.

Pero por que sepamos
Que nō ha mal syn byen,
Non byen sin mal, digamos:
A par dello convyen.

Pues que tanto denostado
El fablar ya abemos,
Semejante guisado
De oy mas lo loemos.

E pues tanto avemos
Loado el callar,
Sus males cōtaremos,
Loando el fablar.

Con el fablar dezymos
Mucho bien del callar,
Callando nō podemos
Dezyr byen del fablar.

Por ende es derecho
Que sus byenes contemos,
Ca byenes ha de fecho,
Por que nō lo denostemos.

Porque todo omē vea,
Que en el mundo cosa
Non ha del todo fea,
Nï del todo fermosa.

Et el callar jamas
Del todo nō loemos,
Si nō fablamos, mas
Que vestias nō valemos.

Sy los sabios callaran,
El saber se perderya;
Sy ellos no fablaran,
Disciplo no oyeran.

Del fablar escryvamos,
Por ser el muy noble,
Aun que pocos fallamos
Que lo sepan comō cūple.

Mas el que sabe byen
Fablar, grand virtud usa,
Que diz lo quel' cōvyen,
E lo demas escusa.

Por bien fablar, hōrrado
Sera en toda plaça;
Por el sera nobrado,
E ganara andança.

Por razonarse bien
Sera omē amado;
E syn salario tyen,
Los omēs a mandado;

Cosa que menos cuesta
E que tanto pro tenga,
No ha como rrespuesta
Buena, quier corta o luenga.

Nō ha tan fuerte gigante
Como la luengua (sic) tyerra,
Nin que asy qbrante
A la saña la pierna.

Ablanda la palabra
Buena la dura cosa,
A la voluntad agra
Faz dulce e sabrosa.

¿Sy termyno obyese
El fablar mesurado,
Que dezyr nō podiese,
Sy non lo guysado?

En el mundo nō avria
Cosa tan presciada,
La su grant mejoria
No podrya ser comprada.

Mas porque ha poder
De mal se rrazonar,
Por eso el su perder
Es mas que el su ganar.

Que los torpes, mill tantos
Son que los entendidos,
E nō saben en qutos
Peligros son caydos.

Por el fablar por ēde
Es el callar loado,
Mas por el q entyēde
Mucho es denostado.

Ca el q apercebyr
Se sabe en fablar,
Sus byenes escreuir
En tablas nō podran.

El fablar es clareza,
E el callar escureza;
E el fablar es frāqueza,
Et el callar escaseza.

E el fablar ligereza,
E el callar pereza;
E el fablar es franqueza,
E el callar pobreza.

Et el callar torpedat,
El fablar saber;
El callar ceguedat,
E el fablar vista aver.

Cuerpo es el callar,
E el saber su alma;
Omē es fablar,
Et el callar su cama.

El callar es tardada,
E el fablar ayna;
El saber es espada,
Et el callar su vayna.

Talega es el callar,
Et algo que yaze
En ella es el fablar,
E prouecho nō faze.

En quanto encerrado
En ella estudiere,
Non sera mas hōrrado
Por ello cuyo fuere.

El callar es nïguno
Que nō meresce nōbre,
E el fablar es alguno
Et por el es omē hōbre.

Figura es el fablar
Al callar; e asy
Nō sabe el callar
De otro, nï de ssy.

El fablar sabe byen
Al callar razonar,
Que mal guisado tyen
De lo gualardonar.

Tal es en toda costūbre,
Sy byen parares miētes,
Fallaras en todo onbre
Que loes et que denuestes.

Segunt que el rays tyen,
El arbol asy cresce;
Qual es el omē e quien,
En sus obras paresce.

Qual talante ovyere
Tal rrostro mostrara,
E como sesudo fuere
Tal palabra oyra.

Syn tacha son falladas
Dos costūbres cruētas,
A mas son ygualadas
Que nō han coprimentas.

La una es el saber,
E la otra es el bien fazer;
Qualquier desta aver
Es cōplido plazer.

De todo quanto fase
El ome se arrepiente,
Con lo que oy le plase
Cras toma mal talāte.

El placer de la sciencia
Es complido placer;
Obra sin dependencia
Es la del bien facer.

Quanto mas aprendio
Tanto mas placer tiene;
Nunca se arrepintio
Ome de facer bien.

Ome que cuerdo fuere,
Siempre se rescelara;
Del gran bien que oviere
Mucho nol' fincara.

Ca el grant bien se puede
Perder por culpa de hombre,
E el saber nol defiende
De al si non [de] ser pobre.

Ca el bien que dello
Fisiere, le fincara,
E para siempre aquello
Guardado estara.

E fucia non ponga
Jamas en su algo,
Por mucho que lo tenga
Bien parado e largo.

Por rason que en el mundo
Han las cosas zozobras,
Fase mucho amenudo
Contrarias cosas de otras.

Cambiase como el mar
De abrego á cierzo,
Non puede ome tomar
En cosa el esfuerzo.

Non deve fiar sol
Un punto de su obra,
Veses lo pon al sol
E veses a la sombra.

Todavia, por cuanto
La rueda se trastorna
El su bien, el santo
Fas igual de corona.

De la sierra al val,
De la nube al abismo,
Segunt lo pone, val
Como letra de guarismo.

Sol claro e plasentero
Las nubes facen escuro;
De un dia entero
Non es ome seguro.

El ome mas non bal,
Nin monta su persona
De bien, e asi de al,
Como la espera trastorna.

El ome que abiltado
Es en su descendida,
Asi mesmo honrrado
Es en la subida.

Por eso amenudo
El ome entendido
A los cambios del mundo
Esta bien apercebido.

Non temen apellido
Los omes apercebidos,
Mas val un apercebido
Que muchos anchalidos.

Ome cuerdo non puede
Cuando entronpezare
Otre, que tome alegria
De su pezar, pues ome.

Seguro non ha que tal
A el non acaesca,
Nin se alegre del mal
Que a otre se acontesca.

De haber alegria
Sin pesar nunca cuide,
Como sin noche dia
Jamas haber non puede.

La merced de Dios sola
Es la fiusia cierta,
Otra ninguna dola
En el mundo que non mienta.

De lo que a Dios plase
Nos pesar non tomemos,
E bien es cuanto face
Aunque nol lo entendemos.

Al ome mas le dio
E de mejor mercado,
De lo que entendio
Que le era mas forzado.

De lo que mas aprovecha,
De aquello mas habemos,
Pan e del agua mucha
E del ayre tenemos.

Todo ome de vertat
E bueno es debdor
De contar la bondat
De su buen servidor.

Cuando serviese por prescio
O por buen gualardon,
Mayormente servicio
Que serviendo merescio.

Por ende un servicial
De que mucho me prescio,
Quiero; tanto es leal
Contar el su bollicio.

Ca debdor so forzado
Del gran bien conoscer,
Que me han adelantado
Sin gelo merescer.

Non podria nombrar,
Nin sabria en un año
Su servicio contar,
Cual es cuan estraño.

Sirve, boca callando,
Sin faser grandes nuevas,
Servicio muy granado
Es sin ningunas bielmas.

Cosa maravillosa
E milagro muy fiero,
Sin le decir yo cosa,
Fase cuanto ouiero.

Con el ser yo mudo,
Non me podria noscir,
Ca fas quanto quiero,
Sin gelo yo desir.

Non desir e faser,
Es servicio loado,
Con que tome plaser
Todo ome granado.

Ca en quanto ome é desir,
Tanto a mengua
Del faser e fallescer
La mano por la lengua.

Leyendo e pensando
Siempre en mi servicio,
Non gelo yo nombrado
Fase quanto cobdicio.

Esta cosa mas ayna
Que del ninguna nasce,
Nin quier capa nin saña,
Nin zapato que calze. ·

Tal qual salio
Del vientre de su madre,
Tal anda en mi servicio,
En todo lo quel' mande.

E ningunt gualardon
Non quiere por su destajo,
Mas quiere servicio en don,
E sin ningunt trabajo.

Non quier manjar comer,
Sy non la boca
Un poquillo mojar
En gota de agua poca.

E luego que la gosta,
Semejal' que tien carga,
E esparse la gota
Jamas della non traga.

Non ha ojos, nin ve
Cuanto en corazon tengo,
E sin orejas lo oye,
E tal lo fase luego.

Callo yo, e el calla,
E amos nos fablamos;
En callando non fabla,
Lo que amos buscamos.

Non quier ningun embargo
De comer rescebir,
De su afan es largo
Para buenos servir.

Si me plase o pesa,
Si fea o fermosa,
Tal mesma la fase,
Qual yo pienso la cosa.

Vesino de Castilla
Por la su entencion,
Sabrá el de Sevilla
En la su cobdicion.

Las gentes han acordado
Despagarse dél non,
Mas de cosa tan pagado
Non só yo cómo dél non.

Del dia que preguntado
Ove a mi señora, si non
Habia otro amado,
Sy non yo, dije que non.

E syn fuego ome vida
Un punto non habria,
E sin fierro guarida
Jamas non fallaria.

Mil tanto mas de fierro
Que de oro fallamos,
Por que salvos de yerro
Unos de otros seamos.

Del mundo mal desimos,
E en el otro mal,
Non han si non nos mismos,
Nin vestijelos, siñal.

El mundo non tien ojo,
Nin entiende faser
A un ome enojo
E a otro plaser.

Rason a cada uno
Segunt la su fasienda,
El non ha con ninguno
Amistad nin contienda.

Nin se paga, nin se ensaña,
Nin ama, nin desama.
Nin ha ninguna maña,
Nin responde, nin llama.

El es uno todavia
Cuanto es denostado,
A tal como el dia
Que es mucho loado.

El rico le razona
Vien, e tenlo por amigo.
La cuita lo baldona
El tienlo por enemigo.

Non le fallan ningunt
Canbio los sabidores,
Los canbios son segunt
Los sus rrecibidores.

La espera del cielo
Nos fase que nos mesce,
Mas amor nin celo
De cosa non le cresce.

So un cielo todavia
Encerrados yacemos,
E fasemos noche é dia
E nos a el non sabemos.

A esta lueñe tierra
Nunca posimos nombre,
Si verdat es o mentira,
Della mas non sabe hombre.

E ningunt sabidor
Non le sopo u ombre cierto
Sy non que obrador
Es de su cimiento.

Dé Dios vida al Rey,
Nuestro mantenedor,
Que mantiene la ley
E es defendedor.

Gentes de su tierra
Todas a su servicio
Traiga, e aparte guerra
Della, mal e bollicio.

E la mercet que el noble
Su padre prometio,
La terrna como cumple
Al Santob el Judio.

Aqui acaba el Rab Don Santob,
Dios sea loado.

APPENDICE F.

La Danse générale de la Mort.

Un autre poëme inédit est celui de la *Danse de la Mort,* dont nous avons parlé page 87, et qui se trouve à la bibliothèque de Saint-Laurent de l'Escurial (Mss. C. IV, lett. B, n° 21). Dans la note 2 de la même page, sur le passage cité, j'ai exposé les motifs qui me portent à conjecturer que ce poëme espagnol est tiré d'une autre poésie française plus ancienne. Je dois cependant ajouter qu'autant que je puis le savoir, cette sombre fiction n'existe pas sous une forme plus ancienne que la forme qu'elle prend dans ce manuscrit.

DANÇA GENERAL

PROLOGO EN LA TRASLADAÇION (1).

Aqui comiença la dança general en la qual tracta como la Muerte disc abisa a todas las criaturas que pare mientes en la breuidad de su bida e que della mayor cabdal non sea fecho que ella meresce. E asy mesmo les disc e requere que bean e oyan bien lo que los sabios pe-

---

(1) Danse générale. — Prologue de la transcription. — Ici commence la danse générale où se traite de la manière dont la Mort avertit toutes les créatures d'arrêter leur esprit sur la brièveté de la vie et de ne pas la considérer comme un capital plus grand qu'elle ne mérite. Elle leur dit en même temps et les requiert de voir et de bien écouter ce que les sages prédicateurs leur disent et leurs avis de chaque jour, prédicateurs qui leur donnent le bon et prudent conseil de travailler à faire de bonnes

dricadores les disen e amonestan de cada dia dandoles bueno et sano
consejo que pugnien en faser buenas obras por que ayan conplido
perdon de sus pecados. E luego syguiente mostrando por espiriençia
lo que dise llama et reqere á todos los estados del mundo que bengan
de su buen grado o contra su boluntad. Començando dise ansy :

DISE LA MUERTE :

> Yo so la muerte cierta á todas criaturas
> Que son y seran en el mundo durante
> Demando y digo o ome por que curas
> De bida tan breue en punto pasante
> Pues non ay tan fuerte nin resio gigante
> Que deste mi arco se puede anparar
> Conuiene que mueras quando lo tirar
> Con esta mi frecha cruel traspasante.
>
> Que locura es esta tan magnifiesta
> Que piensas tu ome que el otro morra
> E tu quedaras por ser bien compuesta
> La tu complisyon e que durara
> Non eres cierto sy en punto berna
> Sobre ty a dessora alguna corrupcion
> De landre o carbonco o tal ynphsyon
> Por que el tu vil cuerpo se dessatara.
>
> O piensas por ser mancebo baliente
> O niño de dias que á lueñe estare
> E fasta que liegues a biejo impotente
> La mi venida me detardare
> Abisate bien que yo llegare
> A ty a desora que non he cuydado
> Que tu seas mancebo o biejo cansado
> Que qual te fallare tal te leuare.
>
> La platica muestra seer pura herbad
> Aquesto que digo syn otra fallencia
> La santa escriptura con certenidad
> Da sobre todo su firme sentencia

œuvres, afin d'obtenir l'entier pardon de leurs péchés. Immédiatement après, leur dé-
montrant, par expérience, ce qu'elle leur dit, elle appelle tous les états du monde et
les requiert de venir à sa danse, soit de bon gré, soit contre leur volonté. Elle commence en disant ainsi :

A todos disiendo fased penitencia
Que a morir abedes non sabedes quando
Sy non bed el frayre que esta pedricando
Mirad lo que dise de su grand sabiencia.

DISE EL PEDRICADOR :

Señores honrrados la sta escrptura
Demuestra e dise que todo ome nascido
Gostara la muerte maguer sea dura
Ca truxo al mundo un solo bocado
Ca papa o rey o obp͂o sagrado
Cardenal o duque e conde excelente
Oh emperador con toda su gente
Que son en el mundo de morir han forçado.

BUENO E SANO CONSEJO :

Señores punad en faser buenas obras
Non vos fiedes en altos estados
Que non vos valdran thesoros nin doblas
A la muerte que tiene sus lasos parados
Gemid vuestras culpas desid los pecados
En quanto podades con satisfacion
Sy queredes aver complido perdon
De aquel que perdona los yerros pasados.

Fased lo que digo non vos detardedes
Que ya la muerte encomienza a hordenar
Vna dança esquiua de que non podedes
Por cosa ninguna que sea escapar.
A la qual dise que quiere leuar
A todos nosotros lançando sus redes
Abrid las orejas que agora oyredes
De su charambela vn triste cantar.

DISE LA MUERTE :

A la dança mortal venit los nascidos
Que en el mundo soes de qualquiera estado
El que no quisiere á fuerça e amidos
Faserle he venir muy toste parado

Pues que ya el frayre bos ha pedricado
Que todos bayaes a faser penitencia
El que non quisiere poner diligencia
Por mi non puede ser mas esperado.

PRIMERAMENTE LLAMA A SU DANÇA A DOS DONSELLAS :

Esta mi dança traye de presente
Estas dos donsellas que bedes fermosas
Ellas vinieron de muy mala mente
A oyr mis canciones que son dolorosas
Mas non les baldran flores e rosas
Nin las conposturas que poner solian
De mi sy pudiesen partir se querrian
Mas non puede ser que son mis esposas.

A estas e a todos por las aposturas
Dare fealdad la bida partida
E desnudedad por las bestiduras
Por syempre jamas muy triste aborrida
E por los palacios dare por medida
Sepulcros escuros de dentro fedientes
E por los manjares gusanos rroyentes
Que coman de dentro su carne podrida.

E porque el santo padre es muy alto señor
Que en todo el mundo non ay su par
E deste my dança sera guiador
Desnude su capa comience a sotar
Non es ya tiempo de perdones dar
Nin de celebrar en grande aparato
Que yo le dare en breue mal rrato
Dançad padre santo syn mas detardar.

DISE EL PADRE SANTO :

Ay de mi triste que cosa tan fuerte
A yo que tractaba tan grand prelasia
Aber de pasar agora la muerte
E non me baler lo que dar solia
Beneficios e honrras e grand señoria
Toue en el mundo pensando beuir
Pues de ti muerte non puedo fuyr
Valme Ihesucristo é la birgen Maria.

DISE LA MUERTE :

Non bos enojedes señor padre santo
De andar en mi dança que tengo ordenada
Non vos baldra el bermejo manto
De lo que fezistes abredes soldada
Non vos aprouecha echar la crusada
Proueer de obispados nin dar beneficios
Aqui moriredes syn faser mas bollicios
Dançad imperante con cara pagada.

DISE EL ENPERADOR :

Que cosa es esta que a tan syn pauor
Me lleua a su dança a fuerça syn grado
Creo que es la muerte que non ha dolor
De ome que grande o cuytado
Non ay ningund rrey nin duque esforçado
Que della me pueda agora defender
Acorredme todos mas non puede ser
Que ya tengo della todo el seso turbado.

DISE LA MUERTE :

Enperador muy grande en el mundo potente
Non vos cuytedes ca non es tiempo tal
Que librar vos pueda imperio nin gente
Oro nin plata nin otro metal
Aqui perderedes el buestro cabdal
Que athesorastes con grand tyrania
Fasiendo batallas de noche e de dia
Morid non curedes benga el cardenal.

DISE EL CARDENAL :

Ay madre de Dios nunca pense ber
Tal dança como esta a que me fasen yr
Querria sy pudiese la muerte estorcer
Non se donde vaya comienço á thremer
Syempre trabaje noctar y escreuir
Por dar beneficios a los mis criados
Agora mis mienbros son todos toruados
Que pierdo la bista e non puedo oyr.

DISE LA MUERTE :

Reuerendo padre bien vos abise
Que aqui abriades por fuerça allegar
En esta mi dança en que vos fare
Agora ayna vn poco sudar
Pensastes el mundo por vos trastornar
Por llegar a papa e ser soberano
Mas non lo seredes aqueste berano
Vos rrey poderoso venit á dançar.

DISE EL RREY :

Valia valia los mis caualleros
Yo non querria yr a tan baxa dança
Llegad vos con los ballesteros
Hanparad me todos por fuerça de lança
Mas que es aquesto que veo en balança
Acortarse mi vida e perder los sentidos
El coraçon se me quebra con grandes gemidos
A dios mis basallos que muerte me trança.

DISE LA MUERTE :

Ay fuerte tirano que siempre rrobastes
Todo vuestro rreyno o fenchistes el arca
De faser justicia muy poco curastes
Segunt es notorio por buestra comarca
Venit para mi que yo so monarca
Que prendere a vos e a otro mas alto
Llegat á la dança cortes en vn salto
En pos de vos benga luego el patriarca.

DISE EL PATRIARCA :

Yo nunca pense benir a tal punto
Nin estar en dança tan sin piadad
Ya me van privando segunt que barrunto
De beneficios e de dignidad
O home mesquino que en grand ceguedad
Andoue en el mundo non parando mientes
Como la muerte con sus duros dientes
Roba á todo ome de cualquier hedad.

DISE LA MUERTE :

Señor patriarcas yo nunca robe
En alguna parte cosa que non deua
De matar a todos costumbre lo he
De escapar alguno de mi non se atreua
Esto vos gano vuestra madre Eua
Por querer gostar fructa deuedada
Poned en recabdo vuestra crus dorada :
Sygase con vos el duque antes que mas beua.

DISE EL DUQUE :

O que malas nuebas son estas syn falla
Que agora me trahen que vaya á tal juego
Yo tenia pensado de faser batalla
Espera me vn poco muerte yo te rruego
Sy non te detienes miedo he que luego
Me prendras o me mates abre de dexar
Todos mis deleytes ca non puedo estar
Que mi alma escape de aquel duro fuego.

DISE LA MUERTE :

Duque poderoso ardit e ballente
Non es ya tiempo de dar dilaciones
Andad en la dança con buen continente
Dexad á los otros vuestras guarniciones
Jamas non podredes cebar los alcones
Hordenar las justas nin faser torneos
Aqui abran fyn los vuestros descos
Venit arçobispo dexat los sermones.

DISE EL ARÇOBISPO :

Ay muerte cruel que te meresci
O porque me llieuas tan arrebatado
Biuiendo en deleytes nunca te temi
Fiando en la vida quede engañado
Mas sy yo bien rrijera mi arçobispado
De ty non ouiera tan fuerte temor
Mas syempre del mundo fuy amador
Bien se que el infierno tengo aparejado.

DISE LA MUERTE :

Señor arçobispo pues tan mal registres
Vuestros subdictos e cleresia
Gostad amargura por lo que comistes
Manjares diuersos con grand golosya
Estar non podredes en santa maria
Con palo romano en pontifical
Venit a mi dança pues soes mortal
Pase el condestable por otra tal via.

DISE EL CONDESTABLE :

Yo vy muchas danças de lindas donsellas
De dueñas fermosas de alto linaje
Mas segunt me paresce no es esta dellas
Ca el thañedor trahe feo visaje
Venid camarero desid a mi paje
Que traiga el cauallo que quiero fuyr
Que esta es la dança que disen morir
Sy della escapo thener me han por saje.

DISE LA MUERTE :

Fuyr non conuiene al que ha de estar quedo
Estad condestable dexat el cauallo
Andad en la dança alegre muy ledo
Syn faser rruydo ca yo bien me callo
Mas verdad vos digo que al cantar del gallo
Seredes tornado de otra figura
Alli perderedes vuestra fermosura
Venit vos obispo a ser mi vasallo.

DISE EL OBISPO :

Mis manos aprieto de mis ojos lloro
Porque soy venido a tanta tristura
Yo era abastado de plata y de oro
De nobles palacios e mucha folgura
Agora la muerte con su mano dura
Trahe me en su dança medrosa sobejo
Parientes amigos poned me consejo
Que pueda salir de tal angostura.

Obispo sagrado que fuestes pastor
De animas muchas por vuestro pecado
A juysio yredes ante el redemptor
E daredes cuenta de vuestro obispado
Syempre audunistes de gentes cargado
En corte de rrey e fuera de ygrehia
Mas yo gorsire la vuestra pelleja
Venit cauallero que estades armado.

A mi non paresce ser cosa guisada
Que dexe mis armas e vaya dançar
A tal dança negra de llanto poblada
Que contra los biuos quisiste hordenar
Segunt estas nuebas conuiene dexar
Mercedes et tierras que gane del rrey
Pero a la fyn sin dubda non sey
Qual es la carrera que abre de leuar.

Cauallero noble ardit e lijero
Fased buen senblante en vuestra persona
No es aqui tiempo de contar dinero
Oyd mi cancion porque modo cantona
Aqui vos fare correr la athaona
E despues veredes como ponen freno
A los de la banda que roban lo ageno
Dançad abad gordo con vuestra corona.

Maguer prouechoso so a los relijosos
De tal dança amigos yo non me contento
En mi celda auia manjares sabrosos
De yr non curaua comer a conuento
Dar me hedes sygnado como non consyento
De andar en ella ca he grand rescelo
E sy tengo tiempo prouoco y apelo
Mas non puede ser que ya desatiento.

DISE LA MUERTE :

Don abad bendicto folgado bicioso
Que poco curastes de bestir celicio
Abraçad me agora seredes mi esposo
Pues que deseastes plaseres e bicio
Ca yo so bien presta a vuestro seruicio
Abed me por vuestra quitad de vos saña
Que mucho me plase en vuestra conpaña
E vos escudero venit al oficio.

DISE EL ESCUDERO :

Dueñas e donzellas abed de mi duelo
Que fasen me por fuerça dexar los amores
Echo me la muerte su sotil ansuelo
Fasen me dançar dança de dolores
Non trahen por cierto fyrmalles nin flores
Los que en ella dançan mas grand fealdad
Ay de mi cuytado que en gran banidad
Andoue en el mundo siruiendo señores.

DISE LA MUERTE :

Escudero polido de amor siruiente
Dexad los amores de toda persona
Venid ved mi dança e como se adona
E a los que dançan acompañaredes
Myrad su fygura tal vos tornaredes
Que vuestras amadas non vos querran beer
Abed buen conorte que asy ha de ser
Venit vos dean non vos correcedes.

DISE EL DEAN :

Ques aquesto que yo de mi seso salgo
Pense de fuyr e non fallo carrera
Grand renta tenia e buen deanasgo
E mucho trigo en la mi panera
Allende de aquesto estaua en espera
De ser proueydo de algund obispado
Agora la muerte enbio me mandado
Mala señal veo pues fasen la cera.

DISE LA MUERTE :

Don rico avariento dean muy hufano
Que vuestros dineros trocastes en oro
A pobres e a biudas cerrastes la mano
E mal despendistes el vuestro thesoro
Non quiere que estedes ya mas en el coro
Salid luego fuera syn otra peresa
Yo vos mostrare venir a pobresa
Venit mercadero a la dança del lloro.

DISE EL MERCADERO :

Aquien dexare todas mis riquesas
E mercadurias que traygo en la mar
Con muchos traspasos e mas sotilesas
Gane lo que tengo en cada lugar
Agora la muerte vino me llamar
Que sera de mi non se que me faga
O muerte tu sierra á mi es grand plaga
Adios mercaderos que voyme a fynar.

DISE LA MUERTE :

De oy mas non curedes de pasar en Flandes
Estad aqui quedo e yredes ver
La tienda que traygo de buuas y landres
De gracia las do non las quiero bender
Vna sola dellas vos fara caer
De palmas en tierra en mi botica
E en ella entraredes maguer sea chica
E vos arcediano venid al tañer.

DISE EL ARCEDIANO :

O mundo bil malo e fallescedero
Como me engañaste con tu promisyon
Prometiste me vida de ty non la espero
Syempre mentiste en toda sason
Faga quien quisiere la besytacion
De mi arcedianasgo por que trabaje
Ay de mi cuytado grand cargo tome
Agore lo syento que fasta aqui non.

DISE LA MUERTE :

Arcediano amigo quitad el bonete
Venit á la dança suaue e onesto
Ca quien en el mundo sus amores mete
El mesmo le fase venir á todo esto
Vuestra dignidad segunt dise el testo
Es cura de animas e daredes cuenta
Sy mal las registes abredes afruenta
Dançad abogado dexad el dijesto.

DISE EL ABOGADO :

Que fue ora mesquino de quanto aprendy
De mi saber todo e mi libelar
Quando estar pense entonce cay
Cego me la muerte non puedo estudiar
Rescelo he grande de yr al lugar
Do non me valdra libelo nin fuero
Peores amigos que sin lengua muero
Abarco me la muerte non puedo fablar.

DISE LA MUERTE :

Don falso abogado preualicador
Que de amas las partes leuastes salario
Venga se bos miente como syn temor
Boluistes la foja por otro contrario
El chino e el bartolo et el coletario
Non bos libraran de mi poder mero
Aqui pagaredes como buen Romero
E vos canonigo dexad el breuiario.

DISE EL CANONIGO :

Vete agora muerte non quiero yr contigo
Dexa me yr al coro ganar la rracion
Non quiero tu dança nin ser tu amigo
En folgura biuo non he turbacion
Avn este otro dia obe prouisyon
Desta calongia que me dio el perlado
Desto que tengo soy bien pagado
Vaya quien quisiere á tu bocacion.

DISE LA MUERTE :

Canonigo amigo non es el camino
Ese que pensades dad aca la mano
El sobre pelis delgado de lino
Quitad lo de vos e yres mas liuiano
Dar vos he vn consejo que vos sera sano
Tornad vos á Dios e fased penitencia
Ca sobre vos cierto es dada sentencia
Llegad aca fisico que estades vfano.

DISE EL FISICO :

Myntio me syn dubda el fyn de abicena
Que me prometio muy luengo beuir
Rygiendo me bien a yantar e cena
Dexando el beuer despues el dormir
Con esta esperança pense conquerir
Dineros é plata enfermos curando
Mas agora veo que me va leuando
La muerte consygo conuiene sofrir.

DISE LA MUERTE :

Pensastes bos fisico que por galeno
O don ypocras con sus inforismos
Seriades librado de comer del teno
Que otros gastaron de mas sologismos
Non vos valdra faser gargarismos
Componer xaropes nin tener diecta
Non se sy lo oystes yo so la que apreta
Venid vos don cura dexad los bautismos.

DISE EL CURA :

Non quiero exebciones ni conjugaciones
Con mis perrochianos quero yr folgar
Ellos me dan pollos e lechones
E muchas obladas con el pie de altar
Locura seria mis diesmos dexar
E yr á tu dança de que non se parte
Pero a la fyn non se por qual arte
Desta tu dança pudiese escapar.

DISE LA MUERTE :

Ya non es tiempo de yaser al sol
Con los perrochianos beuiendo del bino
Yo vos mostrare un Remifa sol
Que agora compuse de canto muy fyno
Tal como a bos quiero aber por besino
Que muchas animas touistes en gremio
Segunt las registes abredes el premio
Dance el labrador que viene del molino.

DISE EL LABRADOR :

Como conuiene dançar al billano
Que nunca la mano saco de la reja
Busca si te plase quien dance liuiano
Dexa me muerte con otro trebeja
Ca yo como tocino et abeses obeja
E es mi officio trabajo e afan
Arando las tierras para senbrar pan
Por ende non curo de oyr tu conseja.

DISE LA MUERTE :

Sy vuestro trabajo fue syempre syn arte
Non fasiendo furto en la tierra agena
En la gloria eternal abredes grand parte
E por el contrario sufriredes pena
Pero con todo eso poned la melena
Allegad vos á mi yo vos buire
Lo que a otros fise a vos lo fare :
E vos monje negro tomad buen estrena.

DISE EL MONJE :

Loor e alabança sea para siempre
Al alto señor que con piadad me licua
A su santo Reyno a donde contemple
Por siempre jamas la su magestad
De carcel escura vengo a claridad
Donde abre alegria syn otra tristura
Por poco trabajo abre grand folgura
Muerte non me espanto de tu fealdad.

DISE LA MUERTE :

Sy la regla santa del monje bendicto
Guardastes del todo syn otro deseo
Syn dubda tened que soes escripto
En libro de vida segunt que yo creo
Pero si fesistes lo que faser veo
A otros que andan fuera de la Regla
Bida vos daran que sea mas negra
Dançad vsurero dexad el correo.

DISE EL VSURERO :

Non quiero tu dança nin tu canto negro
Mas quiero prestando doblar mi moneda
Con pocos dineros que me dio mi suegro
Otras obras fago que non fiso beda
Cada año los doblo, demas esta queda
La prenda en mi casa que está por el todo
Allego rriquesas yhyasiendo de cobdo
Por ende tu dança a mi non es leda.

DISE LA MUERTE :

Traydor vsurario de mala concencia
Agora veredes lo que faser suelo
En fuego ynfernal syn mas detenencia
Porne la vuestra alma cubierta de duelo
Alla estaredes do esta vuestro ahuelo
Que quiso vsar segund vos vsastes
Por poca ganancia mal syglo ganastes
E vos frayre menor benit a señuello.

DISE EL FRAYRE :

Dançar non conuiene a maestro famoso
Segunt que yo so en la Religyon
Maguer mendigante biuo bicioso
E muchos desean oyr mi sermon
Desides me agora que vaya a tal son
Dançar non querria sy me das lugar
Ay de mi cuytado que abre á dexar
Las honrras e grado que quierra o que non.

DISE LA .MUERTE :

Maestro famoso sotil e capas
Que en todas las artes fuestes sabidor
Non vos acuytedes limpiad vuestra fas
Que a pasar abredes por este dolor
Yo vos leuare ante vn sabidor
Que sabe las artes syn ningunt defecto
Sabredes leer por otro decrepto :
Portero de maça venid al tenor.

DISE EL PORTERO :

Ay del rey barones acorred me agora
Lleua me syn grado esta muerte braua
Non me guarde della tomome a dessora
A puerta del Rey guardando estaua
Oy en este dia al conde esperaua
Que me diese algo por que le dy la puerta
Guarde quien quisyere o fynquese abierta
Que ya la mi guarda non vale vna faua.

DISE LA MUERTE :

Dexad essas bosses llegad vos corriendo
Que non es ya tiempo de estar en la bela
Las vuestras baratas yo bien las entiendo
E vuestra cobdicia por que modo suena
Cerradas la puerta de mas quando yela
Al ome mesquino que bien a librar
Lo que del leuastes abres a pagar :
E vos hermitaño salid de la celda.

DISE EL HERMITAÑO :

La muerte recelo maguer que so biejo
Señor Iesuchristo a ty me encomiendo
De ios que te siruen tu eres espejo
Pues yo te serui la tu gloria atiendo
Sabes que sufri laseria biuiendo
En este disierto en contenplacion
De noche e de dia fasiendo oracion
E por mas abstinencia las yeruas comiendo.

DISE LA MUERTE :

Fases grand cordura llamar te ha el Señor
Que con diligencia pugnastes seruir
Sy bien le seruistes abredes honor
En su santo reyno do abes a venir :
Pero con todo esto abredes a yr
En esta mi dança con buestra baruaça
De matar a todos aquesta es mi caça :
Dançad contador despues de dormir.

DISE EL CONTADOR :

Quien podria pensar que tan syn disanto
Abia a dexar mi contaduria
Llegue a la muerte e vi desbarato
Que fasia en los omes con grand osadia
Ally perdere toda mi balía
Aberes y joyas y mi grand poder
Fasa libramientos de oy mas quien quisier
Ca cercan dolores el anima mia.

DISE LA MUERTE :

Contador amigo ssy bien bos catades
Como por fauor e a veses por don
Librastes las cuentas razon es que ayades
Dolor e quebranto por tal occasyon
Cuento de alguarismo nin su divisyon
Non vos ternan pro e yredes comigo
Andad aca luego asy vos lo digo
E vos diacono benid a leccion.

DISE EL DIACONO :

Non beo que tienes gesto de lector
Tu que me conbidas que vaya a leer
Non vy en Salamaca maestro nin doctor
Que tal gesto tenga nin tal parescer
Bien se que con arte me quieres faser
Que vaya a tu dança para me matar
Sy esto asy es venga administrar
Otro por mi que yo vome a caer.

DISE LA MUERTE :

Maravillo me mucho de vos dison
Pues que bien sabedes que es mi doctrina
Matar a todos por justa rrazon
E vos esquiuades oyr mi bosina
Yo vos vestire almatica fina
Labrada de pino en que ministredes
Fasta que vos llamen en ella yredes
Venga el que rrecabda e dance ayna.

DICE EL RECABDADOR :

Asas he que faga en recabdar
Lo que por el rrey me fue encomendado
Por ende non puedo nin deuo dançar
En esta tu dança que non he acostumbrado
Quiero yr agora apriessa priado
Por vnos dineros que me han prometido
Ca he esperado e el plaso es venido
Mas beo el camino del todo cerrado.

DISE LA MUERTE :

Andad aca luego syn mas tardar
Pagad los cohechos que aves leuado
Pues que vuestra vida fue en trabajar
Como robariedes al ome cuytado
Dar vos he vn poyo en que esteys asentado
E fagades las rentas que tenga dos pasos
Alli dares cuenta de vuestros traspasos
Venid subdiacono alegre e pagado.

DISE EL SUBDIACONO :

Non he menester de yr a trocar
Como fasen essos que traes a tu mando
Antes de changelio me quiero tornar
Estas quatro temporas que se han llegando
En lugar de tanto veo que llorando
Andan todos essos no fallan abrigo
Non quiero tu dança asy te lo digo
Mas quiero pasar el salterio resando.

DISE LA MUERTE :

Mucho es superfluo el vuestro alegar
Por ende dexad aquessos sermones
Non tenes maña de andar a dançar
Nin comer obladas cerca los tisones
Non yredes mas en las procisyones
Do dauades boses muy altas en grito
Como por enero fasia el cabrito
Venit sacristan dexad las rasones.

DISE EL SACRISTAN :

Muerte yo te rruego que ayas piadad
De mi que so moço de pocos dias
Non conosci a Dios con mi mocedad
Nin quise tomar nin seguir sus vias
Fia de mi amiga como de otros fias
Por que satisfaga del mal que he fecho
A ty non se pierde jamas tu derecho
Ca yo yre sy tu por mi enbias.

DICE LA MUERTE :

Don sacristanejo de mala picaña
Ya non tenes tiempo de saltar paredes
Nin de andar de noche con los de la caña
Fasiendo las obras que vos bien sabedes
Andar a rondar vos ya non podredes
Nin presentar joyas a vuestra señora
Sy bien vos quiere quinte vos agora
Venit vos rrabi aca meldaredes.

DISE EL SACRIST (*sic*) :

Helohym e Dios de habraham
Que prometiste la redepcion
Non se que me faga con tan grand afan
Mandad me que dance non entiendo el son
Non ha ome en el mundo de quantos y sson
Que pueda fuyr de su mandamiento
Veladme dayanes que mi entendimiento
Se pierde del todo con grand aflicion.

DISE LA MUERTE :

Don rrabí barbudo que syempre estudiastes
En el talmud e en los doctores
E de la berdad jamas non curastes
Por lo qual abredes penas e dolores
Llegad vos aca con los dançadores
E diredes por canto vuestra *beraha*
Dar vos han posada con rrabi aça
Venit alfaqui dexad los sabores.

DISE EL ALFAQUI :

Sy alaha me vala es fuerte cosa
Esto que me mandas agora faser
Yo tengo muger discreta graciosa
De que he gasajado e assas plaser
Todo quanto tengo quiero perder
Dexa me con ella solamente estar
De que fuere biejo manda me leuar
E a ella con migo sy a ty pluguiere.

DISE LA MUERTE :

Benit vos amigo dexar el zallan
Ca el gameño pedricaredes
A los veynte e siete : buestro capellan
Nin vuestra camisa non la vestiredes
En meca nin en layda y non estaredes
Comiendo buñuelos en alegria
Busque otro alfaqui buestra moreria.
Passad vos santero vere que diredes.

DISE EL SANTERO :

Por cierto mas quiero mi hermita beuir
Que non yr alla do tu me dises
Tengo buena bida aunque ando a pedir
E como a las beses pollos e perdises
Se tomar al tiempo bien las cordornises
E tengo en mi huerto assas de Repollos
Bete que non quiero tu gato con pollos
A dios me encomiendo y a señor san helises.

DISE LA MUERTE :

Non vos vale nada vuestro recelar
Andad aca luego vos don taleguero
Que non quisites la hermita adobar
Fesistes aleusa de vuestro guarguero
Non vesitaredes la bota de cuero
Con que a menudo soliades beuer
Çurron nin talegua non podres traer
Nin pedir gallofas como de primero.

LO QUE DISE LA MUERTE A LOS QUE NON NOMBRO :

A todos los que aqui no he nombrado
De cualquier ley e estado o condycion
Les mando que bengan muy toste priado
A entrar en mi dança sin escusacion
Non rescibire jamas exebcion
Nin otro libelo non declinatoria
Los que bien fisieron abran syempre gloria
Los quel contrario abran dapnacion.

DISEN LOS QUE HAN DE PASAR POR LA MUERTE :

Pues que asy es que a morir abemos
De nescesidad syn otro remedio
Con pura conciencia todos trabajemos
En servir a Dios syn otro comedio
Ca el es principe fyn e el medio
Por do sy le place abremos folgura
Avnque la muerte con dança muy dura
Nos meta en su corro en qualquier comedio.

Dans les trois poëmes inédits des appendices D, E, F, et principalement dans la poésie de Rabbi Santob, il se trouve des erreurs, des leçons fausses, résultant directement de l'imperfection des manuscrits originaux. Un grand nombre sautent aux yeux et auraient pu être facilement corrigées, mais il ne nous a pas paru convenable qu'un étranger se risquât sur un sujet si particulièrement national. Je me suis borné par conséquent à la ponctuation, afin de rendre plus intelligible la lecture de chaque poëme, laissant toutes les conjectures de la critique et tous les éclaircissements aux savants espagnols eux-mêmes. C'est à eux, c'est au loyal patriotisme qui les a toujours distingués, que je recommande, en dernière analyse, le soin agréable d'éditer non-seulement tout ce qui a été publié ici pour la première fois, mais encore la *Cronica rimada* de Fernand Gonzalez, le *Rimado de Palacio* du Grand Chancelier Ayala, l'*Aviso para Cuerdos* de Diego Lopez de Haro, les œuvres de Juan Alvarez Gato et d'autres monuments semblables de leur vieille littérature dont nous avons déjà parlé, mais qui n'existent parfois, comme le *Poëme de Joseph*, qu'en un seul manuscrit, rarement en plus de deux ou trois, et qui peuvent facilement se perdre pour toujours, par suite d'un de ces mille accidents qui mettent constamment en danger l'existence de tous ces trésors littéraires.

NOTES ET ADDITIONS.

Chap. I, *note* 2, page 12. — Malgré les investigations si nombreuses et si curieuses auxquelles on s'est livré sur l'origine de la poésie castillane, nous ne
croyons pas oiseux de transcrire ici un certain nombre des observations qui ont
été recueillies par le sieur Floranes Robles et telles qu'elles se trouvent dans un
volume de ses œuvres, volume écrit de sa main et conservé dans la bibliothèque de
l'Académie royale d'histoire, lettre E, 15. Le sieur Floranes fut très-passionné pour
tous les genres de littératures et principalement adonné à l'étude de nos antiquités.
Il a laissé manuscrit, entre autres ouvrages attestant son érudition et ses vastes
lectures, un mémoire ou collection de courtes observations pour écrire l'histoire
de notre poésie antérieurement au quinzième siècle. C'est de là que nous allons
extraire les notes suivantes :

La *Chronique du Cid*, en racontant (chap. 228) les noces des filles du héros
castillan, raconte que ce dernier donna beaucoup de *paños* aux « jongleurs »
qui y assistèrent, fait qui se trouve également consigné dans la *Chronique
générale*.

Les deux chroniques décrivent les mariages des trois filles d'Alphonse VI, célé-
brés en 1095, et répètent un fait semblable en affirmant qu'on donna beaucoup de
guarnimientos, ornements, parures, aux « jongleurs; » que ces derniers s'y rendirent en grand nombre, et qu'il y en avait « ansi de boca, como de peñola, » tant
de bouche que de plume, c'est-à-dire improvisateurs ou diseurs immédiats et
compositeurs de poésies. A cette même époque florissait Alonso, grammairien,
poëte et jongleur, auteur des quatre épitaphes latines pour le tombeau de doña
Constance, sœur de la femme du roi D. Alphonse VI et mère de doña Urraca.
(Flores, *Reines catholiques*, tome I, à la fin.) Il n'y aurait rien d'étonnant que
ce même Alonso, le jongleur, fût l'auteur d'un poëme latin, célébrant les conquêtes
de ce roi et dont parle l'archevêque D. Rodrigo dans son *Histoire* (livre VI,
chap. xxiii). Rien de déraisonnable non plus dans la conjecture qui suppose que cet
Alonso, le grammairien, est l'évêque D. Alonso qui gouverna l'église d'Astorga, de
1121 à 1132, et dont parle Flores dans son *España sagrada*, tome XVI, page 196.

Suivant la *Paléographie* du P. Terreros, ou plutôt du P. Burriel, il existe un
privilége de D. Alonso VII, l'empereur, daté de 1145, où signe comme témoin *un
« poëte »* appelé Paléa.

C'est vers l'année 1170 que florissait le poëte qui composa en latin barbare le poëme sur *la Conquête d'Almeria*, fait d'armes accompli en 1147. L'auteur du poëme dut apprendre la conquête d'un témoin oculaire, puisqu'il dit qu'il raconte l'événement *sicut ab illis qui viderant dedici et audivi*, «comme je l'ai appris et ouï dire de ceux qui l'ont vu. » Le même auteur put aussi écrire la Chronique latine dudit empereur, puisque dans ces temps la culture de la poésie s'unissait à la culture des lettres.

Un privilége de l'année 1197, inséré par le P. Sota dans ses appendices à la *Chronique des princes des Asturies et de Cantabrie*, porte la signature d'un témoin appelé Gomez, troubadour.

Dans l'acte de donation du château de Caravanchel et de diverses terres achetées à Escalona et Trasmiera, donation faite en 1203, par le comte Fernando de Lara, au couvent d'Uclès, on voit également la signature d'un certain personnage qui, avec la plus grande candeur, s'appelle poëte : *Gilbertus poeta.* D. Luis Salazar y Castro insère ce document dans son *Histoire de la maison de Lara*, tome IV, page 622. Et, chose digne de remarque, tant dans la *Chronique du Cid* que dans la *Chronique générale* manuscrite de l'année 1340, il est fait mention d'un Gilbert.

En 1236, après la conquête de Séville, on procéda à la répartition, répartition où l'on parle longuement de la maison et de la chapelle du Roi saint, et l'on mentionne diverses personnes consacrées, l'une à la musique, d'autres à la composition de villancicos, de vers et de romances. On y cite encore un poëte appelé Paja (Palea ?) dont le P. Pineda parle ensuite dans son *Mémorial del Rey Santo.* On y nomme aussi Pedro Abad, chantre ou chanteur, et qui pourrait bien être l'auteur ou le copiste du *Poëme du Cid.* En effet, s'il est connu comme troubadour ou jongleur, il a bien pu composer la chanson des *Gestes* du héros castillan.

A cette même époque, c'est-à-dire au treizième siècle, appartient sans doute le poëme de Bernard del Carpio, que la *Chronique générale* cite souvent en disant : « E algunos dicen en sus cantares de gesta, que fue este D. Bernardo..., etc. » (*Chronique générale*, Zamora, 1541, fol. 225). Il est de nouveau cité, avec les chansons et les romances, au fol. 237, col. 1 et 2.

Le docteur Galendez de Carvajal, dans ses additions aux *Generationes y semblanzas* de Pernan Ferez de Guzman (manuscrit de l'année 1517), cite, en parlant de Bernard del Carpio, une vieille romance qui s'exprime ainsi :

> Deperdió Carlos la tierra,
> Murieron los doce Pares (1).

Puisque cette romance était ancienne à la fin du seizième siècle, il n'y a pas d'exagération à la supposer du treizième ou du quatorzième siècle.

Dans l'ermitage de Saint-Pélage, commune de Varo, district de Liebana et province de Santander, il existait un monument poétique des plus singuliers dont nous ignorons actuellement l'état, quoique tout nous porte à croire que le cours des siècles ou plutôt l'incurie et l'abandon avec lequel tous ces pieux restes ont été traités dans notre pays, l'auront presque détruit. Il appartenait au temps d'Al-

---

(1) « Charles perdit la terre, — Les douze Pairs moururent. »

phonse XI; c'était une romance assez longue gravée sur les murs extérieurs dudit ermitage et dont je n'ai pu obtenir que les deux vers suivants :

> Non vos tengo merecido
> El tan menguado favor.

Pour l'étude des origines de notre poésie, il faut avoir présentes les lois 3, 4, 20, 21 du titre 9, partie septième, à cause de la mention qui s'y trouve des trois espèces de compositions métriques les plus usitées au temps de D. Alphonse le Sage, à savoir, chansons, rimes, épigrammes. La loi 5 du titre 7, partie 6, déclare les jongleurs infâmes et autorise les pères à déshériter les enfants qui prendraient un *tal vil oficio*, un si vil métier; circonstance qui n'était certainement pas des plus propres à entretenir le goût de la poésie, si, comme nous le présumons, le jongleur était une espèce de poëte ou de troubadour.

CHAP. II, page 15. — La Chronique latine du Cid, intitulée : *Historia Roderici Campidocti*, publiée par le P. Risco, et qui excita la bile de Masdeu au point de lui faire consacrer pour la combattre tout un volume de son *Histoire critique*, cette chronique se trouvait, en 1827, au collége de Saint-Isidore de Léon, où la vit le P. La Canal. Plus tard les Señores Cortina et Hugalde, traducteurs de Bouterweck, en publièrent un fac-simile. Dès ce moment, comme si le malheur s'attachait à tous les documents historiques qui ont quelque rapport avec le héros castillan, ce précieux manuscrit qui, en d'autres circonstances et dans tout autre pays jaloux de ses gloires nationales, aurait été gardé avec le plus grand soin, ce manuscrit, dis-je, en a été extrait, au préjudice immense des lettres et de l'histoire. En 1846 l'érudit A. Herculano le vit et s'en servit, à Lisbonne. Ce savant, dans le tome III, page 161 de son excellente *Histoire de Portugal*, s'exprime ainsi dans une note : « En 1846, j'ai eu dans mes mains le susdit manuscrit original, dont « l'antiquité remonte pour le moins au treizième siècle ou peut-être à la fin du « douzième. Il me fut confié, lors de son retour d'Espagne, où il venait de faire de « longues et de minutieuses recherches dans les archives et les bibliothèques, par le « savant antiquaire allemand M. Heyne. Ce dernier me dit l'avoir acheté d'un « colporteur français entre les mains duquel il était tombé, on ne sait ni quand ni « comment, dans la déplorable et vandale destruction des monastères d'Espagne. « Le court séjour de M. Heyne, à Lisbonne, ne me laissa pas le temps de le compa- « rer avec l'édition imprimée du P. Risco; qu'il reste au moins cette notice d'un « monument précieux que la Péninsule a peut-être perdu pour toujours. »

C'est ainsi que s'exprimait l'érudit Portugais dont nous avons cru nécessaire de reproduire les paroles. Ce n'est pas seulement pour retrouver, si c'est possible, le lieu où se conserve un monument historique si important, mais encore pour dissiper les doutes qui pourraient naître à l'avenir sur un livre dont l'existence a été niée par le jésuite Masdeu et par les écrivains de son école.

CHAP. II, *note 1*, page 24. — Sur la Chronique rimée ou chanson des *Gestes du Cid*, nous n'avons que peu de chose à ajouter aux observations que l'auteur a faites avec tant de jugement et d'érudition. Considérée par rapport à l'époque où elle s'est composée, c'est un effort admirable de l'art. La langue, rude encore et récemment formée, lutte contre les formes latines et combat pour s'en détacher. Elle obéit au talent supérieur du poëte, qui s'avance avec liberté et grâce en même temps qu'avec vigueur et énergie. Ce serait une tâche très-longue et très-ennuyeuse que de signaler les nombreuses beautés, tant de sentiment que de style, qu'on peut y trouver. Mais la peinture du héros victime de la persécution et de la jalousie du roi ; celle de ses filles maltraitées et abandonnées au milieu d'un bois par les comtes de Carrion ; celle de ses batailles et de ses rencontres avec les Maures, ont toute l'animation et le coloris que peuvent seulement inspirer le véritable talent poétique et la connaissance profonde du cœur humain. Nous avons sous les yeux le manuscrit original, le même dont se servit D. Tomas Sanchez pour son édition, édition qui a servi de base à toutes les autres. L'impression n'a pas eu, à la vérité, toute la correction et tout le soin désirables, surtout quand il s'agissait d'un monument de notre poésie si estimable et si ancien.

Les Señores Cortina et Mollinedo ont publié, dans les notes de leur traduction castillane de Bouterweck, un prétendu fac-simile du manuscrit original ; mais nous pouvons assurer qu'il n'a aucune ressemblance avec le manuscrit qui appartint d'abord aux religieuses de Vivar, près de Burgos ; que posséda après l'érudit D. Eugenio Llaguno y Amirola qui le donna à Sanchez pour faciliter sa publication. Nous croyons, par conséquent, qu'il y a quelqu'un qui a abusé de la bonne foi de ces traducteurs.

Quant à la date du manuscrit, il n'y a pas de doute qu'il fut écrit en MCCCXLV, et que quelque curieux a gratté un des C pour lui donner une plus haute antiquité. S'il y avait eu un E au lieu d'un C, ainsi que certains le supposent, la rature n'aurait pas été si grande. C'est là un point que nous avons examiné avec l'attention la plus scrupuleuse, avec le manuscrit original sous nos yeux, et nous n'avons pas, à cet égard, le moindre doute.

Une circonstance particulière caractérise en outre ce manuscrit, circonstance que Sanchez a négligée, la croyant certainement peu importante : c'est que le poëme est marqué par certaines divisions, si l'on peut appeler ainsi des paragraphes isolés commençant par des lettres majuscules. Nous l'avouons, cette observation nous suggéra immédiatement l'idée que le poëme était composé de morceaux ou de romances anciennes ; mais, en examinant la question de près, nous avons vu que la division par paragraphes était entièrement capricieuse et l'œuvre exclusive du copiste. Ces lettres majuscules se retrouvent aux vers 247, 502, 669, 683, 982, 1140, 1810, 1856, 2123, 2288, 2412, 2437, 2771 et 3404.

Chap. III, *note* 18, page 46. — Bien que les observations que l'auteur fait dans cette note soient très-justes relativement à la *Grande Conquête d'outre-mer*, nous croyons devoir en ajouter quelques autres qui nous ont été suggérées par l'examen du précieux manuscrit de la Bibliothèque nationale et sa collation avec l'édition de 1503. C'est un volume in-folio écrit sur vélin, de 360 feuilles bonnes et que, par la forme du caractère, appelée *ronde*, nous pensons appartenir au milieu du quatorzième siècle. On y voit de temps en temps des vides ou des espaces réservés pour des enluminures qui n'y ont pas été mises, excepté les deux premières représentant le « siége de Belinas » et « le secours que le prince d'Antioche et le comte de Tripoli portèrent au roi de Jérusalem, » ce qui prouve que le manuscrit a été écrit pour quelque personnage de ces royaumes. On n'ignore pas, en effet, combien ce genre d'ouvrages était coûteux. Suivant une note qu'on peut lire à la fin, le livre appartint, à ce qu'il semble, à D. Alonso Philippe d'Aragon, comte de Ribagorza, et postérieurement à son arrière-petit-fils D. Gaspar Galceran de Gurrea et Aragon, comte de Guimera, en 1631. Malheureusement ce n'est plus que le tome second de l'ouvrage. Il commence au chapitre 263, tome II, fol. 78 de l'impression. Comparée avec cette édition imprimée, on remarque immédiatement une différence notable, non-seulement dans le style, assez changé et accommodé à celui de l'époque où se fit l'édition, mais aussi par l'interpolation d'expressions et de phrases ne se trouvant pas dans le manuscrit, et parfois aussi par la suppression de paragraphes entiers. Il est étonnant cependant que le dernier chapitre de l'édition imprimée, où se raconte la mort de Conradin et l'assassinat de Henri de Cornouailles, dans l'église de Viterbe, chapitre que Ticknor croit ajouté postérieurement, que ce chapitre se trouve dans le manuscrit. Après lui il en vient quatre autres qu'on ne voit pas dans la *Chronique* imprimée. Il est encore probable qu'il s'y trouvait l'*Histoire du chevalier du Cygne*, que l'auteur regarde aussi comme une interpolation. En effet, quoiqu'il manque, comme nous l'avons dit, le premier volume de l'ouvrage et que nous ne puissions affirmer de science certaine qu'elle y était insérée, la note finale nous le fait croire ; elle s'exprime ainsi :

« Ce livre de la *Grande Conquête d'outre-mer*, qui fut fait sur les petits-fils et « arrière-petits-fils du chevalier du Cygne, qui a son commencement à la grande « expédition d'Antioche, Godefroy de Bouillon, avec ses frères, a été mis du français en castillan par ordre du très-noble D. Sanche, roi de Castille, de Tolède, de « Léon, de Galice, etc..., et sixième roi de ceux qui furent en Castille et en Léon, « et qui portèrent ce nom, fils du très-noble roi D. Alphonse *onzième* et de la « très-noble reine doña Yolande. »

Quoiqu'on ne doive pas ajouter un grand crédit à une note pareille, ouvrage sans doute d'un copiste ignorant qui appelle *sixième* Sanche le Brave, et *onzième*, son père D. Alphonse le Sage, la mention qu'on y fait du *Chevalier du Cygne* n'en est pas moins remarquable; chevalier dont l'histoire en vers se suppose écrite vers l'année 1300, postérieurement par conséquent au règne d'Alphonse le Sage. Cette supposition nous porterait naturellement à croire que l'ouvrage ne fut pas traduit par ordre de ce Roi, ou que Jehan Renault prit les matériaux de son poëme d'une histoire en prose plus ancienne.

Que la *Grande Conquête d'outre-mer* soit, dans la majeure partie, la traduction de celle que, sous le titre de *Historia rerum in partibus transmarinis gestarum*, « histoire des actions accomplies dans les contrées transmarines, » écrivit Guillaume de Tyr, c'est un fait hors de doute. C'est ce qui résulte du prologue où le Roi dit : *Mandamos trasladar la historia de todo el suceso de ultramar.* « Nous mandons de traduire l'histoire de tout ce qui est arrivé outremer. » En outre, au folio 132, se trouve ce qui suit : « El obispo Don Raol de Belleem muriera el « año dantes, e por ruego de los rricos omnes el Rey fiço so chanciller a D. Guil- « len, arçobispo de Sur, e aquell arçobispo fiço esta estoria escribir en latin. » « L'évêque D. Raoul de Bethléem mourut l'année d'avant, et, à la prière des riches hommes, le roi fit son chancelier D. Guillaume archevêque de Tyr, et cet archevêque fit écrire cette histoire en latin. » Il est très-probable que d'autres matériaux entrèrent dans la composition dudit livre, peut-être même aussi l'histoire que le même archevêque dit avoir composée, en se servant des écrivains arabes *a tempore seductoris Mahumethi usque ad annum* MCLXXXIV, « depuis le temps de l'imposteur Mahomet jusqu'à l'année 1184. »

Chap. IV, *note* 4, page 63. — Le manuscrit de la Bibliothèque nationale, qui contient les œuvres de D. Juan Manuel, est un volume grand in-folio, vélin, de 239 feuilles bonnes, d'un caractère qui semble appartenir à la fin du quatorzième siècle ou au commencement du siècle suivant. Il est écrit avec soin, et il y a des espaces en blanc pour des enluminures ou des vignettes qu'on n'y a pas faites. Perez Bayer, dans ses notes à la *Bibliotheca vetus* de Nicolas Antonio (tome II, liv. 9, chap. vi, page 167), le considère comme écrit du vivant de D. Juan Manuel, et ce n'est pas sans raison, comme nous le verrons plus tard. Par malheur, ce manuscrit non-seulement ne contient pas toutes les œuvres de cet illustre chevalier, mais celles qu'il renferme sont mutilées et tronquées. Il commence par le *Livre du cavalier et de l'écuyer*, auquel manquent treize chapitres sur les cinquante-un qu'il devrait avoir, à partir du troisième jusqu'au seizième, sans doute parce que le cahier ou les cahiers qui les contenaient se sont décousus et égarés. Vient ensuite, au folio 25 du manuscrit, un traité de la déclaration de ses armes, de la raison pour laquelle lui et ses fils légitimes peuvent armer des chevaliers, et sur la conversation qu'il eut avec le roi D. Sanche, quand ce dernier mourut à Madrid, le tout adressé à Frère Juan Alphonse. Suit au verso du folio 31, sans aucune épigraphe, un autre traité commençant de cette manière : « Entendidos son muchos « santos e muchos philosophos e sabios, e es verdat, en si la major cosa que « omne puede aver es el saber, etc... » Et ce sont des conseils adressés à son frère Ferdinand. C'est probablement le même écrit qu'Argote de Molina appelle le *Livre de l'Infant*, puisque ce dernier n'avait alors que deux ans : d'autres l'intitulent *Livre des castoiemens;* mais le prologue dudit livre, dont nous allons donner un extrait, nous porte à déduire que son véritable titre est le *Livre infini*.

« Et parce que la vie est courte, dit-il, et le savoir long à apprendre, les « hommes s'empressent d'apprendre ce qu'ils entendent, chacun ce qui lui con-« vient le mieux ; les uns travaillent une science, les autres une autre. Et parce « que D. Juan, fils de l'Infant D. Manuel, gouverneur général de la frontière et « de la Vega de Murcie, veut que pour m'aider moi et d'autres, je sache le plus « que je pourrai, attendu que le savoir est la chose pour laquelle tout homme « doit faire le plus d'efforts ; par conséquent, tu dois me composer ce traité por-« tant sur des choses que moi-même j'ai éprouvées sur moi-même, et dans mes af-« faires, et sur ce qui est arrivé à d'autres, sur des choses que j'ai faites et vues faire « et dont je me suis bien trouvé, et moi et d'autres. Et en parlant de celles dont « je me suis trouvé bien, il s'entend que si j'ai fait le contraire de quelques-unes, « je m'en suis trouvé mal. Et si ceux qui liront ce livre ne le trouvent pas une « bonne œuvre, je les prie de ne pas s'en étonner, ni de ne pas me maltraiter; « je ne l'ai fait que pour ceux qui n'avaient pas meilleure intelligence que moi. S'ils « trouvent qu'ils peuvent en retirer quelque profit, qu'ils en soient reconnais-« sants à Dieu, et qu'ils en profitent, car Dieu sait que je ne l'ai fait qu'à bonne « intention. Je l'ai fait pour D. Ferdinand, mon fils, qui me pria de lui faire un « livre. Et j'ai fait celui-ci pour lui et pour ceux qui n'en savent pas plus que « moi ; et lui qui, maintenant que je l'ai commencé, n'est âgé que de deux ans, « saura par ce livre quelles sont les choses que j'ai éprouvées et que j'ai vues. « Et croyez certainement que ce sont des choses prouvées, et sans aucun doute : « et je le prie et je lui ordonne, entre les autres sciences et les autres livres « qu'il apprendra, d'apprendre celui-ci, et de bien l'étudier : ce sera merveille « si un livre si petit peut offrir une utilité si grande. Or, comme ce livre roule sur

« des choses que j'ai moi-même éprouvées, j'y ai mis celles dont je me suis souvenu,
« et comme les choses que j'éprouverai dorénavant, je ne sais à quoi elles se rat-
« cheront, je n'ai pu les placer ici, mais, avec la grâce de Dieu, je les y mettrai
« comme je les éprouverai. Et comme je ne sais quand il s'achèvera, j'ai donné à
« ce livre le nom de *Livre infini*, ce qui veut dire livre sans achèvement. Et pour
« qu'il soit plus léger à comprendre et à étudier, il est divisé en chapitres. »

Il se compose, en effet, de vingt-six chapitres commençant tous par ces paroles :
« Fijo D. Fernando, » Fernand, mon fils. Dans le vingt-sixième et dernier, il lui
dit qu'après avoir terminé le *Livre infini*, Fray Juan Alphonse, son ami, lui demanda et le pria de lui écrire ce qu'il entendait dans les manières de l'amour,
en las maneras del amor, et que par conséquent il lui explique tout ce qu'il a
pu obtenir sur cette matière. Plus loin il ajoute :

« Et comme je sais que certaines personnes me critiquent parce que je fais
« des livres, je vous déclare que pour cela je ne cesserai pas ; car je crois à
« l'exemple que je vous ai mis dans le livre que j'ai composé sur Patronio, où il
« est dit : « Pour parler des gens seulement, qu'il ne résulte aucun mal pour l'hon-
« neur, faites attention et n'agissez pas autrement. » Et puisque dans les li-
« vres que je compose, il y a avantage et vérité, et non dommage, je ne veux par
« conséquent cesser, pour le dire de personne. Et ceux qui critiqueront ma con-
« duite, quand ils en retireront, eux, leur avantage, et que l'on verra que je cause ma
« perte, c'est alors qu'il faudra les croire, soutenant que je fais ce qui ne me convient
« pas en composant des livres : vous devez savoir en effet que toutes les choses
« que les grands seigneurs font, doivent toutes tendre premièrement à défendre
« leur état et leur honneur. Mais, ceux-ci défendus, plus il y a de bontés en eux,
« plus ils sont accomplis ; car croyez bien que c'est un grand mal pour le grand
« seigneur quand ses bontés sont comptées, et que c'est un grand bien quand
« sont comptées ses taches. Quant à moi, quoiqu'il y ait en moi de nombreux dé-
« fauts, je n'ai fait jusqu'ici aucune chose qui diminuât mon état. Et je pense qu'il
« vaut mieux passer son temps à composer des livres qu'à jouer aux dés ou faire
« d'autres actions viles. »

Suit après, dans le manuscrit, le *Livre de Patronio*, autre nom du *Comte Lucanor*, que publia Gonzalo Argote de Molina, et dont on a fait deux éditions, une
à Séville, en 1575, et une autre à Madrid, en 1642, sans compter la dernière à
Leipzig. Mais dans chacune d'elles le texte est si profondément altéré, soit par des
omissions fréquentes, soit par l'inversion dans l'ordre des chapitres, soit enfin par
le travail de l'éditeur, qui a cru convenable de rendre le style moderne et de l'accommoder au langage de l'époque, que l'ouvrage semble un tout autre livre. Il serait à désirer que le texte fût collationné avec ce manuscrit et un autre qui se
conserve à la Bibliothèque de l'Académie royale d'histoire, et que l'on fît une édition
correcte et soignée d'un volume si important.

A la fin du *Livre de Patronio* se trouve la note suivante, de la même écriture
que le reste du manuscrit : « Acabólo D. Johan en Salmeron, lunes 12 dias de
junio, era de MCCC c LXXXIII años. » Si donc, comme le dit l'auteur dans le texte,
D. Juan Manuel est né à Escalona, le 5 mai 1320, il avait plus de soixante ans
quand il composa ce livre.

Après le *Livre de Patronio* vient, dans le manuscrit de la Bibliothèque nationale, un court traité de morale mystique, adressé à D. Rémon Malquefa, et enfin
un livre, sans tête, qui traite des oiseaux propres à la chasse, et où sont minutieu-

sement décrites les propriétés des faucons, la manière de les élever et de les instruire à chasser.

Tel est en résumé le contenu du manuscrit de la Bibliothèque nationale, manuscrit qui, avec l'énumération des écrits de D. Juan Manuel, insérée en tête du *Livre de Patronio*, nous fera connaître quels ouvrages il faut lui attribuer, quels sont ceux qui se conservent encore. C'est un point traité jusqu'ici avec assez de légèreté, et qui mérite d'être établi. L'énumération dit : « Et les livres qu'il fit « *et qu'il a faits jusqu'ici* sont les suivants : la Chronique ; et le Livre des Sages ; et « le Livre de la chevalerie ; le Livre de l'Infant ; le Livre du chevalier ; le Livre « de l'écuyer ; le Livre de la chasse ; le Livre des engins ; le Livre des chants ; et « les Livres des frères prêcheurs, qui sont au monastère de Peñafiel. »

1º La *Chronique*. C'est le sommaire de la *Chronique générale* de son oncle Alphonse le Sage, qui, nous le dirons plus tard, semble avoir été non composé par lui, mais *écrit* par son ordre.

2º Le *Livre des Sages*. On ignore où il se trouve, ainsi que son sujet.

3º Le *Livre de la Chevalerie*. On ne sait rien sur lui, à moins qu'il ne soit le *traité* adressé à Frère Juan Alphonse, sur le privilège d'armer des chevaliers, dont jouissait sa famille.

4º Le *Livre de l'Infant*. Semble être le même que le *Livre infini* ; ce sont des conseils à son fils Fernand, alors enfant en bas âge. Telle est, selon nous, la signification propre du mot : *Infant*.

5º Le *Livre du Chevalier* et le *Livre de l'Écuyer*. Ces deux livres ne forment qu'un seul traité, comme on le voit clairement dans le manuscrit que nous venons de décrire.

6º Le *Livre de la Chasse*. Se trouve, mais incomplet, dans le manuscrit de la Bibliothèque nationale.

7º Le *Livre des Engins*, qu'Argote de Molina appelle par erreur des *Tromperies*, consiste probablement en un traité sur les machines employées à la guerre, mais nous n'avons pu découvrir son existence dans aucune bibliothèque.

8º Le *Livre des Chants*. Argote de Molina, dans le *Discours sur la poésie castillane*, imprimé à la fin de son édition du *Comte Lucanor*, se réfère à un livre que D. Juan Manuel écrivit en Stances et Rimes de ce temps, et que lui, Argote, pensa de donner à l'impression, projet qu'il ne réalisa pas. C'est peut-être le même désigné ici sous le titre de : *Livre des chants*.

9º Les *Livres des frères prêcheurs, etc*. Le titre est trop vague pour que nous nous hasardions à déterminer le genre de ces livres.

10º *Traité sur les diverses manières d'aimer*. Il suit le *Livre infini*, et il pourrait en faire partie.

11º *Traité mystique et moral*, adressé à D. Fr. Rémon Malquefa.

12º *Livre de Patronio et du Comte Lucanor*. Il ne se trouve pas cité dans la note du manuscrit, sans doute parce qu'il n'était pas encore composé lorsqu'elle fut écrite. Il semble le même ouvrage cité par Argote de Molina sous le titre de *Livre des Exemples*. Quant au *Livre des Conseils*, que cite aussi le même auteur, nous croyons qu'il est le même que d'autres appellent : *Livre des castoiemens* ou *Livre de l'Infant*, quoique son véritable titre soit, comme nous l'avons déjà vu, le *Livre infini*.

A la Bibliothèque nationale (129, A), on conserve un manuscrit in-4º sur papier et d'un caractère semblable à ceux du commencement du quinzième siècle, inti-

tulé : *Livre des exemples, Libro de los enxemplos.* Les trente-trois premières
feuilles du manuscrit contiennent des exemples moraux précédés d'un texte latin
et de la traduction correspondante en vers castillans, tels que *confessio deuota
debet esse et lachrymosa :* « Muy devota et con devocion, mucho valle la confession. » *Xhptiani in profondiore parte inferni cruciantur :* « Mayores penas
sufren los males Xpianos, que moros, judios, nin malos paganos. » *Confitendum
nullo est tempore de inimico:* «Nunca fies de enemigo : esto de consejo te
lo digo;» et ainsi de suite sur ce ton. Chaque exemple est suivi d'un petit
conte qui explique la moralité qu'on y rapporte. Au folio 135, se trouve une
collection d'apologues et contes, avec cette épigraphe: *Aqui comiença el libro
de los gatos, e cuenta luego un enxemplo de lo que acaescio entre el
gallapago e el aguilla.* « Ici commence le livre des chats et on raconte ensuite
un exemple de ce qui arriva entre la tortue et l'aigle. » Ce dernier traité,
incomplet jusqu'à la fin, est anonyme comme le premier, mais il contient des
tournures et des expressions qui nous rappellent la prose de D. Juan Manuel.
Pour que nos lecteurs puissent se former une idée du livre et de son style, nous
transcrirons ici l'exemple suivant des deux compagnons :

« Una vegada acaesció que dos compañeros que fallaran una grand compaña de
« ximios, dixo el uno al otro : Yo apostaré que gane yo agora mas por decir men-
« tira que tu por decir verdad ; e dixo el otro : Digote que non faras, ca mas ga-
« naré yo por decir verdad que tú por decir mentira, e si esto non quieres creer,
« apostemos. Dixo el otro : Placeme, et desque ovieron fecho su apuesta, fué el
« mentiroso é llegóse á los ximios, e dixole un ximio que estaua y por mayoral
« de los otros : Di, amigo, que te paresce de nosotros. E respondió el mentiroso :
« Señor, paresceme que soys un Rey muy poderoso, e estos otros ximios que son las
« mas fermosas cosas del mundo, e los ommes vos prescian mucho, en manera
« que los lisongeó tanto quanto pudo, en guisa que por las lisonjas que les dixo,
« dieronle muy bien á comer, e onrraronle mucho, e dieronle mucha plata e mucho
« oro e mucha otras riquesas. E despues llegó el verdadero, e preguntaronle los xi-
« mios que le parescia de aquella compaña e rrespondio el verdadero, e dixo : Que
« nunca viera tan sucia compaña nin tan feos e brutales como vos pareceys ser
« todos. Estonce fueronse para él e sacaronle los ojos, e desque le ovieron sacado (1)

---

(1) « Une fois il arriva que deux compagnons rencontrèrent une grande compagnie
de singes. L'un d'eux dit à l'autre : Je parie, moi, de gagner maintenant plus pour
dire des mensonges, que toi pour dire la vérité. L'autre lui répondit : Je te dis que tu
n'y arriveras pas, car je gagnerai, moi, plus pour dire la vérité, que toi pour dire
des mensonges, et si tu ne veux pas le croire, parions. L'autre reprit : Je veux bien ;
et dès qu'ils eurent établi leur pari, le menteur le quitta et s'avança vers les singes.
Un singe, qui paraissait être le conducteur des autres, l'interrogea ainsi : Dis-moi,
ami, que te semble de nous ? Le menteur lui répondit : Seigneur, il me semble que
vous êtes un roi très-puissant, et que tous ces autres singes sont les plus belles créatures
du monde, et que les hommes vous apprécient beaucoup. Et il les flatta tant qu'il
put, de sorte que pour les flatteries qu'il leur adressa, ils lui donnèrent bien à manger, lui accordèrent de grands honneurs, et lui fournirent beaucoup d'argent, beaucoup d'or et beaucoup d'autres richesses. Le véridique arriva après, et les singes lui
demandèrent ce que lui semblait cette réunion : et le véridique répondit, et dit qu'il
n'avait jamais vu une réunion si sale, des êtres si laids, si brutes que vous semblez

« los ojos, dexaronle desanparado. E estonce buena verdad oyó voces de osos e de
« lobos e de otras bestias que andauan por el monte, e atentó lo mejor que pudo
« e subióse en un arbol, por miedo que le comerian las bestias. Et el que estaua
« encima de aquel arbol, haevos las bestias que se ayuntaron todas á cabil-
« do so el arbol, e preguntauanse las unas à las otras de que tierra eran,
« ó que condiciones auia cada una de las bestias ó con qué arte habia sa-
« bido cada una escapar de mano de llos ommes. E dixo la rraposa : Yo sé
« cerca daquy do ay un Rey, que aquel Rey es el mas nescio omme que
« yo nunca vy, e tiene una fija muda en casa e poderia ya lijeramente
« sanar, si quisiese sino que no sabe. E dixeron los otros commo seria eso,
« e dixo ella : Yo vos lo diré. El domingo, quando van ofrecer las buenas mugeres
« e dexan el pan sobre las fuessas, e vo yo e rrebato una torta, si el primero bo-
« cado que yo tomo me lo sacasen de la boca, antes que yo lo tragase, e ge lo die -
« sen á comer, luego fablaria. E otra nescedad mayor vos diré que aquel Rey que
« esta ciego e tiene una larcha de piedra en cabo de su casa, se aquella fuese al-
« çada, saldria una fuente de alli e quantos ciegos se untassen los ojos con aquel
« agua, luego guarescerian, e desque fue amanescido, fueronse las bestias de
« alli, e ellas que se yvan, passauan unos harrugueros por alli e buena verdad
« que estaua encima de aquel arbol, que avia miedo de lo que las bestias dixeron,
« dió boses a los harrugueros que yvan e dixeron los harrugueros ¡ Santa Maria,
« voses de ommes son aquellas que oymos, vamos alla, e desque llegaron fallaron
« a buena verdad do staua encima del arbol. E preguntaronle quien era : dixo
« buena verdad, e ellos dixeronle : Amigo ¿ que te paró tal eres ? dixoles : Un mio
« compañero, mas pido vos de mercet que digades do ydes. Ellos dixeron : Ymos
« a tal reyno con estas mercadurias : e dixoles : Rruego vos que me querays llevar
« allá por amor de Dios, e que me pongades á lla puerta dell Rey, e los harrugue-
« ros dixeron que les placia e ficieronlo ansi. E desque se vió y, dixo al portero :

---

l'être tous. Alors ils se précipitèrent sur lui, lui arrachèrent les yeux, et, après lui
avoir ainsi arraché les yeux, ils le laissèrent abandonné. Et alors la bonne Vérité entendit des hurlements d'ours, de loups, et d'autres bêtes qui allaient sur la montagne ;
elle prit ses précautions le mieux qu'elle put, et monta sur un arbre, de peur d'être dé-
vorée par les bêtes. Et pendant qu'elle était au haut de cet arbre, voilà que les bêtes se
réunirent toutes en chapitre au-dessous de l'arbre. Elles se demandaient les unes aux
autres de quelle terre elles étaient, dans quelle condition vivait chacune d'elles, et
par quel art chacune avait su échapper des mains des hommes. Et le renard dit : Je
suis dans le voisinage d'un pays où il y a un roi; ce roi est l'homme le plus simple
que j'aie jamais vu; il a chez lui une fille muette qu'il pourrait guérir à peu de frais,
s'il le voulait, mais il ne sait pas. Et les autres lui demandèrent comment cette guérison pourrait-elle s'opérer; le renard leur répondit : Je vous le dirai. Le dimanche,
quand les bonnes femmes vont à l'offrande et laissent le pain sur les fosses, je viens,
moi, et j'emporte une tourte. Si la première bouchée que je prends, on me la retirait
de la bouche avant que je l'eusse avalée, et si on la lui donnait à manger, elle parlerait immédiatement. Et je vous dirai encore une niaiserie plus grande de ce roi, qui est
aveugle : il a une dalle de pierre à l'extrémité de sa maison, s'il venait à la lever, il en
jaillirait une source, et tous les aveugles qui s'oindraient les yeux de cette eau guéri-
raient immédiatement. Et dès qu'il fit jour, les bêtes s'en allèrent, et, après qu'elles
furent parties, quelques muletiers passèrent par là, et la bonne Vérité, qui était au haut

« Amigo, rruegote que digas al Rey que está aqui un omme que lo guarescerá de
« la ceguedad que él ha, e aun que le mostrará con que su fija fable. E el por-
« tero entró, e dixole al Rey : Señor, alli está un omme que dise que vos sanará de los
« ojos, sy vos quisieredes que entre delante vos. E dixo estonce el Rey : Amigo, dille
« que entre e veremos lo que dise. El portero fué e traxolo ante el Rey, e desque fué
« ante el Rey, dixo : Señor, sea la vuestra mercet servido que mandeys alçar una lar-
« cha que está en cabo de vuestro palacio e saldrá una fuente que qualquier ciego que
« lauare los ojos en aquella agua, luego será guarido. E señor, porque lo creades
« lavaréme yo primero que non vos. El Rey, desque oyó aquello, mandó luego á sus
« ommes que alçasen la larcha, e ansi como fué alçada, salió luego la fuente e
« vino la verdad, e lauo luego sus ojos e nascieronle luego los ojos e cobró su
« vista, e despues todos los ommes de lla tierra, que qualquier ciego que venia e
« se llaua ua los ojos con ella, luego era guarido. Estonce dixo buena verdad al
« Rey : Señor, sea la vuestra mercet servido, otra cosa vos quiero mostrar, que
« quieras el domingo parar tus ommes a rrededor de las fuessas, e paren mientes
« quando veniere la rraposa á tomar el pan que levian las buenas mugeres a ofres-
« cer, e el primo bocado que mitiere en la boca, echenle mano tus ommes à la rra-
« posa á la garganta e saquengelo, e non se lo dexen comer, e denle á comer á tu
« fija e luego fablará. El Rey mando lo facer, ansi commo él mandara, e los ommes
« desque ovieron tomado el bocado à lla rraposa de la garganta, tanto ovieron
« presa de llevar el pan á la infanta con que fablase que non tovieron à la rraposa
« e dexaron la yr, e la ora que la infanta comió el pan, luego fabló. El Rey desque
« vió esto, mandó facer mucha mercet à la buena verdad, lo uno porque auia gua-
« rido á el de los ojos, e lo otro porque auia guarescido á su fija. E llos de la
« corte le facian mucha onrra, e yvan con el fasta la posada, e le daban muchos

de l'arbre et qui avait peur de ce qu'avait dit les bêtes, adressa la parole aux muletiers qui passaient et qui s'écrièrent : Sainte Marie ! ce sont des voix d'hommes que
nous entendons ! Avançons; et dès qu'ils arrivèrent, ils trouvèrent la bonne Vérité au
haut de l'arbre où elle était. Ils lui demandèrent qui elle était, et elle répondit : La
bonne Vérité; ils lui dirent alors : Qui t'a mise dans l'état où tu es? Elle leur dit : Un de
mes compagnons ; mais je vous demande une grâce : dites-moi où vous allez? Ils lui
dirent : Nous allons à tel royaume avec ces marchandises. Et elle leur dit : Je vous
en prie, veuillez m'y conduire pour l'amour de Dieu et me laisser à la porte du Roi,
et les muletiers lui dirent qu'ils le voulaient bien, et ils le firent ainsi. Dès qu'elle se vit
à la porte, elle dit au portier : Ami, je te prie de dire au Roi qu'il y a ici une personne qui
le guérira de sa cécité et qui lui montrera encore le moyen de faire parler sa fille. Et le
portier entra et dit au Roi : Seigneur, il y a là une personne qui prétend vous guérir les
yeux, si vous voulez qu'elle se présente devant vous. Le Roi lui répondit alors : Ami,
dis-lui d'entrer et nous verrons ce qu'elle dit. Le portier vint donc la prendre et l'a-
mena devant le Roi. Dès qu'elle fut devant le Roi, elle lui dit : Seigneur, que votre grâce
soit servie, ordonnez de lever une pierre qui est à l'extrémité de votre palais, et il en
jaillira une fontaine ; et tout aveugle qui se lavera les yeux avec cette eau sera immédiatement guéri. Et Seigneur, pour que vous le croyiez, je me laverai la première,
avant vous. Le Roi, en entendant ces paroles, ordonna à ses gens de lever immédiatement la pierre, et dès qu'elle fut levée il jaillit immédiatement une source : la Vérité
vint, se lava immédiatement les yeux, et ses yeux revinrent immédiatement, et elle
recouvra la vue. Depuis, tout homme de la terre qui était aveugle, et venait et se lavait

« dones por aquel bien que les habia fechos. E yendo un dia por la calle, mui bien
« vestido e en buen cauallo, e muchas compañas con el, encontró a malla verdad,
« e conosciólo luego, e marauillóse mucho le veya sano de los ojos e tan bien andante
« e fué á su posada, e dixole : Dios te salue, amigo, e dixole buena verdad : Amigo,
« bien seas venido; amigo, quererte ya rrogar que me dixesses con que guaresciste
« del mal de los ojos, ca tengo un fijo ciego e querialo sanar se podiesse, ruegote que
« me muestres commo deprendiese. E todo esto decia mala verdad por cuita de saber
« commo llegar a aquella onrra, e aquel estado. Estonce buena verdad dixole : Viste,
« amigo, quando tú me sacaste los ojos en el monte, e viste ese arbol grande
« que y estaua, con cuyta suby en el, e juntaronse y todas las animalias del mundo
« á facer cabildo, e contóle todo el fecho, commo le acaesciera. E mala Verdad
« desque supo aquello, plogole mucho e fuese quanto pudo para allá e subióse
« encima de aquel arbol, e él estando y, hevos las bestias do se juntaron á cabildo
« so aquel arbol e dixo la rraposa ¿Estamos aqui todos? e dixeron todos : Comadre
« si. E dixo la rraposa : Conpadres, quanto aquí dixe en otra noche, ansi fue di-
« cho al Rey, e echaron me sus ommes mano á la garganta que á pocas non me
« afogaron. E dixo el uno : Pues yo non dixe, e dixo el otro : Yo non le dixe, e ju-

---

les yeux avec cette eau, était immédiatement guéri. Alors la bonne Vérité dit au Roi :
Seigneur, que votre grâce soit servie ; je veux vous montrer autre chose : veuillez, le
dimanche, disposer tous vos gens autour des fosses, et qu'ils fassent attention quand
le renard viendra prendre le pain que les bonnes femmes portent à l'offrande ; qu'à
la première bouchée qu'il mettra dans la bouche toutes vos gens saisissent le renard à la gorge, l'en retirent sans la lui laisser avaler et la donnent à manger à votre
fille, immédiatement elle parlera. Le Roi ordonna de faire comme la bonne Vérité
commandait : les gens du Roi, à peine eurent-ils pris la bouchée de la gorge du renard qu'ils eurent tant de hâte de porter le pain à l'infante pour qu'elle pût parler,
qu'ils ne retinrent pas le renard, et le laissèrent partir; et à l'instant même où l'infante
mangea le pain, elle parla. Dès que le Roi vit ce résultat, il ordonna d'adresser de grands
remerciments à bonne Vérité : d'un côté, parce qu'elle lui avait guéri les yeux ; de
l'autre, parce qu'elle avait guéri sa fille. Et les seigneurs de la cour lui rendaient de
grands honneurs, la conduisaient jusqu'à sa demeure, et lui donnaient de grands présents pour le bien qu'elle leur avait fait. Un jour qu'elle allait dans la rue, très-bien
vêtue et à cheval et en nombreuse compagnie, elle rencontra le Mensonge qui la reconnut
immédiatement, s'émerveilla de lui voir les yeux guéris et sains et elle si bien portante,
et il alla à sa demeure et lui dit : Que Dieu te garde, amie ; et la bonne Vérité lui dit :
Ami, sois le bienvenu. — Amie, je voudrais te prier de me dire avec quoi tu guéris le
mal des yeux, car j'ai un fils aveugle, je voudrais le guérir, si je pouvais, et je viens
te prier de me montrer comment m'y prendre. Et le Mensonge ne parlait ainsi que
dans l'intérêt de savoir comment il arriverait à tant d'honneur et à un tel état. Alors
la bonne Vérité lui dit : Ami, lorsque tu m'as arraché les yeux sur la montagne, j'ai
vu ce grand arbre qui s'y trouve, et j'y suis montée avec précaution ; tous les animaux
du monde sont venus s'y réunir dessous et y tenir leur chapitre ; et elle lui raconta le
fait tel qu'il s'était passé. Le Mensonge, connaissant ces détails, s'en réjouit beaucoup, se rendit aussi vite qu'il put à la montagne et monta sur l'arbre, et, pendant
qu'il y était, voilà que tous les animaux se réunirent, en assemblée, sous cet arbre, et
le renard s'écria : Sommes-nous tous ici ? Et tous de répondre : Compère, oui. Alors le
renard dit : Compères, tout ce qui a été dit ici l'autre nuit a été rapporté au Roi : ses
gens m'ont saisi de leurs mains à la gorge, et peu s'en est fallu qu'ils ne m'aient

« raron todos que lo non dixeran, e dixo la rraposa : Pues non lo dixistes, quiera
« Dios que non nos asecbe aqui alguno. Alço los ojos arriba, e vió á mala verdad e
« dixo : Alla estays vos, yo vos faré que malla pro vos faga el bocado que me sa-
« castes de la boca, e dixo al oso : Conpadre, vos que soys mas lijero, sobid allá.
« El oso sobío e derribóle a tierra e estonçe despedaçaron le las bestias y comieron
« todo. »

Enxiemplo. — Deuen parer mientes aquellos que quieren facer o decir tracçio-
nes ó falsedades, quaun non se fallen mal un año, fallarsean á dos, e si non, fallarsean á llos diez. E se por aventura no lo fasen por consejo o por mandado de alguno, aquellos que lo consejan ó que lo mandan, aquellos los tiene despues por
partes, e aunque en su vida non se fallen mal, fallarsean despues en la muerte, do les
da Dios tan mal galardon por ello, commo dieron las animalias á mala verdad.

Les exemples contenus dans le livre sont les suivants : Exemple de la Tortue
et de l'Aigle. — Du Loup et de la Cigogne. — De l'Oiseau de Saint-Martin. — Du
Chasseur et des Perdrix. — De l'Oiseau qui brise des os. — De l'Araignée et de la
Mouche. — Du Crapaud et du Lièvre. — Du jeune homme qui aimait une vieille.
— Du Chat et du Rat. — Des qualités des Mouches. — Des Souris. — De la bête
Altilobi. — Du ver Hydrus. — De ce qui arriva entre le Renard et le Loup. — Du
Lion, du Loup et du Renard. — Du Rat qui mange le fromage. — Des Chiens et
des Corbeaux. — Du Rat, de la Grenouille et du Milan. — Du Loup et des Moines.
— Des Brebis et du Loup. — De l'Homme bon et du Loup. — De ce qui arriva à
Galtier avec une femme. — Du Renard et des Poules. — De ce qui arriva au
Renard avec les Brebis. — Du Comte et des Marchands. — D'une Brebis blanche,
d'un Ane et d'un Bouc. — Des deux Compagnons. — De la Guêpe et de la Grenouille.
— Du Papillon. — De l'Aigle et du Corbeau. — Du Cavalier et de l'Homme bon.
— De l'Homme qui laboure et des Escarbots. — Des Abeilles et des Escarbots. —
De l'Ane et de l'Homme bon. — De la Poule et du Milan. — Du Lion et du Chat.
— De l'Oie et du Corbeau. — Du Milan et des Perdrix. — Du Renard et du Chat.
— Du Corbeau et de la Colombe. — De la Huppe et du Rossignol. — ¡Du Moine.
— Des Villageois. — De ce qui arriva à la Fourmi avec les Porcs. — De la Mort du
Loup. — Du Chien et du Jonc. — De la Lionne. — Du Renard et du Marin. —
Du Singe. — De l'Escargot. — De la Grenouille et de la Mouche. — Du Renard.

étouffé. Alors l'un dit : Ce n'est pas moi qui l'ai dit ; ni moi, dit l'autre, et tous ju-
rèrent qu'ils ne l'avaient pas dit. Le renard reprit alors : Puisque vous ne l'avez pas
dit, plaise à Dieu que personne ne nous tende ici des piéges ! Il leva les yeux en
haut, et il vit le Mensonge, et dit : Vous voilà, vous ; je ferai en sorte que vous tiriez
un mauvais profit de la bouchée que vous m'avez tirée de la bouche ; et il dit à
l'ours : Compère, vous qui êtes plus léger, montez là. L'ours monta et le jeta à terre ;
les bêtes alors le mirent en morceaux et le dévorèrent en entier.

Exemple. Doivent faire attention ceux qui veulent faire ou dire des trahisons et
des faussetés, que s'ils ne s'en trouvent pas mal une année, ils s'en trouveront mal
dans deux ; si non dans deux, ils s'en trouveront mal dans dix : et que si, par aventure, ils ne le font pas par conseil ou par ordre d'autrui, ceux qui le conseillent ou
l'ordonnent, ceux qui ensuite y participent, lors même qu'ils ne s'en trouvent pas
mal durant leur vie, s'en trouveront mal après dans la mort, où Dieu leur en donnera
une aussi mauvaise récompense que les animaux la donnèrent au Mensonge. »

— De la Tortue et du Crapaud. — Des Rats et des Chats. — Du Rat qui est tombé dans une cuve. — De l'Homme dont la maison brûle. — Du Loup et du Lièvre.

CHAP. V, *note* 3, page 97. — Sur le Chancelier D. Pero Lopez de Ayala, célèbre chroniqueur, poëte et homme d'État, on peut voir les articles insérés dans le tome VI des *Lettres espagnoles* par le littérateur distingué D. Bartolomé Jose Gallardo, sous le pseudonyme de Bachelier Fornoles. Dans le *Cancionero* de Fernan Martinez de Burgos, dont l'analyse faite par Floranes est rattachée dans l'appendice aux mémoires, ou *Chronique d'Alphonse VIII,* on trouve des proverbes de Salomon, sans nom d'auteur, et que cet érudit croit devoir attribuer au Chancelier. En effet le style et le mètre ressemblent assez à ceux qu'il employa dans ses autres écrits.

Comme nous avons rencontré, par hasard, de l'écriture même du señor Floranes, les quinze quatrains de cette composition, et ne sachant pas d'un autre côté d'où peut venir ce manuscrit, il nous a paru convenable de les transcrire ici.

PROVERBIOS EN RIMO DEL SABIO SALOMON REY DE ISRAEL. — TRACTA O FABLA DE LA RECORDANZA DE LA MUERTE E MENOSPRECIAMENTO DEL MUNDO (1).

Prologo en la traslacion.

Amigos, si queredes oyr una razon
De los proverbios que dixo el sabio Rey Salomon ,
Fabla de aqueste mundo é de las cosas que y son
Como son dejaderas à poca de sazon.

Comienzan los proverbios.

O mezquino ! diz del mundo de como es lleno de enganos
En allegar riquezas é averes tamaños,
Mulas é palafrenes, é vestidos, é paños,
Por ser solo dejado en tan pocos de años.

Comer bien é vever, cabalgar en mula gruesa,
Non se miembra del tiempo que yacera en la fuesa,
El cabello mesado, la calavera muesa ,
Botica mucho noble de la malicia cesa.

---

(1) PROVERBES RIMÉS DU SAGE SALOMON, ROI D'ISRAEL.—IL TRAITE OU PARLE DU SOUVENIR DE LA MORT ET DU MÉPRIS DU MONDE.—*Prologue de la transcription.*—Amis, si vous voulez écouter une explication — Des proverbes que dit le sage Roi Salomon, — Il parle de ce monde et des choses qui s'y trouvent, — Comme elles sont passagères et de peu de durée. — *Commencement des proverbes.* — O vanité! dit-il, du monde si plein d'artifices,— Qui allègue des richesses, des biens immenses , — Mules et palefrois, et vêtements et étoffes, — Pour être abandonné seul en si peu d'années.

Bien manger et bien boire, chevaucher sur une forte mule, — Sans se souvenir du temps où l'homme reposera dans la fosse, — Les cheveux coupés, — le crâne creux, — Noble réceptacle de la malice intelligente.

El bien de aqueste mundo la muerte lo desata,
Non se puede asconder por nínguna barata.
Fallescen los dineros, el oro é la plata,
El prez, é la bruneta, el verde é el escarlata.

Morrán los poderosos, Reys e Potestades,
Obispos é Arzobispos, é Calonges, é Abades,
Fincarán los averes, las villas é cibdades,
La tierras, é las viñas, las casas ó heredades.

Atales son los homes como en el mar los pescados,
Los unos son menudos, los otros son granados,
Cómense los mayores á los que son menguados,
Los Reys, é los Principes, los que son apoderados.

Ninguno por riqueza presciar nunca se deve,
Maguer que sea sano é bien come é bien veve;
Non fie en este mundo, ca la vida es muy breve,
Tambien se muere el rico como el que mucho deve.

El rico y el pobre en Dios deven fiar,
Ca el es poderoso de toller é de dar :
Asi como Dios quiere la cosa desatar
Por mil sesos del Mundo non se puede estorbar.

El bien de aqueste mundo la muerte lo destaja,
Bien a tal es el ome como lunbre de paja ;
Despues quel fuego muere é viste su mortaja,
La ceniza que queda, non val una meaja.

La muerte es cosa cruda que non tiene velmez
A todos face iguales, cada uno de su vez ;

Les biens de ce monde, la mort les détruit. — On ne peut se dérober, à aucun prix.
— Tout vous manque, monnaie, or, argent, — honneur, le noir, le vert, l'écarlate.
Ils mourront, les puissants, rois et seigneurs, — évèques et archevéques, et cha-
noines et abbés; — Tout restera, biens, villes et cités, terres, vignes, maisons et héritages.
Les hommes sont comme les poissons de la mer : — Les uns sont petits, les autres
sont grands; — Les plus gros mangent les plus petits, — Les Rois et les Princes, ceux
qui sont en leur pouvoir.
Personne ne doit jamais s'enorgueillir de sa richesse, — Quoiqu'il soit bien portant,
qu'il mange bien et boive bien; — Personne ne doit se fier à ce monde, car aussi bien
meurt le riche que celui qui doit beaucoup.
Le riche et le pauvre en Dieu doivent mettre leur confiance; — C'est lui qui a la
puissance d'enlever et de donner. — Aussi le dénoûment que Dieu veut d'une chose,
mille cervelles du monde ne peuvent l'empêcher.
Le bien de ce monde, la mort le termine. — L'homme ressemble bien à un feu de
paille; — Dès que la flamme meurt, qu'il revêt son suaire, — La cendre qui reste ne
vaut pas une maille.
La mort est chose cruelle qui ne peut s'éviter;—Elle nous fait tous égaux, chacun à

Hecha mala celada tan negra como pez,
Quien cuida mas vevir, ese muere reféz.

Ninguno non se puede escusar de la muerte,
Por maña, nin por arte, nin por ninguna suerte;
Non prestan melezinas, nin otra cosa fuerte,
Nin trapos á los pies, nin vizmas á la fruente.

El ome quando es muerto poco val su facienda.
Qual fizo tal avrá, como diz la leyenda;
Mortajanlo privado, sotierranlo corriendo;
Ca que y mucho lo tengan, nunca'l daran emienda.

Mezquino pecador en fuerte punto nado!
Que cuenta podras dar de lo que has ganado?
Non guardaste tesoro que Dios te aya grado;
El dia del juicio serte ha mal dlemandado.

Lo que á uno digo, á todos lo pedrico;
Dios sabe la facienda del grande é del chico;
El que bien lo sirvere, por siempre sera rico,
Darle ha muy grand folganza por pequeño çatico.

FIN.

Bendito sea aquel que con Dios mercará
Que por el amor suyo de su algo dará :
Que cien veces por una de Dios rescebira
E mas las vida eterna do l'siempre gozará.

Herman Perez del Pulgar, dans ses *Générations et Ressemblances,* chap. VII,
dit que « Pero Lopez d'Ayala fit un bon livre sur la chasse, et qu'il fut lui-même
grand chasseur. » En effet, il existe iné lit, et les curieux conservent un traité

<hr>

son tour, — Elle nous tend de mauvaises embuscades noires comme la poix. — Celui
qui cherche à vivre plus longtemps, celui-là meurt plus facilement.

Personne ne peut se défendre de la mort, — Ni par adresse, ni par artifice, ni d'aucune manière. — Elles ne servent de rien, ni les médecines, ni les autres choses fortes, —
Ni les chiffons aux pieds, ni les cataplasmes au front.

L'homme, quand il est mort, a bien peu de valeur. — Comme il fit il aura, ainsi
dit la légende. — On l'enveloppe promptement, on l'enterre rapidement ; — Car, quelque prix qu'on l'estime, jamais on ne lui donnera satisfaction.

Pauvre pécheur, dans un fort punto né, — Quel compte pourras-tu rendre de ce que
tu as gagné? — Tu n'as pas conservé le trésor que Dieu t'avait donné : — Le jour du
jugement il te sera inopportunément redemandé.

Ce que je dis à l'un, à l'autre je le prêche; — Dieu connait la conduite du grand et
du petit; — Celui qui bien le servira pour toujours riche sera. — Il doit lui donner
de grandes jouissances pour peu de fatigue. — FIN. — Béni soit celui qui avec Dieu
achètera, — Qui par amour pour lui du sien un peu donnera, — Cent pour un de Dieu
il recevra, — Et de plus de la vie éternelle pour toujours il jouira.

avec ce titre : *De la caza de las aves, é de sus plumages, é dolencias, é amele-cinamientos.* « De la chasse des oiseaux, et de leurs plumages, de leurs maladies et de leurs remèdes. » Au nombre des manuscrits de l'Académie royale d'histoire, il s'en conserve un dont le caractère appartient au premier tiers du quinzième siè-cle et qui contient ce curieux opuscule, opuscule qui dut être écrit à Oviedes, vil-lage du Portugal, lorsque le chancelier y était prisonnier, après la désastreuse bataille d'Aljubarrota. Ayala le dédia à D. Gonzalo de Mena, évêque de Burgos, à qui il écrit entre autres choses : « Et, Seigneur, il y a longtemps que j'ai été et que « je suis éloigné de votre présence et de votre vue, par de grandes délimitations « de terre... Et, Seigneur, comme au milieu des plaintes et de l'infortune, le sou-« venir qu'il a de ses amis est une grande consolation pour celui qui souffre, ainsi, « au milieu de la grande infortune et du malheur que j'éprouve depuis longtemps « ici, dans la prison où je suis jeté, j'ai trouvé une consolation dans le souvenir que « j'ai conservé de votre amitié véritable... »

CHAP. VI, *note* 3, page 108. — Sur l'assonance, sa structure et son origine, voyez une lettre de D. Bartolomé José Gallardo, dans le numéro 3 de l'*Anthologie.* « De l'assonnance, de sa nature, de son mécanisme exquis, mystère rhythmique que personne n'avait pénétré, jusqu'à ce qu'on ait découvert l'auteur de la sui-vante. » Lettre, p. 100-111.

CHAP. VI, *note* 1, page 114. — Rien de plus juste que les observations que fait l'auteur, dans ce paragraphe, en considérant l'époque de D. Juan II et l'école cour-tisane qui s'y développa comme la cause immédiate et directe du discrédit où tomba la poésie populaire. Ce discrédit est tel qu'on ne trouve pas une seule romance, dans les diverses collections de poésies faites pendant ce siècle, sous le nom de *Cancioneros.* Dans le recueil de Juan-Alphonse de Baena, il n'y en a pas même une : on peut en dire autant du cancionero de Fernan-Martinez de Burgos. Celui de Lope de Stuñiga, composé en 1448, n'en contient qu'une seule, et celui de Jean-Fernandez de Ixar, d'une époque bien postérieure, n'en renferme que trois ou quatre. Notre ami D. Augustin Duran ne les ayant pas publiées dans son *Roman-cero* si excellent et si érudit, nous avons jugé à propos d'en donner ici trois. La première est tirée du *Cancionero de Lope de Stuñiga*, collection que nous exami-nerons plus tard. Elle commence ainsi :

FOL. 133 VERSO.

Retraída estava la Reyna,	Pater noster en sus manos,
La muy casta Doña Maria,	Corona de Palmeria.
Mujer de Alfonso el Magno,	Acabada su oracion,
Fija del rey de Castilla,	Como quien planto fasia,
En el templo de Dyana	Mucho mas triste que leda,
Do sacrificio fasia.	Sospirando asy desia :
Vestida estaba de blanco,	« Maldigo la mi fortuna
Un parche de oro ceñia,	Que tanto me perseguia,
Collar de iarras al cuello	Para ser tan mal fadada
Con un griffo que pendia,	Muriera quando nascia :

E muriera una uegada
E non tantas cada dia,
O muriera en aquel punto
Que de mi se despedia
Mi marido et mi sennor
Para ir en Berueria.
Ya tocavan trompetas,
La gente se recogia;
Todos daban mucha priessa
Contra mi á la porfia;
Quien yçaua, quien bogaua,
Quien entraua, quien salia;
Quien las ancoras leuaua,
Quien mas entrañas rompia;
Quien proises desataua,
Quien mi coraçon feria;
El terramote era tan grande
Que por cierto parescia
Que la machina del mundo
Del todo se desfasia.
¿Quien sufrió nunca dolor
Qual entonces yo sufria?
Cuando mi cunta flota
Y el estol uela fasia,
Yo quedé desamparada
Como uida dolorida;
Mis sentidos todos muertos,
Quasi el alma me salia,
Buscando todos remedios
Ninguno no me ualia,
Pediendo la muerte quexosa
Et menos me obedescia.
Dixe con lengua rauiosa
Con dolor que me aflegia :
¡ O maldita seas Italia

Causa de la pena mia !
¿Que te fise reyna Juana
Que rubaste mi alegria;
Et tomaste me por fijo
Un marido que tenia ?
Feciste perder el fruto
Que de mi flor attendia.
¡ O madre desconsolada
Que fija tal parido auia !
Et dió me por marido un Cesar
Quen todo el mundo non cabia;
Animoso de coraie
Muy sabio con valentia,
Non nasció por ser regido
Mas por regir á quien regia.
La fortuna ynbidiosa
Que io tanto bien tenia,
Ofrescióle cosas altas
Que magnanimo seguia,
Plasientes á su deseo
Con fechos de nombradía,
Et dióle luego nueua empresa
Del realme de Secilia.
Seguiendo el planeta Mars
Dios de la cauelleria,
Dexó sus reynos et tierras,
Las agenas conqueria
Dejo á mi ¡ desventurada !
Annos veynte et dos auia,
Dando leys en Italia,
Mandando á quien mas podia;
Soiusgando con su poder
A quien menos lo temia
En Africa et en Italia
Dos reys vencido avia.

COPLAS DE DISPARATES, ARREGLADAS A LA GLOSA DE ¡ OH BELERMA !

(Cancionero de Ixar, fol. 138 verso.)

El conde Partinuplés
Y el obispo de Zamora,
Y el comendador Artés,
En el convento de Uclés
Sirven á la reina mora;
Pero la Reina está enferma,
Y don Hernando de Andrada,
Le canto porque se duerma,
« ¡ O Belerma ! ¡ o Belerma !
Por mi mal fuiste engendrada. »

Los muros de las ciudades,
En la provincia de Europa,
Sin temer sus libertades
Se quejan de los abades
Sobre el partir de la ropa;
Resuelta pleito de alli
Que apelan para Granada,
Tambien en Valladolid,
« Siete años te servi
Sin alcanzar de ti nada. »

Ya la fama se estendia
Como los tiempos son caros,
Y el castillo de Bujia
Con toda la Berberia
Está por el conde Claros,
Y al dolor de las encias
Ningun remedio se halla
Sino el son de Jeremias,
« Y ahora que bien me querias
Muero yo en esta batalla. »

No fue discreto en morirse,
Si murió de mala gana
Ne menos pudo sufrirse
Que quedan sin escribirse
Los amores de Oriaña
Por agra tuvo su suerte
Un rey que murió en Almaña,
Y dijo, pues pude verte,
« No me pesa de mi muerte
Aunque temprano me llama. »

La gente de Yucatan
Estaba en gran agonia
Porque ya su capitan
Hizo paz con el soldan,
Por arte de astrologia;
El caso paresce fuerte,
Y un soldado se quejaba
Diciendo de aquesta suerta,
« Mas pésame que de verte
Y de escribirte lejana. »

Don Tristan de Leonis,
Y Lanzarote de Lago,
Y el Consejo de Paris,
Sacan al rey Palamis,
De la villa de Buytrago;
Porque en los agrios caminos
Inmensa gente estropeaba;
Va diciendo a sus vecinos,
« Montesinos, Montesinos,
Una cosa te rogaba. »

Los condes de Carrion,
Y el primer Rey de los Godos,
Movieron tal gran cuestion,
Que vino descommunion
Sobre los medicos todos;
Y por esto es muy mas cierto
Que me absuelva la cruzada
En este campo desierto,
« Que cuando yo fuere muerto
Y el alma tendré arrancada. »

Tómanle grandes dolores,
Y no lo dice a persona,
Vestido de tres colores,
Perdido por los amores
De la linda Magalona;
Y con esta opilacion
Toda la noche cantaba
La glosa de esta cancion,
« Que lleves mi corazon
Adonde Belerma estaba. »

Despues de sabido el hecho,
Ninguna afrente la queda;
Lastima va en el pecho,
Porque no halla derecho
Como le sobre moneda.
En todo estremo se pierde,
Quien su caballo sangraba,
Si sale tierno del verde,
« Y dile que se le acuerde
De Juan Caramuotana. »

El Alcayde de Madrid
Y un jurado de Valencia
Tuvieron una gran lid
Porque los hijos del Cid
Murieron de pestilencia;
La marquesa de Aguilar
Que la cosa averiguaba
Mira no la den pesar,
« Y sirvela en mi lugar
Como de tí se esperaba. »

Tambien despues de cerradas
Las cortes en Cataluña,
Hubo tan grandes puñadas,
Que estaban amotinadas
Seis banderas en Gascuña;
Y si mirais estas guerras,
Porque sepais que la amaba
Mandole doscientes perras;
« Idos de todas mis tierras
Las que yo señoreaba. »

Los armeros de Milan,
Y las monjas de Ferrara,
Sobre la falta del pan
Recio combate davan
Al castillo de Almenara;
Vino luego un mozo ezquierdo
Encima una yegua baya,
Diciendo como hombre cuerdo,
« Que pues yo á ella pierdo
Todo el bien con ella vaya. »

Fonseca y don Peromaça
Y el secretario Vaguer,
En un molde de coraça
Sacaron toda la traça
Del castillo del Belver ;
Fuéron tan agros los vinos
Que las gentes en Vizcaya
Gritaban por los caminos :
« Socorrezme, Montesinos,
Que el corazon me desmaya. »
  El capiscol de Gandia
Y el conde Fernan Gonzalez
Pleiteaban en Ungria
Sobre la negra alcaldia
Del castillo de Canales ;

Mataron tanto pescado
De dentro una privada
Que dijo un hombre barbado :
« El brazo traigo cansado
Y la mano del espada. »
  Las nuevas estan calladas
Y en la corte hay maravillas,
Que las mugeres preñadas
Estan todas concertadas,
De no parir son mantillas;
Una de ellas muy sabida,
Siendo ya el parto llegado,
Dijo con voz dolorida :
« La habla tengo perdida
Mucha sangre derramada. »

Ibid., folio 335.

En las cortes está el Rey,
En las cortes de Monzon ;
Con él estan caballeros,
Todos á su mandar son :
Con el está Ruduarte (1),
Hijo de Mula, y Monzon,
Y su primo Supliciano
Que es hombre horto sinson (2) :
Parece el galan fiambre,
Cerbato con contricion :
Alli estaba Pildoraque (3)
Bien preciado en sinrazon
Parece garbanzonero
Herido de niguison ;
Es heredero de un viejo (4)
Que llaman don Quintañon ;
Aunque en los años es viejo
No lo es en la intencion ;
Paréceme musico moro
Hombre que vende jabon ;

Este gobierna un defunto (5)
Que murio de presuncion ;
Parece ximio aguilero
Grifo que está en oracion ;
Lloranle los parientes
Y todos con gran rrazon.
Llorábale Don Fasuelo (6)
De todo su corazon,
Gozqueale en un biaron
Para una cierta ynbencion.
A este pido por marido
Doña Coneja Rion (7) ;
Llorábale Don Bueso,
Su hijo el patagon (8).
Parece oso frisado
Y a por nombre Don Frison.
De un primo del grifo
Es bien que agamos mencion,
Lo que aqueste nos paresce (9)
Nadie lo parezca, non :

---

(1) D. Juan de Granada.
(2) D. Hernando de Rosas.
(3) D. Gomez Manrique.
(4) D. Luis de la Cerda.
(5) Le duc d'Alburquerque.
(6) D. Diego de la Cueva.
(7) Dª Maria de Cardenas.
(8) Le marquis de Cuellar.
(9) D. Nuño de la Cueva.

Paresce podenco espeso
Que rresponde por pachon ,
O bendejo derribado
Que le hiço Salamon.
De un caballero estrangero
Es bien que agamos mencion (1) ,
Paresce tina con pollo
Relleno de diaguillon ,
De este es muy grant amigo
Un barbato trasquilon.
Paresce Santiago rucio (2)
Que está haciendo sermon.
A un frayle hallo novicio (3)
Santo y de buena intencion
Que á los tales como este
Engaña con su blason :
Deste se muestra muy amigo
Don Gudufre de Vullon (4),
Y hasia esta amistad
Por le eredar el baston :
Es un monstruo retumbante
Puesto en calças y un jubon ,
Panadero de el de ante
Y sus pasos de anadon.
No se nos cae en oluido
Esa espantable vision ,
Dromedario con alabarda (5)
Que la viste por jubon ;
Y aunque es muy largo de cuerpo,
Es muy corto de razon.
Alli estaua un culebro bayo,
Alcaraban con sancion (6),

Siempre mas confiado
Que todos quantos lo son ;
Paresce galan de paja
De buena disposicion.
Otro relumbra en la corte
Que se llama Morejon,
Tono de ciego que tañe (7)
La oracion de San Léon.
Si la prima se quiebra,
Guardenos Dios de tal son ;
Mas mata con su quixada
Que con la suya Sanson,
Sastre que con malas tijeras
Está cortando un sayon (8)
Para vestir su cuñado
En las vistas de Léon (9).
Parece Marta gallega
Con perfiles de liron ,
O conejero sedeño
Que se llama regañon.
No se nos quede en olbido
Ese un llando furion (10),
Parece mastin bermejo,
Taubien parece cabron ;
Muchos lo tienen por brauo,
Mas el que lo conoze non ;
Sino digalo su hermano ,
Ese peladillo huron (11),
Galguillo que le ahorcaron
Porque hizo una traycion.
De otros muchos caualleros
Se nos queda entre renglon.

M. Dozy, dans ses *Recherches sur l'histoire politique et littéraire de l'Espagne pendant le moyen âge* (Leyde, 1849, in-8), livre des plus estimables sous tous les rapports et que nous avons lu avec le plus grand intérêt, malgré la différence

---

(1) D. Francisco de Este.
(2) El Commendador mayor de Alcantara.
(3) D. Francisco de Benavides.
(4) Gutierre Lopez de Padilla.
(5) D. Miguel de Velasco.
(6) D. Luis de Çuñiga.
(7) D. Sancho de Cardona.
(8) D. Hernando de Mendoza.
(9) D. Alonso Manrique.
(10) El adelantado de Galicia.
(11) D. Juan de Mendoza.

de sentiments qui nous séparent de son auteur sur quelques points, M. Dozy, dis-je, traite la question de savoir si la poésie arabe a exercé quelque influence sur la poésie nationale. Ce savant résout la question d'une manière trop absolue, selon nous, en disant que la poésie des Arabes espagnols, comme celle de leurs frères d'Orient, était trop artistique, trop aristocratique et d'un genre trop lyrique, profondement artificielle et obscure, et par conséquent inintelligible pour le peuple. Jusqu'ici nous sommes d'accord avec l'auteur ; mais nous croyons, quoiqu'il le nie, que les Arabes espagnols avaient aussi leur poésie vulgaire à la portée des masses du peuple, et que cette poésie produisit des chants, dont le caractère et le sujet avaient certains points de contact avec la poésie vulgaire espagnole, tout en tenant compte de la différence d'origine, de religion et de mœurs. Sans aller plus loin, l'archiprêtre de Hita traite longuement dans ses poésies de « los instrumentos en que non convienen los cantares de arabico, » des instruments sur lesquels on ne peut mettre les chants arabes, (n° 1487), et il en cite un qui commençait par : *Caguil hallaco :* il dit aussi que « arabigo no quiere la biuela de arco, » l'arabe ne veut pas de la viole à archet ; et que « el albogue, la mandurria el caramillo y la zampoña non se pagan de arabigo, quanto dellos Boloña, » l'alboguet, la mandore, le chalumeau, la sourdeline, n'aiment pas l'arabe autant que Bologne les aime. Dans le *Cancionero* que Jean-Alphonso de Baena compila pour le passetemps et la récréation du roi D. Juan II, et qui sera publié sous peu de jours, on mentionne le nom d'un poëte appelé Garci Fernandez de Gerena, qui se maria avec une « jongleuse maure, » qu'il croyait très-riche. Argote de Molina, dans son discours sur la poésie castillane, imprimé à la fin du Comte Lucanor, de D. Juan Manuel (Madrid, 1642, in-4), copie au verso du fol. 130, comme spécimen du vers arabe, un chant plaintif qu'il entendit, assure-t-il, des Morisques du royaume de Grenade, après la perte de cette ville. Enfin, dans un manuscrit trèsancien de la *Chronique générale,* manuscrit conservé dans la bibliothèque de l'Excellentissime Sr duc d'Osuna, on trouve la fameuse élégie du Maure de Valence, qui donna tant à faire à M. Dozy, élégie écrite en arabe, quoique en caractères espagnols. Nous en copierons les deux premiers vers ; nous réservant de la publier plus tard intégralement avec sa corrélation en caractères arabes, afin d'éclairer une question si débattue et de satisfaire ceux qui ont du goût pour ce genre de littérature. Ces deux vers, les voici :

Valensia, Valensia, gahye elic q̄biria aūt fihu hac hantu munic faymq̄u yetayn çogdah abuelephe nùede yotu ageban quibulinic yeric.

Bueym arac huen ya melhayr limamdahaçe unicrich agehie anhy amal heynatùc hebedi malahuz maçorayx enebayga feaq accarahem el muzlemin huhay exâco.

M. Dozy nous dira sans doute que cette poésie artificielle et abondante en métaphores ne put jamais être la poésie du peuple, et que probablement l'Alfaqui Valencien, à qui on l'attribue, ne la récita pas du haut d'une tour, comme l'affirme l'auteur de la *Chronique générale.* En effet, cette supposition admise, tous ses arguments en sens contraire tombent d'eux-mêmes ; on ne peut croire que, s'adressant au peuple dans une circonstance si critique, le poëte leur parlât un style qu'ils ne pouvaient entendre. Nous en appellerions alors à d'autres raisons, telles que la forme et le caractère des élégies publiées par Argote, et écrites en arabe vulgaire ; M. Dozy en conviendra avec nous. Nous en appellerions aux poésies et aux chants qui se répètent dans la bouche du peuple, à Tanger, à Tetouan, à

Arsila et sur d'autres points de la côte d'Afrique, et dont un grand nombre font allusion à Cordoue et à Grenade. Nous aurions recours à des témoignages dignes de foi, extraits de nos vieilles chroniques et de nos anciens cancioneros ; nous citerions aussi des morceaux de poésie arabe narrative inconnus à M. Dozy. Enfin nous citerions à l'appui de notre assertion où nous prétendons « que les Arabes espagnols ont eu une poésie populaire, » la différence de mœurs et de coutumes, le relâchement du principe religieux, le frottement continuel avec les chrétiens, frottement qui fit des musulmans espagnols un peuple tout différent de celui que nous sommes habitués à voir et à juger par les relations des Arabes orientaux.

Le manque d'espace et la nature de cet ouvrage nous empêchent de ¡pénétrer plus pleinement dans cette question et dans d'autres, sur lesquelles nous avons le regret de ne pouvoir être d'accord avec l'illustre orientaliste hollandais. Du reste nous croyons, avec notre auteur et avec le Sr D. Augustin Duran, qui vient de publier son *Romancero*, que l'influence de la poésie arabe populaire castillane ne fut ni directe, ni aussi puissante que l'ont assuré Condé et d'autres avec lui.

Chap. VIII, *note* 1, p. 157.—Nous avons examiné le manuscrit de la Bibliothèque nationale, où se trouve la *Chronique générale* attribuée à D. Juan Manuel, et lu avec attention le chapitre qui traite de l'enterrement du Cid. Nous n'y avons rien trouvé qui justifie la conjecture de l'auteur. Ce chapitre n'est, comme les autres, qu'un court sommaire du contenu de la *Chronique générale*; on peut le voir par le passage suivant que nous copions à la lettre : « Chap. CLXV. En el capitulo ciento et quarenta et cinco dize que el cuerpo del Cid fué enterrado, e fincó alli Gill dias a faser las fiestas de sus sennores ; otrosí dize que se torno Xpiano el judio que quisso-trauar de la barua del Cid, e ovo nombre Diego Gil et fincó alli serviendo las sepolturas del Cid et de doña Ximena. » — « Chap. CLXV. Au chapitre cent quarante-cinq, il dit que le corps du Cid fut enterré et que Gill resta des jours à célébrer les fêtes de ses seigneurs ; il dit aussi qu'il se fit chrétien, le juif qui voulut prendre la barbe du Cid, et qu'il eut nom Diego Gil, et qu'il y resta pour servir les sépultures du Cid et de doña Chimène. »

Il y a plus, ce sommaire ne paraît pas être l'œuvre du même D. Juan Manuel, puisque dans le prologue ou introduction on lit ce qui suit : « E por que D. Johan, su sobrino, sse pagó mucho desta su obra (la *Crónica general* del Rey D. Alonzo X, su tio) e por la saber mejor ; por que por muchas razones non podria faser tal obra, commo el Rey fiso, nin el su entendimiento non abondaria a retener todas las estorias que son en las dichas crónicas, por ende *fiso poner* en este libro en pocas razones, todos los grandes fechos que se y contienen. Et esto fiso él porque non touo por aguisado de començar tal obra, e tan complida commo la del Rey su tio, antes sacó de la su obra conplida una obra menor, e non la fiso sinon para ssi en que leyesse, etc., fol. 25. » — « Et parce que D. Juan, son neveu, fut très-satisfait de son ouvrage (la Chronique générale du roi D. Alphonse, son oncle), et pour mieux le savoir, attendu que, pour beaucoup de raisons, il ne pourrait composer un livre semblable, tel que le fit le Roi, et que son intelligence ne serait pas capable de retenir les histoires racontées dans lesdites chroniques, en conséquence il *fit mettre* dans ce livre, en abrégé, toutes les grandes actions qu'elles contiennent. Et il le fit parce qu'il ne crut pas raisonnable de commencer une œuvre telle et aussi parfaite que celle du Roi son oncle, alors il extrait de l'œuvre parfaite une œuvre moindre, et il ne le fit que pour lui, afin qu'elle lui servît de lecture, etc., fol. 25. »

Le manuscrit de la Bibliothèque nationale est un volume in-folio, l'écriture est de la fin du quinzième siècle; il est sur papier, à deux colonnes, et les initiales sont en vermillon. Il se compose de 149 feuilles et il est marqué F. 81. Dans la même bibliothèque F. 60, se conserve un autre manuscrit, intitulé *Chronique générale d'Espagne*, par l'Infant D. Juan Manuel. Mais l'examen de son contenu fait reconnaître que ce n'est qu'une traduction castillane de l'archevêque D. Rodrigue, faite par un anonyme et continuée jusqu'en 1402.

Chap. IX, *note 5*, pag. 173.— Des œuvres historiques de Mosen Diego de Valera, la plus remarquable, sans aucun doute, est sa chronique de Henri IV, intitulée *Mémorial de divers exploits*, « Memorial de diversas hazañas, » livre qui n'a pas été encore publié, malgré son importance. C'est une histoire du règne de ce prince (1454-1474), remplie d'anecdotes curieuses, de détails intéressants qu'on chercherait en vain dans les ouvrages de Palencia et de Castello, et dans laquelle l'auteur raconte en outre les divers événements remarquables arrivés en Europe durant le même temps. L'auteur s'exprime en ces termes dans le prologue : « Je « me suis donc déterminé à écrire les choses les plus dignes de mémoire qui se « sont passées non-seulement en Espagne, mais dans d'autres contrées, depuis « l'année mille quatre cent cinquante-quatre, où commença à régner le sérénis- « sime prince don Henri IV° de ce nom en Castille et en Léon, jusques au temps « présent. Ces choses sont élégamment contées dans les chroniques d'Espagne, « mais celles-ci sont si longues et si difficiles à avoir que très-peu de personnes « peuvent les posséder et les lire. Il en résulte que les exploits et les actions ver- « tueuses sont, comme ceux qui les firent, ensevelis et oubliés. Il m'a paru que « ce serait un bon et utile travail de les mettre en lumière pour que ceux qui les « ont faites et leurs descendants soient l'objet de la considération, du respect et « de l'honneur qui leur sont dus. » Le manuscrit se compose de 230 chapitres, écrits avec simplicité et sans prétention.

Chap. X, *note 1*, page 186.— D. Rafael Floranes Robles, dans la *Vie et les œuvres ms. du docteur Lorenzo Galindez de Carvajal*, conservées inédites à la Bibliothèque de l'Académie royale d'histoire, B. 17, attribue la Chronique de D. Alvaro de Luna à Alvar Garica de Sainte-Marie. Il n'en donne, que nous sachions, d'autre raison que celle d'avoir vu à la fin de ladite chronique et au nombre des chevaliers qui recevaient une solde du Connétable, un Alvaro de « Carthagène », fils de Pierre de Carthagène, ainsi qu'il y est dit en ce même endroit, et neveu de l'évêque de Burgos, D. Alonso de Carthagène. Le Sr D. J. Amador de Los Rios est tombé dans la même erreur, en ne faisant pas attention que Alvaro de Sainte-Marie et Alvaro de Carthagène, oncle et neveu, ne sont pas une même personne. (*Études sur les Juifs d'Espagne*, page 370. Traduites par J.-G. Magnabal.)

Chap. X, *note 2*, page 187. — En effet, il existe, comme le soupçonne l'auteur, une autre édition antérieure de ladite Chronique, avec le titre suivant : *Chronique appelée « Les deux conquêtes du royaume de Naples, » où sont racontées les hautes et héroïques vertus du sérénissime prince Roi D. Alphonse d'Aragon, avec les faits et exploits merveilleux que fit, en paix et en guerre, le grand capitaine Gonzalve Hernandez d'Aguilar et de Cordoue, avec les brillantes et remarquables actions des capitaines D. Diego de Mendoza et D. Hugo de Cardona, le comte Pedro Navarro, Diego Garcia de Paredes et d'autres valeureux capitaines de son temps.* Sarragosse, dans la maison de Miguel Çapila, marchand de livres, année MDLIX, fol. caractères gothiques, à deux colonnes, 152 feuilles et six de plus de préliminaires. — Outre l'écu d'armes de la maison de Cordoue gravé sur le titre, elle contient trois portraits du grand capitaine : un au verso de la première feuille, un autre à la fin de l'introduction et le troisième à l'entête du livre II, page où commence véritablement la chronique de Gonzalve de Cordoue. Le permis d'imprimer est de l'année 1554 ; cette édition ne peut pas par conséquent être la première. Cette chronique a été depuis réimprimée, à Séville, en 1582, in-fol., et à Alcalá en 1584, in-folio.

Ce qu'il y a de plus remarquable dans cette édition, c'est qu'on l'attribue, sans motif aucun, à Hernan Perez del Pulgar, puisque, au commencement de l'*introduction ou arguments de l'ouvrage* et après le titre, on lit ce qui suit : *Escripta a pedaços como acaecieron por Hernando Perez del Pulgar, señor del Salar.* « Écrite par morceaux, suivant qu'ils arrivèrent, par Hernando Perez del Pulgar, seigneur de Salar. » Mots qui prouveraient que Miguel Çapilla, pour donner au livre plus d'autorité et obtenir une vente meilleure, jugea à propos d'y mettre le nom de cet écrivain. Au reste, cette édition est en tout conforme aux éditions postérieures de Séville et d'Alcalá. Elle n'en diffère que par le titre. Dans ces dernières, il est dit tout simplement : *Chronique du Grand Capitaine.* L'édition d'Alcalá est augmentée, à la fin, de la *Relation des exploits de Diego Garcia de Paredes.*

CHAP. X, *note 1*, page 198. — Quant à la *Chronique de D. Rodrigue*, outre les éditions de Séville 1511, de Valladolid 1527, de Tolède 1549, d'Alcalá de Henarès 1587, citées par Brunet, il en existe une de Séville 1527, aussi in-folio, ce qui prouverait jusqu'à un certain point la grande popularité dont jouit ce livre, puisque, dans une même année, il était imprimé en deux points différents de la péninsule.

Le titre de cette édition peu connue est : *La Chronique du Roy D. Rodrigue, avec la destruction de l'Espagne.* La planche du frontispice représente D. Rodrigue assis sur son trône, une épée nue dans la main droite et un globe dans la gauche : à ses deux côtés sont deux évêques, mitre en tête, et debout. Cette édition est de beaucoup supérieure à celle de Valladolid ; elle se compose de 103 feuilles, sans compter les huit de la table, qui sont à la fin.

Quant au véritable auteur de cette chronique, nous ne savons que ce qu'en dit Fernan Perez de Guzman dans le prologue de ses *Hommes illustres*, où il l'attribue à un certain Pedro del Corral et où il l'intitule *Chronique sarrasine*, ajoutant qu'on pourrait bien plutôt l'appeler *trufa o mentira paladina*, mensonge ou bourde paladine. Barnabé Moreno de Vargas, dans son Histoire de la cité de Mérida, liv. I, page 13, après avoir cité un long passage de la chronique, ajoute : « Tel est le récit de cette chronique, dont l'auteur fut Pedro del Corral, et, quoique certaines personnes ne la croient pas véridique, elle l'est en beaucoup de choses. » L'auteur, quel qu'il soit, a beaucoup emprunté de Ar-Razi ou Maure Rasis, comme l'appellent nos Espagnols ; et principalement la partie relative à la conquête de Cordoue.

Dans un catalogue de la bibliothèque du comte-duc d'Olivarès nous trouvons indiquée une édition de cet ouvrage, faite à Séville, en 1492.

CHAP. XI, *note* 3, page 204. — Dans la bibliothèque Colombine de Séville on conserve un manuscrit sur vélin, d'une écriture du quatorzième siècle et dans lequel se trouve *Li roman de Brutus* de maistre Wace. Dans une note de l'écriture de D. Ferdinand Colomb, et qui est à la fin, on lit les mots suivants : « Ce livre coûta 36 quatrines à Milan, le 31 janvier 1521, et le ducat d'or vaut 440 quatrines. » Cet ouvrage s'imprima à Paris, pour la première fois, en 1543, sous le titre de *Le Brut d'Angleterre* ou *Artus de Bretagne*, et plus tard à Rouen, en 1836. Le *Roman du Rou*, Rouen, 1827, 2 vol. in-8, appartient au même auteur.

CHAP. XI, *note* 1, page 207. — Lisez Briolanja au lieu de *Briolana*.

CHAP. XI, *note* 3, page 207. — En parlant du docteur Ferreira, nous avons mal cité son livre intitulé non *Poésies lusitaniennes*, mais *Poëmes lusitaniens*. Plus loin nous avons aussi fait erreur en suivant l'auteur qui prétend que le poëte portugais attribua l'*Amadis* à l'Infant *D. Antonio de Portugal*, tandis que c'est à *D. Alfonso* que fait allusion le fils de Ferreira, qui publia les poésies de son père.

CHAP. XI, page 217, ligne 2. — L'auteur a dit, et nous l'avons répété dans la traduction, qu'*Anaxartes*, le héros chevaleresque, créé par l'imagination fertile de Feliciano de Silva, fut le fils de Lisuart de Grèce : c'est une erreur, on peut le voir dans l'arbre généalogique de cette famille, publié dans les préliminaires du volume XI de la *Biblioteca de autores espanoles*. Anaxartes était frère de D. Florisel de Niquea, et ils étaient tous deux fils d'Amadis de Grèce.

CHAP. XI, page 217, ligne 14. — *Leandro el Bel*. Ceux qui comptent ce livre de chevalerie dans la série des *Amadis* sont dans l'erreur, puisqu'il n'est qu'une continuation ou une seconde partie du *Lépolème*, sous un autre nom, le *Chevalier de la Croix*, comme nous verrons plus loin, quand nous en parlerons.

CHAP. XI, *note* 1, page 217. — Nous avons été étonné de voir l'auteur traiter de l'*Amadis*, sans s'inquiéter d'une question des plus importantes selon nous, à savoir : quel rôle joua Garci Ordoñez de Montalvo dans la confection du « quatrième » livre ? Lui-même nous apprend dans le prologue que « de son temps on connaissait seulement trois livres de l'*Amadis*, et que lui, il ajouta, transcrivit et corrigea le quatrième. » Ces mots « ajouter, transcrire, corriger » semblent indiquer une contradiction, et cependant il y a de puissantes raisons pour croire que le « quatrième » livre fut ajouté postérieurement à l'ouvrage, sinon par Montalvo lui-même, du moins par un écrivain dont les récits originaux tombèrent entre les mains de ce dernier. Mettant de côté le caractère et le sujet du « quatrième » livre qui, à notre manière de voir, diffère essentiellement des trois premiers, puisqu'il peint Amadis plutôt comme un roi sage, gouvernant ses États avec justice, et recevant des ambassades des autres rois que comme un chevalier errant, il y a dans le *Cancionero* de Juan-Alphonse de Baena un passage d'où il résulte que l'*Amadis* ne se composait en principe que de *trois* livres.

Il existe un dire de Pero Ferus adressé au chancelier Pero Lopez de Ayala, le blâmant de ce qu'il n'habite pas la Biscaye, et qui contient les strophes suivantes :

Rey Artur é Don Galas,
Don Lançarote é Tristan ;
Carlos Magno, don Rroldan,
Otros muy nobles asas,
Por las tales asperezas
Non menguaron sus proezas
Segun en los lybros yas,

Amadys, el muy fermoso,
Las lluvias é las ventyscas
Nunca las falló aryscas
Por leal ser é famoso ;
Sus proessas fallaredes
En *tres* libros é diredes
Que le Dyos dé santo poso.

Ainsi donc, sans compter les allusions fréquentes au livre d'*Amadis* faites dans le susdit *Cancionero* de Baena par Pero Lopez de Ayala, Fr. Miguel, Micer Francisco Imperial, et par d'autres poëtes, florissant vers la fin du quatorzième siècle, allusions faites de telle manière qu'elles ne permettent pas de douter que l'*Amadis* ne fût très-connu en Espagne, à cette époque, nous avons le témoignage d'un auteur déclarant que ce roman n'avait alors que *trois* livres. Il faut donc croire que le *quatrième* a été postérieurement ajouté. Remarquons que Pero Ferus est peut-être un des poëtes, les plus anciens, cités dans ledit *Cancionero* : que non-seulement il composa, en 1379, un dire sur la mort de D. Henri le Vieux, mais qu'Alphonse Alvarez de Villasandino, né, suppose-t-on, vers 1340, parle de lui dans une de ses compositions, comme 'd'un troubadour qui l'avait précédé dans le noble art de la poésie, ou qui était mort du moins longtemps avant. Villasandino s'exprime ainsi :

> Por vos non diran de los esleydos
> De ca a del rey Ban de Magus
> *E ya en su tiempo Pero Ferus*
> Fizo dezires mucho mas polidos.

Sans prétendre le moins du monde révoquer en doute le fait généralement admis que l'*Amadis* s'écrivit premièrement en portugais et qu'il est l'ouvrage de Vasco de Lobeira, on nous permettra peut-être de faire une réflexion. Pero Ferus vivait, comme nous l'avons vu, du temps de Henri II, sur la mort duquel il composa, en 1379, *un dire*, et l'allusion de Villasandino est telle qu'elle nous fait présumer que Ferus vivait avant lui. Vasco de Lobeira, au chap. 40 du premier livre de l'*Amadis*, dit que l'Infant D. Alphonse de Portugal, ayant pitié d'Oriana, la lui fit mettre dans son histoire « d'une autre manière, » *de otra guissa*. Or, comme ledit Infant ne naquit que vers l'année 1370, on ne peut raisonnablement supposer qu'il ait donné un pareil ordre avant l'âge de seize ans au moins, en 1386, époque où nous trouvons, d'après les indications ci-dessus, de fréquentes allusions au livre d'*Amadis*, si nous admettons la citation de Pero Ferus comme antérieure à ladite année de 1370. C'est là une question qui mériterait plus de temps et plus d'espace que nous ne pouvons y consacrer ici : mais de toute manière il reste prouvé, 1° que l'*Amadis* n'eut, dès l'origine, que *trois* livres; 2° que le *quatrième* fut ajouté postérieurement; 3° que les trois premiers étaient connus, en Espagne, en 1379, et cités très-souvent par les poëtes de cette époque; 4° que, selon toutes les probabilités, Montalvo réunit les trois livres de Vasco de Lobeira, et le *quatrième*, d'un auteur inconnu, les traduisit en castillan, en forma un corps d'ouvrage, «corrigea comme il dit, les anciens originaux, en fit disparaître beaucoup de mots superflus, y en mit d'autres d'un style plus poli et plus élégant. » C'est de cette manière seulement qu'on peut concilier ces trois expressions, « ajouter, transcrire et corriger. »

CHAP. XII, page 221. — Nous n'avons pas exactement donné le titre du livre de chevalerie composé par Gonzalo Fernandez de Oviedo. Nous n'avions pas pu voir cet ouvrage si rare dont nous ne connaissons qu'un seul et unique exemplaire avec le titre qui suit : *Libro del muy esforzado et invincible caballero de la Fortuna, propiamente llamado* D. Claribalte, *que, segun su verdadero interpretacion, quiere decir* felice ó bienaventurado, *nuevamente imprimido et venido á esta lengua castellana,* etc. Valencia, 1519.

CHAP. XII, *note* 1, page 224. — Nous avons sous les yeux une édition peu connue du *Chevalier de la Croix.* Elle est en in-folio, en lettre gothique, imprimée à deux colonnes et sans date. Le frontispice représente de Chevalier de la Croix armé de pied en cap, l'épée à la main. Au-dessous on lit, en lettres rouges et noires : « Livre de l'invincible chevalier Lépolème, fils de l'empereur d'Allemagne, et des « exploits qu'il fit en s'appelant le Chevalier de la Croix. » Il contient 101 feuilles et une finale portant : « Imprimé à Séville, dans la maison de Francisco Perez, im- « primeur de livres. »

Comme continuation de *Lépolème*, il y a l'histoire de *Léandre le Bel* intitulée : « Livre second du courageux chevalier de la Croix, Lépolème, prince d'Allemagne, « qui traite des grands faits d'armes du haut prince et redouté chevalier Léandre « le Bel, son fils, et du vaillant chevalier Floramor son frère, et des merveilleuses « amours qu'ils eurent avec la belle princesse Cupidée de Constantinople et des « dangereuses batailles qu'ils se livrèrent sans se connaître et des étranges aven- « tures et des merveilleux enchantemens auxquels ils mirent fin, en allant à travers « le monde. Conjointement avec la fin qu'eurent leurs étranges amours. Suivant « que le composa le sage roi Artidore en langue grecque, lettre gothique, à deux « colonnes, 118 feuilles. » A la fin il est dit: « A l'honneur et gloire de Dieu et de « sa bienheureuse mère Sainte Marie. La présente histoire fut imprimée, intitulée : « Livre second du chevalier de la Croix. Dans la très-noble et très-loyale ville de « Tolède. En la maison de Miguel Ferrer, imprimeur de livres. Il se termina le « dix-neuvième jour du mois de mai, année MDLXIII. »

CHAP. XII, *note* 2, page 225. — *Le roi Artus,* ou plutôt l'*Histoire des nobles chevaliers, Olivier de Castille et Artus d'Algarve.* Nous avons sous les yeux un exemplaire dudit livre imprimé à Burgos, en 1449, édition que ne connut pas Mendez. Elle est in-folio, avec des figures gravées sur bois; à la fin on lit: « A la gloire et à la louange de notre rédempteur Jésus-Christ et de la bienheureuse vierge Notre-Dame Sainte Marie. Le présent ouvrage fut achevé dans la très-noble et loyale cité de Burgos, le quinzième jour du mois de mai, année de notre rédemption mille CCCCXCIX. Lettre gothique, à deux colonnes. » Outre les éditions de ce livre que cite Brunet, de 1501 et de 1604, il en existe une de Séville, de 1510, par Jacob Cromberger, Allemand, du vingtième jour de novembre, in-folio, caractère gothique, à deux colonnes, sans pagination, de 34 feuilles. Les figures sont différentes de celles de l'édition donnée en 1499. Dans les premières éditions, on exprime que l'ouvrage fut traduit, du latin en français, par Philippe Camus, licencié dans l'un et l'autre droit, *in utroque*. Mais, dans les éditions du dix-huitième siècle et dans les éditions postérieures, on l'attribue à un certain Pedro de la Floresta.

Quant au livre intitulé l'*Histoire de la belle Magalone, fille du roi de Naples, et du très-valeureux chevalier Pierre de Provence*, nous en avons vu une édition non citée par Brunet. Elle est de Séville, in-4°, par Jacob Cromberger, Allemand, année MDXIX, caractères gothiques, 30 feuilles, sans pagination.

CHAP. XII, *note* 1, page 226. — Dans le prologue de l'édition si curieuse de l'*Histoire de Charlemagne*, faite à Alcalá par Sébastien Martinez, en l'année 1570, et que nous avons sous les yeux, on lit le passage suivant :

« Il en est de même d'une histoire venue à ma connaissance, en langue française, non moins agréable qu'utile, qui parle des grandes vertus et des exploits de Charlemagne, empereur de Rome et roi de France, et de ses chevaliers et barons, comme Roldan et Oliviers et les autres pairs de France, dignes de louable mémoire pour les guerres cruelles qu'ils firent aux infidèles et pour les grands travaux qu'ils entreprirent afin de rehausser la foi catholique. Et comme il est certain qu'en langue castillane, il n'y a pas de narration qui en fasse mention, excepté de la mort seule des *Douze Pairs* à Ronscevaux, il m'a semblé juste et utile que ladite histoire et les faits si remarquables fussent connus dans toutes les parties de l'Espagne, comme ils sont manifestés dans les autres royaumes. Par conséquent, moi, Nicolas de Piamonte, je propose de traduire ladite composition de la langue française en romance castillan, sans changer, ni ajouter, ni enlever autre chose de la rédaction française. Et l'ouvrage est divisé en trois livres : le premier parle des commencements de la France, de qui lui resta le nom et du premier roi chrétien qu'il y eut en France, descend jusqu'à Charlemagne, qui fut ensuite empereur de Rome. Ce récit est traduit du latin en langue française. Le second parle de la rude bataille que le comte Oliviers livra à Fiérabras, roi d'Alexandrie, fils du grand Almirante Balan, et ce livre est en mètre français, bien versifié. Le troisième parle de quelques œuvres méritoires que fit Charlemagne ; et finalement de la trahison de Ganelon, et de la mort des douze pairs, et ces livres furent extraits d'un livre bien approuvé, appelé Miroir historique, *Espejo historial.*»

CHAP. XII, *note* 2, page 227. — D'après notre manière de voir, il n'y a aucun doute que Hiéronime Sentpere, Sempere, Samper, puisque ce nom se trouve diversement écrit, et Hieronimo de San Pedro ne soient une même personne, et que l'auteur de la *Caballeria celestial* ne soit aussi l'auteur du long poëme intitulé la *Carolea*. Dans la joute poétique qui eut lieu, à Valence, en 1533, dans l'église paroissiale de Sainte-Catherine martyre, et imprimée ladite année par Francisco Dias Romano, in-4°, apparaît un Jhronim Sentpere, négociant de Valence, sur les instances duquel ledit acte fut célébré, et qui fut ensuite un des trois arbitres ou juges nommés pour la distribution des prix.

La *Carolée*, imprimée aussi à Valence par Juan Arcos, 1560, in-8°, contient dès le début, entre autres compositions poétiques à la louange de son auteur, une ode latine et un sonnet de Miguel Jeronimo Oliver, et dans la seconde partie de la *Caualeria celestial*, imprimée à Valence par Joan de Mey Flandro, année MDLIII, in-folio, il se trouve aussi un *duodecastichon*, du même Miguel Jeronimo Oliver, à l'éloge de l'œuvre et de l'auteur. Dans la seconde partie de l'*Art d'écrire* de Pedro de Madariaga, imprimée à Valence, en 1564, on lit un sonnet de Jeronimo Sempere, ainsi que dans la traduction castillane d'*Ausias March*, faite par George de Montemayor (Madrid, 1579, in-8°), et dans la *Diana enamorada* du même auteur, où il est appelé Sampere. Tous ces détails finissent par nous persuader que l'auteur de la *Carolée* et de la *Chevalerie céleste* sont une même personne.

CHAP. XIII, *note* 1, page 247. — La *Tragedia Policiana* est l'œuvre du bachelier Sébastien Fernandez, qui mit son nom dans les acrostiches suivants :

> E l falso cupido, por quien padescemos
> L itigios y enojos, que non sé dezillos,
> B urlando, burlando, nos echa sus grillos
> A donde metidos salir no podremos.
> C aptivos subjectos, sus grandes extremos
> H umillan, e baten el seso é razon,
> E quando amor finge soltar la prision,
> L a pena es tan dulce que mas la queremos.
> L os casos fallaces que amor urde é trama,
> E stando el amante y a puesto en cadena;
> R evueltas que causa, passiones que ordena,
> S ospechas, recelos que pone en la dama,
> E clipsan la vida, y enturbian la fama
> B orrando lo illustre con vicios muy feos,
> A baten, allanan los altos desseos,
> S i amor da un descanso, mil cuentos derrama.
> T an gran negligencia, tan cierta locura,
> I uzgad si meresce castigo menor,
> A ndando el mundano, siguiendo el amor,
> N i espera sossiego ni aun hora segura :
> F allesce en la casa de amor, la cordura :
> E stá transformada memoria en oluido,
> R azon non paresce y ausenta el sentido,
> N otad amadores que es vuestra holgura.
> A ndays tras un viento de amor acossados,
> N i el alma descanssa ni el cuerpo reposa :
> D ezis que es amor y es muerte rauiosa,
> E stays ya mortales con gustos dañados,
> Z elosos, del cielo dexad los pecados
> Y en solo buscarle poned la memoria,
> Porque si aveys del mundo victoria
> De gloria é honor sereys coronados.

Ce livre si rare, dont nous n'avons pu voir qu'un seul exemplaire, a pour titre : *Tragedia Policiana*, dans laquelle on traite des amours très-malheureuses de Policien et de Philomène, exécutées par industrie de la diabolique vieille Claudine, mère de Parménon et maîtresse de Célestine, « *Tragedia* Policiana, *en la qual se tractan los muy desgranados amores de* Policiano e Phelomena, *executados por industria de la diabolica vieja* Claudina, *madre de* Parmeno y *maestra de* Celestina. » Il y a au dessous une gravure sur bois représentant Policien et Philomène. Au verso commence le prologue où l'auteur, exposant les raisons qui l'ont porté à écrire cet ouvrage, s'exprime en ces termes : « Pues en el processo de mi scriptura, no solamente he huydo toda palabra torpe ; pero aun he evitado las razones que pueden engendrar desonesta ymaginacion, porque ni mi condicion jamas se agradó de colloquios suzios, ni aun mi profession de tratos dissolutos. » — « Dans le cours de ma composition, non-seulement j'ai évité toute parole honteuse, mais encore j'ai écarté les raisons qui pouvaient engendrer une image déshonnête, parce que ni ma condition ne s'est jamais complu à des entretiens impurs, ni même ma profession à des commerces dissolus. »

Puis il ajoute à la fin : « Cette tragédie *Policiana* s'est terminée le xxe jour du mois de novembre, aux frais de Diego Lopez, habitant de Tolède, l'année de notre rédemption mil cinq cent quarante-sept, in-4°, lettres gothiques, 80 feuilles. »

Malgré les protestations de l'auteur, la tragédie, qui est en prose et qui se compose de vingt-neuf « actes, » ou, pour mieux dire, de vingt-neuf « scènes, » appartient au genre des Célestines et peut aller de pair avec l'une d'elles, quelle qu'elle soit, pour l'obscénité et la grossièreté. Policien, chevalier d'une illustre naissance, et habitant de Séville, voit par hasard, dans un jardin, Philomène, fille de Théophilon et de Florinarde, s'éprend d'elle et rentre dans la maison en poussant des cris et des gémissements pour la douleur que sa vue lui a causée.

Il appelle Solinus, son serviteur, et délibère avec lui sur les moyens de voir Philomène. Solinus lui conseille de lui adresser une lettre. Après des incidents divers, où interviennent Salucius, compagnon de Solinus, et deux entremetteuses appelées Cornélie et Orosie, avec leurs créatures Pizarre et Palerme, la lettre de Policien est remise par Silvanicus, son page, à Dorothée, servante de Philomène. Cette dernière, connaissant l'honnêteté et les principes sévères de sa maîtresse, a recours au moyen suivant, qui consiste à la mettre dans un livre que Dorothée a coutume de lire tous les jours. La missive amoureuse est mal reçue de Dorothée ; elle menace de tout raconter à ses parents. Policien, désespéré, a recours à la vieille Claudine, qui lui promet une victoire assurée. Elle se consulte d'abord à ce sujet avec Parménie, sa fille, et Libertine, sa domestique, s'introduit dans la maison de Philomène, lui fait part des amours de Policien, et lui administre en même temps un filtre amoureux qu'elle avait préparé. Philomène, par l'artifice diabolique de Claudine, se sent brûler d'amour pour Policien ; elle lui écrit un billet que la vieille lui porte et où elle lui donne un rendez-vous pour la nuit suivante. Policien, accompagné de Silvanicus, son page, franchit les murs du jardin, a une entrevue avec sa bien-aimée, et ils se donnent rendez-vous pour le lendemain. Théophile, père de Philomène, remarque chez sa fille quelque trouble nouveau ; il gourmande sa femme Florinarde, appelle Silverius et Pamphile, ses serviteurs, et les charge de rouer de coups la vieille Claudine, s'ils l'aperçoivent. Il ordonne en même temps à ses jardiniers Machorre et Polidore de surveiller le jardin avec un soin tout particulier et de lâcher la nuit un lion qu'ils ont à la maison. Policien, suivi de son page Silvanicus, et de ses deux domestiques Solinus et Salucius, arrive aux murailles du jardin, applique l'échelle, saute à l'intérieur et se dirige à l'endroit où l'attendent Philomène et Dorothée. Mais les chiens entendent du bruit et aboient ; le lion arrive et met en pièces l'amoureux infortuné. A cette vue Philomène tombe à terre et meurt de chagrin et de douleur. Pendant ce temps les domestiques de

Théophile tuent à coups de bâtons Claudine qui, avant de mourir, fait testament et lègue à Célestine tous les artifices et tous les secrets de son métier, et lui confie en même temps l'éducation et la direction de sa fille Parménie.

Tel est le sujet de cette comédie, dont le principal rôle est celui de la vieille Claudine, qui se trouve nommée dans le dernier acte de la *Célestine*.

CHAP. XIII, page 247, ligne 4. — Au lieu de *Domingo de Castega*, lisez : *Domingo de Gaztelu*. Ce fut un chevalier basque passionné pour les lettres. Il habita longtemps Milan, Venise, et d'autres points de l'Italie, envoyé en missions ou en fonctions par Charles V. Ce n'est pas le même *Gaztelu* qui suivit ce monarque à Juste et qui fut secrétaire de Philippe II. Il ne fut pas non plus l'auteur d'une continuation de la *Célestine*. Seulement il en donna une édition nouvelle, à Venise, en 1536, avec la seconde partie de *Feliciano de Silva*, qui venait d'être mise au jour, en Espagne.

CHAP. XIII, page 247, ligne 14. — Juan Sedeño, qui mit la *Célestine* en vers, ne fut pas traducteur du Tasse, comme le dit Ticknor ; c'est un autre Sedeño, tout à fait distinct, qui vivait environ un siècle après, et qui traduisit aussi *Le Lagrime di San Pietro de Luigi Tansilo*.

CHAP. XIII, page 248, ligne 5. — La comédie ayant pour titre *El Celoso*, est la même que celle qui est intitulée *La Lena*. Imprimée deux fois, la même année, chez le même imprimeur, elle a été intitulée une fois *El Celoso*, une autre *La Lena*. Dans l'une l'auteur se nomme Alfonso Velasquez de Velasco, ce qui ne laisse aucun doute sur la signification de l'abréviation *Vz*.

CHAP. XIV, *note* 1, page 251. — En 1521, suivant Nicolas Antonio, on imprima à Rome *La Tribagia* ou *voie sacrée de Jérusalem*, qui est, à ce que l'on croit, la relation en vers de la pérégrination et du voyage faits par Juan de l'Encina, en compagnie de D. Fadrique Enriquez de Ribera, marquis de Tarifa. Depuis elle a été plusieurs fois imprimée avec la relation en prose dudit voyage, écrite par le marquis. La première réimpression se fit à Lisbonne, en 1580, in-4° ; la seconde, à Séville, par Francisco Perez, in-4°, 1606 ; la troisième, à Lisbonne, par Antonio Alvarez, 1608, in-4°, sur les instances du duc d'Alcalá, vice-roi de ce royaume ; la quatrième, à Madrid, par Francisco Martinez Abad, 1733, in-fol. ; la cinquième et dernière, par Pantaléon Aznar, 1786, in-4°. A la fin de cette dernière édition et de la seconde de Lisbonne, se trouve la romance ou « Somme de tout le voyage » que l'auteur soupçonne, avec raison, ne pas être l'œuvre de Juan de l'Encina. L'édition de Séville a pour titre : « Ceci est le livre du voyage que j'ai fait à Jérusalem et de toutes les choses qui s'y sont passées, du moment où je suis sorti de ma maison de Bornos, le mercredi 24 novembre 518, jusqu'au 20 octobre 520, où je suis entré à Séville, moi D. Fadrique Enrrique de Rivera, marquis de Tarifa. »

CHAP. XIV, *note* 2, page 251. — Il existe plusieurs éditions des œuvres de Juan de l'Encina ; la plus complète est celle de Salamanque, 1509, avec ce titre : « Cancionero de toutes les œuvres de Juan de l'Encina avec les stances de Zambardo et

« l'acte du repelon, où sont introduits deux bergers, Piernicurto et Jean, pour, etc.
« et d'autres choses nouvellement ajoutées; in-fol. de 104 feuilles. » A la fin se
trouvent ces mots : « Le présent ouvrage fut imprimé par Hans Gysser, Allemand
« de Silgenstat, dans la très-noble et très-loyale cité de Salamanque; lequel dit
« ouvrage se termina le sept du mois d'août de l'année mil cinq cent neuf. »

Il y en a une autre, postérieure, de Saragosse, « par Georges Coci, du quinzième
our du mois de décembre mil cinq cent seize, » in-folio de 98 feuilles.

Outre son églogue de *Placida y Victoriano*, probablement perdue pour les
lettres, Juan de l'Encina écrivit divers autres ouvrages en vers parmi lesquels
nous avons vu les suivants : *Documento e instruccion provechosa para las donzellas desposadas y rezien casadas. Con una justa d'amores hecha por Juan
del Enzina á una donzella, que mucho le penaba.* MDLVI, sans indication du
lieu où elle fut imprimée, in-4°, lettres gothiques.

Disparates trobados, Salamanque, 1496, in-4°. Ce sont les mêmes qui se trouvent imprimés dans ses œuvres. Dans le *Cancionero general* de Hernando del
Castillo (édit. de 1573, fol. 263) on lit une composition intitulée *Eco*, que l'on attribue à Juan de l'Encina.

Quelques-unes de ses farces s'imprimèrent aussi à part. Nous en avons vu une
in-4° avec ce titre :*Egloga trobada por Juan del Enzina*, dans laquelle sont introduits trois bergers, Filène, Zambardo, Cardonius; où l'on raconte comment ce
Filène, épris d'amour pour une femme appelée Zéphyre, et se voyant peu favorisé
dans ses amours, conte ses peines à Zambardo et à Cardonius, et ne trouvant pas
en eux de remède, se tue de sa propre main ; in-4°, en gothique, sans lieu, ni année d'impression. Nous connaissons une autre édition de la même farce, faite à
Tolède, dans la maison de Juan de Ayala, 1553, et in-4° aussi.

Le monument qui, d'après Gil Gonzalez Davila, fut élevé à la mémoire de Juan
de l'Encina, dans la cathédrale de Salamanque, n'existe plus. Il a probablement
disparu par suite des changements nombreux qui se sont faits postérieurement
dans cet édifice.

CHAP. XIV, page 258, ligne 3. — D. Bartolomé José Gallardo, dans le numéro 4
de son *Criticon*, feuille volante de littérature et de beaux-arts, pages 26-35, nous
fait connaître un nouveau compositeur dramatique du nom de Lucas Fernandez,
natif de Salamanque, postérieur, c'est vrai, à Juan de l'Encina, dont il fut le disciple et l'imitateur, mais antérieur au Portugais Gil Vicente et à notre Bartolomé
de Torres Naharro. L'auteur réserve, pour son *Histoire critique du génie espagnol*, des détails plus étendus sur le poëte de Salamanque; toutefois il décrit minutieusement un volume de ses œuvres, imprimé, paraît-il, en 1514, in-folio, en
caractères gothiques, et intitulé : *Farsas y eglogas al modo y estilo pastoril y
castellano, fechas por Lucas Fernandez salmantino, nuevamente impresas.* A
la fin du livre on lit la note suivante : « Fué impresa la presente obra en Salamanca, por el muy honrado varon Lorenzo de Leon Dedei, á diez dias del mes de
noviembre de 1514 años. » Les farces sont au nombre de six, trois sur sujets di-
vins, et trois sur sujet humain. Une de ces dernières, qui est presque une comédie,
sans aucun titre, a été imprimée par le señor José Gallardo, dans le numéro 5 de
son *Criticon*, en même temps que le *Triunfo de amor*, et un *villancico* de Juan
de l'Encina. Il est regrettable que l'écrivain distingué à qui nous devons ces détails,
avec bien d'autres notices fort étranges, sur notre littérature poétique et drama-

tique, ne nous ait pas donné jusqu'ici d'autres fruits de son érudition et de son esprit (voyez son article sur l'assonance, au numéro 3 de l'*Anthologie espagnole*).

Chap. XV, *note 1*, page 270. — Dans la *Floresta de varia poesia* du docteur Diego Ramirez Pagan, imprimée à Valence, en 1562, un des livres les plus rares de notre littérature poétique et dont nous parlerons plus loin, se trouve une *Lamentation* sur la mort de Bartholomé de Torres Naharro. Nous la transcrivons ici parce qu'il y est longuement traité de sa *Propalladia*.

Llora amor en este dia,
Lloran tambien amadores,
Llora el canto y armonia,
Tibios están los amores
Y muda la poesia :

Sube el llanto á las estrellas
De España, madre dichosa ;
Dixele : ¿ Por quien querellas ?
¿ Por quien estás tan llorosa ?
Reina de provincias bellas.

¿ Que principe te ha faltado
Que no seas prevenida
De su natural traslado,
Tan del bivo, que la vida
Por este se ha mejorado ?

¿ Que bien has echado menos
De bienes tan principales
Teniendo los barrios llenos ?
¿ Que mal padesces, los males
Siendo de ti tan agenos ?

Respondió me : Un hijo charo
Dias ha que me faltó :
Lloré con gemido claro
Y agora otra vez murió,
Que esto me cuesta mas caro.

Quedóme de el una nieta,
Tan hermosa para dama,
Para reyna tan discreta,
Que no sé quien no la ama
Con fuerça de amor secreta.

De los principales querida,
De los sabios fué estimada,
Era un jardin de la vida
Donde agora es agostada
La rosa la mas escogida :

Porque bien no la escardó
De las espinas dañosas
El padre que la engendró,

Y en su niñez muchas cosas
Como á hija le suffrió.

Mas los sabios labradores
De nuestra huerta divina,
Que escardan las bellas flores
De la maliciosa espina,
Plantando yervas mejores,

De la Propaladia huerta
Mandaron que á calicanto
Fuesse cerrada la puerta,
Hasta que con zelo sancto
Reformada, sea abierta.

Y esto assi me ha renovado
Las lagrimas de un hijo.
Que mas vivas las he dado
Y no con tanto letijo :
Muerto, fué de mi llorado.

Porque viendo su hechura
Desecha y como enterrada,
Y que en la biva pintura
No ay mano tan avisada
Que restaure esta figura ;

Pues lo que Apeles pintor
Con grande cuydado empieça,
No lo acabo otro menor,
No ay paño de aquella pieça
Ni matiz de aquel color.

No ay otro Torres Naharro
Aunque baxasse entre nos
Apolo en ardiente carro,
Que el oro de veinte y dos
Con este tybar es barro.

¿ Quien el comico dezir
Tan facundo y elegante
Supo en el mundo sentir ?
¿ Quien vena tan abondante
Tuvo en tan liso escribir ?

¿ Quien la propiedad guardó
De las lenguas estrangeras
Y el verso en ellas cantó
Tan lamído que dixeras
Que en todas ellas nasció?

Tan por suyas possehian
Sus versos nuestras passiones
Que, alegres, reyr hazían,
Y, tristes, los coraçones
Mas duros enterneçian

Al fin es mas de admirar
Caso, que no de escrevir
Que á varon tan singular

Corto quedará el dezir,
Y escaso qualquier llorar.

Dixome al cabo llorando :
Con este se escuresia
La copia y luzido vando
Que la toscana armonia
Al cielo va sublimando.

Vi ser digno de memoria
Su llanto ; y acompañélo :
Tú que lees esta hystoria,
Diras devoto : En el cielo
Tenga su anima gloria.
Amen.

CHAP. XV, *note* 4, page 270. — Ayant sous les yeux l'exemplaire qui peut-être appartint à Moratin, et qui est passé maintenant à la bibliothèque choisie de D. José-Maria de Alava, nous en donnerons une légère notice. Il est in-folio, en gothique, à deux colonnes, et sur le frontispice on lit : « *Propalladia* de Bartolomé « de Torres Naharro, adressée à l'illustre seigneur, le S. D. Fernando Davalos « d'Aquin, marquis de Pescara, comte de Çorito, grand camerlingue du roi de « Naples. Dans cette Propalladia sont contenues trois lamentations d'amour, une « satire, onze chapitres, sept épistoles, la *Comédie séraphine*, la *Comédie Tro-* « *phea*, la *Comédie soldatesque*, la *Comédie Tinellaria*, la *Comédie Iménée*, « la *Comédie Jacinte*, le dialogue de la naissance, une contemplation, une ex- « clamation, au fer de la lance, à la Véronique. Portrait, romances, chansons, « sonnets, la *Comédie Aquilane*. »

Quelques feuilles manquent à la fin du livre, et par conséquent on ne peut savoir le lieu fixe de son impression. Comme on n'y trouve pas les deux sonnets italiens, cette circonstance a sans doute fait croire à Moratin qu'il s'imprima à Rome. Mais, quand même il en serait ainsi, cette édition ne saurait jamais être, comme l'affirme cet écrivain, l'édition princeps de la *Propalladia,* qui fut faite par Juan Pasqueto de Sallo, le jeudi xvi mars de MDXVII. Nous autres, nous sommes portés à croire que c'est une seconde édition faite à Naples, et ce qui nous le persuade, c'est la qualité du papier et le caractère, qui semblent être les mêmes dans l'une et l'autre édition.

Outre les éditions que l'on cite de cet ouvrage, savoir celles de Séville de 1520, 1533 et 1545, toutes in-4°; celle de Tolède de 1535, aussi in-4"; une d'Anvers, in-8°, sans date, et l'édition expurgata de Madrid, nous en avons vu une autre de Séville inconnue jusqu'ici à nos bibliographes. Elle est in-folio, lettre gothique, et contient en plus de la *Comédie Aquilana,* la *Calamita,* qui ne se trouve pas dans les éditions antérieures. A la fin de cette édition on lit ce qui suit : « Fin de la *Propala-* « *dia* de Bartolomé de Torres Naharro. Imprimée à Séville par Jacob Cromberger, « Allemand, et Jean de Cromberger, l'année de l'incarnation du Seigneur mil cinq « cent vingt-six, le 3 octobre. »

CHAP. XV, *note* 4, page 286. — En 1847, D. Pablo Ilarregui, membre de la commission des monuments historiques et artistiques de Navarre, publia un poëme provençal du treizième siècle, trouvé parmi les manuscrits du couvent de Fitero. Il traite de la guerre civile qui éclata à Pamplone, durant la minorité de la reine doña Jeanne, fille de D. Henri, alors qu'était gouverneur du royaume messire Eustache de Beaumarché ou Eustaquio de Bellamarca. Il se compose de cinq mille vers environ. L'auteur de cette intéressante production, assez semblable pour la forme à celle que publia, en 1837, M. Fauriel, avec le titre de *Histoire de la croisade contre les hérétiques albigeois*, s'appelle Guillaume Aneliers, de Toulouse, en France.

CHAP. XVI, page 287. — Au lieu de Arnaud Plaguès, lisez Arnaud Plagnès.

CHAP. XVI, *note* 1, page 288. — L'auteur a omis ici une notice sur un ouvrage très-important qui appartient à ce siècle et au règne de D. Jaime le Conquérant. Je veux parler des *Trobas*, de Mosen Jaume Febrer, sur la conquête de Valence et sur les familles nobles qui habitèrent ladite ville.

Jaume Febrer florissait vers le treizième siècle. Il faut le distinguer d'un autre Febrer cité dans la lettre du marquis de Santillane (Fuster, Biblioth. Valenc., tome I, page 3). Ces *Trobas* étaient restées inédites, lorsqu'elles furent publiées à Valence, en 1796, in-4°, par D. José March. Elles deviennent si rares qu'il en circulait à peine un exemplaire, lorsqu'en 1848, elles furent imprimées de nouveau, collationnées sur un ancien manuscrit, et augmentées de notes par le laborieux antiquaire D. Joaquin Maria Bover, à Palma, Majorque.

CHAP. XVII, *note* 1, page 299. — Le manuscrit qui servit à Mayans pour son édition se trouve aujourd'hui à la Bibliothèque du British Museum, à Londres : c'est un volume in-4° d'une écriture assez semblable à celle de la fin du seizième siècle ; il contient, entre autres choses, le traité de la *Gaie Science* et le *Dialogue des langues*. Ce dernier n'y est cependant qu'en extrait, et tel que le publia Mayans, sans que nous ayons pu rien apprendre sur un autre exemplaire complet de cette œuvre si remarquable.

CHAP. XVII, *note* 2, page 301. — La Bibliothèque de l'Université littéraire de Saragosse conserve, quoique très-maltraité, puisqu'il lui manque les vingt-trois premières feuilles, un *Cancionero* catalan réunissant les œuvres de trente-trois poëtes. C'est un volume petit in-folio avec 319 feuilles pleines, écrit sur un papier brun, dans la dernière moitié du quinzième siècle. Les 106 premières feuilles sont consacrées aux œuvres d'Ausias March, et, comparées avec celles qui sont imprimées, elles offrent une assez grande variété. Viennent ensuite les autres poëtes, la plupart catalans ou valenciens, et dont voici les noms : Arnau March, Bernat Miquell, le vicomte de Rocaberti, Jacme March, Mosen Jordi de Sant Jordi, Mosen Pere March, Luis de Vilarasa, Mosen Luis de Requesens, Francesch de la Via, Francesch Ferrer, Valtera, Perot Johan, D. Diego, Pere Torellas, el capellan Sagadell, bénéficier de la Seu de Barcelone ; Léonart de Sors, Jacme Safont, Mosen Rodrigo Diez, Mosen Sunyer, Marti Garsia, Jacme Scrivá, Pere Galvany, Ramon Savall, Arnau de Vill, neveu de Frère Ramon Roger de Vill et commandeur de Berbens dans l'ordre de Saint-Jean de Jérusalem ; Mosen Borra, Johan Boschan, Andreu de Boxados, Mosen Navarro, Johan Garau, Saguera, Mosen del Monestir, le duc Johan.

Deux compositions seulement portent une date : l'une d'elles, qui est anonyme et fait allusion à la prise de Constantinople par les Turcs, en mai 1453, semble avoir été composée peu de temps après. L'autre est une déclaration ou sentence, en vers, donnée par le duc Jean et publiée par son secrétaire Mosen Johan Peyró, le 30 juillet 1458, sur une dispute littéraire qui s'éleva entre Mosen Pedro de Sant-Steue et Sanxo de Saravia : son auteur est Mosen del Monestir.

Il y a aussi une romance de Francesch Ferrer, sur le siége de Rhodes par les Turcs, et commençant ainsi :

> Qui veu présent | lo que may no ha vist
> Per novell cars | lo cor fa mudament
> E tal se fa del | que no veu e vist
> Que com si veu, | desige ser absent.

Mais la composition la plus remarquable de tout le Cancionero est une espèce de dialogue auquel prennent part les poëtes : Xartier, Vidall, Vilarasa, Arnau, March, Mexant, Pere Torrela (sic), Ausias March, Lope d'Estuñiga, Ponç d'Ortessa, Marti Garsia, Alfonso Alueres, Iñigo Lopes, Mosen Jordi, Blasquasset, Micer Oto, Johan de Torres, Arnau Deniell, Bernat ó Vincent del Ventadorn, Francesch Ferrer, Johan de Mena, Francesh de Mescua, Masias, Vaqueras, Johan de Duenyas, Mosen Johan de Castelvi, Sentaffé, Guillen de Bergeda et Francesch Febrer.

Dans ledit dialogue, qui roule tout entier sur l'amour et ses souffrances, Alphonse Alvarez, qui ne peut être autre que le célèbre Villasandino, poëte du quatorzième siècle, et dont les œuvres occupent une grande partie du Cancionero de Jean-Alphonse de Baena, Alvarez s'exprime ainsi :

> Ha gran error
> Quien por amor
> Todos tiempos seguia ;
> Mas la color
> De tal error
> Es mostrar alegria,
> Perder temor,
>
> No dar favor
> Al mal sabor,
> Quel sabidor,
> Pone por philosofia
> Este exemplo en tal tenor :
> « Hueso que cupo en parte
> Roelo con sutil arte. »

Don Iñigo Lopez dit (*fol.* 198) :

> Por amar no sabia mente,
> Mas como loco serviente
>
> He servido a quien no siente
> Meu cuydado.

Juan de Mena (*fol.* 202, *verso*) :

> Si en algun tiempo dexado
> Desespero de pasiones
> Gloria avré d'aver pasado
> Las tantas tribulaciones :
> Que en el tiempo de la gloria
>
> Mas es que gloria passar
> Reduzir à la memoria
> Como tanbien la victoria
> Se cobró por afanar

Macias (*fol.* 203) :

> Yo por quel merecimiento
> Asi lo manda,
>
> Mas por su mercet complida
> Duelete del perdimiento

En que anda
Mia ventura é vida ;

Mas que non sea perdida
En ti la mi esperança.

JUAN DE DUENAS (*fol.* 204) :

Amor, temor e cordura
Fassen callar en pressencia

Al desseo quen absencia
Dezir me manda tristura.

SENTAFFÉ (*fol.* 205) :

Si mi senyora lazrada
Fuese del mal que m'aterra
Jlaunque me fizés guerra
Seria con paz mezclada.
La gentil enamorada,

Do me corazon talaya,
Conosca ques bien querer,
Porque me quiera valer
Cuando menester lo aya.

Si l'on excepte le petit nombre de vers que nous venons d'insérer, et une ou deux compositions de Pedro Torrellas qui, quoique Catalan, écrivait aussi en castillan, comme on peut le voir dans le *Cancionero général*, toutes les autres poésies de cet intéressant manuscrit sont en langue limousine. Il serait à désirer qu'un lettré, versé dans les vieux dialectes catalan et valencien, collationnât ce manuscrit avec les manuscrits conservés à la Bibliothèque impériale de Paris et décrits par M. Ochoa dans son *Catalogue raisonné*, nᵒˢ 7699, 7819 et autres.

CHAP. XVII, *note* 3, page 301. — Parmi les écrivains catalans de cette époque, il faut mentionner Pere Miquel Carbonell. Outre une chronique très-estimable dans sa langue maternelle, ce poëte nous a laissé diverses compositions, et entre autres une traduction ou imitation de la *Danse générale de la mort*. Quoiqu'il fût bien connu, Torres Amat n'en dit rien dans son *Dictionnaire des écrivains catalans*. Nous avons cru, par conséquent, devoir combler cette lacune.

Carbonell naquit vers l'année 1437; il fut notaire public de Barcelone, greffier des commandements de l'ancienne chancellerie de Catalogne et archiviste général de la couronne d'Aragon. Sa chronique intitulée *Chroniques de Espanya*, etc., *que tracta dels nobles e invictisims Reys dels Gots y gestes de aquells y dels Comtes de Barcelona e Reys d'Arago*, fut imprimée à Barcelone par Carles Amoros, 1546, in-fol. gothique. Elle s'étend jusqu'au temps du roi D. Juan II d'Aragon, père de Ferdinand V. Comme l'auteur nous l'apprend lui-même à la fin, il commença à l'écrire le 3 février 1495 et la termina le 26 mars 1513. Rien n'est assurément plus curieux que la raison qu'il donne pour ne pas y comprendre le règne de Ferdinand le Catholique, puisqu'il vécut du temps de Charles-Quint, et qu'il ne mourut qu'en 1517, à l'âge de quatre-vingts ans. « Plusieurs personnes ont dit que « je devais achever en écrivant ici les actes du roi D. Ferdinand, fils du roi D. Juan, « de glorieuse mémoire; mais le susdit Misser Hieronim Pau m'a aussi conseillé « le contraire : il ne faut composer que jusqu'à la fin du roi D. Juan inclusive- « ment, laissant composer le reste aux chroniqueurs du roi D. Ferdinand, qui « sont bien payés, tandis que moi, je ne serai peut-être pas récompensé, *quin « son bien pagats, e yo forte no sere remunerat.* » C'est là plus qu'une *Chronique d'Espagne*, titre qu'il plut à l'auteur de lui donner, c'est une histoire des rois d'Aragon, précédée de courtes notices sur les rois goths, la généalogie et la descendance des rois de Navarre. Quant à ceux de Castille et de Léon, il en parle à peine.

Carbonell a laissé manuscrites des poésies en castillan, en catalan; des lettres en latin et en catalan, sur divers points historiques, et sur des documents des archives dont il était chargé; un traité des funérailles du roi D. Juan II, et quelques observations sur l'inquisition. Il traduisit, comme nous l'avons dit, en catalan, la *Danse de la mort*, dans le même genre de vers. En voici un spécimen dans la stance que la Mort adresse à l'aveugle :

<table>
<tr><td>Vos cego nunquam haveu vista,</td><td>Si dels peccats vos penediu ,</td></tr>
<tr><td>Palpant, palpant, al bal veniu :</td><td>Satisfet e be confessat,</td></tr>
<tr><td>No façau la cara tan trista ,</td><td>Vendreu al loc hom tot hom riu ;</td></tr>
<tr><td>Musica contrapunct teniu</td><td>A morir cascus convidat.</td></tr>
</table>

D. Manuel de Bofarull, actuellement archiviste d'Aragon, prépare, à ce que l'on nous dit, une édition des œuvres poétiques d'un de ses prédécesseurs, Pedro Miguel Carbonell.

C'est à la même époque qu'appartient une élégante traduction du Corbaccio faite en catalan par Narcis Franch, négociant et citoyen de Barcelone, et qui commence ainsi : « Aquest libre se apella Coruatxo, lo qual fonch ffet he ordenat per « Johan Bocaci soberan pocta laureat de la ciutat de Florencia, en lingua thos- « cana e apres es estat tornat per Narcis Franch mercader e ciutadá de Barche- « lona et tracta del molts maliciosos engañs que las dones molts sovent fan als « homens, segons que en lo dit libre se conte. » C'est un volume in-4°, d'une écriture de la fin du quatorzième siècle.

CHAP. XVII, *note 4*, page 301. — On connaît trois exemplaires de ce livre s rare : celui de la *Sapiencia de Roma*, qui est le même que celui que décrit Mendez, et qui est marqué dans l'ancien catalogue par les lettres zz h. num. 33, et dans le nouveau Nh ; celui qui appartient au comte de Saceda, qui passa aux mains de l'honorable M. Thomas Grenville, et qui est aujourd'hui au British Museum de Londres; et enfin, celui que l'on conserve à la bibliothèque de l'Université de Valence, auquel il manque quelques feuilles.

Ce que dit Ticknor que Joannot Martorell, auteur de *Tirant lo Blanch*, traduisit cet ouvrage en dialecte valencien, ne nous paraît ni exact ni fondé. Ximeno ne se rapporte qu'au prologue du livre où l'auteur dit qu'il l'a traduit de l'anglais en portugais et de cette dernière langue en valencien ; mais il pense, comme Nicolas Antonio (*Bibliot. Vetus*, tome II, p. 183), que c'est une fiction de Martorell. Ce dernier aurait suivi l'exemple d'autres écrivains qui ont prétendu trouver leurs originaux dans le grec, le chaldéen, l'arabe et le syriaque, et il aurait eu recours au même artifice. Fuster en dit autant : l'un et l'autre citent une édition antérieure de 1486, et une autre de 1497, mais sans les avoir vues.

CHAP. XVII, *note 1*, page 303. — La plus complète de toutes les éditions d'Ausias March, et peut-être aussi la plus correcte, est l'édition de Barcelone (Claudi Bornat, 1560, in-8°). Outre qu'elle donne un numéro aux *Chants*, qu'elle les divise autrement que la première, de 1543, en œuvres morales, spirituelles, sur l'amour et sur la mort, elle en ajoute de nouvelles. Telles sont, au folio 133, verso, diverses demandes ou questions adressées par le poëte à doña Anaclète de Borgia, nièce du pape Alexandre; une autre de Mossen Fenollar à Ausias March, avec sa réponse et la réponse d'un autre poëte du nom de Rodrigo Diez. Quant à ce dernier, nous ne trouvons aucune indication, ni dans Ximeno, ni dans Rodriguez, ni dans Fuster, pour savoir s'il fut Valencien ou non.

Chap. XVII, *note* 2, page 304. — L'éditeur du *Livre des Dons* n'est autre que Carlos Ros, notaire apostolique à Valence, très-passionné pour le dialecte de son pays. En effet, outre une collection de refrains valenciens et un dictionnaire, il a composé divers autres ouvrages tous fort estimables, et dont parle Fuster dans sa Bibliothèque, tome II, p. 70, col. 1. Dans le prologue de l'édition qu'il appelle la quatrième, et qui selon Fuster doit être la sixième, il dit que, pour réimprimer ledit livre, il lui fallut se servir de fragments, et plus loin il ajoute qu'il parvint à avoir le texte entier et parfait, assertion qui est en contradiction avec ce qu'il déclare immédiatement après, dans une autre préface ou avis préliminaire, par ces termes : « L'impression a été copiée sur la seconde, qui a été faite dans cette ville in-8°, sans y rien ajouter, sans en rien retrancher. »

Ce qu'il y a de certain, c'est que, à l'exception de quatre-vingt-quatorze vers, supprimés dans la quatrième partie du livre, nous ne savons pour quel motif, et quelques passages de la troisième du second livre, qui traite des religieuses, et qui ont aussi été supprimées, tout le reste est conforme à l'édition princeps de 1531 ou à celle de 1561, identique à la première. On y a même laissé des morceaux et des passages qui paraîtraient aujourd'hui trop libres, et l'on n'a fait disparaître que ceux qui s'occupaient de la religion et de ses ministres. L'édition de 1531, qui est très-rare, se compose de 140 feuilles, en caractères gothiques, et elle est à deux colonnes.

Il y a quelque ressemblance pour le sujet et le style entre l'œuvre de Carlos Ros et une satire en vers composée par Francesch de La Via ou Lavia, sur lequel nous ne savons rien, excepté qu'il florissait vers le milieu du quinzième siècle, puisque dans le Çancionero catalan, dont nous avons parlé ci-dessus (p. 600), nous trouvons plusieurs de ses compositions. La satire à laquelle nous faisons allusion a pour titre *Libre de Fra Bernat, compost per Francesh de Lavia por prendre solaç.* C'est une satire très-amère et très-mordante contre les femmes. L'auteur se suppose en route, au mois de janvier, au plus fort des rigueurs de l'hiver, et rencontrant des moines de Saint-François :

Quant les gats en amor	Eu viu venir un fra menor
Cridant et faent grant remor	Fort ben tallat
Per los taulats	E portant son habet trossat :
Que parsien endiablats,	El breviari
Tant son caloros,	Tras peniant com a cossari.
Aferrant ab ongles é dents...	

On lui demande d'où il vient, et il répond :

Del comtat de Benexi	En est regnat.
Soy natural,	Ara vaigmen a San-Cugat
E bay passat affany e mal,	Veure Marta,

Que dien que porta una carta
De perdonança.....
Frareso de sant•Balluguel
De vall Empury.

Frare si Deu vos de hohrrança
Com hauest nom?
Frare Bernat m'apella hom.....

Après plusieurs détails sur la vie dans ce monastère, il finit ainsi :

Animem cavalcant tot gint
Vers Gerona.

A la fin de l'ouvrage, on lit les mots suivants : « Es estat fet lo present tractat per prendre solaç; en lo qual se descobren des engañys e burles, que les dones males, e no les bones, solen fer. »

C'est un volume in-4° de 41 feuilles, en caractères gothiques, sans indication d'année, ni de lieu d'impression, quoique le papier et le caractère fassent conjecturer qu'il a été imprimé vers la fin du quinzième siècle. Il se trouve dans la bibliothèque Colombine de Séville. On y lit une note de la main de D. Ferdinand Colomb : « Este libro costó, assi encuadernado, 4 dineros en Barcelona, por junio de 1536 y el ducado vale 288 dineros. » — « Ce livre ainsi relié a coûté 4 deniers à Barcelone, au mois de juin 1536, et le ducat vaut 288 deniers. »

Skelton, ligne 23, page 304. — Pour l'instruction de ceux de nos lecteurs qui ne sont pas versés dans l'ancienne littérature anglaise, nous dirons que Jean Skelton naquit vers 1470, qu'il florissait sous le règne de Henri VIII, dont il fut le précepteur et le tuteur, et qu'il composa plusieurs ouvrages en vers dans lesquels domine l'humeur satirique. Son poëme intitulé : *Why come ye not to court?* « Pourquoi ne venez-vous pas à la cour? » qui est une critique excessive du fameux cardinal Wolsey et de ses actes, lui valut le ressentiment de ce prélat, et fut cause de son emprisonnement. Skelton suivit la carrière ecclésiastique et fut poëte lauréat de l'Université d'Oxford, titre que conféraient alors les Universités et non la couronne, comme les choses se pratiquent aujourd'hui. Il s'adonna à l'étude des classiques, traduisit en anglais les *Lettres* de Cicéron, les *Œuvres* de Diodore de Sicile, et d'autres, et mérita qu'Érasme, dans la dédicace de ses *Épigrammes* à Henri VIII, lui donnât l'épithète de *Britannicarum litterarum Decus et Lumen.* Il fut très-favorisé par Algernon Percy, duc de Northumberland ; aussi composat-il une élégie sur la mort de son père, arrivée en 1527. Le plus estimé de ses poëmes est celui qu'il écrivit sous le titre de *Crowne of Lawrel,* « Couronne de Laurier. » Skelton mourut en 1529, et, sur son tombeau, on grava l'inscription suivante : *J. Skeltonus Vates Pierius hic situs est. Animam egit,* 21 *Junii, An. Dom. MDXXIX.*

Chap. XVII, *note* 2, page 309. — Fuster (*Bibl. val.,* tom. I, page 57) parle longuement du concours poétique qui eut lieu, en 1511, à Valence, en l'honneur de sainte Catherine de Sienne. Mais son article contient diverses inexactitudes qu'il nous sera facile de corriger en ayant, comme nous l'avons, sous les yeux, un exemplaire du livre où furent imprimées lesdites poésies. En l'année 1511, Johan Ioffre de Brianso Dunceres, imprima à Valence, in-4°, la vie de la sainte, traduite du latin en valencien, par Fr. Tomas de Vessach, religieux dominicain du couvent

de Saint-Onufre, lequel, sans mettre son nom sur le livre, le déclara dans le prologue ou dédicace à l'abbesse du couvent de Sainte-Catherine, par ces mots :
« Aquell religios indigne, lo nom del qual trobareu escrit en los caplletres dels
« capitols de la present istoria, frare del monastir del glorios sent Honofre. » A la
fin du livre, qui est une des meilleures éditions faites à Valence, et qui est orné de
trente-deux belles gravures sur bois, d'école espagnole, on trouve citée la collection de poésies recueillies par Jérôme Fuster, et dont le titre ou entête est le suivant : *Libell qui millor dira a la ioya en lohor de la seraphica senta Cathe-
rina de Sena ordenat per le senyor mossè iheroni fuster, mestre en sacra
theologia.* Vient ensuite une exhortation en ces termes :

> Asserenau | los nuuols del entendre
> Mostrant lo sol | de vostra gran doctrina,
> Lo huit iorn | ans del iorn de la plaça
> Les donareu | per quel iu hi se faça.
>
> Los reverents | theolechs de gran fama
> Lo Sorio | y lo canonge Firà
> De noble tronch | aquella noble rama
> Don Fenoller | que de virtuts senrama
> Vos iutgaran | sens passio y sens ira.
> E lo deuot | que traduix la vida
> Fara stampar | totes les vostres ovres
> Perque vejam | lo quant fon excellida
> Y en actes grans | ab son espos unida
> Mirant tal llum | dencesos canelobres.
>
> Levau nos donchs | les benes de la vista
> Mostrant nos dar | que et quanta sit ista.

Ces vers sont suivis des poésies, sans titre, que copia Fuster ; enfin, au nombre
des troubadours qui concoururent, se trouve, en outre, le nom de Miguel Garcia
que Fuster a omis :

> Richs trobadors | que bastau a comprendre
> Lo prim del prim | e puix no poden vendre
> Del fin brocat | obriu la bala feria
> Ataviant | ab les lahors condignes
> Tretes del viu | de vostra pura mena
> La que vivint | feu actes tan insignes
> Y en vida y mort | vence tots los malignes
> Verge excellint | Catherina de Sena.
>
> Que entrels serafs | esta huy collocada
> Del fill de Deu | esposa coronada
>
> § En cobles set | destil daquestes nostres
> Pres armareu | vostra fina ballesta
> Hil qui millor | tirant les tretes vostres
> Acertara | en lo paper de mostres

Dun bell robí | fará digne conquesta
De sent Miquel | assigne vos lo dia
Que vint hi nou | comptarem de setembre
IIil monestir | daquesta verge pia
Sera lo loch | hils iutges sens falsia
Tant bons tant iusts | quen res no deveu rembre.

CHAP. XVIII, *note* 1, page 321. — Jean Alphonse de Baena ne fut pas « secrétaire particulier » du roi D. Juan II, mais bien expéditionnaire, ou, pour mieux dire, copiste ou employé à la comptabilité du palais. Dans une réponse de Ferrant Manuel de Lando, adressée à Jean Alphonse de Baena, se trouvent les vers suivants :

Ca siyenpre enfengistes de muy batallante
En obra de armas valiente, perfecta,
Con escrybanias é tynta byen pryeta
Sumando las rrentas del año passante.

Il eut un frère appelé Francisco, poëte comme lui, et qui fut secrétaire de l'Adelantado Ruy Paez de Ribera.

CHAP. XVIII, *note* 2, page 324. — Nous devons prévenir ici que D. Henri d'Aragon, autrement nommé *l'Astrologue*, ne fut jamais marquis de Villena, comme l'ont supposé par erreur D. José Pellicer et les autres écrivains qui l'ont copié. Son aïeul, D. Alonso d'Aragon, Comte de Denia et de Ribagorza, fut, en effet, marquis de Villena par la grâce du roi D. Henri II. Dépossédé par Henri III, ni lui, ni son fils D. Pedro, n'usèrent de nouveau du titre de marquis, encore moins son petit-fils D. Henri qui, dans des documents de cette époque que nous avons eus sous les yeux, s'intitule toujours : « Don Henri, oncle du roi, maître de l'ordre de Calatrava, » et dans d'autres : « Seigneur d'Iniesta, » mais jamais marquis de Villena. Voyez Salazar y Castro Advert., *Hist.*, p. 80, et Salazar de Mendoza, *Monarquia de España*, t. I, p. 206. Dans la *Chronique de D. Juan II*, il est souvent désigné par le titre de «Comte de Cangas de Tineo,» qu'il obtint par la grâce du roi D. Henri III.

CHAP. XVIII, *note* 1, pag. 325. — Ticknor n'a pas raison dans ce qu'il dit sur la comédie intitulée : *Don Enrique el Enfermo*, « D. Henri le malade. » Les poëtes dramatiques de ce temps ne se distinguent pas par leur exactitude historique. Il faut convenir cependant que dans le cas présent les auteurs de cette pièce ont pour eux une autorité qui n'est rien moins que la *Chronique de D. Juan II*. Voici ce qu'on peut y lire au chapitre IV, année 1407 : « El rey D. Enrique le « habia dado el maestrazgo de Calatrava, habiendo traido maneras con doña Ma- « ria de Albornoz, su muger, a la qual hizo que dixese que D. Enrique era impo- « tente, e por eso se queria meter monja : é que despues de Maestre, el habria dis- « pensacion del santo Padre para casar, e la sacaria del monasterio de Santa « Clara de Guadalaxara, donde la llevó á meter monja el ministro Fr. Juan Enri- « quez : é por esto renunció el condado de Cangas de Tineo, y el derecho que « habia al marquesado. » Voyez aussi Rades de Andrade, *Chronique des trois ordres*, dans l'ordre de Calatrava, chap. XXXIII.

CHAP. XVIII, *note* 2, pag. 326. — Il nous est tombé dans les mains un manuscrit du quinzième siècle qui contient divers traités de D. Lope de Barrientos; nous allons en donner la description pour éclairer autant que possible l'histoire littéraire de ces temps. C'est un volume in-folio de 63 feuilles pleines, d'une écriture ronde et claire, avec les initiales et les épigraphes des chapitres à l'encre rouge. Il contient les ouvrages suivants :

1° *Tractado de las especies de adevinanzas copilado por mandamiento del christianissimo Rey D. Juan, por D. Lope de Barrientos, obispo de Cuença.* Ce traité se divise en six parties dans chacune desquelles l'auteur se demande s'il est possible ou non qu'il existe une divination ou art magique; où cet art a pris naissance; quel genre de péché commettent ceux qui s'y livrent; quelles sont les diverses espèces de divination ; et résolution des doutes que ce sujet peut offrir, in-fol. 1-26. Ce traité est précédé d'une préface ou dédicace au Roi où l'auteur dit qu'après qu'il lui eut envoyé le *Traité des songes* et celui *du hasard et de la fortune,* on lui ordonna de composer le présent traité « pour que Son Altesse « puisse savoir ce qui lui appartient, et que, ne le sachant pas, Elle puisse appren- « dre ce qui est nécessaire pour juger et déterminer, par Elle-même, dans des cas « pareils d'art magique, lorsque ces cas seraient dénoncés devant Son Altesse. » Dans la seconde partie de ce traité, l'auteur fait allusion aux livres de D. Henri de Villena, brûlés par ordre du Roi, et non à l'instigation de l'évêque, comme le bachelier Cibdareal et plusieurs autres l'ont répété depuis.

2° *Tractado de casso e fortuna,* divisé en trois parties, fol. 27-38.

3° *Tractado del dormir, e despertar e del soñar e de las adivinanzas e agueros, e profecia,* divisé en trois parties, fol. 39.

D. Lope de Barrientos naquit à Medina del Campo, en l'année 1382, de parents nobles. Après avoir terminé ses études à Salamanque, il fit sa profession dans l'ordre de Saint-Dominique, et fut le premier professeur de *prime* de théologie qu'eut son ordre, dans cette Université. Le roi D. Juan le prit dans cet emploi, le nomma son confesseur et le maître du prince D. Henri son fils. Il fut élu évêque de Ségovie en 1438; le Roi et la Reine, le Prince, le Connétable, et tous les seigneurs de la cour, assistèrent à son sacre. En 1442, il fut transféré au siége d'Avila, et, plus tard, promu à celui de Cuença. Il avait gouverné le royaume dans les derniers jours du roi D. Juan II, aidé, pendant de nombreuses années, le roi D. Henri IV, comme grand chancelier de Castille, et il mourut, en 1469, à l'âge de quatre-vingt-sept ans.

CHAP. XVIII, *note* 2, page 328. — Rien d'étonnant que D. Henri d'Aragon eût si peu de connaissance de la langue latine en des temps où les études classiques étaient très-peu répandues en Espagne. Dans la préface à la *Chute des princes* de Jean Boccace, dont la traduction du latin fut commencée par le chancelier Pero Lopez de Ayala, son éditeur, Juan Alfonso de Zamora, raconte la difficulté qu'il éprouva à trouver une personne compétente pour lui traduire ce qui restait. « Ne pouvant le trouver en Castille, dit-il, je l'eus à Barcelone. Je le trouvai en « latin, parce que je ne pus y trouver personne qui me le rendît en notre langue. « Et depuis, ici, en Castille, j'ai assez cherché des lettrés, mais ils ne me don- « naient à cela aucun remède, me disant que la rhétorique en était trop obscure « pour la mettre en romance; et comme ceux qui s'occupent de quelques bonnes « œuvres ont toujours Notre-Seigneur Dieu pour guide, je suis tombé par hasard

« sur un, le très-révérend et très-savant docteur Alphonse Garcia, doyen des égli-
« ses de Santiago et Ségovie, etc.... »

CHAP. XVIII, *note* 1, page 329. — Nous avons vu un manuscrit des *Travaux
d'Hercule*, écrit du vivant de D. Henri d'Aragon, à la fin duquel on lit la note suivante : « Cette œuvre et sa transcription s'acheva à Torralva, ville dudit seigneur
« D. Henri, la veille de la Saint-Michel, au mois de septembre de l'année
« mil quatre cent dix-sept. »

Dans le même manuscrit, mais d'une écriture différente, on trouve les traités
suivants : 1.° *Declaracion sobre el verso :* Quoniam videbo cœlos tuos ; 2° *Tractado de la lepra ;* 3° *Tractado de la fascinacion o aojamiento.* Ce dernier
porte à la fin une note ainsi conçue : « Fernando de Rojas a fini d'écrire ce livre
« au mois d'octobre de la naissance de Notre-Seigneur Jésus-Christ, l'an mil qua-
« tre cent cinquante-six ; » 4° *Poesias sagradas ;* 5° De la *manera y del cuidado
familiar de la casa ;* 6° *Anecdotas historicas de D. Pedro el Cruel.* Les deux
derniers traités, datés de 1458, sont évidemment un travail postérieur et semblent avoir été ajoutés par le copiste ou par le maître du manuscrit. On ne peut
pas non plus attribuer avec certitude les poésies à D. Henri d'Aragon, quoiqu'elles
soient intercalées au milieu de ses autres traités écrits dans le style de l'époque.
Elles commencent ainsi :

Señores este tractado	Sobre fazer reverencia
Es fecho con diligencia	A Dios padre figurado,
A Jesu crucificado,	Dios e omme todo entero
Ques su verbo verdadero,	En la hostia consagrado.

On attribue aussi à D. Henri de Villena les traités suivants : 1° *La Cadira del.
honor,* 2° *Triumpho de las donas,* 3° *De como se entiende poder estar en las
vestiduras y paredes,* 4° *Consolatoria.* Sempere vit tous ces ouvrages réunis avec
d'autres dans un manuscrit du temps qui se conservait dans la bibliothèque du Señor
duc de Frias.

La Cadira del honor a été attribuée par d'autres à Juan Rodriguez del Padron
(Nicolas-Antonio, *Bibliot. vetus,* liv. X, chap. VI). Il y a quelques années, nous en
avons vu un vieux manuscrit commençant ainsi : « La jeunesse est pleine de bons
désirs, de bonté et d'attachement pour les amis, fière et insupportable pour les
ennemis, vaillante pour les actes de vertu et de chevalerie, » etc. L'auteur figure
une montagne, qui est celle des *bons désirs,* une forêt, qui est celle du *travail,* et
un verger, qui est le *mérite,* et dans lequel croissent les plantes appelées *vertu et
noblesse;* elles jettent des racines profondes ; elles fleurissent, et de leurs branches
se forme le très-haut *siége de l'honneur.* En opposition à ce tableau, il décrit une
vallée de vices où croissent deux plantes sauvages.

CHAP. XIX, *note* 2, page 350. — Poncianus, le commentateur de ses œuvres, l'appelle
secrétaire de lettres latines dans la Vie qu'il en a écrite, et qui ne se trouve que dans
l'édition de 1499, édition faite, à Séville, par Joannes Pegnizer, de Nuremberg, et ses
compagnons allemands, le 28 août : elle a été supprimée dans toutes les autres.
Gonzalo Fernandez d'Oviedo, dans ses *Quinquagenas,* traite longuement de Juan de
Mena, et, après avoir annoncé son intention de composer une épitaphe pour sa
tombe, il s'écrie :

<table>
<tr><td>Dichosa Tordelaguna
Que tiene a Juan de Mena ,
Cuya fama tanto suena,
Sin semejante alguna.</td><td>El dexo tanta memoria
En el verso castellano,
Que todos le dan la mano :
Dios le dé a el su gloria.</td></tr>
</table>

CHAP. XIX, *note* 1, page 353. — Les vingt-quatre strophes ajoutées au *Laberinto* s'imprimèrent pour la première fois à Séville, en 1517, in-fol., avec leur glose correspondante, par un anonyme qui s'exprime ainsi : « Si ce qu'écrit le « commentateur des trois cents stances à la fin de la dernière est vrai, que le « roi D. Juan ait ordonné au poëte Juan de Mena, d'en ajouter aux trois cents, « soixante-cinq autres, pour que leur nombre égalât le nombre des jours de l'an- « née, on peut très-bien ajouter ces XXIIII stances auxdites CCC; mais il reste un « autre doute, c'est qu'on ne remplit pas ainsi le nombre de LXV, ce qui fait dou- « ter que ces dernières aient été composées par ce poëte si célèbre. Qu'elles soient « de lui ou d'un autre, la matière est si analogue au but des trois cents, et le style « en est si peu différent, qu'il est bon de les faire connaître. » On les trouve aussi dans l'édition de Valladolid de 1536, in-fol., et dans d'autres éditions postérieures.

Outre ces poésies, Juan de Mena composa un livre peu connu, et dont nous allons rendre compte. C'est une paraphrase en prose de quelques chants de l'*Iliade* et qui se trouve dans la bibliothèque choisie du duc d'Osuna et de l'Infantado, en un petit volume in-4°, de quelques feuilles, imprimées en caractères gothiques; sur le frontispice on lit : « Ceci est l'*Iliade* d'Homère en romance, traduite par Juan de « Mena; » et à la fin du livre : « Ici finit l'*Iliade* d'Homère, historien très-excel- « lent. Traduite du grec et du latin en langue vulgaire par le poëte castillan Juan « de Mena. Elle fut envoyée par le licencié Alonso Rodriguez de Tudela à l'illus- « tre et très-magnifique Seigneur, le Seigneur D. Hernando Enrriquez, pour servir « de lecture à ses fils, ceux qui doivent s'exercer dans la discipline et l'art mili- « taire. Elle fut imprimée dans la ville de Valladolid, par Arnao Guillen de Bro- « car, le XXIII° jour du mois d'avril. L'an mil cinq cent dix-neuf. »

Unie à ce traité, mais avec un frontispice séparé, se trouve : *La dispute qui s'éleva entre Ajax Télamon et Ulysse devant les princes et peuples de Grèce devant Troie, sur les armes d'Achille, après sa mort (celui qui tua Páris par trahison et sans rien craindre dans le temple d'Apollon, en dedans de Troie), traduite du commencement du treizième livre des métamorphoses d'Ovide, en langue vulgaire castillane.* A la fin il est dit : « Ici se termine la dispute qui « s'éleva entre Ajax Télamon et Ulysse sur les armes d'Achille. Elle fut envoyée « par le licencié Alonzo Rodriguez de Tudela à l'illustre et très-magnifique sei- « gneur D. Hernando Enriquez conjointement avec l'*Iliade* d'Homère, pour ser- « vir de lecture à ses fils, ceux qui doivent exercer l'art militaire. Elle fut impri- « mée par Arnao Guillen de Brocar, dans la très-noble ville de Valladolid, le XXIX « de mars de l'année MD et XIX. »

La Bibliothèque nationale de Madrid conserve quatre manuscrits de cet ouvrage de Juan de Mena, dont le meilleur et le plus ancien est d'une écriture du quin- zième siècle, et marqué Q. 224; les autres portent les marques respectives T. 130; M. 56; V. 269; circonstance qu'a relevée Bayer dans ses notes à la *Bibliotheca vetus* de Nicolas Antonio, t. II, p. 268, col. 1, tout en ignorant que ce travail était imprimé. Alphonse Rodriguez de Tudela, auteur du second traité et éditeur de l'*Homère romanzado* de Juan de Mena, traduisit du latin en castillan le *Compen-*

dio de boticarios, du docteur Saladino, premier médecin du prince de Taranta, et le donna à la presse, à Valladolid, dans la maison du même Arnao Guillen de Brocar, en l'année 1515. Dans la même ville et dans la même imprimerie, il se publia une année après, en 1516, un autre traité analogue, sous le titre : *Servidor de Albuchasis Benaberacerin*, traduit de l'arabe en latin par le Génois Simon, ayant pour . interprète Abraham, juif de Tortone, etc, in-4°, caractères gothiques.

Pour spécimen du style ampoulé, plein de latinismes et ridiculement maniéré de cet auteur, connu seulement par ses œuvres en vers, nous citerons ici le préambule ou introduction de sa paraphrase d'Homère, telle qu'elle se trouve dans le plus ancien des manuscrits mentionnés ci-dessus.

« Prohemio al muy Illustre Rey D. Juan el segundo de este nombre, Juan de
« Mena.

« Al muy alto y poderoso principe y muy umano señor D. Juan el segundo, por as-
« piracion de la divina gracia muy digno rey de los reynos de Castilla y de Leon, etc.
« vuestro muy umill y natural siervo, Juan de Mena, los rrodillos en tierra, veso
« vuestras manos, y me recomiendo en vuestra alteza y señoria. Muy alto y muy
« buen aventurado Rey, por eso los fechos maravillosos, á vueltas con los que los
« fallan, se gozaron jamas ocurrir á la excellencia de la real dignidad: por que alla
« son las cosas puestas en rrico prescio y proveydas de devido nombre y mesurado
« acatamiento, donde mejor son especuladas y conocidas. Por aquesto los rieptos
« y desafios entre la sacra magestad de los Reyes se mandan, por que los buenos
« que su virtud ofrescen al rriguroso esamen de las armas, esperen de la real casa
« corona de meritos en aprovacion de sus opiniones : asy como aquellas, que es
« estudio de profanas y seglares virtudes. E aun esta virtuosa ocasion, Rey muy
« poderoso, trae á la vuestra real casa toda via las gentes estrangeras con diversos
« presentes e dones. Vienen los vagamundos aforros que con los nopales y casas
« movedizas se cobijan desde los fines de la arenosa Libia, dexando a sus espaldas
« el monte Athalante, á vos presentar leones yracundos. Vienen los de Garamanta
« y los pobres areyes concordes en color con los Etiopes, por ser vesinos de la adusta
« y muy caliente sona, a vos ofrescer las tigres odoriferas. Vienen los que moran
« cerca del Vicorne monte Urontio y acechan los quemados espiraculos de las
« bocas cirreas, polvorientas de las cenisas de Fiton, pensando saber los secretos
« de los tripodas y fuellar la desolada Thebas, á vos traer esfingos quistionantes.
« Traen a vuestra alteza los orientales Indios los elefantes mansos con las argollas
« de oro, y cargados de linaloeles, los quales la cresciente de los quatro rrios por
« grandes aluviones de allá donde mana destirpa y so mueve. Traen vos estos mes-
« mos los relumbrantes paropos, los nubiferos acates, los duros diamantes, los
« claros rrubis y otros diversos linages de piedras, los quales la circundança de los
« solares rrayos en aquella tierra mas bruñen y clarifican. Vienen los de Siria,
« gente amarilla de escodrenar el tibar, que es fino oro en poluo, á vos presentar
« lo que escarvan y trabajan. Traen vos, muy excellente Rey, los frios setentrio-
« nales que beven las aguas del ancho Danubio y aun el elado Reno, y sienten
« primero el boreal viento, quando se comiença de mover, los blancos armiños,
« y las finas martas, y otras pieles de bestias diversas, las quales la muy discreta
« sagacidad de la naturaleça, por guardarlas de la grant intenperança de frior
« en aquellas partes, de mas espeso y mejor pelo puebla y provea. Vengo yo,
« vuestro umill siervo y natural á vuestra clemencia benigna, non de Etiopia con
« relumbrantes piedras, non de Asia con oro fuluo, non de Africa con bestias mos-

« truosas, y fieras, mas de aquella vuestra cauallerosa Cordova. Et como quier
« que de Cordova aquellos dones, nin semblantes de aquellos que los majores y
« antiguos padres de aquella á los gloriosos principes vuestros antecessores y a
« los que agora son y aun despues seran, vastaron ofrescer y presentar. Como sy
« dixesemos de Seneca el moral, de Lucano su sobrino, de Abenrruys, de Avicenna,
« y otros non pocos, los quales temor de causar fastidio mas que mengua de mul-
« titud me devieda los sus nombres explicar. Ca estos, Rey muy magnifico, pre-
« sentauan lo que suyo era y de los sus ingenios manaua y nascie, bien como fazen
« los gusanos que la seda que ofrescen á los que los crian de las sus entrañas
« la sacan y atraen. Pero yo a vuestra alteza servo agora por el contrario, ca pre-
« sento lo que mio no es. Como las abejas roban las sustancias de las mellifl_as
« flores de los huertos, y las traen á sus cuestas, y anteponen á la su maestra, bien
« asi yo, muy poderoso Rey, uso en aqueste don y presente que en estas flores
« que a vuestra señoria aparejo presentar del huerto del grand Homero, monarcha
« de la universal poesia, son. E aquesta consideracion antelevando, gran don es el
« que yo tyngo, si el mi feale y rapiña no le viciare. E aun la osadia temeraria
« atrevida es, a saber traducir una santa seraphica obra como la Iliada de Omero
« de griego sacado en latin, y de latin en nuestra materna y castellana lengua vul-
« garisar, la qual obra pudo apenas toda la gramatica, y aun eloquencia latina
« comprehender, y en si rescebir los heroïcos cantares del vaticinante poeta Omero.
« Pues quanto mas fará el rudo, y desierto romance, acaescerá por esta causa
« á la omerica Iliada como á las dulces y sabrosas frutas en la fin del verano, que
« á la primera agua se dañan, y a la secunda se pierden, y assi esta obra reci-
« brá desagrabios. El uno en la traduccion latina y el mas dañoso y mayor en
« la interpretacion al romance que presumo intento de dar. E por esta razon,
« muy prepotente señor, dispuse de no interpretar de veinte y cuatro libros que
« son en el volumen de la Iliada, salvo las sumas brevemente. No como Omero,
« palabras por palabras lo canta, ni con aquellas poeticas invenciones y ornacion
« de materias, ca si ansi oviese de escrivir, mui maior volumen y compendio se
« ficiera. E mas escribio Omero en las escripturas solas y varias figuras que eran
« en el estudio de Achiles que ay en aqueste todo volumen, é dejelo de fazer por
« no dannar ni ofender del todo su alta obra, trayendo gela en la humilde y baxa
« lengua del romance, mayormente no haviendo para esto vuestro regio mandato.
« Y aunque sean a vuestra alteza estas sumas, como las de muestras á los que qui-
« sieren en finos paños acertar, ansy, Rey muy excelente, estara en vuestra real
« mano y mandamiento, vistas aquestas sumas, o muestras, mandar o vedar toda
« la otra plenaria ó intensa interpretacion traducir, ó dejar en su estado primero.
« E porque aquella fama, y memoria, sobre la qual han rodado siglos de authori-
« dad, es mas comendable, y de loar, sy despues de muchos tiempos, á fuer de
« cosa immortal, es perpetuada y convalesce, por ende, muy temido señor, noto
« en aqueste prefacion las alteraciones que los autores siguieron de los tiempos
« en que Omero haya seido. »

Il traite longuement de la patrie d'Homère, et du temps où il vécut, puis il
continue :

« Pues ayora, esclarecidissimo Rey y Señor, fize algunos titulos sobre ciertos
capitulos en que departi estas summas, aunque todos los poetas, segun la soberbia
y alteza de su estilo, procedan sin titulo : pero emmendarlos he yo por fazer mas
clara la obra á los que en romanze la leyeren, etc. »

Tout l'ouvrage, qui se compose d'environ 47 feuilles in-4°, et qui est écrit dans le même style redondant et ampoulé, est une traduction du livre composé par D. Mag. Ausone, poëte et grammairien du quatrième siècle de notre ère vulgaire, et précepteur des empereurs Gratien et Valentinien, sous le titre de *Periochæ in Homeri Iliadem et Odysseam.*

Juan de Mena ne termina pas non plus ses stances sur *les Sept Péchés mortels*, et commençant ainsi :

> Canta tú , christiana musa.

Elles furent continuées, après sa mort, par un chevalier de l'ordre d'Alcantara, et non par un moine, comme dit Ticknor, page 348. Ce chevalier s'appelait Frey Jeronimo d'Olivares. Nous en avons vu aussi une continuation faite par Pero Guillen, poëte du temps de D. Juan II, et auteur de la *Gaya de Ségovie*, suivant Clémencin, *Éloge de la Reine catholique*, page 405.

Dans la bibliothèque du chapitre de Tolède on conserve un manuscrit d'une écriture du quinzième siècle, contenant, outre la continuation ci-dessus, les œuvres suivantes de Pero Guillen : 1° un *Discours à celui qui suit sa volonté dans l'un des douze états du monde.* Il est écrit en vers d'art majeur et composé de trente-deux stances. 2° *Les dix commandements*, dix stances. 3° *Les sept péchés mortels*, poésie différente de celle de Juan de Mena sur le même sujet, et composée de douze strophes. 4° Un poëme allégorique sans titre, adressé à l'archevêque de Tolède, D. Alphonse Carrillo, dont il fut le contador, suivant Clémencin.

Ce dernier ouvrage, le plus important de tous ceux de l'auteur, est une espèce de dispute entre la Fortune et la Philosophie; Pero Guillen nous y donne quelques détails sur sa profession, sa patrie, sa condition. Dans la dédicace, ou supplique à l'archevêque, il déclare qu'après avoir, dans sa jeunesse, joui des biens temporels « autant que suivant son état il pouvait, sans demander, conserver son honneur et sustenter sa misérable vie, » il se vit tout à coup privé des choses les plus nécessaires, au point d'être « obligé d'écrire les écritures des autres » pour gagner l'entretien nécessaire; que la Fortune, non contente encore de l'avoir réduit à une si triste condition et à un état si déplorable, « lui enleva la plus grande partie de la vue, de sorte que, faute d'y voir, il ne faisait pas son travail comme il devait, » et qu'il ne lui était pas possible d'entretenir « ses petits enfants. » Dans cette situation, le désespoir s'empara de lui, et, si un saint religieux ne l'avait consolé avec le secours de la religion et d'une saine philosophie, il eût infailliblement succombé à son chagrin.

Dans la seizième stance, il déclare qu'il eut pour maîtres en poésie le Marquis de Santillane et Juan de Mena, qu'il pleure comme s'ils étaient morts; et dans la suivante il parle de Gomez Manrique, comme s'il vivait encore.

> Buscando las cabsas Fortuna malvada
> Por donde mas dapnos cabsar me podia,
> Fallo en mi deseo muy bien titulada
> Aquella graciosa sotil polysia :
> Y con presupuesta contraria porfia
> Al braço valiente del fijo d'Almena
> Quito al Marqués, llevo a Juan de Mena
> Maestros fundados de quien aprendia.

> Lo qual me cabsó tan grande recelo
> Teniendo a sinplesa que mas se publique
> Que a la yntercesora Reyna del cielo
> Con grandes gemidos conbien que suplique,
> Que guarde la vida del Sabio Manrique,
> Pues desta sciencia sostiene la cunbre
> Porque mis ojos non queden sin lunbre
> Y a buenos conceptos mis obras applique.

Enfin, dans la vingt-troisième strophe, il donne quelques détails sur sa patrie :

> Sy vuestra prudencia querra saber quien
> Es este que yase de palmas en tierra,
> Mandad preguntar por Pero Guillen
> Allende *Pedrasa*, bien cerca la Sierra :
> Mandad preguntar adonde se encierra
> La vil compañera del triste Amiclate ;
> Y adonde fortuna mayor da conbite
> Con tantos y tales petrechos de guerra.

Don Alphonse Carrillo, à qui l'ouvrage est adressé, mourut en 1484, après avoir occupé trente-huit ans le siége archiépiscopal, depuis 1446. Juan de Mena mourut en 1456; le Marquis de Santillane, en 1458. Gomez Manrique vivait encore en 1481, et c'est vers cette dernière année que Pero Guillen dut écrire cette composition.

Dans un *Cancionero* manuscrit de S. M., que nous décrivons plus loin, se trouvent diverses compositions de Pero Guillen, qu'on appelle de *Séville* et natif de Ségovie. En voici le titre :

Stances en réponse à « *Quando Rroma conquistava*, » fol. 6 verso.

Réponse en vers à une lettre que Gomez Manrique envoya à Diego Arias, grand trésorier du Roi, réponse qu'on lui ordonna de faire pour le service dudit seigneur Diego Arias, fol. 8.

Les *Psaumes de la pénitence*, fol. 44.

Le *Salve Regina* adressé au roi D. Juan, fol. 52.

Dire sur la mort de D. Alvaro de Luna, fol. 55.

Dire à un ami flatteur que ses offres étaient nombreuses et ses œuvres nulles, fol. 56, verso.

Dire qu'il fit quand il se maria, où l'esprit lutte avec le cœur, fol. 57, verso.

Dire qu'il composa sur l'amour, en étant aux salines d'Atencia, dans une vallée appelée le Val de Parayso, « le Val du Paradis, » fol. 59.

Dire que composa Pero Guillen sur le jour du jugement, fol. 63, verso.

Dire que fit Pero Guillen contre la pauvreté, dont le poëte a reconnu l'effet et la qualité à un aussi haut degré qu'un autre, fol. 64, verso.

Dire qu'il adressa au roi notre seigneur D. Henri IV, dès qu'il commença à régner, et qu'il signa la paix avec l'Aragon et la Navarre, fol. 65, verso.

Sa réponse « *Porque de los de mucho amador*, » fol. 66.

Dire sur l'amour, fol. 66, verso.

Chant qui commence ainsi : « *Doled vos de mis dolores.* »

Dire qu'il adressa à une dame charitable qui ne répondit jamais à personne :
« Que Dieu vous aide, » fol. 73, verso.

Dire sur les miracles du cachot, fol. 77.

CHAP. XX, *note 1*, page 355. — Bien avant que Juan de Mena écrivît ses *Trescientas*, Micer Francisco Impérial, Fray Diego de Valencia, Alphonse Alvarez de Villasandino, le chancelier Pero Lopez de Ayala et beaucoup d'autres poëtes avaient introduit dans la poésie castillane l'usage des mots français. Nous trouvons à chaque instant employés *après* pour despues; *aylas* comme une interjection de douleur; *bannido* pour desterrado; *côté* pour lado; *dayne* pour ciervo; *deessa* pour diosa; *escaque* pour ajédrez; *firmalle* pour broche; *garçon* pour mancebo, *hura* pour cabeza de javali, tête de sanglier; *formage* pour queso, fromage; *jornea* pour el espacio de un dia, la journée; *suli* pour bonito, joli; *landa* pour terre ou région, lande; *laydo*, *laydura* et *laydesa* pour feo, fealdad, laid, laideur; *orage* pour tempestad, tempête, orage; etc.

CHAP. XX, *note 1*, page 364. — Quoique D. José Amador de los Rios, dans ses *Études historiques, politiques et littéraires sur les juifs d'Espagne*, page 392, attribue à Alonso de Carthagène, évêque de Burgos, les poésies qui sous le nom de « Carthagène » se trouvent dans le *Cancionero général;* qu'il se plaigne qu'un personnage si respectable, un prélat qui avait été tant de fois médiateur entre des rois, et qui d'un autre côté était un modèle de vertus, se livrât à des joutes et à des passe-temps poétiques, où l'amour était l'unique objet, au point de mériter le surnom de *Entendido en amores*, de la part de Castillejo, il n'y a aucune raison pour supposer que ce personnage fut poëte, encore moins pour le croire auteur de ces poésies.

En effet D. Alonso de Carthagène, évêque de Burgos, mort en 1456, ne pouvait guère composer des stances où il blâmait Fr. Iñigo de Mendoza florissant sous le règne des Rois Catholiques, ni en adresser d'autres au vicomte d'Altamira, titre qui ne fut créé que vers l'année 1471, d'après le *Nobiliaire* manuscrit de Jeronimo de Aponte; ni composer des vers en l'honneur de la reine doña Isabelle qui commença à régner vers la fin de l'année 1474. Enfin, dans des strophes adressées à cette reine et qui se trouvent au folio 115 du *Cancionero général*, édition de 1556, on lit une allusion si marquée à la célèbre campagne qui commença en 1482 et finit par la prise de Grenade, que ce fait seul suffirait pour prouver que le « Carthagène » du *Cancionero* n'est pas D. Alonso, évêque de Burgos. Le poëte s'exprime ainsi :

Porque se concluya y cierre	Pour que se termine et s'achève
Vuestra empresa comenzada	Votre entreprise commencée
Dios querra, sin que se yerre	Dieu veuille que, sans erreur,
Que remateys vos la R	Vous effaciez, vous, l'R
En el nombre de Granada	Du nom de Grenade.

Il y a là un jeu de mots inintelligible en français. Si du mot espagnol *Granada* vous retranchez l'*r*, il reste *Ganada*, participe du verbe *ganar*, gagner. Grenade serait alors gagnée.

Mais quel fut le « Carthagène » du *Cancionero?* Mayans, dans sa *Rhétorique*, tom. II, pp. 230-235, l'appelle « Pierre, » sans donner sur lui d'autres détails. Il y eut, en effet, un Pierre de Carthagène, fils de Paul de Sainte-Marie, qui eut pour fils Alvaro de Carthagène, attaché, à ce qu'il semble, à la personne du Connétable D. Alvaro de Luna, dans la chronique duquel on trouve plusieurs fois son nom avec l'épithète de converti. Ce fut lui qui avertit le Connétable du danger où il se trouvait quand le roi D. Juan décréta son emprisonnement, et qui lui servit de guide lorsqu'il voulut prendre la fuite (*Chronique*, titre cxx). A la page 328, il est dit explicitement qu'Alvaro de Carthagène était fils de Pierre de Carthagène ; et, à la page 355, il est appelé neveu de l'évêque de Burgos, et ce dernier ne peut être autre que Alonso, évêque de Carthagène, fils de Paul de Sainte-Marie. Nous en apprenons autant dans la *Chronique du roi D. Juan II*, chap. CXXVIII, année LII. La même chronique, au chapitre CCXIX, année XXXI, énumère les chevaliers qui se trouvèrent avec le Roi à la bataille de la Higueruela, et elle cite entre autres « Pierre de Carthagène, fils de Paul, évêque de Burgos. » Au chapitre CXI, page 225, de l'année 1424, elle parle d'un tournoi donné à Burgos, où les « mainteneurs pour la cité étaient Pierre de Carthagène, fils de l'évêque D. Paul et Jean Carrillo de Hormaza. »

Gracia Dei, roi d'armes des Rois Catholiques, traite de la famille des Carthagène et de D. Paul, évêque de Burgos. « Il laissa, dit-il, deux fils évêques, l'un de « Burgos, et l'autre de Plasencia ; et le troisième, chevalier, qui s'appelait Pierre « de Carthagène, qui vit aujourd'hui et qui eut deux fils parfaits chevaliers. Il se « maria avec deux femmes, toutes deux de haut lignage. Ses fils et ses filles s'u- « nirent aux principales familles de ce royaume, bien plus elles sont du haut « lignage de Notre-Dame, voilà pourquoi ils ont pour armes une fleur de lis blan- « che sur un champ vert. »

Dans une instruction faite à Burgos par D. Juan Suarez de Figueroa y Velasco. archidiacre de Valpuesta, en 1574, sur la qualité et la vieille noblesse de D. Paul de Carthagène, on trouve ce qui suit au verso du fol. 6 : « Et ledit Pierre de Cartha- « gène, fils dudit patriarche (D. Paul), fut marié une première fois à doña Maria « Sarabia et une seconde à doña Maria de Rojas, qui fut du conseil des rois « D. Henri IV et D. Ferdinand le Catholique, et fut nommé garde du corps du roi « D. Juan II. Et ce fut une personne d'une grande valeur et d'un grand courage, « comme il le montra dans les batailles où il se trouva, qui furent nombreuses, « et dans les défis singuliers ; il gagna la forteresse de Lara , prise qui, dans ces « temps, était un fait très-apprécié, etc... »

Si les détails qui précèdent ne sont pas erronés, et il n'y a aucune raison de le croire, puisqu'ils sont confirmés par Sanctotis, *Vie de D. Paul de Sainte-Marie*, et par Florez, *España sagrada*, tom. XXVI, chap. iv, l'auteur des poésies contenues dans le *Cancionero général* n'est autre que Pierre de Carthagène, troisième fils de D. Paul, qui arriva jusqu'au règne des Rois Catholiques, et vivait encore en 1480. La seule difficulté qui se présente, c'est le grand âge qu'il avait alors. D. Paul de Sainte-Marie mourut en 1435, et non en 1433, comme le suppose par erreur le Sʳ Amador de los Rios ; D. Gonzalo de Sainte-Marie, évêque de Plasencia et de Sigüenza, fils aîné de D. Paul, naquit en 1379, et mourut en 1448, âgé de soixante-neuf ans. D. Alphonse, évêque de Burgos, naquit en 1384, et mourut en 1456, à l'âge de soixante-douze ans ; D. Pedro, qui fut le troisième, naquit en 1387, et il dut avoir, par conséquent, quatre-vingt-treize ans, au moins, quand il composa les stances déjà citées à la reine doña Isabelle, ce qui n'est pas vraisemblable. Quoi qu'il en soit, ce qui n'admet aucune espèce de doute, c'est que les poésies du *Cancionero général* ne sont ni ne peuvent être de l'évêque D. Alonso de Carthagène, comme l'ont supposé Amador de los Rios et Ticknor.

D. Paul eut un autre fils appelé Pierre Suarez, qui, suivant Sanctotis, page 37, fut gouverneur de Burgos et procureur de ladite ville, en 1407. Voyez aussi la *Chronique de D. Juan II*, chap. XVVI, page 7.

CHAP. XXII, *note* 1, page 383. — Nous avons vu un précieux manuscrit in-folio de la fin du quinzième siècle, contenant toutes les œuvres de Diego Rodriguez de Almela. Outre le *Valerio de las historias escolasticas*, la *Compilacion de la batallas campales*, les *Miraglos del glorioso apostol Santiago*, et les autres traités dont les titres se trouvent dans une note de l'érudit Bayer à la *Biblioth. vetus* de Nicolas Antonio, tom. II, page 326, on y trouve encore les ouvrages suivants, qui n'ont été mentionnés par aucun autre écrivain :

« Copie d'un mémoire adressé au vénérable et savant seigneur Pero Gonzalez
« del Castillo, serviteur de la très-illustrissime señora notre doña Isabelle, sur
« l'action et le droit que S. A. et le très-illustrissime Roi D. Ferdinand son mari,
« rois des royaumes et seigneuries de Castille, et de Léon, et d'Aragon, et de Si-
« cile, ont sur la Gascogne et sur le duché de Guienne et de Navarre, 18 octobre
« 1481. » (6 feuilles.)

« Copie d'une lettre adressée au vénérable et vertueux Seigneur, le licencié
« Antoine Martinez de Cascales, alcade de la cité de Tolède, sur les mariages et
« unions entre les rois de Castille et de Léon d'Espagne et les rois de France.
« Murcie, 15 septembre 1478. » (7 feuilles.)

« Copie d'un mémoire adressé à l'honorable Seigneur Jean de Cordoue, juré
« *olim*, receveur des rentes royales du royaume de Murcie, sur le comment et
« pour quelle raison on ne doit diviser, partager ni aliéner les royaumes et
« seigneuries d'Espagne, pour que la seigneurie soit toujours une, et d'un roi et
« seigneur, monarques d'Espagne, Murcie, 18 juillet 1482. » (9 feuilles.)

« Traité sur la manière dont les femmes ont toujours hérité en Espagne des royau-
« mes, duchés, comtés, seigneuries et majorats, après la mort de leurs pères, ne lais-
« sant pas de mâles. Adressé au très-magnifique Sr Don Juan Chacon, adelantado
« et capitaine général du royaume de Murcie, lb. .le 27 juin 1483. » (8 feuilles.)

« Copie d'une lettre écrite pour le roi de Castille au roi d'Aragon sur le schisme
« qui régnait dans l'Église. Septembre 1497. »

Ce manuscrit se conserve dans la bibliothèque particulière de notre ami D. José Maria de Alava, à Séville.

CHAP. XXII, *note* 1, page 384. — Sans aucun doute, il y eut deux «Lucena,» l'un appelé simplement Jean de Lucena, et l'autre « Jean Remirez de Lucena, » père et fils peut-être. Le dernier fut ambassadeur de D. Juan II, et écrivit le traité de la *Vie heureuse*, où il fait intervenir, dialoguant, D. Alphonse de Carthagène, évêque de Burgos, Juan de Mena, mort en 1456, et le Marquis de Santillane, qui mourut en 1458. L'autre fut protonotaire et ambassadeur des Rois Catholiques, et semble être celui à qui fait allusion Alonso Ortiz dans ses traités. Il y eut un autre « Lucena » qui, en 1495, composa et fit imprimer un opuscule très-singulier dont nous rendrons compte; et enfin deux frères du même nom qui intervinrent dans l'expulsion des juifs, et dont l'un écrivit, de Saragosse, en 1503, la lettre insérée par Llorente. Le livre auquel nous venons de faire allusion est intitulé : *Repeticion de amores*, e Arte de Axedrez con CL. juegos de partido. C'est un volume in-4°, espagnol, de 54 feuilles, en lettres gothiques. Au commencement du premier des deux traités qui forment l'ouvrage, on lit ce qui suit : « Repeticion de amores, « composé par Lucena, fils du très-sapientissime docteur et révérend protonotaire, « don Juan Remirez de Lucena, ambassadeur et du conseil des rois nos seigneurs, « au service de la belle Doña, son amie, étudiant dans la très-célèbre école de la « très-noble cité de Salamanque. » Le second commence par la même épigraphe avec ces mots de plus : « adressé au très-sérénissime D. Juan, troisième prince des Espagnes. »

La *Répétition d'amours* est un traité sur l'amour et ses effets, où sont introduites des lettres de Lucena à sa dame et des réponses de celle-ci ; des vers de Torrellas et de Fray Iñigo de Mendoza sur le même sujet. Le tout attesté par des citations et des passages de Socrate, de Sénèque, de Platon, d'Ovide, de Juvénal et d'autres auteurs, ce qui rend ce livre indigeste et fastidieux à l'excès. A la fin de ce traité se trouve « Une Péroraison faite par le très-savant et grand orateur le bachelier Villoslada en l'honneur et gloire de celui qui a composé l'œuvre présente ; » péroraison partie en prose, partie en vers.

CHAP. XXII, *note* 1, page 389. — La première édition d'Arnalte é Lucenda se fit en 1491 ; son titre est : *Tractado de amores de Arnalte a (sic) Lucenda*. A la fin on lit ces mots : « Ici finit ce traité appelé San Pedro pour les dames de « la reine notre souveraine; il fut imprimé dans la très-noble et très-loyale cité de « Burgos par Fadrique, Allemand, en l'année de la naissance de Notre Sauveur « Jésus-Christ mil quatre cent nonante et un, le XXVᵉ jour de novembre. »

L'impression est in-4°, en caractères gothiques, sans pagination ni réclames, bien qu'il y ait des signes placés, non au milieu, mais à l'extrémité extérieure de la planche. La notice sur cette édition nous a été communiquée par notre ami D. Bartolomé José Gallardo, qui en possède un exemplaire dans sa bibliothèque.

CHAP. XXIII, *note* 2, page 393. — *Cancionero de Lope de Stuñiga*. On conserve en effet sous ce titre à la Bibliothèque nationale, M. 48, un précieux manuscrit sur vélin, d'une écriture du XVᵐᵉ siècle, relié sur bois, garni d'une baguette ouvrée, et de 165 feuilles pleines. Sur la première on voit certaines enluminures dont le caractère, ainsi que l'écriture du manuscrit et d'autres circonstances, ne laissent pas douter qu'il ne fut écrit en Italie. Ce *Cancionero* contient les compositions de poëtes peu connus. Parmi eux on trouve les noms de Juan de Tapia, Arguello, Santafé, Suero de Ribera et d'autres qui suivirent Alphonse V d'Aragon lorsqu'il se rendit dans le royaume de Naples, ou qui l'accompagnèrent durant sa captivité à Milan. Cette circonstance et le fait de trouver dans cette collection diverses poésies adressées à la comtesse d'Adorno, à la fille du duc de Milan, à la reine Dᵃ Maria d'Aragon et enfin à la célèbre Lucrèce d'Aniano, maîtresse de ce roi, nous persuadent que la collection se fit, à Naples, pour Alphonse V, peut-être même par son ordre, comme celle d'Alphonse de Baena l'avait été pour D. Juan II de Castille. Notre conjecture ne paraîtra pas étrange si l'on réfléchit qu'Alphonse fut élevé en Castille, à côté de son père D. Ferdinand d'Antequera, plus tard roi d'Aragon.

Rien ne prouve que Lope de Stuñiga soit l'auteur de cette intéressante collection. Il n'y a, que nous sachions, d'autre motif pour lui donner ce nom que celui de voir le manuscrit commencer par un de ses chants :

Cabo de mis dolores,

Fin de largas cruesas,

Principio de mis amores

Comienzo de mis tristezas,

Ayas piedat et mesura

Contra mi,

Que de tu sola figura

Me venci.

Dans une des compositions on remarque la date de 1448, date qui, rapprochée des données ci-dessus exprimées, nous confirme dans l'idée que la collection fut formée, en effet, vers le milieu du XVe siècle, lors même que l'écriture du manuscrit ne nous l'indiquerait pas. C'est une lettre de Sancho de Villegas à sa dame, commençant ainsi :

Sobre escripto.

A ti dama muy amada

Sobre todas lás amadas,

A ti, sennora loada

Sobra todas las loadas,

A ti dama muy querida,

Humilmente

Suplico ser rescebida

La presente.

Suit la lettre et puis il finit :

La fecha.

Fecha con toda firmesa

Dia de mucha congoxa

Viespera de gran tristeza

Que jamas nunca me afloxa

En el anno de *quarenta*

Et mas *dos*

Et las *seys* de mi tormenta

Sabe Dios.

Quant à Lope de Stuñiga, à qui l'on attribue cette collection, nous savons seulement qu'il fit la campagne d'Italie, sous les ordres du roi D. Alphonse ; qu'il fut un des chevaliers qui se distinguèrent le plus dans le « Passo honroso » de Suero de Quiñones, qui eut lieu sur le pont d'Orbigo, en 1434. Si nous en croyons nos soupçons, il fut le fils du maréchal Iñigo Ortiz de Stuñiga, dont on conserve aussi des poésies dans le *Cancionero de Baena* et dans d'autres, quoique Pellicer n'en fasse pas mention dans la *Généalogie de la maison de Zuñiga.*

Nous insérons à la suite l'index des compositions contenues dans ce *Cancionero* si curieux, avec le nom des auteurs respectifs et le premier vers de chacune d'elles, afin que les amateurs de ce genre de poésie puissent se former une idée complète du contenu. Nous avons aussi cru à propos d'indiquer celles qui ont été imprimées.

Fol. 1. *Lope de Stuñiga.* — Cabo de mis dolores (*Cancion. gén.*, 1511, page 49).

1 verso. — Triste partida mia.

4. *Juan de Mena.* Guay de aquel ombre que mira (*Cancion. gén.*, 1573, fol. 48).

6 verso. — Ya non suffre mi cuydada (*Cancion. gén.*, fol. 50).

10. *Lope de Stuñiga.* El triste que mas morir (*Cancion. gén.*, 1573, fol. 50) à la marge et d'une autre écriture « du bachelier de la Torre », comme elle l'est, en effet.

14. — Llorad mis llantos, llorad (*Cancion. gén.*, fol. 50).

15 verso. *Lope de Stuñiga.* Si las mis llagas mortales.

16 verso. — Si mis tristes pensamientos (*Cancion. gén.*, 1511, f. 50).

18. *Johan Rodriguez del Padron* Fuego del divino rayo (*Cancion. gén.*, 1511, fol. 17).

18 verso. *Le Marquis de San-tillane.* Ya la grand noche pasaua (*Canc. gén.*, f. 24).

20 verso. — Antes que el rodante cielo (*Cancion. gén.*, 1575, fol. 40, verso).

22 verso. *Villalos,* peut-être *Villalobos.* Quantos aman atendiendo.

23. *Jean Rodriguez del Pedron* (sic). (Los siete gosos de amor) ante las puertas del templo (*Cancion. gén.* 1573, fol. 121).

27. *Sancho de Villegas.* (Carta a su amiga). A ti dama muy amada.

28 verso. — Quantos de la fortuna.

29. *Johan de Padilla.* Bien pudo desir por Dios.

29 verso. *Lope de Stuñiga.* Llorad mi triste dolor.

30. *Johan de Andujar.* Como procede fortuna.

34. *Diego del Castillo.* Vuestra fama et crueldat.

36 verso. — El vergel de pensamiento.

36. — — Por la muy aspera via.

40. — *Suero de Ribera.* A Dio, a Dios alegria.

41. *Marquis de Santil-lane.* El infierno de amor (Ochoa, Rimes, p. 249).

52. *Johan de Duennas.* (La nao de amor) En altas ondas del mar (idem, page 393).

56. *Castillo.* Nin quieren morir mis males.

59 verso. *Mosen ago (¿Jago?).* Diversas veces mirando.

61. *Çapata.* Quanto mas pienso cuytado.

61. *Johan Rodriguez de la Camara.* Bien amar, leal servir.

61 verso. *Lope de Stuñiga.* Lloras, mi triste dolor.

61. *Johan Rodriguez. de la Camara.* Solo por ver á Macias.

62. *D. Enrriquez (¿del Castillo?).* Dicen que fago follia.

— *J. Rodriguez de la Camara.* Desvelada, Sandia (Castillanos, *Bibl. et Trob.*, p. 81).

63. *Moxica.* Soys vos, desid, amigo.

66 verso. *Johan de Medina.* Alegre del que vos viese.

66. *Arias de Busto.* El que tanto vos desea.

— *Anonimo.* Si por negra vestidura (Desir de un apasionado).

69 verso. *Johan de Duennas.* La franqueza muy estranna.

70. *Johan de Torres.* Non sabes, Johann de Padilla (Pregunta).

70. *Johan de Padilla.* Johan, sennor, yo la fablilla (Respuesta).

73. *Suero de Ribera.* Gentil sennor de Centellas.

75.	*Diego de Valera.*	Adios mi libertad.
75 verso.	—	Yo sola membrença sea.
79.	*Alonso Enriquez.*	En el nombre de dios de amor (su testamento).
81.	*Capeta.*	Pues que fuistes la primera.
81 verso.	*Lope de Stuñiga.*	Sennora gran syn rraçon.
82.	*Macias.*	Y el gentil niño Narciso (Sarmiento Mem., p. 318).
82 verso.	*Villalobos.*	Pues me fallescio ventura.
83.	*Rodrigo de Torres.*	Qualquiera que me toviere.
83 verso.	*Johan de Andujar.*	De esas preciosas, Calliope et Palas (à la comtesse d'Adorno).
84. —	*Fernando de la Torre.*	Mirad que grande question (à D. Ladron de Guevara).
85.	*Johan de Tapia.*	Trabajos que me matays.
86.	—	Donsella ytaliana.
88.	—	Muy alta et muy excelente (à la fille du duc de Milan).
89.	—	Aunque estó en regno estrangero (à la reine d'Aragon et de Sicile).
89 verso.	—	Dama de tan buen semblante (à M. Lucrecia).
89.	—	Montanna de diamantes (à la devise du Roi D. Ferdinand).
90 verso.	—	Sanctus, sanctus Deus (deux feuillets ont été enlevés).
91.	—	Bien que veo que fago mal.
91.	—	Fortuna sobre la tierra.
91.	—	El evangelio de sant Juan (cinq vers ont été grattés).
91 verso.	—	La vyda por nombre garryda.
91.	—	Mi alma encomiendo á Dios.
92.	—	Mal aya quien su secreto (contre un de ses amis Italien).
92 verso.	—	Muchas veces llamo á Dios.
93. —	—	Fermosa gentil deesa (à la comtesse de Buchanico).
94.	—	Yo soy aquel que nasci (glose).
94 verso.	—	Siendo enemiga la tierra (dire à la louange de toutes les dames de Turpia qu'il nomme).
96 verso.	*Diego de Leon.*	Los hombres de amor tocados.
97 verso.	—	Como en son de injuriada.
98.	*Johan de Mena.*	Seguiendo el plasiente estilo.
100.	*Diego de Valera.*	Non sé gracias, nin loores.
101.	*Fernando de la Torre.*	En diversas opiniones.
102.	—	Sennora, mal cabo ayan.
103.	*Johan de Tapia.*	Non es humana la lunbre
104.	—	Sennora, mi bien y amor.
105 verso.	*Villapando.*	Sepan todos mi tormento.

106	*Villapando.*	Nunca mejorar mi pena.
106 verso.	*Mendoça.*	Vos que sentides la vida.
107.	*Diego de Leon.*	Cobdiciando ser amado.
107 verso.	—	Todo pesar agora.
108,	*Diego de Valera.*	Sennores, mucho pesar.
108 verso.	—	Sennores, mucho pesar.
109.	*Alfonso de Montaños.*	Mi bien y toda mi vida.
109 verso.	*Johan de Orthega.*	Couarde de coraçon.
110.	*Anonimo.*	Mi buen amigo Sarnés. (Pregunta.)
110.	*Sarnés.*	En el tiempo conoceres. (Respuesta.)
110 verso.	—	Alegradvos amadores.
111.	—	Amor desagradecido.
111 verso.	—	Por acrescentar dolor.
112.	*Morana.*	A la una, á las dos.
112 verso.	*Johan de Torres.*	O temprana sepoltura,
113.	*Ferrando de la Torre.*	Quien se puso en tal cuydado.
113 verso.	*Alfonso de Montannos.*	El pintor rey Manuel.
116.	*Fernando de la Torre.*	Juego de naypes que compuso — el de Burgos dirigido á la muy noble sennora Condesa de Castanneda.

Dans le chapitre dédicatoire à ladite dame, l'auteur explique le mécanisme du jeu et dit :

Han de ser quatro juegos apropiados á quatro estados de amores en esta manera. El primero de religiosas, á las espadas apropiado por las coplas, segunt la calidat de la casa. E han de ser doce naypes en este juego, e en cada uno una copla et a de aver tres figuras, la primera del rey, copla de doce pies ; la secunda del cauallero de onze ; la sota de diez et dende ay uso diminuendo fasta llegar á un pié, y por consiguiente, todos los otros estados, assi como el de biudas, apropiado á bastones, y de casadas á copas y el de doncellas á oros, por tal que sean quaranta et ocho cartas, et coplas sin las del prologo, o Enperador. E pueden jugar con ellos perseguera, ó trintin, assy como en otras naypes, y demas pueden se conoscer quales son mejores amores, sin aver respecto á lo que puede contecer. Porque a las veses es mejor el carnero que la galliña, etc.

124. A *Lope de Stuñiga* demandaron estrenas seys damas, e el fiso traer seys adormideras, é fisolas teñir, la una blanca, la otra asul, la otra prieta, la otra colorada, la otra verde, la otra amarilla, é puso en cada una dellas una copla, é métiolas en la manga, é que sacase aquella con que topase, e que cada una la recibiese en sennal de su ventura : e las coplas son estas. — La blanca ; Ye dormidera cuytada.

124 verso.	*Marquis de Santillane.*	Sennora, muchas mercedes.
125.	*Diego de Valera.*	Vuestra bellesa sin par.
125 verso.	*Juan de Tauira.*	Cuydados, dad ya vagar.
125 verso.	*Pedro del Castillo.*	(Respuesta.) Por demas es porfiar.

126.	*Carvajal.*	Quien se podria alegrar.
126.	—	O sy muerte fuera presta.
126.	—	(Para el Rey.) Oyd que dise mi mote.
127.	*Carvajales.*	Si tan fermosa como vos.
127 verso.	—	Que poca cortesia.
128.	—	(Por madama Lucrecia de Lanno, en la mejor hedat de su belleza.) Quien podria comportar.
129 verso.	—	Sy decis que vos offende.
130.	—	Pues mi vida es llanto ó pena.
130 verso.	—	Villancete. Saliendo de un olivar.
131.	—	(Vision muy triste de mi enamorada.) Mas triste que non Maria.
131 verso.	—	Buena nueva, buena nueva.
131 verso.	—	El que mas leal os hallo.

Ici commence la lettre de la Señora reine d'Aragon, doña Marie, envoyée au seigneur roi don Alphonse, son mari, régnant pacifiquement en Italie :

133 verso.	*Anonyme.*	(Romance por la sennora reyna de Aragon, imprimée dans ce volume.) Retraida estaua la reyna.
136.	— *Carvajales.*	Sicut passer solitario.
136.	— —	Guay de vos si non pensays.
136.	— —	(A la princesa de Rosano) entre seso y cintura.
137.	— —	Tiempo fué que ya pasó.
137.	— —	Dexadme por Dios estar.
138.	— —	Si non fuese tanto auante.
138.	— —	Andando perdido de noche ya era.
139.	— —	(Por mandado del Sennor Rey fablando en propia persona siendo mal contento de amor, mientra madama Lucrecia fué á Roma.) Yo so el triste que perdi.
139.	*Don Fernando de Guevera.*	(Pregunta de..... al señor Rey et la respuesta por su mandado del señor Rey, respondiendo en su persona.) Vosotros los amadores.
140 verso.	*Carvajales.*	(Respuesta del señor Rey que fiso.) Aquel que da penas et finge dolores.
140.	— —	Vos decis, dexadme estor.
140.	— —	Pues non me vale fuir.
141.	— —	El vuelo de la ignorancia.
143.	— —	(Sueño de la muerte de mi enamorada.) Muy noble castello de grand omenage.
143.	— —	Aunque juntos payan guerra.
144.	— —	(Por un gentil hombre que se cassó su enamorada.) De Nola Pedro sennor.
145.	— —	Quien me apartará de vos.
145.	— *Diego de Saldanna.*	(Glosa de « sy pensays » que fiso á Carvajal.) O duenna mas excelente.
147.	— *Carvajales.*	Aunque vos no me querays.

147 verso. *Carvajales.* (Cancion et coplas en romance aparte fechas con mucha tristesa et dolor por la partida de mi enamo-
rada.) Vos partis et á mi dexays.

149.	—	—	Desde aquí quiero jurar.
150.	—	—	Paciencia, mi corazon.
150.	—	—	De mis males el menor.
151.	—	—	Vos mirays a mi et á ella.
151.	—	—	Decidme, gentil sennora.
152.	—	—	Donde soys, gentil galana.
152.	—	—	Tempo serrebe hora may.
152.	—	—	Non credo che più grand doglia.
153.	—	—	Adio madama, adio ma dea.
153.	—	—	Passando por la Toscana.
153.	—	—	Acerca Roma, veniendo de la campanna.

155.   —   —   (Por la muerte de Laumot Torres, capitam de los ballesteros del sennor Rey que murió en la cuba sobre
Carinola.) Las trompetas sonauan al punto del dia.

156.	—	—	(Glosa.) Non curedes de porfiar.
157.	—	—	Partiendo de Roma, passando Marino.
157.	—	—	Desnuda en una queça.

157.   —   —   (Respuesta en defension de amor.) A vos creje malo,
porque.

158.   *Johan de Mena.*   Vuestra vista me repara.

159.   *Alfonso de Montannos.* Quando mas libre pensé.

160.   *Johan de Andrejan.*   (Al señor rey D. Alfonso.) Nunca jamas
vencedor.

160.   *Mosen Pedro Torellas.* (Coplas de las calidades de los donas.) Quien
bien amando persigue. (Cancionero
général, 1573, fol. 127.)

163.   *Suero de Ribera.*   (Respuesta en defension de las donas.) Pestilencia por las lenguas.

Cancionero de Juan Fernandez de Ixar.

La Bibliothèque nationale conserve un autre manuscrit qui n'est pas aussi ancien peut-être que le manuscrit appelé « *de Estuñiga,* » mais qui est encore très-
important, parce qu'il contient les œuvres d'un grand nombre de poëtes depuis
les règnes de don Juan II, Henri III, jusqu'à celui de Charles-Quint. C'est un volume in-folio, d'écritures différentes, dont la plus ancienne ne va pas au-delà
du seizième siècle, recouvert en bois et portant sur le dos le titre suivant : *Obras
de don Juan Fernandez de Ixar, llamado el Orador.*

La collection ne put être formée, c'est clair, par cet illustre écrivain, mort
en 1456, suivant Latassa (Bibl. ant. de Aragon, t. II, p. 199), ni par son fils don
Juan Fernandez, comte de Aliaga et premier duc de Hijar, qui, suivant le même
bibliographe, mourut en 1461. Ce qu'il y a de certain, c'est que le manuscrit appartint à cette famille, et qu'en 1645 il était en possession de don Jaime Fernandez de Ixar, descendant de ce caballero dont les titres et la généalogie se

trouvent longuement énumérés dans le premier feuillet du livre. Tout cela a suffi, sans doute, pour qu'on mît sur une reliure nouvelle du manuscrit le titre ci-dessus, titre si étrange et qui est un énorme anachronisme, puisqu'on y trouve des poésies de Villasandino, d'Impérial et d'autres troubadours florissant au quatorzième siècle.

97.	*Johan de Mena.*	(Debate formado o compusto por... de la razon contra la voluntad. — Imprimés dans ses œuvres.)
141.	*Frey Pedro Imperial.*	(Pregunta que fiso... á Alfonso Alvarez de Toledo.) Señor Alfonso Alvarez, grant sabio perfecto.
141.	*Alfonso Alvarez.*	(Respuesta de... á Frey Francisco Imperial.) Ces demandes et ces réponses, qui sont nombreuses, se trouvent dans le *Cancionero de Baena,* attribuées à Micer Francisco Imperial et à Alfonso Alvarez de Villasandino.
144.	*Fernando de la Torre.*	(Dando enxemplo de bien beuir.) Tu onbre que estas leyendo (quinze octaves).
146.	*Johan de Mena.*	(A su Amiga.) Vuestra vista me repara.
147.	*Gomez Manrique.*	(Al señor Rey.) Quando Roma conquistava. (Cancionero général, 1573, fol. 74, verso.)
150.	*Johan de Valladolid.*	(Testamento del maestro de Santiago que fizo.) In dey nomine, por quanto.
153.	*Alfonso Enriquez.*	Que se fiso lo pasado (dix octaves).
153.	*Marquis de Santillane.*	(Coplas que fiso el... á don Alfonso, rey de Portugal.) Rey nuestro, cuyo nombre. (Ochoa, Rimes, p. 259.)
157.	— —	(Pregunta á Johan de Mena.) Decid, Juan de Mena, e mostradme qual.
157.	*Johan de Mena.*	(Respuesta).
157.	*Fernan Perez de Guzman.*	(Prologo en los loores de los claros varones de España que embió... señor de Batres, al noble e vertuoso cavallero don Fernand Perez de Guzman, comendador mayor de Calatrava. — Ochoa, p. 271.)
186.	*Frey Pedro Imperial.*	(Preguntas á Alfonso Alvarez de Toledo.) — Ce sont les mêmes qui se trouvent au folio 141 et sq.
187.	*Johan de Mena.*	Las *Trescientas.*
211.	*Diego del Castillo.*	(Descripcion del tiempo en que la vision de lo siguiente se comiença sobre la muerte del rey don Alfonso.) Avia recogido sus crines doradas. (Ochoa, Rimes, p. 367.)
217.	*Marquis de Santillane.*	(Los Proverbios. — Ils sont imprimés.)
224.	*Gomez Manrique.*	(Lettre qu'envoie Gomez Manrique à l'évêque de Calahorre, sur la mort du Marquis

		de Santillane.) Elle commence ainsi : Si despues de la muerte del muy ilustre y esclarecido señor.
226.	*Don Fernando de la Torre.*	Dando enxemplo á todo onbre de bien beuir. —(Répétition de la pièce qui se trouve au folio 144).
227.	*Mosen Pedro Torrellas.*	(Couplets faits par... sur les qualités des dames.) Quien bien amando persigue. (*Cancionero* général, fol. 127, verso.)
228.	*Suero de Ribera.*	(Couplets que fit.... contre ceux qui disent du mal des dames.) Pestilencia por las lenguas.
228.	*Antonio de Montoro.*	(Couplets que fit...... contre Torrellas pour la défense des dames.) No sé quien vos soes Torrellas.
228.	—	(Couplets du même..... aux señores de l'église de Cordova, leur demandant indemnité pour un cheval qui lui était mort lorsque le roi entra dans Grenade.) El amo noble su frente.
229.	*Gomez Manrique.*	(Couplets pour le señor Diego Arias d'Avila, grand trésorier du roi notre maître et de son conseil.) Como á la noticia mia las continuas respuestas.
234.	*Anonyme.*	(Dispute qui eut lieu dans la ville de Fez, devant le Roi et ses savants.)

Dans le prologue, en prose, de ladite dispute, on déclare qu'elle eut lieu en l'année 1394, en présence de Johan Gonçalez de Valladares, devant un cousin germain du roi de Portugal, et devant un notaire. A la fin on lit ce qui suit : « Este treslado se sacó de un Cancionero en Chypre, en la cibdad de Nicosya, « miercoles á tres de mayo de 1469. Dios sea siempre loado. Amen.»

237.	*Marquis de Santillane.*	(Lettre qu'envoya le señor.... au comte d'Alua quand il était en prison.) Elle est en prose et elle commence ainsi : Quando yo demando à los Ferreras.
238.	—	(Lettre qu'il envoya.... au comte d'Alva, quand il était en prison, et dans laquelle il lui raconte qui fut Bias, d'où il fut, et quelques-uns de ses actes.) Elle commence par ces mots : Fué Bias segund que place a Balerio, etc. Elle est en prose.
250.	*Johan de Mena.*	La Coronacion. — (Imprimée.)
254.	*Marquis de Santillane.*	La comedieta de Ponça, comparée à celle qu'a publiée Ochoa (Rimes inédites, pages 12-54), elle présente des variantes d'une certaine importance.

266. *Ferrando Filipo de Cordova.* (Lettre à notre señor le Roi.) Mavorte por lança en potencia macedo.

268.   *Ferrando de la Torre.*   (Testament du Maître de Santiago.) In dey nomyne por quanto. (C'est le même que celui du fol. 150, attribué à Juan de Valladolid.)

369. Verso. *Johan de Mena.*   Vuestra vista me rrepara. (La même au fol. 146.)

270.   *Anonyme.*   (Romance du señor roi D. Ferrando.) En un verde prado syn miedo segura.

271.   —   (Index de 63 conseils ou sentences de sages; en prose et accompagnés d'une glose ou commentaire.) Ils commencent ainsi : En aqueste siglo son señores los francos, en el otro aquellos que temen á Dios.

287. Verso.   —   (Autre traité analogue au précédent), et commençant par : Cuenta Marculius filosofo qué fué uno de los buenos...

293.   *Anonyme.*   (Louanges à Notre-Dame la Vierge Marie) :

Alma mia   Esta adora
Noche e dia   Esta señora
Loa la Virgen Maria :   Desta su favor implora.

297.   *Anonyme.*   Traité de dévotion, intitulé : *Flor de virtudes,* en prose.

330.   Abre, abre las orejas   Que las trasquilas á engaño
Escucha, escucha pastor   Tantas veces en el año
Di, ¿ no oyes el clamor   Qua nunca las cubre pelo.
Que te hazen tus ovejas?   (Il y a en tout vingt couplets.)

A partir de ce moment le manuscrit est d'une écriture plus moderne, du milieu du seizième siècle environ, et il contient des romances, des gloses, des disparates, des inventions, etc.

332.   *Anonyme.*   Si la causa de mi daño.
335.   —   (Romance.) En las cortes está el Rey.
336.   —   (Traslado de una carta que echaron y se halle en la camára del emperador (Charles V.) Sobre lo de Milan.

338.   *Pedro Martinez.*   (Couplets faits par.... à Johan, poëte, chrétien nouveau.) Johan poëta en vos venyr.

341. Verso.   —   (Disparates.) Vi con muy bravo denuedo.
358. Verso.   —   (Couplets de disparates). El conde Partínu plés, etc. (Imprimés dans ce volume.)

Le reste du manuscrit contient des poésies d'une époque encore plus moderne.

Cancioneros manuscrits de la bibliothèque de la chambre de S. M.

La publication du Cancionero de Juan Alfonso de Baena nous a fourni l'occasion d'examiner et de reconnaître divers manuscrits de la Bibliothèque de sa Majesté, que M. le marquis de Pidal, notre ami, est autorisé à conserver momentanément chez lui. Deux d'entre eux sont si curieux que nous n'avons pu résister à la tentation de donner un résumé de leur contenu, puisque l'étendue des notes et la nature même de la publication du marquis de Pidal nous empêchent d'en publier des extraits, selon nos désirs. Le premier, portant les marques VII, A 3, est un volume petit in-folio de 163 feuilles pleines et semble composé de divers fragments d'anciens cancioneros. On peut s'en convaincre par l'écriture, qui est de diverses époques, du dernier tiers et de la fin du quinzième siècle et du premier tiers du seizième. Il appartenait à la bibliothèque du Colegio mayor de Cuença, et il contient les œuvres de trente poëtes différents : Alvarez de Illescas (Alonso), autrement Alfonso Alvarez de Villasandino ; Agraz (Juan), marquis d'Astorga ; Baena (Juan), sans doute le même que Juan Alfonso de Baena, compilateur du Cancionero publié sous son nom ; Burgos (Diego de), secrétaire du marquis de Santillane ; Cartagéna, Colon (D. Hernando), Cordoba (Gonzalez de), Dueñas (Juan de), Estuñiga (Lope de), Garcia (Alonso), Guillen (Pero), Jaen (Alonso Sanchez de), Manrique (Gomez), Marmolejo (Juan), Mena (Juan de), Mendoza (Pedro de), Moxica, Pedro de la Cal Traviesa, Peña, Palomeque (Diego), Rodriguez del Padron (Juan), Rey de Castilla (D. Juan II), Sanchez de Badajoz (Garci), Santillana (marquis de), Torre (Fernando de la), Torre (Juan de la), Valera (Mosen Diego de), Valencia (Diego de), Viana (Juan de).

L'autre, plus ancien et aussi in-folio, se compose de 178 feuilles pleines et porte à la marge quelques dessins à la plume qui sont grossièrement faits et n'ont rien de commun avec le sujet des vers. Le papier en est fort et gris ; l'écriture est du dernier tiers du quinzième siècle. Il contient des œuvres de soixante-dix-huit poëtes, dont quelques-uns sont peu connus et dont nous allons donner les noms, avec l'indication du nombre de compositions attribuées à chacun.

Agraz (Juan), 6 ; Agmar (Garcia de), 1 ; Alvarez (Alonso), c'est Villasandino, 6 ; Arguello (Gutierre de), 1 ; Barrientos (Alonso de), 1 ; Bocanegra (Francisco), 4 ; Borja (Garcia de), 1 ; Campo (Mendo de), 1 ; Cañizales, 1 : c'est Alvaro ou Diego de Cañizares, dont on conserve des poésies ; Carrillo (Gomez), 3 ; Cardenas (Pero), 2 ; Cardenas (Rodrigo), 1 ; Chamilo (D. Mendo), 1 ; Contreras, 2 ; Cordoba (Alfonso de), 1 ; Cuello (sic) (Pero), 2 ; Duenyas (Juan de), 11 ; Deza (Alonso de), 1 ; Duque (el), 2 ; Enriquez (Alonso), 10 ; Enriquez (Juan), 6 ; Enriquez, le fils de l'Almirante, 1 ; Escacena, 1 ; Estamarin, 8 ; Estuñiga (Lope de), 1 ; Fadrique (el duque D.), sans doute D. Fadrique, duc de Castro, 1 ; Fradrique (el conde D.), qui semble être le même quele duc, puisqu'il fut aussi comte de Transtamare, 1 ; Fajardo (Diego), 1 ; Guevara (Fernando de), 12 ; Impérial (Micer Francisco), 1 ; Luna (D. Alvaro de), 15 ; Macias, 5 ; Marmolejo (Juan), 1 ; Martin (el Tañedor), 1 ; son frère, 7 ; Medina (Garcia de), 3 ; Messia, 5 ; Mendoza (Diego de Hurtado), 6 ; Mendoza (Iñego Lopez de), 20 ; Merlo (Juan de), 1 ; Moncayo (Mosen), 3 ; Montoro, 8 ; Montoro (Alonso de), 4 ; Montoro (Juan), 1 ; Ortiz de Calderon (Francisco), 1 ; Ortiz de Calderon (Sancho),

1 ; Padilla (Juan de), 5 ; Pedro de la Cal Traviesa, 1 ; Pedraza (Garcia de), 14 ; Peña-losa, 1 ; Pimentel (Juan), 2 ; Portugal (el infante D. Pedro de), 1 ; Quadros (Gonzalo de), 2 ; Quiñones (Suero de), 1 ; Quiñones (Pedro de), 1 ; Rey de Castilla, 4 ; Rivera (Suero de), 15 ; Rodriguez del Padron (Juan), 1 ; Rojas (Fernando de), 1 ; Santafé, 39 ; Santafé de Masniya, 1 ; Sarnés, 3 ; Sesé (Mosen Juan de), 3 ; Silva (Juan de), 4 ; Segara (le commandeur), 1 ; Tapia (Juan de), 6 ; Torquemada (Gonzalo de), 3 ; Torres (Rodrigo de), 7 ; Torres (Diego de), 1 ; Torres (Juan de), 34 ; Valtierra, 10 ; Villalpando (Juan de), 2 ; Villalpando (Mosen Francisco), 7 ; Vizconde (el), 4 ; Urrea (Pedro de), 1 ; Urries (Mosen Ugo d'), 1.

CHAP. XXIII, *note* 1, pag. 392. — « Dont quelques-uns vécurent sous le règne de Henri III. » Ticknor aurait dû dire « de Henri II, appelé le Vieux. » C'est en effet sous le règne de ce monarque que fleurit Alfonso Alvarez de Villasandino, originaire ou habitant d'Illescas et dont les poésies forment le tiers du *Cancionero de Baena*. Dans ce nombre il y en a d'adressées à ce Roi ou à ses filles doña Juana de Sosa et doña Maria de Carcamo.

La proposition de l'auteur sur les poésies contenues dans le *Cancionero de Baena*, lorsqu'il dit qu'à l'exception d'un petit nombre de compositions assez courtes de Fer-rand Manuel de Lando, Alvarez Gato et Fernan Perez de Guzman, on ne trouve pas dans tout le *Cancionero* des morceaux de véritable poésie, nous paraît un peu ha-sardée. Les courts extraits publiés par Castro, Llaguno et Cerdá sont insuffisants pour se former un jugement sur une œuvre qui, selon notre manière de voir, contient les plus beaux morceaux de poésie populaire, au milieu d'une multitude d'autres où règne le goût affecté et maniéré des deux écoles provençale et italienne.

L'auteur met Juan Alvarez Gato, natif et habitant de Madrid, au nombre des poëtes du Cancionero de Baena, mais c'est une erreur. Gató florissait sous le règne de Henri IV, et dans la collection de Baena on ne trouve pas de ses poésies.

CHAP. XXIII, *note* 2, page 394.—Quoique le P. Mendez (*Typog. espag.*, p. 36 et 39) soutienne que les deux premiers livres imprimés, en Espagne, sont le *Certamen poetich* et le *Comprehensorium*, tous deux à Valence, l'un en 1474, l'au-tre, en 1475, il est constant, d'après des documents irréfragables, que le premier livre sorti des presses espagnoles est l'opuscule grammatical de Bartholomé Ma-tes, imprimé, à Barcelone, par Juan Gherling, Allemand, le 9 octobre de l'an-née 1468. (Voyez la dissertation publiée à Vich par D. Jaime Ripoll, Vilama-jor, 1833, in-4°.)

CHAP. XXIII, *note* 1, page 405. — Dans le Cancionero manuscrit appartenant à S. M., on peut lire plusieurs compositions de D. Alvaro de Luna et plusieurs aussi du roi don Juan II. (Voyez la préface et l'introduction au *Cancionero de Baena*.)

CHAP. XXIV, *note* 1, page 413.—Llorente publia d'autres ouvrages qui prouvent l'étendue de ses connaissances dans l'histoire civile et littéraire de sa patrie, tels que : *Noticias históricas de las provincias Vascongadas, en que se procura investigar el estado civil antiguo de Alava, Guipuzcoa, Vizcaya, y el origen de sus fueros con un apéndice ó coleccion diplomática que contiene escritu-ras de los siglos VIII al IX*. Madrid, 1806-7, 5 vol. in-4.

Discursos sobre una constitucion religiosa, considerada como parte de la civil national : San Sebastian (Burdeos), 1821, in-8.

Apologia Católica del proyecto de constitucion religiosa : San Sébastian (Burdeos), 1821, in-8.

Observaciones críticas sobre el romance de Gil Blas de Santillana, en *las quales se hace ver que* M. Le Sage lo desmembró del de El Bachiller de Salamanca, *y se satisface á los argumentos del conde de Neufchâteau :* Madrid, 1822, in-8.

APPENDICE A, page 417. — *Sur l'origine de la langue castillane.* Nous n'avons rien ou presque rien à ajouter à la lumineuse et érudite dissertation que notre auteur consacre aux origines de notre langue castillane. Cependant nous ne som-pas entièrement d'accord sur la division ou la classification des mots faite par le P. Sarmiento et adoptée par Ticknor. Les mots ecclésiastiques ou grecs ne sont pas si nombreux qu'il le suppose, et le nombre de ceux qui appartiennent au nord est plus grand, si l'on considère comme du nord tous ceux qui ont une origine teutonique, soit qu'ils aient été importés en Espagne par les Goths, soit qu'ils l'aient été par l'intermédiaire du français et du provençal. Nous pensons en même temps que l'élément oriental ne peut être suffisamment apprécié ni calculé, tant qu'on n'aura pas fait une étude formelle et soutenue de la langue castillane dans ses premières périodes. Au seizième siècle, proprement appelé « le siècle d'or de notre littérature, » il s'est opéré une véritable révolution dans notre langue, qui s'est latinisée plus qu'elle ne l'était déjà, grâce aux efforts de nos meilleurs écrivains pour modeler leur phrase et leur diction sur celles des classiques latins. Le dictionnaire des autorités de la langue castillane se forma plus tard d'après les œuvres d'écrivains considérés comme classiques et dont le travail principal consistait à écarter tous les mots qui avaient un goût arabe. Il dut naturellement en résulter que les expressions qu'il contenait ne représentaient pas, tant s'en faut, l'état de la langue dans ses périodes diverses. Chaque jour n'ajoute-t-on pas des mots d'origine étrangère, en leur donnant, pour ainsi dire, des lettres de naturalisation et en les rattachant au capital de la langue? Pourquoi donc la priver d'une infinité d'expressions employées par les écrivains des quatorzième et quinzième siècles et qu'on trouve encore dans quelques provinces à l'usage du peuple? Selon nous, le *Dictionnaire de l'Académie* devrait être un vaste répertoire de tout mot parlé ou écrit, qui appartient ou a appartenu à la langue, quoique le signe de mot ancien nous indique qu'il n'est plus usité. Il n'arriverait pas alors ce qui arrive aujourd'hui : à chaque ouvrage ancien, il faut nécessairement ajouter son glossaire correspondant, si l'on veut que les lecteurs le comprennent.

L'élément oriental, réduit donc à la partie qu'il occupe aujourd'hui dans le *Dictionnaire de l'Académie espagnole,* cet élément, on ne peut en douter, ne forme pas, tant s'en faut, la dixième partie des mots de la langue. Mais si on y ajoute les expressions infinies qui étaient en usage, avant le seizième siècle, et qui ont été postérieurement bannies de l'espagnol, il faudra bien convenir que leur nombre est certainement plus grand. Nous ne venons pas dire pour cela, comme l'ont prétendu certains écrivains, que la langue arabe a contribué beaucoup à la formation du roman castillan. C'est là une assertion qui, répétée à satiété, n'en est pas moins erronée et sans fondement. En effet, une langue d'une nature com-

plétement opposée, qui n'a donné à la nôtre que très-peu de verbes, une seule pré-
position et quelques interjections, ne peut être regardée, sans commettre un solé-
cisme philologique, comme ayant servi à la formation du castillan. La vérité est
que, nos maîtres en civilisation et en culture, comme dans les arts et le commerce,
les Arabes introduisirent, en Espagne, une infinité de mots relatifs à l'agriculture,
à l'industrie, au commerce, aux arts, et que les sciences mêmes, la médecine, la
botanique, la chimie, l'astronomie, l'architecture et même les métiers mécaniques
eurent jusqu'au milieu du quinzième siècle une nomenclature exclusivement
arabe, à laquelle s'est substituée depuis la nomenclature latine.

APPENDICE B, page 451. — D'accord avec Ticknor sur la doctrine et les opinions
qu'il émet relativement aux collections de poésie populaire, connues sous le nom
de *Romanceros*, nous signalerons ici quelques omissions résultant principalement de ce que notre auteur n'a pas eu sous les yeux et en même temps les diverses éditions de ces livres si rares. Nous ne nous flattons pas non plus de les
avoir vues toutes ; mais, en ayant quelques-unes dans nos mains, et profitant des
excellents travaux de MM. Duran et Wolf, nous allons augmenter, autant qu'il
est en nous, la curieuse et embrouillée biographie de nos *Romanceros*.

En premier lieu, l'opinion que la *Silva de varios romances* imprimée à Sarragosse, par Esteban G. de Najera, 1550, est l'édition *princeps* dudit livre, et l'édition
qui servit de type à celle que publia, sans date, à Anvers, Martin Nucio, opinion que
nous partagions nous-mêmes avant d'avoir lu les recherches érudites de Ferdinand-
Joseph Wolf (*Primavera y flor de romances*, introduction) ; cette opinion, dis-
je, doit être abandonnée après la lecture des preuves et arguments présentés par
ce littérateur distingué. En effet, quelque naturelle et probable que cette opinion nous paraisse, en raison surtout de la pratique presque constante dans ce
genre de publications qui se faisaient d'abord dans la Péninsule, et se reproduisaient
ensuite en Flandre et en Italie, il nous faudra cependant convenir que, pour ce
livre remarquable, il arriva tout le contraire, et que la première édition de la
Silva se fit hors de l'Espagne. Telle est, nous le répétons, la conviction qu'ont
laissée dans notre âme les solides raisons du bibliophile allemand.

Pedro de Flores, éditeur de la sixième partie, et qui, sans aucun doute, est le
même qui plus tard réunit les neuf parties en un seul volume, avait imprimé auparavant, à Lisbonne, un petit volume in-12, sous le titre de : *Ramillete de flores ;
cuarta, quinta y sexta parte de flor de romances nuevos, hasta agora
nunca impresos*, 1593. C'était, paraît-il, la continuation d'un autre volume,
intitulé : *Primera, segunda y tercera parte de la Flor de romances*, etc., qu'avait
mise au jour, quelques années auparavant, le chroniqueur Pedro de Moncayo,
natif, nous le croyons, de Borja d'Aragon, et non de Berja, comme on le lit et l'écrit
communément. Ce même Moncayo avait auparavant imprimé séparément (Huesca,
1589, in-12) la première partie, plus tard les deux, et enfin les trois, quoiqu'on
puisse supposer qu'en agissant ainsi il ne fit que refondre les collections précédemment publiées par les Valenciens Andrés Villalta et Philippe Mey.

Mais, en même temps que Flores publiait sa continuation, une autre était éditée
par Sébastien Velez de Guevara sous le titre de *Cuarta et quinta partes*, tout-à-
fait différentes, comme on peut facilement le conclure de ce que les deux collections ont été complétées et imprimées sur des points différents, la première à Lisbonne, la seconde à Burgos. Vient ensuite la *Setima* de Francisco Enriquez, Madrid,

1565, et Tolède, 1595, in-12; la *Octava* de Luis de Medina, Tolède, 1596, in-12; et une *Novena*, Madrid, 1597, in-12, dont l'auteur est anonyme. La *setima* et la *octava* réunies se réimprimèrent, à Alcalá, 1597, in-12. Enfin c'est des romances de ces neuf parties conservées non entières, mais un peu modifiées, que Pedro de Flores composa plus tard son *Romancero general,* imprimé, à Madrid, en 1600, in-4°, quoiqu'on ait des motifs de soupçonner qu'il a été imprimé auparavant, en 1599.

APPENDICE B, page 460. — A ce que dit notre auteur sur les diverses éditions du *Romancero general,* nous ajouterons qu'il s'en publia une édition à Medina del Campo, en 1602, imprimée par Juan Godinez de Millis, édition nouvelle in-4°, des *neuf* parties primitives augmentées d'autres *quatre.* Brunet, dans son *Manuel du libraire,* t. IV, p. 17, dit par erreur que le nombre des parties est de *seize,* tandis qu'il n'est, en réalité, que de *treize.* Cette seconde édition fut bientôt suivie d'une troisième, faite, à Madrid, par Juan de Cuesta, 1604, in-4°. Elle porte bien la note ordinaire, *añadido* et *aumentado,* mais elle ne contient ni plus ni moins que la précédente. Vient enfin l'édition de 1614, reproduction servile des deux dernières, et où pour la prèmière fois apparaît sur le frontispice le nom de l'auteur Pedro de Flores, libraire ou marchand de livres, qui avait déjà, en 1593, fait imprimer à Lisbonne, par Antonio Alvarez, in-12, la *cuarta, quinta* et *sexta* partes du *Ramillette de flores,* comme nous l'avons dit antérieurement.

APPENDICE B, page 400. — De la collection de romances formée par Flores, il existe quatre éditions distinctes, et non cinq, puisque nous sommes fondé à croire, comme nous venons de l'établir, qu'elle s'imprima en 1599. La première que nous connaissons porte le titre de *Romancero general, en que se contienen todos los romances que andan impresos en las nueve partes de romanceros : aora nuevamente impreso, añadido y enmendado.* Madrid, 1600, in-4°, avec licence et taxe du 16 décembre 1599. La seconde est de Medina del Campo, par Juan Godinez de Millis, 1602, in-4°. La troisième porte en tête : *Romancero general en que se contienen todos los romances que andan impresos. Aora nuevamente añadido y enmendado. Año de* 1604. *Con licencia. En Madrid, por Juan de la Cuesta. Vendese en casa de Francisco Lopez.* Un volume in-4°, à deux colonnes, de 499 feuillets, avec sept autres de table et quatre de préliminaires. Il contient, outre les neuf parties précédentes, quatre autres parties : ce qui porte leur nombre à treize. Licence à Francisco Lopez, marchand de livres, datée de Madrid, le 16 février 1601. La taxe est datée de Valladolid, le 11 septembre 1604. Indication des errata, signée par le licencié Murcia de Llana, à Alcalá, le 25 août 1604. Avis du libraire Francisco Lopez au lecteur, Madrid, le 30 septembre 1604. Après avoir annoncé que le volume contient, distribuées en treize parties, les romances qui ont été entendues et approuvées généralement en Espagne, il ajoute : « Voilà ce qui m'a donné du courage pour les exposer à la censure la plus rigoureuse, qui est celle de la lecture ; puisqu'elles sont maintenant écrites et dénuées de l'ornement de la musique, nécessairement elles doivent tirer leur valeur d'elles seules, et des forces de leur mérite. » Une autre quatrième et dernière édition est l'édition connue sous le titre de : *Romancero general et ahora nuevamente añadido y enmendado por Pedro Flores. Año de* 1614. *En Madrid por Juan de la Cuesta. A costa de Miguel Martinez.* C'est la réimpression textuelle de l'édition précédente, page par page, ligne par ligne, et la première et l'unique, comme nous l'avons dit, où le nom de l'auteur paraît sur le frontispice.

L'édition de 1604 est généralement accompagnée d'un second volume publié par Miguel de Madrigal, et dans lequel sont insérées un assez grand nombre de poésies qui ne sont pas des romances. Son titre intégral est : *Segunda parte del Romancero general y flor de diversa poesia, recopilados por Miguel de Madrigal. Dirigida á doña Catalina Gonzalez, mujer del licenciado Gil Ramirez de Arellano, del Consejo Supremo de Su Majestad.* Armes des Arellanos. Année 1605. Privilége de Valladolid, par Luis Sanchez. Taxe à Valladolid, le 11 juillet 1605. Approbation d'Antonio de Herrera, du 20 octobre de la même année. Licence pour imprimer, du 12 novembre. Dédicace sans date ; volume in-4° de 220 feuillets, avec quatre en plus de table, et quatre de préliminaires. Jusqu'au folio 120 inclusivement, ce sont des romances ; le reste du volume, jusqu'à la fin, contient des *canciones,* des sonnets, des octaves et de grands vers.

Appendice C, page 464. — La question de la légitimité des lettres attribuées au bachelier Cibdaréal a été traitée avec un esprit critique et une érudition profonde par M. le marquis de Pidal dans son article de la *Revista española de ambos mundos,* tome II, pp. 257-280. Tous les arguments présentés par G. Ticknor pour prouver la complète falsification des lettres ne paraissent pas également acceptables à notre critique. Il admet bien la falsification de la supposée édition de 1499, il reconnaît l'interpolation de divers passages qui se rapportent à la famille et aux ascendants des Vera, persuadant que le comte de la Roca, et non un autre, est le véritable auteur du livre, mais il rejette l'hypothèse que le *Centon epistolario* tout entier soit l'œuvre de cet écrivain. « Tant qu'on ne découvrira pas, dit-il en substance, le véritable objet qu'a pu avoir le comte de la Roca, à part l'agrandissement et les gloires généalogiques de sa famille, on ne saura concevoir pourquoi il s'est livré à un travail si opiniâtre pour accommoder son style, un peu emphatique et maniéré, au style simple et familier du temps de D. Juan II. En effet, il a bien pu arriver qu'il soit tombé dans ses mains une collection de lettres d'une personne de ladite cour, médecin du roi ou non, appelée ou non Cibdareal, qu'il l'ait altérée de manière à y introduire des détails relatifs à sa famille, détails qui, comparés à ceux des autres généalogistes, sont certainement de tout point faux et gratuits. » Telle est, si nous ne nous trompons, la manière de voir de notre ami M. le marquis de Pidal sur cette question, refusant d'admettre la falsification *complète* des lettres. De sorte que, si un critique prenait la peine assez grande d'étudier attentivement les tournures et les expressions du *Centon,* d'analyser sa syntaxe et de la comparer aux autres écrits de la même époque ; si par cette étude il trouvait ces contradictions et ces velléités qui se rencontrent rarement dans un écrivain original, l'argumentation principale du marquis de Pidal croulerait et il resterait prouvé que l'*Epistolario* est exclusivement l'œuvre du comte de la Roca, bien qu'à première vue une pareille entreprise semble au moins impossible. Nous ne le dissimulons point, telle est notre conviction. L'inexactitude de la plus grande partie des faits historiques qui ne sont pas empruntés de la chronique de D. Juan II nous paraît prouvée : d'un autre côté, lorsque les lettres sont d'accord avec elle, elles le sont d'une telle manière qu'elles écartent toute supposition qu'elles ont pu être écrites autrement qu'en ayant sous les yeux la chronique de D. Juan : et il ne nous resterait absolument d'autre argument pour preuve de leur *authenticité partielle* que la grâce particulière, l'assurance et la spontanéité avec lesquelles elles sont écrites.

Dans tout ce qui précède il a été trop souvent question de l'article de M. le marquis de Pidal, sur lequel ont argumenté Ticknor, l'auteur américain et Pascal de Gayangos, le traducteur espagnol, pour que nous n'ayons pas cherché à satisfaire les désirs de nos lecteurs, en leur donnant l'*étude* de l'érudit littérateur espagnol *sur la légitimité du Centon Epistolario du bachelier Fernan Gomez de Cibdaréal.* Voici donc ce qu'écrivait M. le marquis de Pidal dans la *Revista española de ambos mundos.*

On connaît peu de collections de lettres plus justement et plus généralement vantées que la collection si connue sous le titre de *Centon epistolario* du Bachelier Fernan Gomez de Cibdareal. Comme œuvre littéraire, c'est une des perles de notre littérature du quinzième siècle, et elle pourrait l'être d'une époque plus avancée. Il y a dans ces lettres un naturel, un abandon, une grâce élégante, une urbanité, qui distingue et embellit la narration des événements les plus communs et les plus arides, qui nous fait toujours voir, à travers eux, la personne du bon bachelier qui les écrivait, personne qui non-seulement paraît à nos yeux, mais que nous connaissons et que nous fréquentons déjà à l'avance, tant il est vrai que le bachelier se peint et se retrace lui-même, sans y prétendre, jusque dans les choses qui le touchent le moins. Ces lettres, en un mot, sont des modèles du genre épistolaire, modèles méritant surtout d'être lus et imités.

Elles sont en outre un des monuments les plus curieux de notre histoire nationale. Leur auteur, physicien ou médecin du roi de Castille, D. Juan II, le suivait presque toujours dans ses voyages et dans ses entreprises; ami et favori de tous les grands seigneurs et des prélats de ce temps, il leur écrivait à tous, soit pour leur faire connaître les événements auxquels il assistait, soit pour leur donner des avis sur ce qu'il leur convenait de faire dans les situations diverses où les plaçaient les révolutions de ce règne agité, soit pour leur donner de judicieux et prudents conseils sur la conduite qu'ils devaient tenir au milieu des tempêtes où flottait la monarchie. Sans être affilié à aucun des partis qui ensanglantaient le royaume, conservant toujours la fidélité la plus pure au faible monarque qu'il servait, il conseillait à tous l'union, le calme et la modération, tant à ceux d'un parti qu'à ceux du parti opposé et ennemi. Il se considérait et il était, à ce qu'il semble, considéré par les autres comme un homme bon, impartial, à qui les personnages les plus élevés reconnaissaient, malgré la modestie de sa situation, le droit de les conseiller, de les gourmander avec une autorité presque paternelle. « Vos, señor, dit-il, dans sa lettre 82, à un des grands du royaume, vos e los mas de los grandes que de consuno andais me llamades de padre, cá á los mas vos crié, é siempre os he acudido en mi arte, é siempre me ha honrado el Rey, é vos otros tamañamente, que bien debo os decir como padre que habeis errado. » Ainsi le bachelier de Cibdareal n'est pas un simple spectateur des événements qu'il raconte, c'est un acteur et parfois un juge; et il est doué d'une raison si saine, il a une si grande connaissance des cours et du monde, que ses conseils et ses leçons, toujours conformes au devoir et à la morale, charment et plaisent par leur bonté et leur indulgence.

Mais ces lettres si vantées sous les deux points de vue que nous venons d'indiquer, le point de vue littéraire et le point de vue historique, sont aujourd'hui regardées par certains critiques comme d'une légitimité douteuse : on se défie de leur autorité, et **M. G. Ticknor**, dans sa savante et érudite *Histoire de la littérature espagnole, appendice C,* qu'il a récemment publiée, en vient à soutenir qu'elles sont une pure fiction depuis le commencement jusqu'à la fin, le *jeu d'esprit* d'un écrivain qui, par intérêt ou par caprice, voulut par là surprendre la crédulité de ses contemporains. L'importance de l'ouvrage et le piquant de la question méritent que nous nous y consacrions quelques moments.

L'ouvrage s'est publié la première fois sous le titre : *Centon epistolario del bachiller Fernan Gomez de Cibdareal, fisico del muy poderoso é sublimado Rey don Juan el segundo deste nombre. — Fué estampado é correto por el protocolo del mesmo bachiller Fernan Perez (sic) por Juan de Rey é á su costa en la cibda de Burgos el anno* M. CD. XCIX.

La première objection qui se présente relativement à cette impression, c'est que, suivant toutes les apparences, elle est supposée et postérieure à l'année 1499, où elle se prétend faite. Plusieurs raisons en sont alléguées. La première se tire des signes mêmes que porte ladite impression et qui la rendent fort suspecte. « Le « papier, dit le second éditeur Llaguno, dans la notice qui précède l'édition de « 1775 et dans celle de 1790, est différent de celui des autres éditions de ce « temps ; le nom du lieu et de l'imprimeur ne se mettaient pas d'habitude sur « le frontispice ; on ne laissait pas de pages en blanc ; l'orthographe de certains « mots et la ponctuation diffèrent de l'orthographe et de la ponctuation alors en « usage ; et surtout la pagination en chiffres était inconnue. L'une ou l'autre de « ces choses, ajoute-t-il, pourrait former exception, mais réunies elles concourent « à persuader que l'impression de ces lettres n'est pas si ancienne qu'elle semble le « faire croire, et qu'elle s'est effectuée après l'année 1600, par une personne qui « avait entre ses mains le manuscrit de Fernan Gomez, et qui, par extravagance « ou par intérêt, voulut que cette impression parût plus ancienne. »

On pourrait bien en vérité opposer quelque chose aux déductions tirées de ces signes extérieurs de la première impression contre son authenticité (1) ; ces allégations ne me suffiraient peut-être pas, si des considérations d'un autre genre ne venaient les corroborer. Si l'œuvre du bachelier Cibdareal s'est imprimée vers la fin du quinzième siècle, pourquoi n'en trouve-t-on aucune mention dans les écrivains du seizième siècle et du commencement du dix-septième ? Comment un livre qui n'est pas très-rare et dont on connaît aujourdhui encore un assez grand nombre d'exemplaires a-t-il pu se dérober aux continuelles investigations de Garibay, de Mariana, de Zurita, et à la nuée de nos généalogistes ? C'est que ces lettres, qui contiennent un si grand nombre de particularités des plus intéressantes sur les événements qu'elles relatent, ne commencent à être citées et connues que vers le milieu du dix-septième siècle où nous les voyons mentionnées par Gil Gonzalez Dávila et Pellicer. Le premier en parle dans le *Teatro de las iglesias de España,* imprimé à Madrid, en 1647, dans la vie de l'archevêque de Séville D. Gutierre de Tolède, et il les cite purement et simplement comme un ouvrage répandu et

---

(1) Tous les critiques ne conviendront pas, par exemple, que le *papier* du Centon soit très-différent de celui qu'on employait vers la fin du quinzième siècle. Le P. Mendez dit, page 291, qu'il est bien imité ; — *des pages en blanc,* on n'en trouve qu'une seule dans le Centon, c'est le verso du frontispice. La même page se trouve aussi en

connu (1). Pellicer copie certaines de ces lettres dans le *Memorial de la casa de Segovia*, imprimé à Madrid, en 1649; il les copie, dit-il, parce que le Centon est un livre recherché et peu commun, et en marge il fait connaître l'imprimeur, l'année et le lieu de l'impression de l'ouvrage (2).

Ainsi donc, selon moi, ce n'est pas douteux, ces lettres n'ont été imprimées que bien avant dans le dix-septième siècle, malgré leur caractère gothique, malgré tous leurs autres signes d'antiquité supposée. C'est là ce qu'admettent, outre les auteurs déjà cités, D. Luis Salazar (3), le P. Mendez, Floranes et beaucoup d'autres (4).

Mais quel est celui qui s'est livré à cette invention, dans quel but l'a-t-il faite ? Nous trouvons à cet égard une assez grande uniformité dans les opinions de nos érudits. Tous supposent que l'auteur de cette fiction fut D. Juan Antonio de la Vera y Zuñiga, comte de la Roca, et qu'il le fit pour rehausser son origine en introduisant dans les récits du Bachelier des personnes portant son nom et qui étaient de ses ascendants. Mayans dit expressément que : « D. Antonio de la Vera « y Zuñiga, comte de la Roca, altéra désagréablement les lettres historiques du « Bachelier de Cibdareal, en imitant les caractères anciens et l'impression de

---

blanc dans les *Doce trabajos de Hercules* de D. Enrique de Villena, imprimés dans la même ville de Burgos, la même année de 1499, par Juan de Burgos, qui, suivant Diosdado, pourrait bien être le même que Juan de Rey, l'imprimeur du Centon : — *la pagination en chiffres* se rencontre dans certains livres de cette époque, dans le *Fasciculus temporum*, imprimé en 1481 ; j'en possède un autre, *le Cose volgari di F. Petrarca*, que Brunet dit avoir été imprimé à Lyon dans les premières années du seizième siècle, et dans lequel la pagination est en chiffres romains, jusqu'au folio LXIV et en chiffres arabes de ce folio, jusqu'au 199. Quant à mettre sur le frontispice les noms du lieu et de l'imprimeur, à disposer la pagination par pages, je ne me souviens pas d'en avoir vu d'autres exemples dans les impressions du seizième siècle.

(1) Tom. II, pag. 69 et 70 . « Ce fait, dit-il, nous a été transmis par le bachelier Fernan Gomez de Cibdareal, lettre 76, — comme le rapporte son médecin (de don Juan II), dans sa lettre 90, » etc.

(2) Folio 132. « C'est rapporté, dit-il, par le bachelier F. G. de Cibdareal, dans une de ses lettres (qui se trouvent dans le *Centon epistolario*), — y porque el libro es de los esquisitos y no se halla tan manual, juzgamos ponerla à la letra entera. » Ce Mémoire, qui se trouve à la bibliothèque de Salazar, est imprimé jusqu'au folio 188, le reste est manuscrit.

(3) *Advertencias historicas*, Madrid, 1688, pag. 36. Ce critique suppose qu'avant l'édition fausse et altérée que nous connaissons et qu'il dit avoir été faite à Venise, il y en avait une autre antérieure. Mais Llaguno observe que personne n'a vu une semblable édition, qu'elle n'existe, que l'on sache, nulle part. Voici le remarquable passage de Salazar, attaquant Pellicer qui avait cité le Centon dans le *Memorial de la casa de Martel*, imprimé en 1629 : — « El libro de Fernan Gomez de Cibdareal, dit-il, no solo está viciado en la empression última de Venecia, como los doctos saben y lo asegura el guarismo moderno con que están numeradas sus hojas, sino tambien merece la estimacion limitada, como una relacion del tiempo en que floresció el autor. Pero de lo que hablare en el tiempo antes no merece credito, ni era de la profesion de un medico intentar otra cosa que escribir á sus amigos lo que veia. »

(4) *Tipografia española*, pag. 291.

« Burgos de 1499 (1). » Ticknor, qui n'admet pas l'altération des lettres, mais leur falsification complète, suppose que Mayans a avancé cette assertion sans aucun fondement, et que l'abbé Diosdado l'avait déjà ouvertement combattue, en disant que c'était une *atroce calomnie, atrocious calumny*. Or il n'y a pas là toute l'exactitude voulue. Diosdado ne l'appelle pas une *calomnie*, ce qui serait déjà manifester une opinion contraire à l'assertion de Mayans, mais bien une *accusation*, ce qui est entièrement différent. *Nescio*, dit-il, *quibus argumentis innitatur tam atrox in virum gravissimum accusatio Mayansiana* (2). Mayans était une personne très-sensée, très-érudite, et, c'est plus que probable, lorsqu'il avançait et publiait cette accusation si grave, il en avait les preuves. D'un autre côté, il n'est pas le seul à accuser de cette altération Vera y Zuñiga. L'inoffensif D. Nicolas Antonio, qui le fait aussi auteur de divers ouvrages publiés pour se rehausser lui et sa race, ouvrages édités sous d'autres noms, comme nous allons le voir en traitant du Centon épistolaire, Nicolas dit que l'on soupçonne qu'il y a quelque fausseté dans sa publication, fausseté commise par une personne qui a voulu grandir ses ascendants, en introduisant quelques-uns d'entre eux dans les lettres du Bachelier, et que, pour simuler l'antiquité, elle se servit de caractères anciens trouvés quelque part ou en fit fondre de nouveaux (3). D. Nicolas Antonio ne nomme pas, comme on le voit, l'auteur du livre supposé, mais son annotateur, l'érudit Perez Bayer, n'hésite pas à dire qu'il fait allusion à Vera y Zuñiga et que telle est l'opinion générale des savants. *Nimirum a don Joane de Vera et Zuniga, comite de la Roca, ut vulgus eruditorum putat* (4).

Quel est ce D. Antonio de la Vera y Zuñiga ainsi inculpé, et sur quels fondements s'appuie-t-on pour intenter une accusation pareille?

D. Juan Antonio de la Vera y Zuñiga était un gentilhomme distingué et d'illustre origine de la cour de Philippe III et de Philippe IV, fort adonné aux lettres et aux affaires publiques, deux carrières où il obtint assez de renom et de réputation. C'était un seigneur de divers lieux, chevalier de l'habit de Santiago, gentilhomme de Sa Majesté, et enfin comte de la Roca, par la grâce de Philippe IV. Il fut membre du conseil de guerre, ambassadeur ou ministre de la cour d'Espagne à Venise et dans d'autres États de l'Italie, résidences où il acquit une grande réputation de négociateur et de politique. Il publia divers ouvrages en prose et en vers dont Nicolas Antonio nous fournit le catalogue. Le livre aujourd'hui le plus connu et le plus recherché est celui qu'il donna, en 1620, sous le titre de *El Embajador,* dans lequel, sous la forme d'un dialogue entre *Ludovic* et *Jules*, il expose le caractère et la nature des fonctions d'ambassadeur, ses devoirs, ses obligations et ses qualités. Il composa aussi un opuscule qui a circulé manuscrit, *Vida del conde-duque de Olivares,* dont il était, à ce qu'il semble, un grand partisan, et dans

---

(1) *Origines de la langue castillane*, tom. I, pag. 203.

(2) *De prima Typographiæ Hisp. ætate*, pag. 74.

(3) *Bibl. vetus*, liv. X, chap. VI, numéro 328. Nihilominus sublesti aliquid in ea editione ab eo qui intrusis eo familiæ suæ, alias nobilisimæ, cognomine notatis aliquot viris eam magnificare voluit commissum; atque ut antiquitatem repræsentaret, veterum characterum alicubi repertorum aut de novo fusorum, habitu eam vetitam fuisse, sunt inter nos equidem qui valde suspicentur.

(4) *Bibl. vetus*, tom. II, p. 250, note 1, a.

laquelle on peut voir qu'il n'épargnait pas les louanges aux puissants lorsque ces louanges convenaient à ses intérêts.

Toutefois ce personnage, poëte, historien, politique et diplomate, était, à ce qu'il semble, tourmenté du violent désir de rehausser et d'élever sa race, déjà très-illustre par elle-même, en la rattachant, par des alliances, à des empereurs, des rois, de grands personnages de son pays ou des nations étrangères, soit par suite d'une faiblesse ou d'une manie naturelle, soit que la chose lui convînt réellement pour ses nions, ses idées d'avancement, ses prétentions personnelles ou celles des membres de sa famille, dans ce siècle où ce genre de mérite avait tant d'influence. Quoi qu'il en soit, c'est un fait curieux et remarquable tout à la fois que de voir les presses de Lima, de Milan, d'Arras, de Salamanque, de Burgos et d'autres villes, donner ou supposées donner successivement, de 1617 à 1636, une multitude d'ouvrages plus ou moins volumineux, dont l'objet unique et exclusif était de rehausser D. Juan Antonio de Vera y Zuñiga et sa famille, en montrant qu'il descendait des monarques les plus anciens et les plus illustres, qu'il était très-proche parent de Philippe IV, de l'empereur Ferdinand II, des rois de France, de Pologne, de Hongrie, de la princesse de Transylvanie, de la reine de Danemark, des ducs de Bavière, de Lorraine, de Savoie, de Toscane, de Parme, de Mantoue, de Modène, de Clèves, de Neubourg, des Deux-Ponts, etc., et, de plus, de tous les ducs et grands seigneurs de Castille, d'Aragon et de Portugal.

Tous ces ouvrages se répandaient tantôt sous le nom d'auteurs et de généalogistes très-renommés et tantôt sous celui d'écrivains moins connus. Mais soit les auteurs de bibliothèques, Nicolas Antonio et Franckenau, soit notre grand érudit D. Juan Lucas Cortes et les généalogistes Pellicer et Salazar de Castro, tous supposent ou établissent que tous ces livres étaient le produit de la fécondité inventive du même Vera y Zuñiga, qui les faisait publier sous des noms supposés pour leur donner plus d'autorité et s'encenser plus à son aise (1).

Avec de pareils antécédents, personne ne regardera comme peu probable que si

---

(1) Comme preuve de ce que j'avance sur ce point curieux de notre bibliographie, je vais donner une liste des ouvrages de ce genre que je connais et le témoignage qu'en portent les auteurs qui les mentionnent.

1° *Tratado del origen generoso e illustre linage de Vera*, par le licencié Velasquez de Mena, adressé à D. J. Antonio de la Vera y Zuñiga, commandeur de la Barra, etc., 1617. Sans indication de lieu : l'épître dédicatoire est signée *en el Burgo*. Franckenau dit : « Valde vereor ne sub eo nomine (el de Mena) pro more suo lateat, J. A. de Vera y Zuñiga, comes de la Roca. » *Biblioth. heraldica*, p. 404.

2° *Primera junta de la sangre imperial de Roma, Alemania et Constantinopla con la real de Castilla y algunas sucesiones de ella*, par le licencié Silva de Chaves, à D. J. A de Vera, etc. Sans indication d'année ni de lieu, mais la dédicace est datée de Salamanque, 1617. L'objet de cet opuscule est de démontrer que notre Vera descendait de Ferdinand et de Dª Béatrix de Souabe, fille de l'empereur Frédéric I. Tamayo de Vargas vit ce livre manuscrit, et c'est à lui que s'en réfèrent Nicolas Antonio et Franckenau, qui n'en ont pas connu l'existence et n'ont jamais su qu'il ait été imprimé.

3° *Parentescos que tiene D. J. A. de Vera... con los reyes catolicos y otros principes y grandes senores*, par le docteur Pedro Fernandez Gayoso. Arras, par Guillaume de la Rivière. Année 1627. Nicolas Antonio, Luis Salazar de Castro et Franckenau disent que le supposé Gayoso est le même D. J. A. de Vera. C'est le livre piquant qui fait

la composition du bachelier de Cibdareal est tombée entre les mains de ce personnage, il n'y ait introduit les interpolations que lui reprochent Nicolas Antonio, Mayans, Perez Bayer ; qu'il n'ait cherché à tirer parti de leur publication pour se livrer à sa passion favorite de rehausser, par tous les moyens possibles, ses ascendants et sa famille.

Il ne me restait plus qu'à parcourir les Lettres du Bachelier pour examiner s'il y avait, en effet, quelques traces de cette altération, si les Vera y figuraient de manière à prouver, jusqu'à un certain point, les accusations que j'ai rapportées. Je me suis livré à cet examen minutieux et détaillé, et il en résulte que, sur les cent cinq lettres dont se compose le *Centon epistolario*, onze font mention de personnages de la famille des Vera et qu'ils figurent dans des événements d'une assez grande importance, d'après les extraits suivants.

Ruy Martinez de Vera, gouverneur et grand chambellan de l'infant D. Henri, va porter la nouvelle de la prison de l'infant au roi d'Aragon, son frère (lettre 2). Il assiste avec Sanche Stuñiga à la remise de l'infant au maréchal Pero Garcia y Herrera (lettre 4). Il entre, la nuit, sous le déguisement d'un chasseur, avec des messages de l'infant, dans la maison du Connétable D. Alvaro de Luna pour établir des rapports entre eux : il se dit l'ami de ce dernier, parce que « D. Juan Martinez « de Luna, aïeul du Connétable du côté de son père, était fils de doña Maria de

---

Vera proche parent de tous les rois et de tous les grands seigneurs de l'Europe.

4° *Tratado breve de la antigüedad del linage de Vera*, par D. Francisco de la Puente, adressé à D. Fernando de Vera, fils du comte de la Roca. Lima, 1635. Franckenau, suivant D. José Pellicer, l'attribue à D. Fernando de Vera, archevêque de Cuzco, au Pérou, et frère du comte de la Roca. « In opusculo hoc, ajoute-t-il, auctor celeberrimæ suæ prosapiæ origines ex longissima petit antiquitate, qua fide, qua veritate, facilis est conjectura (*Bibliot. heraldica*, p. 119). » En effet, dès la première page, on commence par établir que «le nom et la famille de Vera commencent peu de temps après Rome, « et même on peut dire un peu avant. »

5° *Arbol de los Veras*, por Juan Mogrovejo. *Milan*, 1636. Franckenau (pag. 232) dit que le véritable père de ce produit littéraire, comme celui de tous les autres de la même farine, c'est le comte de la Roca.

6° *Elogios de los ascendientes de D. Juan A. de la Vera*, par Juan Martinez Bahamonde, sans année ni ville, mais, dans le livre des parentés ci-dessus mentionné et imprimé, en 1627, on cite ces éloges, preuve qu'ils étaient déjà imprimés avant cette année. N. Antonio, Luis de Salazar, Franckenau, l'attribuent aussi à D. J. A. de Vera. (*Bibl. heraldica*, p. 230.)

7° *Arbol genealogico de la casa de Vera*, par Alphonse Lopez de Haro. Ce livre, je ne l'ai pas vu, ainsi que plusieurs autres sur le même sujet : Franckenau (pag. 206) dit qu'ils sont tous du même Vera : « Verum de proprio stemmate plures in publicam prodiere lucem libelli genealogici sub Alphonsi Lopez de Haro, Petri Francisci de la Puente, Joannis Martinez a Bahamonde, etc., nominibus in hoc libello a nobis recensiti quos tamen vel integros, vel maximam partem ab ipso comite de la Roca elaboratos asserunt Josephus Pellicerius, Nicolaus Antonius, Ludovicus Salazar de Castro. »

8° *Historia de los Veras*, par Juan de Mena. Franckenau, qui parle de ce livre manuscrit pour l'avoir vu cité à la marge de l'*Historia de Merida*, ne donne aucune autre indication à son égard.

« Vera, sœur de l'aïeul de ce Ruy Martinez ; » on lui promet cinquante mille maravédis du droit du roi et deux villas s'il établit ces rapports (lettre 8). Le roi de Navarre se plaint de ce que l'infant se livre à un commerce secret avec le Connétable par l'entremise de Ruy Martinez de Vera, son gouverneur (lettre 18).

Le comte de Benavente enlève d'Alcuesca, près de Montanchez, et emmène prisonnier à la forteresse de Mérida, sur le soupçon d'une correspondance avec l'infant don Henri, dont il avait été le gouverneur, le commandeur Ruy Martinez de Vera. — Juan de Vera, fils du commandeur Ruy Martinez, se présente au Connétable et lui montre qu'il venait de renoncer entre les mains de l'infant à la solde que son père et lui en retiraient pour avoir été faits, par son ordre, vassaux du roi de Castille, et dépouillés de la citoyenneté d'Aragon, d'où ils étaient venus avec l'infant, en vue de quoi le Connétable et le comte de Benavente les déclarèrent bons et loyaux (lettre 37). Dans la répartition des États de l'infant on donna à Juan de Vera, capitaine général de Mérida, la villa de Ravanera (1450) que l'infant lui avait déjà donnée, « et il la prit, lorsqu'il quitta son service »(lettre 44).

Le commandeur Juan de Vera, capitaine général de Mérida, passe à l'armée du Connétable dans la bataille de la Higueruela (1431). — Il se dispute après la bataille avec Fernand Perez de Guzman, le seigneur de Batres, sur la question de savoir qui avait mis en liberté Pero Melendez Valdés ; le roi les fait prendre tous les deux et les met ensuite en liberté sous diverses conditions (lettre 51).

Fray Alonso de Vera, neveu du commandeur de Zalamea, assiste, avec vingt-quatre chevaux et quarante fantassins de son oncle, à la prise d'Huesca, en 1434 (lettre 59).

Le commandeur Juan de Vera, vassal du roi, avec seize lances et soixante fantassins de la frontière de Mérida, se rend avec beaucoup d'autres seigneurs à l'appel que le Connétable D. Alvaro de Luna fait à tous ceux qui touchaient sa solde, en 1438 (lettre 59).

Alonso de Vera conduit cent hommes des gens du maître d'Alcantara à la bataille d'Olmedo (1445) et fait prisonnier le fils de Sanche de Londoño (lettre 92).

Le Roi ordonne (1445) au commandeur Jean de Vera de venir immédiatement le joindre avec les gens de sa frontière de Mérida (lettre 97).

Après la mort du Connétable, le Roi prend ses dispositions et envoie le commandeur Juan de Vera à Montanchez (lettre 104).

Je ne prétends pas soutenir que ces actes sont faux, mais c'est un fait bien singulier toutefois et qui nous fait grandement soupçonner leur interpolation dans les lettres de Cibdaréal, de voir que la Chronique de D. Juan II, toujours si conforme dans la narration des événements au Centon épistolaire, ne parle pas même une seule fois de ces personnages du nom de Vera, dans les années et dans les passages correspondants à ceux des lettres de Cibdaréal. Cependant le chroniqueur Fernan Perez de Guzman, seigneur de Batres, devait les avoir bien présents, par suite de l'altercation sur la mise en liberté de Pero Melendez Valdés, altercation qu'il eut, suivant le Centon, avec Juan de Vera après la bataille d'Higueruela, cause de sa prison et de son exil de la cour. Le silence de la chronique sur certains faits est surtout très-significatif. La chronique et le Centon, par exemple, rapportent avec une conformité des plus ponctuelles la répartition des États de l'infant D. Henri, après son emprisonnement, en l'année 1430, et donnent la liste des grands seigneurs et des chevaliers alors récompensés. Or tous les chevaliers que mentionne le Centon s'élèvent à seize, la chronique les mentionne également tous, à l'exception d'un seul, et celui-là est précisément Jean de Vera, que le Centon appelle capitaine général de Mérida. La même chose arrive, plus ou moins, dans l'énumération des chevaliers qui, à la bataille d'Higueruela, en 1441, marchaient avec l'armée du Connétable D. Alvaro de Luna. Le Centon cite parmi eux, comme nous l'avons vu, le commandeur Juan de Vera, capitaine général de Mérida : dans la chronique, malgré une relation presque identique, il n'est pas fait mention de la personne du commandeur. Remarquons qu'il en est de même dans la chronique de D. Alvaro de Luna, où s'énumèrent avec les plus grands détails les chevaliers qui suivaient les rangs du Connétable.

Je ne spécifierai pas d'autres faits, mais toutes les indications que nous venons de donner établissent, à mes yeux, un des fondements sur lesquels s'appuyèrent sans doute Nicolas Antonio, Mayans et les autres érudits déjà cités, pour affirmer que le *Centon épistolaire* avait été altéré afin d'y introduire des noms de la famille du comte de la Roca, D. Juan Antonio de la Vera y Zuñiga. Ces écrivains eurent peut-être de ce fait d'autres preuves plus directes, mais ils ne nous ont rien laissé à cet égard, pas plus qu'ils ne nous ont indiqué aucun des motifs qu'ils avaient de croire à cette interpolation, nous laissant le soin et le travail de le rechercher comme je viens de le faire.

Quoi qu'il en soit, et quoiqu'on ait reconnu dès le principe l'interpolation et la falsification de l'impression primitive, personne n'a douté de la légitimité du Centon, personne n'a soupçonné que ses lettres fussent inventées. Loin de là, tous nos écrivains les citaient et les copiaient pour établir leurs assertions et leurs récits ; souvent aussi ils leur accordaient plus de crédit, plus de foi qu'aux chroniques mêmes, comme à une œuvre et au témoignage d'un auteur contemporain, en situation de connaître la sincérité et le secret des faits qu'il racontait.

Telle était la faveur dont jouissait le Centon, lorsque récemment Quintana, en composant la *Vida de don Alvaro de Luna* et comparant la narration que la lettre 103 fait de la mort du favori avec les documents officiels et contemporains, trouva de puissantes raisons pour douter de la certitude du récit du bachelier Cibdareal, lequel suppose le roi D. Juan II à Valladolid, tandis que les documents cités prouvent qu'il se trouvait à Escalona et à Maqueda. Cette circonstance notable et quelques autres, que je spécifierai bientôt, commencèrent à faire naître chez certains critiques des doutes sur l'authenticité de tout l'ouvrage, et enfin Ticknor soutient, comme nous l'avons indiqué, qu'il n'est qu'invention depuis le commencement jusqu'à la fin, et il passe en revue toutes les raisons qui lui viennent en aide pour défendre résolûment cette opinion.

Quant à moi, je crois, pour le moins, cette opinion prématurée et sans fondement. Dans l'état actuel de la question, il me semble que c'est aller trop loin, et je crois que la critique ne doit pas ainsi écarter, à la légère, les documents historiques généralement reçus comme légitimes, sans s'exposer aux erreurs où nous avons vu tomber plus d'une fois nos historiens et nos critiques. La *Cronica latina* du Cid, la *Historia compostelana* et d'autres documents d'une égale importance et d'un égal intérêt, n'a-t-on pas fait les plus grands efforts pour les faire considérer comme apocryphes, et les découvertes et les raisonnements postérieurs n'ont-ils pas mis leur légitimité hors de doute ? Après tout, la question une fois soulevée mérite d'être examinée, et puisque Ticknor a rassemblé tous les arguments contraires avec un certain art et une certaine méthode, nous suivrons son ordre dans cet examen.

1° Le premier motif qu'il allègue, c'est qu'on ne trouve aucune mention qu'un bachelier Fernan Gomez de Cibdaréal, médecin du roi D. Juan II, ait existé sous ce règne dont il nous reste tant de mémoires nous mentionnant des personnes beaucoup moins importantes que le bachelier. — Le fait paraît certain jusqu'ici, mais je ne vois pas que cet argument négatif prouve grand'chose. La position modeste du bachelier et son intervention nullement ostensible dans les affaires publiques expliquent suffisamment ce silence des auteurs contemporains ; ils n'ont pas, que je sache, nommé d'autres médecins de rois qui occupaient la même position que Cibdaréal, médecins qui ont probablement échangé des lettres avec les grands et avec d'autres personnages de la cour avec lesquels ils se trouvaient nécessairement en commerce et en relations. Llaguno prétend que certains critiques soupçonnent qu'Alvar Gomez de Cibdaréal, qui fut secrétaire de Henri IV et de son conseil, seigneur de Pioz, Alanzon et autres lieux, a été le fils du bachelier dont ce dernier parle si souvent et à qui D. Juan II donna, dit-il, l'*alcaidia de gobernacion* de Cibdaréal, mais qu'à ce sujet on n'a pu trouver rien de certain. Ce soupçon néanmoins me paraît fondé : Alvar Gomez de Cibdaréal, malgré les postes importants qu'il occupa du temps de Henri IV, était d'une origine obscure (1), c'est constant, ce qui s'accorde parfaitement avec ce que dit le bachelier lui-même : qu'il était fils d'un *homme bon, mais chrétien sans tache* ; comme ils portent d'un autre côté le même nom, qu'ils vécurent dans des temps qui ne manquent pas de rapport, et que nous ne savons pas quels furent les ascendants d'Alvar Gomez, il en résulte que le soupçon est assez raisonnable et que ce point mérite un plus grand éclaircissement (2).

2° Le second motif, c'est qu'on ne trouve aucun manuscrit du *Centon epistolario*. Cette circonstance prouve peu, ne prouve rien. Je ne parle pas seulement d'un manuscrit de lettres particulières, mais encore d'une œuvre historique ou littéraire. On ne connaît qu'un seul manuscrit du *Poëme du Cid* ; la même chose est arrivée pour son *Historia latina*, et je dis est arrivée, parce que tout récemment on en a trouvé un autre à l'Académie royale d'Histoire, et personne cependant n'a douté aujourd'hui de la légitimité de ces monuments, ni de tant d'autres se trouvant dans le même cas.

3° Quant à la première impression et à sa falsification reconnue, autre argument allégué, j'ai déjà dit ce que l'on en croit généralement et ce qui est de tradition parmi les hommes de lettres espagnols. L'intérêt qu'eut l'auteur de feindre une édition ancienne démontré, cette fiction ne prouve pas ce que l'on prétend

---

(1) Alvar Gomez de Cibdaréal, dit la Chronique de Henri IV de Castille, chap. 68, fut de si basse extraction qu'il ne convient pas de faire mention de sa famille.

(2) Dans la bibliothèque de Salazar, il existe un mémoire du procès survenu entre le marquis de Villamayna et d'autres, sur la succession du majorat que fonda Alvar Gomez de Cibdaréal, qui fut secrétaire de Henri IV, en 1475 : tous les arbres généalogiques, toutes les relations de parenté, toutes les lignes, commencent à cet Alvar Gomez, sans que les ascendants s'y trouvent exprimés. Dans l'autorisation royale donnée en 1446 pour fonder ledit majorat, il est écrit que tous les biens que possédait le susdit Alvar Gomez étaient des donations et des récompenses que le roi et d'autres personnes lui avaient accordées. Alvar Gomez de Cibdaréal mourut vers l'année 1491, où il dicta son dernier codicille.

qu'elle prouve. Au siècle dernier, on a fait, je ne sais pourquoi ni pour qui, une fausse édition des Dialogues de Mexia qui se prétend imprimée à Séville, en l'année 1570, et, malgré tout, les Dialogues de Mexia sont légitimes.

4° Je ne sais quelle déduction prétend tirer Ticknor de ce que Llaguno suppose que la première édition du Centon se fit après l'année 1600. Llaguno ne fixe pas l'année, et tout indique du reste que cette impression se fit vers 1635 (1), un peu plus ou un peu moins; et par conséquent il peut bien être l'ouvrage de Vera y Zuñiga, qui avait alors plus de quarante-cinq ans.

5° « Le bachelier de Cibdaréal, ajoute-t-on, ne met de date à aucune de ses « lettres, mais les faits et les indications de ses lettres se rencontrent si complète- « ment dans la Chronique de D. Juan II que l'éditeur du *Centon*, en 1775, a pu « en suivant ladite Chronique donner à chacune d'elles sa date correspondante, « ce qui eût été difficilement possible si les deux œuvres eussent été écrites indé- « pendamment l'une de l'autre. » — A cet égard il suffit d'avertir seulement qu'un grand nombre des événements racontés dans le Centon sont par leur importance d'une date connue; il n'y a donc pas plus de difficulté à assigner à la plus grande partie de ses lettres (2) leur date correspondante; que plusieurs de ces dates ont été déduites par des conjectures plus ou moins plausibles, et que certaines sont évidemment fausses. Cet argument ne me paraît pas avoir par conséquent une grande force. Il y en a certainement plus dans la preuve qui se déduit de la conformité des narrations du Centon et de la Chronique, conformité parfois très-remarquable et suffisante pour soupçonner que ces deux ouvrages ne se compo-sèrent pas indépendamment l'un de l'autre. Mais cette conformité n'est pas assez complète pour qu'on n'y observe pas presque toujours des différences considéra-bles, sinon pour le fond même des choses, du moins dans les circonstances et dans leurs accidents. Il n'y a donc pas d'invraisemblance à supposer que Juan de Mena et les autres auteurs de la Chronique de D. Juan II jusqu'à Perez de Guzman aient eu présentes les lettres de Cibdaréal ou plusieurs d'entre elles, ou tout au moins les relations des événements qui s'amplifiaient à la cour à mesure qu'ils arrivaient, relations dans lesquelles le bachelier lui-même prenait une part active, ainsi que nous le voyons dans ses lettres (3). Les Chroniques se composaient sur ses relations, et de même que ce ne serait pas une preuve contre les narrations du *Seguro de Tordesillas*, écrites par le comte de Haro, de voir la Chronique de D. Juan entiè-rement d'accord avec elles, je ne vois pas pourquoi on en tirerait une conclusion différente, lorsqu'il s'agit des lettres du Centon.

----

(1) Don Luis de Salazar, dans le passage déjà cité de ses *Advertencias historicas*, et d'autres écrivains à qui se rapporte Llaguno dans la *Notice* sur Cibdaréal, indiquent clairement que l'édition ancienne de ces lettres, qui se prétend de Burgos, se fit à Venise; comme Vera y Zuñiga y fut ambassadeur de 1632 à 1635 et plus tard, ainsi qu'il est dit dans le *Traité* sur l'antiquité de la famille de Vera, fol. 158, je crois que le *Centon* s'y imprima dans cet intervalle, et qu'il commença à être connu et cité par nos écrivains quelques années après.

(2) Les lettres de Fernando del Pulgar non plus n'ont pas de date, et leur moderne éditeur a pu toutefois la mettre à un grand nombre d'elles.

(3) « Le roi, disait Cibdaréal à Juan de Mena, lettre 47, m'ordonne de vous racon-ter le secret de ce qu'on envoie du dehors à sa seigneurie, et de ce que sa seigneurie envoie aussi. » Voyez encore les lettres 49, 51, 56, 67, etc.

6° « Le style des lettres, poursuit Ticknor, quoique accommodé certainement avec la plus grande habileté et le plus grand bonheur au style du temps où elles ont été, suppose-t-on, écrites, n'y est pas toujours conforme; et l'écrivain se laisse aller parfois à de curieux archaïsmes. D'autres fois il va plus loin : il emploie des mots qu'il est sans exemple de voir employés par d'autres : comme lorsqu'il prend *ca* dans le sens de *que*, chose qui ne se peut nullement justifier et qu'il a fallu corriger dans l'édition de 1775, pour que les phrases où ce mot se trouve eussent un sens. » — Un étranger, quelque éclairé qu'il soit, n'est pas, ce me semble, le meilleur juge pour décider jusqu'à quel point les lettres de Cibdaréal s'écartent du langage usité en Castille, au seizième siècle. Jusqu'à présent personne n'avait fait de remarque particulière à ce sujet parmi les nombreux écrivains qui ont traité de ces lettres ou qui se sont appuyés sur elles. Dans ma pensée, le style et la langue du bachelier de Cibdaréal appartiennent d'une manière si propre et si particulière au quinzième siècle qu'il semble impossible qu'on ait pu les falsifier en les reculant au dix-septième. A mes yeux c'est là une des plus grandes preuves de la légitimité du Centon, et j'avoue que sa lecture dissipe dans mon esprit tous les doutes, tous les soupçons que d'autres circonstances ont pu y faire naître. Quant à l'emploi de *ca* dans le sens de *que*, remarqué par Llaguno, je ne crois pas assez exacte l'observation de cet érudit sur ce que, au temps du bachelier, ce mot n'avait absolument d'autre signification que *porque*. De toutes manières, s'il y a là réellement une faute, ne devrait-on pas l'imputer ou à une erreur du copiste qui copia l'original pour l'impression ou à un tour particulier de l'auteur, plutôt que de le considérer comme une preuve de falsification? En effet, rien n'est moins probable, ni moins concevable peut-être, que de voir l'homme capable d'imiter si parfaitement le style et la langue du quinzième siècle dans 105 lettres, ignorer le sens d'une particule usitée encore chez nos écrivains du seizième siècle. Cette négligence, si on peut s'exprimer ainsi, un falsificateur si habile ne l'eût jamais commise.

7° Le peu de mots où le supposé éditeur de 1499 rend compte du livre, et quelques vers qui se trouvent à la fin, fournissent aussi à Ticknor un autre argument contre le *Centon*. « Ce peu de mots, dit-il, appartiennent, suppose-t-on, à l'éditeur qui, suivant Bayer, Mendez, etc....., vivait après l'année 1600, et devraient être par conséquent écrits dans le style de l'époque où fleurirent Cervantès et Mariana; mais, loin de là, l'éditeur écrit exactement dans le même style que celui des lettres qu'il publie et que l'on suppose plus anciennes d'un siècle et demi, et, ce qui est pire, il emploie même *ca* pour *que*, ce que personne n'a fait, avons-nous dit, à l'exception de notre bachelier. » — Je ne comprends pas bien le fond de cette argumentation : si je ne me trompe, ce serait précisément le contraire qui prouverait contre la légitimité de l'ouvrage ou de l'édition : c'est-à-dire, si son éditeur, qui est, on le suppose, du quinzième siècle, employait la langue du dix-septième, celle de Cervantès ou de Mariana; alors il n'y aurait aucun doute sur la supposition. Mais que l'éditeur qui écrivait ou que l'on suppose écrire vers la fin du quinzième siècle, emploie plus ou moins la même langue que les lettres écrites cinquante ans auparavant, je trouve la chose si naturelle que je ne conçois pas qu'elle puisse être d'une autre manière, que l'édition soit légitime, ou qu'elle soit supposée. Dans le premier cas, l'emploi de la même langue est une chose naturelle; dans le second, c'est une chose nécessaire pour soutenir et ne pas découvrir la fiction.

8º Un autre argument déduit de l'âge de Juan de Mena ne me paraît pas plus fondé. « Tout le monde convient, est-il dit, que ce poëte mourut à Torrelaguna, en 1456, à l'âge de quarante-cinq ans; or le supposé bachelier, dans sa lettre vingtième, écrite en 1428, introduit Juan de Mena, alors qu'il n'avait que dix-huit ans, comme fort avancé dans l'intimité de la cour, le fait chroniqueur du Roi, et suppose en outre qu'il avait très-avancé son principal poëme les *Trescientas*, assertions encore plus incroyables, si nous nous rappelons que Romero dans son *Epicedio* dit expressément que Juan de Mena avait déjà vingt-trois ans quand il se livra aux lettres :

« Al dulce trabajo de aquel buen saber. »

— Mais, pour que toute cette objection eût quelque force, il faudrait que la vingtième lettre du bachelier fût réellement de l'année 1428 : or la lettre n'a pas de date, et dans tout son contenu il n'y a pas le moindre indice qu'elle ait été écrite cette année-là, ce qui renverse toute l'argumentation. Llaguno la suppose écrite cette année-là, c'est vrai ; mais il n'a pu s'appuyer sur d'autre fondement, s'il en a eu, que de la trouver au milieu d'autres d'une date analogue. Dans son travail, Llaguno s'est toujours laissé guider par des conjectures, conjectures qui peuvent paraître plausibles en bien des cas, et qui dans d'autres, comme dans le cas présent, sont très-peu fondées.

9º Ticknor tire encore un autre argument contre le Centon de la notice défavorable qu'il nous donne sur la fameuse affaire de l'auto-da-fé des livres de D. Henri de Villena. « Cette narration, dit-il, serait invraisemblable de la part d'un courtisan tel que le bachelier de Cibdaréal, traitant d'une personne déjà considérable et qui montait rapidement aux postes les plus élevés de l'État. Mais c'est encore plus : le fait n'est pas certain. Le bachelier représente cet ecclésiastique distingué, brûlant avec négligence et précipitation une grande quantité de livres de la bibliothèque du Marquis de Villena qu'on lui avait envoyés à examiner après la mort du Marquis, accusé de s'être livré, pendant sa vie, à l'étude de la nécromancie. Barrientos, comme prétend nous le faire croire Cibdaréal, ne comprenait rien à ces livres, et il les fit brûler en tas pour ne pas prendre la peine de les examiner. Or, continue Ticknor, par la relation que le même Barrientos fit de cet événement, au roi D. Juan II, dans une œuvre manuscrite que je possède, Barrientos déclare expressément qu'il les brûla par ordre du monarque : il témoigne aussi des regrets de ce que certains ont été brûlés, même de ceux qui appartiennent aux arts qu'il ne convient pas de lire, tels que *Raziel,* narration bien différente du récit de Cibdaréal et qui, adressée au roi, si instruit de l'affaire, ne peut être entachée d'erreur, ni récusée. »

Je ne vois rien là qui prouve contre la légitimité du Centon, lors même que nous voudrions accorder un entier crédit au dire de la partie intéressée, F. Lope Barrientos. Que les livres aient été brûlés par ordre du Roi, personne ne peut en douter, personne ne l'a jamais nié, mais c'est à Fray Lope qu'ils furent tous portés pour qu'il les examinât et les qualifiât, et de son examen, de sa qualification résulta leur mise au feu. Le bachelier ne se plaint pas que ces livres aient été livrés aux flammes sans autorisation, il se plaint qu'ils aient été brûlés sans avoir été bien examinés ni bien connus, et de l'outrage que l'on fit par là à la mémoire de l'illustre savant D. Henri de Villena. En un mot, Cibdaréal, avec toute l'étendue que comporte l'intimité d'une lettre particulière, Cibdaréal juge le fait, comme le jugea publiquement le célèbre Juan de Mena, dans un poëme adressé au même roi D. Juan II.

« Son savoir ne suffit pas, dit Cibdaréal, à D. Henri de Villena, pour ne pas mourir ; il ne lui suffit pas non plus d'être oncle du roi pour ne pas passer pour un enchanteur..... Deux chariots furent chargés des livres qu'il laissa, et que l'on a amenés au roi, et comme il dit que ce sont des livres sur la magie, sur des arts qu'il ne convient pas de lire, le roi ordonna de les porter à la demeure de Fray Lope de Barrientos ; et Fray Lope, qui s'inquiète plus de se conformer aux idées du prince que de reviser des nécromancies, fit brûler plus de cent de ces livres qu'il ne vit pas plus que le roi de Maroc, qu'il ne comprit pas plus que le doyen de Cibda Rodrigo : car ils sont nombreux dans ce temps, ceux qui se rendent doctes en faisant les autres insensés et magiciens. Seulement cette accusation n'avait pas touché à la destinée de ce bon et magnifique seigneur. Beaucoup d'autres livres de valeur sont restés entre les mains de Fray Lope, livres qui ne seront ni brûlés ni vendus, etc. (lettre 66). »

Écoutons maintenant les accents expressifs de notre célèbre Juan de Mena sur le même sujet :

> Aquel que tu ves estar contemplando ,
> En el movimiento de tantas estrellas ,
> La fuerza, la orden, la obra de aquellas,
> Que mide los cursos de como é de cuando.....
> Aquel claro padre, aquel dulce fuente,
> Aquel que en el cástalo monte resueña,
> Es don Enrique, señor de Villena,
> Honra de España y del siglo presente.
> O inclito sabio, auctor muy sciente ,
> Otra y aun otra vegada yo lloro ,
> Porque Castilla perdió tal thesoro
> No conoscido delante la gente.
> Perdió los tus libros sin ser conoscidos
> Y como en exequias te fueron ya luego
> Unos metidos al avido fuego,
> Y otros sin orden no bien repartidos.
> Cierto en Athenas los libros fingidos
> Que de Prothagoras se reprobaron ,
> Con ceremonia mayor se quemaron
> Cuando al senado le fueron leidos (1).

---

(1) « Celui que tu vois occupé à contempler,—Dans le mouvement de tant d'étoiles, — Leur force, leur ordre, leur action , — Qui mesure leur cours, leur mode et leur temps...... — Ce père illustre, cette douce source , — Celui dont le nom résonne sur la montagne de Castalie, — C'est don Henri, seigneur de Villena, — L'honneur de l'Espagne et du siècle présent. — O savant célèbre, auteur plein de science , — Je te pleure et je te pleure encore, — Parce que la Castille a perdu un si grand trésor — inconnu du vulgaire.— Elle a perdu tes livres qui n'ont pas été connus.— Et comme

Maintenant, si nous faisons attention au caractère des deux écrits, je ne sais lequel des deux contient plus de graves accusations contre cette espèce d'auto-da-fé, de la lettre confidentielle et privée du bachelier de Cibdaréal ou du poëme de Juan de Mena, destiné à la publicité et à la renommée. Juan de Mena se plaint publiquement et ouvertement que les livres de don Henri de Villena aient été brûlés avant d'être dûment examinés et connus, sans les solennités et cérémonies ordinaires, et il assure que d'autres furent mal répartis et sans ordre. Quelqu'un peut-il croire que, si ces censures fussent directement tombées sur le roi, le poëte courtisan et favori du roi les eût exprimées avec tant de véhémence et d'indignation, dans un ouvrage qu'il écrivait presque sous ses yeux? Les accusations étaient dirigées contre une autre personne, personne qui ne peut être autre que celle qu'on avait chargée de l'examen et de la qualification des livres. Le savant commandeur (1), en commentant ces vers, veut aussi venger Barrientos et se fonde sur le même témoignage qui sert de point d'appui à Ticknor (2). Mais, dans son commentaire, il avoue même qu'on l'a accusé pour cela; et l'on peut conclure de tout, qu'il n'y a pas assez de fondements pour taxer de fausseté la narration du bachelier de Cibdaréal sur un fait si important, ni pour en déduire aucune preuve contre la légitimité du Centon, bien qu'il y ait dans le récit quelque passion contre Barrientos (3).

10° On allègue aussi contre le Centon, qu'à l'époque de la publication supposée de ces lettres, ce genre de supercheries était fort commun en Espagne, et l'on cite le *Marc-Aurèle* de l'évêque Guevara, les *Laminas de plomo* trouvées à Grenade et les *falsos cronicones* de P. Roman de la Higuera; qu'il a par conséquent été très-probable que, dans une disposition semblable de l'opinion, un érudit ingénieux ait été poussé par le désir d'imiter ces exemples afin de surprendre le public par un jeu d'esprit, en ne le trompant toutefois que sur l'authenticité de l'ouvrage. Je ne nie pas la possibilité absolue de la fiction, mais il me semble que j'ai prouvé et mis en lumière le motif qui fit falsifier l'édition ancienne, et introduire les interpolations dénoncées par Nicolas Antonio et Mayans. Les exemples des autres falsifications ne prouvent rien contre le Centon, surtout si l'on tient compte d'une circonstance importante. Ces fictions furent à peine découvertes et dévoilées que, tout en séduisant dès l'abord un grand nombre de personnes, elles furent, dès le principe, violemment attaquées. Il n'en est pas de

---

à des funérailles, ils ont été bientôt — Les uns livrés aux flammes avides, — Les autres répartis mal et sans ordre. — Certes, à Athènes, les livres si faux, — OEuvres réprouvées de Protagoras, — Se brûlèrent avec plus de cérémonie — Après qu'au sénat on en eût fait lecture. » (Orden de Febo, stances cxxvi et sq.)

(1) Orden de Febo, stance cxxviii.

(2) Quoique le livre de Barrientos, *Sobre las diversas especies de divinanzas*, que cite Ticknor, soit encore manuscrit, le passage relatif au livre du Marquis de Villena a été déjà publié très au long au commencement du seizième siècle. Ce livre était par conséquent connu de nos critiques et de nos autres écrivains.

(3) La Chronique du Roi D. Juan II confirme, en outre, le récit du bachelier. D'après elle, le Roi ordonna à Fray Lope d'examiner les livres et de voir s'il y en avait quelques-uns sur les maléfices : « Fray Lope, continue-t-elle, les regarda, en fit brûler quelques-uns, et d'autres restèrent en son pouvoir. » Année 1434, ch. viii.

même pour le Centon. Les critiques tels que Luis Salazar, Nicolas Antonio, et les autres que nous avons cités, découvrirent immédiatement la supposition de l'édition ancienne, son objet, l'interpolation des lettres et leur auteur; concours de circonstances qui auraient dû les mettre sur la voie pour découvrir la falsification totale de l'ouvrage, si en effet il eût été faux. Mais, loin de là, ils reconnurent son authenticité, s'appuyèrent sur ses données, sans aucune espèce de scrupule, sans que personne conçût le moindre soupçon de la supercherie. Toutes ces considérations prouvent plus, selon moi, en faveur du Centon que contre lui.

11° Arrivons donc à la véritable difficulté du sujet, à l'argument auquel nous reconnaissons franchement une grande force, et pour lequel nous n'avons pas trouvé jusqu'ici une solution satisfaisante. Dans la lettre 103, le bachelier de Cibdaréal raconte la mort du Connétable D. Alvaro de Luna, publiquement décapité à Valladolid, le 2 juin 1543 (1). Suivant cette relation, le roi D. Juan II se trouvait alors dans cette ville : le bachelier l'accompagnait, et il assista aux hésitations du roi en faveur du Connétable; il nous fait part de ses regrets quand il apprit sa mort, et il nous donne une autre série de détails intimes du plus grand intérêt. Mais, des documents extraits par Quintana pour sa *Vie de don Alvaro de Luna* et trouvés dernièrement dans les archives de Simancas, il résulte que le roi n'était ni ce jour, ni plusieurs jours avant, ni plusieurs jours après, à Valladolid, mais bien de ce côté des ports, assiégant Maqueda, Escalona et autres villes, que D. Alvaro de Luna possédait dans le royaume de Tolède. Quintana, qui découvrit le premier cette contradiction, souleva aussi le premier les doutes auxquels elle donne lieu. « Toutes ces circonstances de la mort de D. Alvaro, dit-il, où le même médecin se présente comme témoin et acteur, sont en contradiction avec les chroniques et les autres documents diplomatiques. Pour le style et la langue, la susdite lettre ressemble entièrement aux autres, et, dans cette hypothèse, que penser de cette correspondance si intéressante pour le fond, si agréable et si précieuse pour son style, si accréditée pour son autorité? Aura-t-on interpolé cette lettre parmi les autres? N'y aurait-il qu'elle seule d'interpolée? Celui qui a violé ainsi la vérité sur un fait d'une si haute importance qu'il suppose se passer sous ses yeux, ne l'aura-t-il pas violée dans d'autres? Un médecin semblable a-t-il véritablement existé; une semblable correspondance a-t-elle jamais eu lieu? Cet ouvrage serait-il un jeu d'esprit de quelque écrivain postérieur? Dans ce cas tout ce qu'il gagnerait en mérite littéraire, comme invention, il le perdrait en autorité comme document historique. D'autres critiques, dit en finissant Quintana, résoudront ces doutes (2). »

---

(1) Je dois avertir que Ticknor se laisse aller à diverses inexactitudes en exposant cette objection. La mort du Connétable, par exemple, ne doit pas être placée, comme il le suppose, au 2 juin 1452, mais au 2 juin 1453, ainsi que l'ont démontré le P. Mendez, Floranes, et en dernier lieu Quintana. — Il n'est pas non plus exact de dire que, dans la lettre 103 de Cibdaréal, l'exécution du Connétable eut lieu la *respera de la Magdalena*, comme le suppose Ticknor. Dans toute cette lettre, on ne trouve pas pareille indication. L'erreur qui confond la date de la mort de D. Alvaro avec celle du roi D. Juan II, mort effectivement la veille de cette fête, selon la lettre 105 du même Cibdaréal, ne provient pas du *Centon*, et ne peut donner lieu, par conséquent, à aucun argument contre sa légitimité.

(2) Vie de D. Alvaro de Luna, note de la fin.

Je le répète, c'est là, pour moi, la véritable objection contre la légitimité des lettres de Cibdaréal, et, malgré tous mes efforts et toutes mes recherches pour expliquer cette difficulté d'une manière satisfaisante, je n'ai pu trouver jusqu'à aujourd'hui une solution qui me contente. On pourrait bien dire que c'est une des lettres interpolées par Vera y Zuñiga, mais, pour que son insertion présentât quelques degrés de probabilité, il faudrait que nous vissions l'intérêt que Vera aurait pu y trouver, et je n'en découvre aucun, puisque aucune personne de sa famille n'y est mentionnée (1). On pourrait soupçonner aussi que cette lettre si favorable à la mémoire du Connétable et à son parti, a été écrite et altérée par un de ses partisans, entre les mains duquel la composition du bachelier était tombée : et cette conjecture, quoique dénuée de toute preuve directe, n'est pas cependant invraisemblable. Dans tout ce qui est relatif à la prison et à la mort de D. Alvaro de Luna, malgré les chroniques de D. Juan II, malgré la chronique spéciale du Connétable même, et les lettres de notre Centon, il règne une confusion et une incertitude très-remarquables. Sa mort ne dissipa point les partis, et les chroniques mêmes, qui avaient un caractère presque officiel, ont été altérées ou pour ou contre cet illustre personnage. Flores, l'éditeur de la Chronique de don Alvaro, soutient (2) que la lettre ou provision royale dans laquelle le roi rend compte aux cités et villes de son royaume de la justice faite sur la personne du Connétable, en accumulant contre lui les plus grandes accusations (3), est un document apocryphe composé par Mosen Diego Valera, ennemi du Connétable. Dans la préface de la Chronique de don Juan II, son premier éditeur prouve (4) que le même Valera interpola cette Chronique en de nombreux endroits, où il déchaîna sa haine contre le Connétable, « comme un homme qui suivait, dit-il, le parti des grands, et vivait dans la maison de don Pedro de Estuñiga, un des plus grands ennemis de D. Alvaro de Luna. » Les partisans de D. Alvaro, de leur côté, ne négligeaient pas de rehausser sa mémoire, de la venger des calomnies de ses ennemis, et dans toutes ces luttes, la vérité était souvent sacrifiée. Quelle différence ne trouve-t-on pas entre la Chronique de D. Alvaro de Luna, écrite par un de ses partisans, et la Chronique de D. Juan II, interpolée au moins par ses ennemis! Don Alvaro de Luna, comme tous les hommes éminents, laissa derrière lui de grandes affections et de grandes haines; si donc les lettres du bachelier de Cibdaréal sont tombées dans les mains d'un des partisans du Connétable, il n'y a pas d'invraisemblance à supposer qu'il n'en ait altéré quelques-unes en sa faveur, et particulièrement la cent-troisième, qui fait ressortir la répugnance avec laquelle le roi consentit à sa mort, comme ses ennemis altérèrent la Chronique, et forgèrent des provisions apocryphes pour calomnier sa mémoire.

Dans cette lettre on remarque, selon moi, des signes de son altération. Son éditeur Llaguno, s'appuyant sur ses conjectures habituelles, la suppose écrite à Valladolid, hypothèse qui ne peut s'accorder avec d'autres indications, puisque ce

---

(1) A moins que nous ne considérions comme tel D. Alvaro de Luna lui-même, arrière-petit-fils, d'après le *Centon*, lettre 8ᵉ, de doña Maria de Vera, frère de l'aïeul de Ruy Martinez de Vera, un des ascendants du comte de la Roca.

(2) Préface, p. xxviii.

(3) Ce long et important document se trouve dans la Chronique de D. Juan II, année 1453, p. 305.

(4) Page x, édition de Valence, 1799.

n'est pas une fois, mais plusieurs qu'il est parlé de cette cité comme d'une ville différente de celle où la lettre se dicte (1). La lettre est en outre supposée écrite après la prise d'Escalona, et comme cette ville ne se rendit que le 24 ou le 25 juin (2), il en résulte que la relation que le Bachelier fait dans sa lettre à l'archevêque de Tolède, de la mort de D. Alvaro de Luna, exécuté le 2 du même mois, ne lui fut envoyée que vingt-deux jours au moins après l'événement, retard qui ne paraît pas très-vraisemblable. Si la lettre eût été rédigée d'après la narration de la chronique de D. Juan II, elle ne pécherait pas par ce manque de conformité, puisque dans la chronique les événements sont parfaitement ordonnés. Le roi, après avoir laissé le Connétable prisonnier dans la forteresse de Portillo, marche sur Maqueda et la prend par traité : il met le siége devant Escalona, mais, persuadé que cette ville ne se rendra pas tant qu'Alvaro vivra, il dispose tout pour qu'il soit jugé et condamné à mort, la sentence s'exécute, et le 20 juin, pendant qu'il assiégeait encore Escalona, il écrit cette exécution aux cités et villes du royaume; enfin, Don Alvaro mort, Escalona se rend par traité avec la veuve et les enfants du défunt. Tout se passe comme je viens de le dire, et l'on remarque aisément l'ordre, le naturel et la convenance du récit. Pourquoi ne trouve-t-on pas les mêmes qualités dans la lettre de Cibdareal?

Il faut bien l'avouer toutefois, ce ne sont là que des conjectures plus ou moins acceptables, conjectures qui pourront peut-être plus tard ouvrir le chemin de la difficulté; mais la difficulté subsiste, et quoique je ne lui accorde pas la force qu'on veut lui donner, je lui reconnais cependant la force qu'on ne peut réellement pas lui refuser (3).

A cette véritable difficulté et aux autres difficultés, qui n'en sont pas à mon sens, Ticknor reconnaît que l'on peut opposer la simplicité et le naturel de cette correspondance, les intéressants détails qu'elle donne sur les événements si conformes, si appropriés au siècle auquel ils se rapportent, et le fait de voir ces

---

(1) Par exemple : « On l'emmena (le Connétable) à Valladolid. » — « Il fut envoyé à Valladolid. » — « On l'emmena hors de la ville. »

(2) Les traités ou capitulations pour la reddition d'Escalona sont du 23 juin, et le 26 encore, le roi datait ses lettres de cette ville. — Appendice à la Chronique de D. Alvaro de Luna, page 425.

(3) Quoique Ticknor ne le relève pas, je mentionnerai ici un autre argument contre le *Centon* : les lettres 101 et 102 se prétendent adressées à un D. Gutierre, archevêque de Séville, ce qui ne peut être, puisque, à la date des lettres citées, en 1453, étaient déjà morts et D. Gutierre de Tolède et D. Gutierre Osorio, qui furent successivement archevêques de Séville. Le premier était décédé, en 1446, archevêque de Tolède, et le second en 1448, d'après Gonzalez Davila (*Teatro ecclesiastico*, tom. II, p. 70). L'archevêque de Séville était alors D. Juan de Cervantes, successeur de D. Gutierre Osorio, appelé par d'autres don Garcia. Il y a, par conséquent, erreur de la part de celui qui mit la suscription sur lesdites lettres, qui ne porteraient probablement que : « al manifico e reverendo señor arzobispo de Sevilla », de la même manière que la lettre 103 qui suit porte : « al manifico e reverendo señor arzobispo de Toledo », sans indication de nom. Avertissons que Llaguno (*Centon*, p. 250) suppose par une erreur manifeste que cet archevêque était D. Gutierre de Tolède, ce que ne dit pas le *Centon*, ce qui ne pouvait être, puisque ce D. Gutierre était mort, nous l'avons dit, sept ans auparavant.

lettres citées pendant plus de deux cents ans, par tous nos écrivains comme l'autorité la plus grande et la plus sûre relativement aux événements qu'elles racontent. Mais l'importance de ce fait, continue Ticknor, est bien diminuée si nous nous rappelons combien il est rare de voir, dans la littérature espagnole, un véritable esprit de critique, et que dans la poésie castillane nous avons le cas du bachelier Francisco de la Torre, tout à fait semblable, sous de nombreux rapports, à celui du bachelier de Cibdaréal, et bien plus fort sous d'autres.

Il me semble que, dans l'exposition des arguments en faveur de la légitimité du Centon épistolaire, notre savant historien a été extrêmement concis, et, quant aux objections qu'il a examinées, on peut en opposer d'autres beaucoup plus fortes, plus solides et d'une solution qui n'est pas plus facile. Si le *Centon* est une falsification, quel fut l'écrivain capable de la faire; quel fut l'objet de son entreprise, comment mena-t-il à bout cette fiction si difficile? A-t-on bien réfléchi aux difficultés contre lesquelles il a eu à lutter pour toucher à tant d'événements, de circonstances, de détails qu'il raconte comme témoin oculaire et pour ne pas tomber dans des erreurs continuelles et inévitables? Supposé qu'à force de travail et d'étude, il ait vaincu ces difficultés, pour ainsi dire matérielles, s'il vivait au dix-septième siècle, où les subtilités, les jeux de mots, les pensées alambiquées étaient en si grand honneur, quel était l'écrivain capable d'exécuter avec tant de naturel, de simplicité et de grâce cette fiction si ingénieuse, et de nous transporter si naturellement vers le milieu du quinzième siècle? Et puis, pourquoi dépenser tant de travail, tant de génie? Quel objet se proposait l'écrivain capable de se livrer à une tâche pareille, d'écrire de cette manière, dans ce style et dans cette langue, en entreprenant une œuvre d'où il ne devait résulter pour lui ni profit ni renommée? Je comprends parfaitement que Vera y Zuñiga, pour rehausser son origine, ait interpolé plusieurs lettres du Centon : son intérêt est trop évident et l'entreprise n'est pas très-difficile. Mais je ne peux croire facilement ni qu'il fût capable de composer le Centon, ni qu'en étant capable, il ait pris la peine de supposer ces 105 lettres pour entendre seulement résonner dans quelques-unes les noms de ses ascendants. A l'égard de tout autre écrivain, la supposition est encore plus invraisemblable, à moins cependant que ne se manifeste ou ne se déclare par hasard quel peut être, parmi ceux qui auraient pu l'être, l'auteur de la fiction et quel fut le mobile qui a pu le conduire.

L'exemple des poésies du bachelier Francisco de la Torre, cité par Ticknor à l'appui de son opinion, prouve, selon moi, le contraire de ce qu'il prétend prouver : il prouve qu'il peut y avoir un écrivain des plus éminents et dont on ne connaît que les détails que ses ouvrages peuvent nous fournir. Quel est aujourd'hui la personne qui croit que les poésies du bachelier de la Torre sont de Francisco Quevedo? D. Luis Velasquez, le premier, soutint, il est vrai, cette opinion en réimprimant ces beaux vers, en 1753; il est vrai aussi que plusieurs autres personnes se sont laissé conduire par cette supposition ; mais il ne l'est pas moins aussi que la différence immense des vers de la Torre à ceux de Quevedo, entre le style, l'école, l'esprit enfin de l'un et de l'autre génie, ont aujourd'hui complétement renversé cette hypothèse mal fondée, au point que nous sommes étonnés qu'une personne de l'érudition de Ticknor puisse encore la faire agir.

Quevedo, qui ne publia jamais aucun de ses vers originaux, dont le nombre est infini, publia les vers inédits de l'inconnu Francisco de la Torre; il en fit de même pour les vers du célèbre Fray Luis de Léon. Modestie exemplaire de ce grand génie qui publia avec soin et corrigea les vers des autres poëtes et laissa inédits et sans les corriger ses propres vers.

Ticknor, comme nous l'avons vu, ne méconnaît pas la force que donne au Centon le fait d'avoir été pendant plus de deux cents ans réputé par tous nos écrivains une œuvre légitime, d'une grande autorité historique, même en sachant la falsification de la première édition et les interpolations qui y ont été faites. Ticknor se débarrasse facilement de cette difficulté. Rarement, dit-il, l'esprit de critique se laisse entrevoir dans la littérature espagnole, et ce défaut diminue de beaucoup l'importance de cette longue supposition. Cette solution ne me paraît pas avoir une grande force : peut-être suis-je aveuglé par la passion et l'amour de ce qui nous touche, mais, dans ma pensée, si nous, Espagnols, nous avons péché en matière de critique, ce n'est certainement pas par défaut, mais par excès. La grande démangeaison de nos critiques a précisément toujours été de donner pour apocryphes et de déconsidérer, comme inventés, non-seulement les documents historiques soupçonnés de fausseté, mais encore les documents les plus authentiques et les plus légitimes. Je ne crois pas, moi, qu'en ces matières, les Pellicer, Salazar de Castro, Mondejar, Nicolas Antonio, Ferreras, Llaguno, Floranes et tant d'autres soient restés beaucoup en arrière. De plus, n'est-ce pas la critique espagnole qui a mis au grand jour la fiction de Marc-Aurèle, la fausseté des antiquités supposées de Grenade, celle des fausses chroniques d'Annio de Viterbe et du P. Roman de la Higuera? N'est-ce pas elle qui reconnut immédiatement, à l'égard du Centon, que l'édition de 1499 était fausse? N'est-ce pas elle qui a reconnu non-seulement l'auteur de cette supercherie, mais encore l'objet qu'il se proposait par elle? Il n'y a pas jusqu'à la seule et unique objection de quelque force, alléguée contre la légitimité des lettres de Cibdaréal, qui n'ait été mise au jour, pour la première fois, par la critique espagnole, par Quintana, dans la biographie citée plus haut. Nous observerons ici que cet illustre écrivain souleva les mêmes questions dont s'occupe Ticknor. Quintana les propose, il est vrai, comme des doutes, et Ticknor les décide résolûment contre le Centon. De toutes manières, il est certain que la première idée de fiction, le premier soupçon de fausseté, c'est la critique espagnole qui l'a inspiré. La solution de Ticknor ne me paraît donc pas d'une grande valeur pour le grand argument qu'il s'agit de rétorquer. Je termine ici ces recherches sur un point de notre histoire littéraire auquel tout le monde n'accordera certainement pas l'importance qu'il mérite selon moi.

APPENDICE D, page 473. Le premier des poëmes inédits publié par Ticknor est celui qui a pour titre *Historia de José, el Patriarca*, sur lequel nous allons nous étendre un peu dans ces notes, eu égard au genre auquel il appartient et à la circonstance singulière d'être l'œuvre d'un morisque aragonais.

L'original se conserve à la Bibliothèque nationale de Madrid, recouvert en papier et d'une écriture du commencement du dix-septième siècle, à ce qu'il semble. Il est écrit en caractères arabes, comme avaient coutume de le faire les morisques, toutes les fois qu'ils se servaient du castillan, soit par désir de déguiser de cette manière leurs écrits, soit par répugnance, soit qu'ils ne voulussent pas recourir aux lettres de notre alphabet. Cette dernière raison nous paraît la plus probable, surtout si l'on fait attention qu'en tout temps les nations d'origine orientale ont manifesté une vénération des plus grandes et presque une superstition pour leurs caractères, qu'ils ont considérés comme révélés et sacrés. C'est ainsi que les juifs modernes écrivent toutes les langues d'Europe et d'Asie avec leurs propres caractères hébraïques; que certaines tribus de l'Inde se servent des anciennes lettres sanscrites et d'autres langues déjà perdues pour rendre les sons de dialectes qui n'ont aucun rapport avec elles. Les morisques espagnols oublièrent leur langue, au point qu'on peut compter ceux qui, à la fin du seizième siècle, pouvaient la parler et l'entendre. Ils ne laissèrent pas pour cela d'enseigner à leurs enfants les lettres avec lesquelles était écrit leur livre sacré, le Coran ; ils s'en servirent pour écrire le castillan, et ce n'est que très-rarement qu'ils employaient les nôtres ; ils eurent des systèmes divers d'orthographe, suivant les lieux et les provinces qu'ils habitaient.

La littérature produite ainsi par un mélange d'idées et de langage entre deux races si opposées d'origine, de religion et de mœurs, ne laissa pas d'être vaste et importante. On y trouve en assez grand nombre des livres de poésie, d'histoire traditionnelle, de lois et de jurisprudence, quoique, pour des causes qu'on ne s'explique pas facilement, cette littérature ait été jusqu'à ces derniers temps peu cultivée et complétement ou presque entièrement méconnue. Le poëme que nous avons imprimé fut qualifié par Casiri de *poëme en langue persane*, *poema en lengua persa* : cet érudit ne soupçonnait pas même de loin que le livre dont il parlait était un livre castillan. Il en est arrivé autant à un autre poëme qu'un orientaliste français appelle *poema en lengua berberisca*. Les livres de ce genre abondent dans nos bibliothèques tant publiques que particulières : ils mériteraient bien un chapitre séparé dans une histoire comme celle-ci. Nous aurions volontiers entrepris une tâche aussi agréable qu'utile, mais nous en avons été détourné par l'idée qu'un sujet de cette nature, si intimement lié à la condition sociale, à l'histoire et aux mœurs des morisques espagnols, devait être l'objet d'un livre spécial plutôt que le chapitre d'un ouvrage. Nous nous bornerons donc ici à quelques légères observations sur cette matière en général, et en particulier sur le poëme publié, renvoyant pour le reste au *Memorial historico* de la *Real Academia de la historia*, tome VI, et à un article de la *Bristish and Foreign Review* de Londres, 1837, où le sujet qui nous occupe est traité avec plus d'étendue.

Rien n'est moins facile que de trouver le moment où les morisques espagnols ont commencé à se servir de leurs lettres pour écrire notre langue ou le mélange d'espagnol et d'arabe qu'ils appelaient *aljamia*. Le livre le plus ancien que nous connaissions en ce genre paraît être le poëme de Joseph. Mais, si son style et sa langue révèlent une certaine antiquité, nous avons des motifs fondés de croire qu'il s'écrivit vers le milieu du seizième siècle. On nous dira que le mètre qui s'y trouve employé, que la rudesse de la versification, ses nombreux archaïsmes, révèlent une antiquité plus grande encore. Nous répondrons que, chez un peuple vaincu et sujet d'un autre peuple plus puissant, la langue propre ou la langue adoptive se maintient fixe et stationnaire, sans avancer, et conserve, par conséquent, longtemps son type primitif. Il ne pouvait en être autrement chez les morisques espagnols, qui vivaient isolés dans des villages peu étendus, ou séparés avec soin des vieux chrétiens, exerçant des industries ou des métiers qui n'exigeaient aucun frottement ou qu'un frottement très-faible avec les classes les plus privilégiées de la société, et privés presque entièrement de ce commerce et de cette communication qui provoquent ou déterminent la modification, le progrès ou la corruption d'une langue. Aujourd'hui les juifs de la côte d'Afrique, ceux de Thessalonique, de Smyrne et de Constantinople parlent, à peu de différence près, le même castillan que celui qui était en usage à l'époque de leur expulsion. Celui qui, parmi eux, arrive à un degré médiocre d'érudition et qui a puisé aux bonnes sources, celui-là écrit avec autant de pureté et d'élégance que le feraient, s'ils vivaient, Juan de Mena et le Marquis de Santillane. Il se publie actuellement à Constantinople l'*Aor Israel*, journal rédigé en castillan avec des caractères hébreux et qui pourrait, pour le style et la langue, remonter au temps d'Alphonse le Sage.

Raisonnablement, on ne peut assigner au poëme de Joseph une antiquité plus reculée que celle que nous avons établie. Il n'est pas présumable qu'entre la conquête de Valence et de Séville, réalisée dans le dernier tiers du treizième siècle, et la prise de Grenade, en 1492, c'est-à-dire dans une période d'un peu plus de deux siècles, il pût se passer, au milieu d'une nation nombreuse, riche alors, très-attachée à ses traditions et habitant de grands centres de population, il pût se réaliser, dis-je, le singulier phénomène de l'oubli complet de l'idiome natal. On ne peut expliquer d'une autre manière l'existence de cette littérature comme l'attestent leurs propres écrivains en montrant la nécessité où ils se trouvaient d'employer la langue abhorrée des chrétiens, s'ils voulaient être entendus des leurs. « Pas un seul de nos coreligionnaires, dit un auteur morisque, ne sait la langue arabe, *algarabia*, dans laquelle fut révélé notre saint Alcoran ; pas un ne comprend les vérités du dogme, *adin*, ni n'arrive à son excellence si pure, à moins qu'elles ne lui soient convenablement expliquées dans une langue étrangère, telle que celle de ces chiens de chrétiens, nos tyrans et nos oppresseurs ; qu'Allah les confonde ! — Qu'il me soit donc pardonné par celui qui lit ce qui est écrit dans les cœurs et qui sait que mon intention n'est autre que d'ouvrir aux fidèles musulmans le chemin du salut, quoique par un moyen si vil et si méprisable. »

Ainsi s'exprimait un alfaqui morisque écrivant, en 1602, un *Compendio ó suma breve de los dogmas y preceptos de la religion musulmana*, déclarant, par un éclatant témoignage , que la langue arabe était aussi étrangère à ses coreligionnaires qu'à nos vieux chrétiens. En abordant sur les plages de l'Algérie, les expulsés ne pouvaient non-seulement se faire entendre des Turcs et des Arabes, mais encore cinquante ans après la langue *aljamiada* était commune, là comme à Tunis, dans les villages et douars occupés par les morisques.

Après avoir ainsi prouvé l'espèce de fixité et de stabilité que la langue acquiert au milieu d'une race poursuivie et privée de tout contact, on comprendra facilement comment un morisque put, au seizième siècle, composer un poëme dans le style et la langue du quatorzième. C'est une remarque que l'on peut faire aussi dans un poëme à la louange de Mahomet et dans d'autres poésies du morisque aragonais Mohamed Ramadan, qui écrivait en 1603. Toutes ces compositions dénotent une antiquité plus avancée qu'elle ne l'est réellement. Comme on peut facilement le supposer, cet oubli de la langue dut être lent et partiel, mais pas si complet qu'il ne restât dans l'*aljamia* morisque beaucoup de mots d'origine arabe, même avec des terminaisons castillanes. En Aragon surtout, où des causes locales donnèrent d'abord naissance au mélange et à la fusion des deux langues, il y eut des villes où se parlait et s'écrivait un jargon presque inintelligible pour tous ceux qui n'étaient pas versés dans la langue arabe. En Castille et en Andalousie, au contraire, on parlait et on écrivait mieux, et nous avons vu des livres écrits à Tolède et à Grenade, dont le style et la langue ne sont pas loin du mérite de nos classiques. A Valence, il se formait en même temps un *aljamia* particulier qui participait, comme c'était naturel, du dialecte limousin, et qui était aussi distinct du castillan. Dans les livres de dévotion, dans les livres ascétiques, dans les sujets ayant trait à la religion musulmane, les morisques aragonais et castillans employaient encore avec plus de profusion les mots de la langue arabe, comme s'il leur répugnait de se servir des expressions castillanes pour désigner les objets de leur culte et de leur croyance. Aussi, dans certains écrits de ce genre, n'est-il pas rare de rencontrer de ces phrases entières où se reconnaît une origine arabe, telles que la suivante prise d'un commentateur natif d'Almagro, dans la Manche : *Jalacó Allah el Adonia y los asemaes y las anochomas relonbrantes que aseñan al alhichante moslim el camino de la perfeccion; así mesmo jalacó los arrhoes é influyó en ellos la espiritualidad,* dont la traduction castillane équivaut à : « Dieu créa le monde et les cieux, et les brillantes étoiles qui marquent au pèle- « rin musulman le chemin de la perfection ; il créa aussi les âmes et leur insuffla « la spiritualité. »

Il nous reste à dire quelques mots sur la forme et le fond du poëme. Son sujet est l'histoire de Joseph le patriarche, suivant le Coran et les traditions musulmanes. Si nous ne nous trompons, son auteur n'a fait que mettre en vers une des nombreuses versions de cette histoire populaire qui courait chez les morisques. Quant au mètre, l'auteur s'est proposé d'employer la mesure désignée sous le nom de *nueva maestria,* par Berceo, mètre qui est celui des plus anciens monuments de notre poésie nationale. Le poëte l'emploie sans s'inquiéter beaucoup de la mesure du vers ; ses stances sont quelquefois de trois vers, d'autres fois de quatre, et l'assonnance ou la consonnance se mêlent indistinctement. Il est vrai que, sur la manière de compter les syllabes, il faut avoir égard, dans ce poëme comme dans beaucoup d'autres, à l'orthographe particulière des Arabes, qui ne prononcent jamais sans l'intermédiaire d'une voyelle deux consonnes d'une même syllabe. Ils écrivent par conséquent *palaza* pour *plaza, pelebe* pour *plebe, pirivado* pour *privado, porovecho* pour *provecho, puluma* pour *pluma,* et de la même manière *tarabajo, terebejo, garanada, pereboste, baladoro, estupuro.*

Il manquait à l'exemplaire du poëme conservé à la Bibliothèque nationale de Madrid et qui a été publié par Ticknor, d'après une copie que nous lui avons remise, les huit premières strophes ou stances. Heureusement nous avons pu suppléer à ce défaut au moyen d'une autre copie plus ancienne où il manque aussi la fin, copie qui a été trouvée dans un volume d'histoires et de contes traditionnels, d'écriture arabe du seizième siècle, qui nous est dernièrement venue d'Aragon et que l'on a trouvée dans une grotte avec plusieurs autres ouvrages de la même espèce et quelques armes à feu, objets qui y avaient été cachés, sans aucun doute, pour déjouer la vigilance de l'autorité. Comparée au manuscrit de la Bibliothèque nationale, cette copie présente, dans le texte, une assez grande différence pour faire supposer qu'elle est la rédaction primitive et que celui qui la copia un siècle plus tard en corrigea le style, en changea l'orthographe, et en perfectionna la versification et la rime. De cette manière seulement on peut s'expliquer les nombreuses et considérables variantes qu'on remarque entre les deux textes.

Appendice E, page 510. — Le livre du Rabbi Santob. Ticknor avait raison de désirer que le manuscrit de la Bibliothèque nationale, manuscrit défectueux et très-incorrect, fût comparé à celui de l'Escurial. Nous avions déjà commencé ce travail, rétabli le texte dans des endroits évidemment altérés, corrigé d'autres passages changés par le copiste, lorsque nous avons eu l'occasion de voir le scrupuleux rapprochement qu'avait fait de l'un et de l'autre le S' D. José Coll y Vehi, professeur d'auteurs classiques à l'Institut de Saint-Isidore, professeur passionné pour ce genre d'études et qui prépare actuellement un volume de poésies antérieures au quinzième siècle pour la *Bibliothèque des auteurs espagnols* de Rivadeneyra. D. José Coll y Vehi s'étant empressé de nous communiquer son intéressant travail, nous en avons profité pour corriger le texte de Rabbi dans certains passages, pour ajouter un grand nombre de strophes contenues dans le manuscrit de l'Escurial et qui ne se trouvent pas dans celui de la Bibliothèque nationale.

Les deux manuscrits sont conformes, à part quelques légères variantes dans les vingt-deux premières strophes. Après elles viennent dans le manuscrit de l'Escurial les dix suivantes, qui manquent dans le manuscrit de la Bibliothèque nationale :

En menos una fremosa
Besaba una vegada,
Estando muy medroza
De los de su posada.

Fallé boca sabrosa,
Salina, muy temprada,
Non vi tan dulce cosa,
Mas agra la dejada.

Non sabe la persona,
Secreto es muy profundo;
Torpe es quien se baldona
Con los bienes del mundo.

Non sabe su manera
Que á los hombres astrosos
Del mundo, lo mas era
Tener siempre viciosos.

Segun el peso así
Abajava todavia,
La mas llena, otrosí,
Ensalsa la vasia.

Un astroso cuidaba,
Et por mostrar que era
Sotil, yo le enviaba
Escripto de tisera.

El nescio non sabia
Que lo fice por infinta,
Porque yo non queria
Perder en el la tinta.

Ca por non le dennar
Fice vasia la llena,
Y non le quiese donar
La carta sana buena.

Como el que tomaba
Meollos de avillanas
Para si, y donaba
Al otro cascas vanas.

Yo del papel saqué
La razon que decia,
Con ella me finqué,
Dile carta vacia.

Suivent les strophes 29 et 30 jusqu'à la 35, omettant presque en totalité les stances 23, 24, 25, 26, 27 et 28. A la fin de la strophe 30 se trouvent les deux vers :

Acabo el prologo
Y comienza el tratado,

indication qui manque entièrement dans le manuscrit de la Bibliothèque nationale. Or il semble naturel qu'elle s'y trouve, attendu que le poëme se compose évidemment de deux parties : le prologue ou préambule et la collection des conseils. D'un autre côté, on ne lit pas dans le manuscrit de l'Escurial ni les strophes 36 et 37, ni les trois premiers vers de la 38 et de la 39; il n'y a que le premier.

Dans l'exemplaire de la Bibliothèque nationale, il manque la strophe 42, et dans celui de l'Escurial la strophe que le premier donne comme la 46, et qui commence ainsi : « El muy sotil trotero. » Après la strophe 58, l'exemplaire de l'Escurial passe aux strophes 218 et 219 du manuscrit de la Bibliothèque nationale. puis il continue :

Camino errado anda
Y cae de rabes,
Ca nunca cosa demanda
La sal y otra la pez.

   Por lo que este fase
Cosa, otro la deja;
Con lo que á mi plase,
Otro mucho se queja.

   El sol la sal aprieta
Y la pez emblandesce,

La mejilla face prieta,
El lienzo emblanquesce.

   El tal es y tal yase
En la su grande altura,
Cuando grande frio fase
Como cuando calura.

   Con frio lo fase fiesta
Y sale á su encuentro
El que cuando fase fiesta
Se está la puerta dentro.

Immédiatement après les strophes ci-dessus, qui ne se trouvent pas dans le manuscrit de la Bibliothèque nationale, viennent, dans le manuscrit de l'Escurial, celles qui vont de la 220 à la 248, et l'on revient ensuite à la 91, qui commence par ce vers :

   Tanto es un dedo fuera.

Les deux premiers vers de la strophe 69 forment un sens meilleur, d'après le manuscrit de l'Escurial.

   Un tavardo alcanzado
   La su cuita se enfiesta.

Dès ce moment le manuscrit de l'Escurial, quoique plus conforme à celui de la Bibliothèque nationale, présente une variété telle dans l'ordre des strophes qu'il n'est pas aisé d'en deviner la cause. Nous avons dit que la strophe 248 de l'un répond à la 91 de l'autre. Ils vont ensemble jusqu'à la strophe 159, d'où le manuscrit de l'Escurial passe à la strophe 191 du manuscrit de la Bibliothèque nationale, et il continue sans interruption jusqu'à la 217. Après celle-ci, il revient à la 59, il suit jusqu'à la 90, nous reporte à la 250, il poursuit jusqu'à la 285 et après elle, il passe à la 159 sans interruption jusqu'à la 199.

Les strophes 77 et 78 présentent assez de variété dans le manuscrit de l'Escurial.

   Un buscador que tienta
Y cosa non alcanza,
Otro non se contenta
Fallando en abastanza.

   Quien falla é se contenta
Nunca puede fallarlo,
Ca podria ciertamente
Rico hombre ser llamado.

La strophe 87 est aussi un peu changée dans le manuscrit de l'Escurial ainsi conçu :

   Tanto que hombre se tiemple
Basta con lo que toviere,

Del demás será siempre
Siervo cuanto viviere.

Strophe 196. — Les deux derniers vers de cette strophe sont, d'après le manuscrit de la Bibliothèque nationale :

   Trabaja por lazrar
   Si quier ladra de riebto.

Les strophes 232 et les deux suivantes sont écrites ainsi qu'il suit dans le manuscrit de l'Escurial :

Segunt es el lugar,
Y el tiempo cual es,
Fase priesa el vagar,
E fas tornar envés.

Yo nunca he querella
Del mundo y de sus fechos

Aunque muchos de aquellos
Se tienen por mal trechos.

Cuando al malo aprovecha
Dañar al bueno aducho,
El mal por el bien pecha,
Desto me agravio mucho.

Après la strophe 247, on lit dans l'exemplaire de l'Escurial la strophe suivante, qui manque dans le manuscrit de la Bibliothèque nationale :

Cuanto mal va tomando
Con el libro porfia,

Tanto irá ganando
Buen saber todavia.

Au lieu de la strophe 338, le manuscrit de l'Escurial donne la suivante :

El celo con su obra
Al que es menguado gasta,

Y al rico que le sobre
Cuatro tanto que le basta.

La strophe suivante présente aussi quelques variantes importantes :

Cuidando que mas largo,
Algo ha su vecino,

Tienese por amarga
Con lo suyo el mesquino.

Après la strophe 366 se lisent les cinq suivantes dans le manuscrit de l'Escurial :

Estos bien lazrados
De cuerpo y corazon,
Amargos y cuitados,
Viven en toda sazon.

De noche y de dia
Cuitados, mal andantes,
Fasiendo todavia
Reves de sus talantes.

El derecho amando
Fase por fuerza tuerto

Y yerros cobdiciando,
Obrar el seso cierto.

Hombre tanto folgado
Nunca nascio jamas,
Como el que nunca ha pensado
De nunca valer mas.

Hombre rahez, astroso,
Tal que nos ha vergüenza,
Este vive vicioso,
Que nin piensa nin sueña.

Strophe 376.

Sabe si el mundo alaba
Cosa, ó por mejor nombra,

Que muy ahina se acaba,
Y pasa como la sombra.

Strophe 438. — Cette strophe se trouve bien altérée dans les deux manuscrits; celui de l'Escurial la donne ainsi :

Placer que toma hombre
Con lo que non entiende

Medio placer ha hombre,
Y tura no es ende.

Strophe 447.

E en el mundo non habria	De tan grande mejoria
Nin sobre fierro otro hombre	Como de hombre à hombre.

La strophe 470 est écrite tout différemment dans le manuscrit de la Bibliothèque nationale :

Amigo de la buena	Luego asi se torna
Andanza cuando cresce,	Cuando ella fallesce.

La strophe 482 varie aussi.

Quien mal recibe dellas	Ca del grado de aquellas
El se busca lo tal,	Nunca l' farian mal.

Entre les strophes 494 et 495, se trouvent dans le manuscrit de l'Escurial les strophes suivantes :

Es de huesped campaña
De las cosas pesadas;
Que a todo el mundo dapna
Fallo algunas vegadas.

Non digo por pariente
O amigo especial ,
Que ha por bien la gente
Compañia deste tal.

Sabe mi voluntad
Esto con el en gloria ,
No tengo poridad
Que a el no es notoria.

Mas hombre que pesado
Es en todo su fecho ,
Quiere tal gasaïado
Que en anchura, en estrecho.

Que al tal nin por ruego
Non querria fablar ,
Cuanto mas tras mi fuego
Escuchar su parlar.

Y si uno non es ido ,
Catar otro do llega ,
La mengua que non vido
Al otro non se niega.

Cuando uno se parte
Pienso perder querella ,
Viene por otro parte
Quien desfase su huella.

Hoy me preguntaba
Alegre por mi puerta ,

Non sabie si quedaba
La mujer medio muerta.

Con la poca farina
Del dinero otro tal ,
Descubrioso ahina
El suelo del cabdal.

Si vendi mi ganado
Por mengua de cebada
El de recien llegado
Non piensa desto nada.

Quiera que á su caballo
Buen aparejo salle,
Yo con verguenza callo
Paseando por la calle.

Por ver algun vesino
Si me querra dar de la paja
A treque de algunt vino ,
Rescelando la baraja.

Va mujer por villa
Si sabe que lo buscase .
Era cierto rensilla
Por pagarme fincase.

El quiere buen semblante
En todos, de placer
Cosa sin catar ante
De lo que puede ser.

Si non basta el primero
Nin el dia segundo ,
Mas quiere en el tercero
Que si le via el mundo.

Cierto es y non follesce
Proverbio todavia,
El huesped y el pece
Fieden al tercero dia.

   Ademas de su empacho,
Que enojado me deja,
De otra cosa le tacho
Con que doblo mi queja.

   Ca los de mi campaña
Pasarian con quienes quiera,

Por mostrarles fazaña
Doles yantar entera.

   Ca en casa regida
Con la sazon convien
Gobernarse la vida
Cras mal, cras bien.

   Y siervo que mendrugo
Comeria de centeno,
Por su causa madrugo
A comprarle pan bueno.

La strophe 506 s'écrit ainsi. :

Homme non querria
Sino daquello que non tien,

Desprecialo el dia
Que a la mano le vien.

La strophe 518 est écrite d'une manière tout à fait différente dans le manuscrit de l'Escurial :

Contesce al que escuchó
Los dichos de mi lengua,

Del bien se aprovechó
Por el mal me dió mengua.

Immédiatement après la strophe 531, viennent les strophes suivantes dans le manuscrit de l'Escurial :

Al que non quiera engaño
Nin en don nin en prescio,
Por fuir del dapno
Rasónaslo por nescio.

   Por algos allegar
Falsando y robando,
Y la verdad negar
Sobre ello perjurando.

   Conosce tu medida
Y nunca errarás,

En toda la tu vida
Soberbia non farás.

   Cual quieres rescebir
Tal sea rescibido
De si y sabe servir
Si quieres ser servido.

   Fas pagados los hombres,
Y fascerte han pagado,
Honraras los sus nombres
Si quieres ser honrado.

La strophe 536 est ainsi écrite dans le manuscrit de l'Escurial :

Del fablar extrañamos
Non por á él tachar,

Mas pocos fallamos
Que lo sepan templar.

La strophe 522 s'écrit ainsi :

Cuerpo es el callar,
El fablar es el alma :

Animal el fablar,
El callar es la salma.

Salma est ici, on le sait, pour *enjalma*, le bât.

La strophe 559 est ainsi :

En toda costumbre tal
En todos hombres esto,

Verás que hay bien y mal,
Han loor y denuesto.

La strophe 561 manque dans le manuscrit de l'Escurial, et dans la strophe suivante le troisième vers se lit comme il suit :

Dos pieles sin ijadas.

Le dernier de la strophe 564 :

Cras el contrallo siente.

La strophe 568 :

Como grant bien se pueda   Nin por su saber cueda
Perder sin que mal obre,   Defender de ser pobre.

La strophe 592.

Lo que cria y defiende,   Agua mucha por ende
De aquello mas habemos,   E del aire tenemos.

Telles sont les notables variantes que présente le manuscrit de l'Escurial comparé à celui de la Bibliothèque nationale, variantes telles qu'elles nous ont fait soupçonner presque que le dernier n'est qu'une rédaction postérieure et améliorée du même poëme; c'est là le seul moyen d'expliquer le défaut d'identité qui existe entre l'un et l'autre.

APPENDICE F, page 543. — Ce poëme de la *Danse générale de la Mort* a été publié à Paris, en 1856, par D. Florencio Janer, sans les notes et éclaircissements que le public avait droit d'attendre d'un jeune savant qui a déjà fait preuve d'érudition et de science en pareilles matières. Il ignorait sans doute que M. G. Ticknor l'avait déjà publié en 1853 ; dans le cas contraire, il n'aurait pas manqué, croyons-le, de comparer le manuscrit de l'Escurial et le manuscrit plus moderne de la Bibliothèque impériale de Paris, qui nous a servi pour corriger quelquefois des mots et des phrases altérées dans la copie imprimée par notre auteur·
Avant de traduire le second paragraphe de cette note de M. Pascal de Gayangos à l'appendice F, nous devons avertir le lecteur que D. Florencio Janer, d'après lequel nous insérons la *Danse générale de la Mort,* n'a pas voulu faire ce parallèle, et que l'unique but qu'il s'est proposé dans sa publication, c'est de donner le poëme de la *Danse générale de la Mort,* tel qu'il est dans le manuscrit de l'Escurial ; qu'il s'est réservé les notes et éclaircissements autres que ceux qu'il a fournis en tête de son livre pour un travail plus étendu, comme il le répète encore dans le chapitre de son *Voyage littéraire en France,* imprimé dans la *Gaceta de Madrid* (voyez le numéro du 17 février 1858). Dans ce chapitre, il prouve qu'il connaissait la publication de Ticknor, puisqu'il relève, en passant, les changements d'orthographe et de phrase qui, dans l'édition de l'auteur, ne sont pas conformes au manuscrit de l'Escurial.
Il est certain que ce poëme demande des notes et des éclaircissements. L'étude à laquelle nous nous sommes livré à propos de la traduction que nous devons en publier nous a fait soulever certaines questions des plus intéressantes à résoudre, telles que : le manuscrit de l'Escurial est-il ou n'est-il pas l'original du poëme? Par qui cette *Danse générale de la Mort* a-t-elle été composée? Quels

sont, dans les peintures et les descriptions analogues, les attributs de la Mort, armée ici d'une flèche? Quelle est l'église de Sainte-Marie dont parle la stance relative à l'archevêque? Quel est ce comte qui payait le portier pour qu'il lui ouvrît le palais du roi? etc., etc., toutes questions qui ne manquent pas d'importance historique et littéraire, sans compter les notes grammaticales pour l'intelligence du style et de la langue.

Mais rentrons dans notre sujet et terminons la note de D. Pasca de Gayangos. Quant au sujet du poëme, ajoute-t-il, ce que nous avons dit dans le cours de l'ouvrage suffit, sans qu'il soit nécessaire d'y revenir. Cette idée fut générale en Europe; on la trouve en latin dans toutes les littératures, comme l'a fait observer le marquis de Pidal dans un petit travail sur un fragment inédit d'un ancien poëme castillan. Sur ce même sujet, et copiant parfois les paroles du poëme, Juan de Pedraza, tondeur de draps et habitant de Ségovie composa une farce imprimée en 1551, en un vol. grand in-8°, ayant pour titre : *Farsa llamada Danza de la muerte, en que se declara cómo a todos los mortales, desde el Papa hasta el que non tiene capa, la muerte hace en este misero suelo ser yguales, y á nadie perdona. Contiene mas; cómo cualquier viviente humano debe amar la razon, teniendo entendimiento della; considerando el provecho que de su compañia se consigue. Va dirigida a loor del Santisimo Sacramento : hecho por*, etc. Cette farce se trouve dans un précieux volume de farces et églogues de la bibliothèque des ducs de Bavière. L'érudit et infatigable Joseph Wolf l'a publiée intégralement avec des notes critiques et philologiques qui n'ont pas peu de valeur, *Eine Spanisches Frohnleich Nasspiel von Todtentanz*, Vienne, 1852.

FIN.

TABLE DES MATIÈRES

CHAPITRE XI.

CHAPITRE XII.

CHAPITRE XIII.

CHAPITRE XIV.

CHAPITRE XV.

CHAPITRE XVI.

Pages.

APPENDICES.

FIN DE LA TABLE.

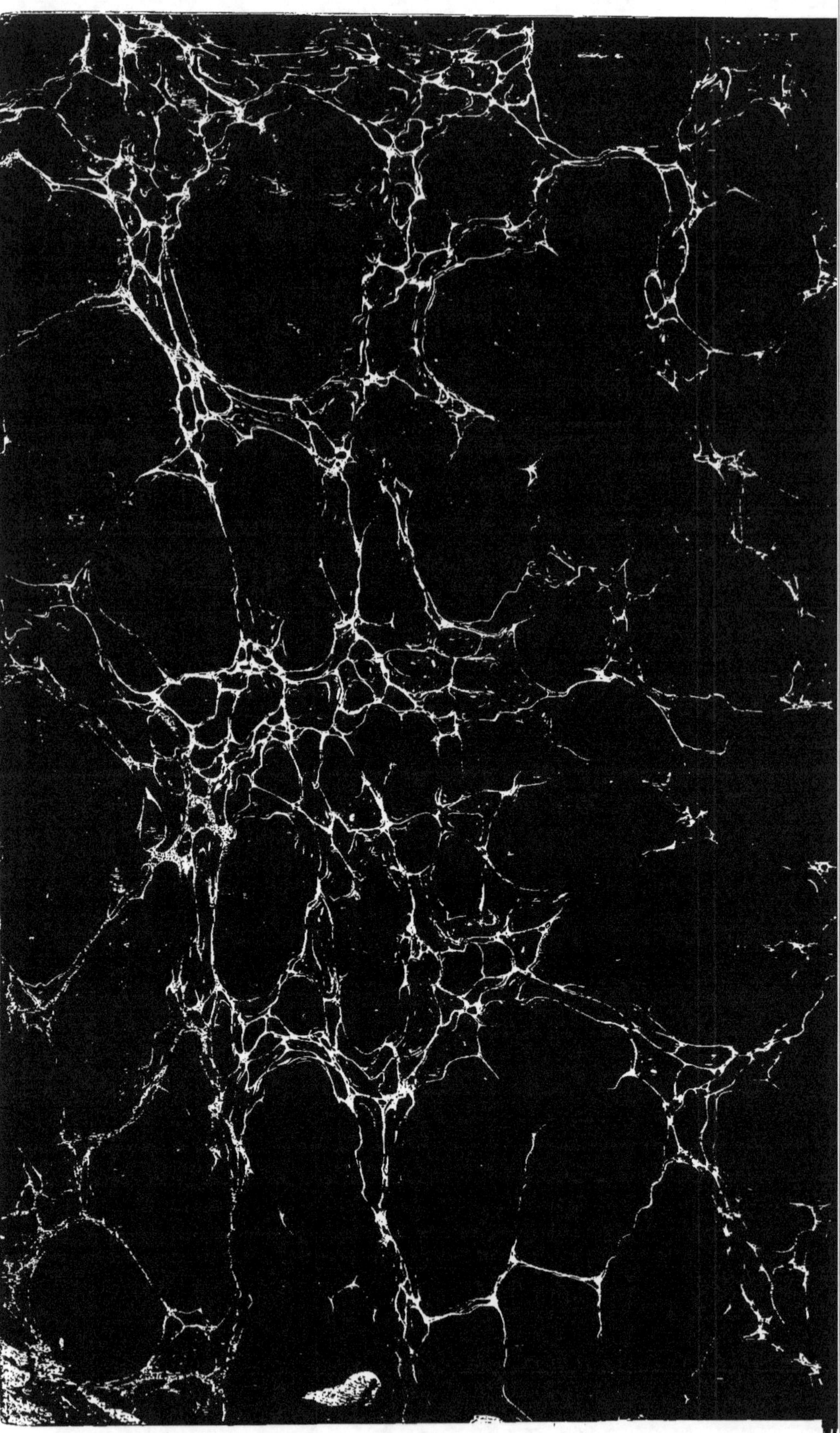

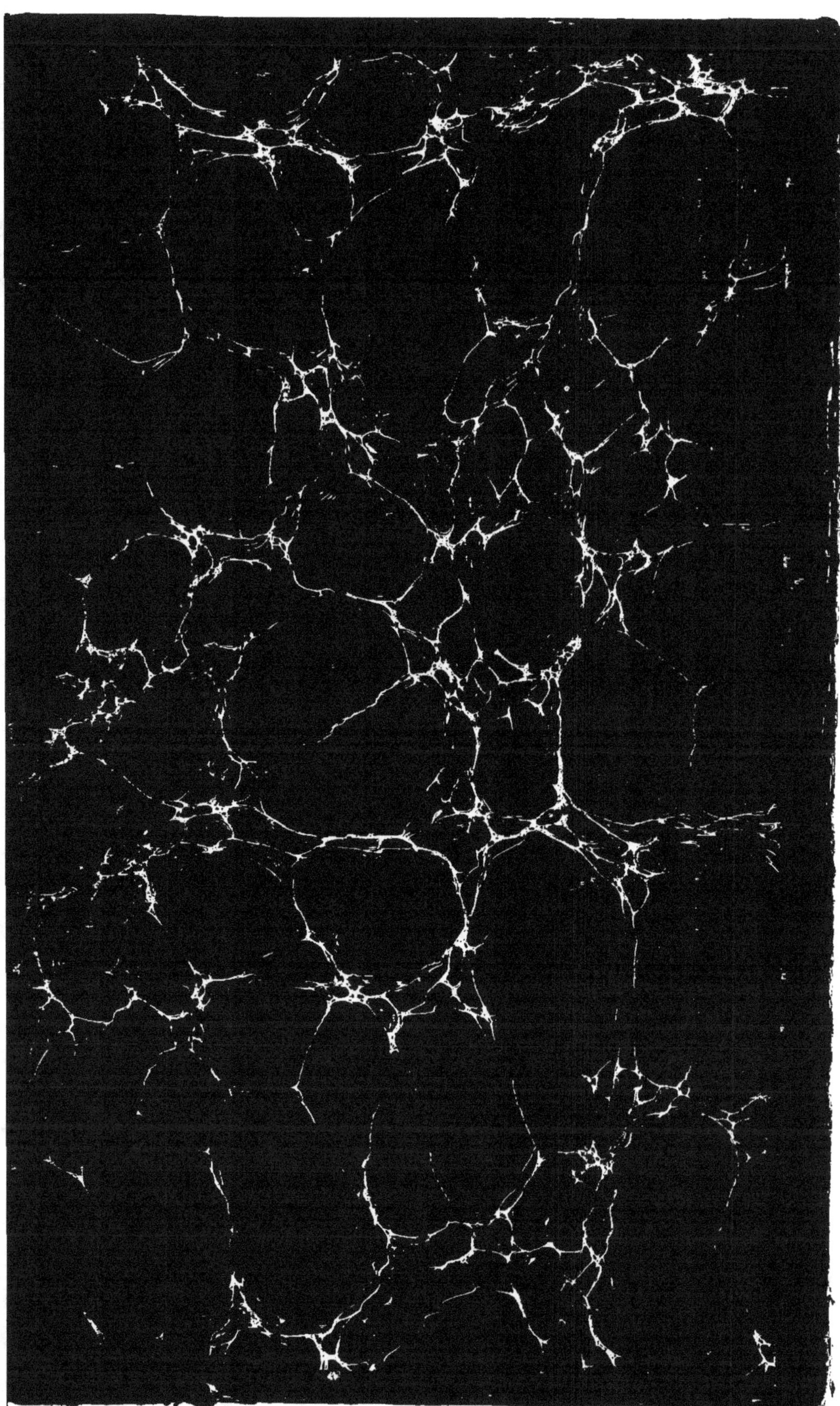

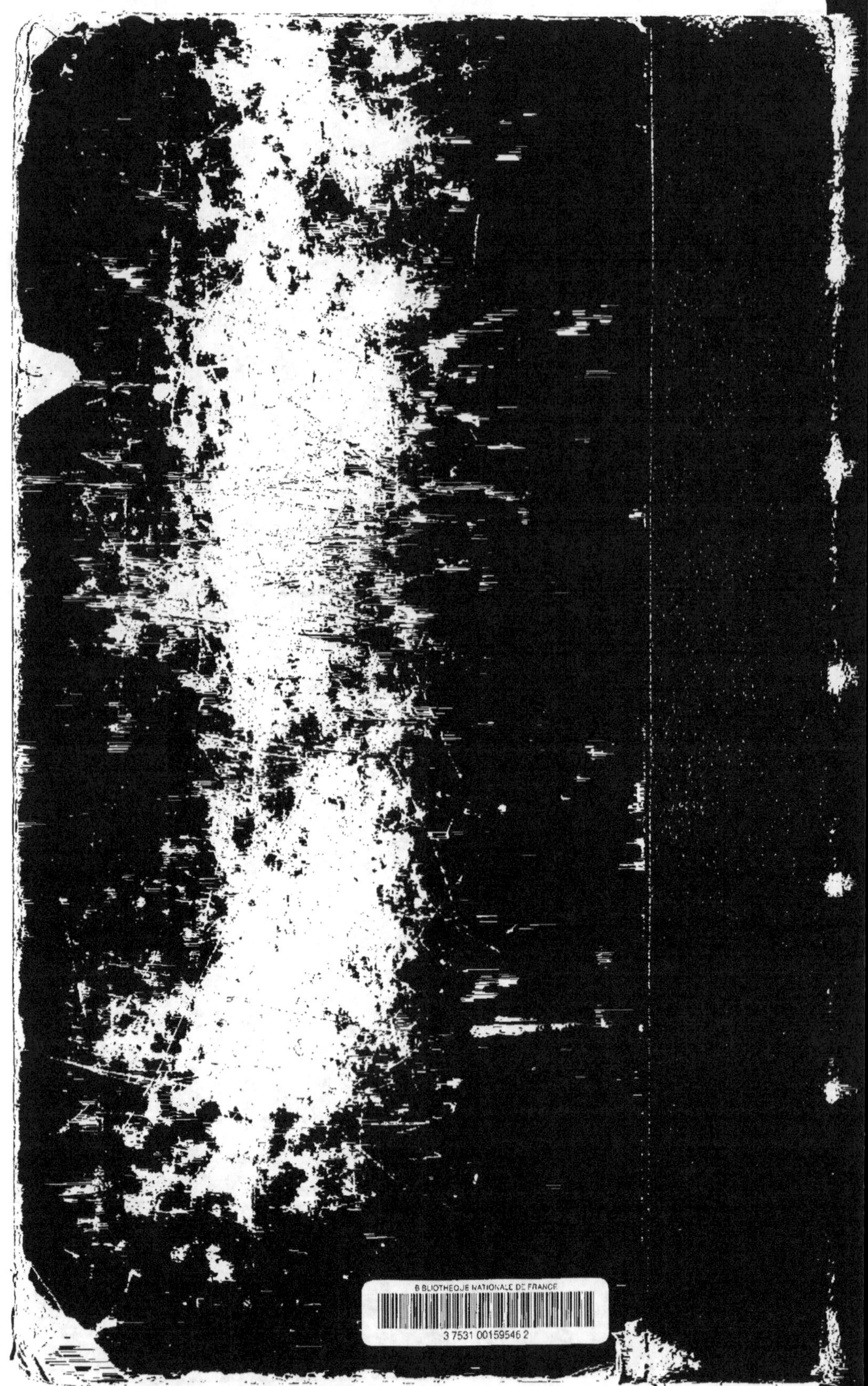